Paul Auster

In Flammen

Leben und Werk von Stephen Crane

Aus dem Englischen von Werner Schmitz

Rowohlt

Die Arbeit an der Übersetzung dieses Buches wurde mit einem
Arbeitsstipendium des Deutschen Übersetzerfonds gefördert.

Die Originalausgabe erschien 2021 unter dem Titel «Burning Boy»
bei Henry Holt and Company, New York.

Deutsche Erstausgabe
Veröffentlicht im Rowohlt Verlag, Hamburg, Februar 2022

Lektorat Gisela Fichtl
Innentypografie Daniel Sauthoff
Lithografie Susanne Kreher
Satz Hoefler bei Pinkuin Satz und Datentechnik, Berlin
Druck und Bindung C. H. Beck, Nördlingen, Germany
ISBN 978-3-498-00167-4

Inhalt

Stevie

1

Geboren am Tag der Toten und gestorben fünf Monate vor seinem neunundzwanzigsten Geburtstag, erlebte Stephen Crane noch fünf Monate und fünf Tage des 20. Jahrhunderts, dahingerafft von der Tuberkulose, bevor sich ihm die Gelegenheit bot, ein Automobil zu fahren oder ein Flugzeug zu sehen, sich auf große Leinwände projizierte Filme anzuschauen oder Radio zu hören, eine Gestalt aus der Welt der Pferdegespanne, ein Mensch, der die Zukunft versäumte, die viele der mit ihm Geborenen erwartete, nicht nur das Aufkommen dieser wundersamen Maschinen und Erfindungen, sondern auch die Schrecken der Epoche, nicht zuletzt die Vernichtung von Abermillionen Leben in zwei Weltkriegen. Seine Zeitgenossen waren Henri Matisse (zweiundzwanzig Monate älter als er), Wladimir Iljitsch Lenin (siebzehn Monate älter), Marcel Proust (vier Monate älter) und amerikanische Schriftsteller wie W. E. B. Du Bois, Theodore Dreiser, Willa Cather, Gertrude Stein, Sherwood Anderson und Robert Frost, die allesamt weit ins neue Jahrhundert hinein lebten. Und doch war Crane, der sich in seinem Schreiben um so gut wie keine der überkommenen Traditionen scherte, für seine Zeit so radikal, dass man ihn heute als ersten amerikanischen Vertreter der Moderne betrachten kann, als den Mann, der unseren Blick auf die Welt durch die Linse des geschriebenen Worts von Grund auf verändert hat.

Seinen ersten Atemzug tat er am Mulberry Place in Newark,

New Jersey, neuntes überlebendes Kind von vierzehn, die seinen Eltern, den frommen Methodisten Jonathan Townley Crane und Mary Helen Peck Crane, geboren wurden, und da sein Vater Pfarrer war und in den späteren Jahren seiner langen seelsorgerischen Laufbahn von Gemeinde zu Gemeinde reiste, wuchs der Junge ohne die üblichen Bindungen an Wohnort, Schule und Freunde heran, zog mit drei von Newark nach Bloomington (das heute South Bound Brook heißt), mit fünf von Bloomington nach Paterson, mit sieben, als sein Vater zum Gemeindevorsteher der Drew Methodist Church berufen wurde, von Paterson nach Port Jervis, New York, einer Stadt mit neuntausend Einwohnern, gelegen im Dreistaateneck, wo New Jersey, Pennsylvania und New York aneinandergrenzen und der Neversink River in den Delaware mündet, und als, drei Monate nach Cranes achtem Geburtstag, sein Vater mit sechzig Jahren plötzlich an einem Herzinfarkt starb und die Familie das Pfarrhaus verlassen musste, zog seine Mutter nach Roseville, New Jersey, eine an Bloomfield und East Orange grenzende gemeindefreie Ortschaft in Newark, der Junge und sein Bruder Edmund (vierzehn Jahre älter als Crane) zogen zu Verwandten auf eine Farm im Sussex County, bis die drei schließlich in Port Jervis bei einem weiteren Bruder, William (siebzehn Jahre älter), wieder zusammenkamen und die Mutter dann im Jahre 1883 ein Haus in dem Ferienort Asbury Park, New Jersey, («Das Sommer-Mekka der Amerikanischen Methodisten») kaufte, wo der junge Crane seine Laufbahn als Schriftsteller begann und erste kleine Texte, Sommerferiensatiren, für einen weiteren seiner Brüder verfasste (Townley, achtzehn Jahre älter), der eine regionale Nachrichtenagentur für die *New York Tribune* und die *Associated Press* betrieb. Unterdessen waren zwei weitere von Cranes Geschwistern gestorben: 1884, mit achtundzwanzig, starb seine Schwester Agnes Elizabeth, eine Lehrerin und Verfasserin von Kurzgeschichten, die ihm so sehr eine Mutter gewesen war wie die Mutter selbst und sein Interesse an

Büchern geweckt hatte, an Meningitis, und 1886, mit dreiundzwanzig, wurde sein Bruder Luther, der als Signalwerker und Bremser bei der Erie Railroad arbeitete, von einem Zug überrollt. Nach einem lustlosen und vorzeitig abgebrochenen Collegejahr (ein Semester am Lafayette, gefolgt von einem Semester an der Syracuse University, wo er in der Baseballmannschaft spielte und sich für nur einen einzigen Kurs einschrieb) kehrte Crane zurück in den Süden, in die beiden Städte Asbury Park und New York City, um dort sein Glück als professioneller Schriftsteller zu suchen. Am 28. September, nur wenige Straßen entfernt von dort, wo Crane schon bald eine Wohnung in Manhattan beziehen sollte, starb der kaum noch gelesene und fast ganz in Vergessenheit geratene Herman Melville. Am 10. November, Tausende Meilen im Osten, im französischen Marseille, starb mit sechsunddreißig Jahren Arthur Rimbaud. Siebenundzwanzig Tage danach starb Cranes Mutter mit vierundsechzig an Krebs. Der nun verwaiste angehende Schriftsteller hatte selbst nur noch achteinhalb Jahre zu leben, schrieb aber in dieser kurzen Zeit ein Meisterwerk von einem Roman (*The Red Badge of Courage*), zwei ebenso eigenwillige wie großartige Novellen (*Maggie: A Girl of the Streets* und *The Monster*), zwei Dutzend unübertreffliche Kurzgeschichten (darunter «The Open Boat» und «The Blue Hotel»), zwei Bände mit den seltsamsten, wildesten Gedichten des 19. Jahrhunderts (*The Black Riders* und *War Is Kind*) und mehr als zweihundert journalistische Artikel, viele davon so gut, dass sie seinen literarischen Werken durchaus ebenbürtig sind. Ein junger Mann in Flammen, von seltener Frühreife, dem die Fülle des Erwachsenenlebens verwehrt wurde, ist er Amerikas Antwort auf Keats und Shelley, auf Schubert und Mozart, und wenn er ebenso weiterlebt wie sie, dann deshalb, weil sein Werk nicht gealtert ist. Hundertzwanzig Jahre nach seinem Tod leuchtet die Flamme Stephen Cranes noch immer.

2

Vielleicht übertreibe ich ein wenig. Dass Crane auch weiterhin leuchtet, steht außer Frage, doch ob er so strahlend fortlebt wie jene anderen allzu früh erloschenen Flammen, ist nicht so klar. Es gab Zeiten, da war *The Red Badge of Courage* an nahezu allen amerikanischen Highschools Pflichtlektüre. 1962, mit fünfzehn, als mir der Roman zum ersten Mal begegnete, war das eine atemberaubende Entdeckung, die mein Leben auf einen Schlag veränderte, mein Leben und auch das der meisten meiner Klassenkameraden (Jungen und Mädchen gleichermaßen), aber heute, aus Gründen, die ich kaum nachvollziehen kann, scheint das Buch nicht mehr auf der Liste der unbedingt zu lesenden Bücher zu stehen, mit der zweifachen Folge, dass Schülern eine wichtige literarische Erfahrung vorenthalten und Crane selbst in den Schatten verbannt wird, denn hätten meine Klassenkameraden und ich *The Red Badge of Courage* nicht kennengelernt, wären wir wohl kaum auf die Idee gekommen, uns andere Werke von Crane anzusehen, zum Beispiel die Gedichte (die einen bis ins Mark erschüttern können), oder die Kurzgeschichten, oder die brutale Schilderung des Lebens in den New Yorker Slums in *Maggie.* Ich habe nur Anhaltspunkte, aber als ich kürzlich meine dreißig Jahre alte Tochter fragte, ob sie das Buch an der Highschool lesen musste, sagte sie nein, was mich veranlasste, mich in ihrem Freundeskreis umzuhören, fünfzehn oder zwanzig jungen Männern und Frauen, die Highschools im ganzen Land besucht hatten, und ihnen dieselbe Frage zu stellen, die ich ihr gestellt hatte, und sie alle antworteten mit Nein. Noch überraschender: Nur einer meiner literarischen Bekannten aus nicht englischsprachigen Ländern hat überhaupt je von Crane gehört, nicht anders als die große Mehrheit meiner britischen Bekannten, obwohl Crane zu seinen Lebzeiten in England genauso berühmt war wie in Amerika. Meine Freunde außerhalb Amerikas kennen Twain, Poe, Hawthorne, Emerson, Whitman, Henry James sowie Herman Melville und Dickinson (beide lange Zeit nicht beachtet), doch Crane, der meiner Meinung nach in einem Atemzug mit diesen Göttern genannt zu werden verdient, sagt ihnen nichts.

Was nicht heißen soll, dass Crane nicht mehr existiert. Auf Englisch sind seine Hauptwerke in zahlreichen Taschenbuchausgaben leicht erhältlich, seine Gesammelten Werke, in den 1970er Jahren von der University Press of Virginia in zehn Bänden herausgebracht, sind weiter lieferbar, in der Library of America gibt es eine hervorragende, knapp 1400 Seiten starke Sammlung ausgewählter Prosa und Gedichte, seine Romane und Erzählungen sind noch heute Gegenstand von Collegekursen zu amerikanischer Literatur, und in der akademischen Welt ist Stephen Crane ein bedeutender Forschungsgegenstand. Dies alles ist beruhigend, zugleich aber habe ich den Eindruck, Crane befinde sich nur noch in den Händen von Spezialisten, fortgeschrittenen Literaturstudenten, Doktoranden und Lehrstuhlinhabern, während das unsichtbare Heer der sogenannten Durchschnittsleser, Menschen also, die keine Akademiker oder selbst Schriftsteller sind und auch heutzutage noch gern auf bewährte Autoren wie Melville oder Whitman zurückgreifen, Crane nicht mehr kennt.

Wäre es anders, wäre ich nie auf die Idee gekommen, dieses Buch zu schreiben.

Ich gehe es nicht als Fachmann oder Wissenschaftler an, sondern als alter Schriftsteller, der das Genie eines jungen Schriftstellers bewundert. Nachdem ich mich in den vergangenen zwei Jahren mit jedem einzelnen von Cranes Werken intensiv beschäftigt, jeden einzelnen seiner veröffentlichten Briefe gelesen und alles an biographischem Material zusammengetragen habe, was ich finden konnte, fasziniert mich Cranes hektisches, widersprüchliches Leben ebenso sehr wie das Werk, das er uns hinterlassen hat. Es war ein irres, einzigartiges Leben, voller spontan eingegangener Wagnisse, mit häufigen Phasen erdrückenden Geldmangels und getrieben von einer starrsinnigen, hartnäckigen Hingabe an seine Berufung als Schriftsteller, die ihn von einer unwahrscheinlichen und bedrohlichen Situation in die nächste katapultierte – ein mit zwanzig geschriebener kontroverser Artikel, der den Präsidentschaftswahlkampf von 1892 durcheinanderbrachte, ein öffentlich ausgetragener Streit mit der New Yorker Polizei, der 1896 praktisch zu seiner Verbannung aus der Stadt führte, ein Schiffbruch vor der Küste Floridas, bei dem er 1897 um ein Haar ums Leben gekommen wäre, eine wilde Ehe mit der Inhaberin von Jacksonvilles elegantestem Bordell, dem Hotel de Dreme, Korrespondent im Spanisch-Amerikanischen Krieg auf Kuba (wo er mehrmals unter feindlichen Beschuss geriet), und dann seine letzten Jahre in England, wo Joseph Conrad sein bester Freund wurde und Henry James seinen frühen Tod beweinte – ein Schriftsteller, den man vor allem als Chronisten des Krieges kennt, der sich aber auch vielen anderen Themen widmete und sie alle mit ungeheurer Fertigkeit und Originalität behandelte, Geschichten über kleine Kinder und hungerleidende Künstler, Augenzeugenberichte über New Yorker Opiumhöhlen, Zustände in einem Kohlebergwerk in Pennsylvania und eine verheerende Dürre in Nebraska, und ganz ähnlich wie Edgar Allan Poe, der allzu oft bloß für unseren finsteren Lieferanten von Horror- und Kriminalgeschichten gehalten wird, in Wirklichkeit aber auch ein Meister des Humors war, konnte auch der düstere, pessimistische Crane umwerfend komisch sein, wenn er es denn wollte. Und unter dem Gebirge seiner Prosa, oder eher obendrauf, sind seine Gedichte, mit denen wenige innerhalb oder außerhalb der Hochschulen je so recht etwas anzufangen wussten, Gedichte, so weit entfernt von den traditionellen Normen des Versemachens im 19. Jahrhundert – einschließlich der normbrechenden Abweichungen eines Whitman oder einer Dickinson –, dass sie vielleicht gar nicht als Gedichte zu bezeichnen sind, und doch bleiben sie anhaltender im Gedächtnis als die meisten anderen amerikanischen Gedichte, wie zum Beispiel dieses, das mich verfolgt oder begleitet, seit ich es vor fünf Jahrzehnten zum ersten Mal gelesen habe:

In der Wüste
Sah ich ein Geschöpf, nackt, tierisch,
Das, auf der Erde hockend,
Sein Herz in den Händen hielt
Und davon fraß.
Ich sagte: «Schmeckt es, Freund?»
«Es ist bitter – bitter», sprach es:
«Doch ich mag es,
Weil's bitter ist
Und weil es mein Herz ist.»[1]

3

Bevor wir zu Crane selbst kommen, ein kleiner Überblick über die amerikanischen Verhältnisse zwischen 1871 und 1900, Zeit und Raum seines Lebens.

Zu den Neuheiten, die in diesen Jahren in die Welt kamen, zählten unter anderem: Stacheldraht, Ohrenschützer, das Getreidesilo, Bluejeans, das Suspensorium, der Mimeograph, das Telefon, die

1 Cranes Gedichte werden hier, soweit nicht anders vermerkt, in der Übersetzung von Karl Heinz Berger zitiert. Stephen Crane: Schwarze Reiter. Ausgewählte Gedichte, zweisprachig. Nachdichtungen von Karl Heinz Berger, Leipzig 1985. (A. d. Ü.)

Trockenbatterie, der Phonograph, die Kabelbahn, Heinz-Ketchup, Budweiser Bier, die National League of Professional Baseball Clubs, die Registrierkasse, die Schreibmaschine, die Glühbirne, die Teppichkehrmaschine, der Transcontinental Express (von New York nach San Francisco in 83½ Stunden), die Kinematographie, das automatische Klavier, das elektrische Bügeleisen, der Füllfederhalter, die elastische Filmrolle, die Universalkamera mit Fixfokus, das selbstladende Maschinengewehr, die Drehtür, der Wechselstrommotor und Transformator, die Heftklammer, das Salzwasser-Taffy, der Wolkenkratzer, der Münzautomat, der Strohhalm, der Flexible-Flyer-Schlitten, der Münzfernsprecher, der Rasierapparat, der Elektrolüfter, der elektrische Stuhl, die Lötlampe, die Linotype-Zeilensetzmaschine, der Straßenbahnwagen, Cornflakes, der Deckenventilator, Farbfotografie, die automatische Telefonzentrale, die Melkmaschine, Coca-Cola, drahtlose Telegraphie, der Geschirrspüler, Röntgen, Basketball, der Comicstrip, die Rolltreppe, die Tabelliermaschine, Shredded Wheat, der Rauchmelder, der Reißverschluss, das Wählscheibentelefon, der Kronkorken, die Zackenschere, die Mausefalle, Einmalhandschuhe, Volleyball, die Wahlmaschine, der vertikale Aktenschrank, die modernen Olympischen Spiele, der Boston Marathon, die tragbare Filmkamera, der Filmprojektor, die Fernbedienung, der Verbrennungsmotor, die Fliegenklatsche, die Reißzwecke und die Zuckerwatte.

In den Jahrzehnten zwischen dem Attentat auf Abraham Lincoln und dem Attentat auf William McKinley im September 1901, das zur Präsidentschaft Theodore Roosevelts führte (zeitweilig Cranes Freund und eifriger Leser und später sein unerbittlicher Gegner), durchlebten die Vereinigten Staaten eine lange Phase des Wachstums, der Unruhen und des moralischen Versagens, in der das rückständige, isolierte Land sich zu einer Weltmacht entwickelte, deren Führungspersonal jedoch mehr oder weniger unfähig oder korrupt oder beides war, weshalb die beiden großen, untrennbar mit dem amerikanischen Experiment verbundenen Verbrechen – die Versklavung schwarzer Afrikaner und die systematische Ausrottung der ersten Bewohner des Kontinents, einer enormen Vielzahl von Kulturen, die man unter der Bezeichnung *Indianer* allesamt in einen Topf wirft – niemals gebührend thematisiert oder gar gesühnt wurden, und mag auch die Sklaverei abgeschafft worden sein, so war doch von den Nachkriegsbemühungen der *Reconstruction* 1877 nichts mehr übrig, mit der Folge, dass die schwarze Bevölkerung in den Südstaaten unter einem zwar neuen, aber gleichermaßen schändlichen System von Unterdrückung, Elend, Isolation und Einschüchterung leben musste, bis hin zum Tod am Ende eines Stricks, der ihnen von den rassistischen Mitgliedern des Ku-Klux-Klans um den Hals geknüpft wurde. Und was die Indianer betrifft, so wurden sie in diesen Jahren von der Kavallerie der Vereinigten Staaten massenhaft abgeschlachtet (oft unter dem Kommando von Generälen, die im Bürgerkrieg zu Helden geworden waren), die Überlebenden von ihrem Land vertrieben und in von der Regierung kontrollierten Reservaten zusammengepfercht, entlegenen, trostlosen Landstrichen, einer Hölle auf Erden an Hoffnungslosigkeit und Verzweiflung. Ende Juni 1876 kam es zur Schlacht von Little Bighorn (auch *Custer's Last Stand* genannt), eine Woche vor Amerikas Einhundertjahrfeier, und so aufgebracht waren die weißen Bürger der Republik über die Niederlage gegen Wilde wie Chief Gall, Crazy Horse und Chief Two Moons, dass die allseits dazu ermutigte Armee sich entschloss, die Indianerfrage ein für alle Mal zu lösen. Ein Werk, das vollbracht war, nachdem man am 29. Dezember 1890, zwei Monate nach Cranes neunzehntem Geburtstag, eine Gruppe geistertanzender Männer, Frauen und Kinder bei Wounded Knee in South Dakota niedergemäht hatte.

Unterdessen füllte sich der dünn besiedelte Westen mit weißen Siedlern, dazu kamen Massen von Chinesen über den Pazifik, um in Kalifornien Arbeit zu suchen, während die Industriestädte an der Ostküste Millionen von Einwanderern aus allen Ländern Europas aufnahmen, dringend benötigte, billige Arbeitskräfte für die Manufakturen, Fabriken, Bergwerke und andere Ausbeutungsbetriebe. Die Bedingungen waren für alle hart. Die Siedler in der Prärie hatten oft Hunger zu leiden und mussten Sommertemperaturen bis vierzig Grad und Wintertemperaturen von dreißig, vierzig Grad minus ertragen. In San Francisco, Los Angeles und Seattle kam es zu Ausschreitungen gegen die Chinesen, die ohnehin mit gnadenloser Diskriminierung, blutrünstigen Übergriffen und spontanen Lynchaktionen wütender weißer Horden fertigwerden mussten. (Die Chinesenfeindlichkeit erreichte ihren Höhepunkt 1882, als der Kongress den *Chinese Exclusion Act* verabschiedete, der chinesischen Arbeitern für die nächsten zehn Jahre die Einreise verwehrte; 1892 verlängerte der Kongress die Sperre um weitere zehn Jahre.) Die europäischen Einwanderer drängten sich in schmutzigen, muffigen Mietskasernen, zu arm, um anderswo zu leben als in rauen, gefährlichen Slums, während sie für einen Hungerlohn in Zwölfstundenschichten arbeiteten, unter Bedingungen, die nicht weniger rau und gefährlich waren, ohne Gewerkschaften oder Arbeitsgesetze, die sie schützen konnten. Städtisches Leben am unteren Ende der gesellschaftlichen Stufenleiter: eine schöne neue Welt, in der sich Iren, Deutsche, Italiener, Griechen, Skandinavier, Ungarn und Polen gegenseitig und alle miteinander die Schwarzen und die Juden verachteten.

Die Reichen jedoch waren sehr reich, und die Reichsten unter ihnen, die sogenannten Raubritter jenes sogenannten Goldenen Zeitalters, scheffelten Vermögen, die in die Hunderte Millionen Dollar gingen (heute müsste man von unzähligen Milliarden sprechen). Bemerkenswerterweise sind uns die meisten ihrer Namen noch heute geläufig: J. P. Morgan, Andrew Carnegie, Cornelius Vanderbilt, John D. Rockefeller, Jay Gould, Leland Stanford und zahlreiche andere. Sie machten ihr Geld mit Eisenbahnen, Stahl,

Öl und Banken, und sie alle waren kluge, zielstrebige, umtriebige, ehrgeizige Unternehmer und gelangten zu ihrer außerordentlichen Macht, indem sie mit allen legalen und illegalen Mitteln gegen ihre Konkurrenten zu Felde zogen. Es war die Ära der Trusts – einer neuen Form von Monopolen zur Umgehung der Antimonopolgesetze –, erfunden von einem von Rockefellers Anwälten (Samuel C. T. Dodd), und kaum hatte man in der Ölindustrie damit angefangen, zogen andere Industrien nach, zum Beispiel Kupfer, Stahl, Tabak, Zucker, Gummi, Leder und sogar Landwirtschaftsgeräte. Der Sherman Antitrust Act von 1890 sollte derart massiven Ballungen von Reichtum einen Riegel vorschieben, wurde aber nur halbherzig durchgesetzt und durch eine Reihe abschlägiger Entscheidungen des Obersten Gerichtshofs weiter geschwächt. Wohl wahr, einige der größten Tycoons und ihre Erben haben sich später der Philanthropie verschrieben, doch ist nicht weniger wahr, dass Vanderbilts Sohn William (berühmt für die verschwenderischsten und teuersten Partys seiner Zeit, zweifellos die verschwenderischsten und teuersten seit dem Untergang des Römischen Imperiums) die Frage eines Reporters nach seiner Verantwortung für das Allgemeinwohl mit der Bemerkung konterte: «Die Leute sind mir egal.» Und der Eisenbahn-Magnat Jay Gould, einer der extravagantesten Gauner im Kapitalismus des 19. Jahrhunderts, soll geprahlt haben: «Ich kann die eine Hälfte der Arbeiterschaft anheuern, die andere Hälfte umzubringen.»

Entgegen Goulds Behauptung brachten die Arbeiter sich keineswegs gegenseitig um, sondern wurden Opfer eines Systems, das dazu gemacht war, auf Kosten der Gesundheit, Erwerbsfähigkeit und Sicherheit der Arbeitnehmer maximalen Profit zu erwirtschaften. Widerstand gegen den Kapitalismus hatte sich in Europa schon lange vor Beginn des Amerikanischen Bürgerkriegs geregt, doch mit den Einwanderern gelangten verschiedene Formen dieses Widerstands auch in die Neue Welt – Marx' revolutionärer

Sozialismus, Bernsteins evolutionärer Sozialismus, die subversiven Lehren des Anarchismus (McKinley wurde von dem Anarchisten Leon Czolgosz ermordet) –, und auch in der bereits einheimischem Bevölkerung bildeten sich oppositionelle Gruppen, manche davon progressiv und reaktionär zugleich, wie etwa die Populist Party und The Grange, die den kleinen Mann und die Bauern gegen die Ausbeutung durch das Großkapital verteidigten, jedoch von Einwanderern und (keine Überraschung) Schwarzen und Juden nichts wissen wollten, aber es traten auch einige fortschrittlichere und offenere Arbeiterorganisationen in Erscheinung, wie etwa der Noble Order of Knights of Labor (gegründet 1869), der in den 1880er Jahren auf seinem Höchststand siebenhunderttausend Mitglieder hatte, und die American Federation of Labor, die 1886 von Samuel Gompers gegründet wurde und sich für den Achtstundentag, die Abschaffung von Kinderarbeit, höhere Löhne und bessere Arbeitsbedingungen einsetzte. Neben diesen gemäßigten, praktischen Bestrebungen gab es die rabiateren Positionen der Sozialisten (etwa in Gestalt von Eugene Debs, der sich fünfmal um die Präsidentschaft bewarb), der Anarchisten (insbesondere Alexander Berkman und Emma Goldman, die beide schließlich deportiert wurden) und der Molly Maguires, einer Organisation, die in Pennsylvania mit gewalttätigen Guerillaaktionen die Besitzer von Kohlebergwerken terrorisierte, bis sie, von Agenten der Detektei Pinkerton unterwandert, zerschlagen wurde (zehn ihrer Mitglieder wurden im Juni 1877 wegen Mordes gehängt). Das letzte Viertel des 19. Jahrhunderts war aber nicht nur die Ära der Trusts, sondern auch die Ära der langwierigsten und mörderischsten Streiks der amerikanischen Geschichte. Der große Streik von 1877 begann im Juli mit einem Ausstand von Arbeitern der Baltimore and Ohio Railroad und breitete sich dann auf andere Eisenbahngesellschaften von New England bis zum Mississippi und schließlich über das ganze Land aus, was Fabrikarbeiter und Bergleute veranlasste, aus Solidarität ebenfalls die Arbeit niederzulegen. Als es in Martinsburg, West Virginia, zu Gewalttätigkeiten kam, wurde die Miliz des Bundesstaats herbeigerufen, und als die sich weigerte, auf die streikenden Arbeiter zu schießen, schickte der Kriegsminister Bundestruppen. In Baltimore wurden neun streikende Bergleute getötet und mehrere verwundet, als die dortige Miliz in die Menge feuerte. Es kam zu Krawallen, und in den folgenden Tagen wurden fünfzig weitere Menschen erschossen. In Pittsburgh lieferten sich Milizen und Streikende heftige Feuergefechte, und dann wurde ein echtes Feuer gelegt, das sich zu einer über fünf Kilometer langen Flammenwalze entwickelte und zweitausend Güterwaggons zerstörte, mit einem Schaden von über zehn Millionen Dollar. In Chicago attackierten örtliche Polizei und Kavallerie eine spontane Versammlung von Streikenden, neunzehn Personen wurden getötet. Die Solidaritätsstreiks griffen immer weiter um sich, und bis Ende Juli hatten in Scranton, Pennsylvania, vierzigtausend Bergleute die Arbeit niedergelegt. Auch wenn sich nach all diesen Schlachten für die Eisenbahnarbeiter kaum etwas änderte, konnten wenigstens die Bergleute in Scranton den Minenbesitzern eine Lohnerhöhung von zehn Prozent und weitere Zugeständnisse abringen. Wichtiger noch, die Ereignisse von 1877 zeigten dem Land, dass die Arbeiterbewegung jetzt stark genug und eine unübersehbare Größe im Leben Amerikas geworden war.

Weiter mit der Litanei. 1882: der drei Monate lange Streik der Eisen- und Stahlarbeiter; der Transportarbeiterstreik, der wochenlang den Güterverkehr auf der Schiene lahmlegte. 1886: der Streik gegen Jay Goulds Missouri Pacific Railroad, bei dem neuntausend Streikende die gesamte Strecke von siebentausend Kilometern dichtmachten. In diesem Jahr streikten über sechshunderttausend Arbeiter verschiedener Industriezweige. Im Mai rief ein Angriff auf Streikbrecher bei der McCormick Reaping Manufacturing Company in Chicago die Polizei auf den Plan, es gab sechs Tote und ein Dutzend Verletzte, was tags darauf zu den Haymarket-Square-Krawallen führte, in deren Verlauf durch eine Bombe sieben Polizisten getötet und fünfzig verletzt wurden. Vier Anarchisten wurden zum Tode verurteilt, vier weitere erhielten Gefängnisstrafen, drei davon lebenslänglich. Es ist anzunehmen, dass keiner der acht für den Bombenwurf verantwortlich war, doch angesichts von Schlagzeilen wie TERROR ERFASST DAS LAND spielte es kaum eine Rolle, wer dafür verantwortlich war und wer nicht. In den folgenden Jahren kam es zu zahllosen weiteren Streiks, besonders folgenschwer der Homestead-Streik von 1892 und der Pullman-Streik von 1894. Die Aktion gegen Andrew Carnegies Homestead Mill am Monongahela River in Pennsylvania dauerte fünf Monate, mit Dutzenden von Toten und Hunderten von Verletzten, weil das Management sich in typischer Manier nicht nur weigerte, mit den Gewerkschaften zu verhandeln, sondern auch zur Bekräftigung seiner unnachgiebigen Haltung den Gouverneur überredete, siebentausend Milizionäre des Bundesstaats anrücken zu lassen. Carnegies Partner Henry Clay Frick (derselbe Frick, der das Haus an der New Yorker Fifth Avenue mit der privaten Kunstsammlung bewohnte, die seit 1935 für die Öffentlichkeit zugänglich ist) ließ mit Winchester-Gewehren bewaffnete Pinkerton-Agenten anrücken und auf die Streikenden schießen, was ihn bei denen, die den Streik unterstützten, so verhasst machte, dass der Anarchist Alexander Berkman ihn in seinem Büro zu ermorden versuchte; Frick überlebte die zwei Schüsse und vier Messerstiche, der Streik wurde niedergeschlagen und Berkman zu zweiundzwanzig Jahren Gefängnis verurteilt. Tausende verloren ihren Job. 1894, in einem Jahr, als eine Dreiviertelmillion Beschäftigte die Arbeit niederlegten, wurde auch der Pullman-Streik in Chicago ohne greifbare Resultate beendet, aber für kurze Zeit herrschte Chaos, ein landesweiter Boykott brachte den gesamten Eisenbahnverkehr westlich von Detroit zum Erliegen, und Eugene Debs, der Anführer des

Aufstands, erhielt eine sechsmonatige Gefängnisstrafe, weil er sich über eine gerichtliche Anordnung, die Arbeit der U. S. Mail nicht zu behindern, hinweggesetzt hatte, und wurde so zum Helden der Linken. Er lebte bis 1926 und ist heute wohl vor allem bekannt für seinen Ausspruch: «Solange es eine Unterschicht gibt, gehöre ich ihr an, solange es kriminelle Elemente gibt, gehöre ich dazu, und solange eine Seele im Gefängnis sitzt, bin ich nicht frei.»

Nicht zu vergessen inmitten all dieser Kriege zwischen Kapital und Arbeiterschaft war das heftige Auf und Ab des Marktes, der in den fraglichen Jahrzehnten zweimal zusammenbrach. Die «Panik» von 1873 zwang die New Yorker Börse, den Handel für zehn Tage zu schließen, fünf Jahre lang herrschte Depression, über zehntausend Unternehmen gingen bankrott, Hunderte Banken mussten schließen, und die Pläne für eine zweite transkontinentale Eisenbahnstrecke wurden aufgegeben. Man darf bezweifeln, dass der zweijährige oder auch der sechsjährige Crane von diesen Geschehnissen etwas mitbekam; anders sah es aber mit der «Panik» von 1893 aus. Als die bis dahin größte und schwerste Depression der amerikanischen Geschichte einsetzte (erst in den 1930er Jahren von der Großen Depression übertroffen), war Crane fast zweiundzwanzig und lebte bereits in New York, mitten in der längsten kreativen Phase seines Lebens (Abschluss und Veröffentlichung von *Maggie*, Arbeit an seinem ersten Gedichtband, erste Entwürfe für *George's Mother* und *The Red Badge of Courage*, zu schweigen von etlichen Erzählungen, Skizzen und Artikeln), und er hatte bei einer Arbeitslosigkeit von dreißig bis fünfunddreißig Prozent in der Stadt genauso zu leiden wie alle anderen und war zwischenzeitlich so arm, dass er um Essen betteln musste und so schäbig gekleidet war, dass er sich schämte, auf die Straße zu gehen.

Es war auch die Ära von Jane Addams und der Settlement-Bewegung, die sich von Chicago aus nach Osten und Westen in über dreißig Bundesstaaten ausbreitete, ein idealistischer, aber auch praktischer Versuch, die Rechte von Kindern zu schützen und die Lebensbedingungen der Armen zu verbessern. Der Erfolg von Hull House, dem Settlement-Haus in der New Yorker Henry Street, und zahlreichen weiteren karitativen Bestrebungen bewies, dass Frauen im bürgerlichen Leben des Landes eine wichtige Rolle spielen konnten. Fraglos blieben Frauen zu der Zeit an den Rand verwiesen, aber eine Reihe bemerkenswerter Ausnahmen sollte nicht übersehen werden, Frauen wie Jane Addams, die sich durchsetzten und Wichtiges für die Gesellschaft leisteten: Susan B. Anthony, Elizabeth Cady Stanton, Mary Baker Eddy, Mother Jones, Clara Barton, Madame Blavatsky, die Malerin Mary Cassatt und die Journalistin Nellie Bly (Pseudonym von Elizabeth Cochran), eine von Amerikas ersten und furchtlosesten investigativen Reportern, die sich zum Beispiel wahnsinnig stellte, um Zutritt zu einem Irrenhaus zu erhalten, und, nachdem sie auf Verlangen ihres Arbeitgebers, Joseph Pulitzer von der *New York World*, freigelassen worden war, von der abscheulichen, unmenschlichen Behandlung berichtete, der man sie dort unterzogen hatte. Sie schlug auch Phileas Foggs erdichteten Rekord seiner Reise um die Erde in achtzig Tagen (in Jules Vernes gleichnamigem Roman), indem sie die Strecke in zweiundsiebzig Tagen bewältigte. Aber Frauen schlossen sich auch zu starken Massenbewegungen zusammen, die eine Änderung des Status quo verlangten, so etwa die National American Woman Suffrage Association und die Woman's Christian Temperance Union (in der Cranes Mutter aktives Mitglied war und in drei verschiedenen Ortsgruppen als Präsidentin fungierte). 1919 erreichte die Union schließlich ihr Ziel mit der Verabschiedung des 18. Verfassungszusatzes, der die Prohibition unseligen Angedenkens einleitete, aber nur ein Jahr später war, nach kleinen Fortschritten auf kommunaler und bundesstaatlicher Ebene, das Frauenwahlrecht im ganzen Land durchgesetzt, und die jahrhundertelang fest verschlossene Tür begann sich endlich zu öffnen.

Staatliche Universitäten, Colleges für Frauen, Colleges für Schwarze, von verschiedenen Religionsgemeinschaften gegründete private Colleges, dazu der Bau von Bibliotheken, Museen, Konzertsälen und Opernhäusern, das alles hatte tiefgreifende Auswirkungen auf das intellektuelle und kulturelle Leben Amerikas, so sehr, dass erstmals auch schwarze und jüdische Bürger zu gesellschaftlicher Geltung gelangten: Paul Laurence Dunbar, Booker T. Washington, W. E. B. Du Bois, Louis Brandeis, Abraham Cahan und Emma Lazarus, um nur eine Handvoll der Bekanntesten zu nennen. Allein in New York kamen zu Cranes Lebzeiten hinzu: das Metropolitan Museum of Art, die Brooklyn Bridge, Grand Central Station, die Freiheitsstatue, Carnegie Hall, das American Museum of Natural History, der Campus der Columbia University und, von Frederick Law Olmstead wunderbar erdacht, der Central Park in Manhattan und der Prospect Park in Brooklyn. All das besitzen wir noch heute, im dritten Jahrzehnt des 21. Jahrhunderts.

Und dann war da der Westen, der den in New Jersey geborenen Crane sein Leben lang lockte. In seiner Kindheit verschlang er die Groschenromane, die aus den Kämpfern im rauen Neuland Legenden machten, jenen Männern, die im 20. Jahrhundert in Hunderten von Filmen zu Helden wurden, Wild Bill Hickok, Buffalo Bill Cody, Wyatt Earp, Jesse James und der minderjährige Mörder Billy the Kid, der 1881 von Pat Garrett erschossen wurde und bis heute als einer der Unsterblichen Amerikas auf seinem Thron sitzt. Aber der Westen war mehr als ein Landstrich, er war eine Idee, ein Mythos, ein Traumgefilde, das ausschließlich der Neuen Welt gehörte, ohne jede Verbindung zur europäischen Vergangenheit, das Land der Zukunft. 1895, nachdem er zuvor nie über New Jersey, New York und Pennsylvania hinausgekommen war, reiste Crane als Reporter für das Bacheller-Zeitungssyndikat nach Westen und verliebte sich in dieses Land. Es war sein einziger Besuch dort, aber die Erinnerung begleitete ihn bis zum Ende und inspirierte einige seiner raffiniertesten und denkwürdigsten Erzählungen, «A Man and Some Others», «The Bride Comes to Yellow Sky» und «The Blue Hotel».

Von den amerikanischen Romanschriftstellern, die zeitgleich mit Crane von den frühen Neunzigern bis zur Jahrhundertwende schrieben, werden heute nur noch wenige gelesen. Oben auf der Liste stehen Mark Twain, William Dean Howells und Henry James, die in diesen Jahren sehr erfolgreich waren und alle mit Crane Bekanntschaft machten, ebenso wie Ambrose Bierce, Kate Chopin, Frank Norris und Sarah Orne Jewett. Was die Malerei betrifft, so lebten einige der führenden Vertreter der Hudson River School noch (Thomas Moran, Frederic Edwin Church und Albert Bierstadt), inzwischen aber hatte sich eine jüngere Generation etabliert, und da Crane seine New Yorker Jahre größtenteils unter Künstlern, nicht unter Schriftstellern, verbrachte, und da er beim Betrachten von Kunstwerken fast ebenso viel über das Schreiben lernte wie beim Lesen von Büchern, dürfen die Namen dieser Künstler nicht unerwähnt bleiben: John Singer Sargent, Winslow Homer, Thomas Eakins, James Whistler sowie Ralph Albert Blakelock und Albert Pinkham Ryder, die zwei exzentrischen, aber durchsetzungsstarken Neuerer, die über das Goldene Zeitalter hinaus bis ins neue Jahrhundert wirkten.

Nicht zuletzt war dies auch die Zeit, in der Samuel S. McClure das erste internationale Nachrichtensyndikat gründete, die Geburtsstunde der großen auflagenstarken Zeitungen. Möglich wurde dies dank der soeben erfundenen Linotype oder Zeilensetzmaschine, die sechsmal schneller arbeitete als ein Setzer, sodass Tageszeitungen von einem Umfang gedruckt werden konnten, der die maximal acht Seiten der Vergangenheit bei weitem übertraf. In Manhattan übernahm Joseph Pulitzer die *New York World*, William Randolph Hearst das *New York Journal*, und damit begann der harte Konkurrenzkampf des Sensationsjournalismus, der den Umgang der Amerikaner mit ihrem eigenen Universum für immer veränderte. Nachdem Crane 1891/92 in die Stadt gezogen war, arbeitete er bis zu seinem Tod für die drei Genannten in ständigem Wechsel, schlug sich mit dem wenigen durch, das sie ihm zahlten, weil er seinen Lebensunterhalt unbedingt mit Schreiben verdienen wollte und sich weigerte, an irgendeine andere Arbeit auch nur zu denken. Eine noble Haltung, mag sein, aber bis auf kurze Phasen relativer Ruhe ging es ihm damit bis zum Ende ziemlich schlecht.

Die Linotype hat's gegeben, die Linotype hat's genommen.

4

Seine Eltern nannten ihn Stephen nach zwei seiner Vorfahren, einem Stephen Crane, der im 17. Jahrhundert einer der Gründerväter von Elizabethtown war, der frühesten englischen Siedlung in dem Gebiet, das später zur Kolonie New Jersey wurde (andere Cranes im 17. Jahrhundert, die nicht Stephen hießen, waren an der Gründung von Newark und Montclair beteiligt, Letzteres hieß ursprünglich Cranetown), und einem Stephen Crane im 18. Jahrhundert, Unterstützer der Revolution, Parlamentssprecher der New Jersey Assembly und Delegierter am Continental Congress in Philadelphia, wo er die Unabhängigkeitserklärung mit unterzeichnet hätte, wäre er nicht in dringenden politischen Angelegenheiten nach New Jersey zurückgerufen worden. 1780 wurde er von den Briten gefangen genommen und bajonettiert; wenig später wurde auch sein Sohn Jonathan von den Briten gefangen genommen und hingerichtet, weil er sich weigerte, ihnen den Standort von Washingtons Armee zu verraten. Ein weiterer Sohn jenes zweiten Stephen Crane, William, tat sich in der Revolution als Kommandant eines Regiments von New Jersey hervor und wurde zum Generalmajor ernannt, und dessen Sohn, ebenfalls William, diente im Krieg von 1812 als Marinekommandeur. Wie Crane selbst 1896 einem wissbegierigen Reporter vom *Newark Sunday Call* schrieb: «Die Familie wurzelt tief im Boden von Jersey (seit der Gründung von Newark), und ich bin so sehr ein Jerseymann, wie man sich nur vorstellen kann.»

Egal wie weit er sich vom Boden in Jersey entfernt haben mag, seine Familie war ihm äußerst wichtig, nicht nur die Heldengestalten aus der Crane-Vergangenheit (die ihn mit Stolz erfüllten), sondern auch die Cranes der Gegenwart, denn mochte er sich auch gegen den Methodismus seiner Eltern wenden, so wandte er sich doch nicht gegen seine Eltern selbst und hielt sein Leben lang engen Kontakt zu zweien seiner Brüder – Edmund und William, die beiden, die auf ihn aufgepasst hatten, als er klein war. Als der Journalist John Northern Hilliard ihn Anfang 1896 um biographische Informationen bittet, beginnt Crane seine halb ernst gemeinte, halb scherzhafte Antwort mit dem Geständnis, er sei «nicht besonders versiert darin, über sich selbst zu reden», und führt im dritten Absatz kurz und bündig zu seinen Eltern aus: «Mütterlicherseits wurde jeder, sobald er laufen konnte, methodistischer Geistlicher – von der guten alten wortgewandten, wohlbeleibten, stets ermahnenden Sorte. Mein Onkel Jesse T. Peck, D. D., L. L. D., war Bischof der methodistischen Kirche. Mein Vater war ebenfalls Geistlicher dieser Kirche, Verfasser zahlreicher theologischer Werke, Herausgeber verschiedener kirchlicher Zeitschriften. Er hat in Princeton studiert. Ein großartiger, feiner, schlichter Mann.»

Jonathan Townley Crane, geboren 1819, im selben Jahr wie Melville und Whitman, war wie sein Sohn das jüngste von zahlreichen Geschwistern. Mit dreizehn verwaist und als Heranwachsender zu einem Newarker Koffermacher in die Lehre geschickt, konvertierte er mit achtzehn zum Methodismus und wurde schließlich

Jonathan Townley Crane
(Mit freundlicher Genehmigung der Syracuse University)

zum Studium in Princeton (damals noch College of New Jersey) zugelassen, wo er großartige Leistungen zeigte, für einen Aufsatz ausgezeichnet und zum Präsidenten einer der beiden literarischen Gesellschaften auf dem Campus ernannt wurde. Nach der Graduierung schloss er sich der methodistischen Geistlichkeit an und verbrachte den Rest seines Lebens in dieser Kirche, wirkte dort im Lauf der Jahrzehnte sowohl in administrativen als auch in pastoralen Funktionen, wobei seine längsten Amtszeiten die neun Jahre nach seiner Verehelichung mit Cranes Mutter in Pennington, New Jersey, waren, wo er das Amt des Rektors des Pennington Seminary innehatte, einer von Methodisten geführten Schule für Jungen und Mädchen, und die acht Jahre als vorsitzender Ältester des Bezirks Newark. Ansonsten wurden ihm immer wieder auf ein oder zwei Jahre begrenzte Posten im Norden New Jerseys und im Süden des Bundesstaates New York zugewiesen, was ihn nicht daran hinderte, vierzehn Kinder zu zeugen (von denen fünf bereits im Kleinkind- und Säuglingsalter starben), zahllose Artikel für die *Methodist Quarterly Review* und den *Christian Advocate* zu verfassen und mehrere Bücher zu veröffentlichen, darunter *An Essay on Dancing* (1849), *Popular Amusements* (1869) und *Arts of Intoxication: The Aim and the Results* (1879), worin er nicht nur den leichtfertigen Zeitvertreib des Tanzens kritisierte (wie der erste Titel nahelegt), sondern auch andere Aktivitäten wie das Lesen minderwertiger Kitschromane, Kartenspielen und Trinken. Es dürfte kaum überraschen, dass sein jüngster Sohn es nicht unterließ, den beiden letztgenannten Lastern zu frönen, auch wenn er selten, falls überhaupt je, übermäßig trank, sondern einfach nur so viel oder so wenig, wie er Lust hatte, und eine lebenslange Leidenschaft für das Pokerspiel entwickelte, so heftig, dass man ihn ohne weiteres als Pokerfanatiker bezeichnen darf. Jedoch, ungeachtet seiner ständigen Ermahnungen war Cranes Vater weithin als warmherziger, humorvoller Mann mit starkem gesellschaftlichem Verantwortungsbewusstsein bekannt. Er war für das Frauenwahlrecht, er hatte sich lange vor Ausbruch des Bürgerkriegs öffentlich gegen die Sklaverei geäußert, und gegen Ende seines Lebens, nachdem die Familie 1878 nach Port Jervis gezogen war, hatten er und Cranes Mutter dort zwei Schulen zur Förderung der schwarzen Bevölkerung gegründet, die Mission

Sunday School für Männer und die Drew Mission and Industrial School für Frauen und Kinder. Sein Tod 1880 war der erste empfindliche Schlag im Leben seines Sohnes. Reverend Crane weilte erst seit zwei Jahren in der Stadt, aber zu seinem Begräbnis kamen vierzehnhundert Menschen – mehr als doppelt so viel wie die Einwohnerzahl seiner Gemeinde. Soweit man weiß, war es die größte Beerdigung in der Geschichte von Port Jervis.

Cranes Mutter spielt eine größere Rolle in der Geschichte, wenn auch nur deshalb, weil sie ihren Mann um fast zwölf Jahre überlebte; auch sie starb, als Crane noch jung war, aber nicht gar so jung, nicht acht, sondern zwanzig Jahre alt, und als ihren letzten, unerwarteten Sprössling, ihr kleines Wunderbaby nach dreizehn vorangegangenen Schwangerschaften, diesen Nachzügler, acht Jahre nach ihrem vermeintlich letzten Kind, verhätschelte sie ihn auf eine Weise, wie sein Vater es nie getan hatte – oder hätte tun können. Mary Helen Peck Crane (1827–1891) wuchs in Wilkes-Barre, Pennsylvania, als drittes Kind und einziges Mädchen von insgesamt fünf Kindern der Familie Peck auf. Ihr Vater, Reverend George Peck, begann als methodistischer Wanderprediger in der Provinz, diente sich in der Kirche nach oben und wurde zu einem ihrer bedeutendsten Vertreter, Autor mehrerer Bücher und Herausgeber der *Methodist Quarterly Review* und des *Christian Advocate*, Publikationen, zu denen auch Cranes Vater beitrug. Die vier Brüder ihres Vaters waren allesamt methodistische Geistliche, einer davon der Bischof, auf den ihr Sohn sich in seinem Brief von 1896 bezieht, Jesse T. Peck, auch so ein Vielschreiber dieser Sippe und Mitgründer der Syracuse University, und zwei ihrer Brüder wurden schließlich ebenfalls Methodistenpfarrer. Die gesamte Familie Peck war in die Wasser der Religion getaucht – auch Cranes Mutter –, umso bemerkenswerter, dass nicht einer der sieben Crane-Jungen je in Versuchung geriet, dem Vater, dem Großvater oder den Onkeln in den methodistischen Teich zu folgen.

Als überzeugter Verfechter gleicher Rechte für Frauen hatte ihr Vater nichts dagegen, dass sie eine ordentliche Ausbildung machte, und so ging sie als Teenager von Pennsylvania nach Brooklyn ans Young Ladies Institute und von dort ans Rutgers Female Institute, das erste College für Frauen in New York City, wo sie 1847 ihren Abschluss erwarb. Im Jahr darauf, mit einundzwanzig, heiratete sie Cranes Vater und stand die zweiunddreißig Jahre dieser soliden, wenn auch ziemlich ruhelosen Ehe tapfer durch (so viele Häuser bezogen und verlassen, so viele Kinder geboren und gestorben); ihren Mann sprach sie zärtlich mit «Jounty» an, nicht mit «Mr. Crane», wie es zu der Zeit für eine Ehefrau üblich gewesen wäre, und trotz ihrer gewaltigen Verantwortung für die Familie engagierte sie sich zunehmend auch außerhalb des Hauses, und als sie Stephen Crane zur Welt brachte, stand sie als Autorin wie als Sprecherin an der Spitze etlicher sozialer und religiöser Bewegungen, reiste im Land umher, um die Massen zur Mäßigung im Trinken aufzufordern, und betätigte sich in ihrer Freizeit (man fragt sich: Welche Freizeit?) als Malerin, stellte vielbewunderte Wachsfiguren her und schrieb die eine oder andere Kurzgeschichte. 1885-86 erlitt sie einen Nervenzusammenbruch. Sechs Monate lang war sie außer Gefecht, dann nahm sie ihre früheren Aktivitäten mit voller Kraft wieder auf und schrieb allein in einem einzigen Jahr fünfundzwanzig Kolumnen für eine Lokalzeitung und über hundert Berichte für Associated Press und diverse New Yorker Publikationen.

Helen R. Crane, die älteste Tochter von Cranes Bruder Wilbur, die Journalistin wurde und ihren Onkel in ihrer Kindheit gut gekannt hatte, war vermutlich die Erste, die sich über Cranes Verhältnis zu seiner Mutter äußerte. In einem 1934 im *American Mercury* erschienenen Artikel schrieb sie: «Die Erinnerung an seine Mutter war ihm teuer, teurer als alles andere, und mag er ihre Eigenarten auch nie in Frage gestellt haben, wenn er sich außerhalb des häuslichen Kreises befand, so wunderte es ihn doch sehr, dass eine

Mary Helen Peck Crane
(Mit freundlicher Genehmigung der Syracuse University)

so gebildete Frau, eine Akademikerin, die regelmäßig für Zeitschriften und Zeitungen schrieb, sich dermaßen auf die ‹nichtssagende, sinnlose Psalmensingerei› einlassen konnte, die in jenen Tagen ‹für Gottesdienst gehalten wurde›.»

Wie auch immer, falls Crane sonst nichts von seinen Eltern gelernt haben sollte, eins lehrte ihn ihr Beispiel, dass nämlich die Welt ein Ort war, wo mündige Erwachsene am Schreibtisch saßen und schrieben, dass Schreiben eine wichtige, wenn nicht gar lebenswichtige Tätigkeit war. Oder, wie seine Nichte es ausdrückte: «Als Crane floss von Geburt an Druckerschwärze in seinen Adern.»

Es ist nicht überliefert, wie Crane auf den Tod seiner Eltern reagierte, auch gibt es kein gedrucktes Wort zu seiner Reaktion auf den Tod seiner Schwester Agnes und den Tod seines Bruders Luther. Was seine überlebenden Geschwister betrifft, so hatte er mit seiner Schwester Mary Helen («Nellie»), 1849 geboren und Malerin, und seinem Bruder George, 1850 geboren und Angestellter des Jersey City Post Office, nicht allzu viel zu tun, während die anderen vier für ihn zeitlebens eine wichtige Rolle spielten, und es lohnt sich, ihre Geschichten hier zu erzählen, weil ihre unterschiedlichen Schicksale das ganze Spektrum von bürgerlicher Ehrbarkeit bis zu schrulliger Kauzigkeit umfassen, von materiellem Erfolg bis zu grausamem Scheitern, von nüchterner Rechtschaffenheit bis zu Alkoholismus, von geistiger Gesundheit bis zur Einweisung ins Irrenhaus.

Wilbur (geboren 1859) studierte fünf Jahre lang Medizin am Columbia College of Physicians and Surgeons und flog von der Schule, nachdem er in der Anatomieprüfung durchgefallen und seine Dissertation über Typhus zweimal abgelehnt worden war. Arzt konnte er nicht mehr werden, also ging er nach Asbury Park zurück und arbeitete ein paar Jahre in der Nachrichtenagentur seines Bruders Townley. 1888 heiratete er zum Entsetzen seiner Familie ein Dienstmädchen seines Bruders William, später zog er mit seiner Frau und vier Kindern nach Binghamton, New York. Was für Geschäfte er dort trieb, lassen die Quellen offen, aber gerade als es bergauf zu gehen begann, wurde er von seiner Frau mitsamt den gemeinsamen Kindern verlassen. Als gebrochener Mann zog er in eine Kleinstadt in Georgia und starb 1918 an der Spanischen Grippe.

Noch trostloser ist die Geschichte des exzentrischen und talentierten Townley (ausgesprochen «Toonley»), des Mannes, der dem jungen Crane seinen ersten Job als Schreiber gegeben hatte. Geboren 1853, war er der Wilde in der Familie, ein aufsässiger, rebellischer junger Mann, der oft heftig mit seinem Vater aneinandergeriet, als Erwachsener dann aber zu einem erstklassigen Journalisten wurde. Sekretär des New York Press Club, gefragter Vortragsredner, Historiograph der Baseball National League, entschiedener Fürsprecher der Frauenrechte und Gründer einer eigenen Nachrichtenagentur, recherchierte er seine Artikel mit solcher Beharrlichkeit, dass man ihm den Spitznamen «Shore Fiend», Küsten-Dämon, gab. Er war ein unverbesserlicher Komiker, ein kauziger Typ, der ständig spöttelte und schräge Witze machte und bei der Arbeit grundsätzlich kein Hemd trug, sondern bloß ein langes Sakko und einen speckigen Schlapphut. Bei aller Schrulligkeit war er ein vielbewunderter Mann, der führende Zeitungsmann seiner Zeit, besaß aber auch ein Talent dafür, immer wieder in schreckliches Unglück zu geraten. Er und seine Frau verloren zwei Kinder, und 1883, nach nur fünfjähriger Ehe, starb seine Frau mit nicht einmal dreißig Jahren an einer Nierenentzündung. 1890 heiratete er erneut, und nach einem halben Jahr erlitt seine zweite Frau einen Zusammenbruch und kam in die Psychiatrie von Trenton, wo sie zwei Monate später starb. Eine dritte Ehe (1893) wurde geschieden. Um die Jahrhundertwende war er schwer alkoholabhängig und neigte zu Gewaltausbrüchen. Er war, wie ein Freund es nannte, zu einem «physischen Wrack» geworden und nicht mehr arbeitsfähig. Nachdem er zu Wilbur und dessen Frau (eben der Frau, von der Wilbur wenig später verlassen wurde) im Bundesstaat New York gezogen war, wurde er zweimal in das Binghamtoner Asyl für chronisch Geisteskranke eingeliefert – wo er 1908 völlig verarmt starb.

William, nur ein Jahr jünger als Townley, wurde zu einem ehrbaren Bürger mit abgeschlossenem Jurastudium und gutem Geschäftssinn, in ganz Port Jervis bekannt als Judge Crane (nachdem er ein Jahr als Sonderrichter im Orange County absolviert hatte), seit dem Tod des Reverend 1880 respektiertes Oberhaupt der Familie und quasi zweiter Vater für seinen jüngsten Bruder, mit allem Guten und Schlechten, was das mit sich bringt. Während seiner Jahre in New York City ließ Crane sich gelegentlich bei William und dessen Familie in Port Jervis blicken, bekam auch, wenn er völlig abgebrannt war, manchmal ein wenig Geld zugesteckt, aber das einzige Geschenk Williams, das ihm wirklich etwas bedeutete, war der freie Zutritt zum Hartwood Club, einem 1500 Hektar großen Naturpark knapp zwanzig Kilometer nördlich der Stadt, den William und eine Gruppe vom Mitstreitern seit Ende der 1880er nach und nach zusammengekauft und 1893 hatten eintragen lassen, denn sosehr Cranes frühe Schriften in den Straßen New Yorks verwurzelt lagen, im Grunde seines Herzens war er doch ein Junge vom Land und empfand es als Segen, sich in diese Wildnis zurückziehen zu können. Und bis ans Ende seines Lebens – auch nachdem er sich in England niedergelassen hatte – benutzte er Edmunds Haus in Hartwood, New York, als seine ständige Anschrift.

Von allen Brüdern war Edmund ihm am nächsten, derselbe Edmund, den Crane nach dem Tod der Mutter 1891 zu seinem gesetzlichen Vormund bestimmte (er musste noch ein Jahr warten, ehe er offiziell erwachsen war), derselbe Edmund, in dessen Haus in Lake View, New Jersey, Crane während seiner frühen Phase in der Umgebung von New York häufig zu Gast war und wo er im Sommer 1893 einen Großteil der ersten Fassung von *The Red Badge of Courage* schrieb, und als Edmund im Frühjahr 1894 seinen Bürojob in New York aufgab, um die Verwaltung des Hartwood Club zu übernehmen (wo er einem Brief Cranes an seinen Freund Willis Brooks Hawkins zufolge als «Postmeister, Friedensrichter, Eisverkäufer, Farmer, Mühlenbauer, Sandsteinbruch- und Waldarbeiter, Bahnhofsvorsteher für die P.J. M. und N. Y. R. R. und vieles andere tätig war, das ich vergessen habe»), ging es Crane bei seinen weiteren Besuchen im Norden ebenso sehr darum, Edmund zu sehen, wie darum, durch die Wälder zu reiten. Wer ihre Verbundenheit verstehen will, muss nur den kurzen Brief lesen, den Crane wenige Monate vor seinem Tod aus England an seinen neugeborenen Neffen schrieb – nachdem er erfahren hatte, dass Edmunds Frau Mary Zwillinge zur Welt gebracht, und sie einen der beiden auf den Namen Stephen getauft hatten.

> *Mein lieber Stephen: Ich brauche Dir nicht zu sagen, dass ich Deine Ankunft freudig begrüßt habe. Du und ich, wir werden uns gemeinsam mit diesem Namen durchschlagen und das Beste daraus machen. Bis dahin sei daran erinnert, dass Du nach Kräften so erwachsen werden solltest wie Dein guter, freundlicher, liebenswerter Vater, und bitte, verfalle nicht in die Laster und Fehler*
> *Deines Dich liebenden Onkels*
> *Stephen Crane.*

5

Alles, was über Cranes Kindheit bekannt ist, stammt von ein paar Fotos und einigen Augenzeugenberichten, die Verwandte und Freunde aufgeschrieben haben. Fast alle diese Texte wurden Jahre nach den geschilderten Ereignissen verfasst, und die Erinnerung kann nun einmal täuschen oder die Dinge verzerren. Wann immer jemand Crane direkt zitiert, müssen wir dies mit Vorsicht lesen; schließlich hätten die meisten von uns schon Schwierigkeiten, wörtlich wiederzugeben, was jemand vor fünf Minuten gesagt hat, erst recht vor fünf oder gar dreißig Jahren. Und das gilt nicht nur für Cranes Kindheit, sondern auch für alle anderen Phasen seines Lebens, denn viele, die ihn gekannt hatten, haben ihre Erinnerun-

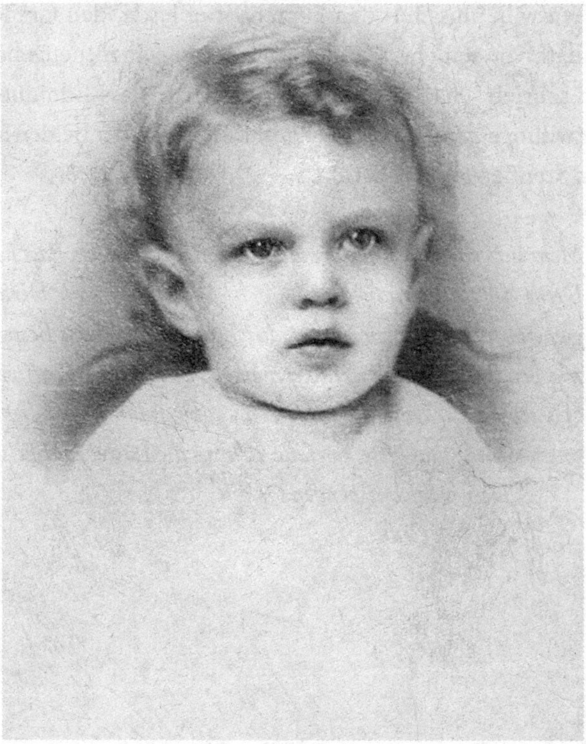

Stephen Crane, um 1873
(Mit freundlicher Genehmigung der Syracuse University)

gen erst nach seinem Tod zu Papier gebracht, und es ist zweifelhaft, dass die Worte, die sie ihm zuschreiben, tatsächlich seine eigenen waren. Dennoch, da Crane nie Tagebuch geführt hat und da in seinen veröffentlichten Briefen nur sehr wenig Persönliches über ihn zu lesen ist, sind wir, so fehlerhaft ihre Reminiszenzen sein mögen, auf diese Zeugen angewiesen. Aber ob fehlerhaft oder nicht, wertvoll sind diese Erinnerungen allemal, denn letztlich haben sie uns viel zu erzählen.

Das erste Foto zeigt ihn als Kleinkind von etwa anderthalb Jah-

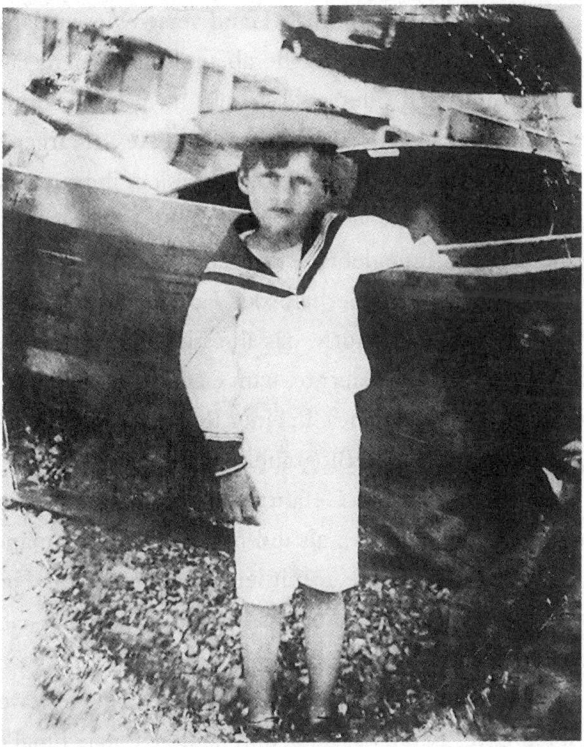

Crane an der Küste von Jersey, um 1879
(Mit freundlicher Genehmigung der University of Virginia)

ren, das ruhig in die Kamera blickt. Ein blonder Lockenkopf mit vollen Lippen und etwas überdurchschnittlich großen Ohren, oder wie sein Bruder Wilbur später schrieb: «ein schönes Baby».

Das zweite Foto ist schon interessanter: Crane, etwa sieben Jahre alt, steht an einem Kiesstrand irgendwo an der Küste von New Jersey, man sieht ihn fast ganz, nur die Füße sind abgeschnitten, er trägt einen weißen Matrosenanzug mit kurzen Hosen, die ihm zwei, drei Zentimeter über die Knie reichen, und einen breiten, weit nach hinten geschobenen Strohhut, sein linker Arm liegt auf dem Rand eines Kahns, die linke Hand verschwindet darin, sein rechter Arm hängt kerzengerade herab, und seine Miene lässt sich entweder als mürrisch oder als Blinzeln im grellen Sonnenlicht deuten, aber in jedem Fall hat sie etwas Gereiztes, als ärgere es ihn, für das Foto stillstehen zu müssen, und man sieht ihm an, in seinem Kopf geht alles Mögliche vor, dies ist ein Junge, der bereits ein ungewöhnlich reiches Innenleben entwickelt hat.

Alle, innerhalb und außerhalb der Familie, nannten ihn «Stevie», ein liebevolles Diminutiv, das ihn bis ins Erwachsenenalter begleitete; als er sprechen lernte, kam er mit dem *s* nicht zurecht und nannte sich selbst «Tevie». In einer Reihe rasch hingeworfener Notizen für eine mögliche Biographie, die nie geschrieben wurde, bemerkte Cora Taylor, die Gefährtin seiner letzten Lebensjahre (bekannt als Mrs. Crane): «... als ihn mit 2 ½ einmal jemand nach seinem Namen fragte, sagte er mit leuchtenden Augen: ‹Heiße Pepop-ty›, niemand wusste, wo er das herhatte, offenbar selbst ausgedacht ...»

Er scheint ein kränklicher, aber auch robuster Junge gewesen zu sein, ein lebhaftes Kind, das aufgrund häufiger, manchmal ernster Erkrankungen viele Schultage versäumte, bis sein Zustand sich im Alter von acht Jahren stabilisierte, und wenn er bei guter Gesundheit war, stürzte er sich eifrig in sportliche Wettkämpfe und beeindruckte alle mit seiner Furchtlosigkeit. Edmund berichtet, er und seine Brüder seien, als die Familie von Newark nach Bloomington gezogen war, regelmäßig im Raritan River schwimmen gegangen, nicht nur die großen Jungen, sondern auch der winzige Crane.

> Vom Südufer erstreckte sich eine flache Sandbank in den Fluss, am Ufer noch ganz seicht, zur Flussmitte hin immer tiefer. Stevie watete in dem seichten Wasser herum, einer von uns passte auf. Brusthoch im Wasser watend, breitete er die Arme aus, wedelte mit

> den Händen und brachte etwas zustande, das er «fimmen» nannte. Dann «famm» er auf Wee-Wee (Willie) zu, meinen nächstälteren Bruder, der weiter draußen im Fluss war. Das Wasser stieg immer höher, bis an sein Kinn, an seinen Mund, an seine Augen, aber er machte weiter, bis ich ihn, gerade als sein blonder Schopf unterging, keuchend, aber unversehrt heraushob. Wir Jungen waren natürlich begeistert von seinem Schneid.

Elizabeth Crane, die Frau von Cranes Bruder George, erinnert sich an ihren kleinen Schwager als «temperamentvolles Kerlchen ... mit einer Leidenschaft für Sport im Freien und für alles, was mit dem Militär zu tun hatte ... Schon als kleines Kind spielte er gern Soldat. Die meisten seiner Spielsachen waren Spielzeugsoldaten und -gewehre und Ähnliches ... Später kamen Baseball und Football hinzu. In Asbury trat er einer Baseballmannschaft bei und wurde, obwohl der kleinste und jüngste Spieler, zu einer Hauptstütze des Clubs.»

In Coras hingehuschten Notizen findet sich auch dies: «... als Kleinkind am liebsten mit Knöpfen gespielt, die er Soldaten nannte & zu Armeen angeordnet herummanövrierte – die Knöpfe nach dem Spielen nie aufgesammelt.»

Edmund führt das weiter aus: «Drinnen spielte er allein für sich Krieg mit Knöpfen verschiedener Farbe, die für ihn Soldaten gegnerischer Armeen waren. Die ließ er auf dem Fußboden aufmarschieren, nach einem System, das mir unverständlich blieb. Damit konnte er sich, besonders an Regentagen, stundenlang beschäftigen.»

Edmund schreibt auch, Crane habe in Asbury Park «ein dressiertes Pony» besessen, «das er abgöttisch liebte und das seine Kunststücke, die es früher vermutlich in einem Zirkus gelernt hatte, zu Stevies Verblüffung und Entzücken immer wieder vorführte. Das

Pony hatte ein großes B auf die Schulter gebrannt, und wir nahmen an, dass es einst dem verstorbenen P. T. Barnum gehört hatte.»

Wer weiß, was im Kopf des Kleinen vorging? Edmund versichert, er sei «aufgeweckt und sehr gelehrig» gewesen, und erklärt dazu, kurz nachdem Crane sprechen gelernt habe, «amüsierte ich mich damit, ihn fünf- und sechssilbige Wörter aussprechen zu lassen. Nach ein paar komischen Fehlversuchen gelang ihm die richtige Aussprache, indem er ein Wort in seine Einzelteile zerlegte und mir Silbe für Silbe nachsprach.» Im nächsten Absatz seiner Aufzeichnungen erzählt er eine Familienanekdote, die klarmacht, warum der kleine Bruder für ihn und seine Geschwister zum «Schoßkind und Unterhalter» wurde.

> Als er ungefähr drei Jahre alt war, arbeitete einer seiner älteren Brüder, Townley, als Nachwuchsreporter für eine Newarker Tageszeitung ... und wenn er seine Artikel zu Hause schrieb, fragte er seine Mutter oft nach der richtigen Schreibweise eines Wortes. Eines Tages malte Stevie mit einem Bleistift seltsame Zeichen aufs Papier und fragte seine Mutter exakt so wie jemand, der aus Gedankentiefen an die Oberfläche kommt: «Ma, wie schreibt man ‹O›?», was zufällig der Buchstabe war, mit dem er gerade Bekanntschaft gemacht hatte.

Alle beteuern, dass Crane mit vier Jahren fließend lesen konnte.

Darüber, wie er sich als Kind im Alltag benahm, ist nichts bekannt, ob er hilfsbereit oder verstockt oder eine Mischung von beidem war, aber aus den wenigen Zeugnissen, die wir besitzen, kann man schließen, dass er selbständiger war als die meisten Kinder, ein unterhaltsames, aber kein gar so lammfrommes Schoßkind mit einem Charakter, der eher zu Eigensinn als zu stummer Unterwerfung neigte und hin und wieder in ausgesprochenen Übermut ausartete. Mit sieben schoss er, beflügelt von einem Bild, das bei ihnen im Haus hing (eine Entenjagd, gemalt von seiner Mutter), einen Pfeil in die Leinwand. Ob er dafür bestraft wurde oder nicht, ist nicht überliefert.

Religion war natürlich von seiner Geburt an ständig um ihn herum, die konkurrierenden Strömungen des Methodismus – mütterlicherseits (streng) und väterlicherseits (etwas weniger streng) –, was bedeutete, dass er Woche für Woche die Sonntagsschule besuchen musste, und wenn man auch nicht weiß, wie oft oder regelmäßig er am Gottesdienst teilgenommen und den vielbewunderten Predigten seines Vaters gelauscht hat, steht doch außer Frage, dass die methodistischen Gebete und Kirchenlieder, die er seine ganze Kindheit hindurch gehört haben muss, in die tiefsten und innersten Winkel seines Gedächtnisses eingesunken sind. Mit neun oder zehn Jahren bekam er ein Buch geschenkt, *What Must I Do to Be Saved?*, geschrieben 1858 von seinem Großonkel Bishop Jesse T. Peck, und man darf annehmen, dass der Junge es gelesen oder wenigstens angesehen und teilweise in sich aufgenommen hat. Crane rebellierte früh genug gegen die Engstirnigkeit der Lehren seines Großonkels, aber das Buch behielt er bis ans Ende seines Lebens.[2]

Der Eigensinn, der sich zu einem seiner bleibenden Wesenszüge entwickeln sollte, gerann bald zu etwas, das man ein *Lebensprinzip*

■ 2 Mit neunzehn, während des einen Semesters in Syracuse, erzählte Crane seinem Freund und Kommilitonen Frank W. Noxon, er denke, «seine Gleichgültigkeit gegen die Religion übersteige deren eigentlichen Verdienste, und er führte dies auf eine Abwehrreaktion gegen ein Zuviel zurück». Ungeachtet dieses *Zuviel* begleitete Crane Noxon gern zu den sonntäglichen Liederabenden in der St. Paul's Episcopal Cathedral, wo sie, wie Noxon berichtet, «aus der letzten Bank heraus den Knabenchor mit einem kräftigen Brummbass begleiteten». Kirchenmusik – und die Liebe zum Gesang – war Crane in die Wiege gelegt worden, und mochte ihn die christliche Lehre jetzt auch kaltlassen, das musikalische Drumherum seines verschmähten Glaubens gab ihm auch weiterhin inneren Trost und Halt.

nennen könnte. Wilbur zufolge war «Stephens ausgeprägtester Zug seine absolute Wahrhaftigkeit. Er war oft in der Klemme, aber kein Gedanke an die Konsequenzen konnte ihn dazu bringen, sich mit Lügen herauszuwinden, und wer ihm vorwarf, ein Lügner zu sein, wurde für Stephen für alle Zeiten zur *persona non grata*.» Oder wie Helen R. Crane in ihrem Artikel für den *American Mercury* über eine ältere Version ihres Onkels schrieb: «Ich kann mir keine Situation vorstellen, in der er gelogen hätte. Er war einer dieser Menschen, denen es eine Wonne gewesen wäre, bei Sonnenaufgang erschossen zu werden oder etwas in dieser Art.»

Ein ehrlicher, aber nicht immer braver oder gehorsamer Junge, und tief im Innern seines hin- und hergerissenen Methodistenherzens lauerte ein stiller Rebell, der sich von Zeit zu Zeit in einen verwegenen Draufgänger verwandelte. Post Wheeler berichtet von einer solchen Episode, und sie zählt zu den bedeutsamsten Geschichten, die aus Cranes Kindheit überliefert sind. Es geschah im Sommer 1878, Wheeler war fast neun, Crane war sechseinhalb. Anfang der 1890er, über ein Dutzend Jahre später, kreuzten sich ihre Wege erneut, als sie beide in Asbury Park für New Yorker Zeitungen arbeiteten, und aus dem Wiedersehen entwickelte sich eine feste, dauerhafte Freundschaft. Schließlich gab Wheeler seinen Journalistenberuf für eine erfolgreiche Diplomatenkarriere auf, aber die Erinnerung an seine erste Begegnung mit Crane verließ ihn nie, und obwohl er die Geschichte erst als alter Mann in den 1950er Jahren niederschrieb, wirkt sie immer noch wahr. Vielleicht nicht der exakte Wortlaut, aber der Kern – und das Schockierende daran.

Anfang Juli 1878 verließen Crane und seine Mutter New Jersey, um ein paar Tage in Wyoming Valley, Pennsylvania, zu verbringen (nicht weit von ihrem Geburtsort); sie wollten sich dort einen Vortrag von Frances E. Willard anhören, der Präsidentin der Woman's Christian Temperance Union, und dem zum hundertsten Jahrestag nachgestellten Massaker von Wyoming Valley beiwohnen, einer

Schlacht des Revolutionskriegs, in deren Verlauf örtliche Siedler von einem Verbund aus Briten und Indianern angegriffen und ermordet wurden. Und dort begegnete er Wheeler, dessen familiäre Umstände den seinen bemerkenswert ähnlich waren: der Vater Methodistenpfarrer, die Mutter aktiv in der Temperenzbewegung. Wheelers Mutter hatte eine Verabredung mit Mrs. Crane in dem Hotel, wo er und seine Eltern übernachtet hatten, und die Frau aus New Jersey brachte ihren Jungen mit.

> Das war meine erste Begegnung mit Stevie Crane. Er war ein blasser, blonder, hungrig aussehender Junge, etwas jünger als ich, und wir schlossen eine Freundschaft, die, als wir in den Zwanzigern waren, erneuert werden sollte.
>
> Am nächsten Tag fuhren Mrs. Crane und Stevie mit zu uns nach Hause und blieben für zwei Tage als Gäste meiner Eltern. Das Eisenbahnabteil war voll, und wir Jungen durften im «Raucher» fahren, wo Stevie sich in aller Seelenruhe (aber nicht ohne verstohlen nach dem Abteil zu schielen, in dem seine Mutter saß) eine Sweet Corporal anzündete und auch mir eine anbot ... Ich akzeptierte den Glimmstängel, und zu meiner Überraschung wurde mir nicht schlecht davon.
>
> Der folgende Tag ... war ein ganz besonderer für uns, mit Popcorn, Luftballons, Rattangerten und Zuckerstangen und fliegenden Händlern, die allerlei Krimskrams verkauften ...
>
> Aber das Beste sollte noch kommen. Am Ausgang hatte ein dicker Pennsylvania-Holländer ein Bierfass auf einer umgedrehten Kiste aufgestellt, daneben standen Glaskrüge und ein Schild mit der Aufschrift: Bier 10 Cents. Als Stevie zielstrebig darauf zuging

und einen Zehner aus der Tasche kramte, blieb mir fast das Herz stehen. «Was hast du vor?», fragte ich mit belegter Stimme. Stevie antwortete nicht. Er legte den Zehner auf die Kiste und sagte: «Geben Sie mir eins.»

Ich sehe das runde Gesicht des Mannes noch vor mir, wie er sich über das Fass beugte und Stevies zwergenhafte Gestalt musterte. «He?», sagte er. «Ich sagte, geben Sie mir ein Bier», sagte Stevie.

Die Finger des Mannes hatten sich um die beredte Münze geschlossen. «Geben Sie mir ein Bier oder den Zehner zurück!», sagte Stevie in schrillem Falsett.

Der Mann reichte ihm den Krug mit einem Spritzer Schaum darin, und Stevie sah ihn mit feiner Verachtung an. «Das ist nicht mal halbvoll», sagte er entrüstet. «Auffüllen!»

Der Zapfhahn wurde aufgedreht, Stevie trank langsam aus, und ich sah ihm fassungslos zu. Wir gingen durchs Tor. «Wie hat es geschmeckt?», fragte ich.

«Auch nicht besser als Ginger Ale», sagte er. «Ich hab den Zehner dafür den ganzen Nachmittag aufgespart.»

Ich war noch immer wie betäubt, als wir die Straßenbahn erreichten. Bier! Und noch dazu vor allen Leuten ... «Stevie», flüsterte ich, als der Fahrer den Pferden die Peitsche gab und die Glocken bimmelten, «wie konntest du das wagen?»

«Pah!», sagte Stevie. «Bier ist doch gar nichts.» Dann fügte er abwehrend, aber nachdrücklich, hinzu: «Wie soll ich wissen, wie es schmeckt, wenn ich es nicht ausprobiere? Wie kann man überhaupt über irgendwas Bescheid wissen, wenn man es nicht *tut*?»

Zigaretten rauchen mit sechs. Bier trinken mit sechs. Es ist nicht ungewöhnlich, dass neugierige Kinder derlei ausprobieren, wenn sie eigentlich noch viel zu jung dafür sind, aber die allermeisten dieser Neugierigen führen ihre Experimente heimlich aus und sind deutlich älter als sechs. Normaler Hergang: zufällig auf ein herrenlos im Haus herumliegendes Päckchen Zigaretten stoßen, sich eine herausnehmen, anzünden, und dann husten, grün anlaufen oder sich erbrechen – ausnahmslos gefolgt von dem Schwur, nie wieder zu rauchen. Nicht nur, dass Crane wieder rauchte, er hatte sogar eine ganze Packung Zigaretten in der Tasche (wo und wie ist er da herangekommen?) und besaß die Frechheit, sich vor allen Leuten eine anzuzünden. Was Bier betrifft, bieten sich jugendlichen Experimenten vermutlich sehr viel mehr Gelegenheiten: eine Flasche in der Vorratskammer (damals) oder im Kühlschrank (heute), ein noch halbvolles Glas, das dein Vater, Onkel oder großer Bruder auf dem Esstisch hat stehenlassen, und wenn keiner hinsieht, nimmt man einen Schluck, und entweder schmeckt es oder man findet es bitter, aber auch hier wieder, Crane trank seinen ersten Schluck Bier in aller Öffentlichkeit, wo Hunderte Leute ihn sehen konnten. Und das auch noch zweifellos genau zu dem Zeitpunkt, da seine Mutter und Wheelers Mutter dem Vortrag eines Temperenzlers lauschten.

Ich sehe mir das Foto von 1879 noch einmal an, und wenn ich mich auf die Augen konzentriere und auf das, was die Miene zu sagen scheint, sehe ich, dort verbirgt sich etwas, und ich sehe, mir fällt kein besseres Wort dafür ein, *Trotz.*

Wenn das Foto tatsächlich 1879, und nicht 1878, aufgenommen wurde, könnte sich in Cranes Augen auch die Erinnerung an einen Vorfall zeigen, den er kurz zuvor miterlebt hatte. Die Feierlichkeiten zum 4. Juli sollten in Port Jervis mit dem Abfeuern einer Kanone beginnen. Zwei Veteranen der U. S. Colored Volunteer Heavy Artillery, Samuel Hasbrouck und Theodore Jarvis, waren für die Durchführung verantwortlich, aber etwas ging schief, die Kanone explodierte zu früh und sprengte die zwei Exsoldaten in die Luft und weiter durch die Luft, bis sie in einiger Entfernung zu Boden fielen. Beide wurden schwer verletzt und trugen schlimme Verbrennungen im Gesicht davon. Jarvis starb wenig später, Hasbrouck überlebte – auf einem Auge blind, das Gesicht auf Dauer entstellt, *ein Mann ohne Gesicht.* Achtzehn Jahre später schrieb Crane *The Monster*, den kraftvollsten und vielschichtigsten seiner Kurzromane. Hauptfigur dieser Geschichte ist ein Schwarzer, der in ein brennendes Haus stürzt, um den Sohn seines weißen Arbeitgebers aus den Flammen zu holen. Der Junge wird gerettet, aber sein Retter erleidet schwerste Verbrennungen, und alle in der Stadt betrachten ihn seither als Monster – denn er ist *ein Mann ohne Gesicht.*

Mindestens zwei weitere Episoden aus Cranes Kindheit haben Eingang in seine Werke gefunden. Im August 1879, nur einen Monat nachdem er Post Wheeler mit seinen Rauch- und Trinkeskapaden verblüfft hatte, wurde Crane bei einem Campingausflug mit der Familie von einer Schlange gebissen. Sein Bruder Wilbur, der fast fertige Arzt mit dem abgebrochenen Medizinstudium, rettete ihn mit einer Notoperation in der Wildnis. Dieser Vorfall taucht, zusammen mit einer anderen Schlangengeschichte aus den 1890ern, in der Erzählung «The Snake» wieder auf. Wichtiger noch, einer der besten Texte in Cranes Sammlung von Kindheitserzählungen («The Fight» in *Whilomville Stories*, die gerade in Druck gingen, als er starb) basiert unmittelbar auf einem Erlebnis seiner Kindheit. Wieder ist es Wilbur, der davon in seinen Aufzeichnungen von 1900 berichtet:

> Eine Schlägerei von Stephen gehört in die Familiengeschichte. Als Neunjähriger verprügelte er einmal den Tyrannen der Brooklyn Street in Port Jervis, ei-

> nen zwölfjährigen Jungen. Mutter war erst vor kurzem in die Gegend gezogen, und da Stephen jünger und kleiner war, begann der Schläger ihn bald genauso zu tyrannisieren, wie er die anderen kleinen Jungen des Viertels tyrannisierte. Stephen nahm das eine Zeitlang hin, aber irgendwann war das Fass voll, und er ging auf den Schläger los, beschimpfte ihn, griff ihn an, warf ihn zu Boden und setzte sich auf ihn, bis er eine Stimme hörte: «Lass ihn los, Stevie.» Stephen lief nach Hause, warf sich aufs Sofa und weinte minutenlang, während die Mutter des Schlägers, die das Gerangel beobachtet hatte, ihren vielversprechenden Sprössling nach Hause zerrte und die Prügel zum Abschluss brachte, die Stephen ihm zu verpassen angefangen hatte.

Es gibt noch eine letzte Geschichte, die mir wichtig erscheint. Die Quelle ist anonym, das heißt, sie kann, muss aber nicht wahr sein, doch ist sie überzeugend und detailreich genug, dass man sie glauben kann. Der Künstler Corwin Knapp Linson, einer von Cranes treuesten Freunden seiner New Yorker Jahre, hat die Geschichte von einem Kindheitsnachbarn in Asbury Park gehört, aufgeschrieben und dem Crane-Forscher Melvin H. Schoberlin zugeschickt:

> Seine Mutter war eine kleine, kluge, rundliche, tatkräftige Frau, flink wie ein Vogel, und eine leidenschaftliche Abstinenzpredigerin. Wer sich damals für Abstinenz einsetzte, konnte nicht viel zu Hause sein. Seine Schwester Agnes war Lehrerin, eine große, freundliche, anmutige Frau mit braunen Augen und hinreißendem Charme, ein sanftes Wesen. Sie kümmerte sich um die Familie, aber die Brut war ihr

zu viel. Steve war gerade aus den kurzen Hosen raus, klein, unterernährt, wenn er von der Schule oder vom Spielen oder Schlittschuhlaufen auf dem See nach Hause kam, fand er nichts zu essen vor. Dann streifte er auf der Suche nach einer Mahlzeit oder Gesellschaft durchs Viertel, erzählte den Kindern anderer Mütter Geschichten – meine war eine davon –, die ihm nicht selten seine Knöpfe annähten.

Er war so viel jünger als seine Brüder und Schwestern, dass er praktisch als Einzelkind aufwuchs, von der Familie herzlich geliebt, aber auch vernachlässigt, mit abgerissenen Knöpfen und oft leerem Magen, und obendrein ein Kind, das sich infolge der vielen Umzüge in seinen ersten Lebensjahren immer wieder als einsamer Neuling fühlen musste. Das früheste überlieferte literarische Werk Cranes wurde kurz nach seinem achten Geburtstag verfasst. Ein erstaunlich gutes Gedicht für einen so jungen Dichter, durchaus scherzhaft im Ton, aber von einem Schmerz durchdrungen, der letztlich beunruhigend wirkt.

Ich möchte lieber –

Zu Weihnachten bekam ich einen Pullover
Und einen schönen warmen Anzug obendrein,
Doch lieber tät ich frieren und hätt einen Hund,
Der mich erwartet, komm ich zur Tür hinein.

Vater schenkte mir ein Fahrrad,
Aber viel Freude hat man nicht daran,
Ohne Hund, der einem auf der Straße
Auf flinken Beinen nachlaufen kann.

Das Haus der Familie Crane in Asbury Park. Heute Sitz der Historischen Gesellschaft der Stadt.

(Foto von Spencer Ostrander)

Sie kauften mir eine Campingausrüstung,
Aber ein Lagerfeuer auf bloßem Grund
Würd mir als Ausrüstung reichen,
Hätt ich nur einen Hund.

Sie denken wohl, ein kleiner Hund
Verdirbt uns jede Freud im Leben;
Doch oh, dieser «verflixte kleine Hund»
Kann uns Jungen so viel Freude geben.

6

Hunde, Ponys, Soldaten, Baseball, Football, Zigaretten, Geschichten erzählen und dafür etwas zu essen bekommen.

Die meisten Menschen lassen die Vorlieben und Beschäftigungen ihrer Kindheit irgendwann hinter sich. Nicht so Crane. Er hielt bis zum Schluss an jedem Punkt auf dieser Liste fest.

HUNDE. Crane besaß im Lauf der Jahre mehrere Hunde. Gegen Ende seines Lebens, als er in einem Haus mit genug Platz für ein eigenes Arbeitszimmer wohnte, schrieb er am liebsten mit einem Hund neben sich, auch wenn er oft unterbrochen wurde, um die Tür auf- und zuzumachen. «A Dark-Brown Dog» ist eine der besten seiner frühen Erzählungen (1893), «The Black Dog» ist eine der ersten, die er veröffentlichte (in der *New York Tribune*, Juli 1892), und in seinem Roman *The Third Violet* (geschrieben 1895, erschienen 1897) ist ein Hund namens Stanley eine der Hauptfiguren. Als Crane im selben Jahr, 1897, als Korrespondent für Hearsts *New York Journal* und McClures Syndikat über den Griechisch-Türkischen Krieg berichtete, barg er auf dem Schlachtfeld von Velestino einen Welpen und nannte ihn «Velestino, der Journal-Hund». Er und Cora nahmen ihr neues Haustier mit nach England, und als der Hund an Staupe erkrankte, blieb alle Arbeit liegen, während die zwei ihm das Leben zu retten versuchten. «Elf Tage lang haben wir mit ihm gegen den Tod gekämpft», schrieb Crane an Sylvester Scovel, einen Kollegen, der mit ihm in Griechenland gewesen war, «und an nichts anderes gedacht als sein Leben. Er hat einen guten, mannhaften Kampf geliefert, nur ab und zu dankbar Coras Hand geleckt, denn er wusste, dass sie ihm helfen wollte ... Morgen begraben wir ihn unter dem Rhododendron im Garten.» Später, als Crane und Joseph Conrad gute Freunde wurden und Crane sich in Conrads neugeborenen Sohn Borys vernarrte, bestand er darauf, dass sein Vater ihm einen Hund schenken sollte: «Er muss einen Hund haben, ein Junge sollte einen Hund haben.» Und als Conrad das erwünschte Tier nicht lieferte, schenkte Crane Borys selbst einen Hund. Das letzte Foto, das je von ihm aufgenommen wurde (1900, von Cora), zeigt ihn auf einer Bank vor seinem Haus, mit seinem kleinen Hund Spongie in den Armen.

PONYS. Als Crane heranwuchs, wuchsen sich auch die Ponys zu Pferden aus, und Reiten wurde sein liebster Zeitvertreib. Im Oktober 1895 schreibt er Willis Brooks Hawkins aus Hartwood: «Was gibt es Schöneres als einen schönen frostigen Morgen, ein fliehendes Pferd und nur die stillen Hügel vor Augen. Gott, wie ich das liebe, ein wildes Pferd und nichts als ein bisschen Schweinsleder zwischen ihm und mir.» 1919 erinnerte sich Conrad an seinen amerikanischen Freund als einen Mann, der «nie so glücklich aussah oder zur Geltung kam wie auf dem Rücken eines Pferdes», und Crane schließt 1896 in einem Brief an John Northern Hilliard zwei Seiten voller Bemerkungen über sich und seine Familie mit der Feststellung: «Meine Vorstellung von Glück ist der Sattel eines lenksamen Pferdes.» Als Crane nach dem Erscheinen von *The Red Badge of Courage* endlich einmal etwas Geld hatte und sich keine Sorgen um die nächste Mahlzeit zu machen brauchte, kümmerte er sich als Erstes darum, ein Pferd namens «Peanuts» zu kaufen.

Fast unausweichlich wimmelt es in seinem Werk von Pferden. Beispielhaft sei hier nur «One Dash-Horses» erwähnt, eine Erzählung von 1895, die in Mexiko spielt und sehr wahrscheinlich auf einer wahren Begebenheit beruht. Richardson, der amerikanische Protagonist, fürchtet, von einem Banditen ausgeraubt und getötet zu werden; in tiefer Nacht schleicht er sich davon, er weiß, sein Schicksal hängt davon ab, wie sein Pferd auf seine Kommandos reagieren wird. «[Richardsons Finger] zitterten so sehr, dass er kaum den Gurt festschnallen konnte. Seine Hände waren unsichtbare Fäustlinge.» Dann aber läuft das Pferd los, und «er fühlte in seinem Herzen den ersten Wonneschauer von Vertrauen. Das kleine Tier, unbedrängt und ganz ruhig, neugierig auf die Umgebung die Ohren hierhin und dorthin wendend, preschte dennoch mit der Geschwindigkeit einer verschreckten Antilope ins Auge des anbrechenden Tages hinein. Richardson senkte den Blick und sah, wie schön und weit die Vorderbeine ausgriffen, gleichmäßig wie eine Maschine aus Stahl.»

Als Crane drei Jahre später in Puerto Rico für Hearst über den Spanisch-Amerikanischen Krieg berichtete, beobachtete Charles Michelson, ein anderer *Journal*-Reporter, wie er mit Pferden umging. 1926 schrieb er dazu:

> Sein Pferd war in Cranes Abenteuern immer ein vollwertiger Partner ... Während des Porto-Rico-Feldzugs ritt er einen quadratschädeligen, von Sporen zernarbten weißen Gaul mit behaarten Hufen, der kaum größer als eine Ziege war und alle schlechten Eigenschaften besaß, die ihm durch Unwissenheit und schlechte Behandlung zusätzlich auf die Erbsünde aufgepfropft worden sein mochten ... Er wurde immer getrennt von den anderen Pferden untergebracht, denn er war ein Beißer und Treter, aber er und Crane kamen miteinander aus wie Verliebte. Dann folgte der Tag, an dem wir in die Heimat zurücksegeln sollten ... Ich fand Crane. Er hatte den Arm um den gebeugten Hals des verrufenen Ponys gelegt, und sein mir zugewandtes Gesicht war tränenüberströmt ... Wenn ich das jetzt erzähle, klingt es kitschig und rührselig, aber an jenem Nachmittag in Porto Rico wirkte es ganz und gar nicht so.

Um das Bild abzurunden, sei darauf hingewiesen, dass Cranes Liebe zu Pferden sich auch auf deren Vettern erstreckte. Als er und Linson 1894 im Auftrag von McClure nach Pennsylvania reisen, um Informationen für ihren bebilderten Artikel «In the Depth of a Coal Mine» zu sammeln (Crane als Reporter, Linson als Illustrator), widmet Crane mehrere Absätze den Maultieren, die dazu verdammt sind, in der pechschwarzen Finsternis unter Tage zu arbeiten (siehe Seite 308). «Der Stall glich einem Kerker. Die Maultiere standen düster aufgereiht. Sie wandten ihre Köpfe unseren Lampen zu. Die ließen ihre Augen wundersam leuchten, wie Lupen. Sie sahen aus wie riesige Ratten.» Crane erfährt, dass die Maultiere oft jahrelang im Dunkeln gehalten werden, und fügt hinzu: «Wenn diese Geschöpfe an die Oberfläche gebracht werden, erzittern sie beim Anblick der sonnenhellen Erde. Später drehen sie schier durch vor überschäumender Freude. Die volle Pracht des Himmels, das Gras, die Bäume, der Wind, das alles stürzt plötzlich auf sie ein.» In Mexiko schrieb er ein Jahr später «How the Donkey Lifted the Hills», eine kleine Fabel darüber, wie der Esel zum wichtigsten Lasttier des Menschen wurde. Am Schluss heißt es da: «Wenn Sie jetzt einen Esel sehen, mit einer Kirche, einem Palast und drei Dörfern auf dem Rücken, und er geht unendlich langsam, immer nur ein Bein vors andere setzend, halten Sie ihn nicht für träge. Es ist sein Stolz.»

Soldaten. Als Heranwachsender hatte Crane vor, nach West Point zu gehen und Berufssoldat zu werden; erst sein Bruder Wilbur brachte ihn davon ab, indem er ihn darauf hinwies, wie unwahrscheinlich es sei, dass es zu seinen Lebzeiten einen Krieg geben werde. Selbstredend hinderte dies Crane nicht daran, weiter über Krieg und Soldaten nachzudenken. Außer *The Red Badge of Courage* schrieb er vierundzwanzig Erzählungen über das Thema und über sechzig Depeschen als Kriegskorrespondent in Griechenland, Kuba und Puerto Rico.

Baseball. Ein anderer Plan des jungen Crane war es, professioneller Baseballspieler zu werden. Klein und drahtig (als Erwachsener etwa eins siebzig groß und knapp 60 Kilo schwer), war er ein ziemlich guter Catcher, körperlich jedoch selbst für jene Deadball-Zeiten nicht robust genug. Der gewählte Kapitän der Teams seines Internats und auch des Teams in Syracuse während des einen Frühjahrs seines Studiums dort (der jüngste Teamkapitän im amerikanischen College-Baseball) galt trotz seiner physischen Beschränkungen allgemein als ausgezeichneter Allroundspieler. Nachdem er als Catcher auf der Highschool zunächst ohne Fanghandschuh gespielt hatte (wie sein Klassenkamerad Abram Lincoln Travis 1930 berichtet), «erwarb er erst recht spät in der Saison einen schweren Wildlederhandschuh, den er gekonnt zum Einsatz brachte, womit er im Gegensatz zu früher eine Menge Jod und Zaubernuss einsparte». Ein Pitcher des Syracuser Teams (Mansfield Jay French, 1934) schilderte Crane als

> sehr flink und wendig, schlank, mit hängenden Schultern und schmächtigem Brustkasten, und seine Knie tendierten dazu, aneinanderzustoßen ... Baseball spielte er mit teuflischer Begeisterung. Sonst ruhig und eher wortkarg, war er auf dem Spielfeld ständig in Bewegung, nahm kein Blatt vor den Mund und konnte zuweilen ganz schön ordinär sein ... Man probierte ihn als Catcher aus, und dank seiner Fangkünste erwies er sich bald als bester Kandidat auf dieser Position. Aber sein Wurfarm war schwach, und auch wenn er unter Einsatz des ganzen Körpers warf, gelang es ihm nicht, den Ball richtig zur Second Base zu befördern ... Die Belastung für seine Schulterbänder war manchmal so stark, dass er sich vor Schmerzen krümmte.

Ungeachtet dieser Probleme beim Werfen versichert ein anderer Klassenkamerad (Clarence Loomis Peaslee, 1896): «Er war der beste Spieler der neun, und einer der besten Catcher, den die Universität jemals hatte.»

Crane «fachsimpelte» (M.J. French) auch gern über Baseball, und noch als er selbst längst nicht mehr spielte, schlug er morgens in der Zeitung immer als Erstes die Baseball-Ergebnisse auf. Nachdem er im Sommer 1891 das College geschmissen hatte und nach Asbury Park gezogen war, wurde Baseball zu dem Kleister, der seine erste bedeutende literarische Freundschaft festigte. Hamlin Garland (1860–1940) ist heute weitgehend vergessen, damals aber galt er als vielversprechender junger Vertreter des «Neuen Realismus», und in seinem langen, produktiven Schriftstellerleben als Verfasser von Romanen, Rezensionen und autobiographischen Werken war er so hoch angesehen, dass er, zwanzig Jahre nach Cranes Tod, für eines seiner heute vergessenen Bücher den Pulitzer-Preis erhielt. Im August kam er an die Küste von Jersey, um einen Vortrag über William Dean Howells zu halten, und Crane, der wieder für Townleys Nachrichtenagentur arbeitete, sollte für die *Tribune* über das Ereignis berichten. Tags darauf erschien der Artikel, und Garland war so beeindruckt, dass er den Verfasser kennenlernen wollte. Der junge Mann aus dem Dakota Territory und der noch jüngere Mann von der Ostküste kamen während der Zeit, die Garland in der Gegend verbrachte, bestens miteinander aus, nicht nur wegen gemeinsamer literarischer Vorlieben, sondern auch wegen ihrer Baseball-Leidenschaft. Garland war Pitcher gewesen, und mit wem konnte man besser über die Feinheiten des Werfens reden als mit einem Fänger wie Crane? Und so debattierten die zwei über Baseball und Bücher, über Bücher zuweilen, während sie einen Ball hin und her warfen, und als Crane in den folgenden Jahren in New York Fuß zu fassen versuchte, war Garland für ihn da und drängte ihn in einem entscheidenden Fall, ein Exemplar seines auf eigene

Kosten herausgebrachten Romans *Maggie* an Howells zu schicken, was sich als bedeutender Wendepunkt in Cranes Leben erwies; am Rest der literarischen Welt war das Buch spurlos vorübergegangen, aber Howells war beeindruckt, und die Fürsprache dieses seinerzeit tonangebenden Autors und Kritikers war unbezahlbar.

FOOTBALL. Zu Cranes frühen Football-Aktivitäten ist so gut wie nichts überliefert. Abgesehen von der Bemerkung seiner Schwägerin Elizabeth, er habe diesen Sport als Junge getrieben, habe ich nichts finden können. Im Sommer 1893 jedoch, als Crane im Haus seines Bruders Edmund in Lake View (unmittelbar an Paterson grenzend) an der ersten Fassung von *The Red Badge of Courage* arbeitete, schrieb er nachts, wenn alle anderen schliefen, ging im Morgengrauen zu Bett, stand spät auf und verbrachte die Nachmittage damit, das Footballtraining junger Nachwuchsspieler aus der Umgebung zu leiten. Irgendwie hatte ihn das im ganzen Land grassierende Footballfieber gepackt. Als er drei Jahre später Schwierigkeiten mit Theodore Roosevelt und der New Yorker Polizei bekam, weil er eine zu Unrecht angeklagte Prostituierte verteidigt hatte, verließ er an zwei aufeinanderfolgenden Wochenenden die Stadt und schrieb Artikel über Harvard-Footballspiele in Cambridge, Massachusetts, die einzigen Sportreportagen, die er je geschrieben hat. Und nicht zu vergessen: Nach dem Erscheinen von *The Red Badge of Courage* wurde er immer wieder von Journalisten gefragt, wie jemand, der nie selbst gekämpft oder auch nur eine Schlacht mit eigenen Augen gesehen habe, so anschaulich über den Krieg schreiben könne, und immer wieder lautete seine Antwort so oder so ähnlich wie die im *Book Buyer* vom April 1896: «Natürlich habe ich nie an einer Schlacht teilgenommen, und ich bin überzeugt davon, mein Gespür für das, was sich im Kampf abspielt, habe ich auf dem Football-Feld erworben.» Vielleicht war es tatsächlich so, andererseits ist es unmöglich zu sagen, ob er hier scherzte oder nicht.

Rauchen. Der sechsjährige Herumtreiber und Raucher qualmte bis zum letzten Atemzug alles, was ihm in die Finger kam, Zigaretten, Zigarren, Pfeife und Wasserpfeife. Rauchen war eine Sucht, ein Zwang, ein Lebensstil, dem Crane sich freudig und unbekümmert hingab – trotz schwacher Lunge und periodisch auftretender schwerer Hustenanfälle. Alle, die ihn kannten, ließen sich darüber aus. «Ein unverbesserlicher Raucher von Zigaretten», schreibt sein Internatsmitschüler Travis; «ein unverbesserlicher Zigarettenraucher», echot sein Lafayette-Klassenkamerad Ernest G. Smith; «seine von Nikotin dunkel verfärbten Finger», sagt sein Syracuser Teamkollege French; «rauchte ständig», bemerkt der New Yorker Künstler Nelson Greene und fügt hinzu: «rauchte unaufhörlich Zigarren, wenn er welche bekommen konnte». Die immer scharfsinnige Helen R. Crane schreibt: «Er konnte nicht reden, ohne im Zimmer auf und ab zu gehen, die Hände in den Taschen und eine Zigarette zwischen den Lippen.» Eine andere Nichte, Edna Crane Sidbury, eine von Williams fünf Töchtern, die als Kind sehr angetan war von Crane, erzählt von den Besuchen ihres Onkels in Port Jervis: «Meine Mutter ... freute sich immer, ihn zu sehen, ungeachtet dessen, dass er im Bett rauchte und Löcher in die Laken brannte.» Crane mag Gott verworfen haben, aber von Kindesbeinen an bis ins Mannesalter brachte er den Luftgeistern Rauchopfer dar.

Das Thema Geschichten erzählen und dafür etwas zu essen bekommen muss hier nicht näher ausgeführt werden. Es wurde die Geschichte seines Lebens.

7

Sein frühestes überliefertes Prosastück stammt von 1885; da war Crane dreizehn oder, falls es im November oder Dezember geschrieben wurde, gerade vierzehn. Wie das Gedicht über den Wunsch nach einem Hund ist es bemerkenswert gut für einen so jungen Autor, mindestens so gut, wenn nicht besser als das meiste, was ich zu meiner Zeit als Collegedozent für kreatives Schreiben zu lesen bekam. «Uncle Jake and the Bell-Handle» umfasst viereinhalb Seiten in der University-Press-of-Virginia-Ausgabe von Cranes Gesamtwerk, eine verspielte, lustige, ziemlich wirre Geschichte, aber verblüffend souverän in den Satzkonstruktionen und mit scharfem Blick für sinnlich wahrnehmbare Details. Onkel Jake ist ein freundlicher Farmer in einem namenlosen Irgendwo. Eines Tages beschließt er, zusammen mit seiner achtundzwanzig Jahre alten Nichte Sarah in die Stadt zu fahren (wo er erst ein einziges Mal gewesen ist), um dort seine Rüben zu verkaufen und sich mit diversen Vorräten einzudecken. Der zweite Absatz, in Rhythmus und Tonfall raffiniert und kraftvoll geschrieben, lässt keinen Zweifel daran, dass der junge Crane ganz genau weiß, was er tut:

> Tags darauf bei Sonnenaufgang warf sich Onkel Jake in seinen besten Anzug aus schwarzem Tuch, und Sarah kleidete ihre knochige Gestalt in ihr bestes Kattungewand, streifte ihre Baumwollhandschuhe über und setzte sich den fliederfarbenen Sonnenhut mit den Sonnenblumen auf den Kopf. Er betrachtete seine Nichte mit einigem Stolz, aber auch leisen Bedenken im Hinblick auf die Männer in der Stadt, denen er zutraute, ein so reizendes Geschöpf gleich mitnehmen zu wollen, dann gab er seiner Frau einen

> Abschiedskuss, als brächen sie für zehn Jahre nach Europa auf, kletterte auf den Kutschbock, zog Sarah zu sich hoch wie ein Bündel Stroh, schwang die Peitsche, warf seiner Frau, den zwei Knechten und einem Nachbarsjungen ein mildes, zuversichtliches Lächeln zu und fuhr davon.

Die zwei klappern eine Landstraße hinunter, die Rüben poltern auf der Ladefläche, und im vierten Absatz beginnt sich die Landschaft zu verändern:

> Bald schienen die Häuser näher beieinanderzustehen, immer mehr Blechdosen und anderer Unrat lagen am Wegesrand verstreut, allerlei Gärten mit Wäsche auf der Leine rückten in den Blick; rußige, qualmende Fabrikgebäude; Viehhöfe, in denen sich Scharen brüllender Rinder drängten; lange Reihen von Güterwagen auf Abstellgleisen; schmutzige Kinder, streunende Hunde und umherstreifende Schweine. Für Onkel Jakes erfahrenes Auge bedeutete dies, dass sie in die Stadt kamen.

Schon hier zeigt sich Cranes hellwache Aufmerksamkeit fürs Detail, die sein späteres Schreiben auszeichnen sollte. «Schmutzige Kinder, streunende Hunde und umherstreifende Schweine» in einem Satz zusammenzubringen, ist ein kluger, sinnfälliger Kunstgriff, Lichtjahre entfernt von nichtssagenden Allgemeinplätzen, wie man sie im Text eines Dreizehnjährigen erwarten würde. Natürlich geschieht nicht allzu viel in der Geschichte; am Ende, während Onkel Jake und Sarah im Salon eines Hotels aufs Mittagessen warten, zieht der alte Mann am Griff einer aus der Wand ragenden metallenen «Kelle oder Tasse», und zwar genau in dem Augenblick, als ein Kellner irgendwo anders im Hotel einen «fürchterlichen Schlag auf einen Gong» tut, und da der Farmer glaubt, er selbst habe diesen Krach durch Ziehen an dem Griff erzeugt, offenbar einer Art Alarmvorrichtung zum Herbeirufen der Feuerwehr, der Polizei, des Krankenwagens oder des Gesundheitsamts, schnappt er in Panik seine Nichte und verschwindet schnellstens aus der Stadt. In der Erzählung finden sich einige raffinierte und kenntnisreiche Details, feine Kabinettstückchen, die das Interesse wachhalten: Die Männer vor den Bier-Saloons blinzeln «mit übernächtigten Augen ... dem fliederfarbenen Hut mit den Sonnenblumen» zu (Sarah), oder der Rübenhändler, der Onkel Jake übers Ohr haut, «indem er ihm etwas von ‹Marktpreisen› vorlügt», oder der Mietstallbesitzer, der ihm «fünfzig Cent mehr berechnet als jedem anderem, schon aus Prinzip», oder wie Onkel Jake einem Verkäufer erklärt, er wisse nicht, wann er wiederkommen werde, weil «seine Frau, die Ärmste, am erstaunlichsten Fall von Plumbago im Green County leide, seit '58 die Großkusine von Bill Williams' Frau daran erkrankt» gewesen sei, oder, gegen Ende: «Nachdem sie endlich den Mietstall erreicht hatten, glich ihr Weg vom Hotel dorthin, würde man ihn auf einer Karte einzeichnen, einem unentwirrbaren Wollknäuel.»

Noch hatte er nicht viel, worüber er schreiben konnte, aber dass er schreiben konnte, steht außer Frage, und wie er in dieser frühen Phase schrieb, gibt einen Vorgeschmack darauf, wie er in den kommenden Jahren schreiben sollte.

Ein letzter Gedanke. Zweimal erwähnt Crane in der Geschichte Sarahs Alter, achtundzwanzig. Ganz gleich, ob dies sich bewusst oder unbewusst auf seine Schwester Agnes bezieht oder ob es bloß Zufall ist, fest steht, dass sie ein Jahr zuvor in eben diesem Alter – achtundzwanzig – gestorben war. Vielleicht ein kleines Zeichen dafür, wie sehr er noch immer ihren Tod betrauerte. Wie Sarah war Agnes von «knochiger Gestalt».

8

Als Kind besuchte Crane die örtlichen Schulen in Asbury Park, doch im Herbst 1885, kurz vor seinem vierzehnten Geburtstag (dem Jahr, in dem er «Uncle Jake and the Bell-Handle» schrieb), meldete seine Mutter ihn auf dem Pennington Seminary an, der Schule, die sein Vater von 1849 bis 1858 als Rektor geleitet hatte. Über die viereinhalb Semester, die Crane dort verbrachte, ist nichts bekannt, aber man kann sich kaum vorstellen, dass er sich wohlfühlte an der alten Wirkungsstätte seines Vaters, einer Bildungsanstalt für methodistische Geistliche, wo zwei Gottesdienste pro Tag zum Pflichtprogramm gehörten und Beschäftigungen wie Rauchen, Trinken und Spielen verboten waren. Was immer er empfunden oder nicht empfunden haben mag, sicher wissen wir nur, dass er die Schule Ende November oder Anfang Dezember 1887 verlassen hat. Den knappen Aufzeichnungen seines Bruders Wilbur zufolge trug sich die Sache etwa so zu:

> Ein böser Streich, den man einem Professor am Pennington Seminary gespielt hatte, wurde Stephen angelastet. Er bestritt, etwas damit zu tun zu haben, und als der Professor ihn der Lüge bezichtigte, ging Stephen in sein Zimmer, packte seinen Koffer und kehrte nach Asbury Park zurück, wo er die Geschichte erzählte und hinzufügte, «der Professor nennt mich einen Lügner, da ist kein Platz mehr für uns beide in Pennington, deshalb bin ich wieder hier». Nichts konnte ihn dazu bewegen, an die Schule zurückzugehen.

Inzwischen war er sechzehn, und sein jugendlicher Stolz duldete weder ein Einlenken noch irgendwelche Kompromisse. Es ist anzunehmen, dass seine Mutter ihn hätte zwingen können, auf die Schule zurückzukehren, aber entweder glaubte sie der Darstellung ihres Jungen, oder sie hatte nicht den Mut, ihm entgegenzutreten. In Pennington hatte sie während der ersten neun Jahre ihrer Ehe gelebt, es war der Ort, wo ihr Mann aus einer erfolglosen Schule eine erfolgreiche gemacht hatte, aber sosehr diese unerwartete Entwicklung sie getroffen haben muss, sie gab dem Wunsch ihres Sohnes nach und erlaubte ihm, im Januar auf eine andere Schule zu wechseln, eine kostspieligere Schule, wie sich herausstellte, zweifellos eine Belastung ihrer ohnehin begrenzten Mittel, auch wenn dort den Söhnen von Geistlichen fünfundzwanzig Prozent des Schulgelds erlassen wurden.

Fest entschlossen, im Anschluss an die Schulausbildung nach West Point zu gehen und eine Laufbahn beim Militär einzuschlagen, wechselte Crane jetzt also auf eine Schule im Columbia County, New York, fünf Kilometer von der Kleinstadt Hudson entfernt; genau genommen bestand diese Schule aus zwei Schulen, die zu einer zusammengelegt worden waren: dem Claverack College und dem Hudson River Institute. Sie stand für Jungen und Mädchen offen und hatte mancherlei zu bieten: ein wenig militärischen Drill für die Jungen (in Uniform), Sport (hauptsächlich Tennis und Baseball), exzellenten Musikunterricht (Crane, verrückt nach Musik, spielte Gitarre, Flöte, Banjo und Melodeon, sang Tenor und hatte Gipsreliefs mit den Porträts von Mozart und Beethoven an der Wand), und es gab die Möglichkeit, einen Abschluss zu machen, der einem zweijährigen Collegestudium entsprach. Da diese Schule ebenfalls von Methodisten betrieben wurde, galten dort dieselben Regeln und Einschränkungen, die Crane bereits kannte: obligatorische Teilnahme am Gottesdienst, Verbote des Tanzens, Rauchens, Trinkens und des Kartenspiels. In Pennington hatte man auf die Einhaltung dieser Regeln geachtet, in Claverack hingegen war es nicht schwer, sie zu verletzen, und Crane verletzte sie, verletzte sie

Crane als Leutnant des Kadettenkorps am Claverack College and Hudson River Institute, um 1899
(Mit freundlicher Genehmigung der University of Virginia)

wieder und wieder, so wie die meisten seiner Mitschüler. Sein Klassenkamerad Harvey Wickham erinnerte sich 1926 in einem Artikel für den *American Mercury*: «Die Schüler ... streunten in diesem irdischen Paradies umher wie Rudel fröhlicher Wölfe, schrankenlos, zeitlos und völlig außer Kontrolle.»

Ein Foto von ihm aus seiner Zeit in Claverack zeigt den vermutlich Siebzehnjährigen, wie er in seiner schmucken Kadettenuniform mit Stehkragen, Messingknöpfen und Ziertressen vor der Kamera posiert. Er schaut nach rechts. Seine Ohren wirken nicht mehr so groß, seine Lippen sind voll, sein kurzes Haar ist akkurat geschnitten, rechts gescheitelt mit einer längeren Partie sauber gekürzter, schräg nach links gekämmter Stirnfransen. Wangen und Kinn sind so glatt und makellos, dass schwer zu erkennen ist, ob er sich bereits rasiert und, falls ja, ob er sich mehr als einmal im Monat rasieren muss. Nein, er ist nicht und wird niemals jemand sein, den man hübsch nennen könnte, aber vorzeigbar ist er allemal, und seine Augen strahlen eine gefällige Wärme aus, auch wenn er in seinem eleganten Aufzug ziemlich nervös dreinblickt, als fühle er sich ganz und gar nicht wohl in seiner Haut. Das «schöne Baby» der Vergangenheit ist verschwunden, genau wie der blinzelnde, trotzige kleine Junge am Strand. Die Person auf diesem Foto ist ein unreifer Jüngling, gefangen in jenem rätselhaften Durchgangsstadium, das man «die Flegeljahre» nennt.

Im März 1896, einige Monate nach dem Erscheinen von *The Red Badge of Courage*, schreibt Crane seiner früheren Klassenkameradin Viola Allen:

> *Meine liebe Miss Allen: Mit Vergnügen lasse ich Ihnen mit gleicher Post ein Exemplar von The Red Badge zukommen. Meine Jahre in Claverack sind mir lebhaft in Erinnerung. Es war, glaube ich, die glücklichste Zeit meines Lebens, auch wenn mir das damals gar nicht bewusst war. Dass ich mich Ihrer nicht entsinnen könnte, haben Sie gewiss nur im Scherz angedeutet. Und Anna Roberts! Und Eva Lacy! Und Jennie Pierce! Ach, Jennie Pierce. Sie wissen bestimmt noch, dass ich verliebt in sie war, unsterblich und Hals über Kopf, wie es mit siebzehn üblich ist. Jennie war schlau. Fast ohne einen Finger zu rühren, hat sie mir das Leben furchtbar schwergemacht.*
>
> *Die meisten Männer verleugnen ihre Schuljungenträume. Und erröten darüber. Nicht so ich. Ich glaube, die Gefühle damals waren stärker und feiner als alles, was danach kam, und ich*

denke oft und gern daran zurück. Was war ich für ein Esel, was für ein kompletter Esel – mir tut es wahrlich gut, mich daran zu erinnern.

Die üblichen Schwärmereien, Überschwänglichkeiten, Enttäuschungen und Dummheiten eines verliebten Teenagers, die Neigung, sich vor dem Gottesdienst zu drücken und sich stattdessen freiwillig zum Bedienen des Blasebalgs der Orgel zu melden, eifrige Teilnahme am militärischen Ausbildungsprogramm der Schule (in den zweieinhalb Jahren, die er dort verbrachte, stieg er zum Oberleutnant und schließlich zum Hauptmann auf und kommandierte die militärischen Übungen seines Bataillons, das in seinem letzten Semester mit höchsten Ehren ausgezeichnet wurde), ein unbeständiger Schüler, gut in den Fächern, die er mochte, und schlecht in allen anderen, und er las viel in dieser Zeit, vielleicht mehr als in jeder anderen Phase seines Lebens, stürzte sich in die Klassiker mit einer besonderen Vorliebe für Plutarch, lernte Gedichte auswendig, ein scheuer, distanzierter Mensch, der dennoch mehr als ein paar Freunde fand, ein Heranwachsender, der die jugendliche Pose des kämpferischen Außenseiters einnahm und es vermied, sich an den grausamen pubertären Streichen der anderen Jungen zu beteiligen, ein draufgängerischer Catcher auf dem Baseballfeld, ein gerissener Pokerspieler und schon seit Langem ein «unverbesserlicher Raucher».

Sein Klassenkamerad Wickham: «Er wollte Demokrat und zugleich Diktator sein. Daher dieser Widerspruch – Selbstzerfleischung gepaart mit Arroganz –, der so viele verwirrt hat.» Ein anderer Mitschüler, Armistead («Tommie») Borland, bekannte in einem Brief an Melvin H. Schoberlin: «‹Steve› war mein Held und Vorbild ... ich versuchte ihn in allem nachzuahmen und lernte eine Menge Dinge, die nicht alle gut für meine unsterbliche Seele waren – die Grundlagen des Pokerspiels, jenes großartigen amerikanischen

Zeitvertreibs, und etwas mehr als die Grundlagen dessen, wie Männer und Frauen miteinander umgehen.» Im weiteren Verlauf nennt Borland Crane einen «geborenen Introvertierten», «äußerst sprunghaft in seinen Gewohnheiten – eigenwillig, gleichgültig (!) gegen die Meinung anderer, die Kritik an ihm üben könnten ...».

Ein Porträt eines Jungen in Flammen mit sechzehn, siebzehn, achtzehn – kaum mehr als eine grobe Skizze, die wenig über seine Zukunft sagt. Einige Züge verblassten mit der Zeit, andere traten schärfer und deutlicher hervor, aber fürs Erste war er ein junger Bursche, der sich zu orientieren versuchte, ein Grünschnabel, der im Wald herumstolperte und nach einem Weg ins Freie suchte.

9

Das waren die Sommer, in denen er für die Nachrichtenagentur seines Bruders Townley in Asbury Park arbeitete. Ich selbst stamme aus Jersey und bin ebenfalls über Newark in die Welt gekommen, und Asbury Park ist mir als ein Ort in Erinnerung, der mit seinem warmen Klima ein bevorzugtes Ziel heranwachsender Jungen und Mädchen war. Sobald meine älteren Freunde siebzehn wurden und ihren Führerschein in der Tasche hatten, schloss ich mich ihnen gelegentlich an, wenn sie an Samstagen den Garden State Parkway hinunter ans Meer fuhren, an die Promenade mit dem besten Vergnügungspark im Umkreis von einer Stunde Autofahrt, ausgestattet mit allem, was man von einem Vergnügungspark erwarten kann: Karussell, Gruselkabinett, Autoscooter, Spiegellabyrinth und New Jerseys atemberaubendste, schwindelerregendste Achterbahn. Da ich über die Ursprünge von Asbury Park nichts wusste, hielt ich meinen Lieblingsvergnügungsort für ein ausschließlich dem Lustprinzip verpflichtetes kommerzielles Unternehmen. Das war es Anfang der 1960er auch, zu Beginn aber war es etwas ganz anderes gewesen: nicht bloß eine Sommerfrische, sondern eine Bastion der amerikanischen methodistischen Kirche.

Alles begann, als Methodisten in den 1860ern die Küste von Jersey für sich entdeckten, dort ihre Zelte aufschlugen und «Tabernakel» errichteten, offene, durch ein Holzdach geschützte Gebetshäuser, in denen sich im Sommer Tausende zu gemeinsamem Gebet und Gottesdienst versammeln konnten. Ocean Grove, die «Königin der frommen Sommerfrische», wurde 1869 gegründet, im Jahr darauf erwarb der zum Methodismus konvertierte James A. Bradley, ein reicher Bürstenfabrikant aus New York, der eine dieser sommerlichen Gebetsveranstaltungen besucht hatte, etwas nördlich davon zweihundert Hektar Küstenstreifen und gründete eine weitere Siedlung, die er nach Francis Asbury benannte, Amerikas erstem Methodistenbischof. Cranes Eltern hatten 1872 ein Grundstück in Ocean Grove gekauft – was den Entschluss von Cranes Mutter erklärt, nach dem Tod ihres Mannes dorthin umzuziehen –, aber als die Familie 1883 nach Asbury Park kam, hatte sich der Ort bereits zu einem der florierendsten und meistbesuchten Urlaubsorte an der Ostküste entwickelt. Noch galten die methodistischen Grundsätze (Verkaufsverbot von Alkohol, sonntägliches Verkaufsverbot von Tabakwaren), und es herrschte ein reges religiöses Leben, doch war dies ein attraktives Fleckchen Erde, und nachdem Gründer Bradley seine gigantische Promenade gebaut hatte und Bungalows, Ferienhäuser, Hotels und Vergnügungszentren aus dem Boden geschossen waren, begannen auch Leute, die es nicht so streng mit der Religion hielten, hier ihre Ferien zu verbringen – nach den meisten Quellen über sechshunderttausend pro Jahr, einschließlich Tages- und Wochenendausflüglern und Gästen, die den ganzen Sommer blieben –, und mit ihnen kamen die getarnten

Bierwagen, «Archen» genannt, und die von örtlichen Ärzten ausgestellten Sonntagsrezepte für «Tabaci Folium». Von Mitte Juni bis Anfang September war Asbury Park ein Zirkus, der den Besuchern zahllose Zerstreuungen und kulturelle Angebote zu bieten hatte: vor allem natürlich den Strand und das Meer, aber auch das gesellschaftliche Vergnügen, fein herausgeputzt auf der Promenade zu flanieren, Liederabende und Konzerte, Tanz in den großen Hotels («Hops» genannt), Kurse für Kinder und Erwachsene (von Malerei bis Meeresbiologie) sowie eine feste Veranstaltungsreihe mit den üblichen Temperenzlerpredigten jeweils am selben Tag, an dem auch Vorträge zu literarischen Themen (Hamlin Garland über William Dean Howells, zum Beispiel) und aktuellen Gesellschaftsfragen (Reformer Jacob Riis über das Leben in den Slums von New York) gehalten wurden. Was muss das für einen jungen Reporter für ein Ort gewesen sein, hier sein Handwerk zu lernen, und ist es nicht schön, sich den kleinen Stevie Crane vorzustellen, wic er auf seinem Fahrrad über die Promenade fegt oder in Hotelfoyers umherschleicht, um pikanten Stoff und Geschichten für seinen großen Bruder Townley zu sammeln, den gefürchteten «Shore Fiend».

Die Artikel in den Sommerausgaben der *New York Tribune* waren unsigniert, aber fleißigen Crane-Forschern ist es gelungen, anhand seines Prosastils eine Reihe seiner frühen Artikel zu identifizieren, und wenn man bedenkt, dass sich sein stilistischer Fingerabdruck bis 1885 zurückverfolgen lässt (in «Uncle Jake and the Bell-Handle») und erst recht in seinen späteren Schriften sichtbar ist, gibt es keinen Grund, an ihren Erkenntnissen zu zweifeln. Nach zwei Sommern inoffizieller Arbeit für Townley wurde Crane im Sommer 1890, direkt nach seinem letzten Semester in Claverack, fester Angestellter im New Jersey Coast News Bureau seines Bruders. Hier erneuerte er seine Freundschaft mit Post Wheeler, dem Rauchkumpan seiner Kindheit, und lernte einen weiteren jungen Journalisten kennen, Ralph Paine, mit dem er ebenfalls Freundschaft schloss; oft traf sich das Trio nach getaner Arbeit, um den Abend gemeinsam zu verbringen. Wheeler zufolge hatte Crane die Aufgabe, über «das gesellschaftliche Leben von Nord-Jersey» zu berichten, belanglose Dinge, gewiss, aber fade waren seine Artikel selten. Hier ein paar Ausschnitte aus dem Sommer 1890, als er gerade mal achtzehn war:

> Arbeiter in Ocean Grove: Ocean Grove ist ohne jeden Zweifel ein Ort für die Familie, von der Familie und durch die Familie. Es gibt hier Tausende Babys. Die hübschen Wonneproppen schaukeln in Hängematten unter Bäumen und auf Veranden, krabbeln und taumeln unter vergnügtem Geschrei am Strand umher oder blicken voller Geringschätzung auf diejenigen hinab, die auf eigenen Füßen gehen müssen, während sie selbst sich von sittsamen Kindermädchen mit koketten weißen Häubchen in prächtigen Kinderwagen feierlich durch die Gegend schieben lassen.
>
> Andrang in Asbury Park: Die Großstadtmädchen und ihre galanten Begleiter blühten auf in ihren Blousons mit den dazu passenden Hütchen, in denen sie aussehen wie riesige Kartoffelkäfer.
>
> Baby-Parade in Asbury Park: Die eigentümlichste Parade, die seit der Zeit, da Asbury Park eine öde Wildnis war und noch Indianer im Gänsemarsch durch die Wälder defilierten, jemals hier stattgefunden hat, ward diesen Nachmittag auf der berühmten, von Stadtgründer James A. Bradley erbauten Promenade gesehen. Eine Baby-Show auf Rädern. Rund 200 Mütter und Kindermädchen schoben Babys in

ihren Wägelchen ... vom Wesley Lake die Promenade hoch zum großen Pavillon an der Fifth Avenue und wieder zurück ... Babys aller Art. Die kleinen Wagen waren mit Fähnchen aus Seide und Satin, mit Flatterbändern und japanischen Lampions geschmückt. Zwei Armenier trugen eine seidene Hängematte an Bambusstangen über ihren Schultern, in welcher armenische Zwillinge ruhten. Auch etliche andere Wagen hatten Zwillinge an Bord. Nur ein Baby schrie. Die übrigen lutschten höchst zufrieden am Daumen oder gurrten und lächelten den Zuschauern zu und winkten mit ihren Rasseln und anderem Spielzeug, wenn der Festzug beklatscht wurde ...

ASBURY PARK: Der Auftakt zum Ocean Grove Camp Meeting in dieser Woche hat Scharen von Besuchern in die Stadt gelockt, brave Leute aus allen Teilen des Landes, die zu ihrem Entsetzen feststellen mussten, dass in dieser angeblich so seriösen, mit einem Alkoholbann belegten Stadt blühender Handel mit Rum getrieben wurde ... Die Verkaufsstelle des Hauptschurken lag an der Hauptverkehrsader zwischen dieser Stadt und Grove, das von Asbury Park nur durch einen kleinen, kaum hundert Meter breiten See getrennt ist. Die Pokerspieler, die mit ihren Chips klapperten, hörten aus 5000 Kehlen geschmetterte Lobgesänge Gottes ... Während des Unwetters am Donnerstagabend gab es Tanzveranstaltungen in Ralphs Coleman House, im West End Hotel, im Oriental, in Sunset Hall, Norwood Hall, im Colonnade, im Metropolitan Hotel und in anderen großen Häusern. Auch Whist und Euchre wurden eifrig gespielt. In einigen Häusern versuchten die Gäste, mit verbundenen Augen Stoßzähne und Schwänze an aus Stoff gefertigte Elefanten und Esel zu heften, andere vertrieben sich fröhlich die Zeit, indem sie Knöpfe springen ließen oder sich mit Bohnensäckchen bewarfen.

ASBURY PARKS GROSSE PROMENADE: Männer aller Art und Stellung sind auf der Promenade zu sehen. Da gibt es den schicken, schneidigen New Yorker Geschäftsmann, den ranken, schlanken Jersey-Farmer, die dunkelhäutigen Söhne Indiens, den selbstbeherrschten Chinesen, den schwarzhaarigen Südstaatler und den Mann mit dem großen Hut aus «den wilden gesetzlosen Wüsten» des Westens ... die Börsenmakler stehen in kleinen Gruppen auf der weiten Plaza und erörtern künftige Schwankungen der Aktienkurse; eine junge, fein herausgeputzte Schönheit wandelt dicht an der wogenden Brandung auf und ab und plaudert mit einem Collegejüngling, der die Farben seiner Schule an Jacke und Mütze trägt, oder sitzt Händchen haltend mit ihrem «Herzallerliebsten» in einem Pavillon, wo sie in trauter Zweisamkeit, «weltvergessen und von der Welt vergessen», im Takt zum Brechen der Wellen am sandigen Gestade Kaugummi kauen.

Erfrischende Spötteleien und kleine Hiebe gegen bürgerliche Gepflogenheiten und die abgeschmackten Zeitvertreibe der Sommergäste würzen diese Artikel mit einer netten Prise jugendlichen Zynismus, und ob es sich um korrekte Schilderungen oder um mehr oder weniger erdichtete Verarbeitungen persönlicher Eindrücke handelt, ist nicht so wichtig wie der Umstand, dass Crane die sich bietende Gelegenheit beim Schopf packte. Nicht viele angehende Schriftsteller haben Brüder, die eine Nachrichtenagentur betreiben, doppelt so alt sind und blutigen Anfängern einen Job vermitteln können, und auch wenn Crane gewiss nicht für eine solide Laufbahn im Journalismus geschaffen war (*äußerst sprunghaft in seinen Gewohnheiten*), konnte er das da noch nicht wissen, und in diesem Augenblick scheint er nichts anderes im Sinn gehabt zu haben, als für Zeitungen zu arbeiten. Soweit man weiß, hat er sich literarisch zu der Zeit nicht betätigt, und nie hatte er den Wunsch geäußert, der nächste Nathaniel Hawthorne oder Charles Dickens zu werden. Er hatte einen der Highschool gleichwertigen Abschluss gemacht, war an die Küste von Jersey zurückgekehrt, und fürs Erste sah es so aus, als wäre er zufrieden (vielleicht gar wunschlos glücklich) mit dem, was er tat. Andererseits erwies sich diese Arbeit, so banal sie im Rückblick erscheinen mag, als gutes Übungsgelände für sein Weiterkommen als Schriftsteller, denn um Schriftsteller zu werden, muss man schreiben, so viel und so oft schreiben, wie es nur geht, und Cranes Job brachte es mit sich, dass er viel und oft und obendrein auch schnell schreiben musste und dabei manches lernte, und welch ein Glück für ihn, in so jungen Jahren damit anzufangen, denn schnell zu lernen, schnell und gut zu lernen war dringend geboten, schließlich war es schon 1890, und als er in jenem Sommer nach Asbury Park kam, hatte er nur noch zehn Jahre zu leben.

10

Aus nicht nachvollziehbaren Gründen wechselte Crane in diesem Herbst auf das Lafayette College in Eaton, Pennsylvania. Höchstwahrscheinlich ging dieser Schritt auf eine Anregung seines Bruders Judge William zurück. Nachdem er Crane die Sache mit West

Point und einer militärischen Laufbahn ausgeredet hatte, schlug er ihm (mit bizarrer Logik) vor, Bergbauingenieurwesen in Lafayette zu studieren, dies könne sich als vorteilhaft für die Familie erweisen. Und warum, fragt man sich, kam er ihm mit diesem Vorschlag? Weil alles, was die Cranes an zusätzlichen Einnahmen hatten, einem in Familienbesitz befindlichen Aktienpaket zu verdanken war, Aktien an etlichen Kohlebergwerken in Pennsylvania. Nach dieser Logik hätte William, wenn sie Anteile an einer Blechfabrik besessen hätten, seinem Bruder empfohlen, Metallurge zu werden. Was soll's, dass der Junge keinerlei Interesse an Bergbau und Ingenieurwesen hatte, dass er seine Physik- und Mathekurse in Claverack nur mit Ach und Krach bestanden hatte – vielleicht fand er ja mit der Zeit Vergnügen an diesen Fächern. Und nicht nur hatte Crane einen schlechten Rat erhalten, er wurde auch immer noch von der Familie vernachlässigt – nicht in böser Absicht, sondern weil man zuweilen schlicht vergaß, dass er überhaupt da war. Wie Helen R. Crane so bitter in ihren Aufzeichnungen vermerkt: «Seine Brüder und Schwestern sind vielleicht die Letzten auf der Welt, die auf seine Talente aufmerksam werden; da sie viele Jahre älter, verheiratet und von eigenen Kindern in Anspruch genommen sind, bleibt er für sie wohl immer ein Außenstehender.» Drei Absätze weiter schreibt sie: «Nie ist ihnen der Gedanke gekommen, dass er ein verheißungsvoller Junge war; er war nur ihr kleiner Bruder, ziemlich sonderbar und sprunghaft, ein Mensch, der, wenn er von seinen Bedürfnissen sprach, dies auf eine so sorglose Weise tat, dass sie ihn nicht ernst nahmen.»

Natürlich hätte Crane sich widersetzen und William mitteilen können, er wolle anderswo hingehen, aber seine Ausbildung war ihm so gleichgültig, die Frage, was er studieren sollte oder nicht, wo er studieren sollte oder nicht, ob er überhaupt studieren sollte oder nicht, beschäftigte ihn so wenig, dass er sich den Vorschlag gefallen ließ.

Wie abzusehen, war das Herbstsemester in Lafayette ein Reinfall. Diesmal keine Methodistenschule, sondern eine presbyterianische, mit Teilnahmepflicht am Gottesdienst an sieben Tagen der Woche und einem festen Lehrplan, der ohne Wahlmöglichkeit sieben Kurse vorschrieb: Algebra, Bibelstudien, Chemie, Rhetorik, Französisch, Industriezeichnen und Aufsatzschreiben. In fünf davon fiel Crane durch, die schlechteste Note bekam er in Aufsatzschreiben, das von einem Ingenieur gelehrt wurde und den Studenten beibringen sollte, Texte zu rein technischen Themen zu verfassen. Obwohl er die meisten Stunden schwänzte, wurde er Mitglied der Studentenverbindung Delta Upsilon, trat den beiden literarischen Gesellschaften auf dem Campus bei und spielte in Vorbereitung auf die Frühjahrssaison in der studentischen Baseballmannschaft mit. Das war das Positive seiner dreieinhalb Monate in Lafayette. Ansonsten war dieses College ein Tollhaus voller Gewalt und Machotum, mit ständigen Schlägereien zwischen Studenten der verschiedenen Jahrgangsstufen, eine berüchtigte, außer Kontrolle geratene Einrichtung, wo «die Kerle ... mehr auf den Putz hauen als an jedem anderen College im Land», wie Crane es in einem Brief an einen alten Freund in Claverack formulierte. Wie Ernest G. Smith, ein Kommilitone in Lafayette, 1926 berichtete, brach eines Nachts eine lärmende «Gangsterhorde» älterer Studenten in Cranes Wohnheimzimmer ein, die sich erst zum Gehen bewegen ließen, als Crane einen geladenen Revolver auf sie richtete. Andere Zeugen dafür gibt es nicht, und Crane hat nie darüber gesprochen, aber selbst, wenn Smith da etwas durcheinandergebracht haben sollte, fest steht, dass Crane das College nach einem Semester verlassen hat.

Ein Déjà-vu. Wie zuvor in Pennington hatte ihr Sohn zu einer Schule nein gesagt, und wieder musste seine Mutter ihm eine andere Schule suchen, in diesem Fall ein anderes College. Leider gibt es keine Quellen, die uns berichten, wie sie über die Lösung dieses

Problems gestritten haben, womit sie und wie viele Stunden oder Tage sie einander unter Druck gesetzt haben, oder wie willig oder abgeneigt Crane war, es überhaupt noch einmal mit einem College zu versuchen, denn ich vermute, mit dem Herzen war er längst nicht mehr dabei, und wenn er am Ende doch noch ein Semester antrat, dann vielleicht nur, um seine Mutter zu beschwichtigen. Unter den gegebenen Umständen war Mrs. Cranes Lösung wahrscheinlich die beste, die sich so kurzfristig finden ließ. Ihr Onkel war Mitgründer der Syracuse University, und nicht nur gelang es ihr dank dieser familiären Beziehung, ihrem Sohn ein Stipendium zu verschaffen, sie wusste auch, das Haus hatte einen guten Ruf und war frei von Skandalen, kein zweites Lafayette, wo im Herbst ein anderer Kommilitone ihres Sohns von einer Horde älterer Studenten überfallen worden war und die Raufbolde erst vertreiben konnte, nachdem er einem von ihnen mit einem Baseballschläger ein Loch in den Schädel geschlagen hatte. Was Mrs. Crane jedoch vermutlich nicht wusste, ihr Sohn hingegen schon: Auch in Syracuse gab es zahlreiche Schläger (für Bälle, nicht für Schädel) und ein ausgezeichnetes Baseballteam.

Nach Bemerkungen über seine Eltern beginnt Crane in dem Brief an Hilliard von 1896 einen neuen Absatz: «Was mich betrifft, ich war auf dem Lafayette College, machte aber keinen Abschluss. Bergbauingenieurwesen war ganz und gar nicht nach meinem Geschmack. Baseball war mir lieber. Später besuchte ich die Syracuse University, wo ich mich an einem Literaturstudium versuchte, Baseball aber erneut mehr nach meinem Geschmack fand.» In einem früheren Brief an Hilliard (vermutlich vom Februar 1895) erinnert er sich etwas ausführlicher an seine Collegezeit:

> *Am College war ich nicht sehr fleißig, mein Können, soweit vorhanden, zeigte ich nur auf dem Baseballplatz. Nicht dass mir an Büchern nichts lag, aber das festgelegte Pensum des Lehrplans*

hatte keinen Reiz für mich. Der Mensch war ein wesentlich interessanteres Studienobjekt. Statt am Unterricht teilzunehmen, ging ich durch die Straßen und studierte Gesichter, und statt die Lektionen für den nächsten Tag zu lernen, stand ich am Bahnhof und sah den Zügen beim Ein- und Ausfahren zu. Wie Sie sehen, musste ich mich zuerst einmal vom College erholen.

Wir wissen, dass Crane nur fünf Monate in Syracuse blieb (Anfang Januar bis Anfang Juni 1891), was aber nicht bedeutet, dass es wieder so ein Reinfall war wie im Herbst zuvor. Im Gegenteil, dies war für ihn eine Zeit enormer, tiefgreifender Veränderung, die Brücke zwischen Jugend und frühem Mannesalter, der letzte Schliff, nicht das Ende seiner Lehrjahre, sondern Vorbereitung auf den nächsten Schritt.

Syracuse war seine erste richtige Stadt, das erste Mal, dass er nicht in einer kleinen Siedlung oder einem Urlaubsort am Meer lebte, eine schneereiche Stadt mit rund neunzigtausend Einwohnern, keine Weltstadt wie New York, aber groß genug für eine kompakte Mischung aus Hoch und Niedrig, Reich und Arm, und wenn Crane seine Lernpausen einlegte, ging er nicht nur «durch die Straßen und studierte Gesichter», sondern streifte auch durch die verrufeneren Viertel der Stadt, verfolgte Sitzungen des Polizeigerichts, trank Fünf-Cent-Bier in der Music Hall in der North Salina Street, wo er den knapp bekleideten Showgirls zusah (tiefe Ausschnitte, sehr kurze Röcke), die auf der Bühne sangen und tanzten, Bekanntschaft mit Tramps, Säufern und Prostituierten machte und die Bordelle an der Railroad Street nicht weit vom Bahnhof erkundete. Vieles deutet darauf hin, dass er in diesem Frühjahr an einer ersten Fassung von *Maggie* zu arbeiten begann, oder zumindest an einem frühen Entwurf, aus dem dann *Maggie* werden sollte – und wie hätte er auf die Idee kommen können, eine Geschichte in den Slums anzusiedeln, ohne selbst etwas über die Slums zu wissen?

Syracuse machte ihn erstmals mit dieser Welt bekannt, und die Begegnung erschütterte ihn so sehr, dass er darüber zu schreiben beschloss – keinen journalistischen Artikel, sondern eine längere, vielschichtige Erzählung.

Dies als Erstes und vor allem anderen – die Entstehung von *Maggie* und der Drang, wieder Prosa zu schreiben –, andererseits arbeitete der unwillige, lustlose Student in diesen Syracuser Monaten auch als Korrespondent für die *New York Tribune*, ein Job, den ihm Chefredakteur Willis Fletcher Johnson verschafft hatte, ein Absolvent des Pennington Seminary und Freund der Familie, der von den Artikeln wusste, die Crane für Townley in Asbury Park geschrieben hatte. In den letzten Wochen seines letzten Jahres als Student brütete Crane mit Johnsons Rückendeckung eine lustige kleine Zeitungsente aus, eine Bagatelle mit der Überschrift GREAT BUGS IN ONONDAGA, die am 1. Juni sowohl in der *Tribune* als auch im *Syracuse Daily Standard* erschien. Inspiriert von einem früheren Bericht über eine Raupenplage, die irgendwo in Minnesota einen Zug gestoppt hatte, setzte der neunzehnjährige Korrespondent noch einen drauf und erfand eine Spezies gigantischer gepanzerter Käfer, die den Schienenverkehr um Syracuse, den Verwaltungssitz des Onondaga County, zum Erliegen gebracht hätten.

> Als die Räder über die Insekten rollten, gaben die Dinger mit Knistern und Knacken den Geist auf, es klang wie Salven explodierender Spielzeugtorpedos ... die Käfer wurden immer zahlreicher, und das Prasseln schwoll zu einem monotonen Getöse, als habe jemand ein Lagerhaus voller Knallfrösche an hundert Ecken angezündet, und schließlich musste die Lokomotive mitten in diesem ungeheuren Schwarm stehen bleiben ... Die Nachricht von dem sonderbaren Ereignis hatte sich schnell verbreitet, und so war

> denn auch ein kenntnisreicher Klausner herbeigeeilt, der unweit des Steinbruchs haust. Er äußerte die Ansicht, bei den Käfern, welche die Gleise blockierten, handele es sich um den Fall einer seltenen Spezies von Lithodomen – Mollusken, die sich in Felsen eingraben –, gekreuzt mit irgendeinem räuberischen Insekt.

Tags darauf «entschuldigte» sich die Zeitung mit einem den Scherz noch weitertreibenden Artikel – entweder von Johnson allein oder von Johnson und Crane gemeinsam verfasst –, in dem der «staatliche Entomologe» darauf hingewiesen wurde, wenn er seinen Job behalten wolle, müsse er unverzüglich «ein Monster aus Stahl und Eisen besteigen, nach Syracuse kommen und über diesen neuartigen Käfer Bericht erstatten». Die beiden, der Ältere und der Jüngere, müssen großen Spaß an ihrem kleinen Streich gehabt haben. Ein weiterer Beweis dafür, dass Crane in Syracuse keineswegs in depressive Stimmung verfiel, sondern oft geradezu ausgelassen war, denn woher soll ein Depressiver die Energie nehmen, ein so abgelegenes Wort wie *Lithodom* auszugraben (in keinem Standardlexikon zu finden) oder einen so köstlichen Ausdruck wie *kenntnisreicher Klausner* zu ersinnen?

Seine Mutter hatte ihn bei ihrer Großtante untergebracht, der ehrwürdigen Witwe Peck und langjährigen Gattin des inzwischen verstorbenen Bischofs Peck, was die Kosten senken und zugleich ihren Sohn unter die Aufsicht einer Erwachsenen stellen sollte, doch das Betragen des Jungen missfiel der Witwe von Anfang an, und so endete das Experiment schon nach wenigen Tagen, auch wenn nie ans Licht kam, was genau der Grund dafür gewesen war. Vielleicht sein Rauchen, oder seine *sprunghaften Gewohnheiten*, oder sein ungekämmtes Haar und seine schlampige Art, sich zu kleiden, aber vielleicht kamen sie auch einfach nicht miteinander aus. Wie auch immer, Crane verbrachte das Semester schließlich im Haus der Studentenverbindung Delta Upsilon, wo er auf eine gleichgesinnte Clique rauchender Rebellen traf und mehrere Freundschaften schloss, die noch jahrelang Bestand haben sollten, lauter kluge junge Männer, aus denen im weiteren Verlauf angesehene Rechtsanwälte, Journalisten, Ärzte und Ingenieure wurden, doch als Collegestudenten teilten sie Cranes Verachtung für die lähmenden Einschränkungen des akademischen und religiösen Prozedere. Dazu kam, dass alle diese Freunde ihn enorm zu bewundern schienen. Frank Noxon (künftiger Reporter, Theaterkritiker und Zeitungsredakteur), der Crane zu den sonntäglichen Liederabenden begleitete, schrieb 1926: «Crane besaß Mut, physisch, moralisch und gesellschaftlich ... Eine seiner Charaktereigenschaften war eine quälende Sorge um das leibliche und seelische Wohl seiner Mitmenschen, insbesondere jener, die im Leben nur wenig Chancen haben. Er dachte darüber nach, wie man über Kunst oder Handwerk nachdenkt, es ging darum, einen Stil zu entwickeln und originelle Methoden zu finden.» Ebenfalls 1926 schrieb Clarence N. Goodwin (künftiger Anwalt):

> Er erwies sich bald als lernfaul, geistreich, unbeständig, unterhaltsam und als begnadeter Lästerer. An Jahren war er damals 19, an Weltklugheit eher 87 ... Er hatte ein feines Gespür für das Dramatische, und gewöhnlich lag auf seinen Zügen ein satirisch belustigtes, aber gutmütiges Grinsen. Sein scharfer Verstand erfasste augenblicklich den absurden, bizarren oder lächerlichen Aspekt jedweden Vorfalls, den er dann auf seine unterhaltsame Art weiter auszuspinnen pflegte ... Ich habe ihn als knabenhaft lächelnden jungen Mann in Erinnerung, herzensgut und scharfsinnig. Er erfasste und durchschaute den Dünkel, die

> Heuchelei, Schwäche und Selbstsucht der Menschen, ließ aber nie von seinem belustigten, niemals verbitterten Lächeln ...

Irgendwann in den 1920ern schrieb Frederic M. Lawrence (künftiger Arzt und engster von Cranes Syracuser Freunden):

> Nachdem er früh und furchtlos das Banner der Revolte hochgezogen hatte, machte Crane sich in aller Ruhe daran, sich die gewünschte Bildung auf seine eigene Art anzueignen. Er besaß bereits geistige Reife. Sein Intellekt verschmähte Autoritäten und Traditionen. Er betrachtete jede neue Idee vollkommen unvoreingenommen und zog seine Schlüsse unter völliger Nichtbeachtung anerkannter Meinungen. Sein Wohnheimzimmer ... wurde bald zur Hochburg der Gottlosen ... Crane, oft schweigsam, niemals geschwätzig, lenkte die Gedanken. Für ihn stand die Zukunft fest. Er würde Schriftsteller werden, und zweifellos ein großer.

Das Studium schmeckte ihm nicht, und wenn er sich doch einmal herabließ, an einer Lehrveranstaltung teilzunehmen, dann nur, um den Professoren zu widersprechen, aber wie Lawrence in seinem Artikel (der noch viele Seiten lang so weitergeht) andeutet, betrieb Crane seine Ausbildung auf seine eigene Weise und las viel in diesen Monaten, unter anderem *Krieg und Frieden* und *Anna Karenina* (von da an war Tolstoi sein Lieblingsschriftsteller), aber auch Goethes *Faust* und, wichtiger noch, Goethes *Farbenlehre*, die sein Werk für immer prägen sollte. Man weiß auch, dass er seinen Namen in Keats' Gesammelte Gedichte eintrug, die er sich gekauft hatte, und dass er, wenn er nicht gerade Bücher las oder in der Stadt herum-

Das Baseballteam der Syracuse University, Frühjahr 1891.
Crane sitzt in der Mitte der ersten Reihe.
(Mit freundlicher Genehmigung der Syracuse University)

geisterte oder Mädchen nachstieg oder in der St. Paul's Cathedral Musik hörte oder Artikel, Kurzgeschichten und eine frühe Fassung von *Maggie* schrieb, Baseball spielte.

Ein Foto aus diesem Frühjahr zeigt Crane inmitten seiner Teamkameraden, ein Gruppenporträt im Freien, neun junge Männer, teils im Mannschaftstrikot, teils nicht, teils sitzend, teils stehend, und ein älterer Mann im Hintergrund, zweifellos der Trainer. Crane sitzt vorn in der Mitte, lässig in einen Stuhl gelehnt. Die kleine, schief sitzende Mütze trägt er so weit hinten auf dem Kopf, dass sie kaum zu erkennen ist, und sein Haar, das auf dem Foto nicht blond, sondern dunkel aussieht, ist leicht zerzaust.

Er trägt einen weißen Pullover, darunter ein Hemd mit weißem Kragen und traditionelle, knielange Baseballhosen, schwarze Baseballstrümpfe verhüllen die Waden seiner außerordentlich dünnen Beine. Die Beine sind weit gespreizt, und wie er so nach hinten gelehnt dasitzt, wirkt er entspannt und selbstbewusst, das genaue Gegenteil des schüchternen Kadetten, der nur zweieinhalb Jahre zuvor vor der Kamera posiert hatte. Die linke Hand ruht lässig im Schoß, der rechte Arm liegt schräg über der Brust, die Hand knapp unterm Kinn, geschlossen, aber nicht ganz zur Faust geballt, man könnte sagen, locker zur Faust geballt. Vielleicht wusste er nicht, wohin mit dem Arm, denn er sitzt dicht neben dem Spieler zu seiner Rechten, dessen linke Schulter ihn leicht zu bedrängen scheint; statt also dem Nachbarn seinen rechten Arm um die Schultern zu legen, zog Crane den Arm zu sich heran, und um sein Gesicht nicht zu verdecken, schloss er die Hand. Gleichwohl ähnelt die Hand einer Faust, und auch wenn ich dieser Faust oder Dreiviertelfaust keinen symbolischen Wert beimessen möchte, wirkt sie doch ausgesprochen eigenartig. Nicht direkt aggressiv oder abwehrend – aber durchaus bereit und entschlossen. Sein Blick geht in die Ferne. Seine Miene ist unbeteiligt, nachdenklich, distanziert, die Züge sind ruhig. Crane scheint an der Schwelle zur Selbsterkenntnis angekommen, er weiß, wer er ist, er ist bereit, zu allem bereit.

Tempo der Jugend

1

Mozart komponierte sein erstes Musikstück mit fünf und seine erste Sinfonie mit acht. Chopin, Bizet, Liszt und Glenn Gould gaben ihre ersten Klavierkonzerte vor dem zehnten Lebensjahr. Jascha Heifetz und Yehudi Menuhin feierten ihr Debüt auf der Violine mit sieben. Sammy Davis Jr. war vier, als er Varietébesucher mit seinem Stepptanz zum Staunen brachte. Picasso war schon als Teenager ein vollendeter Maler. Bobby Fischer wurde mit vierzehn US-Schachmeister und ein Jahr später zum jüngsten Großmeister der Geschichte.

Wunderkinder. Von den Göttern geküsste Kinder, die unsere Aufmerksamkeit verlangen, weil sie auf ihrem Gebiet mit den Erwachsenen mithalten können. Am häufigsten gibt es sie in der Musik, gelegentlich in der Malerei, ganz selten in den abstrakten, pythagoreischen Reichen der Mathematik oder des Schachspiels, nur in der Schriftstellerei gibt es keine Wunderkinder. Das Medium der Sprache ist weitaus chaotischer und vertrackter als die starre Geometrie von Zahlen oder Formen, und anders als bei den Wunderkindern auf ihren Klavieren und Violinen spielt manuelle Geschicklichkeit für angehende Schriftsteller keine Rolle. Man muss viele Jahre gelebt haben, bevor man sich in den komplexen Labyrinthen der Sprache zu Hause fühlen kann, und deshalb entwickeln sich Schriftsteller langsam und quälen sich nicht selten bis in die Dreißiger, ehe es ihnen gelingt, etwas hervorzubringen, das die Tinte wert ist, mit der sie geschrieben haben. Das Gedicht, das Crane mit acht schrieb, und die Erzählung, die er als Dreizehnjähriger zu Papier brachte, sind äußerst vielversprechend, hätten aber nie für Werke eines Erwachsenen gehalten werden können. Tausende Teenager sind vielversprechend, aber aus den wenigsten wird etwas Bedeutendes, und selbst die Begabtesten müssen sich erst einmal entwickeln. Mary Shelley, die *Frankenstein* mit neunzehn schrieb, begann ihre Reise zu diesem Roman als Kind, das weder lesen noch schreiben konnte; dasselbe gilt für die Theaterstücke des erstaunlichen Georg Büchner (Arzt, Naturwissenschaftler, politischer Revolutionär), der mit *Woyzeck* und *Dantons Tod* das Theater des 19. Jahrhunderts neu erfand, bevor er mit dreiundzwanzig starb, wohingegen zahllose musikalische Wunderkinder die Noten des Bass- und Violinschlüssels schon lesen können, lange bevor sie die Buchstaben des römischen Alphabets beherrschen.

Wie Mary Shelley und Büchner entwickelte sich auch Crane, entwickelte sich nicht weniger schnell als diese beiden, bewegte sich mit einem derart beschleunigten Tempo voran, dass er in den fünfeinhalb Jahren, die er in und um New York herum verbrachte (einschließlich der Monate im Westen und in Mexiko), vom tastenden Anfänger zum entschlossenen Neuerer wurde, zu einem Künstler im Vollbesitz seiner Talente und mit souveränem Blick auf die Welt. Geradlinig vollzog sich seine Entwicklung allerdings nicht. Bis er eigene Wege ging, hatten seine wenigen Veröffentlichungen fast durchweg etwas Satirisches – heiter, humorvoll, manchmal sarkastisch –, und in der Art schrieb er auch noch, als er in die New Yorker Gegend kam, wo er zwei weitere Sommer an der Promenade von Asbury Park als Gesellschaftsreporter für die Agentur seines Bruders verbrachte und mehr oder weniger heitere Skizzen und Artikel über das Leben im provinziellen Sullivan County, New York, verfasste. Zur selben Zeit entdeckte er Manhattan und arbeitete sich tiefer in die immer komplexere Welt von

Maggie hinein, einem der am wenigsten komischen und heiteren Bücher, die jemals geschrieben wurden, eine schonungslose, halluzinatorische Darstellung der New Yorker Slums, die der moralischen Frömmelei seiner Zeit so zuwiderlief, dass kein Verleger sich darauf einlassen wollte. *Zur selben Zeit.* Diese Wendung sollte man im Gedächtnis behalten, denn Intensität und Umfang von Cranes Produktion waren nur möglich, weil er immer an mehreren Dingen *zur selben Zeit* arbeitete; das heißt, während er an seinen Romanen schrieb, schrieb er auch Kurzgeschichten, Skizzen und Reportagen, nicht nur, weil er musste (aus Geldnot), sondern auch, weil er wollte, und nicht nur, weil er wollte, sondern auch, weil er musste (aus Geldnot).

Etwa zwei Drittel seiner besten Sachen hat Crane in diesen fünfeinhalb Jahren geschrieben (von Mitte 1891 bis Ende 1896). Er hatte zahlreiche Freunde und Bekannte, er verliebte sich mindestens dreimal, er besuchte Restaurants und Theater, wann immer er es sich leisten konnte, er fuhr nach Hartwood und unternahm manches andere neben dem Schreiben, aber wenn man bedenkt, wie viel er schrieb, ist kaum vorstellbar, dass er nicht über vierundzwanzig Stunden jedes einzelnen Tages dieser fünfeinhalb Jahre einen Stift in der Hand hielt. Wie sonst erklärt man sich die zwei in dieser Zeit entstandenen Kurzromane (*Maggie: A Girl of the Streets* und *George's Mother*), die zwei längeren Romane (*The Red Badge of Courage* und *The Third Violet*), die Skizzen und Artikel über das Sullivan County, einen Band Gedichte (*The Black Riders*), die in *The Little Regiment* gesammelten Bürgerkriegsgeschichten sowie rund hundert weitere literarische und journalistische Arbeiten, darunter seine drei verblüffenden «Baby Stories» von 1893 – «An Ominous Baby», «A Great Mistake» und «A Dark-Brown Dog» – und fast alle seine New Yorker Skizzen, so unvergessliche Texte wie «An Experiment in Misery», «The Men in the Storm», «An Eloquence of Grief», «Coney Island's Failing Days», «In a Park Row Restaurant»,

«The Fire», «Opium's Varied Dreams» oder «The Devil's Acre», eine düstere, zutiefst bewegende Betrachtung über den elektrischen Stuhl in Sing Sing? Und all diese Bücher, Erzählungen, Gedichte und Skizzen mit all ihren verschiedenen Sichtweisen und Tonlagen zündeten in ihm *zur selben Zeit* – mit anderen Worten, der junge Mann hatte Feuer gefangen, und jetzt gilt es, die Frage zu untersuchen, was dieses Feuer entfacht hat und wie jemand, der von sich behauptete, er habe «den Krieg ohne Talent begonnen», so viele Schlachten mit sich selbst gewinnen und ein so umfangreiches, grandioses und originäres Werk erschaffen konnte.

Als Crane New York Ende 1896 verließ, war er fünfundzwanzig Jahre alt. Und er war berühmt, zweifellos der berühmteste junge amerikanische Schriftsteller seiner Zeit, vielleicht der berühmteste junge Schriftsteller, den die Republik jemals hervorgebracht hatte. Es war die Ära der auflagenstarken Tageszeitungen, allein in New York erschienen achtzehn in englischer Sprache und neunzehn in anderen Sprachen, und mit ihnen begann Amerikas Promi-Kultur mit all ihrem Getöse, ihrer Vergötterung und Grausamkeit, wie wir sie noch heute erleben. Als *The Red Badge of Courage* im September 1895 erschien, war Crane mit einem Schlag berühmt. Er hatte diesen Ruhm nicht gesucht, vielmehr hatte der Ruhm ihn gefunden und ausgewählt, und kaum war er der Mann der Stunde, wurde er auch schon zur Zielscheibe – nicht nur für seine Gegner in der literarischen Welt, sondern auch für die New Yorker Polizei. Er hatte sich vor Gericht für ein gefallenes Mädchen eingesetzt, eine bekannte Prostituierte namens Dora Clark (alias Ruby Young oder Dora Wilkins), die einen Beamten wegen willkürlicher Festnahme angezeigt hatte, und da Crane bei dem Vorfall zugegen gewesen war und wusste, dass ihre Anschuldigung nicht grundlos war, sagte er zu ihren Gunsten aus, und dies wiederum veranlasste die Polizei, ihm nachzustellen und zu versuchen, seinen guten Ruf zu zerstören. Was durchaus gelang, und bis an sein Lebensende und lange darüber hinaus galt er in weiten Kreisen als gefährliches, anrüchiges Subjekt, als Hurenbock und Drogensüchtiger und Schande für die Gesellschaft. Nicht dass Crane New York verlassen wollte, aber nachdem Zivilbeamte seine Wohnung durchwühlt hatten und er sich ständiger Überwachung und Schikane ausgesetzt sah, blieb ihm im eigenen Interesse nichts anderes übrig. Er musste weg, und zwar schnell.

2

Sein erster Sommer als Exstudent begann mit einem kurzen Campingtrip ins Sullivan County und endete mit einem längeren Campingtrip ins Pike County, Pennsylvania. Dazwischen war er in Asbury Park, wo er zwölf oder dreizehn Artikel für seinen Bruder Townley schrieb, alle im selben Geist wie die im Sommer zuvor – ausgenommen der Artikel zu Garlands Vortrag über Howells, der ihm Garlands Freundschaft einbrachte und, ebenso wichtig, Anlass gab, gründlicher darüber nachzudenken, wie es mit seiner Schriftstellerei weitergehen sollte, denn in diesem frühen Stadium schwankte er immer noch zwischen dem derben lyrischen Furor seiner zu der Zeit entstehenden Novelle *Maggie* einerseits und den kleinen, humorvollen Sachen andererseits, die er parallel dazu in diesem Sommer schrieb, den Skizzen aus dem Sullivan County, die er später als Erzeugnisse der «Schule der cleveren Literatur» abtat. Gleichwohl produzierte der neunzehnjährige Crane diese Geschichten am laufenden Band, und zumindest kurzfristig zahlte seine Cleverness sich aus. Willis Fletcher Johnson, der Mann, der Crane im Frühjahr desselben Jahres in Syracuse als Korrespondent für die *New York Tribune* engagiert und bei der Riesenkäfer-Ente mit ihm unter einer Decke gesteckt hatte, weilte diesen Sommer ebenfalls in Asbury Park, aber die zwei hatten sich seit Cranes Kinderjahren nicht mehr gesehen, und der kühne junge Mann, der zugleich ein sehr scheuer junger Mann war, hatte Bedenken, sich mit seinem neuen Werk an Johnson zu wenden. Er erwähnte es jedoch Townley gegenüber, und als sein großer Bruder Johnson deswegen ansprach, sagte Johnson, selbstverständlich wolle er sich die Geschichten des Jungen einmal ansehen. Crane zeigte ihm zwei Proben von jeweils rund zweitausend Wörtern Länge. «Das waren fabelhafte, impressionistische Prosastücke», schrieb Johnson 1926. «Ich war sehr beeindruckt und sagte ihm das auch und akzeptierte sie auf der Stelle zum Abdruck in der Sonntagsbeilage der *Tribune.* Die beiden, und noch ein paar weitere, erschienen dann in dieser Zeitung ... und wurden sehr gut aufgenommen.»

Das Sullivan County war einst Amerikas Außengrenze gewesen, eine raue Gegend unweit der Catskills, wo weiße Siedler gegen die dort lebenden Indianer kämpften, deren Land sie an sich gerissen hatten, und wo im Revolutionskrieg weitere Schlachten geschlagen wurden. (Wer weiß eigentlich noch, dass *Der letzte Mohikaner* im Bundesstaat New York spielt?) In den 1890ern war das County immer noch rau und nur dünn besiedelt, aber die einzigen Schlachten, die jetzt noch dort geschlagen wurden, fanden zwischen Jägern und unbewaffneten Wildtieren statt. Im Juni 1891 fuhr Crane mit drei Freunden aus Port Jervis dorthin, um ein wenig Zeit in der Wildnis zu verbringen. Einer von ihnen war sein Syracuser Kommilitone Frederic Lawrence (der künftige Arzt), die beiden anderen, Louis Carr und Louis Senger, waren gute Kindheitsfreunde. Lawrence erzählt in seinem Artikel aus den 1920ern von diesem Campingtrip:

> Tagsüber wanderten wir in den Bergen und vertrieben uns die Zeit mit Pfeiferauchen, Büchern und Gesprächen. Abends spielten wir Karten, die Gespräche gin-

gen weiter. Für den August schlugen wir ein richtiges Lager auf, fast schon luxuriös für die damaligen Verhältnisse, und verbrachten vier Wochen in der Wildnis des Pike County, Pa. Nach meiner Erinnerung waren wir hauptsächlich damit beschäftigt, an den Ufern der benachbarten Seen Holz zu sammeln, das wir für die riesigen Lagerfeuer am Abend brauchten. Das waren die schönsten Stunden, wenn wir ums Feuer herumsaßen, und wenn es schließlich erlosch, wickelten wir uns in Decken und schliefen wie echte Wilde auf dem Erdboden. Crane liebte dieses Leben, und er war bei bester Gesundheit. Die Sonne färbte seine Haut im Lauf der Wochen kupferrot, er sah fast wie ein Indianer aus, ein seltsamer Kontrast zu seinen blonden Haaren. Dieses Lager fand so großen Anklang, dass wir in den nächsten Sommern ähnliche Streifzüge im Pike County unternahmen. Dazwischen machten wir kürzere Ausflüge, meist im Sullivan County, N. Y., und unsere Erlebnisse dort inspirierten Crane zu seinen ersten veröffentlichten Kurzgeschichten ...

1896 wollte Crane von diesen frühen Versuchen nichts mehr wissen und gestand dem *Boston Herald*, er wünschte, er hätte sie «in den Papierkorb geworfen»; dennoch verdienen sie unsere Aufmerksamkeit, nicht weil sie allzu *clever* gewesen wären, sondern weil in ihnen gelegentlich etwas aufblitzt – erfrischende Sätze, die über die Seiten tanzen – und weil sich hier Keimzellen von Ideen und Methoden finden, die sich nur Monate später in Cranes Arbeiten zu entfalten begannen. Von den neunzehn Sullivan-County-Artikeln, geschrieben zwischen Sommer 1891 und Anfang 1892, brachte Johnson vierzehn in der *New York Tribune*, einen im *Syracuse University Herald* (um der alten Zeiten willen?) und einen in einem

Vorläufer von *Cosmopolitan* (Cranes erste Veröffentlichung in einer landesweit verbreiteten Zeitschrift). Immerhin muss es ihn doch ermutigt haben, so kurz nach dem Abgang vom College so viele seiner Sachen gedruckt zu sehen – zu einer Zeit, da er sich gerade erst zu räuspern begann.

Elf dieser neunzehn Stücke sind Erzählungen, acht könnte man als Skizzen, Essays oder Meditationen bezeichnen oder wie auch immer man kurze, nichtfiktionale Texte, die gemächlich ein einziges Thema umkreisen, nennen will. Das Thema wird jeweils von der Zeitungsüberschrift deutlich benannt: «The Last Panther», «Sullivan County Bears», «Bear and Panther» oder «Hunting Wild Hogs», was in meinen Nicht-Jäger-Ohren nicht sonderlich verheißungsvoll klingt, doch stürzt man sich hinein und beginnt zu lesen, tragen einen die Worte mit sich fort, und nach ein paar Absätzen spielt es keine Rolle mehr, ob man sich für die Jagd interessiert oder nicht.

> Kinder auf dem Weg zur Schule wurden von Wildschweinen wieder nach Hause gescheucht. Männer spät abends auf dem Heimweg sahen Wildschweine. Es wurde geradezu Mode, Wildschweine zu sehen, kehrtzumachen und zurückzugehen. Doch als die empörten Farmer in diesem finsteren, felsigen Landstrich fürchterlich aufzuräumen begannen, zogen sich die Wildschweine offenbar ins Sullivan County zurück. Dieses County könnte von einem sehr grobgestrickten, unbedachten Riesen geformt worden sein, der, an ein windschiefes, undurchdringliches Gelände gelangt, einen Schritt zurücktrat und es unbekümmert mit Bäumen und Felsbrocken bewarf. Als ihm das Ergebnis seiner Bemühungen nicht zusagte, versuchte er es zu zerstören, indem er darunter ein

> paar Erdbeben auslöste. Dies gelang ihm über alle Erwartung ... Die Löcher und Spalten, Täler und Hügel, Höhlen und Sümpfe dieses unebenen Landes hat sich das Großwild im Süden dieses Bundesstaates zu seinem letzten Rückzugsort erkoren.

Andere dieser nichtfiktionalen Texte haben ähnliche rhetorische Schnörkel und Übertreibungen zu bieten, insbesondere «The Way in Sullivan County», eine Skizze, die sich mit ebendiesem Thema, der Übertreibung, befasst.

> In einem Land, das für seine Jäger berühmt ist, wimmelt es naturgemäß von Lügnern. Wo immer das Rehlein hüpfet und der Zottelbär tapset, gedeihet der Lügner und vermehret sich. Jeder erhöht sich mit Verdrehungen vor den Nachbarn, auf dass sie nicht auf ihn herabsehen. Man kann Holz von einem Eingeborenen kaufen und ihn beim Wort nehmen, wenn er sagt, der Handel sei fair, fragt man aber denselben Mann, wie viele Hirsche er in seinem Leben geschossen hat, wird er den Fragesteller mit einer Zahl lähmen, die sich besser ausnimmt als die meisten Gesamtsummen auf den Subskriptionslisten für Denkmäler unserer Nationalhelden.

Ein paar Absätze weiter spießt Crane säuberlich die Hirnregion auf, wo der Drang zum Aufschneiden entsteht: «In einem Jagdland sagt wohl niemand genau, was er getan hat. Vielmehr sagt er, was er gern getan oder was er vorgehabt hätte, ganz so, als habe er es vollbracht.»

Die Erzählungen im Sullivan-County-Zyklus entstanden aus Cranes Campingerlebnissen mit seinen drei Freunden, und die vier Figuren in diesen Geschichten sind durchweg der kleine Mann (Carr), der mollige Mann (Lawrence), der große Mann (Senger) und der stille Mann (Crane – auch wenn der stille Mann so still ist, dass er oft mit dem kleinen Mann zu verschmelzen scheint). Sie wirken wie eine frühe Version der Marx Brothers, oder eher, weil plumper, wie ein gedoppeltes Duo Abbott und Costello.[3]

Wie die Skizzen sind auch die Erzählungen voller Übertreibungen und Aufschneidereien, wobei der aufgeplusterte Ton jedes Mal systematisch untergraben wird, indem die Handlung in slapstickhaftem Klamauk versinkt. In «Four Men in a Cave» klettern die vier Tölpel auf der Suche nach einem Abenteuer, von dem sie später ihren Freunden erzählen können, in eine unheimliche Grotte und stoßen dort tief unter der Erde auf einen geisteskranken Einsiedler, der darauf besteht, dass sie mit ihm Poker spielen – und wehe, wenn nicht. In «The Octopush» wandern die vier zu einem Teich, um Hechte zu angeln, heuern einen als «das Individuum» bezeichneten Alten an, der sie in seinem Boot hinausrudert, doch nachdem er sie einmal auf ihren Baumstümpfen mitten im Wasser abgesetzt hatte, betrinkt sich das Individuum und lässt sie dort bis weit in den Abend hinein hilflos zurück. Angst beschleicht sie. «Ein Abendwind erhob sich mit Gebraus, und prall mit Regen ge-

■ 3 Nebenbei bemerkt: Bud Abbott wurde 1895 in Asbury Park geboren (dem Erscheinungsjahr von *The Red Badge of Courage*); Lou Costello wurde elf Jahre später in Paterson geboren (wo ein erster Entwurf von *Red Badge* geschrieben wurde), und wenn ich diesem «Zusammenhang» auch nicht allzu viel Bedeutung beimessen möchte, ist doch Amerika nichts als ein Sammelsurium vielfältiger, gegensätzlicher Sphären, das globale Epizentrum unwahrscheinlicher Überschneidungen und breit gefächerter Unvereinbarkeiten. Dies im Sinn habend, will ich aber auch darauf hinweisen, dass die Generation nach Crane die dichten Wälder des Sullivan County in den sogenannten Borscht Belt umwandelte, eine gewaltige Ansammlung von Hotels und Urlaubsorten, die hauptsächlich auf ein Publikum von New Yorker Juden ausgerichtet waren (quasi die alttestamentarische Version des neutestamentarischen Asbury Park) und heute vor allem als Brutstätte Tausender Stand-up-Komiker in Erinnerung ist. Es gab Humor in diesen schroffen Bergen, und Crane war der Erste, der dort danach schürfte.

füllte Wolken zogen bedrohlich am Himmel auf. Die vier Männer schlugen zitternd ihre Mantelkragen hoch. Plötzlich ward jedem von ihnen bewusst, er war allein, getrennt von der Menschheit durch unpassierbare Klüfte.» Rettung kommt erst, als das betrunkene Individuum in der Dunkelheit einen «Oktopusch» zu sehen glaubt und sich mit den vier anderen im Boot in Sicherheit bringt. «The Ghoul's Accountant» beginnt unheimlich und poetisch: Die vier Gefährten schlafen um ein erlöschendes Lagerfeuer. «In der Wildnis ist Tageslicht Lärm, Dunkelheit ein gewaltiges Schweigen, akzentuiert von leisen, fernen Geräuschen. In den Bäumen singt der Wind Lieder von Einsamkeit, Choräle der Verlassenheit und Balladen von der Abwesenheit freundlicher, lebendiger Dinge.» Im dritten Absatz nähert sich «der Ghul» den vier schlafenden «Bündeln». «Seine Haut war grimmig rot und sein Backenbart unendlich schwarz», und als er die vier betrachtet, «lächelte er ein Lächeln, das seine Lippen kräuselte und schiefe gelbe Zähne entblößte». Der Leser wird auf eine schauerliche Horrorgeschichte vorbereitet, und die Spannung steigt, als der Ghul den kleinen Mann aus seinen Decken scheucht und vor sich her in den Wald treibt. «Die Bündel blieben zurück, der kleine Mann stolperte mit dem Ghul weiter. Rankengewirre brachten ihn zu Fall, Schösslinge peitschten ihn, Steine glitten ihm unter den Füßen weg. Blind und gehetzt, begann er rasend zu fluchen. Schaum stob ihm von den Lippen, und seine Augen glühten bläulich.» Sie gelangen zu einer baufälligen Hütte mitten im Nirgendwo, treten ein und sehen in dem chaotischen Durcheinander einen «wilden grauen Mann» an einem Tisch sitzen. Der Ghul schleudert den kleinen Mann auf einen Stuhl, und gerade wenn man alle möglichen grotesken Geschehnisse erwartet, lässt Crane seinen riesig aufgeblasenen Ballon mit einem gut platzierten Nadelstich puren Unsinns platzen. Der Ghul steht neben dem wilden grauen Mann, räuspert sich und sagt: «Fremder, wie viel sind dreiunddreißig Scheffel Kartoffeln zu vierundsechzigeinhalb

Pfund das Scheffel?» Als der kleine Mann endlich die korrekte Antwort hervorstammelt, jagt ihn der Ghul hinaus, und die Geschichte ist zu Ende. Eine solche Kombination von Grauen und Unsinn findet sich auch in den meisten anderen Geschichten, etwa in «An Explosion of Seven Babies», einem verrückten Märchen, das von einer Riesin und ihren sieben kleinen Kindern handelt, die Fliegenpapier gegessen haben und jetzt zu platzen drohen – aus welcher Körperöffnung, oben oder unten, bleibt ungesagt –, und als kurz nacheinander der kleine Mann und der mollige Mann vor dem Haus eintreffen, weil sie sich im Wald verirrt haben, werden sie von der Riesin vermöbelt und einer nach dem anderen über die Gartenmauer geworfen. In «A Tent in Agony» geht es um die Begegnung des kleinen Mannes mit einem furchterregenden Schwarzbären, der sich in einem zusammengebrochenen Zelt verfängt und «wie ein weiß gewandetes, von Hornissen gejagtes Gespenst» durch den Wald rennt. «The Cry of a Huckleberry Pudding» handelt von Bauchschmerzen, schlicht und einfach von Bauchschmerzen, aber die Schreie des kleinen Mannes im finsteren Wald versetzen die drei anderen in Panik, weil sie nicht wissen, dass sich der kleine Mann entfernt hat, und sie sich das Geschrei folglich nicht erklären können. Unvermittelt ändert sich der Tonfall:

> Das Geschrei des Unbekannten schreckte sie schaudernd aus dem Schlaf. Es ist mächtiger als das Kriegsgebrüll des Grauens, denn das Grauen könnte das Ende bedeuten. Dieses Heulen aber versetzt Herzen in größere Angst, weil es von schrecklichen Mäulern und scharfen, schnappenden Klauen kündet, die im Unmöglichen leben. Es ist der Gesang einer gespenstischen Macht, die von der Einbildungskraft für unsichtbar erklärt wird und dem Auge ein Graus ist.

Nur eine dieser Geschichten bewegt sich außerhalb der komisch-grusligen und/oder gruslig-komischen Pendelbewegungen der anderen in dieser Reihe. Gerade einmal zweieinhalb Seiten lang, hebt sich «Killing His Bear» aus mehreren Gründen von den anderen ab – erstens, weil es ohne die vier Trottel auskommt und sich auf nur einen von ihnen konzentriert, den kleinen Mann; zweitens, weil es von Anfang bis Ende geradlinig von einem einzigen Geschehnis berichtet, statt sich in verschiedene, kaum zusammenhängende Geschehnisse aufzulösen; drittens, weil der Text sich vollständig mit Cranes Vorhaben deckt, den Gedanken und Bewegungen eines Mannes zu folgen, der mit Gewehr und Jagdhund durch den Wald pirscht, um seinen ersten Bären zu erjagen, was am Ende ein metaphorisches Gewicht bekommt, als das der Eroberung seiner ersten Frau; und viertens, weil Crane hier kraftvoller und präziser schreibt als in allen anderen dieser Geschichten. Einige Ausschnitte:

> Die sterbende Sonne entfachte einen blassvioletten und flammenfarbenen Tumult am Horizont, und als sie endgültig versank, streiften hochrote Strahlen die Bäume. Und mit dem Schwinden des roten Scheins schlichen Heere von Schatten heran.

> Ein Jagdhund, großem Wild auf der Spur, trägt das Leid der Welt auf seinen Schultern, und sein Bellen kündet vom nahenden Tod. Es tut ihm leid, dass er kommt.

> Die Mündung seines Gewehrs strich suchend über die dunkle Gestalt. Vorn unter der Schulter war die Stelle. Die Chance, das Herz zu durchbohren, eine Arterie zu zerfetzen oder in die Lunge einzudringen. Der kleine Mann sah wallendes Fell überm Lauf sei-

> nes Gewehrs. Die Erde schwand zu nichts. Nur Raum und das Tier, das Ziel und der Jäger. Wilde Emotionen, mächtig, Welten zu erschüttern, wüteten in dem kleinen Mann, rührten aber nicht den winzigsten Nerv.
>
> Der Schuss fiel, und der Knall drang ihm in die tiefste Seele. Die Schöpfung bebte, und der Bär wankte.

Und dann der verblüffende letzte Absatz:

> Der kleine Mann schrie abermals, sprang hervor und schwenkte den Hut, als lenke er den Jubel Tausender. Er lief hin und trat dem Bären in die Rippen. Auf seinen Zügen lag das Lächeln des erfolgreichen Liebhabers.

Was sollen wir von den Erzählungen und Skizzen aus dem Sullivan County halten? Die nichtfiktionalen Stücke sind gut gemachte, aber nicht weiter bemerkenswerte Versuche Cranes, alte Legenden nicht nur zu erforschen, sondern sie gelegentlich auch zu entzaubern, wie in der Skizze «The Last of the Mohicans» (Coopers heldenmütiger Krieger Uncas entpuppt sich als bedauernswerte Jammergestalt, die nichts anderes im Sinn hat, als «mit allen Mitteln an den nächsten Drink zu kommen»), oder in «Not Much of a Hero», wo Crane sich den sagenumwobenen Indianerkrieger Tom Quick vornimmt und im letzten Satz erklärt, der Mann sei «schlicht und einfach ein Mörder» gewesen. Was die Erzählungen betrifft, so kann man bestenfalls von ihnen sagen, dass sie von sehr unterschiedlicher Qualität und eher pennälerhaft im Tonfall sind – freilich wäre Crane genau das gewesen, wäre er am College geblieben: ein Pennäler. Abgesehen von dem sorgfältig gearbeiteten «Killing His Bear» verlangt nur noch «The Mesmeric Mountain» ein genaueres Hinsehen. Der kleine Mann, auch hier wieder allein, malt sich aus, ein Berg schreite auf ihn zu; voller Angst läuft er davon, bleibt stehen und bemerkt zu seiner Verblüffung, dass der Berg jetzt direkt vor ihm steht, geht zum Angriff über und bewirft ihn mit Steinen, klettert wütend auf den Gipfel und stellt fest, dass der Berg unter seinen Füßen «reglos» ist. Eine bizarre, ziemlich wirre Parabel, die aber auf ein Bild vorausweist, das in Cranes Gedichten ab 1894 eine wichtige Rolle spielen wird, denn Berge (wo sich Himmel und Erde begegnen, wo der Mensch nach Gott sucht) spuken in großer Zahl durch die Zeilen von *The Black Riders.* Darüber hinaus bieten die Sullivan-County-Erzählungen bei allen sonstigen Mängeln manch prächtige Formulierung und lassen bereits Cranes künftige Obsessionen und typische Stilmerkmale ahnen: reichlicher Gebrauch von Farbsymbolik zur Darstellung von Gefühlszuständen und Sinneswahrnehmungen, Talent für ungewöhnliche Metaphern und schockierende Vergleiche, animistische Sicht auf Umwelt und Natur (die Bäume, Steine und Pflanzen in den Wäldern sind lebendig), leidenschaftsloses Herangehen an Charaktere, das die Vereinzelung des Menschen angesichts eines gleichgültigen Universums postuliert, und gründliches Studium der Metaphysik der Angst, eben jener Angst, die jeden einzelnen Absatz von *The Red Badge of Courage* durchzieht, den Roman, an dem Crane nur zwei Jahre später zu schreiben begann. Dennoch ist nicht schwer zu verstehen, warum er an diesen frühen Prosaübungen schließlich die Lust verlor, und gäbe es seine großen Hauptwerke nicht, wäre der Sullivan-County-Zyklus aus dem Gedächtnis der Menschheit verschwunden, nicht anders als die meisten Schriften der meisten Schriftsteller seit Anbeginn der Zeiten. Und doch, manche Stellen in diesen nicht einmal zweitrangigen Texten kann man nur bewundern, wie zum Beispiel den folgenden Absatz aus «The Black Dog», geschrieben von einem neunzehn oder zwanzig Jahre alten Jungen, der noch keine klare Vorstellung davon hatte, wohin es mit ihm gehen sollte:

Der Geisterhund lag ... schlafend an der Windseite einer alten Hütte am Straßenrand. Das Herrchen des Phantoms war ins Pike County gezogen. Der Hund aber blieb, wie ein Freund am Grab seines Freundes bleiben mag. Sein Fell glich einem alten Anzug. Schlaff hängende Wangen entblößten seine Zähne. Gelber Hunger war in seinen Augen. Die vom Wind geschüttelte Hütte ächzte und stöhnte, und der Hund schlief. Plötzlich aber sprang er auf und trottete zur Straße. Aus hungrigen, verzweifelten Augen sah er lange nach dem ehrwürdigen Haus. Der Wind fuhr ihm in die Nase. Er warf den Kopf zurück, stieß ein gedehntes tiefes Jaulen aus und machte sich eifrig auf den Weg. Vielleicht witterte er einen Toten.

3

Nach der Sommersaison 1891 in Asbury Park zog Crane zu seinem Bruder Edmund in der Nähe von Paterson. Am 16. September erlitt Anna, Townleys Frau, einen Nervenzusammenbruch und kam in die Psychiatrie von Trenton. Am dreißigsten begleitete Townley – aus Gründen, die ich schwer nachvollziehen kann – seine Mutter und seine drei Brüder William, Edmund und Stephen auf einen Ausflug nach Hartwood. Man fragt sich: Wie konnte er einen Camping- und Angeltrip mitmachen, wenn seine Frau hundert Meilen entfernt im Irrenhaus schmachtete, unerreichbar für den Fall einer neuen Krise? Was mochte er sich dabei gedacht haben, und was mochten die anderen gedacht haben, als sie ihn zu der Reise einluden? War dies ein Versuch, ihn von seinen Sorgen abzulenken, oder waren seine Sorgen so erdrückend, dass er sich ihnen nicht stellen konnte? Wir werden es nie erfahren, aber was Crane nach ihrer Ankunft in Hartwood ins Gästebuch schrieb, deutet darauf hin, dass die Familie guter Dinge war: «Heute kurz nach Sonnenuntergang flog der Crane-Schwarm auf dem Gelände ein und ließ sich nahe dem Clubhaus nieder. Die Vogelmutter hatte beträchtliche Schwierigkeiten, ihre Brut stillzuhalten und in die Betten zu schicken.» Am 2. Oktober fügte er hinzu: «Zur eigenen Zufriedenheit und zum Staunen ihrer Brut fing Mutter Crane sieben feine Hechte. Tags darauf fing sie in nicht einmal einer Stunde drei weitere hübsche Fische.»

Unheimlich und rätselhaft. Wie passt das zusammen? Die bange Sorge um die geistige und physische Gesundheit einer jungen Frau und eine fröhliche Freizeitsause? Waren ihre Angehörigen genauso mit den Nerven am Ende wie sie, oder waren sie unerschütterliche Stoiker, die trotz aller Sorgen das Lachen nicht verlernt hatten?

Ende des Monats berichtete das *Asbury Park Journal*: «Anna Crane hatte einen zweiten Anfall von Paralyse, ihr Zustand gibt Anlass zu großer Sorge.» Zwei Wochen später (am 16. November) starb Townleys Frau. Am 28. trat das *Journal* in einer kurzen Notiz dem Gerücht entgegen, auch Cranes Mutter sei gestorben (am fünfundzwanzigsten in Paterson): «Während ihrer Teilnahme an der Nationalen Temperenzler-Tagung in Boston zog Mrs. Crane sich eine schwere Erkältung zu. Zudem plagt sie ein Geschwür am Hals. Ihr Zustand ist kritisch. Die Nachricht vom Tod ihrer Schwiegertochter erreichte sie im Krankenbett und bereitete ihr großen Kummer, welchen, so hofft man, gute Pflege und die beste ärztliche Versorgung mit der Zeit lindern werden.» Die Hoffnung war vergebens: Neun Tage später war Cranes Mutter tot.

Wir wissen nicht nur nichts über Cranes Reaktion auf den Tod seiner Mutter, auch die nächsten sechs Monate seines Lebens liegen weitgehend im Dunkeln. Bis auf zwei Briefe vom Februar 1892 (einer aus Lake View, der andere aus Port Jervis) und einen kurzen, verregneten, ziemlich verunglückten Ausflug ins Sullivan County im Mai mit seinem Freund Lawrence (der schreibt, er habe «Crane monatelang kaum zu Gesicht bekommen») ist nichts bekannt von seinen Aktivitäten zwischen dem Familienausflug nach Hartwood im Oktober und seinem Aufbruch Ende Mai nach Asbury Park, wo er seine sommerliche Berichterstattung wieder aufnahm. Johnson druckte die Sullivan-County-Stücke ab Februar 1892 in seiner Zeitung ab, die meisten erschienen also erst, Monate nachdem sie geschrieben worden waren, wobei man davon ausgehen kann, dass Johnson sie wann immer möglich in der Sonntagsbeilage unterbrachte, weshalb der genaue Zeitpunkt ihrer Niederschrift kaum noch festzustellen ist. Dasselbe gilt für Cranes erste gedruckte Artikel über New York, «The Broken-Down Van» in der *Tribune* vom 10. Juli 1892, geschrieben jedoch sehr wahrscheinlich schon Wochen oder gar Monate vorher, da Crane den Sommer über in Asbury Park war und erst im Oktober nach New York zog, während ein anderer, wesentlich kürzerer Artikel, «Youse Want ‹Petey›, Youse Do», der am 4. Januar (keinen Monat nach dem Tod seiner Mutter) im *New York Herald* erschien, einen oder zwei Tage vor der Veröffentlichung entstanden sein könnte. Immerhin lässt sich aus diesen Artikeln schließen, dass er von Edmunds Haus in Lake View in die Stadt fuhr, um das Polizeigericht am Jefferson Market zu besuchen und durch die Slums auf der Lower East Side zu streifen. *Maggie* muss ihn da schon beschäftigt haben, aber wie weit er zu dem Zeitpunkt damit bereits war, lässt sich nicht sagen. Johnson schreibt, Crane habe ihm 1891 eine Fassung des Manuskripts gezeigt (auch wenn er zweifellos 1892 meinte), die er «stellenweise vulgär, aber kraftvoll und beeindruckend ... strotzend von Leben» gefunden habe, doch welche Fassung auch immer das gewesen sein mag, fest steht, dass Crane weiter an dem Buch arbeitete und sich an die endgültige Fassung erst machte, nachdem er im Herbst nach New York gezogen war. Das alles ist nebensächlich. Bedeutsam ist nur, dass es eine auffallende Lücke in der Geschichte gibt, und die betrifft den Tod seiner Mutter, zu dem er sich nie geäußert hat – außer vielleicht in *George's Mother*, das er 1893, nicht lange nach dem Erscheinen von *Maggie*, zu schreiben begann, aber dies ist kein autobiographischer Text, und wenn es um Romane geht, ist Vorsicht geboten und der Versuchung zu widerstehen, sie als ungefilterten Blick ins Leben ihres Verfassers zu lesen.

Vollständig leer ist diese Lücke nicht; vier Dinge, die eine nähere Betrachtung verdienen, fallen in diese Zeit. Nummer eins ist ein Brief an seinen alten Mitschüler Armistead «Tommie» Borland, der zu der Zeit in Norfolk, Virginia, lebte, eben der Borland, der Crane während der Jahre in Claverack förmlich angebetet und nachzuahmen versucht hatte. Borlands Brief ist nicht überliefert, doch hatte er sich offenbar darüber beklagt, in Virginia ganz ohne Frauen dahinsiechen zu müssen – genauer gesagt: ohne weiße Frauen. Aus Cranes Antwort:

> Dir mangelt es also an Frauen weißer Hautfarbe? Ach ja? Was für ein Pech! Und wie ungewöhnlich! Ich hätte nie gedacht, dass es mit der Welt einmal dahin kommen könnte, dass es Dir an Frauen mangeln würde. Thomas! Du musst wahrhaftig in einem gottverlassenen Landstrich leben.
>
> Die nächsten Zeilen solltest Du flüsternd lesen: – Ich – Ich finde schwarz ganz gut – wenn – wenn es hell und jung ist.

Fürs Erste will ich mich auf die Mysterien des Sex beschränken. Die geflüsterten Zuschreibungen *schwarz, hell* und *jung* sind noch genauer zu untersuchen, hier nur der Hinweis, dass ich auf Cranes widersprüchliche und sich mit der Zeit verändernde Einstellungen zu Hautfarbe und ethnischen Vorurteilen später noch zurückkommen werde (siehe Seite 361). Zu diesem frühen Zeitpunkt der Geschichte scheint der Brief an Borland zu bestätigen, dass Crane mit einundzwanzig keine Jungfrau mehr war (nicht sonderlich überraschend), und da er, soweit wir wissen, weder schwarze Freunde hatte noch in schwarzen Kreisen verkehrte, können wir davon ausgehen, dass es sich bei den schwarzen Frauen, mit denen er schlief, um Prostituierte handelte. Wir wissen, dass er auch mit weißen Prostituierten schlief, doch wo und wann und wie sein Sexleben begann, bleibt im Dunkeln. Als jemand, der schon als sechsjähriges Kind rauchte und trank, hat er sein Wissen vielleicht früher erworben als seine Zeitgenossen, aber die (jedenfalls wenn sie aus der Mittelschicht kamen) konnten erotische Erfüllung vor der Ehe praktisch nur bei Prostituierten finden, und in den 1890ern wimmelte es in den amerikanischen Städten von Prostituierten – auf den Straßen, in Bordellen, sogar in den obersten Rängen der Theater, wo die Pärchen im Dunkeln Unzucht trieben, während unten das Orchester lärmte. Es ist nicht meine Aufgabe, moralische Urteile über Frauen zu fällen, die ihren Körper für Geld verkaufen, oder mich mit der Heuchelei eines Gesellschaftssystems auseinanderzusetzen, das solchen Geschäften stillschweigend Vorschub leistet. Prostitution war damals eine Tatsache und ist auch heute noch eine Tatsache, und ganz gleich, was man davon hält, wir leben in einer nicht fehlerlosen Welt, in der Sex eine Ware ist, die gekauft und bezahlt werden kann. Ich möchte nur verstehen, wer Crane war. Neben vielem anderen war er ein junger Mann, der sich nach Frauen verzehrte und deshalb mit Huren schlief, egal welche Hautfarbe sie hatten. Mehr noch möchte ich Cranes Werk als Schriftsteller verstehen, und da Prostitution in seinem ersten längeren Prosastück eine bedeutende Rolle spielt, ist es nicht unerheblich, dass er mit dem Thema intim vertraut war. Der Brief an Borland liefert den frühesten Hinweis darauf und ist doppelt aufschlussreich, weil er in die Entstehungszeit von *Maggie* fällt.

Nummer zwei und drei sind zwei Artikel, die er in diesen sechs Monaten schrieb. Der erste vom Januar, «Youse Want ‹Petey›, Youse Do», dreht sich um zwei siebenjährige und einen dreizehnjährigen Jungen, die beschuldigt wurden, von einem Verkaufsstand am Lower Broadway ein paar Bürsten und eine Dose Mais gestohlen zu haben. Ein Bagatelldelikt, von dem Crane auftragsgemäß berichtet, doch was an dem kurzen Text auffällt, ist sein Bestreben, die Ausdrucksweise eines dieser Jungen zu treffen, die Sprache der New Yorker Slums zu lernen und korrekt zu Papier zu bringen. Es ist die Sprache, die in *Maggie* gesprochen wird, und hier sehen wir, wie Crane sie zu beherrschen beginnt. Die Dialoge in den Sullivan-County-Geschichten sind unliterarisch, umgangssprachlich und geradeheraus – aber nichts gegen das hier:

> «Wir ham», sagte der kleine Alstrumpt, der Anführer der Bande, zu Richter Divver, «gar nichts gemacht, bloß Fangen gespielt, un da kommt einer, ‹Petey› heißt der, un sagt: ‹Hi, Leute, gehmer klauen.› Da simmer mit – klar? Den ‹Petey›, den müssen Se kriegen, der wars. Der hat geklaut – ich nich, die annern auch nich.»
>
> «Wer ist Petey?», fragte Richter Divver.
>
> «Na, ‹Petey› Larkin, n Gauner aus der Thompson Street.»

Wann auch immer «The Broken-Down Van» geschrieben worden sein mag, der Artikel bedeutet für Crane einen Schritt nach vorn und ist besser als alles, was er bis dahin geschrieben hatte. Etwa 2500 Wörter lang, erzählt er in allen Einzelheiten die Geschichte eines Verkehrsstaus auf einer namentlich nicht genannten Straße in Lower Manhattan; zwei große vierspännige Möbelwagen sind auf der schmalen Durchgangsstraße unterwegs, der hintere der beiden verliert ein Rad, bleibt liegen und verursacht damit einen gewaltigen Stau. Wie in so manchem seiner frühen Texte geht es auch hier um eine Lappalie – alltägliches Großstadtleben –, aber Cranes Stil ist so lebhaft, getragen von einer Flut so wunderbar gedrechselter Sätze, dass man als Leser nur staunen kann, so wie man voller Bewunderung einem Sänger lauscht, der in einer ansonsten banalen Oper eine meisterhafte Arie schmettert. Der lange zweite Absatz, der einige der längsten Sätze enthält, die Crane je geschrieben hat, verdient es, hier in Gänze vorgestellt zu werden – zum Beweis, wozu der stürmisch sich entwickelnde junge Schriftsteller fähig war:

> Langsam wankten und schwankten sie voran, hinter ihnen erschien eine Pferdebahn mit roter Laterne. Der Wagen war rot, das Ochsenauge war rot, und die Haare des Fahrers waren rot. Er stieß schrill in seine Pfeife und schnalzte ungeduldig mit den Zügeln. Da pfiff er wieder. Da hämmerte er mit seinem Bremshaken auf dem roten Spritzbrett herum, bis die rote Laterne bebte. Da kroch hinter dem Wagen mit der roten Laterne ein Wagen mit grüner Laterne heran, und der grüne Fahrer stieß in seine Pfeife und hämmerte auf seinem Spritzbrett herum; und der Schaffner des roten Wagens packte die Klingelschnur auf der hinteren Plattform und ließ ein solch lärmendes Geschepper auf dem Gong über dem Kopf des roten Fahrers ertönen, dass der rote Fahrer außer sich geriet und sich auf die Zehenspitzen stellte und die Wangen blähte, als spiele er Posaune in einer deutschen Marschkapelle, und seine Pfeife schrillen

ließ, bis phantasievolle Beobachter kleine Splitter davonfliegen sahen, und hämmerte auf seinem roten Spritzbrett herum, bis das Metall verbeult und der Bremshaken verbogen war. Und gerade als der Fahrer des neu hinzugekommenen blauen Wagens mit einer blauen Laterne anfing, in seine Pfeife zu stoßen und auf seinem Spritzbrett herumzuhämmern, und der grüne Schaffner anfing, wie der Teufel seine Glocke zu läuten, was den grünen Fahrer zur Weißglut trieb, der dann aufsprang und pfiff und hämmerte wie noch kein Mensch zuvor jemals gepfiffen und gehämmert hatte, was seinerseits den roten Schaffner den letzten Rest seiner Selbstbeherrschung kostete und ihn veranlasste, seine Klingelschnur mit beiden Händen zu packen und in einem irren Tanz wie ein Wilder daran herumzuzerren, was wiederum die unbeständige Vernunft des roten Fahrers von ihrem wackligen Thron steigen ließ, welcher nun Pfeife und Haken hinwarf und sich mit einem Kreischen, Zetern und Gebrüll Luft verschaffte, lauter als der schlimmste Leibhaftige, der dem strengsten schottischen Presbyterianer je die Leviten las, gekreischt, gezetert und gebrüllt hat in der finstersten Nacht, nachdem der gute Mann den feurigsten schottischen Whisky getrunken hatte; gerade da also fiel das linke Vorderrad des hinteren der beiden Möbelwagen ab, und die Achse brach. Den Möbelwagen durchfuhr ein mächtiger Ruck, er schwankte und schlingerte und schaukelte und stockte; der rote Fahrer betätigte die Bremse, und seine Pferde duckten sich seitwärts, um nicht zwischen Bahn- und Möbelwagen zerquetscht zu werden; die anderen Fahrer betätigten ihre Bremsen, und ihre

Pferde duckten sich seitwärts; die zwei an die Außenwand des gestrandeten Wagens wie an eine Klippe geklammerten Männer brüllten ihren Klippenbrüdern am vorderen Möbelwagen etwas zu; ein sechsjähriges Mädchen mit einem Eimer Bier kletterte unter den Hälsen der roten Pferde durch; ein achtjähriger Junge stieg mit den Sportsonderseiten der Abendzeitungen in den roten Wagen; ein zehnjähriges Mädchen ging mit zwei Eimern Bier vor den Möbelwagenpferden vorüber; ein Junge unbekannten Alters steckte einen Finger ins schwarze Schmieröl in der Nabe des rechten Möbelwagenhinterrads und schrieb seinen Namen auf die rote Landschaft der Möbelwagenwand; ein Junge mit kleinem Kopf und großen Ohren untersuchte die weißen Ringe am Zaumzeug der Leitpferde des Möbelwagens, vielleicht um sie in der Verwirrung zu stehlen; ein sechzehnjähriges Mädchen ohne jede Kopfbedeckung und mit einem Bündel halbfertiger Westen unterm Arm stieg über die vordere Plattform des grünen Wagens. Als sie auf den Bürgersteig trat, sagte ein Barbier aus einem Zehn-Cent-Laden: «Ah! Da!», und sie antwortete mit vernichtendem Hohn: «Schlaumeier!», und verschwand in einer Seitenstraße. Warmer Sommerregen begann zu tröpfeln.

Der Blickwinkel ist hier der einer auf ein Stativ geschraubten Kamera. Die Position ist unveränderlich, in die Skizze wird nur aufgenommen, was ins Objektiv der Kamera gerät. Erst die Möbelwagen und ihre Fahrer, dann die Pferdebahnen hinter den Möbelwagen, und als der zweite seine Panne hat und der Verkehr stehen bleibt, marschieren Kinder durchs Bild, jedes mit Geschlecht und Alter vorgestellt – Mädchen, Junge, Mädchen, sechs, acht, zehn –, doch kaum scheint sich ein Muster abzuzeichnen, wird es vom Autor durchbrochen, indem er einen «Jungen unbekannten Alters» einführt, gefolgt von einem Jungen «mit kleinem Kopf und großen Ohren», was den Leser aus dem Gleichgewicht bringt und somit wachsamer macht für das, was da geschieht, denn tatsächlich haben wir hier mindestens zweierlei: die anschauliche Schilderung dessen, was die Kamera einfängt, dazu aber auch die rhythmische, hoch aufgeladene Sprache, die uns die einzelnen Bilder buchstäblich vor Augen führt. Die Sprache ist der Herzschlag des Texts und verwandelt, was ein langweiliger Bericht über einen alltäglichen, unbedeutenden Vorfall hätte sein können, in ein überbordend komisches Stück Arbeit. Im weiteren Verlauf drängen sich immer mehr Leute ins Bild, geschieht immer mehr, stauen sich immer mehr Fahrzeuge, und es kommt zu Sätzen wie dem folgenden, der ohne weiteres in Samuel Becketts fünfzig Jahre später entstandenem *Watt* zu lesen sein könnte: «Ein Wagen mit weißer Laterne, ein Wagen mit weiß-roter Laterne, ein Wagen mit weißer Laterne und grünen Streifen darüber, ein Wagen mit blauer Laterne und weißem Kreis drum herum, ein weiterer Wagen mit rotem Ochsenauge und einer mit flacher roter Laterne waren dazugekommen und stehen geblieben.» Während man hektisch versucht, das Rad zu reparieren, sehen wir den Zehn-Cent-Barbier einer anderen jungen Frau nachgaffen, und auch ein Polizist wirft ihr verliebte Blicke zu, aber der Polizist ist im Dienst und muss für Ordnung sorgen, denn inzwischen drängen sich gut hundert Leute auf dem Bürgersteig, weshalb er «sich von dem Mädchen abwandte … und zum beträchtlichen Verdruss der Menge den Lastenfahrer anwies, sein kriegerisches Manöver einzustellen. Dann knuffte er den Hosenträgermann mit dem Ende seines Schlagstocks in den Rücken und ging zu dem Mädchen zurück.»

Man beachte, dass Crane keinerlei Urteil abgibt über das Tun der Leute, die in sein Blickfeld geraten. Der diebische Junge, der es auf die Trensenringe abgesehen hat, der lüsterne Barbier, der den Mädchen nachgafft, und der übereifrige Polizist, der dem Hosenträgermann einen Schlag verpasst, sie alle werden nicht dem rechtschaffenen, moralisierenden Urteil der damaligen Zeit unterworfen. Crane legt es darauf an, kühl und leidenschaftslos zu sein, er will Abstand halten und sich nicht in die von ihm beschriebenen Szenen einmischen, die Tatsachen sollen für sich sprechen. Er bleibt rigoros in der dritten Person, und mit wenigen Ausnahmen blieb er bis ans Ende seines Schriftstellerlebens bei dieser Haltung. Zusammen mit dem lyrischen und metaphorischen Reichtum seiner Prosa hat dies einen eigenartigen, destabilisierenden Effekt auf den Leser – einen befremdenden Effekt. Mit «The Broken-Down Van» begann er diese Befremdung an sich selbst zu entdecken und fand von da allmählich zu seinem Stil.

Nummer vier war etwas, das nicht Crane selbst widerfuhr, sondern seinem Bruder William, ein furchtbares Ereignis, an dem sich zeigte, wozu die Bürger einer Yankee-Stadt wie Port Jervis imstande waren, und die mit dem Mythos aufräumt, zu Ausschreitungen rassistischer Gewalt sei es nur in den Südstaaten gekommen. Am 2. Juni 1892, vier Tage nachdem Crane nach Asbury Park abgereist war, wurde Robert Lewis, ein zu Unrecht der Vergewaltigung einer weißen Frau beschuldigter Schwarzer, vor der Reformierten Kirche im Stadtzentrum von einer wütenden Menge aus einem Polizeiwagen gezerrt und an einem Ahornbaum aufgehängt. William wohnte genau gegenüber, und als er das Geschrei hörte, lief er aus dem Haus und tat, was er konnte, den Lynchmord zu verhindern, drängte sich durch den Mob und packte den Strick in dem Moment, als «der Mann hochgezogen wurde» (*Port Jervis Evening Gazette*). Lewis lebte noch, und wie es aussah, hatte William ihn gerettet, aber die Menge war nicht zu bremsen und grölte «Hängt ihn» und «Alle Nigger aufhängen», und William wurde beiseitegestoßen und Lewis wieder aufgeknüpft, und diesmal blieb er am Strick, bis er endgültig tot war. Williams Einschreiten hatte das Unausweichliche nur hinausgezögert, doch was er getan hatte, war aller Ehren wert und zeugte von unerhörtem Heldenmut, denn nicht viele hätten den Mut aufgebracht, es ihm gleichzutun: das eigene Leben aufs Spiel zu setzen und sich einem rasenden, hasserfüllten Mob entgegenzustellen, um einem anderen das Leben zu retten. Sein jüngster Bruder war nicht dabei, aber er hat die Geschichte sicher gehört und nicht vergessen. Fünf Jahre später schrieb er *The Monster*. Schauplatz dieser Novelle ist eine Stadt, die an Port Jervis erinnert, der Protagonist ist ein Schwarzer. Auch wenn es nicht direkt zu einem Lynchmord kommt, legen die Bürger von Whilomville der Gerechtigkeit gegenüber eine Haltung an den Tag, die sich von der der Bürger von Port Jervis am Abend des 2. Juni 1892 kaum unterscheidet. Dreizehn Jahre zuvor hatte in derselben Stadt die Fehlzündung einer Kanone einem Schwarzen das Gesicht vom Schädel gebrannt. Und jetzt das.

4

Diesen Sommer in Asbury Park verliebte sich der zwanzigjährige Crane zum ersten Mal, und zwar nicht «Hals über Kopf wie mit siebzehn», wie er über eine seiner Internatsschwärmereien schrieb, sondern mit der ernsten Leidenschaft eines jungen Mannes auf der Suche nach einer Seelenverwandten und Gefährtin für den langen Weg, der vor ihm lag. Zwanzig ist nicht siebzehn, aber immer noch gefährlich jung, und ganz gleich, wie erfahren oder unerfahren Crane in geschlechtlichen Dingen war, in Hinblick auf die Regeln bürgerlichen Liebeswerbens war er ein Novize, ein nervöser, linkischer, der Sache offenbar nicht gewachsener Freier, dabei aber stürmisch und voller Hingabe, ein Rätsel aus stummer Zurückhaltung und jähen Ausbrüchen von Verspieltheit. Zum Glück für ihn wurden seine Gefühle erwidert. Auch wenn aus der Affäre am Ende nichts wurde, war Cranes Liebe kein flüchtiger Wahn oder Sommerflirt, und erst 1898, sechs Jahre nachdem sie sich kennengelernt hatten, gab er die Hoffnung auf, Lily Brandon Munroe zu seiner Frau zu machen.

Sie war ein Jahr älter als er und schon verheiratet, aber unglücklich verheiratet, entfremdet von ihrem Mann Hersey Munroe, einem Geologen, der als Topograph für den U. S. Geological Survey arbeitete und folglich von Berufs wegen selten zu Hause war. Die junge, in England und New York City ausgebildete Frau aus reicher Familie verbrachte den Sommer mit ihrer Schwiegermutter und ihrer jüngeren Schwester Dottie im Lake Avenue Hotel in Asbury Park. In diesem Hotel hatte Townley sein Büro, und dort lernten sie und Crane sich kennen. In den nächsten zwei Monaten waren sie häufig zusammen in der Öffentlichkeit zu sehen, fuhren Karussell im Hippodrome und flanierten am Strand oder auf der Promenade, aber was sie taten, wenn sie allein waren, kann man nur vermuten. Ich nehme an, eine enttäuschte und frustrierte verheiratete Frau dürfte in puncto körperlicher Intimitäten weniger zurückhaltend gewesen sein als eine junge, unverheiratete Jungfrau, doch das ist bloß eine allgemeine Vermutung und sagt nichts über diesen speziellen Fall. Sex ist die große Leerstelle im Zentrum nahezu aller Lebensläufe; man weiß schlichtweg nichts über Cranes erotische Neigungen (außer dass er Umgang mit Prostituierten pflegte, genau wie Millionen andere Männer), und auch über Lily Brandon Munroes Neigungen ist nichts bekannt, und so ist ebenso gut denkbar, dass der junge Crane, um sich als ehrenhafter Gentleman zu präsentieren, als einen Mann, der ihrer Liebe wert war, sein Verlangen zügelte. Ich habe da meine Zweifel, aber was heißt das schon. Spekulation beiseite, sicher ist das Folgende: Crane hat Lily gebeten, mit ihm durchzubrennen, und sie hat sorgsam abgewogen, bevor sie das Angebot ausschlug. Bekannt ist auch, dass beide Familien gegen eine eheliche Verbindung der beiden waren.

Das meiste, was uns aus diesem Sommer überliefert ist, wurde 1948 aufgezeichnet, sechsundfünfzig Jahre danach, als Lily nicht mehr Mrs. Munroe war, sondern Mrs. George F. Smillie, eine Dame von achtundsiebzig Jahren, die sich von dem Bibliographen und Forscher Ames Williams zu ihrer damaligen Affäre mit Crane befragen ließ. Leider zitiert Williams sie nicht direkt, sondern fasst ihre Ausführungen nur zusammen, was den Abstand zwischen dem Damals von 1892 und dem Heute von 1948 noch weiter vergrößert. Der Bericht ist zwangsläufig einseitig (basierend auf ihrer Erinnerung, erzählt aus ihrem Blickwinkel), scheint aber ehrlich, zumindest nicht unwahrhaftig innerhalb der Grenzen, die sie ihrer Darstellung zieht, indem sie entschieden an der Oberfläche der Dinge bleibt und nichts von ihren innersten Gefühlen preisgibt. Aber wer will ihr ihre Zurückhaltung übelnehmen? Einer alten Frau? Warum hätte sie einem Fremden gegenüber ihre lange gehüteten, persönlichen Geheimnisse enthüllen sollen? Ihre Darstellung hält sich also im Rahmen des Schicklichen, ist aber dennoch aufschlussreich. In Williams' Telegrammstil liest sich das so:

> ... kein schöner Mann, aber mit bemerkenswerten mandelförmigen grauen Augen ... wirkte hinfällig ... hustete ständig ... rauchte unablässig, meist hing ihm eine Zigarette von der Unterlippe ... trank sehr wenig ... bitterarm und unterernährt ... nachlässig gekleidet ... benutzte seine Manschetten als Notizzettel ... ziemlich prüde ... äußerte sich kritisch zu den Badeanzügen der Frauen ... tanzte nicht gern, auch

> wenn er mehrmals mit Lily tanzen ging. Lily hatte eine schöne Stimme, und wenn sie sang, scharten sich Bewunderer um sie; Crane missbilligte das ... unbeschwerte Stunden beim Ringeschnappen auf dem Karussell, Eis essen bei Day's (Crane aß nie welches, und Lily hatte Schuldgefühle, sein mageres Einkommen zu verschwenden), auf der Promenade spazieren und Leute beobachten. Steve ... schaute gern mit Lily in die Brandung ... erzählte ihr, wann immer sie das Meer sehe, werde sie an ihn denken ... [er] konnte die tratschenden Terrassenhocker vor den Hotels nicht ausstehen ... und machte sich einen Spaß daraus, sie zu erschrecken. Steve war sehr verliebt in Lily und sie in ihn, aber konkrete Pläne für die Zukunft schien er nicht zu haben, in der Hinsicht war er schwermütig und ängstlich ... ein unruhiger Geist auf der Suche nach Glück, das immer außer Reichweite schien ... einmal sagte er ihr, er werde nicht lange leben. Er wünsche sich nur ein paar Jahre wahren Glücks. Crane bat Lily, mit ihm durchzubrennen, und sie dachte ernsthaft über den Vorschlag nach, bevor sie ablehnte ...

Viele ihrer Bemerkungen lassen Crane arrogant und unsympathisch erscheinen, moralinsauer (die Badeanzüge der Frauen), eifersüchtig (wenn sie vor anderen singt) und grämlich (wenn er von seinem frühen Tod spricht), als würde sie, sechsundfünfzig Jahre später, immer noch die zahlreichen Gründe zusammensuchen, warum sie seinen Vorschlag damals abgelehnt hat, und doch stellt sich die Frage, wie ihre Zweifel sich mit der nüchtern festgestellten Tatsache vereinbaren lassen: *Steve war sehr verliebt in Lily und sie in ihn.* Wie hätte sie sich in einen prüden Griesgram verlieben können, es sei denn, er war nur gelegentlich ein prüder Griesgram und ansonsten ein ganz anderer, durchaus liebenswerter Mensch? Wenn nicht, warum sollte sie dann in Betracht gezogen haben, mit ihm durchzubrennen? Hier fehlt etwas, über die Art und Weise ihres Zusammenseins wird nichts berichtet, und heute, gut siebzig Jahre nach ihrem Gespräch mit Williams, lässt sich nur noch sagen, dass Lily Brandon Munroe Smillie ihre nicht erzählte Geschichte mit ins Grab genommen hat.

Weitere belegbare Kleinigkeiten aus diesem Sommer und der Zeit danach: Crane verstand sich gut mit Lilys kleiner Schwester Dottie, nicht verwunderlich bei einem so warmherzigen, immer zu Scherzen aufgelegten Onkel zahlreicher Mädchen (allein William hatte fünf Töchter); einmal wettete er mit ihr um eine Halskette, dass sein Bruder Townley kein drittes Mal heiraten werde (sie gewann, er verlor). Am 7. August, sechs Wochen nachdem er Lily kennengelernt hatte, erschien von ihm in der *New York Tribune* eine launige Skizze, «The Captain», die sich deutlich von seinen Asbury-Park-Artikeln aus diesem Sommer unterscheidet. Zweifellos beflügelt von seiner Liebschaft mit Lily, ist das Stück im Präsens geschrieben, was für Cranes literarisches Werk absolut untypisch ist und nur unterstreicht, wie sehr er da in der Gegenwart lebte – ganz erfüllt von der Gegenwart, ganz in ihrem Bann. Der Captain, «ein prachtvoller, rätselhafter Scherzbold», ist Feuerwehrmann und geschäftstüchtiger Skipper eines kleinen Segelboots, mit dem er Touristen über die Meerenge setzt (keine bestimmte, einfach «die Meerenge»). An diesem Tag sind vier Passagiere an Bord, eine junge Frau aus Baltimore, eine junge Frau aus Philadelphia, eine junge Frau aus New York und «‹ein eleganter junger Mann› von Nirgendwo». Jede dieser Frauen ist Lily, mehr oder weniger verkleidet. Die aus Baltimore (Lily und ihr Mann lebten im nahegelegenen Washington) spricht «mit sanfter Stimme und ganz leichtem Südstaatenakzent», prüfend schaut sie in den Himmel und fragt den

Captain, ob ein «Sturm» komme (erste sexuelle Anspielung). Die aus Philadelphia witzelt mit ihm über das Löschen und Anzünden von Feuern (zweite Anspielung). Ein großer Spritzer Wasser durchnässt die Haare der New Yorkerin; sie löst sie, und als sie ihr «auf die Schultern fallen», fragt sie den Captain, wie sie aussieht. «Wie die Zigeuner, die im Wald bei euch hinterm Haus kampieren», sagt er. «Die sind wild» (dritte Andeutung). Und schließlich, als die aus Baltimore sich im Angeln versucht, schenkt sie dem Captain ein «verwirrendes Lächeln» und fragt, was sie seiner Meinung nach fangen werde. «‹Na ja›, antwortet er mit gedämpfter Stimme ... ‹vielleicht angeln Sie sich einen dieser Männer. Alles Leichtgewichte, die Ihre Schnur nicht zerreißen werden.›» Wunschdenken, mag sein, aber als Crane dieses luftige Sahnestückchen schrieb, hatte Lily noch nicht mit ihm Schluss gemacht, er durfte noch hoffen.

Bekannt ist ferner, dass er ihr Abschriften einiger seiner Erzählungen und das Manuskript von *Maggie* schenkte und dass sein Künstlerfreund David Ericson sie zu malen begann, das Porträt aber aus nie geklärten Gründen nicht fertigstellte (vielleicht war Lily nach Washington zurückgekehrt, vielleicht war Ericson zu beschäftigt, vielleicht war es etwas anderes). Einmal war Crane bei den Brandons zum Essen eingeladen. Lilys Vater, ein wohlhabender Geschäftsmann, war nicht gewillt, seiner verheirateten Tochter ein Techtelmechtel mit einem heruntergekommenen, zwielichtigen Bohemien zu gestatten, und als Crane, weil er gehört hatte, dass Mr. Brandon mehrere Sprachen fließend beherrschte, bei Tisch anfing, Französisch zu sprechen, fiel dieser ihm humorlos ins Wort: «Meine Tochter spricht kein Französisch, Mr. Crane.»

Entweder bei diesem Essen oder bei einem anderen Besuch im Haus der Brandons wurde Crane von seinem Künstlerfreund Corwin K. Linson begleitet (bekannt als CK, ausgesprochen wie «seek»), der in seinen unschätzbaren Aufzeichnungen *My Stephen Crane* (erschienen 1958, aber Jahre früher geschrieben) schildert, wie Crane einmal mit Lily von seiner Arbeit sprach und unter anderem sagte: «Du wirst auf keiner Seite von *Maggie* Predigten lesen! Ein Künstler soll nicht predigen.» Linson zufolge ging es in dem Gespräch nur wenig um Bücher, hauptsächlich um Dinge, «die junge Leute interessieren», was er «erfrischend und herrlich aufschlussreich» gefunden habe. Und hinterher: «Als wir wieder auf der Straße waren ... sagte Steve eine ganze Zeitlang gar nichts. Plötzlich drehte er sich zu mir um. ‹CK! Hat es dir gefallen? Ich kenne nichts Schöneres als die natürliche Rede eines hübschen Mädchens, das nicht auf den Kopf gefallen ist.›»

Keine Frage, er war verrückt nach ihr, so vernarrt, dass seine Glut ihn gelegentlich zu romantischen Übertreibungen hinriss wie einst den betörten, liebeskranken Werther – oder den unglücklichen, schmachtenden Michael Furey in James Joyce' *Die Toten.* In New York bat er Lily eines Abends, eine Kerze in ihrem Zimmer anzuzünden, damit er von der Straße hinaufblicken und sie da oben hin und her gehen sehen könne. Lily entzündete die Kerze, aber dann begann es zu regnen, und da sie annahm, er sei gegangen, blies sie sie aus. Aber er war nicht gegangen. Er stand noch lange, vielleicht eine Stunde, in Dunkelheit und Regen, immer in der Hoffnung, die Kerze werde wieder aufleuchten, und als er schließlich doch nach Hause ging, war er bis auf die Haut durchnässt. Er starb nicht wie Michael Furey, holte sich aber eine schlimme Erkältung und war tagelang krank.

Und auch dies: Irgendwann während Lilys Affäre mit Crane roch ihr Ehemann Lunte und vernichtete alles im Haus, was mit Crane zu tun hatte, Gegenstände, die sie vermutlich irgendwo versteckt hatte: Briefe, Fotos, Manuskripte. Wie durch ein Wunder sind vier dieser Briefe der Säuberungsaktion entgangen. Vier von wievielen?, könnte man fragen, aber wenigstens diese vier gibt es, die einzigen Schnipsel, die uns aus Cranes Perspektive auf die Dinge blicken lassen.

Die Briefe sind oft schmerzlich zu lesen, peinlich mit ihren Prahlereien und dem knabenhaften Drang, Lily zu beeindrucken, herzzerreißend in ihrer naiven Heftigkeit und ihren schwärmerischen Liebesschwüren, beeinträchtigt durch verwirrende Tonlagenwechsel und häufige Rechtschreibfehler (mit der Rechtschreibung hatte Crane es nicht so), trotz alledem aber quälend aufrichtig und berührend, nicht das Werk eines angehenden Starliteraten, sondern eines zurückgewiesenen, unerfahrenen Liebenden, eines Mannes, der den aussichtslosen Versuch unternimmt, die Frau, die ihn zurückgewiesen hat, wiederzugewinnen, ohne zu Kreuze zu kriechen, ohne ihr Vorwürfe zu machen oder um eine weitere Chance zu betteln.

Der erste Brief ist vom April 1893, einen Monat nach Erscheinen von *Maggie* und drei Monate nach ihrem letzten Treffen. «Liebste L. B.», schreibt er und erklärt sein Schweigen damit, dass «die drei vergangenen Monate eine Zeit sehr harter Arbeit für S. Crane gewesen sind. Ich habe versucht herauszufinden, ob ich es wert bin, dass Du an mich denkst ... Nun, immerhin habe ich etwas getan. Ich habe ein Buch geschrieben.» Aber dann folgt nichts über das Buch, sondern eine Aufzählung der klugen, bedeutenden Männer, die es bewundert haben (Garland, Howells, B. O. Flower von *Arena*, Albert Shaw von der *Review of Reviews*, Herausgeber des *Forum*), und dann: «Ich kann also wohl behaupten, dass ich, wenn ich ‹achtgebe›, fast schon ein Erfolg bin. Und ‹was für ein Junge›, sagen sie.» Crane möchte ihr unbedingt beweisen, dass er nicht der haltlose, unmotivierte Mensch ist, den sie im Sommer zuvor kennengelernt zu haben glaubt, sondern ein schwungvoller junger Mann, der sich aufgemacht hat, die Welt zu erobern, und wenn er die Welt erobern kann, müsste (folglich) auch sie bereit sein, sich von ihm erobern zu lassen. Dann aber, als spüre er, dass er zu dick aufgetragen hat, zuckt er zurück: «Eitelkeit in Bezug auf meine Arbeit ist mir nicht möglich. Ich schreibe Dir das nur, damit Du weißt, warum ich so lange geschwiegen habe.» Schon im nächsten Satz aber schwenkt er wieder um: «Ich dachte, wenn ich mich mit einigen großen Männern messen kann, könnte ich herausfinden, ob ich es wert bin, an Dich zu denken, L. B.» Man erwartet eher das Gegenteil – ob er es wert ist, dass sie an ihn denkt, wie am Anfang des Briefs –, aber hier dreht er den Satz um und stellt seinen Wert als Mensch in Frage, und wenn er sich am Ende für unwert befindet, wird er nicht mehr das Recht haben, Lily in seine Gedanken einzulassen. Verwirrt und durcheinander, sieht er sich so benachteiligt (Lily hält alle Trümpfe in der Hand, und er hat nur seinen Stolz, an den er trotz seiner Angeberei kaum noch zu glauben scheint), dass ihm nur noch bleibt, lahm zum Schluss zu kommen: «Und ich? Ich habe nur an Dich gedacht und mich gefragt, ob es Dich interessiert, dass sie diese Dinge gesagt haben. Oder ob Du vergessen hast?»

Es ist nicht bekannt, ob Lily diesen Brief beantwortet hat oder in welchem Umfang die beiden zwischen April 1893 und dem folgenden Winter korrespondiert haben, aus dem vermutlich der zweite der vier überlieferten Briefe Cranes an sie stammt. Etwa in der Zeit des ersten jedoch, Frühjahr 1893, als Crane bereits Pläne für *The Red Badge of Courage* schmiedete, schrieb er die Kurzgeschichte «The Pace of Youth», eine der besten seiner frühen Erzählungen, ein Text mit unmittelbarem Bezug zu Lily und den gemeinsam in Asbury Park verbrachten Monaten, alles fiktionalisiert und in ein modernes Märchen von rund viertausend Wörtern umgestaltet. Im Gegensatz zu der zögerlichen, unbeholfenen Schreibweise des ersten Briefs stürmt «The Pace of Youth» mit funkelndem Selbstvertrauen dahin und demonstriert wieder einmal, zum tausendsten Mal in der Literaturgeschichte, dass Mensch und Künstler nicht ein und dieselbe Person sind, auch wenn sie zufällig im selben Körper wohnen, und dass der Künstler in seinem Werk singen und tanzen lassen kann, was der Mensch im Alltagsleben nur stümperhaft zuwege bringt.

Ein streitsüchtiger alter Kauz namens Stinson, Betreiber von «Stinsons Mammut-Karussell» in einem nicht näher bezeichneten Badeort, gerät in Rage, als einer seiner jungen Angestellten seiner Tochter schöne Augen macht. Der junge Mann muss den ganzen Tag auf einer kleinen Plattform stehen und die lange Holzstange bedienen, von der Kinder die Ringe abstreifen, wenn sie auf dem Karussell an ihm vorbeikommen (das glückliche Kind, das den Messingring erwischt, gewinnt eine Freifahrt). Der junge Mann kann sich den ganzen Vor- und Nachmittag nicht von seinem schmalen Fleck bewegen, er kann sich nur ein wenig umdrehen, und dann sieht er Stinsons Tochter Lizzie, die im Kassenhäuschen Karten verkauft, ihr Gesicht leicht verdeckt von einem «silbrigen Drahtgeflecht», aber nicht so verdeckt, dass nicht auch sie ihn sehen kann. Diese geometrischen Restriktionen sind Crane pur, der auf seinem Holzbrett gefangene Junge, das hinter dem Drahtgitter gefangene Mädchen, genau wie die Figuren und Gegenstände in «The Broken-Down Van» im Rechteck des unverrückbaren Blickwinkels der Kamera gefangen sind. Die Anordnung erinnert an manche verdrehten Situationen in den Stummfilmen von Harold Lloyd und Buster Keaton, und tatsächlich entfaltet sich, obwohl Cranes Erzählung dreißig Jahre vor diesen Filmen entstand, die Handlung darin im Geist einer Stummfilmkomödie. Die Liebenden können nicht miteinander reden, sie können sich nur schöne Augen machen, und so spielt sich das ganze Drama ihres Flirts im Wechselspiel ihrer Blicke ab.

> Das stumme Liebeswerben vollzog sich über den Köpfen der Menge, die das bunte Gefährt umdrängte. Die flinken, beredten Blicke des jungen Mannes übermittelten geräuschlos und ungesehen ihre Botschaft. Auf diese Weise kamen die zwei schließlich zu einem raffinierten Bündnis und Einvernehmen. Sie

> teilten sich alles mit, was sie empfanden. Der Junge erzählte von seiner Liebe, seiner Verehrung, seiner Hoffnung auf Veränderungen in der Zukunft. Das Mädchen sagte ihm, dass sie ihn liebe, dass sie ihn nicht liebe, dass sie nicht wisse, ob sie ihn liebe, dass sie ihn liebe.

Erst in der zweiten Hälfte der Geschichte gelingt es ihnen, abends am Strand ein paar Worte zu wechseln. Der Junge stammelt, das Mädchen schmollt, aber sie lieben sich, das steht fest, und am nächsten Nachmittag brennen sie zusammen durch, fliegen dahin in einer Kutsche, die «vom eifrigen Schwung eines jungen, modernen Pferdes» gezogen wird. Stinson verfolgt sie in einer Mietkutsche, der ein lahmer alter Klepper vorgespannt ist, und als die Liebenden in der Ferne verschwinden,

> fühlte er sich machtlos ... Das andere Fahrzeug, das war die Jugend, es hatte das Tempo der Jugend, es flog dahin mit der Zuversicht von Träumen. Er begann diese zwei Kinder zu verstehen, und jäh erfüllte ihn seltsame Ehrfurcht, als er die Macht ihres jungen Bluts begriff, die Macht, kraftvoll in die Zukunft zu fliegen und wieder Hoffnung zu haben.

Lizzie (Lily) entfleucht mit ihrem Geliebten, und der alte Stinson («Meine Tochter spricht kein Französisch, Mr. Crane») bleibt entmachtet zurück.

Der zweite Brief ist ausführlicher, informativer, aber auch mutloser, verzagter, denn Lily hing noch immer in ihrer Ehe mit Munroe fest und hatte, was Cranes Aussichten, sie zurückzugewinnen, weiter verschlechterte, vor kurzem einen Sohn zur Welt gebracht.

> Dein Anblick quält mich, immerzu erscheint mir Dein Gesicht mit den Zügen und dem Lächeln, das ich liebe – immerzu und unauslöschlich Dein Bild mit dem Duft vergangener Freuden und der hartnäckigen Bekundung gegenwärtiger Schmerzen, die für mich tragisch sind, weil sie sagen, dass sie ein Leben lang bleiben werden ... Ich halte die Zeit mit Dir für sinnvoll verbracht, auch wenn sie mir Jahre voller Bitterkeit bringt. Es ist besser, Dich gekannt zu haben und zu leiden, als Dich nie gekannt zu haben. Ich würde nicht die kleinste Erinnerung an Dich hergeben, nicht die kleinste Erinnerung an unsere Freundschaft ... Ich bitte Dich dafür um nichts. Nur darum, dass ich Dir sagen darf, wie sehr ich Dich liebe; dass Du der Schatten und das Licht meines Lebens bist – mein Alles.

Dann teilt Crane ihr mit, er werde demnächst nach Europa aufbrechen (aus der Reise wurde nichts), und fügt erstaunlich zurückhaltend hinzu: «Ich bin lange in der Stadt gewesen. Ich habe dort ein merkwürdiges Leben geführt», womit er nicht nur einfach die ungeheure Menge an Arbeit übergeht, die er in diesem Jahr geleistet hat, sondern auch die erdrückende Armut, in der er gelebt hatte, und gleich im nächsten Satz kommt er auf Dottie zu sprechen: «Neulich habe ich gehört, dass Townley geheiratet hat. Dafür schulde ich Dottie eine Halskette. Schöner Gedanke, dass ich ihr etwas schuldig bin.» Nach gedämpftem Eigenlob über den Rückhalt, den er von Seiten «der Bostoner Kritiker und Mr. Howells» erfahre und den er der kräftigenden Wirkung zuschreibt, die sie auf ihn gehabt habe, nennt er sich «den Mann, den Du gemacht hast», und schließt den Brief mit der Bitte um Antwort: «Schreibe mir, Liebste, ich brauche das. Vielleicht reise ich früher nach Europa ab, als es jetzt noch geplant ist. Und angesichts meines unendlich einsamen Lebens sollte ich lieber jede Unterstützung annehmen, die Du mir geben kannst.»

Der dritte ist der längste der vier Briefe, geschrieben mehrere Monate nach dem vorigen und abgeschickt im März oder April 1894, fast zwei Jahre nach ihrem Sommeridyll an der Küste von Jersey, und wie es aussieht, hat Crane seinen Traum von einer gemeinsamen Zukunft mit ihr inzwischen aufgegeben. Der Großteil des Briefs handelt von ihm selbst, von seinen Anstrengungen und Fortschritten als Schriftsteller, und insofern ist der Brief von Bedeutung; auf ihre Beziehung kommt er erst in den letzten zehn der einundsiebzig Zeilen (in der Druckversion) des Briefes zu sprechen. Crane schrieb so gut wie nichts Literaturkritisches und kommentierte seine eigene Arbeit nur selten (und oft widersprüchlich), aber was er hier Lily gegenüber ausführt, gehört zu seinen ersten schriftlichen Äußerungen zu diesem Thema, die zwar kaum etwas darüber sagen, was er gerade tat, aber eine gute Vorstellung davon vermitteln, was er zu tun *glaubte*, und das ist letztlich genauso wertvoll.

> *Mein Weg bisher war eher ein Kampf als eine Reise. Du weißt, als ich von Dir ging, habe ich der Schule der geistreichen Literatur entsagt. Mir schien, es müsse noch mehr im Leben geben, als herumzusitzen und sich kluge und gehaltvolle Sentenzen aus den Fingern zu saugen. Und so erfand ich ganz allein ein kleines Kunstcredo, das ich für gut erachtete. Später entdeckte ich, dass mein Credo identisch war mit dem von Howells und Garland, und geriet damit in den schönen Krieg zwischen denen, die sagen, Kunst sei der Ersatz des Menschen für die Natur und am erfolgreichsten seien wir in der Kunst, wenn wir Natur und Wahrheit so nah wie möglich kommen, und denen, die sagen – nun, ich weiß nicht, was sie sagen. Sie auch nicht, sie können nicht*

viel sagen ... Hätte ich meinen cleveren Rudyard-Kipling-Stil beibehalten, wäre der Weg vielleicht kürzer gewesen, aber ach, es wäre nicht der wahre Weg. Die zwei Jahre Kampf haben sich gelohnt. Und jetzt bin ich fast am Ziel. Dieser Winter hilft mir auf die Sprünge.

Man bedenke, er war da gerade mal zweiundzwanzig, kein neunzehn- oder zwanzigjähriger Anfänger mehr, aber noch immer hin- und hergerissen, er hatte in dem «schönen Krieg» einiges eingesteckt und steckte immer noch ein und war durchaus zum Kampf bereit, ein junger Mann, der um sein Leben als Künstler rang, und wenngleich er in Howells und Garland Verbündete zu haben glaubte und sich auf ihre Unterstützung verließ, so wussten sie doch (was er selbst nicht wusste), dass er sehr viel kühner und radikaler war als sie beide. Cranes Freund Post Wheeler stimmte dieser Einschätzung zu: «Garland war klar, dass Stevie einen neuen Weg durch den abgeschmackten und heuchlerischen Dschungel der bigotten amerikanischen Literatur bahnte, auch wenn er nicht im Sinn hatte, diesen Weg selbst einzuschlagen.»

Was Lily und Cranes unauslöschliche Liebe zu ihr betraf, schloss er diesen Brief so:

Vergiss mich nie, nie, nie, Liebste. Du bist die einzige Frau in meinem Leben. Ich bin, so denke ich mir, zu einem einsamen Dasein voll unerfüllbarer Träume verdammt. Das hat mich besser gemacht, es hat mein Verständnis für die Menschen gefördert, meine Anteilnahme an dem, was sie zu ertragen haben. Und dem verdanke ich alles, was ich erreicht habe, auch die Hoffnung auf eine Zukunft. Diese Veränderung in meinem Leben muss mir doch etwas Gutes bringen, denn wahrlich, ihr Götter, ich habe einen hohen Preis dafür bezahlt.

Mit gleicher Post schreibe ich an unsere Freundin, die unverbrüch-

lich treue Miss Dottie Brandon – der Himmel schenke ihr Ruhe. Leb wohl, Geliebte.

Es klingt endgültig, dieses *Leb wohl*, ein eleganter, geradezu gewandter Abschluss einer unhaltbaren Situation, gesteigert nur noch durch den vierten und letzten Brief – eigentlich nur eine kurze Anfrage – vom Juli 1895, fünfzehn oder sechzehn Monate nach jenem Lebwohl: Er teilt ihr höflich mit, ein Verleger wolle seine Sullivan-County-Geschichten nachdrucken – die Stücke, die er selbst als zu «geistreich» verstoßen hatte und die zu seinen Lebzeiten tatsächlich nie nachgedruckt wurden –, und da «außer Dir niemand auf der Welt Abschriften davon hat», fragt er, ob sie ihm die Stücke schicken könne, und bricht dann abrupt ab: «Kommst Du diesen Sommer in den Norden? Lass es mich wissen, wenn Du mir die Geschichten schickst. Ich würde Dich gern wiedersehen. Wie immer Dein S. C.» Man sollte meinen, ein so trockenes Schreiben signalisiere das Ende seiner Bezauberung, doch dem war nicht so – jedenfalls nicht ganz.

Ich habe ein Foto von Lily Brandon Munroe aus ihrer Zeit mit Crane gefunden.

Das Bild als Ganzes ist sonderbar und rätselhaft, beinahe absurd, aber Lilys Rolle in diesem Ganzen ist nur deshalb sonderbar, weil sie, im Gegensatz zum Rest des Bildes, nicht sonderbar ist. Sie steht irgendwo im Freien, hoch aufgerichtet, ihr rechter Arm liegt über der obersten Stange eines Zauns mit vier Querstangen, in der Hand hält sie einen dunklen, mit echten oder künstlichen Blüten geschmückten Hut, ihr Blick ist nach links gerichtet. Ihr dunkles Kleid geht nach der Mode der 1890er bis über die Knöchel, mit weiten Keulenärmeln, eng geschnürter Taille und V-Ausschnitt, der den oberen Teil einer weißen Bluse sehen lässt. Ihr Haar könnte hellbraun sein (oder blond), es ist straff nach hinten gebunden, nur ein paar gelockte Fransen hängen in die Stirn und geben ihr etwas

Lily Brandon Munroe und ihr Mann Hersey Munroe
(Mit freundlicher Genehmigung der University of Virginia)

Verspieltes, das die Strenge ihres Kostüms abmildert. Ihr Gesicht ist schwer zu enträtseln, es ist vielleicht nicht direkt schön, aber hübsch, ansprechend und wohlgeformt, und nicht zu vergessen ist ihr Lächeln, eine Seltenheit auf Fotos dieser Epoche, was darauf hindeutet, dass es mit einer der eben erfundenen Kodak-Fixfokus-Boxkameras auf Zelluloid gebannt wurde, der Vorläuferin der Brownie, mit der ab 1900 Schnappschüsse möglich wurden. Wie auch immer das Foto gemacht wurde, Lilys Lächeln, warm und intelligent, ist das beherrschte Lächeln eines Mädchens, *das nicht auf den Kopf gefallen ist*, und ihre Augen strahlen keck und unbefangen. Also nicht sonderbar, kein bisschen sonderbar, aber Lily ist nicht allein auf diesem Bild, zu ihrer Rechten und etwas unterhalb sitzt auf der anderen Seite des Zauns in einem dunklen Dreiteiler, sichtbar nur von der Hüfte aufwärts, ihr Mann, Hersey Munroe, den linken Ellbogen auf die dritte Querstange des Zauns gestützt und die Hand zum Schutz gegen die Sonne über der Stirn. Seine Augen sind geschlossen, ebenso seine schmalen Lippen, nicht zur Grimasse verzogen, aber doch fest geschlossen. Was macht er da, und warum hockt er in dieser linkischen, ungeschützten Haltung auf dem Boden? Ich vermute, er hat nicht begriffen, dass er mit aufs Bild kam. Es sollte ein Porträt von Lily sein, und das sieht man ihr an, sie weiß, die Kamera ist auf sie gerichtet, und weil ihr Mann sich weggeduckt hat, glaubt er, nicht mit aufs Bild zu kommen. Aber nein, und so zeigt das Foto einen Mann, der den Eindruck macht, er wäre am liebsten woanders, einen Mann, der noch mit seiner Frau zusammen ist, aber nicht mit ihr zusammen sein will, der sich auf die andere Seite des Zauns verzogen hat, um sich von ihr abzusetzen, der sitzt, während sie steht, der finster dreinblickt, während sie lächelt, und der die Hand an der Stirn hat, nicht nur, um sich vor der Sonne zu schützen, sondern auch, weil er Kopfschmerzen hat, weil alles ihn schmerzt. Zweifellos ist das Bild versehentlich entstanden, aber wenn es ein Porträt von Lily sein sollte, warum wurde Munroe dann nicht herausgeschnitten? Die unbearbeitete Version erfasst einen einzelnen, seltsam diffusen Augenblick, aber die Zeit steht nur auf Fotos still, und da die Zukunft, die diesem Augenblick folgte, heute Vergangenheit ist und wir wissen, wie die Geschichte ausging, kann das Foto auch als Porträt einer unglücklichen Ehe gesehen werden. Ich betrachte es noch einmal. Die junge Lily Brandon Munroe wirkt selbstgewiss und glücklich. Der etwas ältere Hersey Munroe wirkt vernichtet. Das Bild ist nicht datiert, aber aus den Akten wissen wir, sie haben 1891 geheiratet. Am Ende des Jahrhunderts wurden sie geschieden.

Im Frühjahr 1898 kehrte Crane, mittlerweile Lebensgefährte von Cora Taylor, nach zehn Monaten in England nach Amerika zurück. Sein Ziel war Kuba, von wo er für Pulitzers *World* über den Spanisch-Amerikanischen Krieg berichten sollte. In den drei Jahren davor hatte er Lily nur zweimal gesehen, einmal Anfang 1895, um sich vor seiner Reportagetour für das Bacheller-Syndikat in den Westen von ihr zu verabschieden, und dann noch einmal Anfang 1897 während eines kurzen Besuchs in New York, nachdem er vor der Küste Floridas beinahe ertrunken war. Ganz sicher weiß man es nicht, aber sehr wahrscheinlich hat er auf dem Weg nach Kuba Zwischenstation in Washington eingelegt, um Lily wiederzusehen und ein allerletztes Mal um ihre Hand anzuhalten. Sie trafen sich auf neutralem Boden in der Library of Congress, dem betriebsamsten Ort der Stadt, und in dieser gewaltigen Freistatt der Bücher sagte sie ein letztes Mal nein zu ihm. Crane sah sie nie wieder, doch Ames Williams zufolge schrieb er ihr mindestens einen Brief aus Kuba, es könnten also auch zwei oder drei gewesen sein, vielleicht sogar noch mehr. Lily Brandon war die erste und beständigste Liebe seines Lebens, nie mehr konnte er sich aus dem Bann jener verliebten Monate im Sommer 1892 lösen; er sehnte sich nach ihr bis zum letzten Atemzug.

Ein Jahr nach seinem Tod heiratete Lily zum zweiten Mal.

1948 erzählte sie Williams, sie habe niemals einen Badeanzug getragen und sei nie im Meer schwimmen gegangen, aber auch noch nach sechsundfünfzig Jahren müsse sie, wann immer sie das Meer sehe, an Crane denken.

5

Eines Nachmittags im August jenes ereignisreichen Sommers 1892 saß Crane mit seinem Reporterkollegen Arthur Oliver, mit dem er zusammen in Lafayette gewesen war, am Strand. 1931 beschrieb Oliver (in «Jersey Memories – Stephen Crane»), wie schwer Crane sich damals mit seiner Arbeit getan habe; er habe sich blockiert gefühlt, unfähig, sich so klar und deutlich auszudrücken, wie er es wollte.

> «Irgendwie kriege ich das Wesentliche nicht zu fassen», sagte ich. «Ich weiß, ich habe etwas Ungewöhnliches zu erzählen, verstricke mich aber ständig in verschiedenen Vorstellungen davon, wie es gesagt werden sollte.»
>
> «Stevie» nahm eine Handvoll Sand und schleuderte ihn in die frische Seebrise.
>
> «So solltest du es mit deinen Vorstellungen machen», sagte er. «Vergiss, was du denkst, und sag, was du fühlst. Lass den Leser spüren, du bist genauso ein Mensch wie er. Das ist das große Geheimnis des Geschichtenerzählens. Vergiss die literarischen Kanaillen und Kanoniker. Sei du selbst!»

Crane lernte in diesem Sommer zunehmend, er selbst zu sein, davon zeugen seine Artikel aus diesen Monaten, die eine neue Stufe der Prägnanz, eleganter Ironie und stilistischer Fertigkeit erreichten. Er schrieb immer noch über so gut wie nichts, aber sein scharfes Auge und seine spitze Feder machten aus diesem Nichts mehr als bloßes Promenadengeplauder. Man kann nur staunen, dass die Herausgeber der *Tribune* ihm das durchgehen ließen, zielten doch viele seiner satirischen Pfeile exakt auf die Leserschaft dieser Zeitung.

> Aus «On the Boardwalk»: Der durchschnittliche Sommergast hier ist ein wohlbeleibter Mann mit gediegener Uhrkette und Straßenanzug, einer Frau und drei Kindern. Mit amerikanischem Selbstvertrauen steht er fest in seinen zwei Schuhen und betrachtet, lässig mit der Uhrkette spielend, die Welt mit klarem Blick. Er beugt sich den arroganten Preisen der Hotelbetreiber mit gelassener Gleichgültigkeit; unbekümmert lässt er sich Phantasiepreise für alles Mögliche gefallen. Legt man es jedoch unverblümt darauf an, ihm fünfzehn Cent abzuknöpfen, steckt er die Hände in die Taschen, baut sich breitbeinig auf und zetert lauthals bis Sonnenuntergang. Den ganzen Tag liegt er im Sand oder hockt am Strand, liest Zeitung und raucht Zigarre, indes seine seligen Kindlein herumplanschen und ihm den Rücken mit Sand bestreuen und ihre Eimerchen voll Meerwasser in die Stiefel kippen. Des Abends wirft er sich in seinen Sonntagsstaat und führt die Gattin und «die Mädchen» auf der Promenade aus. Er amüsiert sich sehr gelinde und verplempert einen Haufen Geld in der Annahme, billig davonzukommen.

Im weiteren Verlauf des Artikels lästert Crane über «Gründer» James A. Bradley und dessen Neigung, überall im Ort Warnschilder aufzustellen:

> Auch in seinen Werken beweist er fortschrittliches Talent und schriftstellerische Qualitäten … Zum

> Beispiel: «Sittsame Bekleidung ziemt einer Dame im Badeanzug ebenso wie einer Dame in Samt und Seide.» Diese Feststellung weckt reizende Gedanken. Eine wirklich wunderbare Formulierung. Sittsam und feinfühlig. Der Verfasser deutet nur an. So zierliche Ausdrucksweise kann empfindliche Gemüter nicht erschüttern. Angenommen, er hätte gesagt: «Gehen Sie nicht nur mit einem heiteren Lächeln bekleidet ins Wasser», oder: «Erscheinen Sie nicht nur in Träumerei gehüllt am Strand.» Ein Gedankenloser hätte sich solch entbehrlicher Grobheit schuldig machen können. Nie aber unterliefe dergleichen «Gründer» Bradley. Er ist nicht bloß ein Mann. Er ist Künstler.

Fast den ganzen Sommer über kam er damit durch, und dann stürzte der weite blaue Himmel der Küste von Jersey über ihm zusammen. Nicht nur verlor er seinen Job bei der *Tribune*, mehr noch, die ersten drei Absätze seines Artikels «Parades and Entertainments», erschienen am Sonntag, dem 21. August, entfesselten einen Sturm an Vorwürfen und Gegenvorwürfen, der bis in den Präsidentschaftswahlkampf 1892 hineinwehte und möglicherweise sogar dessen Ergebnis beeinflusste. Der kleine, schweigsame, unaufdringliche S. C. besaß ein seltsames Talent dafür, Unruhe zu stiften, nicht absichtlich oder planvoll, es war nur Pech und Zufall, und als er jetzt zum ersten Mal öffentliche Kritik einstecken musste, hatte er keine Ahnung, wie er sich dagegen zur Wehr setzen sollte.

Um einen solchen Aufruhr zu entfachen, musste einiges zusammenkommen. Erstens: Whitelaw Reid, der Besitzer der *Tribune*, hatte seinen Botschafterposten in Frankreich aufgegeben und nahm jetzt als Vizepräsidentschaftskandidat des Republikaners Benjamin Harrison an dessen Wahlkampf teil. Zweitens: Zwei langwierige und mörderische Streiks im April und Juli hatten die

Arbeiterschaft gegen die republikanische Regierung aufgebracht – der Ausstand der Silberminenarbeiter in Cœur d'Alene, Idaho, und das Homestead-Debakel in Pennsylvania –, und die Republikaner setzten alles daran, dem Eindruck entgegenzutreten, ihre Partei wende sich gegen die Interessen der Arbeiter. Drittens: Eine rechtsgerichtete, nativistische Arbeiterorganisation namens Junior Order of United American Mechanics (JOUAM) plante für den 17. August ihre Parade durch die Straßen von Asbury Park. Viertens: Townley hatte 1890 und 1891 über die Parade berichtet, doch an diesem speziellen Mittwoch im Jahr 1892 verschwand er aus der Stadt und brach zu einem fünftägigen Angeltrip auf. Fünftens: Er überließ den Auftrag seinem Bruder und bat seinen Kollegen Billy Devereaux, Cranes Artikel durchzusehen und sicherzustellen, dass er den Anforderungen genügte. Devereaux fand das Stück provokant und lustig und telegraphierte es an die Redaktion in New York, überzeugt, dass die spießigen Redakteure es nicht bringen würden. Sechstens: Das *Tribune*-Gebäude wurde gerade renoviert. In den Redaktionsbüros herrschte Chaos, und so wusste die Linke nicht, was die Rechte, und die Rechte nicht, was die Linke tat. Der Artikel segelte durch die Lücke und erschien am nächsten Morgen.

Hier die Absätze, die den Aufruhr verursachten:

> Die hiesige Parade des Junior Order of United American Mechanics am Mittwochnachmittag war einigen Beobachtern zufolge zutiefst beeindruckend. Hunderte Mitglieder der Organisation wanden sich durch die Straßen, musikalisch begleitet von furiosen Dissonanzen zahlreicher Blaskapellen. Es dürfte sich um den plumpsten, unbeholfensten, ungehobeltsten und ungalantesten Aufmarsch gehandelt haben, der jemals Staub auf sonnenbeschienenen Straßen auf-

gewirbelt hat. Gleichwohl war es für manche nicht uninteressant zu sehen, wie das Publikum von Asbury Park einem solchen Auflauf entgegentrat.

In Asbury Park wird nichts produziert, der Ort ist nur zum Vergnügen da. Gewiss, ein paar Meilen außerhalb gibt es eine Fabrik, in der Nachthemden hergestellt werden. Aber im Ort selbst geht es um Reichtum und Amüsement, um Frauen und beträchtliche Mengen Wein. Das Gedränge entlang der Marschroute setzte sich aus Sommerkleidern, spitzenbesetzten Sonnenschirmchen, Tennishosen, Strohhüten und gleichgültig lächelnden Mienen zusammen. Der Aufmarsch setzte sich aus Männern zusammen, braungebrannt, hängeschultrig, grob und schmutzig. Sie trugen schlechtsitzende Kleidung und hatten keine Ahnung vom Marschieren. Sie stapften lediglich dahin, womöglich ohne zu wissen, warum, stumpfsinnig, unbeteiligt und in gewissem Sinne würdevoll – Gang und Haltung ein Abbild ihres Lebens. Ab und zu lächelte einer und grüßte einen Bekannten in der Menge am Straßenrand. Eine solche Ansammlung o-beiniger Männer aus der Mittelschicht, mit vom Schaufeln und Schleppen auf dem Bau verkrümmten Händen und gebeugten Schultern, hatten die Sommerfrischler von Asbury Park noch nie gesehen, und ihr Vergnügen darob hielt sich in Grenzen.

Der echte Asbury Parker verwirft beim Anblick eines Dollars jeden Gedanken daran, dass auch andere Menschen Rechte haben könnten. Er neigt zu der Ansicht, Männer und Frauen, insbesondere solche aus der Stadt, seien dazu erschaffen, von ihm ausgenommen zu werden. Weshalb die gebräunte,

> wettergegerbte Ehrlichkeit in den Mienen der Mitglieder des Junior Order of United American Mechanics einen schier überwältigenden Eindruck auf ihn machen dürfte. Die Besucher waren Männer mit Prinzipien.

Natürlich störte sich Crane als dekorierter Drill-Hauptmann seines unvergesslichen Internats am schlampigen Auftreten der Demonstranten, aber das Hauptziel seiner bissigen Tirade war Asbury Park selbst, und seine schärfsten Ausfälle galten der Herablassung der betuchten Urlauber gegenüber den zerlumpten Demonstranten, die im Grunde genommen Lob dafür verdienten, dass sie «Prinzipien» hatten. Ironie des Schicksals: In Asbury Park war der Verkauf von Zeitungen an Sonntagen verboten, weshalb die gutgekleideten Zuschauer nicht in den Genuss kamen, sich in der Presse verhöhnt zu sehen. Aber JOUAM nahm Anstoß und verwahrte sich am 23. August in einem Brief an die *Tribune* gegen die «ungerechtfertigte und unamerikanische Kritik» und führte zur Verteidigung an: «Unsere wichtigsten Anliegen sind die Begrenzung der Einwanderung ... [und] die Einführung des Bibelunterrichts an unseren staatlichen Schulen, nicht um Sektierertum Vorschub zu leisten, sondern um die reine Lehre der Bibel zu verbreiten. Uns eint der Wunsch, amerikanische Geschäftsinteressen zu wahren und sie vor dem schädigenden Einfluss ausländischer Konkurrenz zu schützen.»

Tags darauf entschuldigte sich die *Tribune* bei JOUAM und tat den Artikel als «vom Korrektorat versehentlich ins Blatt gesetzten Beitrag» ab. JOUAM aber gab sich mit dieser Entschuldigung nicht zufrieden, und als Demokraten und andere politische Gegner anfingen, Reid als Feind der Arbeiter zu beschimpfen, brachte die *Tribune* am Achtundzwanzigsten eine weitere Klarstellung, wonach Reid aufgrund seiner Pflichten als Botschafter in Frankreich seit über drei Jahren nicht mehr für die Zeitung tätig sei und sich, als der Artikel erschien, auf Wahlkampftour im Mittleren Westen befunden habe. JOUAM ließ sich nicht besänftigen. Die Organisation machte weiterhin Reid für die Beleidigung verantwortlich und verurteilte seine Kandidatur auf Veranstaltungen im ganzen Land. Niemand weiß genau, wie oder wann es geschah, aber als Reid und die Republikaner immer stärker unter Druck gerieten, wurden Townley und sein Bruder von der *Tribune* vor die Tür gesetzt. In seinem Artikel von 1931 erinnert sich Arthur Oliver, dass es Post Wheeler war, der ihnen die Kündigung übermittelte. «Townley Crane wurde brieflich gefeuert, und Stevie telegraphisch! Stevie fristlos, und Townley zum Ende der Saison.» Unterdessen wurde Crane in der Lokalpresse angegriffen – nicht namentlich, da der Artikel wie die meisten in der *Tribune* unsigniert war, aber als sein Verfasser. Das *Asbury Park Daily Journal* nannte den Beitrag «verleumderisch», «ohne Sinn und Anstand, unfähig, zwischen Nachrichtengehalt und absichtlicher Beleidigung zu unterscheiden ... Dem Vernehmen nach war J. Townley Crane, der reguläre Korrespondent der *Tribune*, in dieser Woche auswärts beschäftigt und überließ es jemand anderem, das übliche Sonntagsgeschreibsel zu verfassen. Dieser junge Mann scheint gern auf die Pauke zu hauen und hat eine großartige Zukunft vor sich, sofern er nicht den Besten folgt und jung stirbt.»

Arthur Oliver versuchte die Brüder über den Rauswurf zu trösten. «Townley war verzweifelt wie ein König, der vom Thron gestoßen wurde», schreibt er, während Crane weniger verstört gewesen zu sein schien.

> «Stevie» begrüßte mich mit dem frommen Lächeln, das er für jede Art von Katastrophe in petto hielt. Er fragte mich, ob ich den Artikel gelesen hatte, und ich glaubte, Stolz in seiner Miene zu sehen. Ich sagte ja,

habe ich. Er fragte, was ich darüber dachte. Ich sagte, ich fand ihn geistreich und für nahezu jeden Zweck geeignet, nur nicht zum Abdruck.

«Insbesondere nicht zum Abdruck in der *New York Tribune*», sagte er grinsend und fuhr fort: «Ich muss in dem Moment einfach nicht bedacht haben, dass mein Boss bei der *Tribune* für die Vizepräsidentschaft kandidiert ... Eigentlich kaum vorstellbar, dass ein kleiner Naivling wie ich in der amerikanischen Politik einen solchen Aufruhr entfachen kann. Es zeigt, was Naivität auszurichten vermag, wenn sie die Gelegenheit dazu hat!»

Kurz nachdem Crane seinen Job verloren hatte, kam Hamlin Garland nach Asbury Park. Als Crane ihn in seiner Pension besuchte und ihm von dem Rausschmiss erzählte, verlangte Garland den Artikel zu lesen. Crane zog den Ausschnitt aus der Tasche, und nachdem Garland ihn sich angesehen hatte, gab er ihn zurück und sagte: «Was hast du von deiner Zeitung erwartet – einen Orden?»

Garland fährt fort: «Er lächelte gequält. ‹Anscheinend habe ich nicht darüber nachgedacht ... aber selbst wenn, ich weiß nicht, ob das viel geholfen hätte. Ich wollte das alles sowieso mal loswerden.›»

Den besten Rat inmitten des JOUAM-Unwetters bekam Crane wohl von Willis Fletcher Johnson, der alt genug war, Crane und dessen Zukunft besser zu verstehen als Crane selbst.

Stephen war ganz aufgewühlt ... und fragte mich, was er tun sollte ... Ich antwortete: Nichts. Die Verantwortung lag bei mir, nicht bei ihm. Aber ich nutzte die Gelegenheit, ihm ins Gewissen zu reden. Erstens, sagte ich, Alltagsreportagen seien nicht der Ort für

> rhetorische Raffinessen. Zweitens, ein Mann, der «Four Men in a Cave» schreiben könne, sollte seine Zeit nicht mit Reportagen über «die Sommerferien der Flunkey-Smiths aus Squedunk im Gilded Pazaza Hotel» vergeuden.

Bei der Präsidentschaftswahl im November bekamen die Republikaner Harrison und Reid drei Prozent weniger Stimmen als die Demokraten Grover Cleveland und Adlai Stevenson und verloren dann die Abstimmung im Wahlmännergremium mit 145 gegen 277. Vermutlich hätten die Demokraten auch ohne Cranes Artikel gewonnen, aber letztlich ist es unmöglich zu sagen, wie viele Wählerstimmen aus der Arbeiterschaft den Republikanern durch die JOUAM-Affäre verlorengegangen sind. Jahre später schrieb Whitelaw Reid, Stephen Crane «war der Mann, der mich die Vizepräsidentschaft gekostet hat. Ich weiß nicht, ob Grover Cleveland eigentlich klar war, wie viel er ihm zu verdanken hatte.» Das war vermutlich ironisch gemeint, andererseits wissen wir, dass Reid die *Tribune* bis zu seinem Tod 1912 leitete. Townley bekam seinen Job nicht lange nach seinem Rauswurf zurück, Crane hingegen nicht, und als er dann anfing, Romane, Kurzgeschichten und Gedichte zu veröffentlichen, wurde jedes seiner Bücher von der *Tribune* verrissen, aggressiv und hart mit gnadenlosem Spott verrissen, und selbst nach Cranes Tod attackierte die Zeitung ihn weiter – nicht bloß als verlogenen literarischen Schwindler, sondern als widerwärtigen Scheißkerl.

6

Die JOUAM-Fehde machte Crane klar, dass seine Tage in Asbury Park gezählt waren, und so bewarb er sich bei der American Press Association als erfahrener Journalist mit dem Plan, die Süd- und Weststaaten zu bereisen und für die Agentur mit einer Reihe von Reportagen darüber zu berichten. Man ließ ihn abblitzen, aber der Vorschlag zeigt, wie sehr ihm daran lag, andere Teile des Landes kennenzulernen und sich auf unvertrautem Terrain zu beweisen – erstes Anzeichen seiner Rastlosigkeit. Und von da an war Crane immerzu rastlos und wurde mit den Jahren zunehmend rastloser – später sollte ihn sein Fernweh an manche entlegenen Orte führen, aber noch konnte er nicht mit eigenen Mitteln reisen, weil er keine Mittel hatte, noch brauchte er einen Sponsor, der ihm die Befriedigung seiner Reiselust finanzierte. Immer knapp bei Kasse und ohne Förderer, musste er bis 1895 warten, erst dann wurde sein Wunsch erfüllt, doch nachdem er von dieser Reise durch die Süd- und Weststaaten und Mexiko zurückgekehrt war, hielt er es kaum mehr länger als ein paar Monate aus, an Ort und Stelle zu bleiben. Vielleicht nicht so außergewöhnlich für einen, der als Kind nie ein festes Zuhause gehabt hatte.

Bevor dieser verrückte Sommer der Liebe und Präsidentschaftspolitik endete, zeigte Crane Johnson und Garland die vorletzte Fassung von *Maggie.* Beide äußerten sich wohlwollend über das Manuskript und boten ihm Hilfe an, einen Verlag dafür zu finden. Garland riet ihm, das Buch Richard Watson Gilder anzubieten, dem Herausgeber des *Century Magazine*, im Prinzip eine gute Idee, in Wirklichkeit aber ziemlich aussichtslos, da Gilder der spießigste und mäkeligste Wichtigtuer der New Yorker Literaturszene war; gleichwohl schrieb Garland für Crane einen Empfehlungsbrief, den er dem Manuskript beilegen sollte. «Lieber Gilder: Ich möchte, dass Du ein *großartiges* MS liest, Verfasser ist Stephen Crane. Ich halte ihn für bemerkenswert. Und habe ihm geraten, Dir das MS vorzulegen.» Johnson meinte, das Buch gehöre noch überarbeitet, aber es sei «wert, gedruckt zu werden, und müsste Erfolg haben. Aber ich habe ihn darauf hingewiesen, dass es schwierig werden wird, einen angesehenen Verlag zu finden, der das Wagnis einer Veröffentlichung eingeht; und dass es, einmal auf dem Markt, unter Spießbürgern und Philistern einen Sturm der Ablehnung entfachen wird.» Nach reiflicher Überlegung meinte Johnson, Crane solle das Buch seinem «guten Freund und ehemaligen Kollegen» Ripley Hitchcock zeigen, dem literarischen Berater von D. Appleton & Company. Am Ende legte Crane das Buch beiden vor, Gilder und Hitchcock, jedoch erst, nachdem er es gründlich überarbeitet hatte; der Abschluss der endgültigen Fassung beschäftigte ihn den ganzen Herbst und über seinen einundzwanzigsten Geburtstag hinaus.

Unterdessen verließ er Asbury Park. Die nächsten ein, zwei Monate arbeitete er, oder auch nicht, als Reporter für den *Newark Daily Advertiser*, und Ende Oktober zog der Hinterwäldler aus New Jersey und dem entlegenen Sullivan County nach New York.

7

Sein Freund Frederic Lawrence, der in der Stadt seit einem Jahr Medizin studierte, hatte ein Zimmer in einer hauptsächlich von Medizinstudenten bewohnten Pension an der 1064 Avenue A und lud Crane ein, es mit ihm zu teilen. Die Avenue A, die heutzutage an der Houston Street beginnt und an der 14th Street im Osten von Manhattan endet, ging damals in nördlicher Richtung weiter durch bis ganz nach Harlem; im Lauf der Jahre wurden einzelne Abschnitte umbenannt, und das unweit der 57th Street gelegene Gebäude mit der Hausnummer 1064, in dem Crane wohnte, liegt jetzt am Sutton Place, einer Adresse, bei der heutige New Yorker an Luxus und reiche Müßiggänger denken, die aber in den 1890er Jahren eine ausgesprochene Schmuddelecke war. Lawrence schreibt in seinen Aufzeichnungen über Crane:

> In den engen Gassen unserer Nachbarschaft trieben sich die Bewohner der verwahrlosten Häuser in Scharen herum, und das war ein Stoff, den bis dahin kaum jemand aufgegriffen hatte. Crane beobachtete dieses Treiben mit scharfem, teilnehmendem, wenn auch distanziertem Blick. In gewissem Maße brachte er für dieses elende Volk Verständnis auf und machte es sich zur Aufgabe, hinter die Fassade zu spähen. Eines Tages kam er herein, seine sonst finstere Miene strahlte. Unvermittelt wollte er wissen: «Hast du schon mal gesehen, wie Leute sich mit Steinen beschmeißen?» Ich sagte nein, und er schilderte mir begeistert, was er soeben beobachtet hatte. Später am Tag hatte er die Schilderung zu Papier gebracht, und das erste Kapitel von *Maggie* war fertig. Während das Buch, eine düstere Geschichte aus Armenbehausungen und Unterwelt, in Cranes Kopf Gestalt annahm, lebte er förmlich auf, und ich mit ihm, und gemeinsam streiften wir durch die elenden Gassen und gefährlichen Gegenden auf der Suche nach dem Lokalkolorit, das dem großen Werk Leben einhauchen sollte.

Lawrence durfte die Entstehung des Buches – und Cranes Schreibmethode – hautnah miterleben. Schon während ihres gemeinsamen Semesters in Syracuse hatte er seinen Freund bei der Arbeit beobachten, ja ihm richtig dabei zusehen können, weil Crane im Gegensatz zu den meisten Schriftstellern kein großes Problem damit hatte, wenn andere beim Schreiben mit im Zimmer waren, ein Beweis für seine Konzentrationsstärke, die es ihm erlaubte, sich inmitten von Gesellschaft ganz in sich zurückzuziehen. Lawrence erzählt davon:

> Lange Zeit saß er tief in Gedanken versunken, den nächsten Satz entwerfend. Erst wenn er ihn vollständig formuliert hatte, setzte er den Stift aufs Papier. Und schrieb dann langsam, bedächtig, in seiner leserlichen, jedes Satzzeichen betonenden Handschrift, die für alle seine Manuskripte kennzeichnend ist. Selten, falls überhaupt jemals, musste ein Wort oder Zeichen korrigiert werden. War der Satz fertig, stand er auf, zündete seine Pfeife wieder an, ging im Zimmer umher oder blickte starr aus dem Fenster. Gewöhnlich blieb er still, tief in Gedanken, aber manchmal begann er plötzlich zu singen, irgendwelche Schlager oder Trinklieder, oft nur eine Zeile, die er dann ständig wiederholte, während er auf den nächsten Einfall wartete ... Oft schaffte er am Tag nur eine Seite, selten zwei oder drei. Es kam auch vor, dass seine Feder tagelang trocken blieb. Doch langsam, aber sicher wuchs das Manuskript, und *Maggie: A Girl of the Streets* trat ins Leben.

Ob man es Novelle oder Kurzroman nennt, nichts in Cranes Schreiben – oder überhaupt in der Literatur – bis zu diesem Punkt ließ ahnen, was diese gut hundert Seiten zu bieten haben würden. Der Schauplatz (die Slums von New York) dürfte zeitgenössischen

Lesern bekannt gewesen sein, und im Plot wird man Spuren melodramatischer Konventionen des ausgehenden 19. Jahrhunderts bemerkt haben (allerdings ohne das übliche Happy End), aber stilistisch ist das Buch eine Kriegserklärung, es wirkt wie ein heißer Fiebertraum, eine psychische Kampfzone brutaler, mörderisch grotesker Gestalten, die in ewigem Streit miteinander liegen. In den turbulentesten Passagen der Geschichte erinnern diese Figuren nicht an Romanfiguren, sondern an neuzeitliche Inkarnationen wutschnaubender Gestalten aus den blutrünstigsten isländischen Sagas, mythische Wesen in Kostümen der 1890er Jahre, archetypische Mächte, die außerhalb der Zeit existieren. Dementsprechend werden in dem Buch weder Adressen noch bestimmte Daten genannt, nicht einmal das Stadtviertel, in dem die Protagonisten leben, Rum Alley, hat es jemals auf einem Stadtplan von New York gegeben. Forscher und Kritiker versuchen seit über einem Jahrhundert, *Maggie* in Schubladen mit Aufschriften wie «Realismus», «Naturalismus», «Impressionismus» oder «Determinismus» zu stecken, aber Cranes schmales Buch entzieht sich allen festen Kategorien. Es ist ein unheimliches, visionäres Gedicht, die Projektion des Innenlebens eines jungen Mannes auf eine imaginierte Landschaft, die zufällig einem scharf beobachteten New York entspricht, das aber in Wirklichkeit nicht New York ist, sondern ein Ort, der nur im Kopf des Autors und des Lesers existiert. Aus diesem Grund wirkt das Buch so neu und modern und wurde im Amerika des Jahres 1893 als so anstößig empfunden. Die meisten Leser damals fühlten sich von *Maggie* abgestoßen, darunter auch einige der frommeren Mitglieder der Crane-Familie, die ihre Exemplare auf dem Dachboden versteckten und schließlich verbrannten, weil sie das Buch für unanständig, unmoralisch und jenseits der Grenzen christlichen Anstands erachteten.

Leser, die mit dem Roman nicht vertraut sind, sollten sich ein wenig Zeit nehmen, bevor sie das Buch aufschlagen. Zunächst einmal sollten Sie sich Fotos aus den 1890ern ansehen, aus New York sind zahllose überliefert, etwa in Jacob Riis' *How the Other Half Lives*, einer zu Beginn des Jahrzehnts erschienenen Reportage über die unterdrückte Bevölkerung der Stadt, die Bilder zeigen obdachlose, zerlumpte Jungen, die in Gassen und Hauseingängen schlafen, junge und alte Frauen, die in Ausbeutungsbetrieben mit Nadel und Faden Kleider nähen, das «Mädchen aus der Mietskaserne», das einsam auf einem verwahrlosten unbebauten Grundstück steht (so kann man sich Cranes Maggie als Kind vorstellen), die Frau, die mit sechs kleinen Kindern am Tisch sitzt und «künstliche Blumen herstellt», die Betrunkenen, die in Polizeiwachen auf dem schmutzigen Boden herumliegen, die «Sieben-Cent-Pension» an der Pell Street, die Außenaufnahmen von Bottle Alley, Mulberry Bend und Bandits' Roost sowie aus Chinatown, Jewtown und dem italienischen Viertel, und wenn Sie Riis' Fotos von städtischer Armut verdaut haben, nehmen Sie sich die Schnappschüsse von Alice Austen aus dem Jahr 1896 vor: der junge Fahrradbote, der Postbote mit großer Umhängetasche, der Briefe aus einem Briefkasten holt, der Straßenkehrer in weißer Uniform und weißem Tropenhelm, mit einem Besen in der Hand, oder der stämmige Polizist im langen Mantel, der allein und mit auf dem Rücken verschränkten Händen auf einer Kopfsteinpflasterstraße steht. Als Nächstes Alfred Stieglitz' Foto von 1892, «The Terminal», das eine belebte Straße mit einer Pferdebahn zeigt, wie wir sie aus «The Broken-Down Van» kennen und wie sie auch in *Maggie* wiederauftaucht. Und weiter, die Nachtlokale, Theater und Kuriositätenkabinette der Bowery, das Equitable Life Building, das *New York Tribune* Building, das Metropolitan Museum of Art und das berühmte Bild von den Schlittschuhläufern im Central Park mit dem riesig hinter ihnen aufragenden, schlossartigen Dakota-Wohngebäude. Diese Fotos dokumentieren die Realität der in Cranes Buch geschilderten Welt, und sie genau zu betrachten hilft gewiss dabei, diese Welt besser zu verstehen, aber Kenntnis des historischen Hintergrunds allein reicht nicht aus, sich auf das Schockierende von *Maggie* vorzubereiten. Fotos sind durchaus brauchbar, aber wenn es um die augenöffnende Kraft von Bildern geht, findet man den Geist von Cranes erstem Buch am ehesten in den albtraumhaften Gemälden und Radierungen des ertaubten alten Goya, insbesondere in den Schwarzen Gemälden (*Duell mit Knüppeln, Lachende Frauen, Hexensabbat, Zwei alte Männer essen Suppe, Saturn verschlingt seinen Sohn*) und den Horrorszenen und Phantasien der *Entartes*, der *Caprichos* und der *Schrecken des Krieges.* Crane selbst hat mit Sicherheit nie an diese Darstellungen gedacht, aber wann immer ich mir das dreiundvierzigste *Capricho* ansehe, kommt es mir wie ein Porträt des Geisteszustandes vor, in dem er an diesem Roman arbeitete. Ein Mann an einem Tisch, zusammengesunken, den Kopf auf den Armen, er ist eingeschlafen, hinter ihm schwebt eine Horde schauriger Gespenster. Bildunterschrift: «Der Schlaf der Vernunft gebiert Ungeheuer.»

Das erste Ungeheuer, dem wir in dem Buch begegnen, ist ein Junge namens Jimmie, die zentrale Gestalt der Anfangsszenen:

> Ein sehr kleiner Junge stand auf einem Kieshaufen und verteidigte die Ehre der Rum Alley. Er schleuderte Steine nach den brüllenden Rabauken der Devil's Row, die den Haufen wutentbrannt umkreisten und ihn ebenfalls bewarfen.
>
> Sein kindliches Gesicht war bleich vor Zorn. Sein schmächtiger Körper wand sich unter den lauten, purpurroten Verwünschungen, die er ausstieß.
>
> «Hau ab, Jimmie, hau ab! Die kriegen dich!», kreischte ein fliehendes Kind aus der Rum Alley.
>
> «Nee», antwortete Jimmie mit tapferem Gebrüll, «vor dem Irengesindel renn ich doch nich' weg.»

> Aus den Kehlen der Devil's Row stieg neuerliches Wutgeheul auf. Zur Rechten führten zerlumpte Gassenjungen einen rasenden Angriff auf den Kieshaufen durch. Auf ihren schmalen, zuckenden Gesichtern leuchtete die Grimasse wahrer Mordlust. Während sie heranstürmten, warfen sie mit Steinen und fluchten in schrillem Chor.
>
> Der kleine Kämpe aus der Rum Alley stolperte überstürzt zur anderen Seite hinab. Bei einer Rauferei war sein Mantel in Fetzen zerrissen und seine Mütze abhandengekommen. An zwanzig Stellen seines Körpers hatte er blaue Flecken, und aus einer Kopfwunde tropfte Blut. Mit seinen blassen Gesichtszügen glich er einem winzigen, irren Dämon.[4]

In diesen Eröffnungssätzen ist der ganze Plan des Buches enthalten. Beschrieben wird die wüste Schlägerei zwischen den beiden Lagern verfeindeter Jungen zum einen mit rhetorischen Schwülstigkeiten bei der Schilderung des Kampfs (chevalereske Ausdrücke wie «Ehre», «tapfer» und «Kämpe», gepaart mit geschraubten, überdrehten Verben, Adjektiven und Wendungen wie «purpurrote Verwünschungen», «neuerliches Wutgeheul», «zuckende Gesichter», «Grimasse wahrer Mordlust», «schriller Chor», «winziger, irrer Dämon»), zum anderen mit rhetorischen Derbheiten der Gossensprache der Kombattanten («Nee ... vor dem Irengesindel renn ich doch nich' weg»), und beides zusammen ergibt dieselbe ironische Distanz des Erzählers wie später in den frühen Kurzgeschichten von Joyce und Hemingway, den Romanen von Camus

■ 4 Alle Zitate aus *Maggie* hier nach der Übersetzung von Hans-Christian Oeser. Stephen Crane: Maggie. Ein Mädchen von der Straße. Wiesbaden 2017. (A. d. Ü.)

und den Werken zahlreicher anderer Schriftsteller des folgenden Jahrhunderts. Crane war der erste, der in diesem Tonfall schrieb. Er beobachtet das gegenseitige Gemetzel seiner Figuren mit dem ruhigen Blick eines Kriegskorrespondenten und gestaltet eine potenziell außer Kontrolle zu geraten drohende Szene als scharf umrissenes Porträt menschlichen Handelns, und da er dieses Vorgehen in den neunzehn Kapiteln des Buches nicht ein einziges Mal aufweicht, betritt er Neuland, verabschiedet sich vom schwerfälligen, erschöpfenden Naturalismus Zolas und dem gesitteten Realismus Howells' und begründet eine Literatur reinen Erzählens, ohne Gesellschaftsanalyse, ohne Ruf nach Reformen, ohne psychologische Überlegungen darüber, was die Figuren zu ihrem Verhalten bewegen könnte. Sie handeln, und Crane berichtet. Zum ersten Mal in der amerikanischen Literatur wird dem Leser nicht gesagt, was er zu denken hat – er wird lediglich aufgefordert, die Geschehnisse im Buch mitzuerleben und dann seine eigenen Schlüsse zu ziehen.[5]

Das an Goya gemahnende Getümmel endet mit dem ersten Kapitel keineswegs, vielmehr geht es im zweiten und dritten unvermindert weiter. Jimmie erlebt eine schmerzliche Niederla-

■ 5 Meines Wissens gibt es nur ein einziges anderes Buch aus dieser Zeit, das ähnlich radikal mit den erzählerischen Konventionen gebrochen hat: Knut Hamsuns *Hunger* von 1890. Oft als erster moderner europäischer Roman bezeichnet, der so verschiedene Männer wie Kafka, Gide und I. B. Singer beeinflusst haben soll, unterscheidet sich das Buch inhaltlich stark von *Maggie* (ein einsamer Ich-Erzähler berichtet, während er in Oslo zu verhungern droht, von seinem körperlichen Verfall), doch seine Methoden und Herangehensweisen sind ähnlich konsequent und entschlossen. Da der Roman auf Norwegisch geschrieben war, kannte Crane ihn damals nicht (erst sieben Jahre später bekam er die englische Übersetzung zu lesen), aber so seltsam es klingen mag, das Leben, das er in New York als mittelloser, oft hungernder junger Schriftsteller führte, war nahezu identisch mit dem von Hamsuns namenlosem Helden, bis hin zu einigen gemeinsamen Charakterzügen: derselbe Starrsinn, derselbe sich selbst schadende Stolz, dieselbe Hartnäckigkeit, mit der er verschwieg, wie abgebrannt er war. Was Crane von *Hunger* hielt, ist nicht überliefert, doch als er den Roman las, hatte er New York schon lange hinter sich und lebte in England. Nach der Lektüre überließ er das Buch Henry James.

ge, als seine Verbündeten vor der Übermacht der Kinder aus der Devil's Row fliehen und ihn allein auf dem Kieshaufen zurücklassen, umzingelt von Feinden. Ein Stein trifft ihn am Mund, Blut fließt, Tränen laufen ihm über die Wangen, seine «dünnen Beine» zittern, und seine «hingebrüllten Verwünschungen» weichen einem «gotteslästerlichen Schnattern», doch gerade als der ganze Haufen über ihn herzufallen droht, kommt ein älterer Junge namens Pete angeschlendert, «ein Bursche von sechzehn Jahren ... um dessen Lippen bereits das gefrorene Grinsen einer idealen Männlichkeit» spielt. Pete kennt Jimmie offenbar, und als er sieht, was seinem kleinen Freund angetan wird, sagt er «Was zum Teufel» und haut einem der Jungen aus der Devil's Row auf den Hinterkopf. Der Junge geht zu Boden, stößt ein «entsetzlich heiseres Gebrüll» aus, springt auf und macht sich zusammen mit seinen Leuten aus dem Staub. Die Jungen von der Rum Alley wagen sich wieder vor, und als einer von ihnen großspurig sagt: «Kerle wie wir könnten die ganze verdammte Row vermöbeln», wird er von Jimmie beschimpft, weil sie ihn bei der Prügelei im Stich gelassen haben. «Ihr Kinder ödet mich an», sagt er, und gleich darauf liegen sich er und der andere Junge (Billie) in den Haaren. Pete feuert ihn an: «Zeig's ihm, Jimmie, mach Hackfleisch aus ihm», während die zwei «nach Art ihrer Vorfahren vor viertausend Jahren kämpften» – ein deutlicher Hinweis darauf, dass das Buch nicht nur im New York der 1890er spielt, sondern auch im uralten, verschütteten Reich ewiger menschlicher Konflikte. Als hinten in der Straße Jimmies Vater auftaucht und die anderen das Weite suchen, raufen Jimmie und Billie sich weiter, so verbissen in ihrem Bestreben, einander umzubringen, dass sie von ihrer Umgebung nichts mitbekommen. «Ein düster dreinblickender Mann» kommt heran, er trägt einen «Henkelmann» und raucht «eine Pfeife aus Apfelbaumholz», und als er das Gerangel bemerkt und in einem der sich am Boden wälzenden Jungen seinen Sohn erkennt, brüllt er ihn an: «He du, Jim, steh auf, oder ich prügel dir die Seele aus dem Leib, du verdammter Rotzlöffel», und beginnt «auf das chaotische Knäuel am Boden einzutreten». Billie bekommt einen Stiefeltritt an den Kopf, befreit sich von Jimmie und wankt «Verwünschungen ausstoßend» davon. Jimmie erhebt sich mühsam, doch statt sich bei seinem Vater zu entschuldigen, fängt er an, «ihn zu verfluchen». Sein Vater verpasst ihm einen Fußtritt und brüllt: «Halt den Schnabel, oder ich versohl dich, dass dir Hören und Sehen vergeht.» Sie laufen nach Hause, Jimmie folgt in drei, vier Metern Abstand, grässlich fluchend, «denn er spürte, dass es für jemanden, der danach trachtete, eine Art Soldat zu werden oder ein mit hehrer Freiheit begabter Aristokrat, eine Erniedrigung war, vom eigenen Vater nach Hause gebracht zu werden».

In Kapitel zwei langen Vater und Sohn in ihrem Viertel an, das nicht in der Romansprache des 19. Jahrhunderts, sondern im allegorischen Ton eines mittelalterlichen Mysterienspiels als «düstere Gegend» geschildert wird, und gleich darauf richtet sich Cranes Blick auf ein einziges Detail dieser Gegend: das Haus, in dem der Junge und der Mann und andere Mitglieder der Familie Johnson leben, seltsam metaphorisch als «windschiefes Gebäude» bezeichnet, als schwanke das Mauerwerk im Wind, und ein paar Zeilen weiter erscheint es noch einmal als quasibelebtes Ding: «Das Gebäude bebte und knarrte unter dem Gewicht der Menschen, die in seinem Innern umherstampften.» Dazwischen richtet sich der schweifende Blick des Autors auf diverse Einzelheiten. «Auf der Straße spielten Kleinkinder, rauften sich mit anderen Gören oder saßen stumpfsinnig den Fahrzeugen im Weg. Furchterregende Weiber mit ungekämmten Haaren und liederlichen Kleidern lehnten sich über Geländer, schwatzten miteinander oder keiften in wütendem Hader. In dunklen Ecken hockten verkümmerte Leute in seltsam unterwürfigen Haltungen und rauchten Pfeife.» Der Text entsteht Satz für Satz, genau wie Frederic Lawrence, der

Crane oft beim Schreiben beobachten konnte, es geschildert hat. Die Prosa strömt nicht im steten Fluss erzählten Geschehens dahin, sondern hebt an, stoppt und hebt wieder an, als wäre jeder einzelne Satz ein kleines Kunstwerk für sich, eine Fotografie oder Zeichnung, die erst einmal zu betrachten ist, bevor man sich dem nächsten Satz zuwendet – eine Art filmischer Stil vor Erfindung der Filmsprache. «Seltsam unterwürfige Haltungen» ist einprägsam. «Saßen stumpfsinnig den Fahrzeugen im Weg» («sat stupidly in the way of vehicles»)[6] ist doppeldeutig, und es lässt sich kaum sagen, ob Crane meint, sie saßen «Fahrzeugen im Weg», oder sie saßen dort «nach Art von Fahrzeugen»; sollte sein früherer Artikel «The Way in Sullivan County» einen Hinweis auf seine Absichten geben, wäre das völlig verblüffende «nach Art von» die korrekte Lesart; aber selbst wenn das nicht stimmt, bleibt «im Weg» ein starkes Bild und ein wichtiger Baustein der in diesem Absatz beschriebenen Welt, der «düsteren Gegend», die eine frappierende Ähnlichkeit mit der Welt der Schwarzen Gemälde Goyas hat.

Im nächsten Absatz begegnen wir Maggie zum ersten Mal. «Ein kleines zerlumptes Mädchen», Jimmies jüngere Schwester, Tochter des Grobians mit dem Henkelmann und der Pfeife aus Apfelbaumholz. Sie ist auf der Straße vor dem Gebäude und zieht ihren zappelnden, widerspenstigen kleinen Bruder Tommie hinter sich her, und als sie ihn ungeduldig am Arm reißt, fällt er aufs Gesicht und brüllt. Sie zerrt ihn wieder hoch, und dann sieht sie ihren Vater und Jimmie herankommen. Beunruhigt vom Zustand des «blutbedeckten Jungen», geht sie zum Angriff über:

6 Die hier von Auster bemerkte Doppeldeutigkeit lässt sich im Deutschen nicht wiedergeben. (A. d. Ü.)

«Dauernd prügelste dich, Jimmie, dabei weißte doch, wie sehr Mutter sich ärgert, wenn du halb tot nach Hause kommst. Dann werden wir alle verdroschen.»

Sie fing an zu weinen. Bei der Aussicht auf Prügel warf das Baby den Kopf zurück und brüllte.

«Ach, was zum Teufel!», schrie Jimmie. «Halt's Maul, sonst kleb ich dir eine. Verstehste?»

Als seine Schwester weiter lamentierte, fluchte er plötzlich und schlug zu. Das kleine Mädchen taumelte zurück, und als sie sich wieder gefasst hatte, brach sie in Tränen aus und verwünschte ihn stammelnd. Während sie langsam zurückwich, rückte ihr Bruder vor und ohrfeigte sie. Das hörte der Vater und drehte sich um.

«Lass das, Jim, hörst du? Lass deine Schwester auf der Straße in Frieden. Kann ich dir denn nie Verstand in deinen Holzschädel bimsen?»

Demnach darf Jimmie seine Schwester also schlagen, nur nicht draußen, wo andere es sehen können. Auf den ersten Seiten hat Crane uns mit der Brutalität seiner Welt bekannt gemacht. Jetzt zeigt er uns ihre Heuchelei. Auf den folgenden Seiten kommt ihr Selbstmitleid hinzu, verkörpert durch Maggie und Jimmies Mutter. Eine mörderische Kombination – Brutalität, Heuchelei und Selbstmitleid –, die am Ende die Seele zerstört und angeblich zivilisierte Menschen zu Wilden macht. Aber dies ist der Boden, auf dem die Bewohner der Rum Alley von einer Generation zur anderen heranwachsen, und das Erschreckendste daran ist die all dem innewohnende zwingende Logik, die dafür sorgt, dass es immer so weitergeht.

Der Vater und die drei Kinder gehen ins Haus, steigen die düstere Treppe hinauf, gehen durch «kalte, finstere Flure», und «zuletzt stieß der Vater eine Tür auf, und sie betraten eine erleuchtete Stube, in der eine beleibte Frau herumfuhrwerkte».[7]

Rampant bedeutet 1. «um sich greifend, wild wuchernd», 2. «zügellos, ausschweifend, unbeherrscht».

Auf den Hunderttausenden, wenn nicht Millionen Seiten, die ich im Lauf meines Lebens gelesen habe, bin ich außerhalb von Cranes *Maggie* nicht ein einziges Mal auf irgendeine Romanfigur gestoßen, die als «rampant» charakterisiert wurde. Und doch ist das Wort hier angemessen, so fein auf die Frau abgestimmt, dass man sich kaum einen treffenderen Ausdruck denken kann.

Von allen menschlichen Wilden in *Maggie* ist die Mutter die wildeste, die unaufhaltsamste, die furchterregendste. Kaum erblickt sie Jimmies ramponiertes Gesicht und begreift, dass er sich wieder einmal geprügelt hat, stürzt sie auf ihn los; bei dem Gerangel wird der kleine Tommie umgestoßen und schlägt sich am Tisch die Schienbeine an. Sie bekommt Jimmie zu fassen, «schüttelte ihn durch, bis er röchelte», und zerrt ihn zu einem «abscheulichen Spülbecken», wo sie seine Wunden so heftig abzuschrubben beginnt, dass er vor Schmerz schreit. Der Vater, ungehalten über Jimmies Gebrüll, sagt ihr, sie soll das lassen. Sie ignoriert ihn, schrubbt das Gesicht des Jungen noch wütender als zuvor, und als sie fertig ist, schleudert sie den doppelt geschlagenen Jimmie in eine Zimmerecke. «Die Frau stemmte die riesigen Pranken in die Hüften und trat mit den Schritten eines Häuptlings auf ihren Mann zu.»

Mit den Schritten eines Häuptlings: Der Ausdruck bestätigt aufs Neue, dass wir uns streng genommen nicht ausschließlich im New York der 1890er befinden, und lässt zudem keinen Zweifel daran aufkommen, wer in diesem Haushalt das Sagen hat.

7 «a lighted room in which a large woman was rampant» heißt es bei Crane, wörtlich also etwa «... Stube, in der eine beleibte Frau grassierte». (A. d. Ü.)

Mann und Frau streiten sich. Sie sagt, er soll sich aus ihren Angelegenheiten heraushalten, er wirft ihr vor, sie sei betrunken, und jeder Satz ihrer «grässlichen Auseinandersetzung» wird *kreischend, brüllend* oder *fluchend* ausgestoßen. Das Baby versteckt sich unter dem Tisch, Maggie schleicht zu Jimmie in die Ecke, die Frau geht als «Siegerin» aus dem Streit hervor, der Mann schnappt seinen Hut und stürzt aus der Wohnung, «offenbar zu einem Rachetrunk entschlossen». Die Frau keift vom Treppenabsatz hinter ihm her.

Und dann gelingt Crane ein Wunder, ein Satz, der so gut ist – und so unerwartet –, dass er allein in einem Absatz steht: «Dann kam sie zurück und brachte die Stube in Wallung, bis ihre Kinder wie Wasserblasen umhersprudelten.»

Die Mutter bereitet das Abendessen, «keuchend und schnaufend in eine Dampfwolke» gehüllt; dann, am Tisch, fallen die Kinder über das fettige Essen her, Jimmie «mit fieberhafter Hast», aber «Maggie ... schielte umher und schlang wie eine gejagte kleine Tigerin».

Hier nun verfällt die Mutter zum ersten Mal in Selbstmitleid, wie noch oft im weiteren Verlauf des Buches.

> Nach einer Weile schlug ihre Stimmung um, und als sie den kleinen Tommie in ein anderes Zimmer trug, begann sie zu weinen. Dann kam sie zurück und wimmerte am Herd vor sich hin. Auf einem Stuhl schaukelte sie hin und her, vergoss Tränen und winselte den beiden Kindern jämmerlich etwas von deren «armer Mutter» und «euerm Vater, verflucht sei seine Seele» vor.

Das Kapitel endet jedoch mit neuerlichem Tumult, als Maggie den Tisch abräumt und das Geschirr zur Spüle trägt.

> Jimmie saß da und pflegte seine verschiedenen Wunden. Seiner Mutter warf er verstohlene Blicke zu. Sein geschultes Auge verriet ihm, dass sie aus dem Nebel wirrer Gefühlsregungen allmählich auftauchen würde, bis ihr Hirn in trunkener Hitze entbrannte. Atemlos saß er da.
>
> Maggie zerbrach einen Teller.
>
> Da sprang die Mutter auf, wie von der Tarantel gestochen.
>
> «Gütiger Gott!», zeterte sie. In jähem Hass funkelte sie ihr Kind an. Die glühende Röte auf ihrem Gesicht verfärbte sich nahezu violett. Der kleine Junge rannte hinaus ins Treppenhaus und schrie gellend wie ein Mönch bei einem Erdbeben ...

In diesem Stil, Schlag auf Schlag irrsinnig rasender Wut, geht es dann auch im dritten Kapitel weiter, das damit endet, dass Maggie und Jimmie zusammengekauert in einer Zimmerecke hocken und den «hingestreckten, wogenden Leib» ihrer auf dem Boden schlafenden Mutter anstarren, «denn sie ahnten, dass sie nur aufzuwachen brauchte, und alle Teufel würden aus der Tiefe steigen». Bis hierhin hat Crane unablässig auf den Leser eingeschlagen, aber im vierten Kapitel schaltet er einen Gang zurück. Die ersten Kapitel waren eine Art Prolog, die detailreiche Schilderung eines Tages im Leben der Johnsons, aber jetzt sind Jahre vergangen, und Jimmie und Maggie sind keine Kinder mehr. Das vierte Kapitel und die ersten Absätze des fünften bilden eine Brücke zwischen der Ouvertüre und dem Rest des Buches, sie stehen, was Tonfall, Zweck und Verfahren betrifft, für sich allein, sind aber unentbehrlich, ohne sie würde der Roman uns nicht so aufwühlen, so tief erschüttern, wie er es tut, denn alles, was später geschieht, hängt mit dem zusammen, was wir auf den ersten Seiten erfahren.

Tommie ist gestorben, der Vater ist gestorben, beides wird beiläufig vermerkt, ohne ein Wort darüber, wie oder wann diese Ereignisse eingetreten sind; der Rest von Kapitel vier fasst Jimmies äußere und innere Entwicklung zusammen, kalt und mitleidlos zählt Crane seine Beobachtungen auf wie ein Arzt, der mit dem Skalpell den Körper seines Patienten öffnet, mit ruhiger Hand und wachsamen Blicks, bis auf die Knochen.

> Die unerfahrenen Augen des Jungen hatten sich von frühauf verhärtet. Er wuchs zu einem jungen Mann heran, zäh wie Leder. Ein paar goldene Jahre brachte er ohne Arbeit herum. Während dieser Zeit gefror ihm sein Grinsen ...
>
> Lange Zeit bestand Jimmies Beschäftigung darin, an Straßenecken herumzulungern, die Welt an sich vorüberziehen zu lassen und, wenn hübsche Frauen vorbeigingen, blutrote Träume zu träumen. An Straßenkreuzungen lauerte er der Menschheit auf.
>
> An diesen Ecken war er im Leben und das Leben in ihm. Die Welt pulsierte, und er war da, sie wahrzunehmen ...
>
> Nach einiger Zeit war ihm sein Grinsen so zur zweiten Natur geworden, dass er alles damit bedachte. Er wurde so abgebrüht, dass er an nichts mehr glaubte.

Nach dem Tod seines Vaters wird er Fuhrknecht. Voller Verachtung für nahezu jedermann, insbesondere «offensichtliche Christen» und die Reichen, «weder den Teufel noch die Spitzen der Gesellschaft» fürchtend, richtet sich sein Groll auch gegen Polizisten, die er mit Flüchen überhäuft, wenn er sein Pferdefuhrwerk durch das «Gewimmel und Getümmel der Innenstadtstraßen» lenkt, nur dass sie manchmal, wenn er gar zu ausfällig wird, «zu ihm heraufkletterten, ihn von seinem Kutschbock zerrten und verprügelten». Er mischt sich auch in Streitigkeiten, die im Verkehrsgewühl unter seinen Kollegen ausbrechen, provoziert sie gelegentlich selbst und wird mehr als einmal wegen solcher Raufereien festgenommen. Gegen Ende des Kapitels erfahren wir, dass er zum ersten Mal «als kleiner Junge» verhaftet wurde und mittlerweile ein «ansehnliches Vorstrafenregister» hat, nicht nur wegen Prügeleien mit anderen Fuhrleuten, sondern auch wegen «so mancher allgemeinen Kneipenschlägerei», und einmal, «weil er einen Chinesen angefallen hatte». Sowie: «Zwei Frauen aus verschiedenen Stadtteilen, einander gänzlich unbekannt, bereiteten ihm beträchtlichen Verdruss, indem sie gleichzeitig, in verhängnisvollem Rhythmus, in ein Wehgeschrei über Ehe, Unterhalt und Kinder ausbrachen.»

Es gibt nur eins, das ihn beeindruckt, das ihm Angst macht, nur eins auf der ganzen Welt, das ihn einschüchtert und ihm Respekt abnötigt, und wann immer er dem mit seinem zweispännigen Fuhrwerk in den Straßen der Stadt begegnet, fügt er sich dessen Übermacht und geht ihm aus dem Weg.

> Jimmie bewahrte das Löschfahrzeug als ein Bild des Schreckens in seinem Herzen, das er mit scheuer hündischer Hingabe liebte. Wie man wusste, hatte es sogar Trambahnwagen umgestürzt. Die heranstürmenden Pferde, die in ihrem gestreckten Galopp Funken aus dem Kopfsteinpflaster schlugen, waren unaussprechlich bewundernswerte Geschöpfe. Das Läuten der Glocke traf ihn ins Mark wie das Getöse eines unvergessenen Krieges.

Jimmie ist ein Verbrecher. Zuweilen nicht ganz ohne Mitgefühl, nicht ganz außerstande, gelegentlich, wenn die Sterne einmal richtig am Himmel aufgereiht sind, echte Anteilnahme zu zeigen, aber nicht oft genug, nicht nachdrücklich genug, um dem Porträt zu widersprechen, das Crane im vierten Kapitel von ihm zeichnet, und praktisch sein ganzes Verhalten in dem Roman bestätigt die Exaktheit dieser Diagnose. Wie alle anderen in dem Buch (mit einer Ausnahme) krankt er an der Dreierkombination aus Brutalität, Heuchelei und Selbstmitleid, und wer von diesen Mikroben befallen wird, ist unrettbar verloren. Man denke an die Mutter. Zu Beginn des fünften Kapitels treffen wir sie wieder: Die jetzt verwitwete Mrs. Johnson ist zur stadtbekannten Säuferin geworden: «Allmählich hatte sich der Ruhm der Mutter so weit herumgesprochen, dass sie sich Wortwechsel mit ihren Bekannten unter den Polizeirichtern erlauben konnte», und wenn sie vor Gericht gezerrt wird, belagert sie «die Richterbank mit wortreichen Ausflüchten, Erklärungen, Entschuldigungen und Gesuchen». Dieselbe Frau wie früher, nur schlimmer. Noch immer regiert sie ihren Haushalt als dessen angeschlagenstes Mitglied, eine dem Wahnsinn verfallene, geifernde Monarchin, die sich kein bisschen um ihre Kinder kümmert, nur um sich selbst, aber draußen in der Welt ist sie zum Witz geworden, und das wahre Familienoberhaupt ist jetzt Jimmie.

Nur Maggie bleibt von dem Virus verschont. Nur Maggie ist frei von der Krankheit, die den anderen das Leben aussaugt, aber warum das so ist, wird an keiner Stelle erklärt, nicht einmal angesprochen. Crane bringt sie dar wie ein Opfer. Ohne sie würde es das Buch nicht geben, und doch hat sie, das Opfer im Zentrum des Geschehens, wenig zu ihrer Rechtfertigung zu sagen und bleibt fast die ganze Zeit stumm. Wir dürfen Maggies Gedanken lesen, aber gegen die, die sie am Ende zerstören, kann sie sich nicht verteidigen, und weil sie sich nicht verteidigen kann, kann sie nicht sprechen – oder weil sie nicht sprechen kann, kann sie sich nicht verteidigen. So oder so, man spürt von Anfang an, dass sie dem Untergang geweiht ist. Hier die ersten Absätze des fünften Kapitels:

Das Mädchen, Maggie, erblühte in einem Schlammpfuhl. Sie wuchs zu jenem höchst seltenen, dem exotischen Produkt eines Mietskasernendistrikts heran – zu einer hübschen jungen Frau.

Vom Dreck der Rum Alley schien nichts in ihren Adern zu fließen. Darüber rätselten die Philosophen, treppauf, treppab und auf demselben Flur.

Als Kind, bei Spiel und Streit mit Straßenjungen, hatte der Dreck sie verlarvt, in Lumpen und Schmutz gehüllt, wurde sie nicht wahrgenommen.

Dann aber kam eine Zeit, da die jungen Männer aus der Nachbarschaft bemerkten: «Die kleine Johnson sieht gar nich' so übel aus.» Um diese Zeit sagte ihr Bruder zu ihr: «Mag, das eine sag ich dir. Verstehste? Entweder gehste zum Teufel oder zur Arbeit.» Woraufhin sie zur Arbeit ging, da sie einen weiblichen Widerwillen dagegen hatte, zum Teufel zu gehen.

Durch Zufall bekam sie eine Anstellung in einem Betrieb, der Kragen und Manschetten fabrizierte. Sie erhielt einen Schemel und eine Nähmaschine in einer Halle, in der zwanzig Mädchen in verschiedenen Schattierungen feiger Unzufriedenheit saßen. Den ganzen Tag über hockte sie auf dem Schemel, trat ihre Nähmaschine und fertigte Kragen an ... Abends ging sie wieder nach Hause zu ihrer Mutter.

Einen Wimpernschlag später betritt Pete die Wohnung, und die Geschichte kommt in Gang. Es ist eben der Pete, der grinsende sechzehnjährige Galgenstrick, der die wilde Prügelei im ersten Kapitel beendet hat, mittlerweile ein großspuriger, elegant gekleideter Barkeeper, dessen Kleider aussehen «wie zum Morden geeignete Waffen». Er und Jimmie sind sich vor kurzem wieder über den Weg gelaufen, und jetzt will er den jungen Johnson zum Besuch eines Boxkampfs in Brooklyn abholen. Maggie beobachtet Pete, der auf dem Tisch sitzt und lässig die Beine baumeln lässt; sie ist beeindruckt von seiner knalligen Kleidung und seiner Selbstsicherheit und hält ihn «für einen äußerst eleganten und vornehmen Barkeeper». Als er Jimmie gegenüber damit prahlt, was für einen Spaß es ihm macht, betrunkene Kunden aus seinem Saloon zu werfen, ist sie noch mehr beeindruckt und sieht in ihm «das Idealbild eines schönen Mannes». Crane fügt hinzu: «Ihre undeutlichen Gedanken suchten oft nach fernen Ländern ... Unter den Bäumen ihrer Traumgärten war stets ein Liebender gelustwandelt.» Schließlich nimmt Pete Notiz von Maggie, sieht sie an und sagt: «Hör mal, Mag, von deiner Figur bin ich ganz hin und weg. Die is' einsame Spitze», und als er sich ihrer Aufmerksamkeit sicher ist, setzt er auf seine Prahlereien noch einen drauf und gibt folgende zartfühlende, sein gutes Herz zur Schau stellende Geschichte zum Besten:

> «Neulich treff ich in der Stadt so 'n Idioten», sagte er. «Wollt 'n Freund von mir besuchen. Wie ich über die Straße geh, rennt doch der Idiot – zack! – in mich rein, draufhin dreht er sich um un' sagt: ‹Du unverschämter Rüpel›, sagt er, so in etwa. ‹Himmel›, sag ich. ‹Himmel, scher dich zum Teufel, verzieh dich›, sag ich, so in etwa. Da wird der Kerl fuchsteufelswild. Sagt, ich wär 'n nichtswürdiger Schurke oder so ähnlich, un' sagt, ich wär der ewigen Verdammnis verfallen oder so ähnlich. ‹Himmel›, sag ich, ‹Himmel! Du willst mich wohl auf'n Arm nehmen?›, sag ich. ‹Du willst mich wohl auf'n Arm nehmen?›, so in etwa. Un' dann hab ich ihn vertrimmt. Verstehste?»

Starker Tobak, sollte man meinen. Stark genug, selbst das unerschrockenste Mädchen abzuschrecken, doch Petes Bericht von seinem Zusammenstoß mit dem «Kerl» (mutmaßlich ein reicher Kerl) macht ihn für Maggie nur noch faszinierender. «Hier war ein eindrucksvoller Mann, der die Gewalt einer Welt voller Fäuste geringschätzte. Hier war einer, der für die Macht der Uniformierten nichts als Verachtung empfand; einer, dessen Knöchel trotzig auf den Granit des Gesetzes pochen konnten. Er war ein Ritter.»

Pete ist ein Ritter, und Maggie ist eine Jungfer in Nöten, sie sehnt sich nach dem Ritter, der sie aus dem Kerker ihrer trostlosen Fabrikarbeit befreit und an einen Ort bringt, wo «morgens die kleinen Hügel miteinander singen».

Madame Bovary ernährte sich von Illusionen, die sie in billigen Liebesromanen fand, und wurde von diesen Büchern vergiftet; Don Quichotte wurde von den Büchern, die er las, in den Wahnsinn getrieben. Man weiß nicht, ob Maggie eine Schule besucht hat (davon wird nichts gesagt) oder ob sie überhaupt lesen kann, aber ihre Regungen unterscheiden sich kein bisschen von denen der aus besseren Kreisen stammenden Emma Bovary, und auch wenn es in ihrem Leben keine Bücher gibt, nährt sich ihre Phantasie von Geschichten – fadenscheinigen Märchen, hauchdünnen Traumgespinsten.

Die nun einsetzende Brautwerbung schildert Crane in einer Reihe zunehmend verstörender Episoden, die unausweichlich auf das böse Ende der Romanze zusteuern. Das hübsche arme Mädchen und der galante Barkeeper besuchen abends oder nachmittags diverse Tingeltangel und Theater (alles lebhaft beschrieben, insbesondere, wie Maggie sich mit den Heldinnen der Melodramen identifiziert – noch mehr Märchenstoff zum Träumen), ein Kuriositätenkabinett in der Bowery, wo sie «unterwürfige Missgeburten» begaffen (deren Missbildungen Maggie «ehrfurchtsvoll» betrachtet und die sie «für eine Art auserwähltes Volk» hält), die

Menagerie im Central Park, wo Pete versucht, einen kleinen Affen «zum Kampf mit den anderen, größeren Affen» anzustacheln, und das Museum of Arts (das Metropolitan), wo Maggie sich umblickt und sagt: «Das is' einsame Spitze.» Der Ritter fädelt die Eroberung des unschuldigen, arglosen Fräuleins ein, doch auch im weiteren Fortgang der Romanze behandelt Crane den physischen Aspekt mit äußerster Diskretion, und der einzige Kuss, der überhaupt erwähnt wird, ist der, den Maggie Pete nach ihrem ersten gemeinsamen Abend verweigert. Dass Maggie am Ende dem Rüpelcharme ihres Freiers erliegt, lässt sich nur aus indirekten Andeutungen schließen. Als Folge ihres mutmaßlichen Vergehens wird sie von Mutter und Bruder aus der Wohnung geworfen, kündigt ihren Job in der Fabrik und zieht bei Pete ein (im Text nicht ausdrücklich gesagt, aber unmissverständlich angedeutet). Zu der Zeit ist die Liebelei noch auf dem aufsteigenden Ast, und Maggie schämt sich ihrer veränderten Umstände nicht, wenngleich von «Ehe» nie die Rede war. «Ihr Leben gehörte Pete, und sie fand, dass er der Verantwortung würdig war. Solange Pete sie so vergötterte, wie er es von sich behauptete, würde sie sich von keinen besonderen Ängsten beunruhigen lassen. Wie eine schlechte Frau kam sie sich nicht vor. Eine bessere hatte sie ihres Wissens nie gesehen.» Schon nach drei Wochen beginnt Sir Pete seiner Lady und ihrer «hündischen Anhänglichkeit» überdrüssig zu werden. Als in seinem Leben unerwartet eine alte Flamme wiederauftaucht, eine pompöse, selbstbewusste Prostituierte namens Nellie, von Crane als «Frau von strahlender Schönheit und forschem Auftreten» beschrieben, lässt er Maggie fallen und vergisst sie – als habe sie nie existiert. Er hat nicht einmal ein schlechtes Gewissen. Wie alle anderen, die an der dreifachen Krankheit leiden, ist er ein Meister der Selbstabsolution, denn das Dogma derer, die im Finstern leben, ist über alle Zeiten hinweg unverändert geblieben: Alles, was ich tue, ist richtig – weil ich es bin, der es tut.

Eine tragische Wendung für Maggie, aber die größere, schrecklichere Tragödie des Buches ist nicht, dass Pete sie verführt und sitzenlässt, sondern das unversöhnliche Herz ihrer Mutter, das ebenso eisig wie heiß vor Hass in ihrem Busen schlägt, und da Mary Johnson eine Frau aus Eis und Feuer ist, wendet sie sich, ohne zu fackeln, gegen ihre Tochter und beschimpft sie als ein «Kind des Teufels». Was sollen bloß die Nachbarn denken? Die kleinste Geste des Mitgefühls hätte Maggie gerettet, aber weder sie noch Jimmie haben die Kraft, den tyrannischen Launen der Monarchin die Stirn zu bieten oder ihrer benebelten Selbstgerechtigkeit etwas entgegenzusetzen, und als Jimmies Abscheu sich dann doch einmal in offenem Widerspruch entlädt, geraten er und seine Mutter sich in die Haare und «ringen wie Gladiatoren». Wie Maggie in einem früheren Kapitel bemerkt: «Es hatte den Anschein, dass die Welt dieser Frau sehr übel mitgespielt hatte, und so übte sie bittere Rache an jenem Teil der Welt, der sich in ihrer Reichweite befand. Sie zerschlug Möbel, als verhelfe sie sich damit endlich zu ihrem Recht.» Die *grassierende* Frau zerstört Möbel und prügelt sich mit ihrem Sohn, doch gegen Maggie erhebt sie die Hand nie. Stattdessen tötet sie ihre Tochter langsam mit Worten – und schließlich, um ihr den Rest zu geben, ohne Worte. Und wer, sagt sie, «hätte gedacht, dass so 'n schlechtes Gör in unsrer Familie aufwachsen könnt».

Von Mutter und Bruder verstoßen, dann ein letztes Mal von Pete verstoßen – «Ach, geh zum Teufel!» –, verlässt Maggie den Saloon und irrt durch die Straßen, so bestürzt von dem, was ihr widerfahren ist, dass sie sich nur noch fragen kann: «Wer?» Nicht was oder wie oder wann – nur wer, denn jetzt, da sie in der Tinte sitzt und keinen Ausweg mehr sieht, beginnt sie sich von sich selbst abzulösen, oder eher noch sich in nichts aufzulösen. Schließlich begegnet sie einem beleibten Mann «mit Zylinder und schlichtem schwarzem Rock», in dem sie einen Geistlichen erkennt. «Das Mädchen hatte von der Gnade Gottes gehört und beschloss, den

Mann anzusprechen», aber der wohlwollend aussehende Bote des Herrn weicht ihr mit einer «konvulsivischen Bewegung» aus und geht weiter, ihm liegt mehr daran, seine «Wohlanständigkeit» zu wahren, als den Versuch zu unternehmen, ihre Seele zu retten. «Wie sollte er auch wissen, dass da eine Seele vor ihm stand, die der Rettung bedurfte?»

Zu Beginn des nächsten Kapitels, des siebzehnten, sind mehrere Monate vergangen. Maggie, jetzt «ein Mädchen aus den geschminkten Kohorten der Stadt», streift in einer regennassen Nacht durch die Straßen, während Theaterbesucher auf die «sturmgepeitschten Gehsteige» strömen. Das Kapitel ist nur fünf Seiten lang, aber es ist das beste Kapitel des Buches, eine Tour de Force, in der es einer brillanten formalen Idee und der nahezu perfekten Ausführung dieser Idee gelingt, mit wenigen knappen Strichen eine Vorstellung von dem harten, einsamen Leben eines Straßenmädchens zu vermitteln. Mit großem moralischem Verständnis, aber auch mit großem künstlerischem Scharfsinn verzichtet der junge Autor darauf, auch nur ein einziges Mal auf diesen Seiten Maggies Namen zu erwähnen. Das Gewerbe, dem sie jetzt nachgeht, hat ihre Identität ausgelöscht, sie ist zu einer anonymen, kaum noch existierenden Gestalt geworden, die es nicht mehr verdient, die Würde eines Namens zu tragen, und so wird sie hier durchweg nur «das Mädchen» genannt. Und Crane unterfängt sich auch nicht, uns zu erzählen, was sie denkt, wie er es in den früheren Kapiteln regelmäßig getan hat. Bilder leisten die Arbeit für ihn, und weil diese Bilder so präzise in Worte gefasst sind, versetzen sie uns in einen Zustand gesteigerten visuellen Bewusstseins, einer Ultra-Visualität, könnte man sagen, woraus sich, wie bereits an anderer Stelle bemerkt, eine gespenstisch filmische Wirkung ergibt. Plötzlich läuft vor unseren Augen ein unfassbarer, anachronistischer Film ab, und als Maggie ihren langsamen Weg in den Tod antritt, folgen wir ihr, folgen dem Gang ihres Lebens auf der Straße in einer Reihe von elf harten Schnitten, sehen sie von einem potenziellen Kunden zum nächsten gehen, einer zerlumpter und ärmer als der andere, und ob das alles in dieser einen Nacht geschieht oder in mehreren aufeinander folgenden Nächten, ist nicht von Belang, denn wir durchleben es im Jetzt der Bilder, die Crane uns hinstellt, genau wie Filme immer im Jetzt erlebt werden, ganz gleich, ob sie in der Zukunft oder in der Vergangenheit spielen, und hier kommt der erste Kunde dieser Nacht, ein «hochgewachsener junger Mann, der mit erhabener Miene eine Zigarette rauchte», eine Chrysantheme im Knopfloch seines Abendanzugs, erst gelangweilt, dann interessiert dreinblickend, dann jäh das Interesse verlierend, als das Mädchen näher kommt und er feststellt, «dass sie weder neu noch Pariserin noch Schauspielerin» ist, womit der Absatz endet und Crane unvermittelt zum nächsten Mann übergeht, einem «stämmigen Gentleman mit pompösem philanthropischem Backenbart», dessen breiter Rücken «des Mädchens spottet», als er an ihr vorbeigeht, und schon kommt der nächste, «ein verspäteter Mann in Geschäftskleidung», der sie in seiner Hast anrempelt, sich entschuldigt, «Kopf hoch, altes Mädchen!» sagt und weiterhastet, und der nächste, «ein junger Mann in leichtem Mantel und Melone», der ihre Blicke mit spöttischem Lächeln erwidert und sagt: «Na, na, alte Dame. Sie wollen mir doch nicht etwa weismachen, dass Sie mich für einen Grünschnabel halten?», und der nächste, «ein Arbeiter mit Bündeln unter den Armen», der auf ihre Anrede (die nicht verzeichnet ist) mit der freundlichen Bemerkung reagiert: «Schöner Abend, nich'?», und der nächste, «ein vorübereilender Bursche ... die Hände im Mantel vergraben», der ihr Lächeln mit einem Lächeln erwidert, dann abwinkt und sie auf einen anderen Abend vertröstet, und der nächste, «ein Betrunkener, der ihr in den Weg torkelte» und brüllt: «Hab kein Geld nich', verdammt!», und der nächste, «ein Mann mit fleckigem Gesicht», und der nächste, «ein zerlumptes Wesen mit unsteten, blutunterlaufenen Augen und schmutzigen Händen».

Dann wieder ein Schnitt, und das Mädchen bewegt sich allein «in die Schwärze des letzten Häuserblocks». Kurz bevor sie den Fluss erreicht, erblickt sie vor sich «eine große Gestalt».

> Sie ging weiter und erkannte einen feisten, fetten Mann in zerrissenen und speckigen Kleidern. Seine grauen Haare fielen ihm widerspenstig in die Stirn. Seine kleinen, trüben Augen, die aus dicken Wülsten geröteten Fetts funkelten, glitten gierig über das nach oben gewandte Gesicht des Mädchens. Er lachte, und unter einem grauen Schnauzbart, von dem Biertropfen troffen, schimmerten unregelmäßige braune Zähne. Sein ganzer Körper zitterte und zuckte sacht wie der einer toten Qualle. Kichernd und grinsend folgte er dem Mädchen aus dem Heer der purpurrot Angemalten.

Was dann passiert, bleibt vollständig im Dunkeln. Crane verschweigt, was zwischen dem Ende dieses Absatzes und dem Anfang des nächsten geschieht, mit keinem Wort sagt er, was dort stattgefunden hat, sondern springt unvermittelt zum letzten Bild des Kapitels. Hier ist eine Lücke, es bleibt dem Leser überlassen, sich vorzustellen, wie Maggie zu Tode gekommen ist. Hat das abstoßende Scheusal sie ermordet? Oder hat sie sich im Fluss das Leben genommen? Wir werden es nie erfahren. Sicher ist nur, Maggie ist tot, und gestorben ist sie außerhalb des Blickfelds der Kamera, oder genauer, in dem leeren Raum zwischen zwei Sätzen, und das macht es umso furchtbarer, weil wir gezwungen sind, es uns selbst auszumalen. Fest steht, dass Maggie und das Scheusal in den ersten Worten nach dem letzten Schnitt noch anwesend sind – aber was dann? «Zu ihren Füßen» – und dieses «ihren» ist im Plural zu verstehen ...

> Zu ihren Füßen tauchte in tödlichem Schwarz der Fluss auf. Eine versteckte Fabrik sandte einen gelben Lichtschein aus, der einen Augenblick lang das Wasser erleuchtete, welches ölig plätschernd gegen Holzplanken schlug. Schwach drangen die mannigfachen Geräusche des Lebens, durch Entfernung und scheinbare Unnahbarkeit fröhlich geworden, herüber und erstarben zur Stille.

Ölig ist kein ungewöhnliches Wort, klingt hier aber seltsam unpassend. Spricht man das englische Wort *oilily* laut und oft genug vor sich hin, nimmt es den Klang einer Wehklage an.

Die letzten zwei Kapitel dienen als zweifacher Epilog.

In Kapitel achtzehn hockt Pete mit einem halben Dutzend Prostituierter in einem Saloon, lässt sich volllaufen, bis er «das gesamte All ins Herz» schließen möchte, und lallt immer wieder und zunehmend vernuschelter «Ich bin 'n guter Kerl, Mädels», zankt sich zwischendurch mit dem Kellner, erklärt Nellie, der «Frau von strahlender Schönheit und forschem Auftreten», er sei in sie vernarrt, zieht Geld aus der Tasche und legt es zum Beweis seiner edlen Absichten auf den Tisch, denn er ist ja so ein «gu'er Kerl», und sinkt schließlich besinnungslos zu Boden. Nellie steht auf, stopft sich das Geld in die Tasche, blickt auf den am Boden schnarchenden Pete hinab und sagt: «Was für ein verdammter Narr.» Und entschwindet in die Nacht.

Zu Beginn des neunzehnten Kapitels hat es den Anschein, als habe Crane den Schauplatz seines Romans gewechselt und mache uns mit einer neuen Figur bekannt. «In einer Stube saß eine Frau am Tisch und mästete sich wie ein fetter Mönch auf einem Gemälde.» Wer ist diese Frau, und warum wird sie mit einem Mönch verglichen? Ein Mönch ist keine Frau, sondern ein Mann, und warum der Zusatz «Mönch auf einem Gemälde»? Auf welches Gemälde bezieht sich Crane, und was hat das mit der Geschichte zu tun, die wir gelesen haben? Ich kann nur spekulieren, aber mir scheint, dass er hier, zu Beginn der letzten Szene des Buches, die Handlung aus dem New York der Gegenwart heraushebt und wieder einmal ein früheres Zeitalter beschwört, eines, in dem, zum Beispiel, fette Mönche an Tischen saßen und Berge von Essen in sich hineinstopften, und da Crane nie einen leibhaftigen Mönch gesehen hat, nur solche auf Renaissancegemälden im Metropolitan Museum, sind ihm zum Thema Mönch diese Bilder eingefallen. Aber warum ein Mönch und nicht eine Nonne? Weil es keine Gemälde von fetten Nonnen gibt, die sich mit Essen vollstopfen. Der fette Mönch ist ein Stereotyp, ein Klischee, und da dieser Satz am Anfang des Kapitels steht, als Absatz für sich allein vom Folgenden abgetrennt, als isoliertes Bild, bringt Crane uns dazu, es anzusehen, *als wäre es ein Gemälde*, genauso, wie er Maggie in der letzten Nacht ihres Lebens in einer Reihe isolierter, zusammenhangloser Bilder porträtiert hat. Zuallererst die Kraft des Bildes – uns sehen zu lassen, was wir betrachten, und genau zu betrachten, was wir sehen –, und wenn wir dann erfahren haben, dass es sich bei der Frau um Maggies Mutter handelt, begreifen wir, Crane hat ihr das Geschlecht genommen, sie ihrer Weiblichkeit beraubt und sie zu einem Wesen gemacht, das keine Kinder bekommen kann. Sie ist zum Mann geworden, und nicht zu irgendeinem Mann, sondern zu einem Mönch, einem Mann, der das Gelübde der Ehelosigkeit abgelegt hat und keine Kinder zeugen darf, einem Mann, der nach gängiger Überlieferung seinen Geschlechtstrieb mit den Freuden der Völlerei sublimiert, und damit entpuppt sich Cranes Kunstgriff, Maggies Mutter in einen zölibatären, gefräßigen Mann zu verwandeln, als Anklage gegen eine lieblose, unnatürliche Mutter, eine Mutter, die ihre Tochter in den Tod gehetzt hat, weil sie die Pflichten der Mutterschaft nicht auf sich nehmen wollte.

Früher im Buch wurde bereits Jimmie mit einem Mönch verglichen («Der kleine Junge rannte hinaus ins Treppenhaus und schrie gellend wie ein Mönch bei einem Erdbeben»), und jetzt, im zweiten Satz des letzten Kapitels, betritt Jimmie das Zimmer und steht vor seiner Mutter, die lediglich als «die Frau» bezeichnet wird, so wie Jimmie lediglich als «der Mann», in diesem Fall als «schmuddliger, unrasierter Mann», und im dritten Satz sagt der Mann zu der Frau: «Nun haste's. Mag is' tot.»

> «Was?», fragte die Frau, den Mund voller Brot.
> «Mag is' tot», wiederholte der Mann.
> «Den Teufel isse», sagte die Frau. Sie setzte ihre Mahlzeit fort. Als sie ihren Kaffee ausgetrunken hatte, begann sie zu weinen.

Das ist höchst erstaunlich. Hundert Dinge geschehen in diesen acht kurzen Sätzen, und sie geschehen so schnell, dass es nahezu unmöglich ist, ihrer beim ersten Lesen habhaft zu werden. Crane ist ein Schriftsteller, dessen Werk langsam und bedächtig gelesen werden will, Satz für Satz, mit kurzen Pausen zwischen den Sätzen, um sie in ihrer ganzen Tragweite zu erfassen. Die Prosa wirkt zuweilen abgehackt und planlos mit ihren unvorhersehbaren Sprüngen, die eher verblüffen und weh tun als bezaubern, und da sie nicht den Zauber entfalten, der von den großen, mächtig dahinströmenden Romanen früherer Jahrzehnte ausgeht, von Werken eines Dickens oder Balzac oder Tolstoi, kann man es sich mit Cranes Büchern nicht auf dem Sofa gemütlich machen. Crane liest man am besten kerzengerade auf einem Stuhl.

Im nächsten Satz ergeht sich die heulende Frau in einem weiteren Anfall von Selbstmitleid. Ohne eine einzige Frage danach zu stellen, wie ihre Tochter gestorben ist, beginnt sie die Rolle der trauernden Mutter zu spielen. Es ist eine Vorstellung, und als ihre Nachbarinnen sich in die Wohnung drängen, um der Show zuzusehen, fabuliert «die Frau» von den «gestrickten Stiefelchen», die Maggie als Säugling getragen hat. Ihre Schauspielerei ist so überzeugend, dass die anderen sie tatsächlich bedauern und Verständnis dafür aufbringen, welches Leid es mit sich bringt, Mutter eines ungehorsamen Kindes zu sein, und bald weinen auch sie, ein Dutzend Frauen, die da weinen und jammern, jede in einer anderen Tonlage, ein Chaos von Tränen und Stöhnen erfüllt die Stube, bis eine schwarz gekleidete Miss Smith neben dem Stuhl der Trauernden auf die Knie fällt und sie anfleht, ihrem bösen Mädchen zu vergeben.

> «Du wirst ihr verzeihen, Mary! Du wirst deinem bösen, bösen Kind verzeihen! Ihr Leben war ein Fluch, und ihre Tage waren düster, und du wirst deinem bösen Mädchen verzeihen! Sie ist dorthin gegangen, wo ihre Sünden gerichtet werden.»
>
> «Sie ist dorthin gegangen, wo ihre Sünden gerichtet werden», riefen die anderen Frauen wie ein Chor bei einem Begräbnis.
>
> «Der Herr hat's gegeben, der Herr hat's genommen», sprach die Frau in Schwarz und hob die Augen zu den Sonnenstrahlen.
>
> «Der Herr hat's gegeben, der Herr hat's genommen», respondierten die anderen.
>
> «Du wirst ihr verzeihen, Mary!», flehte die Frau in Schwarz. Die Trauernde versuchte zu sprechen, doch ihre Stimme versagte. Verzweifelt, in Seelenqualen, schüttelte sie die massigen Schultern. Heiße Tränen schienen ihr zitterndes Gesicht zu versengen. Schließlich kam ihr die Stimme wieder und erhob sich wie zu einem Schmerzensschrei.
>
> «O ja, ich werde ihr verzeihen! Ich werde ihr verzeihen!»

Die Heuchelei ist so krass und entlarvend, dass sie ans Groteske grenzt, ans Lächerliche. Aber Cranes bitteres Ende hat eine solche Kraft, dass einem das Lachen tief im Hals stecken bleibt.

8

Mit einem Augenzwinkern in Richtung William Makepeace Thackeray nannte Crane die Pension in der Avenue A den Pendennis Club. In Thackerays Roman geht ein vaterloser Junge vom Lande nach London und wird Schriftsteller, und jetzt, da der vaterlose amerikanische Junge die heimatliche Küste verlassen hatte und mit nichts im Gepäck als seiner Feder in der Tasche und einer Handvoll Pennys im Geldbeutel in seiner Großstadt angekommen war, wollte auch er Schriftsteller werden – *und ganz selbstverständlich ein großer.* Den Rest des Jahres 1892 und bis in die ersten Wochen von 1893 hinein arbeitete er in dem Zimmer, das er mit Fred Lawrence teilte, an seinem ersten Kurzroman, ging zwischen einzelnen Sätzen ans Fenster und sah auf den East River und Blackwell's Island hinaus, eine langgestreckte, schmale Insel, auf der ein Krankenhaus, eine Irrenanstalt und ein Gefängnis standen.[8] Die Welt lag vor ihm und wollte gesehen werden, und er war auf der Welt, um darüber zu schreiben, und so baute er dieses Gefängnis in die Anfangsszene seines Buches ein, als Hintergrund zu der Schlägerei zwischen den Kindern von Rum Alley und Devil's Row: «Aus dem Schatten eines grauen, bedrohlich wirkenden Gebäudes drüben auf Blackwell's Is-

■ 8 1921 umbenannt in Welfare Island, 1971 in Roosevelt Island.

land löste sich ein Lindwurm gelber Sträflinge und kroch langsam das Flussufer entlang.» Als kein Jahr nachdem Crane diesen Satz geschrieben hatte, die Börsenpanik von 1893 die amerikanische Wirtschaft in den Abgrund riss und Millionen ihre Arbeit verloren, wurde Emma Goldman in eben dieses Gefängnis gesperrt, weil sie eine Menschenmenge auf dem Union Square aufgefordert hatte: «Geht in die Straßen, wo die Reichen wohnen, und verlangt Arbeit, und wenn sie euch keine Arbeit geben, verlangt Brot, und wenn sie euch weder Arbeit noch Brot geben, nehmt euch das Brot.» So war das damals. Und so war die Stadt, in der Crane während der schlimmen Jahre mit wenig zu essen und praktisch mittellos lebte. Seine Nichte Helen R. Crane äußerte die Ansicht, diese entbehrungsreiche Zeit habe seine Gesundheit zerrüttet und ihn am Ende das Leben gekostet.

Dennoch, die Stadt stand ihm offen, und er nahm, was er bekommen konnte. Lawrence zufolge besuchten er und Crane regelmäßig die Vergnügungsstätten an der Bowery, «damals in der Blütezeit ihres vielfarbigen Lebens», aber auch den Atlantic Garden und Blank's, wo sie «zum Preis von ein paar Glas Bier gute Musik und annehmbare Varietédarbietungen genießen konnten», Koster & Bial's «riesigen Tingeltangel» an der 23rd Street und Tanzvorführungen der berühmten Carmencita (wenig später von Edison in einer der ersten Filmaufnahmen der Welt auf Zelluloid gebannt) und Loie Fullers, einer legendären Tänzerin der Folies Bergère, die zum Inbegriff der Art nouveau wurde. Einige dieser Lokale, oder ihnen sehr ähnliche, fanden ihren Weg in *Maggie*, aber Lawrence war nicht der Einzige, der Crane auf seinen nächtlichen Ausflügen begleitete; neben Operetten in beliebten Varietés standen auch Opern, Liederabende und Konzerte auf Cranes Programm, und dazu kam seine wachsende Leidenschaft für das Theater, der er so oft frönte, wie seine kargen Mittel es zuließen. Binnen eines Jahres nach seiner Ankunft hatte er «Some Hints for Play-Makers» (Hinweise für Stückeschreiber) zu Papier gebracht, eine Humoreske, die nur von jemandem stammen konnte, der allzu viele Schmierenkomödien über sich ergehen lassen musste («Zweiter Hinweis: ‹Ein Gesellschaftsstück. Wählen Sie den Titel nach Belieben, Hauptsache, er hat keinerlei Beziehung zu Ihrem Drama›»), aber wenn er einmal ein gutes Stück sah, war er begeistert. Aus einem Brief an Garland, nach einer Vorstellung von Gerhart Hauptmanns *Hannele* im folgenden Frühjahr: «... als unverantwortliche künstlerische Leistung ist es großartig. Ich saß da, hingerissen und bebend.»

Als *Maggie* fertig war, folgte Crane dem Rat Garlands und Johnsons und schickte das Manuskript an Gilder und Hitchcock. Gilder, Herausgeber des *Century Magazine* und Fürsprecher einer Reform des Mietrechts, der Cranes Vater gekannt und die Familie während Cranes Kindheit gelegentlich besucht hatte, war von der Sprache des Buches entsetzt und lehnte es ab. Hitchcock, der später mehrere von Cranes Büchern verlegte, sagte Johnson, der Junge habe «wirklich was auf dem Kasten», lehnte den Roman aber wegen geringer Verkaufsaussichten ebenfalls ab. Ob Crane das Manuskript auch anderen Verlagen zeigte, ist unklar, aber falls ja, erhielt er nur abschlägige Bescheide. Ihm blieben nur zwei Möglichkeiten: entweder das Buch in der Schublade verschwinden lassen oder privat veröffentlichen.

Whitman hatte das mit *Leaves of Grass* getan, Melville hatte es mit seiner späten Gedichtsammlung getan, und jetzt folgte Crane ihrem Beispiel und reihte sich in das Heer der Selbstverleger ein – eine ehrwürdige, wenn auch mit Risiken behaftete Tradition. Wer diesen Weg beschreitet, kann unter Umständen sein geknicktes Ego wieder aufrichten, wird aber in der Regel bald feststellen, dass der Weg verhext ist und jeden, der ihn einschlägt, unsichtbar macht.

William, der Mann mit den vielen Töchtern, half Crane mit einem letztlich für ihn selbst vorteilhaften Arrangement, das Geld für die Druckkosten aufzutreiben. Es ist möglich, dass er auch aus eigenen Mitteln etwas dazu beitrug, aber das ist reine Spekulation. Gefallen würde es mir allerdings, wenn auch nur, weil man einem Mann, der so mutig einem Lynchmob entgegentrat, gern eine gute Tat zutraut; andererseits war William in Geldangelegenheiten streng und unnachgiebig wie eine gutgeölte Rechenmaschine, und ich kann mir auch vorstellen, dass er mit seinem kleinen Bruder harte Verhandlungen führte, nicht mit unredlichen Absichten, sondern weil es seiner Natur entsprach. Sein Vorschlag lautete, Crane solle ihm seinen siebtel Anteil am Haus ihrer Mutter sowie die geerbten Bergwerksaktien zum Tageswert abtreten und dafür im Gegenzug Bargeld erhalten. Crane, der für Finanzielles kein Talent besaß (Geld rann ihm bis ans Lebensende durch die Finger), dachte nur an sein Buch und akzeptierte Williams Bedingungen. Statt sich bei verschiedenen Druckereien nach den Druckkosten für ein so kleines Buch wie das seine zu erkundigen, ging er spontan zu der einzigen, die er kannte, eine Druckerei an der Sixth Avenue, an der er auf seinen Streifzügen durch die Stadt oft vorbeigekommen war. Lawrence zufolge «wurde ihm ein Preis genannt, den er ohne Umstände akzeptierte». 869 Dollar: weitaus mehr als das Übliche. Und Crane ärgerte sich auch nicht, als ihm der Drucker nach Lektüre des Buches mitteilte, dass der Name der Firma – aus christlichem Anstandsgefühl – nicht auf der Titelseite erscheinen werde, was bedeutete, dass Cranes selbstveröffentlichtes Buch faktisch von niemandem veröffentlicht wurde. Es schien ihm gleichgültig zu sein. Er hatte sein Erbe gegen die Chance auf Veröffentlichung eingetauscht, und weil er gar keine andere Chance hatte, legte er das Geld ohne großes Nachdenken auf den Tisch.[9]

■ 9 Das Manuskript gelangte ohne professionelles Lektorat an den Drucker und enthält zahlreiche Druckfehler und Irrtümer – grammatikalische Unstimmigkeiten, falsch gesetzte Satzzeichen und orthographische Fehler (wie *grimey* statt *grimy*). Um das Original nicht

Anderes hingegen war ihm nicht gleichgültig. Er fürchtete, sich mit dem Buch den Zorn seiner Familie zuzuziehen und womöglich sogar wegen Verstoßes gegen die Sittengesetze festgenommen zu werden (wie Freunde ihn warnten), weshalb er sich ein Pseudonym ausdachte und das Buch unter dem Namen Johnston Smith veröffentlichte. Wie er gerade auf diesen Namen kam, ist umstritten, aber seinem Freund Linson zufolge war Cranes Überlegung ganz einfach: «Der gewöhnlichste Name, der mir einfiel. Ein Reporterkollege von mir hieß Johnson, dem habe ich ein ‹t› eingefügt, und unter den Scharen von Smiths konnte mich niemand aufspüren.» Johnson selbst zufolge fand Crane heraus, dass Smith und Johnson die häufigsten Namen im New Yorker Einwohnerverzeichnis waren, und fügte das «t» hinzu, um übereifrige Schnüffler vollends von seiner Fährte abzulenken. Post Wheeler wiederum erinnerte sich, er habe Crane das Pseudonym vorgeschlagen – im Scherz. Von wem die Idee «Johnson-Smith» tatsächlich stammt, ist heute nicht mehr wichtig, aber aufmerksame Leser werden bemerken, dass unter den wenigen im Buch erwähnten Nachnamen (Pete und Nellie, zum Beispiel, treten beide nur mit ihrem Vornamen auf) Johnson und Smith die auffallendsten sind, nämlich Maggie Johnson und Miss Smith, die Frau in Schwarz aus dem letzten Kapitel, die die trauernde Frau anfleht, ihrem «bösen, bösen Kind» zu verzeihen. Ich frage mich, ob Crane sich dieser Überschneidung überhaupt bewusst war. Fest steht jedoch in beiden Fällen – für Crane, den pseudonymen Autor, und für die Figuren im Buch –, dass es sich um Allerweltsnamen handelt, nicht weil es Mr. Smith an Phantasie mangelte, sich markantere Namen auszudenken, sondern weil es ihm widerstrebte, seine Figuren über-

zu verfälschen, haben die meisten späteren Herausgeber von *Maggie* diese Fehler beibehalten.

haupt mit Namen zu versehen, und er sich mit Attributen wie «eine Frau von strahlender Schönheit und forschem Auftreten» wohler fühlte, da er seine Figuren als quasimythologische Wesen sah, als Verkörperung verschiedener menschlicher Eigenschaften, jede zum einen charakterisiert durch ihre eigene eindeutige Persönlichkeit, zum anderen aber auch objektiviert und durchweg aus einer gewissen Distanz beobachtet und beschrieben. Von diesem Ansatz ist in Cranes späteren Werken nichts mehr übrig, aber in diesem frühen Werk ist er deutlich ausgeprägt – so sehr, dass er, der Autor des Buches, einen Namen für sich wählte, den man kaum als Namen bezeichnen möchte, einen Namen, der ihn zu irgendjemand machte, zu irgendeinem Jemand in den Scharen von Smiths.

Ende Februar oder Anfang März lag das fertig gedruckte Buch vor. Elfhundert broschierte Exemplare, der Umschlag gelb mit je drei parallelen roten Streifen oben und unten, dazwischen Titel und Verfasser, rechts oben der Preis: 50 Cent, deutlich teurer als die in dieser Zeit üblichen zehn oder fünfundzwanzig Cent für broschierte Bücher und kein geringfügiger Betrag, wenn man bedenkt, dass ein Dollar damals so viel wert war wie heute achtundzwanzig Dollar. Gelb: die Farbe des Neuen und Radikalen in jener Epoche sich wandelnder künstlerischer Perspektiven, die Farbe der Dekadenz, die Farbe sexuell aufreizender französischer Romane, die Farbe von Aubrey Beardsley, Oscar Wilde und des kurzlebigen, aber unvergessenen *Yellow Book*[10]. 1893, das Jahr von *Maggie*, war auch das Jahr, in dem Knut Hamsuns etwas jüngerer Zeitgenosse Edvard Munch, ein weiterer norwegischer Renegat, *Der Schrei* malte, und Cranes Buch war gelb, weil er selbst sich zu den Renegaten jener Tage zählte. Aber ein Buch muss sich verkaufen oder wenigstens

■ 10 Britische Literaturzeitschrift, erschienen 1894–97. (A. d. Ü.)

in der Presse besprochen werden, um irgendeine Spur in der Welt zu hinterlassen, und *Maggie* verkaufte sich nicht und wurde nicht besprochen. Whitman, 1855 ein erfahrener Journalist, bewarb sein selbstveröffentlichtes Buch mit einer Reihe enthusiastischer Rezensionen, die er selbst verfasst hatte und unter verschiedenen Pseudonymen erscheinen ließ, um die Kunde von seinem Genie zu verbreiten – und verschickte eins der 795 Exemplare der Erstausgabe von *Leaves of Grass* an Ralph Waldo Emerson, pflückte dann einen Satz aus Emersons wohlwollender Antwort und ließ ihn auf den Rücken der zweiten Auflage prägen: «Ich grüße Sie am Beginn einer großartigen Karriere.» Dem viel jüngeren und weniger draufgängerischen Crane fehlte es an Whitmans Reklametalent. Eine einzige Werbemaßnahme fiel ihm ein, wie sein Syracuser Klassenkamerad Frank Noxon berichtet: Crane habe vier Männer angeheuert, «die den ganzen Tag mit den New Yorker Hochbahnen fahren und dort einander gegenübersitzend in dem Buch lesen und es hochhalten sollten, damit die Mitreisenden auf die Idee kämen, die ganze Stadt sei verrückt nach *Maggie*». Der Werbefeldzug brachte nichts, aber immerhin zeigt dieser jämmerliche, komische, kindische Versuch, Interesse an seinem Buch zu wecken, dass Crane kurz nach Erscheinen von *Maggie* noch Hoffnung hatte, das Buch könnte ein Erfolg werden. Die New Yorker Zeitungen blieben stumm. Weltweit erschien nur eine einzige frühe Besprechung – in der *Port Jervis Revue*, der Lokalzeitung von Cranes Heimatstadt. Der Rezensent prophezeite, das Mitleiderregende von Maggies Geschichte werde «von allen empfänglichen Lesern tief empfunden werden».

Garland war einer dieser empfänglichen Leser, und Crane ließ ihm umgehend ein Exemplar des Buches zugehen, das in seiner endgültigen Fassung kaum noch Ähnlichkeit hatte mit dem Manuskript, das Garland sechs Monate zuvor gelesen hatte. Cranes Widmung, die wieder mal einen seiner bizarren Rechtschreibfehler enthält (*f'or* statt *for*), dokumentiert eindrücklich, wie und was er von *Maggie* dachte, und vermutlich auch, was ihm gar nicht richtig bewusst war, er aber unwissentlich in dem Buch zum Ausdruck gebracht hatte.

> *Das Buch wird Dich unweigerlich schockieren, aber nimm Deinen ganzen Mut zusammen und halte bitte bis zum Ende durch. Es versucht nämlich zu zeigen, dass die soziale Umgebung ungeheuer viel zu bedeuten hat und rücksichtslos auf das Leben der Menschen einwirkt. Lässt sich diese Annahme beweisen, schafft man im Himmel Platz für alle möglichen Seelen (insbesondere für das eine oder andere Straßenmädchen), die von vielen vortrefflichen Leuten dort nicht zuversichtlich erwartet werden.*
> *Wahrscheinlich werden Leser dieses kleinen Buches Den Autor für einen schlechten Menschen halten, aber das ficht ihn wenig an, Den*
> *Autor*

Soziale Umgebung, ja, das wird niemand bestreiten und hat Crane bei Generationen von Literaturwissenschaftlern und Kritikern einen Schubladenplatz unter den Realisten, Naturalisten und Deterministen verschafft, aber was ist mit dem «Himmel» und Cranes Überzeugung, Maggie sei jetzt bei den Engeln, ungeachtet der Meinung «vortrefflicher Leute», also der Heuchler, die vorgeblich an Gott glauben, tatsächlich aber an gar nichts, wie zum Beispiel der scheinheilige Geistliche, der ihr aus dem Weg geht? Das Wort «Himmel» öffnet die Tür zu weiterem Nachdenken über die Frage, warum Crane das Buch überhaupt geschrieben hat und warum er sich so sehr zum Leben der armen Stadtbevölkerung hingezogen fühlte. Er wollte kein Reformer sein, interessierte sich wenig für Politik, sah sich nicht als Seelenretter und durchstreifte diese heruntergekommenen Straßen nicht mit der Absicht, sozio-anthropologische Daten über die Sitten und Gebräuche der Eingeborenen zu sammeln. Mein Eindruck ist, er war entsetzt von dem, was er sah – und er verfing sich darin, weil es ihn tief in sich selbst und in die unterirdische Welt des Unbewussten stürzte, in die dunkle, verborgene Sphäre seiner Kindheit und die Religion seiner Eltern. Ein Leben unter den Gefallenen. Nicht nur unter den Ärmsten der Armen, die auf dem Darwin'schen Schlachtfeld des Kapitalismus gefallen waren, sondern auch unter denen, deren Seelen im Königreich eines Gottes gefallen waren, von dem niemand weiß, ob er existiert oder nicht. Deswegen konnte er Garland sagen, Maggie sei im Himmel. Menschen haben Seelen, und unschuldige Seelen werden vom Zorn eines strafenden Gottes verschont – vorausgesetzt, es gibt einen strafenden Gott –, und wenn «vortrefflichen Leuten» ein Platz in dem von ihnen imaginierten Himmel zugedacht ist, dann gibt es dort sicher auch einen Platz für Geschöpfe wie Maggie. Seit seiner Kindheit hat Crane mit der Religion seiner Eltern auf dem Kriegsfuß gestanden. Er hat dagegen rebelliert, sich darüber lustig gemacht, sie abgelehnt, und doch war sie immerzu bei ihm, schwach unter seiner Haut pulsierend, so stetig wie die Luft, die durch seine beschädigte Lunge strömte. Mit *Maggie* begann er zu ergründen, was er als Schriftsteller eigentlich wollte. Von da an beschäftigen sich alle seine wichtigen Prosawerke mit Extremsituationen, mit Angelegenheiten von Leben und Tod: Krieg, Armut und physische Gefahr. Er schrieb auch manches andere, vieles davon sehr gut, aber das Beste entstand immer dann, wenn er Angst hatte, an allen Gliedern schlotterte und kaum wusste, was er tat – oder warum er es tat.

Garland war von dem kleinen Roman beeindruckt und lud Crane zum Essen in der Wohnung West 105th Street ein, die er sich zeitweilig mit seinem Bruder Franklin teilte, einem Schauspieler, der an einem New Yorker Theater mitwirkte. Garland fand, Crane mache einen «beunruhigend blassen und dünnen» Eindruck, doch nachdem das Essen auf den Tisch gekommen war und der junge Mann bei Steak und Kaffee zugelangt hatte, «wirkte er auf einmal ganz anders. Glucksend und singend lief er im Zimmer auf und ab … und sprach ein, zwei Stunden lang ganz unbefangen und klug, immer präzise und mit scharfer Zunge.»

Das klingt, als habe der Junge lange Zeit großen Hunger gelitten.

Garland erwähnt auch, dass Crane «niemals anbot, beim Abspülen des Geschirrs zu helfen». Nicht weil Garland ihn für faul hielt, sondern weil er den Eindruck hatte, Crane sei «jemand, dem die praktischen Dinge des Lebens fernliegen». Daran ist vermutlich etwas Wahres, entspricht es doch unheimlich Coras Bemerkung über den kleinen Crane, wenn er seine Soldaten-Knöpfe auf dem Fußboden herumschob: «die Knöpfe nach dem Spielen nie aufgesammelt».

Etwa um diese Zeit empfahl Garland ihm, *Maggie* nicht nur an Howells zu schicken, sondern auch an eine Reihe bekannter reformistischer Geistlicher und einflussreicher Männer wie Brander Matthews (Schriftsteller und Theaterwissenschaftler an der Columbia), Julius Chambers (Schriftsteller und Zeitungsherausgeber) und John D. Barry (Romancier, Dramatiker und Theaterkritiker für *Harper's Weekly*), allesamt gewichtige Literaten ihrer Zeit, und da Garland der einzige leibhaftige Literat war, den Crane kannte, folgte er seinem Rat. Die Geistlichen reagierten gar nicht. Linson zufolge bemerkte Crane dazu: «Man könnte meinen, das Buch käme direkt aus der Hölle, und sie haben den Gestank gerochen. Nicht einer von ihnen hat von sich hören lassen. Eisberge, CK, Steine!» Die Schriftsteller reagierten nicht ganz so feindselig wie die Kirchenmänner. Die meisten schwiegen sich ebenfalls aus, doch immerhin einige ließen sich von den zugesandten Päckchen zu einer Antwort bewegen – Antworten, die ihn ein wenig über den monumentalen finanziellen Reinfall mit seinem Buch hinwegtrösteten.

Trotz seiner Enttäuschung arbeitete er in dem üblichen hektischen Tempo weiter. Kurz vor oder nach der Veröffentlichung von *Maggie* schrieb er eine leichtfüßige, gut gedrechselte Satire über einen jungen Angestellten bei einem «kleinen Herrenausstatter», der allein auf einem Hocker sitzt und etwas liest, von dem er hofft, es werde sich als schlüpfriger französischer Roman entpuppen, während immer wieder Kunden in den Laden kommen und seine Lektüre unterbrechen. Der junge Angestellte in «Why Did the Young Clerk Swear?» – wieder eine literarische Gestalt ohne Namen – überschlägt siebzehn langweilige, unsexy Kapitel, in denen es um «eine Reihe komplizierter Geldtransaktionen, die Leberflecken am Hals eines Pariser Herrenschneiders, die Herstellung von Brandy, das Milchbein von Silveres Tante, das Leben in den Kohlebergwerken und Szenen in der Abgeordnetenkammer» geht, und konzentriert sich auf Stellen wie «Silvere flüsterte heiser. Er beugte sich vor, bis sein warmer Atem die Locken in ihrem Nacken bewegte», aber als der Angestellte ans Ende des Buches gelangt und feststellen muss, dass es ihm nicht den erhofften Kitzel verschafft, wirft er es ärgerlich beiseite und sagt: «Verdammt!» Die Skizze erschien in der humoristischen Wochenzeitschrift *Truth*, und Crane bekam fünfzehn Dollar dafür. Nach entbehrungsreichen Monaten, in denen er oft nur eine Mahlzeit am Tag und manchmal gar keine gehabt hatte, verpulverte er das ganze Geld für einen Champagnerabend mit ein paar Freunden.

Am selben Tag, an dem diese Skizze in der Zeitung stand, feierte der Pendennis Club anlässlich des Erscheinens von Cranes Buch eine wilde Party. Einer der Teilnehmer ernannte sich selbst zum «Komitee zur Förderung und Erhaltung von *Maggie*» und animierte eine Handvoll Gäste, das Buch zu erwerben, aller Wahrscheinlichkeit nach die einzigen Exemplare von den elfhundert, die jemals

Der Pendennis Club feiert die Veröffentlichung von *Maggie*. Crane rechts im Bild mit Banjo.
(Mit freundlicher Genehmigung der Syracuse University)

verkauft wurden.[11] Lawrence erwähnt, er habe sich «eifrig an der Zubereitung der gewaltigen Menge Punsch beteiligt, die im Zentrum des Geschehens stand»; alle seien «höchst ausgelassen» gewesen und hätten einen solchen Lärm veranstaltet, «dass bald die gesamte Nachbarschaft in den Fenstern hing, um festzustellen, ob es sich um eine Revolte oder eine politische Versammlung handelte». Linson, der ebenfalls zugegen war, erinnert sich an Cranes «Geschrammel» auf einem Banjo und wie «die ‹Indianer› zum rhyth-

■ 11 Das erinnert an das Schicksal von Thoreaus erstem Buch, *A Week on the Concord and Merrimack Rivers*, das ursprünglich in einer Auflage von 1000 Stück erschien. Als der Verlag ihm aus Platzgründen 706 unverkaufte Exemplare zurückschickte, notierte Thoreau am 28. Oktober 1853 in sein Tagebuch: «Meine Bibliothek umfasst jetzt knapp neunhundert Bände, von denen ich mehr als siebenhundert selbst geschrieben habe.»

mischen Stampfen eines Kriegstanzes sangen». Gegen Mitternacht kam die Vermieterin nach oben und erklärte den Sängern, sie vermiete Zimmer an «Gentlemen, nicht an Tiere»; Crane brachte die Meute «heftig hinter sich winkend zum Schweigen und rief durch die geschlossene Tür: ‹Die Tiere bitten um Entschuldigung und werden auf der Stelle in ihre Käfige zurückgehen›, und zu uns: ‹Verschwindet jetzt!›» In einer anderen, von Schoberlin überlieferten Variante der Geschichte soll Crane gesagt haben: «Verschwindet jetzt, um Gottes willen! Sie schmeißt mich raus, wenn ihr Indianer nicht Ruhe gebt. Wir schulden ihr sowieso schon eine Monatsmiete.»

Es gibt ein Foto von diesem Partyabend, eine amüsante Aufnahme und das einzige Bilddokument vom Leben in der Pension an der Avenue A. Sieben junge Männer sitzen oder stehen um einen mit Gläsern, einer Flasche und diversen unidentifizierbaren Gegenständen übersäten Tisch, daneben zwei Menschenskelette mit Tonpfeifen zwischen den Zähnen, zweifellos ausgeliehene Studienobjekte der dort wohnenden Medizinstudenten. Die Skelette geben dem Ganzen eine skurrile Note, man denkt an einen lustigen Pennälerstreich, aber seltsamerweise macht niemand auf diesem Foto einen «höchst ausgelassenen» Eindruck. Alle wenden den Blick ab und wirken irgendwie gedankenverloren, bis auf einen der Stehenden, der vielleicht doch in die Kamera schaut, und einen anderen, der am Boden hockt oder kniet und einen kleinen Zettel studiert (oder liest). Das ist Lucius L. Button, ein guter Freund von Crane, der, mit einem Banjo auf dem Schoß und einer Pfeife in der Hand, rechts neben ihm sitzt. Er hat die Pfeife im Mund, wir sehen die ersten zaghaften Spuren eines Schnurrbarts, und auch er hat nachdenklich den Blick gesenkt. Dennoch, da ist er, im Kreis von Freunden. Für einen, der allgemein als «schweigsam» und «introvertiert» bekannt war, lebte Crane in Gesellschaft durchaus auf und stillte sein Bedürfnis danach im Lauf der Jahre immer wieder aufs

Neue – zum Beispiel, indem er sich am College einer Studentenverbindung anschloss, oder in Baseballmannschaften mitspielte, oder Campingausflüge mit seinen Freunden machte, oder Mitglied verschiedener Clubs wurde –, und wenn er auch nicht viel redete, übte er auf andere offenbar eine magnetische Anziehungskraft aus. Dazu Lawrence in seinen Aufzeichnungen:

> Was seinen außerordentlichen Charme ausmachte, ist schwer zu erklären. Er hatte ein besonderes Talent für Freundschaft, auch wenn sein Kreis nie sonderlich groß war. Seine Anteilnahme war spürbar, auch wenn er sie nicht äußerte. Selbst wenn er lange schwieg, teilte sich das mit. Er besaß ein feines Gespür und konnte sich mühelos in die unausgesprochenen Gedanken seiner Gefährten einfühlen. Kurz gesagt, er war ein geborener, scharfsichtiger Psychologe, er konnte sich in andere hineinversetzen, und dem verdankte er seinen bemerkenswerten Einfluss auf alle, die ihn näher kennenlernten. Wenn er sprach, tat er es mit angenehmer, ziemlich tiefer, schleppender Stimme, gespickt mit kuriosen Redensarten, die er selbst erfunden hatte. Was seine Bekannten so sehr in seinen Bann zog, waren weniger seine Bücher als vielmehr er selbst, der Mensch Stephen Crane.

Vier Tage nach der rauschenden Buchparty des Pendennis Club bekam Crane einen Brief von John D. Barry, die erste echte Reaktion aus den Reihen der Literaten, denen er *Maggie* geschickt hatte. Ich kann mir die Mischung aus Glück und Verzweiflung nur vorstellen, die Crane bei der Lektüre von Barrys Bemerkungen empfunden haben muss. Der Theaterkritiker von *Harper's Weekly* und Mitherausgeber des *Forum* (einer angesehenen Zeitschrift, die sich gesellschaftlichen und kulturellen Themen widmete) beginnt höflich, dankt Crane für die Zusendung des Buches und fügt hinzu, dass er es «mit größtem Interesse» gelesen habe. Ein verheißungsvoller Anfang, dann aber kommt es plötzlich knüppeldick: «Es ist erbarmungslos realistisch und hat seine Wirkung auf mich getan – die Wirkung, nehme ich an, die Sie hervorzurufen wünschten, eine Art Entsetzen. Um offen zu sein, ich habe meine Zweifel, ob so eine Literatur gut ist: sie grenzt ans Morbide, und das Morbide ist immer gefährlich.» Barry kritisiert das Buch dann eine ganze Seite lang als «grausam», «schwarz», «ungesund» und «unerfreulich» und gibt am Ende dieser Litanei seine beschränkte, moralisierende Auffassung von Kunst zu erkennen: «Ich nehme an, Sie möchten die Menschen zum Nachdenken über die schrecklichen Dinge bringen, von denen Sie schreiben. Aber was nützt alles Nachdenken, wenn es nicht zum Handeln führt?» Das ist die Crux von Barrys Einstellung: Kunst, die beim «Schrecklichen» verweilt und nicht zum gesellschaftlichen Handeln beflügelt, ist schlecht für die Seele. Nach weiteren Einwänden gegen Cranes Stil und schmutzige Sprache räumt Barry ein, Crane habe «echtes Talent», und er hoffe, er werde sich «an etwas anderem versuchen». Der herablassende Ton ist erschreckend, aber Barry schließt mit einem freundlichen Angebot: «Ich würde das gern weiter mit Ihnen besprechen und Sie sehr gern einmal kennenlernen. Könnten Sie diese Woche bei mir vorbeikommen?»

Linson erzählt, Barrys Brief habe Crane berührt, weil er «ernsthaftes Interesse» bekunde, aber ich frage mich, wie aufrichtig Crane bei dieser Einschätzung war. Lawrence: «... er behielt jede Enttäuschung oder Abfuhr für sich ... sich eine Kränkung anmerken zu lassen, war anscheinend unter seiner Würde.»

Barry und Crane lernten sich tatsächlich kennen, und kein Jahr später war Barry zum Fürsprecher und Verteidiger von Cranes Gedichten geworden. Er war nicht dumm, aber obwohl er nur fünf

Jahre älter war als Crane, hielt er es mit den Vorstellungen einer älteren Generation, und da er nicht über den Tellerrand dieser Vorstellungen hinausblicken konnte, war es ihm unmöglich zu begreifen, was der junge Schriftsteller sich mit seinem Kurzroman vorgenommen hatte. Dies war der Beginn des «schönen Kriegs», von dem Crane in seinem Brief an Lily Brandon Munroe schrieb: das Alte gegen das Neue, Gestern gegen Morgen, und Barrys Reaktion ist ein gutes Beispiel dafür, womit Crane es als einundzwanzigjähriger Niemand aufgenommen hatte. Er fügte sich nicht ein, und nach den Schlägen, die ihm dieser Brief vom 21. März versetzt hatte, muss er sich ziemlich misshandelt und einsam gefühlt haben, sehr einsam – auch wenn er seine Gefühle mit niemandem teilte.

Sechs Tage später ließ Crane in einem deprimierten Brief an Howells sein bröckelndes Selbstbewusstsein erkennen: «Ich habe Ihnen vor ein paar Wochen ein kleines Buch geschickt ... Da Sie nicht antworten, muss ich annehmen, Sie halten es für ganz schlecht?» Howells entschuldigte sich umgehend, er sei zu beschäftigt gewesen, das Buch zu lesen, «aber nach dem Blick, den ich hineinwerfen konnte, finde ich, Sie sind auf dem richtigen Weg. Wenn ich es gelesen habe, schreibe ich Ihnen wieder.» Howells' zweiter Brief ist nicht überliefert, war aber zweifellos positiv; bekannt ist nur, dass der Brief neben Bemerkungen zu dem Buch auch eine Einladung enthielt: Crane sollte ihn in seiner Wohnung 40 West 59th Street besuchen. Dies war ein entscheidender Augenblick in Cranes Leben, man kann sich kaum vorstellen, was ohne Howells' hilfreiche Geste aus Crane geworden wäre. Bis auf Garland hatten die Zwerge allesamt *Maggie* die kalte Schulter gezeigt, und der Einzige, der es nicht getan hatte, der Einzige außer Garland, der sich die Mühe gemacht und das Buch gelesen hatte, hatte ausgeholt und den Autor niedergeschlagen. Jetzt streckte ein Riese die Hand aus und half Crane wieder auf die Beine.

In einem Anzug, geliehen entweder von seinem Schriftstellerfreund John Northern Hilliard oder von seinem Malerfreund Nelson Greene (jeder der beiden hatte seine eigene Version von der Geschichte), fuhr Crane zu Howells auf die andere Seite der Stadt und blieb dort bis weit in den Abend hinein, erzählte aber seinen Freunden in der Avenue A mit der für ihn typischen Zurückhaltung so gut wie nichts von dem Besuch. Johnson schrieb von der ihm unvergesslichen «strahlenden Miene und strahlenden Laune», mit der Crane ihm gegenüber die Begegnung erwähnte, aber der einzige Bericht über den Abend stammt von Howells selbst – in einem Brief an Cora, geschrieben sieben Wochen nach Cranes Tod und am 18. August 1900 in *Academy* abgedruckt.

> *... Gespräch über seine Arbeit und wie sehr es ihm zusetzte, die Lästerungen niederzuschreiben, von denen ich annahm, sie würden die Öffentlichkeit gegen ihn aufbringen, und über die halbwilden Armen, mit denen er sich in diesem Buch beschäftigt hatte. Er sprach verständig und freundlich von ihnen, insbesondere von dem Schläger, der nur deshalb so sei, weil er das Gefühl habe, «Alles sei gegen ihn» ... Natürlich beeindruckte mich seine Erscheinung fast so sehr wie sein Verstand, und ich bewunderte seine eigenartige, melancholische Schönheit, in der bereits ein Hinweis auf seinen frühen Tod zu ahnen war. Seine Stimme bezauberte mich ebenso wie seine sinnlichen Lippen, die so klug und ironisch lächeln konnten, und seine geheimnisvollen, umwölkten Augen ...*

Der sanfte Monarch der amerikanischen Schriftsteller hatte Crane seinen Segen gegeben, und ob der Besuch bei Howells nun der Auslöser war oder nicht, jedenfalls folgte bald darauf eine Phase, in der er *zur selben Zeit* Verschiedenes schrieb und plante, eine Methode, die es sehr erschwert, genau zu bestimmen, was Crane wann und wann er was gemacht hat, da alle seine Projekte gleichzeitig in ihm brodelten. Fürs Erste, falls es denn das Erste war, machte er Notizen für und schrieb vielleicht ein paar Seiten von *George's Mother*, einer Art Seitenstück zu *Maggie*, dessen Hauptfiguren in einer anderen Etage des Mietshauses in Rum Alley wohnen als die von *Maggie*. Zur selben Zeit rühmte er sich Lily gegenüber in dem zu Anfang des Frühjahrs geschriebenen Brief seines literarischen Erfolgs und schrieb «The Pace of Youth» über die in seiner Phantasie mit ihm durchbrennende Lily. Eines Morgens tauchte Linson im Pendennis Club auf, als Crane gerade an den letzten Absätzen dieser Erzählung feilte. «Stephen saß an einem Fenster, mit einem handtuchartigen Turban um den Kopf. Auf dem Stuhl neben ihm ein Tintenfass, auf seinen Knien Schreibpapier, arbeitete er einfach weiter. Ab und zu warf er mir einzelne Seiten hin ... ich las alles, bis zum Ende. ‹Gefällt's dir?›, fragte er lakonisch. Natürlich gefiel es mir.» Als Linson sich Cranes Kopfbedeckung näher ansah, meinte der: «Das Handtuch? Dieses Ding hat mich nicht schlafen lassen, also bin ich wieder aufgestanden. Habe die ganze Nacht dran gearbeitet. Ich bin ganz allein auf der Welt. Großartig!»

«Dieses Ding» bezieht sich auf die Erzählung. Ob Crane das Handtuch oft auf diese Weise benutzte oder nur dieses eine Mal, lässt sich nicht sagen. Linson ist der einzige Freund, der es jemals erwähnte, aber wer weiß: Vielleicht schrieb S. C. immer mit einem nassen Handtuch um den Kopf, wenn niemand dabei war?

Außerdem beschäftigte er sich in diesem Frühjahr intensiv mit Vorarbeiten für *The Red Badge of Courage*, das zu der Zeit noch keine Gestalt gewonnen hatte, aber schon dabei war, Leben aufzunehmen.

Mitte April wurde das Gebäude an der Avenue A verkauft, und der Pendennis Club zerstreute sich in alle Winde. Crane zog mit seiner Vermieterin, Mrs. Jennie Creegan, in eine andere Pension, verbrachte dann aber auch mehrere Wochen bei Edmund in Lake

View oder schlief, wenn er knapp bei Kasse war, hier und da bei Freunden in der Stadt, meist in den Lofts von Künstlern und Illustratoren in dem alten Gebäude der Art Students League an der East 23rd Street. Im Frühherbst war er praktisch dort eingezogen, in dieses riesige Bauwerk mit «schläfrigen, in verwirrenden Kehren und Kurven verwinkelten Korridoren», wo er sich Zimmer mit verschiedenen jungen und mittellosen, heute vergessenen Künstlern teilte, wie etwa William W. Carroll, Nelson Greene oder R. G. Vosburgh, die aber später anschauliche Berichte über ihre Zeit mit Crane verfassten, die Zeit, in der sein wichtigstes und dauerhaftestes Frühwerk entstand.[12]

Im Juni wurde *Maggie* zum ersten Mal in einem New Yorker Blatt besprochen, in *Arena*, einer Monatszeitschrift mit reformistischen Tendenzen, und der Rezensent war niemand anders als Hamlin Garland. Seine Anfangsbemerkungen bekunden denselben Enthusiasmus, mit dem er Crane ermutigt hatte, das Buch an Howells und die anderen zu schicken, es handele sich, schreibt er, um «die wahrhaftigste und unabgedroschenste Darstellung des Lebens in den Slums, die ich je gelesen habe», es ergehe sich «nicht in konventionellen Phrasen» und gebe «den Dialekt der Slums so wieder, wie ich es noch nie zuvor gedruckt gesehen habe – klar, knapp und direkt. Das Buch gibt diesen Gegenden eine Stimme ... Mr. Crane ist erst einundzwanzig Jahre alt ... und beeindruckt den Leser mit einem schier unbegrenzten Einfallsreichtum.» So weit das Erfreuliche, doch gegen Ende seiner kurzen Besprechung hat Garland auch einige herbe Dinge zu sagen: «Der Erzählung mangelt es an Geschlossenheit. Sie ist nur ein Fragment. Sie befasst sich ausschließlich mit den übelsten Gestalten der Gosse. Der Autor sollte

■ 12 Gegründet 1875, hatte die Art Students League ihren Sitz ursprünglich im Needham Building an der East 23rd Street. 1892 zog sie in die West 57th Street um, aber einige Künstler, darunter auch Cranes Freunde, blieben noch jahrelang in der East 23rd Street.

sich aber auch mit den Familien in den Straßen nebenan befassen, die ihr Leben in heldenhafter Reinheit und hoffnungslosem Elend fristen.»

So viel überschwängliches Lob, gefolgt von völligem Unverständnis für Struktur und Tonfall des Buches, was Garland zu einem nur etwas weniger begriffsstutzigen Leser als Barry macht, zu einem weiteren Vertreter der alten Garde, der angesichts des in *Maggie* geschilderten Leids nicht umhinkann, um eine Prise Grandezza zu bitten, die den Schrecken lindern könnte. Wenn er auf mangelnde «Geschlossenheit» hinweist, übersieht er auch, dass das Buch absichtlich gestrafft und fragmentarisch gehalten ist, weil Crane eben keinen Roman in der Tradition des 19. Jahrhunderts schreiben wollte, sondern bereits das Empfinden des nächsten Jahrhunderts vorausahnte – nein, nicht vorausahnte, er hatte es schon in sich. 1924 begann der Kritiker Carl Van Doren im *American Mercury* seinen Artikel über Crane und *Maggie* so: «Man kann durchaus zutreffend behaupten, die moderne amerikanische Literatur habe vor dreißig Jahren mit Stephen Crane begonnen.» Zu seiner Zeit begriffen das nicht einmal Cranes Anhänger.

Crane zog es vor, Garlands negative Bemerkungen zu ignorieren und Mut aus den positiven zu schöpfen. Eine natürliche Abwehrreaktion für jemanden, den sonst fast alle ignoriert hatten, und er hielt seine Freundschaft mit Garland aufrecht, als sei die Rezension ein uneingeschränktes Loblied gewesen. So dankbar war Crane dem Mann, der sich dermaßen für ihn ins Zeug gelegt hatte («Hamlin Garland war der Erste, der mich in höchsten Tönen gelobt hat», erzählte er Lily Brandon Munroe), doch in Anbetracht einiger nicht sehr schmeichelhafter Dinge, die Garland in den Jahren nach dem Tod seines Freundes über ihn schrieb, scheint mir die Strenge dieser negativen Schlussbemerkungen einen tiefer liegenden Grund zu haben als bloß einen Meinungsunterschied über ästhetische Grundsätze. Ich maße mir nicht an, zu wissen, wie Garland zu

Crane gestanden hat, doch muss all seiner Güte und Großzügigkeit auch etwas Feindseliges beigemischt gewesen sein, ein Anflug von Neid vielleicht, oder zumindest Verunsicherung darüber, dass dieser kleine, schmächtige Emporkömmling mit seinem ziellosen Bildungsgang, seiner unsicheren Grammatik und fehlerhaften Orthographie ihn als Schriftsteller locker in die Tasche steckte.

Nach Garlands Besprechung herrschte in der Presse ein Jahr lang Schweigen über *Maggie.* 1896 bemerkte Crane dazu auf Anfrage eines Journalisten: «Meine erste große Enttäuschung war die Rezeption von ‹Maggie, ein Mädchen von der Straße›. Ich weiß noch, wie sehr ich der Veröffentlichung entgegengefiebert und mir ausgemalt habe, was für ein Aufsehen ich damit erregen würde. Das Buch fiel durch. Niemand schien sich dafür zu interessieren ... Arme Maggie! Sie war eine meiner ersten Lieben!»

9

Maggie war begraben, der Sarg mit Erde bedeckt, und Crane beschäftigte sich längst wieder mit anderen Dingen und schrieb an einem ersten Entwurf für *The Red Badge of Courage*, dann aber, Mitte oder Ende Juni, zog es ihn an das Grab zurück, die Familie Johnson ging ihm nicht aus dem Kopf, und so ließ er den toten kleinen Tommie wiederauferstehen und gab ihm die Hauptrolle in drei kurzen Erzählungen.

Diese in der Ausgabe der Library of America lediglich elf Seiten umfassenden, als «Baby Stories» bekanntgewordenen Erzählungen stellen Cranes erste Versuche dar, über Kinder zu schreiben – Ende der Neunziger kam er mit den *Whilomville Stories* noch einmal darauf zurück, aber anders als die Letztgenannten fassen diese drei frühen Texte ihr Thema viel schärfer in den Blick und nehmen sich überhaupt etwas ganz Ungewöhnliches vor (wenn nicht gar etwas noch nie Dagewesenes): die unsteten Stimmungen und Handlungen eines Kindes nachzuvollziehen, das noch so jung und so klein ist, dass es «die Treppe rückwärts hinuntersteigen und sich bei jedem einzelnen Schritt mit beiden Händen an der oberen Stufe festhalten» muss. Das Alter des Jungen wird nicht genannt, aber er wird wohl drei Jahre alt sein, vielleicht dreieinhalb, höchstens vier, ein Kleinkind, noch kein richtiger Junge, noch ohne Ichbewusstsein, das sich gemeinhin etwa ab dem fünften Lebensjahr bemerkbar macht, der Phase, in der das Kind nach allgemeiner Auffassung Recht und Unrecht zu unterscheiden lernt. Das Kind in diesen Geschichten bleibt wieder einmal namenlos, aber dass es sich um Tommie handelt, wissen wir von Linson, der berichtet, Crane habe es ihm gesagt, und als er ihm frühe Fassungen der ersten beiden Geschichten zum Illustrieren gab, habe der Name noch im Text gestanden: «An Ominous Baby – Tommie's Home Coming».

Wer sich vornimmt, was Crane sich in diesen Kurzgeschichten vornimmt, braucht eine ungewöhnliche Kombination von Fähigkeiten. Vor allem, denke ich, muss man sich lebhaft seiner eigenen Kindheit erinnern, oder wenigstens dessen, wie man als Kind gedacht hat; unentbehrlich ist zweitens ein angeborenes Talent dafür, Menschen und Dinge genau zu beobachten, sowie die Geduld und das Durchhaltevermögen für ausgedehnte Beobachtungen; und drittens sollte man tiefe Zuneigung zu seinem Gegenstand empfinden, in diesem Fall also zu Kindern, auch wenn man selbst keine hat.

Wir wissen, dass Crane Hunde und Pferde liebte, aber kleine Kinder gehören unbedingt auch auf diese Liste. Joseph Conrad schildert in seinen Erinnerungen an Crane dessen intensive Beschäftigung mit seinem, Conrads, kleinen Sohn Borys, und die vielen Stunden, die Crane und das Kind miteinander im Garten verbrachten:

> … ich hörte ihn niemals lachen, außer mit dem Baby. Er liebte Kinder; aber seine Freundschaft mit unserem Kind war von einer Art, die unsere Empfindungen füreinander vergleichsweise arktisch anmuten ließen. Die zwei waren unvergleichlich; jedenfalls habe ich nie erlebt, dass Crane lang ausgestreckt und auf die Ellbogen gestützt im Gras lag und mich anstarrte; andererseits war dies seine gewöhnliche Haltung, wenn er mit dem kleinen Kind kommunizierte – mit ihm, den wir den *Jungen* nannten … Das Baby war ähnlich ernst veranlagt wie Crane, und doch fanden die zwei im jeweils anderen manchmal etwas, über das sie lachen konnten. Dann war es wieder still, und ich sah den beiden von meinem Fenster aus zu, wie sie einander anblickten, vollkommen ruhig und mit einem feierlichen Einverständnis, das keiner Worte bedurfte oder vielleicht gänzlich jenseits von Worten war.

Auch etwas ältere Kinder faszinierten ihn, Kinder, die schon gehen und sprechen und spielen konnten; zu Besuch bei der Familie in Port Jervis, lebte der stille, in sich gezogene Crane oft förmlich auf und tobte mit Williams Töchtern durchs Haus. Edna Crane Sidbury schreibt in ihren Erinnerungen für den *Literary Digest* (1926), sie und ihre Schwestern hätten «nie einen entzückenderen Spielkameraden gehabt» als ihren Onkel Stephen. «Ganze Vormittage lang spielte er Fangen mit uns», komplizierte Varianten von Räuber und Gendarm, und «er war so sehr einer von uns», dass sie, als sie von seinem Ruhm als Schriftsteller erfuhr, «lachen musste. Onkel Stevie berühmt? Das war doch ein Witz.»

Sich mit Kleinkindern beschäftigen, mit seinen jungen Nichten herumtollen, seiner eigenen Kindheit noch immer nah und während seines kurzen Lebens ohnehin nie weit von ihr entfernt und noch längst nicht über das Scheitern von *Maggie* hinweg, unterbrach Crane seinen Kriegsroman und nahm den toten Tommie aus seinem «unscheinbaren weißen Sarg», machte den Kleinen ein, zwei Jahre älter und stellte ihn irgendwo in New York auf seine Füße. Die erste Geschichte beginnt mit diesem unirdischen Satz: «Ein Baby irrte durch ein fremdes Land.»

Orte haben im Universum kleiner Kinder keine Namen, Gedanken kristallisieren sich selten zu Worten, der Impuls bestimmt. Crane versucht nicht, sich in den Kopf des Babys zu versetzen (was würde er dort finden, außer ein paar falsch ausgesprochenen Wörtern?), sondern beobachtet die Reaktion des Jungen auf das, was er sieht oder hört, und dringt so in dessen Gefühlswelt ein. Die Methode ist rein phänomenologisch, und wie so oft in Cranes Werk ist der Effekt sonderbar und fesselnd zugleich, indem es seiner Prosa gelingt, ein Gefühl von Intimität herzustellen, Abstand von seinem Gegenstand zu halten und uns, je weiter abgerückt wir stehen, den Eindruck zu vermitteln, nur umso näher heranzukommen. Das Baby ist allein. Erstaunlicherweise hält weder Mutter noch Vater, weder Bruder noch Schwester noch sonst irgendwer seine Hand beim Gang durch die Straßen. Das umherirrende Baby ist eine unabhängige menschliche Monade, gestrandet in der großen Stadt zieht es ein Stück Schnur hinter sich her, der kleinste aller kleinen fahrenden Ritter auf der Suche nach dem, was wohl als Nächstes passieren wird.

Das «fremde Land» ist eine Straße in einem Viertel, weit weg von dort, wo er wohnt, eine wohlhabende Gegend mit «behäbigen braunen Häusern» und «glattem Asphalt»; der Wanderer kommt aus «dem armen Bezirk», er ist «ein zerlumptes Kind» in fleckigen, schäbigen Kleidern mit den «Spuren zahlreicher Kämpfe», und aus seinen Schuhen blickt «eine Reihe winziger Zehen» hervor. Der Junge wackelt langsam dahin, «mit einer Miene versonnener Aufmerksamkeit auf seinem geröteten Gesicht» nimmt er die Bilder und Geräusche der Straße in sich auf, das «melodische Rumpeln» der Kutschen, einen Mann, der mit einer Blume eine Treppe hinaufsteigt, Kindermädchen, die Babys in Kinderwagen vor sich herschieben, ein in der Ferne grollendes Fuhrwerk. Die Sonne scheint, wohlgemut setzt der Junge seine Beobachtungen fort.

> Das umherirrende Baby blieb stehen und starrte die zwei Kinder an, die in ihren Wagen unter Bergen von Decken und Kissen lachten und spielten. Breitbeinig stand der Junge da, in einer Haltung ernster Aufmerksamkeit. Sein Unterkiefer klappte auf und ließ kleine, ebenmäßige Zähne sehen. Als die Kinderwagen weitergeschoben wurden, folgte er ihnen mit ehrfürchtiger Miene wie einem feierlichen Umzug. Einmal lachte eins der Babys zwitschernd und winkte ihm mit einer prächtigen Rassel. Er lächelte vergnügt zurück.

Sekunden später wird sein Besuch im Paradies von einem unfreundlichen Kindermädchen gestört. «Verschwinde, Kleiner», sagt sie zu ihm. «Verschwinde. Du bist ganz schmutzig.» Statt gekränkt zu sein, sieht Tommie sie mit «kindlicher Gelassenheit» an und zockelt davon, das Stück Schnur hinter sich herziehend. Schließlich gibt es noch andere Straßen im Paradies, und bald findet er eine, wo er seine Erkundung des Geländes fortsetzt und Menschen und Häuser mit derselben «versunkenen Aufmerksamkeit» betrachtet, die er sonst «Blumen und Bäumen» widmet.

Bald begegnet er «einem hübschen Kind in feinen Kleidern, das mit einem Spielzeug spielt», einem kleinen, rot und golden bemalten Feuerlöschwagen, den ein reicher Junge an einer Schnur hinter sich herzieht. Haben wir es hier mit einem Echo all der mächtigen Feuerlöschwagen zu tun, von denen der große Bruder Jimmie in *Maggie* so begeistert war? Möglich. Auf alle Fälle ist Tommie völlig fasziniert. «Das Baby mit seinem Stück Schnur hinter sich blieb stehen und betrachtete das Kind und sein Spielzeug. Lange stand er reglos, nur seine Augen bewegten sich, indem sie alle Bewegungen des glänzenden Dings verfolgten.»

Der reiche Junge beachtet ihn nicht. Er ist zu sehr damit beschäftigt, die Geräusche eines richtigen Feuerlöschwagens nachzuahmen, der zu einem imaginären brennenden Gebäude rast, zu vertieft in seine Phantasiewelt, als dass er einen Jungen aus der wirklichen Welt bemerken könnte, der neben ihm auf dem Bürgersteig ganz langsam, mit vorsichtigen, unsicheren Schritten an ihn heranrückt; und hier bringt Crane eine präzise Beobachtung an: «Sein Stückchen Schnur, jetzt vergessen, fiel ihm aus der Hand.» Aber natürlich. Der «einst geschätzte» Gegenstand hat den Glanz seiner Bedeutung verloren, weil nichts an ihm hängt, wohingegen die Schnur des reichen Jungen mit der Zaubermacht ausgestattet ist, den magischen Feuerlöschwagen über den Bürgersteig rasen zu lassen. Als Tommie den Jungen endlich auf sich aufmerksam gemacht hat, fragt er: «Darf ich damit spielen?» Der Junge sagt nein. Das ominöse Baby fragt den Jungen, ob der Feuerlöschwagen ihm gehört, und der Junge sagt ja und zieht «sein Eigentum hinter sich, als sei es in Gefahr». Wieder fragt das Baby, ob es damit spielen darf, und wieder sagt der Junge nein. «Das gehört mir! Das hat meine Mama gekauft.» Wieder fragt das Baby («Seine Stimme war ein Schluchzen. Er streckte kleine, begehrliche Hände aus»), und wieder sagt der Junge nein. Statt noch einmal zu fragen, stellt das Baby jetzt fest: «Ich will damit spielen», und als der Junge sich abermals weigert, wird Tommies «Ich will spielen» zu «Ich will *es*». Es kommt zu einem Gerangel. Der Junge schützt «sein Eigentum mit ausgestreckten Armen», beide haben die Schnur gepackt und zerren daran. Am Ende gewinnt das «zerlumpte Kind» und läuft mit dem Spielzeug davon: «Er weinte wie jemand, dem Unrecht widerfahren war und der es endlich geschafft hatte, zu seinem Recht zu kommen» (was stark an Maggies Bemerkung über ihre Mutter erinnert: «Sie zerschlug Möbel, als verhelfe sie sich damit endlich zu ihrem Recht»). Recht oder Unrecht, als es keuchend stehen bleibt, ist «die kleine Gestalt» des ominösen Babys «von Stolz geschwellt», und «ein mildes, hämisches Lächeln dämmerte durch den Tränenstrom». Als er das heulende hübsche Kind wütend auf sich zurennen sieht, «wandte der kleine Vandale sich um und verschwand in einer dunklen Seitenstraße wie in einer alles verschlingenden Höhle».

Die Geschichte ist nur drei Seiten lang. Crane, wie immer knapp bei Kasse, hoffte sie so schnell wie möglich zu veröffentlichen, aber Linson hatte sich zum Campingurlaub aufs Land verzogen und ließ sich mit den Illustrationen viel Zeit. Zunehmend besorgt, schrieb Crane ihm einen kurzen Brief aus seinem Zimmer in der West 15th Street: «Bist Du mit der ‹Ominous Baby›-Story fertig? Gerade jetzt – während der Streiks – wäre die beste Zeit, die Sache loszuwerden ... Kannst Du es mir nicht bald schicken? Ich hoffe, Du amüsierst Dich schön in der Wildnis.» Die Story erschien dann erst nach fast einem Jahr in *Arena* (Mai 1894), der Zeitschrift, die Garlands Besprechung von *Maggie* gebracht hatte. Die 1893 ausgebrochene Börsenpanik hatte sich noch nicht gelegt, die von Crane in seinem Brief erwähnten Streiks destabilisierten die Lage noch genauso wie im Sommer zuvor. Nahezu unvermeidlich wurde die Geschichte als Parabel über die Feindseligkeiten zwischen Begüterten und Habenichtsen in New York gelesen, über den in dieser Zeit ökonomischen Zusammenbruchs und gesellschaftlicher Unruhen drohenden Klassenkampf, als die Kluft zwischen Arm und Reich immer größer wurde. Emma Goldman wurde nach ihrer Rede wegen «Anstiftung zum Aufruhr» verhaftet, und viele hatten den

Eindruck, dass es in naher Zukunft zu gewalttätigen Aufständen kommen könnte. Cranes kleine Geschichte schien dieses Gefühl bevorstehenden Schreckens wiederzugeben, und damit die Abonnenten von *Arena* das auch wirklich mitbekamen, hob B. O. Flower, der Herausgeber der Zeitschrift, in seinem Leitartikel die politische Bedeutung von «An Ominous Baby» deutlich hervor:

> Der Knirps, dem der Feuerlöschwagen gehört und der dem Straßenjungen nicht das Vergnügen gönnt, wenigstens ein bisschen damit zu spielen, bringt das Spielzeug hinter sich, sobald er Gefahr wittert. Eigentum als «gottgewolltes Recht», wie es von der modernen Plutokratie hochgehalten wird, findet verblüffenden Ausdruck im unwillkürlichen Verhalten des kleinen Aristokraten, der, indem er sich selbst zwischen sein Spielzeug und die Gefahr stellt, eine Tracht Prügel riskiert.

An dieser symbolischen Deutung mag etwas dran sein, und vielleicht war sich auch Crane selbst des politischen Hallraums (die Streiks) der kleinen Erzählung bewusst, aber wenn die Geschichte gut ist, und ich finde sie besser als nur gut, dann liegen ihre Stärken weniger in einer philosophischen Kritik am Eigentum als gottgewolltem Recht als vielmehr darin, wie wunderbar Crane das Verhalten seines kleinen Protagonisten beschreibt, wie raffiniert er den Streit zwischen dem Slum-Baby und dem Mini-Plutokraten zuspitzt und wie sein feines Gespür für das, was in kleinen Kindern vorgeht, ihn befähigt, mit konkreten Gegenständen wie etwa einem Stück Schnur die unartikulierten Gedanken seines kleinen Helden sichtbar zu machen. B. O. Flower sieht das ominöse Baby als rachgierigen proletarischen Krieger. Nicht dass er unrecht hätte, aber mit Blick auf die zwei anderen Erzählungen scheint mir,

Cranes Absichten lassen sich am besten verstehen, wenn man Tommie schlicht und einfach als Kind betrachtet – ein kleines, hungriges, ungeliebtes Kind, das in elenden Verhältnissen aufwächst.

Die zweite Baby-Story, «A Great Mistake», ist noch kürzer als die erste, und auch hier kommt es zu einem Diebstahl, jedoch anderer Art, diesmal ist es kein Angriff von Arm gegen Reich, sondern von Klein gegen Groß, und die gesamte Handlung spielt sich auf einer Fläche von etwa einem Quadratmeter ab. Tagein, tagaus sitzt ein italienischer Obsthändler an seinem Stand in der Nachbarschaft des Babys. Das Kind betrachtet den Händler «mit tiefem Respekt ... als sehe es Allmächtiges», und der Stand selbst ist ein Wunder, größer als alle anderen Wunder, und die dort «in atemberaubenden Reihen» arrangierten Früchte bergen alle «Süßigkeiten der Welt». Tagein, tagaus steht das Baby «andächtig vor diesem goldenen Schrein» und bestaunt den «gewaltigen Mann» und seinen «herrlichen Schatz», bis es eines Tages von «aufrührerischen Begierden» überwältigt wird und den Entschluss fasst, sich ein Stück Obst zu schnappen, wenn keiner hinsieht. Der Händler scheint auf seinem Stuhl eingeschlafen zu sein. Das Baby schleicht sich an, versucht «sich ganz normal zu geben, aber sein Ansinnen war ihm deutlich ins Gesicht geschrieben», eine Bemerkung, die uns ebenso viel über Cranes Methode wie über das Baby verrät: Er deckt die Vorgänge im Kopf des Jungen auf, indem er seine Körpersprache übersetzt, und hier ist es die Unterlippe, die in wachsender Panik zu beben beginnt, weil «sein kindlicher Verstand den Italiener ... als einen Mann ausgemacht hatte, der kleine Kinder frisst, wenn sie ihn ärgern». Dies ist der Dreh- und Angelpunkt der Geschichte: Er, der sich anschickt, eine Missetat zu begehen, um sein Verlangen nach den verlockend vor ihm ausgestellten süßen Früchten zu stillen, malt sich aus, dass er zur Strafe selbst gegessen wird. Wir haben es nicht mehr mit Parabeln zu tun, sondern mit Märchen – wie die Geschichte von Hänsel und Gretel, die hungrig das Lebkuchenhäuschen verschlingen und dann selbst verschlungen werden, und andere solche Albträume aus dem Land der Kindheitsängste. Als das Baby schließlich die Hand nach dem Obst ausstreckt, «waren die Finger zu Krallen verkrümmt, ein Zeichen mächtigen, alles erschütternden Verlangens», aber da es den Blick nicht von dem schlafenden Händler lässt, sieht es nicht, was es genommen hat, es fühlt nur, dass seine «räuberischen Finger» eine «runde Knolle» gepackt haben, und als der Händler plötzlich aufwacht und dem Jungen die Knolle aus der Hand reißt, stellt die sich als Zitrone heraus, das einzige Obst in seinem saftigen Königreich, das nicht süß ist.

Daher der Titel «A Great Mistake». Nicht nur der Fehler, überhaupt etwas zu stehlen, sondern auch – fast genauso schlimm, wenn nicht schlimmer – der Fehler, das Falsche zu stehlen.

Die letzte Baby-Story, «A Dark-Brown Dog», ist die längste und komplexeste der drei und endet mit einer verheerenden Wendung, die so unerwartet kommt und so gut durchdacht ist, dass man sie nie vergessen wird. Wer die Geschichte einmal gelesen hat, behält sie für den Rest seines Lebens im Gedächtnis, ob man will oder nicht.

Seit dem Reinfall mit der Zitrone ist ein wenig Zeit vergangen. Tommie wird nicht mehr Baby genannt, sondern Kind, ist aber immer noch sehr jung, neigt immer noch zu jähen Stimmungsumschwüngen und hat immer noch «die Angewohnheit, auf Erkundungsgängen die Merkwürdigkeiten seiner Umgebung zu beobachten». Zu Beginn der Geschichte steht das Kind an einer Straßenecke, es lehnt an einem hohen Holzzaun, schlenkert mit den Armen und schiebt mit den Füßen kleine Steine hin und her. Es ist Sommer, eine leichte Brise weht die staubige Straße hinunter, und der Junge ist in einem jener verträumten Trancezustände, in die Kinder verfallen können, wenn sie allein und ohne Beschäftigung in der großen weiten Welt unter der Sonne sind. Bald kommt ein kleiner brauner Hund heran und bleibt vor dem Jungen stehen. Eine kurze Schnur «um seinen Hals schleift ihm nach» und erinnert an das Stück Schnur aus der ersten Geschichte, lässt aber auch ahnen, dass entweder der Besitzer des Hundes ihn verstoßen oder der Hund sich verlaufen hat. Anfangs ist der Junge entzückt von dem kleinen Streuner, aber auf ihr «wechselseitiges freundliches Tätscheln und Schwanzwedeln» reagiert der Hund so begeistert, dass er das Kind beinahe umstößt, und einfach so, ohne jede Vorwarnung, schlägt das Kind zurück und boxt ihn an den Kopf.

So beginnt ihr prekäres, ungleiches Verhältnis, und während Crane dieser schwankenden, veränderlichen Beziehung nachspürt, führt er uns zum einen durch die erschreckend sprunghaften Anwandlungen des Jungen, einmal tyrannisch und sadistisch, dann wieder hingebungsvoll und liebebedürftig, zum anderen durch das Verhalten des Hundes mit seiner angeborenen Unterwürfigkeit, seinen ewigen Schuldgefühlen, seiner Geduld und der Verehrung, die er seinem Herrchen entgegenbringt. Nach jenem ersten unerwarteten Schlag sinkt der Hund benommen vor dem Jungen zu Boden, und als dem ersten Schlag ein zweiter folgt, wirft sich das verzweifelte Tier in einer flehenden Geste auf den Rücken, und der Junge findet es so lustig, wie der Hund seine Pfoten «auf diese eigenartige Weise» hochhält, dass er ihm «immer wieder kleine Stöße versetzt, damit er so bleibt». Dann aber verliert der Junge plötzlich das Interesse und geht weg. Der Hund folgt ihm, doch sobald er ihm zu nahe kommt, wird er jedes Mal wieder geschlagen, denn mittlerweile hat der Junge nur noch «Verachtung» für ihn übrig und hält ihn für «unwichtig, von Wert nur für einen Augenblick». Erst als der Hund schließlich «voller Hingabe ein paar Freudensprünge aufführt», überlegt der Junge es sich anders und nimmt ihn mit nach Hause.

In der Wohnung ziemlich weit oben in einer Mietskaserne angekommen, verstehen die beiden sich sehr viel besser (wieder einmal ist die Stimmung des Jungen jäh umgeschlagen), jetzt sind sie «treue Gefährten». Dann kommt die Familie herein. Crane geht jedem direkten Verweis auf *Maggie* aus dem Weg und nennt keine Namen – er sagt uns nicht einmal, wie viele Personen es sind. Im nächsten Satz lässt diese namenlose Gruppe sich abfällig über den Hund aus und beschimpft ihn. «Von allen Augen höhnisch betrachtet, wand er sich vor Verlegenheit und ließ den Kopf hängen wie eine versengte Blume.» Der Junge jedoch setzt sich «aus vollem Hals» für den Hund ein, und mitten in diesem «lärmenden Gezeter» kommt der Vater von der Arbeit nach Hause und fragt, «warum zum Henker das Kind ein solches Geschrei veranstaltet».

> Sie hielten Familienrat. Das Schicksal des Hundes hing davon ab, der aber hörte gar nicht zu und kaute lieber an den Kleiderzipfeln des Jungen herum.
>
> Die Sache war rasch entschieden. Der Vater der Familie war an diesem Abend ganz besonders schlechter Laune, und als er merkte, dass es die anderen verblüffen und verärgern würde, wenn er einem solchen Hund zu bleiben erlaubte, tat er genau dies. Der Junge zog sich leise weinend mit dem Hund in einen entfernten Winkel des Zimmers zurück, um mit ihm zu schmusen, während der Vater die wütenden Proteste seiner Frau erstickte. So geschah es, dass der Hund zu der Familie kam.

Der Hund darf bleiben, aber der Junge ist sein einziger Verbündeter, sein einziger Verteidiger gegen die Misshandlungen der anderen, Übergriffe in Form von Fußtritten, Besenhieben und diversen Wurfgeschossen, die nach ihm geschleudert werden (Kohlebrocken, Haushaltsgegenstände), sie geben dem Hund boshafterweise nicht viel zu fressen, aber der Junge ist wachsam, und da er jedes Mal Zeter und Mordio schreit, wenn seinem Freund so übel mitgespielt wird, lässt die Familie allmählich davon ab. Zeit vergeht, die Bindung zwischen Junge und Hund wird stärker, aber sosehr sie sich auch aufeinander verlassen können, bleibt der Junge alles andere als ein gutes Herrchen. Er ist kein von Vernunft gesteuertes Wesen und weiß folglich nichts von Treue, ohne zu begreifen, warum. «Manchmal schlug auch der Junge den Hund, und das, wie man weiß, stets ohne irgendeinen triftigen Grund. Der Hund ergab sich in diese Prügel mit einer Miene eingestandener Schuld.» Und selbstverständlich verzeiht der Hund dem Jungen, sobald die Schläge aufhören. Crane verfällt hier nicht in Sentimentalitäten. Er zeigt einfach, dass die Seele eines Hundes anders ist als die eines Jungen – zumindest gilt das für diesen Hund, einen ganz bestimmten dunkelbraunen Hund, und für diesen Jungen, diesen ganz bestimmten Jungen aus einer ganz bestimmten Art von Welt.

Dann, auf Seite fünf der sechs Seiten langen Geschichte, bricht eine Katastrophe über diese Welt herein, und alles fällt in Scherben. Der Vater kommt betrunken nach Hause, und während er «mit Küchengeräten, Mobiliar und seiner Frau einen Zirkus aufführt», kommen auch der Junge und sein Hund von einem ihrer Streifzüge durch die Nachbarschaft nach Hause. Der Junge erkennt sofort den Ernst der Lage und hechtet, um dem Wüten seines Vaters zu entgehen, unter den Tisch. Der Hund, der nichts versteht, deutet den Hechtsprung als Aufforderung zu «fröhlichem Toben». Als der Vater den Hund zum Tisch laufen sieht, stößt er «ein lautes Freudengeheul» aus und schlägt ihn «mit einer schweren Kaffeekanne» nieder. Der Hund krümmt sich und versucht in Deckung zu gehen, aber der Vater versetzt ihm einen Tritt «mit einem massigen Fuß» und einen weiteren Schlag mit der Kaffeekanne. Der Junge schreit, aber der Vater ignoriert ihn und nähert sich «mit hässlichem Grinsen dem Hund», der inzwischen jede Hoffnung auf Entkommen aufgegeben und sich in unterwürfiger Geste auf den Rücken gedreht hat, die Beine abgespreizt «wie zum Gebet». Was nun folgt, gehört mit Sicherheit zu den wildesten und verstörendsten Szenen, die Crane jemals geschildert hat:

> Aber dem Vater war danach, sich zu amüsieren, und er hielt es für eine schöne Sache, den Hund aus dem Fenster zu werfen. Und so bückte er sich, packte das sich windende Tier an einem Bein, hob es hoch, ließ es übermütig zwei, drei Mal über seinem Kopf kreisen und schleuderte es dann ganz akkurat zum Fenster hinaus.

Die meisten Schriftsteller würden an dieser Stelle bei dem Hund bleiben und seiner Flugbahn folgen, bis er auf dem Dach eines Schuppens fünf Stockwerke tiefer zu Tode stürzt; Crane hingegen zwingt den Leser, sich den Flug des Hundes wie in Zeitlupe vorzustellen, indem er wieder einmal hellseherisch in die noch gar nicht vorhandene filmische Trickkiste greift und in einer an Eisenstein gemahnenden Bildsequenz den Flug des Hundes aus verschiedenen Blickwinkeln beschreibt, so wie er von einigen Leuten in der Nachbarschaft beobachtet wird.

> Der durch die Luft segelnde Hund erzeugte Staunen bei den Nachbarn. Eine Frau, die an einem Fenster gegenüber ihre Blumen goss, schrie unwillkürlich auf und stieß einen Blumentopf hinunter. Ein Mann in einem anderen Fenster lehnte sich gefährlich weit hinaus, um den Flug des Hundes zu verfolgen. Eine Frau, die unten im Hof Wäsche aufhängte, vollführte wilde Sprünge. Ihr Mund war voller Wäscheklammern, doch ihre Arme entluden sich in einer Art von Schrei. Sie glich einer geknebelten Gefangenen. Kinder jauchzten.

Im nächsten Absatz kracht der Hund auf das Schuppendach, rollt herunter und landet auf dem Straßenpflaster.

Erst im Absatz darauf kehrt Crane in die Wohnung zurück. «Der Junge in dem Zimmer hoch oben brach in gedehntes, gellendes Geschrei aus und wankte hastig aus dem Zimmer. Er brauchte lange, bis er die Straße erreicht hatte, weil er wegen seiner Größe die Treppe rückwärts hinuntersteigen und sich bei jedem einzelnen Schritt mit beiden Händen an der oberen Stufe festhalten musste.»

Und dann der kurze letzte Absatz: «Als sie ihn später suchen kamen, saß er neben der Leiche seines dunkelbraunen Freundes.»

So endet die letzte, die längste und beste der drei Baby-Storys. Der Dichter John Berryman erklärte 1950 in seinem Buch über Cranes Leben und Werk, er halte «A Dark-Brown Dog» für «eine perfekte amerikanische Kurzgeschichte». Im Druck ist sie erst nach Cranes Tod erschienen.

10

The Red Badge of Courage entstand aus Verzweiflung. Crane war pleite, und seine Aussichten, jemals aus diesem Loch herauszukommen, wurden immer geringer. Er schrieb ununterbrochen, stand aber nach wie vor mit leeren Händen da, und als die Verbindung zur *Tribune* abgerissen war, hatte er Schwierigkeiten, überhaupt noch in Zeitungen zu veröffentlichen. Neben *Maggie*, für das sein ganzes Geld draufgegangen war, erschienen von ihm in den zwölf Monaten des Jahres 1893 nur drei kurze Skizzen in der humoristischen Wochenzeitschrift *Truth*, darunter die bereits erwähnten «Why Did the Young Clerk Swear?» (im März) und «Some

Hints for Play-Makers» (November) sowie ein Miniatur-Drama mit dem Titel «At Clancy's Wake» (Juli), belanglose Scherze, rasch hingeworfen für ein paar schnelle Dollar, während das weit bessere «The Pace of Youth» bis Anfang 1895 in der Schublade schmachtete und die zweite Baby-Story, «A Great Mistake», noch bis zum März 1896, fast drei Jahre nach ihrer Entstehung, auf den Druck warten musste. Trotz aller Entschlossenheit, als seriöser Berufsschriftsteller voranzukommen und sich einen Namen zu machen, verlor Crane den Boden unter den Füßen, und nach neun Monaten in New York war er schlechter dran als vorher. Das war der Grund, warum er *George's Mother* zeitweilig liegenließ, die Erzählung, mit der er kurz nach dem Erscheinen von *Maggie* angefangen hatte. Er konnte es sich schlicht nicht leisten, noch einen Ladenhüter zu schreiben. Er brauchte einen Erfolg, und in der Zwischenzeit brauchte er einen Job oder irgendeine andere feste Einkommensquelle.

Er hat es versucht, aber irgendwo anklopfen heißt noch lange nicht, dass jemand aufmacht und einen ins Haus bittet. Bewaffnet mit einem schmeichelhaften Brief von Howells, bewarb er sich im April 1893 bei Edwin Laurence Godkin (Gründer und Herausgeber von *Nation*) um einen Job bei der *New York Evening Post* und erhielt eine Abfuhr. Weitere Versuche, Arbeit zu finden, sind nicht überliefert, aber Ende 1893 hatte er noch nicht aufgegeben, wie sein Freund Frederick C. Gordon rund dreißig Jahre später berichtet, auch wenn es sich bei der von ihm erwähnten Zeitung nicht um die *New York World*, sondern um die *New York Press* handelte:

> Nach seiner Rückkehr im Oktober ... begab er sich auf Arbeitssuche. Am Abend eines schwarzen, kalten Regentages kam er zu mir, durchnässt, zitternd und hustend – völlig erschöpft. Er war bei [Edward] Marshall gewesen, der es ablehnte, ihn bei der *World*

> einzustellen, weil er glaubte, die hektische Zeitungsarbeit werde seinem Talent als Schriftsteller schaden, und stattdessen anbot, ihm einzelne Artikel abzukaufen. Steve hatte nicht mal einen Nickel für die Straßenbahn – und war zu stolz, dies Marshall gegenüber zu erwähnen –, also kam er zu Fuß in dem eisigen Wolkenbruch vom *World*-Gebäude zu mir in die 23rd Street – ohne Mantel, und buchstäblich mit durchgelaufenen Schuhen. Er hätte sich eine Lungenentzündung holen können. Ich überließ ihm ein Gästebett, und nach einer Woche war er wieder auf den Beinen, fast so gut wie neu.

Es war das zweite Mal, dass ihm dies im Lauf eines Jahres geschah. Den ersten Guss hatte er abbekommen, als er unter Lilys dunklem Fenster gestanden und dann im Regen den langen Weg zu Fuß nach Hause gegangen war und anschließend mit einer schlimmen, hartnäckigen Erkältung längere Zeit das Bett hüten musste, und jetzt also fast eine Lungenentzündung und eine ganze Woche im Bett, weil er zu stolz war, Marshall um einen Nickel, ein Fünf-Cent-Stück, zu bitten, einen anständigen, allseits bewunderten Mann, der dann auch sein Wort hielt und 1894 die meisten von Cranes zahlreichen New Yorker Skizzen veröffentlichte und später, als sie beide aus Kuba über den Spanisch-Amerikanischen Krieg berichteten, mit ihm zusammen einige schreckliche Abenteuer erlebte, aber fürs Erste möchte ich einen genaueren Blick auf das Wort *Nickel* werfen, das in diesem kritischen Moment in Cranes Lebensgeschichte zusätzliches Gewicht bekommt und sehr viel damit zu tun hat, wie er sich selbst sah und wie er mit Rücksicht auf andere zu leben beabsichtigte, insbesondere seine Familie und ganz besonders seinen Bruder Edmund, der alles Erdenkliche tat, seinem mittellosen kleinen Bruder zu helfen, ihm nicht nur in seinem Haus bei Paterson Obdach und Verpflegung bot, sondern ihm auch mit kleinen Geldbeträgen, soweit er sie erübrigen konnte, unter die Arme griff, aber sosehr der Jüngere auf die Großzügigkeit seines Bruders angewiesen sein mochte, so sehr schämte er sich dessen auch, und es war für ihn Ehrensache, so wenig wie möglich von diesen Almosen anzunehmen, auch wenn ihn dies sehr in die Bredouille brachte. Ein soldatischer stoischer Gleichmut, gehüllt in die Lumpen seines Künstlertums. Ein Lebenskodex, oder vielleicht eine *Lebensprüfung*, gegründet auf Ehre, Hartnäckigkeit und Schweigen. Wie Willam dreißig Jahre später schrieb:

> Mein Bruder Edmund erzählte mir Folgendes ... Als Stephen seine Eindrücke in der Bowery sammelte, sagte er einmal zu meinem Bruder, der in der Beekman Street beschäftigt war: «Ed, sollte ich jemals zu dir kommen und dich um einen Nickel bitten, gib mir nicht mehr als das.» Ein paar Tage später kam Stephen tatsächlich zu ihm, schäbig gekleidet, hungrig und elend aussehend, und bat um einen Nickel, den Ed ihm schweigend in die Hand drückte. Weiter wurde kein Wort gewechselt.

Ein Nickel bedeutete den Unterschied zwischen Essen und Nichtessen, denn damals war es in den New Yorker Saloons üblich, dass man ein freies warmes Essen bekam, wenn man sich ein Bier zu fünf Cent leisten konnte, und wie Lawrence in seinen Aufzeichnungen schreibt, war das in dem kleinen Saloon um die Ecke angebotene freie Essen oftmals Cranes einzige Mahlzeit am Tag. Später, als Crane sich im Haus der Art Students League mit drei Künstlern ein Zimmer zu 14 Dollar im Monat teilte, waren die vier, wie Nelson Greene (einer der vier) 1947 Schoberlin erzählt, «oft so knapp bei Kasse, dass wir am Samstagmorgen nur noch 2 Dollar hatten. Die wurden in ein dickes Bündel Frankfurter, Roggenbrot, Kaffee und Kondensmilch investiert, womit wir dann über die zwei Tage kamen.» Ein anderer Zimmergenosse, R. G. Vosburgh, berichtet in seinem Artikel «The Darkest Hour in the Life of Stephen Crane» (in *Criterion*, 1901), ihr Speiseplan habe aus «zwei ärmlichen Mahlzeiten am Tag» bestanden, «ein oder zwei Brötchen zum Frühstück und abends Kartoffelsalat und Würstchen, die wir über dem kleinen Ofen erwärmten, der das Zimmer beheizte, oft aber kalt aßen, weil wir keine Kohlen mehr für den Ofen hatten». Greene führte das noch genauer aus: «Cranes Armut und Trägheit waren schuld, dass er nicht richtig aß. Er hatte schlechte Zähne – sehr schlechte – und unternahm nichts dagegen – hauptsächlich aus Geldmangel ... Seine Zähne, sein häufiges Unwohlsein und seine Gleichgültigkeit, was Gesundheit und anständiges Essen betraf, machten uns große Sorgen – wir und andere Freunde drängten ihn, besser auf sich aufzupassen, aber er hörte nicht darauf. Ich denke, das alles hat zu seinem frühen Tod beigetragen.» Helen R. Crane ging noch weiter als Greene: «Ich zweifle nicht daran, dass mein Onkel mit Hunger und Entbehrungen kokettierte. Ich rede von der Zeit, bevor er erkannte, dass man den Hahn nicht nach Belieben zudrehen und diese Unannehmlichkeiten abstellen kann. Er hatte ... keine Vorstellung davon, dass es so schlimm werden konnte.»

Vosburgh: «Als er aus Lakeview zurückkam [1893], trug er Gummistiefel, weil er keine Schuhe hatte.»

Crane an Hamlin Garland (18. April 1894): «Diverse seltsame Umstände haben mich gehindert, Dich aufzusuchen – insbesondere schauen die Zehen aus einem meiner Schuhe heraus, und ich war nicht so oft in Gesellschaft, wie ich vielleicht wollte.»

Helen R. Crane: «Seine Kleidung stank immer nach Tabak und Knoblauch ... Er hatte kein einziges sauberes Hemd ... Sein alter grauer Ulster hätte einen ganz brauchbaren Putzlappen abgegeben, war aber sonst zu kaum noch etwas gut. Seine so zierlichen kleinen Hände waren immer gelb verfärbt vom Rauchen, und seine Haare – lagen so, wie der letzte Windstoß sie hingeworfen hatte.»

Oder wie Crane in dieser Zeit einmal zu Linson sagte: «Wenn ich einen neuen Anzug hätte, wäre mir um die Zukunft nicht mehr so bange – es ist lachhaft, aber lachen kann ich darüber nicht.»[13]

Zum Schlafen hatten die vier jungen Männer in dem 14-Dollar-Zimmer ein Doppelbett und einen Kohlenkasten, drei schliefen auf dem Bett und einer in dem Kasten, wegen der Kälte im Zimmer stets in voller Kleidung und von Nacht zu Nacht rotierend: Außenkante, Mitte, Innenkante, Kasten, dann wieder zurück auf die Außenkante und so weiter. Vosburgh zufolge «benutzten sie ihre Habseligkeiten gemeinsam, und wer als Erster aufstand, bekam für diesen Tag die besten Sachen ab». Wenn einer von ihnen ein Vorstellungsgespräch oder irgendetwas anderes vorhatte, um an Geld zu kommen, «wurde für ihn die bestmögliche Kombination von Kleidern zusammengestellt». An den seltenen Abenden, wenn einer oder mehrere von ihnen zufällig mal etwas Geld hatten, gingen sie in ein lärmendes billiges Restaurant an der Sixth Avenue – The Bœuf-à-la-Mode, von ihnen Buffalo Mud genannt – und schlugen sich den Magen voll. Schließlich waren sie jung und voller Hoffnung, und so eng sie den Gürtel schnallen mussten, hatten sie immer noch die Energie, «über Literatur, Politik, Kunst, Religion zu debattieren – einfach über alles» (Greene) und sich über sich selbst lustig zu machen.

Einmal, zu Besuch in Linsons Atelier in der West 13th Street,

■ 13 Garland erzählt in seinem Buch *Roadside Meetings* (1930), Crane habe dies fast wortwörtlich *ihm* gegenüber geäußert. Wie ist das zu erklären? Möglich, dass Linson Garlands Buch gelesen und in seinem eigenen Buch von 1958 diese Bemerkung wiedergegeben hat, ohne sich an ihre Quelle zu erinnern – oder aber Crane hat tatsächlich beiden dasselbe gesagt. In dem Buch zitiert Garland auch eine andere Bemerkung Cranes: «Ich würde meine gesamte Zukunft gegen dreiundzwanzig Dollar in bar eintauschen.»

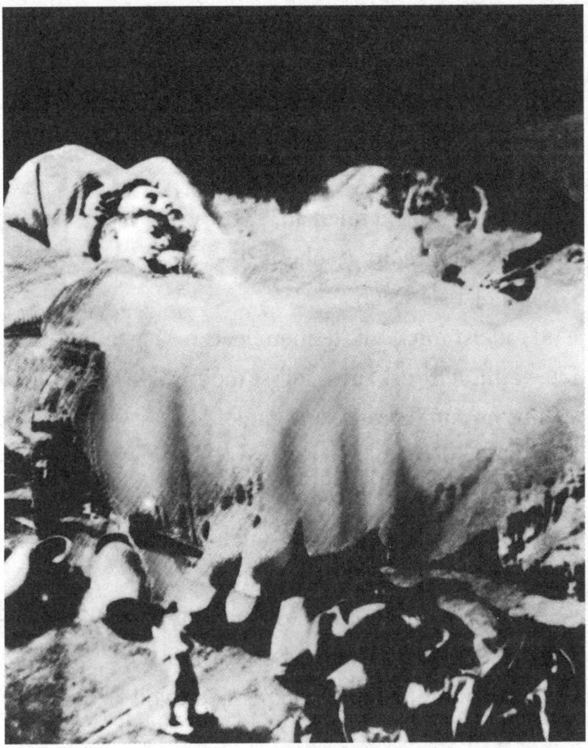

Crane schlafend in dem Gemeinschaftsbett im Haus der Art Students League, 1893 oder 1894
(Mit freundlicher Genehmigung der University of Virginia)

brachte Crane ein launiges Gedicht über seinen leeren Magen und seinen ebenso leeren Geldbeutel zu Papier. Kaum war er fertig, knüllte er es zusammen und warf es in den Abfall, aber Linson holte es wieder heraus, strich es glatt und rettete es für die Nachwelt. Mit seiner Überschrift «Ich verkaufte meine Schritte zum Grab für zehn Cent das Stück, wenn's nur um Ehrlichkeit ginge» könnte es der Geist von François Villon geschrieben haben, und es liest sich wie Cranes Hymne dieser schweren Jahre.

O hagere Börse, du öffnest dein Maul
Wie ein gieriger Kobold.
Ich hab nichts, dich zu füttern,
Deine bleichen Wangen waren niemals rund,
Du kennst nicht der Fülle Pracht.
Was also gähnst du mich an,
Als wär dir Unrecht geschehn?
Du lächelst schwach
Und tadelst mich mit deinem leeren Magen.
Du weißt, ich verkaufte selbst meine Schritte zum Grab,
Wenns nur um Ehrlichkeit ginge.
Ha! Schau nicht so bös,
Nenn mir ein Unrecht, das ich an die beging.
Kein Geist könnt dich oder mich heimsuchen,
Wir warn selbst zur Sünde zu dünn.
Wie, Lügner? Als du mit Gold gefüllt, hätt ich geprasst?
Und hätte dich hungern lassen?
Nein, du brauner Teufel, du bist jetzt voll Lügen statt
    Reichtum,
Der schwand, um diese einzulassen.[14]

So tief war das Loch, in das Crane im Frühjahr 1893 gefallen war. Wenn er den schönen Krieg jetzt nicht unterbrach und etwas schrieb, das sich verkaufen ließ, wäre der Krieg verloren, denn ein Schriftsteller, der nichts zu beißen hat, kann nicht schreiben und könnte am Ende sogar sterben. Mithin war Crane durchaus willens, gegen seine Prinzipien zu verstoßen und etwas für den Markt zu produzieren. Wer wollte ihm vorwerfen, dass er sich dem Druck

■ 14 Stephen Crane: Schwarze Reiter. Ausgewählte Gedichte, zweisprachig. Nachdichtungen von Karl Heinz Berger, Leipzig 1985.

dieser Umstände beugen musste? Er war zu dünn zum Sündigen, sein Geldbeutel war dürr, und sobald er sich aus dem selbstgegrabenen Loch befreit hätte, wäre er wieder auf den Beinen und könnte weiter seinen Weg gehen. Ein Roman über den Bürgerkrieg hätte gute Verkaufschancen und könnte sich als profitabel erweisen. Seit dem Krieg waren achtundzwanzig Jahre vergangen, aber gerade jetzt sprachen Amerikaner überall im Land wieder viel davon, Bücher und Artikel über den Krieg erfreuten sich zunehmender Beliebtheit, und wer sich wie Crane für Militärisches interessierte, konnte doch wohl mal eben auf die Schnelle eine spannende Abenteuergeschichte für die Massen schreiben, einen konventionellen kleinen Roman über jugendliches Heldentum auf dem Schlachtfeld, und dann die Dollars hereinrauschen sehen? So jedenfalls der Plan, aber der Plan, Verrat an sich selbst zu begehen, ging schnell nach hinten los. Wie er seinem Freund Louis Senger erzählte, dem «großen Mann» der Sullivan-County-Storys: «Ich hatte mir vorgenommen, einen Reißer zu schreiben, etwas auf Schülerniveau – du weißt, was ich meine. Aber dann, ohne dass ich es wollte, packte mich die Sache selbst, und es ging nicht, es ging nicht. Ich *musste* es auf meine Weise tun.»

Er tat es auf seine Weise, und das Ergebnis ist einer der beständigsten amerikanischen Romane des 19. Jahrhunderts – der einzige über den Bürgerkrieg, der noch immer von Bedeutung ist. Die meisten Amerikaner wissen heutzutage kaum noch etwas über Stephen Crane selbst, aber Millionen von ihnen ist bekannt, er war der Mann, der *The Red Badge of Courage* geschrieben hat, auch wenn sie nicht ahnen, dass der Mann ein Milchgesicht von gerade einmal dreiundzwanzig Jahren war.

11

In den fünfundzwanzig Monaten von seiner ersten Begegnung mit Linson Anfang Januar 1893 bis zu seiner Abreise nach Nebraska Ende Januar 1895 ereignete sich für Crane so viel, dass man kaum noch Schritt halten kann. Geldsorgen malträtierten seinen, wie Edward Marshall ihn schilderte, «dünnen – geradezu ausgezehrten Körper», vor allem in dem harten, unergiebigen Jahr 1893, ein Zustand, der sich erst 1894 ein wenig besserte; und die ganze Zeit schrieb er, verfasste langsam und stetig in seiner großen, gleichmäßigen Handschrift eine erstaunliche Vielzahl an Werken in den verschiedensten Genres: seinen ersten Roman, seine zweite Novelle, mehrere Kurzgeschichten, die achtundsechzig Gedichte von *The Black Riders*, anderthalb Dutzend Zeitungsskizzen und einen umfangreichen Zeitschriftenartikel. Der Übersichtlichkeit halber werde ich seine verschiedenen Aktivitäten eine nach der anderen durchgehen, wobei man aber stets daran denken sollte, dass all dies sich *zur selben Zeit* abspielte, oft von einem Tag auf den anderen – und nicht selten mehr als eins am selben Tag.

Erstens: Die Entstehung von *The Red Badge of Courage*.

Mit der Schlacht von Chancellorsville war Crane seit seiner Kindheit vertraut. Sein Onkel Wilbur Fisk Peck, einer der ganz wenigen im Peck-Clan, die nicht methodistischer Geistlicher wurden, hatte bei diesem grausamen Gemetzel mit fast zwanzigtausend Toten oder Verwundeten als Feldarzt gedient. Crane hatte seinen Degen geerbt, den er in Claverack als Leutnant und Hauptmann beim Drill zu seiner Uniform getragen hatte, und einer seiner Lehrer dort (Geschichte und Rhetorik) war Seelsorger der 34th New York Volunteers gewesen, eine Zahl, die nach allgemeiner Auffassung bei der Namensgebung des fiktiven 304th Regiments in dem Roman Pate gestanden hat. Tatsächlich hatte Crane wohl eher das 124th

New York State Volunteer Regiment im Sinn, auch bekannt als Orange Blossoms (weil seine Mitglieder aus dem Orange County kamen, viele von ihnen aus Port Jervis), das in jenem blutigen Frühjahr 1863 in Chancellorsville gekämpft hatte. Die meisten von denen, die die Schlacht überlebt hatten, lebten in den frühen 1890ern noch in Port Jervis, und Crane sprach mit ihnen, stellte Fragen und versuchte so viel wie möglich von ihnen zu erfahren. Lawrence dazu: «Jahrelang hatte er Veteranen des Bürgerkriegs nach ihren Erinnerungen ausgefragt, nach ihren Erlebnissen im Alltagsleben einer Armee, und wusste daher mehr vom Krieg, wie er sich dem einfachen Soldaten darstellt, als die meisten Historiker.»

Dann kam es zu der zufälligen Begegnung mit Corwin Knapp Linson, die ihn letztlich auf die Idee für das Buch brachte. Linson, sieben Jahre älter als Crane, ein Maler und Illustrator, hatte lange Zeit in Paris an der Académie Julien und an der École des Beaux Arts studiert und zusammen mit Paul Gauguin in der Künstlerkolonie Pont-Aven in der Bretagne gelebt. Er war auch ein Cousin von Louis Senger, und der nahm Crane eines verschneiten Nachmittags im Januar 1893 zu einem Besuch in Linsons Atelier an der Südwestecke von Broadway und 13th Street mit. «Als Crane seinen langen Ulster ablegte», schreibt Linson in seinem Buch, «kam eine verblüffend schlanke, vergleichsweise schmächtige Gestalt von mittlerer Größe zum Vorschein, jedoch mit den Proportionen und der Haltung eines Athleten.[15] Sein Gesicht war schmal, aber nicht hager, und das zerzauste blonde Haar darüber ließ keine Spur von Konvention oder Eitelkeit erkennen. Der Hauch eines Schnurrbarts säumte Lippen, auf denen ein gewinnendes Lächeln lag.» Anfangs schien Crane verlegen, schweigend saß er da, rauchte oder

■ 15 Ein starker Kontrast zu Edward Marshalls Beschreibung ein Jahr später: «dünn – geradezu ausgezehrt» – und ein guter Beleg dafür, wie die Entbehrungen und Nöte von 1893 Crane mitgenommen hatten.

hielt «erloschene Zigaretten» zwischen «nervösen Fingern», doch als Senger seinen Cousin freundlich aufforderte, ihnen etwas von seinen Sachen zu zeigen, «begann Cranes Zurückhaltung zu bröckeln», und dann sprachen die drei über Port Jervis, Zeitschriftenherausgeber und anderes – bis Senger die neueste Ausgabe von *Cosmopolitan* hervorzog und Linson auf Cranes darin abgedruckte Skizze «A Tent in Agony» aufmerksam machte; während Linson mit offensichtlichem Vergnügen die Geschichte las, rutschte Crane, jetzt wieder verlegen, ans äußerste Ende des Sofas, als würde er sich am liebsten unsichtbar machen. Als es Zeit zum Aufbruch war, stand Crane auf und sagte: «Auf baldiges Wiedersehen», worauf Linson erwiderte: «Kommen Sie, wann Sie wollen, Sie können hier auch schlafen, das ist ein offenes Haus.»

Das ließ sich Crane nicht zweimal sagen, und bald vertiefte er sich in Linsons Sammlung alter Ausgaben von *Century*, einer Zeitschrift, die von November 1884 bis November 1887 die Serie «Battles and Leaders of the Civil War» gebracht hatte, ein gewaltiges Unternehmen, das später in einer erweiterten, vierbändigen Buchausgabe erschien. Linson hatte die Zeitschriften erworben, um die Arbeiten ihrer Illustratoren zu studieren. Während es draußen regnete oder schneite und Verkehrslärm die Straßen erfüllte, stand Linson an seiner Staffelei, und Crane saß auf dem Sofa und wühlte sich viele Tage lang durch dieses Material, insbesondere die Berichte der Soldaten, die in Chancellorsville gekämpft hatten. Linson zufolge bemerkte Crane dabei einmal: «Mich wundert, dass diese Burschen nicht sagen, wie sie sich in diesen Gefechten *gefühlt* haben. Sie reden endlos davon, was sie *getan* haben, aber sie sind gefühllos wie Steine.» Er ackerte sich durch eine Ausgabe nach der anderen, warf die gelesenen auf den Boden, und als er schließlich fertig war, dankte er Linson für seine «bezaubernde Geduld» und verließ das Atelier, ohne sich die Mühe zu machen, die Zeitschriften ins Regal zurückzulegen.

Crane in Corwin K. Linsons Atelier, 1893 oder 1894
(Mit freundlicher Genehmigung der University of Virginia)

Die Knöpfe nach dem Spielen nie aufgesammelt.

Im Juni begann er den ersten Entwurf des Buches, zweifellos die letztlich verworfene «Reißer»-Version, mit dem Arbeitstitel *Private Fleming – His Various Battles* (Soldat Fleming – Seine vielfältigen Schlachten), der an eine schärfere Fokussierung der Handlung denken lässt als der später festgelegte, endgültige Untertitel: *Eine Episode aus dem Amerikanischen Bürgerkrieg.* Mitte Juni verließ er die Stadt und verkroch sich bei seinem Bruder Edmund in New Jersey und blieb dort bis September, von ein paar kurzen Ausflügen zurück zu seiner Pension in der West 15th Street einmal abgesehen. Edmund schreibt über diese Zeit in Lake View:

> Sein Tag begann mittags, wenn er aufstand und frühstückte, während meine Frau und die Mädchen zu

> Mittag aßen. An den Nachmittagen trainierte er die Jungen aus der Nachbarschaft in Footballtaktik. Das verschaffte ihm Bewegung an der frischen Luft und eine Menge Spaß. Abends saßen wir um das Klavier herum und sangen, oder besuchten Freunde im Ort. Wenn die Familie sich schlafen legte, ging Stephen in die Dachstube, seinen Schlaf- und Arbeitsplatz, und schrieb, wenn es gut lief, bis tief in die Nacht. Sobald die Geschichte Gestalt anzunehmen begann, las er mir jeweils vor, was schon fertig war. Er sagte, er wolle von mir kein literarisches Urteil, er wolle nur wissen, ob mir die Geschichte gefalle. Nicht schlecht für einen Jungen, der vierzehn Jahre jünger war als ich. Mir gefiel die Geschichte.

Kein Wort von nachts um den Kopf gewickelten nassen Handtüchern, aber wie bei Williams fünf Töchtern in Port Jervis war es auch bei Edmunds drei Töchtern in Lake View. Noch einmal sein Bruder: «Mit den Mädchen, seinen Nichten, hatte er sich ein anstrengendes Spiel ausgedacht. Bewaffnet mit zu Keulen zusammengerollten Zeitungen, mussten die Mädchen grimmig über Stephen herfallen, und er verteidigte sich mit solcher Entschlossenheit, dass er manchmal alle drei in die Flucht schlug. Kräftige Schläge, die freilich niemand übelnahm, wurden ausgeteilt und eingesteckt.»

Unter Edmunds Dach, behütet und sorgenfrei, konnte er sich von dem psychischen und physischen Stress erholen, den der Überlebenskampf in New York als arbeits- und erfolgsloser Freischaffender mit sich brachte, und nicht einmal, als Townley am 20. Juli zum dritten Mal heiratete, konnten seine jüngeren Brüder sich aufraffen, ihr Idyll in Lake View zu verlassen, um an der Hochzeit in Asbury Park teilzunehmen, auch wenn Crane (wie er Lily schrieb) jetzt klar war, dass er seine Wette mit Dottie verloren hatte und ihr eine Halskette schuldete. Crane hätte bei Edmund so lange bleiben können, wie er wollte, aber allmählich gewannen seine Skrupel die Oberhand, und nachdem er den ganzen Sommer bei seinem Bruder gewohnt hatte, packte er seine Sachen und kehrte nach New York zurück. Das genaue Datum ist nicht bekannt, aber am 7. September, kurz bevor oder nachdem er wieder angefangen hatte, sich in der Stadt nach Arbeit umzusehen, fegte ein Wirbelsturm über Port Jervis hinweg und zerstörte die Drew Methodist Church der Gemeinde, deren Vorsteher Cranes Vater in den letzten zwei Jahren seines Lebens gewesen war. Die *Port Jervis Evening Gazette* berichtete: «Der größte Schaden entstand an der nach Westen ausgerichteten methodistischen Episkopalkirche am Orange Square, die direkt im Korridor des Sturmes lag. Der Wind traf sie frontal und schleuderte den hohen Turm auf das Dach, das mit ihm in den Innenraum der Kirche stürzte und nun ein einziges Trümmerfeld darstellt. Die Kirche ist nahezu vollständig zerstört.»

Wieder war ein Teil seiner Kindheit verschwunden.

Verschwunden war auch sein Buch – oder jedenfalls die Reißer-Version, die ihn aus dem Loch ziehen und aus seinem Elend befreien sollte. In Edmunds Haus hatte er etwa ein Drittel des Romans geschrieben, und jetzt fing er noch einmal von vorne an, fest entschlossen, alles in das Buch hineinzustecken, was er zu geben hatte, und das war am Ende weitaus mehr, als er oder sonst irgendjemand erwartet hatte.

Die zweite Fassung des Romans entstand zwischen Herbst 1893 und April 1894 bei Cranes drei Künstlerfreunden in dem New Yorker Ein-Bett-plus-Kohlenkasten-Zimmer im ehemaligen Gebäude der Art Students League an der East 23rd Street, wenngleich Frederick Gordon, der Crane wegen der drohenden Lungenentzündung in seinem Gästebett untergebracht hatte, in seinen Erinnerungen erzählt, Crane habe auch noch nach seiner Genesung bei ihm gewohnt und das Buch in seinem Loft zu Ende geschrieben. Es gibt keinen Grund, an Gordons Darstellung zu zweifeln, andererseits lässt sich ebenso gut annehmen, dass Crane den Großteil des Manuskripts in dem anderen Zimmer geschrieben hat. Vosburgh berichtet, Crane habe «immer nachts gearbeitet, in der Regel von Mitternacht bis vier oder fünf Uhr morgens, dann hat er sich hingelegt und den halben Tag verschlafen», und er habe mit seinen Zimmergenossen freimütig über das Buch gesprochen: «Jede Episode, jede Entwicklungsphase der Hauptfigur von *The Red Badge of Courage* wurde ausgiebig diskutiert, bevor sie in die Geschichte aufgenommen wurde.» David Ericson, der in einem anderen Loft in dem Gebäude lebte, der Mann, der das Porträt von Lily nie zu Ende malte, erzählte Ames Williams 1942 in einem Brief, einmal habe Crane, in einer Hängematte liegend, in seinem Manuskript gelesen (ob in Ericsons Atelier oder woanders, wird nicht klar) und plötzlich laut zu sich selbst gesagt: «Das ist großartig!» Ericson bemerkt dazu: «Zuerst war ich schockiert. Ich fand das sehr selbstgefällig. Aber als er mir die Passage vorlas, erkannte ich, dass sie wirklich ganz wunderbar war ...»

Verschiedene Zimmer, mag sein, aber alle im selben Gebäude, und während dieser sechs oder sieben Monate, in denen er neben dem Roman auch etliche Zeitungs- und Zeitschriftenartikel und siebzig bis achtzig seiner kurzen frühen Gedichte schrieb, verzehrte er sich weiterhin nach Lily. Wie er ihr in diesem Winter (1893–94) schrieb: «Ich bringe es nicht fertig, mich aus der Knechtschaft meiner Liebe zu Dir zu befreien; immer steht sie zwischen mir und dem, wessen ich mich am Leben erfreuen möchte – immer – wie ein verhängnisvolles Urteil – die Worte des Papageien auf dem Todesschiff: ‹Wir sind alle verdammt›.»

Anfang April, als er das Buch abgeschlossen hatte, zog Crane aus dem Gebäude aus, fand eine kleine Wohnung für sich allein an der 111 East 33rd Street und bastelte weiter an dem Manuskript herum. Eine Woche nach dem Umzug machte ihm der Gott des Zufalls ein unerwartetes Geschenk in Form eines Interviews, das Edward Marshall für die *New York Press* mit Howells führte. Darin sprach Howells über den aktuellen Stand der amerikanischen Literatur, zählte einige Romanschriftsteller auf und fügte dann hinzu: «Es gibt noch einen, in den ich große Hoffnungen setze. Sein Name ist Stephen Crane, er ist noch sehr jung, lässt aber Großartiges erwarten. Es gibt bereits einen Roman von ihm – ‹Maggie›, eine bemerkenswerte Studie über das Leben an der New Yorker East Side.» In derselben Ausgabe (15. April) brachte die *Press* ein paar Auszüge aus *Maggie* mit einleitenden Bemerkungen, die zweifellos von Marshall stammten: «Hier wird unbestreitbar die Wahrheit gesagt; die Art von Wahrheit, die noch kein Amerikaner jemals den Mut (oder ist es Wagemut?) hatte zwischen zwei Buchdeckel zu bringen. Die Frage ist, ob solche Grausamkeiten in der Literatur akzeptabel sind. Vielleicht, wie Mr. Howells sagt, werden sie es bald schon sein.»

Nach einem Jahr im Schatten kam Cranes verlorener Roman langsam wieder ans Licht. Das machte ihm neue Hoffnung für die Zukunft, zugleich aber änderte dies erst einmal nichts an seinen Geldnöten, und als Garland ihn am 17. schriftlich nach Neuigkeiten fragte und ihm mitteilte, dass er am 25. in den Westen aufbrechen werde, schrieb Crane ihm von den Zehen, die «aus einem meiner Schuhe» herausschauen, fügte dem aber in einem jähen Ausbruch von Optimismus hinzu: «Ich bin jetzt umgezogen – habe eine eigene Wohnung. Jetzt kann man mich besuchen. Die Leute kommen in Scharen und preisen mich als großen Schriftsteller. Fünf Kurzgeschichten habe ich verkauft, vier nicht, sechs in Planung, insgesamt also fünfzehn, teils fertig, teils noch nicht. Zusammen ergeben sie ein Buch.» Dann schickte er seinen dritten Brief an Lily ab. Der Brief ist nicht datiert, aber in Anbetracht der für ihn so günstigen Entwicklungen müssen seine Bemerkungen über den

Crane, links stehend, mit seinen Zimmergenossen im Haus der Art Students League. An der Staffelei vermutlich R. G. Vosburgh, im Vordergrund Nelson Greene, neben Crane stehend William Carroll.

(Mit freundlicher Genehmigung von Elizabeth Friedmann)

«schönen Krieg» und den «wahren Weg» unmittelbar nach Howells' Ausführungen in der *Press* entstanden sein.

Am 21. oder 22. April begab er sich mit dem zusammengerollten Manuskript in der stark ausgebeulten Tasche seines Ulsters in die West 105th Street und überreichte es Garland, dem einzigen Menschen, auf den er sich verlassen konnte. Garland wollte gleich einen Blick hineinwerfen, und Crane verzog sich nervös in die Küche, wo

Garlands Bruder das Mittagessen vorbereitete. Aus Garlands Aufzeichnungen von 1930: «Auf jeder Seite fanden sich Bilder wie aus einem großen Gedicht, und ich empfand die Begeisterung eines Verlegers, der unverhofft auf ein Meisterwerk gestoßen war.» Als Garland bei genauerem Hinsehen feststellte, dass das Manuskript in der Mitte abbrach, und sich nach dem Rest erkundigte, antwortete Crane mit sardonischem Grinsen, der Rest sei bei einem Kopisten verpfändet. Er schulde diesem Mann fünfzehn Dollar, und da er keine fünfzehn Dollar habe, komme er fürs Erste nicht an die zweite Hälfte des Manuskripts heran. «Höchst amüsiert von seinem tragischen Tonfall», bot Garland an, ihm die fünfzehn Dollar zu leihen, wenn Crane ihm dafür am nächsten Tag die fehlenden Seiten bringen würde. Crane versprach es «und zog bester Laune von dannen».

Ende des Monats, nachdem er noch einige von Garland angeregte Änderungen vorgenommen hatte, schickte Crane das Buch an S. S. McClure – zusammen mit einem Empfehlungsschreiben seines Fürsprechers aus der 105th Street. Er hoffte, es, als ersten Schritt zu einer Buchveröffentlichung, als Fortsetzungsroman bei McClures Newspaper Features Syndicate oder dem neugegründeten *McClure's Magazine* unterzubringen. Ein vernünftiger Plan. Crane brauchte Geld, und mit dem Abdruck in Zeitungen und Zeitschriften ließ sich zusätzliches Geld machen, nur war er bei dem undurchsichtigen, doppelzüngigen McClure an den Falschen geraten und musste monatelange Enttäuschungen hinnehmen. McClure selbst war knapp bei Kasse, im Grunde so gut wie bankrott, nachdem er beträchtliche Summen in seine neue Zeitschrift gesteckt hatte, die im Juni zuvor – zu Beginn der Börsenpanik von 1893 – an den Start gegangen war, und 1894 steckte er immer noch so tief in Schwierigkeiten, dass er sich Geld von seinen eigenen Autoren geliehen und (wenn das nicht zum Lachen ist!) den Arzt seiner Frau überredet hatte, in die Zeitschrift zu investieren. Crane publizierte bis an sein Lebensende bei McClure, und fast immer unter verdrießlichen Umständen, aber den größten Verdruss hatte er gleich mit seinem ersten Buch, und die Verbitterung darüber ließ Crane beinahe verzweifeln. McClure fehlte das Geld, *The Red Badge of Courage* zu drucken, doch statt dem jungen Autor von seinen Problemen zu erzählen und ihm das Manuskript umgehend zurückzuschicken, hielt er es zurück, hielt es sechs Monate lang zurück, vertröstete Crane ein ums andere Mal, lehnte das Buch weder ab noch nahm er es an und ließ den Jungen in einem entmutigenden Schwebezustand zwischen Ja und Nein in der Luft hängen.

Mitte September, nach einem Monat bei Freunden in der Wildnis im Pike County, kam Crane nach New York zurück, und im Oktober wohnte er wieder in seiner alten Bude an der East 23rd Street. In diesen Wochen rettete Edward Marshall den Roman, indem er Crane riet, sich an Irving Bacheller zu wenden, den Direktor eines anderen Pressesyndikats, und Crane suchte das handschriftliche Originalmanuskript hervor und reichte es ein. Wie es aussieht, hat er sich nie darum gekümmert, das Typoskript von McClure zurückzufordern. Er wandte sich einfach von ihm ab, zog weiter und hoffte, dass Marshall, der unerschütterlich an sein Buch glaubte, ihm einen guten Rat erteilt hatte.

Aus Bachellers Buch *Coming Up the Road* von 1928:

> Er kam mit einem Manuskriptbündel zu mir. Er sprach bescheiden davon. In seinen Worten war keine Spur des hoffnungsfrohen Optimismus, mit dem er es einst vermutlich betrachtet hatte. Zweifellos war es ihm von den «Satrapen» der großen Zeitschriften zurückgeschickt worden. Falls sein unsterbliches Werk ihn jemals mit Begeisterung erfüllt hatte, hatten die sie ihm ausgetrieben. Er sagte ungefähr Folgendes:
>
> «Mr. Howells und Hamlin Garland haben das Ding

gelesen und finden es gut. Ich möchte, dass Sie es lesen, und egal ob Sie etwas damit anfangen wollen oder nicht, würde ich gern Ihre aufrichtige Meinung dazu hören.»

Das Manuskript war vom vielen Anfassen ein wenig angeschmutzt. Nicht abgetippt, sondern in einer gut lesbaren und recht schönen Handschrift des Autors selbst. Ich nahm es noch am selben Abend mit nach Hause. Meine Frau und ich verbrachten mehr als die halbe Nacht damit, es uns gegenseitig vorzulesen. Wir kamen ziemlich weit, begeistert von der Kraft und Lebendigkeit der Geschichte. Am Morgen schickte ich nach Crane und vereinbarte mit ihm, rund fünfzigtausend seiner magischen Worte als Fortsetzungsroman abdrucken zu lassen.

Am Ende wurden die fünfzigtausend Wörter auf fünfzehntausend zurechtgestutzt («viel weniger und für meinen Geschmack viel schlechter als ursprünglich gedacht», wie Crane bemerkte, als der Auszug Anfang Dezember in sechs Folgen zu je 2500 Wörtern erschien), aber es war doch immerhin etwas, eher ein Schritt vorwärts als rückwärts. Sogleich ließ Crane das Manuskript noch einmal abtippen, und wieder musste er sich Geld dafür leihen. Diesmal wandte er sich an seinen Freund John Henry Dick, den er von der Studentenverbindung in Syracuse her kannte und der auf der Party anlässlich des Erscheinens von *Maggie* anderthalb Jahre zuvor mehrere Gäste animiert hatte, das Buch zu kaufen: «Egal wie und woher, beschaff mir fünfzehn Dollar», schrieb er ihm, und Dick gelang es tatsächlich, seinen Boss bei *Godey's Magazine* zu überreden, ihm die verlangte Summe zu leihen. (Mit gewohnter Unbekümmertheit in Geldangelegenheiten zahlte Crane auch diese Schulden nie zurück.) Sobald die neue Abschrift fertig war, übergab er sie Bacheller und unterschrieb einen Vertrag, der ihm neunzig Dollar für die Rechte an den Fortsetzungen garantierte, nach heutigen Maßstäben erschreckend wenig, für Crane aber mehr, als er jemals in Händen hatte, seit er den Haufen Geld an die Gauner losgeworden war, die sein erstes Buch gedruckt hatten, und endlich hatte er ein wenig Luft, eine kleine Verschnaufpause inmitten seiner Schwierigkeiten.

Am 15. November schrieb er an Garland, der immer noch auf Reisen war:

> *Mein lieber Freund: So viel von meinen Reibereien mit der Welt habe ich stumm zu ertragen, dass ich manchmal den Anschein erwecke, ich hätte meine besten Freunde vergessen, die, denen ich so viel zu verdanken habe. Tatsächlich bin ich soeben aus dem dreiundfünfzigsten Loch gekrochen, in das ich geworfen wurde, und habe jetzt das Gefühl, Dir einen Brief schreiben zu können, den Du mir nicht verübeln wirst. McClure hat mir mit dem Kriegsroman ganz übel mitgespielt, und das war eins der Löcher, in die ich gestoßen wurde. Sechs Monate lang hat er ihn bei sich behalten, ich hätte verrückt werden können. O ja, er wollte ihn nehmen, aber – Am Ende habe ich ihn Bacheller gegeben. Die bringen ihn im Januar [Dezember] in gekürzter Form. Ich habe gerade ein New-York-Buch abgeschlossen, das noch eine Spur besser ist als Maggie* [George's Mother]. *Mein bestes bisher. Da Du nicht hier bist, werde ich versuchen, es Mr. Howells zum Lesen zu geben. Für die Press arbeite ich immer noch. Wie immer Dein Stephen Crane.*

Die Fortsetzungen erschienen vom 3. bis 8. Dezember landesweit in elf oder zwölf Zeitungen, und am 9. dann endlich auch in New York, die erste der sechs Folgen in der Sonntagsausgabe von Edward Marshalls *Press.* Marshalls Assistent zu der Zeit war der achtundzwanzigjährige Curtis Brown, der Mann, der in den letzten Jahren des Jahrhunderts nach London ging und dort die berühmte, noch heute florierende Literaturagentur gründete. 1894, als Crane für die *Press* seine New Yorker Skizzen und Geschichten schrieb, war Brown sein Lektor; die beiden kannten sich gut. In seinem Buch *Contacts* (1935) erinnert sich Brown an seine Begegnung mit Crane an jenem längst vergangenen Sonntag. Es war sein freier Tag, dennoch ging er an dem Morgen für ein paar Stunden in sein Büro bei der *Press* –

> und als ich hinauskam, traf ich Stephen an der von eisigem Wind gepeitschten Ecke Park Row und Beekman Street vor dem Potter Building, in der die *Press* ihren Sitz hatte. Er trug keinen Mantel, aber sein schmales, bleiches Gesicht leuchtete auf, als er mich sah. Er nahm mich in die Arme und sagte: «Oh, finden Sie es wirklich gut?» Zum Glück konnte ich mir denken, wovon er sprach, und sagte: «Es ist großartig.» «Gott segne Sie», sagte er und hastete durch den Schneeregen davon.

Brown war nicht der Einzige, der es großartig fand. Bacheller berichtet in seinem Buch: «Die Qualität wurde unmittelbar erkannt. Mr. Talbot Williams, der vortreffliche Herausgeber der *Philadelphia Press* [und künftige Dekan der Columbia School of Journalism] ... bat mich, Crane zu ihm zu bringen.» Bacheller – von Brown als «lebenslustiger blonder Mann ... der später ein bekannter Romanautor wurde», beschrieben und allem Anschein nach schon damals, mit Mitte dreißig, ein warmherziger, väterlicher Mann – überredete Crane, ihn nach Philadelphia zu begleiten. «Die Nachricht, dass der große Stephen Crane im Haus war, verbreitete sich vom Keller bis zum Dach. Redakteure, Reporter, Setzer und Korrekturleser umringten ihn und schüttelten ihm die Hand. Eine Offenbarung der bezwingenden Macht des Genies.» Nur wenige Tage zuvor war in eben dieser *Philadelphia Press* ein Artikel von Elisha J. Edwards (unter dem Pseudonym «Holland») erschienen, der mit den Worten schloss: «Wenn Mr. Crane gut auf sich aufpasst, seinen innersten Regungen treu bleibt, seinen Eingebungen folgt und nicht auf diejenigen hört, welche dies und das über amerikanische Literatur schreiben, wird er sehr wahrscheinlich bald als einflussreichster Erzähler Amerikas gelten.»

Er begann von sich reden zu machen. Nicht viel, gewiss, aber plötzlich ging es bergauf mit ihm, seine Lage besserte sich von Tag zu Tag, und nicht lange nach dem Erfolg mit der verstümmelten Zeitungsversion von *The Red Badge of Courage* machte Bacheller seine Geldbörse auf und erfüllte ihm den langgehegten Wunsch, auf Reisen zu gehen. Crane bekam ein Spesenkonto für die Fahrtkosten und sollte dafür lediglich von den Stationen seiner Reise durch die Südstaaten, den Westen und Mexiko Artikel an das Syndikat telegraphieren. Am 1. November war Crane dreiundzwanzig geworden, und abreisen sollte er Ende Januar, was ihm reichlich Zeit gab, bis dahin noch ein wenig Arbeit für sich selbst aufzutreiben. Er besuchte Ripley Hitchcock, den Herausgeber von D. Appleton & Company, der *Maggie* abgelehnt hatte, und zeigte ihm ein paar seiner New Yorker Skizzen. Hitchcock fragte, ob er nicht ein zur Veröffentlichung geeignetes Buchmanuskript habe, und Crane schickte ihm zunächst Ausschnitte der Zeitungsfassung von *Red Badge* und dann, bevor er für Bacheller auf Reisen ging, das vollständige Typoskript des Romans – vielleicht gefiel es Hitchcock ja. Irgendwann während seiner zwei Wochen in Nebraska erhielt er einen Brief von Hitchcock: Appleton wolle das Buch veröffentlichen.

Endlich war es so weit – und doch, wie sehr diese vielen Monate voller Enttäuschungen und Rückschläge Crane zermürbt hatten, lässt sich daran erkennen, dass das, was uns Heutigen als Selbstverständlichkeit erscheint (die Veröffentlichung von *The Red Badge of Courage*), um ein Haar ausgeblieben wäre, denn wie er Willis Brooks Hawkins, seinem engsten New Yorker Freund in den Jahren 1895 und 1896, später einmal anvertraute, sei er, als er Hitchcock das Typoskript geschickt habe, so mutlos gewesen, dass er sich vorgenommen habe, den Roman zu verbrennen, wenn er noch einmal abgelehnt werde.

12

Die New Yorker Skizzen.

Crane brauchte Arbeit, und Anfang 1894 fand er welche. Seit dem verhängnisvollen Artikel über die JOUAM-Parade im Sommer 92 hatten die New Yorker Zeitungen nichts mehr von ihm wissen wollen, dann aber war ihm mit Edward Marshall genau der Richtige über den Weg gelaufen – die Begegnung hatte ihn eine unschöne Woche im Bett gekostet, aber das war es wert –, denn als Herausgeber der Sonntagsausgabe der *Press* hatte Marshall Einfluss genug, Crane wieder Zutritt in die Welt des Journalismus zu verschaffen. Marshall war nur zwei Jahre älter als Crane, besaß ein gutes Gespür für Talente und hatte als nahezu Gleichaltriger einen Blick dafür, was an Cranes Arbeit so neuartig und unkonventionell war. Fünf Tage nachdem Crane am 5. Juni 1900 in einem Sanatorium im Schwarzwald gestorben war, verfasste Marshall, noch tief erschüttert, einen sehr verhaltenen Nachruf für den *New York Herald* («Loss of Stephen Crane – A Real Misfortune to All of Us»), der sich im Wesentlichen um ihre gemeinsamen Kriegserlebnisse auf Kuba drehte, aber auch von Cranes erstem Besuch im Potter

Building erzählte: «Eines Tages ... kam ein junger Mann mit einem Empfehlungsschreiben zu mir ins Büro. Er war dünn – geradezu ausgezehrt. Er wollte Arbeit und bekam welche. Sein Artikel – das Honorar war lächerlich – über die Angst vor Bränden in Mietskasernen war so ziemlich das Beste, was er oder überhaupt irgendjemand je geschrieben hat. Ihm folgten weitere bemerkenswert starke Artikel.»

Die meisten Artikel, die Crane in diesem Jahr schrieb, gab Marshall in Auftrag, aber nicht alle, insbesondere nicht den ersten, der keine Auftragsarbeit für irgendeine Zeitung oder Zeitschrift war, sondern auf gut Glück geschrieben wurde. Fertiggestellt im Februar und erschienen in der Oktoberausgabe von *Arena*, schildert «The Men in the Storm»[16]) sehr anschaulich die verheerenden Auswirkungen der Börsenpanik auf die schutzlose Arbeiterklasse der Stadt. Bei steigenden Arbeitslosenzahlen und immer mehr Wohnungslosen, die überall in der Stadt, auf Bänken und an Straßenecken, ihr Lager aufgeschlagen hatten, war New York zur Hauptstadt der Warteschlangen, Suppenküchen und Obdachlosenunterkünfte geworden. Garland hatte Crane bereits vorgeschlagen, über diese Zustände zu schreiben, und Crane, jung, unbekümmert und jeder Herausforderung gewachsen, ergriff am 26. Februar 1894 seine Chance. Um drei Uhr nachmittags brach ein gewaltiger Blizzard mit einem halben Meter Schnee über Manhattan herein, und heftiger Wind begann, «dichte Wolken Schnees durch die Straßen zu wirbeln, fegte ihn von den Dächern herab und vom Pflaster empor, bis die Gesichter der Passanten wie von tausend Nadelstichen schmerzten und brannten. Die auf den Fußsteigen duckten den Nacken tief in den Mantelkragen und gingen gebeugt wie die

■ 16 Alle Zitate nach der Übersetzung von Barbara Cramer-Nauhaus, «Die Männer im Sturm» in: Stephen Crane: Kleine Romane und Erzählungen. Leipzig 1983. (A. d. Ü.)

Greise». Crane eilte in das Unwetter hinaus und begab sich ohne Mantel, nur mit einer dünnen Jacke bekleidet, zur Bowery, um den Auftrag auszuführen, den er sich selbst gegeben hatte: vor der verschlossenen Tür einer «Herberge» Posten zu beziehen, während die vor der Tür versammelten Arbeitslosen auf Einlass warteten, wo «die Obdachlosen der Stadt für fünf Cent ein Bett bekommen konnten und am Morgen Kaffee und Brot». Immer mehr Männer fanden sich ein, drängten sich zum Schutz gegen die Kälte zu einer ununterscheidbaren Masse zusammen, «die Hände tief in die Taschen gebohrt, die Schultern geduckt, von einem Fuß auf den andern tretend», und «pressten sich dicht aneinander wie Schafe in einem Wintersturm und hielten einer den andern warm durch die Wärme ihrer Leiber». Crane fiel auf, dass es zwei Kategorien unter den Männern gab – die erst seit kurzem Arbeitslosen und die ständig Arbeitslosen («der wendigen Bowery-Sorte zugehörig»); die arbeitslosen Arbeiter waren «Männer von unbezweifelbarer Geduld, Ausdauer und Mäßigkeit, die in Zeiten des Unglücks nicht gleich über die ganze Gesellschaftsordnung herziehen, über den Dünkel der Reichen fluchen und die Feigheit der Armen bejammern, sondern die zu solchen Zeiten plötzlich eine ungewöhnliche Demut an den Tag legen können, als ob sie sähen, wie das Glück sie hinter sich ließ, und nun zu erkennen versuchten, wo sie versagt, woran sie's hatten fehlen lassen, dass sie so auf der Strecke blieben».[17] Trotz des grauenhaften Wetters und ihrer trostlosen Situation konnten diese Männer noch Witze machen, wie Crane erstaunt bemerkte, «erwartet man doch nicht in einem Haufen

■ 17 Dies deckt sich mit zahlreichen Berichten über die Haltung der Arbeitslosen während der nächsten großen Depression in den 1930ern und erklärt vielleicht – zumindest teilweise –, warum die amerikanische Arbeiterklasse nie eine anhaltende ideologische Auseinandersetzung mit den kapitalistischen Strukturen geführt hat. Crane mag sich nicht aktiv politisch betätigt haben, besaß aber ein intuitives Gespür für die amerikanische Psyche und infolgedessen für die Gesellschaft, in der er lebte.

alter Klamotten unter einer Schneewehe den Sinn für Humor zu finden», und als «die Winde ..., indem die Zeit vorrückte, immer ungestümer zu werden» schienen und «manche Schneeschauer, die auf die dichtgedrängten Köpfe herabfuhren, ... wie Messer und Nadeln» schnitten, rückten die Männer «dichter zusammen und fluchten, nicht wie finstere Meuchelmörder, sondern auf eine eigentümlich amerikanische Art, grimmig und verzweifelt freilich, und doch mit einem erstaunlichen Unterton, unbestimmbar und rätselhaft, so als ob es in diesem Verhängnis ... etwas zum Lachen gäbe». Die Männer in den hinteren Reihen, in Sorge, die Menge sei zu groß, als dass alle Einlass finden könnten, drängten gegen die vor ihnen Stehenden an, bis die ganz vorne, die als Erste gekommen waren, an die verschlossene Tür gepresst wurden, dann aber erschien ein Polizist und stellte die Ordnung wieder her, und es fielen weder Schläge noch böse Worte, niemand wurde verletzt. Lange nach Einbruch der Dunkelheit öffnete sich endlich die Herbergstür, und die Männer schlurften hinein. «Die wogende Menge auf dem Fußsteig wurde kleiner und kleiner. Der Schnee peitschte mit erbarmungsloser Beharrlichkeit auf die gebeugten Köpfe derer, die warteten. Der Wind trieb ihn vom Pflaster auf in rasenden weißen Wirbeln, und brodelnd umkreiste er die aneinandergedrängten Gestalten, die hineinschwankenden, einer nach dem anderen, immer drei und drei, fort aus dem Sturm.»

Crane, der stundenlang zitternd draußen in der Kälte gestanden hatte, ging zurück in sein Zimmer in der East 23rd Street, schrieb stundenlang den Artikel, kroch ins Bett und klappte zusammen.

Am nächsten Morgen kam Linson ihn besuchen:

> Ende Februar gab es einen Schneesturm, und als ich Steve nach einer schlimmen Nacht in dem alten League-Gebäude aufsuchte, traf ich ihn im Bett an, er sah sehr mitgenommen aus. Die anderen waren nicht

> da … Er zog ein Manuskript unter seinem Kopfkissen hervor, warf es mir hin, verkroch sich wieder unter die Decke und sah mich lauernd an. Es war dieser Warteschlangen-Klassiker «Die Männer im Sturm» … Ich hatte gewusst, dass er in dieser Nacht rauswollte, und war beunruhigt, wie er es überstanden hatte, ihn aber so erschöpft anzutreffen, hatte ich nicht erwartet.

Linson fragte: «Warum hast du nicht zwei oder drei zusätzliche Unterhemden angezogen, Steve?» Cranes Antwort kam wie aus der Pistole geschossen und lässt sich als Kommentar zu allem lesen, worin er seine Aufgabe als Schriftsteller sah: «Wie soll ich wissen, was diese armen Teufel empfinden, wenn ich selbst es warm habe?»

«Die Männer im Sturm» ist ein pointiertes, meisterhaft gearbeitetes Stück Literatur, nicht zuletzt in Anbetracht der widrigen Umstände, unter denen es geplant und ausgeführt wurde, aber auch wenn es dem, was wir «authentischen Journalismus» nennen, näherkommt als fast alle anderen Artikel, die Crane in diesem Jahr schrieb (einzige Ausnahme: seine Recherchen im Kohlebergbau von Pennsylvania im Frühjahr desselben Jahres), hat es mit unseren modernen journalistischen Standards wenig zu tun. Ein Reporter, der heutzutage eine vergleichbare Szene beobachten würde wie Crane 1894, dürfte die Börsenpanik und die steigenden Arbeitslosenzahlen in der Stadt nicht unerwähnt lassen und müsste, während er mit den armseligen Gestalten vor der Tür der Herberge steht, mit einigen von ihnen reden und ihre Aussagen in dem Artikel unterbringen, ihre Namen nennen, sofern sie damit einverstanden sind, und dann auch noch, wenn die Tür sich öffnet, mit ihnen in die Herberge gehen und beschreiben, was er dort sieht (wie viele Zimmer, wie viele Betten, wie sauber oder schmutzig), und schließlich müsste er mit den Leuten reden, die dort arbeiten, und in Erfahrung bringen, wie das Haus finanziert wird (von einem öffentlichen Träger oder einem privaten Wohltäter) und wie viele Menschen dort pro Tag, pro Woche, pro Jahr versorgt werden. Crane tat nichts von alledem. Er stellte sich einfach zwischen diese Männer, beobachtete ihr Verhalten und hörte zu, was sie sagten. Dann ging er nach Hause und notierte seine Eindrücke so präzise wie er konnte. An keiner Stelle des Artikels kommt uns der Verdacht, Crane schmücke irgendetwas aus oder erfinde etwas hinzu, und trotzdem fällt es mir schwer, das Stück als Reportage zu bezeichnen. Es ist ein Stück Literatur, und damit gehört es eindeutig zu Cranes literarischem Werk und verdient genauso sorgfältig untersucht zu werden wie seine Romane, Erzählungen und Gedichte. Er selbst und seine Redakteure sprachen von «Skizzen», und dieser Ausdruck ist eben deshalb so treffend, weil er schwer einzugrenzen ist, ein unklarer Ausdruck für eine unklare literarische Form, die irgendwo zwischen Fakten und Fiktionen einzuordnen ist, man könnte auch sagen, Fakten, die mit den Methoden der Fiktion notiert werden, oder eine Erzählung, die keine Geschichte erzählt, sondern ein Bild (eine Skizze) von etwas zeichnet, das geschehen ist oder mehrmals geschehen ist und dann erzählt wird, als geschehe es zum ersten Mal, wie im Fall des Stücks, das Marshall in seinem Artikel über Crane erwähnt, «The Fire», das nicht vom Brand eines bestimmten Hauses berichtet, sondern von mehreren Bränden, die Crane in New York beobachtet hatte und die er dann zur Schilderung eines einzigen Brandes zusammengefasst hat – eines imaginären Brandes, ja, aber nicht eines frei erfundenen, und mag es sich dabei auch nicht um Journalismus im strengsten Wortsinne handeln, so berichtet es doch von etwas Wahrem, von der fiktiven Wahrheit eines realen Geschehens – selbst wenn einzelne Details nicht auf tatsächlichen Ereignissen beruhen.

Wie soll ich wissen, was diese armen Teufel empfinden, wenn ich selbst es warm habe? Diese Bemerkung weist schon auf Cranes «kleines Kunstcredo» voraus, von dem er Lily in diesem Frühjahr schreibt, die Überzeugung, «am erfolgreichsten seien wir in der Kunst, wenn wir Natur und Wahrheit so nah wie möglich kommen». Nachdem er bei Schneesturm durch die Stadt marschiert war und dann stundenlang im eisnadelkalten Wind gestanden hatte – zu dem einzigen Zweck, über eine elende Schar obdachloser Männer zu schreiben –, scheint Crane sich für den Vorrang erlebter persönlicher Erfahrung vor der wahrheitsstiftenden Kraft der Phantasie auszusprechen. Möglich, dass er zu dieser Zeit daran geglaubt hat – und wegen dieses Glaubens seine Gesundheit riskiert hat –, aber denkt man dies konsequent zu Ende, dürfte es in der Literatur keine Romane oder Erzählungen mehr geben, nur noch Autobiographisches, und da Crane zu der Zeit an *The Red Badge of Courage* arbeitete, einem Roman, der vor seiner Geburt spielt und von einem Krieg erzählt, den er nur vom Hörensagen kannte, stünde dieses Buch in krassem Widerspruch zu dem, was er vorgeblich glaubte. Zum Glück war er, was Literatur betraf, kein großer Theoretiker. Er war Praktiker und schlug beim Schreiben je nach den Umständen verschiedene, oft einander widersprechende Wege ein. Für «Die Männer im Sturm» glaubte er, ohne Mantel und Schal in einen Schneesturm zu gehen, werde ihm helfen, sich besser in die von ihm beschriebenen Menschen hineinzuversetzen und einen wahrhaftigeren Bericht über diese eisige Nacht zu schreiben, als wenn er seinen Körper warm eingepackt vor der Kälte geschützt hätte. Wahrscheinlich hat er sich geirrt, aber wer sind wir, den Enthusiasmus eines Einundzwanzigjährigen in Frage zu stellen, der darauf brannte, seine Willenskraft mit den Elementen zu messen? Crane stürzte sich in das Abenteuer, er selbst zu sein, und der Gefühlswert eines solchen Tuns (eine Lungenentzündung riskieren, um die bestmögliche Geschichte zu schreiben) sollte nicht unterschätzt werden, hatte er doch mit Bestehen der selbstauferlegten Prüfung einen inneren Sieg errungen, und Siege schaffen Selbstvertrauen, und Selbstvertrauen befähigt zu größeren und stärkeren Leistungen.

Einen Monat später tat er es wieder, setzte sogar noch einen drauf und mischte sich nicht für ein paar Stunden, sondern für vier Tage und drei Nächte unter die armen Schlucker der Stadt. Begleitet von seinem Künstlerfreund und Mitbewohner William Carroll, machte Crane sich auf, die berüchtigten Tummelplätze der Bowery zu erkunden, 7-Cent-Absteigen und heruntergekommene Free-Lunch-Saloons[18], gesellte sich zu Landstreichern, Säufern und Schnorrern, um etwas über ihre Welt zu erfahren, und damit sie sich noch besser in deren Lage versetzen konnten, legten die beiden jungen Männer vor dem Gang in die Unterwelt ihre Alltagssachen ab und verkleideten sich als Penner, um selbst als Penner zu leben – wie Geheimagenten, die für ihren Auftrag eine andere Identität annehmen. Im Gegensatz zu Crane fühlte Carroll sich ganz und gar nicht wohl dabei; dreißig Jahre später erinnerte er sich in einem Artikel, ihm sei es praktisch unmöglich gewesen, in den schäbigen Unterkünften, wo sie die Nächte verbrachten, Schlaf zu finden, Crane hingegen habe «geschlafen wie ein gesundes Baby», ein Zeichen dafür, wie schnell er sich auf die neuen Umstände eingestellt hatte – und wie viel ihm an dem Projekt lag. Emile Stangé, ein Künstlerfreund, der kurz nach der Rückkehr der beiden von ihrem Streifzug durch die Unterwelt in Linsons Atelier auftauchte, hielt den Augenblick später in einem Brief an Linson fest:

> *Es war ein scheußlicher Tag im März, es goss wie aus Kübeln, dazu starker Nordostwind, kalt und abscheulich. Was ich überhaupt da draußen wollte, weiß ich nicht mehr, jedenfalls kam ich ins Atelier und sah dort Crane und noch einen anderen, die beiden waren gerade angekommen, in Lumpen gehüllt, ohne Mantel, Löcher in den Kleidern, die Zehen sahen zu den Schuhen heraus,*

18 Kneipen, die mit Gratis-Essen Trinker anlockten. (A. d. Ü.)

ohne Schirm (natürlich!), durchnässt bis auf die Haut, umringt von Pfützen. Mir fiel auf, dass Crane immer wieder von furchtbar hohl klingenden Hustenkrämpfen geschüttelt wurde. Die blonden Haare klebten ihm verfilzt an der Stirn. Von Mitgefühl überwältigt, dachte ich: «Mein Gott! Ist es so weit gekommen?» Als könne er meine Gedanken lesen, sah Crane mich grinsend an, und dann hast Du mir erklärt, die beiden hätten sich für einen Auftrag in der Bowery herumgetrieben. Ich tadelte Crane, bei seiner Erkältung so ein Risiko einzugehen, aber er spielte das herunter. Sie hätten das Leben der Landstreicher erkundet.

Zu Cranes Lebzeiten erschienen zwei Versionen von «An Experiment in Misery»[19], die Zeitungsfassung in der *Press* (22. April 1894) und die Buchfassung in *The Open Boat and Other Tales of Adventure* von 1898. In der ersten Version weist die Geschichte vorn und hinten zwei kurze Passagen auf, die in der zweiten wegfallen, was einerseits durchaus sinnvoll erscheint (insbesondere für eine Sammlung von Kurzgeschichten), andererseits den Titel der Skizze sinnlos macht. Die zweite, kürzere Version ist die einzige, die heute noch gedruckt wird, aber ohne die fehlenden Passagen bleibt unverständlich, warum Crane und Carroll dieses Experiment ursprünglich durchführten.

Zwei Männer standen da und beobachteten einen Landstreicher.

«Ich möchte wissen, wie der sich fühlt», sagte der eine nachdenklich. «Wahrscheinlich ist er obdachlos, hat keine Freunde und allenfalls ein paar Cent in der

■ 19 Nur eine davon, die Buchfassung, gibt es in deutscher Übersetzung: «Armut auf Probe», übersetzt von Cramer-Nauhaus, in: Stephen Crane: Kleine Romane und Erzählungen. Leipzig 1983. (A. d. Ü.)

Tasche. Und wenn dem so ist, möchte ich wissen, wie er sich fühlt.»

Der andere, Ältere, sprach mit erhobenem Zeigefinger. «Das kannst du nur erfahren, wenn du selbst in diesem Zustand bist. Aus der Ferne darüber zu spekulieren, ist müßig.»

«Das denke ich auch», sagte der Jüngere, und als habe er eine Eingebung, fügte er hinzu: «Ich will es versuchen. In Lumpen gehen, fast ohne Geld, und möglichst auch hungrig. Vielleicht versetzt mich das in seine Lage, oder wenigstens in die Nähe.»

«Ja, wenn du meinst», sagte der andere, und damit beginnt dieser wahrheitsgetreue Bericht von einer Armut auf Probe ...

Im weiteren Verlauf des Prologs geht der junge Mann zu einem Künstlerfreund, stattet sich in dessen Atelier als Landstreicher aus («ein uralter Anzug und eine braune Melone, die vor vielen Jahren angefertigt worden war») und taucht dann in die Stadt ein, um eine Antwort auf seine Frage zu finden. Hier endet der Prolog, und die nächsten zehn Seiten beider Versionen sind identisch, dann aber folgt in der Zeitungsfassung der Epilog: Die beiden Freunde begegnen sich wieder, und der Ältere fragt den Jüngeren, ob er sich in die Lage eines Landstreichers hineinversetzen konnte. Der Junge sagt, er sei sich nicht sicher, aber immerhin habe er jetzt das Gefühl, seine eigene Sicht habe sich «beträchtlich geändert». Inwiefern sagt er nicht, denn hier endet Cranes Bericht, und die Antwort bleibt dem Leser überlassen.

Die Rahmenhandlung setzt den Titel in einen Kontext, ohne sie entsteht eine etwas andere Geschichte – weder besser noch schlechter, nur anders. In der Zeitungsfassung wird der junge Mann als Forscher eingeführt, als Suchender. In der Buchfassung, die eher einer Kurzgeschichte ähnelt, wird der junge Mann als einer eingeführt, den das Glück verlassen hat, ein Grünschnabel, dem das Schicksal plötzlich ganz schlechte Karten ausgeteilt hat – auf einmal ist er obdachlos, abgebrannt, bettelarm. Beide Voraussetzungen erfüllen ihren Zweck, zu beachten ist aber in beiden Versionen der Geschichte, dass Carroll außen vor bleibt, was wieder einmal beweist, dass eine Skizze kein journalistischer Text ist, wie wir ihn heute definieren würden, sondern eine eigenständige Mischform aus journalistischen Anliegen und literarischen Methoden. Crane nimmt sich Freiheiten mit seinem Quellenmaterial, wer wollte ihn daran hindern, und statt den «wahrheitsgetreuen Bericht» über zwei junge Männer zu schreiben, die sich unter die Entrechteten mischen, lässt er einen der beiden weg und beschränkt die Erzählperspektive auf einen. Das ermöglicht eine konzentriertere Darstellung, und die Wahrheitstreue dieser Geschichte (minus Carroll) wurde von Carroll selbst 1924 in seinen Erinnerungen bestätigt, in denen er unzählige Einzelheiten aufzählt, bis hin zu dem aufdringlichen, ständig quasselnden Penner, der sich wie eine Klette an den Protagonisten heftet und ihm über weite Strecken der gedruckten Skizze keine Ruhe lässt. «Wir trieben uns mit ihm herum und sahen zu, wie er etliche vielversprechende Passanten anschnorrte. Er lotste uns in verschiedene Unterkünfte. Am Ende wurde er so freundlich, dass es uns lästig wurde und wir ihn abschüttelten.»

Getreu den literarischen Möglichkeiten der hier gewählten Form, getreu aber auch seinem ausgeprägten Schriftstellerinstinkt, erzählt Crane die Geschichte in der dritten Person, macht sich selbst zu dem «Jüngling» (wieder einmal eine namenlose Figur), der eines regnerischen Abends in New York allein durch die Straßen schlendert, um irgendwo «zu essen, wie der Wanderer isst, und zu schlafen, wie der Heimatlose schläft». Die Erzählung bietet keine Handlung, nur eine Reihe von Vorfällen, der Ausdruck ist präzise und gemessen, wesentlich kontrollierter als die aufgeladenen, fieberhaften und manchmal verstiegenen Sätze in *Maggie*, ein Fortschritt, der sich den Stilübungen verdankt, mit denen er sich bei der Arbeit an dem noch unfertigen *Red Badge* beschäftigt hatte, aber sein Talent, die sichtbare Welt in scharfe, unmittelbar einleuchtende Wort-Bilder zu übersetzen, erfüllt seine Prosa weiterhin mit Leben: «Zwei Ströme von Menschen fluteten die Gehsteige entlang, bespritzt von schwarzem Schlamm, in dem jeder Schuh einen Abdruck wie eine Narbe hinterließ. Zu Häupten bremsten Hochbahnen mit schrillem Räderknirschen an der Station, die auf ihren hochbeinigen Tragpfeilern einem ungeheuren Krebs zu gleichen schien.»

Der junge Mann betritt einen Saloon – «Heute Abend gratis warme Suppe» –, schlürft eine Schale aus, «in der kleine Andeutungen von Huhn herumschwammen», und geht wieder; draußen kommt ein zerzauster, seltsam gekleideter Mann auf ihn zu; er macht den Eindruck eines Mörders, «der in ungeschickt ausgeführte Verbrechen verstrickt ist» – dies ist der von Carroll erwähnte aufdringliche Landstreicher, im weiteren Verlauf nur noch «der Mörder» genannt, ein Mann, der zu langatmigem Geschwafel neigt, von dem es an einer Stelle heißt: «Es war so tiefgründig, dass es unverständlich blieb.» Nachdem er sich von dem jungen Mann ein paar Cent erbettelt hat, führt er ihn zu einer billigen Absteige, wo sie beide die Nacht verbringen, eine Erfahrung, von der Crane nach seinen eigenen Erfahrungen mit solchen Häusern ausführlich zu berichten weiß, doch alle Erfahrung der Welt hilft einem Schriftsteller nicht viel, wenn er nicht gut schreiben kann, und ihren Höhepunkt erreicht die Skizze in dem langen Mittelteil, wo Crane seine Geschichte durch die Augen (und Nase und Ohren) des jungen Mannes erzählt, als «fremdartige und unbeschreibliche Gerüche vor seine Nüstern» kommen und ihn «wie bösartige geflügelte Krankheiten» bestürmen, und dann vier Absätze später: «Als die Augen des jungen Mannes sich an das Dunkel gewöhnt hatten, konnte er auf den Pritschen, die dicht und regellos den Boden bedeckten, die Umrisse von Männern erkennen, ausgestreckt, in todähnlicher Ruhe daliegend oder mit gewaltigem Kräfteaufwand schwer atmend und röchelnd wie aufgespießte Fische.» Und noch einmal vier Absätze später:

> Und über das ganze Zimmer hin konnte man die braungelben Töne nackten Fleisches sehen, Glieder, ins Dunkel gestoßen, hinausragend über die Pritschen; aufgerichtete Knie, lang und dünn über den Pritschenrand hängende Arme. Zum größten Teil waren sie starr wie Bildsäulen, gemeißelt, tot. Durch die merkwürdigen Spinde, die überall wie Grabsteine herumstanden, gewann man den seltsamen Eindruck eines Kirchhofs, wo man die Leichen nur so hingeworfen hat.

Ein paarmal kommt Crane einer expliziten Gesellschaftskritik näher, als man es sonst von ihm kennt, jedoch nicht in Form faktischer Schilderungen, sondern durch die Gedanken des jungen Mannes, der wach im Dunkeln liegt und dem Stöhnen und Schreien eines anderen lauscht, der offenbar einen furchtbaren Albtraum erlebt. «Aber für den Jüngling waren es nicht nur die Aufschreie eines von Traumgesichten Gepeinigten ... Es war für ihn der Protest des Elenden, der die Berührung der unerschütterlichen granitenen Räder fühlt und der nun aufschreit mit überpersönlicher Beredsamkeit, mit einer Kraft, die nicht von ihm kommt, der Klage einer ganzen Gruppe, einer Klasse, eines Volkes Stimme verleiht.»

Überpersönliche Beredsamkeit ist ein inhaltsschwerer, geradezu transzendenter Begriff, ebenso *Kraft, die nicht von ihm kommt*, auch wenn beides nicht auf Anhieb verständlich ist und man erst nach

Crane 1894, in einer Aufnahme von C. K. Linson
(Mit freundlicher Genehmigung der Syracuse University)

einigem Nachdenken darauf kommt, was es zu bedeuten hat, doch Crane kann sich, ohne den Fortgang seiner Erzählung zu unterbrechen, diesen kleinen lyrischen Ausbruch über die unsichtbare Solidarität zwischen den Elenden dieser Welt eben darum leisten, weil die Skizze als Ganzes so fest im Greifbaren körperlichen Lebens verankert ist. Zum Beispiel, als der junge Mann und der Mörder am nächsten Morgen am Tresen eines schummrigen Restaurants ihre Zwei-Cent-Tassen Kaffee trinken, widmet Crane den Tassen und Löffeln dieselbe Aufmerksamkeit wie zuvor den Männern in der Absteige. «Die Tassen waren übersponnen von braunen Sprüngen, und die dünnen Löffel sahen aus, als stammten sie aus der ersten Pyramide. Sie waren bedeckt mit schwarzen, moosähnlichen Alterskrusten und verbogen und zerschrammt von den Attacken längst vergessener Zähne.» Hier zeigt sich wieder einmal der trockene Humor, der selbst die finstersten Werke Cranes durchzieht, doch eingelagert in diese Komik ist auch etwas, das zu den Gedanken des jungen Mannes zum Thema «überpersönliche Beredsamkeit» und die «Klage ... einer Klasse, eines Volkes» passt, denn schließlich sind die Tassen und Löffel in einem Restaurant nicht Eigentum irgendeiner bestimmten Person, sondern gehören jeweils für kurze Zeit demjenigen, der sie gerade benutzt, einem nach dem anderen im Lauf der Jahre, eine Art Gemeinschaftsbesitz, der von Hand zu Hand und Mund zu Mund und Leben zu Leben weitergereicht wird, und zu einem Zeitpunkt in der Geschichte Amerikas, an dem so wenige so viel und so viele so wenig besaßen, drehen sich die Gedanken des jungen Mannes am Ende der Skizze exakt um diese Idee eines gemeinsam geteilten Lebens. Er ist wieder da, von wo er aufgebrochen ist, sitzt mit dem Mörder auf einer Bank im City Hall Park und fühlt sich ausgeschlossen von den «in wichtigen Missionen» vorüberhastenden Reichen – für ihn sind sie «Ausdruck seiner unendlichen Entferntheit von allem, was er einmal wertschätzte», soll heißen «gesellschaftlicher Rang, Behaglichkeit, die Freuden des Lebens» oder, anders gesagt, sein Zugehörigkeitsgefühl zu einer Welt, die er mit anderen Menschen teilt, und dann, im vorletzten Absatz, formuliert Crane, noch immer durch die Gedanken des jungen Mannes sprechend, der niemand anders ist als Crane selbst, eins seiner strengsten Urteile über die Verachtung, die das geldgetriebene Amerika für diejenigen übrighat, die am Wegesrand liegengeblieben sind. «Und im Hintergrund die vielen Gebäude, mitleidlos grau, starr aufgereckt, waren ihm Sinnbilder einer Nation, die ihr königliches Haupt in die Wolken emporzwingt, ohne einen Blick hinabzuwerfen, in der Erhabenheit ihres Strebens nicht der Elenden achtend, die da zu ihren Füßen umherstolpern mögen.»

Danach war Schluss mit mantellosen Wanderungen im Schneesturm, mit Maskeraden und verdeckten Operationen unter den Geschlagenen und Entrechteten der Bowery. Crane selbst war vielleicht nicht völlig am Ende, aber die anderthalb Jahre in New York hatten ihm hinreichend gezeigt, was Armut bedeutet, und da Marshall bereit war, ihm alles abzukaufen, was er lieferte (wenn auch für lumpige Beträge), machte Crane, bis er im Januar nach Westen aufbrach, mit journalistischen Arbeiten weiter: zehn weitere Skizzen und vier Kurzgeschichten in der Sonntagsausgabe der *Press*, ein Interview mit Howells für die *New York Times* («Howells Fears the Realists Must Wait») sowie zwei Kurzgeschichten, die in Monatszeitschriften erschienen, und nichts von alldem ist langweilig oder uninteressant, manche Arbeiten funkeln, manche flachsen oder machen sich lustig, aber sie alle sind von Belang, die weniger guten ebenso wie die besseren, denn sie alle gehören zu der Flut von Texten, die in diesem hektischen, lebensverändernden Jahr 1894 aus Cranes Kopf strömten.

Zu Beginn des Frühlings lagen die beiden wichtigsten Projekte des Jahres bereits hinter ihm. Nicht nur der Kriegsroman, der der Welt noch weitere achtzehn Monate verborgen bleiben würde, sondern auch die Gedichte *The Black Riders* – die beiden Werke, die seinen Ruf als Autor und Lyriker begründen sollten. Niemand wusste, was er bereits erreicht hatte, aber der zweiundzwanzigjährige Crane selbst muss begriffen haben, dass er kein Anfänger mehr war und dass ihm alle Türen offenstanden. In den zehn New Yorker Skizzen, die folgten, konnte er sich jetzt alles vornehmen, kein Thema, das seiner Aufmerksamkeit zu groß oder zu klein erschienen wäre. Von einer Geschichte zur nächsten bewegt er sich vom Tragischen zum Klamauk, von rasanter Action zu verträumten Grübeleien, und betrachtet man sie als Ganzes, bilden diese kleinen Werke Paradestücke der verschiedenen Methoden, über die er nun verfügt, um verschiedene Stimmungen und Tonlagen zu vermitteln, manchmal mit knappen Aussagesätzen, manchmal mit gewundenen, verschlungenen Passagen, gemeinsam aber ist allen diesen Herangehensweisen Cranes nie nachlassende Energie und der extreme innere Druck, der ständig in seiner Prosa brodelt, als ob seine Sätze aus den Nähten zu platzen und wie Geschosse in die Luft zu fliegen drohen. Bei der Schilderung der hektischen Atmosphäre in einem großen, gutbesuchten Restaurant «während des Mittagsansturms» erleben wir ihn in einer seiner diversen Inkarnationen:

> Unterdessen jagten die Kellner im Raum umher wie auf der Flucht vor einem Ungeheuer, dem sie blindlings durch die Wände zu entkommen suchten. Ihr Anblick glich dem Wimmeln und Wuseln von Wasserwanzen, wenn man einen Stein in den Bach wirft. Dabei trugen sie unglaubliche Berge von Geschirr und wanden sich mit rarem Geschick durchs Gewühl. Schweiß stand ihnen auf der Stirn, ihr Atem ging gepresst. Sie bedienten die Kundschaft mit einer Eile und Heftigkeit, dass es nicht selten einem persönlichen Angriff glich. Ein wütender Hieb mit der Serviette fegte die Krümel der abgefertigten Gäste vom Tisch. Ein Kellner schlug zweimal zu und legte Messer und Gabel hin. Und schon segelte die Speise heran und wurde so hastig hingeknallt, dass man eilig nachsah, ob die Hosen nichts abbekommen hatten. («In a Park Row Restaurant»)

Nachdenklicher zeigt er sich im Folgenden, wo er seine Worte einem imaginären selbsternannten Philosophen in den Mund legt, der außerhalb der Saison durch die weitgehend menschenleeren Anlagen von Coney Island spaziert und dem Erzähler seine Gedanken mitteilt:

> «Sehen Sie diese drei jungen Männer, wie sie sich amüsieren. Mit welch keckem, verwegenem Gebaren sie ihre Zigarren rauchen. Wissen Sie, ich finde den Anblick dreier moderner junger Männer, die sich amüsieren, überaus interessant und lehrreich. Hier offenbaren sich mir die Absichten des unerbittlichen Universums, das uns gelegentlich Unterhaltung spendet, damit wir nicht mit Selbstmord rebellieren. Und ich sehe, mit welch einfachen und drolligen Mitteln es sein Ziel erreicht. Es braucht diesen jungen Männern nur eine geringe Dosis Selbstgefälligkeit im Sündigen einzuflößen, und schon amüsieren sie sich ganz prächtig. Man muss ihnen, verstehen Sie, in diesen jungen Jahren Mut machen. Schließlich besitzen nur große Philosophen die Weisheit, vollkommen unglücklich zu sein.» («Coney Island's Failing Days»)

Im letzten Beispiel, das ich zitieren möchte, beobachtet er den weiter oben bereits erwähnten imaginären Brand – und wieder wechselt er den Tonfall. Die Passage folgt unmittelbar auf Cranes Beschreibung einer Frau, die mit einer Bambusstaffelei im Wert von vielleicht dreißig Cent aus ihrem brennenden Haus flüchtet, aber ihr Baby drinnen vergessen hat. Jetzt, zur Besinnung gekommen, begreift sie, was sie getan hat, und ergeht sich in hysterischen Wehklagen. Ein Polizist ist bereits in das Haus gelaufen, um das Baby zu retten, doch zur weiteren Steigerung der Konfusion erfährt der Leser nicht, ob er auch wieder herauskommt.

> Ab und zu stieß die Frau noch einen Schrei aus. Ein anderer Polizist hielt sie von dem Haus ab, in das sie sich in der Raserei ihrer Mutterschaft ungeachtet der Flammen stürzen wollte. Die Nachbarn, aus ihren Betten gescheucht, sahen halb benommen dem Schauspiel zu, als betrachteten sie das Wüten eines roten Untiers in seinem Käfig. Die Flammen schlugen empor wie angefacht von Sturmbrausen, getrieben von mächtiger, unerbittlicher Gier, grell, grimmig und gnadenlos, und leuchteten in den Augen der Menge, die in einer Ekstase aus Scheu und Furcht und auch halb barbarischer Bewunderung auf sie gerichtet waren. Sie spürten die Hilflosigkeit der Menschen im Angesicht einer Natur, die sich ungezügelt Bahn bricht, alle Hindernisse überrennt und sich mit einem Satz aus der Stellung eines Sklaven in die eines Herrschers aufschwingt, eines Riesen. («The Fire»)

Cranes stilistische und thematische Flexibilität erlaubt es ihm, sich frei zwischen seinen verschiedenen Interessen hin und her zu bewegen und sich in alles zu vertiefen, was gerade seine Aufmerksamkeit erregt. Seinem ersten Artikel für die *Press*, «An Experiment in Misery», konnte daher eine Woche später mit einer Wende um hundertachtzig Grad «An Experiment in Luxury» folgen, das den jungen Mann aus der vorangegangenen Skizze in ein New Yorker Wohnhaus führt, wo er bei der Familie seines Freundes Jack, Sohn eines Millionärs, zum Essen eingeladen ist. Zweifellos inspiriert von Cranes Besuchen bei den Brandons zur Zeit seines Werbens um Lily, erzählt dieses raffinierte, sanft spöttelnde Stück von dem

Haus und «seinem kühlen Überfluss an Düsternis» und seinen Bewohnern (der blasierte Bedienstete, der die Tür öffnet, der millionenschwere Vater, der während des ganzen Essens mit einer Katze spielt, die stocksteife, überkorrekte Mutter – deren «Züge von Kummer und Sorge so runzlig und zerfurcht waren wie die einer Apfelverkäuferin. Es war, als habe die Erfüllung einer jeglichen gesellschaftlichen Verpflichtung oder Verbindlichkeit ihres Lebens tiefe Spuren auf ihrem Antlitz hinterlassen, wie Narben» – dazu die drei Töchter, beschrieben als «allerliebst», jedoch «hätte es ihn erstaunt, wenn sie ihm nicht so entzückend erschienen wären, denn sich in diesem Licht zu zeigen, dürfte ihre Hauptbeschäftigung gewesen sein») und den widerstreitenden Gefühlen des jungen Mannes angesichts des Reichtums, der ihn umgibt (überraschend reizvoll, aber auch abstoßend), wenn er zum Beispiel vor dem Essen mit dem unbeschwerten, warmherzigen Jack redet und allmählich feststellt, dass diese Leute «etwa so unverbindlich schwatzten wie Karnickel, während es auf der anderen Seite Männer gab, womöglich nicht weniger edel, die im Strudel des Lebens der unteren Ränge besudelt und erdrückt wurden», aber auch, wie sehr er, ohne es zu wollen, die komfortable Umgebung genießt: «Es war herrlich, sich so obenauf zu fühlen, zu fühlen, dass das Unerreichbare so leicht zu erwerben war wie ein billiges Brötchen. Eine Zeitlang jedenfalls gab es kein Unmöglich. Er schwelgte in monarchischen Betrachtungen.» Das ist die Stärke dieser kleinen Arbeit – ihre Ambivalenz, oder genauer, ihre Aufrichtigkeit. Wie der ältere Freund dem Jüngeren gegenüber zu Beginn mit beißender Ironie bemerkt: «Niemandem ist irgendetwas vorzuwerfen. Beim Himmel, ich wünschte, bei wenigstens einem wäre es anders, dann könnten wir alle über ihn herfallen.»

Eines Morgens in diesem Frühjahr ging Crane zu den New Yorker Landungsbrücken und sah ein Dampfschiff nach Europa abfahren, woraus die kleine, ungewöhnlich anrührende, wieder in einer anderen Tonart gehaltene Skizze «Sailing Day Scenes» entstand: Freunde und Angehörige nehmen Abschied von ihren Liebsten («überraschend zu sehen, wie ausdrucksvoll die Züge eines stumpfen gewöhnlichen Geschäftsmanns werden konnten»), Frauen vergießen Tränen, ein kleiner Junge schreit «O Papa! Papa! Hier bin ich!», und als das Schiff dann ablegt, erhebt sich der «große Tumult von Abschiedsrufen, ein Gesang von Liebe, der zu einem ungeheuren wirren Tosen anschwoll», woran sich zeigt, dass der realistische, unsentimentale Crane Manns genug war, tief empfundene menschliche Gefühle nicht von sich zu weisen. Nach einer Sommerpause kehrte er nach New York zurück und lieferte Marshall weitere Skizzen, etwa zwei bis drei pro Monat, darunter das brillante, bissige «Coney Island's Failing Days» und das lärmende Durcheinander in dem Stück über das Park-Row-Restaurant, begab sich, wenn auch nicht persönlich, so doch im Geiste in sein altes Revier an der Jersey-Küste zurück, um zwei augenzwinkernde Berichte über die legendären Wiedergänger und Gespenster zu schreiben, die dort nachts den Strand unsicher machen («Ghosts of the New Jersey Coast» und «The Ghostly Sphinx of Metedeconk»), verfasste den Text, von dem Marshall sagte, er sei «so ziemlich das Beste, was er oder überhaupt irgendjemand je geschrieben hat», heute unter dem Titel «The Fire» bekannt, erschienen aber als «When Every One is Panic Stricken», sodann ein lustiges Stückchen über einen wirres Zeug redenden Säufer, der eine New Yorker Pferdebahn besteigt («A Lovely Jag in a Crowded Car»), und schließlich, im Dezember, eine seiner besten Skizzen dieser Zeit, «When Man Falls, a Crowd Gathers», die Geschichte eines Mannes und eines Jungen, italienische Einwanderer, die eine Straße entlangspazieren, als der Mann plötzlich mit einem epileptischen Anfall zu Boden stürzt. Im Handumdrehen ist er von Passanten umringt, und wie die namenlosen Nachbarn in «The Fire», die alles stehen- und liegenlassen, um die Feuersbrunst und die schreiende Frau zu begaffen, schlägt das Geschehen auch hier die Leute in seinen Bann. «Sie schienen kaum zu atmen. Sie erwogen bei sich, wie tief da ein Mitmensch gesunken war, und dieses Mysterium von Leben und Tod faszinierte sie. Ab und zu drängte jemand ungestüm nach vorn, überzeugt, etwas Entsetzliches zu sehen zu bekommen, und offenkundig versessen darauf, es ganz genau zu sehen. Die nicht so Neugierigen beschimpften diese Männer, wenn sie ihnen auf die Zehen traten.»

Die Menge und das Individuum. So unterschiedlich diese Skizzen sein mögen, gemeinsam ist ihnen, dass alle von Crane geschilderten Begebenheiten von anderen beobachtet werden, meist an gutbesuchten öffentlichen Orten (eine Absteige, ein Restaurant, eine Pferdebahn, ein Vergnügungspark, eine Straße in der Innenstadt), und dass, wenn die Leute zusammenströmen, das Verhalten der Gruppe dahin tendiert, das Individuum auszulöschen, und die Szene mit zunehmender Größe der Versammlung gesellschaftlich immer komplexer wird. Es gibt Menschen, die von Berufs wegen täglich mit Schrecken oder Leid oder aufgeregten Massen zu tun haben, und im Gegensatz zu den Menschen in der Menge bleiben sie kalt. In «Sailing Day Scenes»: «Ein aufgeblasener Wachtmeister, der sich offensichtlich etwas auf seine Kleidung einbildete, stolzierte vor den erhitzten Gesichtern auf dem Schiff umher und blickte selbstgefällig nach dem Pier. Für ihn war das ein alter Hut, und er fand es ziemlich albern.» Oder die Schlusssätze von «The Fire»: «Ein Feuerwehrmann ... gab sich blasiert. Tatsächlich schienen sie alle das Feuer mit dem gelassenen, beherrschten Blick alter Hasen zu betrachten. Nur das gemeine Volk in seiner Unerfahrenheit schien die Erregung und Beherztheit dieser Attacken zu spüren, dieser wütenden Angriffe, die in tiefer Nacht oder am helllichten Tag gegen den gemeinsamen Feind, die entfesselte Flamme, geführt wurden.» Oder in «When Man Falls, a Crowd Gathers»: «Dann erschien ein Polizist ... Er schrie: ‹Auseinander, weg da! Weg!›

Er war offenkundig jemand, dem das Leben von den Einwohnern der Stadt vergällt wurde, die so dumm und unvernünftig waren, sich unbedingt auf der Straße aufzuhalten. Sein Zorn glich dem einer friedfertigen Kuh, die ein Leben in Beschaulichkeit zu führen wünscht, aber ständig von Fliegenschwärmen belästigt wird.»

Crane war weder aufgeblasen noch eine Kuh, dennoch unterschied sich die Haltung der professionellen Ordnungshüter nicht wesentlich von der eines Schriftstellers. Ruhig bleiben, genau beobachten, was um einen herum vorgeht, und egal wie hässlich, entsetzlich oder gewalttätig die Situation sein mag, in der man sich befindet, nichts darf einen abhalten, seine Pflicht zu tun. Cranes selbstauferlegte Pflicht bestand darin, zu schreiben, und damit er «Natur und Wahrheit so nah wie möglich kommen» konnte, musste er von dem, was er sah, ein wenig Abstand nehmen und es ohne Vorurteil betrachten, sich von allen vorgefassten Meinungen über menschliches Verhalten befreien, ganz gleich, ob er über ein Essen im Haus eines Millionärs schrieb oder über einen Haufen Gaffer, die einen am Boden liegenden Epileptiker umringen. Anders gesagt, um seine Pflicht als Schriftsteller zu erfüllen, musste Crane in den Schatten treten und sich möglichst unsichtbar machen.

Beim nächsten Experiment, ein hochdramatischer Abend, mischte er sich wie ein Phantom unter die Leute, belauschte ihre Reden und hielt sie in seinem Notizbuch fest, zergliederte die Menge in ihre Einzelteile und machte den zusammengewürfelten Haufen zu einer Ansammlung von Individuen – kein einstimmig singender Chor mehr, sondern eine Vielzahl einzelner Stimmen, die jede für sich zusammen mit allen anderen ihr eigenes Lied sang. Wahlabend, November 1894: der Urnengang war abgeschlossen, und jetzt standen Hunderte oder Tausende vor dem *Press*-Gebäude und starrten auf die Fassade des Hauses gegenüber, auf die ein von der Zeitung aufgestellter Hochleistungsprojektor, ein sogenanntes Stereoptikon, die stetig einlaufenden Ergebnisse der Stimmenauszählung projizierte. Nicht zum ersten Mal (und auch nicht zum letzten Mal) erschütterte ein Korruptionsskandal die New Yorker Politik, und nachdem ein vom Lexow-Komitee herausgegebener, zehntausend Seiten umfassender Bericht das Ausmaß der von den regierenden Tammany-Hall-Demokraten praktizierten Korruption aufgedeckt hatte, errangen die Kandidaten der reformistischen Republikaner einen haushohen Sieg: Levi P. Morton verdrängte David Bennett Hill vom Gouverneursposten, William L. Strong schlug den amtierenden Bürgermeister Hugh J. Grant, und John W. Goff wurde stellvertretender Bürgermeister. Cranes Reportage «Heard on the Street Election Night» hatte bei ihrem ersten Erscheinen in der *Press* drei Untertitel, die nicht nur die Emotionen des Augenblicks widerspiegeln, sondern uns auch viel über den Geist des amerikanischen Journalismus in jener spätviktorianischen Epoche sagen, die als «Naughty Nineties», die frechen Neunziger, in die Geschichte eingegangen sind: «Beiläufige Bemerkungen, gesammelt vor dem *Press*-Stereoptikon / Wie sie die gute Nachricht aufgenommen haben / Dienstagabend, Menschliches auf vollen Touren». Der Artikel besteht aus vierundvierzig Schnipseln aufgeschnappter Dialoge, darunter die folgenden:

«Na also! Das hätten wir!»

«Können Sie mir bitte sagen, ob die Ergebnisse darauf hinweisen, dass Goff eine Chance hat?»
«Wer? Goff? Na, möcht ich meinen! Er rennt wie ein Rennpferd. Schafft er todsicher.»

«Der Mann am Projektor ist ein Gauner. Dauernd schiebt er Reklame dazwischen! He, mach das aus, ja? Du bist doch kein Plakatankleber!»

«Also, ich glaub's nich. Wenn Hill heute gewinnt, muss er Eisbrecher an den Füßen haben. Der hat keine Chance.»

«Hört nur in der Fourteenth Street,
was sie da zu jammern haben;
Die Indianer weinen Tränen,
Davie ist im Eis begraben.»

«Wenn Tammany heute gewinnt, können wir genauso gut die Stadt verlassen und nach Camden gehen. Wenn wir die jetz nich schlagen, ham wir versagt und sind bloß noch als Matratzenfüllung zu gebrauchen.»

«Der schafft das nicht? Wart's bloß ab, Junge. Wenn Hill hier bei uns nicht jederzeit gewinnen kann, kriegst du von mir die Brooklyn Bridge geschenkt, dunkelrot mit goldenen Streifen angemalt, von mir persönlich.»

«Das kommt davon, wenn man sich mit den Leuten anlegt. Du denkst, du hast sie alle im Sack, und eh du bis drei zählen kannst, kommen sie raus und knallen dir eine.»

«Wer sind wir?
Wir sind die!
Ausmister von Tammanee!»

«‹Ständige Wachsamkeit ist der Preis der Freiheit.› Das sag ich Ihnen. Die Leute haben ihre Freiheit verloren, weil sie Schlafmützen waren. Und plötzlich wachen sie auf und machen Rabatz zum Erstaunen aller, die dachten, sie hätten die Augen zu. Das hätten sie schon längst tun sollen. Und jetzt, wo sie wach sind, wollen sie nichts anderes tun als Tag und Nacht Räuber fangen. Dass sie nur alle zehn oder zwölf Jahre aufwachen, tut mir weh.»

«Da war nie dran zu zweifeln. Niemals. Das lief von Anfang bis Ende wie geschmiert. Ich sag Ihnen, wenn die Lawine einmal losrollt, hockt man sich am besten auf einen Hügel in der Nähe und setzt sein ganzes Geld auf die Lawine.»

«Tammany sitzt in der Tinte.»

Die Stimme des Volkes in ihrer ganzen unzensierten Kraft – und zweifellos eins der ersten «Mann auf der Straße»-Dokumente, die je veröffentlicht wurden. So kühn und unterhaltsam es ist, lässt dieses Stück sich wohl kaum als journalistische Arbeit bezeichnen (vor allem, weil die Quellen nicht namentlich genannt werden, sodass man Crane vorhalten könnte, er habe das Ganze frei erfunden), aber als Kunstwerk wird man es wohl auch nicht bezeichnen wollen. Sagen wir, es hat Eigenschaften von beidem, Journalismus als Kunst, oder Kunst im Dienst des Journalismus, aber vielleicht spielt es auch keine Rolle, wie wir es nennen. Was bleibt, ist ein überschäumendes Zeugnis gelebten Lebens, Rohdaten, gesammelt an einem Novemberabend in New York City und dann zu einem phantastischen kakophonen Chor aus vierundvierzig Stimmen zusammengesetzt. Stephen Crane in der Menge, aber nicht Teil der Menge, ein Unsichtbarer, der *Menschliches auf vollen Touren* beobachtet.

13

Die Metaphysik der Angst.

Der berühmteste Kriegsroman unserer Literatur ist weniger ein Buch über den Krieg als vielmehr eine Studie über die Auswirkungen von Krieg auf einen unreifen, jungen Mann, ein Werk, das Crane selbst im Rückblick «ein psychologisches Porträt der Angst» nennen sollte. Ein echter Kriegsroman würde uns mitteilen, warum der Krieg geführt wird, wer da gegen wen kämpft, wo die Kämpfe stattfinden, und sich mit Politik, militärischer Strategie und der Moral an der Heimatfront befassen, doch alle diese unerlässlichen Fakten – das Fundament aller anderen Kriegsromane des 19. Jahrhunderts – werden uns in *The Red Badge of Courage* vorenthalten. Wie in *Maggie* lässt Crane alles weg, was nicht zu der Geschichte gehört, die er zu erzählen hat. Wie in früheren Stücken – zum Beispiel «The Broken-Down Van» und «The Pace of Youth» – hat die Geschichte eine klar umgrenzte erzählerische Perspektive, in diesem Fall die Augen, Ohren und Gedanken des Protagonisten. Und wie in dem noch früheren Sullivan-County-Zyklus spielt das Buch in einer beklemmenden Landschaft mit einem unermesslich weiten Himmel, turmhoch ragenden Bäumen, unebenen Hügeln, ständig wechselndem Licht, Flüssen, offenem Gelände, alles vernebelndem Pulverdampf und finsteren, labyrinthischen Wäldern – dämonische Gefilde, in denen eine Geisterarmee unsichtbarer Drachen haust. Die Handlung erstreckt sich über wenige Tage irgendwann im Amerikanischen Bürgerkrieg, und doch fällt kein einziges Wort über Abraham Lincoln oder das Ringen um die Einheit der Union oder zum Thema Sklaverei, und auch die für die demütigende Niederlage von Chancellorsville verantwortlichen Generäle werden kein einziges Mal beim Namen genannt und überhaupt allenfalls nur beiläufig erwähnt, und dennoch ist der Krieg auf dieser unheimlich leeren Leinwand allgegenwärtig, der Krieg ist alles und daher das einzige Thema des Buches, nicht bloß der Hintergrund, sondern auch der Vordergrund und der gesamte Mittelgrund, und ein Roman, der genau genommen gar kein Kriegsroman ist, stellt uns eine Welt vor Augen, in der buchstäblich alles von Krieg durchdrungen ist. Bis Crane hatte kein Schriftsteller englischer Zunge je eine so waghalsige Reduktion erzählerischer Elemente unternommen – einen Roman über den Krieg ohne Abschweifungen oder Nebenhandlung zu schreiben, ohne das rührselige Geplänkel einer nebenherlaufenden Liebesgeschichte, und sich einzig und allein auf das zu konzentrieren, was die Soldaten in den hinteren Reihen zu erdulden haben. Damit ist das Buch eine neue Art von Kriegsroman, ein Roman, in dem es nicht um das Große geht, nicht um den Zerfall eines Landes, zerrissen in zwei Länder, zwei Armeen, zwei einander bekämpfende Kulturen, sondern um das Kleine, die Rolle eines einzigen Mannes in dem Konflikt, eines Mannes, der im Grunde noch ein Junge ist, ein Heranwachsender, der zum ersten Mal in die Schlacht geworfen wird.

Sein Alter wird nicht angegeben, aber er dürfte um die sechzehn sein, höchstens siebzehn. Er tritt als *der Junge* auf. Sein engster junger Kamerad ist *der Schreihals*, und der von ihm am meisten bewunderte ältere Kamerad ist *der Lange*. Sie alle haben Namen, aber der unsichtbare Er-Erzähler nennt sie nicht, und dass sie Henry Fleming, Wilson und Jim Conklin heißen, erfahren wir nur, wenn sie einander in ihren Zweier- oder Dreiergesprächen anreden. Wir erfahren auch, dass sie alle aus demselben Ort in der Provinz des Bundesstaates New York stammen und sich seit Jahren kennen. Zwei weitere wichtige Figuren bleiben namenlos und werden einfach als *der zerlumpte Soldat* und *der Soldat mit der aufmunternden Stimme* vorgestellt, wohingegen einige Randfiguren im Regiment durchaus Namen haben (mitgeteilt in Unterhaltungen anderer Soldaten), für die Geschichte aber keine wesentliche Rolle spielen. Von ihren Namen abgesehen, sind sie kaum mehr als Chiffren, Andeutungen, undeutliche Flecken auf der Leinwand. Vergleichbar damit sind beiläufige Bemerkungen noch anderer namenloser Soldaten, in denen die Worte *Richmond*, *Washington* und *Rappahannock* fallen – verdeckte Hinweise auf den Amerikanischen Bürgerkrieg –, sowie Bemerkungen über *Johnnies* (konföderierte Soldaten) und wiederholte Anspielungen auf die Uniformfarben der Soldaten, Grau und Blau, die nicht nur auf den fraglichen Krieg hindeuten, sondern auch die überragende Bedeutung von Farben in diesem von Farben wimmelnden Werk unterstreichen. Crane verwendet willkürliche Dialogfetzen, um die Handlung in einem konkreten Wann und Wo anzusiedeln, und doch sind es nur Andeutungen, flüchtige Worte, die nichts gegen die das ganze Buch beherrschende, überwältigende Atmosphäre der Zeitlosigkeit auszurichten vermögen. Genau wie es sich bei dem New York in *Maggie* sowohl um die reale als auch um eine mythische Stadt handelt, ereignet sich der Krieg in *The Red Badge of Courage* sowohl in einem bestimmten historischen Moment (1863) als auch vollkommen außerhalb davon. Natürlich sind die Kämpfe real, aber der einzige Kampf, der hier etwas zählt, ist der, den Henry mit sich selbst austrägt.

Es gibt drei stark reduzierte Elemente in diesem Buch, doch Crane jongliert mit ihnen, verwebt und verkoppelt sie mit einer solchen Selbstverständlichkeit und Kunstfertigkeit, dass die erzählerische Kraft der Geschichte niemals nachlässt. Zur Vorbereitung auf dieses Kapitel nahm ich mir den Roman noch einmal vor, ich weiß nicht, zum wievielten Mal, fest entschlossen, mir alles zu notieren, was mir in jedem einzelnen Absatz wichtig erschien. Nach vier Kapiteln hatte ich sechsundzwanzig eng beschriebene Seiten und begriff, dass meine Notizen den Umfang des Romans erreichen oder gar übertreffen würden, wenn ich alle vierundzwanzig Kapitel des Buches auf diese Weise durcharbeitete. Statt mich noch tiefer in dieses Kaninchenloch zu graben, setzte ich die Lektüre ohne weitere Notizen fort und unterstrich nur noch mit einem blauen Stift die Sätze, die mir wesentlich erschienen. Kurz: *The Red Badge of Courage* ist so extrem komprimiert geschrieben, dass jeder einzelne Absatz wesentlich ist. Es gibt keine Atempause, nichts Überflüssiges, nichts, was die Aufmerksamkeit des Lesers vom Kern der Geschichte ablenkt. Das ist der Grund, warum das Buch 1895 so großes Aufsehen erregt hat und warum es in den 125 Jahren seither durchgehend lieferbar war. Nicht wegen der Geschichte, die es erzählt, sondern wie diese Geschichte erzählt wird.

Die drei Hauptelemente, aus denen Crane sein Buch zusammensetzt, sind die Landschaft, Henrys Kameraden und das, was sich in Henrys Kopf abspielt. Ein viertes, nahezu verborgenes Element ist die Stimme des Erzählers, der Spiritus Rector, der zum Beispiel entschieden hat, Henry *den Jungen* zu nennen und nicht Henry, und der sich in den ersten und letzten Absätzen des Romans selbst zu Wort meldet, doch fast alles andere in diesem Buch ist durch Henrys verängstigten, sensiblen Geist gefiltert und wird so zu einer derart radikal subjektiven Darstellung der Welt, dass zwischen Realität und Nichtrealität oft kaum noch zu unterscheiden ist und die Geschichte sich streckenweise liest wie ein Wachtraum – wenn nicht gar wie ein reines Wahngebilde.

Unter *Landschaft* verstehe ich alles, was Henry umgibt, alles, was er mit Augen, Ohren, Nase, Mund und Haut wahrnehmen kann, alles, was nicht Henry selbst ist: die nähere und die fernere Umgebung, die Soldaten der beiden Armeen – die Lebenden und die Toten – und die Bilder und Geräusche der Schlacht:

> Eine winzige Batterie preschte über den Horizont, winzige Reiter peitschten winzige Pferde.
>
> Hinter einem kleinen Hügel sprang Hurrageschrei und Kampfgetöse auf. Rauch trieb träge durch die Baumkronen.

> Batterien sprachen mit dröhnenden Stimmen. Da und dort wehten Fahnen, die meisten zeigten die weiß-roten Streifen. Sie waren wie warme Farbspritzer auf der dunklen Schlachtlinie ...
>
> Der Junge lauschte dem Getöse, das vom Hügel herüberdrang, dem tiefen, rollenden Donner von links und dem wirren Lärm, der von allen Seiten zugleich kam. Jetzt erst wurde ihm bewusst, dass auch dort gekämpft wurde, am Flügel, weiter links, überall. Bisher hatte er geglaubt, die ganze Schlacht spiele sich nur hier ab, vor seiner Nase.
>
> Und als er sich noch einmal umsah, durchzuckte ihn die Verwunderung über die reine Bläue des Himmels, über den goldenen Widerschein der Sonne auf Bäumen und Feldern. Es verblüffte ihn, dass die Natur inmitten all dieser Schrecken unbekümmert ihrer goldenen Bahn folgt.[20]

Diese Passage ist ein frühes Beispiel für die Methode, deren Crane sich im gesamten Buch bedient. Henry nimmt die Batterie, die Reiter und die Pferde als «winzig» wahr, weil er sie aus weiter Ferne sieht und sie ihm folglich sehr klein vorkommen. Die Kanonen und Gewehre sprechen «mit dröhnenden Stimmen», nicht weil Waffen sprechen können, sondern weil Henry sich vorstellt, dass sie sprechen. Und jetzt, in einer Stellung, von wo aus er einen besseren Überblick hat als zuvor, begreift er, dass überall gekämpft wird, nicht nur unmittelbar vor seiner Nase – der neue Aussichtspunkt lässt ihn das ganze Panorama sehen –, und dieses bessere

■ 20 Alle Zitate aus *The Red Badge of Courage* hier nach der Übersetzung von Eduard Klein und Klaus Marschke, in: Stephen Crane: Das rote Siegel. Berlin 1991. (A. d. Ü.)

Verständnis der Lage macht ihn staunen, dass der Himmel immer noch blau ist und die Sonne immer noch scheint, während rings um ihn herum ein Gemetzel wütet.

Noch ein Beispiel, als Henry zum ersten Mal einen gefallenen feindlichen Soldaten sieht:

> Dann stieß die Linie auf einen Gefallenen. Er lag auf dem Rücken und starrte gen Himmel. Er trug eine fremdartige, gelblich braune Uniform. Der Junge sah, dass seine Stiefel durchgewetzt waren, der linke Fuß ragte anklagend durch die Sohle, als hätte das Schicksal diesen gefallenen Feind verraten, indem es im Tode enthüllte, was er im Leben wahrscheinlich selbst vor seinen Freunden verborgen hatte.
>
> Die Schlachtlinie öffnete sich stumm, um dem Leichnam auszuweichen. Der unantastbare Tote erzwang sich einen Weg. Der Junge spähte begierig in das aschgraue Gesicht. Der Wind spielte mit dem dunkelblonden Bart, als streiche eine Hand darüber. Der Junge verspürte den Wunsch, immer wieder um diesen Toten herumzugehen und ihn zu betrachten, den Trieb des Lebenden, in den Augen des Toten nach der Antwort auf die Frage zu suchen.

Im Gegensatz dazu besteht das zweite Element – *Henrys Kameraden* – aus Dialogen und den chaotischen Bewegungen eines Regiments, das scheinbar grundlos mal hierhin, mal dorthin und dann wieder zurück befohlen wird, bis es schließlich zur endgültigen Entscheidung kommt. Es sind einfache Soldaten, die tun, was ihnen gesagt wird, ohne zu verstehen, warum sie es tun, und in dieser Phase des Kriegs besteht das 304. Regiment aus ein paar Veteranen und einer Gruppe junger Männer, Grünschnäbeln wie Henry, die zu Beginn des Romans noch keine Kampfhandlung erlebt haben. Mürrisch, verwirrt, grübelnd und scherzend – die Wortwechsel zwischen den Soldaten fixieren die Geschichte im Jetzt des gelebten Augenblicks und lassen nicht zu, dass sie ins weniger konkrete Reich einer Parabel oder Fabel abgleitet. Ihre Redeweise ist derb und umgangssprachlich und untergräbt damit die eher gehobene Sprache der beschreibenden Passagen, und mit diesem ständigen Wechsel zwischen den beiden Tonlagen, mit diesen kleinen überraschenden Stößen, treibt Crane die Erzählung voran. Eben noch schaut Henry in die Landschaft hinaus, und plötzlich redet jemand, mit ihm oder jemand anderem. Ein gutes Beispiel für diese Art zu reden findet sich früh im Buch, als Henry Jim Conklin fragt, ob er meint, die anderen würden weglaufen, wenn die Schießerei anfängt. Der Lange antwortet:

> «Na ja, 'n paar vielleicht, aber die gibt's bei jedem Regiment, vor allem wenn's das erste Mal ins Feuer kommt ... Kann natürlich auch passieren, dass der ganze Haufen ausreißt, mit Sack und Pack, wenn er gleich in den dicksten Schlamassel gerät, kann aber auch sein, dass sie stehen wie ein Mann, als ob's bloß Spaß wäre. Genau weiß man das vorher nie. Sie waren ja noch nicht im Feuer, ich glaub kaum, dass sie gleich beim ersten Mal die ganze Rebellenarmee in Klump schlagen. 's wird bestimmt welche geben, die schlechter kämpfen, und 's wird wohl auch welche geben, die besser kämpfen, wenn du mich fragst.»

Gelegentlich stellt Crane eine Reihe anonymer Äußerungen der Soldaten zusammen, bruchstückhafte Bemerkungen, Gerüchte, Tratsch und nervöses Geplapper, alles notiert im umgangssprachlichen Ton des Nordens, ein Durcheinander körperloser Stimmen, das die kleine Gesellschaft des jungen Mannes menschlicher erscheinen lässt, ähnlich wie erst die Beschreibung der durchgelaufenen Schuhe des namenlosen toten konföderierten Soldaten ihn zum Menschen macht. Ein Heer ist ein riesiges, vielköpfiges Wesen, in dessen Organismus das Individuum als solches keine Rolle mehr spielt, doch indem Crane seine Aufmerksamkeit auf die Stimmen dieser einzelnen Köpfe oder auf die Köpfe selbst richtet (*Der Wind spielte mit dem dunkelblonden Bart*), erinnert er uns daran, dass jeder dieser Köpfe zu einem Menschen gehört und jeder dieser Männer von allen anderen unterschieden ist, jeder ist eine Insel mit eigener Geschichte und eigenem Bewusstsein.

Das dritte Element, *das, was sich in Henrys Kopf abspielt*, ist die Geschichte eines solchen Bewusstseins, es steht im Zentrum des Romans und unterscheidet das Buch von anderen Kriegsgeschichten, macht es zu etwas, das über seinen eigenen Schauplatz (das Schlachtfeld) hinausweist, macht es zum Drama des Bewusstseins selbst. Wie Knut Hamsuns *Hunger* nimmt *The Red Badge of Courage* am Ende des Jahrhunderts eine neue Ästhetik vorweg, die sich dann in den ersten Jahrzehnten des nächsten Jahrhunderts etablierte und Werke wie *Ulysses*, *Auf der Suche nach der verlorenen Zeit*, *Als ich im Sterben lag* und zahlreiche andere Romane hervorbrachte, die auf etwas basierten, das ich *leidenschaftliche Innerlichkeit* nennen möchte, eine Literatur, die das *Innenleben* ihrer denkenden und empfindenden Figuren zu erkunden strebt. Ich behaupte nicht, Henry Fleming habe Leopold Bloom vorweggenommen, sondern eher, Cranes Beschäftigung mit dem Innenleben seines Protagonisten verdankt sich denselben Impulsen, die Joyce getrieben haben, sich so intensiv in die Gedanken seines wehrlosen, umherirrenden Helden zu versenken. Das eine Buch ist kurz, das andere ist lang. Die Handlung in dem kurzen Buch umfasst mehrere Tage, die Handlung in dem langen Buch beginnt und endet an ein und demselben Tag, doch bemerkenswerterweise sind beide Bücher in der dritten Person geschrieben. Im Gegensatz zur landläufigen Meinung braucht es nicht unbedingt einen *Ich*-Erzähler, um Nähe herzustellen. *Er* kann das, wie beide Autoren beweisen, genauso gut.

Cranes *Er* ist ein unreifer, in sich gekehrter, dünnhäutiger Junge, nachdenklich und nicht unintelligent, er weiß, wann er sich selbst belügt, und wenn sein Handeln nicht dem entspricht, was er bei anderen beobachtet, belügt er sich dennoch weiter, indem er seine Fehler in weitschweifigen Monologen zu vorgeblich rationalen Rechtfertigungen für sein alles andere als ehrenhaftes Verhalten zerredet. Er denkt wie ein Heranwachsender, und Crane, selbst gerade erst seiner Jugend entwachsen, folgt Henrys verwickelten Gedankengängen, verlogenen Ausreden und heißen Angstzuständen mit einer Akribie ohnegleichen und macht so die Vorgänge im Kopf dieses Heranwachsenden zum eigentlichen Thema des Buches.

Das erste Kapitel führt die drei Elemente in rascher Folge vor und etabliert auf wenigen Seiten den Ton, die Methoden und Verfahrensweisen des Folgenden. Vor dem Beginn der Handlung steht jedoch der rätselhafte erste Absatz, geschrieben in der neutralen Stimme des unsichtbaren Erzählers, die komplexe Beschreibung einer Landschaft, in der von zweierlei gleichzeitig die Rede zu sein scheint: dem Übergang von Nacht zu Tag und wieder zu Nacht sowie dem Übergang von Winter zu Frühling:

> Die Kälte löste sich zögernd von der Erde, der schwindende Nebel enthüllte eine Armee, die rastend über die Hügel ausgebreitet lag. Wie die Landschaft von Braun zu Grün hinüberwechselte, erwachte auch die Armee; sie bebte vor Ungeduld unter dem Lärm der Gerüchte und spähte erwartungsvoll zur Straße hinüber, die sich allmählich aus einem langen Schlammtrog in einen begehbaren Weg zurückver-

> wandelte. Ein Fluss, bernsteingelb im Schatten seiner Ufer, rauschte zu Füßen der Armee dahin, und nachts, wenn er tiefschwarz und düster war, blinzelten von den Kuppen der fernen Hügel am anderen Ufer die rötlichen Augen der feindlichen Lagerfeuer herüber.

Der Animismus der Sullivan-County-Erzählungen meldet sich mit voller Kraft zurück: Kälte, die sich *zögernd* von der Erde löst; eine Armee, die zur Straße hinüberspäht, nicht etwa die einzelnen Soldaten, so als sei eine Armee ein einziges vielköpfiges Tier; die rötlichen *Augen* der Lagerfeuer. Was die Frage der Zeit betrifft, bietet Crane zwei parallele, gleichzeitige Situationen an, denn wenn im ersten Satz mit dem Schwinden von Kälte und Nebel eine «Armee, die rastend über die Hügel ausgebreitet lag», zutage tritt, möchte man meinen, es ist Morgen, und die Männer («rastend ... ausgebreitet», also schlafend) werden gleich aufwachen. Die andere, parallele Lesart legt jedoch die Vermutung nahe, die Weigerung der Kälte, den Erdboden zu verlassen, weise auf einen lang anhaltenden Winter hin, «ausgebreitet» beziehe sich also auf die in den Bergen lagernde Armee als Ganzes, nicht auf die individuellen Soldaten, und «rastend» bedeute nicht, dass sie schlafen, sondern dass sie nichts zu tun haben, dass dieses Heer darauf wartet, in den Kampf geschickt zu werden. Der zweite Satz, in dem die Landschaft «von Braun zu Grün» wechselt, ist ähnlich zweideutig, das Dunkel der Nacht löscht alle Farben aus, und als sich am Himmel die ersten Anzeichen der Dämmerung zeigen, wird das Schwarz zu einem dunklen Graubraun und schließlich bei Sonnenaufgang zu Grün, aber diese Verwandlung von Braun in Grün kann auch den Übergang vom Winter zum Frühling bedeuten. Im selben Satz kann auch «erwachte» mit zweifacher Bedeutung gelesen werden, wörtlich als «aufwachen» und bildlich als «sich des bevorstehenden

Kampfs bewusst werden», und bei dem «Lärm der Gerüchte» könnte es sich um die Gespräche der Männer an diesem Morgen handeln, aber auch ganz allgemein um Befürchtungen, die seit Tagen, vielleicht schon seit Wochen die Runde machen. Verschlammte Wege trocknen nicht in einer Nacht, das dauert wesentlich länger, aber mit der Formulierung «zurückverwandelte» anstelle von «zurückverwandelt hatte» lässt Crane uns wissen, dass dieser Prozess noch im Gange ist und dass die Wege heute fester sind als gestern. Dann, im letzten Satz, eine Kehrtwende, alles wechselt die Richtung, denn sobald Crane den Fluss erwähnt, der das Heerlager seiner Armee von dem der anderen trennt, setzt er zu einem anderen Morgen-Bild an («bernsteingelb»), dem er jedoch umgehend ein Nacht-Bild folgen lässt – Bild nicht nur einer Nacht, sondern jeder Nacht –, indem er von der Bedrohung spricht, die in den Hügeln jenseits des Wassers lauert, «die rötlichen Augen der feindlichen Lagerfeuer», mit anderen Worten: die zahlreichen Augen eines anderen vielköpfigen Tiers, vulgo der Feind.

Alles ist vorbereitet, aber kaum haben wir uns auf die Stimmung des ersten Absatzes eingestellt, wechselt Crane im zweiten unvermittelt den Ton und wird ironisch, was uns mit dem zweiten Element des Buches bekannt macht.

> Einen Soldaten, einen langen Kerl, packte die Ordnungsliebe, er ging kurz entschlossen hin, um sein Hemd zu waschen. Es dauerte nicht lange, da kam er zurückgerannt, schwenkte das Hemd wie eine Fahne und wollte platzen vor Begier, allen zu erzählen, was ihm soeben ein guter Freund anvertraut hatte, der es von einem vertrauenswürdigen Kavalleristen wusste, dessen Bruder Ordonnanz beim Divisionsstab war. Mit der hoheitsvollen Miene des Herolds, der in Rot und Gold prangt, verkündete er den Männern, die

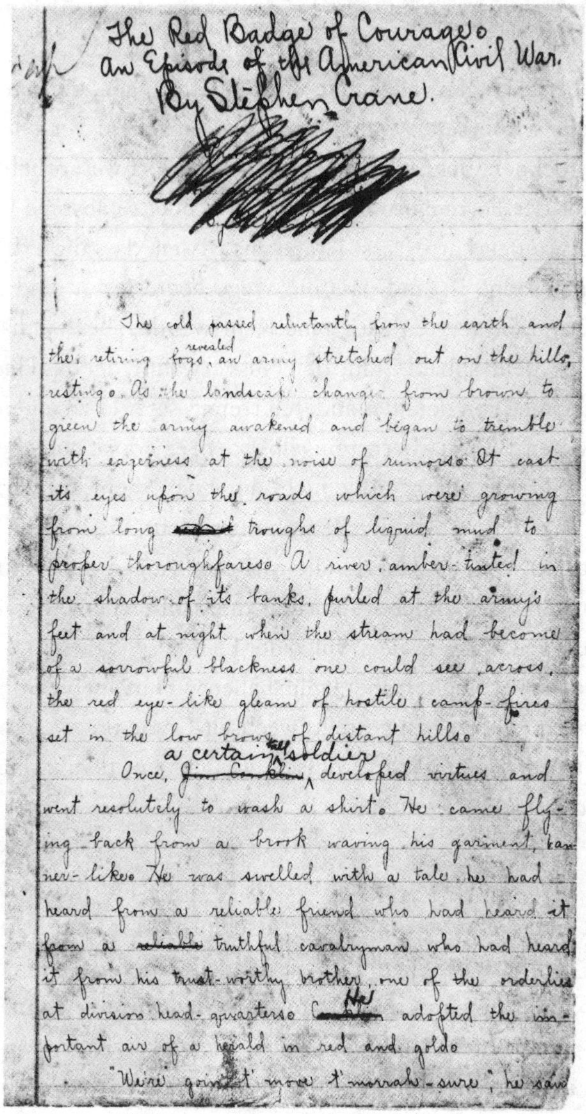

The Red Badge of Courage.
An Episode of the American Civil War.
By Stephen Crane.

The cold passed reluctantly from the earth and the retiring fogs revealed an army stretched out on the hills, resting. As the landscape changed from brown to green the army awakened and began to tremble with eagerness at the noise of rumors. It cast its eyes upon the roads which were growing from long ~~[illegible]~~ troughs of liquid mud to proper thoroughfares. A river, amber-tinted in the shadow of its banks, purled at the army's feet and at night when the stream had become of a sorrowful blackness one could see, across, the red eye-like gleam of hostile camp-fires set in the low brows of distant hills.

Once, ~~Jim Conklin~~ a certain tall soldier, developed virtues and went resolutely to wash a shirt. He came flying back from a brook waving his garment, banner-like. He was swelled with a tale he had heard from a reliable friend who had heard it from a ~~reliable~~ truthful cavalryman who had heard it from his trust-worthy brother, one of the orderlies at division head-quarters. ~~Conklin~~ He adopted the important air of a herald in red and gold.

"We're goin' t' move t'morrah – sure," he said

Erste Seite des Manuskripts von *The Red Badge of Courage*. Der ursprüngliche Titel *Private Fleming / His Various Battles* wurde durchgestrichen.

(Mit freundlicher Genehmigung der University of Virginia)

> in der Lagerstraße seiner Kompanie herumstanden: «Morgen geht's los! Wir marschieren ein Stück flussaufwärts, setzen über und packen sie von hinten.»

Zunächst der wichtigtuerische, selbstironische Schwulst, der dem schlichten Waschen eines Hemdes «Ordnungsliebe» beimisst, dann eine witzige Zergliederung der verschlungenen Pfade, auf denen Gerüchte reisen, und schließlich eine ganze Seite mit den konkurrierenden Meinungen mehrerer namentlich nicht genannter Soldaten zu diesem allerneuesten Gerücht, einem von Dutzenden, die in den vergangenen, in grämlicher Untätigkeit verbrachten Wochen aufgetaucht sind. «... und schon bildeten sich überall ... Grüppchen schwatzender blauuniformierter Soldaten. Der schwarze Trosskutscher [der einzige Schwarze im Roman], der eben noch unter den anfeuernden Zurufen aus zwei Dutzend Soldatenkehlen auf einer Proviantkiste getanzt hatte, verlor sein Publikum; betrübt hockte er sich hin ... ‹Eine Lüge ist das, mehr nicht. Eine faustdicke Lüge!›, schimpfte ein anderer Soldat», der seine Position so lautstark verteidigt, dass es beinahe zu einer Schlägerei mit Jim Conklin kommt, während die anderen Jim weiter mit Fragen bedrängen und eine «lebhafte Debatte» anfangen. Es ist auch eine lebhafte Passage, und nach wenigen kurzen Absätzen hat Crane es geschafft, den Leser mitten ins Soldatenleben hineinzustoßen. Im Handumdrehen ist das Buch auf Betriebstemperatur – nur um sogleich wieder eine scharfe Kehre zu machen. Ein neuer Absatz beginnt, und mit Henrys erstem Auftritt kommt das dritte Element des Romans ins Spiel.

> Einer war dabei, ein ganz junger Soldat, der lauschte den Worten des Langen und den widerspruchsvollen Kommentaren der Kameraden mit großer Aufmerksamkeit. Und als er sich am Hin und Her der Meinun-

> gen über Aufmarsch- und Angriffspläne sattgehört hatte, ging er zu seiner Hütte und kroch durch das enge Loch, das die Tür ersetzte. Er wollte mit den neuen Gedanken allein sein, die ihn bewegten.

Die restlichen Seiten des ersten Kapitels widmet Crane einem Rückblick auf die Vorgeschichte des jungen Mannes und dem, was ihn zu diesem Augenblick geführt hat. Es ist die einzige Passage im Roman, die nicht in der Gegenwart spielt, aber wie im vierten Kapitel von *Maggie*, das sich eingehend mit Jimmies Charakter und seiner bewegten Laufbahn als junger «Mann, zäh wie Leder» beschäftigt, sind die hier ausgebreiteten Fakten wesentlich für das Verständnis des inneren Dramas, das sich im weiteren Verlauf des Romans entfaltet.

«Er träumte wahrhaftig», wie Crane es nachdrücklich formuliert, «schon sein Leben lang vom Kampfgetümmel, vom packenden, begeisternden Feuer irgendeiner Schlacht.» Offenbar hatte er Homer gelesen oder wusste zumindest, worum es in der *Ilias* geht, und als kleiner Junge hatte er sich ausgemalt, im Krieg große Heldentaten zu vollbringen, auch wenn ihm allmählich der Verdacht gekommen war, dass die Zeit der Kriege vorbei sei. «Er hatte längst die Hoffnung verloren, Kämpfe wie die der alten Griechen mitzuerleben. Das ist unwiederbringlich vorbei, hatte er sich gesagt. Die Menschen sind entweder besser geworden oder ängstlicher. Die weltliche und die religiöse Erziehung haben ihnen die Raubtierinstinkte genommen. Vielleicht können sie es sich heutzutage auch einfach nicht mehr leisten, ihre Leidenschaften auszuleben.»

Dennoch, nach Ausbruch des Bürgerkriegs «hätte er sich schon viel früher zur Armee gemeldet», mochten auch die Nachrichten von diesem Krieg nicht gerade «homerisch» gewesen sein, «aber an Ruhm schienen sie nicht wenig einzubringen». Das Problem war seine Mutter, die nicht wollte, dass er Soldat wurde, und als einziger Sohn einer verarmten Witwe hatte er sich ihren Argumenten zunächst gebeugt, sie hatte «keine Mühe, ihm gleich ein paar hundert Gründe dafür aufzuzählen, dass er auf der Farm viel nötiger gebraucht würde als auf dem Schlachtfeld». Am Ende jedoch obsiegten die «Zeitungen, die Geschichten, die man sich im Dorf erzählte, und die eigenen Wunschträume», und so entflammt, hatte er gegen seine Mutter rebelliert und sich als Freiwilliger gemeldet.

Den unreifen Henry mit seinen romantischen Vorstellungen von künftigen Heldentaten traf die vielschichtige, verhaltene Reaktion seiner Mutter ganz unvorbereitet, als er in seiner Uniform auf die Farm zurückkehrte. Sie war gerade mit Melken beschäftigt, und nach einer kleinen Pause sagte sie: «Des Herrn Wille geschehe, Henry», wandte sich wieder ihrer Arbeit zu und vergoss dabei, wie er verblüfft bemerkte, zwei stumme Tränen. Später, als er sich zum Aufbruch anschickte, um seine Ausbildung anzutreten, enttäuschte sie ihn abermals, denn

> sie sagte kein Wort darüber, dass er mit seinem Schild zurückkommen sollte, oder aber darauf. Und er hatte sich innerlich schon so gut auf die Abschiedsszene vorbereitet, hatte sich Wendungen zurechtgelegt, von denen er meinte, dass sie einfach jeden Menschen ergreifen und rühren müssten. Doch ihre Worte warfen seine Pläne einfach über den Haufen.

«Ihre Worte», das war der eines Polonius würdige Strom mütterlicher Ermahnungen und Ermutigungen, durchaus von Herzen, aber vollgepackt mit Platituden, Henry solle nicht vergessen, dass er «nur einer von vielen solchen jungen Kerlen» sei, er solle sich ruhig verhalten und tun, was man ihm sage, und sich keine Sorgen machen, wenn es ans Sterben gehe oder er etwas Böses tun müsse, denn der Herr werde sich ihrer und aller anderen Frauen annehmen, die «sich durch so was durchbeißen» müssen, und er solle an die Socken und Hemden denken, und an die Brombeermarmelade, die sie ihm eingepackt habe, «weil du die so magst», und schließlich solle er immer gut aufpassen und ein braver Junge sein.

Das waren nicht die Worte, die Henry von ihr erwartet hatte; er hörte sich das alles «mit verdrossener Miene» an und atmete «erleichtert» auf, als er endlich zur Tür hinaus war.

> Am Tor drehte er sich noch einmal um. Die Mutter kniete zwischen den Kartoffelschalen, das braune, tränennasse Gesicht hochgereckt. Ihre eckigen Schultern zitterten. Er ließ den Kopf hängen und marschierte los, als schäme er sich plötzlich seines Entschlusses.

In den vor ihm liegenden Monaten wird er hin und wieder an die Farm denken, sich gelegentlich sogar dorthin zurücksehnen, doch abgesehen von zwei flüchtigen Augenblicken (einmal, als er hungrig ist, und einmal, als er sich vorstellt, wie er vor ein paar Frauen von seinen Heldentaten prahlt) lässt Crane uns im Unklaren, ob Henry an seine Mutter denkt. Ein treuer Sohn würde ihr ab und zu einen Brief schreiben, aber mit einer Feder in der Hand werden wir ihn nie zu sehen bekommen.

In einer Szene, bei der es sich um ein Überbleibsel aus der «Reißer-Version» des Romans handeln könnte – stehengelassen als augenzwinkernde Anspielung auf die Art von Buch, von der Crane mittlerweile Abstand genommen hatte –, geht Henry zu seiner Schule, um sich von seinen Klassenkameraden zu verabschieden.

> Sie hatten ihn voller Staunen und Bewunderung umringt, doch er hatte gefühlt, dass plötzlich eine Kluft zwischen ihm und den anderen lag, und das hatte ihn

mit Stolz und Selbstsicherheit erfüllt. Einen ganzen Nachmittag hatte man ihn und noch ein paar von seinen Freunden, die auch die blaue Uniform trugen, mit allen Ehren und Vorrechten überschüttet, das war eine feine Sache gewesen. Sie hatten sich in ihrem Ruhm gesonnt.

Er musste an ein blondes Mädchen denken, das sich die ganze Zeit über seinen kriegerischen Aufzug lustig gemacht hatte, aber er dachte auch an die andere, an die Dunklere, die er den ganzen Nachmittag angeschaut hatte, und es war ihm, als hätte der Anblick der blauen Montur mit den blanken Messingknöpfen sie verlegen und traurig gemacht. Und als er sich beim Fortgehen in der Eichenallee noch einmal umdrehte, ertappte er sie dabei, dass sie ihm vom Fenster aus nachschaute. Sie tat zwar gleich, als wollte sie nur durch die Zweige in den Himmel spähen, aber die Hast, mit der sie den Kopf hob, verriet ihre Verwirrung. Daran dachte er oft.

Die Dunkelhaarige erweist sich als Nebelkerze, denn mag auch der Junge oft an diesen Abschiedsmoment denken, so ist von diesen Gedanken im Rest des Buches doch keine Rede mehr. Die Erinnerung an sie schießt ihm nur dieses eine Mal kurz durch den Kopf, und das war's. So viel zur Liebesgeschichte als Nebenhandlung des traditionellen Kriegsromans. Ein Wimpernschlag voller Verheißung – und aus.

Manches zu Henrys Charakter erschließt sich bereits aus diesen Rückblenden. Zuvörderst sein heftiges Bedürfnis, auf andere einen guten Eindruck zu machen, sich hervorzutun und als Auserwählter anerkannt zu werden, als einer, der über dem gemeinen Menschenhaufen steht, und kaum trägt er seine «blaue Montur mit den blanken Messingknöpfen», stolziert er so sehr von sich selbst erfüllt mit seinen Kameraden umher, dass das blonde Mädchen sich über ihn lustig macht. Da er noch kein moralisches Fundament in sich aufgebaut hat, kann er sich selbst nur sehen, wenn er sich vorstellt, wie andere ihn sehen – nicht direkt als den, der er ist (er hat keine Ahnung, wer er ist), sondern als den, den andere in ihm sehen sollen. Für kurze Zeit hatten Wunsch und Wirklichkeit zufällig zueinandergefunden, «auf jeder Station» während der Zugfahrt nach Washington «war ihr Regiment gefeiert und gefüttert worden, bis er schließlich selbst zu der Überzeugung gelangte, er müsse ein Held sein ... Er sonnte sich im Lächeln der Mädchen, ließ sich von alten Männern auf die Schulter klopfen und spürte die Kraft zu ungeahnten Heldentaten in sich wachsen.»

Dann hatte die Wirklichkeit sich gegen ihn gewandt, und in den enttäuschenden «eintönigen Monaten im Rekrutenlager» musste er lernen, mit der Banalität des Soldatenlebens zurechtzukommen, eine schmerzliche Erfahrung, die ihn auch noch niederdrückte, als er nach beendigter Ausbildung ins Feld geschickt wurde, dem Feind entgegen, wo sein Regiment «nur darauf bedacht war, es sich im Biwak so häuslich wie möglich zu machen». Seine Träume vom Ruhm waren verflogen, und er kam auf seine alte Idee zurück, dass es «Kämpfe wie bei den alten Griechen nie mehr geben würde».

> Er hatte sich damit abgefunden, dass er nur ein winziges Teilchen einer riesigen, blaugekleideten Prozession war und nichts Vernünftigeres tun konnte, als nach Kräften für seine Bequemlichkeit zu sorgen. Im Übrigen durfte er sich damit erbauen, dass er Daumen drehte und sich ausmalte, was für Gedanken wohl in den Köpfen der hohen Generalität herumschwirrten. Daneben wurde er gedrillt, gedrillt und besichtigt und noch mal gedrillt und noch mal besichtigt.

Da hockt er nun in seinem einsamen Loch, versucht sich vorzubereiten auf das, was sein erstes Gefecht zu werden verspricht, und grübelt nervös über die große, unbeantwortbare Frage nach, die inzwischen sein ganzes Denken beherrscht: Wird er, wenn man ihn in den Kampf schickt, weglaufen oder nicht? Er versucht sich mathematisch zu beweisen, dass er es nicht tun wird, muss sich aber bald eingestehen, «dass er noch nicht wusste, wie er sich im Kampf bewähren würde».

> Die Furcht packte ihn wie eine Woge, seine Phantasie eilte voraus und zeigte ihm die Schlacht in schrecklichen Bildern. Er durchdachte die Gefahren, die dort auf ihn lauerten, und es wollte ihm nicht gelingen, sich vorzustellen, wie er sie bezwang ...
>
> Er sprang von der Pritsche und begann, aufgeregt hin und her zu laufen. «Herrgott, was ist denn mit mir los?», seufzte er laut.
>
> Er begriff, dass seine Lebensregeln ihm in dieser Krise nichts nützten, dass ihm alles, was er über sich selbst wusste, hier nichts half. Er sah ein, dass er wieder ganz von vorne anfangen und sich selbst auf die Probe stellen musste, wie in seiner frühen Jugend. Er musste neue Erfahrungen sammeln und nahm sich vor, gut achtzugeben und sich von seinen eigenen Eigenschaften, die er noch gar nicht kannte, auf keinen Fall in Schande bringen zu lassen. «Herrgott!», wiederholte er bestürzt.

«Schande» ist das Schlüsselwort dieser Passage. Wenn er in der Schlacht seinen Mann stand, erwarb er sich den Respekt seiner Kameraden. Wenn er die Nerven verlor und davonlief, war er ein Feigling und musste den ganzen Krieg über dieses Schandmal tragen. Wieder ist seine Hauptsorge, wie andere ihn sehen, nicht, wie er selbst sich sieht, aber zu diesem frühen Zeitpunkt der Geschichte sieht er, wenn er sich selbst betrachtet, nur jemanden, dem seine bisherigen Erfahrungen nichts nützen, und als sich das Gerücht von einem bevorstehenden Gefecht am folgenden Tag als Schwindel erweist, quält ihn die unbeantwortete Frage – *wird er weglaufen oder nicht?* – nur umso mehr. «Er sah ein ... er musste ins Feuer, musste im Feuer ausprobieren, welche Stärken und welche Schwächen seine Beine hatten». Schluss mit mathematischen Berechnungen zur Ermittlung der Unausweichlichkeit der einen oder anderen Antwort – was er jetzt braucht, ist ein empirischer Beweis, eine Feuerprobe. «Dazu brauchte er das Feuer, das Blut und die Gefahr, wie der Apotheker dies, das und jenes braucht. Er fieberte nach einer Gelegenheit, sich zu bewähren.»

Während er fiebert, fragt er sich, ob es in der Kompanie nicht einen Gleichgesinnten gibt, einen, der ähnlich von Zweifeln geplagt wird und bereit wäre, sich mit ihm auszusprechen, zu vergleichen, doch als er sich nach jemandem umsieht, der für ein solches Gespräch in der richtigen Stimmung sein könnte, findet er keinen, und selbst wenn, wie sollte er es fertigbringen, den Mund aufzumachen und seine Angst zu beichten, wenn der andere sich wahrscheinlich nur über ihn lustig machen und ihn der Feigheit bezichtigen würde? Und so leidet der Junge schweigend weiter, eingeschlossen in seinen Kopf, mit keinem Gesprächspartner als ihm selbst.

Derweil taumeln seine Gedanken ungereimt und widersprüchlich durcheinander. Einmal stellt er sich vor, alle anderen Soldaten im Regiment seien Helden, und bezichtigt sich selbst «der schändlichsten Sünden gegen die Götter der Tradition», und fast im selben Augenblick denkt er, sie alle seien nicht anders als er selbst und «zweifelten und zitterten» insgeheim nicht weniger als er. Er ärgert sich über die «unerträgliche Langsamkeit» der Generäle und macht sie für sein Elend verantwortlich, ja, er gibt ihnen die Schuld an seiner Angst, die immer größer wird, während er auf den Augenblick der Entscheidung wartet und seine Gedanken immer groteskere Züge annehmen. «Einen Augenblick kam es ihm sogar vor, als würden die rötlichen Feuer größer, als stürmten sie heran wie tausend wutschnaubende Drachen». Und als sein Regiment in die Dunkelheit davonmarschiert, gleicht es «einem jener tausendfüßigen Ungeheuer ..., die gespenstisch durch das Halbdunkel stampften». Schließlich macht der Zug halt, und Henry, «entmutigt und bedrückt», ist «ganz in seine eigene innere Auseinandersetzung vertieft».

> Er schlenderte ein paar Schritte in die Dunkelheit hinein. Von hier sahen die schwarzen Silhouetten der Männer, die vor dem roten Feuerschein hin und her huschten, unwirklich, fast diabolisch aus.
>
> Der Junge legte sich ins Gras. Die Halme schmiegten sich zärtlich an seine Wange. Der Mond war schon angezündet, er hing in einem Baumwipfel. Die flüssige Stille der Nacht erfüllte ihn mit tiefem Mitleid mit sich selbst ...
>
> Er sehnte sich brennend nach seinem Heimatdorf, nach den endlosen Wegen vom Haus in die Scheune, von der Scheune aufs Feld, vom Feld in die Scheune, von der Scheune ins Haus ... Er sagte sich, dass er nicht zum Soldaten geschaffen sei.

Als der Junge ein Rascheln im Gras vernimmt und den Schreihals vorbeigehen sieht, winkt er Wilson zu sich, und die beiden beginnen zu reden. Noch immer zu ängstlich, irgendjemandem seine innersten Gefühle zu offenbaren, nicht einmal seinem alten Kindheitsfreund, kommt Henry der Sache wenigstens etwas näher, indem er seine Selbstzweifel zu einer Frage an Wilson umformuliert: wie er sicher sein könne, dass er nicht ausreißen wird, «wenn's losgeht».

> «Ausreißen?», gab der Schreihals zurück. «Ausreißen kommt gar nicht in Frage!» Er lachte.

Als Henry nachbohrt, reagiert Wilson verschnupft und hält Henry vor, er rede, «als ob du dich für Napoleon hältst», und stapft beleidigt davon. Henry ruft ihn zurück, aber Wilson ist schon weg, und von da bis zum Schlafengehen fühlt sich der Junge «ganz allein auf der Welt ... geächtet, ausgestoßen».

Es folgen drei handlungsreiche Kapitel (3 bis 5): die Kompanie wird aus unbekannten militärischen Gründen verlegt, in Marsch gesetzt, dann in Eilmarsch, dann angehalten, und Henrys stetig zunehmende Angst schlägt in Wut und schließlich in Verzweiflung um. Die verhängnisvolle Stunde rückt näher, er ist «darauf gefasst, den Tod unausweichlich auf sich zukommen zu sehen», und kurz stellt er sich vor, seine Kameraden mit einer flammenden Rede aufzurufen, sie sollten sich aus dem Staub machen, um nicht niedergemetzelt zu werden «wie die Schweine», unterlässt es aber, um sich nicht der Lächerlichkeit preiszugeben, und wieder etwas später kommt ihm der Gedanke, «dass es das Beste wäre, gleich im ersten Gefecht zu fallen», denn im Tod käme er «irgendwo hin, wo man ihn verstand», aber dann, kurz vor Beginn der Schlacht, geschieht etwas Unerwartetes. Wilson, der großspurige Schreihals, der sich bis dahin keine Spur von Unentschlossenheit oder Zweifeln hat anmerken lassen, kommt zu Henry mit «mädchenhaft» zitternden Lippen und übergibt ihm einen Packen Briefe, die nach seinem Tod an seine Familie geschickt werden sollen, denn er ist überzeugt («Ich fühle, dass –»), heute wird er sterben, diese Schlacht wird die erste und die letzte seines kurzen Lebens sein, und auf Henrys Gestammel, «Zum Teufel noch mal, woher willst du ...?», schaut der Schreihals «ihn nur an wie aus der Tiefe des Grabes, hob prophetisch die schlaffe Hand und wandte sich ab».

Der Tag der Schlacht rückt heran, Konfusion breitet sich aus. Schlag auf Schlag nimmt Crane mit einer Serie kurzer Sätze je ein bestimmtes Ziel aufs Korn, jede Einzelheit klar und deutlich und doch nur zur Steigerung des allgemeinen Durcheinanders beitragend.

> Eine Granate heulte wie ein böser Geist über die geduckten Köpfe der Rekruten hinweg, die in Reserve lagen. Sie schlug mit roter Stichflamme hinter ihnen zwischen den Bäumen ein und warf braune Erdbrocken in die Höhe. Es regnete Tannennadeln.
>
> Kugeln pfiffen durch die Äste und bohrten sich in die Baumstämme. Zweige und Blätter segelten zu Boden, als wären Tausende winziger Äxte am Werk. Viele Männer duckten sich bei jedem Pfeifen ...
>
> Aus der Rauchwand gellten wilde Schreie. Das Gemälde aus Grau und Rot zerfiel zu einer Horde Männer, die wie gehetzte Pferde rannten.

Die Kompanie hält am Rand eines Wäldchens, und während Henry auf seine erste Feuerprobe wartet, vertieft Crane sich in diesen Moment vor der Schlacht und lässt den Jungen kurz abschweifen, plötzlich taucht eine belanglose Erinnerung auf, die man als Anzeichen für innere Abspaltung, Heimweh oder auch nur als irgendeinen beliebigen Gedanken deuten kann, wie sie einem ständig durch den Kopf rauschen. Crane, ein Meister der Beschreibung der greifbaren Welt *da draußen*, ist ebenso meisterhaft darin, die jähen Schwankungen *hier drinnen* zu erfassen, und das Zusammenwirken dieser beiden Begabungen, der visuellen und der psychologischen, zeichnet dieses Buch vor allen anderen amerikanischen Büchern dieser Epoche aus. Mit aller Raffinesse schildert Crane Henrys mentalen Fluchtreflex nicht als rührseligen Exkurs in die Vergangenheit, sondern als echte, plötzlich auftauchende Erinnerung in all ihrer kitschigen, ziemlich komischen Lebendigkeit – die Erinnerung an ein Vorgefühl, die sich einem Jungen aufdrängt, der gerade im Vorgefühl seines möglicherweise bevorstehenden Todes lebt. Immer mehr Details stellen sich ein, die Erinnerung nimmt Gestalt an, die Sekunden verrinnen, bis ein Ruf ertönt und ihn aus seinen Gedanken reißt, und auf einmal, einfach so, ist Krieg.

> Es folgten endlose Minuten des Wartens. Der Junge musste an die heimatliche Dorfstraße denken, auf der in jedem Frühling irgendwann einmal der Zirkus Einzug hielt. Er entsann sich, wie er als kleiner Junge, vor Aufregung zitternd, am Straßenrand gestanden und danach gefiebert hatte, hinter der Dame auf dem weißen Pferd oder hinter der Musikkapelle auf dem bunten, verwaschenen Wagen herlaufen zu können. Er sah die staubgelbe Straße vor sich, Reihen erwartungsvoller Menschen, die sauberen Häuser. Doch am deutlichsten stand das Bild eines alten Mannes vor ihm, der immer neben der Ladentür auf einer leeren Kiste gesessen hatte, als kümmerte er sich gar nicht um die Zirkusparade. Farben, Gestalten, tausend kleine Einzelheiten schossen ihm durch den Kopf; der alte Mann auf der leeren Kiste stach scharf daraus hervor.
>
> Jemand schrie: «Sie kommen!»

Entgegen seinen düsteren Vorahnungen läuft Henry nicht weg – er denkt noch nicht einmal daran. Cranes Beschreibung seines ersten

Kampfs umfasst ein halbes Dutzend hochkonzentrierte Seiten. Das Regiment verschanzt sich, um einen Angriff der Konföderierten abzuwehren, und Henry fummelt an seinem Gewehr herum, er weiß nicht mehr, ob er es geladen hat oder nicht, er weiß überhaupt nichts mehr, beruhigt sich aber allmählich, kämpft dann methodisch neben seinen Kameraden und steht wider alle Erwartung seinen Mann.

> Gefahr und Angst waren wie weggewischt. ... Er ... ging in einem größeren Wesen auf, das nur ein einziger Gedanke beherrschte ...
>
> Unablässig war er sich der Gegenwart seiner Kameraden bewusst. Stärker noch als die Sache, für die sie hier kämpften, bewegte ihn jene Brüderschaft, jenes geheimnisvolle Gefühl der Zusammengehörigkeit, das aus Pulverdampf und Todesgefahr geboren wird.

Das Wir-Gefühl hält ihn in der Gruppe, lässt ihn in der Gruppe aufgehen, gleichwohl ist er immer noch allein in seinem Körper, seltsam in der Schwebe zwischen zwei physischen Zuständen oder zwischen ihnen hin und her wechselnd, einerseits fesselt ihn ein tranceartiges, außerkörperliches Erleben, andererseits durchleidet er intensives körperliches Missbehagen, als sei er zur selben Zeit dort anwesend und nicht anwesend.

> Er steckte mitten in seiner Arbeit – wie ein Tischler, der zu den vielen Kisten, die er in seinem Leben schon gezimmert hat, noch eine dazuzimmert. Nur dass seine Bewegungen voller wütender Hast waren. Mit den Gedanken war er weit fort, an den verschiedensten Orten, gerade wie der Tischler, der bei der Arbeit vor sich hin pfeift und an einen Freund denkt

oder an einen Feind, an zu Hause oder an die Kneipe. Dieser wilden Träume konnte er sich später nicht mehr klar entsinnen, sie waren wie eine rasende Folge wirrer Bilder.

Die Erregung der Schlacht trieb ihm beißenden Schweiß aus allen Poren. Er hatte das Gefühl, seine Augäpfel müssten platzen wie überhitzte Steine. Die Ohren dröhnten ihm vom donnernden Getöse.

Eine rote Welle der Wut packte ihn ...

Ringsum war der Pulverdampf unzähliger Gewehre. Seine Wut richtete sich nicht so sehr gegen die Feinde, die von irgendwo dort vorn auf ihn zugestürmt kommen mussten, als gegen die wogenden Phantome der Schlacht, die ihn zu ersticken drohten, die ihm mit ihren Rauchgewändern die ausgedörrte Kehle verstopften. Er sehnte sich verzweifelt nach einer Atempause, wie ein kleines Kind, das sich, dem Tode nahe, unter den erstickenden Decken hervorzukämpfen versucht.

Alle drei wesentlichen Elemente des Buches wechseln in diesem Kapitel ständig und in rasantem Tempo miteinander ab, mal richtet sich der Blick auf die Soldaten und Offiziere des Regiments, mal auf die Gedanken in Henrys Kopf, mal auf den Schauplatz als Ganzen, den Schauplatz der Schlacht mit den unvermeidlichen Bildern von Toten und Verwundeten, wenn das Leid jedes einzelnen in grell belichteten Schnappschüssen geschildert wird:

Hier und dort sank einer in sich zusammen wie ein Bündel Flicken. Der Hauptmann war gleich zu Anfang gefallen, er lag ausgestreckt da wie ein müder Wanderer, doch mit einer Miene, die so verwundert

> und gekränkt war, als hätte ihm ein Freund einen üblen Streich gespielt. Der Soldat, der vorhin neben dem Jungen gestanden hatte und auch jetzt noch vor sich hin stammelte, wurde durch einen Streifschuss verwundet. Das Blut rann über das Gesicht. Er legte sich beide Hände schützend über den Kopf, stöhnte laut und riss aus. Ein anderer schrie plötzlich auf, als hätte er einen Keulenschlag auf den Magen bekommen. Er setzte sich ins Gras und starrte kläglich vor sich hin. In seinem Blick lag eine stumme, unbestimmte Anklage. Weiter drüben hatte eine Kugel einem Mann, der hinter einem Baum hockte, das Knie zerschmettert. Er ließ das Gewehr fallen und schlang beide Arme um den Baum. So blieb er hocken und schrie, verzweifelt an seinen Halt geklammert, um Hilfe, damit er den Baum loslassen konnte.

Die Linie weicht nicht zurück, der Angriff wird abgewehrt, und als Henry langsam aus seiner Trance erwacht, überkommt ihn «Selbstzufriedenheit wie ein Rausch», er fühlt sich «wohl wie noch nie» und sieht sich selbst als «ganzer Kerl». Wer möchte ihm diese Minuten der Euphorie und Erleichterung missgönnen? Er hat seine Angst besiegt und die Feuerprobe mit allen Ehren bestanden. Man fragt sich: Was mag ihn jetzt noch erwarten, und was genau bedeutet eigentlich *red badge of courage*, rote Tapferkeitsmedaille? Den ersten Teil der Frage beantwortet Crane sogleich, bevor der Leser weiter nachbohren kann. Ein Soldat ruft: «Da kommen sie wieder! Da kommen sie wieder!» Die ganze Kompanie reagiert schockiert auf diese plötzliche Wendung der Ereignisse, aber während die anderen nach ihren Gewehren greifen, um sich gegen die zweite Angriffswelle zu verteidigen, hat der konfuse, fassungslose Henry Mühe, sich wieder zusammenzureißen. Der erste Angriff hat ihn seiner Kräfte beraubt, den zweiten kann er psychisch kaum bewältigen, in seinen Augen sind die feindlichen Soldaten keine Männer mehr, sondern «Maschinen ... aus Stahl», die dann zu «unzähligen schrecklichen Drachen» werden, jedenfalls zu etwas Übermenschlichem, und er fühlt sich wie jemand, «der beim Nahen der Ungeheuer in Rot und Grün die Gewalt über seine Beine verliert», ein wehrloses Geschöpf, das darauf wartet, «verschlungen» zu werden. Es hilft auch nicht gerade, dass einer seiner Nebenleute schreiend davonläuft oder dass einer seiner jüngeren Kameraden, der sich bis dahin als äußerst mutig erwiesen hatte, plötzlich erbleicht, sein Gewehr wegwirft und flieht. Andere stürzen «durch den Rauch davon», und Henry gewinnt den Eindruck, «das Regiment lasse ihn im Stich». Wenn er bleibt, wo er ist, muss er sterben. Und schon ergreift auch er die Flucht, und auf den nächsten fünfzig Seiten wird er weiterlaufen – nicht nur weg vom Krieg, sondern auch weg von der Schande, die er über sich gebracht hat.

Angst ist Angst, eine unbezwingliche Macht, die sich durch reine Willensanstrengung nicht überwinden lässt, weniger ein Vergehen, eher ein Missgeschick, eine psychische Heimsuchung, die ihr Opfer lähmt und unfähig zum Widerstand macht, doch in den folgenden Kapiteln begeht Henry auch eine Reihe moralischer Fehltritte, die seinen schwachen Charakter dramatischer bloßstellen als die verzeihliche Sünde, von Angst getrieben das Weite zu suchen. Crane liegt nichts daran, den Jungen zu rechtfertigen oder zu einer edlen oder sympathischen Gestalt zu machen. Auch lässt er sich nicht herab, ihn zu bemitleiden. Henry Fleming ist ein komplizierter, aufgewühlter junger Mann, mit Fehlern behaftet wie nahezu alle Menschen, schlimmer als manche, besser als manche, ein Exempel gewöhnlichen Durchschnittslebens im Griff außergewöhnlicher Umstände. Kein Heiliger, kein Irrer, nicht einmal ein Held – bloß ein Mensch. Mit demselben ruhigen Blick, den er den Figuren in *Maggie* zugewandt hat, fällt Crane kein Urteil über seinen um sich schlagenden, panischen, sich selbst belügenden Protagonisten. Er beobachtet ihn nur und erzählt, was er tut, was er denkt, woran er denkt, wenn er tut, was er tut, und wenn Crane uns das erzählt hat, setzt er seine Beobachtungen fort und erzählt weiter. Die Ehrlichkeit eines solchen Vorgehens kann quälend sein, zuweilen unerträglich, aber jedes andere Vorgehen wäre Betrug, und im Gegensatz zu der Figur in seinem glänzenden kleinen Buch ist Crane kein Betrüger.

Nun also die wilde Flucht, Hals über Kopf in die Wildnis, er hastet und stolpert, knallt mit der Schulter an einen Baum, stürzt hin, steht wieder auf, verliert seine Mütze, verliert sein Gewehr, rennt, rennt schneller, rennt schneller und schneller, gehetzt vom Gedanken an den Tod, der ihm auf den Fersen ist, rennt mit all den anderen, bis er sie überholt und weit hinter sich lässt, rennt, bis er ganz allein ist, bis er allein dem Tod davongelaufen ist, und während um ihn herum Granaten einschlagen und Erde aufspritzt, bildet er sich ein, die Granaten hätten grausame Zähne, mit denen sie ihn angrinsen, dann stößt er auf andere Soldaten, die seelenruhig ihrer Arbeit nachgehen, und hält sie für Narren, weil sie nicht wissen, dass sie bald tot sein werden, und er läuft weiter und erblickt einen General, der von seinem Pferd herab allen zuruft: «Ja, bei Gott, sie haben's geschafft! ... Bei Gott, sie haben sie zurückgeschlagen!», und muss so zu seinem Entsetzen erkennen, dass er vor einem Sieg davongelaufen ist, dass sein Regiment den erneuten konföderierten Angriff zurückgeschlagen und zum zweiten Mal den Sieg errungen hat.

Eine Niederlage hätte sein Handeln gerechtfertigt oder ihm zumindest einen Rüffel erspart, der Sieg aber macht ihn zum Deserteur und Feigling, zum Paria, er reagiert mit Wut, fühlt sich ungerecht behandelt, Opfer einer krassen Ungerechtigkeit, dessen «Weisheit ... und allerbeste Motive ... ein widriges Geschick» zunichtegemacht hatte. So stellt sich die Welt dem verzweifelten, ichbezogenen jungen Henry Fleming dar, der nicht zu seiner Kompanie zurückkehrt, um die Sache auszubaden, sondern «die freien Flächen mied und sich im dichten Wald hielt, als wollte er sich verkriechen».

Ganz allein, weit weg von allen anderen, den Lärm des Gefechts immer weiter hinter sich zurücklassend, wirft er einen Kiefernzapfen nach einem «spielenden Eichhörnchen» und «triumphiert», als es ängstlich die Flucht ergreift. Das ist das Gesetz der Natur, stellt er fest. Bei Gefahr bleibt man nicht stehen und kämpft bis zum Tod, nein, man läuft davon, so schnell man kann. Der Junge geht weiter, steigt vorsichtig über die «Grasbüschel» am Rand eines Sumpfs, dringt in «tiefes Unterholz» vor und kämpft sich «durch das Halbdunkel auf der Suche nach noch tieferer Dunkelheit», getröstet von dem Gedanken, «die Natur auf seiner Seite zu haben», doch nur wenig später stößt er auf eine schaurige Szene, die das genaue Gegenteil dieser Annahme beweist: Die Natur steht auf gar keiner Seite, und die winzigen Anstrengungen der Menschen sind nichts im Vergleich zu den Mächten, die im Himmel und auf Erden regieren.

> Endlich fand er einen Fleck, an dem sich die Zweige der hohen Bäume zu einer Kapelle wölbten. Behutsam stieß er die grüne Tür auf und trat ein. Die Fichtennadeln bildeten einen weichen braunen Teppich, und darüber war weihevolles Dämmerlicht.
>
> Er war kaum über die Schwelle, da erstarrte er, gelähmt vom Entsetzen.
>
> Vor ihm saß ein Toter, den Rücken an eine der Baumsäulen gelehnt, und schaute ihn an. Er steckte in einer Uniform, die einmal blau gewesen, jetzt aber zu einem trübsinnigen Grün ausgeblichen war. Die Augen, die dem Jungen entgegenstarrten, waren

> stumpf wie die Schuppen eines toten Fisches. Der Mund stand offen, die Lippen hatten sich zu einem furchtbaren Gelb verfärbt. Über das graue Gesicht liefen kleine Ameisen, eine schleppte etwas wie ein Bündel die Unterlippe entlang.

Der Junge weicht erschrocken zurück und nimmt Reißaus, und plötzlich gerät er in Hörweite eines Gefechts, lauter und heftiger als die beiden, die er bisher mitgemacht hat: «... mitten in dieses Schweigen platzte ein Getöse. Blutroter Schlachtenlärm drang aus der Ferne herüber.» Diesmal *läuft er darauf zu*, nicht um daran teilzunehmen, sondern um eine «Geisterschlacht, wie vom Zusammenprall überirdischer Mächte» zu erleben, er will näher heran, er muss sehen, «wie sie Leichen produzierte», ein ebenso verstörender wie perverser Wunsch, Symptom für Gedanken, die «aufgescheucht durcheinander» flattern, und bald genug erblickt er tatsächlich die ersten im Gelände verstreuten Toten. Dann schließt er sich einer Schar Verwundeter auf dem Weg in die hinteren Reihen an, und in dieser «blutenden Menge» gerät er neben einen Mann, den Crane abwechselnd als *der Zerlumpte, der zerlumpte Soldat* oder *der mit dem gespenstischen Blick* bezeichnet, einen schwerverwundeten, gutmütigen Hinterwäldler, der mit «mädchenhaft sanfter» Stimme spricht und sich mit dem Jungen anzufreunden versucht, doch Henry geht auf seine Avancen nicht ein, nicht direkt abweisend, eher zerstreut und gleichgültig, und als der Zerlumpte ihn fragt, wo es ihn erwischt hat, das heißt, wo und wie er verwundet wurde, wendet Henry sich verlegen ab «und schlüpfte durch die Menge» davon.

Nicht lange danach bringt Crane den Titel des Romans ins Spiel. Die Frage des Zerlumpten hat den Jungen zutiefst verunsichert, er glaubt, «jeder müsse ihm die Schande ansehen», und fragt sich, «ob die anderen ihm nicht die Schuld von der Stirn abläsen, in die sie mit großen Lettern eingebrannt schien». Wieder sieht Henry sich selbst mit den Augen der anderen, denn wenn er allein ist, kann er durchaus über diese Schuld hinwegsehen, sie vergessen, so tun, als gebe es sie nicht, oder gar sein Handeln rechtfertigen, doch als die Verwundeten ihn ansehen, überwältigt ihn die Scham. Der im nächsten Absatz geäußerte Wunsch zeigt dieses Dilemma auf:

> Dann wiederum betrachtete er die Verwundeten voller Neid und sagte sich, Männer mit zerfetzten Leibern müssten doch eigentlich sehr glücklich sein. Er wünschte sich, er hätte auch eine Wunde, auch so ein rotes Siegel der Tapferkeit.

Plötzlich taucht «wie ein wandelnder Vorwurf» der Soldat mit dem gespenstischen Blick wieder neben ihm auf. Der Verwundete stirbt, langsam, aber sicher, sein Zustand hat sich deutlich verschlechtert, «seine Augen starrten ... ins Unbekannte», er schleppt sich voran, «so steif, als wäre er mit aller Sorgfalt darauf bedacht, nicht den Zorn seiner Wunden zu erregen, und er sah aus, als schaute er sich bei jedem Schritt nach einem Ruheplatz um, wie jemand, der sein Grab wählt».

Dieser besonders eindrucksvollen Passage – der rigorosen Schilderung des dem Tode nahen Zerlumpten, schaurige Sätze, die Böses ahnen lassen – folgt wieder einmal eine erzählerische Kehrtwende, als Henry entsetzt aufblickt und stöhnt: «Allmächtiger! Jim Conklin!»

Denn sein Freund, der Lange, schleppt sich ebenfalls im Zug der Verwundeten dahin, auch er dem Tod nahe, eine Gestalt, aufgetaucht aus der großen Wolke von Feuer und Zorn, die der Krieg ist, der Krieg selbst und zugleich Symbol des Krieges, beides vereint in einem einzelnen Sterbenden, und auf den folgenden Seiten, bis zum Ende von Kapitel 9, zwingt Crane den Leser, diesem Sterben zuzusehen, dieses Sterben mitzuerleben – eine Passage, die mit Recht für eine der bemerkenswertesten des Buches gehalten wird.

Anfangs scheint Jim noch ganz der Alte zu sein. «Hallo, Henry», sagt er lächelnd, aber der Junge stammelt nur «Oh, Jim ... oh, Jim, oh, Jim». Jim hebt seine blutverkrustete Hand, fragt Henry, wo er gewesen ist, und erzählt, er habe schon befürchtet, Henry sei gefallen, und als der Junge weiter nur immer stammeln kann, erklärt Conklin: «Ich hab was abgekriegt. Ja, bei Gott, ich hab was abgekriegt», und «wiederholt es verwirrt, als begreife er nicht, wie das hatte geschehen können». Die beiden gehen zusammen weiter, der Lange an den Arm des Jungen geklammert, bis Jim «mit zitternder Stimme» flüstert, er habe schreckliche Angst, hinzufallen und von den «verdammten Munitionswagen» überrollt zu werden. Henry verspricht, auf ihn aufzupassen, aber Jim, plötzlich wie benommen, will sich nicht mehr von ihm stützen lassen und sagt: «Nein ... nicht ... lass mich ... lass mich», und erst als der zerlumpte Soldat sich einmischt und Henry drängt, Jim von der Straße wegzuführen, kann der Junge seinen Freund überzeugen, sich helfen zu lassen. Der Zerlumpte weiß, sie müssen sich beeilen, denn Jim «macht's doch bloß noch fünf Minuten oder so, das sieht man», aber «Teufel, wo nimmt er die Kraft her?»

Kaum haben sie die Straße verlassen, beginnt der Lange «torkelnd und stolpernd» auf ein Gebüsch zuzulaufen. Henry und der Zerlumpte eilen ihm nach, besorgt, er könnte sich weh tun, Henry fleht ihn an, vorsichtig zu sein, aber Jim hört gar nicht mehr zu, sein Blick ist «unverwandt auf das Ziel gerichtet, das ihn so magisch anzog. ‹Nein ... nein ... rühr mich nich an ... lass mich ... lass mich.›» Wieder fragt Henry, was mit ihm los sei, aber Jim schleppt sich einfach weiter, und der Junge und der Zerlumpte haben «das Gefühl, einer feierlichen Zeremonie beizuwohnen. In den Bewegungen des Sterbenden lag etwas von einem Ritus, etwas, was an eine barbarische Religion erinnerte, an eine Religion, die Menschenopfer forderte, zerfetzte Muskeln, zermalmte Knochen.» Und dann kommt es zum Ende, aber langsam, in einem gedehnten, quälenden Todestanz:

> Schließlich sahen sie ihn stehen bleiben und regungslos verharren. Sie liefen rasch hin. Seiner Miene war anzusehen, dass er den Platz gefunden hatte, den er so verzweifelt suchte. Seine hagere Gestalt war hoch aufgereckt, die blutbeschmierten Hände hingen unbeweglich herab. Er wartete ergeben, wartete auf irgendetwas, was ihn herbeigerufen hatte. Er war zum Stelldichein erschienen. Sie beobachteten ihn wie gebannt.
>
> Ringsum war Schweigen.
>
> Die Brust des Sterbenden hob und senkte sich mühsam, immer heftiger, bis es aussah, als säße ein Tier darin, das stoßend und tretend um seine Freiheit kämpfte.
>
> Der Junge wand sich beim Anblick dieses langsamen Erstickens. Sein Freund rollte die Augen, und was er in diesen Augen sah, war so furchtbar, dass er sich jammernd zu Boden warf. Noch einmal nahm er alle Kraft zusammen und rief ihn an. «Jim ... Jim ... Jim ...!»
>
> Der Lange hob unwillig die Hand, er öffnete die Lippen und sprach: «Lass mich ... rühr mich nicht an ... lass mich ...»
>
> Dann herrschte abermals Schweigen.
>
> Er wartete.
>
> Plötzlich durchlief ihn ein Zucken, ein Schauer schüttelte ihn. Er starrte ins Leere, und seine beiden Beobachter glaubten auf seinem furchterregenden,

tief durchfurchten Gesicht etwas wie eine große, seltsame Würde wahrzunehmen. Zugleich befiel ihn eine schleichende Fremdheit, die mehr und mehr von ihm Besitz ergriff. Seine Beine zitterten und zuckten, dass er einen entsetzlichen Tanz vollführte, die Arme flogen ihm um den Kopf wie einem hüpfenden Kobold.

Dann richtete sich seine hohe Gestalt zu ihrer vollen Größe auf. Ein leises Knirschen, und er neigte sich vornüber, langsam und steif wie ein gefällter Baum. Ein letztes Zucken der Muskeln bewirkte, dass er mit der linken Schulter aufschlug. Der Leichnam schien noch einmal von der Erde abzuprallen.

«Allmächtiger!», sagte der Zerlumpte.

Der Junge beobachtete ihn noch immer wie gebannt. Sein Gesicht spiegelte alle Qualen wider, die der Lange seiner Vorstellung nach durchlitten hatte.

Er sprang auf, trat näher und starrte in das fahle Gesicht. Der Mund stand offen, die Zähne waren zu einem Lachen entblößt.

Der Rockschoß der blauen Uniform rutschte zurück und legte die Hüfte des Leichnams bloß, sie sah aus wie von Wölfen zerrissen.

Der Junge wandte sich voll jäher, blinder Wut dem Schlachtfeld zu, er schüttelte die Faust, als wollte er eine empörte Ansprache halten.

«Verfluchte ...»

Die rote Sonne hing am Himmel wie eine Oblate.[21]

■ 21 Diese letzte Zeile (im Original: «The red sun was pasted in the sky like a wafer»), der am ausführlichsten untersuchte, gepriesene und diskutierte Satz in Cranes Werk, wurde von einigen Fachleuten in den Fünfzigern und Sechzigern zur Stützung der heute widerlegten These herangezogen, in *The Red Badge of Courage* wimmele es von religiösen

Kurz darauf begeht Henry seine erste Sünde. Später folgen noch zwei weitere, an denen sich die Herzlosigkeit des Jungen zeigt, seine Bereitschaft, zu lügen, wenn es gilt, das Gesicht zu wahren, und die Bedenkenlosigkeit, mit der er sich zu einer moralischen Erpressung hinreißen lässt, um zu verhindern, dass sein Geheimnis ans Licht kommt, aber das alles ändert nichts daran, dass der Junge nun erst einmal aus dem Albtraum seiner Angst erwacht, sich am nächsten Tag auf dem Schlachtfeld bewährt und eine Art von Erlösung für sich findet. Wobei es natürlich darauf ankommt, was man unter *Erlösung* versteht – und wie man den düsteren, vieldeutigen Schluss des Romans interpretiert.

Nach Jims Tod wirft Henry sich auf den Boden und beginnt zu grübeln, während der Zerlumpte noch eine Weile über das Entsetzliche redet, das sie eben mitangesehen haben, und schließlich vorschlägt, sie sollten sich wieder auf den Weg machen. Sein Zustand verschlimmert sich («Mir wird schlecht ... Mir wird auf einmal verdammt schlecht»), er weiß nicht, wie weit er es noch schaffen wird, macht sich aber auch Sorgen um den Jungen, er fürchtet,

Symbolen, und Jim Conklin (J. C.) stehe hier für Jesus Christus (J. C.), und die Waffel am Himmel sei eine Anspielung auf das Sakrament der Eucharistie, aber das Wort *wafer* hat auch noch andere Bedeutungen, zum Beispiel eine juristische: eine kleine Scheibe aus klebendem Material, mit der Rechtsdokumente versiegelt werden. Und die hatte Crane wahrscheinlich im Sinn, was auch die Wortwahl *pasted* (geklebt) erklären würde. Was diese ganze Passage aber meiner Meinung nach so einzigartig macht, hat nichts mit Religion oder Gerichtswesen zu tun, vielmehr ist es das Musikalische von Cranes blitzschnellen Sprüngen und Reihungen, der harte Schnitt von Erde zu Himmel am Ende, aber vor allem der Schnitt von dem Wunsch, eine «empörte Ansprache» halten, zu dem alleinstehenden Wort *Verfluchte* («hell» im Original), sowohl ein Ausruf als auch eine Beschreibung der Szene, und dann, nach den drei Pünktchen dahinter, die uns an die Erde geheftet haben, zeigt Crane plötzlich auf die Sonne am Himmel, und einen Augenblick lang fühlen wir sie da oben in all ihrer blutigen Röte brennen, vollkommen gleichgültig gegenüber Jim Conklin und all den anderen Soldaten auf dem Schlachtfeld. Die Sprache wird zu einer körperlich spürbaren Gewalt, und folglich ist sie auch eine emotionale Gewalt, so, wie ein Chor von fünfzig oder hundert Stimmen, der mitten in einer stillen Passage bei Bach erschallt, uns bis ins Mark erschüttern und unsere Augen mit Tränen füllen kann.

Henry habe eine innere Verletzung davongetragen (stimmt natürlich, aber keine physische), und als er ihn fragt, wo es ihn denn erwischt habe, und die Frage noch einmal wiederholt, verliert Henry die Fassung und brüllt ihn an: «Ach, lass mich in Frieden!» In seiner Wut würde er den Zerlumpten am liebsten erwürgen, den Mann, der nur gut zu ihm gewesen ist, nur freundlich und fürsorglich und hilfsbereit, trotz seiner eigenen tödlichen Verletzungen. In einer abstoßenden Anwandlung von Selbstmitleid, geschürt von völliger Gleichgültigkeit gegen das Leiden eines Mitmenschen, fasst Henry plötzlich den Entschluss, den Zerlumpten zu verlassen. «Leb wohl», sagt er – kurz und knapp, und wie aus dem Hinterhalt –, und als der Zerlumpte ihn «mit offenem Mund» anstarrt, schockiert von der Grausamkeit des Jungen, aber auch voller Sorgen, was aus ihm werden wird, macht Henry sich aus dem Staub.

> Der Junge lief weiter. Erst als er schon ein gutes Stück fort war, drehte er sich noch einmal um. Der zerlumpte Soldat torkelte hilflos über das freie Feld.
>
> Jetzt redete er sich ein, am liebsten wäre er tot.

Gewissensbisse, schon möglich, aber nicht so schlimm, dass sie ihn zum Bleiben bewegen könnten, er geht weiter, er hat genug mit dem zu tun, was ihn selber quält, und lässt den gespenstischen Soldaten eines einsamen, leidvollen Todes sterben.

Etwas später an diesem Tag stellt seine zweite Sünde das ganze Buch auf den Kopf. Es ist Cranes Meisterstreich, das Ereignis, das den Roman zu dem macht, was er ist, und die in diesen erzählerischen Glücksfall eingebettete Ironie hat so viele Bedeutungen und Gegenbedeutungen, dass sich mir jedes Mal der Kopf dreht, wenn ich das alles auseinanderzupflücken versuche. Ein unglücklicher Umstand wird zu einem glücklichen, ein Gebet, so inbrünstig wie nur eines aus einem Märchen, wird erhört, und dennoch bleibt

Henry nichts als eine Lüge, wenn er die Schande seiner früheren Missetaten verhüllen und sein Leben weiterleben will, auch wenn dieses Leben ein einziger Schwindel ist. Dass er in seiner Lage lügt, ist verständlich – die meisten würden das tun –, aber sobald er es tut, benimmt er sich, als glaube er selbst an die falsche Version seiner Geschichte, so sehr, dass er zu vergessen scheint, dass er gelogen hat, und statt dem Schicksal für den falschen Freispruch zu danken, tut er weiterhin so, als sei er von Anfang an ohne Schuld gewesen. Das ist der wahre Schwindel. Nicht, dass er sich die Lüge erlaubt hat, sondern dass er sie nicht mehr für eine Lüge hält, dass er gegenüber seiner Unehrlichkeit sich selbst gegenüber unehrlich ist.

Er lässt den Zerlumpten zurück, stolpert konfus weiter, hört den «Donner der Schlacht» lauter werden und sieht Soldaten auf ihrem hastigen Rückzug an sich vorbeiziehen «wie sanfte, plumpe Tiere». Der Anblick hat für den Jungen zunächst etwas Tröstendes, ihm zeigt sich darin die Klugheit seiner Entscheidung, sich vor der Schlacht zu drücken, dann aber sieht er andere Soldaten einer erneuten Konfrontation entgegenmarschieren, und «die schwarze Last des Kummers» drückt ihn wieder nieder. Er ist hin- und hergerissen zwischen widerstreitenden Impulsen: Erst möchte er sich diesen Männern anschließen und an die Front zurückkehren, sieht sich schon «als waghalsige, blauuniformierte Gestalt an der Spitze wütender Angriffe, mitten im Sprung, den zerbrochenen Säbel hoch erhoben», dann träumt er von einer wilden Flucht seiner eigenen Leute, Tausende, die so weglaufen, wie er weggelaufen ist, und tröstet sich mit dieser phantasierten Niederlage für seine «beispiellosen Prüfungen», schreckt aber gleich darauf vor solch niederträchtigen Hoffnungen zurück und beschimpft sich als «Schuft, den egoistischsten Menschen auf der ganzen Welt». Ein ganzes Kapitel widmet Crane dieser trostlosen Reise durch das Labyrinth von Henrys Bewusstsein, genau hier in der Mitte des Buches vertieft er sich in das Innere einer Seele, deren Denken sich selbst verschlingt, immer im Kreis herum, zurück zum Anfang und wieder im Kreis herum. Kierkegaard nannte diesen Geisteszustand *die Krankheit zum Tode.* Und Sartre ein Dreivierteljahrhundert später: *Huis clos*, kein Ausgang. Egal wie man den Zustand nennen will, fest steht, Henry ist an einer Mauer angelangt, und weil die Mauer so hoch ist, dass er sie nicht übersteigen kann, kommt er nicht weiter – nicht nur vorübergehend, sondern niemals mehr.

Dann bekommt er – ein Wunder – sein rotes Siegel, und ein möglicher Ausweg eröffnet sich. Er stößt auf eine andere zurückweichende Kompanie, «dunkle Wogen von Männern», die «aus dem Wald und über die Felder fluten» und auf ihn zustürmen wie «eine kopflose Büffelherde». Henry begreift, eine wichtige Schlacht wurde verloren, und der «Krieg, das rote Ungeheuer, der bluttrunkene Gott, würde sich satt fressen». Er muss herausfinden, was da geschehen ist, packt schließlich einen der Fliehenden beim Arm und versucht ihn auszufragen, aber der verängstigte Mann kreischt nur «Lass los! Lass los!», und da Henry nicht loslässt, schleift der Mann den Jungen ein paar Schritte mit und knallt ihm dann «blitzschnell» den Kolben seines Gewehrs an den Schädel.

> Vor seinen Augen flammten grelle Blitze. Der Kopf dröhnte.
>
> Auch die Beine waren plötzlich wie abgestorben, er brach zuckend zusammen. Er ... wehrte sich gegen den betäubenden Schmerz wie gegen unsichtbare Luftgeister.
>
> Es war ein unheimlicher Kampf.

Und er blutet – Blut sickert aus der Platzwunde an seinem Kopf –, mühsam und unter Schmerzen schleppt er sich dem Abend entgegen, an dem das Blut ihm Gelegenheit zu einer weiteren Lüge geben wird, mit der er sich aus der Patsche hilft. Der Schmerz lässt langsam nach, aber ihm ist immer noch nicht klar, wie schwer er verwundet ist. Die Dämmerung bricht herein, bald wird es dunkel, dunkel genug, dass er überlegt, ob er sich nicht einen Platz zum Schlafen suchen sollte. Er ist allein, im Wald verirrt, benommen und völlig erschöpft, hungrig, durstig, fix und fertig, dann aber geschieht ein zweites Wunder in dieser Stunde zweier Wunder, es kommt in Gestalt einer aufmunternden Stimme, die sich als ein Mann mit aufmunternder Stimme erweist, ein Soldat, der sieht (im *Dunkeln sehen*), dass der Junge «schlimm dran zu sein» scheint, und ihm anbietet, ihn zu seinem Regiment zu bringen; dies tut er dann auch, er führt ihn durch den «dichten, undurchdringlichen Wald», als besäße er «eine Art Zauberstab», und als sie ihr Ziel erreicht haben, fällt dem Jungen auf, «dass er nicht ein einziges Mal das Gesicht des Mannes gesehen hatte, der ein solcher Freund gewesen war und jetzt für immer aus seinem Leben verschwand».

Zurück beim 304. Regiment, hat er seine Lüge noch nicht ausgearbeitet und rechnet fest damit, dass er nun bald «die scharfen Pfeile des Hohns in seinem wunden Herzen spüren» werde, doch dann wird er in der Dunkelheit von einem Wachtposten angehalten, es ist sein Freund Wilson, der Schreihals, und der ist so froh, ihn zu sehen, dass Henry ihm unversehens ein Märchen von seinen Abenteuern auftischt, und da seine blutende Kopfwunde ihn gegen jeden Argwohn schützt, kommt er damit durch.

> «Ja, ja. War schrecklich. Ich war ganz woanders. Weit drüben, rechts. Dort ist es furchtbar zugegangen. Schrecklich. Ich hab das Regiment aus dem Auge verloren. Und dann hab ich was abgekriegt. Am Kopf. So was von Angriff hab ich noch nicht erlebt. Schrecklich. Ich versteh gar nicht, wie ich das Regiment verloren hab. Und verwundet bin ich auch.»

Ein Tag im Gefecht hat Wilson enorm verändert. Die prahlerische Großspurigkeit seines vorgetäuschten Muts ist verschwunden, Wilson hat «den Gipfel der Weisheit erklommen und festgestellt, dass er [Henry], von dort oben betrachtet, geradezu winzig war», ein grundlegender Wechsel der Perspektive, der Henry verblüfft und ihn davon überzeugt, «dass es von nun an viel leichter sein würde, mit ihm auszukommen». Während Wilson sich wie eine «Amateurkrankenschwester» um Henry bemüht – ihm die Wunde umständlich mit einem Taschentuch verbindet, ihm zum Schlafen seine Wolldecke gibt, ihm am Morgen ein reichliches Frühstück zukommen lässt, und dann schlichtet er auch noch einen Streit zwischen zwei Soldaten –, könnte man sich Wilsons wundersame Verwandlung in eine Person mit «neuen Augen» dadurch erklären, dass er seinen Kameraden gegenüber ein Gefühl der *Verbundenheit* entwickelt hat, wohingegen Henry, trotz allem, was er in den vergangenen vierundzwanzig Stunden durchgemacht hat, noch immer mit sich allein ist, jemand, der abseitssteht und sich selbst für den Größten hält – er ist einer, der weder die Kraft noch den Willen hat, an irgendjemand anderen zu denken als an sich selbst.

Und so begeht er die dritte Sünde, nicht offensichtlich wie die ersten beiden, sondern verdeckt als etwas, das er als Versicherungspolice gegen eine mögliche Enthüllung seiner Schuld für sich behält, eine Miniaturversion der Panik, die Raskolnikoff in *Schuld und Sühne* dazu treibt, einen zweiten Mord zu begehen, um den ersten zu vertuschen, denn auch Henry will unbedingt alle Spuren seiner ursprünglichen Sünde verwischen, und der Mann, der ihn am ehesten entlarven könnte, ist niemand anders als Wilson, früher *der Schreihals* genannt, von jetzt an nur noch *der Freund*, der ihm, so fürchtet er, allzu viele Fragen stellen wird nach dem, was ihm gestern zugestoßen ist. Während das Regiment am Morgen nach Henrys Rückkehr auf den Befehl zum Abmarsch wartet, erinnert sich der Junge an die Briefe, die Wilson ihm in einer Anwandlung von Schwäche vor dem ersten Gefecht anvertraut hatte, schluchzend in der Überzeugung, er werde an diesem Tag den Tod finden, und am liebsten würde Henry jetzt davon anfangen, beschließt aber, «auf den kleinen Hieb zu verzichten», was jedoch seiner guten Laune nichts anhaben kann.

> Er freute sich darüber, dass er diese kleine Waffe in der Hand hatte, mit der er den Kameraden beim ersten Anzeichen eines nahenden Kreuzverhörs zum Schweigen bringen konnte. Er war Herr der Lage. Er war es, der lachte und Spottpfeile abschoss.

Wir blicken in die hässliche Seele eines eiskalten Manipulators, und als Wilson schließlich seinen Mut zusammennimmt und den Jungen bittet, ihm die Briefe zurückzugeben, triumphiert Henry innerlich. Jetzt hat er seinen Freund in der Hand, er hat es geschafft, und die Demütigung, einen ehrlichen Bericht von seiner Flucht zu liefern, wird ihm erspart bleiben.

> Seine Sicherheit war endgültig wiederhergestellt, ja, sie war so sehr gewachsen, dass er sich breitbeinig und selbstbewusst neben Wilson aufpflanzte. Er hatte keine Entdeckung zu fürchten und zuckte auch vor der Begegnung mit Richteraugen nicht mehr zurück. Er erlaubte selbst seinen geheimsten Gedanken nicht, ihm die männliche Haltung zu rauben. Er hatte seine Fehler unter dem Mantel der Dunkelheit begangen, also war er nach wie vor ein Mann.

Ein Mann – oder ein Heuchler? Für Henry scheint es da keinen Unterschied zu geben, alles ist erlaubt, wenn es darum geht, seinen Ruf zu wahren. Noch immer dem unreifen Wahn unterlegen, sich selbst ausschließlich mit den Augen anderer betrachten zu müssen, hält er Männlichkeit nicht für einen Zustand inneren Gefestigtseins, sondern für eine Art von Respekt, die einem andere entgegenbringen. Wer seinen Kopf unter den anderen hochhalten kann, ist ein Mann. Dann spielt es keine Rolle, dass man etwas Schändliches getan hat, für das man geächtet würde, wenn es herauskäme. Solange die anderen nichts wissen, ist man ein Mann.

Als der ermutigte Junge etwas später seine Lage überdenkt, kommt das Thema noch einmal zur Sprache:

> Eine Blume des Selbstvertrauens blühte in ihm. Er war ein erfahrener Mann geworden. Er habe sich unter die Drachen gewagt, sagte er sich, habe sich vergewissert, dass sie nicht so schrecklich seien, wie er geglaubt habe. Sie waren plump, ihrem Biss fehlte die Treffsicherheit. Ein unerschrockenes Herz vermochte ihnen Trotz zu bieten und entwischte ihnen gerade dadurch.
>
> Und außerdem, wie konnten sie ihn denn töten, den Erwählten der Götter, der zu Großem bestimmt war?

Widersprüchliche, schwer zu deutende Sätze, die auf einen möglichen Sinneswandel Henrys hinweisen, zugleich aber auch auf ein verstocktes Festhalten an seiner Eigenliebe und Unreife. Crane geht mit dem Jungen hart ins Gericht, was aber nicht heißt, dass er ihn für einen hoffnungslosen Fall hält. Konfus und unsicher, mag sein, behindert von seinen inneren Konflikten und Schwächen, gleichwohl fähig, aus seinen Fehltritten zu lernen, selbst wenn er gelogen hat, um sein Gewissen reinzuwaschen, selbst wenn der Schwulst seiner Selbstverliebtheit ans Absurde grenzt, denn ob «zu Großem bestimmt» oder nicht, man spürt, dass Henry sich in winzigen Schritten entwickelt. So fundamental wie Wilson wird er wohl nie seine Einstellung ändern, aber er ist jung genug, noch einmal von vorn anzufangen, und die Voraussetzungen für einen Neuanfang sind alle gegeben. Die Lüge über das rote Tapferkeitsabzeichen hat ihn auf die Füße gestellt, das schmutzige Druckmittel, mit dem er Wilson in der Hand hat, wird die Lüge nicht auffliegen lassen und ihn aufrecht halten, und jetzt stellt sich die Frage: Wie geht es mit ihm weiter?

Die Frage wird im letzten Drittel des Romans beantwortet, als Henry abermals ins Feuer geschickt wird und Beklemmung zu Handeln und Angst zu Wut wird. Cranes Kampfbeschreibungen sind mitreißend in ihrer Bildhaftigkeit, ein über rund fünfzig Seiten nie nachlassender Ansturm, Beweis für die Souveränität, mit der er Massenszenen zu schildern weiß, in denen alles Mögliche zur selben Zeit geschieht. Man kann ihn Maler oder Filmemacher nennen, sein immer wachsames Auge ist ständig in Bewegung, in einem Absatz geht es um ein winziges Detail, im nächsten um ein ganzes Panorama, und während er Vormarsch, Rückzug und dann den zweiten Vormarsch des 304. Regiments beschreibt, erzeugt seine höchst kontrollierte Sprache den Effekt von Atemlosigkeit: «Es war ein blinder, verzweifelter Ansturm einer Handvoll Männer in staubigen, zerfetzten blauen Uniformen über einen grünen Rasen, unter einem Saphirhimmel, auf einen Zaun, der im Rauch verschwamm und durch den die Gewehre des Feindes wütend Feuer spuckten.» Oder: «Auf einem Hang zur Linken stand eine lange Reihe von Kanonen. Sie brüllten barsch und wütend den Feind an, der sich in der erbarmungslosen Monotonie der Schlacht im Wald zu einem neuen Angriff formierte.» Oder: «Er sah in seiner schmutzigen, unordentlichen Uniform mit seinem roten, verschwollenen Gesicht, über dem der schmutzige, blutbefleckte Fetzen leuchtete, mit dem Gewehr, das er wild über dem Kopf schwang, wie ein Wahnsinniger aus, wie ein wahnsinniger Soldat.»

Dieser wahnsinnige Soldat ist Henry, und während die Ereignisse des Tages sich in all ihrem wimmelnden Chaos entfalten, wird seine frühere Vorstellung von Krieg in der entfesselten Raserei des Schlachtens über den Haufen geworfen. Die Drachen sind ebenso verschwunden wie die übernatürliche Symbolik in der ersten Hälfte des Buches. Henry ist ein junger Soldat in einem Heer von Männern und Jungen, das gegen ein anderes Heer von Männern und Jungen kämpft, ein solches Gemetzel bietet keine Aussicht auf Ruhm wie bei den alten Griechen, denn Krieg in der Mitte des 19. Jahrhunderts ist kein Schauplatz, auf dem Männer ihre Tugendhaftigkeit durch Tapferkeit auf dem Schlachtfeld zu beweisen suchen, sondern bloß eine Angelegenheit von Leben und möglichem Tod, eine physische Konfrontation mit unzähligen Musketen, Kanonen und Säbeln zur Steigerung der Barbarei des direkten Kampfes Mann gegen Mann. Angst ist eine unbeherrschbare Macht, die den Verstand überwältigt; das Gleiche gilt für die Raserei des Schlachtgetümmels, die Crane als eine Art von Delirium oder Wahnsinn beschreibt – und wie kann sich ein Mann dafür verantwortlich fühlen, zu einem rasenden Wilden zu werden, wenn er kaum noch weiß, wer er ist? Mut ist so wenig ein Willensakt wie die Feigheit, die einen Mann veranlasst, vor der Schlacht davonzulaufen, beide haben ihren Ursprung im Irrationalen. Gestern ist Henry weggelaufen. Heute gibt er sich dem Wahnsinn des Schlachtens hin, verzehrt von solchem Hass auf den Feind, dass er sich mutig und manchmal waghalsig ins Getümmel stürzt, und doch, so heldenhaft er sich schlagen mag, sein größter Sieg besteht in dem Band, das er mit Wilson knüpft, dem einstigen Schreihals, der an diesem Tag Seite an Seite mit ihm kämpft, die beiden als gleichberechtigte Partner in einem gemeinsamen Kampf. Immer noch bleibt vieles von dem alten Henry übrig, noch ist er weit von der Klugheit seines Freundes entfernt, der sich selbst als «winzig» betrachtet. In einer Schlüsselszene hört

Henry zufällig mit, wie einer der Offiziere einem General erzählt, die Männer des 304. würden kämpfen wie eine «Horde Maultiertreiber», das heißt, so unbedeutend, dass man auch ohne weiteres auf sie verzichten könnte, worauf Henry vor Empörung schier platzen möchte, und in dem sich anschließenden Gefecht kämpft er von doppeltem Hass getrieben, Hass auf seine befehlshabenden Offiziere und Hass auf den Feind. Er lehnt sich dagegen auf, sich selbst als klein zu betrachten. Er wird sich von niemandem kleinmachen lassen – er muss, koste es was es wolle, Heldentaten vollbringen.

Wie sehr hat Henry sich am Ende des Romans verändert?

Ein wenig – vielleicht ein wenig mehr – aber nicht so sehr, wie er selbst zu glauben scheint.

Zu Beginn des letzten Kapitels marschiert er mit seinem Regiment vom Schauplatz der Schlacht, und während es in seinem Kopf langsam hell wird und er «sich ein Bild von sich selbst und seiner Umgebung» macht, kann er darüber nachdenken, was er in den vergangenen zwei Tagen erlebt hat, «seine Taten, ... seine Versäumnisse und seine Leistungen». Diese letzten Absätze sind so beredt und zuweilen so anrührend, dass man sich dem Zauber von Cranes Sprache kaum zu entziehen vermag – man kann gar nicht anders, als Henrys Grübeleien für bare Münze zu nehmen. Unter der Oberfläche geht jedoch einiges vor, und wer den Schluss des Romans verstehen will, sollte sehr genau hinsehen.

Zunächst einmal ist Henry froh, die Schlacht unversehrt überstanden zu haben, am Leben zu sein, zu wissen, dass er «durch das Rot des Blutes und das Schwarz des Hasses gegangen» war und überlebt hatte. Das ist von wesentlicher Bedeutung, und der unausgesprochene Gedanke hinter diesem Glücksgefühl ist der, dass er standgehalten und nicht die Flucht ergriffen hat, dass er seine Angst vor dem Kampf überwunden hat. Ein wohlverdienter Sieg – und ein legitimer Grund zum Feiern.

Dann denkt er an das, «was er vor anderen getan», «was er vor den Augen seiner Kameraden vollbracht» hat, Taten, die ihm «Trompetengeschmetter» wert zu sein scheinen und ihn mit Freude erfüllen. Die Trompeten lassen an eine Militärparade auf einer Prachtstraße denken, flankiert von jubelnden Zuschauern, eine Phantasievorstellung, mit der er sich selbst beweihräuchert und sein Bedürfnis stillt, in den Augen anderer zu glänzen. Hier haben wir Henry in seiner ganzen jugendlichen Henry-Haftigkeit, aber vergessen wir nicht, was er auf dem Schlachtfeld durchgemacht hat, und gewähren ihm diesen Augenblick innerer Selbstverherrlichung. Denn kaum ist die Parade vorbeigezogen, schlägt Crane plötzlich einen anderen Ton an:

> Er sah, dass er gut war.[22] Freude durchzuckte ihn, wenn er an die Achtung dachte, die seine Kameraden ihm entgegengebracht hatten.

Wenn ich das Wort *gut* richtig verstehe, nennt Henry sich nicht einen guten Soldaten oder guten Kameraden, sondern einen guten Menschen, und das heißt, er stellt sich selbst ein Zeugnis über seinen moralischen Wert aus, und hier wird es paradox, denn Menschen, die wirklich gut sind, würden sich selbst kaum, wenn überhaupt, für gut halten. Sie zweifeln an ihrem Gutsein, und gerade deswegen sind sie gut, wohingegen die weniger Guten oder die nur manchmal Guten, die, die sich durchwursteln und immer eine Ausrede für ihre Fehler parat haben, sich einbilden, gut zu sein, ohne zu begreifen, dass sie in Wahrheit nicht das sind, wofür sie sich halten. Derlei dient der Selbsterhaltung, falls es nicht pure

■ 22 «He saw that he was good.» Klein / Marschke übersetzen: «Er hatte sich tapfer geschlagen.» (A. d. Ü.)

Verblendung ist. Henry ist nach wie vor ein unreifer junger Mann voller Illusionen, der die Achtung seiner Kameraden braucht, um vor sich selbst zu bestehen.

Unmittelbar darauf aber wendet er sich tatsächlich nach innen, zum ersten Mal in diesem Buch versucht Henry aufrichtig, über seine Schwächen, seine Fehler und seine nicht so glorreichen Momente nachzudenken. Die Erinnerung an seine Flucht aus der Schlacht steigt in ihm hoch, er errötet, «das Licht seiner Seele flackerte vor Scham», und kaum ist diese schlimme Erinnerung verflogen, taucht eine noch schlimmere auf.

> Vorwürfe quälten ihn. Die Erinnerung an den zerlumpten Soldaten ließ ihn nicht los, an den Mann, der sich, selbst verwundet und vom Blutverlust geschwächt, Sorgen über die vermeintliche Verletzung eines anderen gemacht hatte, der die letzte Kraft seiner Muskeln und seiner Gedanken dem langen Soldaten geliehen hatte und den er, blind vor Erschöpfung und Schmerzen, auf freiem Feld im Stich gelassen hatte.
>
> ... Wohin seine Gedanken sich auch wandten, [das Bild des zerlumpten Soldaten] folgte ihnen. Er schaute sich verstohlen um. Er war überzeugt, dass die Kameraden ihm vom Gesicht ablasen, was in ihm vorging ...
>
> Eine Zeitlang nahm die Erinnerung an den zerlumpten Soldaten dem Jungen alle Freude. Er erkannte die ganze Schwere seines Fehlers, und er fürchtete, das Bild würde ihn sein Leben lang verfolgen. Er beteiligte sich nicht an dem Gespräch seiner Kameraden, er schien sich nicht einmal ihrer Gegenwart bewusst zu sein, wenn ihn nicht gerade der Verdacht plagte,

> sie könnten seine Gedanken lesen und sähen jede Einzelheit seiner Begegnung mit dem zerlumpten Soldaten.

Das ist doch ein Fortschritt. Dass Henry den Stachel dieser Gemeinheit spürt und sich in so heftiger Selbstkritik für seine Herzlosigkeit übt, kann als Anzeichen für den Beginn eines Reifeprozesses gesehen werden, aber so ernst es ihm damit sein mag (*er fürchtete, das Bild würde ihn sein Leben lang verfolgen*), ist dies nicht der einzige Grund für seine Seelenqual, es gibt da noch etwas anderes, längst Vertrautes: die Angst, dass man ihm auf die Schliche kommt, die entsetzliche Möglichkeit, dass andere erfahren, was er getan hat, und sein Geheimnis aufdecken, also genau die Angst, die ihn seit Beginn des Romans verfolgt.

Dass er den zerlumpten Soldaten im Stich gelassen hat, ist zweifellos die schlimmste seiner Sünden, aber es fällt doch auf, dass er keinen einzigen Gedanken an die zwei anderen verwendet: die nicht existierende Schussverletzung am Kopf und das böse Bubenstück, seinen Freund durch Hinweis auf die peinlichen Briefe zu zwingen, stillzuschweigen und sich zu unterwerfen. Diese Verfehlungen sind aus seinem Denken verschwunden – einfach ausgelöscht.

Not macht erfinderisch, und irgendwie gelingt es ihm, die unerträgliche Schuld abzuschütteln.

«Doch allmählich fand er die Kraft, die Sünde von sich zu schieben.»

Statt sich für den Rest seines Lebens weiter damit herumzuschlagen, begräbt er seine Untat und kehrt nie mehr ans Grab zurück. Darf er das, hat er genug bereut? Vielleicht, vielleicht auch nicht, fest steht nur, Henry selbst glaubt daran, und sobald er es schafft, die Sünde von sich zu schieben, schlägt sein Denken eine ganz andere Richtung ein, und das Buch endet mit einem schönen, wenn auch seltsamen Erguss rätselhafter Widersprüchlichkeiten.

> Doch allmählich fand er die Kraft, die Sünde von sich zu schieben. Seinen Augen schienen sich endlich neue Wege zu öffnen. Wenn er zurückblickte, sah er jetzt die Hohlheit und Nichtigkeit all dessen, worauf er geschworen hatte. Die Entdeckung, dass er dafür nur noch Verachtung übrighatte, erleichterte ihn.
>
> Diese Überzeugung zog ein starkes Gefühl der Selbstsicherheit nach sich, ruhiger Männlichkeit, unaufdringlich, doch stark und zuverlässig. Er wusste, dass er nie wieder den Mut verlieren würde, was das Schicksal auch von ihm verlange. Er hatte das große Sterben mit den Händen berührt und hatte festgestellt, dass es letzten Endes nicht mehr war als eben das große Sterben. Er war ein Mann.

Natürlich haben seine Vorstellungen vom Krieg sich verändert, der Gedanke, im Kampf zu fallen, schreckt ihn nicht mehr, aber darf er sich darum jetzt als Mann zu fühlen? Nein, noch nicht. Er hat ein paar kleine Schritte in die richtige Richtung getan, aber noch liegt ein weiter Weg vor ihm, denn sich selbst zum *Mann* zu erklären, gehört in dieselbe Kategorie, wie sich selbst für *gut* zu befinden – man kann hoffen, dass man es sei, aber erwiesen ist es noch lange nicht.

Im vorletzten Absatz schwingen sich Henrys Gedanken zu eigenartig verstiegenen, wundersam betörenden und überzeugenden Metaphern auf und entfernen sich immer weiter von der Gegenwart.

> Es regnete. Die langen Reihen der müden Soldaten bildeten einen durchnässten, murrenden Zug, der sich unter einem tiefgrauen Himmel mühsam durch einen endlosen Trog voll flüssigem braunem Schlamm

> kämpfte. Doch der Junge lächelte, denn er sah, dass die Welt eine Welt für ihn war, auch wenn sie für viele nur aus Flüchen und selbstgeschnittenen Stöcken zu bestehen schien. Er hatte die rote Schlachtenkrankheit überwunden. Der düstere Albdruck gehörte der Vergangenheit an. Er war ein Tier gewesen, das sich in den sengenden Flammen des Krieges wand. Jetzt weidete er sich mit der Sehnsucht des Liebhabers am Anblick des ruhigen Himmels, der frischen Wiesen und kühlen Bäche, den Bildern eines Lebens voll sanftem, ewigem Frieden.

Das sind die Träume eines Jungen, und sie klingen, als wäre der Krieg schon vorbei, der für Henry und die anderen Jungen seiner Kompanie doch gerade erst beginnt. Es liegen weitere Schlachten vor ihm, die es zu bestehen gilt, und um sich zu bewähren – wie er es im heutigen Kampf getan hat –, muss er sich wieder in einen Wilden verwandeln und der roten Schlachtenkrankheit ergeben. Henry ist noch ein Junge, doch das bedeutet nicht, dass er nicht das Potenzial hätte, zum Mann zu werden. Ziemlich sicher wird er ein Mann werden – sofern er nicht am folgenden Tag oder im folgenden Jahr in einer anderen Schlacht getötet wird.

Im letzten Satz des Buches meldet sich der unsichtbare Erzähler mit einem Wetterbericht zurück:

«Drüben, jenseits des Flusses, brach ein goldener Sonnenstrahl durch die regenschweren Wolken.»

Licht und Dunkel. Dunkel und Licht. Das Doppelzüngige der Wirklichkeit.

14

In the Depths of a Coal Mine.

Im Mai 1894, nicht lange nachdem Crane *The Red Badge of Courage* an McClure geschickt hatte und während er noch auf eine rasche Entscheidung des Verlegers zählte, bekamen er und Linson von McClure den Auftrag, nach Scranton, Pennsylvania, zu fahren und über die Zustände in den dortigen Kohlegruben zu berichten. Das Honorar war erst nach Erscheinen der Reportage fällig, und Crane, wie immer knapp bei Kasse, musste sich bei Linson fünfzig Dollar leihen, um die Fahrt überhaupt antreten zu können. Wieder ein Darlehen, das er nie zurückzahlte.

Den Auftrag hatte er einer Empfehlung Garlands zu verdanken, der gerade einen Artikel für *McClure's Magazine* über die Homestead-Debatte im Gefolge des brutalen Streiks in Carnegies Stahlwerk geschrieben hatte, und so brachen Crane und Linson mit Stift und Feder bewaffnet auf, um den Bericht zu schreiben und die illustrierenden Zeichnungen anzufertigen. In Scranton bezogen sie ein Hotel namens Valley House, besuchten gleich am ersten Nachmittag die Oxford-Mine und nahmen am Abend, vermittelt über John Raught, einen ortsansässigen Künstlerfreund Linsons, Kontakt mit James Young auf, einem Vorarbeiter der Dunmore-Minen, der ihnen für den nächsten Morgen einen Besuch in Nummer Fünf arrangierte. An einem ihrer ersten Abende in der Stadt folgten sie auch einer Einladung von Reverend Luther W. Peck, einem Onkel Cranes mütterlicherseits, und der liebenswürdige alte Herr erzählte ihnen ausführlich von seiner Leidenschaft für Schmetterlinge.

Man fragt sich: Hat Crane an die Bergwerksaktien seiner Familie gedacht, an die Anteile, die er geerbt und an seinen Bruder verkauft hatte, um sein erstes Buch veröffentlichen zu können?

Wahrscheinlich. Seitdem hatte er viel erlebt, aber *Maggie* war erst vierzehn Monate zuvor zur Welt gekommen, und jetzt, da er mit Bergwerken nichts mehr zu tun hatte, fuhr er tief unter die Erde, um darüber zu schreiben.

Der Artikel ist einer von Cranes stärksten und lebendigsten, ein Ich-Erzähler teilt seine Beobachtungen mit, wie es sich anfühlt, ein Bergwerk zu betreten und dreihundert Meter tief in eine Grube zu fahren, wo ein Heer von Männern, Jungen und Maultieren schuftet und eine Tonne Anthrazit nach der anderen aus dem Bauch dieser von Fackeln erleuchteten Hölle holt. Crane geht das Erlebnis Schritt für Schritt durch, beginnt mit der Umgebung der Mine, beschreibt die Kohlebrecher «auf den Hügeln und im Tal kauernd wie ungeheure Raubtiere, die sich von Sonnenlicht, Gras und grünem Laub ernähren», registriert die um das Hauptgebäude gruppierten Anlagen, die «Bauhütten, Lokschuppen, Maschinenhäuser, Büros und Eisenbahnschienen», hält inne und beobachtet die «slate-pickers», die «Sortierer», kleine Jungen, die, in zerfetzten Hemden und mit «Schultern schwarz wie Öfen», Verunreinigungen aus der nach oben beförderten Kohle klauben, und während Crane den Jungen bei der Arbeit zusieht, bemerkt er:

> Die Sortierer hier sind durchweg sehr jung. Man fragt sich ständig, was ihre Mütter machen und ob es überhaupt Schulen gibt. Aber was die Jungen betrifft, die sind unbesorgt. Wenn sie freihaben, gehen sie auf die Abraumhalde und spielen Baseball, oder sie prügeln sich mit den Jungen von den anderen Brechern oder untereinander, wie es gerade kommt. Und immer haben sie die Hoffnung, eines Tages Handlanger unten in den Stollen zu werden, dann Maultiertreiber. Und noch später richtige Hilfsarbeiter. Und wenn sie schließlich ausgewachsene Männer sind, werden

> sie vielleicht Bergarbeiter, richtige Bergarbeiter, und fahren ein und werden «ausgequetscht», oder aber sie entkommen mit schlichtem «Bergarbeiterasthma» in ein baufälliges Altersheim. Sie sind sehr ehrgeizig.
>
> Unterdessen leben sie in einer Hölle aus Lärm. Das Krachen und Donnern der Maschinen gleicht dem Brausen eines gewaltigen Wasserfalls. Es kreischt und jault und brüllt ... Die ganze Anlage bebt vom mächtigen Schürfen und Kreisen der Kolosse. Und mitten darin hocken diese kleinen Bengel und bekommen dafür fünfundfünfzig Cent am Tag ... Immerzu dröhnt ihnen dieser Krach in den Ohren, und man kann es nur für ein Wunder halten, dass ihnen die freche Keckheit nicht längst vergangen ist. Aber von Kleinmut keine Spur, sie spucken große Töne.

Kurz darauf besteigen Crane und Linson einen Aufzug und rasseln in die Tiefe; sie müssen sich am Eisengitter festhalten, «während die pechschwarzen Wände vorbeihuschen ... Wenn der Gleichgewichtssinn versagt, gerät der Verstand in Verwirrung. Der Wille mühte sich mächtig, in diesem Sturz etwas zu begreifen, aber man hätte ebenso gut zwischen Sternen durchs All purzeln können.» Als ihr Führer sie durch die Stollen lotst, bemerkt Crane erstaunt, dass die Männer da unten mit ihren geschwärzten Gesichtern und der nicht weniger geschwärzten Kleidung nur an ihren Augen und Zähnen zu erkennen sind, «weiß wie gebleichte Knochen» leuchten sie, und dass er und sein Begleiter in der ersten Mine «bald jede Vorstellung von Zeit, Richtung und Entfernung verloren» hatten. Wie schon erwähnt, gibt es in diesem Artikel eine lange Passage über die Maultiere in ihrem Stall, den Crane mit einem Kerker vergleicht und die Maultiere selbst mit «riesigen Ratten» (siehe Seite 55); dem schließen sich Ausführungen über die Gefahren von Gaslecks und

Crane und Linson im Frühling 1894 beim Besuch des Kohlebergwerks in Scranton

(Mit freundlicher Genehmigung der Syracuse University)

über die Sprengungen in den unteren Regionen der Grube an, die er zutreffend als die Seele des Unternehmens bezeichnet – und als das Gefährlichste daran.

> Es herrscht ein ewiges Donnern und Rumpeln und Krachen, bis man sich fragt, warum die ungeheuren Wände nicht bersten von der Gewalt dieses Aufruhrs. Und in den Stollen rauf und runter ein Gewimmel von flackernden orangeroten Pünktchen, das Auf

> und Ab der Bergleute, eilig und finster. Aber der Sinn des Ganzen liegt im tiefen Bass einer Detonation an irgendeinem verborgenen Ort der Mine. Es ist Krieg. Es ist das Grausamste von allem in der endlosen Schlacht zwischen Mensch und Natur. Und diese Bergleute stehen wild entschlossen an der Spitze. Sie haben den Krieg an Orte getragen, wo die Natur die Kraft von Millionen Riesen hat. Zuweilen wird der Feind ärgerlich und löscht zehn, zwanzig, dreißig Leben aus. Gewöhnlich bleibt er gelassen und nimmt methodisch und präzise nur eins nach dem anderen. Er hat keine Eile. Ihm gehört die Ewigkeit. Nach einer Sprengung schwebt der Rauch leicht silbrig leuchtend still durch die angrenzenden Stollen.

Crane war entsetzt – nicht nur von den Bedingungen, unter denen diese Männer arbeiteten, und der schlechten Entlohnung (drei Dollar am Tag für die Bergleute, ein Dollar und fünfundzwanzig Cent für die Gehilfen), sondern auch von der Gier der ausschließlich am Profit interessierten Minenbesitzer, die dieses System der Ausbeutung aufrechterhielten, und hier war es aus mit seiner Zurückhaltung, gegen Ende des ursprünglichen Manuskripts ergriff er Partei und schwang sich zu einer flammenden, sarkastischen Anklage auf. Erstens:

> Man braucht nicht oft in ein Bergwerk einzufahren, um sich zu fragen, warum die Kohlenbarone so viel bekommen und diese Bergarbeiter, Tag für Tag vom grimmigen schwarzen Maul der Erde verschlungen, im Verhältnis dazu so wenig.

Zweitens:

Als ich in Wilksbarre war, kam es in einer Mine dort zu einem Vorfall, der das Leben von etwa zwanzig Kohlemaklern und anderen Leuten bedrohte, die mit ihren Markttricksereien ein hübsches Einkommen erzielen. Aufzug und Entlüfter fielen aus, den Besuchern drohte der Tod durch Gas in dreihundert Metern Tiefe. Die Bergleute halfen ihnen über Leitern an die Erdoberfläche. Oben angekommen, brachen die Besucher entweder zusammen oder tranken aufgeregt Whisky, je nach Temperament. Der Schrecken saß ihnen in allen Gliedern ...

Drittens:

Beste Grüße übrigens an diese überaus achtenswerten Kohlemakler, und selbstverständlich gibt es auch unter ihnen zweifellos den üblichen Anteil guter und großzügiger Männer, aber ich muss gestehen, es hat mich sehr gefreut, ausnahmsweise einmal den Kohlemakler in Not und Gefahr mit dem Bergarbeiter vereint zu sehen. Ich bekenne mich schuldig, bei der Beschreibung ihrer Qualen und Schmerzen eine finstere und sündhafte Schadenfreude empfunden zu haben. Mir kam das vor wie eine gewisse dunkle Vergeltung ...

Viertens:

Wenn alle, die nutzlos und nur ihrem außerordentlichen Profit zuliebe zwischen dem Bergmann und

> dem Konsumenten stehen, dazu verdammt wären, jedes Jahr eine bestimmte Zeitlang in der gefährlichen Finsternis der Minen zu verbringen, würden sie zumindest das Elend und die Verbitterung der Männer verstehen, die mit dieser grausamen Schinderei ihr Leben fristen müssen. Vielleicht würden sie dann allmählich begreifen, was der Bergmann wert ist. Vielleicht würden sie ihm dann den Lohn zugestehen, der ihm gebührt. Im ganzen Land werden Ihnen die Leute sagen, der Bergarbeiter sei ein gut bezahlter Mann. Fragen Sie den Bergarbeiter selbst nach seiner Lage, wird er, wenn er Ihnen vertrauen kann, sagen, dass jenes unpersönliche und daher gewissenlose Ding, die Firma

Der Rest fehlt, da die nächsten zwei Seiten des Manuskripts nicht überliefert sind; und kein einziges Wort der zitierten vier Absätze wurde jemals veröffentlicht. Selbst McClure, der immer für Skandale und Streitigkeiten zu haben war, hatte das Gefühl, hier sei Crane zu weit gegangen, und so zückte er, ohne seinem zweiundzwanzigjährigen Autor etwas davon zu sagen, sein Redakteursmesser und schnitt diese Passagen aus dem Artikel heraus. Linson berichtet, als die verstümmelte Version von «In the Depths of a Coal Mine» im Juli erschien, soll Crane einen Blick darauf geworfen, die Zeitung knurrend beiseitegeworfen und gesagt haben: «Die Typen wollten von Anfang an nicht die Wahrheit. Warum zum Teufel haben sie mich dann da hingeschickt? Soll die Öffentlichkeit sich die Kohleminen als vergoldete Ballsäle vorstellen, wo die Bergarbeiter in Frackhemden Eiscreme speisen?»

15

Gedichte.

Ziemlich am Anfang dieses Jahrs aller Jahre, etwa von Januar bis Mitte März, während er noch an seinem Roman arbeitete, aber noch nicht regelmäßig für die *Press* schrieb, vollzog Crane einen unerwarteten Schwenk und schrieb plötzlich Gedichte, eins nach dem anderen, bis er mehr als genug für ein Buch beisammenhatte. Die meisten waren sehr kurz, manche nur drei oder vier Zeilen lang, und alle waren eigentümlich rätselhaft. Sie sahen nicht aus wie Gedichte, sie klangen nicht wie Gedichte, und auch Crane selbst nannte sie selten Gedichte, er zog den bescheideneren Ausdruck «Zeilen» vor, manchmal sprach er auch von «Pillen», wobei er zweifellos an *bittere Pillen* dachte, und doch handelt es sich bei seinen Zeilen und Pillen eindeutig um Gedichte.

Manch roter Teufel entfloh meinem Herzen,
Hinaus auf das Papier.
Sie waren winzig,
Die Feder konnte sie zerquetschen.
Und viele zappelten in der Tinte.
Seltsam war das,
In diesem roten Schlamm
Aus meinem Herzen zu schreiben.[23]

Wo kamen sie her? Als Linson ihm diese Frage stellte, zeigte Crane auf seine Stirn und antwortete: «Sie sind gekommen, und ich habe

■ 23 Stephen Crane: Schwarze Reiter. Ausgewählte Gedichte, zweisprachig. Nachdichtungen von Karl Heinz Berger, Leipzig 1985. Im Folgenden als *Karl Heinz Berger* zitiert. Wo diese Angabe fehlt, stammt die Übersetzung von mir. (A. d. Ü.)

sie aufgeschrieben, das ist alles.» Einige Wochen später gab er seinem Freund Garland ein paar davon zu lesen, und der fragte, «verblüfft von ihrer Kraft», ob er noch mehr geschrieben habe, und wieder zeigte Crane auf seinen Kopf, diesmal auf die Schläfe, und erwiderte: «Ich habe vier oder fünf hier drin, alle schön aufgereiht. So kommen sie – in kleinen Reihen, ich brauche sie nur noch zu Papier zu bringen. Gestern habe ich neun geschrieben.» Ein Jahr danach, nachdem die Gedichte von dem Bostoner Verlagshaus Copeland and Day als Buch herausgebracht worden waren, fragte ihn Hawkins, «wie er auf diese eigenartige Versform gekommen» sei, und Crane antwortete: «Das weiß ich nicht. Mir schien das einfach die aufrichtigste Art, das auszudrücken, was ich in diesem Moment empfand ... Ich habe den leisen Verdacht, dass Gefühle, die sich in Prosa nicht zufriedenstellend ausdrücken lassen, in Verse gesetzt werden sollten. In Prosaform hätte ich das nicht schreiben können ... genauso wenig, wie ich grünes Papier zerkauen und dann 10-Dollar-Scheine ausspucken kann.»

Wenn ich den zerfetzten Mantel ablegte,
Und frei in den großen Himmel ginge;
Wenn ich dort nichts fände
Als ungeheures Blau,
Ohne Echo, ahnungslos –
Was dann?

Abgesehen von ein paar verlorenen Gedichten aus seiner Collegezeit und der komischen Klage über seine hagere Börse, die Linson dann aus dem Papierkorb gefischt hatte, hatte Crane seine Energie in den Jahren zuvor auf Prosa konzentriert, und so verschiedene Formen diese Prosa angenommen haben mochte – Romane, Erzählungen, Satiren, Skizzen –, gemeinsam war ihnen allen derselbe opulente, bilderreiche, muskulöse Stil. Im Gegensatz dazu waren die Gedichte, die Anfang 1894 aus ihm hervorströmten, nur Haut und Knochen, abgespeckt auf das Allernötigste, so aggressiv antilyrisch und schlicht, dass die Poesie darin letztlich weniger sichtbar ist als in seiner Prosa.

Ein Mann fürchtete, einem Mörder zu begegnen;
Ein anderer, einem Opfer zu begegnen.
Einer war klüger als der andere.

Cranes kleine Pillen bildeten einen so radikalen Kontrast zu den blumigen, ultraliterarischen Gedichten, die seinerzeit in Amerika als gute Lyrik durchgingen, dass er oft schon bei der bloßen Erwähnung des Wortes «Dichter» zusammenzuckte, von dem er sagte, es erinnere ihn «an lange Haare» und stelle für ihn «die abscheulichste Form von Beleidigung» dar. Cranes Aversion gegen den «Dichter» sollte jedoch nicht als Aversion gegen Gedichte als solche verstanden werden. Tatsächlich hatte er mehr als genug gelesen, nicht nur den bereits erwähnten Keats, sondern auch Burns, Shelley, Browning, Dryden und andere, dazu reichliche Dosen Shakespeare, und er hatte kein Problem damit, konventionell gereimte Verse zu schmieden, wenn ihm danach war, wie etwa in folgendem, spöttischen Vierzeiler, geschrieben in der Schule, nachdem man ihn gezwungen hatte, Longfellows haarsträubenden «Psalm of Life» zu lesen (und wohl auch auswendig zu lernen), und wie prophetisch, dass er hier genau dasselbe attackiert, was seine späteren Gedichte attackieren – und wofür sie gelegentlich attackiert werden: «Sag mir nicht in frohen Versen / Könnte Leben herrlich keimen / Wenn, nein nicht doch, aber nein / Wir nur alle kräftig reimen.»[24] Für ei-

■ 24 Zitiert in: Daniel Hoffman: *The Poetry of Stephen Crane* (Columbia University Press, 1957), S. 41. Hoffman fügt hinzu, die Verse stehen «auf einem einzelnen Blatt in der Columbia Stephen Crane Collection, zur Hälfte bedeckt mit Kritzeleien». Crane macht aus Long-

nen beträchtlichen Teil des Lyrik lesenden Publikums machte ihn seine Feindseligkeit gegen alles Konventionelle zu einem barbarischen Außenseiter, der nicht das Geringste von Verstechnik begriffen hatte, aber mit der Zeit änderte sich das, und 1950 erklärte John Berryman: «Crane ist der bedeutendste amerikanische Dichter zwischen Walt Whitman und Emily Dickinson auf der einen Seite, und seinen zäh sich entwickelnden Zeitgenossen Edwin A. Robinson, Robert Frost und Ezra Pound auf der anderen.»[25]

«Denke, wie ich denke», sagte ein Mann,
«Sonst bist du furchtbar schlecht;
Du bist ein Lump.»
Und als ich darüber nachgedacht,
Sagte ich: «Gut, dann bin ich ein Lump.»

Seine ersten Kritiker waren seine Zimmergenossen, die fidelen Künstler aus der East 23rd Street, die bisher immer treu zu Crane als Freund und Künstlerkollegen gehalten hatten, jetzt aber seine verschrobenen Elaborate mit Hohn und Spott überschütteten. Untypisch erbost, beklagte er sich darüber bei Garland: «Gestern Abend wollte ich noch ein paar schreiben, aber diese ‹Indianer› ließen mich nicht. Sie johlten so laut über die anderen Zeilen, dass mir fast die Ohren platzten ... Sie finden meine Verse komisch. Sie haben einen Mordsspaß damit.»

fellows «Klageversen» «frohe Verse», lässt aber «Könnte Leben herrlich keimen» unberührt.

■ 25 Die Wirkung von *The Black Riders* geht weit über die Welt der Dichtung hinaus. Nicht weniger als drei amerikanische Nachkriegsromane machen Zeilen aus Cranes Gedichten zu ihrem Titel: *In a Lonely Place* von Dorothy B. Hughes, 1947 (1950 von Nicholas Ray verfilmt, mit Humphrey Bogart in der Hauptrolle; deutscher Titel *Ein einsamer Ort*); *Find a Victim* von Ross Macdonald, 1954; *Because It Is Bitter, and Because It Is My Heart* von Joyce Carol Oates, 1990.

Gäb's einen Zeugen für mein kleines Leben,
Für mein kleines Ringen und Mühen,
Säh er einen Narren;
Und für Götter schickt es sich nicht, Narren zu drohen.

Als Linson ihn einmal besuchte, wies Crane «auf ein an die Wand geheftetes Blatt, die Zeichnung zeigte sein Profil, versehen mit einem Spottgedicht ... ‹Sieh nur, was sie mir antun›, sagte er grinsend. ‹Die halten mich für einen Witz, die Indianer! Wenn ich nicht da bin, hängen sie diesen Unflat über mich auf. Die machen mich krank!›» Linson zufolge soll Crane (nicht unbedingt wörtlich, wie er betont) hinzugefügt haben: «Die Idioten heulen wie die Wölfe, wenn ich zu schreiben versuche, aber die sollen was erleben. Die kommen alle in ein Buch, die Simpel. Was für ein dämlicher Haufen.» Anderthalb Jahre später packte Crane sie tatsächlich in ein Buch, verschleiert und umbenannt, aber mitten aus dem Leben der Habenichtse im alten Gebäude der Art Students League genommen, alle spielen sie mit in *The Third Violet*, dem letzten von Cranes New Yorker Romanen und seinem mit Abstand autobiographischsten.

«Wahrheit», sprach ein Reisender,
«Ist ein Fels, eine feste Burg;
Häufig bin ich dort gewesen,
Hab den höchsten Turm erstiegen,
Zu übersehen die schwarze Welt.»
«Wahrheit», sprach ein Reisender,
«Ist ein Hauch, ein Wind,
Ein Schatten, ein Phantom;
Lang bin ich ihr nachgerannt,
Doch nie hab ich auch nur
Den Saum ihres Kleids berührt.»

Und ich glaubte dem zweiten Reisenden;
Denn Wahrheit war für mich
Ein Hauch, ein Wind,
Ein Schatten, ein Phantom,
Und nie hab ich auch nur
Den Saum ihres Kleids berührt.

Selbst Howells war verwirrt; im Frühherbst gestand er Crane in einem Brief: «Diese Sachen sind mir zu orphisch. Ein Jammer, dass Du so etwas machst, wo Du so großartig Handfestes, Reales schreiben kannst ... Ich glaube nicht, dass eine gütige Vorsehung dem ‹Prosa-Gedicht› eine Zukunft gewährt.»

Kannte einst ein schönes Lied
– Es ist wahr, so glaubt mir –,
Sprach nur von den Vögeln.
Und ich hielt sie in einem Korb;
Als ich den Deckel hob,
O Gott! da flogen sie weg.
Ich schrie: «Kommt zurück, kleine Gedanken!»
Doch sie lachten nur.
Sie flogen weiter,
Bis sie waren wie Sand
Zwischen mich und den Himmel geworfen.[26]

Es gab aber nicht nur Kritik. Sehr angetan zeigten sich Linson und Garland und bald auch John D. Barry, der ein Jahr zuvor so herablassend über *Maggie* geschrieben hatte. Aber die Gedichte begeisterten ihn, und ihm vor allen anderen ist es zu verdanken, dass sie

■ 26 *Karl Heinz Berger*

in Buchform erscheinen konnten – schon im April las er auf einem bedeutenden Literatentreffen aus Cranes Manuskript vor, und dann brachte er Crane mit dem Bostoner Verlag zusammen, der die Gedichte im Jahr darauf in einem aufwendig gestalteten Bändchen herausbrachte. Barrys Hilfe war unbezahlbar, auch wenn er wahrscheinlich nicht recht hatte mit seiner Vermutung, Crane habe sich von Emily Dickinson beeinflussen lassen.[27] Er stützte diese Annahme auf ein Ereignis, das sich zugetragen haben könnte oder auch nicht, aber wenn es sich zugetragen hat, war er anscheinend der Einzige, der davon wusste. Barry zufolge nahm Howells, als Crane ihn 1893 zum ersten Mal besuchte, «einen Band mit Emily Dickinsons Versen aus dem Regal und las daraus vor. Mr. Crane war tief beeindruckt ... wenig später zeigte er mir ein Manuskript mit dreißig Gedichten, die den Großteil von *The Black Riders* ausmachten. Mir war sofort klar, dass sie unmittelbar von Miss Dickinson inspiriert worden waren.» Es mag sein, dass Howells Crane etwas von Dickinson vorgelesen hat, aber erwähnt hat er es nie, ebenso wenig wie Crane, der, soweit man weiß, nie ein Wort über Dickinson gesagt oder geschrieben hat. Was nicht heißen soll, Barry habe vorsätzlich gelogen. Vielleicht hat Howells mit ihm darüber gesprochen – mit ihm und keinem anderen –, oder die Geschichte war ihm zugetragen worden, aber wichtiger ist doch, dass Dickinson und Crane trotz gewisser oberflächlicher Einzelheiten – Kürze und Knappheit, Geringschätzung traditioneller Formen, und beide stellten lieber große als kleine Fragen – als Dichter so gut wie nichts gemeinsam haben.

■ 27 Dickinson war 1886 gestorben, unbekannt und ungelesen. Allgemeine Anerkennung als die größte und kraftvollste Poetin Amerikas fand sie erst, nachdem 1890 ihre Gedichte in Buchform erschienen waren. Noch als Tote galt sie 1894 als *neue Dichterin*, und da Whitman unterdessen in Camden, New Jersey, begraben war, hatte sie keine lebende Konkurrenz. Howells war einer ihrer vielen begeisterten Anhänger.

Ein Mann lebte ein Leben aus Feuer.
Selbst auf der Leinwand der Zeit,
Wo Tiefrot orange wird
Und Orange tiefrot,
Glühte dies Leben,
Ein fataler roter Fleck, unauslöschlich;
Doch als er tot war,
Sah er, er hatte nicht gelebt.

Andere Fürsprecher suchten nach anderen Einflüssen, die für Cranes bizarre kleine Pillen verantwortlich sein könnten. Ein Lager zeigte auf die französischen Symbolisten (die hatte er nie gelesen), ein anderes sah seine Gedichte als eingedampften Whitman (freier Vers, keine Reime), und wiederum ein anderes hielt ihn für den «Aubrey Beardsley der Poesie» und stellte sich Crane als Anhänger der Décadence vor. Sie alle gingen fehl. Wie man es auch dreht und wendet, Cranes Gedichte haben keine literarischen Vorläufer, und ob sie gut oder schlecht oder bloß exzentrisch sind, sie lassen einen, einmal gelesen, nicht mehr so leicht los. Das «poetische Abflussrohr», wie Crane selbst es nannte, hatte sich geöffnet, und schon schossen sie heraus, die Gedichte, die Zeilen oder Pillen, bei denen es sich in Wirklichkeit um rhythmische Eruptionen aus dem Dschungel seines Unbewussten handelt, Ausbrüche psychischer Energie in jähen, ekstatischen Stößen, mit kurzen Pausen dazwischen, und auf den ersten folgte der zweite, dann der dritte, der vierte und der fünfte, bis das Abflussrohr nach ein paar Monaten leergelaufen war.

Vom Meer kamen Reiter schwarz
Mit Geklirr, Geklirr von Speer und Schild,
Und Rasseln, Rasseln von Huf und Sporn,
Wirres Geschrei und wehendes Haar

In dem Sturmlauf gegen den Wind.
So der Sünde Ritt.[28]

Dies ist das erste Gedicht der Sammlung, und von den siebenundsechzig weiteren kann man ein paar als Liebesgedichte bezeichnen (überwiegend trostlos und verzweifelt), ein paar als Kriegsgedichte (Parabeln menschlicher Dummheit), ein paar als Gedichte philosophischer Sinnsuche (ein Mann sucht Rat bei einem Weisen, der sich ausnahmslos als nicht klüger als der Frager herausstellt), und eine ganze Reihe als Sturmlauf gegen organisierte Religion und den zornigen Rachegott, der Cranes Kindheit beherrschte, Gedichte, oft in der Sprache der Bibel oder, man denke an Ausdrücke wie «feste Burg», gespickt mit Formulierungen aus protestantischen Kirchenliedern. Der Mensch, winzig und elend, auf eine Erde gesetzt, die ihm gegenüber entweder feindlich oder gleichgültig ist, ein in Sünde geborenes Geschöpf, verdammt zu einem Leben in Sünde, dem nichts bleibt, als Trost in den Armen eines barmherzigen, verzeihenden Gottes zu suchen; doch wenn der Allmächtige sich als grausamer, jähzorniger Gott erweist, muss der Mensch ihm auf Schritt und Tritt Widerstand leisten, selbst wenn er am Ende zur Strafe für seine Rebellion zerquetscht wird.

«Und der Väter Missetat soll heimgesucht werden an den Kindern bis in das dritte und vierte Glied derer, die mich hassen.»

Gut denn, ich hasse Dich, sündiges Bildnis;
Böses Abbild, ich hasse Dich;
Triff doch mit Deiner Rache

■ 28 *Karl Heinz Berger*

Die Köpfe der kleinen Menschen,
Die blind einhergehn.
Das nenn ich kühne Tat.[29]

Und wenn dieser Gott nicht gerade die Faust hebt und die Köpfe kleiner Menschen zerschmettert, ist er vielleicht fahrig und verantwortungslos, selbst wenn es gilt, die Welt zu erschaffen.

Gott baute das Schiff dieser Welt mit Sorgfalt.
Mit der unendlichen Kunst des Allkundigen
Macht' Er den Rumpf und die Segel,
Hielt Er das Ruder,
Bereit, es einzurichten.
Aufrecht stand Er, betrachtend Sein Werk voll Stolz.
Da – welch Verhängnis – sprach ihn ein Falscher an,
Und Gott wandte sich zu ihm.
Seht, in dem Moment entglitt das Schiff verstohlen,
Fuhr es lautlos hinterrücks den Slip hinab,
So dass es auf ewig steuerlos übers Meer treibt,
Auf lächerlichen Reisen,
Auf wunderlichen Routen,
Und, als hätte es ein Ziel,
Vor blöden Winden kreuzt.
Und viele gab es in den Lüften,
Die lachten über das Ding.[30]

Alles in allem kann man die Gedichte in *The Black Riders* als so etwas wie ein Delirium ansehen, das Crane überkam und in eine

■ 29 *Karl Heinz Berger*
■ 30 *Karl Heinz Berger*

lodernde Ekstase versetzte, die seit Jahren in ihm geschwelt hatte. Oder wenn wir nicht von Delirium sprechen wollen, nennen wir es Exorzismus, den Versuch, die Stimmen zum Schweigen zu bringen, die noch immer in seinem Kopf lärmten, die Stimmen jener selbstgerechten Strafprediger, die Stimmen seiner dogmatisch strengen Vorfahren – die sich einbildeten, im Besitz der Wahrheit zu sein, tatsächlich aber nichts besaßen als ihr Dogma. Während dieses zwei Monate anhaltenden Anfalls nahezu ununterbrochener Gedichtproduktion wurde Crane sich bewusst, dass der ihm gebührende Platz unter den Sündern war, den Verlorenen, den Gequälten, die in der Wüste sitzen und ihr Herz essen. Dieses Gedicht, das mit den Zeilen «In der Wüste / Sah ich ein Geschöpf, nackt, tierisch» beginnt und auf Seite 15 nachzulesen ist, dreht sich um ein einziges Wort, und dieses Wort ist, über seine Bedeutung für das eine Gedicht hinaus, die Seele des gesamten Buches. Der Mann, der das nackte Geschöpf anspricht, urteilt nicht, fühlt sich auch nicht von ihm abgestoßen, sondern beobachtet bloß, was es tut. Und ohne jede Spur von Ironie redet er es als «Freund» an. Ebenso gut hätte er es «Bruder» nennen können.

Als Crane von Barry eingeladen wurde, seine Gedichte vor Schriftstellerkollegen und anderen geladenen Gästen bei einem Treffen der Uncut Leaves Society vorzutragen, einer literarischen Galaveranstaltung, die Mitte April in dem piekfeinen Restaurant Sherry's stattfinden sollte, teilte Crane ihm mit, er würde «lieber sterben, als da mitzumachen». Linson wollte hingehen, Senger und Lawrence reisten eigens aus Port Jervis an, und Button nahm den weiten Weg von Rochester auf sich, doch Crane ließ sich auch von seinen besten Freunden nicht zu einem Sinneswandel bewegen. Es grauste ihn, vor anderen Leuten zu sprechen, er verabscheute gesellschaftliche Anlässe und hatte kein Interesse daran, eine Lesung der als Ehrengast angekündigten Kinderbuchautorin Frances

Hodgson Burnett (deren Roman *Der kleine Lord* bereits erschienen war, *Sara, die kleine Prinzessin* und *Der geheime Garten* aber noch nicht) über sich ergehen zu lassen. Am meisten dürfte ihn die Vorstellung geschreckt haben, wie seine Gedichte bei einer solchen Versammlung aufrechter Spießbürger – «gepflegte Literaten» nannte sie ein Berichterstatter – ankommen würden, zumal nach der vernichtenden Kritik an *Maggie* ein Jahr zuvor: eine weitere öffentliche Demütigung konnte er nicht riskieren. Barry bot ihm an, die Gedichte selbst vorzutragen, aber Crane blieb bei seiner Ablehnung, und als es so weit war, verabschiedete er Linson und die anderen mit den Worten, sie sollten ihm hinterher alles erzählen, und schwitzte die Sache allein mit sich aus.

Wider Erwarten war die Lesung ein Erfolg. Elisha J. Edwards, der eben erwähnte Berichterstatter, schrieb in seinem Artikel: «Mr. Barry las die Gedichte mit hinreißender Betonung und brachte so ihre rhythmische Vollkommenheit perfekt zur Geltung, auch wenn sie keinem bestimmten Versmaß folgten. Wenn das Urteil derer, die die Gedichte gehört haben, gerecht ist, zeugen sie von großem Talent.» Als Cranes Freunde zurückkamen und ihm die gute Nachricht überbrachten, glaubte er, sie nähmen ihn auf den Arm, und sie hatten einige Mühe, ihn zu überzeugen, dass die Zuhörer wirklich sehr beeindruckt gewesen waren. Linson zufolge «ließ ihn der enthusiastische Bericht zufrieden einschlafen».

Am nächsten Tag brachte die *Press* Marshalls Interview mit Howells' wohlwollenden Äußerungen und dazu Marshalls Einführung zu einigen Auszügen aus *Maggie*.

Weitere Lebenszeichen.

16

Mr. Binks und Andere.

Auch Kurzgeschichten schrieb er in diesem Jahr, sieben davon wurden veröffentlicht, zwei nicht, wenn ich richtig gezählt habe, aber trotz etlicher früherer Arbeiten – man denke an die Sullivan-County-Storys, «The Pace of Youth» und eine Handvoll Bagatellen wie «Why Did the Young Clerk Swear?» – war er immer noch ein Neuling auf diesem Gebiet. Das änderte sich bald, änderte sich so sehr, dass die Kurzgeschichte binnen der nächsten zwei, drei Jahre sein bevorzugtes Genre werden sollte. Fürs Erste jedoch übte er noch und erprobte seine Möglichkeiten.

Die meisten sind aus dem einen oder anderen Grund missraten – zu melodramatisch oder zu banal, zu langatmig oder nicht zu Ende gedacht –, aber unter diesen gescheiterten Versuchen gibt es vier Ausnahmen, und jede davon ist gut genug, um hier erwähnt zu werden. «A Night at the Millionaire's Club», nur einen Tag vor «An Experiment in Misery» in der humoristischen Zeitschrift *Truth* erschienen, ist ein Kabinettstückchen jugendlicher Albernheit, eine derbe Satire, die mit der Subtilität eines Vorschlaghammers über die aufgeblasene Beschränktheit der Stinkreichen herzieht, gleichwohl oder gerade deshalb ganze Arbeit leistet und dabei auch noch wirklich komisch ist. Ein Dutzend alternde Plutokraten sitzen in der Bibliothek ihres Clubs – die Deckendekoration «kostet vierundsiebzig Dollar pro Quadratzentimeter», und jeder einzelne Sessel «nimmt Fußboden im Wert von zweitausend Dollar ein» –, als ein «17-Cent-Lakai, aufgepolstert in einen Anzug zu dreihundert Dollar», das stille Gemach betritt und meldet, draußen seien vier Gentlemen, die dem Club beizutreten wünschen. Ihre Namen sind Ralph Waldo Emerson, Nathaniel Hawthorne, George Washington und Alexander Hamilton. Die Clubmitglieder, denen diese Namen nichts sagen, fragen den Lakaien, woher die Männer kommen, und als der Diener antwortet, «sie behaupten, sie kommen aus Amerika», verlangen einige Mitglieder sogleich nach drastischen Maßnahmen («Lass sie bloß nicht rein!» «Schmeiß sie raus!» «Töte sie!»), aber der etwas besonnenere Erroll van Dyke Strathmore setzt sich durch und weist den Lakaien an:

> «Sag ihnen, dass wir niemanden in Amerika kennen ... aber wenn sie sich an einen geeigneten Ort verfügen, ihre Hände waschen und Gummilätzchen umlegen, dürfen sie wiederkommen und sich die Reste einer Zigarette ansehen, die ich achtlos auf die Schwelle geworfen habe ... Anschließend wirst du die Eingangsstufen scheuern und die Fußmatte einem Club in der City schenken.»

So viel zu den Herren des Goldenen Zeitalters, die in diesem kleinen Stück ihr Fett wegkriegen; dann aber folgt das längere, sorgfältiger gearbeitete «Mr. Binks' Day Off» (in der *Press* vom 8. Juli). Von den drei Baby-Storys abgesehen, ist dies Cranes erste Geschichte, bei der es sich nicht um ein Märchen, einen Ulk oder eine Burleske handelt, weniger an Kipling oder Twain erinnernd, eher an Tschechow oder (um noch einmal seinen Namen zu beschwören) an den jungen James Joyce, der nur zehn Jahre nach Crane zur Welt kam.

Binks, ein einfacher, fleißiger New Yorker Büroangestellter, lebt mit seiner Frau und drei Kindern in einer kleinen Wohnung in Harlem. Als er eines Nachmittags mit der Broadway-Kabelbahn durch die Steinwüste der Stadt nach Hause fährt, bemerkt er einen Flecken «leuchtenden Grüns» im Madison Square Park, ein Anblick, der ihn unerklärlich bewegt und «zarte Erinnerungen» und «Musik seiner Vergangenheit» in ihm aufsteigen lässt. Nach einem unruhigen Abendessen, bei dem der bedrückte Binks seine gereizte

Frau beleidigt und seine Kinder anschnauzt, nimmt er sich vor, am Sonntag mit der Familie aufs Land zu fahren. Für einen richtigen Ausflug reicht das Geld nicht, sie müssen sich mit einem Besuch bei Mrs. Binks' Tante Sarah begnügen, die am Fuß der Ramapo Hills in New Jersey lebt.

Die Schönheit dieser schlichten Geschichte liegt in den vielen Einzelheiten, dem eingehend beschriebenen Wechselspiel zwischen Mann und Frau, den Aktivitäten der Kinder, der Schilderung der ländlichen Umgebung, und darin, wie diese gestressten Stadtmenschen sich nach und nach dem verschlafenen Gang dieser anderen Welt anpassen, anfangs entsetzt von der allgegenwärtigen Ruhe («Ich würde verrückt werden, wenn ich hier leben müsste», sagt Mrs. Binks), doch ganz allmählich selber ruhiger werdend, bis «die warme, schläfrige, von Insektengeräuschen pulsierende Luft sie in wunderbare Trägheit gehüllt» hat. Und als die Sonne untergeht, steigen Mr. und Mrs. Binks auf einen Hügel und genießen die Aussicht. Nach dem mit Bedacht banalen Beginn in einer Broadway-Kabelbahn endet die Geschichte mit einer düsteren Epiphanie, einem Ausblick auf letzte Dinge:

> Das Lied der Bäume schwang sich leise seufzend in die stille Luft. Es war voll unendlicher Trauer – Trauer um Geburt, Sklaverei und Tod ... Jeder Mensch findet in diesem Rauschen den Ausdruck seines eigenen Kummers. Es ist die universelle Stimme, erhoben zu Klageliedern ...
>
> Die Binkses hatten geschwiegen. Die Lieder der Bäume schüchtern ein. Reglos hatten sie während dieser Feier verharrt, die Augen starr auf die gewaltigen und unbekannten Veränderungen geheftet, die ihnen von jenem letzten Geschehen sprachen – dem unausweichlichen Ende. Ihre Augen hatten einen

prosaischen Ausdruck. Sie waren geläutert, ernüchtert von dieser Predigt, dieser Stimme, die ihnen aus dem Himmel zurief ... Schließlich streckte Binks in einer erstaunten Geste den Arm aus.

«Ich möchte wissen», sagte er, «ich möchte wissen, warum zum Henker es – warum es – warum – – –»

Auf seiner Zunge verhedderte sich die unformulierte Frage der Jahrhunderte, doch Mrs. Binks hatte sich verstohlen bei ihm eingehängt. Ihr Kopf lehnte sanft an seiner Schulter.

Man darf diese Schlusspassage durchaus für schwülstig halten, dennoch zeigt sie, dass Crane einen neuen Ton anzuschlagen versucht, denselben Ton, den der junge Joyce, auch er Anfang zwanzig, in den Kurzgeschichten von *Dubliners* anschlug: Beide wollten an den Realismus Flauberts anknüpfen und dem alltäglichen, erdgebundenen Daseinskampf gewöhnlicher Menschen etwas Spirituelles einhauchen – was sich zu einem der zentralen Anliegen der Moderne des 20. Jahrhunderts entwickelte. «Mr. Binks' Day Off» steht in Cranes Werk einzig da. Themen wie Ehe, Elternschaft oder die Mühsal der Mittelschicht interessierten ihn nicht, doch in dieser einen verheißungsvollen, wenn auch nicht ganz befriedigenden Erzählung nimmt er sich alle drei auf einmal vor – und das Ergebnis ist ebenso ergreifend wie unerwartet. Ein kurzer Blick auf einen Weg, den er nicht weiterverfolgt hat.

«Stories Told by An Artist» (in der *Press* vom 28. Oktober) ist ein früher Versuch, sich den «dämlichen Haufen» aus dem alten Gebäude der Art Students League vorzuknöpfen, und mit demselben unbedingten Realismus geschrieben wie «Mr. Binks». Das Stück umfasst nur acht Seiten, enthält aber drei voneinander getrennte Geschichten: «How ‹Great Grief› Got His Holiday Dinner», «As to Payment of the Rent» und «How Pennoyer Disposed of His

Sunday Dinner». Linson hat eine Nebenrolle als Künstler namens Corinson, aber die Hauptfiguren sind Crane (Little Pennoyer oder Penny) und seine Zimmergenossen Nelson Greene (Purple Sanderson), R. G. Vosburgh (Warwickson alias Great Grief) und William Carroll (Wrinkles). Der sarkastische Humor, der in den drei Episoden gelegentlich durchbricht, geht von den Figuren selbst aus, nicht von durch den Autor bewusst herbeigeführten Situationen – ein Vorteil –, und Crane erweist sich hier als besonders geschickt, in den Dialogen einzufangen, was ich *gutmütige Bosheit* nennen möchte, das spöttische Gefrotzel junger Männer, die in beengten Verhältnissen zusammenleben müssen; die Episoden selbst entwickeln sich zügig und folgerichtig.

Sodann Cranes erste Geschichte über den amerikanischen Westen, ein belangloser, aber nicht unkomischer Schwank, geschrieben, bevor er jemals den Mississippi überquert und den Westen mit eigenen Augen gesehen hatte – was nur bedeuten kann, dass allein die Ortsnamen (Denver und Omaha) seine Phantasie in Gang gesetzt haben. «An Excursion Ticket» (in der *Press* vom 20. Mai) ist ein Schelmenstück: ein alter Landstreicher namens Billie Atkins erzählt den Männern in einer Absteige «unweit der Bowery» seine Geschichte. Letzten Winter, als Billie in Denver weilte, erwachte in ihm der unwiderstehliche Wunsch, nach Omaha zu gehen – nicht, weil er dort etwas Bestimmtes vorgehabt hätte, sondern einfach so, weil «er plötzlich spürte, dass er nach Omaha gehen wollte». Also springt Billie auf einen Zug nach dem anderen, bezieht Prügel von einem Bremser nach dem anderen, und erreicht Omaha schließlich in einem so zerzausten Zustand, dass er sich freiwillig verhaften lässt, um für die Nacht ein Dach überm Kopf zu haben, und als er dann in seiner Gefängniszelle liegt, überkommt ihn abermals ein unwiderstehlicher Wunsch, und er beschließt, gleich am nächsten Morgen wieder zurück nach Denver aufzubrechen. Bezaubernd leichte Kost. Und doch findet sich in der Geschichte ein Satz, der es in sich hat. Im April hatte Crane *The Red Badge of Courage* abgeschlossen. Jetzt war Mai, und ich stelle mir vor, wie befreit und übermütig er sich gefühlt haben muss, als er diesen schönsten Absatz von «An Excursion Ticket» mit den Worten begann: «Der Rest der Reise ist verworren wie die detaillierten Berichte von großen Schlachten.» Wie gut muss es sich angefühlt haben, sich selbst so auf den Arm zu nehmen, sich über das eigene Buch mit so souveräner Ironie lustig zu machen. Zweifellos hat er diesen privaten Scherz erst einmal ausgekostet, bevor er seine Kräfte wieder sammelte und den Absatz zu Ende schrieb:

> Billie sprang auf Züge, wurde hinuntergeworfen und landete auf dem Kopf, auf der linken Schulter, auf der rechten Schulter, auf Händen und Knien. Er schlug schräg, senkrecht von oben und seitlich auf dem Boden auf. Seine Kleider wurden zerfetzt und zerrissen wie die Segel eines Schiffs im Sturm. Seine Haut war tätowiert mit blutigen Linien, Kreuzen, Dreiecken und sämtlichen anderen bekannten geometrischen Figuren. Aber er weigerte sich, zu Fuß zu gehen, und er musste nach Omaha. Also ließ er sich weiterhin von den Eisenbahnleuten als Geschoss benutzen, mit dem sie die malerische Landschaft des Westens bombardierten.

Die Kurzgeschichten dieses Jahres sind größtenteils Aufwärmübungen, einige ziemlich gut, andere mit Recht vergessen, wobei deren Mängel vermutlich der Eile zuzuschreiben sind, in der sie zu Papier gebracht wurden. Denn Crane arbeitete gleichzeitig an Büchern, die ihm viel wichtiger waren, und hatte bereits seinen Pakt mit dem Teufel geschlossen, nebenher Verkäufliches zu produzieren, um sich während der Arbeit an den anderen Projekten über Wasser zu halten. Genau wie Melville, Poe und zahllose andere amerikanische Schriftsteller im 19. Jahrhundert stand Crane unter dem Bannfluch des Dollars, und um zu zeigen, wie verzweifelt Crane in dieser harten Zeit Geld brauchte, verweise ich auf ein weiteres seiner nicht so guten Stücke aus dieser Phase, «A Christmas Dinner Won in Battle». Der Held dieser Erzählung, ein junger Mann namens Tom, lebt als Klempner in dem Präriekaff Levelville. Crane kam es nicht darauf an, wo er veröffentlichen konnte, wenn er nur bezahlt wurde, und so verkaufte er die Geschichte schließlich an das Klempner-Fachorgan *Plumbers' Trade Journal, Gas, Steam, and Hot Water Fitters' Review*, wo sie am 1. Januar 1895 im Druck erschien.[31]

17

Maggies Nachbarin.

Wenn *Maggie* in der Hölle spielt, spielt *Georges Mutter* im Fegefeuer. *Maggie* ist in grellem Rot gemalt, *Georges Mutter* in einem tiefen Grau; *Georges Mutter* senkt sich als alles umhüllende Wolke der Schwermut herab. *Maggie* betäubt mit lautem Gebrüll; *Georges Mutter*, ruhiger und subtiler, hinterlässt ein Gefühl der Hilflosigkeit. *Maggie* steht für sich allein, *Georges Mutter* wird erst stark, liest

■ 31 Melville an Hawthorne (1. Juni 1851): «Ich stehe unter dem Bannfluch des Dollars; und der Laufbursche des Teufels steht, arglistig grinsend, auf ewig in meiner Tür und hält sie halboffen. ... Was mich am meisten zu schreiben drängt, das unterliegt dem Bann – es zahlt sich nicht aus. Aber auf jene so ganz *andere* Weise zu schreiben, das kann ich nicht. Also ist das Ergebnis am Ende ein Mischmasch, und alle meine Bücher ein bloßes Flickwerk.» (Herman Melville: Ein Leben, Deutsch von Werner Schmitz und Daniel Göske, München 2004)

man es als zweite Hälfte eines zweiteiligen Lieds auf eine Welt, in der selbst Gott zur Schar der Arbeitslosen zählt.

Keine hundert Seiten lang, beginnt Cranes kleines Buch mit einem der verwirrendsten ersten Sätze der amerikanischen Literatur: «In dem strudelnden Regen, der mit der Dämmerung einsetzte, glitzerte die breite Straße in jenem tiefen bläulichen Ton, der allgemein verpönt ist, sobald man ihm auf der Leinwand begegnet.»[32] Noch bevor der Leser eine Chance hat, Atem zu holen und sich in die Geschichte zu stürzen, wird sowohl die Geschichte selbst als auch die Art und Weise ihrer Erzählung in Zweifel gezogen. Von was für einem tiefen, bläulichen Ton spricht er da – und warum ist der verpönt, wenn man ihm in Gemälden begegnet? Crane behauptet einerseits, dieser bläuliche Ton existiere als reale Farbe in der realen Welt (warum sonst würde er ihn in sein Buch aufnehmen?), andererseits hätten Bewohner eben dieser Welt (Kritiker von Gemälden) etwas gegen die Verwendung dieser Farbe, weil ... ja, warum? Nicht, vermute ich, weil die Farbe als solche sie verärgert (wie kann eine Farbe verpönt sein?), sondern weil sie der Überzeugung sind, dass diese Farbe in der natürlichen Welt nicht existiert und es folglich ein Vergehen an der Wahrheit ist – oder an ihren Vorstellungen von Kunst –, wenn sie auf einer Leinwand erscheint. Doch Crane (oder der allwissende Erzähler seiner Geschichte) hat uns soeben mitgeteilt, er habe sie gesehen, der Regen, der auf die breite Straße falle, habe einen tiefen, bläulichen Ton, exakt jenen bläulichen Ton, der bei den Kritikern von Gemälden so verpönt sei, aber da er verpflichtet ist, die Realität zu benennen, wie er sie wahrnimmt, erklärt er ihnen: Hier habt ihr euren verdammten bläulichen Ton, ob es euch gefällt oder nicht.

■ 32 Alle Zitate aus *Georges Mutter* nach der Übersetzung von Barbara Cramer-Nauhaus. Stephen Crane: Kleine Romane und Erzählungen. Leipzig 1983. (A. d. Ü.)

Mit anderen Worten: Hier habt ihr mein kleines Buch, ob es euch gefällt oder nicht.

Der erste Satz dieses Buches ist ein Manifest, die verschlüsselte Proklamation von Cranes Prinzipien als Künstler, und alles, was in diesem Buch folgt, gründet sich in der Gewissheit, jener tiefe bläuliche Ton sei real, geradezu der Inbegriff des *Realen*, denn im Gegensatz zu *Maggie*, das fälschlicherweise für einen Roman in der realistischen Tradition gehalten wurde (sogar von Crane selbst), geht es in *Georges Mutter* nicht um Gespenster und Ungeheuer, sondern um scharf beobachtetes menschliches Elend und Seelenqual.

Ein krasser Gegensatz, und es gibt viele Gründe für diesen Tonartwechsel von dem einen Buch zum anderen. Zunächst einmal waren knapp anderthalb Jahre vergangen, seit Crane den ersten Versuch mit *Georges Mutter* aufgegeben hatte, und als er es sich im Mai 1894 wieder vornahm, lag ein gewaltiger Stapel anderer Arbeiten hinter ihm: nicht weniger als fünfundsiebzig Gedichte, *The Red Badge of Courage* und drei seiner brillantesten New Yorker Skizzen («The Men in the Storm» und die zwei «Experiments»). Er hatte als Schriftsteller viel dazugelernt, aber da er immer noch unbekannt war und keinen festen Boden unter den Füßen hatte, war ihm die in Garlands Besprechung und Barrys Brief geäußerte Kritik an *Maggie* unter die Haut gegangen. Bei einem Erfolg des Buches hätte er sich vielleicht besser gegen die Bedenken dieser Männer verteidigen können, aber da er keine Leser gewonnen und bei der Kritik kaum Aufmerksamkeit erregt hatte, und zumal *Red Badge* noch immer im Fegefeuer von McClures Hinhaltetaktik schmorte, fügte er sich dem, was er für ihren überlegenen Sachverstand in Dingen des literarischen Schreibens hielt. Ein schwerer Fehler, wenn man bedenkt, dass *Maggie* alles, was die beiden jemals geschrieben haben, um Längen übertrifft, zugleich aber war es auch eine Gelegenheit, eine Einladung, sich selbst in einer anderen Arena zu erproben. Garland hatte empfohlen, der Autor solle sich «mit den Familien in den Straßen nebenan befassen, die ihr Leben in heldenhafter Reinheit und hoffnungslosem Elend fristen», und Linson berichtet, Barry habe Crane bei seinem Gespräch mit ihm vorgeschlagen, in seine künftigen Arbeiten mehr Dialog einzubauen: «Reden macht sichtbar, es verdeutlicht das Erzählte». In *Georges Mutter* folgte Crane dem Rat beider Männer, denn in der Tat findet sich hier mehr Dialog als in *Maggie*, und auch wenn Crane seine Hauptfiguren nicht in der Straße nebenan gesucht hat (George Kelcey und seine Mutter leben in demselben Mietshaus wie die Johnsons), sind sie eher unscheinbare Angehörige der Arbeiterschicht und haben nichts gemein mit den grotesken Gewaltexzessen, die den früheren Roman dominieren. Zugleich darf man aber nicht vergessen, dass *Georges Mutter* bereits konzipiert war, *bevor* Crane Garlands Besprechung gelesen oder mit Barry gesprochen hatte. Er hatte von Anfang an eine ganz andere Art von Buch im Sinn (vielleicht ein weiterer Grund, warum er ihren Rat dankbar annahm), eine Geschichte nämlich, die sich auf intime psychologische Kriegsführung konzentrierte – im Gegensatz zu den wüsten physischen Schlachten der Johnson-Saga. Eine Studie in Grau, nicht in Rot.

Auch hier spielten sicherlich autobiographische Elemente mit hinein, wenngleich sich ihr Ausmaß nicht genau ermessen lässt. Auf Seite zwei erscheint ein Mann namens Bill Sickles aus Handyville, zweifellos inspiriert von den Van Sycles, den Verwandten, die den achtjährigen Stephen und seinen Bruder Edmund nach dem Tod von Reverend Crane auf ihrer Farm im Sussex County aufgenommen hatten, in der schwierigen Zeit also, als die Familie das Pfarrhaus verlassen und sich vorübergehend auf verschiedene Orte in New Jersey und New York verteilen musste. Und dann Georges Nachname, Kelcey, der an einen Saloon in Asbury Park erinnert, benannt nach dessen Besitzer William B. Kelsey, wo Townley regelmäßig trinken ging, und in dieser Geschichte über einen verlorenen und in Bedrängnis geratenen Sohn, der in einen selbstzerstörerischen Alkoholismus abgleitet, kann man davon ausgehen, dass Cranes häufig betrunkener Bruder als Vorlage für George gedient hat. Harvey Wickham, Cranes Klassenkamerad in Claverack, schrieb 1926 in seinem Artikel für den *American Mercury*, Mutter und Sohn in diesem Buch seien teilweise nach seinen, Wickhams, Verwandten gestaltet, Crane habe sie kennengelernt, zwei Leute aus der Mittelschicht, die er dann «in die Slums versetzte und nur ihre Charaktere beibehielt – ein sympathischer junger Nichtsnutz und eine nachsichtige, leichtgläubige Mutter». Wickham könnte durchaus recht haben, aber damit ist Townley noch lange nicht aus dem Spiel, und um eine weitere mögliche Quelle zu nennen, haben wir es auch noch mit Crane selbst zu tun. Im Buch ist George der letzte von fünf Söhnen. Die vier anderen sind gestorben, wie auch der Vater, und nach ihrer Zeit im ländlichen Handyville hausen George und seine Mutter jetzt in New York, in einer Wohnung an der Lower East Side. Der Grund für ihren Umzug wird nie erwähnt, aber auch Crane war der Jüngste einer zahlreichen Kinderschar, und einige seiner Geschwister waren gestorben. Der Zusammenhang mag vage erscheinen, bedenkt man jedoch zudem, dass Georges Mutter eine fromme christliche Enthaltsamkeitspredigerin ist, die ihren unfrommen, gleichgültigen Sohn ständig drängt, sie zu Gebetsversammlungen zu begleiten, schält sich der Zusammenhang doch deutlicher heraus. Freilich, trotz dieser Ähnlichkeiten ist die Mutter im Buch kein Porträt von Cranes Mutter. Zum einen ist sie, anders als Cranes Mutter, ungebildet, und sie wird geschildert als schwach und erfolglos, was von Cranes Mutter ganz und gar nicht behauptet werden kann. Ebenso wenig ist George nach Crane oder dessen Bruder Townley oder Wickhams Verwandtem modelliert. Und doch, selbst wenn man alle Bezüge zu Lebenden und Toten beiseitelässt, hat das Geschehen zwischen George und seiner Mutter allen Anschein von Wahrheit.

Die Geschichte ist sehr einfach, fast holzschnittartig konstruiert. George Kelcey, ein «gebräunter junger Mann» von zwanzig oder zweiundzwanzig Jahren, stapft in dem glitzernden Regen von tiefer bläulicher Farbe nach Hause, einen Henkelmann unterm Arm, seine Maiskolbenpfeife paffend, sichtlich jemand, «der mit den Muskeln arbeitet». Er begegnet Charley Jones, einem alten Bekannten aus Handyville. Jones, ein exaltierter Bursche, der sich vor Freude kaum zu fassen weiß, lädt George auf einen Drink ein, und schon sind sie in einem Saloon, wo Jones einen Whisky und George ein Bier bestellt, dann noch eins und schließlich ein drittes; während sie von den guten alten Zeiten quatschen und Jones von den fünf toten Kelcey-Männern und Georges Mutter schwadroniert («Das letzte Mal, besinn ich mich noch, war sie hurtig wie so 'n kleiner alter Grashüpfer und hoppelte in der Gegend rum mit Vorträgen vor W. C. T. U.s[33] und so»), erzählt er George von dem «famosen Verein», mit dem er sich regelmäßig in dem Saloon trifft, und schlägt vor, er solle doch abends mal bei ihnen vorbeischauen, irgendwann, oder gleich heute, und George sagt: «Wenn ich kann.»

Das nächste Kapitel springt in die Mietskasernen. Nicht mehr die finstere Hölle krängender Gebäude und schauriger Hauseingänge wie in *Maggie*, sondern einfach nur noch Häuser, und aus einem Fenster eines dieser Gebäude streckt «ein Mann mit einem roten gefleckten Gesicht» seinen Kopf und schimpft gewaltig.

> Er schleuderte eine Flasche hoch über zwei Hinterhöfe hinweg nach einem Fenster des gegenüberliegenden Mietshauses. Sie zerschellte an den Backsteinen des Hauses, und die Scherben fielen klirrend

■ 33 Angehörige einer Frauenorganisation, die für ein Alkoholverbot kämpfte. (A. d. Ü.)

> auf die Steine drunten. Der Mann schüttelte drohend die Faust.
>
> Eine Frau mit bloßen Armen, die in einem der Höfe Wäsche in Reih und Glied auf eine Leine hängte, warf einen beiläufigen Blick zu dem Mann hinauf und horchte auf seine Worte. Ihre Augen folgten den seinen zu dem anderen Mietshaus. Aus einem entfernten Fenster grölte ein junger Mann mit einer Tabakspfeife seine Glossen über den kümmerlichen Schuss. Zwei Kinder, gerade an der rechten Stelle, lasen die Glasscherben auf und machten sich entzückt über das neue Spielzeug her.

Die schlecht geworfene Flasche war auf eine Wohnung gezielt, in der eine «kleine alte Frau» sauber macht. Sie singt bei der Arbeit ein methodistisches Kirchenlied, ihre Stimme «bebte und zitterte in die Luft hinaus, als wenn ein Geist der Töne sich eine Schwinge gebrochen hätte», und steigert sich zu «einem seltsamen Kriegsgesang, einem Schlacht- und Hohnruf, der auf- und abschwoll in rauem Gekreisch». Diese Stimme – und dieses Lied – hat den Tobsuchtsanfall des Mannes ausgelöst.

Die kleine alte Frau ist Georges Mutter, und im Gegensatz zu den Figuren in *Maggie*, die nur Vornamen und keine Nachnamen haben, hat sie einen Nachnamen, aber keinen Vornamen, und wird ausschließlich als «die kleine alte Frau» bezeichnet, was sie wie eine Gestalt aus einem Kinderlied oder Mädchen erscheinen lässt. Ihre Hauptbeschäftigung – neben Kirchenlieder singen und Gebetsversammlungen besuchen – ist Saubermachen. Maggies Mutter zertrümmert mit wahrer Wollust ihr Mobiliar; mit ähnlichem Furor säubert Georges Mutter das ihre schier zu Tode.

Diese Beschäftigungen füllen sie aus, aber noch wichtiger ist ihr George, ihr Sohn, die letzte lebende Verbindung zu ihrer Vergangenheit als Ehefrau und Mutter in Handyville und die Verkörperung aller ihrer Hoffnungen für die Zukunft. Der junge George hat einen Job und unterstützt sie mit Geld, doch Crane mit seiner mittlerweile entwickelten Technik, alles nicht direkt Lebensnotwendige aus seinen Geschichten wegzulassen, erzählt uns so gut wie nichts über diesen Job – außer dass George eine «Arbeitsstelle» hat und als einer von mehreren (wenn nicht vielen) Angestellten unter der Aufsicht eines Vorarbeiters steht. Normalerweise kommt George kurz nach fünf nach Hause, aber an diesem Tag hockt er mit Charley Jones in einer Kneipe und trinkt Bier, und um fünf unterbricht die kleine alte Frau ihren Hausputz und schaut, Georges Heimkehr erwartend, aus dem Fenster nach der «riesigen Brauerei», die die anderen Gebäude überragt. Doch fünfundvierzig Minuten später ist er immer noch nicht da, und zu Beginn des dritten Kapitels hat sie ihr fieberhaftes Staubwischen und Schrubben aufgegeben, sitzt auf einem Stuhl und starrt die Uhr an. Dann ist es sieben, und sie malt sich all die «Unfälle und Hindernisse» aus, die ihrem Sohn auf dem Heimweg widerfahren sein könnten. Bis zu diesem Zeitpunkt ist in der Geschichte nichts Ungewöhnliches passiert. Eine Mutter macht sich Sorgen um das Ausbleiben ihres geliebten Sohns – übliche Reaktion auf eine übliche Situation –, dann aber wird es plötzlich interessant. Sie hört George die Treppe heraufkommen, und statt auch nur das kleinste Anzeichen von Erleichterung oder Freude zu geben, springt sie von dem Stuhl auf und beginnt «im Zimmer herumzuhantieren. Die kleinen Ängste verschwanden sogleich aus ihrem Gesicht. Sie schien eher im Begriff loszuschelten.» Warum schelten? Wenn George, worauf alles an ihrem bisherigen Verhalten hindeutet, normalerweise pünktlich ist: Warum gibt sie ihm dann nicht Gelegenheit, seine Verspätung zu erklären, sondern will ihn gleich ausschelten? Mit einem einzigen, geschickt gesetzten Wort teilt Crane uns mit, dass es schon lange Misshelligkeiten zwischen den beiden gibt. Dass sie ihm nichts zugutehält, bedeutet, sie zweifelt bereits an ihm, und wenn sie schon zu Beginn des Buches diesen Punkt erreicht hat, müssen die Misshelligkeiten schon seit langem bestehen. *Schelten.* Bis hierhin hat nichts in Cranes Werk uns auf ein so nuanciertes Wissen um die komplizierten psychologischen Vorgänge in seinen Figuren vorbereitet. Hier betritt er Neuland, zum ersten Mal beschäftigt ihn nicht nur eine einzelne Seele (der zurückgezogene, einsame Henry Fleming), sondern auch eine zweite, und da es jetzt zwei sind, wird der Raum zwischen ihnen ebenfalls Teil des Geschehens, denn dieses unsichtbare Zwischenreich ist kein leerer Raum – es ist ein bedeutungsschweres und hochexplosives Niemandsland, der wankende, instabile Ort aller zwischenmenschlichen Beziehungen.

Ein genauer Blick auf diese inneren Bewegungen im dritten Kapitel lässt erkennen, wie Crane uns in das komplexe, höchst vieldeutige Hin und Her zwischen Mutter und Sohn hineinzieht. George kommt in die Wohnung und stellt seinen Henkelmann in eine Ecke, «offensichtlich» (aus Sicht seiner Mutter) «sehr erschöpft von einem harten Arbeitstag» (und von drei Bieren nach Feierabend). Bevor er etwas sagen kann, humpelt «die kleine alte Frau ... zu ihm hinüber und hob ihre faltigen Lippen. Sie schien nahe daran, in Tränen und Vorwürfe auszubrechen.» George ignoriert diese feindseligen Signale, grüßt munter und fragt, ob sie es «mit der Angst gekriegt» habe, womit er andeutet, er weiß bereits, dass sie sich Sorgen gemacht hat, schließlich kennt er seine Mutter so gut wie sie ihn und ist von ihren ständigen Zänkereien ebenso sehr genervt wie sie. Statt ihm die Frage durchgehen zu lassen, beginnt sie zu jammern. «Ja», sagt sie. «Wo warst du bloß, George? Warum kommst du so spät? Ich hab ja so gewartet.» Sie lässt ihm keine Chance zu antworten, sondern braust plötzlich auf: «Wirf deinen Rock nich immer so hin! Häng ihn hinter die Tür!» Crane spricht es nicht aus, aber es ist klar, dass George drauf und dran war, seinen Rock wie gewohnt auf den Boden zu werfen, was im ganzen Buch immer wieder zu Streitereien führt. In diesem Fall jedoch gibt er schweigend nach, geht zur Spüle und wäscht sich die Hände. Erst jetzt hat er die Chance, ihr zu erklären, warum er sich verspätet hat. «Ja, weißt du, ich hab Jones getroffen – du kennst doch noch Jones? Alter Bekannter aus Handyville. Und da mussten wir natürlich ne Pause einlegen und von alten Zeiten reden. Jones is 'n ganzer Kerl.» Hier verzieht die kleine alte Frau ihren Mund «zu einem dünnen Strich. ‹Oh, der Jones›, sagte sie. ‹Ich mag ihn nich.›»

Zum ersten Mal, seit er nach Hause gekommen ist, sieht George seine Mutter ärgerlich an, taucht «aus einer Wirrnis von weißem Handtuch auf» und fragt, warum sie so von einem Mann spreche, mit dem sie wahrscheinlich noch nie im Leben ein Wort gewechselt habe. Aber seine Mutter bleibt dabei und sagt, dieser Jones sei nicht die Sorte von Mann, mit der er sich abgeben sollte. «Er ist kein guter Mensch», sagt sie. «Bestimmt nicht. Er trinkt.» George lacht auf, ist aber «nicht gerade erschüttert» von dieser Mitteilung. Seine Mutter nickt nachdrücklich und erklärt, sie habe Jones einmal aus einem Hotel in Handyville kommen sehen, «und da konnt er kaum laufen. Er trinkt! Ich bin überzeugt, dass er trinkt!» George, der jetzt nicht mit ihr streiten will, stöhnt nur «Heiliger Strohsack!», und damit hat sich's – fürs Erste.

Als der nächste Absatz beginnt, ist einige Zeit vergangen. Die beiden sitzen am Tisch und essen, die Stimmung ist relativ friedlich. «Der junge Mann lehnte sich im Stuhl zurück, nach Art eines Mannes, der für seine Kosten aufkommt. Seine Mutter beugte sich wachsam vor, offenbar jeden Bissen beobachtend. Sie hockte auf der Stuhlkante, jederzeit bereit, aufzuspringen und zum Schrank oder Herd zu laufen, falls er etwas brauchte. Sie war so besorgt um ihn wie eine junge Mutter um ihr kleines Kind.»

Das ist die andere Hälfte im komplizierten Hin und Her ihrer Beziehung, wie im Tanz folgt dem Hin das Her, das Band zwischen

Mutter und Sohn, das niemals ganz zerreißt, weil das gar nicht möglich ist; freilich ist die Balance zwischen Anziehung und Abstoßung bei den beiden so fein austariert, dass jedes Hin auf der einen Seite sofort ein Her auf der anderen zur Folge hat, und genau das geschieht als Nächstes, denn jetzt, da Mutter und Sohn einmal kurz in Harmonie vereint sind, kann sie es einfach nicht lassen und tut das Einzige, was ihn todsicher auf die Palme bringt und das Gleichgewicht über den Haufen wirft. Als sei sie «an einem wichtigen Augenblick angelangt», nimmt sie ihren Mut zusammen und bittet George, sie am Abend zur Gebetsversammlung zu begleiten. Der junge Mann lässt die Gabel sinken und sagt, sie sei wohl nicht ganz bei Trost. Unverdrossen verlegt sich die Mutter aufs Flehen, versucht, ihn mit allerlei Argumenten umzustimmen (er sei schon lange nicht mehr mit ihr ausgegangen, es sei ein weiter Weg, so ganz allein, «und meinst du, wo ich so 'n großen, schmucken, stämmigen Jungen hab, möchte ich mich nich n bisschen von ihm ausführen lassen?»), enthält sich aber jeden Hinweises, wie segensreich es für seine Seele wäre, an der Betstunde teilzunehmen, während eben diese Betstunde alles ist, woran George denken kann: «Eine Vision trostloser Schwärze, feierlich auf Bänke gereiht, stieg vor ihm auf. Der bloße Gedanke daran war niederdrückend.» Nicht dass George seine Mutter enttäuschen will, aber nachdem er sich alle Mühe gegeben hat, ihr Ansinnen gutmütig abzuweisen, bleibt ihm schließlich nur eine unverblümte Antwort, und damit endet das dritte Kapitel:

> «Also sieh mal», sagte er ziemlich sanft, «ich habe eben keine Lust, und es hätte doch gar keinen Zweck, hinzugehn, wo ich keine Lust hab.»
>
> Das Gesicht der Mutter veränderte sich sogleich. Sie stieß einen schweren Seufzer aus, einen von der Sorte, wie er sie schon bei ähnlichen Gelegenheiten

> zu hören bekommen hatte. Sie setzte sich eine kleine schwarze Haube auf und hüllte sich in ein altes Umschlagtuch. Sie warf einen Märtyrerblick auf den Sohn und ging bekümmert davon. Sie glich einem kleinen Leichenzug.
>
> Der junge Mann litt bis zu einem gewissen Grade darunter. Er stieß niedergeschlagen mit dem Fuß gegen ein Tischbein. Als sich der Schall ihrer Schritte verlor, fühlte er sich ausgesprochen erleichtert.

Alles Weitere entwickelt sich aus dieser Szene, schraubt sich voran als kompakte Spirale kleiner, zunehmend beunruhigender Vorfälle, George verliert nach und nach den Halt, sinkt tiefer und tiefer, bis er schließlich auch seine Mutter zerstört, die im letzten Satz der Novelle stirbt. Ursprünglich sollte das Buch *A Woman Without Weapons* heißen, «Eine Frau ohne Waffen». Es ist unklar, warum Crane dann darauf verzichtet hat, vermittelt dieser Titel doch eine genauere Vorstellung von dem, was ihm zu Beginn dieses Projekts vorgeschwebt hatte, als der nichtssagende Titel, für den er sich letztlich entschied. Mrs. Kelcey sieht sich als Soldatin in Gottes christlichem Heer, und ihre einzige Waffe ist ihr Glaube, und mag es da draußen auch zahllose Seelen geben, die sich nach Erlösung durch diesen Glauben sehnen, so ist George jedenfalls keine davon. Bei ihrem eigenen Sohn ist sie machtlos.

George zerbricht, aber es gibt keine einfache Erklärung für das, was ihm geschieht. Mehrere Mächte sind am Werk, und jeder Schlag kommt exakt in dem Augenblick, wo er seinem fragilen, unfertigen Ego den größten Schaden zufügt. Zu Beginn des Buches hat er bereits drei Jahre in New York gelebt, aber noch immer ist er einsam und hat, wie es aussieht, keine Freunde. Er hat einen Job und seine Kollegen (die er außerhalb der Arbeit nicht sieht), ansonsten jedoch nichts als seine altersschwache, unleidliche Mutter und die erstickende Umgebung einer kleinen Mietwohnung. Nach Gesellschaft lechzend, kippt er drei Bier, um sein Zufallstreffen mit Charley Jones in die Länge zu ziehen, und kaum ist seine Mutter deprimiert zu ihrer Betstunde aufgebrochen, verlässt er die Wohnung und geht in die Kneipe zu Jones und dessen Kumpanen. Diese älteren, erfahreneren Trinker heißen George in ihrem Kreis willkommen, und schon bald hat er das Gefühl, «den glücklichsten Abend seines Lebens» zu verbringen, wobei ihm entgeht, dass diese seine Gefährten nur ein jämmerlicher Haufen wichtigtuerischer Knallchargen sind.

Er trinkt viel an diesem Abend, mitgerissen von der Kameradschaft dieser «feinen Burschen», und während er ein Bier nach dem anderen in sich hineinschüttet, schwillt «ihm die Brust vor Mannesmut», und er malt sich aus, seinen neuen Freunden eines Tages mit großen Heldentaten hilfreich zu sein. Doch als dann jemand sagt, es sei ein Uhr, springt er erschrocken auf und läuft nach Hause, schließlich muss er um sieben zur Arbeit.

Am Morgen rächt sich ein schrecklicher Kater, und die nächsten Tage trinkt er keinen Tropfen und kommt jeden Abend direkt von der Arbeit nach Hause. Seine Mutter schöpft Hoffnung. George scheint zu seinem sonnigen Gemüt zurückgefunden zu haben, und seine Mutter kommt schon zu «der Überzeugung, dass sie eine ideale Mutter war, die einen idealen Sohn großzog». Dann aber trifft George der nächste Schlag, eine brutale Enttäuschung, die ihn buchstäblich umhaut. Gerade als er sich aufrappeln will, muss er feststellen, dass er sich beide Beine gebrochen hat.

George verzehrt sich nach Maggie. Zum ersten Mal sieht er sie eines Nachmittags auf der Treppe des Hauses, in dem sie beide wohnen. «Sie hatte eine Kanne Bier in der Hand und unterm Arm ein Paket in braunem Packpapier», und obwohl der Blick, mit dem sie ihn streift, «teilnahmslos» und «gleichgültig» ist, bringt sie ihn vollkommen durcheinander: «Als sie auf dem Treppenabsatz anlangte, spielte das Licht vom Fenster silbern schimmernd über die mädchenhafte Rundung ihrer Wange. Es war ein Bild, das sich ihm einprägte.» Mehr als das, es beginnt ihn zu verfolgen, bis «der Schatten des Mädchens ihn ständig begleitete», und «manchmal war er beinahe glücklich, wenn Maggies Mutter betrunken war und furchtbaren Radau machte», denn das gibt ihm Gelegenheit, «im Dunkeln dazusitzen und sich Szenen auszumalen, in denen er das Mädchen aus ihrer grässlichen Umgebung befreite». George ist ein Träumer, einer dieser verklemmten, unbeholfenen, von Leidenschaft entflammten jungen Männer, die nicht aus sich herauskönnen, und, ähnlich wie Maggie in dem anderen Buch, hat er den Kopf voll von abgedroschenen Bildern verklärter romantischer Liebe, unmöglichen Konstellationen, in denen er als Hauptdarsteller nicht mehr er selbst ist, sondern «er selber, wie er einmal zu sein hoffte», eine Heldengestalt wie in den Romanen, die er gelesen hat, hirnlosen, schwülstigen Schmökern, die ihn gelehrt haben, «dass es eine Göttin in der Welt gab, deren Aufgabe es war, zu warten, bis er einen Blick mit ihr tauschen würde». Nachdem dieser Blick jetzt getauscht ist, gibt er sich der Wahnvorstellung hin, sie müsse wissen, was er für sie empfindet, lodern doch seine Gefühle in ihm so hell, dass selbst Blinde sie sehen müssten.

> Er legte es geschickt darauf an, ihr im Treppenhaus, an der Haustür, auf der Straße zu begegnen. Wenn es ihm gelang, sie zu treffen, kam ihm stets der Verdacht, dass sie die ganze Sache durchschaute. Er fühlte, wie die Schamröte ihm auf Gesicht und Hals brannte. Um ihr zu beweisen, dass sie sich irrte, pflegte er den Kopf wegzuwenden oder sie mit steinernem Blick anzustarren …
>
> Er sah, dass er bloß die leichten herkömmlichen Schranken niederzureißen brauchte, und sie würde

> bald seinen noblen Charakter erkennen. Manchmal konnte er alles genau vor sich sehen. Es war sehr klug ersonnen. Aber dann verließ ihn im entscheidenden Augenblick die Courage. Vielleicht war die ganze Geschichte lächerlich. Vielleicht beobachtete sie seine inneren Verrenkungen. Womöglich lachte sie. Er glaubte, dann würde er sterben oder sie töten. Er konnte den gefürchteten Augenblick nicht herbeiführen.

Er schafft es nicht. Bevor er den Mumm aufbringt, ihr in die Augen zu sehen oder ein einziges Wort an sie zu richten, wird George im Treppenhaus von einem Fremden angesprochen, ob er wisse, wo die Johnsons wohnen. Zwei Treppen hoch, sagt George, und als er die vornehme Kleidung des Mannes, «das elegante, weltmännische Gehabe, die Erfahrung, das Selbstvertrauen» und den Mut bemerkt, der aus seinen Zügen spricht, begreift er, dass sein Traum, Maggie für sich zu gewinnen, gestorben ist. Bei dem Mann handelt es sich zweifellos um Pete, den Barmann, diesen «Laffen in seinem aufgedonnerten Mantel», der die hübsche Johnson-Tochter erstmals zu einem abendlichen Stelldichein abholt, und George, «errötend und zugleich beschämt», stiehlt sich davon. Er kommt in seine Wohnung, und augenblicklich ertönt die Stimme seiner Mutter, «schrill, monoton und gereizt», er solle seinen Rock nicht immer so hinwerfen. Zum ersten Mal bricht George in Zorn aus und wendet ihr sein «von Wut und Hass hartes Gesicht» zu. Die beiden starren sich schweigend an, und schließlich wankt die verzweifelte Mutter in ihre Kammer, wobei sie sich mit der Hüfte an die Tischkante stößt. George setzt sich auf einen Stuhl, streckt die Beine aus, schiebt die Hände in die Hosentaschen, lässt den Kopf auf die Brust sinken und stiert ins Leere. «Ihn überkam Mitleid mit sich selbst, wie es sich einstellt, wenn die Seele von einer Wanderschaft zurückgeholt wird.»

Hier entscheidet sich die Geschichte, von hier an ist Georges Verhängnis nicht mehr aufzuhalten, er wird zum Säufer, verliert seinen Job und gerät unter einen Haufen haltloser jugendlicher Herumtreiber. Das siebte Kapitel endet mit dem Verweis auf das «Selbstmitleid», und im achten Kapitel macht Crane sich daran, die psychologischen Konsequenzen dieses gefährlichen Geisteszustands aufzudröseln. Der Verlust Maggies ist für George nicht nur eine persönliche Schlappe oder eine unglückliche Wendung in Liebesdingen, sondern eine metaphysische Katastrophe, die Zerstörung nicht nur der kleinen Welt seiner unmittelbaren Umgebung, sondern seines gesamten Weltbilds.

> Während der nächsten Tage litt Kelcey zum ersten Mal unter der düsteren Überzeugung, dass die Welt ihm für sein Vorhandensein nicht dankbar sei. Wenn ihm scharfe Worte gesagt wurden, deutete er sie mit einer offenbar jüngst erworbenen Einsicht. Er konnte jetzt deutlich sehen, dass das Universum ihn hasste.

Eines Abends begegnet er wieder einmal Charley Jones, der ihn für den nächsten Tag zu einem Gelage einlädt. Durstiger denn je nach Gesellschaft, nimmt George die Einladung an, und Crane bringt seine verblüffende Abhandlung über George Kelceys innere Verfassung zum Abschluss: «Auf dem Heimweg dachte er, dass er doch eine recht finstere Figur abgebe. Er war im Begriff, die köstliche Rache einer teilweisen Selbstvernichtung zu kosten. Die Welt würde ihre Haltung bedauern, wenn sie ihn betrunken sähe.»

Im zweiten Kapitel von *Maggie* stürmt Mr. Johnson aus der Wohnung, «zu einem Rachetrunk entschlossen». Gegenstand dieser Rache ist seine Frau, für George aber ist der Einsatz viel höher, er hat Selbstzerstörung im Sinn, um das Universum zu bestrafen. Eine solche Haltung kennt man bei kleinen, bockigen Kindern –

sich selbst bemitleidenden Kindern –, und genau das ist jetzt aus George geworden: ein Kind im Körper eines Mannes, ein kümmerliches Wesen, nicht gewichtiger als eine Feder, die vom nächstbesten Windstoß wer weiß wohin getrieben wird.

Auf der Party trinkt er zu schnell und zu viel, blamiert sich mit konfusem Gebrabbel über Maggie («Ich lieb das Mädchen un'n in meiner Straße. Darum bin ich besoffen – jawoll!») und kippt schließlich um; gestorben für die Welt, schläft er seinen Rausch auf dem Fußboden aus. Wieder einmal beschließt er, sich zu bessern, lässt sich sogar von seiner Mutter überreden, an einer Gebetsversammlung teilzunehmen, doch die Worte des Priesters beweisen ihm nur, wieder einmal, dass er «verdammt» ist. Die Anstrengung, ein anderer Mensch zu werden, verläuft sich in mürrische Gleichgültigkeit; er säuft weiter und stellt eines Tages fest, dass er im Lauf eines Abends «zehn bis zwanzig Gläser» Bier trinken kann, und als seine Mutter ein letztes Mal versucht, ihn zum Kirchgang zu überreden, weist er das kategorisch von sich. Zunehmend reizbar und verbittert, springt er immer gröber mit ihr um und antwortet auf alle ihre Fragen nur noch mit Lügen. Er schließt sich einer Bande hirnloser Rabauken an, die ihre Tage mit Saufen, Prügeleien und Eckenstehen verbringen, in Georges Augen eine respektable Bruderschaft, allesamt gelangweilt, voller Verachtung für alles und «zu schlau zum Arbeiten». Er hat endgültig jeden Halt verloren, und nach einer besonders hässlichen Auseinandersetzung mit seiner Mutter ist das Leben in der Wohnung kaum noch auszuhalten.

> Drei Tage lang lebten sie schweigend nebeneinanderher. Er grübelte über die Seelenqual der Mutter und fand eine eigentümliche Freude darin. Wenn sich die Gelegenheit bot, beging er eine kleine Gemeinheit. Er wollte sie elend machen. Er war jetzt hemmungslos, zügellos; er wollte Herrscher sein. Ihr ganzes Leiden

> war eine Art Ausgleich für seine eigenen grässlichen Qualen.
>
> Sie ging mit grauem unbewegtem Gesicht umher. Es war, als habe sie ein Gemetzel überlebt, in dem alle, die sie liebte, durch die Grausamkeit von Wilden von ihr gerissen worden waren.
>
> Eines Abends trat er ein und sah, stehen bleibend, zu seiner Mutter hinüber, wie sie Kartoffeln schälte. Sie hatte ihn teilnahmslos, ohne Bewegung kommen hören, und bei seinem Eintreten hob sie nicht die Augen.
>
> «Tja, ich bin entlassen», sagte er plötzlich.
>
> Es schien der Todesstoß zu sein.

Und doch, als tags darauf eine neue Katastrophe hereinbricht und alles plötzlich in eine andere Richtung stößt, erfahren wir, das Band zwischen Mutter und Sohn – das eben noch endgültig zerrissen schien – ist immer noch intakt. Es ist einer der Geniestreiche dieses quälenden kleinen Buches und zeigt deutlich, wie tief der junge Autor in die Gedankenwelt seiner zwei Hauptfiguren eingedrungen ist.

George steht mit seinen Kumpanen an der Ecke, als drei Jungen auf ihn zugerannt kommen und rufen, er werde zu Hause gebraucht: «Deine Alte is krank.» «Ein plötzlicher Schrecken durchfuhr Kelcey», seine Umgebung nimmt «eine drohende und dunkle Bedeutung» an, Unheil senkt sich über «die Straße, die Gebäude, den Himmel, die Leute». George sieht sich von seinen Freunden beobachtet, und statt sich zu erklären, wendet er sich von ihnen ab und geht nach Hause, «froh, dass sie sein Gesicht nicht sehen konnten, seine bebenden Lippen, seine angstvoll flackernden Augen». Einen Tag zuvor hatte er sich an der Qual seiner Mutter geweidet. Jetzt, wo sie sterben könnte, gerät er in Panik.

Er hat sich umsonst gesorgt. Als er in die Wohnung kommt und seine Mutter friedlich auf einem Stuhl sitzen sieht, fühlt er «unaussprechliche Dankbarkeit in sich aufwallen». Sie erklärt, ihr sei nur ein bisschen schwindlig geworden, sie sei hinter den Ofen gefallen, aber Mrs. Callahan (eine Nachbarin) habe ihr aufgeholfen und einen Arzt geholt, und der habe gesagt, in ein paar Stunden sei alles wieder gut. «Ihre Stimme war ruhig, und Lebenskraft sprach aus ihr», als sie ihm versichert, es sei «nichts weiter», worauf George antwortet: «Gott, war ich erschrocken!»

Erleichtert, aber noch nicht ganz von seinem Schrecken erholt, weiß George auf einmal nicht mehr weiter. Er fragt, ob er etwas für sie tun kann. Nein, nichts, sagt sie, aber da sitzt er nun, sieht sie «dienstfertig» an, sein Blick voller Liebe, und «hätte er sich dessen nicht geschämt, er hätte ihr Zärtlichkeiten gesagt». Sie sprechen kurz über die Möglichkeit, einen neuen Job zu finden (das heikelste aller heiklen Themen), und George beteuert, er werde sich darum kümmern, ganz bestimmt. Leeres Gerede, mag sein, aber mittlerweile glaubt er selbst an das, was er sagt, und die kleine alte Frau «merkte an seinem Ton, dass er Frieden mit ihr schloss». Schließlich bereitet George sogar das Abendessen für sie beide zu. Bei Tisch scherzen sie über Georges vorgetäuschte mangelnde Kochkünste. Am Ende des Kapitels sitzen die beiden nebeneinander und schauen aus dem Fenster. «Ihre Hand ruhte auf seinem Haar.»

Aber man darf sich nicht täuschen lassen. Dieser zärtliche Augenblick bedeutet keine dauerhafte Versöhnung, sondern nur einen weiteren Waffenstillstand, ein weiteres Verschnaufen in einer langen Folge von Wortgefechten und Atempausen, und liefe ihnen nicht die Zeit davon, würde es immer so weitergehen. Der falsche Alarm hat Georges Mitgefühl für seine Mutter wiederbelebt, George selbst aber ist weiter auf der schiefen Bahn. Im nächsten Kapitel fragt der junge Kelcey seine älteren Saufkumpane, ob sie ihm Geld leihen können, und als sie ihn mit irgendwelchen faulen

Ausreden abblitzen lassen, begreift er, dass er «gesellschaftlich unter ihnen» steht. Jetzt, wo er verzweifelt und arbeitslos ist, haben sie das Interesse an ihm verloren, und nachdem es mit dem leutseligen Charley Jones und seinen Gesellen so verheißungsvoll angefangen hatte, stößt man ihn nun aus der Gruppe aus.

Im nächsten Absatz ist er wieder bei den jugendlichen Rabauken, der anderen kleinen Gesellschaft, bei der er Anschluss zu finden hofft – noch immer ein Neuling, dem sie nicht ganz vertrauen, und wenn er von ihnen aufgenommen werden will, muss er immer wieder leichtsinnige, törichte Dinge tun. An diesem Tag haben Fidsey, Corcoran und ihre Komplizen dem neuen Barmann in der Eckkneipe eine «große Kanne» (einen Blecheimer voll Bier) geklaut und überreden George, sie zu einem leerstehenden Grundstück zu begleiten, wo sie ihn nötigen, seinen Teil an der Beute zu trinken, sonst sei er keiner von ihnen und überhaupt ein Schlappschwanz. Bei der nun einsetzenden Sauferei kommt es zum Streit zwischen Fidsey und einem gewissen Blue Billie, und George, der sich, «anscheinend tief in Gedanken», abgewendet hat, sieht sich plötzlich aufgefordert, Blue Billie eine Abreibung zu verpassen. Gerade als sie übereinander herfallen wollen, kommt ein kleiner Junge aufgeregt auf sie zugerannt und schreit «mit hoher Stimme», Kelcey solle sofort nach Hause kommen, schnell, seine Mutter sei wieder krank. George lässt Blue Billie stehen und sagt, er gehe dann mal lieber. Seine sogenannten Freunde johlen. Er versucht zu erklären: «Ich kann nich – ich möchte nich – ich möchte meine Mutter nich allein – sie –», aber «seine Worte gingen im Chor ihres Hohnes unter».

Abermals ausgestoßen. Erst von den Älteren, jetzt von den Jüngeren. Ihm bleibt nur noch, zu seiner Mutter zurückzugehen, in die, wie es im ersten Satz des letzten Kapitels heißt, «Kammer des Todes».

Crane schreibt die Szenen in der Wohnung durchweg wie kleine Theaterstücke, mit viel Dialog, ausführlichen Bühnenanweisungen, einfühlsamen Erklärungen, warum jemand sich setzt oder aufsteht oder die Hände in die Hosentaschen schiebt, und zahlreichen Anmerkungen zu Beleuchtung, Ton, Requisiten und Kulissen. Während *Maggie* etwas Filmisches hat, erinnert die Handlung von *Georges Mutter* eher an ein Schauspiel, und bislang war die Besetzung des Stücks auf nur zwei Personen beschränkt. Hier, im letzten Akt, treten fünf Personen auf, zu denen auf der letzten halben Seite noch zwei hinzukommen, als sich hinter der Bühne (mit großartigem Effekt) zwei Stimmen im Flur vor der Wohnung vernehmen lassen. Als George die Kammer seiner Mutter betritt, kümmert sich bereits ein junger Arzt um sie. Später tauscht ein junger Priester mit dem jungen Arzt die Plätze, und die ganze Zeit ist Mrs. Callahan «fieberhaft dabei, Staub zu wischen», alles «auf Hochglanz zu bringen», alles «in schicklichen Reihen» anzuordnen und «Vorbereitungen für die Ankunft des Todes» zu treffen.

George erblickt die kleine alte Frau «ausgestreckt auf ihrem Bett ... erschreckend reglos, ausgenommen ihre Augen, die mit irrem Blick rollten und hin und her wanderten». Als er sie anspricht, erkennt sie ihn nicht. Ihre Seele ist schon weit weg, Gespenster aus der Vergangenheit umdrängen sie. Sie ruft nach ihrem toten Ehemann, Bill, der auf einem Acker arbeitet: «Bill – o-o-oh, Bill – hast du Georgie gesehen? Ist er draußen bei dir? Georgie! Georgie! Komm sofort her! Sofort – auf – der – Stelle!» Unmittelbar darauf spricht sie mit den unsichtbaren Gestalten im Raum, sie sollen verschwinden, sie will sie nicht mehr um sich haben, sie sollen gehen, gehen, gehen.

Und dann eilt die Novelle ihrem Ende zu:

> Die kleine alte Frau lag still mit geschlossenen Augen. Auf dem Tisch am Kopfende des Bettes stand ein Glas mit einer wasserähnlichen Arznei. Die Lichtreflexe

bildeten einen silbernen Stern neben dem Glas. Die beiden Männer saßen nebeneinander und warteten. Draußen in der Küche hatte sich Mrs. Callahan einen Stuhl an den Herd gerückt und wartete.

Kelcey begann die Tapete anzustarren. Das Muster bestand aus Büscheln brauner Rosen. Er fühlte sie wie grässliche Krebse über sein Gehirn kriechen.

Durch die offene Tür sah er, wie die Wachstuchdecke einen Schein der warmen Nachmittagssonne auffing. Das Fenster gab einen klaren milden Himmel frei, gleich blauem Email, und einen Saum hier und da aufglänzender Schornsteine und Dächer. Ein unaufhörliches Brausen, der ewige Marschtritt der dahinstürmenden Stadt, drang herein, untermischt mit verworrenen Schreien. Dann und wann bewegte sich die Frau draußen am Herd unruhig und hustete.

Über den Türbalken kamen zwei Stimmen vom Hausflur her.

«Johnnie!»

«Was denn?»

«Du kommst sofort her! Du sollst für mich zum Kaufmann gehen!»

«Ach, Ma, schick doch Sally!»

«Nein, nicht Sally! Du kommst sofort her!»

«Na schön, in einer Minute!»

«Johnnie!»

«Ja doch, in einer Minute!»

«Johnnie –» Man hörte einen schweren Schritt, und später schrie ein Junge. Plötzlich sprang der Geistliche auf. Er eilte vorwärts und spähte. Die kleine alte Frau war tot.

Eine andere Mutter, ein anderer Sohn, und was mag die Zukunft für den kleinen Johnnie von gegenüber bereithalten?

Als Crane im November 1894 *George's Mother* abschloss, hatte Bacheller *The Red Badge of Courage* zur Veröffentlichung als Fortsetzungsroman angenommen. Nach einem gescheiterten Versuch (Genaues ist nicht bekannt), das neue Manuskript an den Mann zu bringen, wollte er erst einmal abwarten, was die Kritik zu *Red Badge* sagen würde: Erfolg oder Misserfolg dieses Buches sollten über das Schicksal des anderen entscheiden. Die Reaktion auf die Fortsetzungsveröffentlichung war gespalten, also wartete er weiter, bis *Red Badge* im September 1895 als Buch erschienen war. Erst dann schickte er *George's Mother* an die Verlage, und 1896 endlich erschien das Buch. Nach den seriösen Besprechungen und starken Verkaufszahlen von *Red Badge* muss er sich viel davon versprochen haben, doch Cranes zweites kleines Buch über die New Yorker Mietskasernen verpuffte nahezu lautlos – genau wie das erste. Die Rezensenten sprachen von einem düsteren, hoffnungslosen Buch. Sie mochten recht haben. Es ist tatsächlich ein düsteres, hoffnungsloses Buch, aber auch ein außerordentliches – genau wie *Maggie*. Zum ersten Mal seit seiner Ankunft in New York hatte der sonst so ungestüme Crane Zurückhaltung geübt, aber geholfen hatte es ihm nicht. Von Slumgeschichten wollten die Leute nichts wissen.

18

Pike County Puzzle und Gefecht mit Boston.

Was mich am meisten an Crane fasziniert, ist seine Vielseitigkeit. Nicht bloß die verschiedenen Ichs, die sein schmächtiger Körper beherbergte (jeder von uns ist ein Spektrum zahlreicher, einander widersprechender Ichs), sondern vor allem sein Talent, einen Gedanken zu denken und gleichzeitig einen anderen zu denken, womöglich einen dritten oder gar einen vierten, ohne den ersten aus dem Blick zu verlieren, oder, um es anders auszudrücken, die Fähigkeit, in schwindelerregendem Tempo die unterschiedlichsten Geisteszustände zu durchleben. Ohne dieses Talent lässt sich seine ungeheure Produktivität im Jahr 1894 nicht erklären. Während er an seinem Roman arbeitete, arbeitete er auch an seinen Gedichten, und während er an seinem Roman und seinen Gedichten arbeitete, arbeitete er auch an seinen Zeitungsskizzen und Erzählungen, und während er, nachdem er den Roman und die Gedichte abgeschlossen hatte, an seinen Zeitungsskizzen und Erzählungen arbeitete, arbeitete er an seiner Novelle, und während er an seiner Novelle arbeitete – diesem düstersten aller düsteren und hoffnungslosen Bücher –, legte er im Sommer einen Monat Pause ein, verzog sich mit Freunden in die Wildnis und braute im Anschluss (nicht ganz allein) eine Klamotte zusammen, grotesker als alles, was ihm seit der Geschichte von den Riesenkäfern in Onondaga von 1891 aufs Papier gepurzelt war.

Zur Feier der Aufnahme ihres Sohnes in den Mitarbeiterstab des Hahnemann Medical College in Philadelphia spendierte Fred Lawrence' Mutter einen Campingausflug in die Wildnis bei Twin Lakes im Pike County, Pennsylvania. Gut zwei Dutzend junge Männer und Frauen waren eingeladen, begleitet von Mrs. Lawrence selbst und zwei weiteren Frauen, die als Anstandsdamen und Köchinnen fungierten; Tag und Nacht, den ganzen August hindurch, gab es Sport und Spiel, Musik und Schabernack ohne Ende. Linson stieß in der ersten Woche dazu und berichtete später: «Steve war vergnügt wie ein Fohlen auf der Weide. Die Freiheit der Wildnis und der jugendliche Übermut beim Sport zu Lande und zu Wasser waren wie Medizin für ihn. Dreimal täglich speisten wir an einem langen Tisch – im Stehen wie die Tiere, die wir waren. Abends versammelten wir uns im orangeroten Schein eines großen Lagerfeuers, hockten auf Ästen und Baumstämmen, und Stephen klimperte, an einen Baum gelehnt, auf einer Gitarre.» Von Linson stammt auch der einzige bekannte Bericht über Cranes Betätigung als Baseballspieler, nachdem er das College verlassen hatte:

> Eines Nachmittags wurde mir vor Augen geführt, dass Stephen trotz seiner schmächtigen Gestalt kein Schwächling war. Wir spielten Baseball. Er stand hinter dem Batter. Ich brachte einen Homerun am dritten Base vorbei nach Hause und hatte es ziemlich eilig. Aber aus Unachtsamkeit hatte ich den Ball nicht an mir vorbeisegeln sehen, und plötzlich hatte Steve ihn gefangen. Mir war, als wäre ich an eine Wand gelaufen. «Tut mir leid, CK, du bist raus.» Ganz lässig, aber wirkungsvoll. Ich war tatsächlich raus.

Unter Twin-Lakes-Campern war es Tradition, irgendein Andenken an die dort verbrachte Zeit zu produzieren – ein Foto, ein lustiges Gedicht oder was ihnen sonst so einfiel. 1894 übernahm Crane, zusammen mit seinem Freund Louis Senger, die anspruchsvolle Aufgabe, eine komplette Nummer einer fiktiven, vier Seiten umfassenden Zeitung zu schreiben, die dann auch, sobald die Camper Twin Lakes verlassen hatten, von der Druckerei der *Port Jervis Union* hergestellt wurde. Es ist nicht klar, ob die beiden schon während ihres

Aufenthalts in Twin Lakes daran geschrieben haben oder erst in aller Eile nach ihrer Rückkehr nach Port Jervis, wie man aus Linsons Bemerkungen schließen könnte: «Steve und Lou redigierten dieses einzigartige Stück Literatur eine lustige Nacht lang in Sengers Haus. Ich schlief derweil etwa zwei Stunden in einem Nebenzimmer.»

Egal wie es zustande kam, das Ergebnis ist in der Tat sehr lustig. Als Beteiligter an dem Unternehmen berichtete die *Union* stolz über diese Einmal-Zeitung und lobte Crane für seine gute Arbeit:

> Das «Puzzle» ist von Anfang bis Ende das Werk des ingeniösen Mr. Crane, der gesamte Inhalt, einschließlich Meinungsbeiträgen, Kleinanzeigen, Korrespondentenmeldungen, Reklameartikeln und Lobhudeleien, stammt von ihm ... Die eindeutige Absicht des Herausgebers, seine Zunftgenossen mit klugem Witz, Ironie und Satire auf den Arm zu nehmen (ohne sich dabei selbst zu schonen), ist mit dieser geistvollen Burleske jedenfalls erreicht.

Vierspaltig gedruckt auf vier großformatigen Zeitungsseiten, gesetzt in einer winzigen Type, die sich am besten mit einer Lupe lesen lässt, umfasst das *Puzzle* in Band VIII der *Collected Works* knapp achtundzwanzig Seiten. Unter dem Datum vom 28. August 1894 und dem Titelkopf des *Pike County Puzzle* prangt das (von Senger beigesteuerte) inspirierende Motto der Zeitung: «HSTR WTH XZOASCVAR», und in den zahlreichen Artikeln und Albereien werden fast alle durch den Kakao gezogen, fast alle bekommen einen Spitznamen (Wicked Wickham, Stormy Tubbs, Ravenous Pierce), und Crane selbst, der Pfannkuchenliebhaber, bekannt als Pan-Cake-Pete, wird unter der Überschrift «GRAND CONCERT» zu Signor Pancako Peti:

> Signor Peti brach seine Stimme übers Knie, verband sie schlicht mit einem seidenen Taschentüchlein und sang mit viel Gefühl: «Gebt mir meinen Whiskey-Punsch». Sodann nahm er sie vor aller Augen zwischen Daumen und Zeigefinger und ließ sie presto verschwinden. Mit offenem Mund staunte die Menge, als der Signore, durch den Mittelgang wandelnd, schelmisch lachend seine Stimme aus der linken Westentasche von Ontario Bradfield zog. Ein Kunststück nach dem anderen vollführte so der Signore auf seine umwerfend italienische Art, und als der Vorhang sich zum letzten Mal senkte, war man einhellig der Meinung, noch nie im Leben einen so amüsanten, vergnüglichen und katastrophalen Abend genossen zu haben wie diesen.

In diesem Ton geht es munter weiter, wobei die komischsten Passagen an den höheren Blödsinn eines Lewis Carroll oder S.J. Perelman erinnern, die wildesten mit ihren verquirlten Abstrusitäten eher an Dada oder die Zeitschrift *Mad*, und die weniger originellen an den augenzwinkernden Sarkasmus komisch sein wollender Collegezeitungen. Letztendlich ruft das *Puzzle* uns nachdrücklich in Erinnerung, wie jung Crane im Sommer 1894 noch war, denn trotz allem, was er in den wenigen Jahren zuvor geleistet hatte: Er wäre, hätte er in Syracuse zu Ende studiert, erst kurz vor diesem Sommerurlaub im Pike County mit dem Examen fertig geworden.

Die reizvollsten Stellen in dieser Flut anarchistischen Überschwangs sind die, wo Crane sich – insbesondere seine eigene Ernsthaftigkeit – selbst auf die Schippe nimmt. Unter der Überschrift Unfall steht die lapidare Meldung: «Als Stephen Crane die kurze Strickleiter erklomm, die an der rechten Flanke des wolkenverhangenen Gipfels seiner Gedanken emporführt, stürzte er ab und zog sich schwere Verletzungen zu.» Später, in einer Ratgeberkolumne voller Fragen wie «Empfehlen Sie Mixgetränke?», «Haben Sie jemals meine Tischmanieren bemerkt?» oder «Würden Sie mir raten, so freigiebig zu lächeln?» stellt Stephen Crane selbst eine Frage: «Was kann ich mit meiner Stimme anfangen?» Antwort: «Im Frühling, Stephen, können Sie damit pflügen, aber wenn der Mais reift, werden Sie Beschäftigung in den Sandsteinbrüchen suchen müssen. Uns sind auch Stimmen wie die Ihre bekannt, die erfolgreich als Mostpressen Verwendung finden.»

Je wahnwitziger die kleinen Texte, desto vergnüglicher sind sie zu lesen: «Als Mr. S. Energetic Brinson sich mit dem Rasenmäher sanft über den Bart fuhr, verfing sich ein Schneidblatt in seinen Zügen und beeinträchtigte dieselben so sehr, dass ... seine Schwester, Miss Charlotte Montague Brinson, die wunderbare Imitatorin von Geschäftigkeit, in Ohnmacht fiel und Lähmungen an beiden Armen erlitt. Dem Vernehmen nach wird sie vier Jahre lang kein Geschirr abwaschen können.»

Und doch, zur selben Zeit (um es wieder einmal zu sagen), inmitten dieser umfassenden Belustigung, brütete Crane auch über seinen Gedichten. Das Manuskript von *The Black Riders* lag seit einiger Zeit im Bostoner Haus von Copeland and Day – entweder hatte Barry es dorthin geschickt, oder Crane auf Barrys Anraten –, und Crane hatte noch immer keine Rückmeldung, ob sie es veröffentlichen wollten oder nicht. Am oder um den 23. August, noch von Twin Lakes aus, schrieb er besorgt nach Boston:

> *Sehr geehrte Herren: —*
> *Ich würde von Ihnen gern etwas zu meinen Gedichten hören. Ich möchte sie bis zum Frühherbst untergebracht sehen und habe schon länger nichts mehr von Ihnen gehört. Was Ihre Absichten betrifft, bin ich im Dunkeln.*
> *Hochachtungsvoll*
> *Stephen Crane*

Die Antwort muss umgehend gekommen sein, da Crane schon am 9. September aus Hartford zurückschreibt – alles andere als erfreut. Vergessen wir nicht, McClure quälte ihn nun schon seit fünf Monaten mit seiner Weigerung, sich auf den Kriegsroman festzulegen, und entsprechend groß war Cranes Enttäuschung. Copeland and Day hatten in ihrem Brief eine Reihe von Änderungen und Streichungen verlangt, und Mr. Funny-Bones vom *Pike County Puzzle*, der zugleich der Verfasser von *The Black Riders* war, machte aus seiner Verärgerung keinen Hehl:

> *Sehr geehrte Herren: — Wir sind uns in zahlreichen Punkten nicht einig. Zum Ersten möchte ich meine Gedichte ohne die vielen, die Sie mit «Nein» markiert haben, auf keinen Fall im Druck erscheinen sehen. Mir scheint, Sie nehmen dem Buch damit jeden sittlichen Sinn. Auch das Anarchische, mag sein. Aber eben auf das Anarchische lege ich besonderen Wert. Aus den Gedichten, die Sie behalten wollen, können Sie vielleicht so etwas wie «ein hübsches Bändchen Gedichte von Stephen Crane» fabrizieren, aber das würde mich nicht zufriedenstellen. Wo immer ich mich auf Gott beziehe, setzen Sie die Schere an. Aber ohne diese Gedichte lasse ich mein Buch nicht drucken. Einige, die ich hier beilege, können von mir aus entfallen. Was die anderen betrifft, kann ich im Buch nicht auf sie verzichten.*
> *Zum Zweiten äußern Sie den Wunsch, ich solle noch ein paar Dutzend mehr schreiben. Das ist mir vollkommen unmöglich. Wir sollten zu einer Einigung kommen über die, die geschrieben sind. Sollten Sie dem nicht folgen können, hätte ich nichts dagegen, wenn Sie die zurückgehaltenen Verse an die beiliegende Adresse schicken würden. In alter Verbundenheit*
> *Hochachtungsvoll*
> *Stephen Crane*

Er war zu der Zeit noch ein Niemand, aber diese herrlich maliziösen Zeilen zur Verteidigung seiner sittlichen und ästhetischen Einstellung – das *Anarchische*, die Energie, die rabiate Geringschätzung alles dessen, was man «hübsch» nennt – machen deutlich, sosehr ihm daran lag, sein Werk gedruckt zu sehen, war er bereit, auf die Veröffentlichung zu verzichten, wenn der Verlag sein Werk in Frage zu stellen wagte. Gut für ihn, aber auch gut für Copeland and Day, dass sie an ihm festhielten und das Projekt verwirklichten. Sieben Gedichte wurden schließlich (mit Cranes Zustimmung) gestrichen, doch ihr Fehlen nimmt dem Anarchischen, das *The Black Riders* durchzieht, sobald die Reiter aus dem Meer auftauchen und ihren wilden Ritt durch die Welt antreten, nicht das Geringste.

An einem Tag achtundzwanzig Seiten lang Witze reißen, und dann, zwölf Tage später, wenn man sich in die Ecke gedrängt fühlt, die Boxhandschuhe anziehen und losschlagen. Für einen, der selten zuschlug, war die Rechte des kleinen Mannes erstaunlich kräftig.

19

Was als Nächstes geschieht, wissen wir bereits. Mitte September kehrt Crane nach New York zurück und setzt seine freiberufliche Tätigkeit für die *Press* fort. Im Oktober bringt Marshall ihn mit Irving Bacheller in Kontakt, in dessen Zeitungssyndikat eine gekürzte Fassung von *Red Badge* als Fortsetzungsroman erscheinen soll. Im November beendet er *George's Mother.* Nachdem Anfang Dezember die gekürzte Fassung in einem Dutzend Zeitungen überall im Land erschienen ist, gibt er *Red Badge* an Ripley Hitchcock weiter, und schließlich wird das Buch von D. Appleton and Company zur Veröffentlichung angenommen. Unterdessen erteilt Bacheller ihm den Auftrag, als Reporter für sein Syndikat eine ausgedehnte Tour durch den Westen und Süden bis hinunter nach Mexiko zu unternehmen, und während Crane Ende Januar 1895 seine Sachen packt und sich anschickt, über Philadelphia und St. Louis nach Nebraska zu reisen, möchte ich kurz innehalten und ausführlicher auf einige Punkte eingehen, die bisher nur gestreift wurden (siehe Seite 105). Dazu bedarf es eines genaueren Blicks auf Cranes Persönlichkeit, und es soll eine möglichst klare Antwort auf die Frage gefunden werden, was er eigentlich sah, wenn er mit sich allein war, wenn er einen Schritt zurücktrat und sich selbst betrachtete.

Der Blick auf Andere. Beginnen wir mit Cranes Brief an seinen Freund Tommie Borland von 1892, wo er schreibt: «Ich – Ich finde schwarz ganz gut – wenn – wenn es hell und jung ist.» Hier spielt sich erstaunlich viel zur selben Zeit ab. Nicht nur klingt Crane schuldbewusst («Die nächsten Zeilen solltest Du flüsternd lesen», und er verklickert seinem jüngeren, ehrfürchtigen Freund nicht einfach «die Grundlagen dessen, wie Männer und Frauen miteinander umgehen», sondern legt dabei eine rassistische Einstellung gegenüber Schwarzen an den Tag (schwarz ist gut, solange es nicht allzu schwarz ist) und wertet im selben Atemzug Frauen ab, indem er sie auf nichts mehr als Gegenstände männlichen sexuellen Begehrens reduziert. Crane war zwanzig, als er das schrieb, und selbst wenn man ihm jugendliche Aufschneiderei zugutehält, ergeben sich schwerwiegende Fragen dazu, wer er war und wie er die Menschen sah, die er als anders als sich selbst wahrnahm, und das waren nicht nur Schwarze, sondern auch amerikanische Indianer, Inder, Chinesen, Mexikaner und alle weißen europäischen Einwanderer, die nicht englischsprachige Protestanten waren, insbesondere die, die im New York der 1890er am meisten in Erscheinung traten: Iren, Italiener und Juden. Als Künstler war Crane seiner Zeit voraus, als Mensch hingegen war er genauso sehr ein Kind seiner Zeit wie jeder andere weiße angelsächsische Protestant, und in jener Epoche – geprägt von Jim Crow und *Plessy v. Ferguson*, dem Chinese Exclusion Act, dem massiven Widerstand gegen Einwanderung aus Süd- und Osteuropa (angeführt vom JOUAM), weitverbreitetem Antisemitismus und dem letzten Feldzug der amerikanischen Kavallerie gegen die Indianer – sticht Crane durchaus als im Wesentlichen toleranter und egalitärer Angehöriger seiner Klasse hervor, aber nicht einmal er war gänzlich immun gegen Ressentiments und tiefsitzende Stammesvorurteile, und hier und da zeigen sich diese ethnischen Antagonismen auch in seinem Werk, am deutlichsten in einem frühen, unveröffentlichten Stück, geschrieben wahrscheinlich 1891 während seines Semesters in Syracuse: «Greed Rampant» («Zügellose Gier»), das mich bei der ersten Lektüre geradezu schockiert hat.

Der Sketch spielt in Paradise, New Jersey, als Zeitpunkt des Geschehens wird «am Ende» angegeben; Akteure sind unter anderem Mr. John P. St. Peter, ein «Haufen Nichtjuden» und ein «Judenmob». Mr. St. Peter döst auf einer kleinen Kiste vor dem Haupteingang zu seinem Theatersaal in Paradise, New Jersey. Ein Lärmen «lauter Stimmen, ein Gemisch aus Zorn, Debatten, Streit, Gezänk, Gezeter und wütend scharrenden Füßen» lässt sich von draußen vernehmen, und schon stürmt der Judenmob herein, «dreizehn Tuchhändler», «zwei Dutzend Pfandleiher» und etliche ungenannte andere. Nach einigem Geschiebe und Gedränge nehmen sie endlich in den vorderen Sitzreihen Platz. Als Nächste kommen die Nichtjuden, «friedlich und gesittet», und als sie sehen, dass alle guten Plätze von Juden besetzt sind, dass «die ersten Reihen eine wimmelnde Masse großer Nasen und Diamanten» ist, sind sie «bekümmert». Einer von ihnen, beschrieben als «bedächtig», entwickelt schließlich einen Plan. Er nimmt einen Füllfederhalter aus der Tasche, schreibt etwas auf ein herumliegendes Stück Stoff, befestigt es an einem Spazierstock und marschiert mit diesem Panier durch den Saal: «RESTPOSTEN. RESTPOSTEN. ZU HABEN IN SHEOL MAY COUNTY, NEW JERSEY. Ausverkauf zu 2 Prozent vom Einkaufspreis». Die Juden beißen sofort an, eine «Lawine von Schnäppchenjägern» strömt aus dem Saal, und die Nichtjuden rücken nach und besetzen die guten Plätze.

Unmöglich zu wissen, was Crane veranlasste, diese Farce zu schreiben, oder welches Publikum er damit amüsieren wollte, aber ich kann mir kaum vorstellen, dass irgendwer außer den eingefleischtesten Antisemiten darüber lachen kann. Crane war jung, aber nicht so jung, als dass er nicht gewusst hätte, was er da tat, und doch schrieb er diesen kläglichen Unsinn auf und war sogar so zufrieden damit, dass er das Manuskript abtippen ließ – womöglich mit dem Gedanken, es irgendwo zu veröffentlichen. Das einzig Gute, was ich zu «Greed Rampant» sagen kann: Ein Glück für Crane, dass es, bis es siebzig Jahre später im Archiv der University of Virginia landete, nie an die Öffentlichkeit kam.

Das war 1891. Am 26. Juli 1896 erschien in der *World* ein Artikel von Howells, der Cranes *Maggie* mit dem eben erschienenen *Yekl: A Tale of New York Ghetto* des jüdischen Autors Abraham Cahan verglich. Howells schreibt, «beide Autoren überzeugen uns davon, die Wahrheit zu sagen», und er sei sicher, «dass wir in ihm [Cahan] einen zugewanderten Schriftsteller haben, welcher der amerikanischen Literatur Ehre machen wird»[34]. Am 15. August schrieb Crane an Howells, dankte ihm zunächst für die freundlichen Bemerkungen zu seinem Buch und fuhr dann fort: «Ich würde Mr. Cahan gern

■ 34 Abraham Cahan (1860–1951) stammte aus Litauen und kam 1882 nach New York. Als sozialistischer und zweisprachiger Autor war er sechsundvierzig Jahre lang Herausgeber des jiddischsprachigen *Jewish Daily Forward* und Artikelschreiber für zahlreiche englischsprachige Tageszeitungen, u. a. die *New York Press* und die *New York Sun*. Sein bekanntester Roman ist *The Rise of David Levinsky* (1917).

kennenlernen. Ich lese gerade sein Buch und frage mich, wie um Himmels willen er so gut schreiben gelernt hat.» Schwerlich die Worte eines Mannes, der etwas gegen Juden hatte, und als Crane und Cahan sich zehn Tage darauf in Howells' Sommerhaus in Far Rockaway trafen, war Cahan so beeindruckt von der Begegnung, dass er noch zweiunddreißig Jahre später in seinen Memoiren darüber berichtete. Er schreibt von Cranes schmächtiger Gestalt und «intelligenter Erscheinung» und fügt hinzu, «selten spiegelt sich das Talent eines begabten Menschen in seinem Gesicht. Bei Crane zeigte sich das Talent in seinem ganzen Wesen.»

Crane ging also, wie hieraus zu ersehen, Juden zumindest nicht grundsätzlich aus dem Weg. Er bewunderte Cahans Schriften und begrüßte nicht nur die Möglichkeit, den Autor von *Yekl* kennenlernen zu dürfen, sondern führte die Begegnung selbst herbei, indem er Howells kontaktierte und um Cahans Adresse bat. Sollten wir «Greed Rampant» daher als jugendliche Verirrung betrachten und die Sache ad acta legen? Ich finde schon, aber nicht gänzlich. Cahan bedeutete Crane etwas als bemerkenswerter Schriftstellerkollege, als ein Mann, der Respekt verdiente, doch es bleibt dabei, dass die wenigen Juden, die in Cranes Werk auftauchen, allesamt nach den ethnischen Stereotypen seiner Epoche gestaltet sind. Juden sind entweder Pfandleiher oder Schneider, so wie Italiener entweder Obsthändler oder Musiker sind (z. B. Signor Pancako Peti). In Asbury Park gibt es die «braunhäutigen Söhne Indiens» und den «selbstbeherrschten Chinesen», während die Chinesen in seinen New Yorker Schriften recht blasse Erscheinungen bleiben und höchstens flüchtig Erwähnung finden, wie etwa, wenn Maggies Bruder verhaftet wird, «weil er einen Chinesen angefallen hat». Die Iren in den Mietskasernen werden durchweg als Säufer dargestellt (Maggies Eltern), doch als Crane 1897 nach Irland reiste, begann er genauer hinzusehen, und seine Vorstellungen änderten sich, was eine Reihe kurzer, sehr einfühlsamer Artikel über das Leben in den irischen Dörfern an der Südküste zeitigte. Soll heißen, meistens schaute er nicht hin, und falls er – aus dem einen oder anderen Grund – doch einmal hinschaute, zog er sich auf die für die Weltsicht der weißen Protestanten maßgeblichen Vorurteile zurück. Liest man seine veröffentlichten Werke und Briefe, wird allerdings deutlich, dass er sich selten über den Tellerrand dieser protestantischen Welt hinausbewegte und dass er sich, wie ich es nennen möchte, einer gewissen *Denkfaulheit* hingab, wenn es um diejenigen ging, die außerhalb des Tellerrandes lebten, in seinem Werk aber so extrem selten vorkommen, dass es vernachlässigt werden kann; statistisch spielt es jedenfalls keine Rolle. Jenseits seiner Schriften, im Strom des Alltagslebens, schwadronierte er nicht über Juden, Italiener oder andere. Soweit ich das beurteilen kann, beschäftigte ihn dieses Thema so gut wie nie.

Cranes Vorfahren hatten im Revolutionskrieg gegen die indianischen Verbündeten der Briten gekämpft, und denkt man an Cranes Leidenschaft für die Geschichte seiner Familie, dürften Indianer ihn viel mehr interessiert haben als die Einwanderer, denen er in New York auf Schritt und Tritt begegnete. Drei Skizzen aus dem Sullivan-County-Zyklus (1891–92) und drei in den letzten Jahren seines Lebens geschriebene Erzählungen («Tales of the Wyoming Valley», 1899) beschäftigen sich direkt mit Indianern, aber alle spielen in der Vergangenheit, hauptsächlich Ende des 18. Jahrhunderts, und geben wenig Auskunft über Cranes Einstellung zu den Indianern seiner Gegenwart.[35] An diesem Punkt der amerika-

■ 35 «The Battle of Forty Fort», «The Surrender of Forty Fort» und «‹Ol'Bennet› and the Indians» speisten sich aus Cranes Lektüre eines Buches aus der Feder seines Großvaters mütterlicherseits, Reverend George Peck, erschienen 1858: *Wyoming: Its History, Stirring Incidents, and Romantic Adventures*. Eine der Illustrationen darin stammte von Cranes Mutter, und Crane selbst besaß zwei Exemplare des Buches, von denen er sich sein Leben lang nicht trennte. Die nachgestellten Massaker und Szenen aus dem Revolutionskrieg, die der sechsjährige Crane und seine Mutter im Juli 1878 anlässlich der WCTU-Ver-

nischen Geschichte – nach dem Massaker bei Wounded Knee im Dezember 1890 – sollte man sich ins Gedächtnis rufen, dass der angeblich so kluge und offenherzige William Dean Howells, der als Verfasser der Geschichte von Abraham Lincolns 1860er Wahlkampf erstmals zu landesweiter Berühmtheit gelangte, nur einen Monat nach Wounded Knee öffentlich im Druck verlauten lassen konnte, die Sioux seien «Schlächter» und die Cheyenne «schwachsinnige Mordgesellen», und er sehne den Tag herbei, da die Indianer vom Rest der amerikanischen Bevölkerung «abgesondert» würden. Solche Meinungen waren unter Weißen im ganzen Land noch sehr verbreitet, nicht nur in der Unterschicht, sondern auch bei Intellektuellen. Mag sein, dass Cranes Gedanken zu diesem Thema ein wenig nuancierter und fundierter waren, aber ganz eindeutig waren sie jedenfalls nicht.

Im Herbst 1896, keinen Monat bevor Crane, auf dem Weg nach Kuba, nach Florida ging und sein Leben in New York für immer hinter sich ließ, verdrückte er sich wegen der leidigen Affäre um Dora Clark nach Cambridge, Massachusetts, von wo er für das *New York Journal* an zwei aufeinanderfolgenden Wochenenden über Footballspiele der Harvard-Mannschaft berichtete. Das erste wurde am 31. Oktober ausgetragen – Harvard gegen das Team der Carlisle Indian Industrial School in Pennsylvania, gegründet siebzehn Jahre zuvor von Captain Richard Pratt von der United States Army und die erste von mehreren rein indianischen Schulen im Land, die Pratts Lehre «Tötet den Indianer: Rettet den Menschen»

sammlung im Wyoming Valley miterlebten (wo er mit Bier und Zigaretten Bekanntschaft machte), waren das Vorbild für seine Erzählungen von 1899. Und es geht noch tiefer in die Familiengeschichte hinein: Die Hauptquelle für Cranes Quelle (das Buch seines Großvaters) war nämlich ein unveröffentlichtes Journal von Martha (Bennet) Myers, der Schwiegermutter von Cranes Großvater, Tochter von Thomas Bennet, dem barschen, rechthaberischen Ol'Bennet dieser Erzählungen und – um den Knoten der Familienbande noch fester zu zurren – Cranes Ururgroßvater.

in die Praxis umsetzten. Wie Pratt schrieb: «Ein großer General hat einmal gesagt, der einzig gute Indianer ist ein toter Indianer. Dem stimme ich insofern zu, als alles Indianische, das dieser Rasse eigen ist, tot sein sollte.» Bei diesem hirnrissigen Versuch, die amerikanischen Ureinwohner zu waschechten Bürgern der Republik zu machen, indem man ihnen jegliche Verbindung zu ihren Vorfahren abschnitt, hielt man die Schüler unter anderem dazu an, sich am modernen Sport zu beteiligen, und schon bald waren sie im Football kaum zu schlagen.[36] Das Team, über das Crane 1896 berichtete, war eine nationale Spitzenmannschaft und lief an jenem Samstag in Cambridge als Favorit gegen Harvard auf. Crane räumt schon im ersten Absatz seines Artikels ein: «Alle waren sich einig, dass die Indianer dieses Spiel gewinnen würden. Das Harvard-Team sei ein lahmer Haufen, die Aborigines unschlagbar.»

Aborigines. Es ist unklar, wie viel Ironie in Cranes Verwendung dieses Wortes steckt, das man ohne weiteres als rassistische Beleidung auffassen kann, doch ob er aus seiner eigenen Sicht schreibt oder lediglich die Ausdrucksweise der anti-indianischen Mehrheit (Howells und all die anderen) nachäfft, ist diesen ersten Sätzen des Artikels noch nicht anzumerken. Cranes spöttische Ader war bekannt, ebenso seine sarkastischen Ausfälle gegen weiße Millionäre, gutbürgerliche Urlauber in Asbury Park, watschelnde Demonstranten der nativistischen Arbeiterklasse, profitgierige Kohlemakler und zahlreiche andere, deren Sprache und Gedankenmuster er kopierte, um sie als Heuchler entlarven zu können, ohne sie direkt beim Namen zu nennen. Im zweiten Absatz von «Harvard University Against the Carlisle Indians» werden seine Absichten gar noch unklarer:

■ 36 Jim Thorpe, Carlisles bekanntester Schüler – Goldmedaillengewinner im olympischen Zehnkampf, Profi-Baseballspieler, Profi-Footballstar –, wird weithin als größter Allround-Sportler der amerikanischen Geschichte angesehen.

> Fünfzehntausend Zuschauer erwartete eine Überraschung. Sie sollten Zeuge werden, wie der rote Mann, beladen mit Erinnerungen an vier Jahrhunderte der Unterdrückung und Demütigung und düsteren Aussichten auf seine mögliche Auslöschung, aus seinen Prärien hervorkommt und es dennoch fertigbringt, die weißen Krieger in ihrem Lieblingssport zur Schnecke zu machen.

Crane berichtet nicht bloß von einem Footballspiel, sondern von einem Zusammenprall der Zivilisationen. Der geschwollene Stil verweist wieder einmal auf Spott, Ironie und zwei- oder gar dreischneidiges Denken, aber wie steht Crane selbst denn nun zu diesem Thema? Schwer zu sagen. Nach einer Lesart scheint er um die Demütigungen und Misshandlungen zu wissen, unter denen die Indianer zu leiden hatten, seit weiße Männer in ihr Land eingedrungen waren. Eine andere Lesart stellt die erste auf den Kopf und scheint sich über diese leidvolle Geschichte lustig zu machen: Die Indianer haben den Krieg verloren und ihre Auslöschung vor Augen, und Rache dafür können sie nur symbolisch nehmen – indem sie den weißen Mann in seinem Lieblingssport schlagen –, was die ganze bittere Vergangenheit der Indianer mehr als verharmlost. Ist *roter Mann* negativ, positiv oder neutral gemeint? Je nachdem wie man den Absatz liest, kann es alles davon sein.

Im vierten Absatz schwillt der spöttische Ton zu pseudoromantischem Bombast, und man gewinnt den Eindruck, die eigene Haltung sei Crane im Grunde gleichgültig. Er war nach Massachusetts gekommen, um seinen Schwierigkeiten aus dem Weg zu gehen, und angesichts des gigantischen Ärgers, der ihn in New York erwartete und sich mit Sicherheit störend auf seine gewohnte Konzentration auswirkte, verliert er den Bezug zu dem, was er eigentlich sagen will – vorausgesetzt, er hatte überhaupt eine Vorstellung davon.

> Wie hätte sich der alte Geronimo amüsiert! Aus Sicht der Krieger war die Sache klar: «Sie haben uns einen Kontinent gestohlen, einen weiten, weiten Kontinent, der uns gehörte, und in letzter Zeit haben sie uns auch noch etliche Touchdowns gestohlen, die ebenfalls uns gehörten ... Wenn wir Knochen und Sehnen opfern müssen, um die Sache zu bereinigen, dann lasst uns das Opfer bringen, und wer weiß, ob nicht eines Tages der Rauch unserer Lagerfeuer sachte an die baumelnden Skalps unserer Feinde weht.»

Der Rest des Artikels jagt ziellos hin und her. Im fünften Absatz erzählt Crane von einem Treffen mit dem Carlisle-Team vor dem Spiel im Hotel und hebt hervor, wie ruhig sie waren und dass sie kaum miteinander sprachen, als sie da in ihrer blauroten Spielkleidung saßen: «Sie gaben sich bemerkenswert bescheiden. Sie waren wie Kinder, überaus gut erzogene und fügsame Kinder. Es bedurfte genauer Beobachtung, in ihren gelassenen Mienen die Entschlossenheit zu erkennen, die sie später so eindrucksvoll an den Tag legten.» Den Namen der Spieler beider Mannschaften folgt ein ausführlicher Bericht über das Spiel selbst, das nach spannendem Verlauf mit einem knappen Sieg des Harvard-Teams endete. Meist nennt er die Teams bei ihren Schulnamen (Harvard, Carlisle) oder Spitznamen (Crimson, Indians), aber er kann auch anders: «die aboriginale 15-Yard-Linie», «die edlen Roten» und «schlichten Wilden». Wieder ist schwer zu entscheiden, ob er diese Attribute spöttisch meint oder nur dem allgemeinen Sprachgebrauch seiner Zeit entlehnt, aber das Wort «schlicht» bedeutete für ihn vermutlich etwas ganz anderes als für uns heute. Einige Monate zuvor hatte er in seinem autobiographischen Brief an John Northern Hilliard seinen Vater als «großartigen, feinen, schlichten Geist» bezeichnet. Er stellte seinen Vater nicht als dumm dar. Im Gegenteil, er wollte auf etwas hinaus wie «Reinheit» oder «felsenfeste innere Stärke». Eine ähnlich geartete Bewunderung scheint er für das Carlisle-Team empfunden zu haben, aber statt ganz beim Spielgeschehen und der Leistung der Spieler zu bleiben, konnte er sich nicht enthalten, in diese bizarren, quasihumorigen Bemerkungen über die Geschichte der Indianer und ihre möglichen Rachegelüste abzuschweifen: stilistische Rohrkrepierer, eindeutig schlechter Geschmack, aber nicht boshaft – einfach nur unbedacht und daneben. Crane hatte nichts gegen Leute, die anders waren als er selbst. Er verstand sie einfach nicht, und statt sich die Mühe zu machen, sich in ihr Denken einzufühlen oder die Welt mit ihren Augen zu sehen, trat er einen Schritt zurück und beobachtete nur – entweder gleichgültig (Einwanderer) oder fasziniert (Indianer), aber fast immer mit dem Gefühl, der Mensch, den er da betrachtete, sei ihm fremd, ein unergründlicher anderer. Und so endet sein erster und vorletzter Versuch, über Football zu schreiben: «Nach dem Spiel verschwanden die Indians mit all ihrer alten Teilnahmslosigkeit in der Dämmerung.» Aber warum? Diese Frage stellt sich Crane nicht.

Seine Eltern hatten in Port Jervis zwei Schulen für Schwarze – Männer, Frauen und Kinder – geleitet, und folglich waren Schwarze ihm von allen anderen am Tellerrand seiner Kindheit am wenigsten fremd, ja er fühlte sich in ihrer Nähe so wohl, dass er nichts gegen Sex mit schwarzen Frauen hatte («Ich – Ich finde schwarz ganz gut») und in den Erzählungen, die er während der letzten drei Jahre seines Lebens schrieb (*The Monster* und *Whilomville Stories*), eine Reihe großartiger schwarzer Figuren auftreten ließ. Und doch, trotz seiner demokratischen und menschenfreundlichen Anwandlungen blieben Schwarze für Crane die anderen, nie konnte er sich ganz von den rassischen Klischees befreien, die damals in der Kultur des weißen Amerika vorherrschten und noch heute weit verbreitet sind.

Cranes blinder Fleck lässt sich gut an seiner letzten Zeitungsskizze über New York veranschaulichen. Als sie am 20. Dezember 1896 in den Zeitungen von Bachellers Syndikat erschien, war Crane bereits seit über drei Wochen in Florida. Der Schlagzeile «STEPHEN CRANE IN MINETTA LANE» (Beleg für die enorme Berühmtheit, die er mit *The Red Badge of Courage* erlangt hatte) folgten in den Zeitungen des Syndikats verschiedene Untertitel, besonders blumig die in der *Galveston Daily News*: «Stephen Crane über eine der berüchtigtsten Straßen/von New York City//DAS SCHLIMMSTE ÜBERSTANDEN//Jedoch viele Übeltäter unter den Bewohnern/Das berühmte Refugium von Mammy Ross».

Nachdem die Holländer Mitte des 17. Jahrhunderts «teilweise befreiten» Sklaven erlaubt hatten, dort Landwirtschaft zu betreiben, wurde Minetta Lane, eine schmale Gasse zwischen Sixth Avenue und MacDougal Street, zum Zentrum schwarzen Lebens in New York. «Mannetta» hieß der Bach, der dort floss, bis er Anfang des 19. Jahrhunderts abgedeckt wurde, was in der Sprache der Algonquin «Geistwasser» oder «Dämonenwasser» bedeutet; 1827, nach Abschaffung der Sklaverei in New York, wurde die Gegend mit ihren rund vierzehntausend Bewohnern als Little Africa bekannt. Im Lauf der Jahre erwarb sie sich den Ruf als eins der gefährlichsten, von Kriminalität geplagten Viertel von Manhattan. Crane wusste das natürlich, und mit seinem verblüffenden Talent, alles Neue rasch aufzunehmen, streifte er dort umher und sammelte Geschichten über die Verbrecher, die dort zugange gewesen waren, bevor die Polizei mit ihnen aufräumte; hier notierte er die Heldentaten von Gestalten wie Bloodthirsty, No-Toe Charley, Black-Cat und Guinea Johnson, spürte darüber hinaus drei alte Überlebende der schlechten alten Zeiten auf – Mammy Ross, Pop Babcock und Hank Anderson – und brachte sie dazu, ihm von ihrer Vergangenheit zu erzählen. Ergebnis ist ein virtuos geschriebener Artikel, der jedoch bei allem Mitgefühl für die Geschilderten ganz und gar nicht frei ist von herablassenden rassistischen Bemerkungen. Aus dem ersten Absatz:

> Wer sich damals in der Minetta Lane einen Ruf erwerben wollte, musste viele furchtbare Verbrechen begehen, und niemand war berühmter und einflussreicher als einer, der einen ordentlichen Mord auf seinem Konto hatte. Die meisten Einwohner waren Neger, und zwar die schlimmsten Vertreter ihrer Rasse. Sie konnten vom Morden nicht lassen, und jede Nacht färbte sich das unebene Pflaster mit Blut.

Wären weiße Kriminelle sein Thema gewesen, hätte Crane kein Wort über ihre Rasse verloren oder allenfalls eine Formulierung wie «die schlimmsten Vertreter der Menschheit» benutzt, aber Schwarze können eben nicht als Vertreter der Menschheit gesehen werden. Sie vertreten nur sich selbst – und sie sind eine Rasse für sich, auf ewig verbannt aus dem Reich des Allgemeinen, das allein Weißen vorbehalten ist. Bloodthirsty, einen Mann, der immer noch auf freiem Fuß ist und wegen Mordes gesucht wird, beschreibt Crane als «großen, sehr hässlichen Neger», der «beim Augenrollen zur Unzeit das Weiße sehen lässt». Auf seinen Sauftouren, bevor er aus der Minetta Lane verschwand, «schwärmte Bloodthirsty so drastisch von Blut, dass selbst die an alles gewöhnte Wolle der alten Haudegen zu Berge stand». Etwas später wird der elegante Hank Anderson als «Leitstern der dunklen Aristokratie des Viertels» bezeichnet. «Wolle», «dunkel» und «Augenrollen» waren bis weit ins 20. Jahrhundert hinein gebräuchliche Ausdrücke und werden auch heute noch verstanden: kleine, beleidigende Charakterisierungen, die von einem tiefsitzenden, oft unbewussten Vorurteil Weißer gegen Schwarze zeugen, und ich habe meine Zweifel, ob Crane je auch nur der Gedanke kam, dass Klischees dieser Art verletzen können. Man möchte ihm diese Entgleisungen verzeihen, zumal der Artikel ansonsten nichts von solchen Tendenzen erkennen lässt, nur dass er leider im letzten Absatz zum größten und beleidigendsten aller Klischees greift und uns auf der Bühne einer abgeschmackten Minstrel-Show verabschiedet.

> Aber sie sind glücklich in diesem Zustand, diese Leute. Die außerordentlichste Eigenschaft des Negers ist seine ungeheure Fähigkeit, auch unter den widrigsten Umständen glücklich zu sein. In der Minetta Lane herrschen Armut und Sünde, doch diese Mächte können sein breites Lächeln nicht trüben, der Neger, ein eitles und schlichtes Kind, ist glücklich. Sie alle lächeln hier, die Übelsten wie die Ärmsten. Wer den Neger kennt, erwartet immer ein Lächeln von ihm, und sei er noch so arm, aber ein breites Grinsen auf dem Angesicht des Teufels zu sehen, war eine neue Erfahrung.

Die überwiegende Mehrheit seiner weißen Leser dürfte dies bedenkenlos hingenommen haben. Und von Crane selbst kann man als ziemlich sicher annehmen, dass er glaubte, freundlich zu sein.

Der Blick auf Frauen. Die vereitelte, gescheiterte Romanze mit Lily Brandon Munroe. Eine vorübergehende Schwärmerei für Nellie Crouse, eine umwerfend attraktive, vornehme, aber seichte junge Frau aus Akron, Ohio, die er einmal, ein einziges Mal, gesehen hatte – anlässlich einer Teegesellschaft in New York, zu der ihn sein Freund Lucius Button (ebenfalls aus Akron) mitgenommen hatte – und der er zwischen dem 31. Dezember 1895 und dem 1. März 1896 in dem verzweifelten Versuch, ihre Zuneigung zu gewinnen, sieben langatmige Briefe schrieb. Ein hübsches Mädchen hatte ihm den Kopf verdreht, er schnappte nach ihr, sie entzog sich ihm, und das war's. Und in den letzten Monaten seiner New Yorker Zeit, bevor er sich nach Florida absetzte, verknallte er sich in eine einundzwanzigjährige Prostituierte namens Amy Leslie, lebte, anscheinend ernsthaft verliebt, eine Zeitlang mit ihr zusammen, lief ihr aber schließlich unter ungeklärten Umständen davon.

Mehr als diese drei Liebeleien im Alter zwischen zwanzig und fünfundzwanzig sind nicht bekannt, obschon es noch andere gegeben haben könnte, womöglich mehrere andere, die nie ans Licht gekommen sind. Ein mysteriöser Brief an seinen Freund Willis Brooks Hawkins vom 15. März 1896, voller Abbitten für irgendein Unrecht, das er ihm angetan hatte, beginnt mit den Worten «Es war eine Frau! Verstehst Du nicht? Nichts kann so störend sein wie eine Frau» und endet mit «Natürlich ist mir klar, dass Du sehr gekränkt warst, aber es ist eine Frau, sage ich Dir, und ich möchte, dass Du mir verzeihst», aber wer diese Frau war, ist und bleibt ein Rätsel.[37] Und dann gibt es die faszinierenden Spekulationen um eine wohlhabende junge Frau namens Grace Hall. Sie war aus dem Mittleren Westen nach New York gekommen, um Gesang zu studieren und sich auf eine Karriere als Opernsängerin vorzubereiten, und bewegte sich im selben gesellschaftlichen Umfeld der Art Students League wie Crane, doch wie nahe sie einander gekommen sein mögen, ist ein weiterer weißer Fleck in Cranes Lebensgeschichte. Auch wenn hier etwas Merkwürdiges bleibt: Das Liebesobjekt der Hauptfigur in *The Third Violet* (geschrieben 1895) heißt Grace Fanhall, was direkt auf Grace Hall hinzudeuten scheint. Hinweis auf noch eine Liebelei? – eine Schwärmerei? – oder bloß ein Name, der seinen Zweck erfüllte? Die reale Grace Hall musste, sicher zu ihrer Enttäuschung, ihre Karriere als

■ 37 Die Herausgeber von *The Correspondence*, Stanley Wertheim und Paul Sorrentino, tippen auf Amy Leslie, sind sich aber keineswegs sicher.

Opernsängerin wegen einer Krankheit in der Kindheit aufgeben, die ihren Augen geschadet und sie überempfindlich gegen Bühnenbeleuchtung gemacht hatte. Sie kehrte nach Oak Park, Illinois, zurück und heiratete ihren Verlobten, Dr. Clarence Hemingway. Ihr zweites Kind, ein Sohn, geboren 1899, wurde auf den Namen Ernest getauft und hielt, als es selbst zum Schriftsteller geworden war, große Stücke auf Crane.[38]

Drei achtbare, kultivierte Frauen aus gutem Hause; und eine Frau aus bescheidenen Verhältnissen, die, um sich über Wasser zu halten, ihren Körper an zahlende Kunden vermietete; und wie wir bereits wissen, war Amy Leslie nicht die erste Prostituierte, die Crane in ihre Arme nahm. Fragt sich nur, wie viele hatte es vor ihr gegeben, wie oft hatten seine Nächte mit einem Bordellbesuch geendet (oder begonnen)? Fünfmal die Woche? Fünfmal im Monat? Fünfmal im Jahr? Die Frage lässt sich nicht beantworten, wir wissen einfach zu wenig, wir stehen wieder einmal vor einem weißen Fleck. Der Journalist John Northern Hilliard (1872–1935), ein leidenschaftlicher Bewunderer Cranes und seiner Arbeit, schrieb 1922, sein Freund

> verzehrte sich nach Frauen. Immer wieder ließ er sich mit Huren ein, ohne große Rücksicht auf Alter, Rasse oder Hautfarbe. Manches Mal habe ich ihn sagen hören, er müsse jetzt zu einer Niggerschnepfe, «um wieder auf die Beine zu kommen». Oft und oft nahm er ein Strichmädchen mit auf sein Zimmer. Frauen

■ 38 «Die guten Schriftsteller sind Henry James, Stephen Crane und Mark Twain. Das ist nicht die Reihenfolge, in der sie gut sind» (aus: *Die grünen Hügel Afrikas*, 1955). Und in *Men at War*, einer von ihm 1943 herausgegebenen Anthologie, nannte Hemingway *The Red Badge of Courage* den «Traum eines großen Jungen vom Krieg ... eins der besten Bücher unserer Literatur».

> seiner Schicht oder Stellung interessierten ihn nicht. Er zog die anderen vor. Ich kann das verstehen. Frauen seiner Schicht gaben ihm nichts. Die Slums boten ihm Leben. Dort bekam er das einzig Wahre, und genau darauf war er aus – die wahren, nackten Tatsachen des Lebens.

Was Hilliard hier schreibt, ist richtig und falsch zugleich. Erstens wusste er offensichtlich nichts von Lily Brandon Munroe (was beweist, dass er mit Crane nicht so vertraut war, wie er sich einbildete), und was, zweitens, den hässlichen Ausdruck «Niggerschnepfe» angeht, so haben wir nur seine Aussage (Jahrzehnte später niedergeschrieben), dass Crane dieses Wort benutzt habe, und selbst wenn, hat Crane es vielleicht nur in den Mund genommen, um den leicht zu beeindruckenden Hilliard zu beeindrucken, allem Anschein nach ein extravaganter Wüstling mit einer Vorliebe für prahlerisches Maulheldentum – andererseits, denkt man an Cranes Bemerkungen über «glücklich grinsende Neger», ist natürlich alles möglich.[39] Es gibt aber noch einen zweiten, unabhängigen Bericht, der bestätigt, was Hilliard über Cranes Gewohnheit sagt, Straßenmädchen aus der Kälte aufzulesen und mit auf sein Zimmer zu nehmen. Ende 1895 oder 1896 verbrachte Harry B. Smith (1860–1936), Komponist, Musikkritiker und Freund von Willis Brooks Hawkins,

■ 39 Das N-Wort, unseren heutigen Ohren so anstößig, war Ende des 19. und Anfang des 20. Jahrhunderts gängige Münze. Nicht nur im Privaten, sondern auch in der Öffentlichkeit – oft sogar auf Buchumschlägen. Noch 1939 erschien ein Kriminalroman von Agatha Christie mit dem Titel *Ten Little Niggers* (nach dem Text eines populären britischen Blackface-Songs), der jedoch für die amerikanische Veröffentlichung 1940 in *And Then They Were Nine* geändert wurde. Offenbar galt das Wort 1940 im öffentlichen Diskurs Amerikas als zu anstößig, doch wie die Leute untereinander redeten, war eine andere Sache, und Unverbesserliche aller Gesellschaftsschichten verwenden das Wort bis zum heutigen Tag. Hier jedoch kommt es darauf an, dass das Wort zu Cranes Lebzeiten und weit darüber hinaus auch unter feinen Leuten gang und gäbe war.

mit diesem und ein paar anderen in Cranes Wohnung einen Pokerabend. Später notierte er:

> Wenn ich mich recht erinnere, stand das Gebäude ... irgendwo in den West Twenties. Wir stiegen ins oberste Stockwerk, ein geräumiger Dachboden. Eine Ecke war als Schlafzimmer abgetrennt ... Cranes Gebaren hatte nichts Literatenhaftes. Er wirkte, wie Hawkins gesagt hatte, eher «wie ein Kind»; aber dünn und blass wie ein Schwindsüchtiger. Wir spielten bis drei oder vier Uhr morgens, und als wir aufbrachen, kamen wir am Fenster des abgeteilten Schlafzimmers vorbei. In dem Bett schlief ein Mädchen.
>
> «So was!», sagte Crane. «Hab sie gar nicht reinkommen hören.»
>
> Es gab scherzhafte Kommentare. «Ist das *Maggie*?», fragte ein Lästermaul, auf Cranes Geschichte anspielend.
>
> «Nicht ganz», sagte Crane.

Eine ganz andere Seite zeigt Crane in einer Anekdote, die der Journalist Robert H. Davis (1869–1942) Mitte der zwanziger Jahre aufgezeichnet hat. Davis lernte Crane kennen, als er mit einem Kollegen, der Crane kannte, eines frostigen Abends an der Kreuzung Broadway und West 33rd Street unter der Sixth-Avenue-Hochbahn stand. Plötzlich, wie aus dem Nichts, tauchte Crane dort auf, «den Blick aufs Pflaster gesenkt», ging er die Straße hinunter, und da Davis mit Cranes Arbeit vertraut war und sich selbst als Fan bezeichnete, bat er seinen Freund, ihn dem Mann vorzustellen. «Ich drückte seine schmale, weiche Hand mit ungekünstelter Wärme», schreibt Davis, und bevor die drei auch nur ein paar Worte wechselten, eilte der Reporter zu einem anderen Termin davon und ließ

Davis mit Crane allein. Sie kamen ins Plaudern, und als Crane hörte, dass auch Davis der Sohn eines Geistlichen war, merkte er trocken an, wie die Welt doch jedes Mal frohlocke, wenn der Sohn eines Geistlichen «von einem Missgeschick ereilt» werde. «Es liegt am Blickwinkel», erklärte er. «Der Sohn des Kellners fällt vom Dach des Waldorf. Der Sohn des Geistlichen fällt von einer Parkbank. Beide schlagen mit derselben Geschwindigkeit auf dem Boden auf, bis zur Unkenntlichkeit zerschmettert.»

Kaum hatten sie über Geistliche und deren Söhne gesprochen, sah Crane eine Prostituierte die Straße herunterkommen. Er wandte sich von Davis ab und musterte sie, und dann blieb sie stehen und musterte ihn.

> Sogleich tat er einen Schritt von mir zur Seite, schnippte seine Zigarette in den Greeley Square, legte die Linke aufs Herz, nahm den Hut ab und machte eine höchst elegante Verbeugung. Nie habe ich eine erlesenere Geste der Ritterlichkeit gesehen als die Verbeugung dieses jungen Mannes, wie er mit seinem schwarzen Filz das Pflaster streifte ...
>
> «Fremd hier?», erkundigte sich Crane mit so betontem Feingefühl, als spräche er eine Dame an, die sich in der großen Stadt verlaufen hatte.
>
> Das Mädchen stand da mit offenem Mund und sonderbar unschlüssiger Miene ... Sie hielt den Atem an.
>
> «Na ja, ich bin wohl fremd hier. Können Sie mir was zeigen?»
>
> «Gewiss», erwiderte der Autor von *Maggie*. «Ich kann Ihnen den Ausgang zeigen. Aber wenn Sie lieber bleiben möchten ...» Wieder schwenkte er seinen Filz und machte eine großartig abschließende Verbeugung.

> Plötzlich fand das Mädchen noch einen Knopf am Kragen ihres Mantels und knöpfte sich ein. In Stephen Cranes Augen schien das Licht zu erlöschen, als habe man von drinnen eine Lampe ausgemacht.
>
> «Sie sollten sich nicht hier draußen herumtreiben, Junge», sagte Maggie mit kehliger Stimme. «Sie frieren ja. Das tut Ihnen nicht gut. Im Gegensatz zu dem Dicken da.»
>
> Endlich hatte sie mich zur Kenntnis genommen.
>
> Das Mädchen schlenderte gleichgültig davon, Richtung Shanley, Burns, Delmonico ...
>
> «Das ist ein langer Cañon», sagte Crane. «Ich frage mich, ob es da überhaupt einen Ausgang gibt ...»

Nicht gerade das Verhalten eines habituellen Hurenbocks oder Schwerenöters, ganz gleich, was Hilliard dazu bemerkt hat. Was auch immer Crane als junger Mann an sexuellem Verlangen verspüren mochte, es wurde gedämpft von einer tiefsitzenden Scheu in Gegenwart von Frauen, unabhängig von den Kreisen, aus denen sie kamen. Schüchtern, zögerlich, unbeholfen, höflich, anständig und oft unbehaglich in Gesellschaft von Frauen, war er voller Widersprüche, ein *Gentleman* der alten Schule (seinem Freund Gordon zufolge), zugleich aber auch, was ich einen *puritanischen Hedonisten* nennen möchte, immer und jederzeit der Sohn eines Geistlichen, selbst dann, wenn er seinen Krieg mit Gott führte. Crane ist nicht zuletzt deswegen so schwer zu verstehen, weil er als Künstler viel schneller reifte denn als Mann. Erst als er New York verließ und im Hotel de Dreme in Jacksonville, Florida, die zweimal verheiratete Cora Taylor kennenlernte, gelang es ihm, eine dauerhafte Beziehung zu einer Frau aufzubauen. Es mochte auf und ab mit ihnen gehen, aber er hielt bis an sein Lebensende zu ihr, von seinem fünfundzwanzigsten Geburtstag bis zu seinem Tod dreieinhalb Jahre später. Und doch, er war immer noch ein Junge, als er starb, wenn auch gereifter als wenige Jahre zuvor.

Der Blick der anderen auf ihn. Die Aussagen zu Cranes äußerer Erscheinung variieren so sehr, dass sich nicht einmal annähernd sagen lässt, was andere sahen, wenn sie ihn betrachteten. Sein New Yorker Malerfreund Nelson Greene, von dem man annehmen darf, dass er Gesichter genauer betrachtete als die meisten anderen, notiert Folgendes: «helles Haar, fast blond, die Augen bläulich grau – sehr offener Blick. Bemerkenswerte Züge, scharf geschnittene Nase – das Gesicht etwas schmaler als Mittelmaß – die Augen recht weit auseinander ... freundlich matte Duldsamkeit in Augen, Miene und Haltung». Linson, der in Frankreich gelebt und später ein Porträt von Crane gemalt hatte, fand bei ihrer ersten Begegnung die Nase seines Freundes ungewöhnlich: «Sein Profil, als er am Fenster stand, erinnerte sehr an den jungen Napoleon.» Bachellers erster Eindruck war noch stärker: «Eines Tages kam ein schlanker junger Mann mit graublauen Augen, ziemlich dunkler Haut und Gesichtszügen ‹anmutig und hübsch anzuschauen›, wie die Alten zu sagen pflegten, zu mir ins Büro. Sein schöner Kopf hatte in Form und Haltung etwas Malerisches.» Von Cahan und Howells haben wir bereits gehört – noch zwei Männer, die von Cranes Ausstrahlung beeindruckt waren. Demgegenüber stehen Garlands Beobachtungen, die denen von Bacheller, Howells und den anderen direkt zuwiderlaufen. Nach der ersten Lektüre von Cranes Gedichten: «Ich war erstaunt von ihrer Kraft. Ich konnte nicht glauben, dass sie das Werk des blassen, wortkargen jungen Mannes waren, der da vor mir stand.» Und dann, einen oder zwei Monate später, nach einem ersten Blick in *The Red Badge of Courage*: «Ich sann über diesen Mann nach, und als ich ihn da sitzen sah, bleich, gelbfingrig, klein und hässlich, war es mir schlichtweg unmöglich, ihn mit dem wunderbaren Manuskript, das er mir übergeben hatte, in Verbindung zu bringen.»

Wir alle wissen, wie verschieden unser Gesicht von einem Foto zum anderen aussehen kann, von einem beliebigen Moment zum anderen – zuweilen ganz ansehnlich oder gar attraktiv, zuweilen einfach schrecklich. Blickwinkel, Beleuchtung, Neigung des Kopfs, ein plötzlicher Stimmungswechsel im Augenblick der Aufnahme, zu schweigen von Krankheit oder Schlafmangel, das alles kann sich darauf auswirken, wie andere uns wahrnehmen. Neben den schriftlichen Aufzeichnungen von Freunden und Bekannten zu Cranes äußerer Erscheinung gibt es auch einige Fotografien aus jenen Jahren, nicht viele, aber genug, eine wenn auch widersprüchliche Vorstellung davon zu vermitteln, wie Crane aussah. Wie es uns allen nicht anders ergeht, scheint er von Bild zu Bild ein wenig anders auszusehen, zuweilen ansehnlich oder gar attraktiv, zuweilen unscheinbar und schwach. So ziemlich das Einzige, worin er und alle anderen sich einig waren, war sein *blasses* Gesicht, ein Umstand, den man wohl seiner labilen Gesundheit, unzureichender Ernährung, aufreibendem Lebenswandel und jenen Mikroben zuschreiben kann, die sich längst in ihm ausbreiteten und seinen Tod in so jungen Jahren zur Folge hatten. Hätte sein zäher Athletenkörper ihm nicht über die frühesten Attacken hinweggeholfen, wäre er höchstwahrscheinlich schon viel früher gestorben. Wie Cora so treffend in den Notizen bemerkte, die sie für die dann nie geschriebene Biographie gesammelt hatte: «Das Schicksal zeichnet die Gesichter derer, die zu einem frühen Tod verurteilt sind.»

Nach allem, was man weiß, war er scharfzüngig, schlagfertig und außerordentlich begabt, bissige Redensarten aus dem Ärmel zu schütteln, vielen seinen Freunden zufolge als Sprecher glänzender denn als Schriftsteller, nur dass ihm die Worte nur schleppend, eigenartig träge von den Lippen kamen, was ihm peinlich war und ihn in Gegenwart von Fremden befangen machte, sodass ihm die Vorstellung, in der Öffentlichkeit zu reden, bis ins letzte Jahr seines Lebens ein Gräuel war. Daher seine Weigerung, Barrys Einladung

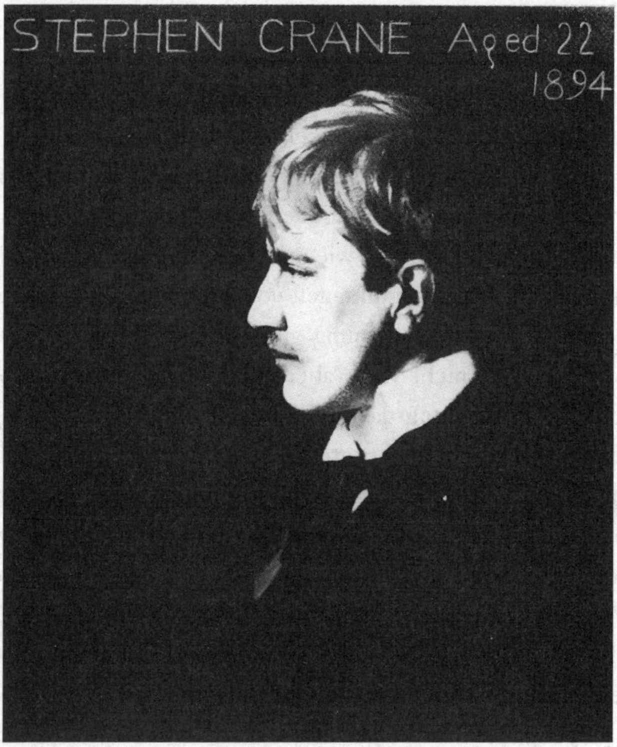

Ölporträt Cranes von C. K. Linson, 1894. Die Inschrift oben lautet: Stephen Crane Aged 22 1894 (Stephen Crane 1894, 22 Jahre alt)

(Mit freundlicher Genehmigung der University of Virginia)

zu einer Lesung seiner Gedichte vor der Uncut Leaves Society 1894 anzunehmen – so gepeinigt von der Aussicht, sich zu blamieren, dass er sagte, er wolle lieber sterben, als da mitzumachen.

Eine andere Eigenheit, die fast allen auffiel, die ihn kannten, war, wie selten er lachte. Conrad notierte, er habe von Crane niemals etwas gehört, das einem Lachen ähnelte – außer wenn er mit Baby Borys auf dem Rasen hockte. Seine Nichte Helen R. Crane wird noch deutlicher: «Wir haben ihn nie lachen gehört», und «seine alten Freunde haben mir dasselbe erzählt». Wie überaus merkwürdig – ein Mann, der niemals lachte –, und doch, wie zur Kompensation seines Defizits in Sachen Fröhlichkeit, war Crane auch bekannt dafür, wie oft er lächelte, und er lächelte nicht immer gleich, sondern hatte für jede Gelegenheit ein besonderes Lächeln, das alle beobachteten, die ihn als charmant, ironisch, humorvoll, bitter, mitfühlend, zärtlich, reserviert, glücklich, fromm und nachdenklich erlebt hatten. Er selbst mag nicht viel – oder gar nicht – gelacht haben, aber seine Nichte erzählt uns, er habe «seine Zuhörer immer zum Lachen gebracht, und immer drängten sie ihn weiterzumachen».

Die von mir bereits erwähnte Vielseitigkeit ist bei Crane auf ein ziemlich schmales Spektrum beschränkt. Zum Beispiel war er nicht aggressiv. Er fing keinen Streit an, wurde nicht laut, wenn er mit jemandem nicht einer Meinung war, und war nicht darauf aus, seine Gesprächspartner zu dominieren. Er hatte keine kriminellen Neigungen, zeigte keine Anzeichen einer geistigen Erkrankung, und abgesehen von vorübergehenden Anwandlungen von Schwermut, denen alle Menschen gelegentlich ausgesetzt sind, war er nicht depressiv. Jeder Psychiater hätte ihn als normal eingestuft – jemand, der sich nicht für die Wiederkunft Jesu Christi hielt, der sich im Klaren darüber war, dass es außer ihm noch andere Menschen auf der Welt gab und er nicht den Mittelpunkt dieser Welt bildete, jemand, der lieben konnte und großzügig und freundlich sein, aber auch jemand, der sich notfalls gegen Angriffe verteidigen konnte. Mit anderen Worten: kein Irrer, kein kraftloser Neurotiker, kein potenzieller Selbstmörder. Das alles dürfte mittlerweile klargeworden sein, doch bevor wir uns Cranes Persönlichkeit, Charakter und seine Wirkung auf andere genauer ansehen, gilt es alles auszuschließen, was er nicht war, um den Boden frei zu machen und die richtige Stelle zu finden, wo wir zu graben anfangen können.

Schließlich gibt es einige ziemlich verrückte Künstler da draußen, aber Crane zählt nicht dazu.

Die uns überlieferten persönlichen Aussagen über ihn stammen durchweg von Freunden, von Leuten, denen er etwas bedeutete, als er lebte, und denen er auch noch etwas bedeutete, als er tot war, doch selbst seine engsten Verbündeten waren sich in ihrem Urteil alles andere als einig.

> *Post Wheeler:* «Schüchtern, empfindlich, aufbrausend, unruhig, sorglos und übertrieben großzügig, so war der Stephen Crane, den ich kannte. Nie habe ich erlebt, dass er eine Gemeinheit begangen hätte ... Seine Sprödigkeit Fremden gegenüber hatte etwas von dem Schutzanstrich, den Briten anzulegen pflegen.»

> *John Northern Hilliard:* «Crane war ein großer Mann und ein großer Schriftsteller – für meinen Geschmack der größte Schriftsteller, den dieses Land je hervorgebracht hat. Er lebte sein eigenes Leben, ein freies, ungebundenes Leben; er hatte enormen Mut (er war der furchtloseste Mann, den ich je gekannt habe); Armut sah er unbekümmert ins Auge, und er schrieb ausschließlich sich selbst zu Gefallen ... Und wenn die Götter freundlich waren und ein Zeitungsredakteur uns einen Scheck gab, wurde sich auf die Fleischtöpfe gestürzt und die ganze Nacht lang Poker gespielt. Diese Tage, diese verspielten Zeiten sind mir am lebhaftesten in Erinnerung, denn Crane spielte eigentlich immer. Er spielte sein ganzes Leben lang.»

> *Corwin K. Linson:* «Niemandem, der ihn kannte, war es möglich, ihn bei welcher Gelegenheit auch immer

mit Gleichgültigkeit zu betrachten. Er wurde geliebt oder verachtet, dazwischen gab es so gut wie nichts. Menschlich wie kein anderer, fesselte, faszinierte, entzückte und verwirrte er mich in der Frühzeit unserer Freundschaft, und bestimmt ging ich ihm manchmal auf die Nerven, doch meine Bewunderung für ihn hielt bis zum Schluss. Unfähig zu jeder Art von Bosheit, äußerte er stets offen, wenn ihm etwas missfiel, jedoch mit der niemals kränkenden Freimütigkeit eines kleinen Jungen.»

Drei verschiedene Ansichten von drei verschiedenen Männern. Wheeler, der Rauchkumpan seiner Kindheit, Asbury-Park-Kollege und New Yorker Zimmergenosse, der ihn länger und vielleicht besser kannte als alle anderen. Hilliard, ein Jahr jünger als Crane, glühender Bewunderer, der mit ihm die Nächte durchmachte und später das Gefühl hatte, die Bekanntschaft mit dem verstorbenen Genie habe sein Leben bereichert, wenn nicht gar ihm einen Sinn gegeben. Und Linson, sieben Jahre älter als Crane, der aus der Distanz vieler Jahre ehrlich genug ist, eine gewisse Verärgerung über seinen jungen Freund zu gestehen (der nie zurückgezahlte 50-Dollar-Kredit?), freilich ohne dass seine Zuneigung gelitten hätte. Jeder hat einen anderen Crane in Erinnerung, und wenn diese drei Aussagen irgendetwas gemeinsam haben, dann ist es die fieberhafte Energie, die sie alle an ihm bemerkt haben, die überdrehte, verspielte, eigensinnige Geschäftigkeit eines Mannes, dessen Körper und Geist in ständiger Bewegung waren. An Crane scheint nichts weich oder lethargisch gewesen zu sein. Kerzengerade sitzt er im Sattel seines Pferds, auf keinem Foto sehen wir ihn mit gelangweilter Miene oder in einer schlaffen Haltung, wie sie von den Vertretern der Dekadenz in England oder Frankreich gepflegt wurden. Sein Land war Amerika, eine «Nation, die ihr königliches Haupt in die Wolken emporzwingt», und Crane, auch wenn er sich selbst zum Außenseiter bestimmt hatte, war gleichwohl durch und durch Amerikaner, von der Spitze seiner Napoleon-Nase bis zu den Wurzeln seiner bröckelnden Zähne: rastlos, straff gespannt, immer auf dem Sprung.

In seinen New Yorker Jahren bewegte er sich unablässig zwischen mehreren Welten. Da war einmal und vor allem die Welt seiner Freunde, von denen er einige schon vorher gekannt hatte (Lawrence und Senger), andere erst dort kennenlernte (die Medizinstudenten, die jungen Künstler, Linson), all diese neuen Freunde, in deren Mitte er schrieb und aß und schlief, zuweilen frank und frei, zuweilen heiter, zuweilen zugeknöpft, zuweilen Zielscheibe ihres freundlichen Spotts, einer von ihnen, zugleich aber auch ein rätselhafter Einzelgänger, der plötzlich für eine Zeitlang verschwand oder unangekündigt bei irgendwelchen Bekannten in der Stadt auftauchte, wenn er mal wieder kein Geld in der Tasche hatte. Dann gab es die zweite Welt, die der Zeitungsredakteure, Verleger und Journalistenkollegen (Marshall, McClure, Bacheller, Hilliard), wo er sich anfangs schwertat und man ihn oft stundenlang in Vorzimmern warten ließ, bis es nach und nach besser wurde und er sich wie in der Welt seiner Freunde auch hier durchsetzte und sich seinen Platz eroberte. In der Welt der Arbeiter und Arbeitslosen in der Bowery und anderen Armutsvierteln sperrte er Augen und Ohren auf, immer bemüht, sich seiner Umgebung anzupassen, um so viel wie möglich aufzunehmen und sein Wissen zu erweitern. Und in der Welt großer Bruder- und Vaterfiguren wie Garland, Howells und Hawkins (neunzehn Jahre älter als Crane) war er respektvoll und ernst, aber nicht so schüchtern, dass er nicht seine Meinung gesagt und seine Position verteidigt hätte. Soweit er sich überhaupt irgendwo wohlfühlte, bewegte er sich in diesen ersten vier Welten einigermaßen sicher, während die fünfte Welt, die Welt der New Yorker Reichen («Meine Tochter spricht kein Französisch,

Mr. Crane») und der provinziellen bürgerlichen Kirchgänger (in die er jedes Mal wieder eintauchte, wenn er William in Port Jervis besuchte), ihn so sehr auf die Palme brachte, dass er geradezu grob werden konnte. Hier ist es angebracht, ausführlich zu zitieren, was Helen R. Crane über seine Rebellion gegen die Blasiertheit dieses Milieus zu sagen hatte:

> Er setzte alles daran, sie zu schockieren ... Die bürgerliche Selbstzufriedenheit dieser Leute, auch seiner Brüder und deren Familien, stachelte ihn zu einem manchmal besorgniserregenden Verhalten auf.
>
> Seine Schwägerinnen wusste nie, was sie von ihm zu erwarten hatten. Er konnte auch liebenswürdig sein, meist aber war er es nicht. Manchmal, wenn er in feiner Gesellschaft vorgestellt wurde, antwortete er im derbsten East-Side-Dialekt (den er perfekt beherrschte) und gab Geschichten zum Besten, die er bei nächtlichen Gerichtsverhandlungen aufgeschnappt hatte.
>
> Meine Mutter und meine Tanten konnten sich nie an die Vorstellung gewöhnen, dass er, während man sich bei Tisch manierlich über Diphtherie oder Hüte unterhielt, plötzlich mit der Frage dazwischenfuhr, ob einer der Gäste schon mal in der Mott Street die Ermordung eines Chinesen beobachtet habe. Auch machte sie es nicht glücklicher, wenn er die Aufmerksamkeit auf sein blaugeschlagenes Auge lenkte und erklärte, wie er sich das bei einer tollen Schlägerei in der Bowery zugezogen hatte.
>
> Er war einfach kein Salonlöwe, weil er mit Smalltalk nichts anfangen konnte. Er konnte stundenlang mit Mike Flanagan schwatzen, einem Bierkutscher

> von der East Side ... oder sich nächtelang mit Theodore Roosevelt, Hamlin Garland oder William Dean Howells über die Vorzüge der Einheitssteuer oder das Geniale an Flaubert unterhalten, aber sobald es um geistlosen Klatsch und Tratsch ging, war es aus mit ihm. Mit jungen Leuten, Mädchen und Jungen in seinem Alter, kam er auch nicht zurecht. Die hielten ihn für verrückt, und er hielt sie für dumm.

Aber noch ist das letzte Wort über Cranes Benehmen in Port Jervis nicht gesprochen; wir haben ja zusätzlich die Aufzeichnungen einer anderen Nichte, Edna, eine von Williams Töchtern, die als Kind mit ihrem Onkel Räuber und Gendarm gespielt und sich im Sommer ein besonderes Vergnügen daraus gemacht hatte, ihm Silberbecher mit frischer Limonade zu bereiten, die er dann mit ebensolchem Vergnügen leerte und jedes Mal schwärmte, wie großartig es schmecke. Ja, Crane hatte ein Faible für Kinder und war immer nett zu seinen Nichten, doch aus ihrem Artikel von 1926 erfahren wir von Edna Crane Sidbury auch, dass «meine Mutter und Mrs. Edmund Crane ganz vernarrt in ihn waren ... und sich immer freuten, ihn zu sehen», und dass «mein Onkel sehr beliebt war bei den jungen Leuten in unserer Stadt ... und regelmäßig junge Ladys bei uns vor dem Haus Croquet spielten».

Eine andere Geschichte, oder vielleicht eine andere Seite derselben Geschichte – immerhin wert, auch dies festzuhalten. Zeigt es doch zumindest, wie verschieden die Eindrücke sind, die ein Mensch auf andere macht. Die zwei Bilder scheinen sich gegenseitig aufzuheben, tatsächlich aber tun sie das nicht. Sie stehen nebeneinander, eins so wahr wie das andere.

An Crane gibt es viel zu bewundern, als Künstler wie als Mensch – die ungeheure Hingabe an seine Arbeit, seine wortkarge, aber herzliche Umgänglichkeit als Freund, der feine Ehrenkodex, an den er sich im Verkehr mit anderen zu halten versuchte –, aber selbstverständlich hatte auch er seine Fehler und taktlosen Momente, seine nicht so bewundernswerten Eigenarten, die bei Crane vor allem von seinem gestörten Verhältnis zu Geld herrührten, einem hartnäckigen Problem, das ihn bis ans Lebensende verfolgte und häufig zu unaufrichtigem, unverantwortlichem Verhalten führte. Ich rede nicht nur von seiner Angewohnheit, geliehenes Geld nur selten, falls überhaupt, zurückzuzahlen, denn er selbst borgte anderen genauso freigebig Geld, wie er es von ihnen borgte[40], und nicht nur von seiner gelegentlichen Zerstreutheit[41], sondern auch von seinem schludrigen und manchmal gewissenlosen Umgang mit Redakteuren und Verlegern, die ihn für seine Arbeit bezahlten. Als er – um ein frühes Beispiel zu nennen – im Frühjahr 1895 von seinen Reisen für Bacheller zurückkehrte, gab er in seiner Spesenabrechnung an, für seine Sicherheit auf der Reise einen Revolver gekauft zu haben; tatsächlich hatte er ihn von einem Freund geliehen. Gewiss kein schweres Verbrechen, eher die übliche Schummelei vieler Journalisten in Geldnöten, aber bedenkt man die hohen moralischen Maßstäbe, an die Crane sich normalerweise hielt, hätte man Besseres von ihm erwartet. In diesem Fall jedoch machte es ihm nicht das Geringste aus, seinen Arbeitgeber zu betrügen. Sein Künstlerfreund Nelson Greene war an jenem Nachmittag zufällig mit ihm in Bachellers Büro, und als er sah, wie Crane die Waffe vorzeigte, platzte er heraus, die sähe «genauso aus wie Doc. Biggs'

■ 40 Schriftlicher Beweis hierfür ist ein brieflicher Abtausch 1894 mit Post Wheeler: «Dear Stevie – Ist es Dir eilig mit dem Zwanziger? Post W.» Crane kritzelte die Antwort unten auf Wheelers Brief und schickte ihn umgehend zurück: «Gütiger Himmel! Vergiss es! Kein Wort mehr davon! S.»

■ 41 Sein Künstlerfreund David Ericson berichtet, wie Crane ihn eines Nachmittags zum Essen einlud, doch kaum hatten sie an ihrem Tisch im Restaurant Platz genommen, «zog Crane Notizheft und Schreibstift hervor und begann zu schreiben», und als sie die Mahlzeit beendet hatten, stand Crane auf – sein Angebot, das Essen zu bezahlen, hatte er vergessen – und ging, sodass Ericson die Rechnung begleichen musste.

Revolver». Hinterher auf der Straße sagte Crane zu ihm: «Greene, verdammt, was sollte das mit dem Revolver? Fast hättest du mir meine Spesenabrechnung versaut.»

Hier ging es um eine Kleinigkeit, um ein paar Dollar, doch als er bekannter wurde, unterliefen ihm in seinen Geschäften mit Verlegern und Agenten aus Naivität und Gedankenlosigkeit immer wieder Fehler; so drückte er sich zum Beispiel um vertragliche Vereinbarungen und bot denselben Text zwei verschiedenen Zeitschriften an, oder er verstand die ungeschriebenen Gesetze der Verlagswelt nicht und gab *George's Mother* der angloamerikanischen Firma von Edward Arnold und nicht Hitchcock von Appleton, der zwar keinen rechtlichen Anspruch auf das Manuskript hatte, aber davon ausging, dass er als Verleger von vier anderen Büchern Cranes berechtigt sei, alles neue Material von Crane als Erster zu sehen. Als Hitchcock ihm deswegen Vorhaltungen machte, entschuldigte sich Crane – nicht allzu zerknirscht – und versuchte, sein Verhalten in einem Brief vom 26. März 1896 zu verteidigen:

> *Sehr geehrter Mr. Hitchcock: Ich habe Ihnen verschwiegen, dass ich von allen möglichen Verlegern bedrängt werde, die meine Bücher haben wollen – oder jedenfalls so tun als ob – und mir Angebote machen ... Ich trage mich keineswegs mit dem Gedanken, ein Haus gegen das andere auszuspielen, sondern gehe davon aus, dass das Haus Appleton mir alles gibt, was mir zusteht. Ohne überheblich zu sein, darf ich sagen, Geld spielt für mich absolut keine Rolle, oder erst dann, wenn ich in die Tasche greife und dort nichts finde. Wenn ich jetzt schlechte Bedingungen bekomme, komme ich vielleicht ins Grübeln, und daher erwarte ich von Ihnen, dass Sie sich mir gegenüber exakt so verhalten, als ob ich in zehn Jahren ein großartiges Buch schreiben und schreckliche Rache an Ihnen nehmen könnte, indem ich es einem anderen anbiete. Also, wir verstehen uns ...*

Sie wissen natürlich, dass ich korrekt und sehr aufrichtig bin, auch wenn ich in diesem Fall gewisse Verbindlichkeiten des Geschäftslebens verletzt haben mag. Aber, bei Gott, wenn diese Leute mir in die Haare geraten, kann ich von Glück reden, wenn ich ungeschoren davonkomme. Mir bleibt nur die Möglichkeit, mich von ihnen fernzuhalten.

Der Brief ist ungewöhnlich hässlich im Ton, vielleicht der hässlichste aller Briefe Cranes mit seiner unverhohlenen Drohung, «schreckliche Rache an Ihnen» zu nehmen, aber auch wenn der mögliche Bruch mit Hitchcock bald aus der Welt geschafft wurde, ist interessant zu sehen, wie flink er jede Schuld von sich weist und sein Verhalten damit rechtfertigt, wie unerfahren er sei, hilflos der tückischen Raffgier anderer ausgesetzt, und wie er sich selbst nur schützen könne, wenn er sich gänzlich von ihnen fernhalte. Nur ein einziger Satz in diesem Brief klingt von A bis Z wahr, ein Satz, der ungewollt aufzeigt, wie unreif oder naiv er zu den «praktischen Dingen des Lebens» stand, wie Garland es nannte: *Geld spielt für mich absolut keine Rolle, oder erst dann, wenn ich in die Tasche greife und dort nichts finde.* Das ist typisch Crane und erklärt die furchtbaren Schwierigkeiten, die ihm dieses Verhalten in den letzten zwei Jahren seines Lebens bereiten sollte.

Also kein Talent für die praktische Seite der Dinge, dazu eine nachlässige, ja schlampige Art im Umgang mit den langweiligen Verpflichtungen des Alltagslebens, auf den Punkt gebracht in seiner Unfähigkeit, sich an «Smalltalk» zu beteiligen, wie seine Nichte es formuliert hat, was man auch als Unfähigkeit interpretieren kann, sich überhaupt an irgendwelchen kleinen Dingen zu beteiligen, während Crane freilich außerhalb der klaustrophobischen Büros seiner New Yorker Verleger und der viktorianischen Salons der 1890er Jahre immer dann, wenn es um wirklich hohe Einsätze ging, zu Hochform auflaufen konnte. Ich denke da zum

Beispiel daran, wie er sich vor Gericht für eine zu Unrecht angeklagte Prostituierte eingesetzt hatte – mit schwerem Schaden für seinen Ruf – oder wie er, nachdem er New York verlassen hatte, unerschütterlich Ruhe bewahrte, als sein Schiff vor der Küste Floridas unterging und er dreißig Stunden in einem kleinen Boot auf dem Meer trieb, zusammen mit zwei Mitgliedern der Mannschaft und dem Kapitän, der dann später von ihm sagte, er sei «der Mutigste von allen ... ein Vollblut, ein tapferer Mann, der sich nicht unterkriegen lässt», und vor allem, wie er als Kriegsreporter in Kuba mit einer von seinem Freund Edward Marshall geschriebenen Depesche, nachdem dieser aufgrund einer Schussverletzung nicht selber gehen konnte, meilenweit durch den Dschungel gelaufen war, um sie bei Marshalls Zeitung abzugeben, was zur Folge hatte, dass seine eigene Zeitung ihn mit der Begründung feuerte, er habe der Konkurrenz geholfen. Dinge dieser Art hatte Hilliard gemeint, als er Crane einen «großen Mann» nannte. Manchmal klein, gewiss, aber immer groß, wenn die Umstände es verlangten.

Der Blick auf sich selbst. Freunde und Verwandte notierten ihre Eindrücke von Cranes Persönlichkeit und erzählten, was er tat oder wie er sich in ihrer Gegenwart verhielt (zum Beispiel Linson über Cranes Empörung, als er die endgültige Fassung des Artikels über die Kohlebergwerke zu sehen bekam), aber nicht ein Einziger von ihnen weiß von einem Fall zu berichten, wo Crane so unbedacht war, etwas über sich selbst zu sagen: nichts von geheimen Geständnissen oder vertraulichen Gesprächen, nirgends ein Blick in das, was er für seinen Charakter hielt oder was er sah, wenn er sich in die Augen schaute. In seinen Briefen, viele davon an Journalisten, nennt er Einzelheiten über seine Familie und seine Kindheit, kommt häufig auf seine Einstellung zum Schreiben zu sprechen oder äußert sich allgemein zum Sinn und Zweck von Literatur oder wie er zu der aktuellen ästhetischen Debatte steht, aber nur in einer Handvoll Briefe aus dieser frühen Epoche (bevor er New York verließ) taut er auf und kommt darauf zu sprechen, wer und was er ist. Der Brief an Viola Allen vom 15. März 1896 wurde bereits zitiert, und man sollte sich an die Selbstzerfleischung erinnern, die diesen Brief durchzieht und im letzten Satz an seine alte Schulkameradin gipfelt: «Was war ich für ein Esel, was für ein kompletter Esel – mir tut es wahrlich gut, mich daran zu erinnern.» Dieser Brief handelt von Vergangenem und blickt auf die Dummheiten seiner Jugend zurück, aber er war auch fähig, sich selbst in der Gegenwart zu betrachten, und kam dabei zu ähnlich harschen Urteilen. Am selben Tag, an dem er Viola Allen schrieb, schrieb er auch an Hitchcock, ein Vorspiel zu dem unwirschen Brief, den er elf Tage später folgen ließ, aber hier scheint Crane zu begreifen, was für ein schwieriger Mensch er sein konnte, und statt sich zu verteidigen, präsentiert er sich freimütig als unverbesserlich.

> *Sehr geehrter Mr. Hitchcock: Aus der Ferne sind exzentrische Leute natürlich ungemein malerisch, aber nachdem Sie mich kürzlich aus der Nähe erlebt haben, können Sie ja nur verärgert sein. So bin ich nun mal, ich verschwinde, verdufte und verziehe mich. Das ist meine vornehmste Eigenschaft. Aber ich hoffe, Sie verzeihen mir und behandeln mich, als könnten Sie mich immer noch für einen ganz anständigen Burschen halten.*

Dann der Brief, den er zwei Wochen zuvor an eine gewisse Daisy D. Hill richtete, vielleicht der aufschlussreichste und selbstkritischste seiner Briefe, aber auch ein faszinierendes menschliches Dokument, in dem er sehr hart mit sich selbst ins Gericht geht und sich zugleich alle Mühe gibt, Miss Hills Gefühle zu schonen, wenn er auf das Rätsel ihres Schreibens eingeht – offenbar ein Fanbrief, zweifellos in schwärmerischem Ton geschrieben, so überschwänglich in seinem Lob, dass es dem Empfänger nur peinlich sein konnte.

Meine verehrte Miss Hill: Ich habe mich gefragt, ob Sie mich nicht auf den Arm nehmen wollen. Andererseits ist das Geltungsbedürfnis des Durchschnittsmannes vielleicht groß genug, das alles als vollkommen aufrichtig aufzufassen. Angenommen also, Sie meinen es wirklich ernst, dann erfüllt Ihr Brief mich mit Trauer. Bin ich doch nur ein kleiner, blassgelber Mensch mit so wenig Ausstrahlung und so unsicherem Auftreten, dass Ihre Bewunderung oder wie ich es nennen soll – falls Bewunderung ein zu starkes Wort sein sollte – mich auf den Gedanken bringt, ich sei ein Hochstapler und nehme Ihnen etwas weg. Selbstverständlich gefällt mir Ihr Brief. Er ist Ausdruck einer sensiblen jungen Seele auf der Suche nach einem Ideal. Ich kann aber nicht einmal für eine Sekunde zulassen, von Ihnen als ein solches Ideal angesehen zu werden.
Ihr Götter! Ich bin Staub – ganz normaler, uninteressanter Staub. Ich bin zu großen Teilen ein Schuft, manchmal ein Langweiler, und oft ein Heuchler. Wenn ich mich selbst betrachte, weiß ich, dass Sie nur, weil Sie nichts von mir wissen, in der Lage sind, mich in Ihrem Kopf zu einer Heldengestalt zu machen. Wenn Sie mich nur ein einziges Mal genauer prüfen könnten, würden Sie für immer verstummen.
Sie sind gewiss feinfühliger als die Menschen in Ihrer Umgebung, sonst könnten die Finger Ihrer Seele gar nicht so in die Ferne greifen. Und deshalb schreibe ich Ihnen gern und sage Ihnen die Wahrheit, wie ich sie sehe. Natürlich wäre es mir um unserer Geschichte willen lieber, Ihnen sagen zu können, ich sei tatsächlich ein bemerkenswerter Mensch, aber ach, arme Romantik, ich bin ganz entsetzlich gewöhnlich.

Jenseits des Zwischenmenschlichen, wo es um Moral, Ethik oder einfach nur um Umgangsformen geht, stellt sich die Frage, wie dieser «kleine, blassgelbe Mensch» mit sich selbst lebte, nicht, was andere sahen, wenn sie ihn betrachteten, sondern grundsätzlicher: Wer war er als physisches Wesen, und wie hat sein zäher, aber nicht sehr gesunder Körper sich auf seine Arbeit und sein Verhalten ausgewirkt? Nichts davon kann man wirklich wissen – aus dem simplen Grund, dass man unmöglich in die Haut eines anderen schlüpfen kann –, doch scheint mir unbestreitbar, dass Cranes neurologische Konstitution äußerst ungewöhnlich war, dass er kompakter verdrahtet war als andere und daher optische Reize schneller und präziser aufnehmen konnte als die meisten von uns, oder anders gesagt, er war ständig auf hundertachtzig. Ein extremes Beispiel für eine solche Persönlichkeit ist Cranes Zeitgenosse Nikola Tesla, der Erfinder, dem die Welt Wechselstrom, Neonlicht, Fernbedienung und, noch vor Marconi, die Grundlagen der Funkübertragung zu verdanken hat, einem Mann, von dem es heißt, er sei so geräuschempfindlich gewesen, dass er eine Fliege an der Wand im Zimmer nebenan habe landen hören können. So weit ging es bei Crane sicherlich nicht, aber auch er war ein außerordentlich empfängliches, empfangsbereites Wesen – eine menschliche Stimmgabel, und die Fremdartigkeit und Originalität seines Werks ist ebenso sehr ein Produkt des Körpers, in den er geboren wurde, wie der Geistesgaben, die er kultivierte und entwickelte: die visuelle Unmittelbarkeit dieses Werks, die urwüchsige Kraft seines Animismus und vor allem das unablässige Bombardement mit Farben. Der Hund hat «gelben Hunger» in den Augen, Jimmie Johnson verlebt «einige rote Jahre», George Kelcey ist ein «brauner junger Mann». Das ist keine literarische Effekthascherei, sondern spontaner Ausdruck von Cranes synästhetischer Veranlagung, wie wir sie auch von anderen Berühmtheiten kennen, dem Physiker Richard Feynman, zum Beispiel, oder dem Schriftsteller Vladimir Nabokov, dem Musiker

Duke Ellington, dem Maler Vincent van Gogh und vielleicht auch dem Dichter Arthur Rimbaud, der in seinem Gedicht «Vokale» die wesentlichen Merkmale der Synästhesie, des Farbenhörens, veranschaulicht: «A schwarz, E weiß, I rot, U grün, O blau.» Als Crane einmal mit seinem Freund Hawkins am Brooklyner Hafen spazieren ging, kam ein Boot der Kaimauer gefährlich nahe, und als ein Matrose einen Warnruf ausstieß, bemerkte Crane dazu: «Großer Gott! Was für eine grüne Stimme!» In einem Artikel für den *Brooklyn Daily Eagle* (18. April 1907) erzählte Hawkins, er habe Crane damals verblüfft gefragt, ob er versuche «poetisch» zu sein. «Ganz bestimmt nicht», antwortete Crane. Jedes Geräusch erzeuge in seinem Kopf eine Farbe, sagte er, er finde daran nichts Seltsames oder Ungewöhnliches, vielmehr könne er gar nicht begreifen, dass es allen anderen nicht auch so gehe. Geräusche als Farben, aber auch Emotionen als Farben und verschiedene Schattierungen von Gedanken. Diese Reaktionen empfand er tief im Innern seines Körpers, dem Schauplatz eines ständigen Zustroms ungefilterter Eindrücke, und Spuren dieser Kollisionen von Außen und Innen lassen sich nicht nur überall in seinem Werk entdecken, es scheint auch vollkommen einleuchtend, dass ein Mann mit einem so fein gestimmten Nervensystem für seine lodernde, rastlose, unbeständige Persönlichkeit bekannt war.

A Dark-Brown Dog. The Black Riders. The Red Badge of Courage. The Bride Comes to Yellow Sky. The Blue Hotel. An Illusion in Red and White.

Eine Würdigung Cranes muss auch seinen Gesundheitszustand in Rechnung stellen, die zahllosen Krankheiten seiner Kindheit, darunter wohl auch schon ein früher Fall von Tuberkulose – in der Familie weit verbreitet –, die dann für einige Jahre latent blieb und erst mit seinem Eintauchen in die New Yorker Slums wieder aufbrach, zu schweigen von häufigen Erkältungen, inklusive Lungenentzündungen, und trotz seiner Leidenschaft für Baseball und Tennis und andere sportliche Aktivitäten, an denen er sich wann immer möglich beteiligte, spricht manches dafür, dass er wusste, dass ihm kein langes Leben beschieden war, und schon mit zwanzig machte er Andeutungen über die begrenzte Zeit, die ihm noch blieb, nicht nur gegenüber Lily Brandon Munroe, sondern auch gegenüber Nellie Crouse und sogar Willa Cather, die er auf seiner Reise durch den Westen in Lincoln, Nebraska, kennenlernte und der er auf ihre Bemerkung, in zehn Jahren werde er ein bedeutender Mann sein, antwortete: «Zehn Jahre kann ich nicht warten. Die Zeit habe ich nicht.»

Fast alle jungen Menschen glauben, sie werden ewig leben. Crane wusste es besser, und anders als den meisten von uns mit zehn oder zwanzig oder fünfundzwanzig Jahren ward ihm nie der Luxus gewährt, sich dieser Illusion hingeben zu können.

20

Während eines Zwischenstopps in St. Louis am 31. Januar 1895 schrieb er seinem Freund Button: «Lieber Budge, bin auf dem Weg, Indianer abmurksen», und am nächsten Tag war er in Lincoln, Nebraska, wo der brenzligste Teil seines Auftrags beginnen sollte: eine Reportage von nationalem Interesse, nicht bloß irgendwelche Reiseeindrücke, wie er sie Bacheller in den kommenden Monaten aus Hot Springs, New Orleans, Galveston, San Antonio und Mexico City liefern sollte. Ein schlimmer Sommer mit Dürre und heftigen Stürmen hatte weite Landstriche Nebraskas verwüstet, und jetzt war ein ungewöhnlich kalter Winter über dieselben Gebiete im Westen und in der Mitte dieses Bundesstaats hereingebrochen, mit häufigen Blizzards und ungeheuren Schneemassen, Tausende

Familien in den Katastrophengebieten waren betroffen, viele hatten alles verloren und suchten das Weite, andere, die ebenfalls alles verloren hatten, blieben und waren drauf und dran zu verhungern. Der *Omaha World Record* hatte im Dezember eine fünfzehnteilige Artikelserie über die Krise gebracht, und als Crane jetzt das halbe Land durchreist hatte, um seinerseits davon zu berichten, war seine Ankunft dem *Nebraska State Journal* eine Meldung wert:

> Stephen Crane, Vertreter eines großen Zeitungssyndikats von landesweitem Ansehen und Einfluss, traf gestern Abend in Lincoln ein, um den Meldungen aus Omaha über die Dürrekatastrophe nachzugehen ... Mr. Crane soll im Auftrag seiner Zeitungen die Wahrheit herausfinden, ob es Sensationelles zu berichten gibt oder nicht, seine Recherchen werden daher von der Geschäftswelt Nebraskas ausdrücklich begrüßt.

Hier erwartete Crane eine neue Aufgabe, etwas ganz anderes als seine früheren Zeitungsreportagen wie die halbfiktiven New Yorker Skizzen oder die Story über die Kohlebergwerke in Pennsylvania, bei der es um einen allgemeinen Überblick gegangen war, in Nebraska dagegen ging es um eine aktuelle Katastrophe, die untersucht und analysiert und so schnell wie möglich an die Öffentlichkeit gebracht werden sollte. Fast zwei Wochen investierte er in den Artikel, sprach in Lincoln mit dem Gouverneur und etlichen Behördenvertretern, besuchte am 4. und 5. Februar die dürregeplagten Gebiete im Westen und vom 6. bis zum 8. Februar den nördlichen Teil des Bundesstaats, wo er sich in Eddyville verkroch (einem Nest, «so leblos wie eine Leiche») und weitere Interviews mit Farmern führte, während ein gewaltiger Blizzard drei Tage lang ununterbrochen mit Windstärke 10 und Temperaturen unter 25° über Dawson County hinwegfegte. Das Thermometer in seinem ungeheizten Hotelzimmer zeigte «exakt achtzehn Grad unter null» an, schrieb Crane, und man fragt sich, wie er seine Finger warm genug bekam, um überhaupt einen Stift halten zu können. Das Erlebnis dieses mächtigen Unwetters ließ ihn nicht los, und zwei Jahre später verarbeitete er es in «The Blue Hotel», einer seiner besten Erzählungen, die in der feindseligen, gottverlassenen Prärie Nebraskas spielt.

Cranes Artikel, die gründlichste seiner journalistischen Arbeiten bis dahin, umfasst gut viertausend Wörter und beschreibt die Situation aus verschiedenen Blickwinkeln. «Nebraska's Bitter Fight for Life» kommt mit Zahlen und Statistiken, weist exakt die von der Dürre betroffenen Gebiete aus und beschäftigt sich ausführlich mit den von anderen Bundesstaaten eingeleiteten Hilfsmaßnahmen, wobei es zu Unregelmäßigkeiten bei der Verteilung kam, in deren Folge gespendete Nahrungsmittel, Kleidung und Kohle in die Hände von Leuten gelangten, die nicht bedürftig waren, während andere, die es besonders nötig hatten, leer ausgingen. Die stärksten und wortgewaltigsten Passagen finden sich jedoch in Cranes Gesprächen mit den notleidenden Farmern und seinen Beschreibungen der verwüsteten Landschaft:

> Die Blätter von Mais und Bäumen wurden gelb und saftlos wie Leder. Eine Zeitlang trotzten sie den Stürmen, doch ihr Widerstand war vergeblich. Die Farmer, wehrlos dem furchtbaren, unergründlichen Wüten der Natur ausgesetzt, waren zum Zuschauen verdammt, als all ihre Hoffnungen, all ihr Streben, alles, was sie sich von ihren Mühen erwarten konnten, zugrunde ging. Es war, als würden ihr Zuhause und ihre Familien auf dem gewaltigen Altar der Erde dem Zorn einer blindwütigen, erbarmungslosen Gottheit geopfert.

> Das Land starb. Die Bäume kämpften im Toben des Sturms, stöhnten aus jedem verdorrten, versengten Blatt und hauchten schließlich ihr Leben aus, es blieben nur ihre verkrümmten, kahlen Skelette. Der Mais bebte wie im Fieber, schwankte kläglich tief gebeugt noch eine Zeitlang, und dann, verbogen und zerzaust vom heißen Windhauch, starben die gelben, zundertrockenen Stängel auf den Feldern, und die unermessliche und manchmal so herrlich grüne Prärie war braun und nackt.

Dem Zorn einer blindwütigen, erbarmungslosen Gottheit geopfert erinnert an den Crane von *The Black Riders*, und das *unergründliche Wüten der Natur* durchzieht sein Werk schon seit den Sullivan-County-Erzählungen, doch jenseits dieser vertrauten Grenzsteine seines Universums gibt es in diesem Artikel zweierlei, das einer genaueren Betrachtung bedarf – zum einen etwas, das leicht übersehen wird, zum anderen etwas, das man als weiteren Schritt in der Entwicklung von Cranes Denken bezeichnen könnte, als Vertiefung seines Weltverständnisses.

«Nebraska's Bitter Fight for Life» ist ein reiner Tatsachenbericht, ein solides, verantwortungsbewusstes Stück journalistischer Arbeit, aber die eben zitierte, so lebendig und opulent geschriebene Passage schildert eine Landschaft, die im Sommer 1894 verwüstet wurde, während Crane erst am 1. Februar 1895 nach Nebraska kam. Zweifellos waren ihm im Vorfeld viele Geschichten über die Dürre zu Ohren gekommen, aber mit eigenen Augen hatte er die Folgen dieser Katastrophe nicht gesehen – konnte sie nicht gesehen haben –, und doch, wie präzise veranschaulicht er die Verheerungen durch die Sommerstürme und die Schäden, die sie an der Ernte und der ganzen Vegetation verursacht haben – «Blätter ... saftlos wie Leder», «der Mais bebte wie im Fieber», «die gelben, zunder-

Zeichnung Cranes von C. K. Linson, 1895, kurz vor Cranes Aufbruch in den Westen und nach Mexiko als Korrespondent für Bachellers Zeitungssyndikat

(Mit freundlicher Genehmigung der University of Virginia)

trockenen Stängel» – messerscharfe Beobachtungen, nur dass er selbst das alles gar nicht beobachtet, sondern *sich ausgemalt* hat, sich so gut ausgemalt hat, dass niemand jemals die Zuverlässigkeit seiner Reportage in Zweifel gezogen hat. Wieder einmal haben wir es mit dem Dilemma zu tun, das sich ergibt, wenn Fakten und Fiktion miteinander ins Bett gehen, denn auch als Journalist war Crane in erster Linie Schriftsteller, und in seinen besten literarischen Werken (hier beginnt es seltsam zu werden) entfalten seine Beobachtungen imaginierter Szenen die ganze Wucht erlebter Erfahrung, so sehr, dass zahllose Leser von *The Red Badge of Courage* ungläubig staunten, dass der Verfasser gar kein Veteran der Nordstaatenarmee war. Ähnlich verhält es sich mit der Reportage über die Nebraska-Dürre, auch hier fällt es schwer zu glauben, dass Crane im Sommer nicht selbst zugegen war. Seine Worte scheinen ihn dort hinzuversetzen, während er sich in Wirklichkeit zwölfhundert Meilen weiter östlich befand und die protodadaistischen Albernheiten des *Pike County Puzzle* fabrizierte.

Nach der relativen Ruhe von Lincoln machte seine Reise in das von Hitze, Sturm und Frost verheerte Hinterland tiefen Eindruck auf ihn, und Crane, sonst so skeptisch, empfand rückhaltlose Bewunderung für die Tapferkeit der Menschen, denen er dort begegnete. Mit Not und Elend kannte er sich mittlerweile aus – die Slums und Bordelle von New York, die Kohlegruben von Pennsylvania –, aber der Überlebenskampf in der Tundra des Westens war noch etwas ganz anderes, und was ihn an diesen bettelarmen Farmern so beeindruckte, war ihre Zähigkeit, ihr Gleichmut und ihr Mangel an Selbstmitleid. In einem denkwürdigen Gespräch mit einem Farmer in Lincoln County erfährt Crane, dass der Mann keinerlei Unterstützung erhalten hat, und fragt: «Wie sind Sie zurechtgekommen?» Der Mann antwortet: «Ich komme nicht zurecht, Fremder. Wer zum Teufel hat Ihnen erzählt, dass ich zurechtgekommen bin?» Selbstmitleid, dieses Übel, das so viele Gestalten in *Maggie* und *Georges Mutter* vergiftet und das Leben zu einem gnadenlosen Kampf aller gegen alle macht, existiert im verwüsteten Landesinnern nicht, und wie die Bergarbeiter in Scranton haben die Menschen dort nur mit einem einzigen Gegner zu kämpfen, den launischen, unerbittlichen Naturgewalten. Untereinander jedoch halten die Männer und Frauen der Prärie zusammen, und dieser solidarische Pioniergeist, den Crane inmitten dieser Wüste aus Hunger und Not bemerkte, weckte in ihm ein neues Bewusstsein für das Potenzial der Menschen, Haltung zu zeigen – auch unter den härtesten, buchstäblich lebensbedrohenden Umständen. Er schreibt: «Das sind furchtlose Leute, echte Amerikaner», sinniert gegen Ende des Artikels über die schwierigen kommenden Monate, in denen die Gegend entweder gesundet oder in einer Katastrophe versinkt, «die das Land mit Sicherheit entvölkern wird», und schließt mit Worten aufrichtiger Bewunderung, die ihm bis dahin nie über die Lippen gekommen wären: «Unterdessen hängt alles von ihrem Durchhaltevermögen ab, von ihrer Fähigkeit, einander zu helfen, und von ihrem unbeugsamen Mut.»

Aus Nebraska schrieb Crane auch einen Brief an seinen Syracuser Collegefreund Clarence Loomis Peaslee, einen angehenden Schriftsteller, Verfasser eines der ersten biographischen Artikel über Crane («Stephen Crane's College Days», August 1896), und in diesem Artikel zitiert Peaslee einen Teil des Briefs, den Crane ihm am 12. Februar 1895 aus Lincoln geschickt hatte – das einzig erhalten gebliebene Fragment einer allem Anschein nach ausführlichen Debatte über Literatur, die in folgenden Sätzen gipfelte:

> *Was mich selbst und meinen dürftigen Erfolg angeht, so begann ich den Krieg ohne Talent, aber mit glühender Bewunderung und Verlangen. Ich musste wachsen. Ich wollte immer unmissverständlich sein. Das verstehe ich unter gutem Schreiben. Mit Literatur ist*

sehr viel Arbeit verbunden. Das ist wohl das Schwierigste daran. In der Kunst gibt es nichts zu respektieren, außer der eigenen Meinung, die man dazu hat.

Wir haben es hier mit einer von Cranes frühen zentralen Aussagen über seine Arbeit als Schriftsteller zu tun, hier brachte er seine wahren Empfindungen so deutlich zum Ausdruck, dass er, wenige Tage nachdem er Peaslee geschrieben hatte, einige Sätze daraus in einem Brief an Hilliard wiederverwendete, was deswegen erwähnenswert ist, weil hier der beabsichtigte Sinn von *unmissverständlich* klarwird: An Hilliard: «Ich musste wachsen, sozusagen. Vor allem anderen ging es mir darum, klar und unmissverständlich zu schreiben, alle Männer (und manche Frauen) sollten das lesen und verstehen können. Das verstehe ich unter gutem Schreiben.» Mit anderen Worten: *unmissverständlich* meint, was unmittelbar verständlich ist, oder nicht dunkel, nicht überladen, nicht «literarisch» geschrieben ist. Literatur als Bedeutung, nicht bloß als Show. Heutzutage klingt das vollkommen vernünftig, aber damals, in jener eher nichtssagenden Epoche zwischen dem Ende der amerikanischen Renaissance und dem Beginn des Modernismus, als Literatur zu nicht viel mehr als einer Übung in eleganter Unterhaltung verkommen war, musste Cranes Standpunkt verwegen erscheinen, insbesondere die darin inbegriffene Geringschätzung von Kritikern und Verkaufszahlen. Der Schriftsteller ist der Richter seiner Arbeit, und wenn er an das glaubt, was er tut, kann er seine Arbeit respektieren und dazu stehen, ohne Rücksicht auf die Meinung anderer. Crane hätte hinzufügen können: Und bereit sein, in Deckung zu gehen, wenn sie einen mit Eiern beschmeißen – denn mochte er sich auch schließlich einigen Respekt erwerben, so gab es immer andere, die es sich nicht verkneifen konnten, ihn anzugreifen, und je mehr Respekt er sich mit den Jahren erwarb, desto mehr wurde er auch angegriffen.

Auf seiner viermonatigen Reise muss Crane Dutzende, wenn nicht Hunderte von Männern und Frauen kennengelernt haben, aber nur eine einzige hat sich die Mühe gemacht, ihre Eindrücke von dem Besuch des Ostküstenmannes im Westen zu Papier zu bringen. Willa Cather, nur zwei Jahre jünger als Crane, absolvierte gerade ihr letztes Studienjahr an der University of Nebraska und schrieb bereits Theaterkritiken für das *Nebraska State Journal*. Zwei Monate zuvor hatte sie die Fortsetzungsversion von *The Red Badge of Courage* redigiert, und als Crane am 1. Februar nach Lincoln kam, trafen sich die beiden in der Redaktion der Zeitung.[42] Am 13. sahen sie sich dort wieder und führten anscheinend ein längeres Gespräch, das Cather viel Stoff für ihren Artikel «When I Knew Stephen Crane» lieferte. Geschrieben im Juni 1900 (wenige Tage nach Cranes Tod) und ursprünglich unter einem ihrer Pseudonyme (Henry Nicklemann) veröffentlicht, ist vieles darin, genau wie der Name des Verfassers, reine Erfindung.

Als Zeitpunkt ihrer Begegnung nennt Cather das Frühjahr 1894, nicht den Winter 1895. Das Wetter ist «drückend warm», nicht eisig. Sie steht am Anfang ihres Studiums, nicht am Ende. Cranes Haare sind schwarz, nicht blond. Seine Augen sind dunkel, nicht blaugrau. Sein Fortsetzungsroman gelangte über eine Verbindung mit Howells, nicht Marshall, an Bacheller. Er ist vierundzwanzig, nicht dreiundzwanzig. Er trägt «ein Bändchen Poe ... in der Tasche», zweifellos weil sie Crane als dunkel beschreibt: Er soll wie Poe aussehen, oder, noch bizarrer, sie will ihn als Reinkarnation von Poe erscheinen lassen.

Kann man überhaupt etwas in ihrem Artikel glauben? Manches vielleicht schon, aber was? «Er erklärte, er werde nach Me-

■ 42 Wenn man der Legende glauben kann, erschien Crane dort gegen Mitternacht und erblickte Cather aufrecht stehend, die Augen geschlossen, reglos wie eine Statue, tief schlafend. Erstaunt soll Crane gesagt haben, so etwas habe er noch nie gesehen.

xiko gehen, um für Bachellers Syndikat zu schreiben und seinen Husten loszuwerden.» Möglich, dass Crane das gesagt hat, aber wer weiß? «Er war dünn bis zur Auszehrung, sein Gesicht hager und unrasiert ... [sein Haar] struppig und ungepflegt. Seine graue Kleidung ziemlich verschlissen ... Er trug ein Flanellhemd und eine schlecht gebundene Krawatte ... seine Schuhe waren staubig ... und ganz schiefgetreten.» Vielleicht hatte der oft schlecht gekleidete Crane tatsächlich so ausgesehen, aber Cather trägt so dick auf, dass man den Verdacht nicht loswird, es gehe ihr nur um den poetischen (Poe-etischen) Effekt.

Und doch, Cather ist eine wunderbare Schriftstellerin, und ob sie übertreibt oder nicht, ihr Porträt eines niedergeschlagenen, verwirrten Crane könnte ein Körnchen Wahrheit enthalten. Schließlich wartete er immer noch auf Nachricht von Hitchcock wegen *The Red Badge of Courage*, was sicher ein Grund zur Beunruhigung war – die Ungewissheit über seine Zukunft als Schriftsteller –, aber wenn Cather behauptet, er sei während der Tage in Lincoln «vollkommen untätig» gewesen, sprechen die Tatsachen gegen sie, denn wir wissen, wie fleißig Crane in diesen Tagen seinen Artikel vorbereitete, unter anderem sprach er mit Gouverneur Holcomb und L. P. Ludden, dem Verantwortlichen für die Hilfslieferungen, den Artikel schrieb er dann in Lincoln nach der Rückkehr von seinem Ausflug nach Eddyville und in andere Katastrophengebiete in der Umgebung. Wie auch immer, Cathers Text ist beeindruckend – und im Brustton der Überzeugung vorgetragen:

> Crane wirkte bedrückt; er war bei schlechter Gesundheit und schien äußerst mutlos. Sogar seine Scherze waren außerordentlich bitter. Er bewegte sich mit dem angespannten, zerstreuten, in sich versunkenen Gebaren eines Mannes, dem irgendein drohendes Unheil nicht aus dem Kopf will, und ich

> rätselte vergeblich, worum es sich handeln könnte … Seine Augen sind mir als die schönsten in Erinnerung, die ich jemals gesehen habe, groß und dunkel, voller Glanz und wechselnder Lichter, hinter denen eine tiefe Melancholie verborgen lag. Es waren Augen, die sich selbst zu verbrennen schienen.
>
> Wenn er mit gebeugten Schultern am Schreibtisch saß, den Kopf gesenkt, und mit seinen langen weißen Fingern auf den leeren Seiten herumtrommelte, wirkte er nervös wie ein Rennpferd, das den Start kaum erwarten kann. Wo immer er ein und aus ging, schien er sich gerade auf eine plötzliche Abreise vorzubereiten. Jetzt, da er gestorben ist, kommt es mir vor, als sei sein ganzes Leben eine Vorbereitung auf eine plötzliche Abreise gewesen. Ich erinnere mich, wie er einmal, als er einen Brief schrieb, innehielt und mich nach der korrekten Schreibweise eines Wortes fragte, wozu er sorglos bemerkte: «Ich habe keine Zeit, Orthographie zu lernen.» Und mit Blick auf seine Kleidung fügte er geistesabwesend hinzu: «Ich habe auch keine Zeit, mich anständig zu kleiden; das nimmt einem viel zu viel vom Leben weg.»

Cather berichtet, am Abend des 13. habe Crane offen mit ihr von der Schwierigkeit gesprochen, «als Schriftsteller ein Doppelleben zu führen; erstens über Dinge zu schreiben, die ihn befriedigten, und das ganz langsam; zweitens alles mögliche Zeug, das sich verkaufen lässt», wozu Cather bemerkt, Crane «hob in seiner langen Tirade nicht ein einziges Mal die Stimme; er sprach bedächtig und monoton und sogar recht ruhig, aber nie habe ich ein so tief verbittertes Herz erlebt wie das, welches er mir an jenem Abend offenbarte». Niemand sonst, der über ihn geschrieben hat, hat jemals etwas von solcher Verbitterung an Crane bemerkt, aber lassen wir Cather das Recht auf ihre eigene Meinung und nehmen an, Crane sei zu der Zeit tatsächlich besonders verbittert gewesen, obendrein völlig erschöpft von den Strapazen auf dem Lande, kaputt und deprimiert. Kurz darauf jedoch zitiert sie einen Satz von ihm, der nicht von ihm stammen kann, weil er etwas wiedergibt, das jemand anderer über ihn gesagt hatte – nämlich der britische Kritiker Edward Garnett, Ehemann der Russisch-Übersetzerin Constance Garnett und mit Crane während dessen letzten Lebensjahren befreundet. Cather zitiert Crane so: «Was ich nicht kann, kann ich gar nicht, und ich kann es nicht erreichen.» Garnett über Crane (in einem Artikel vom Dezember 1898): «Was er nicht hat, kann er nicht erreichen.» Wir wissen, dass Cather Garnetts Artikel kannte (sie zitiert selbst daraus), was es umso rätselhafter macht, warum sie Garnetts Worte Crane in den Mund gelegt haben sollte. Eine Kleinigkeit, mag sein, aber auch ein weiterer Beweis dafür, dass Cathers Denkschrift über Crane großenteils auf frei Erfundenem beruhte.

Trotz alledem bleibt die faszinierende Tatsache, dass die zwei besten amerikanischen Schriftsteller ihrer Generation einander mit einundzwanzig und dreiundzwanzig in einer kleinen Zeitungsredaktion in Lincoln, Nebraska, kennengelernt haben. In den Folgejahren besprach Cather, oft sehr kritisch, einige von Cranes kleineren Sachen, aber als sie nach seinem Tod über ihn schrieb, ließ sie ihm Gerechtigkeit widerfahren, bezeichnete «The Open Boat» als «unübertroffen in seiner Lebendigkeit und technischen Vollkommenheit» und nannte Crane «den bedeutendsten Autor seiner Zeit, wenn es um die Schilderung episodischen, fragmentierten Lebens geht». Was ihr zweites Zitat aus Garnetts Artikel betrifft, drücken die Worte des Engländers zweifellos auch ihre eigenen Gefühle für den toten Jungen in Flammen aus: «Ich wüsste in der Geschichte der Literatur … nichts Vergleichbares. Maupassant, Meredith,

Henry James, Mr. Howells und Tolstoi, sie alle übten sich noch in ihrer Kunst in einem Alter, in dem Crane die seine bereits, und aufs höchste, zur Vollendung gebracht hatte.»

Es ist unklar, wann genau Crane von Hitchcocks Entscheidung zu *The Red Badge of Courage* erfuhr, aber der Brief ist offenbar irgendwann nach seinem schwermütigen Gespräch mit Cather eingetroffen (falls es denn so schwermütig war, wie sie es darstellte), denn am 15. Februar, bei seiner Ankunft in Hot Springs, Alabama, scheint er bester Dinge gewesen zu sein. Er war nur auf der Durchreise nach New Orleans, doch was er an jenem Vormittag von dem kleinen Urlaubsort sah, reichte für einen entzückenden, übersprudelnden, leicht hingetupften Artikel, der am 3. März erschien und vermutlich im Zug auf dem Weg zum nächsten Zwischenstopp geschrieben wurde.

Das Charmante an «Seen at Hot Springs» ist der muntere Tonfall dieses im heiteren Bewusstsein seiner Bedeutungslosigkeit geschriebenen Stückchens, das in der Buchausgabe fünf Seiten umfasst. Man spürt, wie Crane nach den existenziellen Themen, mit denen er in der Prärie von Nebraska konfrontiert wurde, im milden Klima von Arkansas buchstäblich aufatmet und seine Sätze vergnügt aus dem Ärmel schüttelt. Ein Bach «sieht aus wie eine Million Gläser Zitronenlimonade», die Kutscher und Gepäckträger am Bahnhof hetzen, brüllen und gestikulieren «so unverständlich ... wie ein Haufen Homer-Experten», und beim Besuch der berühmten Badehäuser kommt Crane zu der Erkenntnis, dass man, einmal in diese dampfenden Räumlichkeiten eingeschlossen, «zu einem Wesen in dreierlei Zuständen wird. Man will ein Bad nehmen – man nimmt ein Bad – man hat ein Bad genommen.» Auf Seite 4 scheint ihm der Stoff über Hot Springs auszugehen, eine Stadt, die ihm als einzigartig in den Vereinigten Staaten erscheint, weil sie so viele Gegensätze in sich vereint, dass sie «dem Norden und Süden, dem Osten und Westen» gleicht, und er beginnt eine kleine Geschichte über einen Handelsreisenden einer Hutfabrik in Ogallala, Nebraska, und einen «jungen Fremden mit ... blonden, unschuldigen Haaren», und ob sie auf einem realen Ereignis beruht oder völlig aus der Luft gegriffen ist, spielt keine Rolle. Die beiden Männer begeben sich in einen Saloon, um ein paar Erfrischungsgetränke zu sich zu nehmen. Am Tresen steht ein Mann, der sich «die Koteletten zwirbelt» und ihnen vorschlägt, um die Drinks zu würfeln. Der Handelsreisende ist einverstanden, sie beginnen zu spielen, erst um einen Dollar, dann um zwei, dann um vier, bis der Reisende «binnen vier Minuten fünfzig Dollar» gewonnen hat. Der Mann mit den Koteletten verschwindet, und der enthusiasmierte Reisende bietet dem immer noch neben ihm am Tresen stehenden jungen Fremden mit den blonden, unschuldigen Haaren an, das Geld gemeinsam «auf den Kopf zu hauen», aber der Crane-Ersatzdarsteller zögert, vielleicht weil er irgendeine raffinierte Gaunerei hinter dem Angebot vermutet, und lässt den perplexen Reisenden mit den Worten stehen: «Ich glaub, ich geh noch mal in die Stadt. Ich möchte einen Brief an meine Mutter schreiben.» Was für eine großartige, verblüffende, idiotische Pointe, aber noch besser ist der letzte Satz des Artikels – «Im Hinterzimmer des Saloons zupfte der Mann mit den gezwirbelten Koteletten schweigsam Hieroglyphen aus seinem Bart» – mit Sicherheit einer der atemberaubendsten, verrücktesten Sätze, die Crane jemals geschrieben hat.

Auf dieser Welle des Überschwangs segelte er weiter bis New Orleans, und drei Tage nach seiner Ankunft schickte er Linson einen irrsinnig unsinnigen Brief, geschrieben in einer Mixtur aus Kreolisch, Deutsch und schwerfälligem Anfängerenglisch:

> *Mon ami Linson: Friedweller die schonënberger je suis dans New Orleans. Cracked ice dans Nebraska, terra del fuega dans*

New Orleans. Table d'hôtes sur les balconies just like spring. A la mode whiskers on the citizens en masse, merci, of the vintage de 1792.
Frequented I all the time here again l'etoile de Virginitie sur St. Louis Street. Sic semper tyrannis! Mardi gras tres grande but it does not until Tuesday begin. Spiel!

Noch nie war er so weit weg von zu Hause gewesen. Selbstbestimmt, unbedrängt, frei von allen Verpflichtungen außer Bacheller und sich selbst gegenüber, war es das erste Mal in drei Jahren, dass er sich keine Sorgen zu machen brauchte, wie er an den nächsten Dollar und die nächste Mahlzeit kommen sollte. Mehr noch, er war *unterwegs*, endlich hatte er seinen alten Traum verwirklicht, den engen gepflasterten Straßen New Yorks zu entkommen und die unirdischen Weiten des amerikanischen Westens zu bereisen, und nachdem jetzt seine Gedichte bald erscheinen würden und sein Kriegsroman endlich akzeptiert worden war, wie sollte ihm da, bei diesem jähen Wandel des Geschicks, nicht schwindlig werden? Der Artikel über Hot Springs und der Brief an Linson künden von einem jungen Mann, der besoffen ist vor Glück, und mochten seine Artikel für Bacheller auch nichts Besonderes sein, die Reise an sich war für Crane von unschätzbarem Wert: vier Monate voller neuer Eindrücke und neuer Gedanken, die ihm nach seiner Rückkehr nach New York eine Fülle von Erzählungen einbrachten, erst die phantastischen, kompakt gearbeiteten Geschichten aus Mexiko und dem Westen («One Dash-Horses», «The Five White Mice», «A Man and Some Others», 1895–96), und dann die zwei erzählerischen Wunder von 1897–98 («The Bride Comes to Yellow Sky», das in Texas spielt, und «The Blue Hotel», das während eines Blizzards in Nebraska spielt, genauso einer, wie er ihn in Eddyville erlebt hatte). Ohne diese Reise wäre nichts von alldem geschrieben worden, soll heißen, ohne diese Reise, die ihn zu einigen seiner besten Erzählungen inspirierte, wäre Crane niemals Crane geworden.

Er wusste, dass der Wilde Westen seiner Kindheit tot war. Nach der Volkszählung von 1890 wurde die Kolonisierung offiziell für beendet erklärt, und nachdem kein jungfräuliches Neuland mehr erkundet und erobert werden konnte, keine Indianer mehr zusammengetrieben und getötet werden konnten und sich keine Revolverhelden mehr in Saloons und staubigen Wagenburgen gegenüberstanden, kam der Fortschritt jetzt in Form von Zivilisation. Crane bereiste dieses Gebiet im Scheitelpunkt dieser Umwälzungen, Umwälzungen, die er später eindrucksvoll in seinen zwei Western-Meisterwerken verwerten sollte, aber, während die Nester zu Städten wurden, und Handel und Wandel sich ausbreiteten, blieb die Landschaft in all ihrer kosmischen Erhabenheit unverändert, und trotz aller Eingriffe des Ostens im Westen war der Westen immer noch weit weg vom Schuss, ein anderes Amerika als das, das Crane in New Jersey und New York kennengelernt hatte. Sechs Monate nach seiner Rückkehr schrieb er aus Port Jervis an seinen Freund Hawkins:

> *Ich war immer der Überzeugung, dass die Leute im Westen viel echter sind als die im Osten. Wir im Osten leben unter der Last einer verabscheuenswerten oberflächlichen Kultur, die ich für die wahre Barbarei halte ... Verdammt sei der Osten! Ich habe mich in die durch und durch gradlinigen, manchmal schrecklichen, oft großschnäuzigen Bewohner des Westens verliebt, weil sie mir als Menschen echter erscheinen, und, ich sag's Dir, in den nächsten fünfzig Jahren werden wir erleben, wozu der Westen fähig ist. Die muss man ernst nehmen, diese Burschen. Sie nehmen einen großen Schluck Wind bei ihrer Geburt und leben.*

Nicht dass er seine Arbeit für Bacheller einschlafen ließ – bei vierzehn Artikeln[43] in vier Monaten kann man wohl kaum von Pflichtversäumnis sprechen –, aber ich denke, seine Begeisterung hat ihn allzu sehr mitgerissen, der Job als Reiseschriftsteller passte schlecht zu seinen Talenten. Crane war am besten, wenn er Geschichten erzählte, selbst so winzige Geschichten wie die von einem Verkehrsstau in einer New Yorker Straße, und jetzt, da er von Ort zu Ort reisen und Lokalkolorit aufsammeln sollte, konnte er anscheinend nicht viel damit anfangen, zumindest beflügelte es ihn nicht, weshalb die Skizzen doch eher zäh und routiniert daherkommen. Natürlich sind sie durchweg gut geschrieben und unterhaltsam, mehr als gut genug, um Bacheller zufriedenzustellen, aber von zwei oder drei abgesehen, mangelt es ihnen an Cranes gewohntem Schwung.

Was er in diesen vier Monaten trieb, bleibt weitgehend im Dunkeln. Fünfzehn, sechzehn Tage vertrödelte er in New Orleans, vornehmlich mit einem frisch abgetippten Manuskript von *The Red Badge of Courage* beschäftigt, das Hitchcock ihm per Express ins Hotel geschickt hatte, und bevor Crane es an D. Appleton and Company zurückschickte, nutzte er die Gelegenheit, den Roman mit Abstand und klarem Kopf zu überarbeiten, strich ein Kapitel ganz und die letzten Absätze einiger anderer, insgesamt rund zweitausend Wörter, und brachte – wie er Hitchcock mitteilte – «eine ganze Menge kleiner Korrekturen an». Neben der Arbeit an seinem Manuskript besuchte er zwei Opernaufführungen, kämpfte (Linsons Bericht zufolge) mit Verdauungsstörungen und sah Copeland and Days Verlagsprospekt zu *The Black Riders* durch (inklusive

■ 43 Oder siebzehn, wenn man die drei Fabeln mitzählt, die er in Mexiko oder unmittelbar nach seiner Rückkehr schrieb und die alle von Bacheller veröffentlicht wurden: «The Voice of the Mountains», «How the Donkey Lifted the Hills» und «The Victory of the Moon».

schmeichelhafter Auszüge aus Garlands Besprechung von *Maggie*), doch abgesehen von zwei Artikeln, die er aus New Orleans übermittelte, ist über seinen Aufenthalt im Hotel Royal nichts bekannt. Der erste dieser Artikel besingt die historische und aktuelle Bedeutung der Oper für die Stadt, der zweite schildert in allen Einzelheiten die Karnevalsfeierlichkeiten vom 26. Februar und wurde offenbar ein wenig zu spät abgeliefert, da Bacheller ihn erst zum nächsten Mardi Gras im Jahr darauf drucken ließ. Dann ging es weiter nach Texas; am 5. März in Galveston angekommen, vertrank er den Großteil dieses Tages mit zwei Lokalgrößen, erst mit dem Bürgermeister, dann mit dem Chefredakteur der *Galveston Daily News.* In einem Brief an seinen Künstlerfreund James Moser berichtete er davon:

> *Zu meiner Ehre sei gesagt, dass ich dem Chefredakteur nichts vom Bürgermeister erzählte, und dem Bürgermeister nichts vom Chefredakteur, sondern beider Attacken mit Anstand und Gelassenheit hinnahm. Sollte irgendjemand noch einmal behaupten, ich könne nichts vertragen, so lügt er. Was ich vertrage, geht auf keine Kuhhaut ... Galveston ist eine tolle Stadt, und Spaß beiseite, ich danke Dir sehr, dass Du mich einem so großartigen Burschen wie Sam Penland vorgestellt hast.*

Hier zeigt sich dieselbe übermütige Stimmung wie in dem Hot-Springs-Artikel und in dem Brief an Linson aus New Orleans, und diese gute Laune muss sich den Leuten, die er in Galveston traf, mitgeteilt haben, darunter Penland, der sich bald darauf schriftlich bei Moser bedankte, dass er ihn mit Crane bekannt gemacht hatte – das erste von nur zwei kurzen schriftlichen Zeugnissen (neben Cathers längerem Artikel), die zu Cranes Reisen durch den Westen erhalten sind:

Mr. Stephen Cranes ruhiges Auftreten und unaufdringliches Gebaren sowie sein eindrucksvolles Mienenspiel gewannen ihm die Herzen meiner Freunde, denen ich ihn vorstellen durfte. Sein Besuch bei uns war rundum erfreulich, und wir erwarten mit großem Interesse seine Rückkehr aus Mexico City.

Dies beweist, dass Crane sich während seines einwöchigen Aufenthalts in Galveston nicht in seinem Hotelzimmer verkroch, dass er Kontakt mit den Einwohnern hatte und einen guten Eindruck auf sie machte, aber was er dort sonst noch gesagt, getan oder gedacht hat, ist nicht überliefert. Man kann annehmen, dass er sich Notizen für den Artikel machte, den er über die Stadt schreiben wollte, auch wenn er ihn erst viel später zu Papier brachte, so viel später, dass er erst fünf Monate nach seinem Tod im Druck erschien. Es handelt sich im Wesentlichen um eine Reisereportage, die gegen den Grundgedanken einer jeden Reisereportage verstößt, der darin besteht, aufzuspüren, was den Ort, den der Reiseschriftsteller besucht, von anderen unterscheidet, wohingegen Crane den Eindruck hat, dass die meisten amerikanischen Orte sich eher gleichen als voneinander unterscheiden, was auch für Galveston gilt, diese ständig sich modernisierende Stadt mit ihren «rechtwinklig angelegten Häuserblocks ... Gewirr von Telegraphendrähten ... und lärmenden Straßenbahnen», sodass man sich «ein Bild von Galveston ebenso gut in Maine machen kann». Andererseits sind auch die Einwohner zu beachten, und der Artikel endet mit einem Loblied auf die Bürger der Stadt, auf ihre «für Südstaatler so typische Offenheit, ihre Aufrichtigkeit, die es ihnen ermöglicht, ohne Argwohn auf einen Fremden zuzugehen, und was ihre unübertroffene Gastfreundlichkeit betrifft, so können Zyniker viel davon lernen». Mit Zynikern meinte Crane natürlich sich selbst.

In San Antonio dann so ziemlich dasselbe: ein unfertiger Artikel, der erst Jahre später erschien (am 8. Januar 1899), und ein urkomischer Brief an einen Freund. Diesmal war es Button, dem er als Erstes und etwas voreilig seine unmittelbar bevorstehende Abreise nach Mexiko ankündigte (er fuhr erst eine Woche später); dann schimpft Crane auf sich selbst und die Fronarbeit der Reiseschriftstellerei («Ich könnte Dir viele seltsame Dinge erzählen, die ich erlebt habe, wenn ich es nicht so satthätte, davon in allerlei Artikeln zu berichten») und kommt schließlich zur Sache: Wie er in New Orleans einem Mann aus Buttons Heimatstadt begegnete:

> *ein ganz unerträglicher Trampel ... der mich wissen ließ, dass er aus Akron, Ohio, stammt, auch wenn ich nicht wüsste, wozu das gut sein soll. Er sagte, er kenne Deine Freunde dort, oder Deine Freunde, die von dort weggelaufen sind, oder drauf und dran sind, von dort wegzulaufen, oder drauf und dran sind, sich mit dem Gedanken zu tragen, von dort wegzulaufen.*
> *Er hatte Finger wie Blitzableiter, zeigte damit auf der Straße ständig auf irgendwelche Leute und rief: «Sieh dir den an!» Die Bürger von New Orleans mögen so etwas gar nicht, musst Du wissen. Zweifellos brachte so manches sein einfältiges Akron-Köpfchen zum Staunen, ich meinerseits aber dachte mir, er sollte seine Gefühle besser für sich behalten ...*
> *Er bat mich überschwänglich, auf meinem Rückweg im Frühjahr bei ihm vorbeizukommen. Ich erwiderte bescheiden, ich wisse seine Großzügigkeit und seinen Mut zu schätzen, werde jedoch zu Beginn des Frühjahrs sterben müssen und es daher eilig haben, rechtzeitig zu meiner Beerdigung nach Hause zu kommen, habe aber 1997 noch einen Termin frei, da werde es mir ein Vergnügen sein, ihn in der Hölle zu empfangen.*
> *Na, egal, alles Lüge, ich war taktvoll, habe ihn gut behandelt und Rücksicht auf seine kindliche Unschuld genommen. Nur finde ich, dass solche Exporte aus Akron, Ohio, mit Strafzöllen belegt werden sollten.*

Den letzten Blick auf Crane im amerikanischen Westen gewährt uns Frank Bushick, der Herausgeber des *San Antonio Express*, der sich selbst und den reisenden Reporter bei einem Abend auf der Alamo Plaza porträtiert; dort stehen sie vor einem mexikanischen Essensstand, und Crane kommt mit einer von San Antonios legendären Chili Queens ins Plaudern – das waren attraktive Kellnerinnen, die mit potenziellen Kunden flirteten, um sie zum Kauf der an ihren Ständen angebotenen Tamales, Enchiladas und Frijoles zu verführen (Essen, von dem Crane dann schrieb, es schmecke «exakt so wie zerstoßene Schamottesteine aus dem Hades»). Ihr Name war Martha, eine stadtbekannte Schönheit mit prächtig schwarzem Haar, gewandet in einen knöchellangen «flammend roten Rock» und eine ärmellose blaue Bluse, die ihren «vollen Busen» sehen ließ, sie schien Gefallen an Crane zu finden und machte ihm ein Kompliment zu seinem guten Aussehen. Er gab seine gewohnte Zurückhaltung auf und erwiderte das Kompliment mit der Bemerkung, sie sei «heute Abend hübscher denn je», eine galante, aber absurde Feststellung, die den Anschein erweckte, als seien sie seit Jahren miteinander befreundet, und als Martha, nicht auf den Kopf gefallen, bei genauerem Hinsehen erkannte, wie jung er war, fragte sie Crane, ob seine Mutter wisse, dass er ausgegangen sei. Ja, sie wisse Bescheid, versicherte er eilig, und um das Spiel zu verlängern, erzählte er Martha, er habe viel von ihr gehört, deshalb sei er hier, er habe sie einmal sehen wollen, worauf Martha lachend erwiderte: «Du liebe Zeit! Ein Spaßmacher sind Sie auch noch! Hier, dafür bekommen Sie eine Blume», und steckte ihm eine rote Rose in den Aufschlag seines Jacketts.

Bushick erzählte diese Anekdote neununddreißig Jahre später in seinem Buch *Glamorous Days: In Old San Antonio.* Der große zeitliche Abstand spricht jedoch nicht gegen den Wahrheitsgehalt der Geschichte, und wenn es sich tatsächlich so zugetragen hat, bestätigt es nur, dass Crane nach anderthalb Monaten auf Reisen immer noch guter Dinge war, egal wie satt er es mittlerweile hatte, sich Reiseberichte aus dem Kreuz zu leiern, um für die Kosten aufzukommen.

In dem Artikel über San Antonio bringt er sein Missfallen an der Modernisierung texanischer Städte erneut zum Ausdruck, kritisiert das «Getöse der furchtbaren und allmächtigen Straßenbahn» und stellt sich vor, «wenn es in Jericho Straßenbahnen gegeben hätte, wäre die Stadt nicht eingestürzt, sondern explodiert». Selbst die alten spanischen Missionsbauwerke, die im mexikanischen Viertel noch stehengeblieben sind, sind bedroht und «müssen zu Staub zertrampelt werden, der alles ist, was der Marsch dieses schrecklichen Jahrhunderts zustande bringt». Dennoch scheint ihm San Antonio besser gefallen zu haben als Galveston, insbesondere faszinierten ihn das Alamo und das selbstmörderische letzte Gefecht von 1836, das dort von Texanern unter Führung von Travis, Crockett und Bowie gegen die viertausend Mann starke Armee von Santa Anna ausgetragen wurde. In einer raren Anwandlung von Sentimentalität nennt Crane das Alamo «das größte Denkmal für Tapferkeit, das die Zivilisation jemals hat errichten lassen», doch nur wenige Absätze später – im Zusammenhang mit der Geschichte, wie Colonel Travis seine Männer auf den sicheren Tod vorbereitet, nachdem er ihnen freigestellt hatte, zu bleiben und zu sterben oder wegzulaufen und mit dem Leben davonzukommen – überlegt er es sich anders und kommt auf Rose zu sprechen, den einzigen sogenannten Feigling der kleinen Schar, der sich fürs Weglaufen entscheidet und erklärt: «Ich habe nicht vor zu sterben und werde es nicht tun, wenn es sich vermeiden lässt», und statt über diesen Mann den Stab zu brechen, nennt Crane ihn einen «zähen Philosophen» und preist seinen «seltsamen umgekehrten Mut», denn sosehr er Heldenmut im Kampf bewunderte, bewunderte er auch jeden, der zu seiner Überzeugung stand und sie gegen die Mehrheit verteidigte.

Am 17. März fuhr er von San Antonio nach Laredo, stieg dort in einen anderen Zug, und sechzig Stunden und tausend Meilen später traf er in Mexico City ein, wo er sich für die nächsten neun Wochen so gut wie unsichtbar machte.

Nach den Erzählungen, die er in diesem und dem Jahr darauf schrieb, scheint Crane viel Zeit mit anderen Amerikanern verbracht zu haben, die in Mexico City lebten, Emigranten und Herumtreibern, den Kneipenwirten einer über die Grenze nach Süden transplantierten Yankee-Welt, was Berryman zu dem Urteil veranlasste, nie zuvor sei «das dem Trunk und Spiel ergebene Lotterleben von Amerikanern in einer Stadt im Ausland so scharf beobachtet worden», aber Crane bewegte sich während jener neun undokumentierten Wochen ja nicht nur in diesen Kreisen, er musste auch den Schock der Erfahrung mit Mexiko verkraften, mit dem Land und seinen Bewohnern, und arbeitete weiterhin fleißig an seinen Recherchen und Reportagen, zuweilen schier überfordert von all dem Neuen, und immer unter der Last des Gefühls, als ahnungsloser Fremdling dort herumzustochern, was ihn freilich bei seinem Ringen, Mexiko und die Kultur dieses Landes zu verstehen, nicht von seiner schriftstellerischen Verpflichtung abhielt, die Augen offen zu halten und mitzuteilen, was er sah.

Im Zug nach Süden: «In Mexiko dämpft die Luft selten etwas. Vielmehr richtet sie ihre ganze Kraft darauf, Glanzpunkte zu setzen, alles in den Vordergrund zu rücken und Farben grell hervortreten zu lassen.»

Badende Frauen: «In einem Bach in der Nähe trieben zahlreiche Köpfe mit langem schwarzem Haar. Eine Menge weiblicher Kleidungsstücke zierten die Büsche am Ufer. Ein kleines Kind, braun wie ein Wasserkrug und mit der Statur eines Stadtrats, stolzierte mit dem Gebaren völliger Gleichgültigkeit, Ahnungslosigkeit oder offener Verachtung am Ufer einher.»

In Mexico City: «Die Stierkämpfer ... bewegen sich selbstbewusst, stolz, mit imponierender Gelassenheit. Die Leute sehen ihnen nach. In ihren Zügen liegt etwas Kaltes, Finsteres, Gnadenloses. Auch etwas Geschichtliches, eine Geschichte feurigen Handelns, von Gefahr und Entrinnen. Man spürte, man spürte, ohne dass es einem gesagt werden musste, dass man einen Henker vor sich hatte, eine Art moralischen Mörder.»

Am Viga Canal: «Hinter der Gartenmauer erschien plötzlich der Popocatepetl, himmelhoch, ein gewaltiger Kegel, cremefarben im Gleißen der Sonne. Später kam Iztaccihuatl hinzu, die weiße Frau, von eigenartiger Gestalt, eher Kamel als Frau, der Gipfel von Wolken verhangen. Unterhalb der beiden eine glühend grüne Ebene.»

In Mexico City: «Der *burro*, in Sklaverei geboren, in Sklaverei sterbend, eine Generation um die andere, ein Mann auf wackligen Beinen, mit kaputtem Rücken und lächerlich kleinem Gesicht, denkt niemals über irgendetwas nach. Er trägt, so viel er kann, und wenn er es nicht mehr tragen kann, bricht er zusammen.»

Über Geld und Preise: «Wenn ein junger mexikanischer Angestellter, der ungefähr 60 Dollar im Monat verdient, gleichwohl, wie junge Angestellte nun einmal sind, große Stücke auf sich hält – wenn dieser junge Angestellte sich einen seinen Vorstellungen entsprechenden Anzug kaufen möchte, wird er dafür mehr als einen Monatslohn ausgeben müssen ... Junge Angestellte werden in Mexiko keine großen Herren.»

Über Pulque, das Nationalgetränk: «Es gleicht grüner Milch. Der Durchschnittsmensch hat niemals grüne Milch gesehen, doch wer sich eine Handvoll Moosgrün vorstellen kann, eingerührt in ein Glas Sahne, bekommt ein recht gutes Bild davon, wie Pulque aussieht. Und der Geschmack – es schmeckt wie ein schauriges Hefegebräu. Oder wie ein Debakel aus Eiern – Man begreift dann, Erziehung ist alles, wie die Philosophen sagen, und dass wir alle

Sandwichs aus Fußmatten essen würden, wären wir in anderen Verhältnissen aufgewachsen.»

So weit einige Auszüge aus den neun Artikeln, die er Bacheller schickte; offenbar verlegt er sich hier auf eine Art Reiseführerton. Es sind Stilübungen, nichts Substanzielles, geprägt von witzigen Einfällen und Cranes unbändigem Talent für überraschende Bilder (*Sandwichs aus Fußmatten*), aber sie alle nähern sich Mexiko von außen und unternehmen selten den Versuch, unter die Oberfläche der sichtbaren Wirklichkeit vorzudringen. Reisenotizen eines verblüfften Touristen – um andere Amerikaner auf ihre eigenen verblüffenden Abenteuer im «geheimnisvollen Süden» vorzubereiten. Alle neun Artikel wurden in den zahlreichen Zeitungen des Syndikats abgedruckt, während ein kleiner Aufsatz, das einzige wirklich bedeutsame Stück, das Crane in Mexiko schrieb, über ein halbes Jahrhundert lang unveröffentlicht blieb und erst 1967, mitten im Vietnamkrieg, im Druck erschien. Ohne Titel und von Bacheller aus ungeklärten Gründen nicht publiziert (vielleicht hat Crane es ihm nicht geschickt, vielleicht wurde es als zu provozierend abgelehnt), ist es heute unter zwei verschiedenen Titeln bekannt, «Above All Things» (nach den Anfangsworten des Stücks) und «The Mexican Lower Classes» (so in der Ausgabe der Library of Congress von 1984). Mit diesem Aufsatz, im Buch nur gut drei Seiten lang, wächst Crane über sich selbst hinaus, indem er offen und ehrlich, auch sich selbst gegenüber, den Versuch unternimmt, hinter die Rätsel von Kultur, Gesellschaft und dem Schicksal des Individuums zu kommen, das in die einen oder anderen Umstände hineingeboren wird – ein entscheidender Fortschritt in Cranes Ringen um eine eigene philosophische Haltung.

> Vor allem findet der Fremde das Tun anderer Völker banal und belanglos. Der Durchschnittsverstand kann die ungewohnte Sichtweise schlichtweg nicht begrei-

> fen, und dass ein Mann in diesem fernen Land sich damit zufriedengeben kann, sein Leben lang Bündel zu schleppen oder einfach nur in der Sonne zu sitzen, erscheint ihm außerordentlich töricht. Der Besucher empfindet Verachtung. Er bläht sich im Wissen seiner geographischen Erfahrung. «Wie nutzlos bringen diese Menschen ihr Leben hin», bemerkt er, «und wie unfassbar ahnungslos müssen sie sein, dass sie sich ihrer Nutzlosigkeit nicht bewusst werden.» So spricht die Arroganz eines Mannes, der sich selbst noch nicht enträtselt und seine eigene Nutzlosigkeit noch nicht erkannt hat.
>
> Doch in der Tat erfordert es Weisheit, eine braune Frau, gekleidet in ein einziges Gewand, lustlos in der Tür einer niedrigen Lehmhütte hocken zu sehen, während ein nacktes braunes Baby sich auf dem Bauch im Straßenstaub wälzt – es erfordert Weisheit, das zu sehen, es millionenfach zu sehen und dennoch zu sagen: «Ja, das ist wichtig im Plan der Natur. Es ist Teil ihres Wirtschaftens. Es wäre nicht gut, wenn es nie so gewesen wäre.»
>
> Man könnte behaupten – sollte jemand es wagen –, die wertloseste Literatur der Welt sei die, die von Angehörigen einer Nation über die einer anderen geschrieben wurde.

Mit einem Schlag reißt Crane alles nieder, was er bis dahin über Mexiko gedacht und geschrieben hat, versteht plötzlich, dass er im Grunde nichts von dem Land versteht, dass er sich nicht erdreisten darf – trotz der ungeheuren materiellen Unterschiede zwischen sich selbst und den verarmten Indios –, aus einer Position moralischer oder kultureller Überlegenheit auf sie herabzusehen.

Wer das Leben eines anderen als nutzlos bezeichnet, verkennt seine eigene Bedeutungslosigkeit im großen Weltgeschehen, er verkennt sich selbst. Lasst eure vorgefassten Meinungen fahren, teilt er uns mit, beurteilt Fremde nicht nach den Normen und Maßstäben eurer eigenen Gesellschaft, und vor allem, verlasst euch nicht auf eure ersten Eindrücke, sie taugen nicht als Gradmesser der Wahrheit. Crane selbst gibt zu: «Anfangs schien es mir äußerst merkwürdig, dass die Unterschicht der Indios in diesem Land überhaupt auf Daseinsberechtigung pochte. Ihre Verwahrlosung, ihre Unkultiviertheit wirkte auf mich so absolut, dass ihnen der Tod – was immer er bereithalten mag – nur Freiheit und Glück bedeuten konnte.»

Was für eine aberwitzige Behauptung, kaltherzig und verstörend, geradezu obszön, doch bald wird klar, die freudige Bejahung des Todes, die er diesen geknechteten Kleinbauern unterstellt, ist nur ein rhetorisches Stilmittel, ein Glied einer Argumentationskette. Denn schon im nächsten Absatz richtet er seine Aufmerksamkeit auf eine andere, vertrautere Form von Armut, die der New Yorker Slums:

> Die Menschen in den Slums unserer eigenen Städte lassen uns erschauern. Dieses gewaltige Heer zahlloser, immer verbitterter Mienen, dieses gewaltige Heer, das schweigend immerwährender Niederlage ins Auge blickt – es macht einem Angst. Man horcht nach dem ersten Donner der Rebellion, dem Moment, in dem dieses Schweigen von Kriegsgeschrei abgelöst wird ...
>
> Sie werden immer besser darin, ihren Zustand zu benennen, man sieht ihnen an, dass sie dazulernen, es zeigt sich an den bitteren, verächtlichen Falten zwischen Nase und Mundwinkeln, die immer tiefer

> werden. Die zunehmende Einsicht in ihre Situation gibt Anlass zu großer Besorgnis.

Crane bezieht sich hier auf die Mitte der neunziger Jahre in Amerika weitverbreitete Befürchtung, das Land bewege sich auf einen Klassenkampf zu. Die seit drei Jahren währende Börsenpanik hatte wirtschaftliche Not und gesellschaftliche Auflösungserscheinungen zur Folge, den arbeitslosen Slumbewohnern wurde immer deutlicher bewusst, welche Mächte sich gegen sie verbündet hatten und was die Ursachen für ihr Elend waren, und wenngleich Crane nicht ganz ausschließt, dass die unteren Schichten Mexikos ein ähnliches Bewusstsein entwickelt haben könnten, sieht er «keine Spur davon» und meint, sie «spüren nichts von dem modernen verzweifelten Zorn über den Zufall der Geburt», denn auch wenn «der Indio sich vorstellen kann, König zu sein ... übersieht er doch offenbar, dass es ebenso ungerecht ist, nicht als König geboren zu werden, wie es ungerecht ist, nicht als Giraffe geboren zu werden». Am Ende des ersten Teils seiner Beweisführung deutet Crane an, der Unterschied zwischen den beiden Formen von Armut sei im Wesentlichen eine Frage von Wissen und Nichtwissen: «Er [der verarmte Mexikaner] weiß nicht genug, um über seine Lage unglücklich zu sein. Niemand versieht ihn mit den hierzu nötigen Informationen. Er wird geboren, er arbeitet, er betet, er stirbt, und das alles für weniger Geld, als man für die Anschaffung eines Neufundländers braucht, und wer wagt es, ihm ein Licht aufzustecken?»

Im zweiten Teil des Aufsatzes lässt er die zornigen, zunehmend militanten amerikanischen Massen beiseite und kommt mit einem anderen Vergleich:

> Einem Mann steht es frei, in nahezu jeder Lebenslage tugendhaft zu sein. Die Tugend der Reichen ist

> nicht so viel besser als die Tugend der Armen, dass wir sagen könnten, die Reichen seien ihnen hoch überlegen. Diese Indios sind mit Abstand die elendsten Menschen, denen ich je begegnet bin, aber moralisch stehen sie keineswegs ganz tief unten. Ja, was die bloßen Äußerlichkeiten der Religion betrifft, stehen sie ganz weit oben. Sie sind außerordentlich fromm und beten mit jenem blinden Gottvertrauen, das bei Theoretikern besonders viel gilt.
>
> Meiner Meinung nach sollte man sie aber nicht danach bewerten. Ich bemesse ihre Moralität nach dem, was ich an Frieden und Zufriedenheit in ihren Mienen ablesen kann.

Die gelassenen Mienen der mexikanischen Armen, im Gegensatz zu den «bitteren, verächtlichen Falten» in den Zügen der amerikanischen Armen, dazu das klassenlose Antlitz der Tugend, das über Arm und Reich hinausweist und beides auf eine gleich hohe Stufe stellt. Selbst hier, in diesem wohl abstraktesten, spekulativsten Text, den Crane je geschrieben hat, einem Aufsatz, der ihm so wichtig war, dass er ihn, ganz ungewöhnlich für ihn, in der ersten Person verfasste, selbst in dieser quasitheoretischen Abhandlung also gründet er seine Gedanken wie eh und je auf das Beobachtbare, das Tastbare, die Unmittelbarkeit einer Welt, die durchs elektrische Summen seiner Sinneswerkzeuge in seinen Kopf einströmt, deshalb führt er uns Gesichter vor, ausdrucksvolle Mienen, die er an anderen beobachtet hat und die ihm als Beweis dafür dienen, was er über Tugend, Moralität und die Tiefe religiöser Überzeugungen zu sagen hat. Nicht gerade eine wissenschaftliche Vorgehensweise, aber schließlich war Crane kein Wissenschaftler, er war Schriftsteller, und die Bedeutung dieses Aufsatzes liegt nicht so sehr in der bezwingenden Logik seiner Thesen als vielmehr in dem, was er uns über Cranes Gedanken während dieses Abschnitts seiner Reise verrät – einer Reise nicht nur durch Mexiko, sondern durchs Leben.

Im nächsten Absatz kommt er zum zentralen Punkt seiner Überlegungen:

> Gibt man einem Mann keine faire Chance, tugendhaft zu sein, und erstickt seine Umgebung sein moralisches Streben, so berechtigt ihn dies, und dies allein, sage ich, sich gegen die Gesellschaft aufzulehnen. Natürlich ist es immer möglich, den Märtyrertod zu sterben, aber wer von uns möchte schon Märtyrer sein. Wir sehnen uns nach Gerechtigkeit, wenn sie herrscht, braucht man nicht den Märtyrertod zu sterben.

Diese Sätze haben es in sich. Zum einen lesen wir hier ein politisches Glaubensbekenntnis – Crane nennt die Bedingungen, unter denen ein Mensch das Recht hat, sich gegen die Gesellschaft aufzulehnen –, wobei es ihm jedoch, wenn er von *Gerechtigkeit* und *faire Chance* (wir sagen heute *Chancengleichheit*) spricht, nicht um ökonomischen oder gesellschaftlichen Fortschritt geht, sondern um das *moralische Streben* eines Individuums, anders gesagt, den Wert eines Menschen und seine Chancen, ein tugendhaftes Leben zu führen. Moralität ist aber nicht nur eine Frage des individuellen Verhaltens, sondern auch eine Frage unserer zwischenmenschlichen Beziehungen, ein Produkt des spirituellen Bodens, auf dem eine Gesellschaft ruht, und wenn uns die Möglichkeit, ein tugendhaftes Leben zu führen, von der Umwelt beschnitten wird, haben wir das Recht, gegen den Status quo anzugehen und den Versuch zu unternehmen, die Welt zu verändern. Verfolgte man diese Argumentation weiter, müsste man eigentlich als Nächstes untersuchen, wie eine ungerechte Gesellschaft gerecht gemacht werden kann, ohne dass dabei ein Berg toter Märtyrer produziert wird, aber darauf lässt Crane sich nicht ein. Er bleibt an der Schwelle dessen stehen, was man die Sphäre des Politischen nennen könnte – wo es um mehr als Einen geht –, er bleibt bei dem Einen, dem Individuum, in diesem Fall bei sich selbst, einem jungen Amerikaner, der fern von zu Hause die Welt aus einer neuen Perspektive betrachtet.

«Ich bin der Meinung, Armut an sich ist kein Grund», schreibt er im nächsten Absatz, in dem er seine Situation mit der von Reichen vergleicht, denn ungeachtet seiner ärmlichen Lebensumstände in den vergangenen Jahren ist er sich im Klaren, dass er faire Chancen hatte und nicht von seiner Umwelt erstickt wurde, weshalb er nicht schlechter dran ist als die Reichen. «Sie haben keine besseren Chancen», schreibt er. «Sie können mehr geben, aber nur quantitativ, nicht verhältnismäßig. Jeder von uns kann alles geben, was er besitzt, und damit bin ich plötzlich auf einer Stufe mit ihnen.»

Der Aufsatz endet so:

> Ich glaube jedoch nicht, dass sie [die Reichen] Opfer bringen können, zu denen ich bereit wäre. Daher neide ich ihnen nichts. Weit davon entfernt, ihnen gram zu sein, habe ich das Gefühl, sie werden eines Tages eine furchtbare Krise erleben, die mir, dank meiner Chancen, womöglich ganz und gar erspart bleibt. Ich wüsste wahrhaftig keinen nennenswerten Vorteil, den sie mir voraushaben.
>
> Aus diesen Gründen maße ich mir kein Urteil über die niederen Klassen von Mexiko an. Ich weigere mich sogar, sie zu bemitleiden. Es stimmt, viele von ihnen schlafen des Nachts in Hauseingängen und

> hocken tagsüber auf der Straße. Es stimmt, ihre Kleidung ist dürftig und abgetragen. Alles Mögliche dieser Art trifft zu, und doch zeigt sich in ihren Zügen fast immer eine gewisse Sanftmut, kein Schmerz, sondern heitere Zuversicht. Ich spüre, sie sind uns mit ihrer Zufriedenheit überlegen.

Dass Crane die mexikanische Revolution von 1910 oder den von Emiliano Zapata in Morelos angeführten Bauernaufstand nicht vorhergesehen hat, kann man ihm wohl kaum vorhalten. Ebenso gut könnten wir ihm vorwerfen, dass er das Erdbeben von San Francisco 1906 oder den Börsenkrach von 1929 nicht vorausgesagt hat. Von Belang ist nur, dass Crane weiter Fortschritte machte, und die guten Stücke, die ihm auf dieser Reise gelangen, «Nebraska's Bitter Fight for Life» zu Beginn und «The Mexican Lower Classes» am Ende, sind wichtige Meilensteine seiner Entwicklung, zwei weitere Schritte hin zu dem Denken, das seine wahrscheinlich besten, haltbarsten Erzählungen prägen sollte: «The Open Boat», *The Monster* und «The Blue Hotel».

Und dann das. Obwohl es sich nicht mit absoluter Gewissheit sagen lässt, scheint die Beweislage überzeugend genug, dass Crane irgendwann während dieser Wochen in Mexiko eine beängstigende, um ein Haar tödliche Begegnung mit einer Verbrecherbande hatte, ein haarsträubendes Abenteuer – Bedrohung, Flucht und Verfolgung zu Pferde – wie in einem Cowboyfilm, geschildert in der Erzählung «One Dash-Horses», wobei *one dash* im Spielerjargon einen alles entscheidenden Wurf des Würfels bedeutet.

Aus einem Brief an Hawkins vom September 1895: «Endlich befasse ich mich mit meinen Schwierigkeiten in Mexiko.» Aus dem Brief einer Nichte Cranes 1948 an Schoberlin: «Ich weiß von seiner Mexikoreise und habe selbst gehört, wie er die Brutalität der Banditen beschrieb.»[44] Und dann, besonders überzeugend, folgende Sätze aus Linsons Aufzeichnungen über Cranes Rückkehr nach New York:

> So plötzlich wie er abgereist war ... war er plötzlich wieder da. Eines Abends war ich allein. Es klopfte an die Tür, und ich stand Steve gegenüber. An dem Abend hatte er viel zu erzählen. Ausnahmsweise einmal löste sich seine Zunge. Aber das meiste ist mir entfallen, bis auf die Geschichte von einer wilden Mitternacht voller Gefahren, als er von Banditen verfolgt wurde und das Schlimmste befürchten musste, schließlich aber, fast zum Lachen, in den Armen eines Trupps von Rurales landete, die im Morgengrauen durch die Hügel streiften.

Der Plot von «One Dash-Horses» folgt ziemlich genau Cranes mündlichem Bericht von dem Vorfall. Ein amerikanischer Reisender namens Richardson bricht in Begleitung seines mexikanischen Führers José in die Ebene auf. Am Abend kommen sie im Hinterzimmer einer Adobe-Schenke unter, vom Gastraum abgetrennt durch eine dünne Wolldecke. Sie schlafen ein, werden aber bald von einer lärmenden Männerrunde geweckt und hören, wie die Banditen den Plan aushecken, Richardson zu töten und sein Geld, Pistole, Sattel und Sporen zu stehlen. Jemand schiebt die Decke beiseite, und ein «fetter, rundgesichtiger Mexikaner» kommt herein, gefolgt von fünf oder sechs anderen. Richardson tastet in Panik nach seinem Revolver, er kann sich vor Angst nicht bewegen,

■ 44 Edna F. Crane, eine von Edmunds Töchtern. Der Autor dankt Paul Sorrentino für eine Fotokopie des Briefs.

«seine Knie sind zu Brot geworden». Hier nun kommt das überzeugendste Detail dieser Geschichte, Richardsons vollkommen irrationale Reaktion, Hinweis darauf, dass Crane tatsächlich von sich selbst erzählt: «Der Amerikaner rührte sich nicht. Er starrte den Mexikaner mit starrem Blick an, nicht furchtsam, nicht unerschrocken, nichts in seinem Blick, das sich irgendwie deuten ließ. Er starrte nur.» Da er «weder aufschreit noch bleich wird, weder wegläuft noch um Gnade fleht», denken die Mexikaner, er sei entweder ein großer Kämpfer oder ein Idiot, und zögern daher, ihn anzugreifen, und als sie mit ihrer Fackel in dem Raum herum leuchten und dort José entdecken, stürzen sie sich auf diesen und prügeln ihn windelweich. Richardson rührt sich immer noch nicht, umklammert seinen Revolver unter der Decke und starrt sie weiterhin ausdruckslos an. Mitten in dieser ausweglosen Situation kommen ein paar lachende Frauen in den Gastraum der Schenke, der fette Mann und die anderen verschieben ihren Plan, Richardson zu ermorden, auf später und gesellen sich erst einmal zu den «Mädchen». Richardson und José nutzen die Unterbrechung und schleichen sich ins Freie, steigen auf ihre Pferde und galoppieren in den anbrechenden Morgen hinein, verfolgt von «einer wilden Schar von fast fünfzig betrunkenen Reitern», doch ehe sie eingeholt werden, begegnen Richardson und José «einem Trupp von Rurales, jener großartigen Sondereinheit der mexikanischen Armee, die so eifrig in der Ebene für Ordnung sorgt», und sie sind gerettet.

Könnte Crane das wirklich erlebt haben? Auszuschließen ist es jedenfalls nicht, und wenn es so war, darf man annehmen, dass es ein weiterer Wendepunkt in seinem Leben war: der Beweis, dass er den Mut hatte, nicht in Panik zu geraten, nicht um Gnade zu winseln, als er dem Tod ins Auge blickte.

Am 15. Mai fuhr er nach New York zurück, im Gepäck die Sachen, die er während seiner vier Monate auf Reisen gesammelt hatte: eine Pistole, einen Poncho, Reitzeug und eine kleine Tasche mit einem Dutzend bunter Steine, die er in der Annahme, es seien Opale, bei einem Straßenhändler in Mexico City gekauft hatte, und die sich später als eine Handvoll glitzernder Nichtigkeiten herausstellten. Die Steine verschenkte er an seine Freunde, aber alles andere behielt er, und 1897 nahm er die Sachen sogar nach England mit, wo er sie bis ans Ende seines Lebens als geschätzte Andenken in Ehren hielt. Seine Talismane.

21

The Black Riders erschien am 1. Mai, und als Crane Mitte des Monats nach New York zurückkehrte, waren literarische Kreise überall im Land bereits auf das Buch aufmerksam geworden. So schrieb eine Chicagoer Zeitung am 11. Mai: «Von der ersten bis zur letzten Seite findet sich hier keine einzige poetische Zeile. Verglichen damit war Whitmans ‹Leaves of Grass› geradezu ein Feuerwerk. Mit poetischem Irrsinn wäre das Buch besser bezeichnet.» Neben einigen ähnlich vernichtenden Urteilen gab es aber auch eine Reihe eher positiver Besprechungen, und dass die Kritik gespalten und nicht einhellig ablehnend war, darf für ein so unorthodoxes Werk wie *The Black Riders* schon als Triumph gelten. Wie auch immer, erschöpft von der langen Heimfahrt und nicht in bester körperlicher Verfassung, ließ Crane sich kurz in Nelson Greenes Atelier im alten Gebäude der Art Students League blicken (wo er Greenes Modell traf, Gertrude Selene, die ihm dann als Vorbild zu Florinda in *The Third Violet* diente), gab in der Redaktion des Bacheller-Syndikats seine Spesenabrechnung ab (inklusive Phantomkosten für die Pistole) und fuhr dann gleich weiter nach Port Jervis, um sich erst einmal zu erholen.

Am 8. Juni schreibt er an Copeland and Day, den Verlag von *The Black Riders*, er sei aus Mexiko zurück und müsse eine kleine Auszeit auf dem Lande nehmen, er sei «gesundheitlich nicht ganz auf der Höhe». Dann wendet er sich Wichtigerem zu und fragt nach Neuigkeiten zu seinem Buch: «Ich würde gern etwas über *The Black Riders* hören. Anscheinend erregt das Buch doch einiges Aufsehen. Meine künftige Adresse: c/o Lantern Club, 126 William St. N. Y. C.»

Wieder bei Kräften, zog er in Greenes Atelier an der East 23rd Street zurück, doch der Großteil seines gesellschaftlichen Lebens spielte sich nun in dem neugegründeten Lantern Club ab – gelegentlich auch «Lanthorn» oder «Lanthorne» geschrieben –, den er zusammen mit Irving Bacheller, Edward Marshall, Willis Brooks Hawkins, Post Wheeler und anderen jungen und nicht mehr so jungen Schriftstellern und Journalisten auf die Beine gestellt hatte. Bacheller wurde zum Präsidenten ernannt, Versammlungsort des Clubs war eine Hütte auf dem Dach eines Gebäudes in Manhattan unweit der Brooklyn Bridge; das Gebäude war alt, angeblich das älteste Gebäude der Stadt, dort hatte schon Captain Kidd gewohnt, und im Revolutionskrieg hatten dort Washington und andere Generäle Unterschlupf gefunden. Wie Bacheller 1901 berichtete:

> In der Hütte auf dem Dach hauste ein alter Holländer, der sie uns für 50 Dollar gern überließ. Sodann engagierten die Organisatoren, darunter auch Stephen Crane, eine Köchin und richteten die Hütte so ein, dass sie wie eine Schiffskajüte aussah. Dort oben, hoch über dem Treiben der Menge, veranstalteten die «Lanthornes» ihre hochanspruchsvollen Festivitäten. Täglich wurde Lunch serviert, und die Mitglieder lie-

> ßen die Gedanken fliegen und sich die Haare wachsen. Jeden Samstagabend gab es ein literarisches Festmahl. Allwöchentlich wurde ein Mitglied beauftragt, eine Geschichte zu schreiben, die dann beim Essen vorgelesen wurde. Lobreden und wohlwollende Worte waren verboten. Nach dem Vortrag machten sich die Mitglieder so kritisch über die Geschichte her, wie sie konnten, wiesen auf Mängel hin und verrissen sie möglichst nach Strich und Faden. Die höchste Anerkennung, die eine Geschichte erringen konnte, war vollkommenes Schweigen. Es war das Beste, was dem Autor widerfahren konnte.

Nach der Studentenverbindung am College, dem Pendennis Club an der Avenue A und dem ärmlichen Wohngemeinschaftsleben in der East 23rd Street (mit dem es im Frühherbst zu Ende ging) stillte Crane sein Bedürfnis nach zwischenmenschlichen Beziehungen jetzt im Kreis seiner Schriftstellerkollegen. Auch Gäste kamen hinzu, darunter einige prominente, und die zwanglose Kajütenatmosphäre trug offenbar dazu bei, den zurückhaltenden Crane ein wenig aufzutauen und relativ unbefangen mit den Gästen plaudern zu lassen. Außer Howells kamen unter anderem die junge Schauspielerin Ethel Barrymore, der Architekt Stanford White, Nathaniel Hawthornes Sohn Julian (ein fleißiger Schriftsteller), Theodore Roosevelt (aktueller Freund, künftiger Feind) und, mehr als einmal, Samuel Clemens, der Crane wohlgesonnen war und den Crane persönlich mochte, auch wenn er von Clemens dem Menschen mehr hielt als vom Werk des Schriftstellers Mark Twain (außer *Life on the Mississippi*). Mittags aß Crane meist im Club, auch schlief er dort gelegentlich, und so wenig er zu den Gruppendiskussionen beitragen mochte, brachte er doch eines Samstagabends den Mut auf, vor versammelter Mannschaft aufzustehen und eine seiner Geschichten vorzulesen – was als kleines Wunder gelten darf und darauf schließen lässt, dass er sich dort wohler fühlte als irgendwo sonst.

Unterdessen nahm die öffentliche Reaktion auf *The Black Riders* Fahrt auf – in beide Richtungen. Die Gedichte selbst waren schon provozierend genug, aber die Leser mussten sich auch mit der ungewöhnlichen Aufmachung des Buches auseinandersetzen. In ihrem Vorwort zum ersten Nachdruck der Sammlung (1926) erinnerte sich die imagistische Dichterin Amy Lowell an die Schachtel, in der die kleinen Pillen des neuen Dichters geliefert wurden.

> Ich weiß noch genau, wie *The Black Riders* herauskam ... Das Buch erschien in einem phantastischen Gewand, die Verleger waren zwei enthusiastische, schöngeistige junge Männer, deren Firmenname, Copeland and Day, literarische Qualität garantierte, Qualität zumeist der eher esoterischen Sorte ... die Virilität und der Furor dieser Handvoll Gedichte Stephen Cranes wollten so gar nicht zu der Gestalt passen, in der sie der Öffentlichkeit präsentiert wurden – eine Vorzugsausgabe, 50 Exemplare auf Pergament; und ... eine normale Ausgabe [Auflage 500] in graue Pappdeckel gebunden, verziert mit einer stilisierten Orchidee auf Vorder- und Rückseite. Aus unerfindlichen Gründen waren die Gedichte durchweg in Großbuchstaben gesetzt, und einer gerade in Mode kommenden, etwas unglücklichen Sitte folgend, begannen die Gedichte immer ganz oben am Seitenrand ... Eine bessere Methode, die Ehrlichkeit dieses Werks zu verschleiern, hätte man sich nicht ausdenken können.

Beeinflusst von der Arts-and-Crafts-Bewegung und einer Reihe kleiner Verlage in England, die sich der Herausgabe extravaganter Bücher in eleganten Editionen verschrieben hatten, wurde der Verlag Copeland and Day 1893 in Boston gegründet; nur sechs Jahre später wurde der Betrieb wieder eingestellt, doch in dieser kurzen Zeit verhalf die Firma mehreren jungen Amerikanern zum Durchbruch, verlegte die Werke englischer, irischer und schottischer Autoren wie Stevenson, Yeats, Wilde und Elizabeth Barrett Browning und übernahm die amerikanische Ausgabe von *The Yellow Book*. Mit der äußeren Gestaltung seines Buches durch Copeland and Day hatte Crane so gut wie nichts zu tun. Er bat seinen Malerfreund Fred Gordon um die Zeichnung einer schwarzen Orchidee für den vorderen und hinteren Buchdeckel, doch Gordons Entwurf wurde abgelehnt und von jemand anderem in Boston umgestaltet. Dennoch war Crane zufrieden mit dem Endergebnis und hatte nichts dagegen einzuwenden, dass DIE GEDICHTE IN GROSSBUCHSTABEN GESETZT wurden. Als die Gestaltung des Buches in der Presse kritisiert wurde, schloss er einen Brief an Copeland and Day mit aufmunterndem Lob: «Wie ich sehe, ziehen sie über die breiten Seitenränder, die Großbuchstaben und das alles her, aber ich finde es großartig.»

Was den Inhalt des Buches angeht, schwankten die Kritiker zwischen Abscheu und Bewunderung. Die *New York Tribune* trieb in der ersten ihrer übellaunigen Tiraden gegen Crane einen Holzpflock ins Herz der Gedichte: «Sinnlos und gespreizt, wirken sie auf den unvoreingenommenen Leser wie reiner Schund.» Eine andere anonyme Rezension in *Munsey's Magazine* behauptete, Crane habe «den Skeptizismus und Zynismus eines Mannes, der sich etwas einbildet, statt etwas zu wissen, und nichts von dem feinen Gespür für Klänge, das einen Dichter oder Musiker auszeichnet», fügte dann aber die verwirrte, scheinbar flehende Frage hinzu: «Ist das Poesie?» Der angesehene Thomas Wentworth Higginson hingegen,

Kommandant des ersten schwarzen Regiments im Bürgerkrieg und Mitherausgeber der Erstausgabe von Emily Dickinsons Gedichten (1890), verteidigte Crane in seiner Rezension für *Nation* und spürte, die Kraft hinter diesen Gedichten sei «ein resoluter Ernst und ein frisches Paar Augen». Harry Thurston Peck ging in der von ihm herausgegebenen Zeitschrift *Bookman* noch sehr viel weiter und nannte Crane «einen wahren Dichter ..., der zum Denken anregt, weil er selber denkt. Man kann ohne Übertreibung sagen, das schmale Bändchen, das seinen Namen trägt, ist der wichtigste Beitrag zur Literatur, den dieses Jahr zur Welt gebracht hat.»

Am Ende stand es unentschieden, die Urteile beider Lager hoben sich gegenseitig auf, aber die von Cranes Gedichten geweckte Begeisterung (und Empörung) hatte nicht nur die Rezensenten erfasst, und noch Monate nach Erscheinen des Buches wurden in Zeitungen und Zeitschriften immer wieder Parodien auf seine Verse abgedruckt. Es war die gleiche Häme, mit der seine Freunde über ihn hergezogen waren, als er die Gedichte schrieb, nun aber entwickelte sie sich zu einem Sport, der in aller Öffentlichkeit ausgetragen wurde. Post Wheeler nannte diese Witzeleien «stephencranelets», und knapp hundert davon erschienen im Druck – eine Rekordzahl an Parodien eines amerikanischen Dichters im 19. Jahrhundert. Ein Beispiel soll genügen. Ein bekanntes Gedicht von Crane[45] geht im Original so:

> Ich sah, wie ein Mann dem Horizont nachlief;
> Rund und rund jagten sie.
> Ich war dadurch verwirrt;
> Ich sprach den Mann an.

■ 45 Ein aktuelles Beispiel im englischsprachigen Raum wäre das *Oxford Book of American Poetry* (herausgegeben von David Lehman, 2006), in dem dieses Gedicht als eines von sieben zur Repräsentation von Cranes Werk ausgewählt wurde.

«Es ist vergeblich», sagte ich,
«Du wirst niemals –»
«Du lügst!» schrie er
Und lief weiter.[46]

Am 11. August brachte die *Buffalo Press* dies:

Ich sah, wie ein Zähler Gas zählte.
Er lief und lief.
Ich war dadurch verwirrt,
Denn es wurde kein Gas benutzt.
«Es ist vergeblich», sagte ich,
«Du kannst nichts zählen» –
«Du lügst!», schrie er.
Das stimmte.
Er lief weiter.

Crane blieb Crane und schüttelte diese albernen Attacken einfach ab, oder jedenfalls hielt er sie in Schach, indem er so tat, als ignorierte er sie, was aber nicht bedeutet, dass er von diesen Parodien nichts mitbekam oder dass sie ihm nicht weh taten, wie sich aus folgendem Brief an Hilliard vom Januar 1896 schließen lässt:

In meinem literarischen Leben – so kurz und unrühmlich es sein mag – macht mir nur das Eine wirklich große Freude, dass verständige Menschen mich für aufrichtig halten. «Maggie», als billige Broschur gedruckt, brachte mir die Freundschaft von Hamlin Garland und W. D. Howells ein, und wenn Eins mein Leben inmitten all dieser Häme und Spötteleien lebenswert macht,

■ 46 Hier in der Übersetzung von Karl Heinz Berger.

so ist es das Bewusstsein, dass diese Freundschaften niemals auch nur für eine Sekunde abgeflaut sind. Ich persönlich bin mir im Klaren, dass meine Arbeit auf nichts Besonderes hinausläuft – das gebe ich allezeit gelassen zu. Aber ich weiß auch, dass ich das Beste gebe, was ich in mir habe, ohne Rücksicht auf Beifall oder Ablehnung. Als mich sämtliche Humoristen im Lande zur Zielscheibe nahmen, setzte ich meinen Weg fort, und auch jetzt, da mich nur noch 50 Prozent der Humoristen im Lande zur Zielscheibe nehmen, setze ich meinen Weg fort, denn ich weiß, ein Mann ist mit einem eigenen Paar Augen in die Welt geboren und durchaus nicht verantwortlich für sein Maß an persönlicher Aufrichtigkeit. Meiner Aufrichtigkeit treu zu bleiben, ist mein höchstes Ziel. Es hat etwas sehr Selbstgefälliges, von Aufrichtigkeit zu sprechen. Aber ich behaupte gar nicht, aufrichtig zu sein. Ich sage nur, ich bin so aufrichtig, wie ein schwaches geistiges Räderwerk es zulässt. Ich halte dies für das einzig erstrebenswerte Lebensziel. Und jeder muss daran scheitern, aber dieses Scheitern hat etwas.

Nicht verantwortlich. Auf den ersten Blick eine verwirrende Feststellung – als ob ein Mensch für sein Verhalten nicht rechenschaftspflichtig sei –, aber letztlich, vermute ich, die Verteidigung des angeborenen moralischen Imperativs, sein Leben so aufrichtig zu führen wie möglich, ein Charakterzug, der nicht allen Menschen gegeben ist, sondern nur wenigen, ihn selbst eingeschlossen. Wir wissen, dass Crane gelegentlich wankte, aber wir wissen auch, dass er gegen «Beifall oder Ablehnung» standhaft gleichmütig blieb und weder zuließ, dass Beifall oder Lob sein Ego mit dem Gift der Selbstverherrlichung ansteckte, noch, dass lärmende Ablehnung ihn niederdrückte. Er setzte einfach seinen Weg fort, immer weiter, den Blick auf den Weg gerichtet, bis fünf Jahre später der Tod ihn stoppte.

22

Während er sich in New York wieder einlebte, ließ Crane es schriftstellerisch ein wenig langsamer angehen, zumindest verglichen mit dem rasenden Tempo, das er 1894 hingelegt hatte. Zweifellos war er geistig und körperlich erschöpft, doch was seine Arbeit betraf, war diese Phase keine Durststrecke, kein Nachlassen, sondern eine Zeit der Neuorientierung – typisch für einen jungen Schriftsteller, der an einem Scheideweg angelangt ist und nicht so recht weiß, wohin es gehen soll. Cranes Artikel über Mexiko erschienen jetzt nach und nach in den Zeitungen überall im Land, aber weitere journalistische Aufträge nahm er nicht mehr an, was darauf schließen lässt, dass sein Geldbeutel gerade nicht ganz so leer war wie sonst. Gleichwohl hatte dieses Frühjahr weitreichende Folgen, denn auch wenn am Ende dieser Monate nicht viel Vorzeigbares stand, markieren sie den Beginn seiner Hinwendung zur Kurzgeschichte als dem Genre, das seinen Neigungen und Veranlagungen als Schriftsteller am besten entgegenkam. Bis dahin hatte er mit Erzählungen nur herumexperimentiert, doch allmählich wurde es ihm ernst damit, und bald waren sie Dreh- und Angelpunkt seiner Arbeit.

Noch im Bann von *The Red Badge of Courage* schrieb er in diesem Frühjahr zwei Erzählungen, die im Bürgerkrieg spielen – ähnlich wie er im Bann von *Maggie* die «Baby Stories» geschrieben hatte. Die erste, «A Grey Sleeve», ist irgendwie missraten. Gut geschrieben, ja, doch in Anbetracht des Themas – ein Nordstaatensoldat und eine junge Frau aus dem Süden finden Gefallen aneinander, und es deutet sich an, dass nach dem Ende des Kriegs eine Liebesgeschichte daraus werden könnte – dürfte es sich um die sentimentalste und konventionellste Geschichte handeln, die Crane je geschrieben hat, vielleicht ein Hinweis darauf, dass der Inhalt seines Geldbeutels nun doch im Schwinden war. Wir wissen, dass Crane große Mühe mit der Geschichte hatte, vielleicht wegen physischer und geistiger Erschöpfung, vielleicht weil er selbst nicht davon überzeugt war, vielleicht beides. Als er den ersten Teil beendet hatte, sagte er zu seinem Zimmergenossen Greene: «Ned, ich bin völlig leergeschrieben, mein Kopf ist wie ausgehöhlt. Ich kann nicht mehr schreiben. Ich glaube, ich kann nie mehr etwas schreiben. Ich kann nicht mehr.» Zu Beginn des nächsten Jahres, nachdem Bacheller die Geschichte für sein Syndikat angenommen hatte, schickte Crane die gedruckte Zeitungsversion an Nellie Crouse, warnte sie aber zugleich: «Die Geschichte ist in keiner Hinsicht gut.» Als sie ihm zurückschrieb, ihr habe sie gefallen, antwortete er: «Gut, dass Dir ‹A Grey Sleeve› gefällt. Natürlich sind die zwei Dummköpfe. Aber ihr kindliches Zutrauen zueinander hat doch etwas Liebenswertes. Und mehr habe ich eigentlich nicht sagen wollen.»

Die zweite Erzählung, «A Mystery of Heroism»[47], stellt hingegen einen erstaunlichen Fortschritt dar. Als habe Crane zufällig einen Schlüssel gefunden, und als er feststellte, dass der Schlüssel in das Schloss passte, das er dafür entworfen hatte, ohne sich dessen bewusst zu sein, sprang eine Tür auf, und kaum war er eingetreten, entdeckte er einen neuen Zugang zum Schreiben, was für ihn etwa das Gleiche bedeutete, wie einen neuen Zugang zum Atmen zu finden. Schließlich war seine Lunge angeschlagen, und Langstreckenläufe strengten seinen Körper über die Maßen an. Sprintstrecken kamen seiner schriftstellerischen Intuition eher entgegen (komprimiert, episodisch, ohne Umschweife), sie ermöglichten ihm einen Atemrhythmus, der die ganze Kraft seiner geistigen und körperlichen Energien entfesselte, und von da an gelangen ihm sei-

■ 47 «Ein Wunder an Mut» in der Übersetzung von Eduard Klein und Klaus Marschke; in: Stephen Crane: Das rote Siegel (und andere Erzählungen). Berlin 1991. Die im Folgenden zitierten Stellen sind dieser Übersetzung entnommen. (A. d. Ü.)

ne besten Stücke immer auf Sprintstrecken: 50 Meter (unter zehn Seiten), 100 Meter (zehn bis zwanzig Seiten), 200 Meter (zwanzig bis vierzig Seiten), und die längeren 400 Meter (vierzig bis sechzig Seiten), die er nur zweimal schaffte – mit «War Memories» und *The Monster.*

«A Mystery of Heroism» kann in mancher Hinsicht als eine auf neun Seiten komprimierte Fassung von *The Red Badge of Courage* angesehen werden. Die Erzählung hat den Untertitel *A Detail of an American Battle*, ähnlich wie der Roman, *An Episode of the American Civil War*[48], und etliche von bereits im Roman verwendeten Sprachbildern kommen auch hier wieder effektvoll zum Einsatz, zum Beispiel wenn die Kompanie als «langes, tierähnliches Wesen» beschrieben wird, das seine «vierhundert Augen» auf Fred Collins, den Protagonisten, richtet, oder wenn die «sanfte kleine Wiese», auf der das Scharmützel ausgetragen wird, «dem roten Hass der Granaten zum Fraß vorgeworfen» wird. Und vor allem: Die Handlung spielt sich – genau wie der Roman – ausschließlich auf dem Schlachtfeld ab, mitten im heftigen Gefecht.

In vielem anderen unterscheidet sich die Geschichte allerdings deutlich von dem Roman. Zum einen ist die Sprache flüssiger und prägnanter, treibender und zugleich beherrschter, und da auch die Zahl der Bausteine noch weiter reduziert ist, tritt jeder einzelne umso schärfer vor dem Chaos im Hintergrund hervor, einer nach dem anderen wie in einer straff komponierten Fuge. Im Rückblick – und nur im Rückblick – wird mehr als deutlich, wie raffiniert Crane den Protagonisten in die Geschichte einführt, der anfangs nur wie nebenher erwähnt wird, sodass man ihn für nicht weiter wichtig hält, dann aber ganz allmählich, nachdem er auf den ersten drei, vier Seiten wilden Schlachtgetümmels ein paar Mal auftaucht

■ 48 Beide Untertitel fehlen in den deutschen Ausgaben. (A. d. Ü.)

und wieder verschwindet, ins Zentrum des Geschehens rückt und als bis dahin nur mit einer Nebenrolle bedachter Darsteller sich im zweiten Akt als Hauptfigur entpuppt. In *Red Badge* hat Henry Fleming seinen ersten Auftritt schon im ersten Kapitel und steht von da an im Zentrum des Geschehens, während Crane sich in der Erzählung Zeit lässt, uns in sein Geheimnis einzuweihen, ein unerwarteter Schachzug, mit dem er uns überzeugt, dass seine Hauptfigur ein Niemand ist, der Niemand an sich, und genau das will uns die Geschichte sagen, nie ausgesprochen, aber offensichtlich für alle – im Rückblick.

Fred Collins hat Durst. Im zweiten Absatz, im Donnern explodierender Granaten, hören wir ihn sagen: «Teufel, wenn ich bloß was zu trinken hätte! Gibt's denn hier nirgends Wasser?», und nach diesen zwei Sätzen verschwindet Collins auch schon im Lärm und Chaos der Schlacht. Ein Haus auf der Wiese direkt vor Kompanie A wird von einer «Granate zerfetzt», aus dem Wald dringt «der Lärm eines gewaltigen Getümmels» und das «Krachen der Gewehrsalven», Soldaten werden von Kugeln getroffen, umgeworfen, getötet, ein verwundeter Leutnant zu Pferde stützt «den rechten Arm mit der linken Hand ... als gehörte dieser Arm gar nicht ihm». Nach zwei Seiten entsetzlichen Kampfs taucht Collins plötzlich wieder auf: «Einige Kameraden hänselten Collins mit seinem Durst. ‹Wenn du so gern einen Schluck Wasser haben willst, warum holst du ihn dir dann nicht?›» Collins antwortet: «Werd ich gleich, wenn ihr nicht die Klappe haltet.» Und schon ist er wieder weg. Noch eine Seite, der verwundete Leutnant bekommt bei seinem Ritt über die Wiese einen weiteren Treffer ab und liegt jetzt «mit dem Gesicht nach unten, einen Fuß noch im Steigbügel, über dem Pferdekadaver». An dieser Stelle rückt Collins endlich in den Mittelpunkt – es kommt zum Streit mit seinen Kameraden, die ihn immer noch hänseln, weil er nicht den Mut hat, für einen Schluck Wasser sein Leben zu riskieren; schließlich wendet er sich an seine Vorgesetzten (einen Hauptmann und einen Oberst) und bittet um Erlaubnis, «da unten aus dem Brunnen Wasser zu holen». Die Offiziere versuchen, ihm dieses hochgefährliche Unterfangen auszureden, aber Collins lässt nicht locker, und als sie ihm schließlich die Erlaubnis erteilen, ist ihnen immer noch nicht klar, ob er wirklich gehen will oder nicht, was mittlerweile auch für Collins selbst gilt, der sich allmählich fragt, wie er überhaupt auf diese absurde Idee gekommen ist. Aber dann geht er doch, und der Oberst ruft ihm nach: «Nehmen Sie die Feldflaschen Ihrer Kameraden mit. Und machen Sie, dass Sie zurückkommen.»

Mit einem halben Dutzend klappernder Feldflaschen behangen, macht Collins sich auf den riskanten, hirnrissigen Weg zu dem Brunnen neben dem zerstörten Haus auf der Wiese, mitten hinein ins dichteste Artilleriefeuer. Einer seiner Kameraden bemerkt: «Teufel auch, so was hab ich noch nich erlebt. Hätt ich nie gedacht, dass Fred Collins den Mut dazu hat.»

An dieser Stelle richtet sich der Fokus der Erzählung nach innen, und während Collins wie in Trance auf sein Ziel zusteuert, beginnt er über das im Titel der Erzählung genannte Thema nachzudenken, dasselbe Thema, mit dem sich der junge Mann in *The Red Badge of Courage* herumgeplagt hatte, das aber hier aus einer ganz anderen emotionalen Perspektive betrachtet wird, denn abgesehen davon, dass beide Soldaten sind, haben Fred Collins und Henry Fleming nichts gemeinsam.

> Es schien ihm in einem übernatürlichen Maße merkwürdig, dass er sich von einem Gedanken in so eine Situation hatte bringen lassen; er begriff, dass man sie dramatisch nennen konnte.
>
> Kurz und gut, das Einzige, dessen er sich völlig bewusst wurde, war die eigene Verwirrung. Er merkte, wie sein benommener Verstand sich bemühte, Form

> und Farbe dieser Sache zu erfassen. Verwundert fragte er sich, weshalb die Furcht ihn nicht scharf wie ein Messer durchfuhr. Er wunderte sich darüber, denn seit Jahrhunderten wurde in allen Tonarten behauptet, der Mensch solle sich vor gewissen Dingen fürchten, und alle, die diese Furcht nicht empfanden, waren Phänomene, Helden.
>
> Er war also ein Held. Er verspürte die Enttäuschung, die wir alle bei der Entdeckung verspüren würden, dass wir der Taten, die wir in der Geschichte und in den Legenden am meisten bewundern, ebenfalls fähig sind. Das also war ein Held. Also letzten Endes auch nichts Besonderes.
>
> Nein, das konnte nicht stimmen. Er war kein Held. Im Leben eines Helden gab es keine Schandflecke, und er erinnerte sich, dass er einmal von einem Freund fünfzehn Dollar geborgt hatte, mit dem Versprechen, sie am nächsten Tag zurückzuzahlen. Und dann war er ihm zehn Monate lang ausgewichen. Und wie oft war er zu Hause, auf der Farm, reizbar und kindisch und launisch gewesen, wenn die Mutter ihn in aller Frühe zur alltäglichen Plackerei geweckt hatte. Und die Mutter war gestorben, nachdem er die Uniform angezogen hatte.
>
> Er erkannte, dass er in der Sache mit dem Brunnen, den Feldflaschen und den Granaten die Rolle eines Eindringlings in das Reich der Heldentaten spielte.

Nun kippt die Erzählung um in eine makabre Komödie voller Pannen, Enttäuschungen und grotesker Ungeschicklichkeiten, eine tragische Farce, die einen neuen Ton in Cranes Schaffen anschlägt, und am Ende weiß der Leser nicht mehr, soll er lachen oder sich über den Irrwitz des Kriegs entsetzen – oder vielleicht nur über den Irrwitz des Lebens, denn bei Crane ist der Krieg grundsätzlich die Fortsetzung des Lebens (nicht der Politik) mit anderen Mitteln.

Den Lärm der Schlacht im Kopf – als würden ihm «zwei unsichtbare Finger in die Ohren gepresst» – und den von berstenden Granaten bebenden Boden unter den Füßen, erreicht Collins schließlich das Haus. Als er eine der Feldflaschen in den Brunnen senkt, fließt das Wasser jedoch nur «langsam, mit trägem Glucksen hinein», und da diese «aufreizende Langsamkeit» ihn noch größerer Gefahr aussetzt, gibt er das Vorhaben mit den Feldflaschen auf und beschließt, stattdessen den Eimer zu füllen, der «mit einem Stück rostiger Kette» neben dem Brunnen liegt, aber auch damit ergeben sich Schwierigkeiten, der Eimer schlägt beim Hochziehen an die Innenwand des Brunnens, und immer wieder schwappt Wasser über. Mittlerweile in heller Panik, macht Collins sich auf den Rückweg zu seiner Kompanie, jederzeit einen Treffer erwartend, «der ihn um sich selbst und zu Boden wirbeln würde. Er würde fallen, wie er andere Männer hatte fallen sehen, denen das Leben so plötzlich ausgeblasen worden war, dass ihre Köpfe mit den Knien zugleich den Boden berührten.» Er rennt um sein Leben, schleppt den Eimer über «die schreckliche Wiese ... wie ein Farmer, den ein Stier aus dem Melkstand jagt», doch ehe er den «unendlich fernen Stern» seiner Kompanie erreicht, kommt er an dem verwundeten Artillerieoffizier auf der Wiese vorbei, dessen Stöhnen im «Getöse» der Schlacht untergeht. Der Offizier nimmt seine ganze Kraft zusammen und bittet Collins um einen Schluck Wasser, und von diesem Augenblick an bis zum Ende der Erzählung packt Crane ein ganzes Universum von Missgeschicken auf eine einzige Buchseite:

> «Ich kann nich!», kreischte er, und diese Antwort enthielt eine lückenlose Beschreibung seiner Furcht. Er hatte die Mütze verloren, sein Haar war wild zer-

zaust, und nach seinen Kleidern zu schließen, hatte man ihn an den Füßen über den Boden gezerrt. Er rannte weiter.

Der Kopf des Offiziers sackte weg, der Ellbogen knickte ein. Der Fuß im bronzebeschlagenen Steigbügel war noch immer über den Kadaver des Pferdes gestreckt, der andere lag darunter.

Doch Collins machte kehrt, er kam zurückgerannt, das Gesicht grau, in den Augen Entsetzen. «Hier! Hier!»

Der Offizier war wie betrunken. Der Arm bog sich wie ein Zweig. Der Kopf sank vornüber, als wäre sein Hals aus Weidenruten. Er fiel mit dem Gesicht nach unten.

Collins packte ihn bei der Schulter. «Hier. Hier ist Wasser. Drehen Sie sich um. Um Gottes willen, Mann, drehen Sie sich um.»

Er wand sich unter Collins' derbem Griff. Jetzt schaute er dorthin, wo das unbeschreibliche Getöse der wirbelnden Geschosse hauste. Um seine Lippen lag der Hauch eines Lächelns, als er Collins anblickte. Er stieß einen Seufzer aus, ein kleines, unbeholfenes Schnaufen wie ein Kind.

Collins bemühte sich, den Eimer ruhig zu halten, doch seine Hände zitterten so sehr, dass er dem Sterbenden das Wasser übers Gesicht goss. Dann riss er ihm den Eimer weg und rannte weiter.

Das Regiment empfing ihn mit Gebrüll, die verschmierten Gesichter lachend verzogen.

Der Hauptmann wies den Eimer zurück. «Geben Sie das den Leuten!»

Die beiden lustigen, immer zu Streichen aufgeleg-

> ten jungen Leutnants bemächtigten sich seiner als Erste. Sie balgten sich darum, wie es ihre Art war.
>
> Jedes Mal, wenn der eine trinken wollte, knuffte ihn der anderen an den Ellbogen. «Nicht, Billie! Ich verschütt es», sagte der eine. Der andere lachte.
>
> Plötzlich hörte man einen Fluch, einen dumpfen Aufprall und ein verblüfftes Murmeln aus den Reihen. Die beiden Leutnants starrten einander wütend an. Der Eimer lag auf der Erde. Leer.

Crane verliert kein Wort darüber, aber die Ironie im letzten Satz weist auf den Beginn der Erzählung zurück. Fred Collins hat furchtbaren Durst. Er riskiert Leib und Leben, um Wasser zu holen und seinen Durst zu stillen, doch selbst, nachdem er Wasser gefunden hat, verschwört sich weiterhin alles gegen ihn, und er kommt nicht dazu, auch nur einen Schluck zu trinken.

Mitte Juni, nicht lange nachdem er sich wieder in New York eingelebt hatte, kam von Appleton endlich ein Vertragsangebot für *The Red Badge of Courage.* Ein äußerst unfaires Angebot, aber Crane, immer noch ein Neuling in der Welt des Verlagswesens, erhob keine Einwände. Zehn Prozent Tantiemen, einmal jährlich auszuzahlen – Standard war zweimal jährlich –, jedoch erst nach vollständiger Deckung der Herstellungskosten. Kein Wort von Auslandslizenzen, was bedeutete, dass Appleton das Buch zum Beispiel an einen britischen Verlag verkaufen konnte und Crane dabei leer ausgehen würde. Wahrscheinlich war Crane schlicht zu unbedarft, bessere Bedingungen zu verlangen, andererseits könnte ich mir denken, dass ihn das Buch nicht mehr interessierte, er hatte sich lange genug damit geplagt, und nachdem er es in New Orleans ein letztes Mal überarbeitet hatte, wollte er es nur noch hinter sich lassen. Als Hitchcock im August schriftlich mitteilte, die Fahnen seien eingetroffen, antwortete Crane kurz angebunden mit der Adresse, an die sie geschickt werden sollten, und fügte überraschend hinzu: «Eigentlich will ich die Fahnen gar nicht sehen.» Vermutlich hat er sie am Ende doch durchgeblättert, aber nie zuvor habe ich von einem Schriftsteller gehört, ob jung oder alt, der sich so gesträubt hätte, die Fahnen seines eigenen Buches zu lesen. So kurz der Roman war, Crane hatte sich lange, wohl zu lange damit herumgeschlagen, ihn mehrfach umgeschrieben, korrigiert, gekürzt und sich erschöpfende Gedanken um die endgültige Fassung gemacht, und nach der verfahrenen Situation mit McClure und den zusätzlichen Komplikationen, die die Herstellung der zusammengestrichenen Fortsetzungsversion für Bacheller mit sich gebracht hatte, war er der ganzen Angelegenheit offenbar überdrüssig und wollte nichts mehr davon wissen.

Ebenfalls im Juni verliefen halbherzige Pläne, zwei weitere Bücher bei Copeland and Day herauszubringen, ziemlich schnell im Sande, weil Crane nicht wusste, wo er sie hernehmen sollte. Sein Bostoner Verlag hatte angeboten, *Maggie* in einer anständigen Ausgabe nachzudrucken, doch obwohl etwa tausend Exemplare der broschierten Erstausgabe in New York und anderswo in Umlauf sein mussten, schaffte Crane es nicht, auch nur ein einziges aufzutreiben – ein vielsagendes Beispiel dafür, wie gleichgültig ihm seine früheren Arbeiten waren (kaum geschrieben, schon vergessen) –, und als er vorschlug, stattdessen acht seiner Sullivan-County-Storys zu nehmen («groteske Geschichten aus der Wildnis, die ich geschrieben habe, als ich klug war»), konnte Lily, der einzige Mensch, dem er je Abschriften davon gegeben hatte, sie ihm nicht schicken, offenbar weil ihr Mann sie in einem seiner Eifersuchtsanfälle vernichtet hatte.

Nicht lange nach Unterzeichnung des Vertrags für *Red Badge* brach er wieder einmal zu einem sommerlichen Campingausflug nach Pike County auf. Am 9. August schrieb er an Hawkins:

> *Ich streife in Kordhosen durch die Wildnis und fühle mich prächtig. Macht großen Spaß, gesund zu werden. Fühle mich prächtig …*
> *Wir haben sechs Mädchen im Camp, und ich kann nur unter größten Schwierigkeiten zusammenhängend an irgendetwas anderes denken.*

Aus der Wildnis zurückgekehrt, wurde Crane der Eindruck vermittelt, die *Philadelphia Press* habe ihn als Theaterkritiker engagiert – Vollbeschäftigung, festes Gehalt zum ersten Mal in seinem Leben –, und am 6. September schrieb er wieder an Hawkins, diesmal aus Philadelphia: «Lieber Willis: Bloß Theaterkritiken, sonst nichts. Ich habe zugesagt und werde sofort anfangen.» Vier Tage später berichtete er Hawkins enttäuscht, dass aus dem Job nichts geworden war:

> *Lieber Alter: Alles zerschlagen. Bin hier in Phila gestrandet … Nette Stadt. Habe schon viele Freunde und 23 842 Essenseinladungen, von denen ich 2 angenommen habe.*
> *Die Press wollte mich unbedingt, aber der Chef hat plötzlich nein gesagt.*

Er blieb noch ein, zwei Wochen in Philadelphia (sehr wahrscheinlich bei seinem Freund Lawrence) und machte dort aus seinen «persönlichen Schwierigkeiten in Mexiko» die wunderbare Erzählung «One Dash-Horses», die erste der beiden über seine Erlebnisse auf der Reportagereise für Bacheller.

Irgendwann nach dem 20. September kam er nach New York zurück. Am 27. meldete Appleton das Copyright für *The Red Badge of Colour* an; das Buch war gedruckt und konnte ausgeliefert werden.

Anfang Oktober zog Crane bei Greene aus und bei Post Wheeler in der West 23rd Street Nr. 165 ein. In dieser Wohnung wurde nicht nur nächtelang gepokert, es tauchten auch immer wieder Mädchen auf und schliefen in Cranes Bett, auch wenn er nebenan beim Poker saß.

Unterdessen begann sein Buch im Land zu zirkulieren, und noch ehe der Monat zu Ende ging, war es mit dem Leben, das er die letzten vier Jahre geführt hatte, ein für alle Mal vorbei. Ohne Vorwarnung, mit kaum Luft zum Atemholen, begann Cranes nächstes Leben.

23

Das Lob war alles andere als einhellig, aber laut genug, die Nörgler zu übertönen und *The Red Badge of Courage* bei Kritik und Publikum zum Erfolg zu machen: Noch 1895 erschienen in den Vereinigten Staaten zwei weitere Auflagen und im Jahr darauf noch einmal vierzehn. In England war die Reaktion genauso stark, vielleicht gar noch stärker, und dort erschien denn auch die klügste und gründlichste aller Rezensionen beiderseits des Atlantiks (geschrieben von dem Exsoldaten und Literaturkritiker George Wyndham für die *New Review*), die zu dem Schluss kam, der Roman übertreffe mit seiner realistischen Schilderung des Kriegs Tolstoi und Zola: «Mr. Stephen Crane, der Verfasser von *The Red Badge of Courage*, ist ein großer Künstler, der etwas Neues zu sagen hat und es auf eine neue Art und Weise zu sagen vermag. Freilich ist sein Thema uralt, doch alte Themen, im Lichte neuer Erfahrungen neu behandelt, sind der Stoff, aus dem Meisterwerke sind, und mit *The Red Badge of Courage* ist Mr. Crane ganz sicherlich ein Meisterwerk gelungen.»

Eine herbe Enttäuschung muss es jedoch für Crane gewesen sein, dass sein glühendster und einflussreichster amerikanischer Anhänger sich im *Harper's Weekly* (26. Oktober) mit einer zwiespältigen Rezension zu Wort meldete: «[Stephen Crane] hat jetzt den Versuch unternommen, einen Eindruck vom Krieg aus der Sicht eines jungen Freiwilligen im Bürgerkrieg zu vermitteln, und ich kann nicht behaupten, dass er mir, der ich nie an einem Krieg teilgenommen habe, einen besseren Eindruck davon vermittelt hat als andere Autoren.» Wie schon bei Cranes Gedichten konnte Howells auch bei dem Roman einfach nicht begreifen, worum es Crane ging, und in seiner Ratlosigkeit – oder Opposition – stemmte er sich gegen den Geist des Buches, auch wenn er sich zuversichtlich zeigte, was Cranes Zukunft betraf und «die größeren Dinge, die wir uns von einem neuen Talent erwarten dürfen, das auf so hohem Niveau arbeitet – bis jetzt noch nicht ganz klar ersichtlich, aber unermüdlich». Trotz der durchwachsenen Rezension schrieb Crane Howells am 1. Januar aus Hartwood einen aufrichtigen Dankesbrief, in dem er das Interesse würdigte, «das Sie an meiner Arbeit gezeigt haben», und «den Neujahrstag als eine Gelegenheit» nutzte, «Ihnen zu danken und zu versichern, wie oft ich an Ihr freundliches, wohltätiges Leben denke». Vorbehaltlose Dankbarkeit des jungen Mannes, auf die der ältere gegen Ende des Monats antwortete:

> *Ihr Neujahrsgruß hat mich sehr gefreut, ebenso Ihre Triumphe in England. Wie schön für Sie, in jungen Jahren Ruhm zu erwerben. Ausnahmsweise einmal scheinen die Engländer, die notorisch nichts von Kunst verstehen, doch etwas zu verstehen ... Ich selbst bleibe meiner ersten Liebe treu, «Maggie». Das Stück ist besser als alle Schwarzen Reiter und Roten Siegel.*
> *Sie haben noch sehr viel in sich, und ein ganzes langes Leben, es hervorzubringen.*
> *Ich wünschte, Sie könnten mich einmal besuchen.*

Äußerst liebenswürdig, wenn auch nicht ohne eine weitere Stichelei gegen die Gedichte und *Red Badge*; was Crane von Howells' großzügigen, aber letztlich herablassenden Worten wirklich gehalten hat, wissen wir nicht, fest steht nur, dass er dem Mann, den er als seinen literarischen Vater ansah, einige Monate später eine überschwängliche Widmung in ein Exemplar von *Red Badge* schrieb – und dann nie den Mut aufbrachte, es abzuschicken.

Auch andere ablehnende Stimmen ließen sich vernehmen, am feindseligsten die ewig feindselige *New York Tribune*, die ihrem Verriss von *The Black Riders* einen weiteren Tritt in den Unterleib folgen ließ und den Roman einen «chromatischen Albtraum» nannte, «so öde wie ein Leichenzug». Als im Frühjahr 1896 am Erfolg des Buches nicht mehr zu zweifeln war, holte eine ältere Generation indignierter amerikanischer Leser zum Gegenschlag aus. Einer von ihnen, General Alexander C. McClurg (1832–1901), Eigentümer des Verlags von *Dial*, schimpfte in seiner Zeitschrift, der Roman sei «eine gehässige Satire auf amerikanische Soldaten und Heere. Der Held des Buches ... hat sich zum freiwilligen Dienst in der Armee gemeldet – ohne einen Funken patriotischen Gefühls oder auch nur soldatischen Ehrgeizes, überhaupt ohne irgendeinen Grund, der sich dem Leser erschließt.» Damit nicht genug, beklagt der General des Weiteren, dem Buch mangele es «vollständig an jeglicher literarischen Qualität», und er kommt zu dem Schluss, «aus Respekt für unsere Leute hätte sein Erscheinen in diesem Land verhindert werden müssen».

Attacken dieser Art waren jedoch selten, die meisten Rezensionen waren positiv oder sehr positiv, voller Bewunderung oder geradezu überschäumend begeistert. Edward Marshall in einem unsignierten Artikel für die *New York Press* (13. Oktober): «Man sollte immer vorsichtig sein, einem Schriftsteller das Attribut Genie aufzubürden, aber ... *The Red Badge of Courage* weckt den Verdacht, mehr Kraft und Originalität zu besitzen, als sich unter den Begriff Talent fassen lässt.» Die *New York Times* (19. Oktober): «[Henry Flemings] Gefühle, seine gedanklichen Irrwege, seine Erlebnisse mit den Toten und den Sterbenden und die furchtbaren Qualen, die er durchlebt, werden von Mr. Crane mit einer Lebendigkeit und ursprünglichen Kraft geschildert, die in unserer Literatur ihresgleichen suchen.» Sydney Brooks in einem unsignierten Artikel für die britische *Saturday Review* (11. Januar 1896): «Auf den Höhepunkten des Geschehens ist Mr. Crane vom feurigen Atem der Schlacht so besessen wie eine pythische Priesterin vom Atem Gottes und findet zu ingeniösen Worten, die ins Herz der Menschheit dringen.»

Wie bei *The Black Riders* erzählen die Rezensionen allein jedoch nicht die ganze Geschichte. Denn auch in der breiteren Öffentlichkeit, jenseits der literarischen Welt, wurde das Buch aufgeregt diskutiert, und viele, ob sie es gelesen hatten oder nicht, bildeten sich eine Meinung dazu. Bei Cranes Gedichten hatte die Aufregung sich zu einem Trommelfeuer von Beleidigungen und dümmlichen Parodien ausgewachsen. Der Roman löste fassungslose Bewunderung aus, ehrfürchtiges Staunen durchlief die amerikanische wie die britische Gesellschaft, als immer mehr Leser dahinterkamen, dass einem so jungen und so unbekannten Autor ein so radikal neuartiges Bravourstück gelungen war. *The Red Badge of Courage* war mehr als nur ein Roman, das Buch war eine Sensation, eins jener raren Kunstwerke, die über die Kunst hinausgehen und sie zu einem kulturellen Wegzeichen machen, zu etwas, das die Zeitläufte in zwei Hälften teilt: in eine Zeit davor und eine danach. Mir fällt in der Geschichte der amerikanischen Literatur nur ein einziger anderer junger Romanschriftsteller ein, der das Land so im Sturm eroberte wie Crane 1895/96: F. Scott Fitzgerald 1920 mit *Diesseits vom Paradies*. Wie Crane hatte auch Fitzgerald es nicht so mit der Orthographie, und wie Crane wurde ihm die seltene Auszeichnung zuteil, für den Rest seines Lebens zum *Begriff* zu werden.

Der amerikanische Schriftsteller Harold Frederic, der in England lebte und für die *New York Times* über britische Kulturereignisse berichtete, begann seinen langen Artikel (26. Januar 1896) über den in London anschwellenden Beifall für *Red Badge* mit der Bemerkung, «dieser befremdlich unbekannte junge Mann hat wirklich ein außerordentliches Buch geschrieben», und schilderte dann, wie die Leute darüber zu reden begannen, erst einer und dann noch einer, bis «darüber mehr geredet wurde als über alles andere in der gegenwärtigen Literatur». Frederic spricht von «einem jener unsterblichen Werke», die jeder Literaturbeflissene eines Tages lesen werde, und versucht zu erklären, warum:

> Sollte es überhaupt vergleichbare Bücher geben, dürfte man zuversichtlich behaupten, es sei das beste seiner Art. Aber es hat nicht seinesgleichen. Es steht vollkommen für sich allein. Es ist so anders als alles andere, dass man versucht sein könnte, es gar nicht als Buch zu bezeichnen. Um Vergleichbares anzuführen, müsste man großen Meisterwerken einzelne Passagen entnehmen und diese Fragmente eins nach dem anderen im Hinblick auf *Red Badge* untersuchen, welches selbst ein Fragment ist – und dennoch vollendet. Man nehme die besten Kampfszenen aus Tolstois großartigem *Krieg und Frieden*, aus Balzacs *Chouans*, aus Hugos *Elenden* ... und vergleiche sie Seite für Seite mit diesem unerhört eindringlichen Schlachtengemälde eines unbekannten Jünglings. Sie alle nehmen sich dagegen entschieden kalt und kraftlos aus. Das Lob mag übertrieben klingen, reicht aber tatsächlich noch bei weitem nicht. Jene berühmten Kampfschilderungen der großen Schriftsteller wirken auf einmal ganz falsch. Bei *Red Badge* stellt sich unweigerlich das

> Gefühl ein, die eigentliche Wahrheit über den Krieg sei bis dahin noch nie formuliert worden.

Das klingt nach Heiligsprechung, ja nach Vergötterung, und während Crane bestimmt Freude daran hatte, dass er jetzt über Tolstoi, Balzac und Hugo rangierte, muss es ihn andererseits in helle Panik versetzt haben, denn kaum hatte man ihn auf diesen Thron gesetzt, nahm er die Krone ab, sprang herunter und floh in die Berge.

Mitte Oktober, als der Tumult ausbrach, verließ er New York Richtung Hartwood und verkroch sich für einige Monate im Haus seines Bruders Edward, wo er an seinem nächsten Roman arbeitete und Ausritte machte, ohne den brieflichen Kontakt zu seinen Freunden abreißen zu lassen. In den Augen der Welt war er hoch aufgestiegen, aber pleite war er immer noch, und infolge seines schlechten Vertrags mit Appleton sollte es noch lange dauern, bis sein Erfolg ihm Geld einbrachte. Alles hatte sich verändert, nur dieses eine nicht.

Natürlich las er die Rezensionen zu *Red Badge* und interessierte sich dafür, was die Leute über ihn sagten, verfolgte das alles aber lieber aus der Ferne und ließ sich von einem Ausschnittdienst auf dem Laufenden halten, der ihm alle neuen Rezensionen und Artikel schickte. Keine Frage, er freute sich, aber dieser plötzliche Ruhm hatte auch Schattenseiten, mit denen er nicht gerechnet hatte, und am Ende war die Zeit in Hartwood für ihn eine Achterbahn der Gefühle voller unguter Grübeleien. Am 27. Januar schrieb er an Howells:

> *Kaum hatte ich mich an Schmähungen aller Art gewöhnt, musste dieser Wirbel um Red Badge über mich hereinbrechen. Ich bin ein bisschen durcheinander und halte es für das Beste, in Hartwood zu bleiben, wo niemand mich hört, sollte ich jemals lautes Triumphgeschrei von mir geben wollen. Aber noch ist mir nicht*

nach Geschrei. Die meiste Zeit habe ich Angst. Angst, dass schon leises Sprechen mich von dem abbringen könnte, was ich für das Streben nach Wahrheit halte, und dass mein Holzkopf etwas von der Entschlossenheit einbüßen könnte, die mir bisher nicht schlecht über die Spötteleien hinweggeholfen hat. Wenn sie mich nur weiter verhöhnen würden. Ich denke, damit kann ich zurechtkommen, bei allem anderen habe ich große Zweifel.

Am selben Tag schrieb er auch an Hawkins und Hitchcock über einen Ausflug in die Stadt und wie schlecht ihm das bekommen war.

Mein lieber Willis: Keinen meiner Freunde könnte ich so schimpflich behandeln, und keinen gibt es, bei dem ich hinterher ein so mieses Gefühl hätte. Aber, ach, Du weißt nicht, wie mir diese verdammte Stadt das Herz aus dem Leib gerissen und unter die Stiefelabsätze ihres Lärms geworfen hat. Und das hat sie. Ich bekam in diesem verfluchten Tumult keine Luft mehr. Am Freitag war ich fertig mit den Nerven wie ein gehetztes Tier und musste einfach Reißaus nehmen ...

Sehr geehrter Mr. Hitchcock: Ich fürchte, bei meinem nächsten Besuch werde ich mich schämen. Ehrlich gesagt, bei meinem letzten Besuch hat New York mich dermaßen durcheinandergebracht, dass ich mich nicht so bald wieder in die Stadt wagen werde. Ich hatte mich daran gewöhnt, als verdammter Esel beschimpft zu werden, aber diese plötzliche Anhimmelei seitens meiner Freunde hat mich zum schnatternden Idioten gemacht. Da halte ich mich lieber an meine Berge.

Ein Sachverhalt hatte den anderen abgelöst. Die eine Lebensrealität war zu der eines anderen Lebens geworden, und während Crane versuchte, wieder Boden unter die Füße zu bekommen und sich auf die neue Lage einzustellen, diente Hartwood ihm als Zuflucht vor dem Tumult, der sich um seine Person erhoben hatte. Nur übersah er dabei, dass der Tumult nicht nur in den Straßen der Stadt und in den Feuilletons, sondern ebenso heftig in ihm selbst tobte, und so durchlebte er in dieser Phase selbstauferlegter Stadtflucht, die noch bis weit in den Februar hinein dauern sollte, ein ständiges Hin und Her innerer Konflikte, ohne die unbeantworteten Fragen nach sich selbst lösen zu können. Isoliert von allen, bis auf seine Familie, schrieb er mehr Briefe, als es sonst seine Gewohnheit war, suchte schriftlichen Kontakt zu Freunden und Kollegen (meist mit Hawkins), um Kontakt mit der Welt zu halten, Briefe, in denen eine widersprüchliche Stimmung in die nächste umschlägt, mitunter charmant und zuversichtlich, mitunter für seine Verhältnisse geradezu geschwätzig, mitunter voller Selbstzweifel und Selbstvorwürfe, und, aber nur ein einziges Mal (sehr ungewöhnlich für ihn), gerät er in blinde Wut gegen ... nichts. An Hawkins, datiert 19. November:

> *Heute bin ich zum ersten Mal seit vielen Jahren aus der Haut gefahren – und zwar mächtig. Ich war bei der steifsten Brise, die wir seit Monaten hatten, mit dem kleinen Segelboot auf dem See unterwegs. Kurz vorm oberen Ende des Sees lenzte ich vor dem Wind, dass es eine helle Freude war. Plötzlich bekamen wir Schwierigkeiten – verborgene Baumstümpfe, treibende Stämme, versunkenes Gestrüpp, noch mehr Stümpfe –, man hätte meinen können, Ex-Senator Hollman von Indiana war da.*[49] *Alles was stören konnte, störte prompt und beflissen. Bis zum 5. Stumpf*

■ 49 William Steele Hollman (1822–1897). Kein Senator, sondern langjähriger Kongressabgeordneter, berühmt für seinen hartnäckigen Widerstand gegen Staatsausgaben.

Edmund Cranes Haus am Mill Pond in Hartwood, New York
(*Mit freundlicher Genehmigung der Minisink Valley Historical Society*)

> *hatte ich die Fassung nicht verloren, doch beim 22. fluchte ich wie zerborstenes Eis. Und als der 164. auftauchte, hockte ich auf der Reling wie ein wild schnatternder Irrer. Ungelogen. Ich kann mich nicht erinnern, wann ich jemals so ungeheuer wütend war. Noch nie, möchte ich meinen.*

Wut hatte sich in ihm aufgestaut, ein Sturm unverarbeiteter Emotionen, der ihm ein Rätsel war, aber zweifellos mit seinen inneren Konflikten zu tun hatte, und wie in einem Albtraum erschienen ihm die Stümpfe und Stämme und all die anderen Hindernisse auf seiner Segeltour wie eine Verkörperung seiner Enttäuschung, was dazu führte, dass der sonst so gleichmütige Crane die Beherrschung verlor und ausrastete. Auch wenn er Hawkins die Geschichte eher belustigt erzählt (seine Wut war ja längst verraucht), muss ihn die Heftigkeit dieses singulären Wutanfalls beunruhigt haben, was erklären würde, warum er die Sache überhaupt erwähnte. Warum sonst hätte er davon anfangen sollen? Ohne zu begreifen, wie ihm geschah, hatte Crane eine Parabel seiner gegenwärtigen Lage durchlebt.

Aber die Situation machte ihn auch stärker, denn alle Zweifel und wirren Gedanken wurden immer wieder vom Stolz auf seinen Erfolg aufgewogen, erkennbar am überschwänglichen Ton seines Briefs an Hawkins vom 24. Oktober aus Hartwood:

> *Mein lieber Willis: Der braune Oktoberwald ist einfach großartig. Im Stall wohnt ein Kätzchen, das schreitet wie Ada Rehan*[50]*, und ein Hund mit einem Backenbart wie der verstorbene Präsident Carnot*[51]*. Gypsey, Cousin von Greylight und blutsverwandt mit dem edlen Lynne Bel, der dieses Jahr in Lexington so tüchtig die Transylvania verloren hat – nun, Gypsey ist mit mir durchgegangen. Was gibt es Schöneres als einen schönen frostigen Morgen, ein fliehendes Pferd und nur die stillen Hügel vor Augen. Gott, wie ich das liebe, ein wildes Pferd und nichts als ein bisschen Schweinsleder zwischen ihm und mir. Ihr könnt Eure leblosen alten Fahrräder durch die Landschaft schieben, aber das kühne Feuer eines schlanken Vollbluts ist einfach besser. Manche machen sich viel Mühe, einem Pferd dies und das auszutreiben. Ich nicht. Soll es sich doch auf die andere Wegseite stürzen, weil dort ein Sumachzweiglein lockt. Wenn deine Knie bei so etwas nicht von selbst mitmachen, steig ab und geh zu Fuß. Die Umgebung von Hartwood ist schön, wenn sie schnell an einem vorüberzieht.*
> *Gestern habe ich mein erstes Rebhuhn verfehlt. Pardauz. Aber schlechtes Gelände. Zu viele Birken. Noch habe ich keine Zeile geschrieben. Hab's auch vorläufig nicht vor. Wenn Du in den Zeitungen was siehst, schneid es aus und schick's mir. Empfiehl mich allen in Greene Ave. Ich habe auf Umwegen von Brentano gehört, dass das verdammte «Rote Siegel» sich sehr gut verkaufen soll.*

■ 50 Amerikanische Schauspielerin (1858–1916), bekannt für ihren «individuellen Stil».
■ 51 Französischer Präsident von 1887 bis zu seiner Ermordung 1894.

Da: die erste Erwähnung von *Red Badge* – mit dem Adjektiv «verdammt» davor, das als Verwünschung gelesen werden kann, wenn man es negativ deutet, oder wenn nicht, wie ein joviales Schulterklopfen. An dieser Stelle schwer zu sagen, aber mit der Zeit machten sich Cranes zwiespältige Gefühle für sein Buch immer deutlicher bemerkbar. Nicht, weil er nicht dazu stand, was er geschrieben hatte, sondern schleichender, heimtückischer, weil er zu fürchten begann, dass der Erfolg des Buches ihm eine Last werden könnte, ein Ding so schwer wie ein Klavier, das er auf dem Weg in die Zukunft würde mit sich herumschleppen müssen.

Der Zwiespalt tat sich auf, als er Ende Oktober seinen neuen Roman anfing. Zunächst schien er gut voranzukommen, schon am 29. berichtete er Hitchcock: «Die Geschichte läuft prächtig. Ich habe sieben Kapitel skizziert, und die machen mir anständig Lust auf das Thema. Ich habe mir dafür einen ‹rasanten› Stil zugelegt, sodass das Ganze wohl auf nicht viel mehr als fünfundzwanzigtausend Wörter hinauslaufen wird – oder dreißig – vielleicht fünfunddreißig.» Nur eine Woche später (5. November) an seinen Freund Wheeler: «Ich komme phantastisch voran. Ein Drittel des Romans fertig.» Drei Tage später jedoch äußerte er Hawkins gegenüber erste Zweifel: «Der Roman ist zu einem Drittel fertig. Ich bin mir nicht sicher, ob das etwas taugt. Es geht zu leicht. Ich mache jeden Tag ein Kapitel. Ich möchte, dass Du es Dir ansiehst, bevor es an Appleton geht.» Und noch einmal an Hawkins, 11. oder 12. November: «Der Roman ist zur Hälfte fertig. Manchmal kommt er mir geistreich vor, manchmal unsinnig. Ich hoffe, ihn Dir in spätestens zwei Monaten zeigen zu können.» Und am 19. (in demselben Brief, in dem er von seinem Wutanfall auf dem See berichtet): «Der neue Roman ist zu zwei Dritteln fertig. Ich habe die ersten achtzehn Kapitel meinem Bruder Teddie [Edward] zu lesen gegeben. Er hat sie in einem Rutsch gelesen. Er ist ein literarischer Allesfresser. Mir kommen leise Zweifel an seiner Leistung.

Die scheint mir ein ziemlich düster-komisches Licht auf die Lage zu werfen. Du musst wissen, er sagt über meinen Stil, den würde der Teufel nicht mal zum Flicken seiner Hose benutzen.» Am 25. wechselte er in seinem nächsten Brief an Hawkins kurz das Thema und kam auf seinen jetzt leeren Geldbeutel zu sprechen: «Meine verzweifelten Versuche in letzter Zeit, etwas Geld ranzuschaffen, haben nichts gebracht, keinen Cent, hauptsächlich weil ich es so dringend brauche.» Am 27. Dezember schickte er das fertige Manuskript an Hitchcock in New York. Wie Crane vorausgesagt hatte, war es ein kurzes Buch, vom Umfang her etwa in der Mitte zwischen *Maggie* und *Red Badge*. Vier Tage danach, in den letzten Stunden des Jahres 1895, stellte er in einem Brief an Curtis Brown endlich die Verbindung her zwischen dem neuen Roman und dem, was ihn veranlasst hatte, aus der Stadt zu fliehen: «Danke für Ihre freundlichen Worte und den *Sketch*-Ausschnitt. Wie ich höre, läuft das verdammte Buch ‹The Red Badge of Courage› in England sehr gut. Unterdessen schufte ich weiter. Ich habe einen neuen Roman fertig – ‹The Third Violet› – und wunschgemäß an Appleton and Co. geschickt, gehe aber davon aus, dass sie ihn nicht nehmen werden. Das Ding ist Mist. Ich habe mich mit dem verfluchten ‹Red Badge› leergeschrieben.» Nachdem Hitchcock das Manuskript schließlich doch angenommen hatte, mäßigte Crane seinen Ton und verzichtete darauf, das neue Buch weiter als *Mist* zu bezeichnen, blieb aber dabei, die beiden Bücher aneinander zu messen und das, was er in seinem Kriegsroman geleistet hatte, abzuqualifizieren.

> *Ich denke, wir können ruhig mit ‹The Third Violet› weitermachen. Wahrscheinlich kommen die Leute von selbst darauf, dass die hochdramatische Spannung von ‹The Red Badge› sich nicht aufrechterhalten lässt. Sie wissen, wie ich das meine. Ich halte ‹The Red Badge› für nichts Besonderes, andererseits hat es allein durch sein Thema eine Intensität, die ein Schriftsteller nicht täglich erreichen*

> *kann. ‹The Third Violet› ist eine leise kleine Geschichte, aber auch ein ernsthaftes Werk, und ich finde, es kann raus. Sollten meine Gesundheit und mein inneres Gleichgewicht mir erhalten bleiben, werde ich wohl noch Sachen schreiben können, die die beiden Bücher in den Schatten stellen.*

Crane behielt mit beidem recht. Nicht nur gelang ihm in den Folgejahren noch Besseres, sondern tatsächlich wurde auch jedes seiner künftigen Bücher an dem Maßstab gemessen, den er selbst mit nur dreiundzwanzig Jahren gesetzt hatte. Jetzt war er vierundzwanzig und arbeitete an seinen neuen Erzählungen, Skizzen und anderen Projekten stets in dem Bewusstsein, dass das Aufsehen, das er mit seinem ersten Roman erregt hatte, Segen und Fluch gleichermaßen war. Ein Segen, weil es ihn in den Blick der Öffentlichkeit gerückt und zu einem Schriftsteller gemacht hatte, dessen Werk von nun an ein großes Publikum haben würde – und ein Fluch, weil er, ganz gleich, was er in Zukunft leistete, niemals mehr an den bereits erreichten Erfolg würde anknüpfen können. In diesen Monaten erkannte er die Tücken des Ruhms – und formulierte sein Misstrauen in folgenden schwermütigen Grübeleien, die im Mai 1896 in einer beliebten Zeitschrift abgedruckt wurden:

> Vor dem Erscheinen von «The Red Badge of Courage» hatte ich oft Schwierigkeiten, über die Runden zu kommen. In dieser Zeit ist das Buch entstanden. Die Not hat mich dazu getrieben, und ich denke, literarisch hat ihm das gutgetan. Ein Jammer, wenn dem so sein sollte – dass Kunst ein Kind des Leidens ist; und doch scheint dem so zu sein …
>
> Mir persönlich gefällt mein kleines Gedichtbuch, «The Black Riders», besser als «The Red Badge of Courage». Der Grund hierfür mag sein, dass Ersteres

das anspruchsvollere Unterfangen ist. Dort versuche ich meine Vorstellungen vom Leben als Ganzem, soweit ich es kenne, zu vermitteln, während der Roman nur eine Episode ist – eine Ausschmückung. Nun habe ich erreicht, was ich erstrebe, seit ich zu schreiben angefangen habe, und müsste eigentlich zufrieden sein; aber das bin ich nicht. Früher, als ich nur träumte von dem, was mir jetzt zuteilwurde, war ich glücklicher. Der Erfolg enttäuscht mich. Wie so vieles, was wir erstreben, erweist sich dieses Glück im Fall des Falles als schal und vergänglich.

24

Schließlich sagte Hawker, er halte «Hearts at War» für ein sehr gutes Stück.

«Finden Sie?», sagte sie überrascht. «Ich fand es ziemlich gewöhnlich.»

«Na ja, ich auch», rief er hastig. «Immer dieselben Figuren, die sich im Schlamm der modernen Konfusion bewegen.»

The Third Violet (Kapitel XXVI)

Mit *The Third Violet* vollzieht Crane eine so radikale Abkehr von seinen früheren Arbeiten, dass man es ohne weiteres für das Werk eines anderen Autors halten könnte. Nicht nur, weil es sich von den existenziellen Fragen (städtische Armut und Krieg) seiner ersten drei Bücher abwendet und sich stattdessen mit so konventionellen Themen wie Brautwerbung und Ehe beschäftigt, sondern auch, weil Crane hier eine Erzähltechnik einführt, die sich ganz und gar von der unterscheidet, die er in den vergangenen vier Jahren entwickelt und verfeinert hatte – jenen «‹rasanten› Stil», von dem er in seinem Brief an Hitchcock sprach, im Gegensatz zu dem «dichten Stil» seiner anderen Romane. «Rasant» heißt für *The Third Violet*, dass es nahezu ausschließlich in Dialogform geschrieben ist, weshalb das Buch sich weniger als der Gesellschaftsroman liest, als den es sich ausgibt, sondern eher wie das Drehbuch zu einem Film – auch dies eine von Cranes verblüffenden Vorwegnahmen filmischer Sprache –, und wie sonderbar, dass just zu der Zeit, als er das Buch Ende 1895 fertigstellte, die Brüder Lumière (am 28. Dezember) vor siebenhundert zahlenden Zuschauern in Paris mit Hilfe ihrer neuen Erfindung, des Cinematographen, die ersten bewegten Bilder auf eine große Leinwand projizierten. Zufall, eine Laune der Geschichte, gewiss, aber unbestreitbar lag etwas in der Luft, und es scheint so schlüssig wie unheimlich, dass Filme, wie wir sie heute kennen, exakt in dem Moment zur Welt kamen, in dem Crane seinen ersten Film-artigen Roman an seinen Verleger schickte. Auch wenn er nichts von den Brüdern Lumière wusste und auch wenn er nichts von der erst noch zu erfindenden Textgattung, die wir heute Drehbuch nennen, wissen konnte, verdankt Cranes Dialogroman sehr viel seiner Liebe zum Theater, und da ein Großteil des Buches in der freien Natur spielt, in einem Raum also, den eine normale Theaterbühne niemals fassen könnte, wirkt es auf uns heutige Leser wie ein Film – zwangsläufig wie ein Film –, und so bizarr sich das anhören mag, kann man *The Third Violet* mit einigem Recht als das erste Drehbuch der Welt bezeichnen.

Keimzelle des Romans sind vermutlich zwei Texte Cranes in den Sonntagsausgaben der *New York Press* und *New York Times* vom 28. Oktober 1894. Jedenfalls wurden Elemente des ersten, «Stories

Told by an Artist», in dem Roman wiederverwendet, nicht nur die auf dem «dämlichen Haufen» junger Künstler basierenden Figuren, mit denen Crane im Gebäude der Art Students League gehaust hatte (Wrinkles, Great Chief, Pennoyer und Purple Sanderson), sondern ganze Sätze und Passagen. In der Beschreibung des von ihnen gemeinsam bewohnten Zimmers wurden auf dem Weg von der Zeitung ins Buch nur ein paar Worte ausgetauscht:

> Die Flut orangeroten Lichts ließ die öden, mit Skizzen behangenen Wände, das ungemachte Bett in der Ecke, die Berge von Kisten und Kasten in einer anderen, einen kleinen erloschenen Ofen und einen wunderbaren Tisch deutlich hervortreten. Weinfarbene Draperien lagen im Zimmer umher, auf einem hoch angebrachten Regal standen Gipsabgüsse mit Staub in den Furchen. Ein langes Ofenrohr strebte in die falsche Richtung und wandte sich dann jäh zu einem Loch in der Wand. An der Decke hingen kunstvolle Spinnweben.

Künstler bevölkern das Buch, denn die Hauptfigur, der Freier in der zentralen Liebesgeschichte, ist Maler – Hawker heißt er (für seine Familie William, für alle anderen Billie); Wrinkles und Genossen wohnen ihm gegenüber auf der anderen Seite des Flurs und zählen zu seinen besten Freunden. Für Hawker hat zumindest teilweise Linson Pate gestanden (ein Landjunge aus Sullivan County, der in Paris Kunst studiert hat), aber der Name selbst spielt zweifellos auf Cranes Freund Hawkins an, mit dem zusätzlichen Dreh in Richtung auf das Verb *to hawk* (als Straßenhändler lauthals seine Ware anpreisen), was gut zu den ewigen Geldnöten und Brotarbeiten von Künstlern passt. Für Hawker bedeutete das, dass er sein Studium in Paris aufgeben und nach New York zurückkehren musste, um «die schönen rot-grünen Kringel zu fabrizieren, welche die gewöhnliche Tomatendose zieren», bis seine eigenen Gemälde allmählich Beachtung finden.

Bei dem Artikel in der *Times* vom selben Tag handelt es sich um ein Interview («Howells Fears the Realists Must Wait»), das er achtzehn Monate nach seiner ersten Begegnung mit Howells geführt hatte und in dem Howells seine Ansichten zum aktuellen Stand der amerikanischen Literatur vorträgt, während Crane, der sich als «der andere» im Hintergrund hält, dem Großen Mann zuhört und nur gelegentlich selbst etwas einwirft. «Ah», sagt Howells, «schreiben, nur um die Leute zu unterhalten – also wirklich, wie ordinär! Da kann man sich ebenso gut das Gesicht schwärzen und für ein paar Münzen auf der Straße tanzen. Der Schriftsteller ist so etwas wie ein dressierter Bär, wenn man gewisse Normen akzeptiert. Wenn Literaten den Hanswurst spielen sollen, sollte das wenigstens klar ausgesprochen werden, damit die von uns, die das anders sehen, ihre Maßnahmen ergreifen können. Andererseits sollte ein Roman niemals predigen, wettern oder wüten. Das führt zu nichts. Tatsächlich sind Bücher dieser Art unsagbar langweilig.»

Howells glaubt vielmehr, «Aufgabe des Romans ist es, das alltägliche Leben so exakt wie möglich und mit einem vollkommen klaren Sinn für Ausgewogenheit zu schildern. Das ist das Entscheidende – die Ausgewogenheit.» Klingt gut, aber solange er nicht erklärt, was er unter Ausgewogenheit versteht, bleibt es doch ziemlich vage, und nachdem er eine Weile weiter vor sich hin monologisiert hat, unterbricht ihn der andere: «Ich denke mir, wenn man zu schreiben versucht, ‹was die Leute wollen› – wenn man versucht, die Wünsche der Allgemeinheit zu erfüllen, kommt man mit den Gesetzen der Ausgewogenheit nicht weit.» Statt seinem jungen Freund direkt zu antworten, lässt Howells eine Predigt über sein liebstes rotes Tuch vom Stapel – die Liebesgeschichte oder, wie er es nennt, «die unzähligen Geschichten», die alle damit anfangen, dass der Held «ein gewisses Mädchen» sieht, und mit der Eheschließung ein jähes Ende finden. «Liebe und das Werben um die Geliebte sind hier keine Episode, kein Teil des Lebens – sondern das Ganze. Alles andere hat keinen Wert. Wer dieser Religion anhängt, muss sich sehr dumm vorkommen, wenn er sich mit irgendetwas anderem als Liebeswerben beschäftigt. Sehen Sie, wie es hier an Ausgewogenheit fehlt?»

Endlich verstehen wir, was Howells sagen will. Wer nur von einer einzigen Sache redet und alles andere ausschließt, hat keinen Sinn für Ausgewogenheit – und schreibt schlechte Bücher, die nicht die Realität gelebten Lebens widerspiegeln. Er fährt fort: «Hier und da hat ein Autor seine Stimme erhoben, aber nicht laut. Ich möchte Romanschriftsteller sehen, die sich mit den anderen wichtigen Dingen im Leben beschäftigen – mit dem Verhältnis zwischen Mutter und Sohn, Ehemann und Frau, mit all diesen Dingen, mit denen wir es ständig zu tun haben.»

Der andere bemerkt, es gebe bestimmt «zwei oder drei junge Literaten», die sich darin versucht hätten, fügt dann aber hinzu: «Bücher der Art, von der Sie sprechen, dürften beim Publikum wenig Erfolg haben. Halten Sie die für eine gute Investition?»

Howells beteuert, ja, das seien sie, alles sei nur «eine Frage von Beharrlichkeit – und Mut. Ein begabter Schriftsteller lässt sich nicht unterkriegen, denn er folgt seinem Gewissen. Mag sein, dass er lange zu kämpfen hat, aber wenn er nicht schwankt, muss er am Ende obsiegen.»

Das hört sich an, als spräche Howells hier direkt zu Crane und mache ihm Mut, getrost in die Zukunft zu blicken, doch Crane will den Optimismus des Meisters nicht teilen.

> «Mr. Howells», sagte der andere plötzlich, «haben Sie nicht in den letzten vier Monaten eine Veränderung im literarischen Puls des Landes verspürt? Vorigen Win-

ter, zum Beispiel, schien es beinahe, als gewinne der Realismus die Oberhand, aber seit neuestem scheint es eine Gegenbewegung zu geben, geradezu eine Flut jenes Althergebrachten. Belanglos, vorübergehend, mag sein, aber sicherlich eine Gegenbewegung.»

Überraschenderweise widerspricht Howells ihm nicht; gegen Ende des Interviews macht er eine «nachdrücklich zustimmende Geste» und sagt: «Es stimmt, was Sie sagen. Ich habe es kommen sehen ... Ich denke, wir alle werden warten müssen.»

Ein Jahr nach Erscheinen des Artikels begann Crane mit der Arbeit an einem Roman, der sich erneut mit den Fragen beschäftigte, die er und Howells in ihrem Gespräch aufgeworfen hatten: einerseits das Dilemma, in einer Welt, in der alles nach Geld strebt, nach Kunst zu streben (Kunst versus Kommerz oder Kunst *als* Kommerz), andererseits der Konflikt zwischen künstlerischer Integrität und Publikumsgeschmack (die Gefahr, ein dressierter Bär zu werden). Für Crane waren dies höchst persönliche Fragen – der schöne Krieg, in dem er seit seinem Umzug nach New York mitmischte –, dann aber, wie Howells zum Trotz oder zumindest gleichgültig gegenüber Howells' offener Verachtung für den Liebesroman, entschied Crane sich dafür, diese Fragen in einer Geschichte über das Streben eines jungen Künstlers nach Liebe abzuhandeln, als wollte er beweisen, er könne so ein Buch schreiben, ohne zum dressierten Bären zu werden. Eine schwierige Aufgabe, aber Crane war erst dreiundzwanzig, als er diese kleine Liebesgeschichte anfing, und nachdem er sich an einem Buch über die Grausamkeit des Kriegs abgearbeitet hatte, gefolgt von einem Buch über die New Yorker Slums, muss ihm viel daran gelegen haben, etwas Neues auszuprobieren, *gegen sich selbst zu schreiben*, und zu sehen, wie weit er mit diesem Experiment kommen würde. So banal das Thema sein mochte, lag es Crane doch sehr am Herzen, und jetzt, da sein

Werben um Lily Brandon Munroe gescheitert war, machte er seine schmerzliche Erfahrung zu Literatur und erzählte die Geschichte eines erfolglosen Malers aus einer verarmten Familie, der sich in eine schöne und temperamentvolle junge Frau aus schwerreicher Familie verliebt: Bauernjunge verliebt sich in New Yorker Erbin. Lily war das wesentliche Vorbild (ihre erste Begegnung in einem Urlaubshotel, Cranes Besuche im Stadthaus ihres Vaters: Beides wird in dem Roman verarbeitet), doch auch Grace Hall, Ernest Hemingways künftige Mutter, muss bei der Gestaltung von Grace Fanhall eine Rolle gespielt haben, nicht zu vergessen Nellie Crouse, die attraktive, reiche junge Frau aus Akron, Ohio, die Crane nur ein einziges Mal auf einer New Yorker Teegesellschaft gesehen, aber mit Sicherheit nicht vergessen hatte, da er, sobald der Roman fertig war, brieflich um sie zu werben begann.

Das nackte Handlungsgerüst erinnert ein wenig an Verdis *La Traviata*, wo im ersten Akt die Heldin Violetta Alfredo zum Zeichen ihrer wachsenden Zuneigung eine Kamelie schenkt und ihn bittet, sie wieder zu besuchen, sobald die Blüte zu welken beginnt, mit anderen Worten, am nächsten Tag. Die drei Veilchen in Cranes Geschichte dienen einem ähnlichen erotischen Zweck.

Das Buch zerfällt in zwei Hälften, die eine spielt auf dem Land, im Sullivan County, die andere in New York City – in den zwei Orten also, die Crane am besten kannte, die sein Zuhause waren. Die Hawker-Farm ist nach Edmunds Haus in Hartwood gestaltet (wo Crane den Großteil des Romans geschrieben hat), und Hawkers New Yorker Atelier befindet sich in einem Gebäude, zum Verwechseln dem der alten Art Students League ähnlich, wo Crane gelebt und gehungert und einige seiner früheren Bücher geschrieben hatte.

Weniger vertraut war ihm allerdings das erzählerische Gelände, das er mit seinem neuen Projekt betrat, doch so, wie er mit *The Red Badge of Courage* die Konventionen des Kriegsromans auf den

Kopf gestellt hatte, nahm er sich jetzt das Gleiche mit dem Gesellschaftsroman vor – mit entschieden anderen Mitteln. In den vorausgehenden Arbeiten hatte er ein Thema gewählt, das sich normalerweise für objektive Schilderungen physischer Action anbietet, und es als Geschichte über Psyche und innere Vorgänge umgesetzt; und jetzt, nicht weniger tollkühn, machte er sich an eine Liebesgeschichte, in der es normalerweise um Gefühle geht, vielleicht ausschließlich um Gefühle, und gestaltet sie paradoxerweise als Roman mit purer Action. Wie bei seinen früheren Büchern entfernte Crane zunächst einmal alles, was für seinen Zweck nicht von Bedeutung war. Wir wissen zum Beispiel, alle Figuren in dem Buch finden Grace schön, aber wir haben keine Ahnung, wie sie aussieht, ob sie groß ist oder klein, blond oder brünett, ob sie schiefe Zähne hat oder nicht, und ebenso wenig erfahren wir, wie die anderen Figuren aussehen, wie sie in den einzelnen Szenen gekleidet sind, was mit ihren Gesichtern geschieht, wenn sie lächeln, und kaum etwas über die Häuser und Zimmer, die sie bewohnen – jene unzähligen Einzelheiten, die das A und O des klassischen Gesellschaftsromans sind. Hier ist es umgekehrt, die lebendigste physische Erscheinung in diesem Buch ist die einzige Figur, die nicht sprechen kann: Hawkers Hund Stanley, «ein großer braun-weißer Setter», der seine Gefühle äußert, «indem er seinen Körper zu einer phantastischen Kurve krümmt und dann, Kopf und Schwanz einander fast berührend, über den Boden tänzelt». Und mehr noch, Stanley kann denken, und gelegentlich teilt Crane uns etwas von seinen Gedanken mit, etwa wenn der Hund «behaglich mit dem Schwanz wedelt, seinen Erlebnissen nachgrübelnd». Im Gegensatz dazu sind die Zweibeiner konturlos, und Crane unterlässt es, in sie hineinzuhorchen, wie er es bei Henry Fleming, George Kelcey und Maggie Johnson getan hat. Natürlich denken sie, aber ihre Gedanken geben sich nur an dem zu erkennen, was sie einander in den Gesprächen sagen, Gespräche prägen die Handlung des Buches, sie *sind* die Handlung des Buches, und das eine Mal, dass Crane dazu ansetzt, einem Protagonisten in den Kopf zu blicken, um uns zu sagen, was seine Miene zu bedeuten haben könnte, hält er sich in letzter Sekunde zurück – «in seinen Augen lag ein eigentümlicher Ausdruck, vielleicht nicht unähnlich dem Schmerz des Optimisten, dem plötzlich seine Zuversicht abhandenkommt». Das *vielleicht* lässt uns im Ungewissen, was der Mann wirklich denkt. Wie in einem Drehbuch sind die Männer und Frauen in *The Third Violet* pure Oberfläche – ausmalen müssen wir sie uns selbst. Die eigenartige Kraft dieses kargen, rätselhaften Buches liegt darin, dass der Leser es beim Lesen gewissermaßen mit Crane mitschreibt, bis die Leerstellen nach und nach ausgefüllt sind.

Also wenig Beschreibungen, kaum ein Blick auf die physische Welt, und kein einziger Moment der Selbstbeobachtung, bis dahin die beachtlichsten Stärken Cranes als Schriftsteller. Als habe er sich vorgenommen, mit verbundenen Augen und mit auf den Rücken gefesselter rechter Hand seinen Roman mit der Linken zu schreiben, reduzierte er seine erzählerischen Möglichkeiten auf eine, und nur eine, Methode: die Äußerungen der menschlichen Stimme. Fünfundsiebzig bis neunzig Prozent des Romans bestehen aus Gesprächen (je nach Kapitel), das heißt, das Buch steht und fällt mit der Qualität dieser Gespräche, und wider Erwarten entpuppt sich die Art, wie die Dialoge sich lesen, als das Faszinierendste an Cranes Experiment. Ständig wiederholen die Figuren sich, ständig fragen sie «Was?», wenn jemand etwas sagt, und ständig – besonders in aufwühlenden Situationen – reden sie wirres Zeug oder brechen mitten im Satz ab, zu konfus, ihre Empfindungen in Worte zu kleiden. Dialoge in konventionellen Romanen des 19. Jahrhunderts sind in der Regel klar artikuliert, aber hier wie anderswo pfeift Crane auf Konventionen und macht die Unsicherheit und den inneren Aufruhr seiner Figuren eben dadurch deutlich, dass sie mehr oder weniger zusammenhanglos reden – so sehr, dass der Dialog an manchen Stellen an die Sprechmuster in den Stücken von Harold Pinter erinnert, der erst fünfzig Jahre nach Cranes Tod zu schreiben begann.

«Ja – nein. Ich weiß nicht.»

«Würden Sie lieber gar nichts tun und Däumchen drehen?»

«Däumchen drehen – von wegen. Nicht mal, wenn es um mein Leben ginge.»

«Na schön. Ich hab das auch nicht wörtlich gemeint.»

«Ja, aber –»

«Moment. Sie wollten aber nicht sagen, dass sie nicht wie alle anderen Frauen ist, oder?»

«Nicht direkt, aber –»

«Was hat sie gesagt?», flüsterte das jüngere Worcester-Mädchen.

«Na ja, sie – ach, nichts.»

«Sehen Sie hin! Jetzt mal ehrlich, da ist die Bühne. Sehen Sie hin! Sehen Sie hin!»

«Da ist überhaupt nichts», sagte sie.

Allmählich schien er wieder Mut zu schöpfen. «Was hat Sie so ungeheuer wütend gemacht? Ich verstehe das nicht.»

Nach einigem Nachdenken erklärte sie entschieden: «Na ja, weil.»

«Deswegen habe ich Sie geneckt», erwiderte er.

«Na ja, weil – weil –»

«Weiter», sagte er schließlich. «Sie kommen gut voran.» Er wartete geduldig.

«Na ja», sagte sie, «es ist schrecklich, jemanden so – so nachdrücklich – zu verteidigen, und dann stellt sich heraus, dass es bloß eine Neckerei war. Was soll er denn denken?»

«Wer?»

«Na – er.»

«Na ja, natürlich mag ich ihn, aber – aber –»

«Was?», sagte Pennoyer.

«Ich weiß nicht», sagte Florinda.

«Na ja, ich habe Sie immer noch gern, also kann ich nur irgendwo hingehen – irgendwo weit weg – wo – wo – verstehen Sie?»

Der Roman hat dreiunddreißig Kapitel, und jedes dieser im Durchschnitt etwa drei Seiten langen Kapitel bildet eine in sich geschlossene Szene, in der sich zwei oder drei Figuren mitten in einem Gespräch befinden, das die Geschichte in die eine oder andere Richtung lenkt, worauf das nächste Kapitel, die nächste Szene mit einem irritierenden Sprung an einen anderen Ort und zu anderen Figuren wechselt, die sich mitten in einem anderen Gespräch befinden, das eine Stunde, einen Tag oder eine Woche später über die Bühne gehen könnte. Wie in einem Film wird die Geschichte in einer Aneinanderreihung kleiner Schnipsel erzählt, und so geht es in der Geschichte letztlich darum, wie sie erzählt wird, oder anders gesagt, es geht um das Erzählen selbst, denn alle Figuren scheinen zu wissen, dass sie Figuren in einer Geschichte sind, was die Illusion der Geschichte als Nachahmung des Lebens zerstört, und so ist Cranes Liebesgeschichte in Wirklichkeit die Parodie einer Liebesgeschichte, eine Attacke auf die gängige Unterhaltungsliteratur,

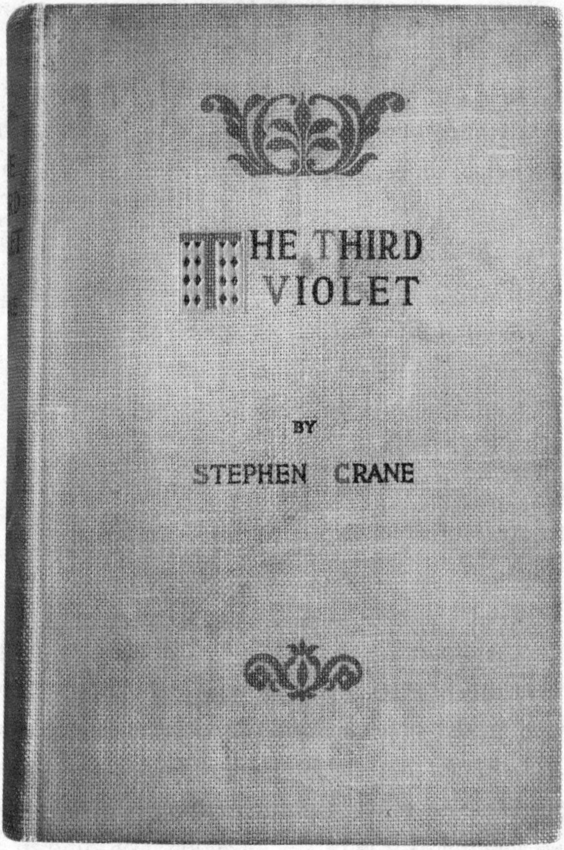

Vorderer Einband von *The Third Violet*, erschienen 1897
(Foto: Spencer Ostrander)

ein Buch wie ein Spinnennetz, dicht gewebt, stofflich nahezu substanzlos: ein diffiziles, facettenreiches Wunderwerk, das mit einem leichten Schwung des Besens weggefegt werden kann.

Hawker, der ungeschickte, gepeinigte, nervöse Freier, bleibt auf einem Landspaziergang mit Grace plötzlich stehen, zeigt auf einen Wasserfall und erzählt ihr die Legende von den Felsen auf der anderen Seite des Flusses – eine Geschichte innerhalb einer Geschichte, gewissermaßen ihrer beider Geschichte, natürlich (das *natürlich* ist essenziell), die nichts anderes ist als die immer gleiche Liebesgeschichte, die jeder schon tausendmal gehört hat.

> «Es war einmal eine, natürlich, wunderschöne junge Indianerin. Und natürlich wurde sie von einem Jüngling aus einem anderen Stamm angebetet, der natürlich sehr stattlich anzusehen und ein mächtig guter Jäger war. Aber der Vater der Jungfer war natürlich ein strenger alter Häuptling, und als es Zeit war, seine Tochter zu verheiraten, erklärte er natürlich, sie dürfe nur einen Krieger aus ihrem Stamm zum Manne nehmen. Und als der junge Mann das hörte, sagte er natürlich, in diesem Fall werde er sich natürlich kopfüber von der Felsspitze stürzen. Der alte Häuptling war natürlich starrsinnig, und der Jüngling tat natürlich, was er angekündigt hatte. Und natürlich weinte die Jungfer.» Hawker schwieg eine Weile, dann sagte er bitter: «Sie scheinen sich aus Volkssagen nicht viel zu machen.»

Der wichtigste Erzähler im Roman ist jedoch der Mann, der als Bindeglied zwischen Hawker und Grace fungiert, ein geckenhafter, zynischer Schriftsteller namens Hollanden, der den Sommer, genau wie Grace, ihre Schwägerin und deren zwei kleine Kinder, außerhalb von New York in dem Gasthaus Hemlock Inn im Sullivan County verbringt, und auch Hawker nimmt sich auf der Farm seiner Familie eine längere Auszeit vom Stadtleben, um so viele Bilder wie möglich zu malen, und so sind sie zu Beginn der Geschichte alle in derselben Gegend versammelt, und Hollanden ist der Mittelsmann, Stichwortgeber und boshafte Anstifter des Liebesdramas, das sich in der bukolischen, arkadischen Szenerie von Cranes ländlichem Nirgendwo entfaltet – seit Jahrhunderten klassischer Schauplatz für Liebesgeschichten, von Shakespeares *Sommernachtstraum* bis zu Ingmar Bergmans *Das Lächeln einer Sommernacht.*

Hawker begegnet Miss Fanhall bereits auf den ersten Seiten des Buches, hat aber keine Ahnung, wer sie ist. Als er am Morgen des ersten vollständigen Tages auf dem Lande zufällig Hollanden trifft, weiß er nur, er hat eine junge Frau gesehen und sich sogleich unwiderstehlich zu ihr hingezogen gefühlt. Das war tags zuvor bei Sonnenuntergang, kurz nach seiner Ankunft in der Pampa: Er steigt aus dem Zug, trifft mit seiner Staffelei unabsichtlich einen kleinen Jungen am Kopf (Vorgeschmack auf die emotionale Ungeschicklichkeit, die er im ganzen Buch an den Tag legen wird – aber auch Hinweis auf sein Metier) und hält gerade auf dem Bahnsteig nach einem Kutscher Ausschau, der ihn zur Farm seiner Eltern bringen soll, als Miss Fanhall (die Tante des Jungen) von hinten an ihn herantritt und sich erkundigt, mit welcher Postkutsche sie zum Hemlock Inn fahren könne.

> Hawker drehte sich um und erblickte eine junge Frau, die ihn ansah. Eine Woge Verblüffung wirbelte ihm ins Haar, und er schlug hastig die Augen nieder, aus Furcht, sie könnte denken, er habe sie angesehen. Er sagte: «Ja – gewiss – ich denke, das kann ich herausfinden.» Zugleich schrie er sich an: «Aber malen würde ich sie schon gern. Was für ein Blick – oh, verwünscht. Die – die – diese Ferne in ihren Augen.»

Wer sich zu solcher Ferne hingezogen fühlt, dürfte einen weiten, mühsamen Weg vor sich haben, und Hawker scheint einer jener Verdammten zu sein, die etwas haben wollen, das sie niemals bekommen, die sich beim Streben nach dem Unerreichbaren verzweifelt in sich selbst verknoten; aber so funktionieren Künstler nun einmal, und wie kann so ein Mann einer Frau widerstehen, die ihm, als er sie das erste Mal sieht, eine Woge Verblüffung ins Haar wirbelt?

Wie sich herausstellt, liegt die Farm auf dem Weg zum Gasthaus, und so sitzen Hawker, Miss Fanhall und ihre anderen Begleiter alle in derselben Kutsche, doch der Zufall sorgt dafür, dass Hawker nicht der verblüffenden Frau, sondern den beiden Kindern gegenübersitzt. Ähnliche Hindernisse hatten bereits die Liebenden in «The Pace of Youth» zu überwinden, und jetzt macht Hawker seinem Frust mit absurden Verrenkungen Luft, denn natürlich möchte er weiter Miss Fanhall anstarren, sich aber nicht ihren Unwillen zuziehen, indem er allzu zudringlich erscheint.

> Das Schicksal hatte es so gewollt, dass Hawker die junge Frau mit der – der – dieser Ferne in den Augen nicht betrachten konnte, ohne sich vorzubeugen und ihr so sein Interesse zu entdecken. Verstohlen und ruchlos wand er sich auf seinem Sitz, und während die holpernde Kutsche ihre Passagiere hierhin und dorthin warf, erhaschte er hin und wieder einen flüchtigen Blick auf eine Wange, einen Arm oder eine Schulter.

Mehr bekommt er nicht zu sehen – ein paar Details von ihr –, dann muss er aussteigen und den Rest des Wegs zu Fuß gehen, während die Kutsche zum Gasthaus weiterrumpelt. So fasziniert er von ihr ist, er hat sie nicht einmal nach ihrem Namen gefragt – und damit scheint die Sache erledigt.

Er begrüßt den Hund Stanley, verbringt die Nacht bei seinen Eltern und seinen zwei Schwestern und steht am Morgen früh auf, um zu malen. Er weiß, sein «schreibender Freund» wohnt in dem Gasthaus, kann aber «nicht hoffen, Hollanden vor elf anzutreffen, da Hollanden nur vom Hörensagen bekannt war, dass es so etwas wie einen Sonnenaufgang und einen frühen Morgen gab». Also macht Hawker sich an die Arbeit und hockt sich «vor kräftig gelbe Stoppeläcker, auf denen Bäume olivgrüne Schatten warfen», denn er ist Landschaftsmaler nach der Mode der französischen Impressionisten, und wenngleich er immer noch Mühe hat, seine Gemälde zu verkaufen, ist er kein ganz Unbekannter mehr, schon ein vielversprechender Neuling, der wohl bald mit breiterer Anerkennung rechnen kann – ähnlich wie Crane in den Monaten vor Erscheinen seines Kriegsromans. Unerwartet «spaziert ein in weißen Flanell gekleideter junger Mann in die Landschaft». Dies ist einer der wenigen Fälle, wo die Kleidung einer Figur erwähnt wird, aber was ruft dieser weiße Flanell nicht alles in uns heutigen Lesern wach, Bilder jener Welt um die Jahrhundertwende, auf denen die jungen Männer und Frauen, die später unsere Großeltern und Urgroßeltern und Ururgroßeltern wurden, in ihren weißen Sommersachen umhergingen – Symbol von Müßiggang, lässiger Eleganz und Wohlstand, selbst wenn man bloß ein kleiner Angestellter oder Handwerker war. Der junge Mann in Weiß ist natürlich Hollanden, und als Hawker ihm mit seinem Pinsel zuwinkt, «Hi, Hollie», und ihn bittet, «aus dem Farbschema zu treten», schlendert Hollanden grinsend auf ihn zu und sagt, wie froh er sei, ihn zu sehen. Nach einem raschen Blick auf die Leinwand mit den gemalten «kräftig gelben Stoppeläckern, auf denen Bäume olivgrüne Schatten warfen» (Crane wiederholt sich hier wörtlich), wendet er sich plötzlich dem Maler zu und fragt: «Sag, Hawker, wie wär's, wenn du Miss Fanhall heiraten würdest?» Und mit diesen Worten schnellt der Roman aus den Startlöchern und beginnt seinen rasenden Lauf um die Rennbahn.

> Hawker hatte einen Pinsel im Mund, er nahm ihn hastig heraus und sagte: «Miss Fanhall heiraten? Wer zum Teufel ist Miss Fanhall?»

Hollanden legte beide Hände um seine Knie und sah rücksichtsvoll weg. «Oh, ein Mädchen.»

«Ach?», sagte Hawker.

«Ja. Sie kam gestern Abend in den Gasthof, zusammen mit ihrer Schwägerin und einer kleinen Schar junger Fanhalls. Insgesamt sechs, glaub ich.»

«Zwei», sagte Hawker. «Ein Junge und ein Mädchen.»

«Woher weißt du – oh, du musst mit ihnen gekommen sein. Natürlich. Na, dann hast du sie ja gesehen.»

«Das war sie?», fragte Hawker lahm.

«Das war sie?», rief Hollanden entrüstet. «Das war sie?»

«Oh», sagte Hawker.

Hollanden sinnierte. «Sie hat viel Geld», sagte er. «Sehr viel Geld. Und ich vermute, sie wäre dumm genug, an dir und deiner Arbeit Gefallen zu finden. Die Familie ist ungeheuer reich, auch wenn sie sich eher bedeckt halten. Das wäre doch was für dich. Ich glaube – ja, ich bin mir sicher, sie könnte dumm genug sein, an dir und deiner Arbeit Gefallen zu finden. Und wenn du nicht so ein hoffnungsloser Trottel wärst –»

«Ach, hör auf, Hollie», sagte der Maler.

Man darf Hollanden nicht für einen Kuppler halten. Er ist ein Erfinder, ein Anstifter, ein Fabulant, der seine Geschichte aus dem Stegreif weiterspinnt, er drängt seine zwei Figuren nicht, möglichst rasch füreinander zu entflammen, vor den Altar zu stürzen und ein Leben lang glücklich zu sein, sondern möchte die Geschichte so interessant und dramatisch wie möglich gestalten, weshalb ihm Hindernisse genauso zupasskommen wie Ermutigungen, und wenn die Geschichte langweilig zu werden droht, möbelt er die Action mit einer neuen Zutat auf – zum Beispiel übertreibt er, um Hawker zu entmutigen, die Qualitäten eines möglichen Nebenbuhlers (Oglethorpe), oder er redet, um Grace über Hawkers Absichten zu verwirren, schlecht von Hawker und verwickelt sie in endlose, abstruse Diskussionen. Hollanden ist die unterhaltsamste Figur in dem Buch, ein Hofnarr und Cupido mit einem Köcher voller ätzender, selbstironischer Pfeile, ihm geht es in seinem Sommerurlaub nur um einen amüsanten Zeitvertreib in dem langweiligen Einerlei von Tennis und Picknicks und wieder Tennis, und dazu dient ihm die Geschichte von einem Mann, der einer Frau den Hof macht, aber nicht weiß, wie er das anstellen soll, und dem Herzeleid, das diese Ungeschicklichkeit zur Folge hat, auch wenn der Fall gar nicht so aussichtslos ist, da der Gegenstand seines Verlangens mehr als bereit zu sein scheint, sich erobern zu lassen. Hollanden inszeniert ein Schauspiel, und da jedes Schauspiel Zuschauer braucht, schickt Crane ihm fünfzehn ältere Damen ins Hemlock Inn (fünfzehn von insgesamt zweiundvierzig Gästen), eine Gruppe neugieriger Schaulustiger, «Damen mittleren Alters», wie Hollanden sie Hawker beschreibt, «von höchst aggressiver Ehrbarkeit. Sie sind hier zu keinem anderen ersichtlichen Zweck als dem, Leute zu beobachten und ihr Missfallen über sie zu bekunden. Sie sitzen in einer großen Gruppe auf der Terrasse und geben Urteile über den Charakter der anderen ab, so wichtigtuerisch, als seien sie das himmlische Gericht.» Die Damen fungieren als eine Art neuzeitlicher griechischer Chor, schattenhafte, gesichtslose Gestalten im Hintergrund der Bühne, die das Verhalten der Protagonisten kommentieren und sich an der Hawker-Fanhall-Romanze auf dieselbe Weise beteiligen, wie Leser sich an Liebesgeschichten beteiligen oder Fernsehzuschauer sich von den verwickelten Handlungssträngen täglicher Seifenopern fesseln lassen. Wenn sich in der zweiten Hälfte des Buches die Handlung in die Stadt verlagert, verschwinden die Damen auf der Terrasse und machen Hawkers Künstlerfreunden Platz, die die Romanze mit derselben Gier verfolgen und kaum von etwas anderem reden können. Abgesehen von den zwei Hauptfiguren obliegt es allen anderen in der Geschichte nur, die Geschichte zu beobachten und Spekulationen darüber anzustellen, wie sie weitergeht und welches Ende sie wohl nehmen wird. Gefangen in einer geschlossenen Spiegelwelt, handelt das Buch letztlich von den Erwartungen, die man dem Lesen von Geschichten entgegenbringt. Und es erzählt – um es noch einmal zu sagen – die Geschichte der Geschichte selbst.

Der Roman schreitet voran durch Irreführung, getäuschte Erwartungen und jähe Abweichungen vom eigentlichen Handlungsstrang. Das Gespräch in der zitierten Szene, als Hollanden in die Landschaft spaziert und Hawker ihn zum ersten Mal sieht und gleich mit dem Vorschlag kommt, Hawker solle Miss Fanhall heiraten, endet damit, dass Hawker Hollanden vorhält, er sei *lächerlich*, worauf Hollanden erwidert:

> «Ich bin nicht lächerlich.»
>
> «Doch, das bist du, Hollie.»
>
> Der Schriftsteller winkte verzweifelt ab. «Und du bist mit ihr im Zug und in der Kutsche gefahren.»
>
> «Im Zug habe ich sie nicht gesehen», sagte Hawker.
>
> «Oh, aber in der Kutsche hast du sie gesehen. Haha, du Halunke. Ich sitze hier oben und du da unten und lügst mich an.» Er sprang von seinem Sitz und bearbeitete Hawkers Schultern.
>
> «Lass das», sagte der Maler.
>
> «Ah, du alter Halunke, du hast mich angelogen. Angelogen – aber halt – meiner Treu – da kommt sie.»

Aber sie kommt nicht, jedenfalls nicht im Text. Wir blättern um in der Erwartung, Miss Fanhall auf die beiden zukommen zu sehen, doch Crane beschert uns etwas anderes. «Eines Tages», beginnt das vierte Kapitel, und Hollanden erzählt Hawker von den fünfzehn

Damen mittleren Alters, die den ganzen Tag auf der Terrasse des Gasthofs sitzen – typisch für Cranes Vorgehensweise im ganzen Buch: etwas versprechen, es zurücknehmen und von etwas anderem anfangen, es darauf anlegen, uns in die zahllosen Schlaglöcher im Boden der Erzählung zu locken, und weil der Boden so unzuverlässig ist, werden wir ständig auf dem falschen Fuß erwischt und sind zur Vorsicht gezwungen, finden keinen sicheren Halt und können unmöglich ahnen, was als Nächstes geschieht, obwohl es doch eine vollkommen konventionelle Geschichte ist, die wir da lesen, eine Perlenschnur von hundert *natürlich*, die sich durch alle dreiunddreißig Kapitel voller Gerede und mehr Gerede und noch mehr Gerede schlängelt, bis das Buch an sein unerwartet uneindeutiges Ende gelangt.

Auf der zweiten Seite des vierten Kapitels platzt Hollanden beiläufig heraus:

> «Übrigens», fügte er hinzu, «du hast nicht zufällig eine Schraube locker?»
>
> «Nein», sagte Hawker nach einigem Nachdenken. «Ich bin nur arm – das ist alles.»
>
> «Natürlich, natürlich», sagte Hollanden. «Aber das ist schlecht. Das werden sie spitzkriegen – mit Sicherheit. Besonders weil du so oft herkommst, um Miss Fanhall zu sehen.»

Hier wird uns also mitgeteilt, dass Hawker sein Werben um die verblüffende Frau bereits begonnen hat – indirekt, nur angedeutet, das eigentliche Geschehen hat sich hinter der Bühne abgespielt, also jenseits der Grenzen des Buches, was ein weiteres Loch in den erzählerischen Boden gräbt, auf dem wir uns bewegen. Dieser Enthüllung schließt sich ein Gespräch der beiden jungen Männer an, das bis ans Ende des Kapitels geht und die krassen Unterschiede zwischen ihnen aufzeigt – Hollandens lebhafte Verspieltheit versus Hawkers spießige Rechtschaffenheit und aufbrausendes Wesen – und wir sehen Hollanden beim Denken zu, während er seine «dramatische Situation» herbeiführt und Hawker berät, wie er sich in das «Stück» einfügen kann, das in Wirklichkeit sein Leben ist (unter der Regie Hollandens), und aus Hawkers zusammenhanglosem Gestammel am Ende der Szene erfahren wir schließlich, was der Titel des Buches zu bedeuten hat.

«Was ist mit dir? Warst du noch nie verliebt?»

«Geht dich nichts an», antwortete Hawker.

Darüber dachte Hollanden erst einmal nach. «Nun», gab er schließlich zu, «da hast du recht, ganz allgemein gesprochen, aber ich kann es nicht mitansehen, wie töricht du deine Angelegenheiten regelst.»

Zorn flammte in Hawkers Gesicht, und hitzig rief er: «Ich sage dir, das geht dich nichts an.» Er baute sich dem anderen gegenüber auf.

Hollanden betrachtete diesen Ausbruch mit kritischem Blick und schlug sich emphatisch aufs Knie. «Dich hat es wirklich erwischt. Millionen Mal schlimmer als ich dachte. Du bist – du bist tatsächlich bis über beide Ohren verliebt.»

«Und wennschon?», sagte Hawker mit einer Geste voll Trotz und Verzweiflung.

Hollanden erspähte eine dramatische Situation in der Ferne und betrachtete sie mit fröhlichem Lächeln. «Hör mal», rief er, «angenommen, sie geht morgen nicht zu dem Picknick. Heute früh hat sie gesagt, sie wisse nicht, ob sie mitkommen könne. Ich glaube, sie erwartet jemanden aus New York. Wäre das nicht eine böse Enttäuschung für dich, sag?»

«Du bist so verteufelt clever», sagte Hawker mit grämlicher Ironie.

Hollanden betrachtete noch immer die dramatische Situation in der Ferne. «Und die vielen Konkurrenten. Die Wälder müssen voll von ihnen sein. Ein Mädchen wie sie, du weißt schon. Und dann das viele Geld. Alle deine Konkurrenten zusammengenommen könnten eine Milizenbrigade bilden. Stell dir vor, wie sie sie umschwärmen. Aber was hat das schon zu bedeuten», fuhr er gut gelaunt fort. «Du hast gute Karten. Du solltest sie ihr gegenüber loben, die Rivalen – verstehst du –, sie freundlich loben, wie von einem Aussichtsturm herab. Höchstens einmal die Woche darfst du dich über sie lustig machen, aber mit viel Nachsicht, verstehst du – freundlich – und lobend.»

«Was bist du nur für ein Fatzke, Hollie», sagte Hawker. «Du –»

«Ja – ja – ich weiß», erwiderte der andere friedlich. «Ein Fatzke. Natürlich.» Nach einem weiteren Blick in die Ferne murmelte er: «Das Picknick macht mir Sorgen. Ich wünschte, ich wüsste, dass sie mitkommt. Gütiger Himmel, sie muss einfach mitkommen.»

«Was hast du damit zu tun?», rief der Maler nun abermals aufgebracht.

«Na – na», sagte Hollanden mit beschwichtigender Gebärde. «Du Narr. Ich versichere dir, ich bin nur Zuschauer.»

Hawker schien von Abscheu gegen sich selbst überwältigt. «Oh, na ja, weißt du, Hollie, diese Sache –» Er verstummte und sah nach den Bäumen. «Diese Sache – sie –»

«Wie?», fragte Hollanden.

> «Man könnte dich für einen aufdringlichen Schwätzer halten», rief Hawker plötzlich.
>
> Hollanden erwiderte: «Was hast du mit dem Veilchen gemacht, das sie gestern am Tennisplatz hat fallen lassen?»

Das geheimnisvolle erste Veilchen. Versehentlich oder absichtlich von Miss Fanhall fallen gelassen, und wenn Letzteres, mit welcher Absicht? Für eine Antwort ist es noch zu früh. Vielleicht als Zeichen der Zuneigung – aber zu wem? Hollanden scheint anzudeuten, dass Hawker es aufgehoben hat oder hätte aufheben können – aber nicht einmal das ist an dieser Stelle sicher. Viel später werden wir erfahren, der Maler hat das Veilchen tatsächlich eingesteckt, und mit der Szene, in der Miss Fanhall ihm am Tag ihrer Abreise in die Stadt ein zweites Veilchen schenkt, schließt Crane den ersten Abschnitt ihrer holprigen, prekären und doch zunehmend ernsten Liebesgeschichte – inszeniert von dem kauzigen Spaßvogel Hollanden.

Wer ist dieser diabolische junge Mann im weißen Flanell? Oder, wie eine der jungen Frauen im Gasthaus ihn zu Beginn des vierten Kapitels fragt: «Was macht Literaten so besonders?» «Das», antwortet er zunächst, «habe ich schon unzählige Literaten gefragt, aber nie eine Antwort erhalten», wechselt dann aber die Richtung und bietet an, ihnen seine «persönliche Geschichte» zu erzählen. «O ja, tun Sie das!», ruft die ältere Schwester des jungen Worcester-Mädchens begeistert aus. (Man beachte, wie Crane in der nun folgenden Rede den von Howells in ihrem Interview vom vorangegangenen Oktober erfundenen Ausdruck *dressierter Bär* verwendet.)

> «Nun – verstehen Sie – ich begann meine Laufbahn – meine Laufbahn, Sie verstehen – fest entschlossen, Prophet zu werden, und obwohl ich am Ende nur Akrobat wurde, ein dressierter Bär der Zeitschriften, ein

Jongleur humoristischer Skizzen, war mir ein Lächeln auf die Lippen gemeißelt, das viele Leute veranlasste, einen Widerwillen gegen mich zu empfinden, denn es hing ihnen vor Augen wie eine Todesfee, wann immer sie versuchten, mit sich selbst zufrieden zu sein. Immer mal wieder gab man mir zu verstehen, ich sei nur ein kleines Rädchen im großen Getriebe, und ich musste erfahren, dass nur ein Einziger von je zweitausend Leuten, denen ich begegnete, von mir gehört hatte und dass vier von diesen fünf es vergessen hatten ... Unterdessen entwickelte ich eine ungeheure Würde, und als die Leute diese Würde bemerkten und hörten, dass ich Literat sei, brachten sie mir Respekt entgegen. So kam ich zu dem Schluss, dass der schlichte Kampf ums Dasein für mich darin bestand, das gemeine Volk, oder jedenfalls alle, die überhaupt Notiz von mir nahmen, hinters Licht zu führen. Und das habe ich getan. Und tue es noch immer. Und jetzt bin ich recht zufrieden damit, meinen Spott darüber auszugießen ...»

«Ich glaube Ihnen kein einziges Wort», sagte Miss Worcester.

«Was erwarten Sie von einer Autobiographie?», fragte Hollanden.

Hollanden ist Cranes Albtraum-Double – der käufliche Schriftsteller, der sich den Forderungen des Marktes gebeugt hat, ein extremes Beispiel dafür, was er *nicht* werden will, und folglich die Verkörperung seiner schlimmsten Ängste. Und doch, wie vergnügt dieser Hollanden ist, wie es ihm behagt, sich selbst und andere zu verspotten, so ergeben in seine Mittelmäßigkeit, dass er beinahe glücklich damit zu sein scheint, als sei ihm, nachdem er darauf verzichtet hat, sich zum Propheten zu machen, eine ungeheure Last von den Schultern gefallen, und nun könne er endlich genauso ungeniert herumalbern wie die fashionablen Einfaltspinsel, die an seinen humoristischen Skizzen Gefallen finden. So jedenfalls könnte man meinen, wenn man ihn reden hört, aber das Worcester-Mädchen durchschaut ihn, sie begreift, er meint das alles nicht ernst. Und dann seine schlagfertige Replik: «Was erwarten Sie von einer Autobiographie?» Soll heißen, wenn jemand seine «persönliche Geschichte» erzählt (oder schreibt), ist das Ergebnis nicht weniger ein literarisches Kunstprodukt als irgendein Roman, was natürlich stimmt und darüber hinaus als Kommentar Cranes zu *The Third Violet* gelesen werden kann, denn auch wenn er in diesem Buch Teile seines eigenen Lebens verwertet, ist es streng genommen kein autobiographischer Roman, unabhängig davon, dass die beiden männlichen Hauptfiguren Künstler sind und jeweils für verschiedene Aspekte seiner eigenen inneren Konflikte bei dem Bemühen stehen, sich einen Platz in der literarischen Welt zu erobern. Was Hollanden betrifft, kommen seine wahren Gefühle in einem späteren Gespräch mit Oglethorpe vielleicht am besten zum Ausdruck, als Hawkers angeblicher Rivale, der nahezu perfekte Heiratskandidat für Miss Fanhall (der weithin für den reichsten, ansehnlichsten, liebenswürdigsten jungen Mann der Welt gehalten wird), treuherzig behauptet,

> dass die besten Schriftsteller die seien, die mit ihren Büchern das meiste Geld machen. Hollanden entgegnete, eben die seien die schlechtesten. Oglethorpe sagte, diese Frage solle man den Leuten überlassen. Hollanden sagte, die Leute gäben regelmäßig die falschen Antworten auf Fragen, die man ihnen überlasse. «Das zeugt von einer verabscheuenswerten aristokratischen Denkart», sagte Oglethorpe.

> «Nein», sagte Hollanden. «Ich mag die Leute. Aber im Ganzen betrachtet, sind sie ein Haufen naiver Dummköpfe.»
>
> «Aber sie lesen Ihre Bücher», sagte Oglethorpe grinsend.
>
> «Weil sie einem Irrtum unterliegen», erwiderte Hollanden.

Ausnahmsweise scheint Hollanden einmal die Wahrheit zu sagen. Andererseits vielleicht aber auch nicht, und eben der in diesem *vielleicht* eingeschlossene Zweifel macht ihn zu einem so faszinierenden Charakter. Die selbstverneinende Kraft seiner Spötteleien kreist in einem stetig tiefer werdenden Strudel aus Spötteleien und Widersprüchen, und der Leser muss auf der Hut sein, irgendetwas davon für bare Münze zu nehmen. Eben hat er zu Oglethorpe gesagt, er kenne den Unterschied zwischen gutem und schlechtem Schreiben und jeder Leser, der ihn für einen guten Schriftsteller halte, befinde sich im Irrtum. Meint er das wirklich? Wahrscheinlich. Aber wenn ja, könnte man daraus schließen, dass Hollanden Verbitterung darüber empfindet, mit seinen ursprünglichen Bestrebungen gescheitert zu sein, aber Crane lässt diese Verbitterung an keiner einzigen Stelle des Romans erkennen. Hollanden nimmt seine Maske niemals ab, und daher können wir seinen Worten auch niemals ganz trauen.

Hawker ist ein ganz anderer Typ Künstler – engagiert, konzentriert, getrieben von dem brennenden Bedürfnis, seine Gemälde zu Waffen der Wahrheit zu machen. Seine Künstlerfreunde bewundern ihn sehr dafür, was als sicheres Zeichen für seine ungewöhnliche Begabung angesehen werden darf, doch wie die meisten, die unentwegt nach Höherem streben, ist Hawker außerordentlich streng gegen sich selbst, und ganz gleich, wie gut oder bewundert seine Bilder sein mögen, er selbst ist nie zufrieden damit. Das ist das Paradoxon, mit dem jeder echte Künstler fertigwerden muss:

in einem Zustand ewiger Zweifel zu leben und dennoch von Bild zu Bild oder Buch zu Buch nicht aufzugeben, immer in der Hoffnung, es beim nächsten Mal besser zu machen, und dann, auch wenn es besser geworden ist, Enttäuschung darüber zu empfinden, dass es nicht besser genug geworden ist. In dieser Hinsicht hat Hawkers innere Entwicklung als Künstler sehr viel Ähnlichkeit mit der von Crane selbst, aber es gibt auch eine Reihe äußerlicher Ähnlichkeiten, man denke nur an Hawkers anfänglichen Kampf mit Armut und Missachtung, wovon er bei seinen Unterhaltungen mit Miss Fanhall mehrmals berichtet. Ein Beispiel aus Kapitel VIII:

> «Aber das Leben in den Ateliers –»
>
> Hawker schnaubte verächtlich. «Wir waren zu sechst. Die meiste Zeit haben wir geraucht. Manchmal haben wir Hearts gespielt, manchmal Poker – auf Kredit, müssen Sie wissen – Kredit. Und wenn wir Material hatten und etwas zu tun bekamen, haben wir gearbeitet.»

Hier nun erzählt er ihr von den Mustern auf den Tomatendosen und fügt auch noch Maisdosen hinzu, worauf Miss Fanhall ihre einleitende Bemerkung und Hawker seine Replik wiederholt:

> «Aber das Leben in den Ateliers –»
>
> «Wir waren zu sechst. Das Schicksal wollte es so, dass immer nur einer von uns etwas Geld hatte. Die anderen lagen ihm auf der Tasche und verachteten sich dafür. Wir verachteten uns selbst fünfmal so lange, wie wir bewundert wurden.»
>
> «Und das nur, weil Sie kein Geld hatten?»
>
> «Weil wir in New York kein Geld hatten», sagte Hawker.

«Aber mit der Zeit hat sich etwas getan –»

«O nein, hat es nicht. Irgendetwas stand immer bevor, trat aber niemals ein.»

Noch ein Beispiel, diesmal aus Kapitel XXIX, nachdem Miss Fanhall ihn gebeten hat, ihr von seinen Anfängen als Maler zu erzählen:

> «Na ja, als ich mit dem Studium anfing, war ich sehr arm, müssen Sie wissen. Schauen Sie, ich erzähle Ihnen das alles, weil ich finde, Sie sollten das wissen. Es ist nicht so, dass ich mich dessen nicht schämte. Nun, ich fing also sehr arm an, und – um genau zu sein – ich – na ja, gut die Hälfte des Geldes für mein Studium verdiente ich mir mit Arbeit, die andere Hälfte habe ich mit Betteln, Flehen und Drohen meinem armen alten Dad abgeknöpft. Ich habe in Paris sehr hart gearbeitet, und als ich dann hierher zurückkam, dachte ich, auf der Stelle ein großer Maler zu werden. Aber von wegen. Jetzt wurde es erst richtig schlimm. So ging das jahrelang ... Und nur ganz langsam, Schritt für Schritt, wurde es besser, bis ich dahinterkam, dass ich nur mit harter Arbeit ein passables Einkommen erzielen konnte ...»
>
> «Was sollte an dieser Geschichte beschämend sein?»
>
> «Die Armut.»
>
> «Armut ist nichts, wofür man sich schämen müsste.»
>
> «Großer Gott, wie können Sie sich erdreisten, mir mit diesem Unsinn zu kommen. Armut ist alles, wofür man sich schämen muss. Haben Sie jemals einen Menschen gesehen, der sich seiner Armut nicht geschämt hat? Bestimmt nicht. Natürlich, wenn ein

Mann es zu großem Reichtum bringt, wird er so laut von der Armut seiner Jugend prahlen, dass man nie auf die Idee käme, er hätte sich dessen einmal geschämt. Hat er aber.»

«Na ja, wie auch immer, Sie sollten sich der Geschichte nicht schämen, die Sie eben erzählt haben.»

«Warum denn nicht? Wollen Sie mir nicht das Recht zugestehen, so zu sein wie andere?»

«Ich finde, Sie waren – tapfer.»

«Tapfer – Unsinn. So etwas ist nicht tapfer. Dieser Eindruck wird von Männern erweckt, die eine harte Schule durchgemacht haben zur größeren Ehre von Männern, die eine harte Schule durchgemacht haben.»

«Ich mag es nicht, wenn Sie so reden. Das klingt böse.»

«Nun gut, es war jedenfalls kein Heldentum. Ich erinnere mich genau, dass ich mich in keinem Augenblick wie ein Held gefühlt habe.»

«Nein, aber es war – es war –»

«Es war was?»

«Na ja, irgendwie gefällt es mir.»

Crane gibt uns mit Hawker nicht direkt ein Selbstporträt, eher das Bild eines Geistesverwandten, eines Künstlerkollegen, der mit ähnlicher Hingabe an seine Kunst herangeht wie er selbst und ähnliche Demütigungen zu erdulden hatte wie er selbst, aber auch wenn sie zudem einige Charakterzüge gemeinsam haben (schüchtern, verschlossen, unbeholfen in Gegenwart von Frauen), gibt es zwischen den beiden einen wesentlichen, alles entscheidenden Unterschied: Crane hatte Sinn für Humor, Hawker hat keinen. Selbst in den dunkelsten Momenten äußerster Armut konnte Crane sich von außen betrachten und seine Not mit so grotesk-komischen Versen wie «O hagere Börse, du öffnest dein Maul» veralbern, während Hawker dergleichen niemals fertigbringen würde. Er ist erbittert, während Crane oft über seine Schwierigkeiten lachen konnte. Er ist aufbrausend und kampfbereit, während Crane zumeist ruhig und gelassen war und andere Leute zum Lachen bringen konnte. Hawker lächelt nicht, und er erzählt keine Witze. So viel zum Autobiographischen in dem Roman, denn was kann man schließlich von einer Autobiographie erwarten? Crane hat aus Teilen seiner selbst zwei Figuren namens Hollanden und Billie Hawker gestaltet, aber beide sind Erfindungen, und *The Third Violet* ist ein Roman, ein Werk der Phantasie, eine Liebesgeschichte, die sich niemals irgendwo anders abgespielt hat als im Kopf des Verfassers.

Hollandens Einmischung und Oglethorpes Auftauchen stören die Liebesgeschichte, aber das größte Hindernis zwischen den zwei Liebenden ist Hawker selbst, denn obwohl er auf der gesellschaftlichen Stufenleiter nach oben gestiegen ist (ein «passables Einkommen» erzielt), lässt er sich von Miss Fanhalls Reichtum einschüchtern, oder um das noch genauer zu formulieren, er lässt sich einschüchtern von der Klasse, in die sie hineingeboren wurde und die sie zu repräsentieren scheint (die «Ferne in ihren Augen» ist auch der gesellschaftliche Abstand zwischen ihnen), und so großartig seine Aussichten für die Zukunft sein mögen, kann Hawker weder seine bescheidene Herkunft noch die Schmach der einst durchlebten Not jemals ganz hinter sich lassen. Miss Fanhall, reiches Mädchen hin oder her, ist jedoch kein Snob, sie hat es nicht in sich, auf seine bescheidene Herkunft herabzublicken oder jene von ihm einst durchlebte Not zu verurteilen, und kann daher Hawkers Einstellung überhaupt nicht nachvollziehen. Warum *Schmach*? Wenn man nichts Unrechtes getan hat, wie kann man dann Schmach empfinden? Trotzdem, genau dieses Wort benutzt Hawker, aber was er eigentlich meint, ist *Selbsthass*, was zweimal vorher im Text «Abscheu gegen sich selbst» genannt wurde. Mit anderen Worten, Hawker hadert mit sich selbst, und dies lässt ihn, als er sich um Miss Fanhalls Gunst bewirbt, als einen zwischen Liebe und Wut hin- und hergerissenen Mann erscheinen – je mehr er sich in das Mädchen mit der Ferne in den Augen verliebt, desto streitsüchtiger benimmt er sich ihr gegenüber, so sehr, dass er ihre Bemerkung «Armut ist nichts, wofür man sich schämen müsste» brüsk beiseitewischt und als Zeichen von Herablassung deutet. Ein faszinierender Rollentausch, denn auf einmal ist es der gepeinigte, sich quälende Maler selbst, der sich als Snob erweist.

Die in diesem Zusammenhang aufschlussreichste Episode in der ersten Hälfte des Romans findet sich in Kapitel XIV; nicht lange nachdem er endlich den Mut gefunden hat, ihr zu erklären, dass er sie «mag», was für ihn einer Liebeserklärung gleichkommt, machen Hawker und Grace einen Spaziergang durch die Umgebung. Ein Stück weit hinter den anderen der Gruppe hergehend, begegnen sie Hawkers Vater und lassen sich von ihm (auf Grace' Bitte) in seinem Ochsenkarren zum Gasthaus zurückbringen. Hawker, den Snob, macht diese Zufallsbegegnung zwischen Aristokratin und Bauer verlegen, aber die egalitäre, offenherzige Grace ist ganz entzückt, und während der «großgewachsene, zerlumpte» Farmer die beiden zum Gasthof kutschiert und zwanglos und liebenswürdig mit der neben ihm auf dem Bock sitzenden feinen Dame plaudert, steht sein unglücklicher Sohn peinlich berührt hinten auf der Ladefläche. Am nächsten Morgen ist die Ochsenkarrenfahrt das Gesprächsthema auf der Gasthausterrasse, und eine der tratschenden Frauen beleidigt Grace, indem sie ihr zu ihrem «Streich» gratuliert. «Streich?», fragt Grace, und die Frau entgegnet: «Ja, Ihre Fahrt auf dem Ochsenkarren, mit diesem alten Farmer und diesem jungen Mann, wie heißt er noch gleich? Wir alle fanden das köstlich.» Grace verübelt ihr diese Bemerkung sehr und stapft wütend davon, und wenig später versucht Hawker – unfähig, den wahren

Grund für ihre Verärgerung zu erkennen (ihre Zuneigung zu ihm, ihre Sympathie für seinen Vater) – sie zu beschwichtigen, indem er die Schuld für die kränkende Bemerkung der Frau auf seine Kappe nimmt.

> «Ich weiß, worüber Mrs. Tuscot mit Ihnen gesprochen hat.»
>
> Sie drehte sich angriffslustig zu ihm um. «Ja?»
>
> «Ja», antwortete er sanftmütig. «Sie hat zweifellos etwas zu Ihrer Fahrt auf dem Ochsenkarren bemerkt.»
>
> Sie zögerte kurz und sagte dann: «Und?»
>
> Noch sanftmütiger sagte er: «Es tut mir sehr leid.»
>
> «Ach – wirklich?», fragte sie blasiert. «Leid? Was tut Ihnen leid? Dass ich auf dem Ochsenkarren Ihres Vaters gefahren bin oder dass Mrs. Truscot deswegen so unhöflich zu mir war?»
>
> «Na ja – in gewisser Hinsicht war das meine Schuld.»
>
> «Ach ja? Ich nehme an, Sie wollen sich dafür entschuldigen, dass Ihr Vater einen Ochsenkarren besitzt, oder?»
>
> «Nein, aber –»
>
> «Nun, ich werde auf diesem Ochsenkarren fahren, wann immer ich Lust dazu habe. Ihr Vater, das weiß ich, wird mich immer gern mitnehmen. Und wenn Sie das schockierend finden, besteht nicht die geringste Notwendigkeit für Sie, uns zu begleiten.»

Gleich darauf teilt sie ihm mit, dass sie und ihre Familie nächste Woche abreisen werden. Hawker ist fassungslos und kann kaum glauben, was er da eben gehört hat, aber dann setzt Grace noch einen drauf und erwähnt beiläufig, sie habe ihm das schon früher sagen wollen, es jedoch immer wieder vergessen. Damit nicht genug, malträtiert sie ihn weiter, indem sie vorgibt, sie habe vergessen, was er gestern zu ihr gesagt habe («Ich mag Sie, natürlich»), und als er ihr vorwirft, sie erinnere sich absichtlich nicht mehr daran, sagt sie, er sei «lächerlich ... jetzt noch lächerlicher, als ich Sie bisher erlebt habe», und verschwindet Richtung Tennisplatz, um sich von Hollanden einen neuen Schlag beibringen zu lassen.

Den Schlag, den sie ihm hier versetzt, hat der begriffsstutzige Hawker durchaus verdient, aber noch ist nicht alles verloren, und der bestürzte Freier ist weit davon entfernt, jetzt aufzugeben. Bedrückt, aber unverdrossen, kommt Hawker am Abend vor Miss Fanhalls Abreise in das Gasthaus, lässt sich von den anderen nicht stören (darunter Oglethorpe, der sich immer mal wieder blicken lässt) und gibt sich unter diesen wenig erfolgversprechenden Umständen alle Mühe, sie seiner Gefühle für sie zu versichern. «Sie werden mir fehlen», sagt er. «Dieser Sommer war der erfreulichste meines Lebens», sagt er. «Sie werden mir fehlen», wiederholt er. «Es wird hier sehr einsam sein», sagt er. «In ein paar Wochen werde ich wohl ebenfalls nach New York zurückgehen», sagt er, worauf Miss Fanhall steif erwidert: «Ich hoffe, Sie melden sich dann einmal», worauf er ebenso steif antwortet: «Es wird mir ein Vergnügen sein», und ausnahmsweise kann der Leser mit ihm mitfühlen und seinen Schmerz nachvollziehen. Kurz darauf will sie sich in ihre Gemächer zurückziehen:

> Hawker sagte zu dem Mädchen: «Ich – ich – ich werde Sie schrecklich vermissen.»
>
> Sie wandte sich lächelnd zu ihm um. «Ach ja?», sagte sie leise.
>
> «Ja», sagte er. Verlegen schweigend blieb er vor ihr stehen. Sie studierte die Dielenbretter. Plötzlich

zupfte sie ein Veilchen aus dem Sträußlein an ihrem Gewand, warf es ihm zu und drehte sich zu dem herannahenden Oglethorpe um.

«Guten Abend, Mr. Hawker», sagte der Letztere. «Freut mich sehr, Sie kennengelernt zu haben. Hoffentlich sehen wir uns mal in der Stadt. Gute Nacht.»

Er stand noch in der Nähe, als das Mädchen zu Hawker sagte: «Leben Sie wohl. Wir haben Ihnen einen so charmanten Sommer zu verdanken. Wir würden Sie gern in der Stadt wiedersehen. Sie müssen unbedingt einmal kommen, wenn auch die Kinder Sie sehen können. Auf Wiedersehen.»

«Auf Wiedersehen», antwortete Hawker, indes er fieberhaft gespannt die unergründliche Miene des Mädchens zu deuten versuchte. «Ich werde mich bei erster Gelegenheit bei Ihnen melden.»

Nun verlagert sich die Handlung nach New York, wo wir Hawkers mittellose Künstlerfreunde kennenlernen. Hawker, weiterhin um Grace bemüht, trifft sich dreimal mit ihr im Stadthaus ihrer Familie, einem «endlosen braunen Backsteingebäude, so poetisch wie ein Gefängnis». So fesselnd das Leben auf dem Lande gewesen sein mag, in der Stadt nimmt es noch zusätzlich Fahrt auf, denn hier präsentiert uns Crane die prächtigste Gestalt seines Buches, das Künstlermodell Florinda O'Connor, von ihren Freunden Splutter genannt, die mit Abstand anrührendste und am besten ausgeführte weibliche Figur in Cranes Gesamtwerk.[52] Oglethorpe hat sich

■ 52 Nelson Greene schrieb 1947 in einem Brief an Schoberlin, Crane habe sein «Modell, Gertrude Selene, wahrscheinlich das Vorbild für ‹Florinda›, gekannt. Mit 18 rühmte man sie als das Modell mit der besten Figur von New York City. Sie hatte schöne blonde Haare und graue Augen, aber schön war sie nicht. Gleichwohl war sie attraktiv und für jeden

bezeichnenderweise verkrümelt, und statt dass wir uns fragen, für welchen Mann die Erbin sich entscheiden wird, fragen wir uns jetzt, für welche Frau sich der Maler entscheiden wird – denn sobald Splutter in Kapitel XIX zum ersten Mal auftaucht, ist uns klar, sie ist über beide Ohren in ihn verliebt.

Hollanden ist noch da, jedoch nicht mehr so im Mittelpunkt wie in der ersten Hälfte des Buches, auch wenn er sich in einigen entscheidenden Momenten blickenlässt, um seine Intrige fortzuspinnen, während nun aber vornehmlich Wrinkles und Genossen die Bühne bevölkern: eine amüsante, ausgelassene Bande harmloser Naivlinge, passionierte Faulenzer, die ständig mit Ungemach zu kämpfen haben (Absagen, Hunger, verspätete Bezahlung abgelieferter Arbeiten, die monatliche Mietenpanik) und nie die Hoffnung aufgeben, eines Tages doch noch als Karikaturisten oder Illustratoren bei einer Zeitschrift unterzukommen. Ihre Lebensumstände zeichnet Crane eins zu eins nach seinen jahrelangen Erfahrungen in Männer-WGs, das Zimmer, in dem sie wohnen (*die Bude* genannt), ist identisch mit dem, das er mit Greene, Carroll und den anderen geteilt hatte – bis hin zu dem Kohlekasten, der als Schlafmöbel herhalten muss. Ab und zu lässt einer von ihnen eine unvergessliche Bemerkung vom Stapel, zum Beispiel Pennoyer, als er begreift, dass ihnen allen ein Wochenende mit leerem Magen bevorsteht («Eigentümlich ... wie entsetzlich hungrig man wird, sobald man erfährt, dass es nichts mehr zu essen gibt»), oder wenn Grief, im Zimmer auf und ab stolzierend, einen komischen Monolog über die Vorliebe erfolgreicher amerikanischer Maler für ausländische statt für amerikanische Themen zu Gehör bringt und

Mann interessant. Seien Sie so freundlich und verraten Sie ihren Namen nicht. Sie hat später einen Arzt geheiratet und ist eine sehr ehrbare Frau geworden. Sie und Crane kamen gut miteinander aus. Sie bewunderte seinen scharfen Verstand, sprach oft mit ihm und auch mit mir über ihn. Er hatte jedoch nichts mit ihr.»

die verächtliche Haltung dieser Leute nachäfft: «Wie zum Teufel kann ich Amerika malen, wenn es vor mir niemand getan hat?» Die meiste Zeit aber verbringen sie mit Albernheiten, spielen Karten, bereiten, falls sie denn etwas haben, ihre kargen Mahlzeiten zu und interessieren sich über die Maßen für Hawkers Angelegenheiten. Als Hawker wieder in New York ist und Pennoyer zufällig einmal mitbekommt, wie er die Veilchen «in seiner Hand» betrachtet, entwickelt sich dieses Interesse zu einer obsessiven Beschäftigung mit seiner *Affäre*: Was hat es mit den zwei Blumen auf sich, und wie heißt die unbekannte Frau, für die diese Blumen stehen? Das bewegt sie, weil Hawker ihr leuchtendes Vorbild ist, der Freund, der es geschafft hat, der hervorragende Maler, der für ihre Miete aufkommt, wenn sie in Bedrängnis sind, und weil der Gott auf der anderen Seite des Flurs nicht mehr er selbst zu sein scheint, glauben sie, die Lösung des Rätsels seiner unbegreiflichen Veränderung hänge mit den zwei Veilchen zusammen. Abgesehen davon sind sie einfach nur neugierig, sie wollen es wissen, weil sie es eben wissen wollen, und so werden nun sie zu den Beobachtern der Geschichte, und wieder einmal erweist sich, mit einigen Besetzungsänderungen, die Geschichte in der zweiten Hälfte des Buches als eine Geschichte der Geschichte selbst.

Splutter ist eine von den Jungs und ist es nicht, das einzige weibliche Wesen, dem sie in ihrer heruntergekommenen Bude Zutritt gewähren. «Ein geschmeidiges und ziemlich schmächtiges Mädchen», taucht sie oft in der Bude auf, isst mit den Jungs, raucht mit ihnen, trinkt mit ihnen und kocht sogar einmal Spaghetti für sie (wozu sie die Ärmel aufkrempelt und ihre «wunderbaren Arme» sehen lässt), und diese zwei Kurzkommentare zu ihrem Äußeren machen sie zur einzigen wichtigen Gestalt in dem Roman, zu deren Aussehen überhaupt etwas gesagt wird. In dieser hermetischen Männerwelt voller Hänseleien und Schmähreden behauptet sie sich, indem sie die Burschen «Idioten» und «Versager» nennt, was diese ihr mit der Bemerkung heimzahlen, sie sei «ein armes offenherziges Kind»: «Siehst du nicht, dass du mit deiner Geradheit gegen jede Regel deines Geschlechts verstößt und wüste Blicke auf dich ziehst?» – was in Wirklichkeit ein Kompliment ist und beweist, wie viel sie sich aus ihr machen. Sie haben ihr in der Vergangenheit mehrmals aus der «Bredouille» geholfen, und jetzt, wo sie selbst vom Glück verlassen sind und sie dank ihrer Arbeit als Modell wieder auf die Beine gekommen ist, möchte sie sich revanchieren und ihnen über die schwere Zeit hinweghelfen, aber da es ihnen peinlich ist, ihre Hilfe anzunehmen, führen sie sich «wie ein Haufen Lackaffen» auf, soll heißen, wie galante Ritter, die lieber verhungern würden, als von einem Mädchen Hilfe anzunehmen. Was sie zusammenhält, ist ihre Bewunderung des Gottes von der anderen Seite des Flurs. Sie alle sind sich einig, dass Billie Hawker ein ganz außergewöhnlicher Mensch ist, und weil sie wissen, dass Splutter ihn liebt, Billie aber nicht sie, hat die Zuneigung der Jungs zu ihr auch etwas von Mitleid. Die traurige Wahrheit ist, sie weiß es selbst, und eben dies macht sie zu einer so ergreifenden, schillernden Erscheinung; sie ist nicht der Star der Show, aber sobald sie auftritt, richten sich aller Augen auf sie, sie ist es, die das Herz des Publikums erobert. Schon früh sagte sie einmal: «Billie Hawker hat keinerlei Interesse an mir und hat auch nie so getan, als hätte er welches.» Dies könnte man für eine abschließende Feststellung halten, aber wir haben es hier mit einer Liebesgeschichte zu tun, und Hindernisse sind nun einmal der Stoff, aus dem Liebesgeschichten sind und die den Leser bei der Stange halten, und vielleicht bereitet Crane uns nur auf den Augenblick vor, wo es dem Mädchen mit den wunderbaren Armen endlich gelingt, die Hindernisse, die sich zwischen ihr und Billie auftürmen, zu überwinden.

Es gelingt ihr nicht, aber der Weg in diese Sackgasse führt durch die reizvollsten Passagen des Buches, denn Hawker, begriffsstutzig und unbedarft wie er ist, hat keine Ahnung von ihren Gefühlen für ihn und demütigt sie gedankenlos ein ums andere Mal, so sehr mit seinem eigenen Liebesdrama beschäftigt, dass er gar nicht begreift, was er da anrichtet. Als er am ersten Tag in der Stadt in der Bude auftaucht und nicht einmal hallo zu ihr sagt, dreht sie sich um und bemerkt: «Ah, Billie Hawker ... Du scheinst dich nicht sehr zu freuen, einen alten Kumpel wiederzusehen.» (*Kumpel*: Zeichen für ihren Witz, aber auch für ihre Verzweiflung.) Hawker gibt barsch zurück: «Himmel, hast du gedacht, ich schlage vor Freude Purzelbäume?» Später an diesem Tag, fein herausgeputzt und mit eleganten grauen Handschuhen (auf dem Weg zu der Veilchendame), begegnet er Splutter im dunklen Treppenhaus, die ihm beladen mit Essen und Getränken für die Jungs von unten entgegenkommt. Im Licht eines kleinen Fensters betrachtet sie ihn von oben bis unten und sagt: «Oh, schau mal an ... So in Schale, Billie? Gehst du zu einer Krönung?» Er murmelt, er sei auf dem Weg zu einem «Freund», und als sie ihn einlädt, nachher mit ihnen zu essen («Wird bestimmt lustig, wir essen alle zusammen. Na, kommst du, Billie?»), druckst er herum und brummt ein unverbindliches «Mal sehen ... ich weiß noch nicht». Vor der Tür eines «gewissen schmucklosen Hauses» angekommen, muss er erfahren, dass Grace nicht da ist. Mehr als enttäuscht, gebärdet er sich, als sei er verraten worden, und «als er um die Ecke bog, waren seine Lippen eigenartig verkrümmt wie die eines Mannes, der auf Rache aus ist».

Schnitt zu den Essensvorbereitungen in der Bude. Splutter hat den Wein auf einem Fensterbrett kalt gestellt und bereitet mit aufgerollten Ärmeln Spaghetti zu, Grief und Wrinkles streiten, wer von ihnen losgehen und Kartoffelsalat kaufen soll. Sie hören jemand kommen, «ein Liedchen aus ‹Traviata› pfeifend, laut und klar oder leise und gedämpft, je nachdem wo der Pfeifer sich gerade im Treppenhaus auf dem Weg nach oben befand. Das Liedchen gehörte zu Hawker wie sein Mantel.» Am Ende melden Hawker und Florinda sich freiwillig, weitere Vorräte einzukaufen (Rotwein,

Cognac, Zigaretten und anderes mehr), und auf der Treppe fragt sie ihn rundheraus: «Was – was macht dich so garstig, Billie?» Sei er wirklich garstig, fragt er. «Ja, du bist garstig wie sonst was.» Er wolle nicht garstig sein, sagt er, verunsichert von ihren Bemerkungen und dem «Kummer in ihren Augen», mit unerwartet «sanfter» Stimme, oder zumindest «klingt» sie sanft, was Florinda veranlasst, ihm eine Hand auf den Arm zu legen, während sie weiter die «äußerst dunkle» Treppe hinuntergehen, womit die Angelegenheit bereinigt scheint. Aber nein. Sie erledigen ihre Einkäufe bei dem «berühmten Kartoffelsalathändler an der Second Avenue», und als Florinda ihm anbietet, die Sachen zu tragen, damit er sich die Handschuhe nicht «schmutzig» macht, platzt ihm der Kragen, sie solle endlich «mit diesen verwünschten Handschuhen aufhören» und

> «du tust ja gerade so, als ob ich das einzige Paar graue Handschuhe im Universum besitze. Aber da irrst du dich. Es gibt mehrere Paare, und sie müssen nicht als einzigartig in der Geschichte aufbewahrt werden.»
>
> «Sie sind nicht grau. Sie sind –»
>
> «Sie sind grau. Ich nehme an, deine erlauchten irischen Vorfahren haben ihren Leuten nichts über Handschuhe beigebracht, weshalb man nicht von dir erwarten kann, dass du –»
>
> «Billie!»
>
> «Nicht von dir erwarten kann, dass du glaubst, Leute könnten auch Handschuhe tragen, wenn es nicht kalt ist, aber dann würdest du Fäustlinge erwarten.»

So trampelt er mit Worten auf ihr herum, beleidigt ihre Familie und ihre Herkunft, demütigt sie. Vor dem Gebäude angelangt, gibt er sich ein wenig zerknirscht und bietet ihr schweigend an, sie die dunkle Treppe hinaufzuführen, doch als er nach ihrem Arm greift, zieht sie ihn weg. Verständlich. Warum sollte sie sich nach seinem groben Ausbruch von ihm anfassen lassen?

Im nächsten Kapitel sehen wir die beiden zum letzten Mal allein miteinander. In der Bude hat wieder einmal ein Gruppenessen stattgefunden, es ist spät (schon nach elf), und da es in dieser Gegend für eine Frau zu gefährlich ist, unbegleitet durch die Nacht zu gehen, pokern die Jungs darum, wer von ihnen, wie Grief es ausdrückt, «die große Ehre haben soll, Miss Splutter nach Hause und zu ihrer Mutter zu geleiten». Hawker gewinnt das Spiel mit drei Siebenen, und während die zwei zu Florindas Mietshaus in der Third Avenue gehen («eine Fassade mit Feuerleitern übers ganze Gesicht geschrieben»), weicht Crane einmal von seinem «‹rasanten› Stil» ab und lässt sich einen ganzen langen Absatz lang über die ewigen Ausbesserungsarbeiten an den New Yorker Straßen und die Berge neuer Pflastersteine aus, über blockierte Bürgersteige und die verschlungenen Wege, auf denen Hawker Florinda nach Hause zu bringen hat, und über den Eindruck «schrecklicher Einsamkeit», den die «verwahrlosten Gestalten auf der Straße» machen. Als sie sich ihrem Haus nähern, stellt Florinda ihm eine ähnliche Frage wie im vorigen Kapitel, und endlich beginnt sich in Hawkers Schädel etwas zu rühren.

> «Billie», sagte das Mädchen plötzlich, «warum bist du so gemein zu mir?»
>
> Ein friedlicher Bürger kam hinter einem Schutthaufen hervor, aber er hätte auch kein friedlicher Bürger sein können, weshalb das Mädchen sich an Hawker klammerte.
>
> «Aber ich bin doch nicht gemein zu dir!»
>
> «Doch», sagte sie. Als sie auf den Stufen vor dem Haus mit den unzähligen Feuertreppen standen, drehte sie sich langsam um und schaute zu ihm auf …

Er erwiderte ihren Blick. «Florinda», rief er wie erleuchtet und musste heftig schlucken, als hätte er etwas im Hals. Das Mädchen musterte die Stufen und bewegte sich hin und her, wie in einer Dorfschule die Schuldigen. Dann ging sie langsam ins Haus. An einem Steinhaufen hing ein rotes Lämpchen als Warnung, dass die Straße ausgebessert wurde.

Na also. Endlich hat Hawker begriffen, dass sie ihn liebt, aber außer nur einmal ihren Namen zu rufen, sagt er nichts, und außer wie von einem jähen Gefühl übermannt zu schlucken, tut er nichts. Und während Florinda schwankend die Stufen anstarrt, zweifellos darauf wartend, dass Hawker irgendetwas sagt oder tut, kommt Crane mit einem seltsamen, unerwarteten Vergleich – sie verhalte sich wie ein schuldbewusstes Schulmädchen vom Lande –, der Florinda mit einem Schlag zum Kind macht und folglich nicht mehr als sexuelles Wesen in Betracht kommen lässt, und da Cranes imaginäre Schule sich nicht in der Stadt, sondern auf dem Land befindet, ist Florinda nun plötzlich auch noch eine bäurische Landpomeranze – alles andere als die Art von Frau, zu der ein Aufsteiger wie Hawker sich hingezogen fühlen könnte. Dann aber jenes rätselhafte rote Lämpchen im letzten Satz, universelles Zeichen für Prostitution, in diesem Fall zur Warnung von Fußgängern vor Gefahren auf dem Bürgersteig, und vielleicht droht auch noch eine andere Gefahr, eine sexuelle Gefahr, denn zu diesem Zeitpunkt in der New Yorker Hälfte des Romans hat Hawker Grace noch nicht wiedergesehen, und für alle, die Splutter die Daumen drücken, dass sie diesen Snob doch noch für sich gewinnt und er selbst dabei seine Würde zurückerlangt, besteht noch Grund zur Hoffnung. Und so gelingt Crane am Ende von Kapitel XXIV das unmögliche Kunststück, beides auf einmal zu haben und seine Parodie auf die Konventionen der Liebesgeschichte zu einem so komisch verworrenen

Knoten zu schürzen, dass wir vergnügt dabei zusehen können, wie er sich über all das lustig macht, und gleichzeitig gespannt sind, wie es weitergehen wird. Zwei Veilchen! «Schlucken, als hätte er etwas im Hals»! Das sind die Zutaten romantischer italienischer Opern und verschwitzter pseudopornographischer französischer Romane – wie der von Zola, den Crane im Frühjahr 1893 in «Why Did the Young Clerk Swear?» veralbert hatte. Aber Splutter tritt aus diesem abgedroschenen Bild heraus und wird zu etwas Wirklichem, und so konstruiert die Handlung sein mag, jetzt wollen wir wissen, wie die Geschichte für sie ausgeht.

Drei Kapitel vergehen, ehe sie wiederauftaucht, und noch ist der Ausgang nicht abzusehen, aber es hilft Florinda, dass der Mann, der sich für sie einsetzt, nicht parteiisch ist, ein Statist, von dem bisher nur einmal, zehn Kapitel zuvor, die Rede war – ein erfolgreicher Maler mit dem herrlichen Namen Lucian Pontiac (keine Smiths und Johnsons mehr in diesem Buch), der Florinda als Modell engagiert hat und sehr große Stücke auf sie hält. Hawker und Hollanden verbringen einen Abend in einem gutbesuchten Café, Pontiac kommt zu ihnen an den Tisch und wird gebeten, sich zu setzen, und so lernen die beiden Maler sich kennen. Pontiac gratuliert Hawker zu seinen «Fähigkeiten» und erklärt, «ich bediene mich hin und wieder eines Ihrer Modelle. Muss sagen, sie hat die besten Arme und Handgelenke des Universums. Umwerfende Figur – umwerfend.» Als Hawker fragt, ob er von Florinda spreche, erwidert Pontiac: «Ja. So heißt sie. Sehr feines Mädchen ... Und auch ehrlich. Ehrlich wie der Teufel ... Bin ganz hingerissen von Ihrem Mädchen.» «Mein Mädchen?», fragt Hawker. Pontiac erklärt, Freitag letzter Woche habe er Florinda malen wollen, aber sie habe abgelehnt, weil Billie Hawker wieder in der Stadt sei und sie vielleicht brauchen würde, und es habe ihn beeindruckt, welch «Gehorsamkeit, Hingabe und Treue» sie damit kundgetan habe. Als er fragt, ob Hawker sie am Freitag denn auch gemalt habe, sagt

Hawker nein, und kurz darauf, als spreche er die Gedanken des Lesers aus, bemerkt Hollanden: «Armes Wesen.»

> «Wer?», sagte Pontiac.
> «Florinda», antwortete Hollanden. «Ich nehme an –»
> Pontiac unterbrach ihn. «Ah, natürlich, ein Jammer. Alles ist ein Jammer. Mein Lieber, nichts ist so sehr zu bedauern wie das Universum. Aber diese Florinda, was für eine starke junge Seele. Die Welt ist gegen sie, aber, meiner Treu, sie ist dem Kampf gewachsen. Sie ist stark wie ein kleines Kind. Na ja, Sie kennen sie nicht. Sie –»
> «Ich kenne sie sehr gut.»
> «Nun, mag sein, aber dann möchte ich meinen, Sie schätzen an ihr nicht ihre enorme Charakterstärke. Und diese umwerfende Figur – umwerfend.»
> «Verdammt», sagte Hawker zu seiner Kaffeetasse, die er versehentlich umgestoßen hatte.
> «Nun», fuhr Pontiac fort, «sie ist ein umwerfendes Modell, und ich finde, Mr. Hawker, Sie sind zu beneiden.»

Reicht das, Hawkers Interesse an Florinda zu wecken? Vielleicht will Crane uns das glauben machen, zumindest für eine Weile, aber nein, es reicht nicht, denn als Florinda wenige Tage nach dieser Unterhaltung im Café zum ersten Mal einen Blick auf Miss Fanhall erhascht (von weitem, durch ein Fenster), wird ihr klar, dass sie gegen eine solche Schönheit keine Chance hat. Dies bringt uns in das herzzerreißende einunddreißigste Kapitel, die einzige Stelle im Buch, die echte emotionale Wucht entfaltet, eine kurze, stille Szene, in der Pennoyer Florinda nach ihrem niederschmetternden Blick auf Hawkers Angebetete nach Hause begleitet, und das Großartige daran ist, dass wir längst wissen, Pennoyer ist heimlich verliebt in sie, er verzehrt sich nach Florinda, seit die beiden ihren ersten Auftritt in dem Roman hatten, was sie bei ihrem Gang durch die Stadt zu Leidensgenossen macht, zwei gepeinigte Seelen, die ständig aneinander vorbeireden in einem Gespräch, das sich durch Wiederholung, Rhythmus und das eine, alles durchdringende Thema zu einem kleinen Musikstück entwickelt: Cranes moderne, perfekte Version eines klassischen Opernduetts – *La Traviata* ohne Orchester, *The Third Violet* ohne Veilchen. Früher hätte Crane eine solche Szene niemals schreiben können, und später hat er sich nie mehr an etwas Ähnliches gewagt. Das Kapitel ist nur zwei Seiten lang und verdient, hier vollständig zitiert zu werden.

> Am Abend begleitete Pennoyer Florinda zu dem Haus mit den vielen Feuerleitern. Eine Zeitlang gingen sie schweigend durch die berühmte goldene Avenue und die Straße, die ausgebessert wurde, dann sagte sie: «Penny, du bist so gut zu mir.»
> «Warum?», sagte Pennoyer.
> «Oh, weil du es bist. Du – du bist sehr gut zu mir, Penny.»
> «Na ja, ich reiße mir nicht gerade ein Bein aus.»
> «So einen wie dich gibt es nicht viele.»
> «Nein?»
> «Nein. So einen wie dich gibt es nicht viele, Penny. Ich erzähle dir fast alles, und du hörst einfach zu und widersprichst mir nicht und sagst nicht, ich sei dumm, weil du weißt, dass es – weil du weißt, dass es sich sowieso nicht ändern lässt.»
> «Ach, Unsinn, Kleine. Fast jeder wäre froh, wenn –»

«Penny, findest du sie sehr schön?» In Florindas Stimme schwang geradezu etwas Ehrfurcht mit.

«Na ja», antwortete Pennoyer, «ich weiß nicht.»

«Doch, du weißt es, Penny. Los, sag schon.»

«Na ja –»

«Los, sag.»

«Na ja, sie sieht schon ganz gut aus.»

«Ja», sagte Florinda niedergeschlagen. «Das stimmt wohl.» Nach einer Weile räusperte sie sich und bemerkte gleichgültig: «Billie macht sich wohl viel aus ihr?»

«Oh, ich glaub schon. Irgendwie.»

«Nein, natürlich macht er sich was aus ihr», beharrte Florinda. «Wie meinst du das, ‹irgendwie›? Du weißt ganz genau, Billie ist ganz verrückt nach ihr.»

«Nein, das weiß ich nicht.»

«Doch, du weißt es. Du sagst das nur, um mir Mut zu machen. Das weißt du genau.»

«Nein, tu ich nicht.»

«Penny», sagte Florinda dankbar, «warum bist du so gut zu mir?»

«Oh, ich finde nicht, dass ich besonders gut zu dir bin. Sei nicht dumm.»

«Aber du bist gut zu mir, Penny. Du machst dich nicht lustig über mich wie – wie die anderen. Du bist so gut zu mir, besser geht's nicht. Aber du findest schon, dass sie schön ist, ja?»

«Die anderen machen sich nicht über dich lustig», sagte Pennoyer.

«Aber du findest schon, dass sie schön ist, ja?»

«Hör mal, Splutter, lass das, bitte. Was reitest du die ganze Zeit auf diesem Thema herum? Schluss damit.»

«Aber mal ehrlich, Penny, du findest sie schön?»

«Also, verflixt und zugenäht – nein. Nein. Nein.»

«O doch, Penny, du findest sie schön. Sag es endlich. Du musst das nicht abstreiten, nur weil du mit mir redest. Sei ehrlich, Penny. Findest du sie schön?»

«Na ja», riss Pennoyer sich zusammen, «und du?»

Florinda ging schweigend weiter, den Blick auf die gelb aufblitzenden Flecken gerichtet, die von den Laternen aufs Pflaster geworfen wurden. Schließlich sagte sie: «Ja.»

«Ja – was?», fragte Pennoyer scharf.

«Ja, sie – ja, sie ist – schön.»

«Und?», rief Pennoyer, um die Debatte abzuschließen.

Florinda verkündete es als Tatsache. «Billie ist ganz verrückt nach ihr.»

«Woher willst du das wissen?»

«Nicht schimpfen, Penny. Du – du –»

«Ich schimpfe nicht. Also wirklich! Was bist du nur für eine dumme Gans, Splutter. Schluss jetzt mit dem Gejammer. Ich habe kein Wort gesagt, das dich auf solche Gedanken bringen könnte. Also komm, reiß dich zusammen.»

«Ich jammere nicht.»

«Nein, natürlich nicht. Aber du siehst so aus, als würdest du gleich anfangen. Kleines Dummköpfchen!»

Trotz gewisser Andeutungen und trotz gewisser, auf diese Andeutungen gegründeter Erwartungen scheint jetzt klar, dass Florinda bei Billie nie eine Chance hatte. Aber wie sieht es mit Billies Chancen bei Grace aus? Die Antwort kommt erst im letzten Satz des Buches, und selbst die ist eher dunkel, ein verteufelt komplexer

Schlusspunkt, der vielfältige, widersprüchliche Interpretationen zulässt.

Bis jetzt haben sie zweimal miteinander gesprochen, beide Male im Stadthaus der Fanhalls, das dem Leser als gefängnisartige Festung vorgestellt wurde, ein unbevölkerter, unmöblierter Kasten, ein Vakuum, ein eigenschaftsloses Phantasiegebilde, neben die reale Welt gestellt allein zu dem Zweck, den Liebenden Gelegenheit zum Reden zu geben – wie auf einer leeren Bühne. Abgesehen von einem Kronleuchter, der «wie ein siamesischer Kopfschmuck glitzert», und Spitzengardinen, die «in wohlgeordneten Kaskaden» herabhängen «wie Wasser, dem man beigebracht hat, mathematisch zu fallen», sagt Crane kein Wort über die Umgebung, in der wir uns befinden, ja wir erfahren nicht einmal, ob Hawker und Grace bei diesen ersten zwei Unterredungen stehen oder sitzen.

Beim ersten Besuch ist Hawker so nervös, dass «seine Zunge ihm nicht zu Willen ist». Es fängt damit an, dass er seine Bewertung des Schauspiels umkehrt und unversehens einräumt, ja, das sei nichts Neues, immer dieselben Figuren, die sich «im Schlamm der modernen Konfusion suhlen», und im weiteren Verlauf wird es auch nicht besser, indem er mit einem Schwall unbeholfener, unangemessener Bemerkungen kein wirkliches Gespräch aufkommen lässt. Grace, immer noch verschnupft wegen der Sache mit dem Ochsenkarren, gibt während dieser verdrießlichen, frustrierenden Zwiesprache allenfalls kühle Höflichkeit zu erkennen. Beim zweiten Besuch läuft es etwas besser, Hawker erzählt von der Not seiner frühen Jahre, und Grace äußert sich teilnehmend über seine Tapferkeit, was dazu führt, dass sie zusammen mit Hollanden und ein paar anderen Hawkers Atelier besucht, aber diese Szene spielt sich gewissermaßen außerhalb des Bildrahmens ab, indem die Kamera auf die Bewohner der Bude auf der anderen Seite des Flurs gerichtet ist, die an der geschlossenen Tür lauschen und nicht viel mehr mitbekommen als «ein gedämpftes melodiöses Plätschern».

Am Ende des Kapitels steht Florinda am Fenster und sieht Grace aus dem Gebäude kommen – ein niederschmetternder Moment für die arme Splutter –, doch darüber, wie es mit der Hawker-Fanhall-Liebesgeschichte weitergeht, lässt Crane uns im Dunkeln.

Gegen Ende des Buches taucht Hollanden noch einmal als Drahtzieher des Geschehens auf. Vor der Szene mit Pontiac in dem Café – wunderbar inszeniert mit dem Gespräch zwischen Hollanden und Hawker in einer Ecke des Raums und dem lautstarken Streit in einer anderen – erfahren wir, wie sehr das Verhalten seines Freundes den Schriftsteller enttäuscht hat: «Du wirst schon wieder zur Vernunft kommen. Das weiß ich. Ich sehe alles. Was hast du nur? Du tust gerade so, als sei es etwas ganz und gar Außergewöhnliches, sich in ein Mädchen zu verlieben», sagt Hollanden, und nach einer Bemerkung zu dem Streit, der sich hinter Hawkers Rücken abspielt, fährt er fort: «Plötzlich läufst du allem nach, was glänzt», und er kommt zu dem harten Schluss: «Du bist drauf und dran, ein unerträglicher Mensch zu werden.» Als Hawker sich zu verteidigen versucht und beteuert, er habe sich überhaupt nicht verändert, unterbricht sein Freund ihn mit trauriger Stimme: «Mit dir ist es aus ... Ich seh's ganz deutlich. Mit dir ist es aus.»

Aus oder nicht, Hawker geht es nicht gut, und als er im vorletzten Kapitel vor einem soeben vollendeten Gemälde steht, sind einige Monate vergangen; es schneit über der großen steinernen Stadt. In einem früheren Kapitel haben wir ihn fleißig an einem anderen Bild arbeiten sehen, «grimmig, gnadenlos, furchterregend» – als ob er «ein Schwert schwingen» würde –, aber während er jetzt sein neuestes Werk betrachtet, empfindet er nichts als Abscheu davor. Hollanden kommt ins Atelier, und als er Hawkers finstere Miene sieht, fragt er: «Was stimmt denn jetzt schon wieder nicht?» Nichts stimmt, und mit Worten, die an Cranes Äußerung seinem Freund Ned Greene gegenüber erinnern, er könne nicht mehr

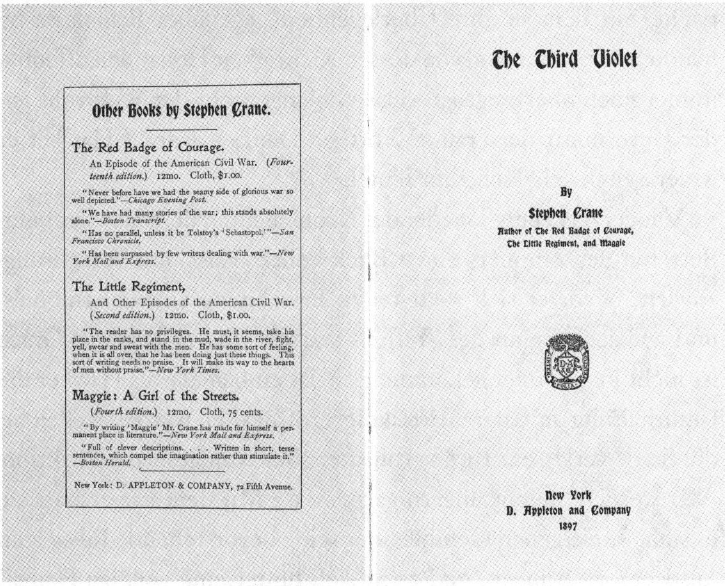

Other Books by Stephen Crane.

The Red Badge of Courage.

An Episode of the American Civil War. (*Fourteenth edition.*) 12mo. Cloth, $1.00.

"Never before have we had the seamy side of glorious war so well depicted."—*Chicago Evening Post.*

"We have had many stories of the war; this stands absolutely alone."—*Boston Transcript.*

"Has no parallel, unless it be Tolstoy's 'Sebastopol.'"—*San Francisco Chronicle.*

"Has been surpassed by few writers dealing with war."—*New York Mail and Express.*

The Little Regiment,

And Other Episodes of the American Civil War. (*Second edition.*) 12mo. Cloth, $1.00.

"The reader has no privileges. He must, it seems, take his place in the ranks, and stand in the mud, wade in the river, fight, yell, swear and sweat with the men. He has some sort of feeling, when it is all over, that he has been doing just these things. This sort of writing needs no praise. It will make its way to the hearts of men without praise."—*New York Times.*

Maggie: A Girl of the Streets.

(*Fourth edition.*) 12mo. Cloth, 75 cents.

"By writing 'Maggie' Mr. Crane has made for himself a permanent place in literature."—*New York Mail and Express.*

"Full of clever descriptions. . . . Written in short, terse sentences, which compel the imagination rather than stimulate it." —*Boston Herald.*

New York: D. APPLETON & COMPANY, 72 Fifth Avenue.

The Third Violet

By

Stephen Crane

Author of The Red Badge of Courage,
The Little Regiment, and Maggie

New York
D. Appleton and Company
1897

Titelseite von *The Third Violet* mit einer Liste der bei D. Appleton and Company erschienenen Bücher Cranes; auf der gegenüberliegenden Seite Auszüge aus Rezensionen

(Foto: Spencer Ostrander)

schreiben, fällt Hawker über sein Bild her, nennt es «erbärmlich» und erklärt: «Ich kann nicht malen. Ich kann es einfach nicht. Ich tauge nichts. Wozu zum Geier bin ich überhaupt auf der Welt, Hollie?» Hollanden schilt ihn einen Narren, einen Dummkopf, besinnt sich dann aber, dass Hawkers Ausraster etwas mit Grace zu tun haben könnte, und sagt: «Nur weil sie –», Hawker unterbricht ihn, *sie* habe damit nichts zu tun, auch wenn *sie*, wo sie schon mal bei dem Thema seien, sich «keinen Pfifferling» aus ihm mache, ja sich nicht einmal «eine alte Tomatendose» aus ihm mache, und warum auch? Worauf Hollanden ihm einen Vortrag über die Unvernunft der Frauen hält und das abgedroschene, zu allen Zeiten beliebte und von Männern jahrhundertelang ausposaunte Argument auftischt, mit dem sie ihre Überlegenheit gegenüber Frauen zu behaupten versuchen und von dessen Richtigkeit Hollanden offenbar immer noch überzeugt ist: «Das Gleichgewicht der Welt ruht auf der Unvernunft der Frau ... Gott sei Dank» – worauf Hawker erwidert: «Ach geh doch zum Teufel.»

Wieder das Haus. Wieder der Kronleuchter, dem Hawker beim Betreten des Zimmers einen Blick voller «Hass und Verachtung» zuwirft, bevor er sich setzt (erste Erwähnung eines Sitzmöbels) und auf den Beginn des Treffens wartet. Und es beginnt. Grace ist nicht ins Zimmer gekommen, sie ist einfach da, als Hawker die Unterhaltung mit der Mitteilung eröffnet, er werde «vielleicht» die Stadt verlassen. Ihre verblüffte, aber wohlgesetzte Reaktion: «Wir werden Sie nur ungern vermissen.» Mit dem *wir* erspart sie es sich, ihre eigenen Gefühle über seine bevorstehende Reise zum Ausdruck zu bringen, und zieht sich hinter eine wolkige Fanhall-Familie zurück, die ihre Schwägerin ebenso einschließt wie die Kinder (wir wissen, dass ihr älterer Bruder, vermutlich der Mann ihrer Schwägerin, gestorben ist, über ihre Eltern hingegen verliert Crane kein einziges Wort, es bleibt offen, ob sie auch schon tot sind oder aber im Nebenzimmer lauern). Hawker weist darauf hin, dass er ihr einmal gesagt habe, er habe sie gern, und ja, er habe sie immer noch gern, und wenn er jetzt auf Reisen gehe, die ihn für lange Zeit, womöglich für immer, aus New York entfernen würden, werde er die zwei Veilchen zur Erinnerung an sie stets bei sich tragen. Nach dieser schmalzigen Arie zupft sie ein drittes Veilchen von ihrem Gewand und «hält es ihm hin», was er als Geste «gleichgültiger Überheblichkeit» deutet. Plötzlich erbost, plötzlich kurz vor einem Wutausbruch, stimmt er die nächste opernhafte Arie an und versichert, er wolle nicht «melodramatisch» sein oder sich «wie ein Tenor aufführen», aber das Letzte, was er von ihr erwarte, sei Mitleid. Darauf zerfällt das Gespräch in eine Reihe gegenseitiger Missverständnisse, und das Veilchen, das ihm hingehalten wurde, wird zu dem Veilchen, das ihm an den Kopf geworfen wurde. Nein, nicht an den Kopf geworfen, widerspricht sie, sondern «aus freien Stücken geschenkt».

> «Wissen Sie», sagte Hawker, «es fällt mir sehr schwer, wegzugehen und bei Ihnen den Eindruck zu hinterlassen, ich sei ein Narr. Es fällt mir sehr schwer. Sie halten mich also wirklich für einen Narren, ja?»
>
> Sie blieb stumm. Einmal sah sie auf und bedachte ihn mit einem Blick voller Entrüstung.
>
> «Jetzt zürnen Sie. Nun, was habe ich getan?»
>
> In ihrem Kopf ging es offenbar hoch her, denn plötzlich rief sie unter Tränen: «O ja, gehen Sie. Gehen Sie. Bitte. Ich will, dass Sie gehen.»
>
> Der jähe Umschwung traf Hawker wie ein Blitz aus heiterem Himmel. Er sprang auf, machte zwei Schritte nach vorn und sprach ein Wort, das einem Ausbruch von Entzücken und Verwunderung gleichkam. Er sagte: «Was?»
>
> Mit heroischer Anstrengung hob sie langsam den Blick und sah ihm schließlich voller Zorn, Trotz und Trauer in die Augen.
>
> Später sagte sie zu ihm, er sei absolut lächerlich gewesen.

Die Leinwand wird schwarz, der Vorhang senkt sich, das Buch ist aus. Und was, fragen wir uns, ist da eben passiert?

Eine mögliche Lesart: Wenn wir unsere Aufmerksamkeit auf Grace' plötzlichen Kontrollverlust richten, lässt sich ihr tränenreicher Ausruf, in dessen Folge Hawker schließlich von ihr geht, als Zeichen von Leidenschaft interpretieren – Leidenschaft als Hinweis auf Liebe –, denn Grace ist eine Frau, und folgen wir Hollanden, der uns in seiner Rolle als Zeremonienmeister erklärt hat, Frauen seien irrationale, unvernünftige Geschöpfe, dann wäre Hawkers «Ausbruch von Entzücken und Verwunderung» auf die Erkenntnis zurückzuführen, dass Grace endlich aus der Deckung gekommen ist und ihre wahren Gefühle für ihn geäußert hat, Gefühle, die wiederum auch er für sie empfindet, und wenn sie ihn voller «Zorn, Trotz und Trauer» ansieht, hat das bei einer Frau in der Hitze der Leidenschaft wenig zu bedeuten, die Heftigkeit ihres Ausbruchs verkehrt alles ins Gegenteil, Zorn ist Liebe, Trotz ist Kapitulation, Trauer ist Freude, und folglich nimmt die Geschichte für das ungleiche Paar ein gutes Ende, und als sie in der Hochzeitsnacht zu Bett gehen, neckt sie ihn zärtlich, wie lächerlich er sich bis zu diesem Durchbruch mit ihr angestellt hat.

Eine andere mögliche Lesart: Wenn wir unsere Aufmerksamkeit auf das Wort *Später* richten, gerät das Happy End, das wohl die meisten Leser als gegeben annehmen, plötzlich in zweifelhaftes Licht, denn *später* kann alles Mögliche bedeuten, Zeiträume verschiedener Länge, und was, wenn Crane nicht an *unmittelbar darauf* gedacht hat, sondern an einen viel späteren Zeitpunkt, zwei oder drei Jahre später, zum Beispiel, und Hawker kehrt von seinen einsamen Reisen durch unbekannte Weltgegenden nach New York zurück und begegnet auf einer Party zufällig Grace (die jetzt mit Oglethorpe oder irgendeinem anderen reichen Müßiggänger verheiratet ist), und als die beiden sich für ein Wort unter vier Augen auf die Terrasse zurückziehen, erzählt sie ihm, dass sie vor zwei Jahren mit ihm Schluss gemacht habe, weil sie an jenem Nachmittag tatsächlich zornig, trotzig und traurig gewesen sei und das Gefühl gehabt habe, sein Verhalten ihr gegenüber sei (um die letzten Worte des Buches zu zitieren) *absolut lächerlich.*

Dem Leser bleibt die Entscheidung überlassen, welches Ende das richtige ist – oder aber er entscheidet sich für beide, und ich vermute, genau das hatte Crane im Sinn, als er seine Liebes-Oper mit einer so kryptischen, mehrdeutigen Szene enden ließ. Dass er so wenig Aufschluss bot, erlaubte ihm, zwei einander entgegengesetzte Enden gleichrangig nebeneinanderzustellen, ein Vorgehen, das perfekt zum parodistischen, selbstreflexiven Geist des Buches als Ganzes passt. Demnach geht es nicht um entweder – oder, sondern vielmehr um entweder *und* oder. Beides zur selben Zeit.

Was für eine rasend raffinierte, komplizierte Geschichte, und so kommt es nicht sehr überraschend, dass der Roman nach seinem Erscheinen im Mai 1897 schnell in der Versenkung verschwand. Crane, der zu der Zeit als Korrespondent für Hearst aus dem Mittelmeerraum über den Griechisch-Türkischen Krieg berichtete, blieb es erspart, sich dem Erschießungskommando der amerikanischen Rezensenten zu stellen, die über *The Third Violet* urteilten, es sei «erbärmlich schwach» (*Buffalo Enquirer*), «unrealistisch ... in jedem nur denkbaren Sinn» (*New York Tribune*), «in jeder Hinsicht unbefriedigend» (*Brooklyn Daily Eagle*), «eine gehaltlose, vollkommen abgedroschene Geschichte einer Sommerliebelei» (*Springfield Republican*) und «ein Buch, wie es schlechter kaum sein kann» (*Providence Journal*). *Godey's Magazine* war die einzige New Yorker Publikation, die wenigstens zu ahnen schien, was Crane da geleistet hatte, und auch wenn ihr anonymer Rezensent (nicht ganz grundlos) kritisch anmerkte, dem Buch mangele es an «Fleisch und Blut», lobte er es doch als «beachtliche Demonstration rein literarischen Könnens; als Etüde in Handlungsführung und technischer Originalität sucht es seinesgleichen». Nach weiterem Lob für die «straffen, fragmentarischen» Dialoge und Cranes lebhafte Sprache bemerkte der Rezensent, man erkenne in diesem Roman «überall eine enorme Fähigkeit, in achtlos wirkender Rede tiefer liegende Motive und Stimmungen anklingen zu lassen» – womit er voll ins Schwarze trifft. Ein gutes Jahrhundert nach Erscheinen des Buches ist es mir allerdings ein Rätsel, wie wenig Aufmerksamkeit ihm in den Jahren seither geschenkt wurde, sogar von Crane-

Forschern und glühenden Verehrern seines Werks. Unbegreiflich, aber *The Third Violet* ist durch die Ritzen gefallen, und damit wäre hoffentlich erklärt, warum ich ihm in diesem Kapitel so viel Zeit gewidmet habe – weil es immer noch übergangen wird und weil es verdient, von einer neuen Lesergeneration mit frischem Blick gewürdigt zu werden. Verglichen mit Cranes stärksten Romanen und Erzählungen, gehört es sicher in die Kategorie «untergeordnet», aber untergeordnet bedeutet nicht unbedeutend, und dass er sich just zu der Zeit, als sein Kriegsroman ihn international bekannt machte, an einem Gesellschaftsroman versuchte, spricht für seine Bereitschaft, Wagnisse einzugehen, zu experimentieren, neues Gelände zu erkunden. Und dass ihm sein Experiment, die Konventionen einer bestimmten Literaturgattung aufzuweichen, weitgehend gelungen ist, zeigt für meinen Geschmack deutlich, wie weit er seiner Zeit voraus war. *The Third Violet* ist nicht nur das erste Drehbuch der Welt, es ist wahrscheinlich auch der erste postmoderne Roman der Welt.

Crane hat sich nie mehr an solch ein Projekt gewagt. Nach seinem zweimonatigen Urlaub auf der Liebesinsel kehrte er aufs Festland zurück, nahm die Augenbinde ab, die er sich um den Kopf gebunden hatte, griff mit der Rechten nach seinem Schreibzeug und stürzte sich wieder in die Dunkelheit.

25

Vor der Jahrhundertwende gab es in Amerika keine Literaturpreise. Keine Stiftungen, die Schriftstellern Zuschüsse und Stipendien bewilligten, keine Colleges und Universitäten, die Schriftsteller beschäftigten, die anderen Schriftstellern das Schreiben beibrachten. Allein der Markt regelte das literarische Geschäft in dieser Ära des ungezügelten Kapitalismus, und sollten Schriftsteller, die sich durch ein außerordentliches Werk oder Lebenswerk hervorgetan hatten, doch einmal geehrt werden, so wurde ihnen die Ehre auf von privaten Literaturclubs und Schriftstellervereinigungen veranstalteten Diners verliehen, wo reichlich getafelt und Wein getrunken und Reden – viele Reden – zum Lob des Geehrten gehalten wurden. Crane war bereits anderthalb Jahre zuvor zu einer solchen Veranstaltung eingeladen worden – zur Feier von Frances Hodgson Burnett, ausgerichtet von der Uncut Leaves Society in New York –, war aber aus purer Angst nicht hingegangen, entsetzt von der Vorstellung, Zeuge sein zu müssen, wie John Barry seine, Cranes, Gedichte vor einem, wie er es sah, feindseligen Publikum vortrug. Jetzt hatte sich das Blatt gewendet, und als frisch gesalbter Starautor von *The Red Badge of Courage* geriet Crane nun selbst in die unangenehme Lage, immer wieder als Ehrengast zu solchen Diners eingeladen zu werden. Trotz mancher Bedenken nahm er gewöhnlich an – zunächst einmal aus all den üblichen Gründen (Dankbarkeit, Höflichkeit, die Chance, ein paar Stunden lang in der Öffentlichkeit zu glänzen) –, doch sobald er begriff, wie viel diese Veranstaltungen gewissen Leuten in und um Port Jervis bedeuteten, akzeptierte er die Einladungen zunehmend auch aus dem Bedürfnis heraus, seine älteren Brüder mit seinem jüngst erworbenen Ansehen zu beeindrucken. Vor allem William, seinen ältesten Bruder, der ihm in den vergangenen sechzehn Jahren eine Art Ersatzvater gewesen war – und welcher Sohn will seinem Vater nicht zeigen, dass er nicht der Taugenichts ist, für den man ihn einst gehalten hat? Am 7. Januar 1896 schrieb Crane, nachdem er erfahren hatte, dass Hitchcock Anfang März ein Diner für ihn im Authors Club organisieren wollte, an Hawkins:

Das geplante Festessen sehe ich zwiespältig. Zum einen fürchte ich die Tortur, andererseits bin ich von Stolz und Hochmut überwältigt, solche Freunde zu haben.
Aber Du solltest mal sehen, wie sich derlei auf meine Familie auswirkt. Die platzen vor Stolz! Meine Güte! Ich kann sie gar nicht oft genug besuchen. Das ist großartig. Ich bin nicht mehr das schwarze Schaf, ich bin ein Star.

Aber wie wühlte es das schwarze Schaf auf, wie nervös wurde der Star, wenn eine Ehrung anstand, und am schlimmsten bei der ersten, die während seiner Monate in Hartwood stattfand; die Einladung kam Anfang November aus East Aurora, New York, wenige Tage nachdem er Hawkins mitgeteilt hatte, er habe das erste Drittel von *The Third Violet* fertig, woraus folgt, dass er die letzten zwei Drittel des Buches in einem Zustand stetig wachsender Panik schrieb, während er sich selbst verfluchte, zugesagt zu haben, aber auch zu schüchtern war, mit irgendeiner Ausrede – Bein gebrochen, ansteckender Hautausschlag oder Ähnliches – wieder abzusagen, Hawkins ein ums andere Mal um moralische Unterstützung, logistische Unterstützung und Beratung in Kleiderfragen anflehte und um eine so unbedeutende Kleinigkeit so ein Riesentheater machte, dass man es als rein komische Episode betrachten könnte, wenn man nicht wüsste, wie die Sache am Ende ausgegangen ist. Crane war einem Betrüger auf den Leim gegangen, aber aufgrund seiner Naivität, seiner Bereitschaft, an das Gute im Menschen zu glauben, zog er diesen Mann nie zur Rechenschaft für das Fiasko, das sich am Abend des 19. Dezember 1895 im Genesee Hotel abspielte. Noch erstaunlicher: Er blieb bis an sein Lebensende mit diesem Mann befreundet.

Ehemals Seifenfabrikant, dann Schriftsteller, Verleger und selbsternannter «amtlicher Generalinspekteur des Universums», hatte der Mann an einem der peinlicheren, komischeren Namen seiner Epoche zu tragen: Elbert Hubbard. Während W. C. Field später gut davon lebte, sich Figuren mit Namen ähnlichen Kalibers auszudenken, entging Hubbard schon in der Kindheit dem unseligen *Elbert*, als alle ihn nur Bertie nannten, und legte sich als Erwachsener den Namen Fra Elbertus zu, der ihm dann auch den Namen für eine der von ihm verlegten Zeitschriften lieferte: *Fra*. Ein umtriebiger Aufschneider mit dem Hang zu hochfliegenden Verlautbarungen und einem Talent für Selbstreklame, wurde er Anhänger der Arts-and-Crafts-Bewegung und ließ sich 1895 von William Morris' englischer Kelmscott Press inspirieren, seine eigene, amerikanische Version davon zu gründen, die Roycroft Press, und umgab sich mit einer Gruppe von Kunsthandwerkern, die als Drucker, Buchbinder, Papierhersteller und Arts-and-Crafts-Möbelbauer für ihn tätig waren. Im Juni dieses Jahres brachte er seine erste Zeitschrift auf den Markt, *The Philistine: A Periodical of Protest*, die den Bombast des New Yorker literarischen Establishments ebenso aufs Korn nahm wie die selbstgefälligen Banalitäten der amerikanischen Mittelschicht; in braunes Schlachterpapier gebunden, sollte die Zeitschrift die Welt darauf aufmerksam machen, dass auf ihren Seiten «Fleisch» zu finden sei. Die meisten Beiträge stammten von Hubbard selbst (die anderen Zuträger wurden grundsätzlich nicht bezahlt), und auf der Höhe ihrer Popularität erreichte *The Philistine* eine Auflage von über hunderttausend – beachtlich für eine Zeitschrift dieser Art. In der ersten Ausgabe stimmte er in den Chor der seichten Kritiker ein, die Cranes ersten Gedichtband verrissen, und fragte sich, warum die schwarzen Reiter schwarz seien, «wo sie nach allem, was das Buch von ihnen sagt, genauso gut grün oder gelb oder babyblau hätten sein können»; ein paar Wochen später besaß er die Frechheit, Crane, «im Vertrauen darauf, dass Sie sich den kleinen Seitenhieb auf *The Black Riders* nicht zu Herzen nehmen», brieflich um etwas aus seiner Feder zu bitten: «Sie können uns helfen, und wir werden uns schwer ins Zeug legen, Ihnen zu helfen.» Es war das erste Mal, dass eine Zeitschrift ein Gedicht von ihm haben wollte, und Crane fühlte sich offenbar geschmeichelt, so geschmeichelt, dass er über die Kränkung hinwegsah, und statt die Bitte zu ignorieren, schickte er Hubbard ein Gedicht für die nächste Ausgabe und dann noch eins für die Ausgabe danach. Hubbard, der nur an sich selbst dachte, hatte ihn mit seinem Spruch von der gegenseitigen Hilfe eingeseift. Immerhin hatte der Mann ihm angeboten, seine Gedichte zu veröffentlichen, und das machte sie in Cranes Augen zu Verbündeten, zu Kampfgefährten in dem schönen Krieg gegen den Status quo, und mochten sie auch nicht in allem einer Meinung sein, der Mann wollte seine Sachen drucken, und was konnte es schon schaden, einem hungrigen Hund ein paar Knochen hinzuwerfen?

Der Schaden, bemerkte Amy Lowell in ihrer Einleitung zur Neuausgabe von *The Black Riders*, entstand aus Hubbards schlechtem Ruf und dessen negativer Auswirkung auf Cranes Ruf als Dichter. «Der Welt kamen Zweifel, dass ein Mann, der von dem Schaumschläger Elbert Hubbard protegiert wurde, irgendwelche Verdienste haben könnte ... Ewig schade, dass Gedichte wie diese unter dem Dach der Roycrofter erschienen.» Crane jedoch, noch immer so jung und so unerfahren, verkannte die Problematik und fütterte Hubbard, ohne groß nachzudenken, mit seinen Knochen.

Dann kam die Post mit der Einladung, platzte in die Stille und Abgeschiedenheit von Hartwood in Form eines auf den 10. November datierten Briefs eines *Komitees der Philistine Society* (eine ansonsten nicht existierende Organisation): «In Anerkennung Ihrer Person und Ihres Genies als Dichter, eines Mannes, den wir gern näher kennenlernen würden, wünscht die Society of the Philistines Ihnen zu Ehren in naher Zukunft ein Festessen zu veranstalten.» Unterzeichnet von Hubbard, seinem Partner Henry. P. Taber und neun weiteren Repräsentanten von Zeitungen in Buffalo, Syracuse, Boston, New Orleans, Denver und Washington. Überwältigt wandte Crane sich an seinen Freund Hawkins um Rat. Zwei Jahre älter als Cranes Bruder William und Herausgeber von *Brains* (einer der ersten durch Werbung finanzierten Zeitschriften), würde Hawkins ihm mit seiner Erfahrung doch sicher weiterhelfen können.

Die Antwort kam schnell und entschieden: «Du musst den Buffalo-Leuten antworten, sofort, Du musst – Du *musst* – die Einladung annehmen. Das Leben hat eine geschäftliche Seite, die man nicht gänzlich ignorieren darf. Es gibt nichts, was für sie spricht, keinen anständigen Grund für ihre Existenz, aber es gibt sie nun einmal – also los! ... Schreib ihnen, Du akzeptierst. Sag mir, wann die Sache steigen soll, und ich sorge dafür, dass Du dem Anlass entsprechende Klamotten bekommst.» Nichts dem Zufall überlassend, bat Hawkins ihn, ihm seinen Brustumfang sowie Schuhgröße und Beinlänge mitzuteilen, denn er wusste, wie sehr Cranes Garderobe zu wünschen übrig ließ und über wie wenig Mittel er verfügte, dem abzuhelfen. Mit dem Eifer eines wahren Freundes bot der auch nicht gerade wohlhabende Hawkins ihm alle erdenkliche Hilfe an.

Bestärkt durch diese enthusiastische Unterstützung, akzeptierte Crane die Einladung und fügte in seinem Brief an Hubbard bescheiden hinzu: «Ich bin ein sehr einfacher Mensch, und mich bedrückt die Vorstellung, wie meine Freunde, die Philistines, von mir enttäuscht sein werden, falls sie denn so gut gewesen sind, sich eine irgend günstige Meinung von meinem Können und meiner Person zu bilden.» Am selben oder am nächsten Tag schrieb Crane an Hawkins, dankte für seinen Rat und gestand, wie peinlich ihm der Gedanke sei, «so schwach zu sein, Deine großzügige Hilfe anzunehmen». Dann folgten die von Hawkins erbetenen Informationen: «Mein Brustumfang, schlimm genug, ist 35 Zoll – knapp – Beinlänge 33 – noch schlimmer. Schuhgröße – verflucht – sieben. Da hast Du's! Es ist aus. Ich komme mir vor wie ein verdammter Dieb» – weil er wusste, dass Hawkins für ihn tief in die eigene Tasche würde greifen müssen. «Der Himmel schenke Dir Frieden,

Willis, und mögest Du im Alter daran denken, wie Du dem größten literarischen Holzkopf Amerikas aus der Patsche geholfen hast.»

Crane schickte Hubbard umgehend eine Einladungsliste, und bald darauf hagelte es in der *Philistine*-Redaktion Absagen – nicht als Affront gegen den Ehrengast, sondern aus Misstrauen gegen den Gastgeber, der schon längst den Ruf erworben hatte, den Amy Lowell ihm dreißig Jahre später nachsagte, und allzu offensichtlich nur darauf aus war, aus Cranes aktuellem Erfolg für sich selbst und seine Zeitschrift Kapital zu schlagen. Irving Bacheller, Hamlin Garland, Ripley Hitchcock und William Dean Howells hatten alle anderweitige Verpflichtungen und übersandten ihre besten Wünsche. Ambrose Bierce war in Kalifornien, Richard Harding Davis war irgendwo anders, und S. S. McClure schrieb, sosehr er Cranes Talent schätze, ziehe er es vor, «die tapferen Philistines aus sicherer Entfernung zu bewundern». Während das große Diner allmählich zu einem eher kleinen Diner mit rund fünfundzwanzig Zusagen zusammenschrumpfte, verfolgte Hubbard seine Pläne unverzagt weiter und druckte eine dicke Souvenir-Speisekarte mit einem unveröffentlichten Gedicht Cranes und den Antworten der gut drei Dutzend Personen, die leider nicht teilnehmen konnten. Unterdessen steigerte sich mit dem Herannahen des 19. Dezember Cranes Nervosität ins Unermessliche. An Hawkins am 15. Dezember:

> *Ich habe meine Taschen umgestülpt und werde also lächelnd, aber pleite und im Raucherabteil nach Hause zurückfahren. Heute habe ich ein Frackhemd erstanden samt allem, was dazugehört. Einen verdammt schönen Hut besitze ich. Einen Mantel besitze ich nicht, nur diesen kleinen dünnen, wie Du vielleicht noch weißt. Auch keinen Abendanzug. Mein Bruder hat – (hatte) – ein Paar Lacklederschuhe, die ich jetzt beim Schlafen unterm Kopfkissen habe.*
>
> *Ich sag's Dir, Willis, Alter, ich werde schier blödsinnig beim*

Gedanken an diese ganze verfumfidelte Sache, wenn ich mir vorstelle, wie Du hinter den Kulissen werkelst und ich mich anstelle wie ein verdammter Idiot in diesem verfahrenen Schlamassel. Ich überlasse alles Dir. Von mir aus könnte die Chose auch im Zirkus stattfinden, denn sosehr ich diesem vielleicht größten Vergnügen meines Lebens entgegenfiebere, komme ich doch bloß auf Deinen Schultern dahergeritten. Und wenn ich könnte, würde ich das Ganze jetzt noch absagen.

Noch optimistisch, antwortete Hawkins am 17.:

Falls Du vor mir zum Genesee kommst, warte entweder auf mich oder hinterlasse mir eine Nachricht. Ich lasse Dir noch heute Nachmittag per Express einen Mantel schicken. Die Frack-Frage regeln wir in Buffalo. Du bringst Hemd, Hut & Schuhe mit. Ich kümmere mich um Mantel, Weste und Hosen.
Ich mach das gern. Zerbrich Dir nicht den Kopf ... Wir werden uns prächtig amüsieren.

Soweit der komische Teil, der groteske Wirrwarr aus Sorgen und Ängsten und Zagen und Zaudern, aber der große Tag, das Festessen, das Hawkins und zweifellos auch Hubbard selbst sich als behagliche, würdevolle Veranstaltung vorgestellt hatten, geriet zum peinlichen Reinfall, als betrunkene Journalisten an einem Ende des langen Tischs zu lästern anfingen und es zu einer lautstarken Auseinandersetzung kam. Uns sind mehrere, nicht in allen Details übereinstimmende Augenzeugenberichte überliefert, die aber insgesamt einen recht zuverlässigen Eindruck von den Ereignissen vermitteln. Cranes Syracuser Kommilitone Frank Noxon, jetzt als Theaterkritiker für den *Boston Record* tätig, war einer der anwesenden selbsternannten «Spinner und Halb-Spinner». Er saß neben dem Bühnenausstatter und Architekten Claude Bragdon,

Crane und Hawkins gegenüber; Hubbards Partner Henry Taber am Kopfende des Tischs. «Nach dem Essen», schrieb Noxon 1928,

> erhob sich Taber und begann seine Rede. «Wahrscheinlich», sagte er, «der einzigartigste –» Weiter kam er nicht. Eine Stimme aus Richtung Hubbard [am anderen Ende des Tischs] rief: «Kann ‹einzigartig› gesteigert werden?» Das war das Signal. Es bestimmte den Ton der Festlichkeiten. In bester Clowns- und Folterknecht-Manier wurden Taber und die anderen Redner von Anfang bis Ende gefoppt und gezwiebelt. Als Crane ... aufgerufen wurde, veralberten sie ihn genau wie die anderen.

Bragdon beschrieb das Chaos 1905 so:

> Das Diner, das im Séparée eines Hotels in Buffalo stattfand, liegt mir immer noch schwer im Magen – wie der Anblick eines jungen Ochsen, der zum Schlachter geführt wird. Von Anfang an beherrschte ein Haufen betrunkener Pseudoreporter die Szene, die offensichtlich nur gekommen waren, um den Festakt mit frechen, unsinnigen Zwischenrufen zu stören, was Hubbard und uns anderen natürlich sehr schmerzlich war.

Hawkins, der zu Cranes Linker saß, hatte tieferes Verständnis für das, was der Ehrengast auszustehen hatte. In einem seiner «All in a Lifetime»-Artikel aus den 1920ern schrieb er:

> Bei diesem Festessen am Donnerstagabend, 19. Dezember 1895, saßen Stephen und ich nebeneinander.

Er trug einen tadellosen Abendanzug, aber wohl fühlte er sich nicht. Die vielen Lobreden auf seine literarische Arbeit hatten eine doppelte Wirkung auf ihn. Nichts in seinem äußeren Verhalten wies darauf hin, ob er sich darüber freute oder ärgerte, doch hin und wieder stieß er mich an und ließ ein unterdrücktes Stöhnen hören oder äußerte flüsternd sein Missfallen über etwas, das er, wie ich wusste, für gutgemeinten Quatsch hielt; hatte er mir doch oft genug versichert, nichts von dem, was er geschrieben habe, verdiene so großes Lob.

Nachdem Hubbard, der den Vorsitz hatte, den Ehrengast mit glühenden Worten als Mensch und Genie gepriesen hatte, bat er Crane um ein paar Worte. Stephen erhob sich sichtlich widerstrebend. Man sah ihm die Panik an. Er befeuchtete seine bleichen, ausgetrockneten Lippen und schien kein Wort herausbringen zu können. Schließlich kam ihm sein angeborener Mut zu Hilfe, und er sagte, er habe literarisch nichts anderes geleistet, als mit seinen armseligen Worten zu erzählen, was er sehe und wie er es sehe. Sonst nichts ...

Tatsache ist, Stephen hatte die Hosen voll.

Bragdon und Hawkins waren jedoch beide zu bescheiden, über ihre Rolle bei den Ereignissen dieses Abends zu berichten, und nur aus Noxons Darstellung erfahren wir, was sie taten und dass Hawkins es war, der ein totales Fiasko verhinderte.

Als Crane sich setzte, stand Claude Bragdon auf. Noch 31 Jahre später höre ich seine Stimme und sehe den Ausdruck auf seinem Gesicht. «Ich bin hier», sagte er, «um Stephen Crane zu ehren, nicht, ihn lächerlich zu machen. Ich bedaure, das tun zu müssen, aber ich werde diesen Raum verlassen.» Die Tür war auf der anderen Seite des Tischs. Um zu gehen, musste Bragdon an Taber und Crane vorbei. Hawkins stand auf und versperrte ihm den Weg. «Einen Augenblick», sagte er. «Ich bin der Älteste in diesem Raum. Ich kenne Stephen Crane besser als jeder andere hier. Ich habe in einem Zimmer mit ihm geschlafen, ich habe mit ihm gegessen, mit ihm gehungert, bin mit ihm geschwommen. Ich kenne ihn durch und durch, alle seine Stimmungen. Ich habe alles mit ihm durchgemacht, und er weiß, ich liebe und bewundere ihn. Er weiß, das tun Sie alle auch. Ich bin hier, wie unser Freund, um Stephen Crane zu ehren. Ich versichere Ihnen, er fühlt sich durch den Geist dieser Versammlung mehr geehrt als durch alle feierlichen Lobreden, die hier gehalten werden könnten.» Crane nickte nachdrücklich. Alle applaudierten.

«Es tut mir leid», sagte Bragdon, «sollte ich einen Fehler gemacht haben. Ich bitte um Verzeihung.»

«Verzeihung gewährt», erwiderte Hawkins, «unter einer Bedingung.»

Bragdon sah ihn fragend an.

«Die Bedingung lautet», sagte Hawkins, «dass Sie umkehren und wieder Platz nehmen.»

Und Bragdon tat es.[53]

■ 53 Jahre später kam Bragdon in seinem Buch *More Lives Than One* (1938) noch einmal auf diesen Abend zu sprechen und gestand, er sei der Übeltäter gewesen, der «ihnen gedroht» habe, auch wenn er nie das Wort ergriffen hätte, wenn er nicht «ein wenig betrunken» gewesen wäre. Er durchschaute, dass Hubbard mit dem Bankett «in Wirklichkeit

Irgendwie ging der Abend ohne weitere Zwischenfälle zu Ende. Tags darauf berichtete ein Journalist von der *Buffalo Evening News*, der dabei gewesen war, von einunddreißig Teilnehmern, «alle Plätze waren besetzt». Ohne auf den Krawall während der «interessanten Sitzung» einzugehen, fasste er die von Taber und Hubbard gehaltenen Reden zusammen und richtete seine Aufmerksamkeit dann auf den Verfasser von *The Red Badge of Courage*, den Roman, «der jetzt allenthalben für Aufsehen sorgt»:

> Mr. Crane reagierte mit Anstand und Bescheidenheit und bezeichnete sich als Zeitungsmann, der, «seit er sich vom College erholt» habe, entschlossen sei, so viel wie möglich mit dem Werkzeug anzufangen, das ihm gegeben sei – und aufrichtig, wenn auch nicht sehr geschickt, seine Eindrücke auf die ihm eigene Weise darzulegen. Der Dichter machte einen sehr guten Eindruck. Er ist noch jung, 24, hat ein glattes Gesicht und ein scharfes Auge und nimmt sich selbst nicht allzu ernst.

Allzeit bereit, auf ihre Lieblingszielscheibe einzudreschen, konterte die *New York Tribune* am 29. Dezember mit einem Artikel, der den Philistines vorwarf, «die unverwüstliche Mittelmäßigkeit» zu unterstützen, «welche nicht lockerlässt, die Intelligenz des Publikums zu beleidigen, dass es eine wahre Schande ist. Wir hatten gehofft, die ‹Philistines› würden helfen, dem Dichterling den Mund

eine raffinierte Selbstreklame betrieb», und über den Ehrengast schrieb er mit großem Einfühlungsvermögen: «Crane machte tiefen Eindruck auf mich, auch wenn ich ihn nur dieses eine Mal gesehen habe: ein aufrichtiger, leidenschaftlicher Jüngling, mehr als andere belebt von einem inneren Feuer – so sehr, dass es ihn schon damals verzehrte.» Der Autor dankt dem Geist von Claude Bragdon (1866–1946), dessen letzte Bemerkung ihn zum Titel dieses Buches inspirierte.

zu stopfen. Stattdessen richten sie ein Diner für ihn aus und preisen ihn ohne jedes Maß!»

Wie sehr er bei dem Diner auch gelitten haben mag, Crane empfand keinen Groll gegen den Mann, der ihn in das Genesee Hotel gelockt hatte, und veröffentlichte weiterhin und bis zum Ende manche seiner Texte in Hubbards Zeitschriften – hauptsächlich Gedichte, aber auch eine Reihe kurzer Prosastücke –, schlicht unfähig, sich von jemandem abzuwenden, der drei Monate nach dieser Veranstaltung öffentlich erklärt hatte, Stephen Crane habe «den schäbigen Rest des Jahrhunderts vor literarischer Schande bewahrt». Hubbard selbst amtierte noch zwanzig Jahre mit großem Erfolg als Herrscher seines Roycroft-Reichs, fabrizierte Romane, Artikel, Zeitungskolumnen und an die zweihundert Flugschriften, am bekanntesten *A Message to Garcia*, ein Traktat über Mut, Pflichtbewusstsein und Ehre um jeden Preis, das sich in den Jahrzehnten nach seinem Erscheinen 1899 millionenfach verkaufte und zweimal verfilmt wurde, 1916 als Stummfilm und 1936 als Spielfilm mit Barbara Stanwyck und Wallace Beery in den Hauptrollen, ein Werk, dessen lange Tentakel so weit in die Zukunft reichten, dass unsere Englischlehrerin, Mrs. Brown, die kurz vor der Pensionierung stand und deren Lebenszeit sich mit der von Crane überschnitten haben dürfte, es mit uns Dreizehnjährigen in der achten Klasse behandelte.

Hubbard kam nach einer Europareise im Mai 1915 vor der Küste Irlands ums Leben, als die *Lusitania*, von einem deutschen U-Boot torpediert, unterging und ihn, seine Frau und 1196 andere in die Tiefe riss.

26

Weihnachten verbrachte Crane in New York, gleich anschließend kehrte er nach Hartwood zurück; am 27. Dezember schickte er das Manuskript von *The Third Violet* an Hitchcock, am 30. schlug er die Einladung von McClures Syndikat zu einer Artikelserie über die Schlachtfelder des Bürgerkriegs aus, und am 31. schrieb er drei Briefe, einen an Curtis Brown mit der Selbstkritik seines neuen Romans («Das Ding ist Mist»), einen weiteren an Hawkins, dem er mitteilt, er trage jetzt wieder Kordhosen und werde ihm den Mantel bald zurückschicken, und «Hubbard und Taber halten Dich für den lässigsten Mann der Welt», und dann fragt er, ob Hawkins «mit dem Diner zufrieden» gewesen sei und gesteht, «viel getrunken habe ich nicht, aber die Aufregung hat mir alles in einen grauen Nebel gehüllt, und ich bin mir nicht sicher, ob ich gut weggekommen bin»; nach diesen zwei Briefen an seine Freunde schloss er das Jahr mit einem Brief an Nellie Crouse in Akron, Ohio.

Unbegreiflich war es schon damals, und unbegreiflich ist es noch heute. Crane hatte sie nur ein einziges Mal gesehen – ganz zu Anfang dieses Jahres –, und in den vielen Monaten seither hatte er ihr nicht geschrieben. Sie war die attraktivste Frau auf der Teegesellschaft gewesen, zu der ihn sein Freund Button an jenem Nachmittag Ende Januar mitgeschleift hatte («Umwerfende Figur – umwerfend», um Lucian Pontiac noch einmal zu zitieren), und Crane hatte sie die ganze Zeit mit Beschlag belegt und mit niemand sonst gesprochen. Flirt eines gelangweilten jungen Mannes auf einer langweiligen Party oder erstes Anzeichen echter Verliebtheit? Nach allem, was man weiß, war Nellie Crouse eine «spröde, äußerst biedere junge Frau», praktisch das Gegenteil des Ideals, von dem Crane an einem anderen Nachmittag in New York Linson vorgeschwärmt hatte («Ich kenne nichts Schöneres als die natürliche Rede eines hübschen Mädchens, das nicht auf den Kopf gefallen ist»), aber falls Nellie Crouse tatsächlich auf den Kopf gefallen war, so besaß sie doch Eigenschaften, die sie als hübsches Mädchen qualifizierten. Junge Männer verlieben sich schnell und heftig in attraktive junge Frauen. Das ist ein Naturgesetz. Aber wenn Crane sich in den ersten Tagen des Jahres in dieses gutaussehende Mädchen verliebt hatte, warum wartete er bis zum letzten Tag des Jahres, ehe er den nächsten Schritt unternahm?

Es gibt auf diese Frage keine wirklich überzeugende Antwort. Möglich, dass ihm in der Abgeschiedenheit von Hartwood allmählich die Decke auf den Kopf fiel. Seit zweieinhalb Monaten von seinen Freunden entfernt, in seiner Mönchszelle im Obergeschoss von Edmunds Haus nach weiblicher Gesellschaft schmachtend, muss der junge Crane geradezu bis zur Raserei an Frauen gedacht haben, nicht nur an imaginierte Gestalten wie Grace und Splutter in seinem Roman, sondern auch an reale Frauen, und während er über seine Chancen bei den vor seinem inneren Auge vorbeiziehenden Kandidatinnen nachdachte, fiel sein Blick auf das Mädchen aus Akron – die Schönste von allen auf jener Teegesellschaft damals –, und er fragte sich, ob es nicht einen Versuch wert sei, dort einmal nachzuhaken. Oder er war, nachdem er sich für seinen jetzt fertigen Roman zwei Monate lang mit den Dramen des Liebeswerbens beschäftigt hatte, nun selbst so weit, die Probe aufs Exempel zu machen, Billie Hawkers Beispiel zu folgen und eine gutbetuchte, unerreichbare Schönheit ins Auge zu fassen – selbst auf die Gefahr hin, sich *absolut lächerlich* zu machen. Oder (weniger wahrscheinlich) er hatte das ganze Jahr hindurch jeden einzelnen Tag an Nellie Crouse gedacht, jedoch gezögert, sich noch einmal bei ihr zu melden, weil er glaubte, er müsse, bevor er zum Angriff überging, erst einmal seine Referenzen als Freier verbessern, und jetzt, da er mit seinem aktuellen Erfolg diese Referenzen vorzuweisen hatte, war er endlich in der Position, den nächsten Schritt zu machen. Oder, noch verunsichert von seinem Erfolg, noch schwer damit beschäftigt, das alles zu verarbeiten, und aufgewühlt von den Nachwehen des Philistine-Diners in Buffalo, war er so durch den Wind, dass er nicht wusste, was er tat. Wie auch immer, die sieben Briefe, die er zwischen dem 31. Dezember und dem 18. März an Nellie Crouse schrieb, sind zwar unglaublich lächerlich, aber auch höchst amüsant – Cranes *Führer der Unschlüssigen*, umgestaltet zur Chronik einer verpfuschten Liebesgeschichte. Immer im Kreis herum verschlingt er sich in immer fester sich zuziehende Knoten verschämten Schwadronierens, nachträglicher Bedenken, Rechtfertigungen, Rechtfertigungen der Rechtfertigungen, weiterer nachträglicher Bedenken hinsichtlich der Rechtfertigungen der Rechtfertigungen, ein so ungeschicktes und qualvolles Vorgehen, dass er einem nur leidtun kann, während man gleichzeitig über seine spöttischen Nebenbemerkungen und rhetorischen Purzelbäume lachen muss, wenn er sich in einem Sturm geschwätzigen Scharfsinns die Seele aus dem Leibe schreibt, bis die fabulierte, einseitige Brautwerbung an den Felsen der Nichtigkeit zerschellt. Er hatte eine Schimäre beschworen, eine Märchenfee, die als Nebenfigur in *The Third Violet* besser aufgehoben gewesen wäre, und als ihm aufging, dass sie zu beschränkt war, auch nur einen Bruchteil von dem zu verstehen, was er ihr sagte, war es, als ob er an sich selber schreiben, sich selbst mit seinem Gezeter auf die Nerven gehen würde, und nachdem er sie bezirzt und umschmeichelt und sich alle Mühe gegeben hatte, ihre tölpelhafte Verstocktheit aufzubrechen, wies sie ihn ab, und er gab auf, zweifellos angewidert von sich selbst, zutiefst niedergeschlagen und hoffnungslos – zumindest eine Zeitlang –, bis er sich schließlich aufrappelte und ins Leben zurückfand.

Aber wie heiter fing es an – mit einem bizarren, witzigen Brief, der den Ton für alles Weitere vorgibt und in dem der nervöse Freier ihr zur Eröffnung seines Feldzugs einen Stoß Zeitungsausschnitte über das Philistine-Diner vom 19. Dezember zusandte (seine

Nellie Crouse, 1896

(Mit freundlicher Genehmigung der Syracuse University)

neuen Referenzen, die den Briefumschlag mächtig aufgebauscht haben müssen: Achtung, Inhalt wichtig!), worüber er sich in den ersten zwei Absätzen mit selbstironischer Nonchalance ausließ, was wiederum bewies, dass er jetzt ein so großer Mann geworden war, dass er sich über seine eigene Größe lustig machen konnte. Keine schlechte Strategie, mag sein, aber gleichwohl eine Strategie, denn noch wusste er nicht, wie sie zu ihm stand, und sah sich gezwungen, seine wahren Absichten zu verschleiern. Dann kommt der verschrobene dritte Absatz, in dem er, schalkhaft gestelzt alles in Abrede stellend, vage mit seinen Intentionen herauszurücken beginnt: «Ich gehe nicht davon aus, dass Sie sich in den Himmel gehoben fühlen, wenn ich sage, dass Ihr Name in mir vielerlei Empfindungen weckt.» Mit anderen Worten: Ich mag Sie, aber warum sollten Sie sich etwas daraus machen, dass ich Sie mag, und was um alles in der Welt haben Sie davon, zu wissen, dass ich Sie mag? Unmittelbar danach erzählt er ihr eine Geschichte:

> *Vorigen Winter war ich lange genug in Mexiko, einen Teint von der Farbe eines Backsteinbürgersteigs zu bekommen. An mir war nichts Amerikanisches mehr außer einem großen Smith & Wesson-Revolver, und ich sah nur Indios, von denen ich argwöhnte, dass sie ihre Tamales mit Hund füllten. In dieser geistigen und körperlichen Verfassung erreichte ich die Stadt Puebla und erblickte dort eine Amerikanerin …*

Vergessen wir nicht, er versuchte die Tochter wohlhabender Angehöriger der Oberschicht eines kleinen Provinzstädtchens zu beeindrucken, eine jungfräuliche Prinzessin in feinen Kleidern, die im schützenden Kokon des Reichtums ihrer Familie lebte. Und was macht Crane? In seinem allerersten Brief an sie stolziert er mit sonnenverbranntem Gesicht und einem Revolver an der Hüfte so unamerikanisch wie nur möglich durch die Gegend und schickt sich an, im Kreise seiner Indio-Freunde Tamales mit Hundefleisch zu verzehren. War Miss Crouse so klug, den Humor in seinem Porträt Mexikos zu bemerken, oder würde sie sich von seiner Prahlerei und den barbarischen Essgewohnheiten der Eingeborenen abgestoßen fühlen? Crane würde es herausfinden, falls sie sich zu einer Antwort bequemte, aber fürs Erste berichtete er seelenruhig weiter von der Amerikanerin in Puebla, die er insgesamt nur viermal gesehen hatte – einmal auf dem Hotelflur und dreimal auf der Straße – und mit der er nie ein Wort gewechselt hatte, und doch, beim Anblick dieser Amerikanerin «in einem neuen Frühlingskleid» traf ihn «beinahe der Schlag», sodass er geradewegs zum Bahnhof lief und eine Fahrkarte für den nächsten Zug nach New York erwarb. Behauptet er jedenfalls. Aber warum behauptet er es? Weil das Mädchen «Ihnen glich», schreibt er, und deswegen sei sie für ihn keine Person, sondern ein Symbol, «und ich habe immer an Sie gedacht, voller Dankbarkeit für die eigenartige Erregung, in welche Sie mich in Puebla, Mexiko, versetzt haben», ohne freilich zu erklären, warum er ihr davon nicht schon auf der Heimfahrt oder unmittelbar nach seiner Rückkehr geschrieben hatte, oder wie er das Wort *Erregung* verstanden haben wollte. Erregung, eine Amerikanerin zu sehen, die ihr ähnelte – worauf er eilig nach Amerika zurückkehrte –, oder ganz einfach Erregung, ein Mädchen zu sehen, das ihr ähnelte, ob er in Mexiko blieb oder nicht? Die Jury ist immer noch unentschieden.

Nachdem er fast alles gesagt hat, was er zu sagen hat, beendet Crane den Brief mit zwei weiteren verblüffenden Bocksprüngen, wechselt im letzten Absatz das Thema und schreibt drei der bekanntesten Sätze seiner gesamten Korrespondenz – «Das Leben mancher Menschen ist eine einzige lange Rechtfertigung. So einst auch das meine, nun aber nicht mehr. Ich schreite unerklärt durch die Welt» –, gibt dann, aus Furcht, sein Brief könne als «maßlose Unverschämtheit» aufgefasst werden, seiner Hoffnung Ausdruck, sie werde nicht böse sein, und fragt – aus heiterem Himmel, absolut unvermittelt –, ob sie wisse, wo ihr gemeinsamer Freund Button zu finden sei, und tut ganz so, als sei dies der eigentliche Grund für sein Schreiben. «Ich habe ihn vor einem Jahr aus den Augen verloren und seitdem nicht mehr wiederfinden können. Vermutlich liegt es an seiner Größe [Button war außerordentlich klein]. Man übersieht ihn so leicht in der Menge.» Und Schluss: «Hochachtungsvoll / Stephen Crane.»

Was für ein seltsamer, geradezu absurder Auftritt, doch Crane bekam, was er wollte – eine Antwort –, und damit begann ihr Briefwechsel. Crane, der Unerklärte, versprach, sich ihr und nur ihr zu erklären, sie an seiner Arbeit teilhaben zu lassen, schickte ihr zum Beweis seine Erzählung «A Grey Sleeve» («keine besonders gute Geschichte»), gestand, die Frage nach Button sei nur ein Vorwand gewesen, ihr zu schreiben, und verkündete dann (dies alles allein in seinem zweiten Brief) in hektischen, konfusen Sätzen, er wolle nach Arizona gehen und die Apachen studieren, weil «ein Mann in Boston so töricht war, mich um ein Stück für sein Theater zu bitten, und ich ein paar Apachen darin haben möchte», was lediglich der Auftakt zu seiner Mitteilung ist, er sei gesonnen, falls er tatsächlich nach Arizona geht, den Weg «über den Erie» zu nehmen, der, wenn er sich nicht täusche, über Akron führe, und falls er doch nicht nach Arizona gehe, werde er aber mit Sicherheit nach Buffalo gehen, «und wenn Sie mir bitte sagen würden, dass Akron nicht weit von Buffalo liegt, werde ich auf einen Nachmittag – oder Abend – bei Ihnen vorbeischauen. Ganz bestimmt.» Von wegen. Aber damit hatte er sich endlich zu seinen Absichten bekannt, und ein Treffen mit ihr stand ganz oben auf der Liste – als erster Schritt hin zu dem, wie es mit ihnen weitergehen könnte, was zu diesem Zeitpunkt natürlich vollkommen offen war.

Crouse' Briefe sind nicht erhalten, aber ihr Inhalt lässt sich aus Cranes Antworten leicht erraten, neigt er doch dazu, ihre Bemerkungen als Ausgangspunkt für seine umständlichen, weitschweifigen Ausführungen zu benutzen, die unweigerlich ebenso viel mit ihm selbst wie mit ihr zu tun haben. Einmal abgesehen von hochgestochenen, hinterlistigen Predigten über den Sinn des Lebens, gibt er sich alle Mühe, ihr entgegenzukommen, zerreißt sich förmlich, sich ihr als Seelenverwandter darzustellen, als jemand, der so vollkommen mit ihr übereinstimmt, dass er selbst ihre kleinsten Stimmungsschwankungen so deutlich wahrnimmt, als seien es seine eigenen; so beginnt er einen Brief mit den Worten: «Wie furchtbar satt Sie alles haben», und erklärt ihr dann: «Ich selbst bin gesonnen, mit fünfunddreißig zu sterben», weil das Leben «mir der Mühe nicht sonderlich wert zu sein scheint»; oder er verlegt sich aufs Schmeicheln und versucht, ihre möglichen Bedenken bezüglich seiner Person zu zerstreuen, wenn er auf ihre neckische Klage, sie «entsetze sich davor, mit einem so klugen Mann allein gelassen zu sein», erwidert: «Ich bin häufig ein erstaunlicher Dummkopf und unvergleichlicher Idiot. Ich erreiche Tiefen der Beschränktheit, von denen die meisten nicht einmal träumen können.» Er muss ihr unbedingt beweisen, was für ein herzensguter, einfühlsamer Bursche er ist, und immer und immer wieder sehen wir ihn in diesen Briefen verschiedene Masken aufsetzen, fieberhaft nach der einen suchend, mit der er genau die Art von Männlichkeit verkörpert, die den günstigsten Eindruck auf sie machen würde, nirgends so lachhaft wie bei seiner Behauptung, er sei «ein äußerst geschickter und erfahrener Mensch, nur falls Sie das Wort ‹Dichter› mit allerlei Verrücktheiten in Verbindung bringen sollten». Offenbar hielt er ihren Vater für solch einen geschickten Menschen, warum also nicht versuchen, es einem Manne gleichzutun, der als Fußsoldat im Bürgerkrieg gedient und sich in der amerikanischen Geschäftswelt nach oben gearbeitet hatte und zu einem der wichtigsten Finanziers der Goodyear Rubber Company und der Diamond Match Company und wer weiß wie vieler anderer Companies geworden war, aber wie sich herausstellte, hatte Crouse kein Interesse an einem Mann, der ihrem Vater ähnelte, sie hätte lieber einen «fashionablen Mann» gehabt, und so verwandelte sich Crane, der selbsternannte «zottige Barbar», ihr zuliebe in einen fashionablen Mann – man lese selbst, wie er sich windet, um sich zu versöhnen mit dem, was er am meisten verachtet, wie er sich immer wieder selbst auf die Füße tritt, bis er sich kaum noch auf den Beinen halten kann.

Ihr Geständnis neulich, dass Sie im Innersten den fashionablen Mann lieber mögen als irgendwelche anderen Männer, kommt meiner eigenen Ansicht näher, als Sie vielleicht erwarten würden … Ich selbst jedenfalls mag den Mann, der sich korrekt kleidet und stets das Richtige tut, jedoch, oh, er muss noch mehr sein als das, sehr viel mehr. Aber so selten pflegen Männer mehr als korrekte Kleidung und korrekte Rede, dass ich, wenn ich einen solchen Mann erblicke, ihn gewöhnlich für einen Idioten halte. Und doch, wie gesagt, gibt es Ausnahmen. Es gibt Männer mit sehr guten Umgangsformen, die gleichwohl die Ruhe zu bewahren wissen, wenn ein Revolver auf sie gerichtet wird und der Tod naht, sich auf eine Stuhlkante setzt und wartet. Es gibt Männer mit sehr guten Umgangsformen, die gute Musik von schlechter unterscheiden können, gute Gedichte von schlechten – (einige wenige) – gute Schauspiele von schlechten – (einige sehr wenige) – gute Gemälde von schlechten. Sehr viele von ihnen kennen sich mit gutem Rotwein und gutem Pokerspiel aus. Nur wenige wissen zärtlich mit einer Frau umzugehen, nicht nur wenn sie selbst freundlich gestimmt sind, sondern auch dann, wenn die Frau zärtliche Behandlung ganz besonders nötig hat. Viele können reiten, schwimmen, schießen, segeln, sehr viele. Nur die allerwenigsten können sich enthalten, sich anzüglich über Frauen zu äußern. Viele lehnen es ab, in Gelddingen zu feilschen. Nur ganz wenige kümmern sich ausschließlich um ihre eigenen Angelegenheiten. Einige wissen aufrichtig zu sein, ohne die Gefühle ihrer Freunde zu verletzen …

Ich glaube an den wahren Aristokraten … auf den, der jedweder Belastung standhält. Er gleicht einem Vollblutpferd. Es mag hochgradig nervös sein und wilde Sprünge machen, doch in Bedrängnis wird es ruhig und das zuverlässigste und ausdauerndste aller Geschöpfe.

Für die Scharen, die sich an den Außenrändern der guten Gesell-

schaft drängen und den Gesellschaftsgöttern 143 Messen am Tag singen und sich einbilden, nur weil sie Geld haben, wohlerzogen zu sein – für solche Leute empfinde ich tiefe, äußerst heftige Verachtung ... In Hartwood habe ich die großartige Gelegenheit, die Neureichen zu studieren. Das Clubhaus von Hartwood ist nur drei Meilen entfernt, und dort sind einige von den Neureichen versammelt. Möge der Herr mich davor bewahren, gesellschaftliche Ambitionen zu haben.

Das war der sechste Brief, geschrieben am 11. Februar, der sechste Brief an sie in ebenso vielen Wochen, dann aber verstrichen achtzehn Tage, bevor er ihr den siebten und kürzesten schrieb, damit aber nicht ganz zurande kam und noch einmal siebzehn Tage vergehen ließ, bevor er den letzten Absatz seines letzten Briefs an die unsichtbare Nellie Crouse zu Papier brachte. Schwer zu sagen, warum er sich die Mühe machte, eine Briefmarke zu kaufen und den Brief abzuschicken, da sie ihn mittlerweile für jemand anderen hatte fallenlassen; vielleicht wollte er einfach das letzte Wort behalten, und nach so viel Possen und Schauspielerei im Anflug auf das Ende war dieses letzte Wort überraschend bitter.

Zwischen den beiden letzten Absätzen dieses letzten Briefs liegen zweieinhalb Wochen:

1. März: Meine Güte, wie sehr beginne ich Friedhöfe zu schätzen – das stille, unbedrückende, nichts mehr hoffende Ende aller Dinge – heitere Abwesenheit von Leidenschaft – blind gegen Sünde – nichts wissend von verwünschten goldenen Hoffnungen, die nächtens aufflammen und einen Mann die Wände hochgehen lassen, und sich bei Tageslicht als raffinierte Fallen für die Phantasie erweisen. Sollte es Freude am Leben geben, kann ich sie nicht finden. Die Zukunft? Die Zukunft schreckt mit Verpflichtungen – neuen Plagen – Konflikten. Welch rarer alter Wein, den die Götter den Sterblichen brauten. Kannen voll Verzweiflung –

18. März: Wahrlich, jetzt sollte ich mich hinreichend erholt haben, Ihnen vernünftig zu schreiben, aber ich kann nicht – meine Feder ist tot. Ich bin bloß ein Mann, der mit einem Leben ringt, das ihm nichts ist als ein Mundvoll Staub.

Er hatte sich zum Narren gemacht, aber nicht mehr als die meisten von uns in jungen Jahren, besonders wenn wir der Liebe nachjagen und keine Ahnung haben, wie wir das anstellen sollen. Eher sieht es so aus, als habe Crane seine Lektion gelernt, jedenfalls lief er nach dieser Enttäuschung in den ersten Monaten des Jahres 1896 keinen Mädchen mehr hinterher, weder hübschen noch reichen noch solchen, die er nur einmal auf einer Teegesellschaft gesehen hatte, noch all den anderen Schimären, die nichts als Träume von Mädchen in seinem Schädel waren. Er sollte später noch einige Fehler mit Frauen machen, aber nicht mehr diesen Fehler, den nicht noch einmal.

Im folgenden Jahr (Juni 1897) heiratete Nellie Crouse einen Harvard-Absolventen namens Samuel E. Carpenter und zog mit ihm nach Ridgefield, Connecticut. Sie bekamen sechs Kinder (zwei davon starben im Säuglingsalter) und wurden 1914 geschieden. Nellie überließ die Sorge für die Kinder der Familie ihres Exmannes in Philadelphia, lebte eine Zeitlang in Paris und zog dann ebenfalls nach Philadelphia, wo sie 1943 starb.

27

Mit seinem brieflichen Werben um Nellie Crouse war Crane gescheitert, und zu Beginn des neuen Jahres kamen noch ganz andere Probleme hinzu. Ahnungslos, wie es weitergehen sollte, und abgebrannt wie selten zuvor, nachdem er während der Arbeit an seinem Roman kein bisschen Geld verdient hatte, ließ er sich zu einigen unüberlegten Projekten überreden, die allesamt im Sand verliefen – wozu dann auch noch ein schweres künstlerisches Fehlurteil kam. Es war im Januar, als er Hitchcock im Appleton-Haus aufsuchte und seine Zustimmung zu einer Neuausgabe von *Maggie* gab – in einer abgemilderten, gereinigten, «akzeptableren» Version. Ein in mehrfacher Hinsicht gefährliches Unterfangen, scheint mir, und selbst wenn man meine feste Überzeugung nicht teilen möchte, dass Schriftsteller sich niemals, *niemals, unter keinen Umständen* an ihren alten Sachen zu schaffen machen sollten, bleiben noch mindestens vier weitere Einwände dagegen. Erstens: Seit Erscheinen des Buches waren drei Jahre vergangen, und in diesen drei Jahren hatte Crane als Schriftsteller solche Fortschritte gemacht, dass er gar nicht mehr beurteilen konnte, was sein jüngeres Ich da produziert hatte. Zweitens: Dem Original das Rebellische zu nehmen, bedeutete nichts anderes, als den Grund zu verleugnen, warum das Buch überhaupt geschrieben wurde, und Crane, der so hart dafür gekämpft hatte, das Anarchische und den «sittlichen Sinn» seiner Gedichte zu bewahren – selbst wenn das bedeutet hätte, das Manuskript von Copeland and Day zurückzuverlangen und *The Black Riders* nie zu veröffentlichen –, gab Appletons Drängen nach und akzeptierte «ein hübsches Bändchen von Stephen Crane» – und beging damit Verrat an sich selbst und seinem Werk. Er hätte ohne weiteres nein sagen oder auf einen unveränderten, allenfalls von Druckfehlern befreiten Nachdruck bestehen können, und wenn

Appleton sich geweigert hätte, hätte er es anderswo versuchen können. Was war nur aus dem wild entschlossenen jungen Draufgänger geworden? Ich vermute, er hatte Angst – mehr Angst, als er Howells nach seiner Rückkehr nach New York anvertraut hatte, wo der Plan für die neue *Maggie* entwickelt worden war –, und ich möchte meinen, diese Angst war ein weiteres Nebenprodukt seines jähen, unerwarteten Aufstiegs in der Welt, seines sogenannten Erfolgs, der für ihn immer noch so neu und daher so beunruhigend war, dass er sich selbst zeitweilig aus den Augen verlor und nicht mehr so recht wusste, wer er eigentlich war. Und so hielt er nicht stand, sondern gab nach. Drittens: Es war Zeitverschwendung. Er hatte Besseres zu tun, als sich mit einem alten Buch abzugeben, an das er offenbar selbst nicht mehr glaubte, wozu also die Mühe, wenn das einzig Vernünftige gewesen wäre, seinen Weg weiterzuverfolgen? Viertens: Das Projekt war zum Scheitern verurteilt, und es scheiterte dann auch wirklich. Wessen empfindliches Feingefühl würde nicht unter der sinnlosen Schinderei leiden, jedes *Teufel* und *verdammt* in *T-l* und *v-t* umändern zu müssen? Und welcher ästhetische Zweck würde damit erreicht, diese großartigen siebzehn Kapitel zu verhunzen und die letzten zwei Männer, denen Maggie am Abend ihres Todes begegnet, aus dem Buch zu streichen? Die Neufassung war eine Katastrophe, und den Beweis dafür, wie schlecht sie war, liefert das Urteil der Geschichte: Die 1896er Ausgabe geriet bald in Vergessenheit, geblieben und seit vielen Jahrzehnten einzig lieferbar ist die Originalfassung von 1893.

Die Anstrengung, der von ihm als zwanzig-, einundzwanzigjähriger Anfänger erschaffenen Bestie die Zähne zu ziehen, kostete ihn rund zwei Monate. Zunächst noch optimistisch, schrieb er Hitchcock am 2. Februar: «Ich höre sehr gern, was Sie von *Maggie* sagen. Ich fange noch diesen Monat an, das Buch umzuschreiben.» Zwei oder drei Tage später berichtete er: «Ich habe eine beträchtliche Anzahl verdammt erledigt», und am 10.: «Ich habe mich sorgfältig über die anstößigen Wörter hergemacht» – Crane also zweifellos ein bereitwilliger Komplize bei der «Verhübschung» seines Romans. Eine Woche später jedoch schickte er ein Exemplar von *The Black Riders* an seinen englischen Verleger William Heinemann und kam in seinem Begleitschreiben auf die künftige Neuausgabe zu sprechen: «Vor drei Jahren wurde *Maggie* in eine feindliche Welt hineingeboren, aber jetzt habe ich es auf Bitten Appletons ein wenig abgemildert ... Was mich betrifft, ich hasse das Buch.» Nach einer kleinen Flaute (aus Gleichgültigkeit? Aus Widerwillen?) versicherte er Hitchcock am 23. März: «Ich fange jetzt an, Maggie voranzutreiben», aber am 2. April, als der Job erledigt war und er bereits die Druckfahnen vor sich liegen hatte, schrieb er seinem Herausgeber: «Die Fahnen machen mich krank. Geben Sie die jemand anderem – nach Ihrem Belieben – und lassen Sie sie auf fehlerhafte Grammatik und Rechtschreibung durchsehen. Mir steht *Maggie* bis zum Hals, ich kann das nicht mehr sehen.» Er teilte Hitchcock auch mit, dass er «mit dem Vorwort beschäftigt» sei, aber allem Anschein nach hat er es zerknüllt und weggeworfen, denn als Anfang Juni die kastrierte Version von *Maggie* bei Appleton erschien – zwei Tage bevor Edward Arnold *George's Mother* herausbrachte –, kam das Buch ohne Vorwort, und was auch immer Crane über seine erste Novelle geschrieben oder zu schreiben angefangen hatte, ist und bleibt verschwunden. Leser können nur ihre eigenen Schlüsse ziehen.

Noch bedenklicher war die Entscheidung, S. S. McClure wieder in sein Leben zu lassen. Zweimal war es bereits mit ihm schiefgegangen – die sechs nervenzerreißenden Monate, die McClure ihn auf eine Reaktion zu *Red Badge* hatte warten lassen, und dann die brutalen Amputationen, die er an der Reportage über die Kohlebergwerke vorgenommen hatte –, da sollte man denken, dass er genug von dem Mann hatte und sich in sicherer Entfernung von ihm hielt, aber Crane auf seinem Schlingerkurs zum Erwachsensein erwies sich als eines jener raren Geschöpfe, die einfach nicht nachtragend sein können. Er hatte dem Schurken Hubbard verziehen, dass er seine Gedichte verspottet und ihn mit dem Philistine-Diner ausgenutzt hatte, und jetzt, als der größere und gerissenere Schurke McClure mit verschiedenen Projekten an ihn herantrat, wischte Crane das Vergangene beiseite und hörte zu. McClure ging es natürlich nur darum, aus dem plötzlichen Ruhm des Jungen Profit zu schlagen, und natürlich war der Junge sich dessen bewusst, aber auch der Junge brauchte Geld, und wenn der Schurke ihm dazu verhelfen konnte, warum nicht das Kriegsbeil begraben und ihm noch einmal eine Chance geben? Crane war jetzt ein vielgefragter Mann, auch wenn es den meisten Bittstellern nur darum ging, ihn für die Mitgliedschaft in Clubs oder Gesellschaften oder für Interviews in Zeitungen und Zeitschriften zu gewinnen, aber McClure war der Einzige, der mit Dollarzeichen in den Augen zu ihm kam – für Crane die Gelegenheit, seine leere Börse aufzufüllen.

Das erste dokumentierte Angebot kam von McClures Partner John Phillips mit dem Vorschlag, für eine Artikelserie die Schlachtfelder des Bürgerkriegs zu bereisen – von Crane in seinem Brief vom 13. Dezember abgelehnt mit der Begründung, er sei zu sehr mit anderem beschäftigt –, doch wie es aussieht, hatte McClure ihm schon einige Zeit davor angeboten, neue Erzählungen aus dem Bürgerkrieg zu veröffentlichen, und da «A Grey Sleeve» und «A Mystery of Heroism» bereits fertig waren, machte Crane sich sogleich an die nächste. Schon am 7. Januar teilte er Hawkins mit: «Ich arbeite an einer Geschichte – ‹The Little Regiment› – für McClure. Äußerst schwierig. Ich habe meine Erfindungsgabe in Sachen Krieg bis aufs Letzte ausgequetscht, und diese Geschichte bringt mich zur Verzweiflung. Dennoch komme ich ganz gut damit voran.» So gut, dass er eine Woche darauf in den Norden Virginias fuhr und sich den Schauplatz der Schlacht von Fredericksburg ansah, um Material für die entstehende Erzählung zu sammeln, und als er «The Little Regiment» fertig hatte, schrieb er in ziemlich rascher Folge drei weitere Kriegsgeschichten und kam damit auf insgesamt sechs, genug für einen Erzählungsband, den Appleton eilig drucken und im November unter dem Titel *The Little Regiment and Other Episodes of the American Civil War* erscheinen ließ. Cranes angesehener Verleger trachtete nicht weniger als McClure danach, aus dem Erfolg von *Red Badge* Kapital zu schlagen, und so siegte der Krieg über die Liebe, und das Buch kam sechs Monate vor *The Third Violet* heraus, welch Letzteres als zerstückelter Fortsetzungsroman im selben Herbst im Zeitungssyndikat von niemand anderem als McClure erschien.

Ein anderer Vorschlag von McClure erwies sich als zeitraubender Blindgänger. Das Angebot, neue Kriegsgeschichten von Crane zu veröffentlichen, hatte deswegen funktioniert, weil Crane, ohne sich dessen selbst ganz bewusst zu sein, mit dem Thema Krieg noch nicht fertig war. Einen Roman über nationale Politik zu schreiben, wäre ihm hingegen nie in den Sinn gekommen, doch als McClure ihm das verlockende Angebot machte, einen Ausflug nach Washington zu finanzieren, um dort für einen potenziellen Roman über Politiker und Politik zu recherchieren, hielt Crane die Idee für gar nicht so schlecht und reiste tatsächlich in die Hauptstadt, um herauszufinden, wie tief er in die Materie eindringen konnte, bevor er sich auf das Projekt einließ. Seine Bereitschaft, bei dieser Sache mitzumachen, wirft ein weiteres Licht darauf, wie verwirrt und desorientiert er in diesen Monaten war, denn Crane war ein Schriftsteller, der von innen nach außen arbeitete – nicht umgekehrt –, und keine noch so gründliche Recherche hätte jemals den inneren Funken entzündet, den er brauchte, um sich auf einen neuen Roman zu werfen. Die Idee zu *Maggie* war ihm bereits gekommen, bevor er in die Slums eintauchte, um mehr Details für seinen Roman zu sammeln, und der Plan für *The Red Badge of*

Courage stand bereits, bevor er sich eingehend mit der Geschichte des Bürgerkriegs beschäftigte. *The Third Violet* war fast vollständig aus seinem eigenen Leben gegriffen. Und jetzt der Plan, von außen nach innen zu arbeiten, der nichts anderes einbrachte als einen langen Aufenthalt in Washington – von Anfang März bis zum 2. April –, wo er in der angenehmen Umgebung des Cosmos Club an seinen Kriegserzählungen arbeitete und eine Reihe bemerkenswerter Briefe schrieb, darunter den mit dem «Mundvoll Staub» zum Ende seiner Romanze mit Nellie Crouse, die böse Drohung an Hitchcock während ihres Zwists über *George's Mother* und die geistreichen, selbstironischen Zeilen an Viola Allen über ihre gemeinsame Schulzeit («Was war ich für ein Esel, was für ein kompletter Esel»). Der Washington-Roman hingegen, das, wofür er überhaupt nach Washington gereist war, erstickte schon im Keim. Zum Glück war er klug genug, sich die Niederlage einzugestehen, und nachdem er Hitchcock noch am 23. März geschrieben hatte, dass er «langsam manches lerne» und bereits «einige senatorische Innenräume» besichtigt habe, teilte er Hitchcock nur eine Woche später mit, er gebe das Vorhaben auf: «Ende der Woche sehen Sie mich wieder in New York. Diese Männer hier sind nichts als Pose, man bräuchte eine doppelläufige Schrotflinte, wollte man ihre wirklichen Gefühle freilegen, und ich habe die Hoffnung aufgegeben, sie zu durchschauen.» Einen Tag später (31. März) die schlichte Mitteilung an Hawkins: «Washington tut mir weh.»

Hinter diesen Rohrkrepierern und Fehleinschätzungen stand die Geldfrage, das grundsätzliche Problem, genug regelmäßige Einnahmen zu erzielen, dass er davon leben konnte, ohne in Durststrecken zu geraten, die ihn zwangen, den Gürtel enger zu schnallen oder, noch schlimmer, in die ärmlichen Verhältnisse seiner New Yorker Frühzeit zurückzukehren. Kein Zweifel, es herrschte jetzt große Nachfrage nach seinen Arbeiten, er konnte darauf zählen, so ziemlich alles zu veröffentlichen, was er schrieb, aber die von Zeitungen und Zeitschriften gezahlten Honorare waren mäßig, dreißig Dollar hier, fünfundzwanzig Dollar da, manchmal fünfzig oder fünfundsiebzig, aber selbst die Fortsetzungsveröffentlichung eines ganzen Romans wie *The Third Violet* in mehreren Zeitungen auf einmal brachte nur einhundertfünfzig Dollar ein. Crane kämpfte in dieser orientierungslosen Übergangsphase um ein neues Gleichgewicht, musste sich zum einen auf die Umwälzungen in seiner Gefühlswelt einstellen, zum anderen seine ökonomische Zukunft organisieren, und da er niemanden um Rat fragen konnte und seine eigenen eher leichtfertigen Anwandlungen nicht selten seine Entscheidungen vernebelten, ließ er sich zu manchen Absprachen verleiten, die auf den ersten Blick gut aussahen, sich jedoch letztlich zu seinem Nachteil auswirkten und seine Einnahmen eher schmälerten als vergrößerten, was ihn in die Verlegenheit brachte, immer mehr zu arbeiten und zugleich immer weniger zu verdienen. So kam es, dass er sich auf den Handel mit McClure einließ, der sich Cranes Geldsorgen zunutze machte und ihm eine Art Vorschuss anbot, das heißt, er gab ihm Geld für Sachen, die noch gar nicht geschrieben waren, und wenn Crane ihm etwas ablieferte, zahlte McClure ihm nichts dafür, sondern schrieb es lediglich seinem Konto gut – und verlangte auch noch eine Provision für diese Dienstleistung. Crane ahnte wohl schon früh die Schwierigkeiten, die sich daraus ergeben könnten, als er McClure am 27. Januar schrieb: «Die Vereinbarung mit Ihnen scheint mir nicht schlecht. Was mich betrifft, bin ich vollkommen zufrieden damit, aber was Sie betrifft, bin ich ein wenig besorgt, denn ich bin häufig unsäglich lustlos und unkreativ, und diese Flauten ziehen sich oft über Tage hin.» Nur *Tage.* Was aber, wenn diese Flauten sich zwei Wochen oder einen Monat lang hinzogen – oder gar noch länger? Als Crane im August endlich begriff, dass er praktisch zum Leibeigenen seines vorgeblichen Wohltäters geworden war, wandte er sich in seiner Enttäuschung an jemand anderen und schloss einen Vertrag mit Paul Revere Reynolds, Amerikas erstem Literaturagenten, der eine seiner neuen Erzählungen («A Man and Some Others», übrigens eine seiner besten) für mindestens 350 Dollar verkaufen sollte; am 9. September mahnte er ihn in einem Brief zur Vorsicht: «Versuchen Sie es nicht bei Bacheller oder McClure.»[54]

Seine Sachen bei Zeitungen und Zeitschriften unterbringen war das eine, aber wenn er ausschließlich vom Schreiben leben wollte, brauchte er auch gewissenhafte, engagierte Verleger, und nicht nur musste er von diesen Verlegern fair bezahlt werden, vor allem musste er ein gutes Verhältnis zu ihnen aufrechterhalten. Nachdem er *Maggie* auf eigene Kosten hatte drucken lassen und die fünfhundert Exemplare von *The Black Riders* bei der kleinen Bostoner Firma Copeland and Day veröffentlicht hatte, kam er durch den Wechsel zu D. Appleton & Company in New York erstmals in Kontakt mit einem großen kommerziellen Verlagshaus. Gegründet 1831, genoss Appleton einen guten Ruf im amerikanischen Verlagswesen, zu seinen Autoren zählten Lewis Carroll, Charles Darwin, Rudyard Kipling, Thomas Huxley und Henry James – um nur einige wenige zu nennen –, und sein Lektor dort, Ripley Hitchcock, Kunsthistoriker mit Harvard-Abschluss, hochintelligent und resolut, war nicht nur ein emsiger literarischer Ratgeber, sondern vergaß auch nie die geschäftliche Seite der Verlegertätigkeit und sah es als seine Aufgabe an, dafür zu sorgen, dass Appleton ein

■ 54 Reynolds (1864–1944) gründete seine Agentur 1893; zu seinen Klienten zählten im Lauf der Jahre H. G. Wells, Edith Wharton, Jack London, George Bernard Shaw, Willa Cather, Paul Laurence Dunbar, Joseph Conrad, Émile Zola und Leo Tolstoi. Auch wenn Crane hier Bacheller und McClure in einem Atemzug erwähnt, war sein Verhältnis zu den beiden doch ganz unterschiedlich. Bacheller, der Crane immer gut und fair behandelt hatte, war nicht in der Lage, einen so bedeutenden Betrag wie 350 Dollar zu zahlen, während Crane sich bei McClure in der Falle sah und Hilfe brauchte, die schlechte Vereinbarung mit ihm zu umgehen.

profitables Unternehmen blieb. Er und Crane kamen meist gut miteinander aus, nur hin und wieder gab es Spannungen zwischen den beiden, etwa als Crane dem Drängen eines ehemaligen Claverack-Klassenkameraden nachgab, der als Amerika-Vertreter der angloamerikanischen Firma Edward Arnold arbeitete, und ihm das Manuskript von *George's Mother* überließ, ohne Hitchcock darüber zu informieren. Das führte zu Cranes ungewohnt aggressivem Schreiben an Hitchcock vom 26. März, einem Konflikt, entschärft aller Wahrscheinlichkeit nach durch eine beschwichtigende Geste Hitchcocks, der Cranes Tantiemen von zehn auf fünfzehn Prozent anhob, auch wenn das Problem in diesem Sommer noch einmal aufflammte, wie der Crane-Forscher J. C. Levenson berichtet:

> *Die Erhöhung von 10 auf 15 Prozent dürfte um diese Zeit [Frühlingsanfang] erfolgt sein, denn in Cranes nächsten Briefen an Hitchcock herrschte wieder ein ruhiger, geschäftsmäßiger Ton. Doch als Arnold, nachdem er bei Maggie den Kürzeren gezogen hatte, die England-Rechte an künftigen Werken zu erwerben und Appletons Vereinbarung mit Heinemann aufzulösen suchte, spitzte sich der alte Konflikt wieder zu. Bereinigt wurde die Angelegenheit, als Crane nicht an Hitchcock, sondern an Mr. Appleton selbst [am 6. Juli] schrieb: «Ich habe Arnold mitgeteilt, dass Ihre Vereinbarung mit Heinemann bezüglich The Little Regiment und The Third Violet bestehen bleiben muss – dass es sich hierbei um einen früheren und rechtmäßigen Vertrag handelt und ich dafür sorgen werde, dass Heinemanns Rechte an den Büchern gewahrt bleiben.» Dieser Brief, geschrieben auf Appleton-Briefpapier und von fremder Hand datiert, wurde augenscheinlich in Appletons Büro verfasst, vermutlich hat Hitchcock ihn Crane diktiert und einige kräftige Formulierungen zum Thema Rechtsverbindlichkeit beigesteuert.*

Die Standpauke muss ihn schwer getroffen haben, aber verdient hatte er sie zweifellos, und nachdem der Brief in Appletons Hände gelangt war, scheint die Sache erledigt gewesen zu sein. Fürs Erste jedenfalls, zumindest für Hitchcock, doch nachdem er innerhalb eines Jahres drei weitere Bücher bei ihm veröffentlicht hatte (die neue *Maggie*, *The Little Regiment* und *The Third Violet*), ging Crane zu einem anderen Verlag – und geriet abermals in Schwierigkeiten.

Wie naiv sich im Rückblick sein Brief an Hitchcock von Anfang Februar ausnimmt, wo er um einen Vorschuss von hundert Dollar auf Tantiemen bittet, weil er sich ein «Reitpferd» kaufen möchte, an das er sein Herz gehängt hat. Als Hitchcock das Geld herausrückte, dankte Crane für die «bereitwillige Zustimmung» und fügte hinzu: «Ich empfinde es als Luxus, einige meiner Freuden meiner kleinen Feder zu verdanken.» Besitzer des Pferdes war Elbert Hubbard, und Crane hatte den jungen Wallach Anfang Dezember auf seiner Reise nach Buffalo und East Aurora gesehen, aber statt auf einem Preis von hundert Dollar zu bestehen, war Hubbard flexibel genug, ihm das Pferd für sechzig zu überlassen. Man fragt sich, wofür Crane die restlichen von Hitchcock ergatterten vierzig Dollar ausgegeben hat – wie viele Zigaretten mag er geraucht haben, wie viele Mahlzeiten verspeist, wie viele nächtliche Ausflüge in entlegene Gassen unternommen?

Von seinem neuen Besitzer auf den Namen Peanuts umgetauft, kam das Tier im Frühjahr 1896 nach Hartwood und überlebte dort den Mann, der es gekauft hatte, um viele Jahre.

28

Nach seiner Rückkehr aus Washington zog Crane zu Post Wheeler in die gemeinsame Wohnung an der West 23rd Street zurück, und bald schrieb er wieder, wie vor seinen Reisen durch den Westen und nach Mexiko, über New York City. Ursprünglich hatte er vorgehabt, an dem politischen Roman zu arbeiten; das hatte sich jetzt zerschlagen, und da in absehbarer Zeit keine größeren Projekte zu erledigen waren, verlegte er sich in den nächsten Monaten auf Kurzgeschichten und Journalismus. Nicht viel Journalismus, aber es brachte immerhin ein wenig Geld ein, und die Artikel waren gut, insgesamt fünf zwischen Mitte Mai und Mitte August, alle von McClures Zeitungssyndikat angenommen (unter Cranes Copyright) und eine Vielfalt von Themen behandelnd: Dachgartenrestaurants, ein Tag im Leben einer Broadway-Pferdebahn oder, der letzte Schrei, Fahrradrennen, bei denen sich sportliche junge Männer und junge Frauen in Pumphosen einen Spaß daraus machten, auf dem «Western Boulevard» (59th Street) zwischen Columbus Circle und dem Fluss mit einem Affenzahn der Polizei davonzufahren. Alles scharfzüngig und mit Humor geschrieben, kleine, gut beobachtete Juwelen, am besten und treffendsten gleich der erste dieser fünf Artikel, erschienen am 17. Mai unter der Überschrift «Opium's Varied Dreams», über einen Aspekt des New Yorker Lebens, der für den Rest der Welt nahezu unsichtbar war.

Möglich, dass McClure ihn mit dieser Reportage beauftragt hat, wahrscheinlicher ist jedoch, dass der Vorschlag dazu von Crane selbst kam. Er war nach mehrmonatiger Abwesenheit wieder in New York, und wenn ihn die Stadt auch zunehmend enttäuschte, hielt sie immer noch manch Faszinierendes für ihn bereit. Insbesondere die Armen und die an den Rand Gedrängten, die Gefallenen, die Aussortierten und ins Abseits Getriebenen, und als

Veteran des Nachtlebens und Chronist der Slums, der Bordelle und Kaschemmen richtete er den Blick jetzt auf die unterirdische Bruderschaft der Opiumsüchtigen, nach seiner Schätzung etwa fünfundzwanzigtausend, hauptsächlich in zwei Vierteln Manhattans vertreten – Chinatown, wo alles anfing, und Tenderloin mit seiner Bevölkerung aus «Wanderschauspielern, Kartenschwarzhändlern, Spielern und diversen Arten von Trickbetrügern».

Es war die Blütezeit der Sensationspresse, Crane aber behandelt sein Sensationsthema mit der kühlen Objektivität eines Wissenschaftlers, der vor einem Saal voller Ärzte und Soziologen einen Vortrag hält. Seine Sprache ist nüchtern und sorgfältig, er verzichtet auf persönliche Anmerkungen und rhetorische Finessen und führt in seiner Berichterstattung keine spezifischen Einzelfälle an (keine Geschichten), sondern gibt lediglich einen allgemeinen Überblick über das Phänomen, so wie er es sieht. Nein, sagt er im ersten Absatz, Opiumsucht beschränkt sich nicht ausschließlich auf Chinesen, tatsächlich sind die meisten Raucher weiße Männer und weiße Frauen. Bis zu den polizeilichen Razzien in jüngerer Zeit gab es in der ganzen Stadt prächtige «Schuppen», so üppig ausgestattet, dass man sie für «Paläste» halten konnte, «wären sie nicht mit so schlechtem Geschmack eingerichtet» gewesen, jetzt aber «hat sich das Opium in Privatwohnungen zurückgezogen». Der erste Versuch ist oft unangenehm, schreibt er, das Zimmer und alles darin kreist «wie das Innere eines Elektrizitätswerks», dann bekommt man «Durst, großen Durst», aber wenn der Neuling es noch einmal versucht, «sinkt ihm die Kraft der Droge allmählich ins Herz. Sie schluckt seine Gedanken. Er lügt immer bereitwilliger, um seine Pflichtversäumnisse und kleinen Misserfolge zu verschleiern. Und am Ende kann er regelrecht süchtig werden und ganz der Droge verfallen.» So weit gekommen, erklärt Crane, wird der Süchtige lernen, das Opium selbst zuzubereiten – es zu «kochen» –, eine heikle Operation, bei der «die Pille» gerollt und über einer kleinen Lampe erhitzt wird, und «sobald ein Mann für sich selbst kochen kann und sein eigenes ‹Besteck› erwirbt, ist es wahrscheinlich aus mit ihm. Er hat sich einen Elefanten auf die Schultern gesetzt, den er wohl niemals mehr loswerden wird.» Im Folgenden beschreibt Crane das Verfahren in allen Einzelheiten, zunächst die Pfeife mit ihrem Pfeifenkopf aus Ton, dem Stiel aus Bambus und dem Mundstück aus Elfenbein (keine Ähnlichkeit mit der verbreiteten Vorstellung von einer Opiumpfeife, wie sie die Illustrationen in den Zeitungen zeigen), dann kommt er auf die Rolle der «Opiumnadel» zu sprechen, «eine Art angespitzter Stopfnadel», ein Mehrzweckinstrument, mit dem das Opium aus der Schachtel gespießt und dann über die Flamme gehalten wird, bis es die Konsistenz «kochender Melasse» annimmt, während Daumen und Zeigefinger der anderen Hand es in die richtige Form bringen; sodann kommt die Pille in den Pfeifenkopf und wird mit der Opiumnadel weiter bearbeitet, «bis sie wie ein kleiner Knopf mit einem Loch in der Mitte exakt über dem Loch im Pfeifenkopf liegt».

Nach dieser minuziösen Bestandsaufnahme der Technik des Opiumkonsums wendet Crane sich den Rauchern selbst zu. Sie kommen regelmäßig in kleinen Gruppen zusammen und lassen erst einmal eine Pfeife im Kreis herumgehen, während der Koch für jeden Raucher eine eigene Pfeife zubereitet; die stille Intimität der eng beieinandersitzenden Teilnehmer bringt Crane auf einen unwahrscheinlichen, aber treffenden Vergleich zwischen «einer Gruppe von Männern, die im Wald um ein mitternächtliches Lagerfeuer sitzen, und einer Gruppe von Rauchern, die um ein Tablett mit seinem winzigen Lichtlein sitzen ... denn so, wie die trägen Blicke um ein Lagerfeuer sich verträumt auf das Lodern der Holzscheite richten, richten sich die trägen Blicke um ein Opiumtablett auf die kleine gelbe Flamme». In beiden Fällen die Kameradschaft der Gruppe, zugleich aber die Isolierung jedes Einzelnen von allen anderen. Allein zusammen, sozusagen, oder zusammen und dennoch allein, während jeder für sich in seinen Gedanken versinkt und von den Kameraden wegschwebt, gebannt von dem Licht vor seinen Augen.

Erst in den letzten beiden Absätzen kommt Crane auf den einzelnen Raucher zurück und damit endlich auch auf das Suchtproblem, zwei Absätze, die alle neunzehn davor in den Schatten stellen und den Leser mit ihrer Offenheit und ihrem unvoreingenommenen Verständnis für die Verlockung der Droge aus der Fassung bringen. Leidenschaftslos, ohne jede moralische Bewertung, zeugen Cranes Ausführungen von einem enormen Feingefühl für den inneren Strudel, der den Süchtigen in einer endlosen Spirale aus Verzweiflung und transzendenter Erlösung von dem Schmerz, am Leben zu sein, gefangen hält. Geist und Körper unablässig im Krieg gegeneinander, bis am Ende der Körper gewinnt:

> Ein Neuling, der sich Träume von einer mit weißen Porzellantürmen gesprenkelten Erde und einem Himmel aus grüner Seide erhofft, erliegt, nach allem, was man hört, einem Irrtum. Den «Traum des Opiumrauchers» scheint es nicht zu geben. Der ‹Stoff› bewirkt offenbar eine angenehme Schläfrigkeit, vollkommene geistige Ruhe. Die Probleme des Lebens verschwinden. Existenz ist Frieden. Zum Beispiel zeigen sich die guten Eigenschaften der Freunde eines Mannes schön vor der eigenen plötzlichen Vollkommenheit. Das Universum ist wieder im Lot. Es gibt kein Unrecht mehr, keine Ungerechtigkeit, nur noch Ruhe, eine besänftigende Harmonie aller Dinge – bis zum nächsten Morgen.
>
> Und wer sollte dieses Land flüchtiger Ruhe aufsuchen, diese Traumgefilde, wenn nicht die Bewohner von Tenderloin, Menschen, die zugleich überemp-

> findlich und hoffnungslos sind, die mehr als die Angehörigen aller anderen Klassen, gebildete oder ungebildete, über den Tod und die Rätsel des Lebens nachdenken. Opium reicht ihnen seine Lüge, und in der Erwartung, einen Begriff von Frieden zu finden, greifen sie freudig danach, finden dann aber beim Erwachen die ungeheuren Mühen des Lebens noch mühsamer. Und wenn die Pfeife ihr Leben zerstört, klammern sie sich noch fester daran, denn sie steht jetzt zwischen ihnen und ihrem Denken.

Sinnlos zu fragen, ob Crane Opium selbst ausprobiert hat oder nicht. Wenn man bedenkt, wie er sich auf seine anderen New-York-Artikel vorbereitet hat – zum Beispiel als Landstreicher leben, um in «An Experiment in Misery» über Landstreicher zu schreiben –, würde ich sagen: wahrscheinlich ja, auch wenn nichts überliefert ist, was diesen Verdacht erhärten könnte, und niemand weiß, wie er darauf kam, diesen Artikel zu schreiben, oder warum er ihn schrieb, oder was für Recherchen er im Vorfeld angestellt hatte. Für uns heute wäre das alles nur interessant, wenn Crane selbst opiumsüchtig gewesen wäre, und das war er nicht, weshalb es uns auch nicht interessieren sollte, und dass es uns trotzdem interessiert, hat einen simplen, schauerlichen Grund: Irgendwann während seiner Arbeit an dem Artikel erwarb er ein Opiumbesteck (wieder weiß niemand, wie oder warum), und als der Artikel fertig war, hängte er es als Souvenir in seinem Zimmer an die Wand, wie er es auch mit anderen Gegenständen zu tun pflegte, die ihm gefielen (die Porträts von Mozart und Beethoven, die Sporen aus Mexiko), doch als er sich einige Monate später Theodore Roosevelt und die New Yorker Polizei zu Feinden machte, weil er in dem Dora-Clark-Prozess gegen einen der Ihren ausgesagt hatte, und als man daraufhin seine Wohnung durchsuchte und das Opiumbesteck entdeckte, behaupteten sie, er betreibe eine Opiumhöhle – ein weiterer belastender Beweis, der dazu beitrug, ihn aus der Stadt zu vertreiben, weiter und weiter weg, bis er auf der anderen Seite des Ozeans an Land ging. Für die New Yorker Polizei war er zum gesuchten Verbrecher geworden.

Das alles lag in naher, aber noch ferner Zukunft, und noch lebte er unbekümmert weiter, schrieb seine Erzählungen und Artikel, besuchte regelmäßig den Lantern Club, nahm an literarischen Treffen teil, wo Schriftstellerkollegen ihn hochleben ließen, wurde auf Empfehlung von Howells Mitglied im Authors Club und kam so nach dem aufwühlenden Trubel um *Red Badge* allmählich wieder zur Besinnung, auch wenn von völliger Genesung keine Rede sein konnte und er immer noch keine konkreten Pläne hatte.

Anfang Juni erschienen fast zeitgleich die neue *Maggie* und *George's Mother*. Sosehr er *Maggie* verunstaltet haben mochte, es war immer noch mehr oder weniger dasselbe Buch wie das Original, auf alle Fälle reichte es, dieselbe Reaktion hervorzurufen, wie es ein exakter Nachdruck des Originals getan hätte, und wie abzusehen, waren viele Rezensionen negativ. Die *New York Tribune*, sein zuverlässiger Widersacher, fiel über die Novelle mit einer lächerlich wütenden Schimpfkanonade her, die ans Komische grenzte: «Er bringt den Schmutz und die Brutalität zu Papier, denen man gemeinhin nur durch Kontakt mit den stumpfsinnigsten Klassen begegnet ... Er hat keinen Stil, keinen Humor, keine Phantasie ... Das Buch empört schon allein durch seine Monotonie und tumbe Grobheit. Die Lektüre kommt dem Erlebnis gleich, von einem Tagedieb beschimpft und eine halbe Stunde lang zweimal in der Minute geohrfeigt zu werden.»

Andere Rezensenten, die nicht wussten, dass *Maggie* schon ein paar Jahre alt war, deuteten es als Zeichen von nachlassendem Talent und Rückschritt, wieder andere reagierten gelangweilt, ablehnend oder gleichgültig auf die Sprache und das ordinäre Personal des Buches, aber es gab auch welche, die es gut fanden, sogar außerordentlich gut, etwa die *New York Times*, deren Meinung nach *Maggie* ein Buch «von der Hand eines Künstlers» und der Verfasser ein «Meister des Slum-Slangs». Dem folgten weitere positive Kritiken, und binnen kurzem bekam auch *George's Mother*, bis dahin ähnlich schlecht behandelt, eine Reihe wohlwollender Besprechungen, sodass man die Gesamtreaktion auf Cranes zwei zeitgleich erschienene Bücher als ein dröhnendes *vielleicht* bezeichnen könnte. Und gerade als der Lärm sich zu legen begann, veröffentlichte Howells am 26. Juli in der *World* seinen umfangreichen Essay über die beiden Novellen, und mit einem Schlag gerieten all die kurzen Rezensionen, die guten wie die schlechten, in Vergessenheit – als seien sie nie geschrieben worden.

«Er ist ein guter Junge», sagte Howells in einem Brief an Hamlin Garland nur wenige Tage vor Erscheinen des Artikels, ein guter Junge «mit viel Potenzial», womit er meinte, Cranes Arbeiten seien nicht nur gut, sondern versprächen auch sehr viel für die Zukunft, und ungeachtet seiner missmutigen Reaktion auf *Red Badge* und die von ihm so genannten *Prosagedichte* äußerte er in seinem neuen Essay vorbehaltlose Bewunderung für die zwei Kurzromane und war als einziger Kritiker seiner Zeit in der Lage, sie in ihren historischen Kontext zu stellen.

> Im Geist der Künste herrscht eine merkwürdige Einigkeit; und ich denke, was mich an *Maggie* am meisten beeindruckt, ist die schicksalhafte Notwendigkeit, die diese Erzählung mit den griechischen Tragödien gemeinsam hat. Nach den Bedingungen konnte es nicht anders ausgehen, und die Bedingungen waren da ... Eine andere Wirkung ist die eines Ideals von künstlerischer Schönheit, das in der Schilderung der

> armseligen Liebesgeschichte dieses Mädchens zutage tritt wie in einer klassischen Fabel. Ich weiß, das wird sich töricht ausnehmen für die Törichten, die nicht unterscheiden können zwischen dem Stoff und seiner künstlerischen Behandlung [Thema und Stil] und die meinen, Schönheit sei nun einmal nicht von Anmut und Artigkeit zu trennen, aber zu denen rede ich hier nicht. Ich wende mich an die, die sich allen Menschengeschöpfen verbunden fühlen und nichts auf Hoch oder Niedrig geben, wenn es um unausweichliches Leid oder um eine Seele geht, die vergebens mit dem unerbittlichen Schicksal ringt.

Zu *George's Mother* – für Howells' Frau das beste Buch Cranes, wie er Garland erzählte – bemerkte er: «Das Wunder daran ist der Mut, über absolute Durchschnittsmenschen zu schreiben, und die Kunst, die sie mit der Schönheit der Anteilnahme des Verfassers an allem schmückt, was irrt und leidet.»

Crane hatte sich wieder einmal mit Senger und Co in die Wildnis von Pennsylvania verzogen und bekam den Artikel daher erst nach seiner Rückkehr zu Gesicht. Aus seinem Brief an Howells vom 15. August: «Es ist natürlich das Beste, was je über mich geschrieben wurde, und ich bin so dankbar, dass es mir die Sprache verschlägt. Tatsächlich waren Sie ja schon immer so großzügig zu mir, dass meine Feder kaum gehorchen will, wenn ich versuche, Ihnen meine Wertschätzung auszudrücken.»

Im selben Brief spricht er auch von seiner Bewunderung für Abraham Cahan, dessen vor kurzem erschienenem *Yekl* Howells in seinem Artikel für die *World* mehrere Absätze gewidmet hatte; in der Folge trafen sich Crane und Cahan in Howells' Landhaus in Far Rockaway und wenig später noch einmal zu einem Essen unter vier Augen, und dann kam es am 22. September zu einer Veranstaltung im Lantern Club, auf der Garland, Crane und Cahan «als drei junge Exponenten des sogenannten Realismus in der Literatur» (*New York Press*) geehrt wurden, wo Cahan davon erzählte, wie er als junger Mann in Russland davon geträumt hatte, Schriftsteller zu werden, und Crane das Manuskript einer neuen Erzählung vorlas, die von den Zuhörern den Regeln des Clubs gemäß «pflichtschuldigst kritisiert» wurde.

Eine Woche vor Howells' Artikel erschien auf der «Literary Den»-Seite des *Illustrated American* ein zweispaltiges Crane-Porträt, geschrieben von einem jungen Mann namens Herbert P. Williams, der erst ein Jahr zuvor zum Literaturredakteur des *Boston Herald* befördert worden war. Das Stück ist insofern eine Rarität, als Crane Williams hierfür in seine Wohnung gelassen hatte (eine seltene, wenn nicht nie dagewesene Einladung an einen Journalisten), was uns Gelegenheit gibt, seine private Umgebung kennenzulernen und einen Begriff davon zu bekommen, wie er lebte in diesem

> riesengroßen Zimmer im Dachgeschoss eines Hauses im Geschäftsviertel, nahe dem Herzen der Stadt. Das Mobiliar ist seltsam charakteristisch für den Mann: eine dunkel getönte Wand, aufgelockert von Kriegstrophäen und impressionistischen Landschaften ... In dem kleinen Bücherregal liegen graue Manuskriptbündel und künftige Literatur in Form von Schreibpapier. Einer der zwei Stühle steht zwischen den Fenstern und dem Schreibtisch, an dem ein ganzer Club dinieren könnte. Ein Tintenfass, eine Feder und ein Stoß Papier nehmen winzige Teile der riesigen grünen Fläche ein. Neben dem Fenster versucht ein breites Sofa den Raum zu füllen. Gemütliches Gedränge gibt es hier nicht – keinen dekorativen Luxus –

nichts Gedrucktes, keine Literatur, keine Zeitschriften; nichts als der Mann und sein Kopf.

Williams schildert Crane als «offen, direkt, natürlich und vollkommen frei von Gehabe» und entlockt ihm dann einen Satz, den ich für die beste Beschreibung jenes inneren Zustands halte, der ihn in die Lage versetzte, sich ans Schreiben zu machen. «Seine Methode, erzählte er mir, bestehe darin, von sich selbst loszukommen und über Dinge nachzudenken. ‹Dann kommt eine Sehnsucht, wonach, weiß man nicht; auch Trauer, und Herzhunger.› Er mischt das alles zusammen. Dann beginnt er zu schreiben.»

Herzhunger.

Ein blinder Kopfsprung ins Ich, suchen nach etwas, das nicht benannt werden kann – das nicht benannt werden darf –, und dann das langsame Heraufziehen der Worte, das Aufschreiben, und dann stehen die Worte auf dem Papier und gehören nicht mehr einem selbst, sondern anderen. Crane war immer noch erst vierundzwanzig, als er mit Williams sprach, aber mittlerweile hatte er jahrelang in Worten gelebt und wusste, die Lösung des Rätsels, wie Kunst entsteht, ist selbst das größte Rätsel.

29

Eine Zeitlang trat er auf der Stelle, dann allmählich stellten sich Fortschritte ein, und im Lauf des Jahres steigerte er seine Produktivität wieder bis zu dem rasenden Tempo von 1894. Neben den Artikeln für McClure schrieb er einige neue Gedichte und veröffentlichte ein knappes Dutzend Kurzgeschichten von zwei, drei, vier

Seiten in allen möglichen Stilen und Tonarten (meist für Bachellers Syndikat), aber seine bedeutendsten Stücke von 1896 sind zwei Bürgerkriegserzählungen («The Veteran», das in *The Little Regiment* aufgenommen wurde, und das kleine, nicht in dieser Sammlung erschienene Meisterwerk «An Episode of War») sowie zwei im Sommer in Hartwood entstandene Abenteuergeschichten, «The Five White Mice» (Schauplatz Mexiko) und «A Man and Some Others» (Schauplatz der Südwesten von Texas). Crane schrieb in diesem Jahr auch noch ein paar andere im Westen und in Mexiko angesiedelte Erzählungen, alle gut oder zumindest interessant, aber diese zwei sind die besten, und beide haben eine Bronzetafel im Pantheon seiner bemerkenswertesten Werke verdient. Dasselbe gilt für «A Mystery of Heroism» und die zwei anderen Kriegsgeschichten von 1896, nur die verbleibenden vier in *The Little Regiment* – «A Grey Sleeve», «Three Miraculous Soldiers», «An Indiana Campaign» und die Titelgeschichte – können mit diesen allerbesten nicht ganz mithalten. Sie sind durchaus lesbar und geschickt gearbeitet, aber angesichts so vieler Dutzend kleinerer und größerer Stücke in den zehn Bänden von Cranes Gesammelten Werken muss ich wählerisch sein, ich kann nicht über alles schreiben, sonst sitzen wir alle hier bis in alle Ewigkeit.[55]

«Der Veteran»[56] nimmt in Cranes Werk eine Sonderstellung ein – es handelt sich um eine Art Geisterbeschwörung, eine Geschichte, geschrieben als Antwort auf eine andere Geschichte, Fortsetzung

■ 55 Auster verwendet hier die Redensart «till the cows come home», «bis die Kühe nach Hause kommen», was so viel heißt wie «bis in alle Ewigkeit», und bemerkt in einer Fußnote dazu: Zum Thema Kühe vgl. Cranes Humoreske von 1895 oder 96, «Art in Kansas City» (im 8. Band der Gesammelten Werke), wo der Erzähler eine Geschichte seines Onkels Clarence wiedergibt; es geht darin um eine Kuh, die kunstvolle Aquarelle malt, aber da ihre Milch immer dünner wird und sie sich weigert, in Öl zu malen, verbietet ihr Besitzer ihr das Malen und beraubt damit Kansas City seiner größten Künstlerin.

■ 56 Alle Zitate aus dieser Erzählung nach der Übersetzung von Walter E. Richartz; in: Stephen Crane: Meistererzählungen, Zürich 2001. (A. d. Ü.)

und Zerstörungsakt zugleich. Henry Fleming ist wieder da, bekommt die Chance, ein paar Seiten lang noch einmal ins Leben zu treten, bis Crane ihn eines schrecklichen, symbolischen Todes sterben lässt, allem Anschein nach in der Hoffnung, dem Drama des «verfluchten *Red Badge*» ein für alle Mal ein Ende zu machen.

Fleming ist jetzt alt, alt genug, Großvater mindestens eines Enkels zu sein, allein auf der ersten Seite wird er nicht weniger als fünfmal als «alt» bezeichnet, aber falls die Geschichte im Jahr ihrer Entstehung spielt (1896), lässt sich leicht ausrechnen, dass Fleming nicht viel älter als fünfzig sein kann – zu jung für Cranes Zwecke, also passt er den Kalender kurzerhand den emotionalen Erfordernissen seiner Geschichte an und macht Fleming zu einem ehrwürdigen alten Kauz, einem Mann, der nur noch Vergangenheit hat, keine Zukunft, was seinen Tod im letzten Absatz ein wenig erträglicher macht: kein grotesker Unfall, der ein Leben im vollen Lauf niederstreckt, sondern Erfüllung eines Lebens, das an sein edles, logisches Ende kommt.

Zu Beginn der Geschichte sitzt Fleming eines Frühlingsnachmittags mit ein paar Männern in einem ländlichen Lebensmittelladen und erzählt von seinen Erlebnissen als junger Mann im Bürgerkrieg. Eins nach dem anderen lässt Crane die wesentlichen Ereignisse aus *The Red Badge of Courage* Revue passieren, diesmal jedoch aus dem Mund des Protagonisten selbst. Als einer der Männer fragt, ob er im Kampf jemals Angst gehabt habe, senkt Fleming grinsend den Blick und antwortet zu aller Überraschung: «Ich glaube doch. Manchmal hatte ich eine ganz schöne Angst. Ja, in meiner ersten Schlacht dachte ich, der Himmel stürzt ein. Ich dachte, die Welt geht kaputt. Sie können mir glauben, dass ich Angst hatte.» Die Männer lachen, entzückt von Flemings Offenheit, und bewundern ihn dafür umso mehr, schließlich wissen sie von seinen außerordentlichen Heldentaten und seinem Aufstieg in den Rang eines Ordonnanz-Sergeanten, «und daraus ergab sich sein Heldentum von selbst». Die Schleusen einmal geöffnet, strömen weitere Erinnerungen hervor, und Fleming scheint gar nicht mehr aufhören zu können.

> «Das Unangenehme war», sagte der alte Mann, «dass ich dachte: Alle schießen auf mich. Jawohl, ich dachte: Jeder einzelne Mann von der anderen Armee zielt speziell auf mich. Und, versteht ihr: das kam mir so verdammt unsinnig vor! Ich wollte ihnen erklären, was für ein mordsmäßig guter Kerl ich war, weil ich dachte, sie würden dann damit aufhören und nicht immer nur auf mich anlegen. Aber ich konnte ihnen nichts erklären, sie blieben weiterhin unvernünftig – Zing – Bäng – Bumm! Also lief ich fort.»
>
> In seinen Augenwinkeln erschienen zwei kleine Faltendreiecke. Die Komik seiner Darstellung gefiel ihm offenbar. Aber der kleine Jim, sein Enkel, der zu seinen Füßen saß, war sichtlich erschrocken. Seine Hände waren vor Nervosität gefaltet, und seine Augen waren groß vor Entsetzen über diesen schrecklichen Skandal, dass sein Großvater, dieser großartige Mann, so etwas erzählte.
>
> «Das war bei Chancellorsville. Natürlich hab ich mich später irgendwie dran gewöhnt. Man gewöhnt sich eben dran. Obwohl, viele Männer scheinen sich von Anfang an gut dabei zu fühlen. Bei mir kam das auch, sobald ich richtig in der Mühle drin war, wie man jetzt sagt. Aber am Anfang war ich ganz schön durcheinander. Der junge Jim Conklin, der Sohn vom alten Si Conklin, der die Gerberei hatte – von euch wird sich keiner mehr an ihn erinnern –, der ging von Anfang an hinein, als ob er dafür geboren wäre.

Aber bei mir war das anders. Ich musste mich daran gewöhnen.»

Schnitt. Im nächsten Absatz sind wir nicht mehr in dem Lebensmittelladen, sondern mit Fleming und seinem Enkel auf der Straße, die beiden schlendern an den Geschäften des kleinen Orts entlang, der aufgeregte Junge hält sich an zwei Fingern seines Großvaters fest, ignoriert die Bemerkungen des Alten über das hübsche Fohlen «drüben auf der Wiese» und fragt schließlich, ob es stimmt, was er in dem Laden erzählt hat, dass er weggelaufen sei. Ja, sagt Fleming, «das stimmt schon. Es war meine erste Schlacht, und es war ein Riesenlärm da, weißt du?» Diese Auskunft hat eine mächtige Wirkung auf den Jungen, den man als aktualisierte Verkörperung von Flemings Illusionen über ruhmreiche Schlachten als unerfahrener, unerprobter Freiwilliger sehen kann: «Jimmie schien darüber verwirrt, dass dieses Idol so ins Wanken geraten konnte – und noch dazu freiwillig, aus eigenem Antrieb. Sein robuster Knaben-Idealismus hatte einen Knacks bekommen.» Als der alte Mann weiter von dem Fohlen spricht und seinen Enkel fragt, ob er nicht auch so ein schönes Tier besitzen möchte, antwortet der Junge kurz angebunden, sie selbst hätten doch viel schönere, und versinkt wieder «in brütendes Schweigen». An der Stelle scheinen die Fohlen nur ein Zufallsthema zu sein, aber das sind sie nicht, und am Ende der Geschichte stellen sie sich als zentrales Motiv heraus. Crane hat ein Samenkorn gepflanzt, und wenn die Pflanze in den letzten Absätzen aufkeimt, werden die Fohlen zur Ursache von Flemings Tod.

Schnitt zum zweiten Teil der Geschichte. Auf Flemings Farm geht einer der Tagelöhner – schlicht «ein Schwede» genannt, dann auch «der Schwede» oder «dieser Schwede» – eines Tages in die Stadt und kommt spätabends betrunken zurück, so betrunken, dass er eine Laterne umstößt und die Scheune in Brand setzt. Der alte Fleming, von dem Tumult aus dem Schlaf gerissen, stürzt zusammen mit anderen Tagelöhnern aus dem Haus, ist aber der Einzige, der es wagt, das Scheunentor zu öffnen, hineinzugehen und die Tiere zu retten.

> Er warf eine Decke über den Kopf einer alten Mähre, schnitt das Halfter dicht an der Krippe ab, führte das Pferd an die Tür und gab ihm einen Fußtritt – hinaus in die Sicherheit. Mit derselben Decke kam er zurück und rettete ein Arbeitspferd. Er holte fünf Pferde und kam dann selbst heraus – heldenhaft, mit brennenden Kleidern. Er hatte keinen Schnurrbart mehr und nur noch wenig Haar auf dem Kopf. Sie schleuderten fünf Eimer Wasser gegen ihn. Sein ältester Sohn verfehlte ihn mit dem Inhalt des sechsten Eimers, weil der alte Mann sich schon wieder umgewandt hatte und nun die Böschung hinunter und vorneherum zum Kellergeschoss des Stalles lief, wo die Fressgatter der Kühe waren. Jemand bemerkte zu dieser Zeit, dass er beim Laufen lahmte, als ob eines der aufgeregten Pferde ihm die Hüfte zerschlagen hätte.

Versengt und humpelnd, handelt Fleming wie in den Schlachten seiner Jugend (der Jugend, die Crane sich für ihn ausgedacht hatte) und wirft sich in die Flammenhölle mit derselben Leichtfertigkeit und Gedankenlosigkeit, die ihn in den Schlachten des Bürgerkriegs aufrecht gehalten haben – irrational, außer sich, blind für alle Gefahren. Bis dahin hat sein Mut einige Pferde vor dem sicheren Tod bewahrt, und nachdem er jetzt auch noch die Kühe gerettet hat, alle bis auf eine, kommen Fleming und die Tagelöhner wieder vor der Scheune zusammen und stehen dort «trübselig und schwer atmend ... wie Männer, die das Äußerste an menschlicher Anstrengung aufgebracht hatten».

Das könnte das Ende sein, aber dann taucht der betrunkene Schwede wieder auf und schreit, «als sei er ein Werkzeug des finstersten Schicksals: ‹Die Fohlen! Ihr habt die Fohlen vergessen!›»

So ist es. Fleming hat zwei Fohlen hinten im Stall vergessen, und als er sagt, er müsse zurück und sie retten, rufen die anderen durcheinander, «das ist der sichere Tod ... Das ist doch Selbstmord, wenn einer da reingeht», kommen aber mit ihren verzweifelten Warnungen nicht bei ihm durch.

«Der alte Fleming blickte geistesabwesend auf das offene Tor. ‹Die armen kleinen Tiere›, sagte er. Dann stürzte er sich in den Stall.»

Und das ist sein Ende. Crane erspart uns die entsetzlichen Details von Flemings Tod in den Flammen und springt direkt in den letzten Absatz, merkwürdige und ungewöhnlich schwülstige Sätze für einen so rationalen, disziplinierten Schriftsteller, doch in seinem Bemühen, Fleming einen anständigen Abgang zu verschaffen, eine Elegie auf einen Helden zu singen, schlägt Crane über die Stränge, weiß er doch selbst, Flemings letzte Tat ist keine Heldentat, sondern ein Akt schierer Dummheit, die impulsive, sentimentale Geste eines Mannes, der den Verstand verloren hat.

> Als das Dach einstürzte, stob eine große Rauchsäule zum Himmel auf, als ob sich der machtvolle Geist des alten Mannes, wie aus einer kleinen Flasche, von seinem Körper befreit hätte und, wie jener Geist aus dem Märchen, sich ausgedehnt und hinaufgefahren wäre. Durch die Flammen hatte der Rauch einen rosa Farbton, und vielleicht wird selbst die unaussprechlich tiefe Nacht des Weltalls nicht die Kraft haben, diese Farbe seiner Seele zu trüben.

Als eigenständige Erzählung ist «Der Veteran» nahezu unverständlich. Als Nachtrag zu *The Red Badge of Courage* nimmt sie jedoch schärfere Konturen an, weniger als Kunstwerk, eher als Wegzeichen auf der Zeitschiene von Cranes Innenleben. Nicht viele Romanautoren belasten sich damit, die Figuren, denen sie ihren größten Erfolg zu verdanken haben, zu töten, aber Erfolg war für Crane zugleich das Beste und das Schlimmste, was ihm widerfahren konnte, eine ebenso befriedigende wie traumatisierende Erfahrung, und vielleicht hat Crane gespürt, dass er das, was dieses Trauma am deutlichsten repräsentierte, endgültig loswerden musste, und auf die Weise konnte Henry Fleming, als Erzeugnis von Cranes Phantasie, in Cranes Phantasie auch unter die Erde gebracht werden.

Der Tote blieb jahrelang ruhig, doch als Crane gegen Ende seines Lebens an den *Whilomville Stories* arbeitete, seinem letzten Erzählungsband, der hauptsächlich um einen kleinen Jungen namens Jimmie Trescott kreist, wird der alte Henry Fleming noch einmal lebendig und hat einen allerletzten kleinen Auftritt – zusammen mit dem verrückten Schweden, der in «Der Veteran» die Scheune in Brand gesteckt hatte. Die Erzählung heißt «Lynx-Hunting»[57]: Jimmie hat zum ersten Mal ein Gewehr in die Hand genommen und trifft mit einer verirrten Kugel eine von Flemings Kühen; Fleming, eine Peitsche schwingend, setzt ihm nach: «Warum hast du auf sie geschossen?», fragt er.

> Jimmie dachte nach, zögerte, nahm einen Anlauf, stockte, und fand dann endlich folgende Formulierung: «Ich dachte, sie sei ein Luchs.»
>
> Der alte Fleming und sein Schwede fielen schlagartig ins Gras und brüllten hilflos vor Lachen.

■ 57 «Auf der Luchsjagd», in: Stephen Crane: Realistische Erzählungen, übersetzt von Theo Schumacher, Ebenhausen bei München 1960. (A. d. Ü.)

Keine Geistwolke mehr über der unaussprechlich tiefen Nacht des Weltalls – nur noch ein alter Mann, der sich lauthals lachend im Gras wälzt.

Am 31. Oktober 1895 bat ein Redakteur von *The Youth's Companion* Crane schriftlich um einen Beitrag für seine Zeitschrift: «Gemeinsam mit dem Rest der Menschheit haben wir *The Red Badge of Courage* und andere Ihrer Kriegsgeschichten gelesen ... und wünschen uns sehr, einige Ihrer Erzählungen bringen zu können.» Der *Companion*, «ein illustriertes Blatt für die ganze Familie» und eine nationale Institution mit enormer Reichweite, wurde 1827 gegründet und konnte sich über hundert Jahre lang auf dem amerikanischen Markt behaupten. Nie populärer als in den 1890ern, brachte es Texte von allen namhaften Schriftstellern, von Mark Twain bis Booker T. Washington, und, wie der Redakteur in seinem Brief an Crane erklärte, wurde «die beträchtliche Aufmerksamkeit, die der Companion seinen Autoren verschafft, von keiner anderen amerikanischen Zeitschrift übertroffen». Obendrein zahlte er auch gut.[58]

Crane war zu der Zeit mit *The Third Violet* beschäftigt, antwortete aber am 5. November, er würde «sehr gern für den Companion schreiben», und versprach, «demnächst» etwas abzuliefern. Im März war es so weit, und er schickte der Bostoner Redaktion das Manuskript von «An Episode of War», mit dem Hinweis im letzten Satz seines Begleitschreibens, dass es «diesen Leutnant wirklich gegeben» habe – vermutlich hatte sein Onkel Wilbur Peck, der im Krieg als Heeresarzt gedient hatte, ihm von dem Mann erzählt.

■ 58 Erle Stanley Gardner, in seiner Jugend ein großer Fan der Zeitschrift, verlieh dem Protagonisten seiner berühmten Erzählungen und Romane den Namen ihres Gründers: Perry Mason.

«Eine Episode im Krieg»[59] ist nicht nur die kürzeste seiner Bürgerkriegserzählungen, sondern auch die stärkste, die kühnste und die bewegendste – ein hochmodernes Werk, das sich mit klarem Blick und Verständnis dem Thema Kriegstrauma widmet. Dieses Leiden ist Teil des Lebens, seit vor Jahrtausenden der erste Krieg zwischen irgendwelchen Sippen ausgetragen wurde, und sooft es im Lauf der amerikanischen Geschichte den Namen gewechselt haben mag – *soldier's heart* im Bürgerkrieg, *shell shock* im Ersten Weltkrieg, *war neurosis* im Zweiten Weltkrieg, *post-traumatic stress syndrome* im Vietnamkrieg und den folgenden Kriegen im Irak, in Afghanistan und anderswo –, sind die Symptome immer dieselben geblieben, ist die Not in allen Kriegen immer die gleiche, ein ewiger Zustand von innerer Gebrochenheit und unaussprechlichem Schmerz.

Die Geschichte beginnt damit, dass der (namenlose) Leutnant für jeden Zug seines Regiments Kaffeerationen zurechtmacht. «Die Lippen gespitzt», die Stirn in Falten, teilt er mit seinem Degen den auf eine Gummidecke geschütteten Haufen Kaffeebohnen in Quadrate auf, die «erstaunlich gleich groß» aussehen, und gerade als er, dicht umdrängt von Korporalen, die darauf warten, ihren Anteil in Empfang zu nehmen, diesen «großen mathematischen Triumph» vollenden will, schreit der Leutnant plötzlich vor Schmerz auf, sieht den Mann neben sich an, «als beschuldige er diesen eines direkten Angriffs», und als die anderen auf dem Ärmel des Leutnants Blut erblicken, schreien auch sie. Nein, der Leutnant ist nicht von einem Kameraden angegriffen worden; ihn hat eine feindliche Kugel getroffen.

Das alles erzählt Crane in nur sechs Sätzen, und jetzt, mit einem Dutzend erzählerischer Möglichkeiten vor sich, hält er inne

■ 59 So der Titel in der Übersetzung von Walter E. Richartz; in: Stephen Crane: Meistererzählungen, Zürich 2001, aus der auch die im Folgenden zitierten Passagen stammen. (A. d. Ü.)

und beschäftigt sich zwei ganze Absätze lang eingehend mit den Reaktionen des Leutnants und der anderen Männer auf dieses völlig unvermittelt eingetretene Ereignis, «diese Katastrophe, die sich ereignete, als man keine Katastrophe erwartete». Niemand sagt etwas. Der Leutnant, offenbar im Schockzustand, schaut über die Brustwehr und starrt «auf die grüne Front des Waldrandes, wo jetzt viele kleine Rauchwölkchen standen». Die immer noch schweigenden Männer sehen nun ebenfalls dorthin und betrachten «den fernen Wald ... als hingen sie in Gedanken der geheimnisvollen Reise einer Kugel nach». Das Schweigen ist von entscheidender Bedeutung, und Crane dehnt es ins schier Unerträgliche aus, schließlich schreibt er über eine Welt, in der es üblich ist, dass Soldaten im Kampf von Kugeln getroffen werden, nicht wenn sie gerade Kaffeebohnen an andere Soldaten verteilen, und das ungeheure Rätsel dieser geräuschlosen, unsichtbaren Kugel macht die Zeugen sprachlos. Der Getroffene selbst bringt in seiner Benommenheit kein Wort über die Lippen.

Dann die knifflige Frage: Was tun mit dem Degen? Den rechten Arm kann der Leutnant nicht bewegen, also nimmt er den Degen mit der Linken, hält ihn aber nicht am Heft, sondern «ungeschickt» irgendwo mitten an der Klinge, und mit einem Mal ist ihm dieser vertraute Gegenstand, das Kennzeichen seines Soldatseins, gänzlich fremd geworden. Wir haben hier eins der reinsten Beispiele für Cranes Fähigkeit, Gefühlen durch unbeseelte Dinge beizukommen, er richtet seine Aufmerksamkeit auf den Degen und illustriert uns allein damit die allmähliche Loslösung des Leutnants von der Realität, der er eben noch angehörte, seine Loslösung von dem, was jetzt ist und was von nun an für alle Zeit sein früheres Ich sein wird, als er in den Mahlstrom dessen gerät, was damals *soldier's heart* genannt wurde. Der Prozess setzt sich fort, als der Leutnant den Degen in die Scheide zu stecken versucht, ein nahezu aussichtsloses Unterfangen, wenn man den Degen in der Linken hat und die

Scheide sich ebenfalls links befindet, besonders, wenn man den Degen mitten an der Klinge hält, und ganz besonders, wenn der Degen einem fremd und bedeutungslos geworden ist, und so verstrickt sich der Verwundete «in seinem verzweifelten Kampf mit dem Degen und der sich hin und her biegenden Lederscheide» und schnauft «wie ein Ringkämpfer».

> Aber in diesem Augenblick erwachten die Männer und Zuschauer aus ihrer versteinerten Haltung und umdrängten ihn voll Mitgefühl. Der Sergeant vom Dienst packte den Degen und steckte ihn ordentlich in die Lederhülle. Dabei lehnte er sich nervös nach hinten und erlaubte nicht mal seinen Fingern, den Körpers des Leutnants zu streifen. Eine Wunde verleiht ihrem Träger eine eigentümliche Würde, und daher schrecken die Männer vor einer solchen schrecklichen Auszeichnung zurück. Es ist, als läge die Hand des verwundeten Mannes an dem Vorhang, der vor die Offenbarung jeglicher Existenz gezogen ist – den Daseinssinn der Ameisen, Machthaber, Kriege, Städte, des Sonnenscheins, Schnees und einer Feder, die vom Flügel eines Vogels fällt; und seine Kraft wirft einen Widerschein auf die blutige Gestalt und macht, dass die anderen Männer begreifen, dass sie klein sind. …
>
> Einige andere boten ihre Hilfe an. Einer hielt schüchtern seine Schulter hin und fragte den Leutnant, ob er sich auf sie stützen wolle, aber der verscheuchte ihn mit einer kummervollen Handbewegung. Er machte einen Eindruck, als wisse er, dass er das Opfer einer schrecklichen Krankheit sei, und habe seine Hilflosigkeit begriffen. Noch einmal blick-

> te er über die Brustwehr zum Wald, wandte sich dann um und ging langsam nach hinten. Vorsichtig hielt er das rechte Handgelenk in der linken Hand, als sei der verwundete Arm aus zerbrechlichem Glas.
>
> Die Männer starrten schweigend zum Wald, dann auf den Leutnant, der sich entfernte, dann zum Wald, dann auf den Leutnant.

Mit diesen eindringlichen Sätzen und sorgfältig ausgewählten Details umreißt Crane die Vertreibung des Leutnants aus dem Regiment, das er eben noch kommandiert hat. Die entfremdende Wirkung der Wunde hat ihn in sich hinein und aus der Gruppe hinaus getrieben, hat die Verbindung zu seinen Kameraden gekappt, und von jetzt an ist er allein, noch immer im Krieg, aber kein Krieger mehr, ausgeschlossen aus der Armee, auch wenn er weiter Uniform trägt, irrt er zwei Seiten lang auf der Suche nach dem Feldlazarett wie betäubt durch die Gegend und betrachtet die Welt wie ein Besucher aus den Weiten des Alls, neugierig, aber gleichgültig, ahnungslos, was die Dinge bedeuten, die ihm bis dahin alles bedeutet haben. Als er zum Beispiel einen General auf einem schwarzen Pferd erblickt und dann einen Adjutanten «in wilder Eile» auf ihn zu galoppieren und ihm ein Papier überreichen sieht, denkt er, das sehe «fabelhaft aus, wie ein Historienbild». Später sieht er eine Geschützbatterie, eine «wildbewegte Masse», rechts an sich vorbeidonnern, hört Reiter schreien und das «Aufkreischen der Räder», sieht «die gleißende Schräge der Kanonen», und schaut einfach nur zu – emotionslos, eingemauert, anderswo. Ein paar Versprengte erklären ihm, wie er zum Feldlazarett kommt, und wenige Minuten darauf tritt ein Offizier an ihn heran, weist ihn wegen seines Arms zurecht, den er nicht anständig verbunden habe, und untersucht «den Leutnant und die Wunde des Leutnants», schneidet den Ärmel auf und verbindet die offene Wunde mit einem Taschentuch, wobei er unablässig weiter schimpft, als sei «es bei ihm üblich, jeden Tag verwundet zu werden. Der Leutnant ließ den Kopf hängen. In dieser Gesellschaft hatte er das Gefühl, dass er nicht einmal wusste, wie man sich richtig verwunden lässt.»

Schließlich erreicht er das Lazarett, niedrige weiße Zelte und ein altes Schulhaus, ein schlammiger, lärmender Platz, auf dem zwei Ambulanzfahrer mit den Rädern ihrer Wagen ineinandergeraten sind und sich gegenseitig anschreien, während aus den Wagen, «die mit Verwundeten vollgestopft waren, ab und zu ein Stöhnen drang»; draußen zieht «eine nicht endende Menge von Männern mit Verbänden» vorüber, auch auf der Schulhaustreppe bricht ein Streit aus, und der Leutnant sieht einen Mann an einen Baum gelehnt sitzen und eine Maiskolbenpfeife rauchen – «mit einem Gesicht, das so grau war wie eine Armeedecke», ein stummer, verwundeter Soldat, der sich dem Tod in die Arme sinken lässt. Nur das, dieses eine Bild des Grauens, und dann setzt Crane zum Ende der Geschichte an, und man beachte den verblüffenden Sprung zwischen den letzten beiden Absätzen:

> Ein geschäftiger Stabsarzt ging in der Nähe des Leutnants vorbei. «Guten Morgen», sagte er mit freundlichem Lächeln. Dann bemerkte er den Arm des Leutnants, und plötzlich veränderte sich seine Miene. «Na, das woll'n wir uns mal ansehn.» Auf einmal schien ihn eine tiefe Verachtung für den Leutnant zu ergreifen. Offensichtlich versetzte die Wunde ihn in eine sehr niedrige soziale Stellung. Der Arzt rief voll Ungeduld: «Was für ein Schafskopf hat denn das verschnürt?» – «Ach, so ein Mann», antwortete der Leutnant.
>
> Als die Wunde freigelegt war, betastete der Arzt sie geringschätzig. «Hmm», sagte er. «Sie kommen mal

> mit mir, dann werde ich mich mit Ihnen befassen.» In seiner Stimme lag die gleiche Verächtlichkeit, als würde er sagen: «Sie müssen ins Gefängnis.»
>
> Der Leutnant hatte sich bisher sehr nachgiebig verhalten, aber jetzt wurde sein Gesicht rot, und er blickte dem Arzt in die Augen. «Ich hoffe doch, er wird nicht amputiert», sagte er.
>
> «Unsinn! Unsinn! Unsinn!», schrie der Arzt. «Sie kommen jetzt mit. Ich werde ihn nicht amputieren. Kommen Sie mit. Seien Sie doch kein Kind!»
>
> «Lassen Sie mich los», sagte der Leutnant und blieb wütend stehen; sein Blick war auf das Tor des alten Schulhauses geheftet, das ihm so bedrohlich schien wie das Tor des Todes.
>
> Und das ist nun die Geschichte, wie der Leutnant seinen Arm verlor. Als er nach Hause kam, schluchzten seine Schwestern, seine Mutter und seine Frau lange vor dem Anblick dieses schlaffen Ärmels. «Ach was», sagte er, als er so verlegen zwischen all diesen Tränen stand. «Ich glaube nicht, dass es so viel ausmacht.»

So endet dieses erstaunliche Stück, für meinen Geschmack eine von Cranes großartigsten kleinen Erzählungen, ein 50-Meter-Sprint in vollem Tempo von Anfang bis Ende, ohne ein einziges Mal zu stolpern, so perfekt in der Ausführung, dass es mit Recht zu den besten Kriegserzählungen der amerikanischen Literatur gezählt wird. Der Sprung zwischen den letzten beiden Absätzen landet mit der Wucht einer Explosion: Plötzlich sehen wir den einarmigen Leutnant unter seinen weinenden Angehörigen, einen ausgehöhlten, vom Trauma des Kriegs vernichteten Mann, der in seinen eigenen Augen so tief gesunken ist, dass er sich nicht einmal dazu bringen kann, den Verlust seines Arms zu bedauern. Um Cranes Ausdruck zu verwenden, er hat entdeckt, dass er «klein» ist, und was kümmert das All das Abhandenkommen eines kleinen Arms vom Körper irgendeines kleinen Mannes?

The Youth's Companion las die Geschichte und bezahlte Crane für die Veröffentlichungsrechte, was die Zeitschrift praktisch zum Eigentümer der Erzählung machte und erklärt, warum sie nicht als siebte Geschichte in *The Little Regiment* aufgenommen wurde, aber nachdem sie die Rechte erworben hatte, kamen der Redaktion langsam Zweifel, und am Ende verzichtete sie auf die Veröffentlichung. Das Blatt repräsentierte schließlich die amerikanische Öffentlichkeit, und die Herausgeber glaubten, patriotische Amerikaner würden eine so düstere Darstellung der Realitäten des Kriegs nicht gut aufnehmen. Um das Geld wieder reinzuholen, das sie für die von ihnen selbst abgewürgte Erzählung hingelegt hatten, verkauften sie die Rechte für England an eine Zeitschrift namens *The Gentlewoman* (!), wo sie im Dezember 1899 tatsächlich erschien, sechs Monate vor Cranes Tod, was bedeutet, dass amerikanische Leser die Erzählung zu Cranes Lebzeiten nicht zu lesen bekamen. Jahre vergingen, und erst 1916, als man beim *Youth's Companion* in alten abgelegten Akten stöberte und die Geschichte entdeckte, die man 1896 dem nun schon so lange verstorbenen Crane abgekauft hatte, raffte man sich auch in Amerika zu einer Veröffentlichung auf. Das war mitten im Ersten Weltkrieg, in der Weltpresse wimmelte es von Artikeln aus Schützengräben und Lazaretten über ein neues, *shell shock* genanntes Phänomen, und vielleicht glaubten die Herausgeber, Cranes alte Erzählung sei endlich in der Gegenwart angekommen – und für ihre Leserschaft akzeptabel. Allerdings sollte noch ein Jahr vergehen, ehe Amerika in den Krieg eintrat, das heißt, die Erzählung erschien zu einem Zeitpunkt, da amerikanische Soldaten noch nicht an der Krankheit zu leiden begonnen hatten, die ihren französischen und britischen Verbündeten schon seit 1914 schwer zu schaffen machte. Bei Kriegsende im November 1918 litten über dreißigtausend daran.

Ein weiterer Schritt nach vorn gelang Crane während eines ausgedehnten Besuchs in Hartwood im Juni und Juli 1896 mit zwei philosophischen Erzählungen im Gewand von Abenteuergeschichten oder, um genauer zu sein, existenziellen Dramen um *Denken in Aktion*. Wenige Monate zuvor hatte er zwei Erzählungen über seine Erfahrungen im Westen und in Mexiko veröffentlicht – «One Dash-Horses» (Januar) und «A Freight-Car Incident» (April) –, und jetzt kehrte er mit drei weiteren Geschichten dorthin zurück, die, je intensiver er sich damit befasste, immer besser wurden. Die erste, «The Wise Man», war noch eher eine Aufwärmübung, aber hier fand Crane den Schauplatz und die Figuren für die zweite, «The Five White Mice», die langsam beginnt und sich nach und nach zu einem atemberaubenden Schlusspunkt steigert.

Schauplatz ist eine Gringo-Kneipe in Mexico City, Personen der Handlung sind zwei frustrierte junge Amerikaner, genannt New York Kid und Frisco Kid, jeder das Alter Ego des anderen und beide zusammen vielleicht so etwas wie eine zweigeteilte Projektion von Crane selbst, seine Doppelgänger. Die fünf weißen «Mäuse» sind Würfel, die bei einer gewissen Poker-Spielart zum Einsatz kommen, und die Geschichte dreht sich um den Konflikt zwischen Zufall und Schicksal – und ob der Mensch überhaupt Kontrolle über sein Schicksal hat. Wie ich es sehe, ist dies das erste Beispiel für das, was ich Cranes *existenzielle Rätsel* nennen möchte.

> Freddie mixte einen Cocktail. Seine Hand mit dem langen Löffel rührte kräftig, das Eis im Glas summte und klapperte wie eine billige Uhr. Drüben am Fenster pokerten ein Zocker, ein Millionär, ein Ei-

> senbahnschaffner und der Vertreter eines gewaltigen amerikanischen Zeitungssyndikats. Freddie musterte sie mit dem ironischen Blick eines Mannes, der einen Cocktail mixt.

Von Beginn an herrscht in dieser Prosa ein neuer Ton, ein neuer Ton für die neue Umgebung, die er sich zum Thema gewählt hat, das, was Berryman «das dem Trunk und Spiel ergebene Lotterleben von Amerikanern in einer Stadt im Ausland» genannt hat und das vor Crane noch von keinem Amerikaner literarisch behandelt worden war. Natürlich gab es Henry James mit seinen reichen Amerikanern, die sich in der europäischen Oberschicht zu behaupten suchten, aber nicht dieses zwielichtige Schattenreich von Amerikanern im Ausland, das die von Hemingway und Fitzgerald in den 1920ern und 30ern porträtierte Subkultur der Expatriierten in Paris vorwegzunehmen scheint, doch neben dem Milieu haben wir es in diesem ersten Absatz auch mit der Sprache zu tun, mit diesem trockenen, abgebrühten Ton, der den von Raymond Chandler in den 30ern und 40ern perfektionierten Stil vorwegnimmt, und zwar, wie mir scheint, so deutlich, dass diese Sätze, wüsste man nicht, dass Crane der Verfasser ist, ohne weiteres von Chandler selbst stammen könnten.

In der ersten Hälfte der Geschichte geht es um das Thema Zufall: New York Kid und ein paar andere Männer pokern am Tresen von Freddies Bar im Casa Verde, und nachdem sie «um Runden für alle, um mexikanische Dollars, ums Essen und um Wein zum Essen gewürfelt» haben und dann «die Zigarren und Zigaretten von der Essensrechnung abgezogen und einen Einzelnen dafür haben zahlen lassen», gehen ihnen die Ideen aus, um was sie noch spielen könnten, bis einer vorschlägt, «um einen Logenplatz im Zirkus» am gleichen Abend zu spielen, was alle für einen ausgezeichneten Plan halten. New York Kid hat gerade eine Pechsträhne, ist aber noch dabei, als das letzte Blatt zur Entscheidung kommt und er nur noch ein Ass braucht, um die fünf Damen seines Gegenspielers zu schlagen, und während er die Würfel zum letzten Wurf schüttelt, «flüsterte er einen Spielerspruch in den Becher»:

> Oh, fünf weiße Mäuse des Glücks,
> Warmes Hemd und feine Büx,
> Weiber und Sünde, Gold und Wein,
> Alles für euch, nur lasst mich ein –
> In das Haus des Glücks.

New York Kid verliert, die anderen feixen «Fünf weiße Mäuse! Fünf weiße Mäuse!» und hänseln ihn noch auf dem Weg zum Zirkus, er solle sich mal bei anderen Tieren als Mäusen um Hilfe umsehen – «Kaninchen, Hunde, Stachelschweine, Schlangen, Opossums» –, aber er beharrt darauf, «wenn man überhaupt an irgendwas glauben will, kann man genauso gut an weiße Mäuse glauben». Unterwegs begegnet er Frisco Kid und einem Mann namens Benson, die einen «kleinen Anschlag» auf ihn vorhaben, soll heißen, ihn auf eine nächtliche Sauftour mitnehmen wollen, aber New York Kid sagt, er muss die anderen zum Zirkus bringen, und als die beiden ihn drängen, er solle den Zirkus und die anderen vergessen, bleibt er dabei, es geht nicht, er muss seine Spielschulden einlösen, und wendet sich von ihnen ab, worauf sie ihm «wütend nachrufen: ‹Dann komm wenigstens nach, hast du gehört? Ins Casa Verde, sobald der Zirkus aus ist! Verstanden?› Und schickten ihm noch einige Flüche hinterher.»

Die Handlung wird kurz unterbrochen, denn jetzt preist Crane erst einmal den Circo Teatro Ornin als besten Zirkus der Welt, allen Zirkussen im Norden weit überlegen. «In diesem Zirkus verlor Kid nicht seine Würde beim Anblick trauriger gefangener Elefanten und elender, kränklicher eingesperrter Tiere. Er saß bis zum Schluss in seiner Loge und lachte und fluchte, als es längst nichts mehr zu lachen gab, über den komischen, dummen, klugen Clown.»

Nachdem er über die Dummheit des klugen Clowns gelacht und geflucht hat, geht Kid ins Casa Verde zurück und hält nach seinen Freunden Ausschau, aber Freddie erklärt ihm, die seien vor wenigen Minuten gegangen, also zieht er los, um sie zu suchen. «Eine mexikanische Gasse, die sich durch die Mauern der Stadt wühlt, ist um Mitternacht so finster wie der Schlund eines Wals in der Tiefsee.» Aber schließlich findet er die beiden, betrunken lehnen sie an einer Wand, Benson sternhagelvoll, Frisco Kid noch nicht ganz so weit. Die folgenden zwei Seiten lang sehen wir New York Kid, gereizt und stocknüchtern, bei dem Versuch, seine besoffenen Freunde nach Hause zu bringen, eine durchaus lustige Szene mit einigen großartigen Beispielen für vernuschelte Rede («gome» für «go home», um nur eins zu nennen), aber nach einer Weile beginnen wir uns zu fragen, was Crane da macht und worauf diese sinnlose, mäandernde Geschichte denn eigentlich hinauslaufen soll, und dann, von einem Augenblick zum nächsten, *geschieht es*, plötzlich trifft der Hammer des Schicksals die drei Taugenichtse, und die Geschichte wird eine ganz andere. Ohne den wirren Blödsinn, der ihm vorausgeht, könnte der Schluss der Erzählung nicht seine schaurige Wirkung entfalten, denn so geht es nun einmal zu auf der Welt, das Unheil tritt immer dann in unser stumpfsinniges Leben, wenn wir es am wenigsten erwarten.

Die unerwartete Begegnung mit dem Tod beschäftigte Crane immer wieder. Sie beherrschte sein Denken so sehr, dass er sogar – absurderweise, deplatziert – in seinem Brief an Nellie Crouse über den fashionablen Mann darauf zu sprechen kam: «Es gibt Männer mit sehr guten Umgangsformen, die gleichwohl die Ruhe zu bewahren wissen, wenn ein Revolver auf sie gerichtet wird und der Tod naht, sich auf eine Stuhlkante setzt und wartet.» Ein Jahr zuvor hatte er bereits in «One Dash-Horses», der ersten seiner Mexiko-Erzählungen, über eine solche Konfrontation geschrieben: den jähen Schreckmoment, wenn ein Fremder eine Waffe auf einen richtet, wenn alles andere verschwindet und man plötzlich allein im Universum ist, unversehens seinem Tod ins Auge blickt, und wie man mit diesem Moment umgeht – auf den man sich nicht vorbereiten kann, für den man aus seinem bisherigen Leben keine Erfahrungswerte hat, die einem sagen könnten, was man tun soll –, entscheidet darüber, ob man gleich tot am Boden liegt oder nicht. Showdown. Ein Mann steht einem anderen gegenüber, jeder sieht dem anderen in die Augen. Das ist etwas völlig anderes als der beliebige, unpersönliche Tod eines Soldaten im Krieg – vom Kampf Mann gegen Mann einmal abgesehen: In allen anderen Fällen wird die Kugel oder Granate, die einen tötet, von jemandem abgeschossen, den man nicht sieht, von irgendeinem Fremden aus weiter Ferne. Beim Showdown, eins gegen eins, steht man dem, der einen töten wird, Auge in Auge gegenüber. Furcht im Gegensatz zu Todesangst. Daher das Paradoxon: Was tun, wenn man keine Ahnung hat, was zu tun ist?

Während der nüchterne New York Kid die beiden Betrunkenen durch die Straßen führt, kommen «zufällig drei andere Fußgänger in schemenhafter Reihe an ihnen vorbei», und Benson stößt einen von ihnen unabsichtlich mit der Schulter an. Eine simple Bitte um Entschuldigung würde die Sache bereinigen, aber dafür ist Benson zu betrunken. Der angeschubste mexikanische Fremde fährt herum, greift sich an die Hüfte (wie nach einem Messer) und fragt: «Señor wollen kämpfen?» Der benebelte Benson sagt nichts. Gerade als New York Kid Benson wegziehen will, tritt Frisco Kid vor, schiebt Benson beiseite und beantwortet die Frage für ihn. «Ja!»

Unmittelbar nach diesem Ja schenkt Crane uns dies:

> Kein Laut und kein Licht war in der Welt. Die Mauer zur Linken der übliche gefängnishafte Bau – keine Tür, kein Fenster, überhaupt keine Öffnung. Die Menschheit war eingeschlossen und schlief. Der Mund des nüchternen Kid füllte sich mit einem bitteren Geschmack wie mit Blut. Er stand wie gelähmt, als sähe er schon die blitzenden Riffel der Messerklinge.

Auf den nächsten fünf Seiten versetzt Crane sich in New York Kid hinein, geht jedem gehetzten Gedanken nach, der ihm in den Kopf schießt, und verfolgt zugleich den sich anbahnenden Showdown mit Kids Augen. Innen und Außen sind gespenstisch und eindrucksvoll im Gleichgewicht, und während der erwartete Gewaltausbruch in Kids Gedanken wie in Zeitlupe Form annimmt, gelingt Crane eine der packendsten Passagen seines gesamten Werks. Der Mexikaner, der sein Messer erst noch ziehen muss, beugt sich zu Kid vor und flüstert: «So?» Sein Gesicht «leuchtet von unheilvoller Entschlossenheit», und plötzlich denkt Kid an das Gesicht «eines Mannes, der ihn 1888 in Boston dreimal rasiert hatte», und «fasziniert» und «entsetzt» zugleich stellt er sich vor, er könne «dem Gang der Gedanken des Mannes folgen, bis zu dem Punkt, wo ein Messer aus der Scheide gezogen wird».

Aber Kid trägt ebenfalls eine Waffe, und auch er hat die Hand an der Hüfte, greift an seinen großen Revolver, und kaum hat er die Waffe berührt, als ein anderer irrelevanter Gedanke in ihm hochsteigt: «Er erinnerte sich, dass auf den schwarzen Griff eine Jagdszene gestanzt war, wo ein Jäger in feinen Leggings und mit Schirmmütze auf einen weniger als einen Achtelzoll entfernten Hirsch anlegte.»

Das Große und das Kleine verschwimmen ineinander, winzige Männer mit Schirmmützen jagen winzige Tiere, während drei Paare ausgewachsener Männer sich in einer finsteren Gasse drohend gegenüberstehen, alle bewaffnet, nur der bezechte, halb bewusstlose Benson nicht, und als New York Kid nach seinen Freunden sieht, weiß er plötzlich,

> er wird sterben. Seine Gedanken machten einen Satz nach vorn und betrachteten die Folgen. Die Geschichte würde vorbildlich kurz und knapp im fernen New York eintreffen, in sauberer Handschrift auf einem Blatt billigen Papiers, das oben und unten und hinten mit den Bollwerken der Telegrammgesellschaft bedruckt war. Oft aber gleichen sie Steinen, die in Spiegel geschmissen werden, diese Blätter, auf denen die schrecklichsten Geschichten verzeichnet sind. Er sah das Aufbegehren seiner Mutter und seiner Schwester und die unerschütterliche Ruhe seines starrköpfigen Vaters, der sich wahrscheinlich in der Bibliothek einschließen und allein eine Zigarette rauchen würde. Dann würde sein Vater herkommen, und man würde ihn hierherbringen und sagen: «Das ist die Stelle.» Dann würden alle sehr wahrscheinlich den Hut abnehmen. Eine schickliche Minute lang würden sie mit dem Hut in der Hand schweigend dastehen. Er hatte Mitleid mit seinem alten, Geldgeschäfte betreibenden Vater, unbeugsam und millionenschwer, einem Mann, der gewöhnlich zweiundzwanzig Worte im Jahr mit seinem Sohn redete. Jetzt konnte Kid ihn verstehen. Wäre sein Schicksal nicht besiegelt, hätte er zum Mann werden und von seinem Vater geliebt werden können.

Nach diesem verwickelten Geistesflug um Telegramme und wortkarge, millionenschwere Väter malt Kid sich aus, wie Frisco Kid seinen Tod betrauern würde – «übernatürlich korrekt», «ohne zu fluchen» –, und Crane richtet seine Aufmerksamkeit auf die Bilder, die Kid durch den Kopf schießen, wie Projektionen «eines Stereoptikons blitzen sie mit unvorstellbarer Geschwindigkeit in seinen Gedanken auf», und gleich darauf kommt er mit einem weiteren verblüffenden Einfall: «Und hier ist das unwirklich Wirkliche: In Erwartung des Blutbads war in Kids Nase plötzlich der Duft wie von frisch gemähtem Heu.» In rascher Folge stellen sich andere Gerüche ein, alle haben mit dem Landleben zu tun, alle beschwören Frieden und wohltuende Ruhe, und es sind keine imaginierten Gerüche, sondern reale Gerüche, die ihm aus dem «unwirklich Wirklichen» in die Nase steigen, während er «auf Schmerz und das Gewahrwerden des Ungekannten» wartet, was wiederum in einen anderen Gedanken über Frisco Kid umschlägt, der, geht ihm auf, auch gleich getötet werden wird, was wiederum einen Schwall zusammenhangloser Assoziationen auslöst, ein schwindelerregender Zickzack, Abbild der Vorgänge in einem von Panik ergriffenen Hirn. Ein wilder Ansturm, aber vollkommen kontrolliert, und da ich nicht jede Erzählung gelesen habe, die irgendwo auf der Welt geschrieben wurde, bevor Crane diese Erzählung schrieb, kann ich nicht mit Sicherheit behaupten, dass niemand in all den Jahren vor 1896 jemals etwas auch nur annähernd Ähnliches vollbracht hat, aber ich wüsste tatsächlich keinen Schriftsteller zu nennen, der vor dem 20. Jahrhundert versucht hat, das Innenleben eines Menschen in Lebensgefahr so zu erkunden, wie Crane es in dieser Passage tut.

New York Kid begreift, ihm bleibt nur die Hoffnung, seinen Revolver zu ziehen und «die drei Mexikaner zu stellen». Wenn er schnell genug ist, könnte er es schaffen. Wenn nicht, werden er und seine Freunde sterben. Während der Showdown dem Finale zustrebt, wird das Gedicht an die «fünf weißen Mäuse des Glücks» wiederholt, diesmal nicht von Kid gesprochen, sondern einfach so, mitten auf der Seite hängend, verkündet es den Anfang vom Ende der Geschichte.

In den nächsten drei Absätzen geht es nur um den Revolver und Kids Sorge, ihn unauffällig aus dem Halfter zu ziehen, eine Operation, die in einem Moment vollzogen werden muss, wo ihm «die Aale der Verzweiflung nass und kalt auf dem Rücken lagen». Zu seiner Überraschung «schwebte der Revolver auf wie eine Feder», offenbar weil «Kid unbewusst Nervenkraft aufbrachte, die gereicht hätte, einen Heuballen aufzuheben», und dann ist es so weit, plötzlich ist er Herr der Lage, der Mexikaner stößt «einen leisen Schrei» aus und zuckt einen Schritt zurück. Kid ist Herr der Lage, ja, ärgert sich aber auch über sich selbst, dass er solche Angst gehabt hat, dass er den Mut der Mexikaner überschätzt hat, und das bringt ihn mächtig durcheinander, denn auf einmal «verstand er ... dass sie alle nur Menschen waren» und dass die Gegner die ganze Zeit nicht weniger Angst gehabt hatten als er selbst. «Im selben Augenblick stürzte er nach vorn und begann zu fluchen, haspelte starke englische Flüche ab, dick wie Taue, mit denen er die Gesichter der Mexikaner peitschte. Er raste vor Zorn, weil diese Männer ihm nicht zuvor anvertraut hatten, dass sie verwundbar waren. Das Ganze war eine lächerliche Irreführung gewesen.»

Der Showdown endet unentschieden, und während die drei Mexikaner in der Dunkelheit verschwinden, schließt Crane dieses existenzielle Rätsel mit einem kurzen Gespräch zwischen New York Kid und Benson, das die philosophischen Fundamente der Erzählung noch einmal rekapituliert, wobei der benebelte Benson die aufklärerische Ansicht eines mechanischen Universums vertritt, in dem die Kräfte von Ursache und Wirkung herrschen, und Kid nüchtern andeutet, am Ende sei das Leben – vielleicht – nur vom Zufall beherrscht, oder anders gesagt, das Leben sei unerklärlich. Warum Dinge so geschehen, wie sie es tun, ist gewiss das größte Rätsel des Lebens, aber *wie* sie geschehen – was doch eigentlich durch genaue Beobachtung herauszufinden sein müsste –, kann ebenfalls problematisch sein.

Und dann der letzte Satz der Erzählung, drei Worte, die so unvermittelt aufleuchten wie ein Streichholz in der Nacht und uns zwingen, alles bis dahin Gelesene noch einmal zu überdenken.

> «Also», sagte der nüchterne Kid finster, «wollt ihr jetzt endlich nach Hause gehen?»
>
> Frisco Kid sagte: «Wo sind sie hin?» Seine Stimme war ruhig, aber drängend.
>
> Benson stieß sich aus seiner verträumten Lage an der Mauer ab. «Frischco Kid hat recht. Er is besoffen und er hat recht. Aber du, New York Kid, du biss nüchern.» Er verfiel in einen Zustand tiefen Nachdenkens. «Kid is nüchern, weil er nicht mit uns wollte. Wollte nicht mit uns, weil er inen blöden Zirkus is. Is inen Zirkus, weil er beim Würfeln verloren hat. Hat beim Würfeln verloren, weil – warum hasdu beim Würfeln verloren, Kid?»
>
> New York Kid beäugte den senilen Jüngling. «Ich weiß nicht. Vielleicht lag's an den fünf weißen Mäusen.»
>
> Benson geriet über diese Antwort so ins Grübeln, dass seine Freunde ihn aufrecht halten mussten. Schließlich sagte Frisco Kid: «Gehen wir nach Hause.»
>
> Nichts war geschehen.

Als Joseph Conrad im Herbst 1897 zum ersten Mal «A Man and Some Others» gelesen hatte, teilte er Crane in einem Brief mit, Garnett halte die Erzählung für «ungeheuer» und er selbst bewundere sie «vorbehaltlos».

Ich beneide Sie – entsetzlich ... Ihr Naturell macht alte Dinge neu und neue Dinge frappierend. Ich möchte Sie verfluchen, Sie segnen – vielleicht Sie erschießen – aber ich ziehe es vor, Ihr Freund zu sein. Sie sind mir eine immerwährende Überraschung. Sie schockieren – und im nächsten Moment gewähren Sie vollkommene künstlerische Befriedigung. Ihre Methode ist faszinierend. Sie sind der geborene Impressionist. Die Illusionen des Lebens fließen Ihnen makellos aus der Feder. Das ist nicht Leben – niemand will das haben – es ist Kunst – nach der jeder – die Erbärmlichen wie die Großen – sich sehnen – meist ohne es zu wissen.

Ein einsamer Mann mitten im Nirgendwo. Dunkle Mesquitebäume von einem Horizont zum andern, eine menschenleere Wüstenwelt, still und kahl wie die Landschaft eines Beckett-Stücks, nur viel größer, eine amerikanische Weite aus purem Himmel und purer Erde und nichts sonst, so gewaltig, dass sie einem Traumland gleicht, einem Schauplatz kosmischer Kämpfe. Es ist dieselbe Welt wie die in den Gedichten der *Black Riders* – dieselbe grenzenlose Wüste, in der Männer auf dem Boden hocken und ihr eigenes Herz verzehren.

Der Mann heißt Bill. Er ist allein in dieser texanischen Wildnis, ein Schäfer, «der einzige weiße Mann im Umkreis eines halben Tagesritts», und zu Beginn der Geschichte sehen wir ihn überm Lagerfeuer sein Essen zubereiten. Ein mexikanischer Schäfer namens José kommt heran und erklärt, er und seine Freunde wollen, dass Bill aus dem Gebiet verschwindet. Wenn er nicht geht, werden sie ihn umbringen. Unbeeindruckt weist Bill das mit schroffen Worten zurück, er habe dasselbe Recht wie sie, hier zu sein, und sollten sie mit ihren Flinten bei ihm auftauchen, werde er «ungefähr fünfzig Prozent der Herren abknallen, garantiert». Damit endet die kurze Kriegserklärung. Keiner hat nachgegeben, und folglich ist es bis zum Showdown nur noch eine Frage der Zeit.

Bill kann sich noch so abgebrüht geben, Crane lässt keinen Zweifel daran, dass sein Held nicht überleben wird. Es steht acht gegen einen, er hat keine Chance, lebendig aus diesem Streit herauszukommen. Es wird also in der Erzählung nicht darum gehen, wie es einem einsamen Odysseus gelingt, seine Feinde zu überlisten und den unwahrscheinlichen Sieg davonzutragen, sondern wie sich ein starrsinniger, brutaler, streitsüchtiger Raufbold bei seinem letzten Gefecht zu verhalten gedenkt. Alle Themen des klassischen Western sind versammelt, aber Crane unterläuft sie, stülpt sie um und benutzt sie, um ein weiteres seiner existenziellen Rätsel zu konstruieren. Hier lautet die Frage jedoch nicht «Zufall oder Schicksal?», sondern «Warum?». Warum bleiben, wenn der Verstand einem sagt, dass man davonlaufen soll, wenn Bleiben den nahezu sicheren Tod bedeutet? Die Frage lässt sich kaum beantworten, aber dann fällt uns das Fort Alamo ein. Man bedenke, wie sehr Crane die todgeweihten Männer bewunderte, die ihre Stellung bis zum letzten Mann verteidigt hatten. Und man bedenke auch, wie viel Verständnis er für Rose aufbrachte, den einzigen dieser Schar, der sich fürs Weglaufen entschieden hatte und den er einen «zähen Philosophen» mit einem «seltsamen umgekehrten Mut» nannte. Das maßgebliche Wort ist hier *entschieden*, was in Rose' Fall, in Bills Fall und im Fall von Bowie, Crockett und den anderen im Alamo auf eine *philosophische Entscheidung* hindeutet, und hat man sich zu sterben *entschieden* (aus welchem Grund auch immer – persönliche Ehre, Glauben an die Sache, der Wunsch, als Märtyrer zu enden), stellt sich nur noch die Frage: Wie? Wie verhält man sich in der Stunde der Abrechnung?

Im zweiten Teil berichtet Crane ganz gegen seine sonstige Gepflogenheit von Bills Vorleben. In den meisten seiner Kurzgeschichten erzählt er wenig oder nichts über die Vergangenheit seiner Figuren, sondern setzt sie einfach mitten in irgendeine Situation hinein. Wir wissen nichts über Fred Collins in «A Mystery of Heroism», nichts über den Leutnant in «An Episode of War» und nichts über New York Kid in «The Five White Mice», außer dass er aus einer reichen Familie stammt, aber hier, in «A Man and Some Others», macht Crane sich die Mühe, uns über Bills Herkunft zu informieren – und erklärt auf diese Weise indirekt, warum er sich entschieden hat, nicht wegzulaufen, denn Bill selbst verliert darüber kein Wort und denkt allem Anschein nach auch nie über die Konsequenzen seiner Entscheidung nach – eine Entscheidung, die seinen Tod bedeutet.

Crane rafft Bills Lebensgeschichte in rasantem Erzähltempo auf etwas mehr als drei Seiten zusammen, die Sätze überschlagen sich, unterbrochen von bissigen psychologischen Kommentaren, ein Strudel von Ereignissen, die Bills langwierigen Abstieg vom wohlhabenden Bergwerksbesitzer in Wyoming zum kleinen Schäfer in Texas schildern. Das Ganze beginnt mit einer Pechsträhne beim Poker,

> als er mit krimineller Regelmäßigkeit jedes Mal drei Könige bekam, wenn sein Gegenspieler eine Straße hatte. Später wurde er Cowboy, ein umso tieferer Sturz, als er einmal Aristokrat gewesen war. Von seinem früheren Glanz war ihm jetzt nur noch sein Stolz geblieben, oder seine Eitelkeit, das Einzige, was ihm nicht unbedingt hätte bleiben müssen. Über der belanglosen Frage, wer von ihnen ein Lügner sei, tötete er den Vorarbeiter, der Mitternachtszug brachte ihn nach Osten. Er wurde Bremser bei der Union Pacific und gelangte zu hohen Ehren in dem Landstreicherkrieg, der jahrelang die schönen Eisenbahnen unseres Landes verwüstete. Selber ein Pechvogel, verübte er alle gewöhnlichen Grausamkeiten an jenen anderen Pechvögeln ... Er hatte schon vier Tramps mit seiner Kuppelstange verprügelt, als ein Stein, geschleudert

von dem ehemaligen Third Baseman der Mannschaft von Kompanie F, ihn auf der Prärie niederstreckte und einen Aufenthalt im Krankenhaus von Omaha erforderlich machte. Nach seiner Genesung arbeitete er bei anderen Eisenbahnen und rangierte Waggons in zahllosen Bahnhöfen. Ein Streikbefehl ereilte ihn in Michigan, anschließend verfolgte ihn die Rache der Eisenbahngesellschaft, bis er sich einen falschen Namen zulegte. Diese Maske kommt der Dunkelheit gleich, in welcher Einbrecher sich zu bewegen pflegen. Sie nimmt viele der gesunden Ängste. So klein sie ist, frisst sie, was wir unser Gewissen nennen. Der Schaffner von Nr. 419 baute sich im Bremswagen einen halben Meter vor Bills Nase auf und nannte ihn einen Lügner. Bill bat ihn, ein gelinderes Wort zu benutzen. Den Vorarbeiter der Tin Can Ranch hatte er nicht mit einer solchen Bitte gelangweilt, sondern ihn kurzerhand getötet. Der Schaffner schien auf seiner Wortwahl zu bestehen, und so ließ Bill die Sache gut sein.

Er wurde Rausschmeißer eines Saloons an der Bowery in New York ... Beinahe tötete er Bad Hennessy, der in Wirklichkeit mehr Reputation als Körperkraft besaß, und sein Ruhm verbreitete sich auf und ab an der Bowery.

Betreibt aber ein Mann das Kämpfen als Geschäft, so wächst in ihm die Vorstellung, sein Geschäft sei das Kämpfen. Beides mischte sich in Billys Kopf exakt so, wie es hier gemischt ist; und setzt sich diese Vorstellung in einem fest, schleicht sich auf den unbekannten Wegen des Zufalls die Niederlage heran. Eines Sommerabends saßen drei Matrosen von der U. S. S. *Seattle* in dem Saloon ...

Und natürlich legt Bill sich mit den Matrosen an, und nachdem er sie aus der Kneipe geworfen hat, sammeln sie draußen ihre Kräfte, lesen einen Holzbalken von der Straße auf («ein Kantholz») und benutzen ihn als Rammbock, den sie ihm, während er noch triumphierend im Eingang steht, «ins Bollwerk seines Bauches stoßen» und damit eine Wunde aufreißen, die der herbeigerufene Arzt mit einer «Baugrube» vergleicht. So landet Bill im Südwesten von Texas, wo er sein neues Leben als Schäfer beginnt. Wie Crane an früherer Stelle bemerkt: «Seltsam und immer noch seltsam sind die Gesetze des Schicksals.»

Zu Beginn des dritten Teils untersucht Bill nach dem Gespräch mit José seinen Revolver. Mit dieser Waffe hat er den Vorarbeiter auf der Ranch getötet, er hat sie bei «Auseinandersetzungen» benutzt und seine Gegner damit getötet oder auch nicht, und mittlerweile ist der Revolver sein «liebster Besitz», ein Gegenstand, den er liebt, «weil er zuverlässiger ist als jeder Mensch, als ein Pferd oder ein Hund. Er fragte nicht nach gesellschaftlicher Stellung oder moralischer Haltung; er gehorchte dem Heiligen ebenso wie dem Mörder. Er war die Kralle des Adlers, der Zahn des Löwen, das Gift der Schlange; und wenn er ihn aus dem Halfter zog, war dieser Lakai ihm zu Willen und traf selbst Flächen klein wie ein Penny.»

Das ist Crane in Bestform, mit allem, was ihm zu Gebote steht, erforscht er den Mythos der Waffe in einer Sprache, die gleichermaßen biblisch wie schneidend ironisch ist; im Vollbesitz seiner Kräfte kann er beides zugleich, tief tauchen und weit ausholen, schwingt sich in einem einzigen Satz von Krallen zu Zähnen zu winzigen Münzen, kaum aber gewöhnen wir uns ein und machen uns Gedanken über den einsamen, verzweifelten Kampf, dem dieser ausgebrannte Mann sich zu stellen hat, als völlig unerwartet noch jemand die Bühne betritt und die «Einsamkeit» und «Stille» der Wüste stört, denn als Bill aufblickt, sieht er «den schwarzen Umriss eines reglosen Reiters vor dem fahlen Himmel». Noch so ein eigenartig cineastischer Moment; noch so eine einsame Gestalt, hineingeworfen in die kahle, urweltliche Landschaft; noch eine Überraschung. Nicht ein einziges Mal in der Geschichte vernehmen wir die Schafe des Schäfers (weil sie nichts zur Sache tun), aber diesem Fremden, der sich als amerikanisches Greenhorn aus einer «fernen, schwarzen Stadt im Norden» entpuppt, kommt plötzlich die Hauptrolle zu. Nie beim Namen genannt, wird er zum Zeugen der Geschichte, und alles, was von nun an geschieht, sehen wir durch seine Augen. Er ist der Nick Carraway von Bills Gatsby, der naive, vernünftige, «gebildete Mann» zwischen Autor und Leser, der Dolmetscher der vernunftlosen Mächte, die den gewaltsamen Tod des gewalttätigen Waffennarren Bill herbeiführen werden.

Die zwei Männer taxieren einander. Bill ist ohne weiteres bereit, den Fremden notfalls abzuknallen, sieht aber bei genauerer Betrachtung nur einen harmlosen Burschen «in mexikanischer Aufmachung der kostspieligen Sorte», einen eher lächerlichen Yankee-Touristen von der Art, «die in der Wüste nichts zu suchen hat». Der Fremde hingegen sieht ein «zerlumptes Individuum mit wirrem Haar und Bart und einem Gesicht, das Sonne und Whisky rotbraun gefärbt haben». Als er den Bärtigen fragt, ob er die Nacht an seinem Lagerfeuer verbringen darf, erschreckt Bill ihn mit der Erklärung, in dieser Nacht «werden mich ein paar von diesen Maisfressern hier aus der Gegend verjagen; und so gern ich ein wenig Gesellschaft hätte, würde ich zu so einem Spielchen niemand einladen, der mit der Sache nichts zu tun hat».

Als Außenstehender kann der Fremde alles fragen, was ein Insider niemals fragen würde oder könnte. Er kann schockiert, empört oder verwirrt reagieren (genau wie der Leser), während die Akteure des Dramas, Bill und José, zu sehr in das Geschehen involviert sind, als dass sie zurücktreten und die Folgen ihres Handels überdenken könnten. Der Fremde also kann unverblümt fragen: «Und – großer Gott! Sie meinen, die werden Sie töten?» Worauf Bill erwidert: «Keine Ahnung. Kann ich erst hinterher sagen.» Dann spielt er die verschiedenen Möglichkeiten durch, wie die Ereignisse sich entwickeln könnten, und kommt zu dem Schluss: «Da hat man schrecklich viel zu bedenken – wenn eine ganze Bande hinter einem her ist.» Der Fremde vernimmt mit Entsetzen nicht nur, dass Bill zum Kampf entschlossen ist, sondern vor allem, dass Bill es mit acht Gegnern aufnimmt, und ruft aus: «Aber warum holen Sie denn nicht den Sheriff?» Eine dumme Frage, natürlich, vielleicht die dümmste Frage, die er hätte stellen können – weiterer Beweis für seine Naivität und Ahnungslosigkeit, sein fehlendes Verständnis für die Situation, in die er da hineingestolpert ist. Bill ist von der Frage so angewidert, dass er gar nicht erst darauf antwortet. Stattdessen stößt er eine Verwünschung aus – nicht direkt einen Fluch, eher ein Zeichen seiner Verbitterung.

Der Fremde wurde fortgeschickt, und im vierten Teil lässt er sich tatsächlich nicht blicken. Es wird Nacht, und ehe Crane von dem bald in der Dunkelheit einsetzenden Kampf berichtet, hält er inne, beschreibt den Schauplatz der Konfrontation und erläutert die philosophischen Intentionen seiner Erzählung. Dies ist keine der üblichen Western-Schießereien, sagt er; vielmehr geht es um die Vergeblichkeit menschlichen Strebens in einer Welt, die gar keine Zeit hat, sich mit Leben oder Tod irgendwelcher kleinen Menschen zu befassen.

> Langgestreckte, schwelende Wolken breiteten sich im Westen aus, und im Osten lag silbriger Nebel auf dem Purpurdunkel der Wildnis.
>
> Als endlich der große Mond in den Himmel stieg und sein gespenstisches Licht auf die Büsche warf, ließ er das Lagerfeuer in einem neuen und helleren Rot aufleuchten, munter hüpften die Flammen durch die Mesquitebüsche, füllten die Stille mit dem Ge-

> sang des Feuers, einer uralten Melodie, die von der Belanglosigkeit der menschlichen Tragödie kündet – eine Botschaft, die im Donnern der See erklingt, im Sicheln des Winds zwischen Grashalmen, im seidigen Rascheln von Schierlingstannenzweigen.

Der existenzielle Augenblick. Aber wenn Bill sich nicht fürs Sterben, sondern fürs Handeln entscheidet, steht ihm wieder einmal ein Kampf bevor, ein aussichtsloser Kampf, denn wie kann er hoffen, acht Männer zu töten, die ihn schon in der ersten Runde töten wollen? Aber wie gerissen ist er in dieser Nacht, schlau wie Odysseus legt er sich eine Strategie zurecht, seine Gegner zu überlisten, stopft seinen Schlafsack am Feuer mit allerlei Sachen, damit es aussieht, als ob er schlafe, während er in Wirklichkeit irgendwo in den Büschen auf der Lauer liegt, und als José und seine Bande ihre abgesägten Schrotflinten in den Schlafsack feuern, wie muss er da lachen, «ein furchterregendes Lachen aus Häme, Hass und Rohheit», ein Lachen, das sie vor Schreck verstummen lässt, und als sie vor dem unsichtbaren Revolver in Bills unsichtbarer Hand die Flucht ergreifen, gelingt es ihm noch, einen von ihnen zu töten, während die anderen in der Dunkelheit verschwinden. Und plötzlich herrscht wieder Stille in der Wüste, und der Feuerchor singt wieder «die uralte Melodie, die von der Belanglosigkeit der menschlichen Tragödie kündet». Von Crane hier wörtlich wiederholt, klingt es wie eine Totenklage.

Der fünfte Teil beginnt mit einer Bemerkung des Fremden.

«‹Jetzt sind Sie schlimmer dran als vorher›, sagte der junge Mann ehrfürchtig und mit belegter Stimme.

‹Nein, bin ich nicht›, sagte Bill aufbegehrend. ‹Jetzt ist es einer weniger.›»

Der Fremde ist also nicht gegangen, wie Bill verlangt hatte, er ist noch da, hat sich während der Schießerei irgendwo in der Nähe herumgetrieben, und jetzt im Morgengrauen gehen er und Bill zum Lagerfeuer, um den Schaden zu besehen. Nach und nach hat sich der junge Mann in die Geschichte hineingeschlichen, und jetzt ist er kein bloßer Beobachter mehr, eher ein Teilnehmer. Ein unwilliger, schockierter Teilnehmer, der in dieser Sache, so weit außerhalb seiner Welt, so wenig zu suchen hat, dass er prompt die Fassung verliert, als er durch eine Lücke im Dickicht den Kopf des Toten erblickt. «Der Mann da jammert mich sehr», sagt er, «ich komme mir vor wie ein Mörder.» Und auf Bills Hinweis: «Nicht Sie haben ihn erschossen, Mister, ich war das», antwortet der junge Mann: «Ich weiß; aber irgendwie kommt es mir so vor. Ich werde den Gedanken nicht los.» Das Blutvergießen hat ihm so zugesetzt, dass er nur noch verschwinden will, die ganze grausige Affäre hinter sich lassen, doch bevor er auf sein Pferd steigen und dem drohenden Massaker entfliehen kann, beginnt schon die zweite Runde, plötzlich stürmen «mit lautem Geknatter» José und seine Leute heran und erfüllen die Luft mit «Johlen und Pfiffen wie eine rasende Schar Dampfkessel». Der Tumult erschreckt das Pferd des jungen Mannes, es galoppiert davon, und der Fremde muss bleiben und die letzte Schlacht nicht nur mitansehen, sondern am Ende selbst daran teilnehmen.

Er und Bill werfen sich auf den Boden, und am Ende des fünften Teils tauschen Bill, José und die anderen Beleidigungen aus, Beleidigungen, die mit Bills wachsender Wut immer hässlicher werden.

> Seine verborgenen Feinde beschimpften ihn mit neun Ausdrücken für Feigling, als einen Mann, der nur im Dunkeln kämpfen könne, ein Baby, das vor den Schatten so vornehmer Mexikaner davonlaufe, einen Hund, der sich davonschleiche. Sie schilderten den Kampf der vorangegangenen Nacht und hielten ihm vor, er habe ihren Freund auf niederträchtige Weise

> übertölpelt. Ja, sie versahen ihn in völliger Aufrichtigkeit mit allen Eigenschaften, welche er nicht weniger unverhohlen ihnen zugestand. Man hätte sehen können, wie die Worte ihn stachen, als er da am Boden lag und mit seinem Revolver herumfuchtelte.

Der sechste und letzte Teil, ganz aus der Sicht des Fremden erzählt, entwickelt sich schnell zu einem wilden Durcheinander, einer Traumszene, die einem nur «halb gemalten» Gemälde gleicht. Bill, außer sich vor Wut, ist drauf und dran, sich auf die Männer zu stürzen, aber der junge Mann schreit: «Nicht bewegen! Nicht bewegen!» Aber Bill lässt sich nicht aufhalten, hebt den Kopf und späht nach den Büschen, und der junge Mann schreit «Kopf runter!» – aber da ist es schon zu spät.

> Schüsse krachten, und Bill stieß ein lautes Grunzen aus und stützte sich keuchend auf einen Ellbogen, sein Arm zitterte wie ein Zweig. Dann bäumte er sich auf wie ein großer blutiger Rachegeist, und sein Gesicht leuchtete vom Feuer seiner letzten Leidenschaft. Die Mexikaner näherten sich rasch und schweigend.

Von da an zerstieben die Bilder in «das Hasten von Schritten, das Knattern von Schüssen, die Schreie, die gedunsenen Gesichter wie Masken vor dem Pulverdampf», und zwei Zeilen später gibt Crane uns indirekt, aus dem Nachhinein, folgende verblüffende Information über die Rolle des Fremden in dem Scharmützel: «Er hatte einen Mann getötet, und der Gedanke, dass es ganz einfach war, einen Menschen zu töten, entschwand ihm so schnell wie eine Feder im Sturm.»

Dies ist der letzte Schritt in einem unentrinnbaren, vom puren Zufall in Gang gesetzten Geschehen. Ein nichtsahnender Einfaltspinsel ist in eine Welt der Gewalt gestolpert und vom neutralen Beobachter erst zum unwilligen Teilnehmer, dann zum aktiven Teilnehmer und am Ende der Geschichte selbst zu einem Teil der Gewalt geworden. Mit diesem furchtbaren Wissen, das ihn bis ans Lebensende begleiten wird, «empfand er für Bill, diesen schmutzigen Schäfer, plötzlich so etwas wie abgöttische Verehrung. Bill lag im Sterben, und die Würde der letzten Niederlage, die Überlegenheit dessen, der im Grab liegt, ruhte in der Haltung des entschlafenen Schäfers.»

Nach einer Leerzeile endet die Erzählung mit vier Absätzen. Der Fremde sitzt auf dem Boden und wischt Schweiß und Schießpulver aus seinem Gesicht. «Auf seinen Lippen lag das leicht idiotische Lächeln eines alten Bettlers, während er drei Mexikaner humpelnd und stolpernd in der Ferne verschwinden sah.» Von sieben sind noch drei übrig, und zählt man den in der Nacht zuvor Getöteten hinzu, sind fünf der acht Mexikaner, die es auf Bill abgesehen hatten, nicht mehr am Leben. Der jetzt tote Bill ist die sechste Leiche. Die Bühne ist mit Leichen übersät wie im blutigen Finale einer Shakespeare-Tragödie, aber kein Fortinbras wird kommen und die Ordnung der Welt wiederherstellen, und schließlich steht der Fremde auf und geht zu Bill hinüber, der mit beiden Händen die Kehle eines anderen Toten umklammert. Er löst ihm die Hände und schaut, «wie leicht betrunken schwankend, auf das leblose Gesicht hinab». Dann hat er eine Idee und holt seine bunte mexikanische Decke «von dort, wo sie von trampelnden Füßen beschmutzt auf der Erde lag». Er schlägt sie sorgfältig aus, kehrt zu Bill zurück und deckt ihn damit zu. Aber dies ist kein Augenblick feierlicher Selbstbeobachtung, und als die Geschichte ans Ende kommt, durchzuckt ihn noch einmal Angst.

> Da stand er wieder, regungslos, mit offenem Mund
> und demselben stumpfsinnigen Glanz in den Augen,

> als er plötzlich eine furchtsame Geste machte und wild um sich blickte.
>
> Er hatte das Buschwerk schon fast erreicht, als er erschrocken stehen blieb. Ein verkrümmter Leichnam lag, einen Arm steif in die Luft gereckt, auf seinem Weg. Langsam und vorsichtig ging er darum herum, und Sekunden später wiegten sich die Büsche, nickend und flüsternd, ihre Laubgesichter der Szene hinter ihm zugewandt, sich wiegend und wiegend in der friedlichen Stille der Wüste.

Ein oder zwei Monate vergingen, ehe Crane dazu kam, den Text an seinen neuen Agenten Paul Revere Reynolds weiterzuleiten. Reynolds, der sich über die Qualität der Erzählung im Klaren war, verkaufte sie an Richard Watson Gilder vom *Century* für fünfhundert Dollar, die größte Summe, die Crane jemals für eine seiner Erzählungen erhalten hatte. Da Gilder jedoch in seiner Zeitschrift grundsätzlich keine Kraftausdrücke oder Gossensprache zuließ, gab es einiges Gerangel über gewisse Wörter und Wendungen, «bei Gott» und «Teufel» insbesondere. Als die Erzählung in der Ausgabe vom Februar 1897 erschien (mit einer ganzseitigen Illustration von Frederic Remington), waren die schockierenden Vokabeln zu «b'G—» und «T——» abgeschwächt. Nur zwei Monate zuvor (am 10. Dezember 1896) löste Alfred Jarrys revolutionäres Stück *Ubu Roi*, das mit einer Variante des Wortes *Scheiße* beginnt, bei seiner Premiere in einem Pariser Theater Tumulte aus und musste nach nur einer Vorstellung vom Spielplan genommen werden. W. B. Yeats, der zufällig dabei war, bemerkte dazu: «Nach uns der Wütende Gott.»

Nach seinem ungeheuer produktiven Aufenthalt in Hartwood kehrte Crane nach New York zurück und begann die Arbeit an einer Artikelserie über den Tenderloin District, auch bekannt als

«Satan's Circus». Ab Mitte September brach ihm nach und nach der Boden unter den Füßen weg, und da die Gesetze des Schicksals seltsam und immer noch seltsam sind, waren sowohl New York als auch Hartwood bald nicht mehr die Mittelpunkte seiner Welt.

30

AUFTRITT THEODORE ROOSEVELT. AUFTRITT WILLIAM RANDOLPH HEARST. Ein Schlag, dann noch ein Schlag, und binnen weniger Wochen steckte Crane bis zum Hals in Schwierigkeiten.

T.R. Roosevelt – eins der riesigen, in den Felsen der Südwestwand von Mount Rushmore gemeißelten Gesichter – war auch so ein frühreifes amerikanisches Wunderkind, ein Mann, der Bücher nicht nur verschlang (täglich eins vor dem Frühstück, abends oft zwei oder drei), sondern auch selbst welche schrieb (ungefähr vierzig), dazu Hunderte Artikel und Aufsätze und nicht weniger als 150 000 Briefe. Nach drei Amtszeiten als Abgeordneter im Parlament des Bundesstaats New York zog er sich 1884 aus der Politik zurück, als innerhalb von elf Stunden seine Frau und seine Mutter auf verschiedenen Etagen desselben Hauses starben. Er zog nach North Dakota und lebte die nächsten zwei Jahre als Farmer, schrieb drei weitere Bücher und kehrte dann in die Politik und nach New York zurück, wo er 1886 erfolglos für das Amt des Bürgermeisters kandidierte, den Bestseller *The Winning of the West* veröffentlichte und zum zweiten Mal heiratete. Von Präsident Harrison in die United States Civil Service Commission berufen, lebte er die nächsten Jahre in Washington, verließ die Hauptstadt aber 1894 nach dem Triumph der Republikaner bei den Wahlen in New York (Crane berichtete darüber in «Heard on the Street Election Night») und kehrte in seine Heimatstadt zurück, wo William Lafayette Strong, der neue reformistische Bürgermeister, ihn zum Leiter der New York City Police ernannte und Roosevelt damit im Alter von sechsunddreißig Jahren zum höchsten Polizeibeamten der größten Stadt des Landes machte.

W.R.H. Auch Hearst war jung – dreiunddreißig, als er Crane für Artikel und Skizzen über den Tenderloin District unter Vertrag nahm –, 1896 aber schon ein erfahrener Zeitungsmann. Neun Jahre zuvor von Harvard relegiert, wurde er Redakteur beim *San Francisco Examiner* (der seinem Vater gehörte, einem wohlhabenden US-Senator), und als er 1893 nach New York ging und das schwächelnde *Journal* übernahm, kam es zu dem berühmten *yellow press*-Krieg zwischen seiner Zeitung und Joseph Pulitzers *World*. Nach einem Jahr hatte Hearst sich den Ruf erworben, seine Autoren gut zu bezahlen, und als er Crane am 11. August per Telegramm fragte: «Wie viel Geld verlangen Sie?», hatte das *Journal* einen Mitarbeiter mehr.[60]

T.R. Crane hat Roosevelt wahrscheinlich Ende 1895 oder Anfang 1896 im Lantern Club kennengelernt, doch richtig entwickelte sich ihre Freundschaft erst im Sommer 96, als McClure mit der Idee spielte, Crane mit einem Artikel über die Polizei zu beauftragen. Eine Interview-Anfrage beantwortete Roosevelt am 12. Juli mit einem kurzen Brief an Crane, wann und wo sie miteinander reden könnten: «Das Gericht öffnet um zehn, günstig wäre es, wenn Sie

■ 60 Der Ausdruck *yellow press* oder *yellow journalism* leitet sich von Yellow Kid her, einer Figur in Richard F. Outcoults Sonntags-Comicstrip *Hogan's Alley*, der ursprünglich in Pulitzers *World* erschien. Hearst lockte Outcoult (und andere Mitarbeiter der *World*) zu seinem *Journal*, worauf Pulitzer einen anderen Zeichner für die Fortsetzung des Comics in seiner Zeitung anheuerte. Aus «Yellow Kid Journalism» wurde bald «yellow journalism» als Bezeichnung für die Sensationsmacherei der beiden Zeitungen. Beide hatten eine Tagesauflage von einer Million.

um elf vorbeikämen. Ich habe viele Fragen zu ‹Madge›.» Er meinte die Neuausgabe von *Maggie*, die im Juni herausgekommen war, und auch wenn aus dem Artikel für McClure nichts wurde, gingen Crane und Roosevelt in diesem Sommer mehrmals miteinander essen, mindestens zweimal in Gesellschaft von Roosevelts Verbündetem Jacob Riis. Auch Hamlin Garland weilte nach langer Abwesenheit den Sommer über wieder in New York, und in einer undatierten Nachricht, die Crane im Juli in dessen Hotel hinterließ (zusammen mit einem signierten Exemplar von *George's Mother*), schrieb er: «Eben gehört, dass Du in der Stadt bist. Ich möchte heute Abend mit Dir im Lantern Club essen. Unbedingt! Roosevelt erwartet Dich auch. Keine Ausrede. Ich bin um sechs wieder hier.»[61] Im Monat darauf schrieb Crane einen weiteren Brief an Roosevelt über politische Angelegenheiten und legte ein Exemplar von *George's Mother* und eine Abschrift der soeben beendeten Erzählung «A Man and Some Others» bei. Der erste Absatz von Roosevelts Antwort vom 18. August zeigt, wie genau er Cranes Arbeit verfolgte und was für ein sorgfältiger Leser er war – trotz der kleinen Stichelei gegen die Mexikaner in der Geschichte. Mit einem freundlichen «Ich hoffe, Sie bald wiederzusehen» schließend, ist dies der Brief eines Mannes, der sich als Cranes Freund betrachtete:

> *Ich danke Ihnen sehr für «George's Mother» mit Ihrer Unterschrift auf der Titelseite. Ich werde es zu Ihren anderen Büchern stellen. Eines Tages will ich versuchen, Ihre Unterschrift in mein «Red Badge of Courage» zu bekommen, denn sosehr ich auch Ihre anderen Bücher mag, mag ich dieses wohl am liebsten. Und ich wünsche mir, dass Sie eines Tages noch eine zweite Geschichte*

■ 61 Die Widmung lautete: «Für Hamlin Garland / aus dem großen ehrlichen Westen / von Stephen Crane / aus dem falschen Osten / New York City / Juli 1896.»

über den Grenzbewohner und den mexikanischen Maisfresser schreiben, in welcher der Erstere den Sieg davonträgt; das wäre viel natürlicher!

W. R. H. Einen Tag nach Erhalt von Hearsts Telegramm ging Crane in den Madison Square Garden, um sich William Jennings Bryans erste große Rede als Präsidentschaftskandidat der Demokraten anzuhören (und vielleicht darüber zu schreiben). Bryan war einige Wochen zuvor auf dem demokratischen Parteitag in Chicago nominiert worden, wo er seine berühmte «Kreuz aus Gold»-Rede gehalten hatte (der Goldstandard, sagte er da, sei ein Werkzeug der Reichen zur Unterdrückung der Interessen der Arbeiterklasse) und der amtierende Präsident Grover Cleveland von seiner eigenen Partei fallengelassen worden war – eben der Grover Cleveland, der (Whitelaw Reed zufolge, Cranes ehemaligem Chef bei der *Tribune*) seinen Wahlerfolg Cranes JOUAM-Artikel von 1892 zu verdanken gehabt hatte. New York stöhnte unter einer Hitzeperiode, und angesichts der Massen, die an diesem Abend im Garden erwartet wurden, war es Roosevelts Aufgabe, für ausreichend Polizeischutz zu sorgen. Die von ihm geschickten tausend Polizisten hätten ohne weiteres die Ordnung in der Arena aufrechterhalten können, wären wie erwartet 12 000 Zuschauer gekommen, es erschienen aber 40 000, und als die unterbesetzten Sicherheitskräfte auch Leute ohne Tickets einließen und anderen, die Tickets hatten, den Zutritt verwehrten, kam es zu chaotischen Zuständen und Tumulten auf der Straße vor dem Garden, wo zwei Gruppen wütender Bryan-Anhänger die Absperrungen der Polizei durchbrachen.

T. R. Die Presse sparte am nächsten Tag nicht mit Kritik, und Crane, ungewohnt aufgebracht von dem, was er gesehen hatte, wandte sich schriftlich an Roosevelt – nicht mit einer Beschwerde, nur mit der Frage, wie und warum die Sache so außer Kontrolle geraten konnte. Am 18. August, im zweiten Absatz des Briefs, in dem Roosevelt ihm für die Übersendung von Buch und Erzählung dankte, ging er auf Cranes Frage ein:

> *Ich werde heue Abend am Madison Square Garden sein und mir genau ansehen, wie die Polizei sich verhält. Ihre Aufgabe ist bei einer so großen Ansammlung sehr schwierig, denn sie müssen einerseits außerordentlich besonnen mit der Menge umgehen, andererseits die Veranstalter zufriedenstellen, die mit solchen Massen keine Erfahrung haben, und doch sollen sie zwanzigtausend Leute in Zaum halten. Zu der Bryan-Versammlung sage ich nur, nicht ein Einziger von denen, die hier zu Schaden kamen, hat sich über Misshandlung seitens der Polizei beschwert, und die Veranstalter der Versammlung und der Manager des Garden haben uns ihre aufrichtige Anerkennung ausgesprochen.*

Im selben Brief hatte Roosevelt angekündigt, er werde «in ein paar Tagen zu einer dreiwöchigen Reise in den Westen aufbrechen», und Crane nutzte diese Abwesenheit des obersten Polizeibeamten, seiner Empörung in einem Artikel Luft zu machen. Warum er sich so über die Polizei aufregte, ist unklar. Er hatte in der Vergangenheit manche Ungerechtigkeiten in New York und anderswo erlebt, ohne ein Wort darüber zu verlieren, und nur ein einziges Mal, in dem Bergwerksartikel von 1894, hatte er sich wütend zu einem politischen Thema geäußert – Passagen, die ihm von McClure aus dem Text gestrichen wurden. Und jetzt, aus welchem Grund auch immer (seit langem schwelender Groll, den seine Erlebnisse im Garden zu Wut entfacht hatten?, persönliche Animosität gegen die Streifenpolizisten im Tenderloin?), zürnte er wieder, so sehr, dass er seine Gefühle zu Papier bringen musste – wollte aber seinen Freund Roosevelt nicht in der New Yorker Presse attackieren und veröffentlichte seine Vorwürfe daher zur Sicherheit in einer auf drei Wochen von Ende August bis Anfang September verteilten

Artikelserie für die fern vom Schuss liegende *Port Jervis Evening Gazette*, wobei er seine Bemerkungen über die Polizei in einer Kolumne mit der Überschrift «Aus der Metropole» (Schmankerl aus New York, ähnlich den Schmankerln, die er früher über Asbury Park geschrieben hatte) versteckte und als weitere Vorsichtsmaßnahme nur mit seinen Initialen, nicht mit vollem Namen, unterzeichnete. Der erste dieser Artikel ist der bei weitem bissigste. Bevor er sich anderen Themen zuwendet wie etwa den Todesopfern der aktuellen Hitzewelle in New York (zahllose Menschen, fünfzehnhundert Pferde), der zunehmenden Begeisterung für Fahrräder und der Eröffnung eines neuen Warenhauses, beginnt Crane den Artikel mit einer Schimpfkanonade:

> Das erbärmliche Versagen der Polizei bei der Bekanntgabe der Kandidatur von Bryan und Sewall im Madison Square Garden hat nicht nur in der Tagespresse viel Kritik auf sich gezogen. Die Brutalität und unnötige Härte, mit welcher an dem fraglichen Abend gegen die Menge vorgegangen wurde, ohnehin in keiner Situation zu rechtfertigen, kann nur als Schande bezeichnet werden. Ein so ungeschicktes Vorgehen, wie es am Abend des 12. dieses Monats schmerzlich zu beobachten war, wäre unter Byrnes [der von Roosevelt entlassene frühere Polizeichef] nicht denkbar gewesen, was wieder einmal daran erinnert, dass alles, was wir durch Verwaltungsreformen an behördlicher Rechtschaffenheit gewonnen haben, von den Auswirkungen behördlicher Unfähigkeit und Unerfahrenheit mehr als aufgewogen wird.

Der nächste Artikel, eine Woche später, behandelt acht Themen, unter anderem zwei weitere Beispiele für Fehlverhalten der Polizei.

Nachdem er sich über die Ausbreitung von *delicatessens* in Manhattan zur Bedienung der wachsenden Nachfrage nach einem «schnellen Lunch» ausgelassen hat, fügt Crane hinzu:

> Aus unerfindlichen Gründen suchte sich die reformierte Polizeiverwaltung zu Beginn ihrer Tätigkeit ausgerechnet diese harmlosen kleinen Händler als Opfer aus, an denen sie sich ungestraft vergehen konnte. Ohnehin niederträchtige Vorschriften betreffend Ladenöffnungszeiten wurden von der Polizei zum Anlass für systematische Schikanen genommen, wer dagegen verstieß, wurde prompt vor Gericht gezerrt und dort ebenso prompt freigesprochen. Unterdessen sind die Händler zu ihrem Schutz gut organisiert, sie haben die Öffentlichkeit auf ihrer Seite und werden am Tag der Wahl ein Wörtchen mitzureden haben.[62]

Und etwas weiter im selben Artikel noch einmal:

> Es bleibt zu hoffen, dass an dem Polizisten, der kürzlich auf der Sixth Avenue eine harmlose, unschuldige Frau festgenommen hat, ein Exempel statuiert wird. Skandale dieser Art häufen sich in letzter Zeit, und die unehrenhafte Entlassung und Bestrafung einiger dieser Bestien in Uniform könnte anderen übereifrigen Polizisten zur Warnung dienen.

■ 62 Die Republikaner wurden im November aus dem Amt gefegt, und die Tammany-Demokraten hatten wieder das Sagen in der Stadt. Im April hörte Roosevelt bei der Polizei auf und wurde stellvertretender Marineminister im Kabinett des neugewählten Präsidenten William McKinley.

Bei der erwähnten unschuldigen Frau handelte es sich um eine Prostituierte namens Ruby Young (alias Dora Wilkins oder Dora Clark), und wie merkwürdig, wie hellseherisch, ja wie unheimlich, dass Crane sie in seiner Kolumne erwähnte. Er kannte sie noch gar nicht, aber dies war die Frau, die ihm in den frühen Morgenstunden des 16. September über den Weg laufen und dann den Streit auslösen sollte, der nicht nur den langwierigsten Polizeiprozess in der Geschichte der Stadt, sondern auch Cranes öffentliche Demütigung zur Folge hatte, die ihn letztlich bewog, New York zu verlassen.

Im dritten Artikel (vom 9. September) spielt er auf eine der umstrittensten Maßnahmen Roosevelts an: die strikte Durchsetzung des im April in Kraft getretenen Raines Law, das den Betrieb von Saloons an Sonntagen untersagte. Nahezu jeder, der einen Job hatte, arbeitete an sechs Tagen die Woche, und dass diesen Männern das kleine Vergnügen genommen wurde, sich an ihrem einzigen freien Tag mit Freunden auf einen Drink zu treffen, wurde in der ganzen Stadt als durch nichts gerechtfertigte Bestrafung der Arbeiterklasse angesehen und scharf kritisiert. Nur Hotels mit mindestens zehn Zimmern durften an Sonntagen noch Schnaps verkaufen, aber nur an Gäste, und nur, wenn dazu Sandwichs gereicht wurden. Um diese Restriktionen zu umgehen, erweiterten Saloonbesitzer ihre Räumlichkeiten, indem sie benachbarte Wohnungen anmieteten und zu «Hotels» umfunktionierten. Allerdings waren die meisten «Gäste» Prostituierte, und so trug das Raines Law ungewollt zur Vermehrung der Bordelle in der Stadt bei.[63]

Am 11. September nach New York zurückgekehrt, traf Roosevelt

■ 63 Das Gesetz hatte auch seine komischen Seiten. In *The Battle of the Slums* (Macmillan, 1902) berichtet Jacob Riis von der Erfindung der «Backstein-Sandwichs» – ein Backstein zwischen zwei Scheiben Brot –, die man zur Erfüllung der Vorschriften auf Kneipentresen stellte. Manchmal wurden auch echte Sandwichs dazugestellt, doch als einmal ein ahnungsloser Kunde danach griff und gerade hineinbeißen wollte, «gab die Polizei dem Barmann das Sandwich zurück und verzichtete auf Festnahmen». (S. 224)

sich mit vier Freunden zum Essen, und ob es so geplant war oder nicht, stand jeder von ihnen für eine seiner Leidenschaften: Crane (Literatur), Jacob Riis (Mietrechtsreform), Hamlin Garland (der Westen) und Großwildjäger William Chanler (große Tiere töten). In seinen Memoiren (*Roadside Meetings*, 1930) schreibt Garland, Roosevelt habe sich mit allen entspannt unterhalten, nur nicht mit Crane, der während der Mahlzeit kaum ein Wort gesprochen und einen bedrückten Eindruck gemacht habe. Konnte Roosevelt die Port-Jervis-Artikel gekannt haben? Eher nicht. Aber vielleicht dachte Crane genau dies, oder befürchtete es wenigstens, was seine Nervosität erklären würde. In *Red Badge* hat Henry Fleming mehrmals so starke Schuldgefühle, dass er fürchtet, seine Kameraden könnten ihm die Schuld am Gesicht ablesen. Ging es Crane Roosevelt gegenüber ähnlich? Wer weiß. Immerhin muss es ihm peinlich gewesen sein, an einem Tisch mit einem Mann zu sitzen, den er gerade erst öffentlich angegriffen hatte, dem Mann, der ihn auch noch zum Essen eingeladen hatte.

W. R. H. Tenderloin[64] erhielt seinen Namen 1876 von Polizeikommissar Alexander «Clubber» Williams. Nach seiner Versetzung in den 29. District, eins der verkommensten Viertel der Stadt, soll er gesagt haben: «Bisher habe ich bei der Polizei immer nur Nackensteaks bekommen, jetzt gibt's endlich mal Filet.» Williams nutzte die Gelegenheit und machte in den nächsten neunzehn Jahren ein Vermögen, erwarb ein Haus und einige Grundstücke in New York, ein zweites Haus in Connecticut und Immobilien in Japan, und mehrere hunderttausend Dollar, die er an Schmiergeldern eingesammelt hatte, investierte er so gut, dass daraus Millionen wurden.

Tenderloin, ein Manhattaner Stadtteil mit variierenden Gren-

■ 64 deutsch: Filet (A. d. Ü.)

zen, umfasste ursprünglich das Gebiet zwischen Fifth und Eighth Avenue einerseits und 23rd und 57th Street andererseits. Als Crane seine Artikel für Hearst zu schreiben anfing, war der Bezirk etwas geschrumpft und erstreckte sich jetzt zwischen Fourth und Seventh Avenue bzw. 23rd und 42nd Street. Aber wie Crane in einer seiner *Journal*-Skizzen schrieb: «Tenderloin ist mehr als ein Ort. Es ist ein Gefühl.» An den Avenues dieses Gefühls lagen die meisten Theater und Hotels der Stadt, in den dunklen Seitenstraßen fast alle Spielkasinos, Opiumhöhlen und Bordelle – auch dies eine Doppelwelt, in der Licht und Dunkelheit nah beieinanderwohnten und die Tugend nur so tat, als habe sie mit der Sünde nichts zu tun.[65]

Crane begann seine Recherchen für Hearst Mitte September (etwa um die Zeit des peinlichen Essens mit Roosevelt), hatte aber einige Wochen zuvor bereits gelegentlich im Jefferson Market Police Court vorbeigeschaut und den Verhandlungen gegen verschiedene Tenderloin-Gestalten beigewohnt, eine davon wahrscheinlich Dora Clark, was ihre Erwähnung in dem Port-Jervis-Arikel vom 28. August erklären würde. Am Abend des 15. September interviewte er zwei Tänzerinnen, die in dem Viertel lebten. Ob die beiden tatsächlich an einem Theater arbeiteten oder irgendwo anders, ist nicht bekannt, da man unter «Tänzerinnen» damals auch Prostituierte verstand und die Namen der zwei jungen Frauen nie genannt wurden. Das Dreiergespräch begann in einem «türkischen Rauchsalon», ein Euphemismus für Drogenhöhlen, wo die Kund-

■ 65 Trotz aller Anstrengungen der neuen Stadtregierung, Clubber Williams' Vorstellungen von Polizeiarbeit durch etwas Neues zu ersetzen, blieb «Sünde» weiterhin ein profitables Geschäft, weil die Polizei sich immer noch schmieren ließ und wöchentlich Schutzgeld von den Hunderten Etablissements in den dunklen Straßen kassierte – Peepshows, Drogenschuppen, Bordellen (hetero und homo) und schmierigen Spelunken mit Hinterzimmern, wo man all dem nachgehen konnte. Solange das alles sich von den Boulevards und den hell erleuchteten großen Straßen fernhielt, spielte die Polizei eine aktive Rolle dabei, dass es weiterging.

schaft preiswertes, damals frei verkäufliches Haschisch ausprobieren konnte, doch irgendwann vor Mitternacht verließen Crane und die zwei Frauen den Rauchsalon an der West 29th Street, wechselten in den Broadway Garden, «eine berüchtigte Prostituiertenkneipe», und sprachen zwei weitere Stunden miteinander. Dann kam Dora Clark, eine Bekannte einer der beiden Tänzerinnen, zu ihnen an den Tisch, sagte hallo und wurde eingeladen, sich dazuzusetzen. Wenig später brachen sie alle auf. Sie verließen den Broadway Garden gemeinsam, Crane brachte eine der Tänzerinnen zur Straßenbahn, und Dora Clark und ihre Bekannte warteten solange an der Kreuzung Broadway und 31st Street auf ihn. Als Crane von der Straßenbahnhaltestelle zurückkam, sah er die beiden ins Gespräch vertieft. Zwei Männer eilten an ihnen vorbei, zweifellos nach einem langen Abend auf dem Heimweg, und als Crane die Kreuzung schon fast erreicht hatte, sprang plötzlich ein anderer Mann aus dem Schatten und packte eine der Frauen. Beide begannen zu schreien. Crane begriff nach einer Schrecksekunde, dass der Mann, offenbar ein Zivilpolizist, seine Begleiterinnen festnehmen wollte, weil sie die zwei eben vorbeigegangenen Männer angesprochen hatten.

So kam es zu dem elenden Durcheinander, das als die Dora-Clark-Affäre bekannt wurde, dies war das Vorspiel zum ersten Akt eines Stücks in mehreren Akten, das sich bis Ende Oktober hinzog und Crane bis ans Ende seines Lebens und darüber hinaus verfolgen sollte. In seiner Darstellung der Ereignisse dieser Nacht und des folgenden Morgens (nur vier Tage später im *Journal* unter der Überschrift «Adventures of a Novelist» veröffentlicht) spricht er von der «schlichten Geschichte zweier Tänzerinnen, einem Straßenmädchen und einem zaudernden Zeugen». Crane biegt die Vorgeschichte ein wenig zurecht, ersetzt Rauchsalon und Broadway Garden durch ein einziges «Lokal am Broadway, wo die zwei Tänzerinnen und der zaudernde Zeuge den ganzen Abend verbrachten», und streitet ab, Clark von früher zu kennen, während er in Wirklichkeit bereits über eine ihrer vorangegangenen Festnahmen berichtet hatte, aber das sind Kleinigkeiten, bedeutungslos im Vergleich zu Cranes Entscheidung, sich weit aus dem Fenster zu lehnen und sich zu Clarks Verteidiger aufzuschwingen. Er wusste, für sie einzutreten, konnte seinem Ruf ernstlich schaden, und doch tat er es, so wichtig ihm sein Ruf auch war – man denke an seine Entscheidung, das Verhalten der Polizei nicht offen zu kritisieren, sondern seine Kritik in der Klatschkolumne einer Zeitung zu verstecken, die so weit von der Stadt entfernt erschien, dass unmöglich jemand etwas davon mitbekommen konnte. Diesmal war es anders, und das war der springende Punkt.

Nach Cranes Darstellung fragte er, der zaudernde Zeuge, nachdem der Polizist erklärt hatte, warum er die zwei Frauen festnehmen müsse: «Welche zwei Männer?» Die Männer, die hier eben vorbeigegangenen seien, sagte der Polizist, worauf die Mädchen «hysterisch» zu schluchzen begannen und versuchten,

> sich aus dem Griff des Polizisten zu winden. Die Tänzerin war fast außer sich vor Angst und Zorn. Dann schrie sie:
>
> «Der da, das ist mein Mann.» Und wies mit dem Finger auf den zaudernden Zeugen. Sogleich beantwortete der Zeuge den fragenden Blick des Polizisten: «Ja, das bin ich.»
>
> Wenn es nötig ist, sich zu einer Ehe zu bekennen, um ein Mädchen, das keine Prostituierte ist, davor zu bewahren, als Prostituierte verhaftet zu werden, so muss es geschehen, auch wenn der Mann dafür ewig leiden soll. Und der Polizist vergaß augenblicklich – ohne zu zögern, vergaß er, dass er noch eine Sekunde zuvor dieses Mädchen wegen Aufforderung zur Unzucht verhaftet hatte, und gab ihren Arm frei.

Aber die andere behalte er, erklärte der Polizist («so malerisch wie ein Wolf»), und dann ging die ganze absurde Debatte wieder von vorne los, der zaudernde Zeuge fragte, warum überhaupt eine der beiden festgenommen werden müsse, und der Polizist antwortete, wegen der zwei Männer, die die eine angesprochen habe, aber nein, gab der zaudernde Zeuge zurück, «sie hat diese zwei Männer nicht angesprochen». Statt auf diese Behauptung einzugehen, wechselte der Polizist das Thema und fragte Crane und die Tänzerin, ob sie «diese Frau» kennen würden. Ja, sagte die Tänzerin, sie habe sie ein paarmal gesehen, und «der zaudernde Zeuge sagte, das Mädchen sei ihm völlig unbekannt».

> «Nun», sagte der Polizist, «sie ist eine Prostituierte.»
> Schweigen trat ein, dann aber sagte der zaudernde Zeuge: «Sie verhaften sie als Prostituierte? In unserer Gesellschaft hat sie sich vollkommen anständig benommen. Sie hat nichts Unrechtes getan, seit wir mit ihr zusammen sind.»
> «Ich verhafte sie, weil sie diese zwei Männer angesprochen hat», antwortete der Polizist, «und wenn Sie beide nicht ebenfalls festgenommen werden wollen, sollten Sie sich nicht mit ihr sehen lassen.»
> Dann Abmarsch zur Wache – der Polizist und seine Gefangene voraus und die zwei Einfaltspinsel hinterdrein.

Der Polizist, Charles Becker mit Namen, erklärte dem Diensthabenden in der Wache, er habe die Festgenommene «allein aus dem Broadway-Lokal kommen sehen» (stimmt nicht), in der Nähe der Kreuzung Broadway und 31st Street habe sie dann zwei Männer angesprochen (stimmt auch nicht), sei im Weitergehen (soll heißen, erst danach) einem Mann und einer Frau begegnet (Crane und der

Tänzerin) und habe sich am Bordstein stehend (stimmt auch nicht) mit ihnen unterhalten; dass er die Tänzerin vorübergehend verhaftet hatte, erwähnte der Polizist mit keinem Wort. Aufgrund dieser Darstellung ließ der Diensthabende die Gefangene in eine Zelle im hinteren Teil des Gebäudes bringen. Während sie abgeführt wurde, bat sie die Zeugen, «vor Gericht zu ihren Gunsten auszusagen».

Während Becker seine unwahre Geschichte erzählte, schluchzte die Tänzerin «in schrecklicher Angst», und Crane hatte alle Mühe, sie zu beruhigen und davon abzuhalten, «einen Aufruhr zu veranstalten». Nachdem man Dora Clark weggesperrt hatte, verließen die beiden die Wache, aber kaum waren sie draußen, schrie die immer noch weinende Tänzerin ihn an: «Wenn Sie nicht zu dem Prozess gehen und für das Mädchen aussagen, sind Sie kein Mann!» Crane, völlig verblüfft, konnte nur stammeln: «Niemals! Das geht nicht ... So etwas kann ich mir nicht leisten. Ich – ich –»

Erst als er die Tänzerin nach Hause gebracht hatte, begann er es sich anders zu überlegen. Die Festnahme war durch nichts gerechtfertigt, sagte er sich, und selbst wenn das Mädchen eine Prostituierte war, hatte man sie nicht wegen Prostitution, sondern wegen Aufforderung zur Unzucht verhaftet. Und dann überlegt er weiter:

> «Noch nie war ich in meinem ganzen Leben von etwas so überzeugt wie davon, dass sie diese zwei Männer nicht angesprochen hatte. Und wenn einmal so eine Geschichte vorfällt, muss ein Mann von Charakter aufstehen und als Zeuge aussagen. Aber wer von diesen ehrbaren Bürgern tut das schon? Niemand. Sie gehen nach Hause und danken Gott, dass sie weiterhin fromm ihren Angelegenheiten nachgehen können ...

> Aber dieses Mädchen, mag sie nun Prostituierte sein oder was auch immer, war zu der Zeit eindeutig in meiner Begleitung, und – der Himmel verzeihe den blasphemischen Gedanken – ein Unrecht, das einer Prostituierten angetan wird, steht auf derselben Stufe wie ein Unrecht, das einer Königin angetan wird», sagte der zaudernde Zeuge – dieser Dummkopf.
>
> «Überdies glaube ich, dass dieser Polizist seinem Amt als Staatsdiener keine Ehre gemacht hat. Habe ich eine Pflicht als Bürger, oder haben Bürger als Bürger Pflichten, oder haben Bürger keine Pflichten? Ist es nur ein Mythos, dass es einmal Männer gab, die ein Bewusstsein von bürgerlicher Verantwortung hatten, oder ist es zu einem besonderen Merkmal unserer städtischen Zivilisation geworden, dass Männern dieses Charakters erlaubt sein soll, jene, die vollständig ihrer Gnade ausgeliefert sind, auf solche Weise zu misshandeln?»

Also ging Crane in die Wache zurück, sprach mit dem Diensthabenden und fragte, ob er dem Mädchen etwas zukommen lassen dürfe, damit sie sich besser fühle; sodann gab er ausführlich zu Protokoll, wie er die Festnahme erlebt hatte. Der Diensthabende konnte dazu keine Meinung haben. Möglich, dass Crane die Wahrheit sage und der Polizist gelogen habe, erklärte er, Tatsache aber sei, das Mädchen sei als Prostituierte bekannt, und aus diesem Grund habe er sie einsperren lassen. Worauf Crane wiederholte, was er bereits bei der Festnahme zu Becker und später sich selbst gesagt hatte:

> «Aber sie wurde nicht als Prostituierte festgenommen. Sie wurde festgenommen, weil sie angeblich zwei

Männer angesprochen hat, und ich weiß, dass sie die zwei Männer nicht angesprochen hat.»

«Nun», sagte der Diensthabende, «auch das mag alles wahr sein, aber verlassen Sie sich auf den Rat eines Mannes, der seit Jahren hinter diesem Schalter sitzt und weiß, wie diese Dinge laufen, und mein Rat lautet, bleiben Sie einfach zu Hause. Sie können sich nur die Finger verbrennen, wenn Sie sich in diesen Fall einmischen.»

«Das denke ich auch», sagte der zaudernde Zeuge. «Kein Zweifel. Aber ich wüsste wirklich nicht, wie ich morgen früh nicht vor Gericht erscheinen kann.»

«Sie sollten es trotzdem lassen», sagte der Diensthabende.

«Aber ich fühle mich dazu verpflichtet.»

Der Diensthabende begann sich zu langweilen. «Ich sage Ihnen, das Mädchen ist eine ganz gewöhnliche Prostituierte, sonst nichts», stöhnte er.

Zu Hause in seinem Zimmer stellte der zaudernde Zeuge den Wecker.

Morgens um halb neun betrat Crane das Gebäude des Jefferson Market Police Court, Haare gekämmt, dunkelblauer Anzug, entschlossen, als Zeuge der unrechtmäßigen Festnahme einer Unschuldigen aufzutreten, doch wie schon wenige Stunden zuvor der Diensthabende ihm davon abgeraten hatte, drängten ihn hier auch alle seine Reporterkollegen, nach Hause zu gehen und die Sache zu vergessen, weil, wie einer von ihnen bemerkte, sich da einzumischen, würde «keinen guten Eindruck machen», während ein anderer Cranes Gewissen mit der Feststellung zu beruhigen versuchte, es handele sich doch nur um «ein vorübergehendes Unrecht», worunter Crane sich nicht viel vorstellen konnte:

> Wenn also dem Mädchen Unrecht geschieht, müssen sich alle Umstände, alle Kräfte, alle Meinungen und alle Männer gegen sie zusammengetan haben. Offenbar befindet die geballte Klugheit der Welt, dass man seinen Sinn für Gerechtigkeit in einer solchen Sache über Bord werfen sollte. «Bei Tage darf man ein Gewissen haben», sagt die Klugheit. «Bei Tage darf man ein Gewissen haben, aber nachts um halb drei, im Fall einer verhafteten Prostituierten, ein Gewissen zu haben, ist Schwachsinn.»

Dem Ende seines ausführlichen Artikels zustrebend, berichtet Crane, Clark habe ihre Aussage gemacht – die reine Wahrheit für den zaudernden Zeugen, sonst aber für keinen der Anwesenden –, er selbst habe dann die Richtigkeit ihrer Angaben bestätigt. Worauf «der Richter die Gefangene freisprach».

Exakt so hat es sich abgespielt, Cranes Prozessbericht gibt den Ablauf der Ereignisse einwandfrei wieder. Die Sache schien damit erledigt, und da Crane sich in seinem Artikel auf sein eigenes Handeln konzentrierte, wie und warum er dazu kam, es für nötig zu halten, sich zu Clarks Verteidigung aufzuschwingen, hatte er darauf verzichtet, näher auf Clarks ausführliche Aussage einzugehen, offenbar weil er sie für nebensächlich hielt. Und das wäre sie auch gewesen, hätte es nicht noch einen zweiten Akt in dieser Geschichte gegeben; denn ein paar Wochen später kochte die Affäre wieder hoch, und ohne Kenntnis von Clarks Aussage lässt sich die ganze verwickelte Angelegenheit nicht verstehen.

Mehrere Zeitungen berichteten über den kurzen Prozess. Wäre Crane nicht daran beteiligt gewesen, wären die Artikel vielleicht nie geschrieben worden, aber er war jetzt ein bekannter Mann, und sein Auftritt vor Gericht an jenem Morgen schien interessant genug für eine Reportage – zumal in den Skandal ein junges, sehr attraktives Straßenmädchen verwickelt war. Einem der Artikel zufolge stritt die junge Frau Beckers Darstellung der Festnahme ab

und beteuerte dem Richter unter Tränen, sie werde schikaniert.

Sie erzählte die Geschichte so: «Die Polizei schikaniert mich, seit ich vor drei Wochen von Schutzmann Rosenberg festgenommen wurde, der auf derselben Wache arbeitet wie Kommissar Becker. Damals ging ich auf dem Broadway spazieren, und an einer ziemlich dunklen Stelle trat Rosenberg an mich heran. Ich sagte ihm, er solle sich um seine eigenen Angelegenheiten kümmern, und nannte ihn einen Neger. Darauf nahm er mich fest, und als ich am folgenden Morgen dem Richter von dem Fehler erzählte, dass ich nämlich Rosenberg für einen Neger gehalten hatte, wurde der Polizist wütend.

Er drohte mir, mich wegen übler Nachrede zu verhaften. Zwei Abende später sprach ich mit einer Freundin an der 23rd Street, da kamen zwei Mietkutscher und wiesen mich darauf hin, dass Rosenberg und Schutzmann Conway mich suchen würden. Ich wartete, bis ich dachte, sie wären weg, und wollte dann durch eine Seitenstraße nach Hause gehen. Conway ging mir nach und verhaftete mich, ohne Zeugen.

Am nächsten Morgen musste ich Strafe bezahlen. Seitdem wurde ich von allen Zivilpolizisten des Bezirks bei jeder Gelegenheit verhaftet.

Gestern Abend war ich mit einem Mann und einer Frau im Broadway Garden, wir haben das Lokal dann gemeinsam verlassen. Während der Mann die andere Frau zur Straßenbahn brachte, kam Becker über die

Straße, packte mich am Arm und sagte, ich sei verhaftet. Ich hatte mit niemand gesprochen.»

Nun nahm der Schriftsteller Crane das Wort und erklärte Richter Cornell, er wolle eine Aussage machen. Er recherchiere ständig für seine Artikel, sagte er, und am Abend zuvor habe man ihm im Broadway Garden die Gefangene vorgestellt. Er, die Gefangene und zwei andere Frauen hätten den Broadway Garden zusammen verlassen und seien zur 31st Street gegangen, wo er die Clark kurz allein gelassen habe; er wisse, sie habe niemanden angesprochen.

«Die Aussage dieses Gentleman, den ich kenne», sagte Richter Cornell, «veranlasst mich, Sie für diesmal freizusprechen.»

«Aber, Euer Ehren», sagte die Gefangene, «man wird mich bei nächster Gelegenheit wieder verhaften, wenn ich mich in dem Bezirk blickenlasse.»

«Ich behalte das im Auge», sagte Richter Cornell.

Über Schutzmann Rosenberg ist nichts bekannt, man kann also nur spekulieren, was für ein Rosenberg das war (Däne oder Jude oder was auch immer), doch Clarks Aussage scheint darauf hinzudeuten, dass er sie – *womöglich* – mit irgendwelchen sexuellen Absichten auf der Straße angehalten hatte. Da sie ihn jedoch irrigerweise für einen Schwarzen hielt, also für jemanden, mit dem sie niemals ins Bett gehen würde (nicht überraschend im rassistischen New York in diesen offen rassistischen Zeiten), hatte sie ihn abgewiesen, und nicht nur hatte ihre Abfuhr ihn frustriert, zusätzlich hatte ihn auch noch ihr Irrtum schwer beleidigt. Seit dieser Nacht hatten alle Polizisten des Bezirks die schöne Bordsteinschwalbe im Visier, zunächst einmal Rosenberg und sein Partner Martin Conway, dann aber auch Becker und weitere bis ganz nach oben zum

Hauptkommissar, einem einflussreichen Mann namens Chapman. Das war der Hintergrund des Schlamassels, in den Crane auf dem Broadway ahnungslos hineingetappt war, und wie er später erfahren sollte, hatte er mit seinem Eintreten für Clark nicht bloß die Aussage eines einzelnen schlechten Polizisten in Zweifel gezogen – nein, er hatte das Ansehen des gesamten Polizeibezirks und damit auch der gesamten New Yorker Polizei, einschließlich ihres Chefs Roosevelt, mit Schmutz beworfen.

Fürs Erste jedoch schien der Fall erledigt, und als Crane am Morgen des 16. September das Gericht verließ, war die Presse sich einig, dass er die Situation tadellos gemeistert habe. Die Schlagzeile des *Journal* vom nächsten Tag lautete:

Stephen Crane so mutig wie sein Held. Zeigt
in einem New Yorker Polizeigericht das
«Tapferkeitsabzeichen». Erklärt sich unerschrocken
zum Begleiter einer Frau aus Tenderloin.

Man versteht, dass das *Journal* energisch für seinen Reporter eintrat, aber auch die neutralen Zeitungen bekundeten in ihren Schlagzeilen Respekt, hoben Crane in ihren Artikeln als zentrale Figur heraus und brachten Auszüge aus Interviews, die er verschiedenen Journalisten am Nachmittag des 16. September gab – am ausführlichsten das *Journal* vom 17., das aus einer Reihe von Gründen zitiert zu werden verdient: weil es Einblick in Cranes Gefühlslage unmittelbar nach dem Prozess gewährt, weil es zeigt, dass er öffentlich seine Bereitschaft bekundete, Clark zu unterstützen, falls sie sich entschließen sollte, Becker wegen Falschaussage anzuzeigen, und vor allem, weil aus den Schlussbemerkungen hervorgeht, was die Polizei von Cranes Zeugenaussage hielt – kleiner Hinweis auf das, was ihn erwartete.

«Sergeant McDermott riet mir dringend davon ab, ihr zu helfen, ich sei doch ein angesehener Mann, sagte er, und das könne mir nur schaden. Mir war durchaus klar, dass ich einen Ruf riskierte, den ich mir durch harte Arbeit erworben hatte. Aber», fügte er hinzu, «sie ist eine Frau, und sie wurde zu Unrecht beschuldigt, und ich habe meine Pflicht als Mann getan. Ich machte mir klar, wenn ein Mann in so einem Fall untätig bleibt, sind unsere Frauen und Schwestern der Gnade jedes Grobians ausgeliefert, der die Uniform besudelt. Der Polizist hat schlankweg gelogen, und wenn das Mädchen ihn wegen Falschaussage vor Gericht bringen will, werde ich sie gern dabei unterstützen.»

[Journal]: «Während Sie darauf warteten, vor Gericht auszusagen und damit offen den Tadel der Öffentlichkeit herausforderten, haben Sie sich da nicht wie Ihr Held in ‹The Red Badge of Courage› gefühlt?»

Er lächelte. «Ja, gewiss. Ich hatte große Angst, das gebe ich zu, und wäre am liebsten weggelaufen, hätte ich dies mit Ehren tun können.»

[Journal]: «Und jetzt, wo es vorbei ist, nehme ich an, Sie fühlen sich wieder wie Ihr Held und sind bereit, ein Gottesurteil ohne Zittern anzunehmen?»

«Nein, nein», rief Crane. «Ich bin nicht wie mein Held, beim nächsten Mal hätte ich genauso große Angst!»

«Wie würden Sie das Mädchen beschreiben, Mr. Crane?»

«Na ja», sagte er, «sie sieht recht gut aus, und sie hat Haare – rote Haare – dunkelrot» –

«Ja» –

«Und sie trug, da bin ich mir ziemlich sicher, so eine Art Hemdbluse», schloss er verzweifelt.

Auf der Wache des 19. Polizeibezirks war gestern Abend zu hören, dass die Befürchtungen des Mädchens, erneut verhaftet zu werden, ganz und gar nicht unberechtigt sind.

«Ich hoffe nur, sie geht heute noch aus und wird dann hergebracht», sagte Sergeant Daly hämisch kichernd.

Hauptkommissar Chapman sagte, er glaube Beckers Darstellung aufs Wort.

[Journal]: «Hat es nichts zu bedeuten, wenn ein Mann von weltweitem Ansehen erklärt, dass sie nichts Strafbares getan hat?», wurde er gefragt.

«Wer ist dieser Crane? Ein Schauspieler?»

«Nein. Ein Schriftsteller.»

«Nie von ihm gehört. Becker ist ein guter Mann, seit vier Jahren ist er bei der Polizei. Ich kenne ihn gut, auch den Kollegen ist er gut bekannt. Und ich glaube ihm.»

Er räumte jedoch ein, dass Becker erst vor kurzem eine ähnliche Verhaftung vorgenommen habe und dass mehrere Reporter behauptet hätten, das Mädchen in diesem Fall sei unschuldig gewesen.

Artikel erschienen in New York, Boston, Philadelphia und anderen Landesteilen, und nicht ein einziger konnte sich enthalten, *The Red Badge of Courage* ins Spiel zu bringen und die Affäre melodramatisch aufzubauschen (edler Ritter rettet Jungfrau in Nöten), was Crane als lachhaft und irritierend empfunden haben muss, aber wenigstens war die frühe Berichterstattung auf seiner Seite. Schon am

Tuschezeichnung zu «Adventures of a Novelist» im *New York Journal*, 20. September 1896

nächsten Tag jedoch wurde er vom *Boston Herald* sanft verspottet («Stephen Crane, Schriftsteller, hat sich vor einem New Yorker Polizeigericht auf eine Weise ausgezeichnet, welche seinem Herzen Ehre macht, nicht aber seinem Kopf»), und da mit weiteren Lästerungen und Verzerrungen zu rechnen war (sie kamen dann auch zuverlässig), beschloss Crane, für Klarheit zu sorgen und seine eigene Sicht der Ereignisse darzulegen. «Adventures of a Novelist» (als illustrierte Titelgeschichte im *Journal* vom 20. September erschienen) sollte das Gerede zum Schweigen bringen und die öffentliche Aufmerksamkeit auf den einzig wichtigen Aspekt des Falles lenken: Ihm ging es nicht um sich selbst und nicht einmal um Clark, sondern um das Problem polizeilichen Fehlverhaltens.

Er gab sich mit dem Artikel ungewöhnlich viel Mühe, bevor er ihn einreichte, schrieb mehrere Fassungen, kürzte und revidierte,

Illustrationen zu Szenen in «Adventures of a Novelist», *New York Journal*, 20. September 1896

bis er das Gefühl hatte, das Ganze sei ausgewogen. Eine der gestrichenen Passagen ist freilich von Bedeutung, fünf deftige Sätze, an denen sich ablesen lässt, welche Richtung Cranes Gedanken seit dem Fiasko am Madison Square Garden Mitte August – Anlass für die Port-Jervis-Artikel – eingeschlagen hatten, nur dass er die grundlegenden Probleme jetzt besser verstand und sich mit neuer Klarheit und Eindringlichkeit auszudrücken wusste:

> Jedem Denkenden dürfte klar sein, dass das Recht zur Festnahme eine der gefährlichsten Vollmachten ist, welche die organisierte Gesellschaft einem Einzelnen verleihen kann. Dieses Recht ist von so großer Tragweite, dass Menschen wohl selten mit einer Situation konfrontiert werden, die mehr Umsicht verlangt. Ein Rohling als Bürger ist unerfreulich; ein Rohling als

> Polizeibeamter ist ein Gräuel. Theoretisch zählt es zu den ersten Aufgaben einer Regierung, die Gewalt in die Hände ehrbarer Männer zu legen und den Bestrebungen von Verbrechern soweit irgend möglich entgegenzuwirken. Legt eine Regierung Herrschaftsgewalt in die Hände eines Verbrechers, verstößt sie selbstredend gegen diesen Grundsatz und wird sinnlos.

Vielleicht glaubte er, er höre sich wie ein Straßenredner an, jedenfalls strich er die Passage und ersetzte sie durch einen einzigen Satz: «Ich glaube, dass dieser Beamte seine Pflicht als Staatsdiener verletzt hat.» Stimmt natürlich, aber in der längeren Fassung erklärt er, warum er das glaubt – was auch erklärt, warum er seine Bereitschaft bekundete, noch einmal für Clark einzutreten, falls sie sich entschlösse, Becker wegen Falschaussage vor Gericht zu bringen. Crane ging es um Becker, denn Becker und andere Polizisten seines Schlags waren keine Gesetzeshüter, sondern Zerstörer, und sie mussten zur Strecke gebracht werden.

31

Unterdessen trieb er seine Arbeit voran, und das Räderwerk der Welt drehte sich weiter. Nur zwei Tage nach Erscheinen von «Adventures of a Novelist» nahm er an einer gemeinsamen Lesung mit Cahan und Garland im Lantern Club teil. Im *Bookman* erschien ein neues Gedicht von ihm («I explain the silvered passing of a ship at night»), Reynolds kam als sein Agent an Bord, in England erschien die neue Fassung von *Maggie*, und die Veröffentlichung seiner neuen Bücher, *The Little Regiment* und *The Third Violet*, stand kurz bevor. In diesem Herbst schrieb er hauptsächlich Erzählungen, Skizzen und die Tenderloin-Artikel, einiges davon Routine, anderes beeindruckend gut, ja herausragend. Wann genau sie geschrieben wurden, ist schwer zu bestimmen (ein mexikanisches Stück zum Beispiel, verfasst im Frühjahr 1895, erschien erst im Oktober 1896), aber das Bemerkenswerte an all diesen Sachen ist, dass es keinen Qualitätsunterschied zwischen denen gibt, die er vor der Begegnung mit Clark schrieb, und denen, die danach entstanden. Ein seltener Fall von gepanzerter Abwehr, mag sein, oder eine einzigartige Zähigkeit, aber Crane war ein Mensch, der schrieb, der schrieb und schrieb und schrieb, und sobald er sich eine bestimmte Aufgabe vorgenommen hatte (ob für Geld oder nur für sich), verschwand er in das Blatt Papier auf seinem Schreibtisch.

Zwei mikroskopische Juwelen von je zwei Seiten schrieb er vor dem Sturm. Eine Skizze, inspiriert von Cranes Besuch im Jefferson Market Police Court am 14. September (einen Tag vor seinem Treffen mit den Tänzerinnen im türkischen Rauchsalon), und eine Erzählung, die am 30. August, etwa zwei Wochen bevor Crane für Hearst zu arbeiten anfing, über Bachellers Zeitungssyndikat verbreitet wurde.

In «A Detail» schleicht eine kleine alte Frau in schwarzem Kleid und «sonderbarem schwarzen Häubchen» durch das nachmittägliche Gewühl des Einkaufsviertels an der Sixth Avenue. Eingeschüchtert von den Massen und dem Lärm, möchte sie jemandem eine Frage stellen, aber jedes Mal wenn sie den Mund aufmacht und etwas sagen will, verlässt sie der Mut. Schließlich erblickt sie zwei elegant gekleidete junge Frauen, die sich die Sachen in einem Schaufenster ansehen, als hätten sie alle Zeit der Welt. Der Leser begreift sofort, dass es sich um Prostituierte handelt («sie trugen Kleider mit sehr weiten Ärmeln, in denen sie sich wie voll getakelte Schiffe ausnahmen»), aber die alte Frau bekommt das nicht mit und hält sie für fein herausgeputzte vornehme Damen. Sie schiebt sich neben sie, späht in das Schaufenster und stellt dann die Frage, die sie bis dahin nicht über die Lippen gebracht hat: «Entschuldigen Sie, aber können Sie mir sagen, wo ich Arbeit finden kann?» Die Mädchen betrachten sie von oben bis unten, wollen schon ein Lächeln austauschen, reißen sich aber zusammen und wundern sich über ihr runzliges Gesicht, «das keine Spur von Erfahrung oder Wissen» zeigt, und über ihre Augen, aus denen «das Vertrauen einer Ahnungslosen und die Offenherzigkeit eines Kleinkindes» blicken. Sie erklärt, sie suche Arbeit, weil sie Geld brauche, sie sei zwar nicht bei Kräften, aber eine gute Näherin, und wenn sie ein Haus fände, «mit richtig vielen Mannsleuten drin», könne sie denen die Kleider ausbessern. Jetzt müssen die Mädchen doch lächeln, aber es ist ein «zartes Lächeln, am Rande eigenen Leids». Nein, Madame, sagt die eine, da könne sie ihr wohl nicht weiterhelfen, aber kaum sieht sie die Enttäuschung in der Miene der alten Frau, fragt sie nach ihrer Adresse und verspricht, ihr Bescheid zu sagen, sollte es ihr gelingen, einen potenziellen Arbeitgeber zu finden.

> Die kleine alte Dame diktierte ihr die Adresse und sah genau zu, wie das Mädchen sie mit einem zierlichen Silberstift auf eine Visitenkarte schrieb. Dann sagte sie: «Ich danke Ihnen sehr.» Sie verbeugte sich lächelnd und setzte ihren Weg fort.
>
> Und die zwei Mädchen, sie gingen zum Bordstein und sahen der alten Gestalt nach, klein und gebrechlich, in schwarzem Kleid und sonderbarem schwarzem Häubchen. So lange, bis die Menschenmassen, die zahllosen Wagen, das Hin und Her von Getöse und Durcheinander sie plötzlich verschlungen hatten.

Eine leise, aber bewegende Episode, die, wenn anders ausgeführt, zu einer Farce oder einem Crescendo schluchzender Violinen hätte ausarten können, aber Crane entgeht diesen Fallstricken durch sprachliche und emotionale Zurückhaltung und gelangt auf diese Weise zu einem unsentimentalen Pathos, will sagen, zu echtem Pathos, nicht dem rührseligen Abklatsch von Pathos, und wie angemessen, dass das Geschehen im letzten Absatz nicht von einem allwissenden Beobachter, sondern aus dem Blickwinkel der zwei jungen Prostituierten erzählt wird, die die winzige Gestalt in Schwarz im Riesenmaul der Stadtstraßen verschwinden sehen. Auch dies ein filmischer Moment, und wenn ich nicht irre, ist diese kleine Skizze das einzige Werk Cranes, in dem alle Hauptfiguren Frauen sind.

In «An Eloquence of Grief» geht es ebenfalls um eine Frau in Schwierigkeiten, diesmal eine junge Frau, eine Hausangestellte, die angeblich ihre Arbeitgeber bestohlen hat und jetzt Gefahr läuft, zwischen den Mühlsteinen der Strafgerichtsbarkeit zerrieben zu werden – ein Fall von den vielen, die Crane vor Gericht beobachtet hat. Ironisch beginnend, vergleicht er den Gerichtssaal mit einer Kirche mit «hohen gottgefälligen Fenstern» und den am Eingang postierten Polizisten – der jeden Besucher auffordert, den Hut abzunehmen – mit einem «Priester, wenn die Heiligkeit einer Kapelle missachtet oder vergessen wird». Dann kommen die im Gerichtssaal versammelten Personen dran, zum einen die Prozessbeteiligten, zum andern die neugierigen Zuschauer, die ihre «abgestumpften, weltverdrossenen Nerven – Drähte, die bei gewöhnlichen Ereignissen nicht mehr vibrieren wollten» – ein wenig zu beleben hoffen. Dann, und erst dann, stellt er das Dienstmädchen vor, bewacht von einem Zivilpolizisten, steht sie erbärmlich weinend in einer Ecke, die Tränen strömen ihr aus den Augen und hinterlassen «grimmige rosa Streifen auf ihrem Gesicht». Ab und zu blickt sie zu den «zwei gutgekleideten jungen Frauen und einem Mann» hinüber, «die dort mit der Gelassenheit von Leuten warteten, denen die Ausstattung einer Gefängniszelle gleichgültig sein kann». Das sind ihre Arbeitgeber, und als der Fall aufgerufen wird, machen die zwei Frauen «gesetzt und ruhig» ihre Aussage, das Mädchen habe seidene Unterwäsche im Wert von fünfzig Dollar aus ihren Zimmern gestohlen. Im Gegensatz dazu ist die Beschuldigte, als sie zu Wort kommt, so nervös und verängstigt, dass ihre Lippen «ganz weiß geworden sind». Der Anwalt der Kläger befragt sie – «mit dem Gebaren eines Mannes, der Blumentöpfe an eine Hauswand schleudert» –, und die kurze Anhörung schließt mit der Erklärung des Richters, die Beweislage sei hinreichend, «dem Mädchen den Prozess zu machen».

> Sogleich schickte der gewitzte Gerichtsdiener sich an, den Weg für den nächsten Fall freizuräumen. Die gutgekleideten Frauen und ihr Begleiter wandten sich in die eine Richtung, das Mädchen in die andere zu einer Tür mit kargem Bogen, die in einen gepflasterten Durchgang führte. Und plötzlich schallte ein lauter Schrei durch den Gerichtssaal, der Schrei dieser jungen Frau, die glaubte, es sei aus mit ihr.

Ein gellender, durchdringender Schrei, der wie eine Messerklinge in die Menge fährt. Das Mädchen sinkt in die Arme des Gerichtsdieners, schlägt «mit ihren wilden Fersen zweimal auf den Boden» und kreischt voller Entsetzen: «Ich bin unschuldig! Oh, ich bin unschuldig!»

Ein ungewöhnlicher, vollkommen unerwarteter Ausbruch, so außerhalb der Normen konventionellen Verhaltens in der Öffentlichkeit, dass Crane im nächsten Absatz erst einmal diesen Schrei untersucht und seine Wirkung auf die Leute im Saal beschreibt – letztlich also, wie er auf ihn gewirkt hatte.

> Die Menschen haben Mitleid mit denen, die niemanden brauchen, und die Schuldigen weinen einsam; aber ob unschuldig oder schuldig, der Schrei dieses Mädchens ließ auf einen so tiefen Schmerz schließen – war ein solches Inbild von Leid, dass er wie ein Dolch den Vorhang des Gewöhnlichen zerteilte und das in Schwermut gehüllte Gespenst im Herzen dieses jungen Mädchens so deutlich und in so universell verständlicher Verfassung sehen ließ, dass man darin ein fernes mitternächtliches Erschrecken seiner eigenen Gedanken ausgedrückt hörte.

Diese Passage ist für den Entwicklungsstand der Prosa Cranes zu diesem Zeitpunkt eigenartig holprig, der kraftvolle Beginn mit seinen pointierten Feststellungen, dann die jähe, einfühlsame Wendung vom «tiefen Schmerz» (Schmerz nicht nur des Mädchens, sondern aller, die jemals schwer gelitten haben), dann aber fliegt der Satz mit dem plumpen «Inbild von Leid» und dem schwülstigen «in Schwermut gehüllten Gespenst» aus der Kurve und schwingt sich erst zum Ende hin wieder zur kraftvollen Höhe des Anfangs auf. Wer weiß, wie hektisch und unter welchen Umständen diese zwei Seiten geschrieben wurden, aber die kleinen stilistischen Fehltritte haben ihr eigenes emotionales Gewicht, denn immerhin zeigen sie, dass der sonst so stilsichere, wortgewandte Crane ins Stammeln gerät, während er nach Worten tastet, die das Ungeheure am Schrei dieses Mädchens vermitteln sollen – die übersinnliche Kraft einer Menschenseele, die sich vor allen anderen entblößt, und wie sehr die auf diese anderen einwirkt, nicht zuletzt auf Crane selbst.

Wie auch immer, das eigentliche Thema des Artikels ist nicht das Mädchen oder ihr Schmerz oder die in ihrem Fall ergangene Entscheidung, sondern das Gericht selbst und wie blind die Gerechtigkeit bei der Anwendung der Gesetze vorantappt – hastig, mechanisch, vollkommen gleichgültig gegen das Leben der Menschen, über die sie entscheidet. Kaum ist der Fall des Mädchens abgehandelt, kommt der nächste dran, und zum Schluss seines Berichts wechselt Crane in eine ganz andere Tonlage:

> Die Schreie erstarben in dem gepflasterten Durchgang. Ein Streifenpolizist legte einen Arm gelassen aufs Geländer, und unter ihm stand schwankend und grinsend ein alter, fast zahnloser Landstreicher.
>
> «Bitte, Euer Ehren», sagte der alte Mann, als ihm das Wort erteilt wurde, «wenn Sie mich diesmal gehen lassen, bin ich noch niemals besoffen gewesen, Sir.»
>
> Ein Gerichtsdiener nahm die Hand vor den Mund und verbarg sein Lächeln.

Ja, das ist komisch, aber mehr als das, es schäumt vor ironischer Geringschätzung, vor Verachtung. Erst Sekunden zuvor hatte ein Dienstmädchen mit jammervollen Schreien den Himmel aufgerissen, und jetzt sind diese Schreie schon vergessen, und da vor Gericht Tragisches und Komisches nie zu unterscheiden sind, geht alles gleich wieder seinen gewohnten Gang, schon sind wir beim nächsten Fall, und sehen wir doch mal, ob wir über diesen komischen irischen Säufer nicht lachen können.

Selten dürfte zwischen Entwurf und Veröffentlichung irgendeines seiner Artikel so wenig Zeit vergangen sein, denn schon am 1. Oktober brachte die Zeitschrift *Town Topics* Cranes neueste kleine Geschichte. Geschrieben wenige Tage nach seiner Aussage vor Gericht, folgte «In the Tenderloin: A Duel Between an Alarm Clock and a Suicidal Purpose» dicht auf den Fersen der bereits fertigen «Adventures of a Novelist», wobei erwähnenswert ist, dass in beiden Texten ein Wecker eine Rolle spielt. Ich bezweifle, dass Crane sich der Wiederholung bewusst war, aber da sind sie, die beiden Wecker, hell wie 100-Watt-Birnen, und wenn wir sie uns einmal genauer ansehen, erweisen sie sich als bemerkenswert ähnlich und doch gänzlich verschieden, denn der echte Wecker in Cranes Zimmer erlaubte ihm, rechtzeitig für den Gang zum Gericht aufzustehen und eine Tenderloin-Prostituierte vor einer ungerechtfertigten Haftstrafe zu bewahren, wohingegen der zweite, der imaginäre Wecker einer Tenderloin-Prostituierten von ihrem Zuhälter an den Kopf geschlagen wird. Machte Crane seiner Wut darüber Luft, dass Clark ihn in den kompromittierenden Strudel aus Gezeter und öffentlicher Aufmerksamkeit hineingezogen hatte, mit der Folge, dass sein Name in die Schlagzeilen Dutzender Zeitungen im ganzen Land geraten war? War er tatsächlich deswegen so wütend und hätte ihr mit dem Wecker, der ihn zu ihrer Verteidigung gerufen hatte, am liebsten den Schädel eingeschlagen? Möglich. Und wenn es so war, lässt sich daran ermessen, wie sehr es ihn zerriss, dass er seinen Ruf aufs Spiel gesetzt hatte, aber wir sollten auch bedenken, dass in jedem literarischen Werk eine autobiographische Komponente steckt, so undeutlich oder verschüttet oder unerkennbar sie auch sein mag, und mit oder ohne Dora Clarks schattenhafte Anwesenheit ist dieses Werk zufällig ein gutes – reichhaltig, äußerst komplex und seltsam, bei weitem die beste der Tenderloin-Geschichten, die Crane in jenen stürmischen Wochen vor seinem fünfundzwanzigsten Geburtstag schrieb.

Es beginnt mit einem witzigen Prolog, in dem sich der Ich-Erzähler darüber beklagt, dass alle, von den Pfarrern und Polizisten bis hin zu seinen fernen «Freunden von den Sternen», immer schon alles über Tenderloin wissen, doch bei dem Kampf zwischen einem Wecker und einer Selbstmordabsicht – «eine belanglose Angelegenheit» –, von dem er uns jetzt erzählen wolle, könnte es sich um den einzigen Vorfall in Tenderloin handeln, von dem noch nicht sämtliche Bewohner der Erde erfahren haben.

Der Ton ist rasch gesetzt – schalkhaft, verspielt, kühl und auftrumpfend –, und Crane hält bis zum Ende der Geschichte daran fest, eines grusligen, eine ganze Nacht lang währenden Geschehens, das einen Zuhälter namens Swift Doyer und seine namenlose Freundin und Prostituierte beinahe zugrunde richtet, es ist aber auch ein Kommentar zum Geschichtenerzählen selbst, zum Gegensatz zwischen dem von realen Menschen gelebten Leben und dem Leben imaginärer Gestalten in ausgedachten Geschichten.

Swift und sein Mädchen streiten sich in ihrer kleinen Wohnung in Tenderloin. Er hat sie bei einer Lüge erwischt, und jetzt zeigt er es ihr, denn er ist «eifersüchtig, auf jene befremdliche, hinterhältige Art, wie es Leuten seines Schlags eigen ist», überhäuft sie mit Vorwürfen in einer wirren, sich ständig wiederholenden Tirade, die dem schluchzenden Mädchen keine Chance lässt, sich zu verteidigen. Nachdem er sie ein Dutzend Mal in zwölf Varianten als Lügnerin beschimpft hat, hält er inne, steht vom Tisch auf, macht sich eine Zigarette an und befiehlt ihr, ebenfalls aufzustehen, damit er sie «beim Lügen sehen kann».

> Etwas Weißes stöberte in der Dunkelheit auf, kaum deutlicher als Eisschollen bei Nacht unter einem schwankenden Schiff. Und als das Gaslicht plötzlich aufflackerte, stand das Mädchen vor ihm. Eine wundersame weiße Gestalt in vestalisch anmutendem Gewand. Sie glich der Priesterin auf Gemälden längst vergangener mediterraner Religionen. Das Haar fiel ihr wild auf die Schulter. Sie warf die Arme empor und schrie Swift an, schrie in einer Not, die fast so wirklich schien wie die Not guter Menschen.
>
> «Oh, oh, es zerreißt mir das Herz! Es zerreißt mir das Herz!»
>
> Swift aber wusste so gut wie alle anderen Männer,

> diese Mädchen haben kein Herz, das zerreißen könnte, und so steigerte ihre Vorstellung seine Wut nur aufs Neue. Er packte einen Wecker von der Kommode und schlug ihn ihr heldenhaft an den Kopf.

Damit nicht genug, denn jetzt taumelt das Mädchen zum Spiegel. Swift nimmt an, sie wolle den Schaden an ihrem Kopf inspizieren, doch gerade als er sie wieder zu beschimpfen anfängt, sagt sie, sich selbst betrachtend: «Ich habe Morphium genommen, Swift!»

Das Gebrüll bricht ab, die Wut verfliegt, alles bleibt stehen. Swift eilt zu einer «kleinen roten Pillenschachtel» und stellt fest, sie ist leer. Acht Viertel-Gramm-Dosen sind weg. Eine tödliche Menge, und wie Crane im nächsten Satz sarkastisch bemerkt: «Die Selbstmordabsicht ging dem Wecker eindeutig voraus.» Dann wirft Swift «mit enormer Geistesgegenwart», das heißt ohne jede Geistesgegenwart, die leere Pillenschachtel aus dem Fenster, als könne ihm oder ihr dies auch nur im Geringsten weiterhelfen, sind die Pillen doch jetzt nicht mehr in der Schachtel, sondern im Magen des Mädchens.

Ein hektischer Kampf gegen die Zeit beginnt, als Swift alles in Bewegung setzt, sie zu retten, denn trotz seines Wutausbruchs nur wenige Augenblicke zuvor liebt er dieses Mädchen und kann sich ein Leben ohne sie nicht vorstellen. Er kippt ihr Whisky in den Hals, um sie wach zu halten, dann schlägt er sie, um sie wach zu halten, und wenn Schläge eine merkwürdige Methode zu sein scheinen, eine Ohnmächtige wiederzubeleben, führt Crane zu Swifts Verteidigung an, «unsere ehrbare Philosophie weiß wenig von der Liebe und Verzweiflung, die in solchen Zärtlichkeiten steckten», und während Swift sie weiter schlägt und mit Whisky abfüllt, spricht er auch zu ihr, ruft «das Licht in ihre Augen» und «ihre Seele vom Abgrund zurück», aber trotz aller seiner Bemühungen gleitet sie «schlaff auf ihren Stuhl wie eine Kleiderpuppe». Mit seinem Latein am Ende, richtet er sie auf und läuft in die Küche, um Kaffee zu machen. Eine schwierige Aufgabe, seine Finger wollen ihm nicht gehorchen, aber schließlich gelingt es ihm doch. «Als er die mädchenhafte Gestalt aufhob und in die Küche trug, brabbelte er so verstört vor sich hin wie ein Mitternachtsmörder». Ein wenig zu dick aufgetragen, mag sein, aber durchaus passend zu dem übertriebenen Ton des ganzen Stücks («Oh, oh, es zerreißt mir das Herz!»), und dann beendet Crane den Satz mit folgendem ziemlich bizarren Gedanken (noch bizarrer dadurch, dass «Rohheit» wahrscheinlich ein Druckfehler für «Hoheit» ist[66]): «und nur weil er nicht an der honorigen und literarischen Ermordung einer königlichen Rohheit beteiligt war, würde jeder vernünftige Schriftsteller sich dieser Geschichte schämen.»[67]

Warum schämen? Weil honorige Morde literarische Morde sind, begangen an hochwohlgeborenen Rohheiten oder Hoheiten, und weil Doyer ein «Mitternachtsmörder» ist (oder jedenfalls wie einer aussieht) und daher nicht honorig ist, was bedeutet, dass jeder Schriftsteller, der etwas zu erzählen hat, sich schämen sollte, literarische Morde zugunsten echter Morde zu verschmähen. Das ist natürlich alles ein Witz. Wieder einmal macht Crane sich über die

■ 66 Im Original «royal juke» wohl Druckfehler für «royal duke» (A. d. Ü.)

■ 67 Was «juke» angeht, ist nicht ganz ausgeschlossen, dass Crane hier mit der im 19. Jahrhundert verbreiteten Slangbedeutung dieses Worts als herabsetzende Bezeichnung für verarmte Landbewohner spielte. Der Soziologe Richard L. Dugdale präsentiert in seinem 1877 erschienenen Werk *The Jukes: A Study in Crime, Pauperism, Disease and Heredity* die Ahnengalerie einer sich im Lauf der Generationen immer weiter ausbreitenden Verbrecherfamilie. Der Name «Jukes» (ein Pseudonym) und das Wort «juke» lagen zu Cranes Lebzeiten in der Luft, und «royal juke» könnte für den Boss einer Verbrecherbande aus der hintersten Provinz stehen, mit anderen Worten, der Niedrigsten der Niedrigen, was dieser komischen Stelle eine weitere Bedeutungsschicht hinzufügen würde. Andererseits hinwiederum könnte «juke» durchaus ein Druckfehler für «duke» sein, was den Witz ein wenig abflachen würde – aber immer noch wäre er schneidend genug. Ziemlich sicher ist immerhin, dass der Name Swift Doyer auf die berüchtigte Gasse in Manhattans Chinatown anspielt, die für die Redewendung «As crooked as Doyers Street» Pate stand.

Anstandsregeln der zeitgenössischen Standardliteratur lustig, zugleich jedoch verteidigt er sich selbst (mit auf den Kopf gestellter Logik) und sein Interesse an Figuren wie Swift Doyer, ein Faible, das von den Sachwaltern des guten Geschmacks nicht immer mit Wohlwollen betrachtet wurde. So wurde etwas später im selben Monat ein anderer seiner Unterweltsberichte für das *Journal*, «The Tenderloin as It Really Is», von einer Zeitung in San Francisco als «äußerster Schmutz» bezeichnet, so abstoßend, dass «nicht einmal die ‹Police Gazette› so tief sinken würde».

Nach der Bemerkung über honorige und nicht honorige Morde springt die Erzählung ein paar Stunden nach vorn, und «als die stahlblaue Morgendämmerung kam und ferne Schornsteine schwarz vor einem rosenfarbenen Himmel standen, saß das Mädchen gestikulierend am Esszimmertisch und schnatterte wie eine Wahnsinnige». Das Morphium wirkt noch, aber sie lebt auch noch, und Swift, der sie von der anderen Seite des Tischs beobachtet, «sagte sich zu wiederholten Malen, dass er, erschöpft und benommen von seinen Anstrengungen, jetzt auf den Augenblick wartete, wo die unsichtbare Hand diese Seele in den Abgrund schleuderte und er dann ganz allein wäre».

An dieser Stelle geschieht etwas, das die Geschichte erneut in eine andere Richtung lenkt, ein sehr schönes und unerwartetes Etwas, ohne das wir hier nicht von einem kleinen Meisterwerk sprechen würden. Crane kommt auf den genialen Einfall, eine Fliege über dem Tisch kreisen zu lassen, eine schlichte, gewöhnliche Stubenfliege, das unbedeutendste unter den winzigen Lebewesen, und als die Fliege sich auf einem Bild an der Wand niederlässt, nimmt das Mädchen sie plötzlich wahr. «Oh», sagt sie, «da ist eine kleine Fliege.» Sie steht auf, streckt den Finger aus und beugt sich vor, um sie zu streicheln. «Hallo, kleine Fliege», sagt sie, aber kaum hat ihr Finger sie gestreift, fällt die Fliege («vielleicht vor Kälte nicht abwehrbereit») auf den Fußboden. Das Mädchen stößt einen Schrei aus, sinkt auf die Knie und sucht nach ihrer kleinen Freundin, «zärtlich um Verzeihung bittend», findet sie, hebt sie auf und trägt sie zur Gasflamme, um sie wiederzubeleben – eine Rettungsaktion ähnlich wie die, mit der Doyer das Mädchen ins Leben zurückgeholt hat. Bei alldem plappert sie in einem Monolog voller Mitleid und Bedauern vor sich hin wie eine sedierte Ophelia in der Psychiatrie.

> «Arme kleine Fliege», sagte sie. «Ich wollte dir nicht wehtun. Ich würde dir niemals weh tun wollen. Da, schau mal – wärm dich auf, vielleicht kannst du dann wieder fliegen. Hab ich die arme kleine Fliege zerquetscht? Entschuldige – ehrlich, tut mir leid. Armes kleines Ding! Ich würd dir niemals was zuleide tun, niemals, arme kleine Fliege –»

Swift spielt in dem Drama keine Rolle mehr, er ist jetzt nur noch Zuschauer, wie betäubt sitzt er am Tisch und beobachtet, was er für den Todeskampf seiner Geliebten hält. Aber irgendetwas stimmt da nicht, erkennt er, denn der Tod, wie er ihn aus Theaterstücken und Erzählungen kennt, kommt ganz anders daher als das, was sich jetzt vor seinen Augen abspielt. Wie Maggie Johnson mit ihren Märchenträumen von Liebe und Henry Fleming mit seinen homerischen Illusionen von Krieg stolpert der harte Bursche Swift Doyer über die Fallstricke des konventionellen Erzählens vom Tod. So lustig die folgende Passage sein mag, tatsächlich haben wir es wieder einmal mit einem Überraschungsangriff in dem ausgedehnten schönen Krieg zu tun, den Crane vor Jahren angefangen und noch lange nicht beendet hat.

> Seltsame Dinge kommen einem Mann stets zur falschen Zeit in den Kopf, und Swift spürte, diese Szene verstieß gegen alles, was er gelernt hatte. Man hatte

> ihn gelehrt, dass Menschen sich beim Sterben auf eine bestimmte Art und Weise verhalten. Was hatte dieses Mädchen mit einer verwünschten Fliege zu schaffen? Warum im Namen der Schauspielgötter beschwor sie nicht ihre Vergangenheit? Warum bei den Regalmetern der heiligen Schriftsteller fasste sie sich nicht an die Stirn und rief: «Ach, einst war ich ein unschuldig Mädchen»? Was stimmte nicht mit dieser Sterbeszene? Sein Sinn für das Schickliche empörte sich so sehr, dass er schon ansetzte, das Geplapper des Mädchens zu unterbrechen.
>
> Da aber kam ihm ein neuer Gedanke. Das Mädchen würde nicht sterben. Wie konnte sie – unter diesen Umständen? Die Form war nicht korrekt.

Am Morgen sind die beiden erschöpft, und Crane beendet sein kleines Meisterwerk mit einem letzten Dreh seines erzählerischen Korkenziehers:

> Eine Stunde lang sprach das Mädchen mit der Fliege, der Gasflamme, den Wänden, den fernen Schornsteinen. Dann setzte sie sich dem schlummernden Swift gegenüber und sprach leise mit sich selbst.
>
> Als es Tag wurde, schliefen sie beide, und die Finger des Mädchens waren über den Tisch gewandert, bis sie die Locken an der Stirn des Mannes gefunden hatten. Sie schliefen, und das ist doch wohl menschlich und darf auch von literarischen Gestalten unserer Tage getan werden.

Swift Doyer taucht als Nebenfigur in einer weiteren Tenderloin-Geschichte auf, die im folgenden Monat erschien: «Yen-Hock Bill und His Sweetheart», eine deftige schwarze Komödie über einen opiumsüchtigen, lungenkranken Betrüger, in der noch eine andere Figur aus einer anderen Geschichte dieser Phase vorkommt, Jimmy the Mole in «Diamonds and Diamonds», ein Operntenor mit «Tenderloin-Stimme», der ebenfalls als Betrüger auftritt und dessen Masche es ist, aufgeblasene, gutbetuchte Opfer zum Kauf von Diamantringen ohne Diamanten zu beschwatzen. «Yen-Hock Bill» erschien im *Journal* vom 29. November, «Diamonds and Diamonds» hingegen ist offenbar im Chaos von Cranes Manuskripten verlorengegangen und verschlief zwei Weltkriege, ehe es entdeckt und 1956 im *Bulletin of the New York Public Library* veröffentlicht wurde. Man kann die beiden Erzählungen für Bagatellen halten, doch in Cranes Fall sind auch Bagatellen gut oder sogar sehr gut, und jede dieser lebhaften, ausgefuchsten Miniaturen würde einer Anthologie klassischer New-York-Geschichten Ehre machen.

Er schrieb auch für Hearst zwei Tenderloin-Reportagen, wenig bemerkenswerte, aber unterhaltsame wahre oder ausgedachte Anekdoten über die Nachtlokale des Bezirks. Die bessere, «The Tenderloin as It Really Is», provozierte immerhin die in San Francisco erscheinende *Wave* zu ihrem Kommentar von «äußerstem Schmutz», vermutlich weil hier unter anderem in allen Einzelheiten eine üble Kneipenschlägerei geschildert wird; es gibt da aber auch folgende skurrile, trocken erzählte Szene, die ohne weiteres in ein absurdes Drama aus der Mitte des 20. Jahrhunderts passen würde:

> Fünf Männer stießen die Eingangstür eines glänzenden Cafés am Broadway auf, kamen herein und setzten sich an einen Tisch. Sie trugen Frack, und jeder hielt sein Kinn, als gehöre es ihm nicht.
>
> «Nun, Leute, was wollen wir trinken?», sagte einer. Er fand es heraus, und nach der Zeremonie trat

> Schweigen ein. Endlich rief ein anderer: «Trinken wir noch etwas.» Im Anschluss an diesen Ausbruch und die zugehörige Zeremonie trat abermals Schweigen ein.
>
> Schließlich murmelte einer: «Also, trinken wir noch etwas.» Zwei von der Gesellschaft besprachen die Lage auf dem Ledermarkt. Aufregend wurde es, als ein kleiner Zeitungsjunge hereinkam und ein Extrablatt ausrief und vom Ober hinausgeworfen wurde. Die fünf Männer schenkten dem Vorfall ihre ganze Aufmerksamkeit.
>
> «Trinken wir etwas», sagte einer danach.
>
> In einer frühen Morgenstunde gähnte einer und sagte: «Ich gehe nach Hause. Ich muss den Frühzug nehmen und –»
>
> Die vier anderen erwachten. «Oh, Moment mal, Tom. Moment. Trink noch etwas, bevor du gehst. Geh nicht ohne einen letzten Drink.»
>
> Er trank ihn. Dann trat Schweigen ein. Dann gähnte er wieder und sagte: «Trinken wir noch einen.»

Cranes stärkster Zeitungsbeitrag während der Clark-Affäre hatte jedoch nichts mit Tenderloin oder New York zu tun, und wenn man einmal innehält und sich vorstellt, was für eine unruhige Zeit er in diesem Herbst durchlebte, verwundert es nicht, dass er einen Auftrag von Pulitzers *World* akzeptierte und in den Norden reiste, in eine Kleinstadt am Hudson River, wo er, begleitet von einem Illustrator, über den elektrischen Stuhl im dortigen Gefängnis, Sing Sing, berichten sollte. Ein trauriger Job, fürwahr, doch bedenkt man seine Situation, war er vielleicht gerade in der richtigen Stimmung, über den Tod in seiner modernsten, maschinell effizientesten Form nachzudenken. Der Tod war das Thema dreier seiner besten neuen Erzählungen – New York Kid und Swift Doyers Freundin, beide dem Tod noch knapp entronnen, und Schäfer Bill, dem dies nicht gelang –, aber das waren imaginierte, literarische Tode, keine realen Tode von lebenden Männern und Frauen, und auch wenn er für die Reportage über Sing Sing keiner Hinrichtung beizuwohnen brauchte, dürfte ein Blick auf den leeren Holzstuhl in der Hinrichtungskammer erschütternd genug gewesen sein.

In «The Devil's Acre» findet sich nichts von den Kapriolen und Frechheiten und munteren Redensarten der Tenderloin-Skizzen. Zweifellos hatte Crane sich mit diesen rhetorischen Späßen bei Laune gehalten, aber jetzt, in Sing Sing, war Schluss mit lustig.

Gleich als Erstes geht er in die Kammer. Wände und Decke sind mit glattem Holz ausgekleidet, einziger Gegenstand in dem Raum ist der Stuhl, ebenfalls aus glattem Holz. Es ist ein großer Stuhl, einer, in dem ein reicher Bankier sitzen könnte, und es riecht nach Lack, so durchdringend, wie man es sonst nur aus Kutschenfabriken kennt. Hinter einer Trennwand kommt ein langes Rohr hervor, aus dessen Ende ein Stromkabel hängt, «dick wie eine Zigarre». Über die Armlehnen des Stuhls sind starke breite Gurte geworfen. Der zuvorkommende, hilfsbereite Mann, der Crane und seinen Begleiter in den Raum geführt hat, erzählt ihnen, «die ganze Sache dauert ungefähr eine Minute ab da, wo wir sie bearbeiten», doch als er fragt, ob sie sich einmal auf den Stuhl schnallen lassen möchten, «um zu sehen, wie sich das anfühlt», lehnen sie das Angebot höflich ab. Sie wissen, seine Zeit sei kostbar, erklären sie, da wollen sie ihm die Mühe gern ersparen.

Crane kommt über den Gegensatz zwischen der Stille dieses Orts und seinem schauerlichen Zweck ins Grübeln, «denn in diesem Raum werden Verbrechen gekrönt, und der Stuhl ist der Thron des Todes», und alle diese «gewöhnlichen Dinge» – «ein Geruch nach geöltem Holz, die unbewegte Stimme eines Aufsehers … ein Besen in einem Winkel neben der Tür, ein blauer Himmel und ein schwankender grüner Ast hinter einem Fenster, das so klein ist, als habe es eine Kartätsche in die Mauer gesprengt» – steigern nur das Entsetzliche «dieses bequemen Stuhls, dieses alltäglichen Möbelstücks, das da schweigend und einsam wartet und wartet und wartet».

> Der Stuhl ist geduldig – geduldig wie die Zeit selbst. Mag auch sein befleckter, fahler Prinz jetzt noch ein Baby sein und zu Füßen seiner Mutter mit Buchstabenklötzchen spielen, dieser Stuhl wird warten. Er ist seinen Augen so unbekannt wie die Schatten der Bäume bei Nacht, und doch ragt er über ihm, schaurig, unerbittlich, teuflisch: sein Schicksal – dieser geduldige, bequeme Stuhl.

Crane verlässt das Gebäude und wandert auf einen Hügel mit Blick auf den Hudson; kleine Schiffe ziehen langsam auf dem «silbernen» Fluss vorüber, alles ist still auf dem schönen Gelände davor, dem Totenacker der Verurteilten.

> Schlichte weiße Bretter sprießen in Reihen aus dem Boden. Die Inschriften sind knapp. «Hier liegt Wong Kee. Gestorben 1. Juni 1890.» Die Bretter stehen vor der Veranda eines Häuschens ... Falls Leute auf dieser Veranda jemals den Blick von dem breiten Fluss abwenden und auf diese Gräber richten, werden sie feststellen, dass sie die Inschriften aus dieser Entfernung gerade noch entziffern können und aus dieser Entfernung gerade nicht mehr entziffern können. Sie stoßen auf die Trennlinie zwischen Schärfe und Unschärfe.

Mir scheint, die letzten beiden Sätze enthalten das Crane-Projekt in seiner ganzen Vielfalt, Literatur und Reportage: Im Zentrum seines Schreibens und seiner Aufmerksamkeit stehen die Kapricen der wahrgenommenen Welt, das Auge schaut hinaus und versucht, sich auf das Gesehene einen Reim zu machen, und der Verstand schaut hinein auf das Durcheinander widersprüchlicher Regungen und Gefühle, die unablässig auf das Bewusstsein einprasseln, und nirgends in seinem Werk gelingt es ihm, dies so gültig auszudrücken wie an dieser Stelle. Etwas aus einer Entfernung betrachten, die exakt an der Grenze zwischen lesbar und unlesbar oszilliert, an der *Trennlinie zwischen Schärfe und Unschärfe*: Diese Linie, dieser Bereich der Unbestimmtheit, wo Subjektives und Objektives verschmelzen, ist der schmale Pfad, auf dem sich ein Großteil von Cranes Werk bewegt, und da niemand vor ihm diesen Pfad bis zu Ende gegangen war, konnte er bisher unbekanntes Gelände erschließen. Und das, so glaube ich, begründet seine Bedeutung für die amerikanische Literatur und erklärt, wieso gerade er es war, der die Tür zu weiteren Entwicklungen aufgestoßen hat.

Fortsetzung der Passage:

> Es ist ein sehr behagliches Haus, und doch würde ein hinreichend abergläubischer Mensch wohl nicht einmal 3 Dollar dafür bieten. Ist es doch schlichtweg nicht möglich, dem Anblick dieser Bretter auszuweichen, dieser schmucklosen Zeugen zur Erinnerung an Männer, die mit schwarzer Seele starben, deren Blicke im Leben mit einer Art Wildheit, voll Feigheit und einem Hass ins Abseits flohen, der womöglich die ganze Welt umfasste.

Diese dunklen Gedanken werden noch dunkler, als er sich den Totenacker bei Nacht vorzustellen versucht, «schauerliche Gestalten», «das Lachen des Teufels» und «krallende Dämonenfinger», ein Katalog von Schrecken, schon im Titel des Stücks enthalten und von einem knappen Satz in der Mitte des Absatzes noch einmal unterstrichen: «Dieser Hügel, das ist der Acker des Satans.» Kurz bevor er sich ganz von dieser Flut schauerlicher Bilder fortreißen lässt, rettet er sich ans Ufer und kommt auf die am Hang grasenden Kühe zu sprechen.

> Eine Kuh lässt sich von derlei nicht schrecken. Eine Kuh interessiert sich wenig für Aberglauben. Eine Kuh interessiert sich für Gras. Gutes Gras wächst hier. Sanftmütige, mütterliche alte Kühe streifen ruhig zwischen alten und neuen Gräbern umher. Normalerweise würde man es als sehr störend empfinden, ständig Grabsteine im Weg zu haben. Sinistre Inschriften, wohin man auch blickt, können den Friedfertigsten aus der Fassung bringen. Aber die tiefe Philosophie einer Kuh lässt sich davon nicht erschüttern. Ihr geht es nicht um Gesinnung; ihr geht es um Weideland.

Albträume, gefolgt von Unbeschwertheit: dieselbe Zweigleisigkeit, die vielen Werken Cranes eigen ist, doch bald kommt er auf das zurück, was er am besten kann, liefert eine sorgfältige Beschreibung des Orts, erzählt uns genau, was er auf diesem Gräberfeld toter und vergessener Verbrecher sieht, und beendet seinen Ausflug auf den Teufelsacker beinahe schweigend, als er ein zerbrochenes Kreuz betrachtet, das aus dem wuchernden Unkraut ragt.

> Die Zeit teilt Regen, Wind und Sonne allen Dingen zu, und ein Brett kann sich dessen nicht wehren.
>
> Bald fällt es. Niemand ist hier, es wieder aufzurichten. Von den Männern, die hier liegen, will die Welt

> nichts wissen, und niemand hat gegen das zersetzende Walten der Natur etwas einzuwenden. Und tatsächlich ist es so, dass die Daten auf den Brettern noch gar nicht alt sind. Diese weißen Bretter sind wie Soldaten vom südlichen Ende des Felds nach Norden marschiert. Während die im Süden verblassten, verfaulten und stürzten, sprangen zu ihrer Rechten andere auf. Während dann diese zerfielen, erschienen zu ihrer Rechten die nächsten. Es ist ein steter Marsch gen Norden. Am anderen Ende sind jetzt keine Bretter; nur unheilvolle Erdhügel unter dem Unkraut. Der Weg ins Vergessen ist kurz.
>
> In der Mitte des Totenackers findet sich ein blasses, aber noch trotziges Brett, auf dem ein grob eingeschnitztes Kreuz zu sehen ist. Ein seltener Zufall hat dieses Brett der Länge nach aufplatzen lassen und das Kreuz in zwei Teile gespalten … aber das alte Brett steht noch aufrecht, und das Kreuz bewahrt seine Form, als sei es lediglich breiter und durchlässig geworden. Es ist ein Ort, an dem Mönche singen könnten.

Jahre sollten vergehen, ehe es geschah, und Crane selbst erfuhr nie davon, aber am 30. Juli 1915 wurde Charles Becker, der Polizist, der Dora Clark zu Unrecht festgenommen hatte, auf eben dem elektrischen Stuhl hingerichtet, über den Crane nach seinem Besuch in Sing Sing 1896 geschrieben hatte. Becker war der erste Polizist in der Geschichte Amerikas, der wegen Mordes exekutiert wurde.

Noch seltsamer, Becker war nur ein Jahr älter als Crane und hatte die ersten fünfundzwanzig Jahre seines Lebens im Sullivan County verbracht.

1890 kam er nach New York und schlug sich mit Gelegenheitsarbeiten durch, unter anderem als Rausschmeißer in einer deutschen Bierkneipe unweit der Bowery. 1893 ging er in den Polizeidienst und wurde dem 29. Bezirk unter dem Kommando von Clubber Williams zugeteilt, der in der Clubber Williams School of Law Enforcement Ethics auch sein Lehrer war. Als die Tammany Hall nach der Niederlage der Republikaner 1896 wieder an die Macht gelangte, ging es mit Beckers Karriere aufwärts, er wurde Sergeant, dann Lieutenant, und kam durch Erpressung der Betreiber von Bordellen und illegalen Spielhäusern in Manhattan zu einem Vermögen von über hunderttausend Dollar.

Nach seiner Beförderung zum Lieutenant hatte er das Glück weiter auf seiner Seite; seine Vorgesetzten sahen nicht so genau hin (oder gar nicht) und machten ihn zum Chef des Glücksspiel-Dezernats. In dieser Eigenschaft schloss er eine enge Geschäftsbeziehung zu Herman Rosenthal, Buchmacher mit einem kleinen Wettbüro in der West 45th Street, doch als Rosenthal sich 1912 weigerte, fünfhundert Dollar für die Verteidigung von Beckers Presseagenten beizusteuern (der angeklagt war, bei einer Razzia in einer Spielhölle einen Mann getötet zu haben), wandte Becker sich gegen Rosenthal und ordnete eine Durchsuchung seiner Räumlichkeiten an. Rosenthal rächte sich und ging zur Presse, und zwei Tage nachdem die *World* seine eidesstattliche Erklärung veröffentlicht hatte, worin er Becker und dessen Partner vorwarf, zwanzig Prozent seiner, Rosenthals, Wocheneinnahmen abzuschöpfen, wurde er von vier jüdischen Gangstern aus der Lower East Side beim Verlassen des Metropole Hotel in der West 43rd Street unweit des Times Square über den Haufen geschossen. Zwei Wochen später wurde Becker wegen Anstiftung zum Mord verhaftet, und bei dem Prozess im folgenden Herbst sprach die Jury ihn schuldig. Das Urteil wurde zunächst von einem Berufungsgericht kassiert, doch 1914 kam es zu einem Wiederaufnahmeverfahren, und diesmal wurde er endgültig schuldig gesprochen und nach Sing Sing geschickt, wo er im Jahr darauf auf den elektrischen Stuhl geschnallt wurde. Dem Aufseher der Hinrichtungskammer zufolge, mit dem Crane 1896 gesprochen hatte, dauerten die Exekutionen nur ungefähr eine Minute, bei Becker aber zog sich die Prozedur über neun Minuten hin, und lange Zeit galt diese Hinrichtung als die stümperhafteste in der Geschichte von Sing Sing.

Der Becker-Rosenthal-Fall erregte jahrelang landesweites Aufsehen, und die Nachwirkungen waren so stark, dass F. Scott Fitzgerald, Cranes Nachfolger auf dem Thron der Wunderkinder, noch 1925 in seinem Roman *Der große Gatsby* darauf anspielen konnte. In Kapitel 4 sitzt der Spieler Meyer Wolfshiem mit Gatsby und Nick Carraway in einem Lokal am Times Square und erzählt von den alten Zeiten im Metropole:

> «Voll mit Gesichtern, seit langem tot. Voll mit Freunden, die heut nich mehr sind. Mein Lebtag werd ich die Nacht nich vergessen, in der sie drüben Rosy Rosenthal erschossen haben. Wir saßen zu sechst am Tisch, und Rosy hatte den ganzen Abend jede Menge gegessen und getrunken. Es war schon fast Morgen, da kam der Kellner mit 'nem komischen Blick auf ihn zu und sagt, dass da draußen wer mit ihm reden will. ‹Na schön›, sagt Rosy und will aufstehn, und ich zieh ihn wieder runter auf seinen Stuhl.
>
> ‹Lass die Bastarde doch reinkommen, wenn sie was von dir wollen, Rosy, aber verlass um Himmels willen nicht diesen Raum.›
>
> Da war es schon vier Uhr früh, und wenn wir die Rouleaus hochgezogen hätten, wär uns aufgefallen, dass es taghell war.»
>
> «Ist er gegangen?», fragte ich unschuldig.
>
> «Klar ist er gegangen.» Mr. Wolfshiems Nase blitzte

mich empört an. «In der Tür hat er sich umgedreht und gesagt: ‹Seht zu, dass der Kellner mir meinen Kaffee nich abräumt!› Dann ist er raus auf den Bürgersteig, und sie haben ihm dreimal in seinen vollen Bauch geschossen und sind weggefahrn.»

«Vier von ihnen endeten auf dem elektrischen Stuhl», erinnerte ich mich jetzt.

«Fünf, mit Becker.»[68]

32

Am 20. September 1896, dem Tag, an dem «Adventures of a Novelist» im *Journal* erschien, wurde John Fay, alias John O'Brien, von Becker und seinem Partner Michael J. Carey an der Kreuzung 35th Street und Seventh Avenue erschossen. Am nächsten Morgen berichtete die *New York Times* auf der Titelseite über den Vorfall in einem Artikel, in dem «der brutale und leichtfertige Einsatz von Schlagstöcken und Schusswaffen seitens der Polizei» kritisiert wurde. Der tödliche Schuss auf Fay / O'Brien kam zwar aus Careys Waffe, dennoch wurden beide, er und Becker, bis zum Abschluss der letztlich im Sande verlaufenen Ermittlungen zum Schreibtischdienst verdonnert.

Am 2. Oktober reichte Dora Clark mit Unterstützung eines Anwalts, der ihr von zwei Wohltätigkeitsvereinen zur Seite gestellt

■ 68 F. Scott Fitzgerald: *Der große Gatsby*, aus dem Amerikanischen von Kai Kilian, München 2011

wurde, und mit der Zusicherung, Crane werde ihre Aussage bestätigen, bei Polizeichef Conlin Klage gegen Conway und Becker wegen Freiheitsberaubung ein.

Am selben Tag kam der *Boston Traveler* auf Cranes Auftritt vor Gericht im September zurück und stellte die Wahrhaftigkeit seiner Aussage in Frage: «Stevie Crane scheint sich mit seiner beherzten Verteidigung einer jungen Frau vor einem New Yorker Polizeigericht in die Nesseln gesetzt zu haben. Gut möglich, dass der junge literarische Wunderknabe in Wirklichkeit auf ‹Abwegen› war und, als seine Begleiterin festgenommen wurde, die Mär, er suche Material für ein Buch, erfunden hat. So jedenfalls sieht es für kühle und unvoreingenommene Beobachter aus.» Viele dieser unvoreingenommenen Beobachter konnten Cranes Verwicklung in die Affäre nicht akzeptieren und zweifelten immer noch seine Motive an, warum er sich zu Clarks Verteidiger aufgeschwungen hatte. Ein weiterer Beleg für die abgedroschene, aber ewig gültige Weisheit: Keine gute Tat bleibt ungestraft.

Am 4. Oktober um drei Uhr morgens lauerte Becker Dora Clark auf und schlug sie vor mehreren Zeugen brutal zusammen: Sie sollte wissen, was er von der Klage hielt, die sie gegen ihn angestrengt hatte. Am 8. Oktober, nachdem Clark Becker wegen der Prügel erneut angezeigt hatte, zitierte das *Journal* aus ihrer Aussage:

> «Ich stand vorigen Sonntagmorgen früh an der Ecke Sixth Avenue und 28th Street und unterhielt mich mit ein paar Kutschern, als plötzlich Becker in Zivilkleidung auftauchte. Er kam direkt auf mich zu und sagte: ‹Du hast also Anzeige gegen mich erstattet?›, und begann mich übel zu beschimpfen.
>
> ‹Das müssen Sie als Herumtreiber gerade sagen›, erwiderte ich, woraufhin er mich bei der Kehle packte, mich trat und niederschlug. Ich stand auf, und er

stieß mich wieder zu Boden. Becker ging erst, als die anderen dazwischentraten.»

Trotz der erdrückenden Beweislage gelang es Becker, die Klage mit der Behauptung abzuschmettern, er sei zur Tatzeit in der Wache gewesen, und die Kutscher, die sich Clark als Zeugen zur Verfügung gestellt hatten, wollten plötzlich nichts mehr von der Sache wissen. Man kann davon ausgehen, dass sie von der Polizei bestochen oder eingeschüchtert wurden, eine Taktik, die eine Woche später auch gegen mehrere Zeugen in dem Prozess wegen Freiheitsberaubung angewendet wurde. Danach blieb Clark nichts anderes übrig, als sich an den Rat ihres Anwalts David Neuberger zu halten und die Anzeige gegen Becker zurückzuziehen.

Am 10. Oktober war in *Harper's Weekly* zu lesen, «Roosevelt und andere hohe Polizeibeamte bezweifeln Mr. Stephen Cranes Aussage im Fall der jungen Frau, die seiner Ansicht nach zu Unrecht verhaftet wurde.» Hamlin Garland erzählte 1930 in seinen Memoiren, er habe Crane während «seiner Schwierigkeiten mit der New Yorker Polizei mehrmals gesehen, und so großes Verständnis ich für seine Loyalität einer Frau gegenüber hatte, die in seinen Augen zu Unrecht der Aufforderung zur Unzucht beschuldigt wurde, hatte sein starrsinniges Festhalten daran, sie vor Gericht zu verteidigen, etwas Quichottisches. Roosevelt sprach mit mir darüber und sagte: ‹Ich habe versucht, Crane vor der Presse zu schützen, aber als er sagte, er wolle unbedingt aussagen, konnte ich der Gerechtigkeit nur ihren Lauf lassen.›»

Am 11. Oktober brachte das *Journal* einen Artikel mit der Marathonschlagzeile:

> Schriftsteller Crane nicht aufzuhalten. Gerüchte von Schlammschlacht der Polizei hindern ihn nicht an seiner Pflicht, der Unglücklichen Dora Clark bis

zum Ende beizustehen. Hatte niemals vor, aus dem
Prozess gegen Becker auszusteigen. Bestreitet, unter
Druck zu sein. Tenderloin-Gerüchten zufolge soll
die Polizei ihm gedroht haben, ihn als Lebemann
und Inhaber einer Opiumhöhle bloßzustellen.

Die erste Hälfte des Artikels wiederholt lediglich die Aussagen der Schlagzeile, die zweite zitiert Äußerungen, die Crane in einem Interview zu dem bevorstehenden Prozess zugeschrieben werden:

> «An den Meldungen, ich würde nicht gegen Becker aussagen, ist kein Fünkchen Wahrheit. Ich habe nicht versucht, mich einer Vorladung zu entziehen, und ich habe die Stadt nicht verlassen. Ich bin über meinen Anwalt zu erreichen, der mir den Prozesstermin mitteilen wird. Die Polizei hat mir gegenüber nicht angedeutet, ich würde ‹bloßgestellt›, wenn ich gegen Becker aussage. Und wenn es so wäre, würde es nichts an meinem Entschluss ändern. Seit meiner Aussage vor dem Polizeigericht ist mir nie der Gedanke gekommen, mich in dem Fall nicht weiter zu engagieren.»
>
> Nach seiner Opiumhöhle gefragt, bemerkte Crane lachend: «Ich habe in meinem Zimmer ein Opiumbesteck, und das hängt, auf eine Tafel montiert, an der Wand.»
>
> «Nachdem ich den Gewaltexzess Beckers bei der Festnahme dieses Mädchens mit eigenen Augen gesehen habe», sagte er, «sehe ich es als meine Pflicht an, nach Kräften dafür zu sorgen, dass er bestraft wird. Dass ich in ihrer Gesellschaft war und soeben ein Lokal verlassen hatte, das von dem Polizisten als

> Treffpunkt von Dieben, Prostituierten und Gaunern bezeichnet wurde, hat mit der Angelegenheit überhaupt nichts zu tun. Es ist mein gutes Recht, mich dort aufzuhalten, genau wie in jedem anderen Lokal der Stadt, das ich besuchen möchte.»

Tatsächlich aber verließ er die Stadt nicht lange nach diesem Gespräch mit dem *Journal*-Reporter; vielleicht noch am selben Tag, vielleicht am nächsten, fuhr er, um weiteren Begegnungen mit der New Yorker Presse aus dem Weg zu gehen, nach Philadelphia und kam für ein paar Tage bei Fred Lawrence unter. Von dort teilte er Roosevelt telegraphisch mit, er sei fest entschlossen, vor Gericht zu erscheinen, was von Roosevelts Bemerkung zu Garland bestätigt wird, Crane wolle «unbedingt aussagen», doch Lawrence, der Crane gut kannte und in den letzten fünf Jahren einer seiner engsten Freunde gewesen war, war mit Recht besorgt. «Wäre Crane gut beraten gewesen», schrieb er, «hätte er eingesehen, wie töricht es war, sich auf diese Weise gegen das System aufzulehnen ... und hätte erkannt, dass die Polizei sich mit ihrer ganzen Macht gegen ihn wenden würde. Aber nein, erklärte er, der junge Theodore Roosevelt sei gerade zum Polizeichef von New York ernannt worden und werde schon dafür sorgen, dass er anständig behandelt werde.» Das Telegramm an Roosevelt wurde also in Philadelphia aufgegeben, und unmittelbar darauf, so Lawrence, «nahm Mr. Galahad den nächsten Zug» zurück nach New York.

Der Prozess, der am Abend des 15. Oktober begann und sich bis in die Morgenstunden des 16. hinzog, fand vor einem Sondergericht statt, in dem ausschließlich Fälle von mutmaßlichem Fehlverhalten der Polizei verhandelt wurden. Clark war Klägerin in dem Fall, Conway und Becker die Beklagten, und Crane fiel nur die Rolle eines Zeugen zu, der sich bereiterklärt hatte, zugunsten der Klägerin auszusagen. Weder Clark noch Crane waren angeklagt, aber infolge der aggressiven, hartnäckigen Verhörtechnik von Beckers Anwalt Louis D. Grant und der laxen Verhandlungsführung des Richters, der ebenfalls Grant hieß – Frederick D. Grant, Sohn des verstorbenen Präsidenten und Bürgerkriegsgenerals –, wurden auch Fragen zugelassen, die weit außerhalb des Verhandlungsgegenstands lagen, und bald hatten die Kläger den Eindruck, auf einmal seien sie die Beklagten. Clarks Anwalt beschwerte sich mehrmals über Fragen seines Gegenparts, aber da Richter Grant fast alle diese Beschwerden abwies, konnte Anwalt Grant seine Attacken gegen die Glaubwürdigkeit der Klägerin und ihres Hauptzeugen nahezu ungehindert fortsetzen. Der Prozess – in einem Saal voller Kollegen von Becker und ihrer Vorgesetzten, alle in blauer Dienstuniform – glich einer höchst einseitigen Sportveranstaltung, bei der ein Team den Ball und das Spielfeld für sich allein und sämtliche Zuschauer hinter sich hat.

Nicht ahnend, dass die Polizei während seiner Abwesenheit seine Wohnung durchsucht hatte – zu schweigen von verdeckten Ermittlungen in allen verborgenen Winkeln seines Privatlebens –, erschien Crane kurz vor dem für drei Uhr angesetzten Prozess im Hauptquartier der Polizei. Aufgrund des vollen Terminkalenders an diesem Tag verschob sich der Beginn der Verhandlung jedoch um mehrere Stunden. In der ersten Stunde, so war im *Journal* zu lesen, «stand Crane, eine Zigarre rauchend, an einem Fenster im Gang und schien sich nichts aus den finsteren Blicken der Polizisten zu machen, die dort alle auf ihren Prozess warteten ... Um vier wurde ihm mitgeteilt, dass er wahrscheinlich um halb sechs aufgerufen werde; um halb sechs meinte der Gerichtsdiener, die Verhandlung werde um sieben anfangen; um sieben sah es so aus, als könnte es in einer Stunde so weit sein, worauf der junge Schriftsteller, der um acht eine Essensverabredung hatte, ein Telegramm abschickte und in einem Saloon an der Mulberry Street ein Schinkensandwich und ein Glas Bier zu sich nahm.» Um neun ging es dann endlich los, doch vor Crane wurde erst einmal eine ganze Reihe andere Zeugen gehört, und so ging er, eine Zigarette nach der anderen rauchend, bis fünf vor zwei auf dem Korridor auf und ab, «höhnisch belächelt von Frauen mit künstlichen Manieren und Gesichtsfarben» und beobachtet von «Mietkutschern, die einander zuzwinkerten und auf ihn zeigten». Als letzter Zeuge durfte er den Gerichtssaal während der ersten fünf Stunden nicht betreten und konnte somit nicht wissen, auf welche Strategie Anwalt Grant die Verteidigung Beckers aufgebaut hatte.[69]

Conway war als Erster dran und schnell fertig, nachdem er und Rosenberg wahrheitswidrig behauptet hatten, Clark habe vor ihrer Festnahme drei Männer angesprochen. Dem *Journal* zufolge wurde dies «von einer anderen Dirne bestätigt, die ursprünglich zugunsten Dora Clarks hatte aussagen wollen, vor Prozessbeginn jedoch mit Polizisten des 19. Bezirks gesprochen und dann im Zeugenstand die Aussagen von Conway und Rosenberg unter Eid für zutreffend erklärt hatte».

Die Verhandlung im Becker-Fall begann um zehn. Nachdem beide Seiten jeweils ihre Version der Tatsachen vorgetragen hatten, marschierte ein Heer von Tenderloin-Gestalten in den Zeugenstand und bekräftige die Polizeiversion, um die eigene Haut oder ihr Gewerbe oder, je nachdem worin dies bestand, beides zu retten. Eine von ihnen, «eine legendäre Prostituierte der Neunziger», Big Chicago May, «war berühmt für ihre Methode, den Männern die Klunker aus den Vorstecknadeln zu beißen, während sie ihnen verliebt das Köpfchen an die Brust schmiegte». Der Artikel im *Jour-*

■ 69 Das Prozessprotokoll existiert nicht mehr. Die einzigen Berichte, die mir zugänglich waren, sind die Artikel in der *World* (18. Oktober 1896), des *New York Journal* (16. und 17. Oktober) und der *Sun* (16. Oktober), alle abgedruckt in *The New York City Sketches of Stephen Crane and Related Pieces*, herausgegeben von R. W. Stallman und E. R. Hagemann (New York University Press, 1966).

nal vom 17. Oktober hob hervor, wie weit diese Zeugen mit ihren Lügen gingen:

> Alle diese mit Diamanten behangenen Frauen und sämtliche Mietkutscher stimmten darin überein, dass Dora Clark den Broadway Garden allein verlassen hatte. Eine von ihnen, in Tenderloin als «Big Chicago May» bekannt, ging sogar noch weiter. Die hünenhafte Blondine trägt Diamantohrringe, groß wie Tannenzapfen, und ist nach Einbruch der Dunkelheit auf der Sixth Avenue und auf der 23rd Street so bekannt wie der Tempel der Freimaurer. Sie beschwor seelenruhig, Dora Clark habe ihr für eine Falschaussage gegen Becker 25 Dollar angeboten.
>
> «Dora Clark ging auch zu anderen Frauen», beteuerte Miss «Big Chicago May». «Sie sagte: ‹Wir müssen uns schützen. Becker verfolgt uns. Wir müssen ihn fertigmachen. Dann gehe ich nach Europa.›»
>
> «Was ist Ihr Beruf?», fragte Mr. Newburger [*sic*] diese Frau.
>
> «Ich bin Typistin», antwortete sie.
>
> «Auf was für einer Maschine schreiben Sie?»
>
> Sie wusste es nicht.
>
> «Nennen Sie mir eine Schreibmaschine.»
>
> Sie konnte es nicht.
>
> «Haben Sie sich diese Diamanten von Ihrem Lohn als Typistin gekauft?»

Anwalt Grant nahm Clark in die Mangel. Die junge Frau, in dem *Journal*-Artikel als «gutaussehend» und «mit guten Umgangsformen» beschrieben, trug zu ihrem Auftritt vor Gericht ein schwarzes, «mit dunkelrotem Samt besetztes» Kleid und einen «großen schwarzen, mit schwarzen Federn geschmückten Hut», dazu «Schleier und Handschuhe», aber keinen Schmuck außer einem «Diamantensternchen am Hals». Eine beeindruckende Gestalt von gerade einmal einundzwanzig Jahren, sichtlich «über dem Niveau ihrer Klasse», und doch war sie für Anwalt Grant und die versammelten Polizisten nichts als eine lumpige Manhattaner Allerweltshure. Als Grant nach ihrer Adresse fragte, verweigerte sie die Antwort mit der Begründung, dann werde man sie vor die Tür setzen, so wie sie bereits mehrmals vor die Tür gesetzt worden sei, seitdem die Polizei ihr ständig auf die Pelle rücke. Grant ließ jedoch nicht locker und bekam am Ende die gewünschte Information. Noch verdammenswerter (und zweifellos auf fleißiger Polizeiarbeit beruhend) setzte er sie so lange unter Druck, bis sie zugab, sie lasse sich von einem Mann «aushalten» und habe «kürzlich Geld von einem reichen Mann bekommen, der im Waldorf wohnt» (*World* vom 16. Oktober). Was eine Frage aufwirft: Wenn sie von jemandem ausgehalten wurde, der es sich leisten konnte, im teuersten Hotel der Stadt zu wohnen, warum sollte sie dann irgendwelche Unbekannten auf den Straßen von Tenderloin ansprechen? Selbstredend stellte Anwalt Grant diese Frage nicht.

Als Crane um zwei Uhr morgens endlich aufgerufen wurde, hatte er elf Stunden vor dem Gerichtssaal gewartet. Kaum öffnete Neuberger die Tür und rief Cranes Namen, schlüpfte ein Mann, der Crane während dieser gesamten elf Stunden nicht aus den Augen gelassen hatte, an ihm vorbei in den Gerichtssaal und flüsterte Anwalt Grant etwas ins Ohr, und plötzlich sprang Grant auf und rief: «Das ist ein Skandal und ungerecht für alle Beteiligten. Dieser Zeuge Crane hat draußen in Hörweite gewartet und alles gehört, was in diesem Raum gesprochen wurde.»

Auch dies war die Unwahrheit und ein weiteres Beispiel für Grants aggressive Strategie, alles dafür zu tun, diejenigen zu diskreditieren, die seinen Klienten zu diskreditieren suchten. Immerhin hätte sein Ausbruch Crane warnen sollen, was ihn im Zeugenstand erwartete. Die Stimmung war bereits feindselig genug, und ein Saal voller «Polizisten, Polizisten, Polizisten», «Frauen mit gelben Haaren und weißen Diamanten» und etlichen Mietkutschern aus Tenderloin (alle auf Seiten der Polizei) muss ziemlich entmutigend gewirkt haben. Dazu kam, Crane war erschöpft und angeschlagen, so erschöpft und so angeschlagen, dass es nicht verwundert, wenn die Beschreibung seiner äußeren Erscheinung im *Journal* zum vielleicht unschmeichelhaftesten Crane-Porträt aller Zeiten geraten ist:

> ein dünner, bleicher junger Mann mit glatten, an den sonderbar geformten Schädel geklebten Haaren, einem unterernährten Schnurrbart und großen vorstehenden Zähnen; ein junger Mann, der nicht sehr gescheit aussieht, aber bewiesen hat, dass er es ist.

Um fair zu sein, er machte in dieser Nacht keine gute Figur. Neubergers Fragen beantwortete er «beherrscht ... kalt wie Eis» und wiederholte zum zigsten Mal die Geschichte von den Ereignissen der fraglichen Nacht, doch als Anwalt Grant ihn dann in die Zange nahm, erstarrte Crane in der Abwehrhaltung eines Angegriffenen und duckte sich nur noch unter den Schlägen, die auf ihn einprasselten. Grant zielte darauf ab, Crane als Lügner hinzustellen, aber um das zu erreichen, musste er Crane zunächst einmal als nutzloses Subjekt entlarven, und so überhäufte er ihn mit Vorwürfen, erstens, er sei Opiumraucher und in der fraglichen Nacht nicht zurechnungsfähig gewesen («benebelt», wie mehrere Zeugen zuvor ausgesagt hatten, und folglich nicht in der Lage, sich an die Ereignisse zu erinnern), zweitens, er besitze und betreibe eine Opiumhöhle, und drittens (wie die *World* in ihrem Prozessbericht schrieb), er verdiene seinen Lebensunterhalt als Zuhälter:

Anwalt Grant wollte wissen, ob es nicht eine Tatsache sei, dass Mr. Crane von Geld lebe, das ihm von Frauen in Tenderloin gegeben werde.

Mr. Crane wies das von sich und erklärte, er verdiene sein Geld mit Artikeln für Zeitungen und Zeitschriften.

Anwalt Grant ließ nicht locker und setzte dem Zeugen so lange mit glühenden Zangen zu, bis er die Hände vors Gesicht nahm, als wollte er sich davor schützen, dass sie sich in sein Gehirn einbrannten.

Das *Journal* zitierte einen weiteren Wortwechsel, der zeigt, wie Grants Trommelfeuer wahllos aus der Luft gegriffener Fragen Crane verunsicherte und immer wieder dazu nötigte, die Antwort zu verweigern.

Mr. Grant fragte diesen jungen unverheirateten Mann ... ob er in New York lebe. Das Kreuzverhör verlief so:

Mr. Crane (erstarrend) – Ja, ich habe zur Miete in einem Haus in der West 22nd Street gewohnt.

Mr. Grant (spöttisch) – Mit welcher Frau haben Sie dort gewohnt?

Mr. Neuberger – Ich rate Ihnen, Mr. Crane, diese Frage nicht zu beantworten. Sie hat nichts mit dem vorliegenden Fall zu tun.

Mr. Crane (müde) – Das beantworte ich nicht.

Mr. Grant (triumphierend) – Mit welcher Begründung?

Mr. Crane – Weil es nachteilig für mich wäre.

Mr. Grant – Sie glauben anscheinend, die Beant-

> wortung dieser Frage könnte Sie zum Gespött machen. Mit wem haben Sie da und da gelebt?
>
> Und so ging es weiter …

Der *World* zufolge

> wechselte Anwalt Grant nun das Thema. Er fragte den Zeugen, ob ihm eine Frau namens Sadie oder Amy Huntington bekannt sei. Vermutlich spielte Anwalt Grant auf Sadie Traphagen an, die Freundin von Annie Goodwin, dem Zigarettenmädchen, das Dr. McConigal zum Opfer gefallen war. Der Goodwin-Fall war seinerzeit in aller Munde, man erinnert sich, das Mädchen starb an einem Kunstfehler.[70]
>
> Ob Amy Huntington tatsächlich Sadie Traphagen war, wurde nicht weiter erörtert.
>
> «Haben Sie jemals mit Sadie oder Amy in dem Haus West 27th Street Nr. 121 Opium geraucht?», fragte Anwalt Grant.
>
> «Keine Antwort», sagte Mr. Crane.
>
> «Weil es nachteilig für Sie wäre?»
>
> «Nun – ja», sagte er zögernd.

Die *Sun* hat noch mehr Details: «Im Sommer besuchte er ein gewisses Haus in der West 27th Street. Fragen, wie oft er das Haus besuchte und ob er mit Sadie oder Amy Huntington befreundet sei, wollte er nicht beantworten.»

Die West 27th Street war lange Zeit bekannt für ihre Bordelle und die Straßenmädchen, die dort nach Einbruch der Dunkelheit

■ 70 Annie Goodwin starb an den Folgen einer verpfuschten Abtreibung.

die Bordsteine säumten, aber gibt es womöglich einen Zusammenhang mit dem aktuell verhandelten Fall? Grants Frage mochte zu dem Zeitpunkt so willkürlich wie viele seiner anderen Fragen erscheinen, erwies sich aber als entscheidend für sein Vorhaben, Cranes Glaubwürdigkeit zu zerstören; dies zeigte sich jedoch erst später, als nach Cranes Befragung ein Überraschungszeuge aufgerufen wurde. Fürs Erste ging die Inquisition weiter, und wenn Grant auf sein Hauptthema zurückkam und Crane als habituellen Lügner hinstellte, tischte er jedes Mal die einzige Lüge Cranes auf, von der er wirklich wusste – die äußerst naive Lüge, mit der er Becker in der fraglichen Nacht gekommen war, als er behauptete, der Ehemann der Tänzerin zu sein, die Becker von der Straße weg verhaften wollte. Noch einmal das *Journal* in seinen abschließenden Bemerkungen zu Cranes Aussage:

> Mr. Grant kam immer wieder auf Mr. Cranes Behauptung gegenüber Becker zurück, eine der Frauen, die dieser festnehmen wollte, sei seine Ehefrau.
> «Sie ist nicht Ihre Frau?»
> «Nein.»
> «Warum haben Sie behauptet, sie sei es?»
> «Weil ich wusste, dass sie unschuldig war. Sie konnte unmöglich irgendwelche Männer angesprochen haben, außerdem stand sie unter meinem Schutz, ich fühlte mich verpflichtet, sie zu beschützen.»
> Die Polizisten grinsten einander zu. Die Frauen wunderten sich. Für sie als Bewohner von Tenderloin war Mr. Cranes Begründung seines Verhaltens vollkommen unverständlich. Nachdem er alles gesagt hatte, was er sagen wollte, stand Stephen Crane auf, verneigte sich vor Richter Grant, wandte sich um und verließ das Hauptquartier.

Es war vorbei – und dann doch nicht. Richter Grant vertagte die Verhandlung, doch bevor irgendjemand sich rühren konnte, trat Beckers Vorgesetzter, Hauptkommissar Chapman, nach vorn und beantragte, noch einen letzten Zeugen aufzurufen. Der Richter ließ es zu, und James O'Conner kam herein, der Hausmeister des Gebäudes West 27th Street Nr. 121, also des Hauses, in dem Crane laut Anwalt Grant mit Sadie oder Amy Huntington oder Traphagen Opium geraucht hatte. O'Conner zufolge hatte Crane dort im Sommer sechs Wochen lang mit einer Frau «wie Mann und Frau» zusammengelebt; er nannte auch den Namen der Frau, der in keinem Pressebericht über den Prozess erwähnt wurde. Neuberger protestierte gegen die «ungeheuerliche» Aussage, die für den vorliegenden Fall keinerlei Bedeutung habe. Richter Grant pflichtete ihm bei und ließ sie nicht zu Protokoll nehmen, aber die Worte waren gefallen, die Reporter hatten sie gehört, und weil die Reporter gute Ohren und eine laute Stimme hatten, sollten bald alle in der Stadt diese Worte hören.

O'Conner erklärte daraufhin, einige Bewohnerinnen des Hauses würden regelmäßig Männer in ihre Wohnung locken und ausrauben. Er benannte eine gewisse Effie Ward als die schlimmste von ihnen. Zufällig war Miss Ward im Gerichtssaal anwesend, und nach Abschluss der Verhandlung folgte sie im Gewühl der sich zerstreuenden Menge O'Conner aus dem Gebäude und «schlug ihm mit solcher Kraft ihre Faust ins Gesicht, dass er die Treppe hinunter auf den Bürgersteig taumelte». Weiter schreibt das *Journal*:

> Bevor die aufgebrachte Frau noch einmal auf ihn losgehen konnte, wurde sie von Polizisten zur Seite gedrängt. Kaum ließ man sie los, stürzte sie sich auf eine junge Frau, die für den Polizisten ausgesagt hatte. Bevor man sie von ihr fortzerren konnte, riss sie der jungen Frau ein Büschel Haare aus.

Ein Reporter nahm sie mit und verschwand mit ihr
in der Bleecker Street.

Überflüssig zu erwähnen, dass Becker und Conway in allen Anklagepunkten freigesprochen wurden.

Crane war in einen Hinterhalt geraten, die geballte Macht einer verärgerten Polizei, ein fanatischer, gewiefter Anwalt der Verteidigung und die Inkompetenz eines Polizeirichters, von dem einmal gesagt wurde, «am liebsten sitzt er einfach nur da und starrt ins Leere», sie alle hatten sich gegen ihn verschworen. Cranes Doppelleben war entlarvt, und da halfen alle Leitartikel und Prozessberichte nicht, die seine Sache energisch verteidigten – von nun an war sein Name für immer mit Skandal verbunden. Allein die Schlagzeilen hätten gereicht, in ihm das Bedürfnis zu wecken, sich unter einem Stein zu verkriechen und erst wieder hervorzukommen, wenn die Stadt in Flammen aufginge.

Die *World*, begleitet von einem großen Porträt des neuen Star-Schurken:

Crane macht sich bunten Abend
Pikante Enthüllung in Becker-Conway-Prozess
Hausmeister sagt aus, Crane lebte mit
Tenderloin-Mädchen zusammen
Soll Opium geraucht haben

Selbst das *Journal*, Cranes zuverlässigster Fürsprecher unter den Zeitungen, die über den Prozess berichteten, konnte sich nicht enthalten, bei dem Spaß mitzumachen:

Crane riskiert alles, um eine Frau zu retten. Enthüllt
Dora Clark zuliebe sein New Yorker Künstlerleben

In den Tagen danach taten sich der *Brooklyn Daily Eagle*, die *New York Press* und das *Journal* zu Cranes Verteidigung zusammen und sprachen geradezu von Rechtsbeugung, indem sie mit Recht darauf hinwiesen, dass ein Polizeigericht überhaupt nicht befugt sei, gegen Zivilisten vorzugehen, und dass Crane, «ein ritterlicher Gentleman», «ein Mann, der gegen keinerlei Gesetz verstoßen hatte», genötigt worden sei, Fragen zu beantworten, die nichts mit dem Verfahren gegen Becker und Conway zu tun hatten. Gute Argumente, leidenschaftlich und beredt vorgetragen, aber so tröstlich diese Artikel für Crane gewesen sein mögen, am Ende änderten sie nichts, das Kind war in den Brunnen gefallen und nicht mehr zu retten.

Samstag, 31. Oktober, neun Uhr abends: Dora Clark wird auf der Sixth Avenue unweit der 31st Street von Big Chicago May überfallen. May schlägt Clark an den Kopf. Clark schlägt zurück, es kommt zu einer Prügelei. Beide Frauen werden wegen Ruhestörung festgenommen und am nächsten Morgen von dem Richter am Jefferson Market Police Court mit einer Geldstrafe belegt.

Das letzte Wort zu der geheimnisvollen, in Bedrängnis geratenen Dora Clark hatte die *Sun* in einem Artikel vom 2. Januar 1897, der in Paul Sorrentinos Crane-Biographie so zusammengefasst wird:

> Anfang Dezember mietete sie sich in einer Pension ein, wurde aber, als andere Hausbewohner sich über ihre nächtlichen Aktivitäten beschwerten, vor die Tür gesetzt. Aus Rache brach Clark in die Wohnung der Vermieterin ein, schmetterte an deren Klavier «Coming through the Rye», weckte mit dem Lärm das ganze Haus, zerriss die Vorhänge und goss Tinte auf den Teppich. Ungeachtet eines gegen sie erlassenen Haftbefehls sah man sie auch danach mit wohl-

> habenden jungen Männern auf den Dachterrassen der Nachtlokale am Broadway tanzen.

Zwei Fragmente aus Cranes Feder geben ein wenig Aufschluss darüber, was er selbst von seiner peinlichen Lage hielt. Das eine ist nicht genau zu datieren und findet sich in einem unvollständigen Manuskript, gegenwärtig im Besitz der University of Virginia Library; einiges spricht dafür, dass es unmittelbar nach dem Prozess entstanden ist.

> Ein Mann mit Sinn für Gerechtigkeit ist ein Tölpel, ein Einfaltspinsel und Erzidiot, denn am Ende bringt sein Sinn für Gerechtigkeit ihn in Schwierigkeiten und macht ihn, wenn er daran festhält, zum Geächteten. Es gibt so etwas wie moralische Verpflichtung zur Unzeit. Eine moralische Verpflichtung zur Unzeit kann einen Mann ebenso sehr demütigen wie ein jäher Impuls zum Diebstahl oder jede andere Regung, die wir als verhängnisvoll ansehen.

Bittere Sätze, die zeigen, wie genau Crane verstand, was ihm widerfahren war, zugleich aber lassen sie keinerlei Bedauern über sein tölpelhaftes, idiotisches Verhalten erkennen – nur ein Gewahrwerden der möglichen Konsequenzen, die in diesem Fall leider Wirklichkeit wurden. Aber er hatte ein reines Gewissen, und das ist wichtiger als alles andere, wenn wir uns fragen, woher er die Kraft nahm, wieder aufzustehen und sich von seiner öffentlichen Demütigung zu erholen – denn am Ende gelang es ihm, auch wenn er unterwegs ein paar Freunde verlor. Reines Gewissen hieß kein Bedauern, und kein Bedauern hieß, er hätte sich wieder genauso verhalten, wäre er jemals noch einmal vor die Wahl gestellt worden, das Richtige zu tun oder nichts zu tun.

Die zweite, gelassener formulierte Bemerkung findet sich im letzten Absatz eines langen Briefs vom 29. November aus Florida an seinen Bruder William:

> Und jetzt etwas zu der Sache mit Dora Clark. Sollte ich auf meiner Reise festgenommen werden, denk immer daran, Dein Bruder hat sich wie ein Ehrenmann und Gentleman verhalten, Du kannst bedenkenlos jedermann erhobenen Hauptes entgegentreten und meinen Namen verteidigen. Jedes Wort in meinem Journal-Artikel ist wahr, und ich selbst habe keinen Anlass, und sollte ich tausend Jahre alt werden, mich meines Verhaltens in dieser Angelegenheit zu schämen oder gedemütigt zu fühlen.

Seine engsten Freunde hielten felsenfest zu ihm, auch noch nach seinem Tod. Lawrence, Marshall, Linson und Hawkins, sie wussten, die Drogenvorwürfe gegen ihn waren absurd, die Bezichtigung der Zuhälterei war niederträchtige Verleumdung, und sein Sexualleben ging nur ihn allein etwas an. Ja, ab und zu trank er gerne Bier, aber keiner von ihnen hatte ihn jemals betrunken erlebt, und die Zigaretten, die er unablässig rauchte, gingen oft aus und klebten kalt an seinen Lippen, weil er selten daran dachte, die erloschenen Stummel noch einmal anzuzünden.

Howells war von den Zeitungsberichten offenbar beunruhigt, bis jemand, der die Fakten kannte, ihn über die wahren Hintergründe des Falls aufklärte. Danach blieben er und Crane Freunde und sahen sich jedes Mal, wenn Crane in den kommenden Jahren einmal nach New York zurückkehrte, und Howells' warmherziger Brief an Cora von 1900 zeigt, dass seine Erinnerungen an Crane nicht von Zweifeln am Charakter oder Verhalten seines jungen Freundes getrübt waren.

Roosevelt hingegen wollte mit Crane nichts mehr zu tun haben und dachte gar nicht daran, ihn um seine Sicht der Dinge zu bitten. Der Noch-Polizeichef akzeptierte die Polizeiversion der Affäre, und damit war Crane als verkommenes, verlogenes, verwerfliches Subjekt aus dem Kreis seiner Bekannten ausgeschlossen. Für Roosevelt, in sexuellen Angelegenheiten ein prüder Tugendbold, der sich einmal rühmte, seine «kleine Hand» habe «nur zwei Frauen liebkost» (seine zwei Ehefrauen), muss es ein Schock gewesen sein, als er hörte, dass Crane in diesem Sommer mit einer Prostituierten das Bett geteilt hatte – ein unverzeihlicher Verstoß gegen die guten Sitten.

Im September 1902, gut ein Jahr nach Beginn seiner ersten Präsidentschaft, saß Roosevelt einmal im Zug, begleitet von seinem Sekretär George B. Cortelyou und dem berühmten Fotografen Jimmy Hare, der mit Crane von Kuba her gut befreundet war. Cortelyou hatte Cranes Erzählungsband über amerikanische Soldaten im Spanisch-Amerikanischen Krieg dabei, *Wounds in the Rain*, und so kamen sie natürlich auch auf den verstorbenen Autor zu sprechen. Roosevelt zu Hare: «Sie kannten diesen Crane ganz gut, nicht wahr, Jimmy?» Hare: «Ja, Sir, sogar sehr gut.» «Auch ich erinnere mich deutlich an ihn», sagte Roosevelt. «Zu meiner Zeit als Polizeichef von New York habe ich ihm einmal aus der Patsche geholfen.» Nicht ganz mit den Fakten vertraut, meinte Hare, die Geschichte habe sich anlässlich Cranes Recherchen für sein erstes Buch, *Maggie*, abgespielt. «Unsinn!», fuhr Roosevelt ihn an. «Von wegen Recherchen! Er war ein verdorbener Charakter und suchte Trost bei Straßenmädchen.» Hare, klein und schmächtig wie er war, sprang zornig auf: «Das stimmt nicht! Nichts könnte weniger wahr sein!» Als ihm aufging, dass man so nicht mit einem amerikanischen Präsidenten reden durfte, setzte Hare sich wieder hin und bat um Entschuldigung. «Es tut mir leid», sagte er, mühsam um Fassung ringend. «Sehen Sie, ich kenne die Geschichte. Mein Freund

Crane hat sich lediglich für eine Frau eingesetzt, die von der Polizei schikaniert wurde; nur deswegen hat er mit der Polizei Schwierigkeiten bekommen.» Worauf Roosevelt, der sich unterdessen beruhigt hatte, herablassend nickte: «Na schön, Jimmy. Ganz wie Sie wollen.»

Verstörender – weil im engeren Kreis und Crane daher wichtiger – war die Kälte, die sich auf seine Freundschaft mit Garland legte. Niemand hatte mehr für Cranes Karriere getan, niemand hatte sich so enthusiastisch und aufmunternd zu seinen ersten Arbeiten als Schriftsteller geäußert, und ohne die Unterstützung des Älteren hätte Crane vielleicht immer noch vergeblich an verschlossene Türen geklopft. Von alldem kann man ausgehen, und Crane selbst war sich dessen vollkommen bewusst, aber wie ich bereits an früherer Stelle bemerkt habe: Crane ahnte nicht, dass tief in Garlands Innerem, vielleicht so tief, dass er selbst nichts davon ahnte, eine Wunde aus Neid und Groll und Zorn auf den jungen Mann und dessen überragende Talente schwelte, und nicht nur auf die Talente, sondern auch darauf, dass sie einem «heruntergekommenen Jungen», «einem seltsamen, eigensinnigen, verantwortungslosen Jungen» geschenkt worden waren, der mit seinem Leben so leichtfertig und schlampig umging, wohingegen Garland, alles andere als leichtfertig und schlampig, mit dem Strom schwamm und sich an alle Regeln hielt, die ihm von anderen gesetzt wurden, und auch wenn es ihm gelang, sich in der Welt dieser Regeln einen gewissen Namen zu machen, konnte er in der Welt der Kunst, wo es keine Regeln gibt, dem leichtfertigen Jungen nicht das Wasser reichen. Die Clark-Affäre schien der Anlass zu sein, den Garland brauchte, sich Crane gegenüber wieder zu behaupten, und jetzt, da die «anrüchige Seite seines Künstlerlebens ans Licht gekommen war», konnte Garland in seine ursprüngliche gönnerhafte Rolle zurückschlüpfen und wieder so tun, als habe er für Crane nur das Beste im Sinn. Nach dem Prozess, so schreibt er in seinen Memoiren, begegnete er Crane einmal in McClures Redaktion und gab ihm den Rat, die Stadt hinter sich zu lassen und auf die Farm seines Bruders im Sullivan County zurückzukehren, dort solle er «ein dickes Buch» schreiben und «seinen Ton wiederfinden». Gewiss kein schlechter Rat (Crane sagte denn auch, er werde ihn befolgen, tat es aber natürlich nicht), aber sosehr Garland sich vorgeblich um Cranes Zukunft sorgte, mir fehlt der Glaube. Ähnlich wie sein Freund Roosevelt war Garland schockiert von dem, was in dem Prozess herausgekommen war, fühlte sich moralisch abgestoßen und begann, sich von Crane zu distanzieren, zog sich nach und nach zurück, bis der Kontakt ganz abriss, und am Ende waren sie einander so fremd, dass Garland auf einer Englandreise, während Crane schon dort lebte, eine Ausrede erfand, um ihn nur nicht sehen zu müssen. Dann starb Crane, und kaum lag er unter der Erde, schrieb der Mann, der ihn entdeckt hatte: «Er war zu talentiert, zu unstet, zu sprunghaft, um von Bestand zu sein. Ein Buch wie ‹The Red Badge of Courage› konnte er nur einmal schreiben. Die Schwäche eines so überaus individuellen Werks liegt in seinem Überraschungserfolg. Die Worte, die staunen machen, die Formulierungen, die Bewunderung auslösen, erscheinen mit der Zeit als Effekthascherei. Durch Wiederholung verlieren sie ihre Kraft und werden einem schließlich zuwider.»

1930, als die seltene Erstausgabe von *Maggie* auf dem Antiquariatsmarkt hohe Preise erzielte, verkaufte Garland sein Widmungsexemplar für 2100 Dollar und finanzierte mit dem Geld sein neues Haus in Hollywood, wo er mit Will Rogers und Robert Benchley Umgang hatte und sich die letzten zehn Jahre seines Lebens mit übersinnlichen Phänomenen beschäftigte.

33

Es wird noch komplizierter. Der Prozess mochte unfair gewesen sein, die Aussage des letzten Zeugen gegenstandslos, aber der Hausmeister hatte die Wahrheit über Crane und die Frau gesagt, die beiden hatten in diesem Sommer tatsächlich zusammen in besagtem Gebäude gewohnt. Auch ihr Name war bekannt, nur dass in dieser Halbwelt der Pseudonyme und Decknamen, wo Mordopfer Fay als O'Brien und Prostituierte Ruby Young als Dora Wilkins und Dora Clark auftrat, die Bewohnerin von West 27th Street Nr. 121 gleich unter drei verschiedenen Namen figurierte. Wie ihre vierundzwanzigjährige Schwester Sadie, eine altgediente Prostituierte, die die Wohnung mit ihr teilte, war die zwanzigjährige Amy mit dem Nachnamen Traphagen zur Welt gekommen, den sie später gegen Huntington eintauschte und, als dieser ihr nicht mehr gefiel, durch Leslie, Amy Leslie, ersetzte.[71]

■ 71 Und die Sache wird noch mal verwirrender, denn es gab in Cranes Leben eine zweite Amy Leslie, eine weit entfernt lebende Freundin, die als Theaterkritikerin für die *Chicago Tribune* arbeitete. Sie war sechzehn Jahre älter als Crane, aber als relativ prominente Frau, von der man zudem wusste, dass sie sich gut mit Crane verstand, hatte sie das Pech, hundert Jahre lang von sämtlichen Crane-Forschern für die Amy Leslie gehalten zu werden, die im Sommer 1896 mit ihm zusammengelebt hatte. Dass es in Wirklichkeit zwei Amy Leslies gab, zeigten erst im Jahr 2000 Kathryn Hilt und Stanley Wertheim in ihrem Meisterstück literarischer Detektivarbeit «Stephen Crane und Amy Leslie: A Rereading of the Evidence» (*American Literary Realism* 32, Nr. 3 [Frühjahr 2000]), in dem sie die Existenz von Amy Traphagen-Huntington-Leslie in New York nachwiesen und den Beweis lieferten, dass *sie* Cranes Geliebte war – und nicht die einundvierzigjährige Amy Leslie aus Chicago. Schlusspointe: Beide Frauen waren nicht mit diesem Namen geboren worden. Die Chicagoer Journalistin hieß ursprünglich Lillie West und war unter diesem Namen eine bekannte Sängerin gewesen, mit Auftritten in Opernhäusern im ganzen Land; nach ihrem Rückzug von der Bühne begann sie ihre neue Karriere als Kritikerin für die *Tribune* unter dem Pseudonym Amy Leslie, das sie schließlich als ihren gesetzlichen Namen eintragen ließ. Sie lebte bis 1939 und beteuerte bis zum letzten Atemzug, sie sei *nicht* die Frau, mit der Crane eine Liebesbeziehung gehabt hatte, aber niemand glaubte ihr.

Abgesehen von der Aussage des Hausmeisters gibt es keine Hinweise auf ihre Affäre mit Crane, und wäre es nicht zwei Wochen nach dem Prozess zu einem nebulösen Geldgeschäft gekommen, wäre die Episode mit Amy Leslie wahrscheinlich nur eine Fußnote in Cranes Lebensgeschichte geblieben. Ihr Name steht samt Anschrift in einer handschriftlichen Liste in einem Sparbuch der American Security and Trust Company in Washington, wo Crane Anfang März, nicht lange nach seinem Monat im Cosmos Club, ein Konto eröffnet hatte. Ein weiteres Beweisstück ist eine Fotografie von sich selbst, die Crane am 29. April an Amys Schwester Sadie schickte, mit der Widmung auf der Rückseite: *Für Kid/Von Stephen Crane.* Beides besagt nicht allzu viel – nur dass er Amy bereits vor dem Sommer gekannt hatte –, aber es gibt auch noch die fünf Briefe, die Crane ihr nach seiner Abreise aus New York in der letzten Novemberwoche schrieb, dazu den sorgenvollen Brief und drei kurze Notizen *über* sie, die er Hawkins schickte. Die Briefe an Amy sind leidenschaftliche Liebeserklärungen, inständiger und offener als alles, was er Lily Brandon Munroe und Nellie Crouse geschrieben hatte, während der Brief und die Notizen an Hawkins ausschließlich von Geld handeln und ohne das erwähnte Geldgeschäft nie geschrieben worden wären, soll heißen, ohne diese Mitteilungen an Hawkins wären die Briefe an Amy bloß rätselhafte Überbleibsel einer kurzen, unerklärlichen Affäre geblieben, die nichts anderes beweisen, als dass Crane eine Frau geliebt und sie dann verlassen hatte – aber wer war sie? Nicht einmal der Skandal im Anschluss an dieses Geldgeschäft konnte verhindern, dass es über hundert Jahre dauerte, bis die Antwort gefunden war. Ohne den Skandal wäre die Sache noch heute ein Rätsel.

Am Samstag, 31. Oktober, berichtete Crane aus Cambridge, Massachusetts, über das Footballmatch zwischen Harvard und Carlisle, kehrte aber noch in derselben Nacht oder früh am nächsten

Morgen nach New York zurück, um am 1. November in Manhattan seinen fünfundzwanzigsten Geburtstag zu feiern. Am Nachmittag dieses Tages gab Amy ihm mutmaßlich 800 Dollar in bar, die er für sie bei einer Bank einzahlen sollte. Zu jener Zeit – und noch bis weit ins 20. Jahrhundert hinein – war es alleinstehenden, verwitweten oder geschiedenen amerikanischen Frauen von Gesetz wegen verboten, ohne Anwesenheit eines Mannes ein Konto zu eröffnen (der Mann musste den Antrag mitunterzeichnen), und so sah sich Crane gezwungen, das Geld auf sein eigenes Konto einzuzahlen, doch als er endlich am Donnerstag, dem 5. November, dazu kam, zahlte er nur 600 Dollar statt der vollen 800 ein. Das wirft einige schwierige, kaum zu beantwortende Fragen auf. Erstens: Falls Amy ihm das Geld gegeben hat, warum hat sie das getan? Die Antwort ist klar: Wir werden es niemals erfahren. Zweitens: Warum hat sie ihn nicht, in Anbetracht der damals geltenden Gesetze, zur Bank begleitet und ein eigenes Konto eröffnet? Drittens: Warum hat Crane das Geld so lange behalten und drei Werktage mit 800 Dollar in der Tasche vertrödelt, bevor er die Scheine zur Bank brachte? Als Erklärung kommt mehreres in Betracht: (a) er war zerstreut und/oder anderweitig beschäftigt; (b) er hat es schlicht vergessen; (c) er hat es aus Faulheit vor sich hergeschoben; (d) er hat überhaupt kein Geld von ihr bekommen. Viertens: Was war mit den fehlenden 200 Dollar? Falls er das Geld tatsächlich erhalten hatte, müsste man annehmen, dass er es unterschlagen hat oder, wenn einem das unwahrscheinlich vorkommt, dass er es mit dem Vorsatz behalten hat, es bei Gelegenheit zurückzahlen, also vermutlich nie. Aber konnte er, nachdem man ihm gerade erst in dem Prozess vorgeworfen hatte, sich von Tenderloin-Frauen aushalten zu lassen, wirklich so dreist sein und genau das tun, was Anwalt Grant ihm unterstellt hatte? Nach allem, was wir über Cranes unverbesserliche Laxheit in Gelddingen wissen, wäre das nicht undenkbar, aber nach allem anderen, was wir von ihm wissen, ist es ausgeschlossen. Was also geschah mit den fehlenden 200 Dollar? Niemand scheint es zu wissen, und niemand hat jemals erklärt, wie oder warum das Geld verschwunden ist – falls es denn überhaupt verlorenging.

Unterdessen zogen sich die Wolken über dem jungen Paar zusammen. Crane war klar, nach diesem Prozess konnte er nicht in der Stadt bleiben, die New Yorker Polizei würde ihm keine Ruhe lassen, und seine journalistische Laufbahn konnte er vergessen. Seit Mitte Oktober hatte er sich bereits zweimal aus Manhattan verzogen (einmal nach Sing Sing und einmal nach Cambridge), und am nächsten Samstag (7. November) berichtete er wieder aus Cambridge, diesmal über das Footballmatch Harvard gegen Princeton, aber das waren nur kurzfristige Unterbrechungen, nicht die langfristige Lösung, die er brauchte. Dann kam Hilfe von einem alten Freund. Um sein schwächelndes kleines Syndikat zu retten, das mit den Großunternehmen von McClure, Hearst und Pulitzer nicht mithalten konnte, machte Irving Bacheller ihm das Angebot, für ihn nach Kuba zu reisen und über den seit Anfang 1895 zunehmenden Widerstand der Kubaner gegen die Spanier zu berichten. Crane ergriff die Gelegenheit und erklärte, er könne auf der Stelle aufbrechen, aber für die Überfahrt von Florida nach Kuba musste erst einmal ein Boot gefunden werden, und so konnte er die nächsten Wochen nur warten und vertrieb sich die Zeit mit Gelegenheitsarbeiten für Bachellers Syndikat, darunter die starke, aber problematische Reportage über die verschwundene schwarze Unterwelt der Minetta Lane.

Immerhin zeichnete sich eine Lösung ab, doch wie Crane in den folgenden Tagen schnell herausfinden sollte, schuf er mit der Lösung des einen Problems sogleich ein neues. Amy drehte durch. Gepeinigt von der Vorstellung, im Stich gelassen zu werden, versuchte sie, seine Abreise mit allen Mitteln zu verhindern, und bedrängte ihn auf jede erdenkliche Weise, unter anderem mit der Behauptung, sie sei schwanger[72], was Crane ihr offenbar sogar glaubte (und schreckliche Verwirrungen zur Folge hatte), doch am Ende konnte ihn nicht einmal die Aussicht auf ein Kind davon abhalten, seinen Plan auszuführen.

Das alles war schlimm genug, aber da war auch noch die Sache mit den 800 Dollar, und was sich als Nächstes abspielte, war so undurchsichtig, verstieß so sehr gegen den gesunden Menschenverstand, dass es kaum nachvollziehbar ist. Irgendwann nach Mitte November hörte Crane von Bacheller, am 26. oder 27. November solle er sich für die Fahrt nach Jacksonville bereithalten, und am 25. stellte er – bei einem Kontostand von 776,50 Dollar – einen Scheck über 500 Dollar an Hawkins aus, der sich bereiterklärt hatte, sich während Cranes Abwesenheit um Amy zu kümmern und ihr das Geld bei Bedarf nach und nach auszuzahlen. Aus 800 Dollar waren 500 Dollar geworden, die rechtmäßig ihr gehörten (das jedenfalls behauptete sie später), und wenn Crane die 800 nicht mehr hatte, warum gab er ihr nicht *selbst* die restlichen 500, oder auch die 776, die er noch auf dem Konto hatte? Und wozu die Mühe, Hawkins als Mittelsmann einzuschalten, wo die ganze Angelegenheit doch vor Cranes Abreise hätte erledigt sein können? Irgendetwas stimmt hier nicht, und da Hawkins mit Sicherheit nichts von den ursprünglichen 800 wusste (die Amy gehörten oder auch nicht), musste er annehmen, dass Crane sie aus eigenen Mitteln unterstützte. Akzeptiert man Amys Version, weist alles auf Crane als den Schuldigen. Nicht nur schien er sie übers Ohr zu hauen, indem er das ihr zustehende Geld für sich behielt (*aber warum hätte er das tun sollen, wenn er sie angeblich liebte?*), sondern plötzlich waren aus den fehlenden 200 Dollar auch noch fehlende 300 Dollar geworden,

■ 72 Dazu eine Notiz von Marlene Zara in der Ohio State University Library: «Mrs. Anthony erzählte mir, Hawkins habe ihr erzählt, Amy habe Crane mit der Behauptung, sie sei schwanger, ‹hereingelegt›, damit er sie heirate.»

und legt man die undurchsichtige Abmachung mit Hawkins über die verbliebenen 500 Dollar zugrunde, sieht es so aus, als habe Crane das fehlende Geld ausgegeben und nie daran gedacht, es zurückzuzahlen. Wieder fragt man sich: Warum sollte er das tun? Zum ersten Mal in seinem Leben war er einigermaßen bei Kasse, hatte mehr im Bauch und bessere Kleidung am Leib als je zuvor seit seiner Ankunft in New York und daher gar keinen Grund, das Geld für sich zu behalten. Aber wenn er es nicht für sich behalten hatte, wo war es dann? Man tastet vergeblich nach einer Antwort, denn Tatsache ist, seine Briefe an Amy nach der Ankunft in Jacksonville sind so voller Liebe und Sorge und Herzeleid, dass man sich kaum vorstellen kann, er könnte ihr Geld gestohlen haben. Und dennoch, bei nüchterner Betrachtung der Beweislage – aus Amys Blickwinkel –, was sollen wir sonst denken?

Aber lassen wir nicht außer Acht: Crane hat niemandem gegenüber jemals erwähnt, er habe von Amy 800 Dollar erhalten; die Annahme, er habe das Geld von ihr bekommen, beruht ausschließlich auf ihrer Aussage. Vielleicht hat er ihr gegenüber einmal geäußert, er werde ihr 800 Dollar geben, vielleicht hat er es ihr sogar versprochen, und die zwei Einzahlungen von 600 und 176 Dollar waren Einnahmen aus seinen Büchern und seinen Arbeiten für Zeitungen und Zeitschriften (allein *Red Badge* erlebte vierzehn Auflagen in diesem Jahr). Das würde erklären, warum Hawkins nichts von den 800 Dollar wusste – weil sie nicht existierten – und davon ausging, dass die ihm von Crane überreichten 500 Dollar aus dessen eigenen Mitteln stammten. Schon am 1. Dezember, wenige Tage nach Cranes Ankunft in Florida, begann Amy von Hawkins Geld zu verlangen und hörte erst Ende September 1897 damit auf («Ich bin blank und brauche das Geld dringend»; «Ich muss es haben»; «Ich weiß nicht, wie ich ohne das Geld weiterleben soll»), und Hawkins half ihr tatsächlich eine Zeitlang nach seinen Möglichkeiten (schickte ihr Geld durch Boten und verhalf ihr zu einem Job als Modell bei einem seiner Künstlerfreunde), bis er es leid war und seine Rolle als Cranes Ersatzbankier aufgab. Darauf wandte Amy sich an einen Anwalt, George D. Mabon, und klagte vor Gericht 550 Dollar ein, die ihr angeblich noch geschuldet wurden. Warum genau dieser Betrag? Wenn Hawkins ihr bereits 500 gegeben hatte, hätte sie dann nicht die noch fehlenden 300 verlangen müssen? Wieder steht man vor einem Rätsel, und wieder gibt es keine Antwort. Die *New York Times*, die *Chicago Tribune* und andere Zeitungen berichteten über den Prozess, und so wurde aus dem privaten Streit ein öffentliches Gezänk, und die 800 Dollar waren auf einmal in aller Munde. Die Presse schien geneigt, ihr zu glauben – in der irrigen Annahme, sie sei die andere Amy Leslie aus Chicago –, aber wenn die junge Amy schon eine Schwangerschaft vorgetäuscht hatte, um Crane in New York zu halten, spricht alles dafür, dass sie jetzt wiederum die Unwahrheit sagte, aus Rache dafür, dass er sie hatte sitzenlassen. Mabon, ein tatkräftiger Mann, erwirkte einen Pfändungsbeschluss über Cranes bei Appleton ausstehende Honorare, schließlich aber wurde die Sache mit juristischer Unterstützung von Cranes Bruder William außergerichtlich beigelegt. Man beachte, dass die Angelegenheit im Briefwechsel zwischen den Brüdern mit keinem Wort erwähnt wird, dass Crane in keinem seiner Briefe an Amy auf die 800 Dollar zu sprechen kommt und dass er niemals irgendwem gegenüber angedeutet hat, er habe sich in finanziellen Dingen ihr gegenüber etwas zuschulden kommen lassen – weder Amy selbst, noch Hawkins noch William noch sonst irgendwem. Und das Wichtigste: Amy behauptet in ihren Briefen an Hawkins nicht ein einziges Mal, das Geld gehöre ihr. Ihre Haltung war von Anfang bis Ende die einer Frau, die von der großzügigen Unterstützung ihres abwesenden Geliebten lebt – woraus man schließen könnte, dass Crane vielleicht doch unschuldig war.

Sie begleitete ihn im Zug bis Washington, dort stieg sie aus und fuhr nach New York zurück, während er die Fahrt nach Jacksonville fortsetzte. Das Boot nach Kuba sollte am Morgen nach seiner Ankunft ablegen – was erklärt, warum sie ihn nur auf einem Stück des Wegs begleitete –, aber dann verzögerte sich die Abreise doch noch um einige Wochen. Jacksonville, «Sonntag» (29. November 1896, sein erster Tag in der Stadt), geschrieben in der Babysprache, die er in allen seinen Briefen an sie verwendete:

Mein Geliebtes Mädchen: Ich habe Dir heute einen langen Brief diktiert, aber der wurde einem Stenographen diktiert, dem ich nicht gut sagen konnte, wie sehr ich Dich liebe und wie traurig ich bin, dass wir uns eine Zeitlang nicht sehen werden. Die wenigen Augenblicke im Zug in Washington waren die schmerzlichsten meines Lebens, ich werde sie nie vergessen, und wenn ich hundert Jahre alt werde. Du sollst immer wissen, dass ich Dich liebe. Morgen Abend geht es wahrscheinlich los, aber wenn Du heute geschrieben hast, erreicht es mich noch, bevor das Boot abfährt. Sei recht brav, mein Liebling, mein Herz. Vergiss Deinen Alten nicht. Ich denke immerzu an Dich und liebe Dich und Dich allein.

Dein Geliebter.

Und gleich der nächste Brief, ebenfalls vom 29. November, «Sonntagabend»:

Meine Liebste: Bald nach diesem bekommst Du zwei Briefe. Habe gerade noch Zeit, Dir das mit der Post nach Norden zu schicken, die in zehn Minuten abgeht. Gott schütze Dich und erhalte Dich mir. Du sollst alle Liebe der Welt bekommen.

S.

Bereit für die Abfahrt am nächsten Morgen und nicht ahnend, was ihm in den nächsten Tagen und Wochen bevorstand, schrieb er an diesem Nachmittag zwei weitere Briefe, einen an seinen Bruder

William in Port Jervis (mit näheren Angaben zu seinem Testament) und den anderen (als Diktat) an Hawkins in New York, worin es hauptsächlich um Amy ging.

Falls Du Amy gelegentlich siehst, sprich ihr Mut zu, so gut Du kannst ... Ich hatte beim Abschied förmlich Angst um sie und mache mir jetzt große Sorgen. Ich habe das Gefühl ... niemand hat ein freundliches Wort so nötig wie dieses arme Kind, und ich weiß, Du bist genau der Richtige dafür, wenn es sich mal ergibt ... Es hat mir das Herz gebrochen, sie allein zurückzulassen, aber jetzt würde es mich einigermaßen beruhigen, wenn ich glauben könnte, dass sie gute Freunde hat. Nicht ein einziger Mann von dreitausend kann einem so hübschen Mädchen wie Amy echten Trost und Halt geben ... Ihre Schwester ist ein gutherziges Ding, denkt aber hauptsächlich an sich selbst, und davon abgesehen, ist Amy ihr in jeder Hinsicht geistig überlegen. Die Schwester ist schwach, sehr schwach, und daher weiß ich, sie kann Amy in dieser schweren Zeit nicht helfen.

Nach den zwei Briefen an sie vom 29. November wartete er zwölf Tage, bis er ihr wieder schrieb. Er hatte unterdessen jemanden kennengelernt, was ihn zweifellos noch tiefer in den *Schlamm der modernen Konfusion* gestürzt hatte, erzählte Amy jedoch nichts von dieser Liaison, die sowieso bald wieder enden würde, und überschüttete sie nur weiter mit seinen üblichen Zärtlichkeiten. 11. Dezember:

Mein Herz: Ich habe bis jetzt nicht geschrieben, weil wir die ganze Zeit damit gerechnet haben, gleich abzufahren, und weil ich mein letztes Wort von hier für Dich aufsparen wollte. Wir hatten eine Menge Schwierigkeiten, ein Boot zu bekommen, aber ich denke, binnen 24 Stunden werden wir auf dem Weg nach Kuba sein. Die Verzögerung bricht mir das Herz, wenn ich mir vorstelle, dass Du hättest bei mir sein können, wenn ich das gewusst hätte ... Vergiss mich nicht, Liebste, nicht mal in Deinen Träumen. Von jetzt an werde ich Zeit haben, Dir öfter zu schreiben, erwarte täglich etwas von Deinem armen einsamen Jungen. Ich weiß, Du wirst mich nicht vergessen. Ich weiß, Du liebst mich, und denke Du immer daran, dass ich Dich liebe.

Dein Geliebter

Nicht täglich, wie sich herausstellte, sondern nur noch einmal schrieb er ihr aus Florida. Samstag, 12. Dezember, nur noch dies:

Meine Geliebte: Ganz außerordentliche Umstände haben unsere Abfahrt hier so lange verzögert, und es bricht mir das Herz, wenn ich mir vorstelle, dass Du noch ein paar Tage hättest bei mir sein können – wie ich Dir gestern schrieb ...
Sonntag – Heute verbringen wir jammervoll im Hotel, es darf nichts getrunken werden, und niemand ist zum Spielen da. Ich kann nur an Dich denken. Ich liebe Dich, mein Herz, mein Herz.
Montag: Wie es aussieht, geht es morgen los. Sei brav und warte auf mich. Ich liebe Dich.

Aber es ging morgen nicht los, und auch nicht am Tag darauf oder dem Tag danach, und als er am letzten Tag des Jahres in See stach, ging das Boot unter.

Exil

1

Einen Monat in Jacksonville, Florida, und nichts zu tun haben als warten. New York City war neunhundert Meilen weiter nördlich im Nebel verschwunden, und Dora Clark, Charles Becker, Theodore Roosevelt und Anwalt Grant konnten ihm nichts mehr anhaben. Amy hatte er schluchzend auf einem Bahnsteig in Washington zurückgelassen, und wenn er ihr auch gelegentlich etwas Geld schickte und im Herbst einen letzten Brief an sie schrieb, sah er sie doch nie wieder. Etwas Neues stand bevor, eine jähe Richtungsänderung in ein neues Leben und Denken, eine andere Luft zum Atmen, die ihm für die letzten dreieinhalb Jahre seines Lebens bleiben sollte, und man fragt sich, ob Crane in dieser wochenlangen Zwischenzeit, während er in Florida auf das Dampfschiff *Commodore* nach Kuba wartete, auch nur im Geringsten ahnte, wie endgültig die Tür zur Vergangenheit hinter ihm ins Schloss gefallen war.

Bacheller hatte ihm einen Geldgürtel mitgegeben, gefüllt mit 700 Dollar in Gold, und wie andere Journalisten, die über Jacksonville nach Kuba reisten, hatte Crane sich in seinem Hotel unter einem Pseudonym eingetragen, Samuel Carlton.[73] Mit den falschen

■ 73 Zweifellos eine augenzwinkernde Verbeugung vor dem amerikanischen Dichter Will Carlton, der sich für die Unabhängigkeit Kubas engagierte und die Vereinigten Staaten in einem vielbeachteten Gedicht gedrängt hatte, sich für die Aufständischen einzusetzen. Angefeuert von antispanischer Berichterstattung der Sensationspresse (Hearst und

Namen sollten spanische Spione ausgetrickst werden, die nach verdächtigen Amerikanern Ausschau hielten. In seinem Brief an Amy vom 12. Dezember tat Crane mögliche Schwierigkeiten gleichgültig ab. «Manchmal belästigen uns spanische Spione. Sie schleichen hinter uns her, scheinen aber ganz harmlos.» Die Wirklichkeit sah anders aus. Die spanische Regierung hatte erklärt, jeder amerikanische Journalist, dem es gelänge, nach Kuba einzureisen, werde als Spion betrachtet und entsprechend behandelt. Wenige Monate zuvor war Charles Govin, ein junger Reporter des *Key West Equator-Democrat*, mit einem Boot wie dem, das für Crane organisiert worden war, nach Kuba übergesetzt. Unmittelbar nach der Landung wurde Govin gefangen genommen, an einen Baum gefesselt und von einem Erschießungskommando hingerichtet. Zur weiteren Abschreckung aller, die heimlich auf die Insel kommen wollten, zückten die spanischen Soldaten ihre Macheten und hackten den Leichnam in Stücke.

Die Überfahrten auf die seit 1511 unter spanischer Herrschaft stehende Insel wurden von der «Junta» organisiert, kubanischen Rebellen in Jacksonville, denen für diese «Filibuster»-Aktionen zwischen Florida und Kuba zwei Schleppboote und ein kleines Dampfschiff zur Verfügung standen. Mit «Filibuster» ist hier nicht die Debattiertaktik im Senat der Vereinigten Staaten gemeint, sondern im ursprünglichen Sinn, wie in *Webster's Universal Unabridged Dictionary* definiert: «Freibeuter oder Söldner, die sich im Ausland widerrechtlich an einem Krieg beteiligen, um sich zu bereichern; wurde zuerst auf Freibeuter in Westindien angewandt, die den Warenverkehr Spaniens mit Südamerika plünderten.» Crane und die anderen in Jacksonville versammelten Amerikaner wollten

Pulitzer), sympathisierten viele Amerikaner mit den Kubanern, aber die Regierung war zu dem Zeitpunkt noch neutral, und eine Seeblockade der amerikanischen Marine sollte verhindern, dass Waffen, Söldner und Journalisten nach Kuba gelangten.

sich nicht bereichern, eher waren sie auf Abenteuer aus, verwegene Heldentaten, von denen sie als Kinder geträumt hatten. Wie Crane in seinem Artikel «The Filibustering Industry» schrieb: «Den Jüngling reizt das Abenteuerliche daran. Dieselben Burschen, die einst gegen Indianer kämpfen oder Pirat werden wollten, träumen jetzt davon, sich heimlich in tiefer Nacht auf die gefährliche Reise an die kubanische Küste zu machen.» Auch Crane fieberte dem Abenteuer entgegen, zum ersten Mal würde er mit eigenen Augen echte Kämpfe zwischen echten Männern in einem echten Krieg zu sehen bekommen, aber die Sache verzögerte sich, verzögerte sich um etliche Wochen, und ihm blieb nichts anderes übrig, als so lange auszuharren, bis die *Commodore* zur Abfahrt bereit war.

In Jacksonville angekommen, rechnete er jedoch erst einmal fest damit, am nächsten Morgen nach Kuba überzusetzen; also schrieb er seinen Abschiedsbrief an Amy – rasch gefolgt von einem Postskriptum am selben Tag –, sodann den Brief an Hawkins voller Sorge um Amy und ihre «schwere Zeit», worin er seinen Freund anflehte, sich in seiner Abwesenheit um sie zu kümmern, und schließlich den Brief an seinen Bruder William mit Angaben zu seinem Testament. Crane war das Risiko der «gefährlichen Reise nach Kuba» sehr bewusst, mit Sicherheit hatte er von Charles Govins Schicksal im Juli zuvor gehört, und ihm war klar, dass er vielleicht nie mehr zurückkommen würde – wie er Hawkins gegenüber indirekt andeutete, «falls meine Reise sich aus Ursachen, die Du Dir denken kannst, länger hinziehen sollte». Daher das Testament – und das dringende Bedürfnis, seine Angelegenheiten in Ordnung zu bringen. Nur für den Fall.

Er hatte sein Testament schon einige Zeit zuvor gemacht, aber das Dokument war verlorengegangen oder in New York zurückgeblieben, und da ihm keine Zeit mehr blieb, darauf zu warten, dass William ihm aus Port Jervis eine Abschrift schickte, versuchte er, möglichst genau zu rekonstruieren, was er dort als «vollkommen zufriedenstellend» empfunden hatte. Dazu kam eine Reihe neuer Vermächtnisse, die ihm erst später eingefallen waren, und auch wenn er sich nicht sicher war, ob deren Erwähnung in einem nicht notariell bestätigten Brief «vor Gericht Bestand haben» würden, hatte er jedenfalls vorgehabt, sie William bei seinem nächsten Besuch zu unterbreiten.

Die ursprünglichen Punkte waren klar genug. William war als alleiniger Nachlassverwalter eingesetzt. William und Edward sollten jeweils ein Drittel seines Vermögens bekommen, jeweils ein Sechstel seine Brüder George und Townley. (Wilbur und seine Schwester Nellie wurden nicht erwähnt.) Und dann die neuen Punkte: «Zum Beispiel mein Reitpferd [Peanuts], ich möchte nicht, dass es verkauft wird. Lieber wäre mir, es würde in Hartwood bleiben und von Ed so gut wie möglich versorgt werden, oder von sonst jemandem, von dem absolut sicher ist, dass er es nicht schlecht behandelt. Meine Möbel in Hartwood soll Ed bekommen, bis auf kleine Dinge, die andere Mitglieder der Familie vielleicht als Erinnerungsstücke an mich behalten möchten.»

Sein Pferd, seine Möbel, seine kleinen Dinge, und dann kam er auf seinen literarischen Nachlass und benannte Howells, Garland, Hawkins und Hitchcock als Nachlassverwalter, Männer, die «sicher so gut sind, sich mit meinen Angelegenheiten abzugeben». Howells sollte «natürlich» entscheiden, welche der bisher in Zeitungen und Zeitschriften veröffentlichten Sachen posthum in Buchform erscheinen könnten. In seinem Schreibtisch in Hartwood, fügte er hinzu, liege eine Liste seiner veröffentlichten Erzählungen, und auch wenn es reichlich mühsam sein dürfte, die einzelnen Stücke aufzutreiben, «befinden sich einige darunter, bei denen es mir sehr unrecht wäre, wenn sie verlorengingen». Im Gegensatz zu der irrigen Meinung, journalistische Arbeiten hätten für Crane keine Bedeutung und er habe seine Zeitungsskizzen nur des Geldes wegen fabriziert, fuhr er fort:

> Einige meiner besten Sachen finden sich in kurzen Texten, die ich für verschiedene Zeitschriften geschrieben habe, vor allem für die New York Press um 1893 herum [1894]. Da gibt es fünfzehn oder zwanzig kurze Skizzen aus dem New Yorker Straßenleben und Ähnliches, die ich unter dem Titel «Midnight Sketches» in Buchform herausbringen wollte. Darum solltest Du Dich als Erstes kümmern, danach um die Skizzen aus dem Leben in freier Wildbahn, «One Dash-Horses», «The Wise Men», «The Snake» und andere dieser Art, die ebenfalls in Buchform erscheinen könnten, wenn die literarischen Nachlassverwalter finden, dass sie den Ansprüchen an mich genügen. Im Century von Januar oder Februar erscheint eine Erzählung, die ebenfalls gut in diese Sammlung passen würde [«A Man and Some Others»].

Hier endet das Testament, und wie jedes Testament gewährt das Endgültige seiner Formulierungen einen Röntgenblick in die Gedanken seines Verfassers. Aus dem Testament des jungen Crane erfahren wir, wie er sein Werk als Schriftsteller einschätzt, und es benennt die Menschen, die ihm am meisten bedeuteten: vier seiner Brüder, insbesondere zwei von ihnen, während seine anderen Geschwister und deren zahlreiche Kinder sich etwas von seinen «kleinen Dingen» aussuchen dürfen. Howells und die anderen werden zwar nicht als Begünstigte genannt, doch zeigt der Brief, wie sehr Crane darauf vertraut, dass sie nach seinem Tod gut auf sein literarisches Werk aufpassen werden. Es wirkt seltsam, wenn nicht komisch, wenn er «One Dash-Horses» und «A Man and Some Others» als «Skizzen aus dem Leben in freier Wildbahn» beschreibt, aber noch seltsamer und überhaupt nicht komisch ist die Tatsache, dass Amy Leslie in dem Testament mit keinem Wort erwähnt wird. Gerade noch, kurz vor dem Brief an William, hatte er ihr geschrieben, und nach dem Brief an William schrieb er ihr schon wieder – *zweimal* innerhalb weniger Stunden –, nannte sich ihren «Geliebten» und ihren «Alten», was doch wohl auf guten Sex und das Versprechen einer langlebigen Beziehung schließen lässt, nannte sie seine «Geliebte», sein «Herz», seinen «Liebling», seine «Liebste», und trotz dieser glühenden Liebeserklärungen kein Wort über sie zu William. Natürlich wäre das schwierig gewesen, schwierig und peinlich, aber ein Testament ist kein gewöhnlicher Brief, und wenn ein junger Mann seinem Tod ins Auge blickt, der Auslöschung seines Lebens für alle Ewigkeit, sollte man erwarten, dass er die Wahrheit sagt, dass er Flagge zeigt, dass er sich zu der Frau bekennt, die er liebt, aber dazu konnte Crane sich nicht durchringen, was beweist, dass er sie trotz seiner schwärmerischen Anbetung und Liebesbekundungen nicht so sehr liebte, wie er sich einbildete.

Und auch Amys «schwere Zeit» sollte uns zu denken geben. Es leuchtet ein, dass Crane mit diesen Worten auf ihre Schwangerschaft anspielte, als er Hawkins schrieb: die fiktive Schwangerschaft, die Amy erfunden hatte, um ihn dazu zu bringen, sie zu heiraten. Ihre «schwere Zeit» mochte erlogen gewesen sein, aber Crane ist darauf reingefallen und Ende November mit dem Gedanken nach Florida abgereist, Vater eines unehelichen Kindes zu werden. Dass es eine Lüge war, wusste er in dem Augenblick genauso wenig, wie er wusste, dass Amy ihn die ganze Zeit über mit einem anderen Mann betrogen hatte, einem Handelsreisenden namens Isidor Siesfeld, von dem sie den Tipp hatte, Crane mit Hilfe von Anwalt Mabon zu verklagen, und der Amy später vermutlich auch geheiratet hat (in der Volkszählung von 1920 ist sie als Witwe gelistet), aber für Cranes Testament spielt wahr oder unwahr keine Rolle – nur, was er für wahr hielt, als er am 29. November den Brief an William diktierte. Er glaubte, er werde Vater, und das noch ungeborene Kind, ob ehelich oder nicht, würde eines Tages einen Rechtsanspruch auf einen Teil seines Vermögens haben; doch wie bei Amy, so auch bei seiner potenziellen Nachkommenschaft: kein einziges Wort.

Was Crane in seinem Testament verschweigt, sagt viel darüber aus, wie er zu seinem geliebten Mädchen und ihrem erfundenen Baby stand: Falls er in Kuba starb, sollten die beiden von seinem Erbe ausgeschlossen sein und nichts mit seinen Brüdern zu tun bekommen, woraus wiederum folgt, dass er sie bereits aus seinen Zukunftsplänen gestrichen hatte, sollte er doch mit dem Leben davonkommen.

Jacksonville, von der Presse «Newport des Südens» oder «das amerikanische Nizza» getauft, war ein freundlicher Urlaubsort mit achtundzwanzigtausend Einwohnern, besonders vielen Touristen im Winter und dem größten, prächtigsten Hotel südlich der Mason-Dixon-Linie, dem St. James, das Platz für über fünfhundert Gäste bot. Wie zahlreiche seiner amerikanischen Journalistenkollegen hatte Crane dort ein Zimmer gebucht, hielt sich aber, um seine Anonymität zu wahren, von der reichen Schickeria in der Lobby fern und hatte so wenig Kontakt zu anderen wie möglich. Sylvester Scovel, ein bekannter Journalist, der sich mit Crane anfreundete, als die beiden im folgenden Frühjahr über den Griechisch-Türkischen Krieg berichteten, hatte sich unter dem Namen George H. Brown eingetragen, und schon eine Woche nach ihrer Ankunft war im *Daily Florida Citizen* zu lesen, Samuel Carlton und zwei weitere Männer, George H. Brown und H. K. Sheridan, stünden «unter genauer Beobachtung spanischer Spione». Brown sei angeblich ein «erfahrener Sprengmeister», Carlton «ein ehemaliger Leutnant der Armee» und Fachmann für «Kriegstaktik und Manöver».

Charles Michelson zufolge, einem anderen befreundeten Journalisten, der Crane in Jacksonville kennenlernte und später während des Spanisch-Amerikanischen Kriegs Seite an Seite mit ihm arbeitete, war Cranes Retirade in Florida typisch für sein Verhalten, egal wohin er kam:

> Crane tauchte in jeder neuen Stadt sofort unter. Er verschwand im Gewühl der Gesellschaft und hielt sich bedeckt. Seine Kollegen wussten, wo sie ihn finden konnten, und holten ihn ab, wenn es so weit war, aber man durfte ihn nie in seinem Hotel oder in den hellen Cafés suchen, wo wir anderen uns während der Wartezeit sonnten ... Abend für Abend hockte Stephen im Hinterzimmer irgendeiner schmierigen Hafenkneipe, unter anderem wohl deshalb, weil es nah an der Anlegestelle war, vor allem aber, weil die Leute ihn dort nicht wegen seiner Bücher ansprachen – genauer: wegen seines Buchs, denn *The Red Badge of Courage* war das einzige, das die Leute zu der Zeit kannten.
>
> Das war die Phase, in der er sich angeblich Ausschweifungen hingab. In Wirklichkeit vertilgte er nur unzählige Flaschen Bier – nie habe ich ihn irgendetwas Stärkeres trinken sehen – und lauschte den Maschinisten, Matrosen, Schwammfischern, Herumtreibern und Hafendieben und all dem anderen menschlichen Treibgut, das in einer Hafenstadt an der Küste Westindiens angespült wird. Das war seine Art, Wissen aufzusaugen ... hier waren die Männer, über die er gern schrieb, und solange er sich dort aufhielt, war er einer von ihnen – ein düsterer, stummer Zuhörer, der selbst keine Abenteuer beizusteuern hatte und seine Beute nie mit einem Wort in Verlegenheit brachte, das nicht zu ihrem Wortschatz gehörte.

Crane und Sylvester Scovel zu Pferd, Jacksonville, Ende 1896 oder Anfang 1897

(Mit freundlicher Genehmigung von The Missouri Historical Society)

Michelson ist von allen Kriegskorrespondenten, die mit Crane arbeiteten und später über ihn schrieben, der schärfste und aufmerksamste Beobachter, er bekommt seinen schwer fassbaren Gegenstand besser in den Griff als alle anderen, aber bei aller sonstigen Zuverlässigkeit übertreibt er es hier an einer Stelle. Gewiss war *The Red Badge of Courage* das einzige Buch von Crane, von dem die meisten Leute jemals etwas gehört hatten, aber nur die meisten, nicht alle, wie Michelson anzudeuten scheint, und zu denen, die auch andere Bücher von Crane gelesen hatten, zählte eine Einwohnerin von Jacksonville, Inhaberin eines kleinen Etablissements an der Kreuzung Ashley und Hawk im La-Villa-Bezirk. Diese Frau, die als Cora Ethel Eaton Howorth in Boston zur Welt gekommen war und in späteren Jahren zu Cora Murphy und dann zu Cora Stewart wurde und sich jetzt Cora Taylor nannte, sollte der wichtigste Mensch in Cranes Leben werden – seine Gefährtin in den nächsten dreieinhalb Jahren, die Frau, die er als seine Ehefrau ausgab, als sie in England eine gemeinsame Wohnung bezogen, und am Ende der Mensch, der am Tag seines Todes bei ihm im Zimmer war.

2

Ihr Urgroßvater war der Kunsthändler und Galerist George Howorth, Erfinder eines speziellen Verfahrens zur Restaurierung alter Ölgemälde, dessen Ertrag er in Bostoner Immobilien investiert und damit ein Vermögen gemacht hatte. Ihr Großvater mütterlicherseits, Charles Holder, war der erste Hersteller von Klavieren in New York. Coras Vater John war Maler, und unter ihren Onkeln und Cousins befanden sich dekorierte Bürgerkriegsveteranen (aus Armee und Marine), Naturforscher, Musiker und der Biograph von Darwin und Agassiz. Ein weiterer Verwandter ihrer Mutter war der Dichter John Greenleaf Whittier. Alles in allem also lebte Cora Howorth, übrigens ein Einzelkind, in einer Welt, in der Kunst und Literatur zum Alltag gehörten und ein gewisser Komfort als selbstverständlich betrachtet wurde. Aber Cora war ein rebellisches, übermütiges Wesen, ein hübsches blondes Kind im Trägerkleidchen, dessen größtes Vergnügen es war, seine Freunde zu allerlei Unfug anzustacheln. Als sie Crane Jahre später von einem ihrer Kindheitsstreiche erzählte, machte er daraus die Geschichte «The Angel Child» (in *Whilomville Stories*), mit einer Figur namens «Klein Cora», einer durchtriebenen Unruhestifterin, die ihre Spielkameraden überredet, ihr zu einem Friseur zu folgen, wo sie sich, natürlich ohne Erlaubnis der Eltern, alle ihre schönen langen Kinderhaare ganz kurz schneiden lassen. Klein Coras Mutter ist in der Erzählung «aufbrausend, schön und gebieterisch», der Vater «still, bedächtig und nebelhaft». Ob Coras reale Eltern damit gut getroffen sind, ist nicht bekannt, wir wissen nur, dass ihr sanftmütiger, heißgeliebter Vater mit jungen Jahren eines qualvollen Todes starb: Cora war sechs Jahre alt, er Mitte dreißig, als er derselben Krankheit erlag, die 1900 den anderen Mann in ihrem Leben dahinraffen sollte – Tuberkulose.

Danach wird die Geschichte etwas undeutlich. Ihre Mutter heiratete wieder, die Familie ging nach New York, und einige Jahre später, nachdem ihre Mutter während einer schwierigen Schwangerschaft gestorben war, zog Cora zu ihrer verwitweten Tante Mary Holder in der West 128th Street Nr. 125. Ansonsten weiß man von ihren frühen Jugendjahren nichts, aber um ihren sechzehnten Geburtstag herum gelangte sie an ein, wie ihre Biographin Lillian Gilkes schreibt, «beträchtliches Erbe» aus dem Vermögen ihres Urgroßvaters, wovon der Großteil zunächst an die Witwe des alten Mannes gegangen war, dann an Coras Vater, John, und nach dessen Tod an ihre Mutter, Elizabeth, und nun hatte ein Teil des Geldes seinen Weg zu Cora gefunden, und auch wenn der genaue Betrag nicht überliefert ist, das Geld reichte ihr jedenfalls, sich selbständig zu machen. Sie schied in Frieden von ihrer Tante und behielt ein gutes Verhältnis zu ihr, dennoch kam der Auszug für die eigensinnige, äußerst selbstbewusste Cora einer Unabhängigkeitserklärung gleich – es war der Beginn ihres Lebens als emanzipierte Frau, und bald wurde sie zu einer der gegen Ende des 19. Jahrhunderts noch raren Amerikanerinnen, die sich nicht weniger frei und berechtigt fühlten als Männer, ihren Regungen zu folgen und genau das zu tun, was sie wollten.

Bei alldem war sie von Kindesbeinen an eine unersättliche Leserin, und etwa seit dem zwanzigsten Lebensjahr exzerpierte sie denkwürdige Passagen in eine ganze Reihe von Notizbüchern. Neben Zitaten von Shakespeare, Dante, Ibsen, Byron, Dickens, Emerson, Thoreau und Dutzenden anderen Größen finden sich hier auch viele aus vergessenen Romanen der Epoche, manche davon höchst aufschlussreich, wenn man sich ein Bild davon machen will, was für eine Frau Cora Howorth war und, genauso wichtig, was für eine Frau sie zu sein glaubte – ein Selbstbildnis, erstellt durch die Worte anderer. Ein Beispiel: «Manchmal sitze ich gern daheim und lese ein gutes Buch, manchmal muss ich Absinth trinken und die Nacht mit sündigem Dekor behängen ... Wie ich den Abend verbringen werde, weiß ich immer erst, wenn der Abend gekommen ist – ich warte auf meine Stimmung.» Ein anderes: «Würde man die unschuldigen Regungen, welche allen Menschen, als Herdentiere, gemeinsam sind, mit mehr Nachsicht behandeln, wären ihre Vergnügungen vielleicht nicht so sehr von dem bedrohlichen Gefühl getrübt, verbotene Früchte zu genießen.» Und noch eins: «Ich bin eine merkwürdige Frau, die von mancher Art Angst nichts weiß. Ich könnte aufbegehren oder, wenn es sein müsste, ohne zu zögern, seltsame Dinge tun.»

Mit siebzehn wurde sie die Mätresse von Jerome Stivers, dem zweiunddreißigjährigen Erben eines reichen Kutschenfabrikanten, bekannt als «Lebemann» und «Freund des Herzogs von Manchester». Während der vier Jahre ihres Zusammenseins war Stivers eine Zeitlang Inhaber des London Club in der West 29th Street, unweit der Fifth Avenue, am Ostrand von Tenderloin; Cora arbeitete in diesem schicken Spielkasino als Tischdame. Zweifellos arbeiteten dort auch Prostituierte, aber das war Coras Sache nicht und sollte es niemals sein, auch wenn die Dinge, die sie im London Club gelernt hatte, ihr sicher nützlich waren, als sie ein Jahrzehnt später ihr eigenes Nachtlokal in Jacksonville eröffnete.

In ihrer frühen Phase versuchte sie sich auch am Theater, und im Singen und Tanzen war sie gut genug für den Chor der komischen Oper *Pepita, or The Girl with the Glass Eyes*, mit der berühmten Lillian Russell in der Hauptrolle, Premiere im März 1886 im Union Square Theatre. Die erfolgreiche Inszenierung lief neun Wochen, und wenngleich Cora danach keine weiteren Rollen mehr annahm, zeigt sich allein an der Tatsache, dass sie aus einer Laune heraus für dieses eine Stück vorgesungen und die Rolle bekommen hatte, was für eine temperamentvolle junge Frau sie war, furchtlos und zu allem bereit.

Mit einundzwanzig, kurz nach dem Ende der Affäre mit Stivers, heiratete Cora Thomas Vinton Murphy, den fünfundzwanzig Jahre alten Sohn des wohlhabenden, einflussreichen Thomas Murphy, Ex-Senator und unter Präsident Grant Zolldirektor des Hafens von New York, jetzt Chef der Rennbahn in Mammoth Park außerhalb von Long Branch, New Jersey, wo auch Stivers viel Zeit verbracht hatte. Die Ehe scheiterte und wurde nach zwei Jahren geschieden, vor allem wohl deshalb, weil Murphys streng katholischer Vater von Anfang an nicht damit einverstanden war und seinen Sohn ständig drängte, sich aus den Klauen einer lasterhaften Frau zu lösen, die in den Jahren vor ihrer Ehe offen in Sünde mit einem anderen Mann zusammengelebt hatte. Daddy setzte sich durch, und Cora wurde abserviert.

Bald darauf tat sie sich mit einem weiteren Nichtsnutz zusammen, der vom Geld seines Vaters lebte (in diesem Fall ein Vater, der in den 1860ern die First National Bank of the City of New York und in den 1870ern die Chase National Bank mitgegründet hatte), doch Ferris S. Thompson war etwas besser als seine Vorgänger, ein junger Mann, der nicht nur über unermesslichen Reichtum, sondern auch über unendlichen Charme verfügte, überdies Star der Leichtathletikmannschaft von Princeton gewesen war und jetzt den Plan verfolgte, es sich auf ausgedehnten Reisen rund um die Welt gutgehen zu lassen. Mehr konnte Cora nicht verlangen. Sie verliebte sich in

Cora Crane, 1889

(Mit freundlicher Genehmigung der Syracuse University)

ihn, sehr sogar, und kaum war die Scheidung von Murphy amtlich, war sie wild entschlossen, es abermals zu wagen und den Namen Thompson anzunehmen. Unterdessen brachen die zwei Vagabunden, ausgestattet mit einer Kreditlinie so lang wie der Mississippi, zu einer Rundreise durch die wichtigeren Hauptstädte und entlegeneren Landstriche Europas auf, unter anderem reisten sie mit dem Orientexpress nach Konstantinopel, aber der gutaussehende, unwiderstehliche Thompson war auch nicht frei von selbstzerstörerischen Impulsen. Er trank zu viel und konnte nichts dagegen machen; schöne Frauen warfen sich ihm ständig an den Hals, und er konnte nichts dagegen machen; Bücher, Musik oder Malerei interessierten ihn nicht (Dinge, die Cora sehr wichtig waren), und er konnte nichts dagegen machen. Mehrmals gab es Streit und Trennung, Versöhnung und wieder Trennung, und als Cora nach einer dieser Versöhnungen in Paris wieder mit ihm zusammentraf, kam sie dahinter, dass er eine Affäre mit einer französischen Schauspielerin angefangen hatte. Außer sich vor Wut, griff Cora nach dem Erstbesten, was ihr in die Hände fiel – einem Taschenmesser –, und rammte es Thompson in den Arm. Wieder versöhnten sie sich, und dann betrog er sie wieder, und Cora setzte sich nach London ab.

Wie zur Strafe für das, was er ihr angetan hatte, bändelte nun auch sie mit jemandem an, einem Mann, den sie womöglich schon seit den Tagen mit Stivers kannte, vielleicht aber auch erst während eines ihrer längeren Aufenthalte in London mit Thompson kennengelernt hatte, aber ganz gleich, wie lange sie Donald William Stewart, Ex-Hauptmann der 92. Gordon Highlanders, schon kannte, beschloss sie jetzt, ihn zu heiraten. Militärischer Sohn eines Militärs, der nach seiner Verabschiedung als Oberbefehlshaber der Truppen Ihrer Majestät in Indien zum Ritter geschlagen worden war, hatte der junge Stewart unter dem Kommando seines Vaters in Afghanistan gedient, wo er im Kampf schwer verwundet worden war. Nach einer kurzen Dienstzeit im Transvaal kam er für zwei

Jahre als Adjutant seines Vaters nach Indien und wurde ein zweites Mal im Kampf lebensgefährlich verletzt – stattliche Bilanz eines großgewachsenen, bärenstarken Mannes, der alle Tugenden zu verkörpern schien, die das britische Empire für sich in Anspruch nahm – aber Stewart war auch ein Verschwender, ein Schürzenjäger, ein Spieler und ein arger Trinker, und 1888 sah er sich gezwungen, den Dienst zu quittieren, nachdem sein wachsender Schuldenberg ihn in die peinliche Lage gebracht hatte, sich für bankrott erklären zu müssen. Als Cora begriff, dass er sie ihres Geldes wegen geheiratet hatte, machte sie sich aus dem Staub. Nun kam Thompson zurück ins Spiel, die Affäre flammte wieder auf, und Stewart, das gehörnte Opfer seiner treulosen Frau, versuchte Kasse zu machen, indem er Thompson wegen «Entfremdung ehelicher Zuneigung» auf Schadenersatz in Höhe von fünfzigtausend Dollar verklagte, was heutzutage über einer Million Dollar entsprechen würde. Der Prozess schleppte sich hin und wurde schließlich eingestellt, zweifellos weil Thompson die Sache außergerichtlich geregelt hatte. Cora, noch Lady Stewart, erwartete als nächsten Schritt die Scheidung, aber Stewart hatte seinen Rachedurst noch nicht gestillt und verweigerte ihr die Einwilligung. Was nun? Die Affäre mit Thompson ging noch eine Zeitlang weiter, aber an Heirat war nicht mehr zu denken. Sie musste lernen, auf eigenen Füßen zu stehen, und als Thompson schließlich doch aus ihrem Leben verschwand, begann sie mit den ersten Schritten.

Anfang 1895 gelangte sie aus unbekannten Gründen nach Jacksonville, Florida. Aus ebenfalls unbekannten Gründen nannte sie sich jetzt Cora Taylor, und unter diesem Namen erwarb sie am 21. März das Haus an der Ecke Ashley und Hawk Street. Mrs. Carrie B. Mudge, die Eigentümerin des zweigeschossigen Hauses, hatte es zuvor an eine Frau namens Ethel Dreme vermietet, die es als Pension betrieben hatte, wobei «Pension» wohl nicht ganz der richtige Ausdruck dafür war, und nachdem Cora zusätzlich zum

Kaufpreis auch noch Ethel Dremes Schulden beglichen hatte, war sie alleinige Besitzerin dessen, was rasch zur Perle des Nachtlebens von Jacksonville werden sollte, denn wenn es jemanden gab, der aus der Nacht etwas zu machen verstand, dann war das Cora Howorth, die Frau mit den vielen Namen. «Alles, was für den Tag zu kostbar ist, zu empfindlich, zu gut, zu böse, zu scheu, gehört der Nacht», schrieb sie in ihr Notizbuch. «Die Nacht ist das Bad des Lebens, das Schmerzmittel für Herzeleid, die Nacht stillt die Leidenschaften, weckt sie auch, sie ist die Lehrerin aller, die lernen wollen, der schützende Mantel, in den ein Mensch seine Seele hüllt.»

In Jacksonville, einer Stadt, deren Einwohner mit zahllosen Durchreisenden zusammenlebten – Touristen, spanischen Spionen, amerikanischen Reportern, kubanischen Rebellen und Michelsons «menschlichem Treibgut» –, konnten einsame Männer nach Einbruch der Dunkelheit nicht viel anderes tun, als die Zeit in einem Saloon zu vertrinken oder eins der vielen Bordelle in der Ward Street aufzusuchen. Coras neues Lokal in La Villa lag weit entfernt von diesen schäbigen Freudenhäusern, und nachdem sie Mrs. Mudges alten Kasten nach ihren eigenen Plänen zu einem eleganten Amüsierbetrieb umgebaut hatte, hängte sie ein Schild über die Tür – HOTEL DE DREME – und machte den Laden auf.

Cora, bis dahin Mätresse und flatterhafte Ehefrau, hatte eine neue Stufe der Selbsterkenntnis erreicht und mit purer Willenskraft endlich ihr Schicksal in die eigenen Hände genommen. Aus langjähriger und oft schmerzhafter Erfahrung hatte sie gelernt, was Männer wollen, und jetzt würden sie es von ihr bekommen, ohne dass sie wie in der Vergangenheit einen persönlichen Preis dafür bezahlen musste. Stattdessen sollten die Männer bezahlen, und der Preis käme in Form von Dollars, eine Umkehrung der alten Formel, mit der sie ihre Erkenntnisse auf ein lukratives Unternehmen anwendete, das ihr ein Leben in vollkommener Unabhängigkeit gewähren würde.

Coras Etablissement war allenfalls zur Hälfte ein Freudenhaus: Natürlich zählte Sex zu den Dienstleistungen, die im Hotel de Dreme angeboten wurden, aber nur als Beigabe zum Roulette, zum guten Essen und dem unerschöpflichen Champagnervorrat. Mädchen wohnten nicht im Haus, und Cora beschäftigte auch keine Prostituierten, aber wenn ein Gast das Hotel für ein privates Stelldichein nutzen wollte, konnte er sich in eins der Zimmer oben zurückziehen, nachdem Cora zu Bett gegangen war. Im Salon bewirtete sie ihre Gäste, ein Mann, Professor genannt, sorgte am Klavier für musikalische Unterhaltung, es herrschte eine diskrete, kultivierte, geradezu anständige Atmosphäre. Aus Gilkes' Biographie:

> Zu Beginn des Abends weilte Cora im Salon, empfing die Gäste und brachte das Geschehen in Gang. Denn sie wusste, sie kamen ihretwegen. Ihre Persönlichkeit und ihr Esprit ließen sie immer wiederkommen und die Dollars in ihre Kasse strömen. Mit ihrem strahlenden Lächeln und einem munteren Spruch für jeden Gast ging sie zwischen den Tischen umher, machte Konversation mit jungen Männern und alten Glatzköpfen, die ihr unbedingt einen Drink spendieren wollten – Bier oder Champagner: Spirituosen standen nicht auf der Getränkekarte. Cora verabscheute Trunkenheit. Bier kostete einen Dollar die Flasche, der Standardpreis «auf dem Strich».
>
> Später, wenn Paare aufbrachen oder sich nach oben verzogen, sagte Cora gute Nacht und ... verschwand in ihre Wohnung, zu der niemand außer dem inneren Kreis Zutritt hatte. Für diese Auserwählten war sie «Miss Cora», manchmal auch «Ma».

Attraktiv, aber nicht das, was man eine Schönheit nennt, eine stattliche Haltung, aber klein und ausgesprochen mollig, also nichts Besonderes, hätte man meinen können, und doch besaß Cora genau das, was gewisse Frauen mit jener Selbstsicherheit ausstattet, die in Männern den Wunsch weckt, sie anzuschauen, sie kennenzulernen, ihr nahezukommen und in ihrem Dunstkreis zu leben. Das Beste an ihr waren ihr üppiges blondes Haar und ihre leuchtend blauen Augen. Zweifellos faszinierend, aber auf lange Sicht dann doch nicht das Entscheidende. Dass sie Bücher las, gut zeichnen und schreiben konnte, sprach ebenso für sie wie ihr Talent, geistreich Konversation zu machen, am meisten aber zählte ihre unbändige Vitalität und, genauso wichtig, dass sie vollkommen frei von Zynismus war. Sie hatte einen Beruf gewählt, der Frauen hart macht, doch Cora war in den zwei Jahren, die sie ihr kleines Etablissement in Jacksonville betrieb, nicht hart geworden. Sie war und blieb Optimistin, und trotz der Schläge, die sie im Lauf der Jahre empfing, verlor sie nie den Glauben an sich selbst oder an das, was die Zukunft für sie bereithielt. Anfang Dezember, als sie Crane kennenlernte, war sie einunddreißig. Sie erzählte ihm, sie sei achtundzwanzig, und so wie sie war und wie sie das gesagt hatte, glaubte er ihr.

Einer Darstellung nach begann die Affäre, als Crane sie eins seiner Bücher lesen sah, und eben nicht *The Red Badge of Courage.* Den Kriegsroman besaß sie schon seit 1895, aber das hier war etwas Neueres, vermutlich *George's Mother*, es könnte aber auch sein gerade erschienener Erzählungsband *The Little Regiment* gewesen sein. Dass sie vom Verfasser dieses Buchs, einem ihrer Lieblingsschriftsteller, beim Lesen beobachtet wurde, konnte sie jedoch nicht wissen, weil er unter dem falschen Namen Samuel Carlton in ihr Haus gekommen war; dann aber plauderte einer seiner Freunde seinen richtigen Namen aus, und «die Neuigkeit fuhr der Lady wie ein Pfeil in die Leber», wie es in unserer Quelle heißt, und hatte «spontane wechselseitige Anziehung zur Folge».

So jedenfalls stellt Ernest W. McCready[74] die Geschichte dar, der behauptet, er habe sie von Ralph D. Paine[75] gehört, der die Szene angeblich eines Abends selbst miterlebt hatte, als McCready zufällig einmal nicht da war, auch wenn der Letztere sich dort so häufig blickenließ, dass Cora ihm unauslöschlich im Gedächtnis blieb: «Gutaussehend», nennt er sie, «sehr kultiviert, distanziert zu allen» (Crane war die Ausnahme). «Tatsache ist», fährt er fort, «sie war uns in mancher Hinsicht überlegen, insbesondere was ihr sicheres Auftreten und die Macht betraf, die sie über sich selbst und andere ausübte. Falls sie irgendwelche Fehler hatte, war ich damals zu unerfahren, echte ‹Klasse› zu erkennen oder deren Mangel zu bemerken.»

Spontane Anziehung, das stimmt, aber nicht ganz so wechselseitig, wie McCready vermutete. Cora verliebte sich auf der Stelle und war praktisch vom ersten Augenblick an bereit, die einmalige Gelegenheit zu ergreifen und sich mit einem Mann zusammenzutun, den sie im Scherz ihre «Maus» und ganz im Ernst ihren «Leitstern» nannte. Crane hingegen ließ sich nur zögernd und mit äußerster Vorsicht auf das Abenteuer ein. Lily Brandon Munroe hatte ihn abgewiesen, er war mit seinem grotesken Werben um Nellie Crouse gescheitert, und jetzt versuchte er über die Katastrophe hinwegzukommen, die er sich mit Amy Leslie eingehandelt hatte. Hinter ihm lag der New Yorker Skandal, vor ihm die riskante Reise

■ 74 Ein mit Crane befreundeter Journalist, der in Florida und später während des Spanisch-Amerikanischen Kriegs in Kuba mit ihm zusammen war. Er war das Vorbild für den Mann namens «Shackels» in drei Erzählungen Cranes von 1899 («God Rest Ye, Merry Gentlemen», «Virtue in War» und «The Revenge of the *Adolphus*») und tritt in den autobiographischen «War Memories» als McCurdy auf.

■ 75 Der dritte der drei befreundeten Jungreporter aus Asbury Park in den frühen Neunzigern. Die anderen beiden waren Post Wheeler und Crane.

nach Kuba: kaum der richtige Zeitpunkt, in Liebesdingen oder sonstigen Angelegenheiten Entscheidungen zu treffen.

Wie auch immer, endlich hatte Crane eine Frau gefunden, die ihm ebenbürtig war, die zu ihm passte, die lebende Verkörperung einer weiblichen Version seiner selbst. Cora lehnte die Konventionen und moralischen Heucheleien ihrer Welt ebenso sehr ab wie er selbst, eine Frau, die Sex nicht fürchtete und begriffen hatte, dass erotisches Verlangen wesentlich zum Menschsein dazugehörte, eine Frau, die Bücher liebte – auch *seine Bücher* –, eine Frau, die, wie ihre Vorgeschichte zeigte, genauso leichtsinnig sein konnte wie er.

Sie erzählte ihm freimütig ihre Vorgeschichte, schon als sie einander gerade erst kennenlernten, und kaum einen oder zwei Tage nach ihrer ersten Begegnung schenkte Crane ihr drei Bücher. Das eine war eine Sammlung von Kiplings Gedichten, in die Cora später eintrug: «Das Erste, was meine Maus mir geschenkt hat, war dieses Buch.» Das zweite war mit einer Widmung versehen, Überschrift: «Für C. E. S.» (Cora Ethel Stewart), ein klarer Hinweis darauf, dass sie ihm von ihrer zweiten Ehe erzählt hatte, und wenn sie das getan hatte, hatte sie ihm wahrscheinlich auch von ihrer ersten Ehe und manch anderem aus ihrem Leben erzählt. Die Widmung lautete: «Kürze ist ein Element / das sich gewichtig / in alle Vergnügen des / Lebens drängt, und darum ist / Vergnügen traurig / und daher gibt es kein / Vergnügen, sondern nur / Traurigkeit.» Nicht gerade die Worte eines Mannes, der große Hoffnungen auf eine gemeinsame Zukunft hegte – oder auch nur auf die Möglichkeit, es könnte überhaupt eine Zukunft für sie geben.

Das dritte Buch war *George's Mother*, mit der knappen Zueignung: «Für eine ungenannte Geliebte.» Später gab er ihr einen Namen – seinen eigenen –, jedoch erst nach seiner Reise in die Gewässer zwischen Florida und Kuba und nachdem er von den Toten zurückgekehrt war.

3

Zunächst die Fakten. Von 1895 bis 1898 machten sich einundsiebzig Filibusterboote auf die Fahrt von Florida nach Kuba; über die Hälfte wurde von der amerikanischen oder spanischen Marine abgefangen. Beide Länder verfolgten dieselbe Politik, Amerika jedoch aufgrund einer rechtlichen Verpflichtung (die Neutralitätsregeln durchzusetzen), Spanien hingegen aus rein politischen Motiven (den Aufstand niederzuwerfen). Bis Ende 1896 hatte das Dampfschiff *Commodore* viermal versucht, Kuba zu erreichen, es aber nur zweimal geschafft. Dennoch, es gab Schlupflöcher, manchmal war es möglich, sich von den Behörden durchwinken zu lassen, wie offenbar bei der fünften Expedition der *Commodore* an diesem Silvestertag, die vom amerikanischen Finanzminister genehmigt wurde. Ein für die Rebellen tätiger kubanischer Anwalt hatte argumentiert, wohin ein Schiff fahre und was es transportiere, seien zwei verschiedene Dinge. Sobald die amerikanische Regierung die Überfahrt als solche genehmigt habe, sei es gleichgültig, ob das Schiff «Waffen oder Würste» befördere. Eine Genehmigung war auch vonseiten der spanischen Regierung erforderlich, und in diesem Fall war Gier der entscheidende Faktor, der Pedro Solis, den spanischen Konsul in Florida, dazu bewog, das entsprechende Dokument zu unterschreiben, selbst nachdem man ihn auf die Fracht der *Commodore* hingewiesen hatte: über zweihunderttausend Patronen, eintausend Pfund Dynamit, vierzig Kisten Gewehre, zwei Elektrobatterien und dreihundert Macheten. Gefragt, ob er die Überfahrt genehmigen wolle, erwiderte Solis: «Selbstverständlich ... nicht anders, als wenn es Kartoffeln für die spanische Armee befördern würde.» Er deutete auch an, dass es zu den Vorteilen seiner Stellung als Konsul gehöre, für alle Transporte nach Kuba eine Gebühr zu kassieren. Je schwerer die Fracht, desto größer die Summe, die in seine Taschen floss.

Es war also ein offenes Geheimnis. Die *Commodore* lieferte Waffen an die kubanischen Rebellen, und als sie am 31. Dezember um acht Uhr abends in See stach, wurde sie am Kai von jubelnden Sympathisanten verabschiedet. Siebenunddreißig Meter lang, sechseinhalb Meter breit und hundertsechzig Tonnen schwer, hatte das Schiff auch menschliche Fahrgäste: kubanische Nationalisten, amerikanische Offiziere und Matrosen, und einen Journalisten – insgesamt siebenundzwanzig Mann. Crane hatte sich als Mitarbeiter der Mannschaft eingetragen, aber darauf fiel niemand von der örtlichen Presse herein. Die *Florida Times-Union* meldete, S. C. sei «als Vertreter eines Zeitungssyndikats aus dem Norden unterwegs. Er soll aber keine Nachrichten sammeln, sondern Sonntagsbeiträge für die Zeitungen in New York, Philadelphia, Chicago, Pittsburgh und Boston liefern. Auf die Frage, wie lange er auf der Insel bleiben werde, antwortete er, das könne er nicht sagen. Er ist als Leichtmatrose für einen Monatslohn von 20 Dollar an Bord gegangen.»

Es gab von Anfang an Schwierigkeiten. Die Fahrt begann bei starkem Nebel, zwei Meilen von Jacksonville den St. John's River hinunter in Richtung offenes Meer setzte der Lotse die *Commodore* auf eine Sandbank, erst im Morgengrauen kam sie mit Hilfe des Zollschiffs *George S. Boutwell* wieder frei. Normalerweise sollte es Filibusterschiffe daran hindern, die Blockade zu durchbrechen, aber diesmal ignorierte der Kapitän die offiziellen Vorgaben, schleppte die *Commodore* ins Wasser zurück und begleitete sie noch eine Weile. Auch er war eindeutig in das offene Geheimnis der eigentlichen Mission der *Commodore* eingeweiht, war aber längst nicht so neutral wie die amerikanische Regierung und blieb daher auch, nachdem die Schleppleine gelöst war, mit der *Boutwell* dicht bei der *Commodore*. Sie waren noch nicht weit gekommen, da lief die *Commodore* bei Mayport abermals auf Grund, konnte sich diesmal aber im Rückwärtsgang aus eigener Kraft befreien. Kapitän Kilgore an Bord der *Boutwell* rief zur *Commodore* hinüber: «Geht's heute noch auf See?»[76] Captain Murphy von der *Commodore* rief zurück: «Ja, Sir.» Die *Commodore* pfiff einen freundlichen Gruß, Kilgore schwenkte seine Mütze und schrie: «Nun, meine Herren, ich hoffe, Sie haben eine gute Reise.»

Edward Murphy hatte schon an manchen Filibusteraktionen teilgenommen und war ein erfahrener Kapitän mit Schifferpatenten aus England und Amerika, aber dies war seine erste Fahrt auf der *Commodore*, ebenso wie für die zwei Maschinisten an Bord, und da sie mit dem Schiff nicht vertraut waren oder einfach nicht auf die Idee kamen, dachte keiner von ihnen daran, den Rumpf nach der Strandung im St. John's River auf Schäden zu untersuchen, und so fuhr die *Commodore*, beschädigt oder nicht, aufs offene Meer hinaus.

Die See war rau an diesem Tag, eine steife Brise ging, und wie Crane in seinem Bericht von der Katastrophe schreibt, stampfte und schlingerte die *Commodore* über die Wogen, «mittschiffs an Deck lagen fünf oder sechs Kubaner, schlapp, elend und vollkommen verzweifelt ... und binnen kurzem wurden sogar einige amerikanische Matrosen von dem nicht enden wollenden Schwanken seekrank». Kapitän Murphy erklärte der *New York Press* (4. Januar): «Selbst altgediente Matrosen wurden seekrank, als wir nach Verlassen der Sandbank in offenes Gewässer kamen, Crane hingegen hielt sich wie ein geborener Seemann. Er und ich waren so ziemlich die Einzigen, denen der hohe Seegang nichts ausmachte. Während wir hin und her geworfen nach Süden fuhren, saß er rauchend bei

■ 76 Zitate aus «Stephen Crane's Own Story» im Folgenden soweit möglich in der deutschen Übersetzung von Lucien Deprijck aus: Stephen Crane: Das offene Boot und andere Erzählungen. Hamburg 2016; dort unter dem Titel «Der Schiffbruch der *Commodore*». Cranes Bericht erschien in verschiedenen Fassungen in mehreren Zeitungen und schließlich in stark veränderter Form in *The Open Boat and Other Stories*. Deprijcks Übersetzung beruht auf einer anderen Fassung als der von Auster benutzten. (A. d. Ü.)

mir in der Kajüte und erzählte Geschichten. Als das Leck bemerkt wurde, war er der Erste, der freiwillig seine Hilfe anbot.»

Die Pumpen arbeiteten nicht mehr, Wasser strömte durch einen Riss im Rumpf, und um zehn Uhr an diesem Abend kam der Chefmaschinist in die Kajüte und teilte dem Kapitän mit, im Maschinenraum stimme etwas nicht. Minuten später war Crane zusammen mit mehreren anderen im Bauch des Schiffs und «schöpfte Wasser in Eimer und reichte sie weiter an den Nächsten in der Menschenkette». Da unten war es unerträglich heiß, und «öliges Seewasser schwappte und schäumte zwischen dröhnenden, pochenden, ratternden, stampfenden Maschinen». Kapitän Murphy befahl den Männern, den Heizkessel mit Holz, Öl und Alkohol zu befeuern – mit allem, was brennt –, in der Hoffnung, die Maschinen lange genug am Laufen zu halten, bis sie Mosquito Inlet etwa achtzehn Meilen westlich erreicht hätten, jedoch, wie er dem *New York Herald* (5. Januar) erzählte, «das Wasser stieg langsam, aber sicher, und wir hatten noch keine drei Meilen geschafft, als das Feuer ausging. Es gab keine Hoffnung mehr, das Schiff zu retten.»

Unterdessen gerieten die Männer oben an Deck in Panik. Ein Kohlenträger mit einem Päckchen Dynamit kam aus dem Laderaum und forderte den Kapitän auf, die Sache zu beenden, das heißt, sie alle in die Luft zu sprengen, bevor das Schiff unterging. «Das Dynamit wurde ihm vorsichtig abgenommen, und dann erledigte Kapitän Murphys Faust den Rest. ‹Bleib da liegen, du feiger Hund!›, schrie Kapitän Murphy. ‹Befolgt meine Anweisungen, dann kommen wir alle davon.›» (*World*, 4. Januar) Im selben Artikel wird berichtet, wie einer der Matrosen den Verstand verlor, die Takelage bis zur Rah hochkletterte und dort oben einen Kopfstand versuchte. Ein Kubaner, der ins Wasser springen wollte, wurde vom Zweiten Offizier zurückgehalten, «ein anderer war so entmutigt, dass er vor dem Kapitän auf die Knie fiel und flehte, über Bord geworfen zu werden».

In seinem eigenen Artikel geht Crane nicht lange auf sein Verhalten in dieser kritischen Situation ein, aber alle, die in seiner Nähe waren, zeigten sich beeindruckt davon, wie ruhig er blieb und mit welcher Umsicht und nie nachlassender Tapferkeit er die Ordnung auf dem Schiff aufrechtzuerhalten versuchte. Der Steward, Charles Montgomery, berichtete der *New York Times* (4. Januar): «Einer von den Kubanern versuchte in Panik vorzeitig ein Beiboot zu Wasser zu lassen, und Crane verpasste ihm einen so kräftigen Schlag, dass er betäubt zu Boden ging.» Kapitän Murphy im selben Artikel: «Dieser Crane ist beherzt wie nur einer ... Weil seine neuen Schuhe an Deck zu rutschig waren, zog er sie aus, warf sie über Bord und rief lachend: ‹Captain, ich schätze, die werde ich nicht brauchen, wenn wir schwimmen müssen.› Er stand die ganze Zeit neben mir an Deck, rauchte seine Zigaretten und half mir sehr, als die Boote zu Wasser gelassen wurden ... Er ist ein Vollblut, ein tapferer Mann, den nichts so schnell umwirft.» Montgomery sah es genauso:

> «Dieser Zeitungsmensch hatte Schneid. Angst schien er nicht zu kennen ... Er bestand darauf, Matrosenarbeit zu verrichten, und er machte es gut. Am Samstagmorgen aus dem Schlaf gerissen und an Deck gekommen, verzagte er nicht, als er die schäumenden, tobenden Wogen erblickte und gleich erkannte, dass das Schiff untergehen würde ... Er stand auf der Brücke und suchte mit dem Feldstecher den Horizont nach irgendeinem Stück Land ab ... Ich war mir sicher, er würde über Bord fallen, das Schiff schwankte so heftig, dass die Rahen beinahe das Wasser berührten.»

Die *Commodore* verfügte über drei Rettungsboote, ein Dingi und eine gewisse Anzahl Rettungsgürtel. In seinem Artikel schreibt Crane, ein Heizer «hatte sich mehrere Rettungsgürtel umgeschlungen und war aufgeplustert wie ein Daunenkissen»; der Mann wird vom Kapitän heftig beschimpft, was darauf schließen lässt, dass diese Gürtel nur in begrenzter Menge vorhanden waren, und tatsächlich, als Crane, der Kapitän, Steward Montgomery und ein Maschinist namens Billy Higgins in das Dingi stiegen, lagen dort nur zwei, und nicht vier, Rettungsringe bereit. Noch schlimmer für den Kapitän (und letztlich für sie alle): ein Brecher, der ins Deckshaus eingeschlagen war, hatte ihm den Arm gebrochen, er trug ihn jetzt in einer Schlinge und konnte ihn nicht bewegen.

Als das erste Rettungsboot zu Wasser gelassen wurde, beobachtete Crane noch einen Fall von nackter Panik: «Einem gewissen Herrn in diesem ersten Boot wurde ein mächtiger Koffer gereicht, groß wie ein halbes Hotel. Es sah nach einer noblen Geste aus, und ich betrachtete noch ganz versonnen die Szene, als ihm auch schon der nächste Koffer gereicht wurde.» Bei der *noblen Geste* handelte es sich in Wahrheit um die Flucht eines Feiglings, und der *gewisse Herr* war Paul Rojo, der Verantwortliche für die Kubaner an Bord und Vertreter der Eigentümer des Schiffs. Elf weitere Kubaner folgten ihm in das Boot, und als sie um zehn Uhr morgens (2. Januar) Land erreichten, mietete Rojo ein Segelboot, fuhr damit aber nicht zur *Commodore* zurück, sondern gleich weiter nach New Smyrna, von wo er dann endlich nach Jacksonville telegraphierte, von dem Unglück berichtete und darum bat, Hilfe zu schicken. Hilfe, die niemals kam. Wie Crane später Horatio S. Rubens, dem Generalkonsul der kubanischen Junta, erzählte: «Er erinnerte mich an George Washington. Erster im Krieg, Erster im Frieden – und Erster im Rettungsboot.»

Das zweite Rettungsboot ließ sich nicht losmachen, beziehungsweise erst mit vereinten Kräften von Crane, Higgins, zwei Heizern und dem Ersten Offizier:

> Gemeinsam ... kämpften wir mit diesem Boot, und ich könnte schwören, es wog ungefähr so viel wie ein Kabelbahnwaggon am Broadway. Es war wie an Deck festgenagelt. Ein Schulgebäude aus Backstein über einen Knüppeldamm zu schieben, wäre nicht schwerer gewesen, als dieses Boot zu bewegen. Doch der Erste Offizier konnte es an einer Talje von einem der Bootskräne auf der Leeseite befestigen, und unten auf Deck versammelte der Kapitän genügend Männer, um es über Bord stemmen zu können.

Endlich lag es im Wasser, und die übrigen Kubaner wurden losgeschickt. Da war es noch dunkel, und sie erreichten die Küste, als die Sonne senkrecht über ihnen stand.

Als Nächstes war die amerikanische Mannschaft dran, elf Mann, darunter auch Crane, und nachdem vier von ihnen sich entschieden hatten, es mit dem Dingi zu wagen, nahmen die sieben anderen das robustere Rettungsboot. Alles lief nach Plan, und wäre das dritte Rettungsboot so stabil und seetüchtig gewesen, wie sie alle glaubten, wäre der Plan aufgegangen. Die sieben hätten es geschafft. Aber das dritte Boot war beschädigt, sie schafften es nicht, und was die Geschichte einer phantastischen Rettung in letzter Minute hätte sein sollen, wurde zu einer furchtbaren Tragödie, an deren Ende es Tote gab.

Nachdem das dritte Boot abgesetzt war, machte Crane auf Anweisung des Kapitäns das Dingi bereit. Einer nach dem anderen stiegen die vier Männer in das kleine Ruderboot und brachten es in sichere Entfernung von dem sinkenden Schiff, um dann abzuwarten, bis die *Commodore* untergegangen war. Als sie ihre Position in ein paar hundert Metern Entfernung erreicht hatten, bemerkten sie jedoch, dass die sieben Mann im dritten Rettungsboot zu dem Schiff zurückgekehrt waren. «Die Anwesenheit der Männer an

Bord war uns unerklärlich», schreibt Crane, «schließlich hatten wir alle Boote abstoßen sehen. Wir ruderten zurück zum Schiff, hielten aber einen gewissen Abstand, weil wir zu viert in einem zehn Fuß großen Boot waren und wussten, dass eine Hand am Dollbord uns zum Kentern bringen würde.

Der Erste Offizier rief uns vom Schiff aus zu, dass das dritte Boot längsseits gesunken sei.»

In der Zwischenzeit hatten die Männer in aller Eile drei Flöße gezimmert, die jetzt neben dem Schiff auf dem Wasser lagen. Der Kapitän, gefragt, ob er sie mit dem Dingi ins Schlepp nehmen wolle, rief zurück, er könne es versuchen: «‹Springt auf!›, schrie der Kapitän.» Crane fährt fort: «Ich erinnere mich, dass vier der Männer über die Reling kletterten, dastanden und den metallenen Glanz der wogenden See betrachteten.» Vier Männer, aber die drei anderen zögerten unerklärlicherweise. Der alte Maschinist sprang als Erster, gefolgt von einem Heizer, nach ihm sprang Tom Smith, der Koch, der Crane bei der Abfahrt erzählt hatte, dies sei seine letzte Filibusteraktion, er habe genug davon und wolle sich eine andere Arbeit suchen. Allen drei gelang es, sich an die Flöße zu klammern, aber der Letzte der vier, der Erste Offizier, von dem Crane schon bei der Szene mit dem festsitzenden zweiten Rettungsboot bemerkt hatte, dass er «die Beherrschung verlor», hob plötzlich «die Hände über den Kopf und sprang ins Meer. Er trug keinen Rettungsgürtel, und als er tat, was unfassbar war und einen Sprung in den Tod bedeutete, glaubte ich für meinen Teil an der Haltung seiner Hände und an der Art, wie er den Kopf zurückwarf, zu erkennen, dass es Wut war, Wut, unsagbare Wut, was ihn antrieb.»

Wut auf die Umstände, die ihn in diese hoffnungslose Lage gebracht hatten, Wut aber auch auf den Kapitän, der das Schiff verlassen hatte, und der Anblick Murphys, der da sicher in seinem Dingi hockte, muss für den Ersten Offizier zu viel gewesen sein, und statt wenigstens zu versuchen, sich zu retten, machte er seinem Leben mit einem Akt wilden Protests ein Ende.

Crane in seinem Bericht:

> An Bord der *Commodore* stapften drei Männer umher, immer noch stumm, auch ihre Gesichter waren uns zugewandt. Einer von ihnen stand mit verschränkten Armen an das Deckshaus gelehnt. Die Füße hatte er gekreuzt, den linken Fuß auf die Zehen gestützt. Da standen sie und blickten zu uns herüber ...
>
> Der farbige Heizer auf dem ersten Floß warf uns eine Leine zu, und wir nahmen ihn ins Schlepp. Natürlich war uns die Vergeblichkeit eines solchen Unternehmens nur zu bewusst, unser Beiboot ragte nicht mehr als sechs Zoll aus dem Wasser, die See ging mächtig hoch, und ich wusste, dass es unter solchen Umständen selbst für einen Schlepper keine leichte Aufgabe gewesen wäre, diese Flöße zu ziehen. Doch wir versuchten es und hätten es auf ewig weiterversucht, wäre die Lage nicht schließlich kritisch geworden. Ich saß an einem der Riemen und hatte also die Flöße im Blick. Der Koch kümmerte sich um die Leine. Plötzlich begann das Boot sich rückwärtszubewegen, und da sahen wir den Neger auf dem ersten Floß, wie er Hand über Hand an der Leine zerrte und uns zu sich heranzog.
>
> Er hatte sich in einen Dämon verwandelt. Er war wild – wild wie ein Tiger. Geduckt kauerte er auf dem Floß, bereit zum Sprung. Jeder Muskel seines Körpers schien bis zum Äußersten gespannt. Von seinen Augen war fast nur das Weiße zu sehen. Sein Gesicht war das eines Todgeweihten, der sich noch einmal

> aufbäumte, und wir wussten, dass das Gewicht seiner Hand an unserem Dollbord unseren Untergang bedeuten konnte. Der Koch ließ die Leine los.
>
> Wir ruderten ein Stück in der Hoffnung, der Maschinist könne uns eine Leine zuwerfen, und das alles, wohlgemerkt, ohne den geringsten Schrei oder auch nur ein Ächzen, es herrschte nur Stille. Stille, und nochmals Stille – und dann sank die *Commodore.* Zuerst kippte sie in den Wind, dann schwang sie weit zurück, richtete sich wieder auf und tauchte schließlich ab, und plötzlich verschwanden die Flöße in diesem grässlichen Meeresschlund. Und den Kehlen der Männer in dem zehn Fuß langen Beiboot entrangen sich Worte – oder vielmehr etwas, das weit über bloße Worte hinausging.

Dreißig Stunden lang währte der Kampf der vier Männer, an Land zu gelangen, aber das schwache Boot war für Manöver in so rauer See nicht geschaffen, und nur um nicht noch weiter auf See hinausgetrieben zu werden, mussten sie, bedroht von Abdrift und Unterströmung und Haien, mit aller Kraft rudern und Wasser schöpfen. Der Kapitän konnte nur einen Arm gebrauchen, der Koch konnte nicht schwimmen, Crane und Higgins waren praktisch auf sich allein gestellt und kämpften einen ganzen Tag und eine lange Winternacht, ehe sie am nächsten Morgen einen letzten Versuch wagten, den Strand zu erreichen. Kurz vor ihrem Ziel aber kenterte das Boot, sie stürzten ins Wasser und mussten den Rest der Strecke schwimmen.[77] Das alles überspringt Crane in seinem Artikel: «Wie

■ 77 Der Kapitän hatte seine Rettungsringe Montgomery und Crane gegeben. Kaum war Crane im Wasser, schnallte er seinen Geldgürtel los, um sich von der Last zu befreien. 700 Dollar in Gold (nach heutigem Stand etwa 20 000 Dollar) sanken auf den Grund

das ist, dreißig Stunden in einem offenen Boot zuzubringen, diese Schilderung wäre zweifellos ein Lehrstück für die Jugend, doch hier ist weder die Zeit noch die Gelegenheit dazu.» Beides hatte er ein paar Wochen später, und das Ergebnis ist die wahrscheinlich beste und vollkommenste aller seiner Erzählungen, doch fürs Erste – zwei Tage nach seiner Rettung – schloss Crane, erschöpft und aufgewühlt, seinen Artikel mit der Ankündigung, er werde «Kapitän Edward Murphy und William Higgins, den Hilfsmaschinisten, als Männer der Tat gebührend ins Licht rücken», und pries den Mann am Strand («John Kitchell aus Daytona»), der, als er sie im Wasser um sich schlagen sah, sofort seine Kleider abwarf und sich in die Brandung stürzte, um sie ans rettende Ufer zu holen. Aber auch damit war die Tragödie der *Commodore* noch nicht abgeschlossen:

«Er preschte ins Wasser und zog den Koch an Land. Dann wandte er sich dem Kapitän zu, doch der verwies ihn an mich, und erst da sahen wir Billy Higgins mit dem Gesicht im Sand liegen, auf dem Trockenen. Er war tot.»

Higgins, der Kräftigste der vier, der beste Schwimmer, der Mann, der in den dreißig Stunden auf See am unermüdlichsten gerackert hatte, war, als er an Land schwamm, von dem kieloben treibenden Dingi tödlich am Kopf getroffen worden.

Sonntagmorgen, 3. Januar. In Windeseile liefen Anwohner zum Strand und versorgten die drei Überlebenden mit Kleidung, Kaffee und Decken. Die folgende Nacht verbrachten sie in Daytona, neunzig Meilen südlich von Jacksonville.

Am Tag zuvor wurde in den Presseberichten vom Untergang der

des Ozeans. Kurze Zeit darauf stieg Bacheller aus dem Syndikat aus, wurde zunächst Chefredakteur der Sonntagsausgabe der *World* und konzentrierte sich schließlich ganz auf Erzählungen, Gedichte, Essays und Romane – über dreißig –, von denen einer (*Eben Holden*, 1900) sich fast eine Million Mal verkaufte.

Commodore noch angenommen, Crane sei tot, und Behördenvertreter in Jacksonville hatten Cora erklärt, es sei «mit dem Schlimmsten» zu rechnen. Jetzt, nachdem er ihr telegraphiert hatte, er sei noch am Leben, antwortete sie umgehend: «Telegramm erhalten. Gott sei Dank Du lebst bin fast verrückt geworden.»

Das St. James Hotel leitete ein Telegramm von Edward Marshall in New York an ihn weiter: «Gratuliere zum tapferen und erfolgreichen Überlebenskampf. Nicht antworten. Aber schreibe ausführlich von Jax. Geld heute telegraphisch.»

Immer noch der 3. Januar, ein zweites Telegramm von Cora: «Nimm Nachtzug heute Zuschlag egal antworte komm unbedingt.» Am Sonntag fuhren aber keine Züge, und so blieb er, wo er war, um Billy Higgins' Beerdigung abzuwarten; anschließend wollte er (Genaues ist nicht bekannt) vielleicht weiter nach Süden reisen, um von dort aus irgendwie nach Kuba zu kommen. Was immer er vorhatte, Cora nahm die Sache selbst in die Hand, stieg am nächsten Morgen in Jacksonville in den Zug und kam gegen Mittag in Daytona an. Möglich, dass er sie gar nicht wiedersehen wollte (auch hierzu ist nichts bekannt), aber dann muss es doch schön gewesen sein. Vor der gemeinsamen Rückfahrt nach Jacksonville wurden sie von einem indiskreten Telegraphisten am Daytoner Bahnhof beobachtet. «Sie saßen eng umschlungen in einer Ecke des Wartesaals», erzählte er, «küssten und herzten sich wie Turteltäubchen, bis der Nachmittagszug nach Norden kam. Danach habe ich sie nicht mehr gesehen.»

In Jacksonville empfingen ihn über hundert begeisterte Kubaner, aber er konnte mit dem unsinnigen Beifall und Jubel nichts anfangen (was hatte er denn getan – außer nicht zu sterben?), entzog sich dem Trubel so schnell und geräuschlos wie möglich und ging, noch immer in seinen zerlumpten, auf halbe Größe geschrumpften Matrosensachen, ins St. James Hotel zurück. Im Foyer begegnete er einem neunjährigen Mädchen namens Lillian Barrett, der zukünftigen Schriftstellerin, die mit ihren Eltern in dem Hotel wohnte und sich in den Kopf gesetzt hatte, Crane sei der «von Gott gesandte Erlöser» Kubas. Vor seiner Abreise am Silvesterabend hatte sie ihn gebeten, etwas in ihr Autogrammbuch zu schreiben, aber damals hatte er dazu keine Zeit gehabt. Jetzt schon. «Wo ist dein Album?», fragte er. Er schlug eine leere Seite auf und schrieb: «Stephen Crane, Vollmatrose, S. S. Commodore, 4. Januar 1897.»

Am 5. Januar brachte die *World* einen Artikel unter der Schlagzeile STEPHEN CRANE LEBT und zitierte darin ein Telegramm, das er der Zeitung vermutlich am 4. geschickt hatte: «Noch kann ich nichts schreiben aber später.» Später kam bald, vielleicht noch am selben Tag, denn schon am 7. druckte die Zeitung Cranes Bericht über seine Erlebnisse auf der *Commodore.* Unterdessen bekam er, einer Zeitung aus Asbury Park zufolge, «ein Telegramm von einer New Yorker Zeitung mit einem Angebot von 1000 Dollar für 1000 Worte über die Angelegenheit ... doch er hielt seinem Syndikat die Treue».

Cranes Telegramm vom 6. an das *Atlanta Journal* bestätigt, dass ihm weiterhin sehr daran gelegen war, nach Kuba zu gehen: «Sieben Mann von der Commodore werden noch vermisst. Das Schiff wurde wahrscheinlich nicht versenkt.[78] Ich bleibe in Jacksonville, bis die nächste Expedition nach Kuba startet.»

Am 7. dankte er Hawkins telegraphisch für die Geldüberweisung und ließ die Mitglieder des Lantern Club grüßen, die ihn für sein «mannhaftes Betragen in großer Gefahr» auszeichnen wollten: «Besten Dank Alter Grüße an Club schicke Post hierher.» Am selben Tag erschien sein Artikel in mehreren amerikanischen und

■ 78 In den Tagen nach dem Unglück behaupteten zahlreiche Zeitungen, die *Commodore* sei durch Sabotage untergegangen – höchstwahrscheinlich durch Manipulation der Pumpen. Eine offizielle Untersuchung erbrachte nichts, was diese Behauptung bestätigen oder widerlegen konnte.

auch zwei Londoner Zeitungen. Die *New York Press* machte die Titelseite mit STEPHEN CRANE'S OWN STORY auf und brachte dazu ein großes Foto des Autors, umgeben von einem hellgelben Glorienschein. Keine drei Monate zuvor war er den Zeitungslesern von New York als verdorbener und sittenloser Erzschurke geschildert worden, jetzt plötzlich pries man ihn als Lichtgestalt an Unerschrockenheit und beispielhafter Seelenstärke. Einem Zeitungsmann wie ihm wird die Ironie dieses Umschwungs der öffentlichen Gefühlslage nicht entgangen sein, so wie er sich auch keinen Illusionen über die inhärenten Widersprüche der modernen Presse hingab, jenes Organismus, der ihn zeit seines Arbeitslebens zugleich ernährte und verschlang. «Die Zeitung ist eine Sammlung von halbwahren Urteilen», schrieb er in einem seiner späteren Gedichte. «Die Zeitung ist ein Gerichtshof, / Vor dem der Abschaum ehrlicher Männer / Über jedermann freundlich und unredlich urteilt. / Die Zeitung ist ein Markt, / Wo Weisheit ihre Freiheit verkauft … / Die Zeitung ist ein Glücksspiel, / Bei dem der Irrtum dem Spieler Glück / Und Können einem anderen Tod bringt. / Die Zeitung ist … / Eine Sammlung lauter Geschichten, / Voll von ewigem Stumpfsinn, / Die in grauer Vorzeit ohne Halfter / Durch eine zaunlose Welt geschweift sind.»[79]

Als er an Land gespült wurde, war er fix und fertig, völlig erschöpft nach drei äußerst strapaziösen Tagen mit wenig oder gar keinem Schlaf; wie Montgomery einem Reporter erzählte, war Crane «so erledigt, dass er kaum noch sein Ruder halten konnte». Hatte er dauerhaften Schaden an seiner Gesundheit erlitten? Gut möglich, auch wenn man das genaue Ausmaß nie erfahren wird. Fürs Erste

■ 79 Übersetzung aus: Stephen Crane: Schwarze Reiter. Ausgewählte Gedichte, zweisprachig. Nachdichtungen von Karl Heinz Berger, Leipzig 1985.

jedenfalls brauchte er Ruhe und musste wieder zu Kräften kommen. Er blieb in Jacksonville und ließ sich von Cora umsorgen, die alles für ihn tat, was sie konnte, das heißt, alles, was er zuließ, unterhielt ihn in ihrer Privatwohnung im Hotel de Dreme mit Kartenspiel und Luxusessen – Wachtel auf Toast – und Champagner, doch Crane war schlecht gelaunt und in sich gekehrt und wirkte einem Jacksonviller Arzt zufolge, der die beiden gelegentlich besuchte, «ziemlich niedergeschlagen», obwohl «man sehen konnte, dass sie richtiggehend verrückt nach ihm war». Nicht lange nach seiner Rückkehr schenkte er ihr noch ein Buch mit einer Widmung, einer Paraphrase seines vor kurzem veröffentlichten Gedichts «I explain the silvered passing of a ship at night», einem Kommentar zum Untergang der *Commodore* und seinem Versuch, mit dem Erlebten fertigzuwerden:

Für C. E. S.
Liebe kommt wie der große
flinke Schatten eines Schiffs
bei Nacht. Für Augenblicke die
Musik rauschenden Wassers, vielleicht
eine Glocke, der Ruf eines Mannes,
eine gelbe Lichterkette. Dann das
langsame Sinken dieser mystischen
Gestalt. Dann Stille und eine
bittere Stille – die Stille
der See bei Nacht.
Stephen Crane[80]

■ 80 Das veröffentliche Gedicht lautet: Ich erkläre das versilberte Schwinden eines Schiffs bei Nacht / Den Schlag jeder traurigen verlorenen Welle / Den schwindenden Baum des sich mühenden Dings aus Stahl / Den leisen Ruf eines Mannes zum andern / Einen Schatten auf die grauere Nacht / Und das Fallen eines kleinen Sterns. // Dann die Wüste,

Die Zeit der Ruhe und Erholung währte nur sieben Tage, an denen Crane mindestens so intensiv an seinem Artikel arbeitete, wie er sich um seine Gesundheit kümmerte, und weiterhin fest entschlossen, so bald wie möglich nach Kuba zu gelangen, plante er einem Artikel der *Florida Times-Union* vom 12. Januar zufolge, Jacksonville am 11. Januar Richtung Tampa zu verlassen, von wo er «mit dem Plant-Dampfer Olivette nach Kuba» übersetzen wollte, «falls es anders nicht geht», verwarf den Plan seiner Weiterfahrt nach Süden dann aber in letzter Minute und nahm den Zug nach New York, wo er am 13. eintraf.

Warum ausgerechnet New York?

Nur einer könnte die Antwort geben, aber der steht für Fragen nicht mehr zur Verfügung.

Kaum angekommen, beantragte er einen Reisepass für Kuba, Mexiko und die Karibik, der ihm am 15. ausgestellt wurde, am selben Tag, an dem die *Port Jervis Union* ihren Lokalhelden mit den Worten zitierte: «Ich fühle mich stärker und werde nach einer kurzen Pause neue Pläne für meinen Besuch in Kuba machen.»

Während dieser kurzen Pause nahm er unter anderem an einem ihm zu Ehren veranstalteten Essen im Lantern Club teil und akzeptierte die Einladung zu einer Party im Madison Square Garden mit siebentausend Gästen (18. Januar). Nichts deutet darauf hin, dass er in der Zeit versucht hat, mit Amy Leslie Kontakt aufzunehmen.

Crane hat jetzt offenbar zu einem neuen Selbstverständnis als Persönlichkeit des öffentlichen Lebens gefunden, und der Besuch des vom Cercle Français de l'Harmonie jährlich ausgerichteten Französischen Balls gab ihm Gelegenheit festzustellen, wo er bei seinen Freunden vom New York Police Department stand und ob

die weite Wasserwüste / Und das sanfte Schlagen schwarzer Wellen / Für lange und in Einsamkeit. // Vergiss es nicht, oh Schiff der Liebe / Du verlässt eine weite Wasserwüste / Und das sanfte Schlagen schwarzer Wellen / Für lange und in Einsamkeit.

sie es nach seiner von der Presse gefeierten Wiederauferstehung immer noch auf ihn abgesehen hatten. Der jährliche Ball war eine der aufwendigsten, prunkvollsten Festlichkeiten des Goldenen Zeitalters, eine Veranstaltung, die behäbig und würdevoll begann und oftmals in wüstem Chaos endete, wenn betrunkene Männer im Smoking Treppengeländer hinunterrutschten oder auf Champagnerflaschen zu tanzen versuchten, Prostituierte sich in die Menge mischten und es hier und da zu Schlägereien kam. Crane ging dort nicht hin, um sich all das anzusehen, er selbst wollte gesehen werden, denn kein Geringerer als Hauptkommissar Chapman, Bezirkschef und Beckers Freund, war an diesem Abend für die Sicherheit verantwortlich; also stieg Crane in den gefürchteten schwarzen Abendanzug und ließ sich blicken, und was er beim Verlassen des Balls erlebte, lieferte eine Antwort auf seine Frage. Die Polizei wollte ihn wegen Betrunkenheit festnehmen, aber da er nicht betrunken war und ihn noch nie im Leben irgendwer betrunken gesehen hatte, mussten sie ihn laufenlassen. Ein oder zwei Tage später, als er mit einem Reporterkollegen auf der Madison Avenue unterwegs war, versuchten sie es noch einmal, und damit stand endgültig fest: Nichts hatte sich geändert.

Also verzog er sich nach Norden zu seinen Brüdern und seinem Freund Louis Senger, der bemerkte: «Er sah aus, als sei er aus dem Grab gestiegen. Er zuckte im Schlaf und schlug um sich, und manchmal stieß er qualvolle Schreie aus.» Die nächsten drei Wochen wohnte Crane abwechselnd bei William oder Edmund und schrieb an «The Open Boat», seiner Belehrung für die Jugend. Es war sein letzter längerer Aufenthalt in Port Jervis und Hartwood, und dann brach der junge Mann in Flammen im kalten New Yorker Winter nach Florida auf und stürzte sich ein zweites Mal in die Wogen, die ihn beinahe umgebracht hatten.

4

> In Gegenwart außerordentlicher Wirklichkeit tritt Bewusstheit an die Stelle der Phantasie.
>
> *Wallace Stevens*

«The Open Boat» steht in Cranes Werk einzig da, nicht nur, weil es die persönlichste seiner Erzählungen ist und ausschließlich auf Selbsterlebtem beruht, sondern auch, weil er sonst nichts geschrieben hat, das einen zweifachen Zweck verfolgte, nämlich die Tatsachen eines realen Geschehens aufzeichnen und diese zugleich interpretieren, um hinter ihren Sinn zu kommen. Bis dahin hatte er seine Kräfte auf zwei Prosaformen verteilt, Literatur und Journalismus, in «The Open Boat» jedoch bedient er sich beider Formen, um etwas Neues zu schaffen, ein Drittes, das außerhalb dieser beiden Kategorien steht, zugleich aber fest darin verankert ist, etwas, das man eine *dokumentarische Fabel* nennen könnte. Crane macht seine Absicht schon im Untertitel deutlich: *Erzählt nach einer wahren Begebenheit. Die Erlebnisse von vier Männern nach dem Untergang des Dampfers* Commodore.[81] «Erzählt» lässt an Literarisches denken, an ein Produkt der Phantasie, «nach einer wahren Begebenheit» ans Gegenteil, an eine journalistische Arbeit, die immer erst nach einer «Begebenheit» entsteht. Und mit «Untergang des Dampfers *Commodore*» lässt Crane keinen Zweifel daran, um welche Begebenheit es gehen wird, eine Begebenheit, die seinen Lesern so gut bekannt ist, dass allein mit dem Wort «Commodore» eigentlich schon alles gesagt ist. Bis dahin hatten alle seine Erzählungen und

81 Alle Zitate aus «Das offene Boot» im Folgenden aus Stephen Crane: Das offene Boot und andere Erzählungen. Übersetzt von Lucien Deprijck, Hamburg 2016. (A. d. Ü.)

Romane sich mit Situationen «während der Begebenheit» befasst, jetzt aber will er eine Geschichte erzählen, die bereits geschehen ist, er will sich eines Geschehens erinnern, an dem er und drei andere Männer beteiligt waren, und weil dieses Erlebnis für ihn so große Bedeutung hat und daher in seiner Erinnerung so lebendig ist, kommt die Geschichte vom ersten Satz an mit voller Wucht und lässt bis zum letzten nicht locker. Es spielt keine Rolle mehr, in welcher Form Crane arbeitet, ob Literatur oder Journalismus oder irgendeiner anderen. Er hat uns gepackt. Er erzählt, wir hören zu, dann erzählt er weiter, und wir hören weiter zu, und bald erkennen wir, er hat uns fest im Griff, wir kommen aus der Geschichte so wenig heraus wie die Männer aus ihrem Boot.

«Keiner von ihnen hatte Augen für die Farbe des Himmels.» Mit diesem kurzen Satz beginnt der Bericht, und wir begreifen, wir sind schon mittendrin, genau wie Titel und Untertitel es versprochen haben: Vier Männer, dem Untergang eines Schiffs entronnen, befinden sich in einem offenen Boot irgendwo auf dem Atlantischen Ozean, und in dieser gefährlichen Lage haben sie nur Augen für das Wasser um sie her und keine Gelegenheit, den Blick nach oben zum Himmel zu wenden. Der Satz schleudert uns unmittelbar in die Welt, wie die Männer im Boot sie wahrnehmen, und mit dem Wort «ihnen» statt «uns» teilt Crane dem Leser mit, hier berichtet kein Ich-Erzähler aus seiner Perspektive, vielmehr ist dies eine objektive Darstellung dessen, was die vier gemeinsam erlebt haben. *Erzählt nach einer wahren Begebenheit.* Wir befinden uns nicht im Jetzt, sondern im Damals, und das erlaubt dem Erzähler, eine gewisse Distanz zu den Geschehnissen zu wahren, wenn er sich der Erinnerung daran überlässt und alles *noch einmal* durchlebt. Wordsworth: Dichtung «hat ihren Ursprung in Gefühlsregungen, deren man sich in Zeiten der Ruhe erinnert». Crane erinnert sich, und mag seine Erzählung auch kein Gedicht sein, so ist sie doch ein Prosagedicht, das die Konfrontation von Innen- und Außenwelt thematisiert, von Mensch und Natur, gespickt mit sarkastischen Bemerkungen, trockenem Humor und, von Anfang bis Ende, einem alles durchdringenden Grauen.

Auf den ersten Satz folgt eine präzise Beschreibung dessen, was die Männer, die keine Augen für die Farbe des Himmels haben, sehen:

> Ihr Blick war auf die heranrollenden Wellen gerichtet. Die waren schiefergrau, bis auf die weiß schäumenden Kämme, und die Männer hatten nur Augen für die Farben der See. Der Horizont wurde enger und weiter, hob und senkte sich, und er war gezackt von Wellen, die wie spitze Felsen aufragten.

Dann wechselt der Ton unvermittelt in scherzenden Spott, als das Boot mit einer Badewanne verglichen wird, und gleich darauf ist in gekünstelt-pedantischer Exaktheit von der Navigation mit einem Bötchen die Rede – womit unser Erzähler sich als flexibel erweist, offen für verschiedene Tonlagen und Stimmungsregister – als jemand, der für Überraschungen gut ist:

> So manche Badewanne dürfte größer sein als dieses Boot dort im Meer. Die Wellen waren widerwärtig und gnadenlos steil, und jeder dieser überschäumenden Gipfel stellte die Navigation des kleinen Bootes auf eine harte Probe.

Nun werden die vier Hauptfiguren vorgestellt, einer nach dem anderen: der Koch (Montgomery), der Hilfsmaschinist (Higgins), der Korrespondent (Crane) und «der verletzte Kapitän» (Murphy). Der Koch schöpft Wasser aus dem Boot; der Hilfsmaschinist pullt mit einem der beiden Riemen («ein dünner, kleiner Riemen und oft nahe daran zu zerbrechen»); der Korrespondent hat den anderen Riemen und fragt sich, was er hier eigentlich soll; und der Kapitän liegt im Bug, denkt wehmütig an sein Schiff und steht «noch ganz unter dem Eindruck der Ereignisse im Morgengrauen, als sich ihm sieben Gesichter zugewandt hatten und dann der Stumpf einer Marsstenge mit einer weißen Kugel am Ende, die von den Wellen herumgeworfen wurde, nach und nach versunken war». Mehr wird über den Untergang der *Commodore* nicht gesagt, und so niedergeschlagen der Kapitän sein mag und sosehr «seine Stimme einen seltsamen Klang» hat, ist er doch der Aufgabe gewachsen, die Männer im Boot zu kommandieren. Es kommt zum ersten kleinen Dialog in der Geschichte:

«‹Halt etwas mehr nach Süd, Billie›, sagte er.

‹Mehr nach Süd, Sir›, sagte der Maschinist im Heck.»

Higgins, der am Ende stirbt, ist die einzige Figur, die beim Namen genannt wird. Der Korrespondent, der für den Autor steht, ist nicht der Erzähler der Geschichte. Diese Rolle hat ein unsichtbarer Er-Erzähler inne, und der maßt sich an keiner Stelle an, in die Gedanken seiner Figuren einzudringen, ausgenommen in die des Korrespondenten. Schließlich wusste Crane nur, was er selbst in diesen dreißig Stunden auf See gedacht hat, in die Gedanken der anderen war er nicht eingeweiht. Eine Kleinigkeit, mag sein, aber eine entscheidende, denn *nach einer wahren Begebenheit* verheißt Tatsachen, nicht Spekulation, und der Abstecher des Erzählers in die seelische Verfassung des Kapitäns beruht auf Beobachtung und Cranes eigenen Erinnerungen an den Untergang des Schiffs. Die «sieben Gesichter» werden einige Seiten später zu «allen Göttern der sieben Meere», als der Korrespondent sich auszumalen versucht, was noch auf sie zukommen mag. Die sieben Besatzungsmitglieder sind immer präsent, und weil die See sie verschlungen hat, verkörpern sie jetzt die See und deren zerstörerische Macht – Phantome, die in der Tiefe hausen.

Wie fast alle seine längeren Erzählungen teilt Crane «Das offene Boot» in Kapitel auf, in eine Reihe nummerierter Szenen, und in dieser ersten macht er den Leser mit der Lage im Boot bekannt, also mit dem Leben mitten in einem tobenden, wogenden Ozean, eingeschlossen in einem Dingi von der Größe einer Badewanne. Das Boot «bäumte sich auf und bockte und stampfte wie ein Tier. So, wie es sich vor jeder Welle erhob, glich es einem Pferd vor einem allzu hohen Zaun.» Und es springt nicht bloß hoch, wie er erklärt, sondern auch wieder hinunter: «Nachdem es todesmutig einen Wellenkamm gestürmt hatte, glitt und raste und platschte es eine lange Böschung hinab und fand sich tanzend und schlingernd der nächsten Gefahr ausgesetzt.»

Gelegentlich tritt der Erzähler von diesen Erinnerungen zurück und betrachtet die Szene aus einer weiteren, ruhigeren Perspektive. Ein Beispiel: «In der Bewegung der Wellen lag eine erschreckende Anmut, und sie kamen lautlos, bis auf das Fauchen der Kämme.» Stünde nicht das Leben der Männer auf dem Spiel, wäre Schönheit in der Bewegung dieser Wellen, eine natürliche Schönheit in krassem Widerspruch zu der Bedrohung, die sie für Männer darstellt, die darin gefangen sind, und drei Sätze danach tritt Crane noch weiter zurück und stellt sich vor, die Szene von oben zu sehen: «Von einer Theaterloge aus betrachtet, hätte das Ganze ohne Zweifel etwas Malerisches gehabt.» Aber, fügt er rasch hinzu, «die Männer im Boot hatten keine Zeit für solche Betrachtungen», soll heißen, ihre Lage als malerisch zu sehen, denn sie sind zu sehr damit beschäftigt, das Wasser zu beobachten und irgendwie an Land zu rudern, als dass sie sich von außen betrachten oder auch nur bemerken könnten, wie die Sonne sich am Himmel «stetig empor» schiebt: «und dass heller Tag war, erkannten sie daran, dass sich das Schiefergrau des Meeres in Smaragdgrün verwandelte, mit bernsteinfarbenen Flecken, und die Gischt sah aus wie fallender Schnee». Nur das sehen die Männer, «das Anbrechen des Tages wurde ihnen gar nicht bewusst». Wahrnehmung ist alles, und eingeschränkt von ihrer Lage, können sie nur sehen, was sie sehen müssen, wenn sie überleben wollen. Fürs Erste ist der Rest der Welt unsichtbar, und wenn die Welt noch existiert, kann sie erst *nach der wahren Begebenheit* heraufbeschworen werden – in der Muße der Erinnerung.

Das Kapitel schließt mit dem ersten längeren Dialog, als der Koch und der Korrespondent «den Unterschied zwischen einer Rettungsstation und einer Schutzhütte» erörtern. Der Koch sagt, nördlich vom Leuchtturm an der Moskito-Bucht gebe es eine Schutzhütte, und wenn man ihr Boot von dort aus sähe, würde man Rettungsboote losschicken und sie rausholen, worauf der Korrespondent bemerkt, Schutzhütten seien unbemannt, da gebe es keine Männer.

> «Doch, gibt es wohl!», sagte der Koch.
>
> «Nein, gibt es nicht!», sagte der Korrespondent.
>
> «Da sind wir ja auch noch lange nicht!», sagte der Maschinist im Heck.
>
> «Na ja», sagte der Koch, «vielleicht ist das beim Leuchtturm an der Moskito-Bucht auch keine Schutzhütte, sondern eine Rettungsstation.»
>
> «Da sind wir ja auch noch lange nicht», sagte der Maschinist im Heck.

Hier erfahren wir, wie die Männer im Boot miteinander kommunizieren, und bekommen einen Blick auf ihre verschiedenen Persönlichkeiten: der nicht allzu helle Koch, der pedantische Korrespondent – der jeden verbessert, der sich nicht korrekt ausdrückt – und der unerschütterliche Maschinist, der lieber seine Arbeit macht, als sich in sinnloses Gerede über hypothetische Situationen hineinziehen zu lassen, die mit der Gegenwart nichts zu tun haben. In wenigen Zeilen hat Crane uns eine klarere Vorstellung von diesen Männern verschafft. Schon nach drei Seiten stecken wir tief in der Geschichte.

Im Fortgang der Erzählung häufen sich Einzelheiten, ein Trommelfeuer präziser Beschreibungen: das veränderliche Verhalten des Ozeans, das unheilvolle Auftauchen lästiger Möwen (eine landet auf dem Kopf des Kapitäns), die «braunen Seetangfelder» im Wasser, wenn sich das Boot der Küste zu nähern scheint (dann aber jedes Mal wieder abgetrieben wird), und die ewige Plackerei des Ruderns («Währenddessen ruderten der Maschinist und der Korrespondent. Sie ruderten und ruderten»). Eingestreut in diesen Ansturm sensorischer Einzelheiten sind Passagen über die zwischen den Männern herrschende Stimmung, die so jäh umzuschlagen scheint wie der Wind und die Wellen. Zu Beginn wissen sie kaum, was sie denken sollen. Sie finden es «kindisch und dumm», sich optimistisch über ihre Chancen zu äußern, und doch wäre die Alternative, wie der Erzähler bemerkt, auch nicht besser, denn «die moralischen Anforderungen ihrer Lage» verbieten «jedwede Äußerung von Hoffnungslosigkeit»[82]. Das Dilemma lässt sich nicht lösen: «Also schwiegen sie.»

Die moralischen Anforderungen ihrer Lage meint die Verantwortung, die jeder der vier für das Wohl der drei anderen trägt, denn sie alle sitzen zusammen in diesem Boot, buchstäblich *im selben Boot*, und es wäre eine moralische Verfehlung, irgendetwas zu sagen, das den Kampfgeist der Gruppe schwächen würde. In diesem Fall ist Schweigen die einzige Lösung; was jeder Einzelne *denkt*, weiß nur er allein. In einer Welt, deren Bevölkerung aus vier Personen besteht, trägt jeder Einzelne die Last eines Viertels der Menschheit,

■ 82 Diese Stelle ausnahmsweise aus einer anderen Übersetzung, in: Stephen Crane: Männer im Boot und andere Erzählungen. Übersetzt von Harry Kahn, Basel 1955. Deprijck verzichtet in seiner sonst so vorzüglichen Übersetzung auf die Formulierung von den «moralischen Anforderungen». (A. d. Ü.)

und was er tut oder lässt, hat Auswirkungen auf alle. «Das offene Boot» kreist um diese Verdichtung der Realität zu einem «winzig kleinen Ding, das den Weltmeeren ausgeliefert» ist, und in diesem Ding vier kleine Männer auf dem Weg in eine ungewisse Zukunft, und bis diese Zukunft eintrifft, *rudern der Maschinist und der Korrespondent. Sie rudern und rudern.*

Gegen Ende des zweiten Kapitels hebt sich die Stimmung, als sie zum ersten Mal Land sehen – eine winzige Nadelspitze am Horizont, vom Kapitän als der Leuchtturm an der Moskito-Bucht identifiziert –, und wenn der Wind so bleibt und das Boot nicht vollläuft, werden sie es bis dorthin schaffen, versichert der Kapitän. «‹Weiterschöpfen›, sagte der Kapitän seelenruhig.» Und der Koch, jetzt «guten Mutes», tut wie ihm geheißen. Dies leitet zum gleichsam ekstatischen ersten Absatz des dritten Kapitels über, in dem Crane sein neues Weltverständnis darlegt:

> Der Bund, der hier auf See zwischen den Männern entstand, ist nur schwer zu beschreiben. Keiner erwähnte dergleichen. Keiner verlor ein Wort darüber. Doch es war spürbar, und jedem der Männer wurde warm ums Herz. Sie waren ein Kapitän, ein Maschinist, ein Koch und ein Korrespondent, und sie waren Freunde – Freunde, die das Schicksal auf ungewöhnliche Weise zusammengeschweißt hatte. Der verletzte Kapitän, an das Wasserfass im Bug gelehnt, sprach stets beherrscht und ruhig, und doch hätte er keine willigere und eilfertigere Mannschaft befehligen können als das ungleiche Dreiergespann im Beiboot. Es war mehr als die bloße Einsicht, was für die gemeinsame Sicherheit am besten war. Was sie fühlten, kam tief aus ihrem Inneren, von Herzen. Und über die Ergebenheit für den Befehlshaber des Bootes hinaus

> war da diese Kameradschaft, die der Korrespondent, der seinen Mitmenschen für gewöhnlich mit tiefem Misstrauen begegnete, schon zu diesem Zeitpunkt für die beste Erfahrung seines Lebens hielt. Doch keiner erwähnte sie. Keiner verlor ein Wort darüber.

Bereits zweimal zuvor hatte Crane in seinen Erzählungen von einer ähnlichen Entdeckung geschrieben, aber da ging es in beiden Fällen nicht um ihn selbst, sondern um andere, erst in Nebraska, wo ihn die Solidarität der notleidenden Farmer beeindruckt hatte, und dann die Einwohner von Galveston, von deren Güte und Aufrichtigkeit «Zyniker viel lernen» konnten, jetzt aber steckt der Zyniker selbst mitten im Geschehen, einem in jedem Betracht furchtbaren Geschehen, und der hier zwischen den Männern auf See entstandene Bund wird für ihn zur besten Erfahrung seines Lebens. Seine Erlebnisse in diesem kleinen Boot haben ihn verändert, von da an lebte er in einer anderen Welt als der, die er bis dahin gekannt hatte, einer zumindest potenziell anderen Welt, je nachdem, ob man nur für sich selbst lebte oder für und mit anderen. Als *The Open Boat and Other Stories* 1898 erschien, stellte Crane zum ersten Mal in seinem Schriftstellerleben dem Buch eine förmliche Widmung voran – einen Gruß an die Männer, die ihn die Geheimnisse stillschweigender, unausgesprochener Bruderschaft gelehrt hatten, in einem Universum ohne Sinn das Einzige, was einen Mann vor völliger Verzweiflung zu schützen vermag:

> Für
> den verstorbenen William Higgins
> und für
> Kapitän Edward Murphy und
> Steward C. B. Montgomery
> vom gesunkenen Dampfer Commodore

Die Männer basteln aus einem Mantel und einem Ruder ein provisorisches Segel, und bald können sie von den Wellenkämmen aus das Land vor sich größer werden sehen. Dann aber flaut der Wind plötzlich ab, das Boot kommt nicht mehr von der Stelle, und der Maschinist und der Korrespondent beginnen wieder zu rudern. Crane:

> Schiffbrüche ereignen sich ohne jede Vorwarnung ... Keiner der vier Männer an Bord war in den zwei Tagen und Nächten vor Besteigen des Bootes nennenswert zum Schlafen gekommen, und in der Aufregung des Durcheinanders auf dem sinkenden Schiff hatten sie es auch versäumt, anständig zu essen.

Hunger und Erschöpfung, gepaart mit der Schinderei unablässigen Ruderns: Der Korrespondent beginnt sich zu fragen, wie irgendjemand auf die Idee kommen kann, Rudern sei ein «Vergnügen», wo es in Wirklichkeit eine «diabolische Strafe» ist, eine «Folter für die Muskeln und ein Verbrechen am Rücken». Trotzdem, noch sind sie alle einigermaßen optimistisch. Das Land rückt näher, der ferne Leuchtturm ist in Sichtweite, und wenn auch die Brandung zu stark ist, als dass sie es wagen könnten, darauf zuzuhalten, kämpfen sie in der irrigen Annahme weiter, der Leuchtturm sei besetzt, man werde sie von dort erspähen, und dann wären sie bald gerettet. Sie rechnen fest damit, binnen einer Stunde an Land zu sein, und als der Korrespondent in seiner oberen Manteltasche acht Zigarren findet, vier davon vom Meerwasser aufgeweicht, die anderen vier wie durch ein Wunder noch trocken, zündet sich jeder eine an, und «versöhnt mit sich und der Welt, pafften sie dicke Zigarren, während ihre strahlenden Augen von der bevorstehenden Rettung kündeten. Jeder nahm einen Schluck Wasser.»

Aber nichts geschieht. «Komisch, dass die uns nicht sehen»,

sagt der Koch zu Beginn des vierten Kapitels, Worte, die bald die Runde machen und mehrmals wiederholt werden, als die Männer sich fragen, warum von der Küste nichts kommt: «Komisch, dass die uns nicht sehen.»

> Die Unbeschwertheit, die eben noch geherrscht hatte, war völlig verschwunden. Für die erregten Gemüter war es eine ausgemachte Sache, dass sie es mit Inkompetenz, Blindheit und, ja, auch Feigheit zu tun hatten. Vor ihnen lag die Küste eines bewohnten Landstrichs, und dass sich dort nichts regte, war mehr als bitter für sie.

Der Kapitän entscheidet, dass sie es nun doch aus eigenen Kräften versuchen sollten, denn «wenn wir zu lange hier draußen ausharren, wird keiner mehr die Kraft haben zu schwimmen, wenn das Boot vollläuft». Als der Maschinist das Boot Richtung Küste dreht, fragt der Kapitän im Bewusstsein der in der Brandung drohenden Gefahr die Männer, ob sie wüssten, wen sie, falls er es nicht schafft, von seinem «Ende» benachrichtigen müssen, und zum ersten Mal in der Geschichte kommt das Thema Tod offen zur Sprache:

> In aller Eile wurden Adressen und Anweisungen ausgetauscht. Was die Gedanken der Männer anging, so waren sie wohl zu einem Gutteil von Zorn erfüllt. Man könnte sie vielleicht folgendermaßen wiedergeben: «Wenn ich jetzt hier ertrinke ... wenn ich jetzt hier ertrinke ... wenn ich jetzt hier ertrinke ... warum im Namen aller Götter der sieben Meere war es mir dann vergönnt, so weit zu kommen, Sand und Bäume schon so nah? Nur, um mir den heiligen Käse des Lebens vor der Nase wegzuziehen, wenn ich schon

> fast daran knabbern kann? Das ist widersinnig. Wenn Fortuna, die alte Närrin, es nicht besser versteht, die Geschicke der Menschen zu lenken, sollte man sie ihres Amtes entheben. Dann ist sie nicht mehr als eine alte Glucke ohne jeden Verstand. Wenn mir zugedacht war zu ertrinken, warum dann nicht gleich? Mir wäre viel Ärger erspart geblieben. Das Ganze ist absurd ... Aber nein, das kann nicht ihre Absicht sein. Das kann sie nicht wagen. Sie kann mich nicht ertrinken lassen. Nicht nach all den Mühen.» Und dann war dem Mann vielleicht danach, die Fäuste gen Himmel zu erheben. «Untersteh dich, mich ersaufen zu lassen! Dann werd ich dir aber was erzählen!»

Eine komplexe Passage, ernst und spöttisch zugleich, und Crane scheint selbst zu merken, wie lächerlich sich das anhören muss, denn was könnte sinnloser sein, als den Wolken mit der Faust zu drohen und das Schicksal zu verfluchen, nachdem es einen umgebracht hat? Der Mensch hat kein Mitspracherecht in dem, was die Natur über ihn beschließt. Und ist es nicht aufschlussreich, dass Crane den Menschen mit einer Maus vergleicht, einer kleinen, unbedeutenden Maus, die am *heiligen Käse des Lebens* knabbert, eine Formulierung, so komisch und zugleich so finster, dass es schwerfallen dürfte, darin nicht einen weiteren von Cranes ironischen Seitenhieben gegen die Platituden der Konvention zu sehen, gegen die übliche Wehe-mir-Reaktion im Angesicht des Todes. Und diese Passage ist nur der erste Schritt auf dem Weg zu einem tieferen Verständnis der Situation, die er durchlebt hat. Es kommt noch dicker, und Zorn und Empörung dieses imaginierten inneren Monologs werden sich im weiteren Verlauf der Geschichte verlieren. Nach und nach werden die Mauern einengender Individualität einstürzen, und die Welt wird hereinfluten – nicht nur das

Wasser, sondern auch der Himmel –, denn was auf den ersten Blick bloß eine wahre Abenteuergeschichte zu sein scheint, entpuppt sich als philosophische Reise durch die wechselnden Zustände eines Bewusstseins auf dem Weg zu abgeklärter, mühsam errungener Weisheit.

Der Maschinist dreht das Boot Richtung Küste, aber die Wogen werden «immer gewaltiger» und drohen «jederzeit zu brechen und das Boot wild schäumend zu überspülen». Der Weg zum Strand ist immer noch weit, und die See ist einfach zu rau, es ist nicht zu schaffen. Der Maschinist erklärt, «das überstehen wir keine drei Minuten, und zum Schwimmen sind wir noch zu weit draußen». Er fragt den Kapitän: «Soll ich uns wieder rausbringen?», und der Kapitän sagt: «Ja, tu das!» Der Versuch, an Land zu gelangen, ist gescheitert.

Sie ziehen sich in sicherere Entfernung zurück, suchen den Strand nach Anzeichen von Leben ab, nach irgendeinem Hoffnungsschimmer auf Rettung. Seitenlang tun die Männer nichts anderes als spähen, warten und rudern. Dann entdeckt einer von ihnen tatsächlich einen Mann am Strand. Die vier im Boot beobachten ihn angespannt, studieren und kommentieren seine Bewegungen, und in dem nun folgenden Dialog verzichtet Crane darauf, dem Gesagten jeweils einen Sprecher zuzuordnen: Die Worte hängen in der Luft, wir haben keine Ahnung, wer da spricht – ob der Kapitän, der Korrespondent, der Maschinist oder der Koch, denn jetzt sind sie alle gleich und eines Sinnes, es spielt keine Rolle mehr, wer was sagt. Jetzt sind sie buchstäblich zusammengeschweißt, der Bund ist geschlossen. Die Handlung, das Sprechen, spricht für sich selbst, und jeder spricht für die anderen mit, denn was einem von ihnen zustößt, wird ihnen allen zustoßen. Ihre Schicksale sind untrennbar miteinander verbunden.

Der Mann scheint ihnen zu winken. Dann winkt er nicht mehr, er rennt. Dann bleibt er stehen. Plötzlich taucht ein zweiter Mann auf, er scheint zu laufen, aber nein, er sitzt auf einem Fahrrad, und zu ihm kommt der andere Mann. Beide winken. Dann rollt etwas über den Strand. Vielleicht ein Boot auf Rädern, denken sie, aber nein, es ist ein Omnibus – einer der großen Busse von den Hotels in der Nähe. Ein Mann in dem Bus schwenkt eine schwarze Fahne, aber nein, das ist keine Fahne, es ist ein Mantel, und warum sollte jemand einen Mantel über seinem Kopf schwenken? Die Männer im Boot spekulieren. Die Leute aus dem Hotel sind an den Strand gekommen, um sie ertrinken zu sehen. Oder sie halten die vier Männer im Boot für Fischer. Oder was? So geht es weiter und immer weiter, bis die Männer im Boot auf der unbestimmten *Trennlinie zwischen Schärfe und Unschärfe* schwimmen und es langsam, aber sicher dunkel wird und der Tag verloren ist.

> Die Küste versank im Dämmerlicht. Der Mann, der seinen Mantel schwenkte, ging nach und nach darin auf, ebenso der Omnibus und die Leute. Wenn die Gischt mit Getöse über die Bordwand hereinbrach, zuckten die Fahrenden zusammen und fluchten, als hätten sie ein Brandeisen berührt.
>
> «Diesen Hornochsen, der den Mantel geschwenkt hat, würd ich gern in die Finger kriegen. Dem würd ich gern eine runterhauen, einfach so.»
>
> «Warum? Was hat er dir getan?»
>
> «Ach, nichts. Sah bloß so aus, als hätte er dabei verdammt Spaß gehabt.»
>
> Unterdessen ruderte der Maschinist, und dann ruderte der Korrespondent, und dann ruderte der Maschinist. Mit bleichen Gesichtern, vornübergebeugt, mühten sie sich mechanisch und im ständigen Wechsel an den bleischweren Riemen ab. Die Umrisse des Leuchtturms waren am südlichen Horizont ver-

> schwunden. Dort erschien jetzt blass ein Stern, der sich aus dem Meer erhob. Die safrangelben Streifen im Westen wichen der alles verschmelzenden Dunkelheit, und das Meer im Osten war schwarz. Das Land war verschwunden, und nur das dumpfe und monoton wiederkehrende Donnern der Brandung zeugte von seiner Existenz.

Zu Beginn des fünften Kapitels geht Crane ausführlicher auf die Dunkelheit um das Boot ein:

> Eine Nacht auf See in einem Rettungsboot ist eine lange Nacht. Als die Dunkelheit hereinbrach, verwandelte sich der Lichtschein, der im Süden über dem Meer lag, in sattes Gold. Im Norden tauchte ein neues Licht auf, ein schmaler bläulicher Schimmer auf dem Wasser, fern am Horizont. Diese beiden Lichter waren alles, was die Welt [an Mobiliar] noch aufzubieten hatte. Sonst gab es nichts als Wellen.

Mobiliar der Welt, das ist umwerfend – umwerfend in beiden Bedeutungen: wunderschön und unerwartet, vor allem weil das Mobiliar so unstofflich ist wie zwei ferne Lichtquellen, und sein Auftauchen hier nach dem unerwarteten Schluss des vierten Kapitels – wo der Koch sich plötzlich zum Maschinisten umdreht und ihn ohne Vorwarnung fragt (so wie Schiffsuntergänge sich ohne Vorwarnung ereignen): «Billie, welchen Kuchen magst du am liebsten?» – macht das Gewebe der Erzählung, ihre Textur, ihr Ineinander von Tonlagen, noch dichter und steigert ihre Komplexität noch einmal mehr. Die häufige Wiederholung einiger Kernsätze («der Maschinist ruderte, und dann ruderte der Korrespondent, und dann ruderte der Maschinist» sowie der Refrain «Wenn ich jetzt hier ertrinke ... wenn ich jetzt hier ertrinke ... wenn ich jetzt hier ertrinke», der zu Beginn des sechsten Kapitels noch einmal wiederholt werden wird) macht deutlich, «Das offene Boot» ist wie ein Musikstück aufgebaut, wie eine Fuge, in der die einzelnen Stimmen oder Motive sich zunehmend überlappen, bis sie miteinander verschmelzen, und mit dem Einbrechen der Nacht kündet sich das *stretto* der Fuge an, das Finale, das die disparaten Stimmen zusammenführen und zu einer einzigen machen wird, ein Ausklang, der anders klingen wird als die Töne in früheren Phasen der Erzählung, ein Ton so tief wie das Donnern der Brandung.

Der Maschinist und der Korrespondent wechseln sich in der Nacht an den Rudern ab. Während der eine in dem schwappenden Wasser am Boden des Boots schläft, rudert der andere, bis er vor Erschöpfung nicht mehr kann. Dann weckt er behutsam den Schlafenden und fragt, ob der ihn für ein Weilchen ablösen möchte, und wenn es der Korrespondent ist, der da gerade schlief, antwortet er «Klar, Billie», und dann tauschen die beiden die Plätze, bis es so weit ist, abermals die Plätze zu tauschen. Ihre Höflichkeit gegeneinander hat etwas Abgeklärtes, und nicht ein einziges Mal gibt es Klagen.

Der Korrespondent rudert allein in der Nacht, vor ihm liegen die Schlafenden, der Koch und der Maschinist, der Arm des einen um die Schultern des anderen, sie wirken auf ihn «wie verirrte Kinder im Märchen». Auch der immer wachsame Kapitän ist eingenickt, «und der Korrespondent kam sich vor wie der einzige Mensch in den Weiten der Weltmeere. Die Stimme des Windes wehte über das Wasser und klang so traurig, als sei alles vorbei.» Ein Hai taucht neben dem Boot auf, kaum eine Ruderlänge entfernt – ein Zischen, ein bläuliches Licht, «eine gewaltige Rückenflosse» gleitet «schattenhaft durch das Wasser» –, doch die drohende Gefahr lässt den Korrespondenten eigenartig kalt. Er wünscht, einer der anderen wäre wach und könnte das Erlebnis mit ihm teilen, aber die drei sind tot für die Welt, sie schlafen wie die Toten im schwappenden Wasser im Boden des Boots, und der einsame Korrespondent rudert und rudert.

Im sechsten Kapitel ist der Korrespondent immer noch allein, in Gedanken bei den Göttern aller sieben Meere, seinen Refrain murmelnd, «wenn ich jetzt hier ertrinke ... wenn ich jetzt hier ertrinke ... wenn ich jetzt hier ertrinke», lässt seine Verärgerung dann aber hinter sich, um die Lage aus größerem Abstand zu betrachten, nicht mehr als persönliche Kränkung, sondern als philosophisches Problem, das sich jedem stellen kann, der es mit dem irrationalen Walten der Elemente zu tun bekommt.

> Wenn ein Mensch begreift, dass die Natur ihn nicht für unverzichtbar hält und seinen Tod nicht für den Untergang des Universums, so möchte er den Tempel der Welt wohl sogleich mit Steinen bewerfen, und dass es weder Steine noch Tempel gibt, macht die Sache nur noch schlimmer. Wo immer sich die Natur offenbart, wird sie zur Zielscheibe seines Spotts.
>
> Gibt es aber nichts Greifbares, an dem er seine Wut auslassen kann, wird er sich vielleicht an eine höhere Instanz wenden und sich aufs Bitten verlegen, wird einen Kniefall machen, die Hände falten und sagen: «Ja, aber ich hänge an meinem Leben!»
>
> In einem kalten Stern in einer Winternacht, hoch am Himmel, erkennt er die Antwort, die ihm gegeben wird. Und da begreift er die ganze Tragweite seiner Situation.

Die Gedanken des Korrespondenten schweifen ab und landen unerklärlicherweise bei einem Gedicht, das er in seiner Kindheit gelesen hat, vor so langer Zeit, dass er «sogar vergessen hatte, dass er es vergessen hatte», haarsträubender Kitsch über einen *Soldaten der Legion*, der *sterbend in Algier* liegt und *nimmermehr* sein *liebes Heimatland* sehen wird, ein Werk, mit dem er als Kind nichts anfangen konnte, denn auch wenn er damals wusste, dass er mit dem sterbenden Soldaten Mitleid haben sollte, hatte es ihm so wenig bedeutet, wie «wenn eine Bleistiftspitze abbrach».

> Nun aber hatte dieses Gedicht für ihn geradezu etwas Menschliches, Lebendiges. Es war nicht länger nur ein Bild der schmerzlichen Regung einer Dichterseele beim Teetrinken und Füßewärmen am Kamin, es war real – ernst, traurig und schön.
> ... In der Weite Algeriens zeichneten sich im letzten Schein der untergehenden Sonne die Umrisse einer Stadt ab, mit niedrigen, eckigen Häusern. Der Korrespondent träumte beim Rudern von den schwächer werdenden Lippenbewegungen des Soldaten, und da überkam ihn die tiefe und ganz nüchterne Erkenntnis. Der Soldat der Legion, der in Algier im Sterben lag, tat ihm leid.

Einen ähnlichen Bewusstseinsstrom kennen wir schon aus «The Five White Mice», mit dem Ansturm von Gedanken, die New York Kid durch den Kopf taumeln; die Passage zeigt aber auch, was Crane mit seiner Geschichte vorschwebte, nämlich eine Fabel innerhalb der wahren Geschichte «Das offene Boot», die in Florida spielt, aber in der Kälte eines Winters im Norden von New York geschrieben wurde, zweifellos in der behaglichen Wärme eines Kaminfeuers, in einem Zimmer wie dem, in dem in der Vorstellung des Korrespondenten der Dichter saß, als er über den Soldaten im heißen, fernen Algier schrieb. Das Gedicht ist und bleibt ein schlechtes Gedicht, und die tote Sprache des Gedichts bewirkt, dass der Soldat bereits tot ist, bevor er stirbt, nur dass der Junge, den das damals kaltließ, jetzt ein Mann ist, ein Korrespondent, der in finsterer Nacht um sein Leben rudert und auf einmal *die ganze Tragweite seiner Situation* begreift, was ihn zu einer «ganz nüchternen Erkenntnis» bringt, die durch die tote Sprache des Gedichts hindurchdringt und ihn den toten Soldaten in der ganzen Tragweite von *dessen* Situation erkennen lässt. Jetzt erst kann das Gedicht ihn rühren, nicht weil es ein gutes Gedicht ist, sondern weil es um das Gedicht gar nicht mehr geht. Es geht um *Menschliches, Lebendiges*, um die Situation des Menschen, die nicht weniger menschlich ist als seine eigene, und deshalb kann er Mitleid mit dem Soldaten empfinden, der in Algier im Sterben liegt.

Alles nachvollziehbar, gewiss, aber auch ziemlich übergeschnappt, ein irrwitziger Schlenker, verursacht durch äußersten Stress und geistige Verwirrung nach einem ganzen Tag und einer halben Nacht in einem offenen Boot: der Seelenzustand eines Mannes, der unter der ungeheuren physischen Anspannung allmählich zusammenbricht.

Der Kapitän macht die Augen auf, der Korrespondent und der Maschinist tauschen wieder die Plätze, der Korrespondent legt sich neben den schlafenden Koch, und seine Zähne klappern vor Kälte «sämtliche Gassenhauer». Er schläft so tief und fest, dass er schon im nächsten Augenblick eine Stimme zu hören glaubt, die «im letzten Stadium der Erschöpfung» fragt: «Kannst du mich ablösen?» Und der Korrespondent antwortet: «Klar, Billie.»

Etwas später weist der Kapitän den Koch an, das Boot «mit einem Riemen am Heck seewärts zu halten». Der Korrespondent und der Maschinist sollen «sich gemeinsam eine Pause gönnen» und «zu Kräften kommen». Und wieder schlafen sie wie die Toten, und selbst «Mumien hätten das Anstürmen von Wind und Wasser nicht gleichgültiger hinnehmen können». In dieser Phase des Kampfs zählt nur eins, das Dingi muss in sicherer Entfernung von der Brandung gehalten werden, und egal, wie gut sie in der Navigation von kleinen Booten sein mögen, jetzt kommt alles darauf an, die Balance zwischen Küste und See zu halten, das Boot darf weder in die gefährliche Brandung geraten noch allzu weit hinausgetrieben werden und den Kontakt zum Land verlieren. Der Koch rudert, und ein zweiter Hai, oder vielleicht derselbe, erscheint neben dem Boot. Dann ist wieder der Korrespondent an der Reihe. Der Kapitän gibt ihm verdünnten Whisky, der ihn «vor der schlimmsten Kälte» bewahrt, und als der Korrespondent zum zigsten Mal vor Erschöpfung nicht mehr weitermachen kann, fragt er den Maschinisten: «Billie ... Billie, kannst du mich ablösen?», und zum zigsten Mal antwortet der Maschinist: «Klar.»

Zu Beginn des letzten Kapitels schlägt der Korrespondent die Augen auf und erblickt «das Grau der Dämmerung». Doch bald erhält «das Wasser einen karminroten und goldenen Anstrich. Dann brach der Morgen an, in seiner ganzen Pracht, der Himmel war klar und blau, und die Wellenberge erstrahlten im flammenden Sonnenlicht.» Er kennt jetzt die Farbe des Himmels, und da er von einer «ganz nüchternen Erkenntnis» erfüllt ist, kann er die Welt mit objektivem, ungetrübtem Blick betrachten. Er studiert die ferne Küste, und er sieht Sanddünen, eine Reihe kleiner schwarzer Häuser und eine große weiße Windmühle. Zeichen von Leben, sollte man meinen, aber alles ist verlassen. Kein Mensch zu sehen, keine Hunde, keine Fahrräder – nichts.

> Dann berieten sie sich. «Also», sagte der Kapitän, «wenn keine Hilfe kommt, dann versuchen wir es am besten direkt durch die Brandung. Wenn wir noch weiter hier draußen bleiben, dann sind wir irgendwann zu schwach, um überhaupt noch etwas zu unserer Rettung zu unternehmen.» Die anderen erklärten sich stillschweigend einverstanden. Das Boot wurde

> in Richtung Strand ausgerichtet. Der Korrespondent fragte sich, ob denn nie jemand diesen hohen Mühlenturm bestieg, und wenn ja, ob dann nie jemand aufs Meer hinausblickte. Dieser Turm war ein Riese, er kehrte ihnen wie Ameisen den Rücken zu. Für den Korrespondenten verkörperte er in gewisser Weise den Gleichmut der Natur angesichts des Kampfes jedes Einzelnen – der Natur im Wind und der Natur in Betrachtung des Menschen. Sie kam ihm weder grausam noch barmherzig vor, weder tückisch noch weise. Aber sie war gleichgültig, schlicht gleichgültig.

In Gedanken hatte Crane das bereits oftmals durchgespielt, nun aber erlebte er es am eigenen Leibe, lernte die längst gelernten Lektionen auf eine Weise neu, die sich ihm unauslöschlich einprägen sollte, und war jetzt in der Lage, sich an ein neues Verständnis seiner Rolle als Schriftsteller heranzutasten. Die Natur ist dem Ringen der Menschheit gegenüber gleichgültig, aber das bedeutet nicht, dass sie grausam oder gar feindselig ist, sondern nur, dass sie keine Absichten verfolgt, oder Absichten, die so weit über das Fassungsvermögen der menschlichen Intelligenz hinausgehen, dass sie letztlich keine Bedeutung haben. Mag sein, es gibt einen Plan, aber kein Ziel, keinen Grund des Daseins außer dem, sich selbst als blinde Macht zu verewigen, und die Menschheit muss selbst sehen, wie sie zurechtkommt, sie muss ganz allein in ihren nie näher bestimmten Fesseln einen Sinn finden, genau wie im vorliegenden Fall die vier Männer im Boot, denen die Küste unerreichbar erscheint. Crane, der Spieler, wusste, wie die Würfel aus dem Becher rollen, ist reiner Zufall. Gott kann man vergessen, Vorsehung und Schicksal kann man vergessen – man muss einsehen, dass wir alle von willkürlichen Mächten gelenkt werden, auf die wir keinen Einfluss haben. Vier Männer treiben hilflos in einem

Boot. Sie alle leiden dieselben Qualen, aber drei von ihnen werden überleben, und einer von ihnen nicht. Warum? Auf die Frage gibt es nicht nur keine Antwort, sie hat auch keinen Sinn. Billy Higgins stirbt. Man trauere um ihn, indem man sich seiner erinnert, man erinnere sich an ihn, indem man um ihn trauert, und wenn du zufällig Schriftsteller bist, bring ihn in eine Geschichte, und wenn deine Geschichte von 1897 gut genug ist, wird sie noch lange Zeit gelesen werden, so wie sie heute, hundertzweiundzwanzig Jahre nach diesen Ereignissen, von einem Mann gelesen wird, der allein in einem Zimmer in Brooklyn sitzt.

Sie kommen dem Strand langsam näher. Fest steht, lange bevor sie dort ankommen, wird das Boot volllaufen, der Maschinist richtet das Boot mit dem Heck zur Küste aus, und dann bleibt nur noch die große Frage, *wann* sie volllaufen und wie weit sie dann werden schwimmen müssen. «Die gewaltigen Brandungswogen hoben das Boot weit empor», sagt der Erzähler und bringt dann das letzte Element der Geschichte ins Spiel, die letzte Stimme der Fuge, die den bevorstehenden Überlebenskampf plötzlich vollkommen aussichtslos erscheinen lässt: Erschöpfung, eine monumentale, übermächtige körperliche Erschöpfung. Das Denken des Korrespondenten ist «zu diesem Zeitpunkt von den Muskeln beherrscht, und die Muskeln waren der Ansicht, das ginge sie nichts an. Es reichte bloß für den Gedanken, dass es eine Schande wäre, zu ertrinken.» Genau in dem Moment, in dem sein Lebenswille ihn verlässt, muss er um sein Leben kämpfen, und kaum hat er diesen Gedanken gedacht, beginnt die Schlacht. Eine gigantische weiße Woge «schoss dröhnend auf das Boot zu ... Das Boot glitt die Steigung hinauf, sprang über den brodelnden Kamm, dann darüber hinweg und schwang sich den langen Wellenrücken hinab.» Und schon kommt die nächste Welle: «Brodelnde weiße Wassermassen erfassten das Boot und wirbelten es beinahe in die Senkrechte. Von allen Seiten drang Wasser ein.» «Bei der nächsten geht's um alles», sagt der Maschinist – und so ist es. «Die dritte Welle rollte heran, riesig, wütend, unerbittlich. Sie verschlang das Beiboot geradezu, und beinahe gleichzeitig stürzten die Männer ins Meer. Ein halber Rettungsgürtel hatte im Boot gelegen, und als der Korrespondent über Bord ging, hielt er ihn mit der linken Hand an seine Brust gepresst.»

Es folgt eine ausführliche Schilderung seines Kampfs in dem eiskalten Wasser, seine Gedanken überschlagen sich zwischen Chaos und Klarheit, während er seine allerletzten Kräfte aufbietet. Der Maschinist schwimmt «kraftvoll und schnell». Der Koch mit seinem Rettungsgürtel hält sich an den Rat des Kapitäns, dreht sich auf den Rücken und schwimmt mit einem Ruder in den Händen «wie ein Kanu». Der Kapitän klammert sich mit seiner unversehrten Hand an das gekenterte Boot und lässt sich Richtung Küste treiben. Unterdessen paddelt der Korrespondent «nur gemächlich», um seine Kräfte zu schonen, und während er kaum noch etwas wahrnimmt außer dem «Tosen des Wassers» und einer Strömung, die plötzlich unter ihm einsetzt, driften seine Gedanken immer weiter ab, so weit, dass ihm die Küste wie ein Gemälde vorkommt und er sich selbst wie einer, der im Museum eine bretonische oder holländische Landschaft betrachtet. Zum letzten Mal wiederholt er den Refrain, der ihm von Anfang an durch den Kopf geht, jetzt aber gedämpft, schlichter und direkter, ohne rhetorische Schnörkel, während sein erschöpfter Körper weiter auf den Strand zu paddelt.

> Er dachte: «Ich soll ertrinken? Wie ist das möglich? Wie ist das möglich? Wie ist das möglich?» Vermutlich betrachtet jeder Einzelne seinen eigenen Tod als das Ende aller Dinge.

Der Kapitän spürt, der Korrespondent ist in Schwierigkeiten, und ruft ihm zu, er soll zum Boot kommen, doch das wird nicht einfach sein, die dazu nötige Anstrengung wird er kaum noch aufbringen können.

> Während er verzweifelt versuchte, den Kapitän und das Boot zu erreichen, überlegte er, dass, wenn man nur erschöpft genug ist, Ertrinken eigentlich keine schlechte Lösung sei – alle Plagen hätten ein Ende, und man würde nichts als Erleichterung empfinden, und dieser Gedanke machte ihn froh, denn schon hatte nackte Angst vor dem Moment des Todeskampfes sein Denken beherrscht. Er wollte keine Qualen erleiden.

Nur noch auf Rufweite vom Strand entfernt, scheint er aufzugeben, sich mit dem Tod in den Wellen abzufinden, dann aber hat er Glück, großes Glück, denn eine dieser Killerwogen, die ihn beinahe umgebracht hätten, eine riesige, gewaltige Woge, erfasst ihn und schleudert ihn über das Boot hinweg, und plötzlich findet er sich in hüfthohem Wasser. Der Korrespondent richtet sich auf, ist aber zu erschöpft, er kann nicht stehen und fällt gleich wieder um. Und schon zerrt die Strömung an ihm, saugt ihn wieder hinaus, und wieder hat er Glück. Er sieht einen Mann am Strand, «der sich beim Laufen entkleidet hatte und beim Entkleiden gelaufen war, wie er ins Wasser sprang ... Er war nackt, nackt wie ein Baum im Winter, aber seinen Kopf umgab ein Glorienschein, und er erstrahlte wie ein Heiliger. Er packte fest die Hand des Korrespondenten, zog und zerrte mit Macht daran. Der Korrespondent, kein Freund vieler Worte, sagte schlicht: ‹Danke, alter Knabe!›»

Der Maschinist hat, natürlich, nicht das Glück, von einer Welle oder irgendetwas anderem gerettet zu werden, auch der nackte

Heilige kann ihm nicht mehr helfen. Während die herbeigeeilten Anwohner den drei Überlebenden «ein warmes und herzliches Willkommen» bereiteten, «wurde eine stumme, triefende Gestalt langsam den Strand hinausgetragen, und dafür konnte das Land kein anderes Willkommen bereithalten als die so gar nicht warme Gastfreundschaft des Grabes».

Die Erzählung endet mit einem Zwölf-Stunden-Sprung vom Morgen in Dunkelheit.

> Als es Nacht wurde, glitten die weißen Wellen im Mondlicht vor und zurück, und der Wind sprach zu den Männern am Strand mit der Stimme der großen, weiten See, und da kam es ihnen auf einmal vor, als verstünden sie jedes Wort.

Dolmetscher der Elemente. Dolmetscher der Trennlinie zwischen Schärfe und Unschärfe. Moderne Seher, die in den Eingeweiden der Welt lesen.

Erde, Luft, Feuer und Wasser. Crane, ein Poet extremer Situationen, war auch ein passionierter Erforscher der klassischen vier Elemente, und die urtümliche, urwüchsige Kraft seiner besten Stücke kommt aus seinem Einvernehmen mit der natürlichen Ordnung (und Unordnung) der *Dinge, wie sie sind.* Er erfindet nicht, er beobachtet, und immer wieder sehen wir in seinen Erzählungen, Romanen und Skizzen die Elemente, wie nur wenige andere Schriftsteller sie uns haben zeigen können. Man denke, zum Beispiel, an *Erde*, und plötzlich sieht man die in *The Red Badge of Courage* geschilderten Landschaften vor sich, die Wüste im Südwesten von Texas in «A Man and Some Others», die verdorrten Maisfelder in «Nebraska's Bitter Fight for Life». Man denke an *Luft*, und auf einmal sieht man seine vielfältigen Beschreibungen von Licht,

Wolken, Wind, Schnee und Regen, die Schneestürme in «The Blue Hotel» und «The Men in the Storm», die Sonne auf der «gleißenden Schräge der Kanonen» in «An Episode of War», und die exakte Darstellung des eigenartigen Lichteffekts, den der Korrespondent in «The Open Boat» beim Rudern in der Dunkelheit bemerkt: «Im Süden hatte am Strand jemand ein Feuer für die Nacht entzündet. Sehen konnte man es nicht, es lag zu tief und war zu weit weg, aber dahinter, am Steilufer erzeugte es einen rosafarbenen Widerschein, und dies war vom Boot aus zu erkennen.» Man denke an *Feuer*, und schon sieht man den Mietshausbrand in der New Yorker Skizze, die er 1894 für Edward Marshall schrieb, die Flammen explodierender Chemikalien, die einem Mann in *The Monster* das Gesicht verbrennen, und das Feuer, das er gegen Ende seines Lebens im Traum sah und zu «Manacled» ausarbeitete, einer Geschichte über ein Feuer, das in einem Theater ausbricht, und einen Mann, der auf der Bühne eingeschlossen ist. Extreme Situationen. Menschliche Situationen, eingelagert in eine konkrete natürliche Umgebung, und da Crane mit einer ganz außerordentlichen Beobachtungsgabe gesegnet war – nicht zu vergessen die ebenso außerordentliche Gabe, seine Beobachtungen in Worte zu fassen –, wird bei ihm plastisch und greifbar, was sonst nur abstrakt wäre, und der Leser schreitet auf festem Boden in diese extremen Situationen hinein und erlebt sie wie am eigenen Leibe.

Aber hier geht es um «Das offene Boot», und das zur Diskussion stehende Element ist *Wasser*, Wasser, in dem Crane als kleiner Junge beinahe ertrunken wäre, als er zu weit in den Raritan River hinausgegangen war, der Ozean vor den Dünen von Asbury Park, den er als Teenager und junger Mann wie besessen studiert hatte, die Schiffsunglücke, von denen er in «Ghosts of the Jersey Coast» (1894) berichtet hatte, der Geist der Frau, die noch lange nach ihrem Tod jede Nacht den Strand heimsuchte, um ihren Geliebten trauernd, der 1815 bei einem Schiffsuntergang ums Leben gekommen war («The Ghostly Sphinx of Metedeconk», 1895), und das riesige, herrenlose Floß aus Baumstämmen (zehntausend Tonnen schwer und zweihundert Meter lang), das in dem Seemannsgarn «Six Years Afloat» (1896) unkontrolliert auf dem Meer treibt, und dann, nach dem Untergang der *Commodore*, die anhaltende Trauer über Billy Higgins' Tod und das Bild der sieben ertrunkenen Männer, das ihn bis an sein Lebensende verfolgte, und noch als er in der Villa Eberhardt im Schwarzwald im Sterben lag, notierte Cora: «In Träumen durchlebt er alles noch einmal & spricht ständig vor sich hin. Schrecklich zu hören, wie er in dem *‹offenen Boot›* die Plätze zu tauschen versucht!»

Es war das einschneidendste Erlebnis seines Lebens, und es veränderte nicht nur ihn, sondern auch seine Arbeit. Die Erzählung, die er darüber schrieb, markiert einen Wendepunkt in seiner Entwicklung als Schriftsteller, und wenn er nicht gerade zur Tilgung seiner Schulden oder als Kriegskorrespondent arbeiten musste, verfolgte Crane von nun an den neuen Weg, der sich ihm aufgetan hatte. Weiß der Himmel, wie weit er gekommen wäre, wenn er länger gelebt hätte.

5

Wie versprochen kehrte er nach Jacksonville zurück und machte sich auf die Suche nach einem anderen Boot, das ihn nach Kuba bringen sollte. Zu der Zeit scheint er sich geradezu nach Krieg gesehnt zu haben, einem richtigen Krieg, nicht bloß einem imaginierten, und wenn der in Kuba unerreichbar war, dann eben anderswo. Fürs Erste lag ihm an der Befriedigung dieses heftigen

Wunschs mehr als an seiner Arbeit als Schriftsteller – auch so eines von den Dingen, in denen sich Crane, damals wie heute, von den meisten anderen Schriftstellern unterschied.

Es war aber auch verrückt. In den vergangenen Monaten hatte er eine Abreibung nach der anderen erhalten, eine Reihe von Schlägen, die ihn so kräftig herumgewirbelt hatten, dass es nicht wundernähme, wenn er leblos im Ring liegen geblieben wäre. Die Dora-Clark-Affäre und seine Vertreibung aus New York; der Reinfall mit Amy Leslie und die komplizierte Romanze, die sich mit Cora Taylor anbahnte; der Schiffsuntergang, das offene Boot, wo er dem Tod in der Brandung des Atlantiks ins Auge gesehen hatte. Die meisten würden sich nach einer so ausdauernden Tracht Prügel erst einmal zurückziehen und überlegen, wie es weitergehen soll. Crane tat genau das Gegenteil. Gewiss, er brauchte Geld, und daher brauchte er Arbeit, aber es hätte ein Dutzend andere Möglichkeiten gegeben, an Geld zu kommen, er hätte nicht unbedingt in den Krieg ziehen müssen.

Er war ruhelos, er war immer ruhelos gewesen, und wann immer er versuchte, sich irgendwo niederzulassen, fiel er dem zum Opfer, was Baudelaire *la grande maladie de l'horreur du domicile* genannt hat, frei übersetzt etwa «die schlimme Krankheit, verursacht vom Horror der Häuslichkeit». Wenige Männer und noch weniger Frauen sind von dieser Krankheit befallen, doch wer den Erreger in sich trägt, hat einen angeborenen Widerwillen gegen die erstickenden Annehmlichkeiten häuslichen Lebens und nie etwas anderes im Sinn, als diese vier Wände zu sprengen und sich aus dem Staub zu machen. Der Horror kann verschiedene Arten von Rebellion auslösen – von niederträchtigster Kriminalität bis zum verstiegensten Idealismus –, aber in jedem Fall gebiert er einen Abenteurer, einen jungen Menschen, der auf die Sicherheit des warmen Ofens und die Gewissheit von drei Mahlzeiten am Tag verzichtet und sich stattdessen in Gefahr begibt und die ungewissen Folgen in Kauf nimmt. Crane spielte Karten, weil er es liebte, nicht zu wissen, ob er gewinnen oder verlieren würde. Behaglichkeit war ihm nicht wichtig. Der harte Boden war ihm genauso recht wie ein Bett, und wenn ihm bei Wind und Regen die Kälte in die Knochen kroch, machte es die Sache nur umso interessanter. So war er schon seit seiner Kindheit, und jetzt, da er die Schwelle zum jungen Mannesalter überschritten hatte, wusste er bereits, dass er nicht alt werden würde. Ein Grund mehr, nicht auf Nummer sicher zu gehen – abgesehen von dem zusätzlichen Druck, so viel wie möglich in die verbleibende Zeit hineinzustopfen. Nach den öffentlichen Prügeln in der New Yorker Presse hatte Garland ihn gedrängt, sich aufs Land zurückzuziehen und einen Roman zu schreiben. Eine verlockende Vorstellung, mag sein, aber wie konnte Crane stillsitzen, wenn er unbedingt auf Achse sein wollte? Also fuhr er nach Florida, entkam um Haaresbreite dem Tod durch Ertrinken und brachte von diesem grausigen Erlebnis seine vermutlich beste Erzählung zurück. War es das wert? Wieder einmal eine sinnlose Frage, auf die es keine Antwort gibt. Crane hatte ein neues Kapitel aufgeschlagen, und diesmal ging es um Krieg. Wir können nächtelang über seine Motive brüten, aber egal, was für komplexe Gründe für sein Verhalten wir uns einfallen lassen mögen, am Ende läuft alles darauf hinaus, dass er es eben so wollte.

Aus *Roads of Adventure* (1922) von Ralph D. Paine:

> Hinter dem zugezogenen Vorhang einer Nische nebenan speisten zwei Männer, und die Stimme des einen kam mir irgendwie bekannt vor. Ich erkannte sie aber erst, als er seinem Begleiter etwas vorlas, offenbar aus einem Manuskript. Einmal unterbrach er sich und sagte:

«Bitte, Ed, die Sache muss *sitzen*, also sag mir deine Meinung. Wie findest du es bis jetzt?»

«Großartig, Steve», sagte der andere. «Genau so ist es gewesen, genau so haben wir es empfunden. Lies bitte weiter vor.»

[Nachdem «Steve» ein wenig weiter vorgelesen hat:]

Schweigen in der Nische, dann Captain Edward Murphys Stimme:

«Die *Commodore* war ein morscher alter Kahn, Steve, aber ziemlich so hab ich's empfunden, als sie unterging. Wie hast du den Schluss hingekriegt, wenn der arme Billie mit dem Gesicht nach unten angeschwemmt wird und alle diese Leute angelaufen kamen, um uns aus der Brandung zu holen?»

[Nachdem «Steve» den Schluss der Erzählung vorgelesen hat:]

«Gefällt's dir oder nicht, Ed?», fragte Stephen Crane.

«Es ist gut, Steve. Armer Billie! Schrecklich, dass er ertrinken musste. Er war ein verdammt guter Maschinist.»

Als eine Gesprächspause eintrat, schoben Paine und McCready den Vorhang beiseite und setzten sich zu den beiden. Und da saßen wir vier, alle im selben Boot, könnte man sagen, vereint durch einen sonderbaren Zufall und unsere gemeinsamen Erfahrungen mit der Filibusterei ...

Der junge Captain Murphy hatte kein Schiff mehr, hoffte aber, bald wieder eins zu haben und es noch einmal zu wagen.

Stephen Crane war nicht sehr stark gebaut und hatte nie viel Fleisch auf den Knochen. Blass und hager, wirkte er eigentlich zu schwach für jemanden, der in

> so rauer See den Kampf ums Überleben bestanden hatte, aber seine Abenteuerlust war ungebrochen. Sein schmales Gesicht, lebhaft und ausdrucksstark, leuchtete förmlich, als er von den Plänen für seine nächste Reise sprach. Seine Gleichgültigkeit gegen Gefahr war die eines Fatalisten.

Diese Begegnung fand nicht lange nach Cranes Rückkehr am 10. Februar in einem Café in Jacksonville statt. In den folgenden Wochen suchte er nach einem anderen Schiff, das ihn nach Kuba schmuggeln könnte. Der Untergang der *Commodore* hatte jedoch eine Verschärfung der amerikanischen Blockade zur Folge, und Filibustertransporte waren praktisch eingestellt. Eine Zeitlang sah es so aus, als könnten Crane und Charles Michelson die Überfahrt mit Hearsts Jacht, der *Buccaneer*, antreten, aber daraus wurde nichts. Auf der Suche nach einer anderen Möglichkeit reisten er und Michelson (zusammen mit Captain Murphy) in das weiter südlich gelegene Sumpfgebiet bei Daytona, aber auch da war nichts zu machen. Wieder einmal knapp bei Kasse, telegraphierte Crane Hitchcock am 24. Februar: «Überweisung hierher Heinemans Zahlung Little Regiment oder Maggie dringend.» Am selben Tag schickte Reynolds «The Open Boat» an *Scribner's Magazine*, das umgehend dreihundert Dollar für die Erzählung bot. (Reynolds hatte sich mehr erhofft, doch *Scribner's* ließ nicht mit sich handeln, und am 9. März akzeptierte er das Angebot schließlich.) Bis auf zwei Bagatellen ist uns nichts von dem, was Crane während seines Monats in Florida geschrieben haben könnte, erhalten geblieben. Zum einen eine Widmung in einem Exemplar von *Maggie*, das er Lyda de Camp, der Chefin eines Jacksonviller Bordells, schenkte – «Für Lyda / Von ihrem Freund / Stephen Crane» –, zum anderen ein kurzer Brief an seinen Bruder William, den er am 11. März von seinen neuen Plänen benachrichtigt:

> Mein lieber Will: Ich nehme an, Du hältst mich wieder einmal für den schlechtesten Briefpartner der Welt, aber ehrlich, ich bin einen Monat lang in den Sümpfen im Süden elendiglich hin und her gewatet, nur um irgendwie unserer verflixten Marine aus dem Weg zu gehen. Aber nichts zu machen. Und jetzt reicht es mir. Ich habe alle meine Pläne geändert und gehe nach Kreta. Samstag in einer Woche steche ich von NY aus in See. Am Donnerstag komme ich nach P.J. Grüße an alle und sag ihnen, ich denke an sie.

Ein Monat in den Sümpfen, das war natürlich übertrieben, so übertrieben wie das meiste, was Crane seinem großen Bruder William schrieb, dem Ersatzvater, den er seit frühester Jugend zu beeindrucken versuchte. Also nicht einen Monat lang in den Sümpfen, sondern einen Monat lang in Florida, davon die meiste Zeit in Jacksonville, und dort die meiste Zeit mit Cora. Offenbar hatte ihre Liebe Feuer gefangen, und kaum waren sie ein Paar, schon war von Hochzeit die Rede. Für Cora, die noch in ihrer kaputten Ehe mit dem abwesenden Stewart festsaß, war das Thema allenfalls Zukunftsmusik. Sie schrieb ihrem Schwager in Indien, Colonel Norman Robert Stewart, und bat ihn um Hilfe, ihren Mann zu überreden, in die Scheidung einzuwilligen, doch bevor die Antwort eintraf, nahmen die Dinge erneut eine andere Wendung. Kuba war vom Tisch, und wenn Crane wirklich seinen Krieg haben wollte, würde er den Atlantik überqueren und nach Europa gehen müssen, wo der Konflikt zwischen Griechen und Türken sich zu einem Krieg auszuweiten drohte. Cora begriff, Crane würde sich nicht aufhalten lassen, aber auch sie war nicht zu bremsen, und nach wenigen Tagen waren sie sich einig: Sie würden zusammen nach Griechenland fahren. Mehr noch, in Athen angekommen, besorgte er ihr einen Job, und so hockte sie, während er an der Front von Schlachten berichtete, nicht in Hotels und Cafés herum, sondern wurde zu Imogene Carter, Amerikas erster Kriegskorrespondentin. Die Verwandlung vollzog sich so plötzlich und so radikal, dass sie immer noch unbegreiflich ist. Eine zweimal verheiratete Frau von einunddreißig Jahren, Berufsmätresse seit dem siebzehnten Lebensjahr, eine Frau, die ihr Luxusleben so weit trieb, dass sie die Kissenbezüge ihrer Kutsche jeweils passend zu ihrer Kleidung wechseln ließ, aktuell die Inhaberin eines florierenden Nachtclubs in Floridas feinstem Urlaubsort, und plötzlich war sie bereit, das alles aufzugeben und mit einem jungen Mann durchzubrennen, den sie gerade mal seit zwei Monaten kannte. Sie zögerte keine Sekunde und verschwand so überstürzt aus Jacksonville, dass sie einen Berg unbezahlter Rechnungen zurückließ, weshalb sie per Steckbrief gesucht und das Mobiliar des Hotel de Dreme durch den örtlichen Sheriff beschlagnahmt wurde. *La grande maladie de l'horreur du domicile.* Wie sich herausstellte, litt auch sie an dieser Krankheit, und was den Geist von Draufgängertum und Abenteuerlust anging, war Cora kein bisschen anders gestrickt als ihre Maus.

Sie nahmen den Zug nach New York, und in den fünf oder sechs Tagen dort bereitete Crane alles für die Reise vor. Ärger mit der Polizei bekam er diesmal nicht, wahrscheinlich weil er anständiger gekleidet war als gewöhnlich und sie ihn auf der Straße nicht erkannten. Oder er hatte Glück. Oder (noch wahrscheinlicher) sie wussten einfach nicht, dass er wieder in der Stadt war.

Bald hatte er zwei Verträge in der Tasche, einen mit Hearst als Kriegsberichterstatter für das *Journal* und einen mit McClures Syndikat als Lieferant einiger längerer Artikel («Briefe») über den Krieg für die Sonntagsausgaben mehrerer amerikanischer Zeitungen und die Londoner *Westminster Gazette*. Wie das erwähnte Telegramm an Hitchcock zeigt, wurde er mittlerweile auch von seinem englischen Verlag bezahlt, ein Hinweis darauf, dass er klüger geworden war und jetzt bessere Verträge für sich aushandelte, doch er war immer noch nicht klug genug und beging einen kolossalen Fehler, als er McClure nach dem Vertragsabschluss mit dessen Syndikat wieder einmal auf den Leim ging, als hätte er nichts aus seinen früheren Geschäften mit dem Mann gelernt. Da Crane, immer knapp bei Kasse, sich die langfristigen Folgen kurzfristiger Notlösungen nicht auszumalen vermochte, schloss er mit McClure einen zweiten Vertrag, der diesem das Vorkaufsrecht nicht nur für die Fortsetzungsveröffentlichung künftiger, noch gar nicht geschriebener Erzählungen, sondern auch für sein nächstes Buch einräumte, eine Sammlung mit dem Titel *The Open Boat and Other Tales of Adventure* (1898). Für diese Rechte zahlte McClure ihm ein Darlehen von sechs- oder siebenhundert Dollar bar auf die Hand. Man begreift nicht, wie Crane das Geld als Darlehen akzeptieren konnte, nicht als Vorschuss auf künftige Tantiemen, denn so wurde er praktisch zu McClures Leibeigenem, der Mann konnte jetzt neue Erzählungen als Sicherheit für das Darlehen einbehalten und, falls er sie nicht publizieren wollte, ihre Veröffentlichung irgendwo anders unterbinden. Es war so ziemlich die größte Dummheit, die Crane jemals begangen hat, eine unheilvolle Entscheidung wie die, als er an jenem Silvesterabend an Bord der *Commodore* ging, dieses «morschen alten Kahns», und beinahe den Tod fand. Und gar noch unheilvoller, da McClures Darlehen seine Finanzen auf Dauer ins Minus brachte. Crane lebte von da an wie ein Ertrinkender, der bis zum letzten Tag seines Lebens um Atem rang.

Nicht nur, dass er McClure Geld schuldete, man erwartete auch von ihm, dass er es zügig zurückzahlte, und so machte sich Crane noch in New York daran, eine Erzählung für ihn zu schreiben, «Flanagan and His Short Filibustering Adventure», eine ganz ordentliche, aber nicht herausragende Geschichte, die ihn bis zur Abreise so in Anspruch nahm, dass ihm für einen Abschiedsbesuch in Port Jervis keine Zeit mehr blieb. Edmund eilte aus Hartwood herbei und begleitete ihn zum Hafen, aber William und die anderen schafften es nicht mehr.

Irgendwann in dieser Woche traf er sich zum Essen mit Linson, der bis vor kurzem als Illustrator für *Scribner's Magazine* bei den ersten Olympischen Spielen der Neuzeit in Athen gearbeitet hatte, also genau in der Stadt, zu der Crane am Ende der Woche aufbrechen sollte. Die beiden Freunde hatten sich seit einem Jahr nicht mehr gesehen, und als Crane überraschend in der alten Wohnung auftauchte, wurde er «stürmisch begrüßt», wie Linson schreibt, aber dies war «ein neuer Stephen ... fast schon ein Dandy. Sein Haar war exakt gebürstet, sein Oberlippenbart war deutlich mehr als ein Schatten, ein gutsitzender Anzug brachte seine schlanke Gestalt zur Geltung ... Ja, ein anderer Stephen.» Die neue Kleidung und der neue Look, die ihn für die Polizei unsichtbar gemacht hatten, waren zweifellos Coras Einfluss auf ihn zu verdanken: Ein Mann, der sich in eine modebewusste, elegant gekleidete Frau verliebt, will nicht länger wie ein Strauchdieb durch die Gegend laufen.

Sobald sie dann aber ins Gespräch kamen, stellte Linson fest, es war «doch noch derselbe alte Steve». Vierzig oder fünfzig Jahre später zitiert er Crane in seinen Aufzeichnungen: «Willie Hearst schickt mich in den Krieg. Keine Ahnung, was ich unter diesen Kanaken anfangen soll. Wie sind die denn so, CK? Hast du mit denen quatschen können?» Ziemlich lockere Sprüche, vielleicht nicht ganz wörtlich zitiert, aber sie vermitteln ein gutes Bild davon, wie Crane mit seinen Freunden gesprochen hat.[83] Mehr als alles andere beeindruckte Linson Cranes Begeisterung für die anstehende Aufgabe. «Er war richtiggehend aus dem Häuschen. Er sollte einen

■ 83 Ein paar Monate später bemerkt Crane in einem kurzen humoristischen Artikel: «Guter Slang ist raffiniert und schwer zu fassen. Wenn man einen Ausdruck mühelos durch einen anderen ersetzen kann, ist es kein guter Slang, weil guter Slang immer eine Lücke füllt.»

echten Krieg erleben, und seine einzige Sorge war, dass der Krieg vor seiner Ankunft beendet sein könnte.»

Sie gingen in ein Restaurant an der Kreuzung Fourth Avenue und 23rd Street, sprachen von alten Zeiten und alten Freunden, und schließlich begann Crane «mit der für ihn typischen Diskretion, wenn es um Frauen ging», von der Frau zu erzählen, die er heiraten wollte, «hielt sich aber bei der Geschichte ihres Kennenlernens in Jacksonville so dezent zurück, dass mir nichts davon in Erinnerung geblieben ist». Um seinen konservativen Freund nicht zu schockieren, verschwieg Crane den Namen der Frau und ihre Vorgeschichte; er beabsichtige zwar, sie in England zu heiraten, sagte er, rechne aber damit, dass ihre Anwesenheit den Lästermäulern auf dem Dampfschiff trotzdem Anlass zu Gerede geben werde (wegen seines Rufs). Linson gab ihm den besonnenen Rat, sie so bald wie möglich zu heiraten.

Nach diesem Abend sahen sie einander nie mehr wieder. Ein Lebewohl wurde zu einem Abschied für immer, aber das konnten sie zu der Zeit nicht wissen. Sieben Seiten später schließt Linson sein anrührendes kleines Buch mit einer Erinnerung an diesen Abend:

> Als ich ihn zum letzten Mal sah, war er immer noch ein Junge von fünfundzwanzig Jahren, ganz erfüllt von dem bevorstehenden Abenteuer. Ich sehe heitere blaue Augen und ein stilles Lächeln, wie auf einem Bild, dessen Umrisse mit der Zeit immer weicher werden. Der Klang seiner Stimme kommt zu mir zurück, seine Gewandtheit, aber was fortbesteht, ist sein Lächeln.

Der Cunard-Dampfer *Etruria* verließ New York am Samstag, dem 20. März, Crane und Cora hatten getrennte Kabinen gebucht. In gesellschaftlichen Dingen war der kühne Abenteurer ein nervöser

Tugendbold, der sein Liebesleben vor den anderen Passagieren sorgfältig geheim hielt. Sehr wahrscheinlich verbrachte er den Großteil der einwöchigen Überfahrt nach Liverpool beim Poker im Salon, und wie es aussieht, machte Cora das Versteckspiel mit – sogar dann noch, nachdem sie am Montag, den 29. März, in London eingetroffen waren, wo sie nur selten zusammen mit Crane in der Öffentlichkeit gesehen wurde.

Er war nur drei Tage dort, wurde aber freundlich begrüßt als «der einzige geniale junge Schriftsteller, den Amerika besitzt» (*Daily Chronicle*, London), und nachdem er die Stadt am 1. April verlassen hatte, fasste Arthur Waugh seine Eindrücke in einem hübschen kleinen Artikel für *Critic* (17. April) zusammen:

> Mr. Stephen Crane hat auf dem Weg zum Schauplatz der Rebellion auf Kreta in London Station gemacht, doch war sein Besuch von äußerst kurzer Dauer. Sein überaus bescheidenes Auftreten war wohltuend und bemerkenswert frei von jeglichem Versuch, für sich selbst zu werben, wie man es sonst von Schriftstellern kennt ... Wenige Stunden nach seiner Ankunft suchte er selbstverständlich als Erstes das Haus seines Verlegers auf, Mr. Heinemann, der so hart dafür gearbeitet hat, seine Bücher in diesem Land bekannt zu machen. Er scheint sehr zufrieden mit der Rezeption seines Werks in England und bemerkte scherzend, er gehe nach Kreta, weil es für ihn, nachdem er so viel über Krieg geschrieben habe, nun höchste Zeit sei, endlich einmal ein wenig davon mit eigenen Augen zu sehen. Was ihn als Mann von Humor erweist – eine vorzügliche Eigenschaft für einen Literaten.

Crane traf sich in London nicht nur mit seinem britischen Verleger, sondern auch mit seinem amerikanischen Rivalen, Doppelgänger und Gegensatz, dem Romanschriftsteller und Kriegskorrespondenten Richard Harding Davis (1864–1916), einem damals sehr bekannten Mann, dessen Einfluss noch Jahrzehnte nach seinem Tod zu spüren war. In Sinclair Lewis' Roman *Dodsworth* (1929) wird er als Beispiel für Mut und männliche Tugend genannt: «Als ich die Schule abschloss, wollte ich Bauingenieur werden und den brasilianischen Dschungel und China und alles andere sehen. Ganz wie Richard Harding Davis!» In Alfred Hitchcocks Film *Der Auslandskorrespondent* (1940) kommt es zu folgendem Gespräch, nachdem ein Zeitungsredakteur (Harry Davenport) den Gerichtsreporter Johnny Jones (Joel McCrea) als seinen neuen Auslandskorrespondenten angeheuert hat. Ebenfalls im Büro ist Mr. Fisher (Herbert Marshall).

> *Davenport*: ... Der Name gefällt mir nicht. Der wird Ihnen hinderlich sein, junger Mann. Warten Sie mal. Hier habe ich einen Namen für Sie. Ja, Haverstock. Huntley Haverstock. (*Zu Marshall*) Klingt ein wenig bedeutungsvoller, oder?
>
> *Marshall*: O ja, sehr elegant.
>
> *Davenport*: Klingt noch besser als Richard Harding Davis.
>
> *Marshall*: Richard Harding Davis. Warum nehmen Sie nicht den?
>
> *Davenport*: Oh, das geht nicht. So hieß einer unserer größten Kriegskorrespondenten vor vierzig Jahren.

R. D. H., Sohn der Romanschriftstellerin Rebecca Harding Davis und des Journalisten Lemuel Clark Davis vom *Philadelphia Public Ledger*, war das Schönheitsideal seiner Zeit, ein so gutaussehender

Mann, dass der Zeichner Charles Dana Gibson ihn als Modell für seinen «Gibson man» nahm, den Begleiter des berühmten «Gibson girl» aus der Hemdblusenreklame. Die Kombination aus Davis dem Mann und Davis dem Bild soll für den glattrasierten Look verantwortlich sein, der sich im 20. Jahrhundert bei amerikanischen Männern durchsetzte und sich mehr oder weniger bis heute gehalten hat. Aber R. H. D. besaß auch Talent, nicht nur als furchtloser, couragierter Reporter, sondern auch als erfolgreicher Autor von Theaterstücken und leichter Unterhaltungsliteratur. Garland hatte am Ende seiner Besprechung von *Maggie* in *Arena* die in Davis' Bestseller *Van Bibber and Others* (1892) porträtierte feine Gesellschaft den Bewohnern der Slums in Cranes Buch gegenübergestellt. «Hält man ‹Maggie› neben ‹Van Bibber›, werden die extremen Unterschiede im New Yorker Leben deutlich, wie es diese beiden jungen Männer schildern. Was die *Technik* angeht, braucht Mr. Crane keinen Vergleich zu scheuen, und Mr. Davis wird sehr energisch und entschlossen voranschreiten müssen, wenn er nicht von einem Mann überholt werden will, der den Leser nahezu unbegrenzte Fähigkeiten vermuten lässt.» Crane und Davis waren von Anfang an als Konkurrenten gesehen worden, und während Davis, der Ältere, bereits als erstklassiger Reporter und Weltreisender etabliert war, galt Crane noch als unbekannter Außenseiter. Ihm gefiel das nicht, er wollte nichts wissen von Davis oder dem, wofür er zu stehen schien, und der sonst so großmütige junge Autor zuckte schon bei der bloßen Erwähnung von Davis' Namen zusammen. In einem Brief an Nellie Crouse nannte er Davis verächtlich einen «ausgestopften Papagei» mit der «Intelligenz eines durchschnittlichen Holzbalkens», und selbst nachdem sie sich kennengelernt und in Griechenland gemeinsam als Korrespondenten gearbeitet hatten, bezeichnete er ihn in einem Brief an seinen Bruder William (29. 10. 1897) als «Narren». Davis sah Crane etwas nuancierter. Er bewunderte *Red Badge*, von dem er sagte, es sei «das letzte Wort zum Thema Krieg», und als er erfuhr, dass er und Crane auf dem Weg nach Griechenland zufällig gerade beide in London waren, lud er ihm zu Ehren zu einem förmlichen Essen ins Hotel Savoy. Unter den eingeladenen Gästen waren J. M. Barrie (sieben Jahre vor *Peter Pan*), Anthony Hope (Verfasser von *The Prisoner of Zenda*) und Harold Frederic, der amerikanische Schriftsteller und London-Korrespondent der *New York Times*, der *Red Badge* begeistert rezensiert hatte und einer von Cranes engsten Freunden während seiner Jahre in England werden sollte. Nach dem Essen schrieb Davis an seine Mutter, Crane habe auf ihn einen «sehr bescheidenen, beherrschten und schüchternen» Eindruck gemacht, «ganz anders, als ich ihn mir vorgestellt hatte». Was ihn aber nicht davon abhielt, sich abfällig über Cora zu äußern, als er sie tags darauf am Londoner Bahnhof sah: Cranes Gefährtin sei «eine blondgefärbte Dame, die auf sein Gepäck aufzupassen schien, kennengelernt habe ich sie nicht». Etwa einen Monat später, als Davis mitten im Kriegsgetümmel arbeitete, schrieb er wieder an seine Mutter: «Ich bin mit John Bass [vom *Journal*] und Crane aus Athen abgereist, mit dabei war auch Lady Stuart [*sic*], die ihrem Mann weggelaufen ist, um Crane zu begleiten. Eine ganz gewöhnliche, langweilige Frau, alt genug, dass sie seine Mutter sein könnte, mit blondgefärbtem Haar. Er wirkt auf mich wie ein Genie, das sich nichts und niemandem gegenüber verantwortlich fühlt.» Selbstredend war Coras Haar nicht gefärbt, sie war nicht alt genug, um seine Mutter sein zu können, und gewöhnlich oder langweilig war sie auch nicht. Gilkes bemerkt in ihrer Cora-Biographie: «Während Stephen Davis für einen selbstgefälligen Narren hielt, sah der stutzerhafte Schwarm der College-Jugend in dem Verfasser von *Maggie* und der Bowery-Skizzen einen zwar begabten, aber ungewaschenen Irren, einen Trampel mit Selbstmordneigungen und einer bedauerlichen Vorliebe für schlechte Gesellschaft. Beide jedoch erkannten im jeweils anderen einen Kern professioneller Rechtschaffenheit.» Ein wenig übertrieben, mag sein, aber das war erst der Anfang der Geschichte von Crane und Davis, und als sie sich im Jahr darauf in Kuba wiedersahen, nahmen die Dinge eine wesentlich interessantere Wendung ...

Von London nach Dover, von Dover nach Paris, von Paris nach Marseille, fünf Tage auf dem Mittelmeer an Bord der *Guadiana*, und in Piraeus, dem Hafen von Athen, gingen Crane und Cora an Land.

6

Schon damals grassierte die Furcht, es würde zwischen den größeren Staaten Europas zum Krieg kommen. Die Furcht war historisch nicht unbegründet (der Hundertjährige Krieg, der Dreißigjährige Krieg, die Napoleonischen Kriege), und eine lockere Allianz dieser Staaten – England, Frankreich, Deutschland, Italien, Russland und Österreich-Ungarn, die sogenannten Großmächte – behielt die Entwicklungen auf dem Kontinent scharf im Blick, um potenzielle Konflikte einzudämmen, bevor sie außer Kontrolle gerieten. Der unruhige Frieden hielt einige Jahrzehnte, dann aber, nur siebzehn Jahre nachdem Crane seinen ersten kleinen Krieg gefunden hatte, wurde Erzherzog Ferdinand von einem serbischen Nationalisten ermordet, und das Blutbad des Ersten Weltkriegs begann.

In dem kleinen Ausschnitt der Welt, den Crane und Cora Anfang April betraten, war das Osmanische Reich in Griechenland noch allgegenwärtig, eine gewaltige Macht, die nach und nach eine kleinere Macht überwältigt hatte und Teile des Territoriums ihres Nachbarn für sich selbst beanspruchte. Zu den größten Spannungen kam es auf Kreta, wo die griechisch-christliche Mehrheit (achtzig Prozent der Bevölkerung) unter der Herrschaft der muslimischen Eroberer stand. Frühere Aufstände waren niedergeschlagen worden, doch nach dem Aufstand von 1896 wurde Griechenland aktiv, belieferte die Rebellen zunächst mit Waffen, schickte dann im Februar 1897 Truppen, die die Insel besetzten, und erklärte Kreta zum Teil des Staatsgebiets. In Sorge, dass dies auf dem ganzen Balkan zu größeren Unruhen führen könnte, blockierten die Großmächte die Insel mit Kriegsschiffen, um den Zustrom weiterer Hilfe zu unterbinden.

Am 17. April erklärte die Türkei Griechenland offiziell den Krieg, und während die ausländische Presse mehrheitlich hinter den Griechen stand und zahllose junge Männer aus ganz Europa Lord Byrons Beispiel folgten und sich freiwillig zum Kampf für die gute Sache meldeten (ein Sohn Garibaldis kam mit einer zweitausend Mann starken Brigade italienischer «Rothemden»), blieb die schlichte Tatsache, dass die Griechen zahlenmäßig unterlegen und völlig unzureichend für den Kampf gegen die osmanischen Truppen ausgerüstet waren, die hauptsächlich von erfahrenen deutschen Generälen befehligt wurden. Einhundertzwanzigtausend Mann mit modernen Waffen gegen fünfundsiebzigtausend Mann mit altmodischen Flinten, aber die Griechen kämpften hart und gut und schlugen die Türken in mehreren Schlachten, und hätte der griechische König Georg I. nicht geschwankt – ein gebürtiger Däne, der 1863 von denselben Mächten auf den Thron gesetzt worden war, die jetzt Kreta blockierten, der wankelmütige König, der seinen Sohn, Kronprinz Konstantin, zum Oberbefehlshaber der griechischen Truppen ernannt hatte, einen jungen Mann, der nichts von militärischer Taktik oder Strategie verstand und seine Soldaten jedes Mal genau dann zum Rückzug antreten ließ, wenn sie kurz davor waren, einen entscheidenden Sieg zu erringen –, hätte der Krieg jedenfalls länger gedauert. So aber war die Sache nach einem Monat vorbei. Den Griechen blieb die Demütigung dieses Dreißigtagekriegs als Schwarze 97 oder, ganz ungeschminkt, als der Unglückliche Krieg in Erinnerung.

Wie auch immer, für Crane waren diese Wochen ein ganzes Leben, ein Intensivkurs in Theorie und grausamer Praxis seiner persönlichen Obsession. Den Job als Kriegskorrespondent hatte er nur angenommen, um Krieg aus der Nähe sehen, er wollte herausfinden, ob er sich das alles beim Schreiben korrekt vorgestellt hatte (das hatte er, aber dass dem so war, erkannte er erst, nachdem er tatsächlich seine erste größere Schlacht mit eigenen Augen beobachtet hatte), und kaum hatte er diese ständigen Zweifel hinter sich gelassen, machte er sich an die wichtigere Aufgabe, sich das Gelernte einzuverleiben und ein tieferes Verständnis der katastrophalen Folgen von Krieg für den Menschen zu gewinnen – nicht im luftleeren Raum von Worten, sondern als Wirklichkeit aus Fleisch und Blut. Zunächst jedoch war die Aufregung zu viel für ihn, und die Aussicht auf das, was er zu sehen bekommen sollte, machte ihn blind für das, was er längst gelernt hatte, blind für die harten Tatsachen, mit denen er sich bereits in seiner Vorstellung beschäftigt hatte, und so kam er nach Griechenland mit leerem Kopf und klopfendem Herzen, ganz wie der Dreijährige, der damals auf dem Fußboden mit seiner Knopfarmee gespielt hatte.

Er begann am 10. April in Athen mit einem Brief an seinen Bruder, einem grotesk kindischen Brief, der alle seine anderen Versuche, William zu beeindrucken, in den Schatten stellt, William, den Richter, das Musterbeispiel an bürgerlicher Rechtschaffenheit, den Wächter über die Familienehre. «Ich kann damit rechnen, eine Stellung im Stab des Kronprinzen zu bekommen», schreibt er. «Wäre das nicht großartig? Das macht mich so froh, dass es mir den Atem verschlägt. Ich werde versuchen – ich werde nichts unversucht lassen, mir in dieser Geschichte einen Orden zu verdienen ... Der Ruf meiner armen alten Bücher ist bis zu einigen von diesen verwünschten Griechen vorgedrungen, und das hat den

Kronprinzen für mich eingenommen ... Sie sagen, die Sache sei schon abgemacht.»

Wer ist *sie*, und was für einen Floh hatten sie ihm da ins Ohr gesetzt? Crane hatte keine militärische Erfahrung, er sprach kein Wort Griechisch, und selbst wenn der Kronprinz ihn angeheuert hätte, hätte Crane von Gesetzes wegen nicht in einer ausländischen Armee dienen dürfen. Crane ergeht sich hier in reinen Phantasievorstellungen, er weiß nichts von dem Land, in dem er sich befindet, und äußert sich verächtlich darüber, er verhält sich der Realität des Krieges gegenüber so naiv, dass er noch dümmer wirkt als Henry Fleming in den ersten Tagen nach seinem Eintritt in die Armee der Union. Ein Orden. Mehr scheint Crane nicht zu wollen – einen Orden, um seinem großen Bruder zu beweisen, dass der blamierte Schreiberling im Grunde genommen ein Kriegsheld ist. Nach allem, was Crane in der Vergangenheit über den Krieg geschrieben hatte, ist es erschreckend, ihn ein dermaßen hirnverbranntes Zeug von sich geben zu hören – geradezu unbegreiflich.

Drei Wochen später bezeichnet er sich in einer Depesche («Greek War Correspondents») als «der Wildesel der Wüste, der einen Orden wollte». Ein weiter Weg in so kurzer Zeit, aber da war seine Erkenntnis schon weit fortgeschritten, und er war nicht nur wieder zur Vernunft gekommen, er war auch nicht mehr derselbe wie bei seiner Ankunft.[84]

■ 84 Cora war beim *Journal* als Kriegskorrespondentin Imogene Carter angestellt und arbeitete während ihres Aufenthalts in Griechenland nahezu ununterbrochen an Cranes Seite, verfasste aber nur drei kurze Depeschen, deren beste und ausführlichste, «War Seen Through a Woman's Eyes» (26. April), deutlich anzusehen ist, wie sehr Crane ihr beim Schreiben unter die Arme gegriffen hat. Noch besser ist jedoch der Entwurf eines unvollendeten, ganz von ihrer Hand stammenden Artikels, der von ihrer einzigen Nacht erzählt, die sie nicht mit Crane verbracht hat – sie schlief auf einem Billardtisch in einem leeren Café. «Mein Dienstmädchen, das ständig über alles gemurrt und über unser Abendessen Tränen vergossen hatte, Schwarzbrot (das sehr gut und wohlschmeckend war) und Käse, wollte schlichtweg nicht mehr – also zahlte ich sie aus und ließ sie mit

In den ersten zwei Kriegswochen war Crane zumeist am falschen Ort zur falschen Zeit und bekam von den schweren Kämpfen so gut wie nichts mit. Bei Ausflügen mit Cora nach Epirus und Thessalien konnte er nur noch das Ende kleiner Scharmützel beobachten; zwei kurze Artikel, die er daraufhin in Athen über die Stimmung der Griechen schrieb, verkannten das Ausmaß ihrer Kriegsbegeisterung, die längst nicht so groß war, wie er annahm. Wie Davis am 28. April in einem Brief an seine Mutter missmutig bemerkte: «Er hat aus verschiedenen Gründen nicht so viel gesehen wie ich, aber wenn ein Mann Schlachten so gut beschreiben

der Postkutsche nach Lamia zurückkehren –, und so war ich allein, die einzige Frau in Pharsala und Umgebung.» Das war Cora, tapfer und selbständig, und wenn auch aus ihr keine Journalistin wurde, ist ihr Kriegstagebuch eine unschätzbare Quelle, wenn man ihre gemeinsamen Aktivitäten Tag für Tag nachverfolgen will. In einer anderen Depesche schrieb sie: «Die meiste Zeit habe ich bei der Zweiten Gebirgshaubitzen-Batterie verbracht ... Ich ging im Geschützdonner zum Bahnhof, ein Geschoss verfehlte mich nur knapp ... Die Soldaten wunderten sich über die Anwesenheit einer Frau während der Kämpfe.» Keine Last oder bloße Reisebegleitung, teilte sie alle Entbehrungen und Gefahren, die mit der Berichterstattung über den Griechisch-Türkischen Krieg verbunden waren. Und wie aufschlussreich, dass sie das Schwarzbrot *sehr gut und wohlschmeckend* fand.

Am 19. Mai, einen Tag vor Kriegsende, hatte Cranes Freund und Reporterkollege Sylvester Scovel in einem Brief an seine Frau, Frances, Folgendes über Cora zu sagen:

«Stephen Crane ist hier, mit Mrs. Stewart. Ich hatte befürchtet, sie könnte einen schädlichen Einfluss auf ihn haben, tatsächlich aber ist bisher eher das Gegenteil der Fall. Er hat seitdem so gute Sachen geschrieben, dass seine und andere Verleger ihre Angebote für künftige Sachen erhöht haben.

Sie war mit ihm an der Front; geriet bei Velestino unter Beschuss und war die letzte Nichtkombatantin, die das Schlachtfeld verließ.

Aber wie soll das mit der armen Frau enden? Sie drängt ihn, aber selbst, wenn er wollte, er kann sie nicht heiraten, weil ihr Ehemann, Sir Donald Stewart, Sohn des britischen Oberbefehlshabers in Indien, sich nicht von ihr scheiden lassen will.

Stephen hat sich sehr gefreut, mich zu sehen, was auch umgekehrt gilt. Er ist ein ganzer Kerl. Die beiden haben mir das Boot weggeschnappt und sind vorgestern an die Front gefahren.

Ich weiß nicht, wann ich sie wiedersehe. Wenn Du hier wärst, könnte es peinlich werden mit den beiden zusammen. Lady Stewart hat Zugang zu den vornehmsten Leuten, womöglich sogar zur Königin. Was sagt das über die Griechen, angeblich das einzige moralische Volk in diesem Teil Europas?»

kann wie er, ohne selbst dabei gewesen zu sein, warum sollte er dann.»

Das alles änderte sich am 30. April, als Crane und Cora, begleitet von *Journal*-Chef Bass und Freund-Feind Davis – der für die Londoner *Times* berichtete –, um neun Uhr morgens den Dampfer von Athen nach Thessalien bestiegen, wo es neuerlich zu Kampfhandlungen gekommen war. Am Mittag des folgenden Tages stiegen sie in Chalkis auf einen anderen Dampfer um, und um sechs Uhr abends gingen sie in Stylis an Land. Von dort brachte sie eine Kutsche in weiteren sechs Stunden nach Lamia, wo sie trotz der mitternächtlichen Stunde noch einen Platz zum Schlafen fanden. In Coras Tagebuch heißt es kryptisch: «Auf Fußboden übernachtet unheimliches Hotel – Café – Soldaten.» Um sieben am nächsten Morgen nahmen sie die Kutsche nach Domokos, noch einmal zehn Stunden auf Straßen voller griechischer Zivilisten, die vor der anrückenden türkischen Armee flüchteten – es war das erste Mal, dass Crane solche Trecks zu Gesicht bekam, ein Anblick, der ihn die Auswirkungen von Krieg in ganz neuem Licht sehen ließ. Nach einem zweistündigen Zwischenstopp fuhr die Gruppe nach Pharsala, wo Cora – wie sie in ihrem unvollendeten Artikel berichtet – die Nacht allein verbrachte, auf dem Billardtisch eines verriegelten Cafés und unter dem Schutz des mitfühlenden Inhabers, der mit einem Gewehr an der Tür Wache hielt, um Soldaten am Eindringen zu hindern. Ausgestattet mit einem Schreiben des amerikanischen Gesandten in Griechenland, hoffte sie am nächsten Tag auf ein Interview mit dem Kronprinzen im Hauptquartier. Unterdessen wurden die anderen von Posten außerhalb des Orts nicht durchgelassen und beschlossen, sich aufzuteilen. Bass und Davis gingen nach Velestino, Crane und ein paar andere Korrespondenten ins nahegelegene Volo. Am nächsten Morgen, 3. Mai, wartete Cora im Hauptquartier, und als man ihr sagte, der Kronprinz habe sich wieder einmal zu einem seiner überraschenden Rückzüge entschlossen, machte sie sich auf den Weg zu Crane nach Volo, das er später als «ein schönes Dorf» beschrieb, «in Friedenszeiten ein Sommerurlaubsort für wohlhabende Griechen», aber jetzt war Krieg, und im Hafen unterhalb des Dorfs wimmelte es von englischen, italienischen und französischen Schlachtschiffen der verbündeten Großmächte. Die Kämpfe fanden in dem acht Kilometer entfernten Velestino statt, wo die türkische Armee es mit drei Angriffen an drei Tagen nicht geschafft hatte, die Griechen unter dem Kommando von Oberst Konstantinos Smolenskis zum Rückzug zu zwingen; am nächsten Tag, 4. Mai, gingen die Türken mit einem Großangriff aufs Ganze. Dies war die große Schlacht, auf die Crane es abgesehen hatte, die größte Schlacht des Kriegs, aber wie der Zufall es wollte, konnte er nicht hin. Er hatte sich die Ruhr zugezogen, diese gern verschwiegene Krankheit im Gefolge aller Kriege, und konnte sein Zimmer den ganzen Tag nicht verlassen. Coras Tagebuch: «Maus krank – 8 abends.»

Pech. Aber auch Glück, denn nachdem die Griechen die türkische Übermacht wieder einmal zurückgeschlagen hatten, machten beide Seiten sich für die nächste Schlacht am nächsten Tag bereit. Als Crane am Morgen des 5. Mai erwachte, war er so weit wiederhergestellt, dass er aus dem Bett klettern, aufrecht stehen und zum Schlachtfeld bei Velestino wanken konnte. Um Mittag kam er an, und als die anderen Korrespondenten ihn fragten, wo er tags zuvor gewesen sei, behauptete er, er habe Zahnschmerzen gehabt. Sodann schritt er, John Bass zufolge, «den steilen Hügel hinauf, wo die in Pulverdampf gehüllte griechische Gebirgsbatterie die schwarzen Linien der türkischen Infanterie auf der Ebene unterhalb unter Beschuss hielt». Crane hockte sich auf eine Munitionskiste und beobachtete, eine Zigarette rauchend, seine erste echte Schlacht.

Er konnte nicht anders. Er wusste, er befand sich an einem Ort, wo gemetzelt und Blut vergossen wurde, zugleich aber war dies der lang erwartete Augenblick der Wahrheit, und zu Beginn dieses für ihn ersten realen Kampfgeschehens war seine Begeisterung stärker als alles andere.

> Das Dröhnen der Musketen war ungeheuer. Aus der Ferne klang es wie das Reißen von Tuch, etwas näher heran wie Regen auf einem Blechdach, und ganz aus der Nähe war es nur ein einziges Krachen und Krachen. Ein schöner Schall – so schön, wie ich es mir immer erträumt hatte. Beeindruckender als das Tosen der Niagarafälle und zarter als Donner oder Lawinen. Es war das Schönste, was ich jemals gehört hatte, Symphonien eingeschlossen. Das Krachen war vollkommen.
>
> Das ist die eine Art, es zu betrachten. Anders dürften es die Männer aufgefasst haben, die dort starben.

Ein schöner Schall, sagt er, das schönste Geräusch der Welt, in Wirklichkeit aber spricht er von einem emotionalen Geräusch, so bewegend und so ungeheuer laut, dass es seinen ganzen Körper in Schwingung versetzt und ihn beinahe ertauben lässt, ein Dröhnen des Himmels, das mit der Kunde von letzten Dingen zur Erde niederdonnert, und wenn er es als schön empfindet, dann nur, weil er darin «das Wunder der menschlichen Tragödie» vernimmt. Krieg als reinster Ausdruck der dunklen inneren Mechanismen des menschlichen Lebens, extremes Beispiel dessen, was zu allen Zeiten für alles menschliche Leben gilt: dass das Leben Auge in Auge mit dem Tod gelebt wird – die Grundhaltung, die überall in Cranes besten Werken zu beobachten ist.

Die Begeisterung legt sich schnell. Nach dem jubelnden, befreienden Krachen der Geschütze kommt Crane auf die Erde zurück und betrachtet die Toten, grüßt die Toten, als bäte er um Verzeihung für seine überschwängliche Reaktion auf die Kanonen, die sie getötet haben, und für den Rest seines ersten Schlachtengemäldes als Kriegskorrespondent, «Stephen Crane at Velestino», beschränkt er sich auf eine detailgenaue Schilderung der Kampfhandlungen, beeindruckt davon, wie geschickt die griechischen Truppen den angreifenden Türken standhalten und sich als «gute Kämpfer, ausdauernde Kämpfer» erweisen, doch auch diese Schlacht endet mit einem unerklärlichen Rückzugsbefehl des Kronprinzen – einem Befehl, der den hervorragenden Kommandanten der Griechen sehr frustriert haben muss. «Es heißt, Smolenskis habe geweint», schreibt Crane im denkwürdigsten Satz seines Artikels.

Bass war an diesem Tag bei ihm, und in seinem eigenen *Journal*-Artikel, «How Novelist Crane Acts on the Battlefield» (23. Mai), folgt er Crane den Hügel hinauf, sieht ihn «mitten im Geschosshagel» auf der Munitionskiste hocken und, eine Zigarette rauchend, den Krieg beobachten. Crane, und anderes war nach seinem Verhalten beim Untergang der *Commodore* kaum zu erwarten, blieb die ganze Zeit über ruhig, und sosehr ihn der Lärm der Geschütze begeistert haben mag, nach außen hin war ihm davon nichts anzumerken.

> Stephen Crane schien nicht überrascht, sondern verfolgte mit gelassener Miene das flinke Tun der Artilleristen, die ihre kleine Kanone luden, abfeuerten und wieder ausrichteten, nachdem der Rückstoß sie umgeworfen hatte.
>
> Ich wollte wissen, was ihm durch den Kopf ging, und fragte:
>
> «Crane, was beeindruckt dich an dem Geschehen am meisten?»
>
> Der Verfasser von The Red Badge of Courage zündete sich die nächste Zigarette an, schob sich mit

seinem Hut die langen Haare aus den Augen und antwortete ruhig:

«Was mich beim Kampf zweier großartiger Armeen gegeneinander interessiert, ist die innere Einstellung der Männer. Die Griechen kann ich sehen und verstehen, aber die Türken kommen mir unwirklich vor. Sie sind Schatten auf der Ebene – undeutliche Gestalten in Schwarz, Anzeichen einer unerklärlichen Macht.»

Unterdessen hatte die griechische Armee den Rückzug angetreten.

Als das letzte Gebirgsgeschütz auf die Maultiere verladen worden war, ging Stephen Crane in aller Ruhe den Hügel hinunter. Die türkische Artillerie war näher gerückt, und mitten im Pfeifen der Kugeln und Krachen der Granaten blieb der Schriftsteller stehen, hob einen dicken watschelnden Welpen vom Boden auf und taufte ihn Velestino, den Journal-Hund.[85]

■ 85 Bass' Artikel zeigt, wie bekannt Crane mittlerweile war – ein junger Mann, so berühmt, dass sein Chef, also Bass, der Ansicht war, die Öffentlichkeit habe ein Interesse daran, zu lesen, was er über Cranes Verhalten während dessen erster Schlacht zu berichten habe. Cranes Ruf in Amerika war jedoch so, dass es für jeden, der ihn bewunderte, einen anderen gab, der das nicht tat, und die Angriffe gegen ihn, die mit seinem ersten Gedichtband begonnen hatten, waren im Lauf der Zeit immer heftiger geworden. Und als er jetzt aus Griechenland über den Krieg berichtete (und zwar ganz ausgezeichnet), konnten seine Gegner nicht widerstehen, wieder einmal über ihn herzufallen. Erstmals im *Lewiston Evening Journal* aus Maine veröffentlicht, dann von den Abrissexperten der *New York Tribune* nachgedruckt, mag folgendes «Gedicht» als Beispiel dienen: «Ich habe eine Schlacht gesehen. / Ich fand sie doch ganz ähnlich dem, was / Ich zuvor geschildert hatte. / Ich beglückwünsche mich selbst, dass / Ich mal eine Schlacht gesehn. / Ich freue mich am Klang des Kriegs. / Ich finde das schön. / Ich dachte es mir schon. / Ich habe ein feines Näschen für Krieg. / Ich sah keinen Kriegskorrespondenten außer mir. / Ich allein sah den Krieg, nur / Ich.» Die gnadenlose Gehässigkeit, die ihm in seinem Heimatland entgegenschlug, war einer der Gründe (es gab auch andere), warum Crane sich nach dem Krieg in England niederließ.

Unter schwerem Beschuss erwischten Crane und Cora den letzten Zug zurück nach Volo, wo er seinen Artikel schrieb, aber nach dem Rückzug bei Velestino sollte auch Volo bald fallen, und die Depesche schließt mit einer ahnungsvollen Gewissheit: «Ich schreibe aus Volo, und bevor Sie das drucken, werden die Türken hier sein.» Sie waren praktisch schon da, und noch am selben Tag (10. Mai) setzten Crane und Cora sich aus Volo ab und nahmen das Schiff nach Chalkis. Tags darauf berichtete er darüber in einer weiteren Depesche, einem leidenschaftlichen Artikel, in dem er zum ersten Mal auf die zivilen Opfer des Kriegs einging, erschienen im *Journal* unter der Überschrift «The Blue Badge of Cowardice».

«Der Feind zog also ab», schreibt er, «und die Türken rückten vor. Die Griechen wussten um die katastrophalen Folgen ihres Rückzugs. Sie wussten, der Feind würde Volo besetzen, und sie ahnten, der unverständliche Befehl des Sohns des Königs würde den Verlust weiterer Ortschaften nach sich ziehen.» Das schöne Städtchen Volo wurde evakuiert, und «alle verfügbaren Schiffe im Hafen wurden zum Transport der Flüchtlinge gebraucht ... Allein auf der *Hydra* waren fünfzehnhundert. Diese Menschen hatten äußerst schwer zu leiden. Viele von ihnen waren ursprünglich aus Larissa und anderen Orten im Norden vor den anrückenden Türken geflohen, in der Hoffnung, in Volo eine sichere Zuflucht zu finden. Jetzt müssen sie auch von dort wieder fliehen.»

Demoralisiert und entrüstet, schreibt der junge Mann, der den Krieg mit eigenen Augen hatte sehen wollen und vor kurzem noch das Donnern der Geschütze bei Velestino bejubelt hatte:

> Die Szenen auf den Transport- und Handelsschiffen lassen einen des Kriegs überdrüssig werden. Frauen und Kinder stapeln sich buchstäblich auf den Decks. Sie haben nichts zu essen und werden, wo immer es möglich ist, an Land gebracht.

> Ich fragte einen Offizier, wie sie den Leuten Nahrung verschaffen wollen. Er antwortete, sie könnten ihnen keine Nahrung verschaffen – daran sei nicht zu denken.
>
> Ich gelangte mit zahllosen anderen nach Oreos. Der Ort besteht aus sechs Häusern, die alle bereits überfüllt sind. Die Flüchtlinge, bepackt mit ihren Habseligkeiten, gingen an Land. Sie kampierten um große Feuer herum im Freien. Diese Bäuerinnen sind duldsam, sie leiden in eigenartigem Schweigen, während überall die Kinder schreien.
>
> Das ist Krieg – aber ein ganz anderes Bild als das an der Front.
>
> Die griechischen Marineoffiziere schworen mir mit Tränen in den Augen, die Türken würden für all dieses Elend bezahlen. Aber das werden die Türken vermutlich nicht; niemand zahlt für diese Folgen des Kriegs.
>
> Aus Volo sind mindestens achttausend Menschen geflohen. Angesichts ihrer Not beginnt man sich selbst dafür zu hassen, dass man gut zu essen und einen Platz zum Schlafen hat.

Die zwei Korrespondenten kamen vollkommen erschöpft nach Athen zurück, blieben aber nur kurz, um sich etwas auszuruhen. Die zeitliche Abfolge ist etwas unsicher, aber sehr wahrscheinlich hat Crane während dieses Zwischenstopps seinen ausführlichsten und gründlichsten Bericht über diesen Krieg geschrieben, «A Fragment of Velestino», mit dem er noch einmal auf die Schlacht zurückkommt und genauer auf zahlreiche Einzelheiten eingeht, die im ersten Bericht nur gestreift wurden. Im Gegensatz zu dem nur viereinhalb Seiten langen Artikel für Hearst erstreckt sich dieser über siebzehn Seiten und lässt sich als literarisches Werk lesen, als eine nach Tatsachen gestaltete Version von *The Red Badge of Courage*, die dem Roman in Ton und Methode ähnelt, sich aber insofern von ihm unterscheidet, als hier eine Geschichte ohne Handlung und ohne menschliche Protagonisten erzählt wird, denn in dieser Version ist die Hauptfigur der Krieg selbst, und statt zu versuchen, aus dem Krieg schlau zu werden und ihn zu einer kohärenten Erzählung zu formen, konfrontiert Crane uns mit einer Ansammlung von Fragmenten, einer Collage. Einige Bespiele:

> Hinter ihm der Lärm der Schlacht, das Tosen und Rumpeln einer gewaltigen Fabrik. Dies war das Produkt. Dies war das Produkt, nicht so vollendet wie manches andere, doch ausreichend, die Absicht der Maschine erkennen zu lassen. Dieser verwundete Soldat erklärte das ferne Grollen. Er stand dafür. Dies – dies und Schlimmeres – geschah. Es erklärte den Sinn dieses Krawalls. Sah man den Soldaten mit seinem furchtbaren Gesicht, bekam man neuen Respekt vor dem Krach.

> Die Hütten der Bauern, aus Feldsteinen errichtet, waren nicht zu und verriegelt, als hätten sie nie Türen haben sollen, und innen herrschte bloß dunkle Leere. Es war ein verlassenes Dorf. Man ging durch die Straßen und fragte sich, was für ein Leben es hier gegeben haben mochte und ob es jemals zurückkehren würde – falls es jemals zurückkehrte. Es ist menschlich, an eine Gemeinschaft zu denken, die einmal war, und hier war eine mit allem, was wichtig ist, Liebe, Hass, Freundschaft, mit ihren Spielen und ihrer Bosheit: die ganze wunderbare Vielfalt von Beziehungen und

Verhältnissen, plötzlich zerschlagen vom Schmiedehammer des Zufalls und zu nichts geworden – nichts als ein paar leeren Häusern. Der zufällige Besucher bemerkt ein Gartentor, das einer der Dörfler sorgsam repariert hatte, und des zufälligen Besuchers Gefühl von der Vergeblichkeit der Reparatur dieses Gartentors lässt ihn für einen Augenblick mehr vom Leben wissen, als er je zuvor gewusst hatte.

Wenn man will, kann man sich immer wieder die verlautbarten Gründe für den Krieg vorsagen, sie immer wieder laut aussprechen und versuchen, sie auf die Lage anzuwenden, doch Antworten geben sie keine in diesem unklaren Verhör. Und wieder fragt man sich, warum so viele Menschen so unglaubliche Mühen und Beschwernisse und Gefahren auf sich nehmen, nur um dies zu erreichen: ein paar Leben zu beenden, die so sind wie das eigene, manche ein wenig besser, manche ein wenig schlechter.

In den Gräben schrie ein Soldat auf und schlug sich die Hände vor die Augen, als sei er plötzlich erblindet. Er wälzte sich am Grund des Grabens zweimal um sich selbst. Ein Kamerad pfiff verwirrt durch die Zähne, griff in seine Tasche und zog ein Stück Brot und ein Taschentuch hervor. Anscheinend wollte er diesem Leichnam zu essen geben. Aber er nahm das Taschentuch, drückte es auf die Wunde und sah sich dann hilflos um. In der anderen Hand hielt er das Stück Brot, weil er es nicht in den Schmutz des Grabens legen konnte.

Hinten lag ein totes Pferd, gleich daneben blühte blutroter Mohn, wie durch ein Wunder nicht von den zahllosen Füßen zertrampelt. Und ständig ein Geräusch in der Luft, als ob eine leere Flasche auf einen zugeflogen käme.

Die Salven ratterten und knatterten von einem Ende des Hügels zum anderen. Manchmal schwoll das Prasseln einzelner Schüsse plötzlich zu einem schönen langgezogenen Krachen an, das etwas vom Sturz einer riesigen Kiefer inmitten ihrer Geschwister des Berghangs hatte. Oder vom Donnern eines monströsen Brechers an den Uferfelsen.

Der Hauptmann der Batterie ... schickte einen Mann nach hinten, einen zweiten Feldstecher holen. Der erste hatte eine Schusswunde erlitten. Der Mann missverstand den Befehl und kam mit einer Flasche Wein zurück.

Die Kugel traf ihn [den Leutnant] in den Hals – mitten in den Hals. Er fiel wie ein Blitz – als habe ihm jemand von hinten die Füße unter ihm weggetreten. Am Boden machten seine Arme eine langsame, steife und zitternde Bewegung, dann lag er still. Einen Augenblick lang waren seine Männer vollkommen durcheinander. Wie wenn bei Sturm auf See der Kapitän von der Brücke gespült wird. Zwei Dinge sind verloren – der Kapitän, und alles, was der Kapitän über das Manövrieren eines Schiffs im Sturm weiß.

> Die Türken kamen nicht wie eine Flut, und die Griechen waren kein Fels in der Brandung. Es war einfach ein hin und her wogender, erbitterter, wütender Kampf, auf dessen Ausgang man nicht wetten konnte und bei dem man nicht wusste, wohin man laufen sollte.
>
> Zwanzig Augenblicke Tumult vergingen, und dann waren keine Türken mehr vor uns, nur noch eine große Menge Toter, und keiner von ihnen lag nahe genug, dass man sehen konnte, ob er einen roten Fez trug. Da war keine erkennbare Körperhaltung, kein Gesichtsausdruck, nichts Menschliches – nur kleine dunkle Punkte auf grünem Gelände. Es war derselbe Eindruck wie immer – ein Kampf mit dem Unbestimmten, mit Phantomen.[86]

Zurück in Athen, fuhren Crane und Cora am 17. nach Domokos, diesmal auf dem Kurierboot der *World*, das ihnen von Scovel zur

■ 86 «A Fragment of Velestino» erschien als einer von Cranes «Briefen» für die *Westminster Gazette*, der erste davon jedoch erst am 3. Juli, lange nach Ende des Kriegs. Die Herausgeber erklärten in einer Vorbemerkung: «Mr. Stephen Cranes Briefe sind durch unglückliche Umstände mit beträchtlicher Verzögerung bei uns eingetroffen, gleichwohl scheint es uns gerechtfertigt, sie noch drei Wochen nach den darin geschilderten Ereignissen abzudrucken, da der literarische Wert dieser Eindrücke vom Schlachtfeld durch den zeitlichen Abstand um nichts gemindert wird.» Dieses literarische Urteil hat auch nach über einem Jahrhundert noch Bestand; die von der *Gazette* erwähnten Kommunikationsprobleme waren zu Kriegszeiten nichts Ungewöhnliches, ähnlich wie das Reisen mit endlosen Schwierigkeiten behaftet war. Crane schreibt in seinem einzigen unbeschwerten Bericht aus Griechenland («The Dogs of War», worin es um die Abenteuer des auf dem Schlachtfeld aufgelesenen Hundewelpen geht): «Unter normalen Umständen liegt Volo 300 000 Meilen von Athen entfernt. In Kriegszeiten sind es 300 000 Meilen zum Quadrat. Die Wege sind alle unpassierbar. Die Dampfer sind alle im Kriegseinsatz. Die Kutschen sind alle verschwunden. Pferde gibt es nicht. Reisen in Griechenland verlangt heutzutage mehr Kraftaufwand als ein drei Monate langer Wahlkampf.»

Verfügung gestellt worden war. Bei Domokos wurde eine weitere größere Schlacht erwartet, aber als sie dort eintrafen, hatte der Kronprinz wieder einmal in einer seiner selbstzerstörerischen Aktionen seine Truppen zurückgezogen und zu den Thermopylen geschickt. Die nächsten Tage waren so ziemlich die schlimmsten, die sie während dieses Krieges mitmachten; von den Ereignissen auf der Rückfahrt nach Athen berichtet Crane in seiner düstersten Depesche, die am 22. aus Athen nach New York gekabelt wurde (vierundzwanzig Stunden nach Verkündung des Waffenstillstands) und im *Journal* unter der Überschrift «Stephen Crane Tells of War Horrors» erschien. Der Artikel entstand an Bord eines Transportschiffs, der *St. Marina*, die am 18. Mai in Chalkis ablegte. Ein kurzer Artikel, gestopft voll mit Action. Von den Vorstellungen vom Krieg, denen Crane sich auf dem Weg nach Griechenland hingegeben haben mochte, war nichts mehr übrig.

> Wir transportieren die Verwundeten von Domokos. An Bord sind achthundert zerschossene Männer, auch einige Tote. Eigentlich zum Transport von Schafen gedacht, wurde der Dampfer von der Regierung als Lazarettschiff beschlagnahmt. Es ist kein schöner Ort für einen Gesunden, aber der Krieg treibt seinen Opfern jede Mäkeligkeit aus, und die Soldaten beklagten sich nicht. Das Schiff ist nicht groß genug für seine schaurige Fracht. Aber die Männer müssen verlegt werden, und so sind 800 blutende Männer in einem unerträglich heißen Loch zusammengepfercht, bei so wenig Licht, dass wir die Lebenden nicht von den Toten unterscheiden können …
>
> Nahe der Luke, durch die ich sie sehen kann, liegt einer, dem eine Kugel beide Wangen durchschlagen hat. Er schläft mit dem Kopf auf der Brust eines toten

> Kameraden. Er war zweifellos tagelang wach gewesen, bei Brot und Wasser marschiert, wurde schließlich bei Domokos verwundet und an Bord dieses Dampfers gebracht. Er ist zu erschöpft, als dass ihm seine Verletzung oder sein furchtbares Kopfkissen etwas ausmachen könnten. Über den Golf weht eine Brise, das Schiff schlingert und wirft die Verwundeten übereinander.

Neben seiner Fracht toter und verwundeter Soldaten nimmt das Schiff nun auch Frauen und Kinder auf, die vor den anrückenden Türken aus ihren Heimatdörfern fliehen. «Heute ist Mittwoch, glaube ich», schreibt Crane. «Wir sind in Stylidia.» Auch dort kommt es wie schon in Volo zu panischen Szenen. Er lässt mit dem Kurierboot des *Journal* die Vorräte aus dem dortigen Feldlazarett bergen, und

> während die Medikamente an Bord gebracht wurden, ging ich an Land, wo sich die letzten paar Frauen und Kinder auf dem Kai drängten.
>
> Die Straße durch die grüne Ebene war ein langer staubiger Strich, wo Smolenskis seine Leute abzog. Und die Leute blickten dorthin und dann zu den hohen Bergen hinter dem Dorf, von wo die Türken kamen. Alle Haushaltsgegenstände der Stadt waren auf der Pier gestapelt …
>
> Mit unserer Abfahrt wurde Stylidia so still wie eine Stadt der Toten. Ihre nächsten Bewohner werden türkische Soldaten sein. Der Dampfer und der Schoner brachten 183 Menschen in Sicherheit, dorthin, wo die Kriegsschiffe bei den Thermopylen vor Anker lagen. Die Frauen und die Kinder wurden durchnässt, als wir

> sie mit den kleinen Booten an Land brachten ... Unter den Flüchtlingen waren etwa dreißig Frauen mit Babys im Arm. Die armen Babys schrien, die Mütter stöhnten. Und viele junge Mädchen saßen stumm herum und begriffen nicht, was überhaupt los war.
>
> Die Flüchtlinge wirkten wie betäubt. Besonders die alten Frauen. Fortgerissen von dort, wo sie so lange gelebt hatten, saßen sie auf ihren Kleider- und Deckenbündeln und blickten mit roten Augen nach der Küste.

Nachdem das Boot noch einmal zum Lazarett übergesetzt und die Rot-Kreuz-Schwestern und die letzten Verwundeten abgeholt hat, richtet Crane den Schluss seiner Depesche auf einen einzelnen Soldaten:

> Das letzte Boot wollte schon ablegen, da kam ein Soldat und sagte etwas zu dem Dolmetscher, der ablehnend den Kopf schüttelte. Der Soldat wandte sich schweigend ab.
>
> Ihr Korrespondent an Bord des Dampfers fragte beiläufig den Dolmetscher, was der Soldat gesagt habe, und bekam zur Antwort, der Soldat habe gebeten, nach Chalkis gebracht zu werden, weil er krank sei. Der Dolmetscher meinte, dem Mann gehe es zu gut, um auf einem Schiff voller Verwundeter mitzufahren.
>
> Wir schickten an Land und fanden den Soldaten mit einiger Mühe. Er hatte Fieber, eine Kugel in die Wade abbekommen und aufgeschürfte Knie vom Knien in den Gräben. Wir setzten ihn auf unsere Liste der Verwundeten und fuhren nach Chalkis.

Atelierfoto von Crane als Kriegskorrespondent, Athen, Frühling 1897

(Mit freundlicher Genehmigung der University of Virginia, Fotorestaurierung: Spencer Ostrander)

Vorkommnisse dieser Art sind im Krieg häufiger als Ruhm und Heldentod, Flaggen, Fahnen, Geschrei und Sieg.

Er ist an die Grenze dessen gelangt, was er ertragen kann, und berichtet nur noch im Flüsterton, in nahezu unsichtbarer Prosa. Er hatte, bevor er Griechenland verließ, noch einige Artikel zu schreiben, und einen nach dem anderen schrieb er sie, aber weiter als bis

Cora als Kriegskorrespondentin «Imogene Carter», Athen, Frühling 1897

(Mit freundlicher Genehmigung der Syracuse University)

hierhin konnte seine Erkenntnis nicht gehen. Eine einzige, knapp zwei Monate währende Strapaze, war Cranes überstürzte Kriegsexpedition im Schlamm gelebter Wirklichkeit steckengeblieben, und was er am Ende daraus lernte, war nicht mehr als das, was er schon vorher gewusst hatte. Nur mit dem Unterschied – und es war ein großer Unterschied –, dass er es jetzt mit eigenen Augen gesehen hatte.

Während der kurzen Ruhepause in Athen zu Beginn dieses

Monats hatten er, Cora und Bass zusammen einen Fotografen aufgesucht und sich in der damals üblichen Aufmachung von Kriegskorrespondenten porträtieren lassen, Kleidung, die sie vermutlich ausgeliehen hatten, und als sie mit dem Dampfer von Chalkis nach Athen zurückkamen, waren die Abzüge fertig. Kein Bild zeigt Crane so verwegen und stattlich wie dieses. Leicht vorgebeugt sitzt er auf einem Haufen Ateliersteine, die Beine in hohen Stiefeln übereinandergeschlagen, einen breitkrempigen Hut auf dem Kopf, unter der Bluse mit hochgeschlagenem Kragen ist der Gürtel mit dem Pistolenhalfter zu sehen. Sein Blick ist fest, geradezu durchdringend, sein Schnurrbart kräftiger als auf früheren Fotos, und mit der Zigarette zwischen Daumen und Zeigefinger seiner Rechten macht er ganz den Eindruck eines Mannes, der sich ins Getümmel stürzen will. Cora sitzt auf demselben Steinhaufen in einer weiblichen Version desselben Kostüms, einen kleineren Hut auf dem Kopf, dazu trägt sie eine dunkle Bluse mit bauschigen Ärmeln, einen weiten Rock und zwei über der Brust gekreuzte Lederriemen, an denen eine Feldflasche und eine Handtasche hängen. Sie wirkt etwas mollig, aber fit, eindeutig in sich ruhend, und so, wie sie die Linke in die Hüfte stemmt, scheint sie durchaus zufrieden mit ihrer neuen Rolle als Kriegskorrespondentin. Am 22. Mai schenkte sie Crane einen Abzug mit der scherzhaften, plumpvertraulichen Widmung: «Für meinen alten Kumpel Stevie / mit den besten Wünschen / ‹Imogene Carter›.»

Irgendwann in der letzten Maiwoche reisten sie von Athen nach Paris. In ihrer Begleitung nicht nur Velestino, der *Journal*-Hund, sondern auch griechische Zwillinge namens Ptolemy, die sie als Dienstboten angeheuert hatten. In Paris blieben sie knapp zwei Wochen, mussten ein kleines Vermögen für die Schäden bezahlen, die der Hund in ihrem Hotelzimmer angerichtet hatte (er hatte, als man ihn abends einmal allein ließ, die Vorhänge und Teppiche angeknabbert), und statt dann in die Vereinigten Staaten zurückzukehren, überquerten sie den Ärmelkanal und lebten fortan als Mr. und Mrs. Stephen Crane in England.

7

Es gab zwingende Gründe, nicht nach Amerika zurückzugehen. Vor allem: Wo und wie und unter welchen Bedingungen hätten sie dort leben können? New York kam nicht in Frage, und da die ehemalige Inhaberin des Hotel de Dreme vor ihren Schulden in Jacksonville davongelaufen war, kam auch Florida nicht mehr in Betracht. Colonel Stewart hatte Cora schriftlich mitgeteilt, dass sein Bruder sich nicht erweichen lasse, in die Scheidung einzuwilligen, und damit stand fest, dass sie und Crane nicht heiraten konnten und ihnen folglich, selbst wenn sie sich nach Port Jervis hätten zurückziehen wollen (was nicht der Fall war), nicht einmal das möglich gewesen wäre. In einer kleinen Provinzstadt als unverheiratetes Paar unter einem Dach zu leben, das hätte Schande und Demütigung über Cranes Familie gebracht, und der ungeratene kleine Bruder hatte sie mit seinen New Yorker Scherereien bereits genug kompromittiert. In England hingegen herrschten weniger strenge Sitten, und man steckte seine Nase nicht in fremde Angelegenheiten. Ihr neuer Freund und Unterstützer Harold Frederic war dreizehn Jahre zuvor aus Amerika nach England gegangen, hatte dort geheiratet und vier Kinder gezeugt und führte nebenher einen zweiten Hausstand mit einer anderen Frau, von der er drei weitere Kinder hatte. Gemessen daran erschien der Plan, sich in der Öffentlichkeit als Mann und Frau auszugeben, geradezu harmlos.

Trotzdem gab es Komplikationen. Cora war mit einem Engländer verheiratet, sie hatte von 1889 bis 1893 im Londoner Stadthaus ihres Schwiegervaters gewohnt, und ihr Schwager gab ihr in seinem Brief über Stewarts Nein zur Scheidung den Rat, falls sie Crane heiraten wolle oder versuchen sollte, sich als Mrs. Crane auszugeben, «hüte Dein Geheimnis sorgfältig, denn ein sehr großer Kreis Deiner Freunde darf Dich nicht anders denn als Mrs. Stewart kennen». Sie würden sich also vorsehen müssen, andererseits hatte Cora gar nicht vor, sich weiter mit ihren alten Freunden abzugeben. Sie wollte neue Freunde finden mit dem Mann, den sie jetzt ihren Ehemann nannte, und so schwer es diesem Ehemann fiel, Amerika den Rücken zu kehren, es gab auch hoffnungsvolle Ausblicke, und nachdem er zum «meistgescholtenen Schriftsteller zwischen Atlantik und Pazifik» geworden war, würde ihm das Leben in England vielleicht ein wenig Erleichterung verschaffen. Sie überquerten den Ärmelkanal und bezogen ein Haus in Oxted (Surrey) – keine Übergangslösung, sondern ein radikaler Neuanfang, entsprach es genau ihren Vorstellungen, wie sie von nun an leben wollten. Die Cranes hatten sich fürs Exil entschieden.

Harold Frederic ebnete ihnen den Weg und half ihnen, sich in England einzuleben. Als ausgewanderter Amerikaner hatte er bereits hinter sich gebracht, was sie jetzt durchzumachen hatten, und er lotste sie nicht nur an den Ort, wo sie seiner Meinung nach leben sollten, sondern fand auch ein Haus für sie – nur zwölf Kilometer von dort, wo er selbst mit seiner Gefährtin, der gebürtigen Amerikanerin Kate Lyon, und ihren drei gemeinsamen unehelichen Kindern lebte. Frederic, ein großgewachsener Mann, polternd, offenherzig und gutmütig, war fünfzehn Jahre älter als Crane, und seit seinem ausführlichen Artikel über *The Red Badge of Courage* in der *New York Times* (worin er den Roman «außerordentlich» und «eins jener unsterblichen Werke» genannt hatte) war der Jüngere für ihn eingenommen und bereit, ihn als Freund zu betrachten. Nach ihrer ersten Begegnung in London festigte sich die Freundschaft, nicht zuletzt, weil sie entdeckten, dass sie aus ähnlichen Verhältnissen stammten und auf ähnlichen Wegen dort angekommen waren, wo sie sich jetzt befanden. Ein Kind des Mohawk Valley, war Frederic von streng methodistischen Eltern in Utica, New York, erzogen worden. Seine journalistische Laufbahn hatte er schon als Jugendlicher begonnen, später als Zeitungsredakteur in Utica und Albany gearbeitet, in England dann für die *Times*, und er hatte fünf Romane veröffentlicht. Der neueste, *The Damnation of Theron Ware*, eine düstere, realistische Geschichte über Niedergang und Fall eines Methodistenpriesters, hatte Platz fünf der amerikanischen Bestsellerliste von 1896 erreicht (drei Plätze über *Red Badge*). Der eine war lauter, größer und älter als der andere, aber beide waren Schriftsteller, die auch als Journalisten arbeiteten – und beide lebten mit Frauen in wilder Ehe –, und deswegen lotste Frederic Crane nach Surrey, nur fünfunddreißig Kilometer südlich von London, ein Rückzugsort für Leute, die sich nicht an die im viktorianischen England geltenden Regeln und Beschränkungen halten wollten. Zu den Bewohnern zählten Mitglieder der Fabian Society und etliche Schriftsteller, darunter Ford Hueffer (später Ford Madox Ford), der Kritiker Edward Garnett und seine Frau, die bekannte Übersetzerin Constance Garnett, und der schottisch-kanadische Romancier Robert Barr, die alle zu Freunden der Cranes wurden. Etwas weiter südlich, in Lamb House in Rye, lebte Henry James, und zwei Grafschaften weiter, in Essex, lebte Joseph Conrad. Auch sie wurden gute Freunde, James mit onkelhaftem Wohlwollen für seinen jungen Landsmann und Conrad als Cranes wichtigster und engster literarischer Verbündeter. Amerika war Millionen Meilen weit weg.

Mitte Juni bezogen die beiden das frisch angemietete Haus, einen faden Backsteinkasten mit dem bombastischen Namen Ravensbrook Villa, gelegen in einer feuchten Senke am Fuß eines Hügels – nicht gerade das Beste für einen Mann mit schwacher Lunge, aber ein ausgezeichneter Platz zum Schreiben, und in den zehn Monaten, die sie dort wohnten, fing Crane wieder Feuer. In einem Ausbruch ähnlich dem von 1894 verfasste er eine siebenundfünfzig Seiten starke Novelle und Erzählungen von zwölf, einundzwanzig und dreißig Seiten, die womöglich noch besser waren als alles, was er bis dahin geschrieben hatte – *The Monster*, «The Bride Comes to Yellow Sky», «Death and the Child» und «The Blue Hotel» –, und auch einige Brotarbeiten dieser Monate, Zeitungs- und Zeitschriftenartikel, können sich sehenlassen: «London Impressions», «Irish Notes» und «The Scotch Express», worin er Erkundungsreisen in die Landschaften seines neuen Lebens schildert, die ewig verregneten Inseln im Nordatlantik. Danach schrieb er solche Skizzen nicht mehr. Journalistisch betätigte er sich in seinen letzten drei Jahren im Wesentlichen nur noch als Kriegsberichterstatter aus Kuba während des Spanisch-Amerikanischen Kriegs, und was er auch an guten Storys noch in sich haben mochte, nichts davon erreichte mehr den Gipfel, den er in Ravensbrook erstiegen hatte. Also eine bemerkenswerte Periode, und das Bemerkenswerteste daran war, dass Crane seine Meisterwerke unter zunehmend widrigen Umständen schrieb.

Bald nach dem Einzug fertigte er eine Liste aller Erzählungen an, die er bisher geschrieben hatte, veröffentlichte und unveröffentlichte, mit genauen Angaben zu ihrem jeweiligen Umfang und zu den Orten, wo in Amerika er sie hinterlegt hatte. Dann bewertete er seine finanziellen Aussichten, rechnete durch, ob er und Cora genug zur Verfügung hatten, in England zu bleiben, und bat seinen Bruder Edmund in einem Brief, ihm die Manuskripte zweier seiner mexikanischen Geschichten zu schicken, «The Wise Men» und «The Five White Mice», die er in seinem Schreibtisch in Hartwood hatte liegen lassen. Als Rücksendeadresse nannte er das Londoner Büro von William Heinemann, und diese Geschäftsadresse seines Verlegers war alles, was er während der zehn Monate in Oxted seinen Brüdern über seinen Aufenthalt mitteilte. Auch Cora wird in seinen Briefen mit keinem Wort erwähnt.

Ende Juni begann er *The Monster.*

Unterdessen war von dem Geld, das Cora aus Jacksonville mitgenommen hatte, vermutlich nichts mehr übrig, und nach zwei Wochen in Paris darf man annehmen, dass Crane von den Erlösen seiner Kriegsreportagen praktisch nichts mehr geblieben war. Um ihre Ausgaben zu senken, brachten sie einen der Ptolemy-Brüder als Hilfskraft bei Edward R. Pease unter, dem Sekretär der Fabian Society, der mit seiner Familie im benachbarten Limpsfield lebte. Crane warb für Constantin Ptolemy als «Butler in Hemdsärmeln», und wenngleich Mrs. Pease dessen Butlerkünste nicht allzu günstig beurteilte, kam er bei ihren kleinen Söhnen bestens an. Die Cranes behielten den anderen Zwilling, Adoni, für Haushaltsarbeiten in Ravensbrook, doch schon bald fuhr Crane regelmäßig nach Limpsfield, um sich von Constantin rasieren zu lassen, einem erfahrenen Barbier, der ihm diesen Dienst auch schon in Griechenland geleistet hatte. Der ansonsten liebenswürdige Sekretär der Fabier missbilligte diese Rasursitzungen als aristokratische Anmaßung. Als ordentlicher Sozialist war er der Ansicht, rechtdenkende Männer sollten sich selbst rasieren.

Der junge Mann, der als Einundzwanzigjähriger im Kohlenkasten geschlafen hatte und als mittelloser Schriftsteller in durchlöcherten Schuhen durch New York gelaufen war, hatte jetzt einen Privatbarbier, einen Dienstboten, einen Hund, eine gemietete Villa und eine Frau, die ihn liebte und für den größten Literaten der englischsprechenden Welt hielt. Man fragt sich, was er selbst davon hielt und wie schwer oder leicht es ihm fiel, sich auf seine neuen Lebensumstände einzustellen – vorausgesetzt, er tat das überhaupt.

Allem äußeren Anschein nach scheint er mit seinem neuen Leben zufrieden gewesen zu sein, aber die *grande maladie* war eine unheilbare Krankheit, die er niemals ganz loswurde, und während er nun einige seiner besten Erzählungen schrieb, geriet er immer wieder ins Träumen, wollte auf und davon und über Kriege im Sudan, in Südafrika und Indien berichten oder, wie sein Freund Scovel, dem Ruf des Goldes folgen und sich am Klondike den Zehntausenden Goldsuchern anschließen, die in diesem kanadischen Tollhaus zugange waren. Nichts davon hat er verwirklicht, er blieb in England und schrieb seine Geschichten, ohne diese Träume jemals ganz aufgeben zu können.

Sie mussten sich einschränken, aber solange Crane verkäufliche Sachen in einem Tempo schrieb, dass sie davon leben konnten, würde es schon irgendwie gehen. Das Haus hatten sie jedoch nur unzureichend möbliert übernommen, folglich war noch einiges anzuschaffen, und da ihnen das Geld dafür fehlte, kauften sie alles, was sie brauchten, auf Kredit. Während die leeren Zimmer nach und nach weniger leer wurden, saß Crane am Tisch und schrieb, schleppte Adoni die Möbel, und Cora war, wie sie Scovel im Oktober berichtete, «Chefhausmädchen, Wirtschafterin usw., aber es gefällt mir, und wir sind glücklich – sehr glücklich». Sie konnte auch hervorragend kochen und backen, Besucher priesen ihre scharfen Südstaatenkekse und amerikanischen Doughnuts (von denen James gar nicht genug bekommen konnte), und die vielen neuen Freunde in der Nachbarschaft und Gäste aus London und dem Ausland ließen sich gern von ihr bewirten (Edmund Gosse fand sie «sehr lebhaft und liebenswürdig»), aber Essen und Wein für all diese Leute kostete natürlich ebenfalls Geld, und um wenigstens ein bisschen regelmäßiges Einkommen zu erzielen, beschlossen Crane und Cora, Imogene Carter als Mode-und-Klatsch-Kolumnistin für die Leserinnen der Sonntagsbeilagen amerikanischer Zeitungen wiederauferstehen zu lassen. Insgesamt verfassten sie zehn dieser «European Letters»-Kolumnen, von denen die meisten (dank Curtis Brown) in der *New York Press* erschienen; Cora schrieb über Mode, Crane über Gesellschaftliches, und auch wenn er selbst seine Beiträge als «grauenhaft» abtat und angeblich nur zwanzig Minuten dafür brauchte (angesichts der seitenlangen Texte mit Sicherheit stark untertrieben), finden sich einige entzückende Stellen in all dem Gewäsch über den Besuch des Königs von Siam in England oder Sarah Bernhardts Frisiertipps. Finanziell half ihnen die Sache aber auch nicht weiter, und wie so viele andere Projekte im Lauf der Jahrhunderte, die schnelle Armut versprechen, starb auch dieses eines natürlichen Todes.

Cranes erste Reportagen aus England waren die achtteiligen «London Impressions», die in drei Folgen in der britischen *Saturday Review* erschienen. Schrullig im Ton, bleiben sie schuldig, was ihr Titel verspricht, und statt dem Leser die erste Reaktion eines amerikanischen Reisenden auf die riesige, majestätische Stadt London zu vermitteln, beschränkt Crane seine Beobachtungen auf das, was er durchs Seitenfenster der Droschke sieht, mit der er in einer dunklen, nebligen Nacht den Bahnhof verlässt. Es ist dieselbe verengte Perspektive wie fünf Jahre zuvor in «The Broken-Down Van», und wieder, wie in so vielen anderen seiner in der Zwischenzeit geschriebenen Sachen, geht es ihm vor allem um den Blickwinkel, die Subjektivität der menschlichen Wahrnehmung in Anbetracht des fragmentierten Schauspiels der sogenannten objektiven Wirklichkeit. Vielleicht nicht gerade Einstein oder Niels Bohr, aber immerhin die Crane'sche Relativitätstheorie.

> Endlich rollte die Droschke aus der von Gaslampen erhellten Halle in eine ungeheuer weite Finsternis hinaus. Selbige wurde zu den schattenhaften Umrissen einer Straße, die einem Tunnel in einer ge-

> waltigen Höhle glich. Die hier und da blinzelnden Laternen schimmerten wie die Funzeln an den Helmen von Grubenarbeitern. Sie spendeten bestenfalls ein wenig Helligkeit, winzige bleiche Gasflämmchen, die in ihren heroischsten Phasen nur eins in diesem Tunnel erkennen ließen – die Richtung, in die er sich erstreckte. Auf alle Fälle hätte ich nicht ungern die Verzweiflung eines Scheinwerfers bemerkt, dem aufgetragen wäre, sich durch diesen Dunst zu bohren, in welchem ein jeder Mensch gewissermaßen in seiner eigenen kleinen Röhre steckte. Die war nicht so klein wie ein Schilderhäuschen und auch nicht so groß wie ein Zirkuszelt, aber sie hatten undurchsichtige Wände, und was sich außerhalb der Röhre abspielte, wusste niemand.

Da es so wenig zu sehen gibt, richtet er seine Aufmerksamkeit auf Geräusche und bemerkt, die Räder der Kutschen sind mit Gummi bezogen und erzeugen ein Surren, das an Fahrräder erinnert, und die Hufe der Pferde sind gepolstert und klappern daher nicht so wild, wie er erwartet hätte. Im Gegensatz zum ohrenbetäubenden Lärm von New York, wo anscheinend «jeder Bürger per Gesetz verpflichtet ist, sich mit einem Paar Becken und einer Trommel auszustatten», um so viel Krach wie möglich zu machen,

> bewegte sich dieses London mit dem Anstand und der Behutsamkeit eines Leichenbestatters. Es herrschte Stille, und doch herrschte keine Stille. Man vernahm ein leises Brummen, vielleicht ein Summen, wie es unvermeidlich ausgeht von zusammengedrängten Tausenden, und dennoch, bei genauerem Hinhören war es für mich nur Stille. Ich hatte meine Ohren auf

> den Klang von London angesetzt, das Geräusch, das fünf Millionen Menschen an einem Ort erzeugen. Ich hatte mir etwas Tiefes vorgestellt, etwas sehr Tiefes, den Bass einer mythischen Orgel; was mich betrifft, vernahm ich aber nur Stille.

Eine Stille, der bald eine Überraschung folgt. Das Droschkenpferd läuft in «scharfem Trab», doch als sie die Höhe eines Anstiegs erreichen und vor ihnen die verregnete Straße wie von Eis überzogen glitzert, befürchtet Crane, sie werden

> umstürzen. Bei einem Unfall dieser Art wird eine Hansom-Droschke ... zu einer Kanone, und wie ihr Insasse erfährt, genießt er für ein paar Shilling das Privileg, als Geschoss zu dienen. Ich berechnete schon den Bogen, den ich bei meinem Flug beschreiben würde, als das Pferd der Gefahr mit einem meisterlichen Einfall begegnete, auf den ich selbst nie gekommen wäre. Seelenruhig spannte es seine vier Beine zu einem Bündel harter Pflöcke und glitt sodann vergnügt und anmutig wie ein Schlitten die abschüssige Straße bis nach ganz nach unten. Dort angekommen, fiel es mit enormem Geschick in seinen Trab zurück und trappelte in den nächsten Tunnel hinein.

Crane denkt zuerst, das Droschkenpferd habe diesen Trick erfunden und sei als einziges Tier in London dazu imstande, doch als die Droschke

> an eine Stelle gelangte, wo sich mehrere abschüssige Straßen trafen und die flammende Fassade eines Varietétheaters meine Röhre kurzzeitig weitete, siehe,

> da erblickte ich zahlreiche Droschken, und als der Augenblick der Wahrheit kam, wurden die Pferde alle zu Schlittschuhläufern. In alle Richtungen glitten sie dahin. Wie auf einer Eislaufbahn. Ein großer Omnibus wurde von einer Hand unter einem Regenschirm auf dem Bürgersteig herbeigewinkt, und die würdevollen, in ihrem Lauf zum Halten aufgeforderten Pferde vergeudeten keine Zeit mit wilden, ungehörigen Sprüngen. Auch sie spannten ihre Beine an und glitten gemessen bis zum Stillstand aus.
>
> Nicht das Kunststück selbst, sondern das Wort dafür besaß zu diesem Zeitpunkt die Macht, Erinnerungen ans Schlittschuhlaufen auf mondbeschienenen Seen heraufzubeschwören, mit fröhlichem Lachen über dem Eis und einem großen roten Lagerfeuer zwischen den Tannen an Land.

«Eislaufbahn» erinnert ihn an einen anderen Ort und vergangene Zeiten, und auch wenn er (irgendwie) über London schreibt, denkt er in Wirklichkeit an Amerika und seine Kindheit in Port Jervis; man könnte auch sagen, er denkt an die Novelle, an der er zu dieser Zeit arbeitete, *The Monster*, die in einem phantasierten Port Jervis spielt, einem Ort, der immerzu in ihm weiterlebte und ihm nie aus dem Kopf ging, mochte er auch Millionen Meilen weit entfernt sein. New York City und Asbury Park spielten für sein Schreiben fortan keine Rolle mehr, ganz im Gegensatz zu der kleinen Stadt am Zusammenfluss von Delaware und Neversink River.

Man spürt, er hatte kein großes Interesse daran, über London zu schreiben, und doch ließ er diesem schwungvollen Anfang noch fünf weitere, ähnlich mäandernde und komische Teile folgen, und nachdem er gerade erst aus Griechenland gekommen war, wo er Männer im Kampf hatte sterben sehen und auf einem Transportschiff mit Dutzenden toten und sterbenden Soldaten unterwegs war, muss es ihm im verschlafenen, friedlichen England ein Trost gewesen sein, sich seine geliebten Pferde als Tanztruppe auf Schlittschuhen auszumalen – zumindest fürs Erste, und für die paar Extradollars, die ihm das einbrachte.

Der Tod klopfte bald genug wieder an, und als er die Nachricht erhielt, dass der zweieinhalb Jahre alte Sohn von Edmund gestorben war, lähmte ihn das so sehr, dass er kaum die Kraft aufbrachte, darauf zu antworten. «Ich habe nicht geschrieben», sagte er seinem Bruder in einem vom 22. Juli datierten Brief, «weil ein solcher Brief nahezu unmöglich zu schreiben ist. Ich weiß nicht, was ich Dir sagen soll. Das Übliche kommt mir nicht über die Zunge, und mir versagt die Stimme, auszudrücken, welche Empfindungen der Tod des tapferen kleinen Bill in mir auslöst. Ach, der gute Bill, und wie er meine Pfeifen rauchte!» Diesmal fehlten ihm die Worte. Natürlich meinte er es gut und begriff, wie sehr sein Bruder und seine Schwägerin leiden mussten, aber dass er so wenig sagt und «das Übliche» vermeidet, lässt den Brief schwach und unangemessen erscheinen – nicht direkt gefühllos, aber distanziert. Mag sein, dass Edmund seine Zurückhaltung verstand und nicht viel mehr Worte von ihm erwartet hatte. Oder er verzieh ihm – oder der Tod des Jungen hatte ihn so sehr getroffen, dass er gar nicht mitbekam, was sein Bruder geschrieben hatte.

Zehn Tage später starb Velestino, der *Journal*-Hund, an Staupe, und dazu hatte Crane deutlich mehr zu sagen, wie sein Brief vom 1. August an Scovel zeigt (siehe Seite 52), der dem Welpen in Griechenland ein Halsband gekauft hatte und bestimmt nachempfinden konnte, was sein Korrespondentenkollege bei dem Versuch, das Leben des Hundes zu retten, durchgemacht hatte.

Der eine Schmerz war zu groß für Worte; der andere Schmerz wurde unverzüglich in Worte gefasst. Man kann daraus keine

Schlüsse ziehen, aber nachdenken kann man darüber durchaus. «Mein lieber Harry: Alte Freunde schreiben sich nicht. Das ist fast ein Gesetz, aber heute Abend drängt es Cora und mich, mit Dir zu sprechen, weil Du der Einzige bist, der das verstehen wird. Eben ist Velestino gestorben – vor nicht mal zwei Stunden.» Und im PS: «Falls noch Fotos von ihm auf dem Boot vorhanden sind, schick sie uns.»

Dann, am 19. August, der Unfall.

Es war Harold Frederics Geburtstag, und die Cranes brachen mit einer Mietkutsche zu der von Kate Lyon ausgerichteten Party auf. Dummerweise war das Pferd, das die Kutsche zog, nicht richtig angeschirrt. Irgendwo auf der zwölf Kilometer langen Strecke nach Kenley ging das Pferd durch, das Geschirr löste sich, die Kutsche stürzte um, und Crane und Cora wurden schlimm zusammengestaucht, als sie mit der Kutsche kopfüber auf dem Boden aufschlugen. Er trug einen Nasenbeinbruch und eine Knieverletzung davon, sie blaue Flecken, Beulen und Schnittwunden – ein böser Sturz, an dessen Folgen die beiden noch wochenlang zu leiden hatten. In ihrem Oktoberbrief an Scovel, der mittlerweile aus Europa abgereist war, um für die *World* vom Goldrausch am Klondike zu berichten, schrieb Cora: «Wir sind bei einem Kutschenunfall im Aug. fast ums Leben gekommen ... Es war an Harolds Geburtstag, und wir wollten zu einer Party bei ihm zu Hause – Du kannst Dir vorstellen, wie wir mit Staub und Blut bedeckt ankamen. Die guten Leute dort nahmen uns auf, pflegten uns gesund und nahmen uns dann nach Irland mit, wo wir drei bezaubernde Wochen in der Wildnis verbrachten –»

So kamen die Cranes nach Irland auf Einladung von Frederic, der sich offen für die Autonomie Irlands aussprach und mit Charles Parnell befreundet war, was einige seiner betuchten Bewunderer veranlasst hatte, ihm ein großes Haus in dem Dorf Ahakista an der Dunmanus Bay zur Verfügung zu stellen. Die beiden Genesenden nahmen den weiten Weg dorthin auf sich, weil Crane wieder einmal einen Vertrag mit McClure unterschrieben hatte, diesmal für eine Reportage über die Fahrt mit dem Scotch Express von London nach Glasgow[87], und so führte sie die erste Etappe ihrer Irlandreise nach Schottland – mit dabei der Zeichner William L. Sonntag jr., der Cranes Artikel illustrieren sollte.

Kein Auftrag hätte langweiliger sein können als dieser, etwa so, als sollte man heutzutage eine Reportage über die öde Fahrt mit dem Amtrak Acela von Boston nach Washington machen. Und nicht nur in wenigen Absätzen, sondern umgerechnet auf zwölf eng bedruckten Buchseiten. Man fragt sich unwillkürlich: Wie kann man so viel über so wenig schreiben, ohne dass der Leser darüber einschläft? Wir beginnen die Lektüre also mit Argwohn, nehmen uns vor, nicht zu viel zu erwarten, dann aber, nach einigen einführenden Bemerkungen über die beeindruckende, ziemlich pompöse Architektur von Euston Station, die Ströme von Reisenden, die aus den Hansom-Droschken vor dem Bahnhof steigen, und das geschäftige Treiben der Gepäckträger, begreifen wir allmählich, dies ist das Vorspiel zu einem Dokumentarfilm über den komplizierten Akt, Hunderte Personen von einer Stadt in eine andere zu beför-

■ 87 «The Scotch Express», in: The Works of Stephen Crane, VIII, Seite 739–751. Zur näherungsweisen Datierung der Fahrt mit dem Scotch Express und Cranes und Coras Fahrtroute von England nach Irland stütze ich mich auf Stanley Wertheims zuverlässiges Buch: A Stephen Crane Encyclopedia; aber wie bei so vielem in Cranes Leben sind das genaue Datum und der Reiseverlauf nicht ganz sicher zu ermitteln. Am 9. September schreibt Crane aus Irland an seinen Bruder Edmund: «Nächste Woche fahre ich für McClure nach Schottland.» Irgendwann im Oktober heißt es in einem Brief an Reynolds: «Verträge habe ich nur zwei unterschrieben. Erstens für einen Artikel über eine Fahrt mit der Lokomotive von London nach Glasgow für die McClures. Zweitens für mein nächstes Buch.» In Anbetracht dieser drei möglichen Zeitpunkte lässt sich nicht feststellen, welcher der richtige ist. Letztlich ist jedoch das *Wann* nicht so wichtig wie das *Was*. Sicher ist Crane irgendwann im August, September oder Oktober 1897 mit dem Scotch Express von London nach Glasgow gefahren und hat darüber einen Artikel geschrieben, der im Januar 1899 in *McClure's Magazine* in Amerika und *Cassell's Magazine* in England erschienen ist.

dern. Es ist nicht die Geschichte der Fahrt eines Reisejournalisten nach Glasgow, sondern die Geschichte des Zugs, dieses berühmten Stahlmonstrums namens Scotch Express, und kein einziges Mal von Anfang bis Ende verwendet Crane das Wort *ich*. Wir sehen ihn auch nicht einsteigen oder auf dem Weg nach Schottland in seinem Abteil sitzen, unterwegs «von der Heimat des einen Akzents in die Heimat eines anderen Akzents ... von Sitten zu Sitten, von Bräuchen zu Bräuchen». Wie in den meisten seiner früheren New-York-Skizzen bleibt Crane unsichtbar. Und noch radikaler, unsichtbar sind hier auch alle anderen Passagiere. Der Zug ist der Protagonist, und die einzigen Menschen im Zug, die wir sehen, sind der Lokführer und der Heizer.

Crane gelingt es, sein ödes Vorhaben zu einer hinreißenden Betrachtung über das Zusammenwirken von Mensch und Maschine umzufunktionieren, und dank genauer Beobachtung und unermüdlicher Neugier wird die Fahrt nach Norden mit einer Durchschnittsgeschwindigkeit von 49,9 Meilen pro Stunde so packend wie die Reise zu einem anderen Planeten. Nicht nur, weil es so gut gemacht ist, sondern auch, weil es Crane gelingt, neben der phänomenologischen Exaktheit seiner Bemerkungen tiefschürfende Gedanken über die Würde des Menschen zu entwickeln.

Im Kern befasst sich «The Scotch Express» mit dem gewaltigen von Menschen erschaffenen Netzwerk, das für das reibungslose Funktionieren eines Eisenbahnsystems verantwortlich ist – im weiteren Sinne geht es um das Funktionieren jedweder menschlichen Unternehmung, an der große Mengen von Leuten beteiligt sind. Zweierlei muss gleichzeitig vorhanden sein: der Geist von Zusammenarbeit (Vertrauen auf andere) und der Geist von persönlicher Verantwortung (Selbstvertrauen). Das war die Lektion, die Crane in dem offenen Boot gelernt hatte, und jetzt geht er mit seinem Wissen einen Schritt weiter und wendet es auf die Arbeitsweise des Scotch Express an. Jeder hat teil daran, jeder hat eine

Aufgabe zu erledigen, von den Kutschern und Gepäckträgern am Bahnhof über den Wächter in blauer Uniform, der «zeremoniell» die Zugtüren schließt, bis zu den Arbeitern, die das Stellwerk für die Abfahrt bereitmachen.

> In dem hohen Stellwerkhaus stehen zahlreiche Hebel in dichten glänzenden Reihen. Das Ganze ähnelt sehr einer Orgel in einer großen Kirche, würden diese Reihen nummerierter und registrierter Schalthebel nicht für etwas deutlich Menschlicheres stehen, als eine Tastatur es tut. Es braucht vier Mann, dieses orgelähnliche Ding zu spielen, und die Musik hört niemals auf. Nacht und Tag, Tag und Nacht gehen diese vier Männer hin und her von diesem Hebel zu jenem Hebel, und unter ihren Händen singt diese Apparatur ihr endloses Lied von einer Welt in Betrieb, dem Heben und Senken von Signalen und dem tönenden Schnappen der Weichen.

Sobald die zinnoberrote Lokomotive an die Waggons dahinter gekoppelt ist, verlässt der Zug den Bahnhof, anfangs, solange der Dampfdruck steigt, langsam und stotternd, bald aber durchquert er bereits die Londoner Vorstädte, «ein Einerlei ... mit Sorgfalt errichteter Mauern aus Stein oder Ziegeln», meistert eine Steigung und dringt in die offene Landschaft vor, wo der Zug nun endlich beschleunigt und seine brausende Fahrt «durch Bilder roter Menschenhäuser auf grüner Erde» beginnt. Ein Echo von Blakes freundlichem grünen Land, mag sein, und bald «saust die zinnoberrote Lok ... dahin wie der Wind».

Wie es sich anfühlt, in einer Pferdekutsche zu fahren, weiß heute kaum noch jemand, aber Millionen Amerikaner reisen noch immer mit dem Zug, insbesondere an der dichtbesiedelten Ostküste, und die Eindrücke, die Crane auf seiner Fahrt nach Glasgow vor gut hundert Jahren beschreibt, sind auch uns im 21. Jahrhundert bestens vertraut. Zum Beispiel beim Durchfahren eines kleinen Bahnhofs, wo der Express nicht hält: «Es glich einem Triumphzug in erregendem Tempo. Vielleicht kam eine Kurve von unendlicher Anmut, ein jähes hohl aufplatzendes Geräusch beim Passieren eines Stellwerks dicht an der Strecke, und dann das tödliche Sausen entlang der Kante des Bahnsteigs.» Oder bei der Einfahrt in einen Tunnel: «Plötzlich wusste man, der Zug schoss auf ein schwarzes Maul in den Bergen zu. Weit und weiter gähnte es auf, und schon stürzte die Lok in ein von sämtlichen Dämonen des Windes und des Lärms bewohntes Loch. Das Tempo blieb gleich, und der Krach war so ungeheuer, als stünde man reglos im Zentrum einer riesigen schwarzen Kugel. Der röhrenförmige Bau, den der Verstand einem vorhielt, hatte keinerlei Bedeutung. Es war eine von Kreischen erfüllte schwarze Kugel.» Oder beim Überholen eines langsamen Zugs: «In der Ferne keuchte auf einem der vier Geleise ein Güterzug dampfend in den Norden von England. Einen solchen Zug zu überholen, war für die langbeinige Lok ein großartiges Kinderspiel, und als der fliegende Express an seinem schwächeren Bruder vorbeifuhr, hörte man dessen matte, unreife Schnaufer, sah den Heizer seinem glücklicheren Kollegen zuwinken, sah eine Reihe albern klappernder Flachwagen mit ihrer von Planen bedeckten Fracht, und der Zug entschwand nach hinten.»

Erregendes Tempo. Verantwortlich für diesen Wirbel ständig neuer Eindrücke ist das großartige Monstrum, und bei einer Durchschnittsgeschwindigkeit von achtzig Stundenkilometern wird es Augenblicke geben, in denen es neunzig oder gar hundert erreicht und in jener Welt ohne Autos und Flugzeuge zur rasenden Rakete wird. Dass ein solches Monstrum existiert, ist der Arbeit von Tausenden zu danken, und dass es sicher und pünktlich nach Glasgow kommt, hängt von dem Geschick ab, mit dem die Eisenbahngesellschaft ihr weit verstreutes, vielköpfiges Heer zum Einsatz bringt. Dennoch, am Ende läuft alles auf die Arbeit eines einzigen Mannes hinaus, das ganze Gewicht des Unternehmens liegt auf seinen Schultern. Wenn er seine Arbeit nicht richtig macht, ist alles andere bedeutungslos, und die Arbeit aller anderen ist vergebens.

Es dauert eine Weile, aber nach ein paar Seiten begreift der Leser, Crane befindet sich vorn auf der Lokomotive bei dem Mann, der sie fährt. Ungeachtet aller lebendigen Schilderungen der körperlichen und emotionalen Empfindungen bei der Fahrt mit dem Monstrum, es ist dieser Mann, der Cranes Gedanken beherrscht, und letztlich ist, neben dem Zug selbst, dieser namenlose Angestellte der London and North Western Railway das eigentliche Thema von «The Scotch Express».

> Der Lokführer verdient eine nähere Betrachtung. Er war ein einfacher stiller Mann in mittleren Jahren, bärtig und mit jenen Fältchen zwischen Augenwinkeln und Schläfen, wie freundliche und sanftmütige Männer sie stets haben, und er spähte unentwegt durch sein rundes Fenster nach vorn, während seine Hände ab und zu über seine Hebel glitten. Kaum einmal änderte er Körperhaltung oder Miene. Mit Sicherheit gibt es keinen Lokomotivführer, der nicht die Schönheit seines Tuns empfindet, aber dieses Gefühl liegt tief und bleibt zumeist unausgesprochen, ähnlich wie bei einem Mann, der viele Jahre mit einer guten und schönen Ehefrau erlebt hat. Die Miene des Lokführers ließ nichts anderes erkennen als die kühle Vernunft eines Mannes, dessen Denken ganz in seinem Handeln aufgeht. Sollten sich wilde Dramen darin abgespielt haben, war ihm davon nichts anzusehen. Er war so versunken in Träume von Geschwindigkeit

> und Signalen und Dampf, dass man sich fragte, ob das Wunder seines stürmischen Schützlings und dessen Dahingleiten über England ihn überhaupt berührte, ihn, den gelassenen Reiter eines Feuerwesens.
>
> Der Lokomotivführer ist, und das sollte allgemein bekannt sein, in aller Welt das Feinste, was die Menschheit hervorgebracht hat. Er ist die Krönung der Erde. Er ist alles in allem mehr wert als der Soldat und besser als die Männer, die sich auf Schiffen über die Meere bewegen. Er wird nicht übermäßig bezahlt, und sein Ruhm beschwert ihm nicht die Stirn, aber was die Arbeit anbetrifft, die dieser maßvolle, aufrichtige und klardenkende Mann mit äußerster Sorgfalt verrichtet, macht ihm niemand etwas vor. Dieser einsame Mensch an seinem Platz im Führerhaus, Herr über Geld, Leben und die Ehre der Bahn, er bietet wahrlich einen schönen Anblick. Reine Ästhetik.

Crane bietet uns hier nichts weniger als die Beschreibung eines exemplarischen Lebens. Seine Bewunderung für den britischen Eisenbahnmann ähnelt den Gefühlen, die er für Billy Higgins und Edward Murphy von der *Commodore* bekundete, und erklärt, warum er als Kriegsreporter in Griechenland darauf verzichtete, den König oder den Kronprinzen zu interviewen, und stattdessen einen Artikel über seine Unterhaltungen mit sechs gemeinen Fußsoldaten schrieb. Mach deinen Job ohne großes Getue, zieh den Kopf ein und mach weiter, weil du weitermachen musst, denk daran, dass du für dich selbst und für andere verantwortlich bist, auch wenn die anderen keine Ahnung haben, wer du bist – und weiche niemals zurück. Für Crane war dies der Weg zur Ehre, und mit zunehmender Reife hatte er zu einem persönlichen Credo gefunden, wie ein achtbares Leben gelebt werden sollte. «The Open Boat» war der erste Schritt; dies war der zweite.

«The Scotch Express», ein Zeitschriftenartikel über eine Zugfahrt von London nach Glasgow, ist nur eine von vielen Brotarbeiten im siebenhundertundfünfzig Seiten umfassenden 8. Band von Cranes Gesammelten Werken, in dem alle seine Skizzen und alles, was nicht Kriegsreportage ist, versammelt sind. Das Stück ist kaum bekannt und nur in wenigen Anthologien zu finden, dabei ist es, ganz abgesehen von seinem literarischen Wert, zentral für die Entwicklung von Cranes Spätwerk, diese letzte hektische Wegstrecke, auf der seine Beschäftigung mit der Welt ihm immer tiefere Einblicke in den Menschen gewährte und sein Optimismus, aber auch sein Pessimismus stetig zunahmen. Mit *Spätwerk* beziehe ich mich natürlich nicht auf Uhrzeit oder Kalender, sondern auf alles, was er nach seinem fünfundzwanzigsten Geburtstag schrieb.

In Glasgow bestiegen Crane und Cora den River-Clyde-Dampfer nach Queenstown, das heutige Cobh, und fuhren von dort in ihren Irlandurlaub bei den Frederics. Nach allem, was man weiß, verbrachten die zwei Paare eine wunderbare Zeit in dem großen Haus, die schmerzhaften Folgen des Kutschenunfalls rückten allmählich in den Hintergrund, Kraft und Lebensgeister kehrten zurück, während die Erde sich einundzwanzigmal um ihre Achse drehte. Am 9. September war Crane mit *The Monster* fertig, und in der verbleibenden Zeit erkundete er die Städte und Küstendörfer an der Südspitze Irlands, hielt Augen und Ohren offen auf der Suche nach Stoff für weitere Artikel, die seinen Lebensunterhalt sichern konnten.

Die «Irish Notes», das sind fünf kurze, zugespitzte, kraftvoll und selbstbewusst geschriebene Skizzen von insgesamt nur sechzehn Seiten. Unzählige Einwohner New Yorks, die in den letzten fünfzig Jahren in die Stadt gekommen waren, stammten von dieser kleinen Insel, und Crane war offenbar viel daran gelegen, die ursprüngliche Heimat dieser Leute kennenzulernen; nie hat er mit größerem Eifer neue Orte und Gegenden erkundet, weder Hot Springs noch Galveston noch Mexiko. Mittlerweile hatte er sich in England ein wenig eingelebt, in dem Empire, das seit vierhundert Jahren über Irland herrschte, und da er jeder Macht misstraute und instinktiv Partei für die Schwächeren ergriff, war er für die Iren bereits eingenommen, bevor er seinen Fuß auf irischen Boden setzte. Eine verwirrende Haltung für jemanden, der die nach New York verpflanzten Iren in seinen frühen Texten regelmäßig als einen Haufen streitsüchtiger Säufer dargestellt hatte, aber wie es aussieht, wurde der junge Mann im Alter doch noch klug.

Die erste dieser Skizzen, «Queenstown», ist nicht nur zugespitzt, sondern auch voller Humor. Crane verlässt bei strömendem Regen das Boot, und

> Cork weinte wie eine Witwe. Der Regen hätte jeden Überzieher durchdrungen, Schilderhäuschen ausgenommen. Die Passagiere sahen aus wie Probestücke einer neuen Sorte Schwamm, als sie ihrer düsteren Wege gingen. Vom Kai zum Bahnhof und von dort zum Hotel in Queenstown säumten Männer den Pfad des Reisenden, die nicht ausschließlich leere Phrasen gelernt hatten; Kutscher, Gepäckträger und Wächter, die sich über Vorschriften hinwegsetzen und einen Scherz, ein Gedicht oder gar eine persönliche Eigenart verstehen konnten. Der Unterschied zu England bestand hier nicht in Form oder Farbe des Terrains. Es war der Glanz in den Augen der Männer.

Dies ist sein erster Vergleich zwischen Iren und Engländern: der Gegensatz zwischen der Flexibilität im Denken und Fühlen, die er bei den einen wahrnimmt, und der tristen, überkorrekten Sturheit, die die anderen an den Tag legen, worauf er am Ende des Artikels noch einmal zurückkommt. Dort äußert er seine Bewunderung für die «unumwundene, direkte, zupackende Art zu reden» des Iren und stellt ihn sich als einen Mann vor, der «vierzig Schachpartien gleichzeitig spielen und bei allen gut abschneiden würde», mit der Pointe zum Schluss:

> Endlich gab der Regen den Blick auf die Bucht frei, und aus der Höhe sah man auf das breite Deck der *Howe* hinunter. Vor dem schiefergrauen Wasser leuchtete das weiße Banner der englischen Marine, Sinnbild eines Mannes, der nur eine Partie auf einmal spielen kann.

Im nächsten Artikel, «Ballydehop» (ein kleines Dorf an der Roaringwater Bay), kommt er noch einmal, diesmal aber nicht im scherzenden Ton, auf das Thema zurück; hier erinnert er an die uralten Feindschaften, die Eroberer und Eroberte seit mehr als einem Dutzend Generationen in einem Zustand verstockter Animosität gegeneinander verharren lassen.

> Alle, die hier leben, sind vollkommen arm. Ein durchschnittlicher englischer Ladeninhaber mit seinem kolossalen Respekt vor der einen Schicht, seiner reflexartigen Verachtung der anderen Schicht und seiner Götzenverehrung könnte sich hier als reicher Handelsherr aufspielen und die Leute auf alle mögliche Art und Weise tyrannisieren, solange jedenfalls, bis sie zu dem Mittel greifen, das ihnen stets zur Hand ist, der Fähigkeit, ihm mit ihrem scharfen Witz, der für ihn eine Fremdsprache ist, die Haut in Strei-

> fen zu schneiden. Denn der Ire mit all seinen Fehlern und Tugenden und Schwächen, seinen ungeheuren Schwächen, weiß diese feine Klinge gegen jedermann zu führen, gegen seine Feinde, seine Freunde und gegen sich selbst, diesen ererbten Dolch durch scharfes Hinsehen geschärfter Rede – ein Erbstück, das die Welt aus den Angeln heben könnte. Und die Königlich Irische Gendarmerie fischte Forellen in den benachbarten Bächen.

Diese Königlich Irische Gendarmerie ist Thema des nächsten Artikels, und um das klarzustellen, Crane bezieht sich nicht auf irische Polizisten, sondern auf die in Irland stationierten britischen Soldaten, die in den sogenannten Unruhebezirken nach Anzeichen für politische Spannungen Ausschau halten, während sie ihren Aufgaben als Gesetzeshüter nachgehen. «Man kann Irland nicht offen ins Angesicht schauen, ohne Scharen von Constables zu erblicken», schreibt Crane, und die Garnisonen sind überall, selbst in so winzigen Dörfern wie Ballydehop, besetzt mit vier bis zehn Mann für Orte mit zwei- oder dreihundert Einwohnern: Crane spricht zu Recht von «absoluter militärischer Besatzung». Dennoch kann er sich eines gewissen Mitgefühls für diese jungen Männer nicht erwehren, die von den Dörflern so gründlich gemieden werden, dass sie praktisch ein so einsames Leben führen wie Leuchtturmwächter «auf einem rauen Landzipfel in einer abgelegenen See». Nicht einmal die kleine Höflichkeit eines Nickens oder ein gemurmeltes Hallo wird ihnen zuteil, und wenn niemand sich herablässt, einen anzusehen, wird man unsichtbar. «Überall im Süden Irlands sieht man die Bauern herausfordernd den Blick abwenden, wenn so ein Constable sich nähert. Es wirkte wie eine Selbstverständlichkeit … eine streng gezogene Linie, fest und hoch wie ein Zaun.» Und der Himmel stehe der jungen Frau bei, die man beim Flirt mit einem dieser Engländer erwischt – ausgestoßen wird sie oder gezüchtigt –, und um die Langeweile ihres einsamen Daseins zu verkürzen, gehen die Constables Forellen fischen.

Danach lässt Crane die Briten fallen. Allmählich hat er sich eingelebt, und je intensiver er am irischen Leben teilnimmt, desto mehr nimmt er davon wahr – desto tiefer dringt sein Blick – und kostet die Widersprüche dieses Lebens aus, denn Irland hat eins mit Crane gemeinsam, ein ständiges Hin und Her zwischen Schwermut und Munterkeit, und davon schreibt er im vierten Artikel, «A Fishing Village». Dieses hauchzarte Prosastückchen spielt an einem wichtigen Tag im Leben des Dorfs – am Tag «des ersten ordentlichen Fangs im Jahr» – und beginnt mit «einem kleinen runzligen Mann, er hockt trübselig am Ende des Kais und wirft vergeblich die Angel aus». Das ist Mickey, ein desillusionierter alter Mann und Überbleibsel einer vergessenen Welt, und als ein junger Mann in blauer Jacke in seinem Dingi zu ihm hinrudert, «drei runde, randvoll mit Makrelen gefüllte Körbe in seinem Boot», mustert Mickey den Fang, schüttelt traurig den Kopf und sagt: «Also nein, Denny. Das ist aber kein sehr guter Fang.» Der junge Mann schnaubt zurück: «Das ist der beste Fang des Jahres, Mickey. Sag doch selbst.»

Die Unterhaltung dümpelt vor sich hin, Mickey bejammert die guten alten Zeiten, als es reichlich Fische gab, «jede Menge in diesen Gewässern», aber jetzt nicht mehr, sagt er, jetzt nicht mehr, «alle weg!», während der junge Denny seine Körbe «fünf viel zu kleinen, aber munteren Jungen hochstellt, die sie zu einem wartenden Eselskarren bringen sollen».

Nach einem Absatz, in dem er über die unterschiedlichen Charaktere von Denny und Mickey nachdenkt, richtet Crane seine Aufmerksamkeit auf den Eselskarren, wo es zu einer außerordentlichen Szene kommt, als das ganze Dorf sich daran beteiligt, die Fische für den Markt vorzubereiten, ein kollektives, bestens organisiertes Wirtschaften ähnlich dem der Eisenbahngesellschaft in «The Scotch Express», nur intimer und in kleinerem Maßstab, und was der neue Crane, der Mann, der in den dreißig Stunden im offenen Boot wiedergeboren wurde – «die beste Erfahrung seines Lebens» –, in diesem kleinen irischen Dorf an diesem Tag Mitte September 1897 zu sehen bekam und dann zu Papier brachte, ist ein Bild vom Paradies auf Erden, so stark wie nirgends sonst in allen seinen Werken.

> Der Esel mit seiner Karrenladung glänzender Fische, begleitet von den jauchzenden und lachenden Jungen, galoppierte den Kai entlang und eine Dorfstraße hinan, bis er an dem kieseligen Bachufer haltmachte, an der Stelle, wo das Wasser sich verfärbte. Hier waren zwanzig Leute beiderlei Geschlechts dabei, die Fische für den Markt herzurichten. Zuerst wurden die Makrelen, schön wie glänzend geschliffene Tabletts, auf einen langen Tisch gebracht, um den herum viele Frauen mit genügend Spielraum für ihre Ellenbogen standen und werkelten. Jede konnte einen Fisch mit zwei Bewegungen des Messers ausnehmen. Sodann spülten die Wäscher, Männer, die an Trögen mit durchfließendem Bachwasser standen, die Fische ab, bis das ausströmende Wasser eine unheimliche Farbe annahm, die den Bach aus einem fröhlichen Ding des Ginsters und der Heide in eine böse, dräuend rote Flut verwandelte. Nach dem Waschen wurden die Fische zu einer Schar Mädchen gebracht, die sie mit Messern so aufschlitzten, dass sie flach aufgeklappt werden konnten, wie man es vom Frühstückstisch her kennt. Und nach den Mädchen kamen die Männer und Jungen dran und rieben jeden Fisch gründlich mit einigen Handvoll groben Salzes ein, das weißer war

als Schnee und im Tageslicht funkelte und glitzerte wie unzählige kleine Diamanten. Zuletzt waren die Packer an der Reihe, geübt in der Kunst, weder zu wenige noch zu viele Makrelen in das Fass zu legen und jede Schicht mit reichlich Salz zu bestreuen. Scharen von Mädchen und Jungen trugen die Fische von einer Station zur nächsten und legten sie den wichtigeren Arbeitern in handlichen Stapeln griffbereit hin.

Ein mächtiger Baum schirmte mit seinen Ästen den Platz. Sein Laub warf einen Schatten, der etwas Religiöses hatte, als sei der Ort eine der Arbeit geweihte Kapelle.

Unterdessen sitzt der alte Griesgram Mickey immer noch am Ende des Kais und hält so vergeblich wie zuvor seine Angel ins Wasser. «Immer nur Pech», brummt er vor sich hin, und als es dunkel wird und ihm die Rheumaschmerzen in die Knochen kriechen, steht er auf und holt seine Angelschnur ein. «Die Wellen schlugen an die Steine. Er entschwand ins unermessliche Dunkel der Dorfstraßen.»

Crane folgt ihm in diese Straßen und beendet seine fünfteiligen «Irish Notes» mit «An Old Man Goes Wooing», einer kleinen Geschichte, in der Mickey, den es nach einer Flasche Stout gelüstet, einen Pub betritt, wo eine Versammlung lärmender Schweinehändler gerade von einer stämmigen, respekteinflößenden jungen Frau namens Nora das Essen serviert bekommt. Mickey wartet beklommen, während sie den krakeelenden Schweinemännern gewaltige Fleischplatten auftischt, und als er endlich ihre Aufmerksamkeit erlangt und seinen Wunsch äußert, will sie ihm nichts geben, weil sie bezweifelt, dass er die Flasche bezahlen kann, und erst nachdem er zwei Kupfermünzen aus seiner Tasche fischt und ihr hinhält, gibt sie ihm, «verblüfft», sein Stout. Er schlurft zu einem Tisch, trinkt sein braunes, schaumiges Getränk, dann sinkt er vornüber und schläft ein. Zeit vergeht. Als Nora einmal hinter dem Tresen aufblickt und ihn schlafen sieht, stapft sie zu ihm hin, zerrt ihn vom Stuhl, schleift ihn über den Boden zur Tür und stößt ihn in die Nacht hinaus.

Crane ist Mickey. Crane ist das Dorf. Oder aber er ist weder der eine noch das andere, steht zwischen den beiden und blickt gleichzeitig in beide Richtungen.

Am 12. September, mitten in dieser schönen und ertragreichen Zeit an der Küste Irlands, schrieb Crane seinen letzten Brief an Amy Leslie. Im April hatte er ihr aus Athen zweimal Geld geschickt – hundert Dollar am 18., fünfundzwanzig Pfund (umgerechnet hundertfünfundzwanzig Dollar) über Hawkins am 27. –, das aber in beiden Fällen nicht bei ihr ankam. Der erste Brief ging verloren, weil Amy umgezogen war, ohne ihm das mitzuteilen, und er das Geld an die alte Adresse geschickt hatte, und der zweite Brief traf in New York ein, etwa einen Monat nachdem der Rest der ursprünglichen fünfhundert Dollar ausgezahlt worden war (wobei Hawkins fünf Dollar draufzahlte) – weshalb Hawkins, der damit sein Versprechen gegenüber seinem Freund erfüllt hatte und sich von allen weiteren Pflichten entbunden sah, das Geld an Crane zurückschickte. Crane schien von Hawkins' Entscheidung nichts zu wissen, und ganz sicher nichts von den verschwundenen hundert Dollar. Die erwähnte er nämlich in seinem Brief an Amy aus Irland, hauptsächlich aber schrieb er ihr, um mögliche Gerüchte zu zerstreuen, er sei mit einer anderen Frau zusammen. Irgendwie muss sie von Cora Wind bekommen haben, und wenn auch ihr Brief nicht erhalten ist, lässt sich doch seinem Brief entnehmen, dass sie ihm davon berichtet hat, und genau wie sie ihn in der Vergangenheit viele Male belogen hatte, log nun er ihr etwas vor. Nicht dass er irgendein Interesse daran hatte, seine Affäre mit ihr wiederzubeleben. Was ihn betraf, war damit ein für alle Mal Schluss, aber aus Furcht vor dem Skandal, den sie machen würde, wenn er ihr die Wahrheit sagte, nahm er den Weg des geringsten Widerstands und log.

Meine liebe Amy: Es tut mir leid, dass Du mir so einen Brief schreiben musstest, denn ich werde immer bereit sein und alles in der Welt tun, Dir zu helfen und dafür zu sorgen, dass Du nicht zu leiden hast. Ich wollte Dich niemals schlecht behandeln, und wenn es Dir so vorkam, als hätte ich das getan, dann war es eher Schicksal oder Zufall, jedenfalls war es nicht meine Absicht. Du sagst nichts von den 100 Dollar, die ich Dir aus Griechenland geschickt habe ... Hast Du die bekommen? Sag mir über Heineman Bescheid. Ich bin hier im Süden Irlands und erhole mich von einem Kutschenunfall. Es wird eine Weile dauern, bis ich wieder ganz gesund bin. Ich musste die Arbeit liegenlassen und mir Geld borgen, um hierher zu kommen. In London bin ich gut vorangekommen und hätte Dir längst mehr Geld geschickt, wenn dieser Unfall nicht gewesen wäre. Sobald ich kann, schicke ich Dir etwas, wenn auch immer nur kleine Beträge.

Du bist doch klug genug, also glaube nicht denen, die Lügen über mich verbreiten. Du weißt ganz genau, was für einer ich bin. Sobald ich nach Hause komme, will ich wissen, wer Dir das erzählt hat.

Sei guten Mutes, Amy. Vertrau mir, und alles wird gut. Geh zu Willis und sag ihm immer, wo Du wohnst. Wenn Du mir schreibst, dass er noch in der Stadt ist und dass Du diese hundert bekommen hast, werde ich mehr für Dich auftreiben. Denke nicht zu schlecht von mir, Liebes. Warte, habe Geduld, und verlass Dich auf mich. Glaube kein Wort, das Du über mich hörst, und zweifle nie an meiner Treue und Aufrichtigkeit.

Immer Dein

C.

Er konnte nicht ahnen, wie sehr ihm dieser Brief schaden würde, die Kette von Reaktionen und Gegenreaktionen, die seine arglose Erwähnung der hundert Dollar auslöste – das Einzige, was in diesem Brief ehrlich war. Amy, die irgendwelche dunklen Machenschaften witterte, fragte Hawkins nach dem ausbleibenden Scheck, und als er nicht auf ihren Brief antwortete, zog sie voreilig den falschen Schluss, er habe das für sie bestimmte Geld unterschlagen, und engagierte den Anwalt George B. Mabon, der sogleich seine Beziehungen spielenließ und die Lawine juristischer Verwicklungen, öffentlicher Demütigungen und gesperrter Tantiemenauszahlungen lostrat, mit der Crane sich bis Februar des nächsten Jahres herumschlagen musste.

Fürs Erste jedoch wusste Crane nur, dass er seiner ehemaligen Geliebten einen hinhaltenden und größtenteils verlogenen Brief geschrieben hatte, gewiss nicht das schlimmste Verbrechen, das jemals irgendwer begangen hatte, um sich von einer abgelegten Liebschaft zu befreien. Nur drei Tage zuvor hatte er *The Monster* abgeschlossen, eine seiner dunkelsten, bittersten Erzählungen, und ebenfalls in diesem September hatte er seine erfolgreichste komische Geschichte beendet, «The Bride Comes to Yellow Sky», eine muntere Farce, ein Showdown, bei dem Vergangenheit und Gegenwart im Staub eines mythischen texanischen Kaffs gegeneinander antreten. Die Geschichten sind so verschieden, dass man kaum glauben kann, dass sie aus derselben Feder stammen – erst bei genauerem Hinsehen wird allmählich klar, dass Dunkelheit und Helligkeit aus ein und derselben Quelle kommen und beide Geschichten dieselbe fundamentale Frage stellen: Wo sind wir?

8

The Monster.

Die Novelle spielt in Whilomville. *Whilom*, ein altes, außer Gebrauch geratenes Wort, bedeutet *weiland, früher, von alters her, es war einmal*. In Spensers *Faerie Queene* und anderen englischen Gedichten aus früheren Jahrhunderten kommt es häufig vor, aber auch Cranes Familie kannte es von «The Whilom Drum Corps», einer kleinen Marschkapelle, mit der Stephens Großvater mütterlicherseits und dessen vier Brüder über zwanzig Jahre lang, bis in Cranes frühe Kindheit hinein, regelmäßig auftraten. Einen wesentlichen Teil dieser Kindheit verbrachte er in Port Jervis, das in *The Monster* Whilomville heißt, und eine der Hauptfiguren in der Novelle ist ein kleiner Junge, nicht älter als Crane zu der Zeit, als er dort hinzog, Jimmie Trescott, der Sohn von Dr. Trescott, dem Arbeitgeber von Henry Johnson, dem schwarzen Stallknecht, der Jimmie aus dem brennenden Haus der Trescotts rettet und bei dem Brand buchstäblich sein Gesicht verliert.

The Monster spielt nicht nur in Whilomville, es ist die Geschichte von Whilomville, einem kleinen Städtchen von neun- oder zehntausend Einwohnern irgendwo im Norden der Vereinigten Staaten, und mag auch der gesichtslose Henry Johnson sowohl von den weißen als auch von den schwarzen Bürgern von Whilomville als Monster gesehen werden, so ist doch das wahre Monster in der Geschichte die Stadt selbst.

In Port Jervis / Whilomville hatte der junge Crane 1879 erlebt, wie bei den Feierlichkeiten zum 4. Juli eine defekte Kanone explodierte, wobei ein schwarzer Bürgerkriegsveteran getötet und ein anderer grässlich im Gesicht verletzt wurde und für sein ganzes Leben entstellt blieb. Ein kluger kleiner Junge dürfte die Tragik dieses Vorfalls verstanden haben. Zwei Schwarze, die in der Unionsarmee gekämpft hatten, um ihre schwarzen amerikanischen Brüder aus der Sklaverei zu befreien, waren von einer der Kanonen zerfetzt worden, die ihnen bei dieser Befreiung geholfen hatten – genau an dem Tag, als Menschen im ganzen Land den 103. Jahrestag der Befreiung Amerikas von den Briten feierten. Und später, Anfang Juni 1892, als Crane längst kein kleiner Junge mehr war, war es auf demselben Platz in der Stadt zu dem Lynchmord an dem Schwarzen Robert Lewis gekommen – begangen von zweitausend brüllenden Betrunkenen, die Cranes Bruder vergeblich aufzuhalten versucht hatte –, keinen Steinwurf entfernt von der Kirche, wo Cranes Vater seine Predigten gehalten hatte und seine Eltern in den 1880ern zwei Schulen für Schwarze eingerichtet hatten. Alle diese persönlichen Erinnerungen lauerten hinter *The Monster*, aber auch die Gegenwart hatte Anteil daran, die düsteren 1890er Jahre, das schlimmste Jahrzehnt für schwarze Amerikaner seit dem Ende des Bürgerkriegs, und nachdem die von den Weißen im Norden in der Reconstruction gegebenen Versprechen längst wieder vergessen waren, hatte das Urteil des Supreme Court in Sachen *Plessy vs. Ferguson* den Sieg der Union zu einem makabren Witz gemacht. Die Sklaverei war abgeschafft, dafür gab es jetzt eine neue Form von Sklaverei, und dreißig Jahre nach dem Ende der Kämpfe hatte der Süden doch noch gewonnen.

Zu Cranes Kindheit gehörte auch ein Kupferstich, der im Haus der Familie hing, die Schwarz-Weiß-Reproduktion eines Gemäldes von T. H. Matteson, *The First Prayer in Congress* (1848). Der frühere Stephen Crane aus dem 18. Jahrhundert ist eine der auf dem Bild dargestellten Personen, und da die Eltern unseres Stephen Crane ihm erzählt hatten, sein Namensvetter habe an jenem Tag das Eröffnungsgebet zum Continental Congress gesprochen und sei einer der Unterzeichner der Unabhängigkeitserklärung gewesen (stimmt nicht, aber das konnte der kleine Stephen nicht wissen), glaubte Crane, seine Familie habe bei der Gründung der Republik

Crane in seinem Arbeitszimmer in Ravensbrook, 1897 oder 1898. Die Decke und die Sporen an der Wand sind Souvenirs von seiner Reise nach Mexiko.

(Mit freundlicher Genehmigung der University of Virginia)

eine wesentliche Rolle gespielt – worauf man schon stolz sein konnte. In *The Monster* hängt im Haus der Trescotts ein ähnlicher historischer Kupferstich, *The Signing of the Declaration*, und auch der wird ein Opfer der Flammen, der einzige Gegenstand, den Crane aus der Menge verbrannter Dinge im Erdgeschoss hervorhebt. «Im Flur hatte eine Flammenzunge eine Schnur ergriffen, an der das Bild ‹Die Unabhängigkeitserklärung wird unterschrieben› hing. Die Unabhängigkeitserklärung sank plötzlich an einer Seite herunter und fiel dann krachend, mit dem Knall einer Bombe, zu Boden.»[88] Sekunden später stürmt Johnson die Treppe hinauf und

■ 88 Im Folgenden alle Zitate aus «Das Monster» in der Übersetzung von Walter E. Richartz, in: Stephen Crane: Meistererzählungen. Zürich 2001.

entdeckt Jimmie schlafend in seinem Zimmer. Alle Menschen sind gleich erschaffen, sagt uns die Schrift, aber wie wir seit George Orwell wissen, sind manche Menschen gleicher als andere, und als einer dieser anderen ist es Johnson, der berufen ist, die Einheit der Familie Trescott zu bewahren. Nie war das Messer von Cranes Skepsis und Ironie schärfer.

Er glühte vor Zorn, und die Quelle seines Zorns waren nicht nur die Schwächen und Heucheleien von Amerikas Gründungsdokumenten oder der Ausschluss schwarzer Männer und Frauen von den Freiheiten, die weiße Amerikaner genossen, sondern überhaupt alle Formen von Heuchelei und Ausschluss, die ganze Skala von Kränkungen, mit denen die Gesellschaft das Individuum schikanieren und isolieren kann. Etliche dieser Kränkungen hatte Crane im Lauf der Jahre am eigenen Leib erfahren, war als Weißer, im Genuss der Freiheiten, die ihm das von Weißen beherrschte Amerika gewährte, herumgestoßen und zeitweilig ausgestoßen worden, und jetzt schlug er zurück. Ausgestoßen von der *New York Tribune* als zwanzigjähriger Anfänger wegen eines falsch verstandenen, weithin kritisierten Artikels, und jetzt, fünf Jahre später, verfälscht die *Tribune*, wie er in seiner Novelle die in Whilomville erscheinende Tageszeitung nennt, ihren Bericht über das Feuer, indem sie Johnson für tot erklärt, während er in Wirklichkeit überlebt hat. Herumgestoßen von der New Yorker Presse nach der Dora-Clark-Affäre und am Ende aus der Stadt ausgestoßen, ein Paria in den Augen der Polizei, des künftigen Präsidenten und aller Bewohner des Dreistaatenecks, ausgenommen nur seine engsten Freunde – verbannt wie Dr. Trescott in der Geschichte, der Schöpfer des schwarzen Monsters Henry Johnson, und von der Stadt geächtet, weil er ihn aus Dankbarkeit für die Rettung seines Sohnes gesund gepflegt hat. Herumgestoßen von der *New York Tribune* und Dutzenden anderer höhnischer, neidischer, beckmesserischer Stimmen, jedes Mal wenn ein Buch von ihm erschien oder er es wagte, sich öffentlich zu äußern, und jetzt hatte er sich selbst aus Amerika ausgestoßen, weil er mit einer Frau zusammen sein wollte, die von seiner Familie nicht akzeptiert worden wäre. Die Wut auf die Religion seiner Eltern und den blasierten, entsagungsvollen Methodismus des Peck-Clans hatte die Gedichte von *The Black Riders* entfesselt, und jetzt hatte eine ähnliche Wut auf eine Vielzahl anderer Dinge *Das Monster* hervorgebracht.

In beiden Büchern ist die Wut den Erfordernissen der Kunst unterworfen, und wie die Sprache von *The Black Riders* – abgespeckt, urgewaltig, vollkommen anders als Cranes Prosa zu der Zeit – bricht die Erzählstruktur von *The Monster* mit der von Crane in seinen früheren Texten angewandten Methode: Zum ersten Mal erzählt er eine Geschichte aus verschiedenen Blickwinkeln. Ohne die Aufsplitterung der Perspektive geht es hier nicht, denn Protagonist der Geschichte ist nicht ein einzelnes Individuum, sondern eine ganze Stadtgemeinschaft, eine Vielzahl von Menschen mit und ohne Namen, und wenn auch die Trescotts und Henry Johnson die Hauptfiguren sind, so ist doch alles, was um sie herum geschieht, für Crane nicht weniger wichtig. Vierundzwanzig kurze Kapitel, das gleiche Muster wie in vielen seiner Erzählungen, neu aber ist hier, wie die Ereignisse von einem Kapitel zum anderen hin und her springen, und abgesehen von Tonlagenwechseln innerhalb der Kapitel (Frauen in der Küche, Männer beim Barbier) ist auch sonst alles in Bewegung in dem Buch, das in zwei klar unterschiedene Hälften zerfällt: vor dem Feuer und nach dem Feuer; die Stadt vor dem Erscheinen des Monsters, und dann die Stadt danach.

Das erste Kapitel beginnt mit einem Spiel. Jimmie Trescott ist Lokomotive Nr. 36 auf der Fahrt zwischen Syracuse und Rochester. Die Strecke führt an den Blumenbeeten im Garten seiner Familie vorbei; nebenan mäht sein Vater den Rasen. In sein Spiel vertieft, umkurvt Jimmie mit seinem Anhänger das Beet, und ehe er sich's versieht, springt ein Rad über die Kante und zerdrückt eine Pfingstrose. Jimmie ist untröstlich. Blumen kaputt machen ist verboten, und als er die abgeknickte Pfingstrose wieder aufzurichten versucht, bleibt der Stängel schlaff in seiner Hand liegen. «Jim konnte sie nicht wieder in Ordnung bringen.» Unheil droht, entsetzliche, noch unvorstellbare Strafen, aber Jimmie hat ein Gewissen, und so geht er mannhaft zu seinem Vater, um zu beichten, was er getan hat. Aber die Worte bleiben ihm im Halse stecken, er kann nur mit dem Finger zeigen und sagen: «Da!» Nicht einmal, nicht zweimal, sondern wieder und immer wieder, und als sein Vater immer noch nicht versteht, was er ihm zu sagen versucht, gehen sie zusammen zu dem Beet, wobei der panische Junge nach und nach immer weiter zurückbleibt, sodass der Vater allein herausfinden muss, was denn nun los ist. Das gelingt ihm, aber statt seinen Sohn auszuschelten oder ihm wütend eine Tracht Prügel zu verabreichen – wie Maggies Vater es mit dem anderen Jimmie regelmäßig tut –, fragt Dr. Trescott den kleinen Jim ganz ruhig, wie das passiert ist, und als der Junge auspackt und ihm eine ehrliche Antwort gibt – «Eisenbahn gespielt» –, denkt der Vater kurz nach, bevor er seine Entscheidung bekanntgibt.

> «Also, Jimmie», sagte er langsam, «ich glaube, heute spielst du am liebsten nicht mehr Eisenbahn. Was meinst du?»
>
> «Nicht mehr spielen, Sir», sagte Jimmie.
>
> Während der Urteilsverkündung hatte das Kind seinen Vater nicht angeschaut, und danach entfernte es sich, schlurfend, und mit gesenktem Kopf

Crane schildert uns hier ein Mittelschicht-Nirwana mit grünen Rasen und Einfamilienhäusern, in denen tolerante Väter ihren gewissenhaften, respektvollen Söhnen Gerechtigkeit und Mitgefühl widerfahren lassen. In *Maggie* sind Gewalt und Grausamkeit die

Norm, doch im kleinstädtischen Whilomville ist schon das Zertrampeln einer Blume eine Katastrophe. Wir haben es hier mit einer frühen Version eines idealisierten Amerikas zu tun, wie sie dann in den Andy-Hardy-Filmen der 1930er und zwei Jahrzehnte später in Fernsehserien wie *Leave it to Beaver* und *Father Knows Best* vorgeführt wurde: ein Land, bevölkert von demokratischen Weißen mit guten Ehen und guten Jobs und guten Herzen. Gelegentlich taucht am Rand der Handlung ein Schwarzer auf, in fast allen Fällen eine große, immer lächelnde Schwarze, die als Köchin oder Dienstmädchen für ihre liebenswürdigen weißen Arbeitgeber arbeitet. Ihr Name ist Beulah oder Ethel, tatsächlich ist es aber immer Aunt Jemima aus der Frühstücksflockenwerbung, und da diese Frau weiß, wo sie hingehört, ist sie wohlgelitten und ein wesentlicher Teil des Haushalts. Nur äußerst selten steht ein schwarzer Mann in Diensten der weißen Familie.

Ein solcher Mann ist Henry Johnson, er ist kein Onkel Tom, muss aber so tun, als sei er einer, wenn er seinen Job behalten und die Welt davon überzeugen will, dass er weiß, wo er hingehört. Sein Leben ist die perfekte Verkörperung des Dilemmas, das W. E. B. Du Bois in *The Souls of Black Folks* (nur sechs Jahre nach Cranes *Monster* erschienen) als «Doppelbewusstsein» beschreibt – gemeint ist die reflexartige Reaktion, die mit Einführung der Rassentrennungsgesetze im Süden für Schwarze überlebensnotwendig wurde. Die Gesetze waren nicht so rigoros wie im Norden, aber die unsichtbaren Schranken zwischen Weißen und Schwarzen waren fast ebenso unüberwindlich, und Johnson fügt sich grinsend ein und hat zudem das Glück, echte Zuneigung für den Doktor und dessen kleinen Jungen zu empfinden und nicht heucheln zu müssen. Auch sein Job ist gut, er hat ein eigenes Zimmer über dem Stall und kümmert sich um das Pferd des Doktors, reinigt und repariert die Kutsche des Doktors und chauffiert den Doktor auf den weiten Wegen zu Patienten in Whilomville und Umgebung. Er erfüllt seine Pflichten gut und ist, wie seine weiblichen Gegenstücke in anderen Geschichten, zu einem wesentlichen Teil des Haushalts geworden, aber wenn er sein Tagewerk verrichtet hat, verwandelt sich der einfache Arbeiter Henry in den elegant einherstolzierenden Mr. Johnson, «hellhäutig, gewichtig, und eine besonders angesehene Persönlichkeit in dem städtischen Vorort, wo die Mehrzahl der Neger lebte». In den Kapiteln 2 und 3 skizziert Crane die zwei einander widersprechenden Versionen dieses zweigeteilten Mannes, und dann sehen wir ihn erst wieder, als er in das brennende Haus läuft und die Geschichte des Monsters beginnt.

Nach dem Mord an der Pfingstrose und dem Gespräch mit seinem Vater sucht der geknickte kleine Jim Zuflucht im Stall bei Henry, für ihn nicht nur Held und Heiliger, sondern auch ein verständnisvoller Berater in allen Dingen, die mit den Regeln anständigen Verhaltens zu tun haben, gegen die Jimmie nur allzu oft verstößt. «Die beiden waren Spießgesellen», schreibt Crane im zweiten Kapitel, wo er uns über die Feinheiten ihrer Freundschaft und Henrys clevere Taktik aufklärt, den Jungen aufzumuntern, wenn der mal wieder einen Tadel einstecken musste: zum Beispiel erzählt er von seinen eigenen Missetaten, etwa «dass er kürzlich mal vergessen hatte, den Halteriemen hinten am Wagen anzubringen, und dass der Doktor ihm das vorgehalten hatte», oder er lenkt ihn ab und lässt ihn «die Glückseligkeit spüren, die das Ausdrücken eines Schwammes über einem Wagenrad verursacht», oder er dreht den Spieß um und steigert Jimmies Zerknirschung noch, indem er ihm «die Regeln predigte, die bei dem Doktor galten, und stieß Jimmie mit der Nase auf alle seine Schlechtigkeiten», was Jimmie «demütig» hinnimmt. Für Henry ist die Bewunderung, die der Junge ihm entgegenbringt, ein «große Freude», und «in allen Punkten, die sich auf den Doktor bezogen – das Zentralgestirn, um das sich alles drehte –, waren sie in vollständiger, wenn auch unausgesprochener Übereinstimmung». Dieses stillschweigende Einvernehmen hat sie zu Freunden gemacht, und wenn auch der eine ein Kind ist und der andere ein Erwachsener, so sind sie doch beide Befehlsempfänger, der Junge, weil er eben ein Junge ist, und Henry, weil er ein angestellter Arbeiter ist, was sie erst recht zusammenschweißt, so sehr, dass Henry an jenem Abend in das brennende Haus läuft und sein Leben aufs Spiel setzt, um den kleinen Jim zu retten.

Bevor es aber dazu kommt, verwandelt sich Henry in Mr. Johnson. Nachdem er in der Küche zu Abend gegessen hat, geht er in sein Zimmer über dem Stall, legt seine Arbeitskleidung ab, macht sich zurecht mit der Sorgfalt einer höfischen Dame oder auch eines Priesters, der sich auf eine große Messe vorbereitet, legt die Kleider an, die er in seinem anderen Leben trägt, und schlendert in die laue Abendluft hinaus.

> Der Eindruck entstand nicht durch die lavendelfarbenen Hosen, und auch nicht durch den Strohhut mit dem leuchtenden Seidenband. Die Veränderung war irgendwo tief im Inneren von Henry vor sich gegangen. Aber es war nichts Übertriebenes daran, nichts von einem pfauenhaften Cakewalk-Tänzer. Er war nun einfach ein stiller, wohlerzogener Herr von Ansehen, Reichtum und anderen erforderlichen Errungenschaften, der sich auf seinen Abendspaziergang begab und der in seinem Leben nie ein Fahrzeug gewaschen hatte.

Ein warmer Samstagabend, die Straßen der Stadt füllen sich mit Fußgängern. Vor dem Postamt wartet eine Menschentraube auf das Eintreffen der Abendpost, andere wollen zur Aufführung eines Stücks in dem «kleinen Theater, einer Miniaturkopie in Lack und Plüsch von einem der berühmten New Yorker Theater», und Gruppen von jungen Männern stehen an Straßenecken, beobachten die Leute und machen dumme Bemerkungen über alles, was sich bewegt. Die Straßenbahnen klingeln, die Gaslampen glimmen, die elektrischen Laternen leuchten, und all das durchschreitet der geschniegelte Mr. Johnson, und auch die spöttischen Kommentare der weißen Burschen bringen ihn nicht aus dem Tritt. «Hallo, Henry! Willst du heut Abend ein Tänzchen schwingen?» «Ist er nicht schick?» «Ein bisschen mehr die Brust heraus!»

> Henry wurde von diesen stillen Ermahnungen und Komplimenten in keiner Weise beeindruckt. Als Antwort brachte er nur ein äußerst wohlwollendes, kicherndes Lachen hervor, welches gleichwohl den ruhigen Gleichmut eines edleren Metalles zum Ausdruck brachte.
>
> Der junge Anwalt Griscom verließ soeben Reifsnyders Barbierladen, wobei er sich selbstzufrieden über das Kinn strich. Auf den Stufen ließ er die Hand sinken und schaute mit offenen Augen auf die Menschenmenge. Plötzlich machte er einen Satz in den Laden zurück. «Oi!», rief er der Versammlung im Laden zu, «den Dandy[89] müsstet ihr mal sehen, der jetzt daherkommt!»

Mit dem Wort «coon», einem damals gebräuchlichen, keineswegs anstößigen Ausdruck, hätte man niemanden beleidigen können, weder beim Barbier noch sonst wo im weißen Norden, und Crane, der wusste, wie Amerikaner reden, weiß hier ganz genau, was er tut. Als man Reifsnyder berichtet, der Mann, der da eben vorbeiging,

■ 89 Im Original «coon», im Slang jener Zeit ein eher neutraler Ausdruck für «Schwarzer» (A. d. Ü.)

sei Henry Johnson, ruft der Barbier ungläubig aus (mit deutschem Akzent in seinem Englisch): «Ich wett mit dir jede Summe, dass das nicht Henry Johnson war! Henry Johnson! Ihr Dummköpfe! Das war so 'n Schaffner von einem Pullman-Wagen oder was. Wie kann das Henry Johnson sein?»

Crane fügt hinzu, Johnson sei sich des Aufsehens, das er bei seinem Stadtbummel erregt, vollkommen bewusst, er genieße es sogar und lache über die Narren, die sich über ihn lustig machen. Eine heikle, potenziell riskante Taktik für einen Schwarzen in einem weißen Städtchen, doch mag Henry bei der Arbeit demütig den Kopf senken, so beugt sich Mr. Johnson in seinen lavendelfarbenen Hosen vor niemandem. Er lacht – und unbeeindruckt von den verblüfften Blicken der Leute im Barbierladen, geht er seiner Wege.

Der Bummel durch das Zentrum von Whilomville endet, als Johnson von der Hauptstraße in die Watermelon Alley einbiegt, den schwarzen Teil der Stadt, «eine Reihe heruntergekommener Häuser», wo er seine aktuelle Flamme, Belle Farragut, und deren korpulente, gastfreundliche Mutter besucht. Die drei plaudern höflich miteinander «bis spät in die Nacht», und nachdem Johnson gegangen ist, sagt Belle zu ihrer Mutter: «Oh, Mamma, ist er nicht himmlisch?»

Dieses Kapitel, das nicht leicht zu schreiben gewesen sein dürfte, ist insofern überraschend, als es für jemanden mit Cranes Vorurteilen und Vorbehalten gegenüber dem anderen beinahe perfekt funktioniert. Gewiss gibt es ein paar Ausrutscher, Augenblicke, die ans Karikierende grenzen oder den Stereotypen der Epoche folgen («Miss Belle Farragut in einem safrangelben Calicokleid», zum Beispiel), doch Crane wagt hier ja auch nahezu Unmögliches, wenn er die Welt mit den Augen eines Schwarzen zu sehen versucht – praktisch beispiellos für weiße amerikanische Schriftsteller der 1890er –, und dass es ihm gelingt, dies großteils glaubhaft und stellenweise sogar bewegend rüberzubringen, zeugt von der Aufrichtigkeit seines Bemühens und dem moralischen Imperativ, der ihn veranlasste, nicht nur dieses Kapitel, sondern überhaupt das ganze Buch zu schreiben.

Danach weitet sich die Perspektive, und Crane richtet seine Aufmerksamkeit auf das Nachtleben der Stadt, das Konzert in dem kleinen Park, die jungen Männer, die für solche Konzerte nichts übrighaben, aber trotzdem immer hingehen wegen der Mädchen, die Mädchen und die jungen Männer, die zu zweit oder dritt herumspazieren und einander begutachten, es aber selten wagen, den Mund aufzumachen, die kleinen Jungen, die ausgelassen durch die Menge toben, die Kapelle, die einen Walzer spielt, wozu einer der jungen Männer witzelnd bemerkt, das höre sich an wie «die neuen Maschinen oben auf dem Berg, die das Wasser in das Reservoir pumpen», die Abendpost, die aus New York und Rochester eintrifft, die Leute vor dem Postamt, die sich jetzt unter die Leute vor dem Musikpavillon mischen, ein Polizist, der «eine Bande von frechen kleinen Jungen» jagt, die ihn aus sicherer Entfernung verspotten, und dann, plötzlich, «erhob sich ... in der Ferne das starke, heisere Gebrüll einer Sirene», und der Kapellmeister, der schon die Hand hebt, um den Einsatz zu einem populären Marsch zu geben, lässt die Hand langsam auf sein Knie sinken. Feueralarm.

Mehr Sirenen gehen los, und die Leute spekulieren, von welcher Feuerwache sie kommen, Nummer eins oder Nummer zwei, und zu Beginn des fünften Kapitels erzählt Crane die Geschichte in kleinen, eigenständigen Episoden weiter, ein Feuerwehrmann hier, ein Feuerwehrmann da, so springt er hin und her, während sie sich bereitmachen, das Feuer zu bekämpfen, und ein kleiner Junge namens Willie bettelt seine Mutter an, ihn rausgehen und den Spaß beobachten zu lassen. Männer rennen laut rufend durch die Hauptstraße, und die Glocke der Methodistenkirche (der Kirche von Cranes Vater) ertönt, «eine ernste und schreckliche Stimme über der Stadt, die aus den Wolken sprach».

In Kapitel 6 richtet sich der Fokus auf das Queen-Anne-Haus der Trescotts in einem besonders ruhigen Teil der Stadt. Zunächst scheint alles ungetrübt. Der Hund der Hannigans von nebenan schleicht knurrend über den Rasen vorm Haus und scharrt mit den Pfoten; Peter Washington, ein Freund von Johnson, bleibt vor dem Haus stehen, sieht kein Licht in den Fenstern über dem Stall und geht weiter. Ein Rauchwölkchen zieht aus einem Fenster am Ende des Hauses und kräuselt sich um die Äste eines Kirschbaums. Dem ersten Rauchwölkchen folgt ein zweites, dann immer mehr, und bald «erhellte sich das Fenster, als habe man die vier Scheiben mit Blut befleckt; ein aufmerksames Ohr hätte sich jetzt leicht einbilden können, dass dort die Feuerteufelchen schrien und schrien, sich zusammenrotteten, sich zu der Farbe hindrängten».

Schon hier, als die Flammen hinter dem Fenster von der Straße aus noch nicht zu sehen sind, beschwört Crane das Feuer als ein Werkzeug des Kriegs, und als die Fensterscheiben bersten und klirrend zu Boden fallen und dann auch andere Fenster sich rot färben, baut er die Metapher weiter aus und sagt uns, an was für eine Art von Krieg er denkt: «Der Ausfall war gut geplant, wie von berufsmäßigen Umstürzlern.»

Und dann überschlagen sich die Ereignisse, Nachbar Hannigan läuft rüber, sieht Mrs. Trescott oben im Haus am Fenster stehen und macht sie mit Geschrei darauf aufmerksam, dass ihr Haus in Flammen steht, und gerade als Hannigan die Haustür eintritt und hineinstürzen will, kommt «mit beinahe phantastischem Tempo» Henry Johnson angerannt. Dr. Trescott ist auf Hausbesuch bei Patienten, die Feuerwehr ist noch nicht eingetroffen, und diese zwei Männer sind die einzigen, die irgendetwas unternehmen können, um den Jungen und seine Mutter zu retten.

Genau in dem Augenblick, als Johnson ins Haus stürmt, fällt *The Signing of the Declaration* von der Wand und kracht «mit dem Knall einer Bombe» zu Boden. Dies ist die dritte Anspielung auf

Krieg in diesem kurzen Kapitel, und falls Crane hier, wovon man jetzt ziemlich sicher ausgehen kann, an den Krieg denkt, der mit der Unabhängigkeitserklärung begann, ist dennoch immer noch nicht klar, wie oder warum oder zu welchem Zweck genau er das tut.

Mrs. Trescott steht oben an der Treppe und ringt verzweifelt die Hände, und als Johnson raufkommt, schreit sie «Henry ins Gesicht»: «Jimmie! Rettet Jimmie!» Johnson stürmt an ihr vorbei und durchsucht die Zimmer, und Hannigan, der ihm nach oben gefolgt ist, packt die «sich irrsinnig gebärdende Frau» an den Armen, «sein Gesicht schwarz vor Zorn», und schreit sie an, sie müsse sofort nach unten gehen. Wie von Sinnen kreischt sie zurück: «Jimmie! Jimmie! Rettet Jimmie!» Hannigan zerrt sie kurzerhand die Treppe hinunter und bringt sie ins Freie. Nun also ist nur noch Johnson im Haus, der einzige Mensch auf der Welt, der dem Jungen noch helfen kann, und genau da kreischt in der Ferne die Sirene und lässt der Kapellmeister die Hand sinken, Ereignisse, die Crane bereits in einem früheren Kapitel geschildert hat, und jetzt, da die verworrenen Vorgänge entwirrt sind, sind wir wieder in der Gegenwart angelangt. Ein effektvoller erzählerischer Trick: die Folgen vor der Ursache zeigen (erst der Feueralarm, dann das Feuer), das erhöht die Spannung und steigert den Schrecken. Wir wissen längst, irgendwo ist Feuer ausgebrochen, ein Feuer, groß genug, dass die Sirenen und Kirchenglocken losgehen und die ganze Stadt aufgescheucht wird, und als das erste Rauchwölkchen aus dem Fenster im Haus der Trescotts steigt, wissen wir, wo das Feuer ausgebrochen ist. Die guten Leute, denen wir von Seite eins an gefolgt sind, sind die Leidtragenden. Und da die Folgen schon bekannt sind, wissen wir, wie schwer sie zu leiden haben werden.

Als Johnson ins Obergeschoss kommt, nimmt die vorausgeahnte Tragödie schon ihren Lauf, und angesichts dessen, worauf Crane uns vorbereitet hat, scheint es unausweichlich, dass Johnson dabei ums Leben kommen wird. Er stolpert durch den Qualm, versucht sich zu orientieren, tastet an den Wänden entlang, aber die sind zu heiß. «Das Papier schnurrte schon zusammen, und er erwartete jeden Augenblick, dass unter seinen Händen eine Flamme hervorschoss.» Trotz alledem gelingt es ihm schließlich, Jimmies Tür zu finden, und zum Glück ist in dem Zimmer noch kein Rauch. Er wickelt den verängstigten Jungen in eine Decke und trägt ihn hinaus, es wirkt fast wie eine Entführung, und während der kleine Jim kreischt und nach seiner Mutter ruft («Mamma! Mamma!»), findet Johnson das obere Ende der Treppe wieder. «Durch den Rauch, der sich zu ihm hochwälzte, sah er, dass die untere Diele vollkommen in Flammen stand.» Er stößt einen Schrei aus und weicht in den Flur zurück, und völlig unvermittelt wechselt Crane hier in einen anderen Gedankengang: «Er verhielt und bewegte sich fast so, als habe er es aufgegeben, dem brennenden Haus zu entkommen, ja, als wünsche er es nicht einmal mehr. Er unterwarf sich; er unterwarf sich, weil seine Vorväter es auch getan hatten, er krümmte seinen Geist fast wie ein richtiger Sklave unter dieser Geißel.»

Es gibt in Cranes Gesamtwerk manche seltsamen Stellen, aber diese beiden Sätze sind regelrecht bizarr. Ein Mann kämpft um sein Leben, und plötzlich kämpft er nicht mehr, sondern gibt auf, überlässt sich der Gewalt des Feuers, weil ... weil sein Vater, sein Großvater und sein Urgroßvater Sklaven waren, und er selbst folglich auch noch ... ein Sklave ist.

Im Kontext der laufenden Ereignisse ist dies eine eigenartige Wendung. Ein Schwarzer, eingeschlossen in einem brennenden Haus mit einem weißen Kind in den Armen, sieht keine Rettung mehr und ist bereit, in den Flammen zu sterben. So weit die physischen und psychischen Gegebenheiten. Metaphorisch jedoch hat Crane das Feuer bereits als Wiederaufführung der Amerikanischen Revolution eingeführt. Die Feuerteufel haben den Leuten zugerufen, und die rotten sich zusammen (tun sich zusammen wie einst die Kolonien), drängen sich zu der «Farbe» (zur Fahne der Freiheit), und nachdem sie ihre Strategie zurechtgelegt haben, kämpfen die Soldaten mit dem Geschick von «berufsmäßigen Umstürzlern». Mit der Unabhängigkeitserklärung wirft Crane eine weitere Zutat in den metaphorischen Mix, den Ruf zu den Waffen, der erst nach langwierigen Kontroversen von den Mitgliedern des Continental Congress gebilligt wurde, deren eines ein Abgeordneter aus New Jersey namens Stephen Crane gewesen war. Zu den Sätzen, die aus der endgültigen Fassung der Unabhängigkeitserklärung gestrichen wurden, zählten folgende Anklagen gegen den König von England

1. «Er hat Krieg gegen die menschliche Natur geführt, deren heiligstes Recht auf Leben und Freiheit von Angehörigen ferner Völker verletzt, die ihm nie Ärgernis bereitet haben, sie gefangen genommen und in einem fernen Land in Sklaverei gebracht oder auf dem Weg dorthin eines elenden Todes sterben lassen.»
2. «Er hat auf sein Nein zur Unterdrückung jedes gesetzgeberischen Versuchs verzichtet, mit dem ein abscheulicher Handel hätte verhindert oder eingeschränkt werden können, entschlossen, einen Markt offen zu halten, auf dem Menschen gekauft und verkauft werden sollen.»

Diese Sätze wurden in einem Kompromiss mit dem die Sklaverei befürwortenden Süden aus dem Entwurf gestrichen, um die Kolonie zu einen und damit die Chancen auf einen Sieg gegen die Briten zu erhöhen. Dem wichtigsten Gedanken der Unabhängigkeitserklärung – alle Menschen sind gleich geschaffen – fügte dies schweren Schaden zu, denn durch den Ausschluss der schwarzen

Sklavenbevölkerung aus den Reihen der Menschheit lief es nun praktisch darauf hinaus, dass nicht mehr «alle», sondern nur noch «die meisten» gemeint waren. Die Opfer waren die Schwarzen, auf ihrem Rücken wurde die Revolution vorangetrieben und eine neue Nation gegründet, «in Freiheit gezeugt und dem Grundsatz geweiht, dass alle Menschen gleich geschaffen sind», wie Lincoln siebenundachtzig Jahre später erklärte, zufällig genau in dem Jahr, in dem *The Red Badge of Courage* spielt. Jetzt, bei dem Feuer, dem Symbol für die Revolution in Cranes Buch, geschrieben in den Anfangsmonaten der Jim-Crow-Politik, wird Henry Johnson, der Nachfahre schwarzer amerikanischer Sklaven, zur symbolischen Reinkarnation dieses Opfers der Schwarzen. Wie seine Vorfahren bezahlt er für sein Martyrium nicht schlicht und einfach mit dem Tod, sondern mit einem symbolischen Tod, der ihn seines Menschseins beraubt und ihn zu einem gesichtslosen Schwachsinnigen macht, gemieden, gefürchtet und gehasst von den rechtschaffenen Bürgern des amerikanischen Irgendwo namens Whilomville.

Drauf und dran, sich den Flammen zu überlassen, erinnert sich Johnson plötzlich an eine schmale Hintertreppe, die aus einem der Zimmer oben in ein Zimmer unten führt, das Privatlaboratorium des Doktors. Die Außentür des Labors geht in den Garten, und wenn Johnson es schafft, durch das Labor zu dieser Tür zu gelangen, sind er und Jimmie gerettet. Es ist seine einzige Chance, seine letzte Chance, und erfüllt von dieser winzigen Hoffnung, rennt er, den schlaffen, leblosen Jungen auf den Armen, die Treppe hinunter. Johnson, der keine Angst zu sterben gehabt hatte, als es keinen Ausweg gab, jetzt hat er Todesangst. Unten stößt er die Labortür auf, und was er sich als sicheren Weg in den Garten vorgestellt hatte, verwandelt sich in einen halluzinatorischen Hindernisparcours, den Crane in üppigen Albtraumbildern als ein Reich mit «Blumen aus Feuer» schildert, deren flammende Blüten einen Gestank verbreiten, der «von Neid, Hass und Bosheit zu strotzen» scheint. Die

Chemikalien im Labor des Doktors haben sich entzündet, und «Flammen in Violett, Rosa, Grün, Orange und Lila waren überall erblüht ... nur undeutlich durch die Wolken von atmendem, tödlichem Rauch zu erkennen».

Johnson bleibt auf der Schwelle stehen, stößt «den Klageruf eines Negers aus, in dem die Melancholie der Sümpfe lag» – eine letzte, schmerzende Anspielung auf das Verbrechen der Versklavung der Schwarzen –, stürzt sich in die vielfarbige Hölle und wird prompt attackiert. Eine orange Flamme springt «wie ein Panther» seine lavendelfarbene Hose an und verbeißt sich «tief» in sein Bein. Gleich darauf explodiert etwas in dem Zimmer. Der Panther ist weg, «und plötzlich erhob sich eine feine, bebende, saphirgrüne Gestalt vor ihm wie ein Feenmädchen. Mit einem stillen Lächeln versperrte sie ihm und Jimmie den Weg.» Die saphirgrüne Dame könnte aus einem allegorischen Gedicht des 14. Jahrhunderts stammen, sie ist die Dame Tod, ein Wesen aus reinem Feuer, dessen einzige Aufgabe Zerstörung ist, und jetzt wechselt sie die Gestalt, stürzt sich auf Johnson «schneller als ein Adler» und packt ihn mit ihren Klauen, bevor er an ihr vorbeilaufen kann. Cranes Sprache wird hier so ausschweifend, dass die vereitelte Flucht aus dem Labor sich wie ein Fiebertraum liest, aber angenommen, er hat seinen ursprünglichen Zweck – das Feuer mit der Amerikanischen Revolution gleichzusetzen – nicht aus den Augen verloren, dann ist die saphirgrüne Dame auch die Dame Freiheit, die zum Wohle der Sache, für die sie steht, ihr Menschenopfer verschlingt. Der Krieg im Labor ist in seine letzte Phase eingetreten, und alles sieht danach aus, dass Johnson in dieser letzten Schlacht wird sterben müssen.

Keine Passage in Cranes Werk ist wilder oder seltsamer als diese, und nirgends sind seine Absichten dunkler. Was soll man, zum Beispiel, aus der plötzlichen Erwähnung eines Adlers machen? Ist das eine bewusste Anspielung auf den Symbolvogel Amerikas oder bloß eine brauchbare Metapher für schnelle Bewegung? Hat Crane seine Bildersprache im Griff, oder haben die Bilder ihn im Griff? Vielleicht von beidem etwas, aber sollte er sich vorgenommen haben, einen Eindruck von Chaos und Todesangst zu vermitteln, so ist ihm dies gelungen, denn dem Leser ist schon ganz schwindlig geworden.

Verbrannt von der Klauenattacke der saphirgrünen Dame, taumelt Johnson weiter, wendet sich hierhin und dorthin, fällt auf den Rücken, und Jimmie fliegt ihm aus den Armen. Der Junge, noch immer in die Decke gehüllt, rollt über den Boden und bleibt an der Wand unter dem Fenster liegen. Draußen, direkt hinter dem Fenster, ist der Garten, die Freiheit ist nur ein paar Handbreit entfernt, aber der schlaffe Junge regt sich nicht. Johnson ist bewusstlos. Er kann für Jimmie nichts mehr tun. Und Jimmie kann für sich selbst nichts mehr tun.

> Johnson war mit dem Kopf gegen den Untersatz eines altmodischen Schreibpults gefallen. Auf dem Pult stand eine Reihe von Gefäßen. Sie waren zum größten Teil ganz still inmitten des Tumults, aber eines war darunter, in dem eine funkelnde Schlange sich zu krümmen schien.
>
> Plötzlich splitterte das Glas, und ein rubinrotes schlangenhaftes Ding ergoss sich in ganzer Länge und Dicke auf die Platte des alten Pultes. Das Ding rollte sich zusammen und zögerte, dann begann es, sich über die Schräge aus Mahagoni herunterzuschlängeln. An der Kante bog es seinen glühend flüssigen Kopf über die geschlossenen Augen des Mannes, der darunter lag. Einen Augenblick bewegte es sich wieder auf zauberhafte Weise, die rote Schlange fuhr direkt abwärts auf Johnsons Gesicht los, das nach oben gerichtet war.

Am Ende dieses Kapitels tropft die sengende Säure immer noch auf Johnsons Gesicht, und im nächsten richtet Crane den Blick auf die herannahenden Feuerwehrwagen, die Aufregung auf den Straßen, das Glockengeläut von Schulen und Kirchen und schließlich auf Dr. Trescott, der von seinem Patienten zurückgekommen ist und jetzt vor dem brennenden Haus steht. Seine Frau steht auf dem Rasen und schreit «Jimmie! Rette Jimmie!», und als der Doktor sie fragt, wo er sei, zeigt sie zum Obergeschoss und stammelt hilflos, da oben sei er, aber Hannigan warnt den Doktor, zur Vordertür könne er nicht hinein, also will Trescott über die Hintertreppe im Labor nach oben, stellt fest, dass die Gartentür zum Labor verriegelt ist, tritt das Schloss auf und will sich hineinstürzen. Der Rauch wirft ihn zurück, dann aber «bückte er sich tief und betrat den Garten der Feuerblumen. Mit beißenden Augen entdeckte er am Boden nahe dem Fenster eine Gestalt in einer qualmenden Decke.» Trescott hebt seinen Sohn auf und trägt ihn ins Freie, wo sich mittlerweile ein kleines Heer Männer und Jungen versammelt hat, die «Vorhut des großen Vorstoßes, den die ganze Stadt unternahm. Sie ergriffen ihn und seine Last und bedeckten ihn überreichlich mit nassen Decken und Wasser.» Dann kommt Hannigan dazu und schreit, Henry Johnson sei noch im Haus, er habe den Jungen retten wollen, er sei noch dadrin. Trescott besinnt sich nicht lange und will zurück ins Haus, Johnson suchen, stößt die anderen fort, die ihn daran hindern wollen, doch bevor er sich von ihnen losmachen kann, hat jemand anderer die Sache bereits erledigt.

> Aber ein junger Mann, der Bremser bei der Eisenbahn war und in einer der Nebenstraßen in Trescotts Nähe wohnte, war ins Laboratorium gegangen und holte dort ein Ding heraus und legte es aufs Gras.

Der mysteriöse Bremser wird nie mehr erwähnt. Er kommt und geht in diesem einen Satz, ein namenloser Schatten, der «das Ding» aus dem Haus trägt und auf dem Rasen ablegt, bei dem es sich um einen weiteren Geist aus Cranes Vergangenheit handeln könnte: seinen Bruder Luther, der als Bremser bei der Erie-Eisenbahn gearbeitet hatte und mit Anfang zwanzig unter den Rädern eines rollenden Zugs zu Tode kam. Der Tote, der den Halbtoten rettet.

Und der Junge, der Stunden zuvor eine Blume zerstört hatte – die nicht wiederherzustellen war –, wird vor dem Tod in einem «Garten der Feuerblumen» gerettet, die nach «Neid, Hass und Bosheit» riechen. Sein Vater hat ihn ins Freie getragen, aber vorher hat Johnson ihn nach unten getragen, und an diesem Punkt der Geschichte scheint immer noch sicher, dass Johnson sterben wird.

Eine kleine Brücke verbindet den Schluss des ersten Teils mit dem Beginn des zweiten.

Unter den Leuten der Stadt kommen Gerüchte auf, Klatsch und Tratsch und einander widersprechende Geschichten gehen um. Die Jungen beobachten die vor dem Haus eintreffenden Feuerwehrwagen und diskutieren leidenschaftlich, wer den besten Job macht, Nummer drei oder Nummer zwei oder Nummer vier oder Nummer eins; die Erwachsenen dämpfen die Stimmen, als sich die Nachricht verbreitet, Jimmie Trescott und Henry Johnson «seien tödlich verbrannt und Dr. Trescott selbst sei furchtbar verletzt», oder alle drei seien tot, oder in Wirklichkeit habe das Kind die Masern «oder was, und dieser Johnson, der sollte ihn bewachen, und der Johnson wurde müde oder was, und er schmiss die Lampe um», und als der Doktor aus seiner Praxis nach oben gerannt sei, sei er mit den beiden anderen zusammen verbrannt. Und die ganze Zeit hämmern «unaufhörlich die Glocken der Stadt».

Die Stadt ist Protagonist der Erzählung geworden, ein Chor meist namenloser Stimmen, der die Gedanken und Gefühle von Whilomville zum Ausdruck bringt. Nur wenige Bewohner werden im weiteren Verlauf mit Namen genannt, um sie von der anonymen Masse zu unterscheiden. Einer davon ist der alte Richter Denning Hagenthorpe, ein Nachbar der Trescotts, und während sich herumspricht, «dass der Doktor, sein Sohn und der Schwarze noch am Leben» sind, werden die drei zu ihm ins Haus getragen. Sechs der zehn Ärzte von Whilomville kommen herbei, untersuchen die Patienten und stellen fest, dass der Doktor «nicht lebensgefährlich» verletzt sei und der Junge zwar «wahrscheinlich böse Narben davontragen», aber mit dem Leben davonkommen werde. Für den dritten Patienten jedoch gebe es keine Hoffnung. «Was den Neger Henry Johnson anging, so konnte er nicht weiterleben. Sein ganzer Körper war fürchterlich zugerichtet, aber schlimmer als das: Er hatte kein Gesicht mehr. Sein Gesicht war ganz einfach weggebrannt.»

Am nächsten Morgen, während der wiederhergestellte Doktor sich im Haus des Richters um Johnsons Verbände kümmert, meldet die *Tribune* Johnsons Tod. Der Artikel enthält ein Interview mit Hannigan, der den Mut des vermeintlich in den Flammen ums Leben Gekommenen preist, auch ein Leitartikel erscheint, in dem «durchweg nur das Allerbeste aus dem Wortschatz der Redaktion vorkam». Bei seiner Schilderung der Reaktion der guten Leute von Whilomville wird Crane immer sarkastischer: «Die Stadt hielt auf den gewöhnlichen Bahnen ihres Denkens inne und gedachte dieses Stallknechts mit achtungsvoller Aufmerksamkeit», die Leute bedauern, «dass sie ihn nicht gut genug gekannt hatten, um ihm die Hand geschüttelt ... zu haben, als er noch lebte». Und die kleinen Jungen von Whilomville verehren Johnson plötzlich wie einen Heiligen und schämen sich, wenn sie an das «bösartige Verslein» denken, das sie immer angestimmt hatten, wenn sie ihn auf der Straße sahen: «Nigger, Nigger, stirbt nie ganz / Schwarzgesicht und Augenglanz». Im letzten Satz von Kapitel 10 erfahren wir auch, dass «Miss Belle Farragut, wohnhaft Watermelon Alley 7», «mit

Mr. Henry Johnson verlobt gewesen war». *Mr.* ist eine feine kleine Ergänzung – einer der vielen Vorteile, wenn man tot ist.

Unterdessen schwebt der untote Johnson in einem Zustand ununterbrochener Qual, ein Brandopfer, im Obergeschoss des Richters ans Bett gefesselt, den Schädel und das verschwundene Gesicht in einen weißen Verband gehüllt, der nur ein Ding freilässt, ein Auge – ein einzelnes, nie blinzelndes Auge. Ein paar Tage vergehen, wie viele, wird nicht gesagt, und dann, als der genesene Jimmie und seine Mutter das Haus des Richters verlassen und zu den Großeltern nach Connecticut reisen, beginnt im vierten Absatz des elften Kapitels der zweite Teil der Geschichte.

Der Doktor bleibt zurück, vorgeblich, «um für seine Patienten zu sorgen», im Wesentlichen aber wacht er lange Tage und Nächte an Johnsons Krankenbett. Trescott lebt, er isst und schläft als zeitweiliger Gast im Haus des Richters in der Ontario Street, in dem normalerweise nur zwei Personen wohnen: der pensionierte Junggeselle Hagenthorpe, dessen liebster Besitz ein Spazierstock mit Elfenbeinkopf ist, und seine unverheiratete Schwester, die hauptsächlich darauf zu achten hat, dass er den Stock nicht verlegt. Während von hier an die Erzählung in eine Reihe kleiner, zusammenhängender Fragmente zerfällt, bewegt sich das Zentrum des narrativen Strudels von Johnson weg auf Trescott zu – auf den stillen Krieg des Doktors, der das versengte Menschending, das einmal Johnson war, vor der Stadt in Schutz zu nehmen versucht. Die Bedingungen dieses Kriegs – und das moralische Dilemma, das er darstellt – werden während eines Abendessens bei einem Gespräch zwischen Doktor und Richter umrissen, und was sie da sagen, schwebt fortan über allem, was bis zum letzten Satz der Geschichte geschieht.

Der Richter nimmt als Erster das Wort. «Niemand lässt solche Ideen gern heraus», sagt er, «aber irgendwie glaube ich, dass der arme Kerl besser sterben sollte.» Der Doktor nimmt keinen Anstoß an dieser Bemerkung, tatsächlich hat er dasselbe auch schon gedacht. «Wer weiß», antwortet er dunkel. Worauf der Richter sich seines Berufs besinnt und erklärt:

> «Vielleicht sind wir nicht berechtigt, über solche Handlungen zu sprechen, aber ich bin nahe daran zu sagen, dass es eine fragwürdige Wohltat ist, wenn Sie das Leben dieses Schwarzen erhalten. Soweit ich es verstehe, wird er danach ein Monstrum sein, ganz und gar ein Monstrum, auch sein Gehirn wird vermutlich in Mitleidenschaft gezogen sein. Niemand kann Sie so beobachten, wie ich Sie beobachtet habe, ohne zu merken, dass das hier eine Gewissensfrage für Sie ist; aber ich fürchte, mein Freund, dass diese Tugend hier fehlgeleitet ist.»

Der Doktor versteht. Er hat das alles schon ein Dutzend Mal mit sich selbst besprochen, das Thema hat ihn erschöpft und innerlich zerrissen. Er antwortet dem Richter mit dem Gegenargument: «Er hat das Leben meines Jungen gerettet.»

«‹Ja›, sagte der Richter schnell, ‹ja, ich weiß.›»

Trescott fährt erregt fort: «Und was soll ich jetzt tun? Was soll ich tun? Er hat sich für Jimmie aufgeopfert. Was soll ich nun für ihn tun?»

Dem Richter fehlen die Worte. Er senkt den Blick, stochert in den Gurken auf seinem Teller herum, blickt schließlich wieder auf und sagt: «Er wird ein Geschöpf von Ihrer Hand sein, verstehen Sie. Er ist Ihr Geschöpf. Die Natur hat ihn augenscheinlich aufgegeben. Er ist tot. Sie holen ihn ins Leben zurück. Sie erschaffen ihn, und er wird ein hirnloses Monstrum sein.»

Worauf Trescott, plötzlich in *höfliche Wut* ausbrechend, unwiderlegbar und völlig verzweifelt antwortet: «Er wird alles Mögliche sein, aber, bei Gott, er hat meinen Jungen gerettet!»

Ein Gefühlsausbruch, der bei dem Richter eine ähnlich emotionale Reaktion auslöst: «Trescott! Trescott! Das weiß ich doch!»

Zwei intelligente Männer sitzen an einem Tisch und ringen aufrichtig mit einem Problem, für das es keine saubere Lösung gibt, aber der pragmatische Richter ist außerstande, das volle Ausmaß des Problems zu erkennen, und als der Doktor etwas später die eine, alles entscheidende Frage aufwirft, an die der Richter noch gar nicht gedacht hat – «Und – was würden Sie tun? Würden Sie ihn ermorden?» –, weicht der Richter zurück. «‹Trescott – du Narr›, sagte der alte Mann milde.» Man beachte das Wörtchen *milde*: Hagenthorpe hat endlich begriffen, die Position, die er vertreten hat, ist faktisch Aufforderung zum Mord, und Ärzte sollen ihre Patienten nicht töten, sondern am Leben erhalten. «Der Mensch hat es schwer, wenn er das Richtige tun will», sagt der Richter. Das sieht Trescott auch so. Er versteht durchaus, worauf der Richter hinauswollte, aber der Richter ist im Unrecht und weiß, dass er im Unrecht ist, selbst wenn seine Argumentation vernünftig ist. Eben darin liegt die Stärke dieser entscheidenden Szene. Wieder einmal bewegt sich Crane auf der Trennlinie zwischen Schärfe und Unschärfe, in jener ungewissen, ambivalenten Zone, wo Gegenstände keinen festen Platz mehr haben und nicht mehr mit Sicherheit identifiziert werden können. Die empirischen Kategorien gelten nicht mehr. Crane hat bereits im ersten Teil von *The Monster* gezeigt, wie diese Ambivalenz sich auch auf Länder anwenden lässt – ein Land der Freien, in dem nicht alle frei sind, ein Land der Gleichen, in dem nicht alle gleich sind –, und im zweiten Teil wendet er sie auf ein moralisches Dilemma an. Die schwierige Frage *Was tun?*, aufgeworfen in diesem Gespräch zwischen Arzt und Richter, beantwortet der Richter dann auch passend, indem er wiederholt: «Der Mensch hat es schwer, wenn er das Richtige tun will.» Anschließend hebt Crane die Trennlinie vom Boden auf und macht ein Hochseil daraus. Er stellt den Doktor auf das Seil, und in den folgenden dreizehn Kapiteln sehen wir ihm bei dem Balanceakt zu, Schritt für Schritt, immer in Erwartung, dass er fällt.

Die nächste Szene beginnt einige Zeit nach diesem Gespräch beim Abendessen. Johnson ist so weit wiederhergestellt, dass er auf eigenen Füßen stehen und mühsam, aber ohne Hilfe gehen kann. Eines Abends kommt Trescott von seinem letzten Patienten zurück, führt Johnson aus dem Haus des Richters, setzt ihn in seine Kutsche und fährt mit ihm in einen anderen Teil der Stadt – den schwarzen Teil der Stadt, wo der Doktor ihm ein neues Zuhause bei der Familie von Johnsons altem Freund Alek Williams besorgt hat. Wenn es Johnson dort gutgeht, wird Trescott sich wieder um seine eigenen Angelegenheiten kümmern können (seine Familie, seine Praxis), ihm aber auch nahe genug sein, ihm jederzeit unter die Arme zu greifen.

Der verbrannte Mann ist von Kopf bis Fuß in einen «langen, altmodischen Mantel» gehüllt. Crane will den Leser nicht ablenken und sagt daher nichts über den grausamen Schaden, den Johnsons Körper genommen hat, oder den entsetzlichen Zustand von Johnsons Gesicht. Man kann nur vermuten, dass er den Kopfverband nicht mehr trägt, aber weder hier noch an irgendeiner anderen Stelle seiner Erzählung unternimmt Crane den Versuch, das Gesicht eines Mannes zu beschreiben, der kein Gesicht hat. Andere in der Geschichte werden es natürlich zu sehen bekommen, und sie alle werden mit Entsetzen darauf reagieren, den Lesern aber bleibt nur ihre Phantasie.

Wir erfahren in diesem 13. Kapitel zwei wichtige Dinge, auch wenn sie nicht direkt ausgesprochen werden. Während der Fahrt durch die Stadt macht Crane beiläufig klar, dass Johnson noch sprechen kann – eine erfreuliche Überraschung –, doch als wir ihn dann lachen und auf die Bemerkungen des Doktors antworten hören, wird rasch deutlich, dass er nicht mehr ganz richtig im Kopf ist. Das Feuer hat sein Gehirn beschädigt, er ist zum Schwachsinnigen geworden. Von heiterem Gemüt, so scheint es, aber wie der Richter vorausgesagt hat, kann er dem, was man zu ihm sagt, nicht mehr folgen und bringt keinen einzigen zusammenhängenden Gedanken mehr zustande. Und der Doktor selbst? Bis jetzt wurde er uns als edle Gestalt vorgeführt, als achtbarer, prinzipientreuer Mann, der seine moralische Verpflichtung mit nicht alltäglicher Würde und Ausdauer trägt, aber nachdem er die Kutsche vor dem Haus der Williams angehalten hat, erfahren wir die dunklere Wahrheit über ihn: Er steht unter enormem Druck, die Last seiner Entscheidung, Johnson beizustehen und ihn zu beschützen, hat alle seine Kräfte aufgebraucht, er ist kurz davor, zusammenzubrechen. Alek Williams, verheiratet mit Mary und Vater von sechs Kindern, kommt aus dem Haus, um den Doktor und seinen Freund Henry willkommen zu heißen, doch als Johnson ins Licht tritt,

> blieb Williams die Luft weg, dann brüllte er wie ein Mann, der von einem Stich ins Herz getroffen wird.
>
> Für den Bruchteil eines Augenblicks schien Trescott nach Worten zu suchen. Dann schrie er: «Du alter schwarzer Affe! Du alter schwarzer – hör auf! Hör bloß auf! Hörst du?»
>
> Williams gehorchte sofort, jedenfalls was das Schreien betraf; aber mit leiser Stimme sprach er weiter: «Mein Gott – Gott sei mir gnädig! Wer hätte das gedacht? Gott sei mir gnädig!»
>
> Und wieder rief Trescott im Ton eines Bataillonskommandeurs. «Alek!»
>
> Wieder gab der alte Neger nach, aber noch immer flüsterte er bei sich: «Oh Gott!» Er zitterte vor Entsetzen.

Der Ausbruch des Doktors zerstört die Illusion, wir könnten uns auf eine tröstliche, rührselige Geschichte eines heldenhaften weißen Arztes einrichten, der sich für die Rechte eines grausam entstellten schwarzen Hausdieners in die Bresche wirft, begleitet von mehrstimmig gesungenen Spirituals. Trescott hat Fehler und ist im Innersten zerrissen, ein Mensch aus Fleisch und Blut. Johnson ist ein Wrack. Alek Williams ist ein Narr, und seine sechs kleinen Kinder, die sich beim ersten Anblick des Monsters hinterm Ofen verstecken, sind sechs verängstigte Kinder.

Nach einem etwas weitschweifigen Kapitel, in dem Williams sein wöchentliches Unterhaltsgeld mit dem Richter nachverhandelt (Johnson versetzt seine Familie in Angst und Schrecken, und jetzt verlangt Williams mehr), geht die Geschichte in einer Folge harter filmischer Schnitte flott voran: einzelne, in sich geschlossene Szenen, sorgfältig ausgearbeitete Episoden aus dem Leben der Einwohner von Whilomville. In Reifsnyders Barbierladen streiten sich vier Männer darüber, ob Trescott recht oder unrecht daran getan habe, Johnson das Leben zu retten. Einer von ihnen erwähnt, ein Lebensmittelhändler namens Johnnie Bernard habe «ein grässliches Ding» vor Alek Williams' Hütte gesehen und zwei Tage lang nichts essen können, worauf die Männer sich in morbiden Spekulationen über das schwere Los des Doktors ergehen und «wie man sich fühlt, ohne Gesicht». Als Williams triumphierend nach Hause kommt, nachdem er den Richter überredet hat, seinen Lohn von fünf auf sechs Dollar die Woche zu erhöhen, schleichen er und seine Frau ängstlich in Johnsons stilles Zimmer und stellen fest, dass ihr Untermieter sich davongemacht hat. Und schon springt die Handlung zu einem Haus in einem bürgerlichen Viertel. Ein kleines Mädchen namens Theresa Page gibt eine Party. Nach langwierigen Auseinandersetzungen mit ihrer Mutter hatte ihr Vater schließlich entschieden: «Gut, sie soll sie haben», und jetzt ist die Party im Gange, zehn kleine Jungen und neun kleine Mädchen sitzen «steif» am Esszimmertisch, Theresa und ihre Mutter servieren ihnen Stücke von fünf verschiedenen Kuchen, die ihre Mutter zu diesem Anlass gebacken hat, dazu gibt es Eis und «eine Riesenportion Limonade». Völlig unvermittelt haben wir es mit Kinderspielen zu tun und der Kluft, die zwischen Mädchen und Jungen herrscht. Nach dem Kuchen setzen sich zwei Mädchen mit dem Rücken zum Fenster auf ein Sofa und «strahlten einander liebevoll an», um die Jungen zu ärgern, und als eine der beiden hinterm Fenster etwas rascheln hört, dreht sie sich danach um. Im selben Moment fängt sie an zu schreien und hält sich die Augen zu. Die anderen schauen erschrocken hinaus, aber was auch immer da gewesen sein mochte, es ist weg, und ein paar Jungen, die ihren ganzen Mut zusammennehmen und sich in die Dunkelheit nach draußen wagen, finden ebenfalls nichts. Das schlotternde, weinende Mädchen läuft nach Hause, aber «auch ihrer Mutter konnte die Kleine nichts Zusammenhängendes berichten. War es ein Mann? Sie wusste es nicht. Es war einfach ein Ding, ein grausiges Ding.»

Auf der baufälligen Veranda des Hauses Watermelon Alley 7 tauschen die Farraguts Klatsch und Tratsch – Belle, ihr jüngerer Bruder Sim und die korpulente Mutter – mit den Nachbarn, die ihrerseits auf ihren eigenen baufälligen Veranden sitzen, als «es» plötzlich bei ihnen auftaucht und «eine tiefe, weit ausholende Verbeugung» macht. Es ist das Monster, ein Ding, das sie mit solchem Schrecken erfüllt, dass sie sich panisch ins Haus verziehen. Die hilflos stammelnde Belle bekommt so weiche Knie, dass sie nur noch auf allen vieren kriechen kann. Bei den Nachbarn schreit ein Baby, aus einem anderen Haus dringt ein Ehestreit, und das höfliche und freundliche Monster steht noch immer da und verbeugt sich weiter. Es sagt: «Machense nur keine Umständlichkeit nich, Miss Farragut ... Wirklich nich. Ich frag sie nur, ob sie mit mir tanzen wolln, Miss Farragut. Ich frag sie mal, ob ich die außerordntliche Knuchtuung von Ihrer Gesellschaft bei der Gelegenheit haben kann.» Schließlich schafft es Belle ins Haus, aber das Monster folgt ihr hinein, nimmt die Mütze ab und wiederholt seine Bitte, höflich und wohlerzogen. Das völlig verängstigte Mädchen kauert am Boden und sagt nichts, derweil sitzt das Monster «zierlich auf einer Stuhlkante» und hält seine «alte Mütze in beiden Händen». Mutter Farragut flieht durch die Hintertür aus dem Haus und bringt sich trotz ihres «enormen Gewichts» über einen hohen Bretterzaun in Sicherheit. Entsetzen, gemischt mit Slapstick, dazu ein Hauch rassistischer Herablassung (*Schwarze können ja so einfältig sein*), doch die Szene bekräftigt, dass der geistig eingeschränkte Johnson ein friedliches, sanftmütiges Wesen ist und keineswegs die Absicht hat, irgendwem Angst zu machen oder weh zu tun. Übrigens hören wir ihn hier zum letzten Mal sprechen. Von nun an wird er nur noch vor sich hin summen – ganz leise.

Das Haus der Trescotts ist fast wiederhergestellt. Der Doktor sitzt am Schreibtisch in seinem renovierten Labor und hört sich den Bericht des Polizeichefs an: Am Morgen habe man Johnson auf der Straße herumschlurfen gesehen, rätselhaft sei nur, wo er die Nacht verbracht habe. Fürs Erste habe die Polizei ihn zum eigenen Schutz «eingelocht», aber da ihm nichts Strafbares zur Last gelegt werden könne, werde man ihn wieder laufenlassen, worauf der Doktor sagt: «Ich komme runter und hole ihn.» Aber der Polizeichef ist noch nicht fertig:

> «Man muss sagen, er hat ein paar nette Dinger gedreht, solange er frei war. Das Erste, was er machte, war, dass er bei Pages eine Kinderparty auseinanderscheuchte. Dann ging er in die Watermelon Alley, Mann! Der versetzte die ganze Gegend in Panik. Männer, Frauen und Kinder rannten kreuz und quer und brüllten. Es

heißt, dass eine alte Frau sich ein Bein oder was brach, als sie über den Zaun krabbelte. Er ging danach direkt auf die Hauptstraße, ein irisches Mädel kriegte einen Anfall, und es gab ne Art Aufruhr. Er fing dann an zu rennen, und eine große Menge Leute jagte hinterher und warf Steine. Aber irgendwie entwischte er ihnen da unten bei der Gießerei und am Eisenbahndepot. Die ganze Nacht haben wir ihn gesucht, aber wir konnten ihn nicht finden.»

«War er irgendwie verletzt? Hat ihn jemand mit einem Stein getroffen?»

«Ich glaub, da is nich viel an ihm, was man verletzen kann, oder? Ich glaub, der is verletzt bis oben hin. Nein, sie haben ihm nichts getan. Natürlich wollte ihn niemand wirklich treffen, aber Sie wissen, wie so Menschenmassen sein können. Es ist wie, es ist wie –»

«Ja, ich weiß.»

Der Doktor steht vor einem Dilemma. Abgesehen von der beunruhigenden Nachricht, dass Johnson mit Steinen beworfen wurde, und der Befürchtung, dass er in Zukunft an noch feindseligere Massen geraten könnte (*Sie wissen, wie die sind*), ist auch der Plan gescheitert, Johnson dauerhaft bei Alek Williams unterzubringen – alles geht schief, und Trescott steht wieder bei null und weiterhin vor dem Problem, das er längst gelöst glaubte: Was tun? Doch da ist noch mehr, sehr viel mehr. Der Polizeichef erzählt von dem Mädchen, das auf der Party so große Angst bekam, Jake Winters Tochter, die jetzt «ziemlich krank» sei. Trescott reagiert überrascht. Er ist der Hausarzt der Winters, und wenn die Kleine krank wäre, hätten die Eltern ihn gerufen. «Na ja, wissen Sie», sagt der Polizeichef, «Winter – tja, also der Winter ist bei der Geschichte fast übergeschnappt. Er wollte, dass Sie – dass Sie eingesperrt werden.» Der Doktor versteht kein Wort. «Eingesperrt? Dieser Idiot! Wofür um Himmels willen wollte er mich denn einsperren lassen?»

> «Ach, da wird ein Mordslärm gemacht, dass Sie kein Recht hätten, dass Sie diesen – diesen – Menschen frei rumlaufen lassen. Ich hab ihm gesagt, er soll sich um seine eigenen Sachen kümmern. Ich dachte bloß, es ist besser, Sie wissen's. Und ich glaub, ich sag's Ihnen besser gleich, Doktor, dass über die Sache jetzt viel geredet wird. An Ihrer Stelle würde ich ziemlich spät zum Gefängnis gehen, denn wahrscheinlich wird da ein Haufen Leute am Tor sein; und dann nehmen Sie am besten – äh – ne Maske oder ein Tuch oder was mit.»

Bei einer vor einem Gefängnis versammelten Menschenmenge denkt man an einen Mob, und unter den gegebenen Umständen denkt man bei *Mob* an Lynchjustiz. Gewalt liegt in der Luft, und nachdem der aufgebrachte Jake Winter Trescotts Verhaftung verlangt hat, ist der arme Henry Johnson nicht der Einzige, dem Gefahr droht. Wenn ein Monster durch die Stadt läuft, muss natürlich der Schöpfer dieses Monsters zur Verantwortung gezogen werden: Trescott hat Gift in die Blutbahn von Whilomville gespritzt, und laut der Warnung des mitfühlenden Polizeichefs ist Winter nicht der Einzige, der mit dem Finger auf den Doktor zeigt. *Die ganze Stadt redet davon.*

Schnitt. Im nächsten Kapitel finden wir uns in Martha Goodwins Küche und erfahren, was es mit diesem Gerede auf sich hat. «Eine Frau von großem Herzen», eine halb verrückte, wahrsagende Kassandra, «der bösartigste Kritiker der Stadt», ist die furchterregende Martha eine von Cranes lebendigsten satirischen Erfindungen. In diesem Kapitel wird sie erst einmal vorgestellt, und wenn sie drei Kapitel später in Aktion tritt, lernen wir sie so richtig kennen. Zunächst einmal jedoch dies:

> Sie hatte resolute Ansichten über die Lage in Armenien, die Lage der Frauen in China, über das Techtelmechtel von Mrs. Minster in der Niagara Avenue mit dem jungen Griscom, über den Streit in der Bibelstunde der Baptisten-Sonntagsschule, die Pflicht der Vereinigten Staaten gegenüber den kubanischen Rebellen und über viele andere gewichtige Angelegenheiten. Ihre umfassenden Erfahrungen mit Gewalt hatte sie bei einer Gelegenheit gemacht, als sie die Verprügelung eines Hundes mitangesehen hatte, aber in dem Plan, den sie zur Verbesserung der Welt entworfen hatte, befürwortete sie drastische Maßnahmen. Zum Beispiel forderte sie, dass alle Türken ins Meer zu stoßen und zu ertränken seien und dass Mrs. Minster und der junge Griscom nebeneinander an Zwillingsgalgen aufgehängt werden müssten. Es war so, dass diese Frau des Friedens, die auch immer nur Frieden erlebt hatte, fortwährend für Prinzipien von grenzenloser Grausamkeit eintrat. Für zweifelnde Fragen war sie unempfindlich, da sie schließlich alle ihre Gegner mit einem Naserümpfen übertrumpfte. Dieses Naserümpfen war eine starke Waffe. Auf ihre Gegner wirkte es wie ein Hieb über den Kopf, und man kannte niemanden, der sich von diesem Ausdruck der äußersten Verachtung wieder erholt hätte. Das überrumpelte die Leute und machte sie sprachlos. Sie riskierten es nicht, sich noch einmal niederschmettern zu lassen. Und Martha schritt mit strenger Miene in ihrer Küche auf und ab, unbesiegbar wie Napoleon.

An diesem Tag kommt eine von Marthas Getreuen mit den neuesten Nachrichten zu ihr herüber. «Henry Johnson ist da ausgebrochen, wo sie ihn verwahrt haben», erzählt Carrie Dungen, und gestern sei er in der Stadt gewesen «und hat alle Leute zu Tode erschreckt». Martha reagiert mit einem triumphierenden «Na ja!», und: «Dann ist meine Vorhersage ja eingetroffen». Carrie Dungen erzählt weiter von der kleinen Sadie Winter, wie krank sie sei, wie ihr Vater versuche, Dr. Trescott verhaften zu lassen und wie «die ganze Zeit» eine Menschenmenge vor dem Gefängnis stehe. An dieser Stelle lässt Marthas Schwester, «eine zittrige kleine Frau» namens Kate, ihre Lektüre oben liegen, kommt in die Küche herunter und gibt ihren Senf dazu.

> «Recht geschieht's ihm, wenn er alle seine Patienten verliert», sagte sie plötzlich mit blutdürstigem Ton. Sie schnippte die Worte hervor, als seien ihre Lippen eine Schere.
>
> «So wird's wohl auch kommen», rief Carrie Dungen. «Viele Leute sagen schon, dass sie sich nicht mehr von ihm behandeln lassen. Wenn du krank und nervös bist, dann wird Dr. Trescott dir obendrein das ganze Leben vergraulen, stimmt's? Jedenfalls bei mir, ich würd mir's überlegen.»
>
> Martha ging auf und ab ... und beobachtete die beiden Frauen mit einem nachdenklichen Stirnrunzeln.

Der Tonfall verschiebt sich in jeder dieser kleinen Szenen, doch ungeachtet dessen treibt Crane seine Geschichte voran und teilt uns Neues mit, zum Beispiel (falls Carrie Dungen die Wahrheit sagt), dass Winter nicht der einzige Patient ist, der nicht mehr zu Dr. Trescott gehen will. Und selbst wenn es nicht stimmt, geht es als Gerücht in der Stadt um, und sobald genug Leute es glauben wollen, ist ein Gerücht immer wahr.

Jimmie und seine Mutter sind aus Connecticut zurück. Über seinen körperlichen Zustand wird nichts gesagt, wie es in dieser Novelle auch sonst große zeitliche Lücken gibt und der Erzähler so manches verschweigt, sodass man nur vermuten kann, dass die Haut des Jungen verheilt ist und er keine schlimmen Narben davongetragen hat. Nach der wuchernden, detailreichen Prosa des ersten Teils ist die Prosa des zügig voranschreitenden zweiten Teils auf das Nötigste zurückgestutzt. Ab und zu gibt es eine Atempause (zum Beispiel in der Passage über Martha Goodwin), größtenteils aber stürmt Crane in einem Tempo voran, das einen Effekt von Gleichzeitigkeit erzeugt (Carrie Dungen spricht mit Martha Goodwin zur selben Zeit wie der Polizeichef mit Trescott), und statt von all den Dingen zu erzählen, die ihm sonst immer am Herzen liegen (Licht im Geäst eines Baums; Gedanken, die einer seiner Figuren durch den Kopf gehen), lässt er so viel weg wie nur irgend möglich. Sein Material ist angeschwollen – mehr Figuren als je zuvor treten hier auf, Menschen aus allen Schichten und allen Teilen der Stadt, ein Mikrokosmos der gesamten Gesellschaft –, doch seine Methode beschränkt sich auf den striktesten Minimalismus: so viel wie möglich mit so wenig Worten wie möglich sagen. Diese Methode hat er nur ein einziges Mal angewandt, nämlich hier, im zweiten Teil von *The Monster.* Um zu erreichen, was ihm vorschwebte, glaubte er diese Kapitel auf diese Weise schreiben zu müssen, während er in späteren Werken andere Methoden für angemessen hielt. Crane hörte niemals auf zu experimentieren. Hier und jetzt wurde er zum Minimalisten, aber nur, weil das für seine Zwecke erforderlich war, ein weiterer Schraubenschlüssel in seinem Werkzeugkasten.

> Nach seiner Rückkehr aus Connecticut hatte der kleine Jimmie anfangs große Angst vor dem Monster,

das in der Kammer über der Wagenremise lebte. Er konnte in keiner Weise erkennen, wer das war. Aber allmählich ging seine Angst zurück; eine seltsame Faszination hatte ihn ergriffen. Ganz allmählich rückte er ihm näher, er nahm Kontakt mit ihm auf.

Einmal saß das Monster auf einer Kiste hinter dem Stall und wärmte sich in der Nachmittagssonne. Ein schwerer Crêpe-Schleier war ihm um den Kopf gewickelt.

Johnson wohnt also wieder in seinem alten Zimmer, sein Beschützer ist dem Rat des Polizeichefs gefolgt und hat den Kopf des Monsters in einen Schleier gehüllt. Und da ist Jimmie, der seine Freunde in den Garten geholt hat und den kleinen verängstigten Gaffern den Freak der Familie vorführt. Es folgt eine gruslige Szene, in der Jim als Zeremonienmeister einer Mutprobe agiert und zum Helden des Mobs wird. Herausgefordert, das auf der Kiste sitzende Ding zu berühren, «trat er an das Monster heran und legte ihm sanft die Hand auf die Schulter. ‹Tag, Henry›, sagte er mit etwas zittriger Stimme. Das Monster summte eine seltsame Negermelodie, die kaum mehr als ein fadendünnes Geräusch war; es achtete nicht auf den Jungen.» Jimmie dreht sich triumphierend um und fordert den Jungen, der ihn herausgefordert hat, seinerseits heraus, es ihm gleichzutun, und so geht es weiter, bis Mrs. Hannigan im Nachbargarten zufällig sieht, dass ihr Sohn da bei den anderen steht; sie kreischt, «als würde sie ermordet», er soll auf der Stelle nach Hause kommen. Etwas später taucht Dr. Trescott auf und scheucht die ganze Bande auseinander. Am nächsten Morgen nimmt er seinen Sohn ins Gebet. Jimmie erzählt, was er und die anderen getan haben, und

Trescott seufzte tief auf. Seine Miene war vom Kummer so verdüstert, dass der Junge, verwirrt durch

> dieses geheimnisvolle Verhalten, plötzlich in jämmerliche Klagen ausbrach. «Na na – heul doch nicht, Jim», sagte Trescott und ging um den Schreibtisch herum zu ihm hin. «Nur –», er setzte sich in den großen ledernen Lesesessel und zog den Jungen auf seine Knie. «Ich will dir doch nur erklären –»

Was er ihm erklärt, wird natürlich nicht gesagt, aber die Leser haben keine Schwierigkeiten, die Lücke auszufüllen.

Ein Arztkollege muss zu seiner sterbenden Schwester außerhalb der Stadt und bittet Trescott, ihn solange zu vertreten. Trescott tut ihm den Gefallen gern, Dr. Moser übergibt ihm seine Krankenakten, und am nächsten Morgen bricht Trescott zum ersten Patienten auf der Liste auf. Das ist zufällig Winter, aber irgendwie – seltsam – «erschien ihm das nicht von Wichtigkeit». Man fragt sich, warum. Die Winters wollen ihn als Arzt nicht mehr haben, und Trescott hat gehört, dass Jake Winter seine Verhaftung verlangt hatte. Ist das nicht «von Wichtigkeit», und sollte Trescott sich eigentlich nicht hüten, ins Haus dieser Leute zu gehen? Viel zu naiv, begreift er gar nicht, wie sehr Winter und andere in der Stadt sich gegen ihn gewandt haben. Er läutet, und als Mrs. Winter ihm öffnet, wünscht er ihr einen guten Morgen – *heiter* – und erklärt, er vertrete Dr. Moser. Die perplexe Frau betrachtet ihn «wie versteinert» und läuft ins Haus, ihren Mann suchen. Trescott tritt ein und geht ins Wohnzimmer. Winter erscheint in der Tür und fragt grob: «Was wollen Sie?» «Was ich will?», fragt Trescott zurück. «Was ich will?» – und plötzlich versteht er, endlich, in was für eine Situation er geraten ist. Crane macht das nachdrücklich klar: «Er hatte eine ganz neue Herausforderung in diesem nächtlichen Dschungel gehört.»

«‹Ja, das will ich wissen›, fuhr Winter ihn an. ‹Was wollen Sie hier?›»

Trescott versucht ruhig zu bleiben, sieht in den Unterlagen nach, die ihm ausgehändigt wurden, und sagt, der Fall des kleinen Mädchens sei «ziemlich ernst». Er rät Winter, einen anderen Arzt zu konsultieren, und reicht ihm eine Abschrift von Mosers Notizen, doch Winter weicht zurück, und das Blatt flattert auf den Boden.

> «Guten Morgen», sagte Trescott vom Flur her. Dieser stille Rückzug schien plötzlich Winters Zorn herauszufordern. Es war, als erinnerte er sich jetzt an die Vorhaltungen, die er sich ausgedacht hatte, um sie Trescott an den Kopf zu werfen. Er folgte ihm also in den Flur, und den Flur entlang zur Tür und durch die Tür auf die Vorderveranda und stieß dabei, aus respektvollem Abstand, heftige Zornesworte aus. Als Trescott ungerührt das Pferd nach der Straße zu drehte, stand Winter noch immer auf der Veranda und schrie immer noch in den höchsten Tönen. Er klang wie ein kleiner Hund.

Schnitt. Martha Goodwins Küche. Carrie Dungen platzt vor Neuigkeiten. Alle wissen von dem «furchtbaren Auftritt» an diesem Morgen und wie Jake Winter Dr. Trescott gesagt hat, «was er von ihm hält». Mrs. Howarth (kleiner Gruß an Cora) «hörte es durch ihre Jalousien durch», und jetzt weiß es schon die ganze Stadt, dass nämlich Winter dem Doktor gesagt hat, der kleinen Sadie gehe es nicht gut, seit Henry Johnson sie auf der Party so furchtbar erschreckt habe, und er mache den Arzt persönlich dafür verantwortlich, und wie könne der es wagen, «über seine Schwelle zu treten – und – und –». Aber nein, unterbricht Martha das Gespräch zwischen Carrie und ihrer Schwester Kate, Sadie sei überhaupt nicht krank, sie gehe ja regelmäßig zur Schule. Die zwei wollen das nicht glauben, und «Martha fuhr vor ihrem Abwaschbecken herum. Sie hielt einen Eisenlöffel, und es sah aus, als wolle sie auf die beiden losgehen. ‹Sadie Winter ist hier sehr oft morgens vorbeigekommen und hatte ihren Schulbeutel dabei. Wohin ging sie dann wohl? Zu einer Hochzeit?›» Und dann, noch lauter: «Wenn ich Dr. Trescott gewesen wäre, ich hätte diesem elenden Jake Winter eins über die Rübe gegeben!»

Carrie schwenkt um, schließt mit Kate «ein Bündnis durch die Luft» und widerspricht Martha:

> «Ich sehe nicht, wieso man es jemandem übelnehmen kann, wenn er wütend wird, weil einem sein kleines Mädchen zu Tod erschreckt worden ist und davon krank geworden ist und alles. Außerdem sagt ja jeder –»
>
> «Ach was, mir ist egal, was jeder sagt!», sagte Martha.
>
> «Nun, du kannst wohl nicht gegen die ganze Stadt angehen», antwortete Carrie plötzlich in scharf abwehrendem Ton.
>
> «Nein, Martha, du kannst dich nicht gegen die ganze Stadt stellen», flötete Kate, die sich beeilte, ihrer Vorrednerin zu folgen.
>
> «Die ganze Stadt!», rief Martha. «Ich möchte mal sehen, was ihr die ‹ganze Stadt› nennt. Wollt ihr behaupten, die blöden Kerle, die vor Henry Johnson Angst haben, seien ‹die ganze Stadt›?»

Aber ... aber, erwidert Carrie, Henry Johnson *ist* unheimlich, und «Jeder hat Angst vor ihm». Martha fragt verächtlich, wie sie das wissen kann, wenn sie selbst ihn noch nie gesehen hat, und Carrie kann immer nur wiederholen: «Jeder sagt das.»

Plötzlich wechselt sie das Thema und erzählt – falls Martha es noch nicht gehört haben sollte –, die Hannigans wollen ihr Haus verkaufen und in einen anderen Teil der Stadt ziehen.

«‹Wegen ihm?›, fragte Martha.»

Ja, wegen ihm.

Herbst. Die Ahornbäume von Whilomville haben sich rot und gelb gefärbt, die Jungen sehen den herabfallenden Blättern zu und träumen «von der nahen Zeit, wenn sie sie auf den Straßen zu Haufen zusammenschieben und sie an einem jener plötzlich einfallenden Abende verbrennen würden». Richter Hagenthorpe und drei «aktive und einflussreiche Bürger» der Stadt gehen die Niagara Avenue hinunter, um Dr. Trescott einen Besuch abzustatten. Angeführt wird die Delegation von einem Mann mit dem sonderbaren Namen John Twelve, dem Lebensmittelgroßhändler, der 400 000 Dollar hat, aber «angeblich eine Million besitzt». *John 12*: das zwölfte Kapitel des Johannesevangeliums, in dessen ersten Zeilen mehrmals der von den Toten auferweckte Lazarus erwähnt wird – das erstaunlichste der von Jesus gewirkten Wunder. Dr. Trescott hat ein ähnliches Wunder vollbracht, er hat Henry Johnson von den Toten zurückgeholt, und wenn Crane den Doktor auch nicht mit Jesus vergleicht, beide haben den Gesetzen der Natur die Stirn geboten und sind deswegen unter Verdacht geraten. (Hagenthorpe bei dem Abendessen: «Die Natur hat ihn augenscheinlich aufgegeben. Er ist tot. Sie holen ihn ins Leben zurück.») Bei Johannes hat das Wunder zur Folge, dass Jesus eine Heerschar neuer Anhänger gewinnt, andererseits wenden sich die Pharisäer und viele andere nun gegen ihn, und als Jesus an dem Tag, den wir heute Palmsonntag nennen, in Jerusalem einzieht, geht die Geschichte bekanntlich ihrem Höhepunkt entgegen. Trescott hat in seiner Rolle als Arzt seine christliche Pflicht erfüllt und einen schwer verwundeten Mann nach allen Regeln der medizinischen Wissenschaft am Leben erhalten, dabei jedoch ein Monstrum erschaffen, ein Ding, das Whilomville mit einer neuen Krankheit infiziert hat – einer Epidemie der Angst –, und solange dieses Ding nicht aus ihrer Mitte entfernt ist, wird die Stadt nicht zur Ruhe kommen. Die vier angesehenen Männer, die bei Trescott vorstellig werden, sind Vertreter des Status quo, und sie haben es auf sich genommen, das Problem zu lösen. Sie geben sich dem Doktor gegenüber außerordentlich freundlich und teilnahmsvoll, doch während sie so tun, als bewunderten sie sein Können, und behaupten, sie hätten nur sein Bestes im Sinn, denken sie in Wahrheit rein praktisch, sie sind Heuchler, sie würden nicht lange fackeln und alle ethischen Prinzipien, die sie vielleicht haben oder zu haben glauben, über Bord werfen, um die Ordnung in der Stadt wiederherzustellen.

Als John Twelve zu sprechen beginnt, sieht Trescott, auf ein wenig Unterstützung hoffend, zu dem Richter, aber der alte Mann senkt den Kopf und weicht seinem Blick aus. Sie alle mögen ihn, sagt Twelve zu dem Doktor, aber sie fürchten, er richte sich zugrunde, wenn er so weitermache. Er richte sich nicht zugrunde, sagt Trescott. Na schön, räumt Twelve ein, aber er füge sich großen Schaden zu. «Sie waren hier mal der erste Arzt, und jetzt sind Sie der letzte. Das kommt hauptsächlich daher, dass es immer eine Menge Leute gibt, die ziemlich hirnlose Narren sind, aber natürlich ändert das nichts an der Sache.» Ein anderer, namenlos, platzt heraus: «Es sind die Frauen.» Twelve geht darüber hinweg: «Auch wenn es auf der Welt eine Menge Narren gibt, so sehe ich darum noch nicht ein, weshalb Sie sich dadurch ruinieren lassen sollen, dass Sie gegen sie angehen. Die sind nämlich unbelehrbar, wissen Sie.» Trescott erwidert mit müdem Lächeln, er suche gar nicht, sie zu belehren, doch als er sich genauer erklären will, gerät er ins Stammeln: «Ich – es ist eine Sache der – tja –» Wieder platzt der Namenlose heraus: «Es sind die Frauen», und wieder gehen die anderen darüber hinweg. Twelve schlägt vor, «Johnson irgendwo weiter oben im Tal unterzubringen», aber Trescott unterbricht ihn, niemand könne sich so gut um ihn kümmern wie er. Eingeschnappt bringt Twelve eine «kleine gammelige Farm» ins Spiel, die er Henry zur Verfügung stellen wolle, und dann gerät auch er ins Stammeln. «Und wenn Sie – und wenn Sie – wenn Sie – wegen dem Brand von Ihrem Haus oder was – also die Jungs wollten Ihnen das einfach abnehmen und –» So endet das vorletzte Kapitel in einer Sackgasse. Trescott gibt nicht nach, und den anderen sind die Ideen ausgegangen.

> Trescott stand auf und ging zum Fenster. Er drehte ihnen den Rücken zu. Sie saßen da und schwiegen. Als er zurückkam, blieb sein Gesicht im Schatten. «Nein, John Twelve», sagte er. «Es geht nicht.»
>
> Es folgte wieder ein Schweigen. Plötzlich regte sich ein Mann auf seinem Stuhl.
>
> «Na ja, dann eben ein öffentliches Heim –», fing er an.
>
> «Nein», sagte Trescott; «öffentliche Heime sind gut und schön, aber er kommt da nicht rein.»
>
> Ganz hinten unter den Sitzenden rieb der alte Richter Hagenthorpe gedankenvoll den Elfenbeinkopf seines Stockes.

Schnitt. Ein paar Monate später. Es ist Winter, Trescott kommt nach Hause, «stampfte laut den Schnee von seinen Füßen und klopfte sich die Schneeflocken von den Schultern». Er geht hinein, tritt ins Wohnzimmer und sieht dort Jimmie, der «angestrengt in einem großen Buch über Giraffen, Tiger und Krokodile» liest. Der Doktor fragt den Jungen, wo seine Mutter ist, aber Jimmie weiß es nicht. Vielleicht oben, sagt er.

Trescott geht zum Fuß der Treppe und ruft, aber niemand antwortet. Er geht hinauf, betritt den kleinen, schwach beleuchteten Salon und sieht seine Frau in einem Lehnsessel kauern. Er fragt, ob sie ihn nicht gehört habe, und wieder antwortet sie nicht, und als er sich besorgt über den Sessel beugt, hört er, wie sie «ein Schluchzen in einem Kissen zu ersticken» versucht. Warum weinst du, fragt er bestürzt, und statt einer Antwort kommt eine Ausflucht: «Ich hab Kopfweh, so schreckliches Kopfweh, Ned.»

> Er zog einen Stuhl nah an sie heran. Später, als er seinen Blick über den von trüben roten Scheiben erhellten Teil des Raumes schweifen ließ, bemerkte er, dass ein niedriger Tisch nahe an den Ofen gerückt worden war und dass er mit vielen kleinen Tassen und Tellern mit unaufgeschnittenem Teekuchen bedeckt war. Es fiel ihm ein, dass es Mittwoch war und dass seine Frau mittwochs immer Gäste empfing.
>
> «Wer war denn heute da, Gracie?», fragte er.
>
> Von seiner Schulter her wurde gemurmelt: «Mrs. Twelve.»
>
> «War sie – eh –», sagte er; «ist denn Anna Hagenthorpe gar nicht rüber gekommen?»
>
> Es wurde weiter an seiner Schulter gemurmelt. «Sie fühlte sich nicht sehr wohl.»
>
> Trescott schaute auf die Tassen und zählte sie mechanisch. Es waren fünfzehn. «Aber aber», sagte er. «Wein doch nicht, Grace. Nicht weinen.»
>
> Der Wind heulte um das Haus, und der Schnee fiel schräg gegen die Fenster. Manchmal sackte die Kohle im Ofen mit einem zusammenschnurrenden Geräusch, und dann färbten sich die vier Marienglasfenster plötzlich mit einem neu aufflammenden Rot. Er saß und drückte ihren Kopf an seine Schulter. Ab und zu entdeckte er sich dabei, wie er versuchte, die Tassen zu zählen. Es waren fünfzehn.

Äußerst still und gedämpft endet das Buch mit einem unterdrückten Schluchzen, das dennoch die ganze vernichtende Kraft des Knalls entfaltet, den der Leser erwartet haben mag: Denn dies ist das Ende der Welt. Und mit dieser kleinen Szene in dem schwach beleuchteten Zimmer ist sie endgültig untergegangen. Die Trescotts sind in Acht und Bann getan. Sie haben keinen Platz mehr in der Stadt, in der sie seit Jahren gelebt und sich emporgearbeitet haben, ihren Vorstellungen davon vertrauend, wofür die Gemeinschaft ihrer Bürger steht, und nachdem diese Vorstellungen sich nun als falsch erwiesen haben: Wo stehen sie jetzt? Sie sind hier und nicht hier, gefangen in einem absonderlichen Exil, in ihrem Winkel der Welt, in ihrem eigenen Haus zu einem Leben in innerer Emigration verdammt, und die verborgene, implizite Tragödie der Geschichte besteht darin, dass sie für immer in diesem Zwischenreich festsitzen werden. Wohin könnten sie auch schon gehen? Der Doktor hat sich auferlegt, bis an sein Lebensende für das Monster zu sorgen, und nichts wird ihn davon abbringen. Henry Johnson ist ein Teil von ihm geworden, und wohin immer er sich wendet, Johnson wird bei ihm sein. Würden sie versuchen, anderswo noch einmal von vorn anzufangen, auch dort wäre es nicht anders als in Whilomville.

In diesem aus zersplitternden Bruchstücken zusammengesetzten Buch ist von Religion mit keinem Wort die Rede. Kirchenglocken läuten, aber niemand ist in den Kirchen zu sehen, niemand ruft den Namen Gottes an, und kein Pfarrer oder Priester spielt in dem Gemeinwesen eine Rolle. Mit der Einführung einer Figur namens John Twelve jedoch fleht Crane den Leser geradezu an, das Johannesevangelium aufzuschlagen und noch einmal das zwölfte Kapitel zu lesen. Wir wissen, wie sehr er mit der Religion seiner Eltern und den christlichen Soldaten des Whilom Drum Corps auf Kriegsfuß stand, aber Crane kannte seine Bibel gut, so gut, dass seine Prosa nicht selten in die Rhythmen der King James Bible verfällt, und angesichts seiner Anspielung auf das Johannesevangelium in Gestalt von John Twelve frage ich mich, ob er nicht auch an einen anderen Vers in einem anderen Buch gedacht hat, als John Twelve zu dem Doktor sagt: «Sie waren hier mal der erste Arzt, und jetzt sind Sie der letzte», was auf den bekannten Vers in Kapitel 20 des Evangeliums nach Matthäus hinzudeuten scheint: «Also werden die Letzten die Ersten und die Ersten die Letzten sein. Denn viele sind berufen, aber wenige auserwählt.» Ist Trescott berufen, und wenn ja, ist er auserwählt? Und wenn er auserwählt ist – auserwählt wozu? Darauf fällt mir nur eine einzige plausible Antwort ein: Zum Martyrium. «Nein, John Twelve», sagt Trescott. «Es geht nicht.» Mit diesen Worten schließt er sich dem Märtyrer Henry Johnson an – gegen die weißen Männer, die in der Stadt das Sagen haben, und wird selbst zum Märtyrer. Der Schwarze und der Weiße werden fortan dasselbe Schicksal tragen.

Gott segne Amerika und lang möge das Sternenbanner wehen.

9

The Bride Comes to Yellow Sky.

Eine Tragödie, gefolgt von einer Komödie. Ein Tonlagenwechsel, so drastisch wie ein Sprung von *König Lear* zu *Wie es euch gefällt*, aber so unterschiedlich die beiden Stücke sind, sie stammen aus ein und demselben Kopf, und in beiden geht es um unlösbare menschliche Konflikte. Shakespeare erwähne ich nicht, um ihn mit Crane zu vergleichen, sondern weil er das reinste Beispiel für einen Dichter ist, dessen Geist umfassend und flexibel genug ist, um zu begreifen, dass jeder Mensch aus zahlreichen Wesen zusammengesetzt ist und dass ich, wenn ich heute weine und den Tag verfluche, an dem ich geboren wurde, morgen aus dem Bett springen und mich fragen kann, was ich zum Frühstück möchte – Rührei, Spiegelei oder ein hartgekochtes. Die Trennlinie zwischen Tragödie und Komödie ist schmal, und in Shakespeares Stücken zeigt sich der Unterschied zwischen beiden allein im letzten Akt. In *Lear* liegen fünfzig Prozent der Akteure tot auf der Bühne. In *Wie es euch gefällt* feiern alle Hochzeit und sind glücklich bis an Ende ihrer Tage. In Cranes Komödie besteht der Witz darin, dass die Geschichte mit einer Hochzeit beginnt und sich dann rückwärts abspult, und auch wenn am Ende niemand stirbt, gibt es reichlich menschliche Konflikte – genug, den Leser bis zum letzten Augenblick im Ungewissen zu lassen.

In beiden Stücken, *The Monster* und «The Bride Comes to Yellow Sky», geht es um innere, psychische Verwerfungen. Beide spielen tief in der Provinz – einer Kleinstadt im Bundesstaat New York und einem winzigen texanischen Dorf am Rio Grande – und verwandeln sich von etwas Vertrautem in etwas Fremdes und Unbegreifliches, und die Protagonisten müssen zusehen, wie sie sich in der neuen Realität zurechtfinden. In *The Monster* ist ein Zufall Auslöser der Verwerfung (ein Feuer), in Cranes Western hingegen ist Zeit die destabilisierende Kraft, die die alten Bräuche in Frage stellt und schließlich auslöscht. Die Novelle endet in Verwüstung. Die Erzählung endet mit schallendem Gelächter.

Jack Potter, ehemaliger Marshal von Yellow Sky, war auf Brautschau in San Antonio, mit Erfolg. Zu Beginn der Geschichte sitzen die Frischvermählten schon im Zug Richtung Westen auf dem Weg in Potters Heimatstadt, aber «ein Blick aus dem Fenster schien nur zu beweisen, dass die Prärie von Texas nach Osten entglitt»[90].

■ 90 Alle Zitate aus «Die Braut kommt nach Yellow Sky», in: Stephen Crane: Kleine Romane und Erzählungen. Aus dem Amerikanischen von Barbara Cramer-Nauhaus, Leipzig 1983.

Eine alltägliche, im Zug oft erlebte Sinnestäuschung, und Cranes Hinweis darauf gleich im ersten Satz ist ein subtiler Fingerzeig, wohin die Reise in dieser Erzählung gehen soll: Der Osten ist in den Westen vorgerückt, die Tage des Wilden Westens sind gezählt. Der Gedanke beschäftigt ihn seit seinen Reisen durch Texas vor zweieinhalb Jahren, und jetzt will er ihn zum Leben erwecken und zeigen, was passiert, wenn die Zivilisation in die letzten Widerstandsnester vordringt und eine Schießerei gewinnt, ohne einen einzigen Schuss abzugeben.

Potter und seine frisch angetraute Frau, Naivlinge mittleren Alters, sind auf der Reise ihres Lebens, ausstaffiert mit neuen Kleidern, die ihnen so fremd sind wie die Tatsache, dass sie jetzt verheiratet sind. Der sonnenverbrannte, wettergegerbte Potter betrachtet «respektvoll» seinen schwarzen Anzug und sitzt da, «auf jedem Knie eine Hand, wie einer, der beim Barbier wartet». Seine Braut, weder hübsch noch «sehr jung», fühlt sich in ihrem ungewohnten Putz nicht wohl und errötet jedes Mal, wenn einer der Mitreisenden sie anschaut. Aber beide sind glücklich, «sehr glücklich», und bestaunen die «verwirrende Ausstattung des Wagens» – den feudalen grünen Samt, die schimmernden Metall- und Silberbeschläge, das glänzend polierte Holz. So unbeholfen oder eingeschüchtert ihnen zumute sein mag, Potter ist entschlossen, aus dieser einmaligen Gelegenheit das Beste zu machen. Nachher werden sie in den Speisewagen gehen, sagt er, und das «feinste Mahl der Welt» bekommen. Es kostet einen Dollar, fügt er hinzu, um zu betonen, was für ein exquisites Essen das sein wird, und auf den zaghaften Einwand seiner Frau: «Aber das ist doch zu viel – für uns – was meinst du, Jack?», antwortet er: «Auf dieser Reise keinesfalls. Wennschon, dennschon.»

In *The Monster* kommt Barbier Reifsnyder beiläufig auf Pullman-Schaffner zu sprechen, durchweg schwarze Eisenbahnangestellte, die in den 1860ern von George Pullman angeheuert wurden, ehemalige Sklaven, die die weißen Passagiere in seinen neu erfundenen Schlafwagen zu bedienen hatten. In den dreißig Jahren seither hatten die Schaffner sich einen Ruf als elegante, tüchtige Mitarbeiter von tadellosen Manieren erworben – die amerikanische Version der für Passagiere in Fernzügen zuständigen britischen Butler. Ganz gleich, wie grob oder herablassend sie behandelt wurden, die schwarzen Schaffner durften nie aus ihrer Rolle fallen, was sie zu den exemplarisch Gespaltenen in Du Bois' Niemandsland des «Doppelbewusstseins» machte. Nur drei Jahre nach dem blutigen Pullman-Streik von 1894 pflanzt Crane – womöglich als komisches Gegengift zu den in *The Monster* geschilderten vergifteten Beziehungen zwischen Schwarz und Weiß – einen dieser weltmännisch gewandten Schaffner in den Zug nach Yellow Sky, und erst dank ihm begreifen wir das ganze Ausmaß der Naivität und Weltfremdheit der beiden Eheleute.

> Für die Gemüter des Paares spiegelte ihre Umgebung den Glanz ihrer Trauung am Morgen in San Antonio wider; dieses war die Umwelt ihres neuen Standes; und das Gesicht des Mannes insbesondere strahlte in solchem Hochgefühl, dass es den schwarzen Dienstmann geradezu lächerlich anmutete. Dieser Mensch musterte sie zuweilen von weitem mit amüsiertem und überlegenem Grinsen. Bei anderen Gelegenheiten tyrannisierte er sie mit Geschick, auf eine Weise, die es ihnen gar nicht recht zu Bewusstsein kommen ließ, dass sie tyrannisiert wurden. Er gebrauchte kunstreich alle Spielarten des unüberwindlichsten Snobismus. Er unterjochte sie; aber von dieser Unterjochung merkten sie wenig, und schnell vergaßen sie, dass einige Reisende sie zuweilen mit spöttischem Vergnügen angafften. [Historisch] war man sich dar-

über einig, dass ihre Situation etwas unendlich Komisches an sich hatte.

Historisch. Wieder so eine sonderbare Wortwahl Cranes, gleichwohl treffend und seinen verborgenen Absichten vollkommen angemessen. Historisch bezieht sich in diesem Fall nicht nur auf die Situation im Zug, sondern auch auf die Geschichte von Yellow Sky, und in diesem Kaff ist Potter «bekannt, beliebt, gefürchtet in seinem Winkel, eine prominente Persönlichkeit», und während der Zug seinem Ziel entgegenfährt, beunruhigt ihn immer mehr, was er getan hat – dass er sich nach San Antonio fortgestohlen und geheiratet hat, «ohne Yellow Sky ... zu Rate zu ziehen», und dass er, indem er sich vor seiner Pflicht seinen Freunden gegenüber gedrückt hat, oder jedenfalls vor dem, was er für seine Pflicht hält, ein «außerordentliches Verbrechen» begangen hat. Potter weiß, die Leute von Yellow Sky heiraten einander «einem alten Brauch folgend, wie es ihnen beliebte», er aber als Gesetzeshüter ist anders als die anderen. Da für ihn höhere Maßstäbe gelten, fühlt er «den Schatten einer Missetat wie eine Bleiplatte auf sich lasten».

Eine merkwürdige Form der Selbstbestrafung, möchte man meinen, aber vielleicht nicht ganz so merkwürdig, wenn man bedenkt, dass Potters Schuldgefühle durchaus vergleichbar sind mit denen, die Crane empfand, als er an der Erzählung zu arbeiten begann. Er war vor kurzem nach England übersiedelt, hatte mit Cora einen Hausstand gegründet und lebte mit ihr wie Mann und Frau, hatte aber seiner Familie in Amerika die Verbindung verschwiegen und würde auch noch anderthalb Jahre nichts darüber verlauten lassen, weil es ihm zu peinlich war, mit der Wahrheit über ihr Zusammenleben herauszurücken. Den Marshal Potter schützt allerdings kein Ozean vor der Enttarnung, nach seiner Rückkehr wird sich die Neuigkeit rasch verbreiten, dennoch hofft er, den Augenblick der Wahrheit möglichst lange hinausschieben zu können, und hat sich vorgenommen, «alle Listen der Eile und Geschicklichkeit zu brauchen, wenn er den Weg vom Bahnhof nach Hause zurücklegte». Der Zug fährt am Bahnsteig von Yellow Sky vor. «Seine ganze hochmütige Überlegenheit ablegend», bürstet der Schaffner des Marshals neue Kleider ab, und um zu unterstreichen, mit welchem Unbehagen den Letzteren die mondäne Eleganz der Großstadtwelt erfüllt, fügt Crane ein weiteres Detail hinzu: «Potter kramte linkisch eine Münze heraus und gab sie dem Dienstmann, wie er es andre hatte tun sehen. Es war ein schweres und anstrengendes Stück Arbeit; ihm war wie einem Mann, der sein erstes Pferd beschlägt.» Koffer in der Hand, hasten Potter und seine Braut davon und machen nicht einmal halt, um mit dem Bahnhofsvorsteher zu sprechen, der ihnen winkend auf dem Bahnsteig entgegengerannt kommt. Potter nimmt an, der Mann will ihm zur Hochzeit gratulieren, tatsächlich aber weiß der Mann davon gar nichts. Er will nur den Marshal warnen, dass der berüchtigte Revolverheld Scratchy Wilson wieder in der Stadt ist, voll wie eine Haubitze und kaum noch zu bändigen. Aber das weiß der Leser noch nicht – so wenig wie Potter, der mit seiner Braut am Arm nach Hause schreitet und inständig hofft, dass niemand sie zusammen sehen wird.

Der zweite Teil der vierteiligen Erzählung beginnt mit einer kleinen Zeitverschiebung – ähnlich wie in *The Monster*, wo der Feueralarm losgeht, bevor von dem Feuer berichtet wird, aber diesmal ist es ein Sprung nach hinten, nicht nach vorn, und so finden wir uns, exakt einundzwanzig Minuten bevor der Kalifornienexpress in Yellow Sky einfährt, in der Kneipe «Zum müden Gentleman» wieder. Die Szene ist rein funktional und liefert lediglich die nötigen Informationen über den Galgenstrick Scratchy Wilson und sein jahrelanges Hickhack mit dem Gesetzeshüter Jack Potter, doch Crane hat alles im Griff, und seine vor Ironie nur so triefenden Sätze machen solches Vergnügen, dass die Abschweifung nicht störend wirkt: Mit dem Hund vor der Kneipentür («Er hatte den

Kopf auf die Pfoten gelegt und blinzelte schläfrig hierhin und dorthin, mit der ständigen Wachsamkeit eines Hundes, der ab und zu einen Fußtritt bekommt»), oder dem Mann an der Bar («Keine Ahnung, ob's ne Schießerei gibt oder nich, aber knallen wird's schon – ganz schön knallen»), parodiert Crane die Groschenheft-Western seiner Kindheit und übernimmt ihre Klischees, um seine Vorstellungen von den sich verändernden Realitäten im zeitgenössischen Amerika an den Mann zu bringen. Dazu kommt der klassische Trick, einen Neuling unter den Stammgästen des Müden Gentleman auftauchen zu lassen, die dann ihm (und uns) erklären müssen, warum der Barmann die Kneipentür verriegelt. «Es bedeutet, mein Freund», antwortet jemand auf die Frage des Fremden, «dass für die nächsten zwei Stunden diese Stadt kaum ein Kurort sein wird.» Das alles ist so durchsichtig und kommt so spielerisch daher, dass man schon halb tot sein müsste, um es nicht lustig zu finden. Scratchy Wilson, erfahren wir, ist «der Letzte von der alten Bande, die immer hier am Fluss hauste», und solange er nüchtern ist, tut er «keiner Fliege» was, aber «wenn er betrunken ist – o weh!». Alle wissen, Jack Potter ist verreist, und wünschen inständig, er wäre heute da. «Er hat Wilson mal eins aufgebrannt – ins Bein – und er würde jetzt bestimmt dazwischenfahren und die Sache in Ordnung bringen.» Ohne Potter droht Ärger, denn «dieser Scratchy Wilson ist ein Wunder mit der Büchse – ein wahres Wunder». Kurz darauf hören sie in der Ferne einen Schuss, dann «drei wilde Schreie».

Der Revolverheld nähert sich dem Saloon. Schnitt. Das dritte Kapitel eröffnet Crane mit einer skurrilen Modenschau: «Ein Mann in einem kastanienbraunen Flanellhemd, wie es von ein paar Judenweibern im Osten von New York verfertigt wird ... Und seine Stiefel hatten rote Stulpen mit goldglänzenden Prägemustern und waren von der Art, wie sie die kleinen schlittenfahrenden Jungen an den Hügelabhängen Neuenglands im Winter lieben.»

Der zerlumpte Gangster entpuppt sich als Dandy, als clownesker

Stutzer, ein Beau Brummel der Prärie. Eben noch der Groschenromandialog im Saloon, im nächsten Satz die pure Satire, eine verblüffend witzige und doch ganz und gar zur Sache gehörige Passage. Der Osten hat sich längst so gründlich in den Westen vorgearbeitet, dass sogar der berüchtigtste Bandit von Texas in einem Hemd umherstolziert, das von kleinen jüdischen Händen in New Yorker Schneidereien gefertigt wurde, und seine Brutalofüße stecken in bizarr verzierten Kaltwetterstiefeln – Direktimporte aus den verschneiten Bergen Vermonts. Also doch kein so furchterregender Kerl, eher ein Narr, eine so lächerlich gewordene Figur, dass man ihn nur noch auslachen oder, noch schlimmer, bemitleiden kann.

Wilson ahnt freilich nichts von seiner Lächerlichkeit. Er hält sich immer noch für den übelsten Knochen diesseits von morgen, und während er betrunken durch die menschenleeren Straßen von Yellow Sky schlendert, «in jeder Hand ... einen langen, schweren, blauschwarzen Revolver», schallen seine gellenden Schreie schrill über die Dächer, stoßen aber auf «eine Mauer des Schweigens». Sämtliche Einwohner haben sich in ihren Häusern verkrochen, und «es war, als ob die Stille ringsum ein Grabgewölbe über ihm bildete». Mit dem Wort *Grab* verweist Crane auf Scratchys Ende und die untergegangene Welt, aus der er stammt. Der alte Westen ist tot, das 20. Jahrhundert zeigt sich bereits am Horizont, aber das hat Scratchy noch nicht mitbekommen. Ohne es zu ahnen, ist er nur noch ein Gespenst, und doch – da liegt der Haken – kann ein Gespenst mit einem langen, blauschwarzen Revolver in jeder Hand noch sehr gefährlich werden.

Er sucht Streit. Er will sich unbedingt mit irgendwem schießen, aber er kann zetern und toben, soviel er will, niemand lässt sich provozieren. Als er vor dem Saloon den dösenden Hund erblickt, richtet er «zum Spaß» seinen Revolver auf das Tier. Der Hund springt auf und trottet davon, verfällt aber in Galopp, als Scratchy wieder einen seiner gellenden Schreie ausstößt. Er gibt einen Schuss ab, trifft aber nicht. Der Hund jault auf und wechselt die Laufrichtung. Noch ein Schuss, wieder daneben. Scratchy lacht. Schwer zu sagen, ob er den Hund wirklich töten will oder sich nur einen Spaß macht. Er klopft an die Tür des Saloons und verlangt was zu trinken, und als die Tür geschlossen bleibt, hebt dieses «Wunder mit der Büchse» ein Stück Papier vom Boden auf, nagelt es mit einem Messer an die Hauswand, geht auf die andere Straßenseite, schießt aus beträchtlicher Entfernung darauf und verfehlt es knapp. Ganz gut, aber nicht so gut wie angekündigt. Fluchend geht er weiter. Im nächsten Satz zerschießt er die Fenster im Haus seines besten Freundes. Crane schreibt: «Der Mann trieb seine Possen mit der Stadt; sie war ein Spielzeug für ihn.» Immer noch auf eine Schießerei aus, und zunehmend frustriert, dass niemand sich darauf einlassen will, fällt ihm «sein alter Widersacher» Jack Potter ein, und er fragt sich, ob der vielleicht bereit wäre, es mit ihm aufzunehmen. Vor Potters Haus angekommen, stellt er fest, es ist niemand da, und so endet das Kapitel damit, wie er das Haus verflucht, das auf ihn herabsieht «wie ein großer steinerner Götze».

Unterdessen ist der Zug angekommen, Potter und seine Braut nähern sich ihrem Zuhause. «Nächste Ecke, Liebling», sagt der Marshal, und kaum biegen sie um dieselbe, sehen sie sich plötzlich «einem Mann in kastanienbraunem Hemd» gegenüber. Ein Revolver wird gezogen und «auf des Bräutigams Brust» gerichtet. Alles bereit zum Showdown:

> Die beiden Männer standen Aug in Auge drei Schritt voneinander entfernt. Der mit dem Revolver lächelte mit einer ganz neuen, gelassenen Grausamkeit. «Hast wohl versucht, mir aufzulauern?», sagte er. «Versucht, mir aufzulauern!» Seine Augen funkelten unheilvoller. Als Potter eine flüchtige Bewegung machte, stieß der Mann giftig seinen Revolver vor. «Nein; unter-

steh dich, Jack Potter. Untersteh dich, jetzt auch nur einen Finger nach nem Revolver auszustrecken. Untersteh dich, mit der Wimper zu zucken. Die Zeit ist für mich gekommen, mit dir abzurechnen, und ich will es auf meine eigne Weise tun und mich nich mit Gegenvorschlägen aufhalten. Wenn dir's also nich passt, dass ich auf dich anlege, dann gib acht, was ich dir sage.»

Potter sah seinen Feind an. «Ich hab gar keinen Revolver bei mir, Scratchy», sagte er. «Auf Ehre nicht.» Er wurde starr und ruhig, aber doch trieb irgendwo im Hintergrund seiner Seele eine Vision des Pullmanwagens vorbei; der meergrün gemusterte Samt, das glänzende Messing, Silber und Glas, das Holz, das so dunkel schimmerte wie die Oberfläche einer Öllache – der ganze Glanz der Hochzeit, der Rahmen des neuen Standes. «Du weißt, ich kämpfe, wenn es zum Kampf kommt, Wilson; aber ich habe keinen Revolver bei mir. Du wirst die ganze Schießerei allein besorgen müssen.»

Das Gesicht seines Feindes wurde fahl. Er tat ein paar Schritte vorwärts und fuchtelte mit seiner Waffe vor Potters Brust herum. «Mach mir nich weis, du hättest keinen Revolver bei dir, du Bursche. Bind mir keinen solchen Bären auf. Keiner in Texas hat dich je ohne Revolver gesehn. Halt mich doch nich für'n Kind.» Seine Augen sprühten Funken, und sein Kehlkopf arbeitete wie eine Pumpe.

«Für ein Kind halt ich dich nicht», antwortete Potter. Seine Füße hatten sich um keinen Zoll rückwärts bewegt. «Ich halte dich für einen verdammten Narren. Ich sag dir, ich hab keinen Revolver, und damit basta. Wenn du mich schon abknallen willst, fängst du am besten gleich damit an; so ne Chance kommt dir nie wieder.»

So viel aufgezwungenes Denken hatte Wilsons Wut abgekühlt; er war ruhiger geworden. «Wenn du keinen Revolver bei dir hast, wieso denn nich?», höhnte er. «Warst wohl zur Sonntagsschule?»

«Ich hab keinen Revolver, weil ich eben mit meiner Frau von San Anton' komme. Ich bin verheiratet», sagte Potter. «Und wenn ich geahnt hätte, dass da Kerle wie du in der Gegend rumlungern, wenn ich meine Frau nach Hause bringe, dann hätt ich einen Revolver, da kannst du dich drauf verlassen»

«Verheiratet!», sagte Wilson gänzlich verständnislos.

«Jawohl, verheiratet. Ich bin verheiratet», sagte Potter mit Nachdruck.

«Verheiratet?», sagte Wilson. Offenbar zum ersten Mal sah er die hinschwindende, ertrinkende Frau an der Seite des anderen. «Nein!», sagte er. Er glich einem Wesen, das einen flüchtigen Blick in eine andere Welt tun darf. Er wich einen Schritt zurück, und sein Arm mit dem Revolver sank zur Seite. «Ist das die Dame?», fragte er.

«Ja, das ist die Dame», antwortete Potter.

Wiederum herrschte Schweigen.

«Hm», sagte Wilson endlich langsam. «Ich glaube, nu ist alles erledigt.»

«Es ist alles erledigt, wenn du's sagst, Scratchy. Du weißt, ich hab den Krawall nicht angezettelt.» Potter hob seine Reisetasche auf.

«Ja, ich mein, es ist erledigt, Jack», sagte Wilson. Er

> sah zu Boden. «Verheiratet!» Von Ritterlichkeit verstand er nichts; es war nur so, dass er angesichts so ungewöhnlicher Umstände ein einfältiges Kind der alten Prärie war. Er hob seinen rechten Revolver auf, steckte beide Waffen in ihre Halfter und ging davon. Seine Füße hinterließen trichterförmige Spuren in dem schweren Sand.

Der einfältige Sohn der alten Prärie hat einen flüchtigen Blick in eine andere Welt erhascht, verwirrt und geschlagen tritt er am Ende von der Bühne ab, und der Sand, über den er schreitet, ist der Sand der Zeit, und mag er auch Spuren in diesem Sand hinterlassen haben, bald wird Wind aufkommen und sie für immer verwehen.

Den Reiz dieser Erzählung macht letztlich nicht so sehr das Aufeinandertreffen zweier Konfliktparteien aus – Vergangenheit gegen Zukunft, Potter gegen Wilson –, sondern Cranes Mitgefühl für seine beiden Protagonisten und das, wofür jeder der beiden steht. Der anarchische Revolverheld und der aufrechte Gesetzeshüter sind die zwei Seelen in Cranes verdoppelter, gespaltener Brust – der rastlose Junge und der heranreifende junge Mann, Crane der Spieler und Abenteurer, der sich in Slums herumgetrieben und kopfüber in Kriege gestürzt hat, und Crane, der nüchterne, gewissenhafte, prinzipientreue Mann, der unermüdliche Schriftsteller und frisch gebundene Auswanderer, der einer gemeinsamen Zukunft «mit einer guten und schönen Frau» entgegensieht. Crane war Scratchy Wilson, und Crane war Jack Potter, und nur wenige Wochen nach seinem dunkelsten und schmerzlichsten Werk schrieb er seine heiterste Komödie. Es ging nicht mehr um die Entscheidung zwischen dem einen oder dem anderen Weg. Es gab zwei Cranes, und 1897, in diesem Jahr der Jahre, hatte er eine Möglichkeit gefunden, beide Wege zur selben Zeit zu gehen.

Zwei Jahre später erweckte er die beiden Männer aus Yellow

Sky in «Moonlight on the Snow» wieder zum Leben, einer Art Fortsetzung, die knapp einen Monat vor seinem Tod im Druck erschien. Potter ist vom Marshal zum Sheriff des County aufgestiegen, er ist auf dem Weg ins westtexanische War Post, wo er einen möglichen Lynchmord verhindern will, begleitet von seinem neuen Stellvertreter – Scratchy Wilson.

10

Cora stürzte sich mit ihrer gewohnten Neigung für todesmutige Sprünge ins häusliche Leben und landete wie immer auf den Füßen. Ihr «neuer Stand» als «Gattin» eines Mannes, der nicht so wohlhabend war wie ein Thompson, ein Stivers oder gar ein Murphy, war für sie keine entbehrungsreiche Last, sondern eine Herausforderung. In Modefragen immer auf dem Laufenden, ließ sie sich in der Öffentlichkeit stets elegant gekleidet blicken, für den Alltag aber erfand sie einen schlichteren Stil, für den sie ihre schicken amerikanischen Schuhe nicht mehr brauchte; im Haus trug sie griechische Sandalen, die sie von einem Schuhmacher in Oxted hatte anfertigen lassen, dazu lange weite Röcke, langärmlige bauschige Blusen und enggeschnürte Mieder. Ein ausgesprochen unkonventioneller Look im spätviktorianischen England, und zu dieser Gewandung kam ihr prächtiges blondes Haar, das sie, ebenfalls gegen jede Konvention, häufig offen trug, auch wenn sie in Ravensbrook Gäste empfing. Gilkes bemerkt dazu, Isadora Duncan habe diesen Look später zur Perfektion gebracht – und noch später, möchte man hinzufügen, die Blumenkinder der 1960er Jahre.

An beschaulichen Abenden spielte Crane Poker mit Frederic,

Barr und anderen Freunden, aber solch beschauliche Abende wurden mit der Zeit immer seltener. Nachdem sich herumgesprochen hatte, dass Stephen Crane in Oxted lebte, strömten immer mehr Besucher ins Haus, alle auf der Suche nach Nähe zu dem jungen amerikanischen Star – der natürlich stinkreich sein musste, einer der reichsten Schriftsteller der Welt. Und wenn es Crane gelegentlich nicht mehr aushielt, floh er nach London und verkroch sich, um weiter arbeiten zu können, für zwei oder drei Tage in Brown's Hotel an der Albemarle Street – zusätzliche Ausgaben zu den ständig steigenden Lebenskosten. John Berryman fasst das Problem in seinem Buch bündig zusammen:

> Sie kamen in Scharen aus London und Amerika, um einen alten Freund zu besuchen, um eine Berühmtheit zu sehen, um Gerüchte zu überprüfen, oder um Coras Kochkünste zu genießen. Sie brachten sich gegenseitig mit, sie brachten Empfehlungsschreiben mit, sie luden sich selbst ein, und die Cranes luden sie ein. Stephen und Cora Crane waren gastfreundlich ... Beide waren sehr langmütig ... Aber das Geld floss immer nur ab, nichts kam herein. Das Haus war voller Gäste und Obst und Blumen – sie gaben drei oder vier Pfund für Blumen aus, als Dekoration für ein einziges Abendessen ... Ende November konnten sie sich vor Gästen kaum noch retten.

Eine Krise zeichnete sich ab, und der Brief, den Crane im Oktober an Reynolds schrieb, ging über Geschäftliches in Sachen Tantiemen, Textumfänge und Verträge weit hinaus, es war ein eindrücklicher Hilfeschrei. Zu Beginn bestimmt er Reynolds zu seinem alleinigen Agenten – mit einem Honorar von zehn Prozent seiner Einnahmen – und erklärt dann, als Erstes müsse er ihn aus dem «Klammergriff von S. S. McClure» befreien. Er glaubt, ihnen noch fünfhundert Dollar zu schulden, aber wenn Reynolds einen fairen Preis für *The Monster* aushandeln kann, sind die Schulden damit vielleicht beglichen. Nein, wohl noch nicht vollständig, aber jedenfalls zum guten Teil, und dann die Amerika-Rechte für «The Bride», für die er mit hundertfünfundsiebzig Dollar rechnet. Diese Geschichte ist «eine Wucht», schreibt er, «und lassen Sie nicht zu, dass man sich darüber lustig macht».

Als Nächstes kommt er auf das Geld zu sprechen, das sich mit journalistischen Arbeiten machen lässt, informiert Reynolds von den Honoraren, die ihm vom *Herald* und der *World* gezahlt wurden, und weist ihn auf seine Kontroverse mit dem *Journal* hin: «Es gibt da ein großes Missverständnis, das ich einfach nicht ausräumen kann. Die sagen, ich stehe bei ihnen im Minus. Ich sage, das stimmt nicht.» Er hat dem *Journal* seine «Irish Notes» geschickt – geschrieben für die englische *Westminster Gazette* – in der Hoffnung, die Zeitung werde die Skizzen in Amerika veröffentlichen, aber bis jetzt hat sich nichts getan. Mit fünfundzwanzig Dollar pro Folge wäre er zufrieden (nicht viel mehr als die Kosten für die Blumen für ein Essen in Oxted), und «wenn das *Journal* erklären kann, warum ich dort im Minus stehe, bin ich der Letzte, der davor kneift, und werde das Konto mit Arbeit ausgleichen».

Als Letztes schlägt er vor, die Imogene-Carter-Mode-und-Klatsch-Kolumne in so vielen Zeitungen wiederzubeleben, wie der Markt hergibt. Er verspricht eine noch bessere Qualität, und notfalls werde er seinen eigenen Namen daruntersetzen. Reynolds soll zu Curtis Brown gehen, «grüßen Sie ihn von mir», und herausfinden, ob er daran interessiert sei. Am Ende wurde nichts daraus, aber allein der Vorschlag zeigt, dass Crane, so bekannt er jetzt sein mochte, immer noch bereit war, wenn es sein musste, die Ärmel hochzukrempeln und sich ins Zeug zu legen. Letzter Satz: «Antworten Sie umgehend. Viel Glück.»

Viel Glück. Verzweifelt war er noch nicht, aber er wurde allmählich nervös, und wenn er nicht auf der Stelle handelte und sich für die herannahende Flut wappnete, wäre es bald zu spät.

Bei alldem war es natürlich nicht gerade hilfreich, dass Mr. und Mrs. Crane auf Pump lebten und bei den örtlichen Händlern bereits tief in der Kreide standen – Metzger, Gemüse- und Weinhändler –, ohne Möglichkeit, ihre Schulden zu begleichen. Ganz zu schweigen von Luxusgütern wie *foie gras* und Kaviar, die sie ihren meist uneingeladenen Gästen in Ravensbrook servierten, aber die ganze Welt sah zu, und die beiden glaubten, den Schein wahren zu müssen. So glücklich sie in ihrem neuen Stand miteinander waren, waren sie einander viel zu ähnlich, als dass sie sich gegenseitig auf die Finger gesehen hätten. Mehr noch, sie hatten auch die gleichen Erwartungen für die Zukunft, und während die Tage verflossen, gaben sie beide sich der Täuschung hin, es werde bestimmt einmal besser werden, morgen, spätestens übermorgen.

Am 29. Oktober wandte sich Crane mit einem verwickelten, selbstkritischen Brief an seinen Bruder William. Es ist einer der längsten Briefe, die er je geschrieben hat, und eingezwängt zwischen diverse Familienangelegenheiten und verstreute Bemerkungen über die Länder und Kriege, aus denen er eines Tages berichten will, Pläne, aus denen nie etwas werden sollte (Klondike, Sudan, Indien), finden sich einige Absätze, in denen Crane einen Schritt zurücktritt und sich selbst betrachtet, seine gegenwärtige Lage einschätzt und Überlegungen anstellt, wie es in Zukunft mit ihm weitergehen könnte.

> Ich war in England, Irland, Schottland, Wales, Frankreich, Griechenland und der Türkei. Ich habe Italien gesehen, aber nie einen Fuß in das Land gesetzt. Seit ich hier in England bin, hatte ich immer nur Pech. Ich bin hier seit vier Monaten, und einen Monat hatte ich

mit den Folgen des Kutschenunfalls zu kämpfen. In den drei Monaten, die ich arbeiten konnte, habe ich knapp 2000 Dollar verdient, wovon mir aber tatsächlich nur £20.17s.3d ausgezahlt wurden – ungefähr 120 Dollar. Was zur Folge hat, dass ich mir Geld borgen muss und mich dabei sehr unglücklich fühle. Es könnte gut sein, dass mich das in Schwierigkeiten bringt.

Die McClures, mit einer Sicherheit von über 1000 Dollar für meine Verbindlichkeiten von 400, weigern sich, mir auch nur den geringsten Betrag vorzuschießen. Und glauben trotzdem, sie würden meine amerikanischen Verleger.

... Mein nächstes kurzes Stück nach der Novelle (The Monster) war The Bride Comes to Yellow Sky. Alle meine Freunde, die mich hier besuchen, sagen, es sei mein allerbestes. Es freut mich sehr, wenn fachkundige Leute mir sagen, ich hätte Fortschritte gemacht. Du weißt, hier in England hält man The Open Boat (Scribner's) für mein bestes. Offenbar gibt es viele Amerikaner, die mich abmurksen, begraben und vergessen wollen – einfach aus Kälte oder Neid oder weil sie mich für unwürdig halten. All das Schlechte, was sie von mir sagen, geht mir vor allem deshalb nahe, weil ich an meine eigenen Leute denke – an Dich und Teddie und die Familien. Es ist nichts, rein gar nichts ... Versprich mir bitte, dass Du all dem keine Beachtung schenkst, nicht einmal in Gedanken. Es ist nur dumm und hat nichts zu sagen. Dein kleiner Bruder ist weder ein Aufschneider noch ein wortkarger Eigenbrötler, sondern jemand, der weiß, dass er sich nach Kräften bemüht, sich einen kleinen Platz in der Welt zu schaffen, und sich weder bremsen noch aufhalten lässt. Er ist auf dem Weg.

Manchmal denke ich, Du und Ted, Ihr macht Euch Sorgen um mich, und das dürft Ihr auch! Ich bin mit meinem Erfolg schlecht umgegangen, wie ein Narr, wie ein Kind, aber mit 23 hat man es nicht so leicht, mit Anstand erfolgreich zu sein. Aber ich lerne täglich hinzu. So langsam werde ich erwachsen. Irgendwann möchte ich mich in Port Jervis oder Hartwood niederlassen. Noch bin ich ein Wanderer und muss erst einmal genug von der Welt sehen, aber – danach – träumt mir von P. J. und Hartwood ...

Ich denke gerade, wie einfach es in meiner gegenwärtigen finanziellen Lage wäre, Dich telegraphisch um hundert Dollar zu bitten, aber wenn dieser Brief Dich erreicht, werde ich wahrscheinlich wieder bei Kasse sein. Früher habe ich mir meist fünfzehn Dollar geliehen, stimmt's? Fünfzehn Dollar – fünfzehn Dollar – fünfzehn Dollar. Ich erinnere mich an eine endlose Reihe von Fünfzehn-Dollar-Bitten.

Ein wenig posiert er immer noch – schließlich richtet der Brief sich an William –, aber im Großen und Ganzen zählen diese Absätze zu Cranes aufrichtigsten Versuchen, die Wahrheit über sich auszusprechen. Zum ersten Mal öffnet sich der Meister der Ausflüchte und gesteht, wie sehr ihn die ständigen Attacken auf seine Person in Amerika verletzt haben. Ebenfalls zum ersten Mal gibt er zu, dass er seinen frühen Erfolg «wie ein Narr, wie ein Kind» verbockt hat. Seine finanzielle Lage ist düster – nicht zum ersten Mal –, aber ausnahmsweise bittet er seinen Bruder nicht um Hilfe. Und endlich bekennt er sich zu seiner unheilbaren Rastlosigkeit und seinem Vorsatz, ein «Wanderer» zu bleiben, bis er die ewige Reiselust gestillt hat – wann immer das sein mag. Und der Traum, eines Tages nach Port Jervis und / oder Hartwood zurückzukehren, ist wenig mehr als das – ein Traum –, allenfalls eine unterwürfige Geste William gegenüber oder eher noch ein Hirngespinst, ausgelöst durch einen plötzlichen Anfall von Heimweh: Sehnsucht nach einer Welt, von der er weiß, dass sie ihm für immer abhandengekommen ist. Vor allem aber – und das sind die bewegendsten Zeilen in dem Brief – wird er «langsam erwachsen», und trotz aller Stolpersteine auf seinem Weg dorthin hat er den Glauben an sich selbst nicht verloren und lebt in der Überzeugung, dass seine besten Arbeiten noch vor ihm liegen. «Dein kleiner Bruder ist jemand, der weiß, dass er sich nach Kräften bemüht, sich einen kleinen Platz in der Welt zu schaffen, und sich weder bremsen noch aufhalten lässt. Er ist auf dem Weg.» Von Cora sagt er kein Wort, natürlich, auch nicht, wo genau er jetzt lebt, aber das zu verschweigen, war seit der Ankunft in England sein Plan und muss hier nicht noch einmal besprochen werden.

Dabei war die verborgene Cora längst zu Cranes verborgener Triebfeder geworden, die unermüdliche, aufmunternde Stimme, die sein Selbstvertrauen immer wieder aufrichtete und ihm half, auch dann noch weiterzuarbeiten, als sie beide schließlich kaum noch ein und aus wussten. Wohlgemerkt, seine Arbeit war ihre einzige Einnahmequelle, und sie wusste, ihr Leben hing von seiner Fähigkeit ab, den Strom am Laufen zu halten, und doch ging es bei alldem nicht nur um Geld. Coras Glaube an Cranes Genie war unerschütterlich. In ihren Augen war alles, was er schrieb, ein Meisterwerk, er war größer als alle anderen lebenden Schriftsteller und würde mit Sicherheit einmal zu den Unsterblichen zählen. Crane hatte immer hart gearbeitet und in der Vergangenheit alle möglichen Schwierigkeiten überwunden, nur selten war er ins Schwanken geraten und von nagenden Zweifeln an seinem Wert als Künstler geplagt worden. Hawkers Überdruss an seinen Gemälden in *The Third Violet* ist ein Spiegelbild von Cranes gelegentlichem Überdruss an seiner eigenen Arbeit, aber damals gab es noch keine Cora, und jetzt, wo sie in sein Leben getreten war, hatte er besseren Halt und bewegte sich auf festerem Boden. Beweis dafür ist die Qualität seiner Arbeiten aus den zehn Monaten, die die beiden in Ravensbrook verlebten. Am Ende beruht Cranes Ruhm auf sechs Werken: *Maggie*, *The Red Badge of Courage*, «The Open Boat», *The Monster*, «The Bride Comes to Yellow Sky» und «The Blue Hotel». Die Hälfte davon entstand im ersten Jahr ihres Zusammenlebens.

Kaum hatte er die Western-Komödie fertig, begann Crane mit «Death and the Child», seit den Kriegserfahrungen in Griechenland sein erster Versuch, sich literarisch mit dem Thema zu beschäftigen. Angesichts der Richtung, die er in den vergangenen neun Monaten eingeschlagen hatte, hätte man etwas Schlichtes und Einfaches erwartet, eine Erzählung in kurzen, schnörkellosen Aussagesätzen und allenfalls karger Bildersprache. Stattdessen gibt uns Crane ein Traumgebilde, einen wilden Sturm an Metaphern, zwanzig Seiten phantastischer, mit kosmologischen Allegorien vollgestopfter Sätze – wie ein Amalgam aus zwei Versionen von *The Pilgrim's Progress*, erdacht von Dante und geschrieben von Ducasse, dem visionären französischen Dichter, der unter dem Namen Comte de Lautréamont bekannt wurde und im November 1870 mit vierundzwanzig Jahren starb, genau ein Jahr bevor Crane auf die Welt kam. Der florentinische Kartograph seiner Reise aus der Unterwelt in die Oberwelt, und ein weiterer in Flammen stehender junger Mann des 19. Jahrhunderts: zwei europäische Mitarbeiter an Cranes erster europäischer Erzählung, die mitten in einem europäischen Krieg spielt und ausschließlich mit europäischen Darstellern besetzt ist, mit einem italienischen Protagonisten griechischer Herkunft, der zumeist französisch angesprochen wird.

Die Geschichte beginnt mit Chaos und Schrecken: Hunderte

Bauern fliehen in Panik einen Berg hinunter. Ein Grund dafür wird nicht genannt, nichts wird erklärt, nicht ein einziges Mal fällt das Wort *Krieg*. «Es war, als wäre die Furcht ein Strom und diese Horde nur mitgerissen worden. Mensch und Vieh in einem heillosen Durcheinander, wie gefällte Stämme, die sich beim Abgang durch Waldschluchten ständig verkeilten.»[91]

Ein Inferno, und wieder einmal (wie in manchen Passagen in *Maggie*) befindet sich Crane, der vermeintlich so klarblickende, nüchterne Realist, in der Welt von Goya und Hieronymus Bosch. Das ist keine Reportage. Es ist eine Nahaufnahme der Apokalypse.

Und wieder einmal, wie bei Crane schon so oft, schaut die Natur absolut teilnahmslos zu.

> Die blaue Bucht mit ihren schlanken Schiffen und die weiße Stadt lagen unter ihnen, in weiter Ferne ausgebreitet, in vollkommener Ruhe. In diesem Anblick lag ein Friede, wie ein Vogel ihn kennt, wenn er hoch in der Luft die Welt überschaut, ein großes, stilles Etwas, das sich geräuschlos dem Ende aller Rätsel entgegendreht. Hier in der Höhe empfand man die Existenz des Universums, das abschätzig den Schmerz von zehntausend Gemütern beschaute. Der Himmel war ein undurchdringliches Saphirgewölbe. Noch für die Berge, die ihre mächtigen Häupter über das Tal erhoben, war das überstürzte Gedränge der Flüchtenden zu klein. Das Meer, der Himmel und die Gipfel stimmten in ihrer Erhabenheit überein, dass dieses Elend ganz und gar belanglos war.

■ 91 Alle Zitate aus «Der Tod und das Kind», in: Stephen Crane: Das offene Boot und andere Erzählungen. Aus dem Amerikanischen von Lucien Deprijck, Hamburg 2016.

Während die Bauern in panischer Angst den Berg hinunter fliehen, schreitet «ein junger Mann zügig den Berg hinauf». Er betrachtet die Fliehenden «aufgewühlt und voller Mitleid», sieht in ihnen aber keine richtigen Menschen, sondern «Felsblöcke, die den Hügel hinunterrollten». Im ersten Absatz waren die Bauern gefällte Stämme. Jetzt sind sie Steine. Lebewesen, von einer laufenden Katastrophe in leblose Dinge verwandelt.

Der junge Mann dreht sich um und sieht jemanden hinter sich den Berg hinaufgehen – der Mann trägt die Uniform eines Leutnants, erster kleiner Hinweis darauf, dass Krieg die laufende Katastrophe ist. Er spricht den Offizier auf Französisch an, schwenkt die Arme, zeigt dramatisch mit dem Finger und sprudelt hervor: «Ach, das ist zu grausam, zu grausam, zu grausam! Oder etwa nicht? Ich hätte nicht gedacht, dass es so schlimm wird. Hätte ich nicht gedacht – du liebe Güte! – hätte ich wirklich nicht gedacht.» Er sei Grieche, sagt er, beziehungsweise sein Vater sei Grieche, und er sei nicht zum Kämpfen hier, sondern arbeite als Berichterstatter für eine italienische Zeitung, denn in Wirklichkeit sei er Italiener und habe sein ganzes Leben in Italien verbracht, er habe studiert – studiert! – und sei nur seines Vaters wegen hier, der Grieche sei, und deswegen liebe er Griechenland, aber er habe sich nicht träumen lassen –

Hier spricht Peza, Cranes ahnungsloser, idealistischer, versnobter junger Pilger, der plötzlich entschlossen ist, in dieser vom Krieg bedrängten Landschaft eine Schlacht zu suchen, die ihm die Ehre gewähren wird, sein Blut für eine edle Sache hinzugeben. Der Sinneswandel vollzieht sich ganz unvermittelt, aber nachdem er in den talwärts rollenden menschlichen Felsblöcken seinen ersten Eindruck vom Krieg gewonnen hat, fühlt er sich verpflichtet, seine Feder gegen ein Schwert einzutauschen und sich den Kämpfern anzuschließen. Raffiniert bringt Crane, Sekunden nachdem er dem Leutnant seinen Entschluss mitgeteilt hat, die ersten Kampfgeräusche ins Spiel. In der Ferne vernimmt Peza

> anhaltendes Donnern von Artilleriefeuer. Es tönte in regelmäßigen Abständen, wie das Schlagen einer gigantischen Uhr – einer Uhr, die in Sternenzeitaltern die Sekunden zählte, und zwischen dem Ticken blieb den Menschen Zeit zu sterben. Feierlich, orakelhaft, unerbittlich hallten die großen Sekunden über die Hügel, als beuge sich Gott über das Zifferblatt, das der Horizont einfasste. Der Soldat und der Korrespondent hüllten sich in Schweigen. Besonders Letzterer war in schwermütiges Brüten versunken, als habe er beschlossen, sich – komme, was da wolle – in die Tiefen des Abgrunds zu stürzen, der all jene Geheimnisse barg, die ihn jetzt plagten, und als wisse er im Voraus, dass ihn dort nichts als Grauen und Hoffnungslosigkeit erwartete. Ein Riemen seiner hellen neuen Ledergamaschen hatte sich gelöst, und er bückte sich langsam danach, fast bedächtig, wie jemand, der sich über das Grab eines Kindes beugt.

Das Bild von einem Kindergrab – Pezas Grab? – weist bereits auf das Kind im Titel der Erzählung voraus, einen namenlosen Bauernjungen, der als Gegengewicht zu dem weltfremden, überempfindlichen, hochgebildeten, zum Soldaten gewordenen Korrespondenten fungiert. Den Jungen sehen wir erst zwei Seiten später, im zweiten Teil der siebenteiligen Geschichte, aber nicht bevor der unbedarfte Peza begriffen hat, was er «auf den Universitäten nicht gelernt hatte», wie man sich nämlich auf das Soldatenleben einstellt, und dass «dieses Schauspiel des Abschlachtens, ohne das die Welt aus unerfindlichen Gründen nicht auskommen konnte, von enormer Tragweite und ... die zufällige Zerstörung eines Individuums namens Peza dabei von keinerlei Bedeutung» war.

Der Junge steht allein auf einem Berg, ein Märchenkind, das

von seinen Eltern auf ihrer panischen Flucht vor dem Feind allein zurückgelassen wurde – menschlich kaum nachvollziehbar, eine so ungeheuerliche Gedankenlosigkeit, die keinem Elternteil von zehn Millionen unterlaufen dürfte, aber Crane hatte sich bereits 1894 mit diesem Thema beschäftigt – in der Skizze «The Fire» (Erstveröffentlichung in der *New York Press* unter dem Titel «When Every One Is Panic Stricken»): zweifellos eine erfundene Geschichte, in der eine Frau mit einer Bambusstaffelei unterm Arm aus ihrem brennenden Haus stürzt und ihr Baby drinnen vergessen hat. Jetzt, auf dem Berg in Griechenland, haben ein Schäfer und seine Frau mit ihrer Schafherde die Flucht ergriffen und irgendwie ihren kleinen Sohn vergessen. Nicht sehr plausibel, aber hier geht es nicht um Realismus, denn das Kind ist kein reales Kind, sondern ein zentraler Bestandteil von Cranes Allegorie, ein Geschöpf der Naturwelt, nicht der Menschenwelt, eine Traumgestalt unverfälschter Unschuld.

Der Junge spielt oben auf dem Berg, die Schlacht in der Ebene unten interessiert ihn nicht, nur wenn das Krachen der Geschütze laut genug wird, ihn von seinem Spiel abzulenken, sieht er kurz hin mit einer «Gelassenheit ... so unerschütterlich wie die des Berges, auf dem er sich befand». Zwei Absätze später setzt Crane noch einmal nach: «Wenn er einen Stock in der Hand hatte, was kümmerte ihn da ein Armeekorps? Das war dem Kind viel zu kindisch. Da blieb er lieber bei seinen Stöcken.»

Unterdessen tappt Peza auf der Suche nach einem Regiment, dem er sich anschließen könnte, umher wie «ein Leichnam ... auf dem Grund des Meeres» oder «wie jemand, der in einem dunklen Keller herumtastete». Die Pflicht hat den Leutnant in eine andere Richtung gerufen; Peza fühlt sich gekränkt und alleingelassen, geht aber weiter, stolpert hierhin und dorthin, Granaten zischen über ihn hinweg, und in ihm wächst die Überzeugung, sein kopfloses Umherirren sei in Wahrheit ein Marsch in den Tod.

Unterwegs begegnet er zahlreichen Soldaten, bewaffneten und

unbewaffneten, verwundeten und unversehrten, sie alle müde, verdreckt und zerlumpt, und schließlich stößt er auf zwei Uniformierte, die ein paar Maultiere bewachen. Die beiden sitzen nebeneinander im Gras und unterhalten sich «ganz ruhig», als hätten sie mit dem Krieg nichts zu tun, oder anders gesagt, sie haben sich längst so sehr an den Krieg gewöhnt, dass sie gelassen damit umgehen können, und Peza ist

> froh und beschämt zugleich, dass er nicht wie sie war, nicht wie diese dummen Bauern, die überall auf der Welt dafür sorgten, dass Potentaten an der Macht blieben, Staatsmänner zu Ruhm gelangten, Generäle ihre Siege errangen, und alles aus Unwissenheit, Gleichgültigkeit oder törichtem Hass. Diese Männer bewegten die Welt mit der Kraft ihrer Arme und ließen es zu, dass man sie mit den Köpfen aneinanderschlug, im Namen Gottes, des Königs oder der Börse – unverbesserliche, selbstvergessene, hoffnungslose Esel, die sich im Dienst einer aufgeputzten Marionette ihres Verstandes entledigten und die geradezu darum bettelten, in den Sack gesteckt zu werden. Peza fühlte sich ihnen nicht überlegen, und doch verspürte er den Wunsch, sie mit wütenden Tritten zur Vernunft zu bringen.

Das sind Pezas Gedanken, aber es sind Cranes Worte, und ob sie nun mit der ironischen Distanz eines Autors geschrieben wurden, der aus dem Off die Ansichten seines Protagonisten wiedergibt, oder ob sie indirekt Cranes eigene Ansichten *durch* seinen Protagonisten ausdrücken, jedenfalls sind es die zynischsten, misanthropischsten Sätze, die er jemals von sich gegeben hat, eine zornsprühende, Gift und Galle spuckende Anklage gegen alle Schichten der

Gesellschaft, gegen die Mächtigen und Machtlosen gleichermaßen, das ungeheure Geflecht aus Gott, Regierung und Kapital, das zulässt, dass es Kriege gibt, und die einfältigen Massen anstachelt, daran teilzunehmen. Mitten in der Erzählung begraben, enthüllen diese Worte die dunkle Botschaft im Zentrum von «Der Tod und das Kind» und zeigen, wie gründlich sich Cranes Vorstellungen vom Krieg verändert hatten, seit er selbst in den Krieg gezogen war. Es gibt keine Rechtfertigung dafür, Menschen in die Schlacht zu schicken. Sieg oder Niederlage, die Geldsäcke profitieren immer, und Sieg oder Niederlage, die Habenichts gehen immer leer aus. Man kann sich darüber ereifern, soviel man will, aber so geht es nun einmal zu.

Schließlich landet Peza bei einer Einheit, die sich gerade auf die Verteidigung ihrer Stellung gegen die anrückenden Türken vorbereitet: «Von den schwarzen Linien hatte sich eine dunkle Masse gelöst, die sich vorschob wie eine gigantische Zunge.» Der Hochschulabsolvent, im Bewusstsein des Unterschieds zwischen «fetten, schmierigen» Bauern und einem «jungen Studenten, der Sonette schreiben und leidlich Klavier spielen» kann, erklärt dem Befehlshabenden, er wünsche nichts sehnlicher, als «für sein Vaterland zu kämpfen». Der Offizier lächelt, und weil der Fremde nur mit einer Pistole bewaffnet ist, zeigt er auf «einige tote Männer, über die man Decken gebreitet hatte». Peza versteht nicht. Er glaubt, der Offizier wolle ihn «theatralisch» auf die Gefahr hinweisen. Aber nein, sagt der Offizier und rät ihm, sich von einem der Toten einen Patronengurt zu holen, den werde er in der bevorstehenden Schlacht gut brauchen können. Peza streckt die Hand nach der über einen toten Soldaten ausgebreiteten Decke aus, erstarrt dann aber, «als ob sein Arm sich in Gips verwandelt hätte». Plötzlich fragt ihn der Offizier, ob er Tabak habe, und Peza reicht ihm völlig verwirrt seinen Beutel. Zum Dank weist der Offizier einen seiner Männer an, dem verstörten Fremden einen Patronengurt zu besorgen, und hier nun beginnt Peza den Verstand zu verlieren, denn kaum hat er sich den langen Patronengurt um die Brust gelegt, kommt es ihm vor, «als habe der Tote seine Arme um ihn geschlungen». Ein anderer Soldat gibt ihm ein Gewehr, die «Hinterlassenschaft eines anderen Toten», und ihm ist, «als umklammere eine Leiche seinen Hals», das Gewehr ist ihm «etwas unsagbar Abscheuliches, wie eine Schlange, die in einem Grabmal haust». Er glaubt, die gedämpften Stimmen der beiden toten Männer zu hören, sie sprechen «von Blut und Tod und Verstümmelung», und dann sieht er einen anderen Toten, dem die Decke vom Gesicht gerutscht ist. «Zwei wässrige Augen starrten ihn an», und plötzlich hat Peza das Gefühl, die Toten zerren ihn hinab in einen «unterirdischen Raum, wo sie marschieren konnten, furchterregende Gestalten, aufgedunsen und blutbefleckt. Er musste ihnen folgen, sich ihren Weisungen fügen, und er ging, ging, ging.»

Er ergreift die Flucht, genau wie Henry Fleming vor seinem ersten Waffengang davongelaufen ist, doch anders als der junge Mann in *Red Badge* hat Peza nicht das Glück, seinem Schrecken zu entrinnen und mit dem Leben davonzukommen. Er ist getroffen, und als die anderen Soldaten ihn weglaufen sehen, denken sie, er sei «irgendwo am Hals verwundet worden, denn als er rannte, zerrte er wie wild an seinem Patronengurt – den Armen des Toten».

Im letzten Kapitel kehrt Crane zu seinem überirdischen Kind auf dem Berg zurück. Der Junge spielt nicht mehr, am Fuß des Hügels tobt die Schlacht, Rauch steigt auf, und der Lärm schwillt fürchterlich an. Der Junge setzt sich auf einen Stein und schaut dem Geschehen da unten zu. Und wundert sich immer mehr.

> Schließlich begann er ohne jede Vorankündigung zu weinen. Hätten die kämpfenden Männer in der Ebene die Zeit dazu gehabt und hätten ihre Blicke weiter gereicht, dann hätten sie gesehen, wie diese sonder-

> bare, winzig kleine Gestalt auf dem Felsen saß, sie beobachtete und dabei Tränen vergoss – ein schlichtes und doch kraftvolles Symbol.

Hier spricht Crane es offen aus. Der Junge ist kein Junge, sondern die Verkörperung einer Idee, und der Berg, auf dem er sitzt, ist derselbe Berg, der immer und immer wieder in den Gedichten von *The Black Riders* auftaucht, ein zum Himmel strebender Erdhügel in der Mitte zwischen den Wolken und dem Morast, ein idealer Aussichtspunkt, von dem aus man die Torheiten der Menschheit überblicken kann. An manchen Tagen lachen die Götter über das, was sie sehen, an anderen Tagen weinen sie. Gestern hat Crane gelacht, heute weint er.

Man könnte einwenden, die Handlung in diesem Abschnitt habe etwas Gezwungenes – mit den Tränen des Jungen treibe Crane es zu weit, man verstehe seine Absicht auch so. Mag sein. Aber wir haben es hier mit einer Allegorie zu tun, nicht mit einer Schilderung alltäglicher Vorfälle, und Crane macht seine Intentionen so deutlich und geht sogar so weit, den Jungen ein Symbol zu nennen, dass auch seine Tränen, selbst wenn sie ein wenig fehl am Platz erscheinen, einen kühnen erzählerischen Schachzug darstellen. Die Reaktion des Jungen ist in ihrer Unmittelbarkeit und Schlichtheit so rein wie irgendeine Zeile in Blakes nüchternen kleinen Liedern, und im richtigen Geiste betrachtet, haben diese Tränen die Wucht eines Gottesurteils – gesprochen von einem stummen Gott, der nicht existiert in einer Welt, die im Zweifelsfall sowieso nicht zuhört. Der Junge hat Hunger und vermisst nun doch seine Mutter. Er ruft nach ihr, er geht in das leere Haus, das jetzt von einer «perlgrauen Kuh» bewohnt ist, die ihn mit ihren großen, teilnahmslosen Augen anschaut. Der Abend senkt sich über die Berge. Dann geschieht etwas, das Cranes albtraumhafte Abhandlung zur Metaphysik des Kriegs beendet:

Das Kind hörte, wie unterhalb am Berghang Steine herabrieselten, und als es sich dem Geräusch zuwandte, sah es – kurz darauf –, wie ein Mann die Anhöhe heraufkletterte und schließlich keuchend niedersank. Seine Mutter und sein Hunger waren vergessen, und mit stillem Interesse trat das Kind zu ihm und blieb über der schwer atmenden Gestalt stehen. Seine Augen waren groß und unergründlich weise und traurig, so wie die des Tieres oben im Haus.

Nach einem Moment der Stille fragte es: «Bist du ein Mann?»

Peza wälzte sich hastig auf den Rücken und blickte auf in das furchtlose und engelhafte Gesicht. Er machte keinen Versuch zu antworten. Er atmete, als wollte das Leben aus seinem Körper entweichen. Er war über und über mit Staub bedeckt. Irgendwie hatte er sich im Gesicht einen Schnitt zugezogen, ein Streifen Blut zog sich über seine Wange. Sein tadelloses Erscheinungsbild hatte sich in nichts aufgelöst. Er sah aus, als sei er in einem Erdbeben zwischen Steilhängen und Grasland aufgerieben worden. Er richtete seine glasigen Augen auf das Kind.

So verharrten sie, bis das Kind seine Worte wiederholte: «Bist du ein Mann?»

Peza japste wie ein Fisch auf dem Trockenen. Gelähmt, atemlos und elend fand er sich Auge in Auge mit dem wahrhaftigen Mut, dem über alles erhabenen Kind, den brüderlichen Bergen, dem Himmel und dem Meer, und er wusste, um seine Leiden in Worte zu fassen, war Platz genug auf jedem winzigen Grashalm.

11

Ein knapp vierzigjähriger britischer Staatsangehöriger polnischer Abstammung (der «spricht und sich benimmt wie ein Franzose» – Cora[92]) und ein verpflanzter Amerikaner kurz vor seinem sechsundzwanzigsten Geburtstag. Der Erste war sieben, als seine Mutter starb; der Zweite war acht, als sein Vater starb. Beide waren glänzende, luschige Schüler und wurden von der Schule verwiesen, und beide mussten sich in ihrer Kindheit mehrmals mit Tod und Entwurzelung auseinandersetzen. Der Erste wollte sich mit zwanzig das Leben nehmen; der Zweite hatte sich und anderen mit zwanzig gesagt, er werde jung sterben. Später überlebte jeder der beiden eine Schiffskatastrophe, und jetzt schrieben sie beide Bücher, aber weil der Erste spät und der Zweite früh damit angefangen hatte, galt der Jüngere in den Augen der Welt mehr als der Ältere. Dennoch war es der Jüngere, der ihre erste Begegnung herbeiführte; die fand am 15. Oktober 1897 statt, als Sidney Pawling, der für die Bücher der beiden bei Heinemann zuständige Lektor, einer Bitte des Amerikaners nachkam und in einem Londoner Restaurant einen Lunch für die beiden Schriftsteller arrangierte. Es muss für beide eine schwierige Situation gewesen sein. Jeder bewunderte das Werk des anderen, jeder fühlte sich aufgrund dieser Werke geistig verwandt mit dem anderen, aber Schriftsteller, die zu den seltsamsten, einsamsten Menschen auf Erden zählen, schließen nur selten tiefe und dauerhafte Freundschaften mit anderen Schriftstellern. Eher verbindet sie mit ihren Kollegen so etwas wie distanzierte Herzlichkeit – falls sie einander

92 Geschrieben auf die Rückseite eines Zettels mit einer Widmung Joseph Conrads an die Cranes: «mit Empfehlungen des Verfassers». Coras Bemerkung fasst Conrads ganzes Leben zusammen, bis zu seinem Umzug nach Pent Farm 1899.

nicht gegenseitig in den Rücken fallen –, und gerade die, die sie am meisten bewundern, erweisen sich oft als die Unausstehlichsten. Wer weiß, was die beiden erwarteten, als sie an jenem Nachmittag das Restaurant betraten, aber man kann wohl davon ausgehen, dass sie beide auf eine Enttäuschung gefasst waren. Gerade weil sie Respekt voreinander hatten und einander als ebenbürtig sahen, gerade weil keiner der beiden jemals eine echte Freundschaft mit einem geschätzten Ebenbürtigen geschlossen hatte. Wie der Ältere sechsundzwanzig Jahre später schrieb: «Wir gaben uns feierlich die Hand und sahen uns offen in die Augen, wie zwei Kinder, die man aufgefordert hat, Freundschaft zu schließen. Das Ganze begab sich unter den aufmunternden Blicken Sidney Pawlings, der sich, uns beide an Körpergröße und Tiefe der Stimme weit übertreffend, neben uns wie ein Erwachsener ausnahm, der zwei sonderbare kleine Jungen bewirtete – wachsam und leicht nervös über den Ausgang des Experiments.»

Dieser schüchterne, feierliche Handschlag war der Beginn der Freundschaft zwischen Crane und Joseph Conrad. Die sonderbaren kleinen Jungen und ihr großgewachsener Lektor saßen zu dritt am Tisch, und nachdem das Eis gebrochen war, floss das Gespräch auf einmal so frei dahin, dass Pawling bei einem Blick auf seine Uhr überrascht bemerkte, dass darüber drei Stunden vergangen waren. Es war vier Uhr. Er sprang vom Tisch auf, sagte «Ich muss Sie beide jetzt verlassen» und eilte ins Büro zurück, aber die zwei Schriftsteller, auf die weder ein Büro noch irgendwelche besonderen Vorhaben warteten, «brachen auf», wie Conrad später erzählte, «und gingen Seite an Seite durch die Straßen wie zwei Landstreicher, ohne Obdach, ohne Beschäftigung und ohne Gedanken an ein Lager für die nächste Nacht». Auf ihrem Streifzug von einem Viertel ins andere setzten sie ihre Unterhaltung fort, oft unterbrochen von langem Schweigen, «und die einzige Anspielung an diesem Nachmittag auf unsere unsterblichen Werke» war eine indirekte Bemerkung Conrads: «Ich mag Ihren General» (die nebensächlichste aller Nebenfiguren in *Red Badge*) sowie eine ähnlich indirekte Bemerkung Cranes über eine von Conrads ähnlich nebensächlichen Nebenfiguren: «Ich mag Ihren jungen Mann – ich sehe ihn richtig vor mir.» Eine solche Zurückhaltung ist nicht ungewöhnlich unter Romanautoren, denn im Gegensatz zu dem, was Romanleser sich vielleicht vorstellen, sprechen Romanschriftsteller untereinander selten über ihre Arbeit, schon gar nicht diejenigen, die sich besonders gut vertragen. Conrad: «Ein Fremder hätte mehr erwartet, aber in gewisser Weise waren Crane und ich niemals Fremde gewesen. Wir setzten das Werk des jeweils anderen von Anfang an als gegeben voraus ... Und es blieb bei dieser gegenseitigen Anerkennung. Die sich oft nur in einem zustimmenden Grunzen äußerte.»[93]

Unterwegs kehrten sie in einen tristen ABC-Teashop ein, wo sie zu dem Schluss kamen, «der Plan der Schöpfung bleibe zwar so undurchsichtig wie eh und je ... dennoch sei von Gott und den Menschen noch viel Interessantes zu erwarten». Im Anschluss an diese optimistische Aufwallung zogen sie weiter, «nach Osten und Norden und wieder nach Süden», über Piccadilly Circus und Tottenham Court Road, als Crane Conrad plötzlich – und unerklärlich – bat, ihm zu erzählen, was er über Balzac und die *Comédie Humaine* wisse – «Inhalt, Umfang, Plan und allgemeine Bedeutung, einschließlich einer kritischen Beurteilung von Balzacs Stil». Es

■ 93 Zum Thema Freundschaft zwischen Romanautoren möchte ich als Beispiel aus meinem eigenen Leben einen Brief anführen, den ich an einen befreundeten Schriftsteller über meine langjährige Freundschaft mit einem anderen Schriftsteller geschrieben habe: «Unsere Kommunikation beschränkt sich auf knappe Grunzlaute, eine Art Steno-Sprache, die jedem Außenstehenden unverständlich sein muss. Was unsere Arbeit betrifft (für uns beide die treibende Kraft in unserem Leben), so sprechen wir praktisch nie davon.» Paul Auster und J. M. Coetzee: Von Hier nach da – Briefe 2008–2011. Deutsch von Reinhild Böhnke und Werner Schmitz, Frankfurt 2014.

war zehn Uhr abends, und beim Essen im Monico's tat Conrad ihm den Gefallen und gab ihm einen flüchtigen Überblick über Balzacs Werk, «mitten im Gewusel Hunderter Kellner und dem Klappern von Tonnen von Geschirr». Conrad fügt hinzu: «Ich möchte wissen, was Crane daraus gemacht hat. Jedenfalls schien er sich nicht zu langweilen.» Um elf verließen sie das Restaurant und gingen ihrer Wege, verabschiedeten sich «nur mit einem Handschlag und einem Gute Nacht – sonst nichts –, ohne Verabredung für ein weiteres Treffen, als hätten wir seit der Kindheit in derselben Stadt gelebt und wären uns sicher, einander am nächsten Tag wieder zu begegnen».

Drei Wochen später schickte Conrad Crane ein Widmungsexemplar seines ersten Romans, *Almayer's Folly* («in größter Hochachtung und aufrichtigster Bewunderung»), und die Fahnenabzüge seines bald erscheinenden dritten Romans, *The Nigger of the «Narcissus»*, den die *New Review* seit August in Fortsetzungen gebracht hatte. Crane antwortet am 11. November, entschuldigt sich, dass er den Brief über Heinemann an ihn gehen lasse (Conrads Adresse hatte er verloren), und bemerkt zu dem Buch, er finde es «einfach großartig»; der Tod von Conrads Figur James Wait sei «zu gut, zu furchtbar. Ich wollte das sofort wieder vergessen. Es hat mich sehr mitgenommen. Von dem roten Faden aus dem Mundwinkel des Mannes zu seinem Kinn ist mir schlecht geworden. Beängstigend, diese Wucht eines realen und gegenwärtigen Todes. Gerade ein so kleines Detail lässt den wahren Schriftsteller am Himmel erstrahlen.» Dann teilt er Conrad mit, er habe Bacheller geschrieben, er müsse bei diesem Buch «tapfer» sein – die erste von mehreren Gefälligkeiten, die er seinem neuen Freund erwies, und tatsächlich gelang es dem gutmütigen Bacheller, die Veröffentlichung des Romans bei dem amerikanischen Verlag Dodd Mead & Co. zu arrangieren, der allerdings den Titel in *The Children of the Sea* änderte (selbst auf dem Höhepunkt des Jim-Crow-Rassismus wurde

Conrads ursprünglicher Titel als zu anstößig empfunden). Alsdann lädt Crane die Conrads (ihn und seine Frau) für einen der nächsten Sonntage zum Essen ein und fügt hinzu, sie könnten so lange als Hausgäste bleiben, wie sie wollen. Zum Schluss der Satz: «Hatten wir nicht ein schönes Palaver in London?»

Conrad antwortet umgehend am 16. November:

> *Ich muss erst Ihnen schreiben, bevor ich auch nur ein einziges Wort für meinen Lebensunterhalt schreibe. Ich wollte unbedingt wissen, was Sie von dem Schluss halten. Wenn ich* Sie *mit dem Tod Jimmies getroffen habe, ist es mir gleichgültig, ob ich irgendjemand anderen damit treffe ... Wenn ich deswegen bedrückt bin, sage ich mir «Crane mag das verdammte Ding» – und fühle mich sehr getröstet. Was Ihre Anerkennung mir bedeutet, will ich lieber verschweigen. Seit unserem ausführlichen Palaver sehe ich die Welt mit anderen Augen. Das war gut. Die Erinnerung daran ist gut. Und ab und zu (das Wesen des Menschen ist ein abscheulich Ding) frage ich mich, ob Sie auch nur die Hälfte von dem, was Sie gesagt haben, ernst gemeint haben! Verzeihen Sie mir ... Das ist der Grund, warum man sich manchmal wünscht, Steineklopfer zu sein. Beim Steineklopfen kommen keine Zweifel auf. Während man beim Schreiben ständig Angst und Zweifel hat – die reine Panik. Sie wenigstens verstehen das, und daher schreibe ich Ihnen, als seien wir schon seit vor dem Ursprung aller Dinge gemeinsam auf der Welt. Für das, was Sie unternommen haben und noch zu tun beabsichtigen, werde ich nicht einmal versuchen, Ihnen zu danken. Ich weiß wirklich nicht, was ich sagen soll, auch wenn ich deutlich weiß, was ich empfinde.*

Mit «noch zu tun beabsichtigen» spielt Conrad auf Cranes Bemühungen an, einen amerikanischen Verlag für sein Buch zu finden, aber das andere – die Einladung – könne er zurzeit unmöglich annehmen, selbst wenn «es aus konventioneller Sicht vollkommen richtig und angemessen ist, dass ich Sie zuerst besuche». Seine Frau sei im siebten Monat schwanger mit ihrem ersten Kind und könne sich in ihrem Zustand keine Reise erlauben. Wie wäre es, fragt Conrad, «wenn stattdessen Sie sich herbeiließen, mich zuerst zu besuchen ... schreiben Sie einfach eine Postkarte *Ich komme*, dann hole ich Sie vom Zug ab ... Ich würde Sie gern unter meinem Dach begrüßen.»

Zwölf Tage später machte Crane sich auf den Weg, vierzig Meilen von Haus zu Haus, eine Zickzackfahrt von Oxted nach London und von dort mit einem zweiten Zug nach Stanford-le-Hope in Essex; er kam allein und blieb nur kurz, einen Tag und eine Nacht, schon früh am nächsten Morgen reiste er wieder ab. «Er wurde empfangen wie ein alter Freund, und bevor der Tag zu Ende ging, hatte er das Wohlwollen meiner Frau erobert, das so unaufdringlich und aufrichtig ist wie seine stille Freundlichkeit», schrieb Conrad. Sie hieß Jessie und war seit März 1896 mit Conrad verheiratet. Sie war jung – zwei Jahre jünger als Crane –, kam aus einer Arbeiterfamilie und hatte als Typistin gearbeitet, als sie ihren Mann kennenlernte. Sie bekamen zwei Kinder, und als Witwe veröffentlichte sie viele Jahre später selbst einige Bücher, darunter *Joseph Conrad as I Knew Him* (1926) und *Joseph Conrad and His Circle* (1935). Ihr erster Eindruck von Crane:

> *Durch meinen Mann ... war ich gewissermaßen schon vorbereitet auf einen ebenso ungewöhnlichen wie mit einem ganz eigenen Charme ausgestatteten Menschen. Er muss damals ungefähr sechsundzwanzig gewesen sein und wirkte auf meine mütterliche Seele gar allzu dünn und zierlich. Er und Joseph Conrad kamen gut miteinander aus und verstanden sich prächtig, das sah ich sofort; mir gegenüber verhielt er sich ein wenig nervös und ziemlich schüchtern. Was sie an dem Abend nach unserem gemeinsamen*

Essen besprochen haben, weiß ich nicht – ich ließ sie allein und sah ihn erst am nächsten Morgen wieder, als er schon wieder abreiste. Am lebhaftesten ist mir in Erinnerung, wie Stephen frühmorgens beim Kaffee, auf seinem Stuhl vor und zurück schwankend, ganz ernsthaft von den Verdiensten seiner drei Hunde sprach, Sponge, Flannel und Ruby.

Außer den Schwärmereien über seine Hunde (heißgeliebte Nachfolger des toten Velestino) hatte Crane offenbar zwei seiner neuen Erzählungen im Gepäck gehabt, denn am 1. Dezember, keine achtundvierzig Stunden nach Cranes Abreise, schrieb Conrad den bereits zitierten begeisterten Brief (siehe Seite 584) über «A Man and Some Others» und «The Open Boat», eine überschwängliche Lobeshymne, die ans Hysterische grenzte – und Neid durchblicken ließ. «Ich möchte Sie verfluchen, Sie segnen – vielleicht Sie erschießen – aber ich ziehe es vor, Ihr Freund zu sein.» Bei aller Aufrichtigkeit dieser Freundschaft (Conrad hatte Crane mit Sicherheit sehr gern) befand er sich im Innersten seines ummauerten Schriftsteller-Egos – gespalten, zweifelnd, oft mutlos – auch in Wettstreit mit ihm, und fünf Tage nach dem Brief an Crane schrieb er Edward Garnett, einem anderen Freund, einen Brief, in dem er einige Vorbehalte gegen Cranes Erzählungen äußerte, von denen er ihrem Verfasser soeben gesagt hatte, sie seien «makellos».

Vorigen Sonntag war Crane hier. Wir haben die halbe Nacht lang geredet und geraucht. Er ist seltsam hoffnungslos in Bezug auf sich selbst. Ich mag ihn. Die zwei Erzählungen sind ausgezeichnet … Er hat einen sehr eigenen Blick, und seine Diktion ist künstlerisch überzeugend. Er ist wirklich der *Impressionist mit einem ganz einzigartigen Naturell. Sein Denken ist präzise, folgerichtig, nicht sehr tiefgehend – und doch oft verblüffend. Er ist* der einzige *Impressionist und* einzig *ein Impressionist. Warum ist er nicht allseits beliebt? Mit seiner Intensität, mit seiner raschen Handlungsführung, mit dieser erstaunlichen visionären Kraft – warum ist er nicht so sehr beliebt? Er hat Kontur, er hat Farbe, er hat Bewegung, und damit sollte er es doch weit bringen. Aber – wird er das? Manchmal denke ich: nein. Das ist nicht meine Überzeugung, nur ein Gefühl. Ich könnte nicht erklären, warum er mich enttäuscht – warum meine Begeisterung schwindet, sobald ich das Buch zuklappe. Solange man liest, ist natürlich nichts an ihm auszusetzen. Er hat den Leser bis zur letzten Zeile in seiner Gewalt – und dann – anscheinend vollkommen grundlos – entgleitet ihm die Herrschaft. Als hätte er einen mit fettigen Fingern gepackt. Sein Griff ist stark, aber noch während man den Druck auf der Haut spürt, rutscht man ihm aus der Hand – was einen selbst überrascht. So weit mein beschränkter Eindruck, den ich Dir im Vertrauen mitteile.*

Das sind ernste, einleuchtend formulierte, aber nicht zu Ende gedachte Bemerkungen, die er Jahre später, als er den hinter Cranes blendender Oberfläche oft verborgenen tieferen Sinn zu erfassen lernte, schriftlich zurücknahm, aber dieser Brief an einen Freund und Anhänger beider Schriftsteller gelangte Crane natürlich nie zur Kenntnis und stand ihrer Freundschaft daher nie im Weg. Nur drei Tage später geschah jedoch etwas – und blieb nicht unbemerkt –, das zu einem Bruch zwischen den beiden hätte führen können, und dank der Achtsamkeit, mit der beide auf die Gefühle des jeweils anderen Rücksicht nahmen, ging die Sache vorüber, bevor sie dauerhaften Schaden anrichten konnte. Ein seltener Fall von Freundschaft zwischen zwei Schriftstellern, in der beide sensibel für die Empfindlichkeiten des anderen waren, und der erklärt, warum solche Freundschaften überhaupt so selten sind.

The Nigger of the «Narcissus» erschien am 5. Dezember, und in einigen Rezensionen waren spitze Bemerkungen über Cranes Einfluss auf Conrad zu lesen. Der Londoner *Speaker* behauptete dreist, der Roman sei «ein würdiges Pendant zu dem Schlachtgemälde, das uns mit *The Red Badge of Courage* gegeben wurde», und W. L. Courtney vom *Daily Telegraph* (der eine negative Kritik zu *Red Badge* geschrieben hatte) gelang es, gleich beide Schriftsteller auf einmal zu beleidigen: «Mr. Joseph Conrad hat sich Mr. Stephen Crane zum Vorbild genommen und will für Meer und Matrosen tun, was sein Vorgänger für Krieg und Krieger getan hat. Zwar ist sein Stil deutlich besser als der Mr. Cranes, kommt aber genauso sprunghaft und stoßweise daher.»

Insgesamt fiel Courtneys Kritik positiv aus, positiv genug, dass Conrad sich die Mühe machte, ihm in einem Dankschreiben die «hohe Wertschätzung Ihrer brillanten und schmeichelhaften Rezension» zu bekunden. In Geldnöten, besorgt um seine schriftstellerische Zukunft und kurz davor, Vater zu werden («Ich hasse Babys», schrieb er Garnett), verschlang Conrad jedes Wort, das über seine Arbeit gedruckt wurde, und suchte sich bei jedem potenziell Verbündeten einzuschmeicheln. In seinem Weihnachts- und Neujahrsgruß vom 24. Dezember an Crane wechselte er jedoch geschmeidig die Seiten, offenbar aus Rücksicht auf Cranes Gefühle, den die Rezension seiner Meinung nach gekränkt haben musste:

> *PS. Haben Sie den Artikel im Daily Tele von diesem Esel Courtney gesehen? Er versteht Sie nicht – und mich versteht er auch nicht. Stecken wir's uns als Feder an den Hut. Immerhin ist das die* gehässigste *Kritik, die ich jemals gelesen habe. Finden Sie, dass ich Sie nachahme? Nein, Sir! Ich mag ein kleiner Dummkopf sein, nur, so dumm bin ich nicht, dass ich versuche, das Unnachahmliche nachzuahmen. Aber da haben wir's. Courtney spricht es aus: Sie sind ein verlorener Sünder und haben mich in die Irre geleitet. Wenn das stimmen würde, wäre ich's zufrieden, Ihnen zu*

folgen, aber es stimmt eben nicht, und der niederträchtige Esel will uns nur beide fertigmachen. Ein dreifaches Hurra auf die Press![94]

Crane seinerseits hatte bereits auf die Kränkung reagiert, bevor er den Weihnachtsbrief mit dem PS erhielt. Ihm war klar, wie gedemütigt und wütend sich Conrad angesichts des Vorwurfs fühlen musste, er ahme ihn nach, und so ließ er alles andere stehen und liegen und begab sich wie früher gelegentlich aufs Feld der Literaturkritik – als kleine Geste zur Unterstützung seines Freunds; am 20. Dezember schickte er den Artikel an Reynolds, vier Tage bevor Conrad ihm in seinem Brief bestätigte, wie wütend er war, wobei es sich natürlich im Wesentlichen um gespielte Wut handelte, um Crane ein wenig zu beschwichtigen. Was für ein Eiertanz, bei dem jeder sich ein Bein ausreißt, um dem anderen beizustehen, aber so umsichtig, dass weder der eine noch der andere ganz mitbekam, was los war. Cranes Artikel, «Concerning the English ‹Academy›», greift die Aktion «einer bekannten Zeitschrift, der *Academy*», auf, «die einen Preis von hundert Guineen für das beste Buch des Jahres 1897 ausgesetzt hatte, und einen Preis von fünfzig Guineen für das zweitbeste». Die Preise waren an zwei Dichter vergeben worden, die so gründlich in der Versenkung verschwunden sind, dass ich sie hier gar nicht nennen will. Crane schreibt:

■ 94 Ungeachtet Conrads Beteuerungen gibt es deutliche Hinweise auf Cranes Einfluss in dieser Frühphase von Conrads Werk, vor allem durch *Red Badge* und in erster Linie auf den Roman von 1897 und *Lord Jim* (1900). Berryman erwähnt das in seinem Buch so beiläufig, als verstünde es sich von selbst, aber mehrere Fachleute haben sich eingehender mit dieser Frage beschäftigt und tatsächlich überzeugendes Beweismaterial zur Stützung dieser These zusammengetragen. Freilich geht es nicht um Nachahmung, sondern um Einfluss – um den Einfluss von Cranes Arbeit auf Conrads Vorstellungen von seinem eigenen Werk und um den Einfluss ihrer Freundschaft auf sein Leben. Besonders empfehlenswert zu diesem Thema ist der Artikel von Nina Galen: «Stephen Crane as the Source for Conrad's Jim» (*Nineteenth-Century Fiction* 38, No. 1, [Juni 1983]).

Viele Leser haben vorgeschlagen, den Preis an Mr. Henry James für What Maisie Knew *und an Mr. Joseph Conrad für* The Nigger of the «Narcissus» *zu verleihen – was ein ausgezeichneter Anfang für eine Englische Literaturakademie gewesen wäre, da Mr. James Amerikaner ist und Mr. Conrad aus Polen gebürtig ist. Mr. James' Buch zeugt von der ganzen Kunstfertigkeit, die diesem großartigen Handwerker zu Gebote steht, und was den Neuen angeht, Conrad, so ist sein Roman ein Wunder an anschaulicher Erzählkunst. Es ist zweifellos der beste Roman über das Leben auf See aus der Feder eines lebenden Autors, ja, genau genommen würde man lange in den Grüften suchen müssen, wollte man einen besseren finden. Was die breite Masse der Schriftsteller betrifft, welche die See zu ihrem literarischen Betätigungsfeld machen, weist Conrad sie geradewegs vom Hof und gebietet ihnen zu schweigen. Er ist in die Geheimnisse des Lebens auf See tiefer eingedrungen als jeder andere in diesem Jahrhundert.*
Mr. Conrad wurde nachdrücklich für den Preis vorgeschlagen, aber die Herausgeber der Academy befanden das Buch für «zu schwach und episodisch», erblickten darin aber gleichwohl «ein bemerkenswert einfallsreiches Kunststück von erstaunlicher literarischer Kraft». Wollte man spitzfindig sein, müsste man gegen den Gebrauch des Wortes ‹episodisch› protestieren, das als kritisches Beiwort absolut und himmelschreiend wertlos ist.

Das ist keine Literaturkritik, eher ein enthusiastischer Werbetext, aber mehr wollte Crane damit auch nicht erreichen – Conrad sollte wissen, wie viel ihm seine Arbeit bedeutete –, und mit diesem Austausch indirekter Reaktionen auf die doppelte Kränkung in der Londoner Presse (Conrads PS und Cranes Artikel) war die kleine Wolke, die sich über ihrer Freundschaft zusammengezogen hatte, vom Himmel verschwunden.

Wenig später kam von Crane der Vorschlag für ein gemeinsames Theaterstück, ein absurder, abstruser Plan, der ein wenig Geld in ihre leeren Taschen spülen sollte. *The Predecessor*, ein von Crane allein zusammengebrautes Melodram, sollte im amerikanischen Westen spielen und die Geschichte eines Mannes erzählen, der sich für jemand anderen (einen Toten) ausgibt, um das Herz einer Frau zu erobern. Conrad machte mit, weil es ihn amüsierte, darüber zu sprechen, auch wenn ihm klar war, dass diese «todsichere Sache» (Cranes Worte), aus der nie etwas wurde, «lediglich ein Zeichen unserer gegenseitigen Zuneigung war». Von dieser Zuneigung schreibt Garnett 1928 sehr schön in seinen Erinnerungen, Jahre nachdem beide gestorben waren. Conrad, der bekanntlich zu langanhaltenden depressiven Phasen neigte, hatte auch

> Anwandlungen heiterer Zärtlichkeit, die geradezu betörend sein konnten. Bei den wenigen Gelegenheiten, die ich ihn mit Stephen Crane erlebt habe, war er entzückend guter Laune und neckte den «armen Steve» auf denkbar freundschaftliche Weise, während der Letztere schweigsam wie ein Indianer dasaß, forschend unter seiner gemeißelten Stirn hervorblickte, ab und an plötzlich aufsprang und wie unter Hochspannung irgendein neues Projekt entwickelte. Bei einer dieser Sitzungen bat Crane mich inständig, seine Idee zu unterstützen, Conrad und er sollten ein Theaterstück über ein an einer Insel gestrandetes Schiff schreiben. Ich wusste, daraus konnte nichts werden – aus dem Plan –, aber wie Crane uns die einzelnen Szenen veranschaulichte, das war so stark und mitreißend, dass ich es nicht übers Herz brachte, meine Meinung zu sagen. Und Conrad äußerte seine skeptischen Einwände so bedacht und zurückhaltend wie nur möglich. Ich höre noch den ergreifend

freundschaftlichen Ton, in dem Crane ausrief: «Joseph!» Und Conrads Freude an Cranes Temperament leuchtete warm in seinen braunen Augen.

Sie waren Freunde, aber eigenartig reservierte und zugeknöpfte Freunde, die nie von ihrem Leben oder ihrer Vergangenheit sprachen, und trotz dieses vielen Schweigens waren sie einander nahe wie allerbeste Freunde, oder wie Brüder, jeder mit dem anderen verbunden durch das, was Conrad «weitgehende Übereinstimmung unserer Temperamente» nannte, und statt also von sich selbst zu reden, arbeiteten sie zusammen an Projekten, von denen sie beide wussten, dass niemals etwas daraus werden konnte, was ihnen aber erlaubte, ihr Schweigen gelegentlich mit einer «brüderlichen, ernst-komischen Einlage» aufzulockern, woraus sich «einige der unbeschwertesten Augenblicke in der reinen, aber nüchternen Atmosphäre unseres vertraulichen Umgangs» ergaben.

Am 15. Januar 1898 kam Conrads Sohn zur Welt. Baby Borys, bald nur noch der Junge genannt, wurde von seinem Vater alles andere als freudig empfangen. Am 16. schrieb er Crane: «Gestern traf ein männlicher Nachkomme ein und machte fürchterlichen Krach. Er jaulte wie ein Apache und ist seit heute früh schon wieder auf dem Kriegspfad. Was für eine garstige Nervensäge!» Wie wir bereits gesehen haben (siehe Seite 52 und Seite 193), zeigte Crane entschieden mehr Begeisterung über die Geburt des Jungen, und der kleine Borys war erst zwei Tage alt, als Jessie Conrad «tief bewegt eine schöne Schachtel mit Blumen von Stephens Frau Cora erhielt und dazu eine herzliche Einladung, eine Woche bei ihnen zu Hause in Ravensbrook zu verbringen, sobald das Baby alt genug für eine Reise sei».

Am 25. akzeptierte Conrad die Einladung mit einem Brief an Cora, worin er höchst komisch über den Jungen schimpfte und vorauseilend um Verzeihung bat, denn «der Junge ist, muss ich leider sagen, absolut unempfänglich für die Ehre, seinen allerersten Besuch gerade in Ihrem Hause abstatten zu dürfen. Ich habe mich heiser geredet bei dem Versuch, ihm die Größe dieses Ereignisses begreiflich zu machen – vergebens. Crane soll ihm seinen künstlerischen Segen geben und den Geist – den großartigen Geist, der sein Vertrauter ist – auf sein Haupt niedersteigen lassen, den Genius seiner Arbeit. Und wenn dereinst unsere Schreibtage vorüber sind, möge der, der heute ein Kind ist, gute Prosa schreiben.»

Die Gäste kamen am 19. Februar und blieben zehn Tage. Außer den drei Conrads und Jessies jüngerer Schwester Dolly umfasste der erweiterte Haushalt in dieser Zeit die beiden Cranes, ihren Hausdiener Adoni Ptolemy und Coras amerikanische Freundin Charlotte Ruedy, eine unverheiratete Frau Ende dreißig, die zu Besuch gekommen war und schließlich, während Cranes langer Abwesenheit in Kuba, im Haus blieb, um Cora Gesellschaft zu leisten. (Conrad taufte sie «die gute Tante Ruedy».) Auch wenn offenbar alle an dem Beisammensein ihre Freude hatten, ist wenig davon überliefert. Jessie schreibt in ihren Notizen über Crane, die «aufwendigen Vorbereitungen für die Ankunft des kleinen Menschen» hätten sie gerührt, doch abgesehen davon, dass «Stephen erklärte, einen klaren Anspruch auf unser geschätztes Baby zu haben», sagt sie über die gemeinsam verbrachten Tage nur noch, die seien «sehr angenehm» gewesen. Conrad schrieb, zur Erinnerung an den Besuch «gibt es eine Gruppenfotografie, angefertigt von einem Künstler, der (ohne Rücksicht auf die Kosten) mit seinem Apparat eigens nach Ravensbrook bestellt wurde. Als Porträtaufnahme nicht schlecht, ansonsten aber ganz abscheulich. Man erkennt keinen darauf wieder.»

Von wegen «ganz abscheulich». Denn erstens ist es das einzige bekannte Foto, auf dem Crane und Conrad zusammen zu sehen sind, und zweitens ist das Bild verblüffend lebendig: sieben Menschen und drei Hunde vor einem Haus in der englischen Provinz,

Erster Besuch der Conrads in Ravensbrook, Februar 1898. Conrad und seine Frau Jessie stehen oben auf den Stufen, rechts unter ihnen Charlotte Ruedy und Cora, die den neugeborenen Borys hält, links unter ihnen Crane (mit dem schwarzen Hund in den Armen) und Jessie Conrads jüngere Schwester Dolly.

(Mit freundlicher Genehmigung der University of Virginia)

aufgenommen an einem eisigen Nachmittag Anfang 1898, ein Blick in eine Vergangenheit, die uns noch so nah ist, als sei das Bild erst vorgestern entstanden. Selbst die Partnerlook-Mützen der beiden Cranes und Charlotte Ruedys sind heute noch aktuell.

Am Ende ist das Bemerkenswerteste an diesem Besuch, was

er uns über die wachsende Freundschaft zwischen den beiden Schriftstellern erzählt, denn von hier stammt Conrads Gewohnheit, in Cranes Arbeitszimmer zu sitzen, während der Jüngere sich seiner täglichen Arbeit widmete. Wir wissen, dass Crane so ziemlich überall schreiben konnte, egal wie viele Leute um ihn herum waren; Conrad hingegen, der pedantische Einzelgänger, muss ein ganz außergewöhnliches Maß an Behagen, Kameradschaftsgefühl und sogar Komplizenschaft empfunden haben, wenn er sich so zwanglos in der Privatsphäre eines anderen Schriftstellers aufhalten konnte. Wenn es nur einmal passiert wäre, wäre es kaum der Rede wert, aber die Szene spielte sich immer wieder ab, immer wenn Conrad bei den Cranes zu Besuch war, vor allem nach Cranes Rückkehr aus Kuba. Mit Conrads Worten:

> Crane setzte sich ... an den langen Tisch, an dem er zu schreiben pflegte ... Ich nahm ein Buch und setzte mich ans andere Ende des Tischs, mit dem Rücken zu ihm; und dann war es etwa zwei Stunden lang vollkommen still in diesem Zimmer. Bis Crane plötzlich sagte: «Mehr kann ich jetzt nicht, Joseph.» In der Zeit hatte er drei große Bogen mit seiner regelmäßigen, gut lesbaren, vollkommen beherrschten Handschrift bedeckt, mit insgesamt höchstens einem halben Dutzend Streichungen – meist einzelnen Wörtern. Seine Herrschaft über Stoff und Sprache kam mir immer wie ein perfektes Wunder vor.

Genau weiß man nicht, woran Crane während Conrads Besuch in Ravensbrook Ende Februar arbeitete, aber woran er mit Sicherheit *nicht* arbeitete, war «The Blue Hotel», denn das war schon zwei Wochen vor dem Besuch fertig geworden. Die Erzählung war das letzte der «perfekten Wunder», die Crane dort zu Papier brachte, und in der Zwischenzeit bis zum Eintreffen der Conrads wurde im Hafen von Havanna das Schlachtschiff *Maine* durch eine Explosion zerstört, wobei zweihunderteinundsechzig Besatzungsmitglieder ums Leben kamen. Krieg lag in der Luft – und bald war Conrads Freund auf dem Weg dorthin.

12

Warum ein Ort und nicht ein anderer? Warum, zum Beispiel, verbrachte Crane zehn Monate in England, von Juni 1897 bis April 1898, und dann noch einmal sechzehn Monate von Anfang 1899 bis Mitte 1900 – insgesamt über zwei Jahre –, ohne ein einziges literarisches Stück zu schreiben, das in eben diesem Land spielt? Warum lieferte ihm andererseits eine relativ kurze Reise durch Nebraska, Texas und Mexiko den landschaftlichen Hintergrund für über ein Dutzend Erzählungen, von denen mindestens die Hälfte zum Besten zählen, was er je an Kurzgeschichten geschrieben hat? Port Jervis versorgte ihn mit Whilomville, New York City über fünf Jahre hin mit Romanen, Erzählungen und Skizzen, England aber gewährte ihm nichts, außer vielleicht einen Ort, der ihm ermöglichte, von anderen Orten zu träumen, eine langweilige, ungeliebte Zuflucht, wo seine Phantasie ungehindert durch die Gegenden seiner Vergangenheit streifen konnte, die ihn am meisten bewegt hatten: die amerikanische Provinz, Griechenland in Kriegszeiten, und die ungeheuren, überirdischen Landschaften des amerikanischen Westens.

Faulkner blieb in Mississippi, um über Mississippi zu schreiben; Joyce schrieb sein Dublin-Epos in Triest, Zürich und Paris; Kafka, der in Prag lebte und Europa nie verlassen hat, nannte seinen ersten Roman *Amerika.* Darin hält die Freiheitsstatue keine Fackel, sondern ein Schwert in die Luft, und das letzte Kapitel ist nach einem nicht existierenden «Naturtheater von Oklahoma» benannt. Für einen Schriftsteller sind alle Orte imaginär, selbst die, an denen er lebt. Bei Crane, der an vielen Orten lebte, machten sich nur die literarisch bemerkbar, die bis ins Innerste seines Unbewussten vorgedrungen waren. Einmal waren diese Orte real gewesen, aber sobald er über sie zu schreiben begann, wurden sie zu geographischen Chiffren einer geträumten Landschaft.

In Nebraska war er nur zwei Wochen, aber der gewaltige Schneesturm und die eisigen Temperaturen hatten ihn nie mehr losgelassen, und als er nach seinem ersten Besuch bei Conrad frühmorgens aus Essex abreiste, fegte ein heftiger, stürmischer Gewitterregen über das Land. Conrad: «Freut mich zu hören, dass Ihnen nicht der Kopf abgerissen wurde. Wir hatten hier am Montag ein Hochwasser, das die Strandmauer zerstörte, das Sumpfland überschwemmte und die Rwy-Strecke wegspülte. Große Aufregung.» Wir wissen aus Conrads Brief an Garnett, dass ihm Crane «seltsam hoffnungslos» vorgekommen war (wegen seines wachsenden Schuldenbergs), und als Crane in diesem englischen Novembersturm nach Hause fuhr, erinnerte er sich vielleicht an den größeren, noch viel wilderen Sturm, der damals in Nebraska über ihn hereingebrochen war. Vielleicht. Auf alle Fälle begann er fast unmittelbar nach seiner Rückkehr nach Oxted mit der Niederschrift von «The Blue Hotel», einer Erzählung, an der er sieben oder acht Wochen lang mit außergewöhnlicher Sorgfalt arbeitete, deutlich länger als an «The Open Boat» oder irgendeinem anderen seiner 200-Meter-Sprints. Viele halten es für Cranes beste Kurzgeschichte. Andere halten sie für eine der besten amerikanischen Kurzgeschichten aller Zeiten, Punkt.

Klaustrophobisch und äußerst vertrackt konstruiert, ein existenzialistisches Rätsel, spielt die Geschichte hauptsächlich drinnen, beginnt aber draußen mit einem verblüffenden, unvergesslichen Bild: ein blaues Gebäude auf einer ansonsten unbebauten Ebene, zweihundert Schritt vor der kleinen Präriestadt Romper in Nebraska. Es ist das Palasthotel, und sein Besitzer, ein irischer Einwanderer namens Pat Scully, hatte die schlaue Idee, das Haus blau anstreichen zu lassen, «hellblau ... in einer Schattierung, die sich an den Beinen einer gewissen Reiherart befindet und bewirkt, dass dieser Vogel sich vor jedem Hintergrund behauptet. Das Palasthotel kreischte und schrie also unentwegt auf eine Weise, dass einem die blendende Winterlandschaft von Nebraska daneben nur wie graue, unergründliche Stille vorkam.»[95] Das Hotel steht auf halbem Weg zwischen Bahnhof und Stadt, und der kluge, geschäftstüchtige Scully lässt es sich angelegen sein, jeden am Bahnhof anhaltenden Zug persönlich in Empfang zu nehmen und «an jedem, den er etwa unschlüssig dort stehen sah, die Reisetasche in der Hand, seine Verführungskünste zu erproben».

> Eines Morgens, als eine schneeverkrustete Lokomotive ihre lange Kette von Güterwagen mit einem einzigen Personenwagen zum Bahnhof schleppte, vollbrachte Scully das Wunder, drei Männer einzufangen. Einer war ein zittriger und scharfäugiger Schwede mit einem großen glänzenden Handkoffer; einer war ein langer sonnenverbrannter Cowboy, der nach einer Farm an der Grenze von Dakota unterwegs war; der dritte war ein kleiner schweigsamer Mann aus den Oststaaten, dem man's nicht ansah und der es auch

■ 95 Alle Zitate aus «Das blaue Hotel», in: Stephen Crane: Kleine Romane und Erzählungen. Aus dem Amerikanischen von Barbara Cramer-Nauhaus, Leipzig 1983.

> nicht ausposaunte. Scully machte sie buchstäblich zu seinen Gefangenen ... So stapften sie über die knarrenden Brettersteige hinter dem geschäftigen kleinen Iren her. Er trug eine schwere Pelzmütze dicht über den Kopf gezwängt. Dadurch staken seine beiden roten Ohren steif heraus, als wären sie aus Blech.

Am Hotel angekommen, führt Scully die Gefangenen hinein und dort in ein kleines Zimmer mit einem «ungeheuren Ofen, der in der Mitte mit gottähnlicher Gewalttätigkeit bullerte». Die Kleinheit des Zimmers ist die erste Überraschung, und erst nach und nach, wenn die Handlung sich in den Speiseraum unten und in ein paar Gästezimmer oben verlagert, erfahren wir weitere Details über die Architektur des Hotels, auch wenn Crane nicht sagt, wie viele Etagen oder Zimmer das Haus insgesamt hat oder wie viele Gäste dort wohnen (nur diese drei, wie sich herausstellt, aber es könnten auch vier sein), und Scullys Töchter, die mittags das Essen auftischen, sind stumm wie Schatten und huschen namenlos aneinander vorbei, wie viele es sind, wird ebenfalls verschwiegen – es könnten zwei oder sechs oder auch zehn sein. Viel später wird eine Mrs. Scully ihrem Mann einen strengen Verweis erteilen, aber sie spricht nicht mehr als ein Dutzend Wörter und verschwindet dann wieder aus der Geschichte. Crane, der in seinen Beschreibungen so präzise sein konnte wie der penibelste Botaniker und sich ein gutes Zusatzeinkommen als Verfasser von Bedienungsanleitungen für komplizierte Maschinen hätte verdienen können, bleibt hier absichtlich vage, verwischt sein Gemälde an einigen Stellen und lässt andere scharf hervortreten, mit dem Effekt, dass der Leser in einem Zustand ständiger Unsicherheit gehalten wird. Der Eindruck des Unheimlichen wird noch verstärkt durch Cranes Weigerung, sich in die Karten blicken zu lassen oder auch nur anzudeuten, dass er irgendwelche Informationen zurückhält, und mag er uns auch darauf hingewiesen haben, dass die Geschichte in Nebraska spielt, so beginnen wir doch im weiteren Verlauf zu ahnen, dass wir uns tatsächlich am äußersten Rand von Nirgendwo befinden, eingeschlossen in einen abgekapselten Nicht-Ort, der an die Kulissen reduktionistischer Theaterstücke aus der Mitte des 20. Jahrhunderts erinnert – Sartres *Geschlossene Gesellschaft*, zum Beispiel, oder Becketts *Endspiel.* Oder an ein kleines Boot mit vier Männern, das auf einem unermesslichen, bedrohlichen Ozean treibt.

Kaum betreten die vier Männer das kleine Vorderzimmer, schleicht sich ein erster Misston ein. Scullys Sohn Johnnie und ein älterer Farmer (ein Gast? Ein Nachbar? Ein durchreisender Fremder?) spielen ein Kartenspiel namens High-Five, und die beiden streiten sich aus irgendeinem, nicht genannten Grund – erste Unschärfe, zugleich erster Hinweis auf Spannungen. Der schimpfende Farmer spuckt «mit einer Miene großer Ungeduld und Entrüstung» Tabaksaft in einen Kasten mit Sägemehl hinter dem Ofen. Ohne sich nach dem Grund für den Streit zu erkundigen, macht Scully «mit lautem Wortschwall ... dem Kartenspiel ein Ende» und befiehlt seinem Sohn, das Gepäck der neuen Gäste nach oben auf ihre Zimmer zu bringen. Warum er so in Wut gerät, bleibt ebenfalls unerklärt. Ist Scully das Benehmen seines Sohns vor den neuen Gästen peinlich – oder geht es hier um einen alten Zankapfel, bei dem Scully regelmäßig aus der Haut fährt? So oder so, warum entschuldigt er sich nicht bei dem Farmer? All das lässt Crane offen, er schickt auch Scully nach oben, wo er, der fröhliche oder nicht so fröhliche Wirt, die Männer zu «drei Becken mit dem kältesten Wasser von der Welt» geleitet. Die Männer waschen sich und gehen in das Vorderzimmer zurück – aus dem der wütende Farmer verschwunden ist, als sei er nie da gewesen. Auch dazu schweigt Crane sich aus, und als Leser, dem nichts erklärt wird, fällt einem die Abwesenheit kaum auf. Bei der Frage, ob etwas da ist oder nicht, geht es weniger um Tatsachen als vielmehr darum, was der Erzähler mitteilen will und was nicht. Crane verrät uns so wenig wie möglich und nur so viel wie nötig, die Welt, die er uns zeigt, ist unvollständig, und mit diesem Trick sperrt er uns in ein diffuses Zwischenreich, wo alles noch halbwegs konkret zu sein scheint, zugleich aber auch irgendwie leicht daneben ist.

Mit der Waschszene oben hat Crane bereits das zentrale Motiv der Erzählung eingeführt, aber so unauffällig, dass man es kaum bemerkt haben dürfte. Der Cowboy und der Oststaatler tauchen ihre Hände in das eiskalte Wasser und «polieren» sich damit die Gesichter, bis sie «feuerrot» sind, der Schwede hingegen taucht «nur zimperlich und bebend die Finger ein». Ehe der Leser sich fragen kann, warum ihn ein banales Becken mit kaltem Wasser so verschreckt, sind die Männer schon wieder unten, sitzen um den Ofen und plaudern belangloses Zeug, bis sie zum Essen hereingerufen werden. Scully, der Cowboy und der Oststaatler beteiligen sich an dem Gespräch, der Schwede bleibt stumm. «Er schien damit beschäftigt, jeden einzelnen Mann im Zimmer verstohlen abzuschätzen», mit Blicken voller Misstrauen, als habe er vor irgendetwas große Angst.

Beim Essen tauscht der Schwede dann aber ein paar Worte mit Scully aus. Er komme aus New York, sagt er, wo er zehn Jahre lang als Schneider gearbeitet habe. Scully erzählt, er lebe seit vierzehn Jahren in Romper. Als der Schwede sich beiläufig nach Ernteerträgen und Verdienstmöglichkeiten in der Gegend erkundigt, antwortet Scully ausführlich, aber der Schwede hört ihm kaum zu. Wieder beäugt er misstrauisch die anderen Männer, und kurz vor Ende des ersten Kapitels entspannt er sich endlich ein wenig und erklärt – nervös, unsicher, verkrampft lachend –, was ihn so unruhig macht: «Schließlich sagte er lachend und augenzwinkernd, dass einige dieser westlichen Gemeinwesen doch sehr gefährlich seien; und nach dieser seiner Behauptung streckte er die Beine unterm Tisch aus, legte den Kopf schief und lachte wiederum laut. Es war offenkundig, dass die Vorführung für die andern gar keinen Sinn hatte. Sie sahen ihn verwundert und schweigend an.»

Wieder wendet sich Crane abrupt von dem paranoischen Schweden ab, der bald zur Hauptfigur der Erzählung werden wird; davor aber sind andere Dinge abzuhandeln, zum einen das «stürmisch bewegte Schneemeer» draußen, das sich zu einem ausgewachsenen Schneesturm entwickelt hat und niemanden aus dem Haus lassen wird, zum anderen der mysteriöse Farmer, der nicht eigens erwähnt wird, als die fünf Männer ins Vorderzimmer zurückgehen, der plötzlich aber wieder da ist, als Johnnie ihn zu einer weiteren Partie High-Five auffordert. Der Farmer willigt «mit verächtlichem und bitterem Spott» ein, doch bald geraten die beiden abermals aneinander, und das Spiel findet ein jähes Ende. Wieder wird nichts über den Grund des Streits gesagt. Der Farmer steht auf, bedenkt Johnnie mit einem «Blick hitziger Verachtung», knöpft seinen Mantel zu und stolziert «mit mythischer Würde» aus dem Zimmer. Mantel anziehen und aus dem Zimmer gehen – aber wohin geht er? Doch nicht, möchte man meinen, in den Schneesturm hinaus. Nach oben? Aber wenn er ein Gast des Hotels ist, warum war er dann nicht mit den anderen im Speiseraum, als es Essen gab? Wieder sagt Crane nichts zu alldem. Noch eine Unschärfe.

Und doch, viele Seiten später zwingen uns die letzten Sätze der Erzählung, an die beiden unerklärten Zankereien zwischen dem Farmer und Scullys Sohn zurückzudenken – ganz zu Anfang flüchtig erwähnt, bevor die Geschichte richtig losging. Falls wir uns denn an den Farmer erinnern.

Der Farmer tritt zum letzten Mal ab, und die anderen bewahren «taktvolles Schweigen», nur der Schwede lacht laut auf – «kindisch» und scheinbar grundlos; die anderen vier fragen sich, was er nur hat, und dann, erst dann beginnt der ganze verrückte Tanz. Wir sind schon mitten im zweiten der neun Kapitel, und alles bis dahin war nur das Vorspiel.

Scherzend wurde ein neues Spiel ausgegeben. Der Cowboy erbot sich, Johnnies Partner zu sein, und alle wandten sich dann dem Schweden zu und luden ihn ein, mit dem kleinen Mann aus den Oststaaten gemeinsame Sache zu machen. Er stellte ein paar Fragen über das Spiel, und als er merkte, dass es viele Namen hatte und dass er es unter einem anderen Namen schon gespielt, nahm er die Einladung an. Ängstlich näherte er sich den andern, als erwarte er, angefallen zu werden. Schließlich, nachdem er Platz genommen hatte, starrte er von einem Gesicht zum anderen und lachte schrill. Dieses Lachen war so sonderbar, dass der Mann aus den Oststaaten rasch aufblickte, der Cowboy gespannt und mit offenem Mund dasaß und Johnnie innehielt, die Karten in den bewegungslosen Fingern.

Ein kurzes Schweigen trat ein. Dann sagte Johnnie: «Na, fangen wir an. Los jetzt!» Sie rückten die Stühle heran, bis ihre Knie unter dem Brett aneinanderstießen. Sie begannen zu spielen, und das Interesse am Spiel ließ die andern das Benehmen des Schweden bald vergessen.

Draußen über der Prärie tobt ein Schneesturm, und drinnen im Hotel sitzen vier Männer in einem winzigen Zimmer; nicht einmal für einen Tisch ist genug Platz, sie kauern mit einem Holzbrett zwischen sich auf den Knien und spielen ein Kartenspiel, das im ganzen Land unter verschiedenen Namen bekannt ist, von denen aber hier keiner genannt wird, sodass der Leser keine Chance hat, sich auch nur vorzustellen, was da gespielt wird. Beengt, unbehaglich, geradezu lächerlich werden die vier Fremden von dem Brett auf ihren Knien zusammengehalten, sie können sich nicht bewegen, ohne die Karten durcheinanderzubringen oder sich gegenseitig anzuschubsen. Unter anderen Umständen könnte man die Situation als eine von Cranes stummfilmhaften Verrenkungsnummern deuten, doch in dem halb wirklichen, halb unwirklichen blauen Hotel ist die Szene nicht komisch, sondern bizarr, beklemmend und bedrohlich, rätselhaft bedrohlich.

Es ist nur eine Frage der Zeit, bis der Schwede die Nerven verliert. Seine Finger zitternd auf dem Brett, zwinkert er dem Sohn des Gastwirts zu und sagt: «Ich glaub, in diesem Zimmer ist schon mancher umgelegt worden.» Die anderen starren ihn verständnislos an. Johnnie fragt den Schweden, wovon zum Teufel er da rede, aber der ehemalige New Yorker Schneider bleibt dabei, sie wüssten genau, wie er das meine. «Oh, du denkst wohl, ich bin noch nicht herumgekommen?», sagt er. «Du denkst wohl, ich bin ein Anfänger?» Johnnie ist es völlig egal, wer oder was der Schwede ist. Aber in diesem Zimmer sei noch nie einer umgelegt worden, sagt er; und als der Cowboy fragt: «Was ist bloß mit Ihnen, Mann?», fühlt der Schwede sich offenbar «schrecklich bedroht». Er sieht den Oststaatler flehend an, aber der kleine Mann holt Luft, überlegt lange, und als er sagt: «Ich verstehe Sie nicht», gerät der Schwede in Panik. «Oh, ich sehe, Sie sind alle gegen mich», sagt er und steigert sich weiter in seine Angst hinein – «Ich will nicht kämpfen! Ich will nicht kämpfen!» –, bis er in helles Entsetzen ausbricht: «Ich glaube, man wird mich umbringen, ehe ich dieses Haus verlassen kann!»

Es war eine Epoche bemerkenswerter Fortschritte in Medizin und Psychiatrie (Freuds *Traumdeutung* entstand zur selben Zeit wie «The Blue Hotel»), aber Crane dürfte sich wohl kaum mit den zeitgenössischen Untersuchungen zu Paranoia oder Psychosen beschäftigt haben, jedenfalls hat er nie mit irgendwem über solche Themen gesprochen; dennoch entspricht die Beschreibung des zunehmenden Wahns im vorliegenden Fall exakt dem klinischen

Verlauf. Wenn Leute hinter einem her sind, werden sie einen am Ende töten wollen. Die anderen sind nicht bloß Feinde, sie sind eine tödliche Bedrohung.

Scully kommt in das Zimmer, sieht die beunruhigte Miene des Schweden und will wissen, was los ist. «Diese Männer wollen mich umbringen», sagt der Schwede, worauf Scully zum zweiten Mal binnen zwei Stunden seinen Sohn anfährt, aber Johnnie beteuert seine Unschuld. Der Mann muss verrückt sein, sagt er, was der Schwede wiederum aufgreift und sagt: «Jawohl, ich bin verrückt – jawohl. Aber eines weiß ich ... Ich weiß, ich werde hier nicht lebend herauskommen.» Noch einmal fragt Scully seinen Sohn, ob er diesen Mann belästigt habe, und wieder streitet sein Sohn das ab. Unterdessen erklärt der Schwede, er werde das Haus verlassen und fortgehen, «weil ich nicht umgebracht werden möchte». Scully, der befürchten muss, einen seiner zahlenden Gäste zu verlieren, will ihn nicht gehen lassen: «Sie sind unter meinem Dach, und ich werde nicht dulden, dass einem friedfertigen Mann hier Bange gemacht wird.» Es hilft nichts, der Schwede schiebt sich an ihm vorbei und geht nach oben, um seine Sachen zu holen, und Scully fragt die drei anderen zum letzten Mal, was sie dem Mann getan haben. Nichts, sagen der Cowboy und Johnnie, und der Oststaatler (Mr. Blanc heißt er, wie wir bei dieser Gelegenheit erfahren) schließt sich ihnen an: «Ich habe nichts Unrechtes bemerken können.» Scully geht nach oben, um den Verrückten aufzuhalten.

Die Freundlichkeit selbst, bietet er seinen ganzen irischen Charme auf, den Schweden zu beschwichtigen und zum Bleiben zu bewegen. Während der Mann die Gurte seiner Reisetasche zuschnallt und sich zum Gehen anschickt, schwärmt Scully ihm von den bevorstehenden Neuerungen in Romper vor – nächstes Frühjahr bekämen sie eine «elektrische Straßenbahn», eine neue Eisenbahnlinie werde die Stadt mit Broken Arm (*Broken Arm!*) verbinden, dazu die vier Kirchen und der «gewaltige Backsteinkasten von

Schulhaus» und «auch noch die große Fabrik»: «Na, in zwei Jahren wird Romper eine Me-tro-poo-le sein.» Ein raffinierter Schachzug. Er will den Verrückten überzeugen, das hier sei nicht mehr der alte Westen der Mordbuben und Revolverhelden, sondern der neue Westen eines heraufdämmernden neuen Jahrhunderts, ein sicherer Ort, ein freundlicher Ort, wo Männer in Fabriken arbeiten, Kinder in großartigen Backsteingebäuden zur Schule gehen und alle den Gottesdienst besuchen. Aber den Schweden lässt das kalt. Ohne sich zu alldem zu äußern, fragt er Scully, wie viel er ihm schuldig sei, doch Scully will sein Geld nicht und weigert sich, die ihm angebotenen fünfundsiebzig Cent anzunehmen. Vielmehr hat er sogleich eine neue Idee. Er führt seinen widerstrebenden Gast den Flur hinunter zu seinem eigenen Schlafzimmer und zeigt ihm ein Bild seiner kleinen, früh verstorbenen Tochter Carrie; er glaubt, wenn der Schwede sieht, wie sehr er noch immer um sie trauert, begreift er vielleicht endlich, dass die Bürger des neuen Westens die Sache mit dem Tod nicht auf die leichte Schulter nehmen. Keine Reaktion. Der Schwede beachtet weder dieses Bild noch das zweite, auf dem Scullys Sohn Michael zu sehen ist, ein angesehener, «sehr erfolgreicher» Anwalt in Lincoln, als sei damit bewiesen, dass man sich in Nebraska an die Gesetze halte. Allmählich gehen Scully die Ideen aus. Er wechselt die Strategie, greift unters Bett und zieht eine Flasche Whisky hervor. «Trinken Sie», sagt er und hält dem Schweden die Flasche hin; der scheint kurz in Versuchung (offenbar hat er eine Schwäche für Alkohol), schlägt das Angebot dann aber aus und bedenkt Scully mit einem «Blick des Entsetzens», als argwöhne er, vergiftet zu werden. Als Scully sein Kommando wiederholt – «Trinken Sie!» –, lacht der Schwede wieder einmal unmotiviert laut auf, greift nach der Flasche, umschließt die Öffnung mit den Lippen und trinkt, «den Blick, brennend vor Hass, auf das Gesicht des alten Mannes geheftet».

Unterdessen debattieren die Männer unten über das Vorgefallene, immer noch mit dem Brett zwischen sich auf den Knien. Als der Cowboy fragt, weshalb der Schwede sich so aufführt, kommt der kleine Mann zielsicher zur Sache:

> «Na, er hat Angst.» Der Mann aus den Oststaaten klopfte seine Pfeife am Ofensims aus. «Die Angst hat ihn ganz und gar aus den Latschen gekippt.»
>
> «Angst wovor?», riefen Johnnie und der Cowboy gleichzeitig.
>
> Der Mann aus den Oststaaten dachte über die Antwort nach.
>
> «Wovor?», riefen die andern wieder.
>
> «Oh, ich weiß nicht, aber mir scheint, dieser Mann hat ein paar Schundromane gelesen, und nun denkt er, er ist mittendrin im Schlamassel – mit Erschießen und Erdolchen und allem Drum und Dran.»
>
> «Aber», sagte der Cowboy tief empört, «das ist doch nich Wyoming oder so ne Gegend. Das ist Nebraska.»
>
> «Eben», setzte Johnnie hinzu, «und warum wartet er nich, bis er in Wildwest ist?»
>
> Der weitgereiste Mann aus den Oststaaten lachte. «Dort ist es auch nicht anders – heutzutage. Aber er denkt eben, er ist mittendrin in der Hölle.»

Ähnliche Figuren hatte Crane schon in früheren Texten auftreten lassen, Protagonisten, die wie Don Quichotte oder Madame Bovary durch die Lektüre schlechter, verführerischer Bücher Wahnvorstellungen entwickeln, ihr Urteilsvermögen einbüßen und die Realität nicht mehr richtig einschätzen können. Maggie Johnson, Henry Fleming, George Kelcey und der Tenderloin-Zuhälter Swift Doyer, sie alle sind Opfer dieser Krankheit. Eine Nebelwand aus falschen Erwartungen steht zwischen ihnen und der Welt – eine Wolke von Konventionen schnulziger Melodramen und heldenhafter Kriegsgeschichten, die ihnen die Sicht versperrt, weshalb sie nicht sehen, dass, zum Beispiel, ein grober, protzig gekleideter Barmann kein Ritter in glänzender Rüstung ist oder dass eine Frau, in die man sich verliebt hat, nicht die Gedanken des Verliebten lesen kann, nur weil der sie liebt. Diese früheren Figuren hatten sich mit hirnerweichender Lektüre überfressen, das Hirn des Schweden hingegen hat sich durch die Gewalt in billigen Westernromanen verhärtet, und er versteift sich dermaßen auf seine falschen Wahrnehmungen, dass er praktisch blind ist. Die anderen sehen die Welt immerhin noch durch eine Wolke, aber wenn der Schwede in die Welt blickt, sieht er gar nichts. Er ist nicht nur blind, er ist geisteskrank. Wie der bedauernswerte verrückte Quichotte ist er über den Rand gefallen und glaubt in einem Buch gefangen zu sein, in einem Groschenroman, der «mittendrin in der Hölle» spielt.

Als Scully und der Schwede zusammen nach unten gehen, ist plötzlich alles anders. Der Whisky hat in kürzester Zeit seine Wirkung entfaltet, und die zwei Männer schwanken lachend in das kleine Vorderzimmer – wie Nachtschwärmer, die von einem Gelage nach Hause kommen. Der zitternde Hasenfuß, der sich eben noch sicher war, umgebracht zu werden, übernimmt jetzt aggressiv das Kommando, weist einmal sogar Scully «mit herrischer Stimme» zurecht und beginnt «anmaßend, schnoddrig, aufgebracht» zu reden. Als er zwischendurch ein Glas Wasser holen geht, fragt Johnnie seinen Vater: «Warum schmeißt du ihn nich raus in den Schnee?» Die Antwort des Alten bestätigt, was der Oststaatler bereits zu den anderen gesagt hat. «‹Er ist doch jetzt ganz in Ordnung›, erklärte Scully. ‹Es war bloß, dass er aus den Oststaaten kommt und dachte, das hier sei eine Räuberhöhle. Das ist alles. Jetzt ist er in Ordnung.›» Dann wird im Speiseraum die nächste Mahlzeit aufgetragen:

> Beim Abendbrot um sechs Uhr sprühte der Schwede wie ein Feuerrad. Manchmal schien er drauf und dran, in lärmenden Gesang auszubrechen, und in all seiner Tollheit wurde er von dem alten Scully bestärkt ... Der Schwede beherrschte das ganze Mahl, und er gab ihm den Anstrich eines wüsten Bacchanals. Er schien plötzlich größer geworden; brutal, geringschätzig starrte er jedem ins Gesicht. Seine Stimme gellte durchs Zimmer. Einmal, als er mit seiner Gabel wie mit einer Harpune drauflosstach, um eine Semmel aufzuspießen, durchbohrte die Waffe beinahe die Hand des Mannes aus den Oststaaten, die sich harmlos nach derselben Semmel ausgestreckt hatte.

Das ist die andere Seite der Paranoia: Schlag zu, bevor du geschlagen wirst; Brust raus und Kopf hoch, bevor sie über dich herfallen oder dich in die Ecke drängen, und wenn ein paar Schluck Whisky deinem Mut auf die Sprünge helfen, dann trink.

Später, nachdem die fünf Männer sich in das kleine Vorderzimmer zurückgezogen haben, überredet der Schwede Johnnie und die zwei Gäste aggressiv zu einem weiteren Kartenspiel, und wieder bilden sie «ein Viereck, das kleine Brett auf den Knien». Scully sitzt daneben und liest die Zeitung, und mit den Gedanken weit weg bei Dingen, die nichts mit ihm zu tun haben, vernimmt er plötzlich die zwei schrecklichen Worte: «Du mogelst!»

> Solche Auftritte beweisen oft, wie gering die szenische Wichtigkeit der Umgebung sein kann. Jeder Raum kann eine tragische Kulisse abgeben, jeder Raum kann komisch sein. Dieses kleine Loch war auf einmal furchtbar wie eine Folterkammer.

Mit anderen Worten, hier kann alles passieren, jederzeit und aus jedem x-beliebigen Grund, denn die Bühne ist ein neutraler Schauplatz für Menschliches aller Art, und wenn an einem Abend zwei Clowns über die Bretter stolpern, können es am nächsten Abend Antigone oder Ödipus mit Vater und Mutter sein, oder vier Kartenspieler, die ihren Behelfstisch umstoßen und die Karten auf dem Boden verstreuen, «und die Stiefel der Männer trampelten auf den feisten gemalten Königen und Königinnen herum, indes diese mit ihren blöden Augen auf den Krieg starrten, der über ihnen wogte».

Ankläger ist der Schwede, Johnnie der Angeklagte. Der Schwede hält Johnnie «eine riesige Faust» vors Gesicht, es kommt zu einem wilden Gerangel, der Cowboy stößt den Schweden zurück, Scully und der Oststaatler klammern sich an Johnnie, und alle schreien durcheinander: «Schluss jetzt!» (Scully), «Aber er sagt, ich hätte gemogelt!» (Johnnie), «Er hat gemogelt! Ich hab's gesehn! Ich hab's gesehn!» (der Schwede), «Wartet doch einen Augenblick!» (der Oststaatler). Sekunden später tritt Stille ein, als müssten sie alle erst einmal Luft holen. Der Schwede und Johnnie stehen sich gegenüber, der Erste anklagend, der Zweite abstreitend, und da jeder bei seiner Gewissheit bleibt und keine andere Lösung in Sicht ist, einigen sich die zwei Hitzköpfe, die Sache mit den Fäusten zu entscheiden. «Dann müssen wir kämpfen», sagt Johnnie. «Jawohl, kämpfen», brüllt der Schwede, und als der Cowboy sich an Scully wendet und fragt, was er jetzt machen wolle, sagt der Alte: «Dieser verdammte Schwede hängt mir schon zum Halse raus. Lassen wir sie ruhig kämpfen.»

Und schon stapfen sie in den Schneesturm hinaus – in das «Brüllen des Sturms» –, und aus einer simplen Groschenroman-Schlägerei zwischen zwei wütenden Männern wird eine brutale Abrechnung zwischen Urgewalten. Crane verlagert den Fokus hin und her zwischen Kämpfern und Zuschauern einerseits und dem Tumult in der Luft andererseits, einem mächtig tobenden Sturm, der jedes Wort wegfegt, sobald es den Weg ins Freie gefunden hat.

> Kein Schnee fiel, aber große Flockenwirbel und -wolken, vom Boden aufgepeitscht durch die rasenden Winde, stoben mit der Geschwindigkeit von Flintenkugeln südwärts. Das schneebedeckte Land hatte einen blauen unirdischen Atlasschimmer, und keinen anderen Farbton gab es daneben; nur am niedrigen schwarzen Bahnhof, der unglaublich weit entfernt schien, glomm ein einzelnes Licht wie ein winziger Edelstein: Als die Männer bis zur Hüfte in eine Schneewehe hineinstolperten, merkten sie, dass der Schwede etwas brüllte. Scully ging zu ihm, legte ihm die Hand auf die Schulter und hielt ihm ein Ohr hin. «Was sagen Sie?», schrie er.
>
> «Ich sage», brüllte der Schwede wieder, «gegen diese Bande hab ich nicht gerade rosige Aussichten. Ich weiß, ihr werdet alle über mich herfallen.»
>
> Scully schlug ihm vorwurfsvoll auf den Arm. «Ach was, Mann!», schrie er. Der Wind riss ihm die Worte von den Lippen und trug sie davon.
>
> «Ihr seid alle miteinander eine Bande von –», brüllte der Schwede, aber der Sturm entführte auch den Rest dieses Satzes.

Sie finden eine geschützte Stelle an der Rückseite des Hotels, ein dreieckiges Fleckchen gefrorenen, schneefreien Grases, und dort soll der Kampf ausgetragen werden – auf dieser kleinen Insel im Raum, abgeschnitten von dem größeren Raum um sie her: ein Boxring, sozusagen, oder noch eine Bühne, auf der ein weiteres menschliches Drama aufgeführt wird. Der Oststaatler hüpft zähneklappernd «auf und nieder wie ein mechanisches Spielzeug», für ihn hat das Vorspiel «etwas Tragisches, das mehr war als die Tragödie der Handlung selbst, und dieser Eindruck wurde noch verstärkt durch den langen vollen Schrei des Schneesturms, der die wirbelnden und klagenden Flocken in den schwarzen Abgrund des Südens jagte».

Scully gibt das Startkommando. «Los!», sagt er, und als die zwei Männer im Dunkeln aufeinander einzuprügeln beginnen, entsteht «eine solche Wirrnis fuchtelnder Arme, dass nicht mehr Einzelheiten auszumachen waren als bei einem rasch kreisenden Rade». Der Cowboy schreit: «Gib ihm, Johnnie! Gib ihm! Schlag'n tot! Schlag'n tot!» Der Oststaatler hingegen betrachtet «das gleichbleibende Einerlei des Kampfes» mit Abscheu und sehnt das Ende herbei. Der Schwede schlägt Johnnie nieder, und der fällt «mit erschreckender Schwere ins Gras». Er liegt auf dem Rücken, sein Gesicht blutig und entstellt, und sein Vater fragt ihn, ob er weitermachen kann. «Ja, ich – es – ja», antwortet er und rappelt sich mit seines Vaters Hilfe wieder hoch. Der Oststaatler fleht Scully an, der Sache ein Ende zu machen, aber der Alte ignoriert ihn, und schon stürzt der Schwede los und setzt zum K.-o.-Schlag an. Johnnie, «halb betäubt vor Schwäche» und nahezu chancenlos, kann «wie durch ein Wunder» ausweichen und streckt den «aus dem Gleichgewicht geratenen Schweden» mit seiner Faust zu Boden.

> Der Cowboy, Scully und der Mann aus den Oststaaten brachen in Beifallsgeschrei aus, gleich einem Chor siegreicher Soldateska; aber ehe es noch verklungen war, war der Schwede behände auf die Füße gekommen und hatte sich mit Berserkerwut auf seinen Feind gestürzt. Wieder gab es ein Gewirr herumfuchtelnder Arme, und wieder taumelte Johnnies Körper rückwärts und schlug hin, etwa so wie ein Bündel

> vom Dach fällt. Der Schwede wankte sogleich zu einem kleinen windgepeitschten Baum und lehnte sich an, schnaufend wie eine Lokomotive, während seine wilden, flammenden Augen von einem Gesicht zum andern wanderten, indes die Männer sich über Johnnie neigten. In diesem Augenblick umgab ihn eine erhabene Einsamkeit, und sie wurde dem Mann aus den Oststaaten wohl bewusst, als er einmal die Augen von dem Mann am Boden aufhob und die geheimnisvolle, verlassene Gestalt erblickte, die da wartete.

Der größere, stärkere Schwede hat gewonnen. Johnnie kommt zu sich, beginnt «vor Scham und Schwäche» zu weinen und sagt, während ihm die Tränen übers blutige Gesicht laufen: «Er war zu – zu – zu schwer für mich.» Scully erklärt: «Johnnie ist geschlagen», der Cowboy stößt «nicht wiederzugebende Lästerungen» aus, und der Oststaatler stellt «bestürzt fest, dass sie hier draußen einem Wind ausgesetzt waren, der geradewegs von den dunklen arktischen Eisfeldern zu kommen schien. Er hörte wieder das Wehklagen des Schnees, wenn er in sein Grab im Süden geweht wurde. Es wurde ihm bewusst, dass die Kälte während dieser ganzen Zeit tiefer und tiefer in ihn eingedrungen, und er wunderte sich, dass er nicht draufgegangen war. Er empfand Gleichgültigkeit gegenüber dem Zustand des Besiegten.»

Die Männer gehen ins Haus zurück, der Schwede stapft nach oben in sein Zimmer, die anderen wärmen sich am Ofen in der mit Spielkarten übersäten «Folterkammer» auf. Die Frauen des Hauses stürzen herbei und tragen Johnnie in die Küche, wo sie ihn waschen und seine Wunden verbinden wollen, doch bevor sie mit ihm verschwinden, sagt Mrs. Scully ihrem Mann wütend die Meinung: «Du solltest dich schämen, Patrick Scully! Noch dazu dein eigner Sohn. Du solltest dich schämen!»

Der siegreiche Schwede kommt herunter, stößt krachend die Tür auf und stolziert theatralisch in die Mitte des Zimmers. Seine Tasche ist gepackt, er ist auf dem Weg, das Hotel zu verlassen, und wieder fragt er Scully, wie viel er ihm schuldig sei, und wieder antwortet Scully: «Nichts.» Sicherheitshalber wiederholt der Schwede die Frage, und wieder sagt Scully: «Sie sind mir gar nichts schuldig.»

> «Oho!», sagte der Schwede. «Ich glaube, Sie haben recht. Ich glaube, wenn überhaupt, dann wären eher Sie mir etwas schuldig. Jawohl, das glaube ich.» Er wandte sich an den Cowboy. «Schlag ihn tot! Schlag ihn tot! Schlag ihn tot!», äffte er und wieherte dann triumphierend. «Schlag ihn tot!» Er wurde von höhnischer Lachlust geschüttelt.
>
> Aber er hätte ebenso gut Tote verhöhnen können. Die drei Männer blieben unbewegt und stumm und starrten mit glasigen Augen den Ofen an.
>
> Der Schwede öffnete die Tür und trat in den Sturm hinaus, noch einen spöttischen Blick auf die stille Gruppe zurückwerfend.

Hier hätte der Vorhang fallen können, denn mit dieser Szene endet die Action im blauen Hotel; es wäre ein perfektes Ende gewesen, der jähe, aber überzeugende Schlusspunkt hinter einer packenden Geschichte, doch Crane treibt sie noch zwei Kapitel lang weiter, gräbt sich tiefer und immer tiefer in die Konsequenzen dessen hinein, was er in Gang gesetzt hat, und verwandelt damit seine bereits gute Erzählung in eine großartige.

Das vorletzte Kapitel hebt an:

> Der Schwede, seinen Koffer fest in der Hand, lavierte mitten durch den Sturm, als hätte er Segel gesetzt. Er

> folgte einer Reihe kleiner, kahler, staksiger Bäume, die, wie er wusste, den Verlauf des Weges markieren mussten. Sein Gesicht, noch glühend von Johnnies Faustschlägen, empfand eher Wohlbehagen als Schmerz im Wind und im treibenden Schnee. Eine Anzahl viereckiger Gebilde tauchte schließlich vor ihm auf, und er erkannte sie als die Häuser der eigentlichen Stadt. Er fand eine Straße und durchwanderte sie, sich jedes Mal schwer gegen den Sturm anstemmend, wenn ihn an einer Ecke ein gewaltiger Windstoß packte.
>
> Es hätte ein verlassenes Dorf sein können. Wir stellen uns die Welt dicht besät vor mit eroberungslustigen, stolzen Menschen; aber hier, unter den schmetternden Hörnern des Sturms, war es schwer, sich die Erde bevölkert zu denken. Da erstaunte man über die Existenz des Menschen, und einen Zauber des Wunderbaren gestand man jenen Läusen zu, die genötigt waren, sich an eine wirbelnde, feuerverheerte, eisumschlossene, pestverseuchte, raumverlorene Kugel zu klammern. Der menschliche Dünkel wurde durch diesen Sturm als die eigentliche Triebfeder des Lebens erwiesen. Es war purer Snobismus, nicht darin zugrunde zu gehen. Immerhin fand der Schwede eine Kneipe.

Crane hat die verkapselte, hermetisch abgeschlossene Welt des blauen Hotels aufgesprengt und stößt uns unvermittelt in die heulende Unendlichkeit der weißen Tundra hinaus. Er zeigt uns eine lebensfeindliche Erde, und falls dort Menschen leben sollten, darf man es als Wunder betrachten. In «The Open Boat» verglich er Menschen mit Mäusen, belanglosen Geschöpfen, die am «heiligen Käse des Lebens» nagen, und jetzt steigt er die Stufenleiter des

Seins noch eine Sprosse tiefer hinunter und vergleicht sie mit Läusen, parasitischem Ungeziefer, das sich an einen eisigen, glühenden, verpesteten, blindlings durchs All taumelnden Planeten klammert – das finsterste, trostloseste Bild der Menschheit, das er je zu Papier gebracht hat; aber damit ist diese schwierige, qualvolle Passage noch nicht zu Ende, die «eigentliche Triebfeder des Lebens», sagt er, sei Anmaßung und Selbstgefälligkeit, «der Dünkel» des Menschen», und setzt dem sogar noch einen drauf mit der Bemerkung, es sei «purer Snobismus», in diesem Schneesturm nicht zu sterben. Und der Schwede stirbt nicht nur nicht, er findet sogar eine Kneipe.

Wir sind immer noch in Nebraska, zugleich aber hat Crane die Perspektive drastisch verschoben und zeigt uns Romper aus weiter Entfernung, wir sollen den Ort als bloßes Pünktchen im Kosmos sehen (und das ist er ja), da aber an dem, was noch geschehen wird, Menschen beteiligt sind, ist dieses Pünktchen für die Menschen von äußerster Wichtigkeit, denn der Mensch ist das Maß aller Dinge, jedenfalls aus Sicht der Menschen, und mögen sie im kosmischen Gefüge auch nur Läuse sein, so ist doch alles, was den Menschen auf Erden widerfährt, von Bedeutung, von großer Bedeutung, und niemals bedeutungslos, und so schwarz Crane für die Menschheit sehen mag, Nihilist ist er nicht, was Menschen einander antun, ist von Belang, vielleicht nicht für den Kosmos, aber für das von Menschen erschaffene moralische Universum allemal.

Der nächste Absatz beginnt mit einem Menetekel. Blutrot sind die Schneeflocken, die durch den Lichtkegel einer über dem Kneipeneingang hängenden roten Lampe fallen. Als der Schwede die Tür aufstößt und hineingeht, lebt er weiter in dem Groschenroman in seinem Kopf, stolz auf den eben errungenen Sieg in seinem ersten Western-Kampf. Er blickt sich um und stellt fest, außer ihm sind nur vier Männer da, hinten an einem Tisch. Gutgelaunt geht er zu dem Mann hinter der Theke, lächelt ihm brüderlich zu und bittet um Whisky. Nachdem der Barmann den Betrag in die «hochvernickelte» Registrierkasse eingegeben hat, nimmt der Schwede die Flasche, schenkt sich eine übergroße Portion Whisky ein und kippt sie in drei Zügen hinunter. Der Barmann sieht verstohlen nach den Blutflecken im Gesicht des Schweden und sagt: «Schlimme Nacht.» Nein, überhaupt nicht, antwortet der Schwede, ihm sei's gerade recht, ja, er habe das Wetter richtig gern, sehr gern, es behage ihm geradezu. Er nimmt noch ein Glas und will dem Barmann eins ausgeben, aber der lehnt ab und fragt den Schweden, wie er zu den Verletzungen im Gesicht gekommen sei. Der Schwede erklärt stolz, er habe eine Schlägerei gehabt und «einen zusammengehauen hier unten in Scullys Hotel». Das weckt das Interesse der vier Männer hinten am Tisch. Einer fragt: «Wer war's denn?» Der Schwede antwortet: «Johnnie Scully. Der wird ganz schön fertig sein für ein paar Wochen», und lädt die vier auf einen Drink ein. Nein danke, sagt einer von ihnen, worauf Crane von dem Schweden wegschwenkt und sich den vier Männern zuwendet.

Um den Tisch sitzen zwei angesehene örtliche Geschäftsleute, der Bezirksstaatsanwalt und als Vierter ein «berufsmäßiger Spieler von der Sorte, die man als ‹fair› kennt», auch er ein vornehmer Herr, der nicht nur von den Honoratioren der Stadt geschätzt wird, sondern auch allgemein für «gediegen» gehalten wird. Es stimmt, er lebt davon, dass er Jagd «auf unbesonnene und senile Farmer» macht, «die, nach guten Ernten wohlversehen mit Geld, mit dem ganzen Hochmut und Selbstvertrauen einer absolut unverwundbaren Dummheit in die Stadt gefahren kamen», es stimmt aber auch, dass er verheiratet und Vater von zwei Kindern ist und «ein vorbildliches Familienleben» führt. Crane könnte die Tugenden dieses «räuberischen Kartenspielers» kaum nachdrücklicher betonen, der obendrein auch noch «so großmütig, so redlich, so lauter war, dass er bei einem Wettkampf das Gewissen von neun Zehnteln aller Bürger von Romper hätte in die Flucht schlagen können».

Im moralischen Universum der Menschheit ist dieser Spieler ein ambivalenter Fall, er ist dies und das zugleich, ein lebender, leibhaftiger Widerspruch in sich, der alles unterläuft, was wir über Moral zu wissen glauben, nennt doch Crane diesen Menschen ausdrücklich «moralisch», nachdem er ihn gerade als «räuberisch» bezeichnet hat. Räuberisch aber nur in dem Sinne, dass er verschlagen genug ist, einfältige Bauern zum Spiel mit ihm zu verleiten, denn er spielt «fair», ohne jeden Betrug, er geht nur deshalb mit ihrem Geld von dannen, weil er geschickter spielt als sie. Und jetzt, in dieser vielleicht elegantesten Wendung der Geschichte, gerät dieser Spieler an den ebenfalls im Kartenspiel bewanderten Schweden, der nur in die Kneipe gekommen ist, um seinen mannhaften Sieg im Faustkampf über einen mutmaßlichen Kartenbetrüger im angeblich gesetzlosen, gefährlichen Westen zu feiern. Blutroter Schnee draußen vor der Kneipe, und was jetzt drinnen geschieht, hängt allein von den gerade herrschenden Umständen ab: eine Zufallsbegegnung zweier Männer, die Geschäfte mit dem Zufall machen.

Unterdessen hat der Schwede noch einige Gläser unverdünnten Whiskys geleert und versucht immer noch, den Barmann zu einem Drink einzuladen. «Los», sagt er. «Trinken Sie was. Los. Was – nicht? Na, dann nehmen Sie nur einen kleinen. Himmel, ich hab heut Abend einen zusammengeschlagen, und das will ich feiern. Und ordentlich hab ich's ihm gegeben. Meine Herrschaften», ruft er den Männern am Tisch zu, «trinken Sie was?» Entsetzt über die Schamlosigkeit des Schweden, zischt der Barmann «Pscht!» «Danke», sagt einer der Männer am Tisch. «Wir möchten nichts mehr.»

Aber der Schwede lässt ein Nein nicht gelten. Plötzlich wird er aggressiv, als sei er in die Rolle eines Raufbolds in einer klassischen Westernszene geschlüpft – Showdown im Saloon –, und nimmt die zweite Abfuhr der Männer am Tisch als persönliche Beleidigung. Sich aufplusternd «wie ein Hahn», erklärt er dem Barmann, er sei ein Gentleman, er trinke nicht gern allein und – «passen Sie gut auf» – er *werde* diese Männer dazu bringen, mit ihm zu trinken. Er schreitet zu dem Tisch, legt dem Spieler eine Hand auf die Schulter und wiederholt seine Drohung: «Ich habe Sie aufgefordert, mit mir zu trinken.» Der Spieler wirft ihm über die Schulter einen Blick zu und sagt: «Mein Freund, ich kenne Sie nicht.» Als der Schwede nicht lockerlässt, bittet der Spieler ihn ruhig, die Hand von seiner Schulter zu nehmen und sich um seine eigenen Angelegenheiten zu kümmern. «Was?», brüllt der betrunkene Schwede empört. «Du willst nicht mit mir trinken, du kleiner Laffe? Dir werd ich's zeigen! Dir werd ich's zeigen!»

Man beachte, der Schwede nennt den Spieler einen «kleinen Laffen». Crane hat zwar bereits darauf hingewiesen, der Spieler sei «ein kleiner, schmächtiger Mann», aber mit «Laffe» macht er deutlich, wie tief der Schwede sich in den imaginären Westen der Bücher verstrickt hat, die er als Schneider in New York City verschlungen hat, denn «Laffe» ist nicht nur die Bezeichnung für einen elegant gekleideten Mann, sondern ein Spottname der Bewohner des Westens für die unbedarften Besucher aus dem Osten. Der Schwede beschimpft den Spieler als Laffen, weil der nicht dem Groschenroman-Image des echten Westmannes entspricht: Er hält ihn fälschlich für einen aus dem Osten, und weil er den Kampf mit Johnnie gewonnen hat, ist er jetzt selbstsicher genug, sich in die Rolle des streitsüchtigen Westlers zu werfen, und weil die Situation sich in seinem benebelten Kopf völlig verdreht hat, ist er unversehens auf höchst gefährliches Gelände geraten. «Gefährlich» war das Wort, mit dem er beim Essen im Palasthotel den Westen bezeichnet hat, aber weder da noch auch jetzt ist ihm in den Sinn gekommen, dass er selbst zur Gefahr werden könnte.

> Der Schwede hatte den Spieler wütend an der Gurgel gepackt und zerrte ihn von seinem Stuhl. Die andern Männer sprangen auf. Der Wirt stürzte um die Ecke seines Schanktisches. Es gab einen großen Tumult,

> und dann wurde in der Hand des Spielers eine lange Klinge gesehen. Sie schoss vorwärts, und ein menschlicher Körper, diese Festung der Tugend, Weisheit, Stärke, war durchbohrt, so leicht, als wär's eine Melone. Der Schwede brach mit einem Schrei höchster Verwunderung zusammen.
>
> Die angesehenen Kaufleute und der Anwalt vom Bezirksgericht mussten den Schauplatz sogleich zur Hintertür verlassen haben. Der Schankwirt fand sich kraftlos an die Lehne eines Stuhles geklammert und in die Augen eines Mörders starrend.
>
> «Henry», sagte dieser, indem er sein Messer an einem der Handtücher abwischte, die unter der Brüstung des Schanktisches hingen, «sag ihnen, wo sie mich finden. Ich bin zu Haus und wart auf sie.» Dann verschwand er. Einen Augenblick später war der Schankwirt auf der Straße und schrie durch den Sturm um Hilfe und mehr noch nach Gesellschaft.
>
> Der Leichnam des Schweden, allein in der Kneipe, hatte seine Augen starr auf eine schreckliche Inschrift gerichtet, die zuoberst auf der Kasse prangte: «Hier wird die Gesamtsumme Ihrer Zeche registriert.»

Man beachte die seltsam unbeholfene Formulierung im ersten dieser Absätze: «und dann wurde in der Hand des Spielers eine lange Klinge gesehen». Jeder andere Schriftsteller hätte das ungefähr so ausgedrückt: «Der Spieler griff in die Tasche und zog ein Messer mit einer langen Klinge hervor», Crane hingegen verwendet in seinem Werk auffällig oft passivische Konstruktionen, um zu erreichen, was ich einen «objektiven Blick» auf die sichtbare Welt nennen möchte, die Welt, wie sie durch das neutrale, alles sehende Objektiv einer Kamera wahrgenommen wird. Das ist keine Stilmarotte, sondern eine philosophische, ja moralische Haltung zu der Frage, wie ein Ereignis der realen Welt möglichst wahrheitsgetreu geschildert werden kann. Crane gibt nicht vor, zu wissen, was in dem Spieler vorgeht. Er beobachtet ihn von außen, genau wie der Leser, während er in anderen Erzählungen und Romanen, wenn er etwas durch die Augen und Gedanken einer seiner Figuren berichtet (Henry Fleming, zum Beispiel), auf das Passiv verzichtet und auf die hergebrachte Reihenfolge von Substantiven und Verben zurückgreift. Hier aber fügt er dem noch etwas hinzu, eine Kleinigkeit, mag sein, aber eine wichtige. Der Schwede ist mit der Erwartung in den Westen gekommen, getötet zu werden. Und jetzt ist er, nachdem er eine absurde, völlig überflüssige Auseinandersetzung provoziert hat, tatsächlich getötet worden, und durch Verwendung des Passivs lässt Crane eher das Messer handeln als den Spieler, als wolle er sagen: Nein, der Schwede wurde nicht von einem anderen Mann getötet, er wurde vielmehr von seinem eigenen Vorgefühl des Todes getötet, von seiner Angst, und das Messer war die Waffe, deren sich das Schicksal bediente, seinen Auftrag zu erfüllen. Wie die Aufschrift an der Registrierkasse sagt: Du hast bekommen, was du verlangt hast.

Auffällig ist auch, wie schnell die Freunde des Spielers aus der Kneipe verschwinden. Im Handumdrehen sind sie weg, kaum dass der Schwede zu Boden gesunken ist, ganz typisch für honorige Leute, die sich in Krisensituationen regelmäßig vom Acker machen, wie Crane nur sechzehn Monate zuvor verbittert feststellen musste, als er sich öffentlich dafür verteidigte, in der Dora-Clark-Affäre den Mund aufgemacht zu haben – mit all den grausamen Konsequenzen, die das mit sich gebracht hatte. Der Bezirksstaatsanwalt und die beiden Kaufleute laufen in den Sturm hinaus und waschen ihre Hände in Unschuld, als setzten sie die Worte des Spielers an den Schweden, kurz bevor er attackiert wurde, in die Tat um: «Mein Freund, ich kenne Sie nicht.»

Im letzten Kapitel erscheint Crane mit seinem eigenen Messer, dem unsichtbaren Schriftstellermesser, das ihn überallhin begleitete, und als es Zeit wird, es zu benutzen, zögert er keine Sekunde.

Monate sind vergangen, und eines Tages ist der Mann aus den Oststaaten mit einem Bündel Briefe und Zeitungen auf dem Weg zu der Ranch in Dakota, wo der Cowboy arbeitet. Es ist unklar, ob Mr. Blanc auf der Ranch angestellt ist oder ob er einen Job bei der Post gefunden hat, fest steht nur, dass die beiden Männer seit der Begegnung im Palasthotel von Romper Kontakt miteinander haben. Der Oststaatler erzählt dem Cowboy, der Spieler sei für die Tötung des Schweden zu drei Jahren Gefängnis verurteilt worden. Eine milde Strafe, finden die beiden, dann aber bemerkt der Cowboy, hätte der Barmann was getaugt und dem Schweden eine Flasche über den Schädel geknallt, wäre es nie zu dem Totschlag gekommen. Unbeeindruckt von dieser Überlegung, erwidert der Oststaatler «beißend», es hätten tausenderlei Dinge geschehen können, soll heißen, müßige Spekulationen dieser Art sind sinnlos, denn tatsächlich passiert ist nur das eine, und das war die Tötung des Schweden. Der Cowboy lässt aber nicht ab von seinem Hätte, Wäre und Wenn und sagt, hätte der Schwede Johnnie nicht des Betrugs beschuldigt, wäre er jetzt noch am Leben, und wie könne man nur so dumm sein, bei einem Spiel, das nur zum Zeitvertreib und nicht um Geld gespielt werde, dermaßen in Rage zu geraten, das zeige doch nur, wie verrückt er war. Der Oststaatler geht darüber hinweg, ihm tue nur der Spieler leid, sagt er. Das findet der Cowboy auch und fügt hinzu, der Spieler hätte gar nicht verurteilt werden dürfen, wenn man bedenke, was für einen Kerl er da getötet habe, und dann, erst dann – mit einer blitzschnellen Bewegung – zückt Crane sein Messer und bohrt es in die Eingeweide seiner Geschichte, und plötzlich bricht alles zusammen, was man uns bis dahin über die Geschehnisse glauben gemacht hatte. Der Oststaatler antwortet:

«Der Schwede könnte noch am Leben sein, wenn alles ehrlich zugegangen wäre.»

«Noch am Leben?», rief der Cowboy. «Alles ehrlich zugegangen? Wo er doch gesagt hat, dass Johnnie gemogelt hätte, und sich überhaupt wie ein Esel benommen hat? Und dann in der Kneipe hat er's geradezu drauf angelegt, eins abzukriegen!» Mit diesen Argumenten setzte der Cowboy dem Mann aus den Oststaaten zu und brachte ihn in Harnisch.

«Du bist ein Narr!», schrie der Mann aus den Oststaaten giftig. «Du bist ein tausendmal größerer Esel als der Schwede. Lass dir eins sagen. Pass auf! Johnnie *hat* gemogelt.»

«Johnnie», sagte der Cowboy verständnislos. Eine Minute lang herrschte Schweigen, und dann sagte er heftig: «Aber nicht doch. Das Spiel war doch bloß zum Spaß.»

«Spaß oder nicht», sagte der Mann aus den Oststaaten. «Johnnie hat gemogelt. Ich hab's gesehn. Ich weiß es. Ich hab's gesehn. Und ich – statt aufzustehn und ein Mann zu sein – ich hab es den Schweden allein ausfechten lassen. Und du – du hast bloß große Töne gespuckt und warst auf eine Schlägerei aus. Und dann der alte Scully selbst! Wir stecken alle drin. Nicht mal dieser arme Spieler ist ein Hauptwort. Er ist eine Art Umstandswort. Jede Untat ist das Ergebnis einer Zusammenarbeit. Wir, unser fünf, haben beim Morde dieses Schweden mitgetan. Tatsächlich sind für gewöhnlich zwölf bis vierzig Frauen in einen Mord verwickelt, aber in diesem Fall scheinen es nur fünf Männer zu sein – du, ich, Johnnie, der alte Scully: und dieser Narr von einem unseligen Spieler kam bloß als i-Tüpfelchen, als Vordergrundsfigur, und kriegt die ganze Strafe ab.»

Der Cowboy, gekränkt und rebellisch, schrie blind in diesen Nebel einer mysteriösen Theorie: «Aber ich hab doch gar nichts getan, oder?»

Falls wir den Farmer bis dahin nicht längst vergessen haben, begreifen wir jetzt, dass ihn Johnnies Mogelei geärgert hat. Wenn wir an Scullys rätselhaften Ausbruch gegen seinen Sohn zurückdenken und uns daran erinnern, wie er dem Kartenspiel seines Sohns mit dem Farmer «ein Ende gemacht» hat, begreifen wir, dass auch er von Johnnies Mogelei wusste. Ebenso der Schwede, so unangenehm und gestört er auch sein mochte, er unterlag keiner Einbildung, als er Johnnie des Betrugs beschuldigte, und das nötigt uns, die Auffälligkeiten im Verhalten des Schweden noch einmal genauer zu betrachten, insbesondere nachdem er das Hotel verlassen hat und in die Kneipe stolpert. An dieser Stelle ist er der einsamste Mensch auf Erden, ein Fremder in einer abweisenden, fremden Gegend, ohne Freunde, ohne Verbündete, ohne Kontakt zu irgendeinem anderen im Umkreis von tausend Meilen. Er sehnt sich nach Gesellschaft, er lechzt so verzweifelt nach dem kleinsten Fünkchen Freundlichkeit, komme sie, von wem sie wolle, dass er den Barmann geradezu anfleht, ein Glas mit ihm zu trinken. Als der Barmann ablehnt, richtet der Schwede seine Aufmerksamkeit auf die vier Männer am Tisch, aber auch die weisen ihn zurück, und erst da, nachdem jeder Einzelne im Raum die angebotene Freundschaft verweigert hat, kippt sein guter Wille in Wut um, und er geht zum Angriff über. Kurz bevor der Schwede dem Spieler an die Gurgel geht, sagt der: «Mein Freund, ich kenne Sie nicht.» Auf den ersten Blick eine ziemlich harmlose Bemerkung aus dem Mund eines Mannes, der einen aufdringlichen Fremden höflich abzuwimmeln versucht, aber wenn wir die Bemerkung aus ihrem ursprünglichen Kontext lösen und noch einmal betrachten, bekommt sie einen ganz anderen Sinn. «Mein Freund, ich kenne Sie nicht.» Für die drei angesehenen und später verschwundenen Trinkkumpane des Spielers bedeutet das: «Wir haben nichts damit zu tun, du bist auf dich allein gestellt», doch der überempfindliche, gestörte Schweden nimmt es ganz anders wahr: als kurzes Aufflackern eines Hoffnungsschimmers – «Mein Freund» –, bis das niederschmetternde Ende folgt: «Ich kenne Sie nicht.» Der Satz ist ein Oxymoron, ein Satz, der zwei widersprüchliche Dinge zugleich aussagt und daher vollkommen sinnlos ist. Der Schwede rastet aus.

Bei der am Ende erwähnten *mysteriösen Theorie* handelt es sich um genau das, worauf Crane seit einem Jahr hingearbeitet hatte, die schrittweise Fortentwicklung einer Haltung, zu der er in den schlimmen Stunden auf See mit Murphy, Montgomery und Higgins gefunden hatte. Die Erkenntnis, dass Menschen letztlich in allen wesentlichen Dingen des Lebens aufeinander angewiesen sind, hatte ihn dazu gebracht, über die guten und schlechten Folgerungen nachzudenken, die sich aus dieser unumstößlichen Prämisse ergeben. Ein tätiges Miteinander kann überall in der Welt wahre Wunder an Solidarität wirken, sei es in einem drei Meter langen Ruderboot vor der Küste Floridas, in einer Eisenbahn, die Hunderte Passagiere zu ihren Zielen zwischen England und Schottland befördert, oder in einem kleinen irischen Dorf, das den ersten Fang der Saison für den Verkauf auf dem örtlichen Fischmarkt vorbereitet, eine untätige Eintracht unter vereinzelten Individuen dagegen kann albtraumhafte Folgen haben, man denke nur daran, was Henry Johnson und Dr. Trescott in Whilomville auszustehen haben, oder an die schweigenden Zuschauer in Romper, die nicht den Mut aufbringen, einem Unzurechnungsfähigen beizustehen, und ihn damit Sturm, Messer und Tod ausliefern. «Jede Untat ist das Ergebnis einer Zusammenarbeit», sagt der Oststaatler. Das ist der Moralkodex, den Crane sich als Sechsundzwanzigjähriger erarbeitet hatte, und wer in dieser seiner These nach Fehlern sucht, kann nur zu dem Schluss kommen, es gibt keine, denn die Aussage dieses Satzes lässt sich auf alles anwenden, auf die Untaten einzelner Männer und Frauen ebenso wie auf die Untaten von Familien, Schulen, Industrien, Nachbarschaften oder ganzen Ländern. Wir alle sind füreinander verantwortlich, und wenn wir diese Verantwortung nicht übernehmen, wird das Leben auf Erden zur Hölle. Das war Cranes bedeutendste Erkenntnis. Kein amerikanischer Schriftsteller seither hat jemals etwas formuliert, das darüber hinausreicht.

13

«Er ist seltsam hoffnungslos», hatte Conrad in seinem Brief an Garnett geschrieben, und Crane hatte tatsächlich allen Grund, die Hoffnung zu verlieren. Nichts geriet ihm nach Plan, ganz gleich wie hart er arbeitete oder wie viel er dank seiner Mühen vorzuweisen hatte, die Einnahmen reichten hinten und vorne nicht. Pech spielte dabei ebenso eine Rolle wie der fatale Vertrag, den er bei McClure unterschrieben hatte, sowie der von Amy Leslies Anwalt gegen ihn angestrengte Prozess, in dessen Folge seine amerikanischen Tantiemen vorübergehend eingefroren wurden, aber das größere, allgemeinere Problem bestand darin, dass er sich in eine unmögliche Lage manövriert hatte und ein Spiel spielte, das er nicht gewinnen konnte, denn es war nun einmal Tatsache, dass niemand – nicht ein Einziger in der englischsprachigen Welt – als freischaffender Autor von Kurzgeschichten auch nur einigermaßen sein Leben fristen konnte.

Cranes Nöte werden begreiflich, wenn man sich die Publikationsgeschichte seiner vier Oxted-Meisterwerke vor Augen führt. Er hatte sich von jeder einzelnen dieser Erzählungen rasche und beträchtliche Einnahmen erhofft, die ihm aus der Klemme helfen sollten, aber immer wieder kam es zu langwierigen, unerwarteten Verzögerungen, ehe sie schließlich irgendwann veröffentlicht wurden. *The Monster*, abgeschlossen im September 1897, blieb fast ein Jahr lang liegen. Zunächst von McClure blockiert, der das Manuskript behielt, ohne es veröffentlichen zu wollen (zu brisant), wurde die Novelle dann von Gilder beim *Century* abgelehnt (zu anstößig) und erschien erst im August 1898 in *Harper's New Monthly Magazine*. «The Bride Comes to Yellow Sky», ebenfalls im September 1897 beendet, musste fünf Monate warten, bevor McClure (ausgerechnet!) es in seiner Zeitschrift veröffentlichte. Auch «Death and the Child» blieb fünf Monate liegen, ehe Reynolds es an *Harper's Weekly* verkaufte. Und dann die unendliche Komödie der Irrungen und Wirrungen um «The Blue Hotel», das Crane am 7. Februar 1898 an Reynolds schickte. Aus schwer nachvollziehbaren Gründen – es ging um die Frage, welche Erzählungen zusätzlich zu *The Monster* in ein von Harper's geplantes Buch aufgenommen werden sollten – wollte die verlagseigene Zeitschrift es nicht nehmen. Darauf schickte Reynolds es an andere ausgesuchte Zeitschriften, und eine nach der anderen, auch *Century, Scribner's Magazine* und das *Atlantic Monthly*, lehnte eine Veröffentlichung ab. Nicht dass der Herausgeber des *Atlantic* etwas dagegen gehabt hätte, aber er verlangte die Rechte an allen Western-Storys von Crane für ein Buch, das bei Houghton Mifflin erscheinen sollte (wo er einen Zweitjob als Manuskriptgutachter hatte), und als Reynolds ihm mitteilte, dass die anderen Erzählungen bereits vergeben waren, gab der Lektor William Hines Page (im Ersten Weltkrieg dann US-Botschafter in Großbritannien) das Manuskript mit der unvergleichlich hohlköpfigen Bemerkung zurück, «eine vereinzelte Story ist uns nicht der

Mühe wert». Dann reichte Reynolds «The Blue Hotel» bei *Collier's Weekly* ein; dort zeigte man sich interessiert, fragte aber angesichts der Länge des Textes und der hohen Honorarforderung (vierhundert Dollar), ob er nicht um ein Viertel gekürzt und entsprechend billiger, also für dreihundert Dollar, abgegeben werden könne. Als Reynolds seinem Klienten von diesem halbherzigen (oder dreiviertelherzigen) Vorschlag berichtete, erklärte sich Crane überraschenderweise einverstanden. Mittlerweile war er in New York – auf dem Weg als Kriegsberichterstatter nach Kuba –, hatte folglich ganz andere, dringlichere Dinge im Kopf und war nicht in der Stimmung, lange herumzufeilschen. Er war jedoch schon nach Key West weitergereist, als Reynolds den Vertrag erhielt, und als Crane die verlangten Kürzungen an der Erzählung vornehmen wollte, stellte er fest, dass er das Manuskript in seinem New Yorker Hotelzimmer liegengelassen hatte. Man fand die Papiere, schickte sie ihm nach Florida, und als er Reynolds das Manuskript am 8. Mai zurückschickte, legte er einen Zettel bei: «Kann das nicht kürzen. Soll Colliers selber machen. Bewahren Sie das Geld auf & telegraphieren Sie mir, wenn die Zahlung eingegangen ist.» Das unveränderte Manuskript wurde wiederum an *Collier's* geschickt, aber Robert Collier, der junge Redakteur vom Dienst, musste es natürlich erst einmal verschusseln, und als es ihm endlich wieder einfiel, war wieder einige Zeit vergangen. «The Blue Hotel» erschien dann in zwei Teilen in den *Collier's*-Ausgaben vom 26. November und 3. Dezember (zehn Monate nach seiner Fertigstellung), und nicht ein einziges Wort war gestrichen oder geändert worden, doch an den Vertragsbedingungen hielt man fest und übersandte Reynolds einen Scheck über dreihundert, nicht vierhundert Dollar.

Cranes zunehmende Verzweiflung lässt sich an den Briefen ablesen, die er zwischen Herbst 1897 und Frühjahr 1898 aus England schrieb. Im Oktober an John Phillips (leitender Redakteur von *McClure's Magazine*):

Was um alles in der Welt haben Sie mit The Monster *getan? …*
… ich habe Ihnen 25 000 Wörter abgeliefert und bin immer noch nicht besser dran, als wenn ich Sie gebeten hätte zu warten, bis es mir verdammt gutgeht und ich bereit bin, ausgezahlt zu werden … Also sagen Sie mir jetzt bitte, woran ich bin. Was ist passiert? Habe ich eine Geschichte namens The Monster *geschrieben? Habe ich die Ihnen geschickt? Und was ist danach passiert?*

An Reynolds am 20. Dezember:

Natürlich bin ich sehr knapp bei Kasse. Sie wissen ja, dass meine Appleton-Tantiemen gepfändet sind. Die machen mich fertig … Warum McClure wegen The Monster so einen Tanz aufführt, ist mir schleierhaft. Wenn ich das Geld nicht auf der Stelle kriege, bin ich am Ende.

An Reynolds Ende Dezember, Begleitschreiben zum Manuskript von «Death and the Child», wozu er bemerkt: «Wenn ich nicht pleite wäre, hätte ich das nicht geschrieben»:

Um Himmels willen beschaffen Sie mir alles Geld, das Sie kriegen können, und kabeln *Sie es mir,* kabeln *Sie es unbedingt zwischen Weihnachten und Neujahr. Verkaufen Sie «The Monster». Vergessen Sie das nicht – kabeln Sie mir noch diesen Monat etwas Geld.*

An Reynolds am 14. Januar:

In den Monaten seit ich in England bin, habe ich aus Amerika noch keinen Cent erhalten, der nicht geliehen war. Lesen Sie das bitte zweimal! Das hat zur Folge, dass ich gezwungen war, mich mit den englischen Agenten amerikanischer Verlage zu arrangieren, wovon aber in keinem Fall Ihre Tätigkeit betroffen ist. Mehr konnte ich nicht tun. Meine Ausgaben in England haben mich in den Bankrott getrieben. Ich warte jetzt nur noch, dass Sie mir das Geld für The Monster kabeln, und wenn das nicht klappt, bin ich verloren.

An Reynolds am 31. Januar; jetzt zählt er nicht mehr auf, was er alles zu schreiben vorhat, sondern rechnet es gleich in Dollar um:

> *Ich werde tausend oder zwölfhundert Dollar kurze Sachen schreiben ... Bis dahin sind jede hundert Dollar ein Segen! Beiliegend ein Plan für ein Syndikat. Ich bin mir* sicher, *dass Sie das hinkriegen. Ich könnte es von hier aus machen, wenn Sie nicht mein Agent wären.*
> *Sie haben das großartig gemacht!*
> *PS: Nein, das mit dem Syndikat schicke ich Ihnen nicht gleich. Nächste Woche.*

An Reynolds am 7. Februar (ungewohnt optimistisch):

> *Wie Sie sehen, ich knie mich rein und schufte wie ein Mann. Wenn Sie so fleißig weitermachen, dauert es nicht mehr lang, und wir können die Brust rauswerfen.*
> *Ein paar Sachen sind noch offen, die* Journal-*Geschichte und so weiter, um die Sie sich noch kümmern sollten. Selbst ein Zehnpfundschein erfüllt mich mit Ehrfurcht ...*
> *Aber wo ich jetzt zugesagt habe, muss ich hier weg und denke, mit Ihrer Hilfe wird die Sache nicht allzu ernst werden. Ich werde Sie mit Zeug bombardieren. Wenn Sie* Harper's *«The Blue Hotel» verkaufen, kabeln Sie mir umgehend Geld. Ich habe mich diesen Monat um große Dinge zu kümmern. Helfen Sie mir da durch, dann bin ich bereit zu lächeln.*

An Reynolds am 13. März:

> *Zum 1. April brauche ich Geld. Sammeln Sie, wenns geht, die zahlreichen ausstehenden Tantiemen ein und schicken Sie sie mir?*

Zeitschriften waren also bestenfalls eine unsichere Einnahmequelle und zudem nur die eine Hälfte der Gleichung, ein erster Schritt zur Verwirklichung des größeren Vorhabens, die Erzählungen gesammelt in Buchform zu veröffentlichen. Aber auch hier musste Crane einsehen, dass er aufs falsche Pferd gesetzt hatte, denn damals wie heute wurden Kurzgeschichtensammlungen nur selten zu Verkaufsschlagern, zumindest nicht im Vergleich zu Romanen, und ganz gleich, wie gut oder großartig oder gar aufsehenerregend seine Erzählungen waren, sie hätten niemals genug Geld eingebracht, ihm aus seinen finanziellen Schwierigkeiten zu helfen.

Das war ihm durchaus bekannt. Allzu optimistisch, wie er zuweilen sein konnte, war ihm klar, er musste einen Roman schreiben, wenn er seine Schulden bezahlen und – aber dazu musste ihm schon ein Bestseller gelingen – sein aufwendiges Leben mit Cora fortführen wollte. Und deshalb legte er, kaum dass er mit «The Blue Hotel» begonnen hatte, die Erzählung plötzlich zur Seite und stürzte sich in den Roman, der ihm seit einigen Monaten durch den Kopf ging, *Active Service*, eine halb autobiographische Geschichte über einen amerikanischen Kriegsberichterstatter in Griechenland. In seinem Brief an Reynolds vom 20. Dezember berichtete er, er habe zwölftausend Wörter von geplanten fünfundsiebzigtausend geschrieben und könnte bis April oder Mai mit dem Buch fertig sein. Wenn sie mit Hilfe einer Zusammenfassung einen ordentlichen Vorschuss an Land ziehen könnten, werde er damit weitermachen, aber sosehr Reynolds sich bemüht haben mag, er fand keinen Abnehmer, und so legte Crane den Roman beiseite und wandte sich wieder

der unterbrochenen Erzählung zu. Diese hektischen, impulsiven Kehrtwendungen lassen erkennen, wie verzweifelt er war, kurz davor, endgültig alle Hoffnung aufzugeben.

Crane wusste es vermutlich selbst, fand aber wohl nie den Mut, sich einzugestehen, dass sein Stern im Sinken begriffen war. Mit dem verwünschten *Red Badge* hatte er seine Viertelstunde Ruhm erlangt, aber seit einem Jahr gingen die Verkaufszahlen stetig zurück, und da seine amerikanischen Tantiemen blockiert waren und in England kein Geld mit dem Buch zu machen war, hätte er höchstens noch auf *The Third Violet* zählen können, das in der britischen Presse sehr gute, ermutigende Besprechungen erhalten hatte – im Gegensatz zu den Prügeln in den Staaten –, aber der kleine Drehbuch-Roman hatte sich nicht sonderlich verkauft und war als kommerzieller Fehlschlag abgeschrieben worden. Einerlei, dass er mit seiner Arbeit in den vergangenen zwei Jahren Bahnbrechendes geleistet hatte. Die wenigsten sahen das, und die es sahen, waren entweder völlig begeistert oder entsetzt; so gab etwa ein Redakteur über «The Blue Hotel» zu Protokoll, es sei «zu stark und zu grausam für unsere Leser»[96]. Und abgesehen davon bestand seine ganze Arbeit aus Erzählungen, verwünschten Kurzgeschichten.

Trotz alledem, wenn ihm nicht gerade die Geldsorgen über den Kopf wuchsen oder er mit Reynolds die nächsten Schritte plante, werkelte er weiter vor sich hin, nicht nur an Erzählungen für Zeitschriften und künftige Bücher, sondern auch an anderen Stücken,

■ 96 Zitiert von Levenson in seinem Vorwort zu Band V von «The Works of Stephen Crane». Der Redakteur war David Meldrum, Leiter des Londoner Büros von *Blackwood's Magazine*. Nach der Bemerkung, die Erzählung sei «zu stark und zu grausam» für die bürgerlichen Leser der Zeitschrift, fährt er fort: «Schade, denn ich bewundere die Geschichte sehr, und zwar gerade wegen ihrer Stärke, aber ich kann es nicht verantworten, sie zur Veröffentlichung zu empfehlen. Offenbar handelt es sich um einen dieser Fälle, wo eine Ablehnung, auch gegen unseren Willen, das Klügste ist.»

die er schlicht aus Freude am Schreiben schrieb und die seine erschöpfte Geldbörse im günstigsten Fall mit ein paar Kupfermünzen fütterten: zwei übermütige Ausflüge ins Gebiet der politischen Satire, «How the Afridis Made a Ziarat» (*New York Press*, 19.9.97) und das antiimperialistische, ubueske Dramolett «The Blood of the Martyr» (*New York Press*, 3.4.98), sowie ein hymnisches Loblied auf seinen Freund Harold Frederic (*Chap-Book*, 15.3.98). In seinem Begleitschreiben an Reynolds zu letzterem Artikel bemerkte Crane: «Beiliegend ein 1500-Wörter-Aufsatz über Harold Frederic und sein Werk ... Ich habe das auf seine Bitte hin geschrieben ... Das Honorar ist diesmal Nebensache.» Wie bei seinem Artikel über Conrad war Freundschaft ihm wichtiger, als jedes Wort zu Geld zu machen.

Vor allem aber schrieb er in dieser Zeit auch Gedichte, einige seiner besten, wie sich zeigte, und viele davon gelangten im Jahr darauf in seine zweite veröffentlichte Gedichtsammlung, *War Is Kind*.[97] *The Black Riders* waren in einem einzigen, ununterbrochenen Strom aus ihm hervorgebrochen, als sei eine in ihm eingeschlossene Stimme plötzlich freigelassen worden, dann aber war der poetische Brunnen versiegt und die Stimme verstummt. Solche Ausbrüche gab es danach nicht mehr, auch wenn er im Stillen gelegentlich an neuen Gedichten gearbeitet hatte, insgesamt vielleicht zwei bis drei Dutzend, variationsreicher als die 1894 geschriebenen «Zeilen», von dem zornigen, sarkastischen «Die Zeitung ist eine Sammlung von halbwahren Urteilen» (siehe Seite 711) bis zu dem anmutig dahinfließenden «I explain the silvered passing of a ship at night» (siehe Seite 712). Viele der neuen Gedichte waren länger als die alten, aber nicht alle, zum Beispiel die folgenden,

■ 97 Karl Heinz Berger übersetzt den Titel sehr fein mit «Krieg ist freund» (a.a.O., S. 57). (A.d.Ü.)

die noch ganz im Geist der K.-o.-Tropfen der *Black Riders* geschrieben sind:

Ein Mann erklärte einst dem All:
«Herr, mich gibt es!»
«Wie dem auch sei», sagte das All,
«Der Umstand hat in mir kein Gefühl
Für Verpflichtung geweckt.»[98]

Oder:

Der Wanderer,
Erblickend den Pfad zur Wahrheit,
Wurde von Staunen ergriffen.
Er war mit dichtem Unkraut bewachsen.
«Ha», sprach er,
«Ich sehe, keiner ging hier
Seit langer Zeit.»
Später sah er: jedes Unkraut
War ein Messer für sich.
«Gut denn», murmelt' er schließlich,
«Sicher gibt es andre Straßen.»[99]

Doch mit Zeilen wie «Der Gesang der Blumen / Die Schreie gefällter Bäume» oder «Für das Mädchen / War das Meer blaue Wiese / Wimmelnd von kleinen Schaum-Männern» betritt Crane neue Gefilde poetischer Kühnheit, wie auch in den folgenden Zeilen aus «Der Eindruck eines Dollars auf das Herz»:

■ 98 Karl Heinz Berger
■ 99 Karl Heinz Berger

Das Fell eines ehrlichen Bären
Unter den Füßen eines heimlichen Sklaven,
Der stets von Schnickschnack spricht
Und Ort und Menge und Arbeit und Staat vergisst,
Schmatzende, quatschende Hüte,
Rattenhaftes Quieken von Hüten,
Hüte.[100]

Man bemerkt in diesen Gedichten eine neue Sinnlichkeit und ein umfassenderes, durchdachteres Gefühl für die Vielschichtigkeit und Vielfalt erotischen Verlangens – Hinweis darauf, welch gründliche Erfahrungen Crane mit den Qualen von Lust und Leid gemacht hatte:

Ah, Gott, wie dein kleiner Finger sich bewegte
Als du einen nackten Arm nach hinten bogst
Und dein Haar zur Geltung brachtest
Und einen Kamm, einen albernen vergoldeten Kamm
Ah, Gott – dass ich leiden soll
Daran, wie ein kleiner Finger sich bewegte.

Die denkwürdigsten Gedichte dieser zweiten Sammlung sind das Titelstück «War Is Kind» («Weine nicht, Mädchen, denn Krieg ist freund»), das vermutlich 1895 entstand, nicht lange vor dem Erscheinen von *Red Badge*, und «A Man Adrift on a Slim Spar» («Auf einer dünnen Spiere treibt ein Mann», Karl Heinz Berger, S. 93), das Ende 1897 in England geschrieben wurde.[101] Obwohl im Ab-

■ 100 Karl Heinz Berger
■ 101 Zu Cranes Lebzeiten nicht veröffentlicht, erstmals gedruckt 1929. Warum es nicht in die Sammlung aufgenommen wurde, ist nicht bekannt, aber es kann gut sein, dass Crane das Manuskript verlegt hatte – das passierte ihm immer wieder. Dass Crane es veröf-

stand von zwei Jahren verfasst, weisen sie nahezu identische Strukturen auf: jeweils fünf Strophen, die meisten davon mit einem kurzen, liturgischen Refrain aus drei einsilbigen Worten am Ende, und da sich die Gedichte von Strophe zu Strophe steigern, wirkt der knappe Refrain mit jeder Wiederholung wuchtiger und beklemmender. Krieg und Schiffsunglück. Das sind die Themen der beiden Gedichte, in denen Crane eine schonungslose, unerbittliche Theologie von der Verlassenheit des Menschen in einer Welt ohne Gott entwirft.

Von John Berryman als «eines der wichtigsten Gedichte des Jahrhunderts» bezeichnet, zählt das Kriegsgedicht auch zu den quälendsten, verstörendsten, ironischsten, tragischsten und komplexesten Texten in Cranes Gesamtwerk:

Weine nicht, Mädchen, denn Krieg ist freund.
Weil dein Liebster die Hände wild zum Himmel warf
Und das entsetzte Schlachtross ledig rannte,
Weine nicht.
Krieg ist freund.

Heiser dröhnende Trommeln des Regiments,
Kleine Seelen voll Kampfesdurst,
Die Männer, geboren zum Drill und zum Tod,
Über ihnen schwebt der unerklärte Ruhm
Groß ist der Schlachtengott, groß, und sein Reich –
Ein Feld mit tausend Leichen blutrot.

fentlichen wollte, beweist der Umstand, dass er Elbert Hubbard eine Abschrift schickte, doch sein Folgebrief vom 29.1.1898, in dem er Hubbard fragt, ob er das Gedicht erhalten habe, legt nahe, dass die Post verlorengegangen sein könnte, da Hubbard üblicherweise alle Gedichte veröffentlichte, die Crane ihm schickte.

Weine nicht, Kindchen, denn Krieg ist freund.
Weil dein Vater durch die gelben Gräben stürzte,
Wut in der Brust, würgte und starb.
Weine nicht.
Krieg ist freund.

Züngelnde Fahne des Regiments
Rot und golden des Adlers Brust,
Die Männer, geboren zum Drill und zum Tod,
Weise ihnen die Tugend des Schlachtens
Mach das Verdienst des Tötens klar
Und ein Feld, mit tausend Leichen blutrot.

Mutter, deren Herz bescheiden wie ein Knopf hing
Am prächtig glänzenden Leichentuch des Sohns,
Weine nicht.
Krieg ist freund.[102]

Das verlorene Gedicht weist über das Schicksal der Männer in «The Open Boat» hinaus und beschränkt sich auf das Schicksal eines einzelnen Mannes, der sich verzweifelt an den abgebrochenen Mast (die Spiere) eines untergegangenen Schiffs klammert. Der Mann wird ertrinken, und der allmächtige Gott, der, wenn Er wollte, den Ozean in einen Haufen trockener Asche verwandeln könnte, rührt keinen Finger für ihn. Der Augenblick, in dem der Mann in den Fluten versinkt, ist in der dritten Zeile der vierten Strophe festgehalten, wo plötzlich der Himmel verschwindet («Ein taumelnder, trunkener Himmel und kein Himmel») – eine Sprache, kompakt und hart wie ein Faustschlag. Ein beängstigendes Ge-

■ 102 Karl Heinz Berger

dicht, hoffnungslos und voller Panik, von Crane geschrieben, als ihm aufging, dass auch er in Gefahr war, unterzugehen – denn ein Jahr nach seiner Rettung vor der Küste Floridas war er in England drauf und dran, auf trockenem Land zu ertrinken.

Auf einer dünnen Spiere treibt ein Mann.
Ein Horizont, kleiner als ein Flaschenhals,
Wogenzelte, getürmt zu dunkel peitschendem First,
Ringsum das nahe Heulen der Gischt.
Gott ist kalt.

Das stetige Auf und Ab des Meers
Und Grollen nach Grollen der Kämme
Die Wellentäler grün, kochend, endlos,
Die Berge unvollendet.
Gott ist kalt.

Die See ist in der Höhlung Seiner Hand;
Meere könnten in Dunst sich wandeln
Und durch die Sterne niederregnen,
Vielleicht als Mitleidsgeste für ein Kindchen.
Meere könnten zu grauer Asche werden,
Sterben mit langem Stöhnen und einem Schrei
Inmitten des Getümmels der Fische
Und den Rufen der Schiffe,
Weil Seine Hand den Mäusen zuwinkt.

Ein Horizont, kleiner als des verdammten Mörders Kappe,
Tintiger, schwellender Aufruhr,
Ein taumelnder, trunkener Himmel und kein Himmel,
Und von der glatten Spiere gleitet die bleiche Hand.
Gott ist kalt.

Gestaute Luft im gebauschten Mantel
Ein Antlitz küsst den Wassertod.
Ein mattes Winken der verlorenen Hand.
Und das Meer, das bewegte Meer, das Meer.
Gott ist kalt.[103]

Als Crane am 13. April nach Kuba abreiste, lief er nicht nur vor seinen Schwierigkeiten in England davon, er lief auch seinem nächsten Abenteuer entgegen, und dieses würde seine Gesundheit ruinieren und ihn letztlich umbringen. Schwer zu sagen, welches Bedürfnis ihn zu der Zeit stärker antrieb – der Wunsch wegzulaufen, oder der Wunsch hinzulaufen –, sicher ist nur, dass er in jedem Fall die Absicht hatte, zurückzukommen. Trotz ihrer Schulden und ungeachtet dessen, was J. C. Levenson ihre «verschwenderische Gastfreundschaft» nennt, hatten Crane und Cora sich zu einem stabilen, harmonischen Paar entwickelt und waren nach einem Jahr Zusammenleben so eng miteinander verbunden, dass er ihr manche seiner Arbeiten diktierte und ihre Handschrift sich immer mehr der seinen anglich. Edward Garnett, der wusste, dass sie mit ihrem Haus nicht zufrieden waren und sich noch weiter von London entfernen wollten, machte sie auf ein Haus in Sussex aufmerksam (das sie dann auch tatsächlich bezogen), und beide waren von der Idee so begeistert, dass Crane seinen Reporterkollegen in Kuba davon vorschwärmte und erklärte, nach dem Krieg werde er dorthin zurückkehren.

Die finanziellen Probleme auf der einen Seite, die ständige Rastlosigkeit auf der anderen – beides spielte für seine Entscheidung eine Rolle –, aber da war noch mehr, etwas schwer Bestimmbares, das sich kaum in Worte fassen lässt. *Hoffnungslos* war das Wort, das

■ 103 Karl Heinz Berger

Conrad in seinem Dezemberbrief an Garnett gebraucht hatte, und am 5. Februar bemerkte er in einem Brief an Crane selbst: «Es ist mir ein schmerzlicher Gedanke, dass Du Dir Sorgen machst. Das ist schlecht für Dich und schlecht für Deine Kunst.» Das bringt uns dem, was ich genauer zu bestimmen versuche, ein wenig näher. Etwas nagte an Crane, eine dunkle Macht hatte von ihm Besitz ergriffen und riss ihn innerlich langsam auseinander, und sehr wahrscheinlich war er selbst sich dessen gar nicht bewusst, oder er hatte keine Worte dafür, oder brachte es nicht über sich, darüber nachzudenken, aber was immer es war, es schob ihn auf eine Krise zu oder hatte ihn vielleicht schon mitten in eine hineingestürzt. Ich möchte es mir nicht zu leicht machen und geradewegs behaupten, er habe gespürt, dass er sterben werde, doch wenn man bedenkt, wie er sich an der Front in Kuba verhalten hat, wo er den Tod geradezu herauszufordern schien, als er sich einmal direkt in die Schusslinie feindlichen Feuers stellte, wird man den Verdacht nicht los, dass er den Tod eines gemeinen Fußsoldaten erleiden und im Kampf fallen wollte. Einen schnellen Tod – und nicht den langsamen Tod, den seine geschädigte Lunge schon für ihn vorbereitete.

Möglich.

Auf jeden Fall war er, sobald die Idee ihn gepackt hatte, nicht mehr aufzuhalten. Conrad, der zu seinem ewigen Bedauern aktiv dabei mitgeholfen hatte, die für die Überfahrt nach New York nötigen Mittel zu beschaffen, erinnert sich in seinem letzten Stück über Crane wehmütig daran:

> Der wolkenverhangene Nachmittag, an dem wir zwei ganz London abklapperten, war für ihn der Anfang vom Ende. Das Problem war, noch an diesem Tag 60 Pfund aufzutreiben, vor Sonnenuntergang, vor dem Abendessen, vor dem «Sechs-Uhr-vierzig»-Zug nach Oxted, auf der Stelle, augenblicklich – aus

Furcht, es könnte der Friede erklärt werden und er die Gelegenheit versäumen, einen Krieg zu sehen. Ich hatte keine 60 Pfund, die ich ihm hätte leihen können. Höchstens sechzig Shilling. Wir versuchten es in verschiedenen Redaktionen, aber ohne Erfolg, oder eher mit dem üblichen Erfolg von Versuchen, an Geld zu kommen. Der Gesuchte war entweder gerade mit einem Hund außer Haus oder hatte kein Interesse an dem Spanisch-Amerikanischen Krieg. Einmal wollte einer wissen, warum die Eile? Er wolle sich das erst einmal achtundvierzig Stunden durch den Kopf gehen lassen. Unten angekommen, machte Cranes vor Aufregung kalkweißes Gesicht mir Angst. Schließlich verfiel ich auf den Gedanken, ihn ins Londoner Büro von William Blackwood & Sons zu bringen. Dort empfing man ihn sehr freundlich. Bald darauf begleitete ich ihn zum Bahnhof Charing Cross, von wo er den Zug nach Hause nahm, versehen mit den nötigen Mitteln, am nächsten Tag «in den Krieg» abzureisen. Das ist der Grund, warum ich «The Price of the Harness» bis zum heutigen Tag nicht ohne Gewissensbisse lesen kann. Das Stück hat nichts Tödlicheres getan, als seine Schulden bei den Herren Blackwood zu begleichen; und doch überkommt mich hin und wieder das Gefühl, ich hätte ihn an jenem Nachmittag an die Hand genommen und in den Untergang geführt. Dabei war ich nur das blinde Werkzeug des Schicksals, das ihn längst gepackt hatte! Nichts hätte ihn aufhalten können. Notfalls wäre er über den Ozean geschwommen.

Die dunkle Seite des Mondes

1

Am fünften Tag seiner Überfahrt von Liverpool nach New York auf dem Dampfer *Germanic* erschienen in den Vereinigten Staaten und in England zwei verschiedene Versionen seiner neuesten Kurzgeschichtensammlung: *The Open Boat and Other Tales of Adventure* (Doubleday & McClure) und *The Open Boat and Other Stories* (Heinemann). Neben der Titelgeschichte enthalten beide Bücher «A Man and Some Others», «One Dash-Horses», «Flanagan and His Short Filibustering Adventure», «The Bride Comes to Yellow Sky», «The Wise Men», «Death and the Child» und «The Five White Mice»; diese Stücke bilden in der britischen Ausgabe jedoch nur den ersten Teil – unter der Überschrift «Minor Conflicts» –, dem sich ein zweiter Teil («Midnight Sketches») mit Skizzen aus New York und Asbury Park anschließt: «An Experiment in Misery», «The Men in the Storm», «The Duel That Was Not Fought», «An Ominous Baby», «A Great Mistake», «An Eloquence of Grieve», «The Auction», «The Pace of Youth» und «A Detail». Beide Ausgaben, die kurze wie die lange, versammeln einige der besten Erzählungen aus Cranes Feder, aber die Reaktion der Kritik fiel nicht besser oder schlechter aus als bei allem anderen, was er nach *Red Badge* veröffentlicht hatte: eine Mischung aus Pro und Contra, Bewunderung und Verwirrung, begeistertem Schulterklopfen und verächtlichem Schulterzucken. Die übliche geteilte Meinung zu jedem Schriftsteller, der etwas taugt, und daher am Ende gar nicht so schlecht, aber für einen Schriftsteller, der in einem Teich voller Schulden zu ertrinken droht, reichte es natürlich nicht, mehr als nur ein paar Tropfen Wasser abzulassen. Keine Rezension bringt Cranes Dilemma besser auf den Punkt als eine anonyme Notiz im Londoner *Athenaeum*: Die Erzählungen «weisen deutliche Spuren jenes außerordentlichen, ans Geniale grenzenden Talents auf, das alle Werke von Mr. Crane auszeichnet; jedoch bezweifeln wir, dass sie den Geschmack des Publikums in diesem Lande treffen werden, denn dafür sind sie zu finster und handeln meist allzu sehr von Gestalten eines ziemlich gleichförmigen Typs weißer Unzivilisiertheit», hieß es in der Kritik.

Dieses Versagen, «den Geschmack des Publikums zu treffen», war einer der Gründe, warum sich Crane bei Erscheinen des Buches mitten auf dem Atlantik befand, denn mittlerweile hätte auch der «kleine Erfolg», auf den er noch im Dezember gezählt hatte, nicht mehr gereicht, ihn in England zu halten. Er brauchte Geld, und das konnte er sich nur von einem Job als Berichterstatter in dem heraufziehenden Krieg erwarten.

Das war das eine, dazu kam die innere Zerrissenheit, mit der er nach Kuba aufbrach, denn er ließ ja nicht nur Cora allein, sondern gab damit auch das häusliche Leben mit ihr auf, den beständigen Alltag aus Arbeit, Zuhause und geselligen Zusammenkünften. Trotz aller Bemühungen, sich diesen neuen Umständen anzupassen, brach er seinen ersten Versuch mit dem eheähnlichen Zusammenleben nach nur zehn Monaten ab, und diesmal begleitete Cora ihn nicht wie im Frühjahr zuvor, als sie mit ihm an den Kriegsschauplatz in Griechenland gereist war. Die Zeit ihrer gemeinsamen Abenteuer war beendet, und Imogene Carter (die faktische wie die fiktive) war für immer begraben. Cora blieb in England und musste ganz allein mit dem finanziellen Ruin fertigwerden, in den sie selbst und ihre Maus sich gestürzt hatten, und – für sich selbst, wenn auch nicht für ihn – den häuslichen Herd am Laufen halten. Es war seine Entscheidung, nicht ihre, und ihr blieb keine Wahl, als sich dareinzuschicken. Widerspruch hätte ihre unheilige, nicht geschlossene Ehe aufs Spiel gesetzt, womöglich gar in Schutt und Asche gelegt, und so stimmte sie stillschweigend zu – nicht ohne berechtigte Sorgen um ihre gemeinsame Zukunft, vor allem aber in höchster Sorge um *ihn*. Zwei Wochen vor seiner Abreise schrieb sie ihrem Freund Scovel von diesen Befürchtungen:

> *Lieber Harry: Stephen kommt mit dem Schiff, das diesen Brief befördert, nach Amerika, als Korrespondent in dem U. S.-Spanien-Streit. Ich nehme an, Du wirst ihn sehen, denn Key West wird ja wohl das Hauptquartier für die Zeitungsleute sein. Wir haben es für das Beste gehalten, wenn ich in England bleibe. Ich schreibe Dir, um Dich und Deine liebe Frau zu bitten – falls Ihr in derselben Stadt seid, passt ein bisschen auf ihn auf. Er ist ziemlich verwahrlost, und ich mache mir Sorgen um ihn, weil er selbst gar nicht mehr auf sich achtet … Falls er krank werden sollte, telegraphiere mir bitte unbedingt.*

Verwahrlosung und mangelnde Bereitschaft, auf sich zu achten, sowie die Gefahr physischer Erkrankung zeigten sich an Cranes ungepflegter Erscheinung und seinem leichtsinnigen Verhalten während des Kriegs, und genau wie Cora befürchtet hatte, wurde er einmal so krank, dass er aus Kuba zur Behandlung in ein Militärkrankenhaus in Old Point Comfort, Virginia, verlegt wurde und anschließend zu einem Lungenspezialisten in den Adirondacks reisen musste, der in Saranac Lake ein Sanatorium betrieb. Der Schriftsteller Frank Norris beschrieb Cranes Erscheinung auf einem Kurierboot in den Tagen vor Ausbruch des Kriegs so:

> Der Junge Akteur trug eine über und über mit Teer, Fett und Öl beschmierte und verschmutzte Segeltuchhose. Sein Hemd machte sich keines Kragens

oder Halstuchs schuldig und stand am Halse offen. Das Haar hing ihm ihn zottigen Fransen über die Augen, sein Anzugkoffer lag auf seinen Knien und diente ihm als Schreibpult. Zwischen den Fersen hielt er eine Flasche Bier, auf dass sie beim Schlingern des Bootes nicht umfiel, und wenn er trank, brauchte er frei wie ein König kein Glas. Während er seine anschaulichen Depeschen verfasste, die am nächsten Morgen von Zehntausenden in den New Yorker Nachrichtenblättern gelesen werden sollten, fragte ich mich, was die fünfzigtausend, die seinen Kriegsroman gelesen hatten und ihn zweifellos mit Recht für ein Genie hielten, wohl sagen und denken würden, wenn sie ihn in diesem Augenblick sehen könnten.

Nach seiner scheinbaren Genesung in Virginia kehrte Crane in den aktiven Dienst zurück, um über die Invasion in Puerto Rico zu berichten; diesmal begegnete er auf dem Kurierboot seinem Freund und Kollegen Charles Michelson, einem scharfsichtigen Beobachter:

Crane, auf dem Weg in den Krieg, war eine der unansehnlichsten Gestalten, die jemals die Vorlage zweifelhafter Romane abgaben; schlurfend, die Haare zu lang, meist unrasiert, gekleidet wie irgendein Hilfsmatrose, hohlwangig, blass, kurz angebunden, mäkelig bis pingelig, gezeichnet von Krankheit – das absolute Gegenteil eines siegreichen Mannes.

... Fast die ganze Zeit hatten wir Gegenwind, der Bug des Boots tauchte mit jeder Welle unter Wasser, und jemand fand heraus, dass man, wenn man weit genug vorne stand und sich an den Stags gut festhielt, den

> Atlantischen Ozean zu einem annehmbaren Duschbad machen konnte. Crane enthüllte das Wrack eines Athletenkörpers – einst breite Schultern nach vorn gezwungen von der Höhlung eines eingesunkenen Brustkastens, Beine wie Pfeifenstiele – er sah aus wie ein zerfranstes weißes Lesebändchen hinter dem grünen Schleier der über ihn hinschäumenden See.

Dazu kam es nur drei Monate später, und tief im Innern ahnte Crane wahrscheinlich, dass er auf eine persönliche Katastrophe zusteuerte, als er aus England davonlief – *der Anfang vom Ende* –, zugleich aber war er entschlossen, sich diesem Ende zu stellen, und wollte sich das von niemandem ausreden lassen, weder von seiner Frau noch von Conrad oder irgendjemandem sonst. *Cranes vor Aufregung kalkweißes Gesicht machte mir Angst*, und während er auf seiner zehntägigen Reise nach New York über den Ozean schwamm, dürfte er ebenso sehr an seine amerikanische Vergangenheit wie an seine unmittelbare Zukunft in den Dschungeln Kubas gedacht haben. Er war seit über einem Jahr nicht mehr in seiner Heimat gewesen, und die Aussicht schleuderte ihn in die mythische Stadt seiner Kindheit zurück, Whilomville, die zum Schauplatz einer neuen Erzählung wurde, an der er irgendwo mitten auf dem Ozean zu arbeiten begann und die er in den Anfangstagen des Kriegs auf einem Kurierboot fertigstellte, auf dem er und andere amerikanische Korrespondenten in feindlichen, von spanischen Kanonenbooten und Schlachtschiffen überwachten Gewässern kreuzten. Man fragt sich, wie es ihm gelang, sich so gründlich von seiner Umgebung zu lösen, dass er sich in dieser gefährlichen Lage auf eine Geschichte über einen kleinen Jungen konzentrieren konnte, aber wenn wir uns die Geschichte näher ansehen, wird deutlich, dass Crane – ob bewusst oder nicht – tatsächlich über sich selbst schrieb, über den Zwiespalt seiner Gefühle in der gegenwärtigen Situation.

Das Whilomville in «His New Mittens»[104] unterscheidet sich von dem gleichnamigen Ort in *The Monster*. Kein Feuer, kein verbranntes Fleisch, keine panischen Bürger – bloß eine friedliche kleine Stadt, in der Crane die ersten ihm in Erinnerung gebliebenen Jahre seiner Kindheit verbracht hatte, das verlorene Paradies, das ihm nach dem plötzlichen, unerwarteten Tod seines Vaters gestohlen wurde. Es war das zentrale traumatisierende Erlebnis seines jungen Lebens – der Axthieb, der seine Welt zertrümmerte und ihn lehrte, dass Gott eine grausame und launenhafte Macht war, der man niemals, unter keinen Umständen, trauen konnte.

Und jetzt, mit sechsundzwanzig, war er allein auf dem Atlantik, ein Ausreißer auf dem Weg ins Unbekannte, eine Situation nicht unähnlich der des kleinen Jungen in seiner Geschichte, der ebenfalls von zu Hause wegläuft, und zwar nach Kalifornien, das in seiner Vorstellung von seinem Heimatort so weit entfernt ist wie die dunkle Seite des Mondes. Oder, in anderem Kontext, ungefähr so weit entfernt von New York wie Kuba von Oxted.

Er heißt Horace und ist etwa acht Jahre alt (so alt wie Crane, als sein Vater starb), und auch er ist vaterlos, und wenngleich Crane im Gegensatz zu Horace kein Einzelkind war, so wuchs er doch, bedenkt man den gewaltigen Altersunterschied zwischen ihm und seinen älteren Geschwistern, praktisch ohne Brüder und Schwestern auf. Horace lebt bei seiner Mutter und einer unverheirateten Tante; der Tod seines Vaters wird zwar nicht erwähnt, aber die Mutter trägt «Witwentracht», woraus man schließen darf, dass ihr Mann erst vor kurzem gestorben ist. Jetzt fühlt sich der Junge in einem von Frauen geführten Haushalt gefangen und glaubt, schier zu ersticken in der hektischen Gegenwart seiner beiden Aufsehe-

■ 104 Alle Zitate aus «His New Mittens» im Folgenden nach der Übersetzung von Fritz Güttinger, «Seine neuen Fäustlinge», in: Stephen Crane: Meistererzählungen, Zürich 1985.

rinnen, die ihm so viele Verbote und Einschränkungen auferlegen, dass er gar nicht anders kann, als ständig dagegen zu verstoßen. Die Umstände sind nicht exakt die gleichen, aber auch Crane hatten die Beschränkungen seines Lebens in England immer mehr zu schaffen gemacht, und als der Druck zu stark wurde, ergriff auch er die Flucht nach der dunklen Seite des Mondes.

Und es ist auch kein Zufall, dass der Wunsch des Jungen, an einer «Schlacht» teilzunehmen, das entscheidende Moment der Erzählung ist, denn eben dieses Verlangen hatte auch Crane gepackt und ihn nach Kuba eilen lassen. Bei Horace sind die Gewehre der amerikanischen und spanischen Soldaten durch Schneebälle ersetzt, aber eine Schlacht ist eine Schlacht, und zu Beginn der Geschichte begegnet er eines Nachmittags auf dem Heimweg von der Schule einer großen Schar seiner Freunde, die eine Schneeballschlacht austragen, wobei die eine Hälfte Soldaten spielt, die andere Hälfte Indianer. Horace möchte unbedingt mitmachen, aber zweierlei hindert ihn daran. Erstens hat seine Mutter ihm eingeschärft, «nach Schulschluss direkt nach Hause zu kommen», und zweitens trägt er ein neues Paar roter Fäustlinge, und sie hat ihn streng ermahnt, «pass auf, dass die neuen Fäustlinge nicht nass werden. Hörst du?» Und so zögert der Junge auch dann noch, als seine Freunde ihn auffordern mitzumachen, und erntet dafür Hohn und Spott:

> «Angst vor den Handschuhn! Angst vor den Handschuhn!» Sie leierten die Worte herunter zu der grausamen und eintönigen Melodie, die es wohl gibt, seit es Kinder gibt, und die der Erwachsene mit Recht vergisst. «Angst vor den Handschuhn!»

Crane hatte, ein seltener Fall unter Erwachsenen, seine amerikanische Kindheit nicht vergessen, und in einer beeindruckend kunstvollen Passage, die sich über die ersten vier der dreizehn Seiten dieser Erzählung erstreckt, vertieft er sich in die Hierarchien, veränderlichen Allianzen und psychologischen Faktoren einer Schneeballschlacht, und am Ende erliegt Horace der Versuchung und wirft sich in die Schlacht, die ihm wichtiger ist als Gehorsam, Pflichtgefühl und Zuhause. Bald aber taucht seine Mutter auf und zerrt ihn mit sich, eine öffentliche Demütigung, die seinem Ansehen bei den anderen Jungen nur schaden kann; er hat sich die durchnässten Fäustlinge in die Taschen gestopft und behauptet, er wisse nicht, wo sie geblieben sind, doch seine Mutter greift ihm in die Taschen und zieht die Fäustlinge hervor. Der Junge bricht in Tränen aus.

Zur Strafe muss er in der Küche bleiben, während seine Mutter und seine Tante im Esszimmer zu Abend essen, und jetzt, wo Horace allein ist, tritt Crane die Reise in den Kopf des kleinen Jungen an, ähnlich den Reisen, die er in die Köpfe von Henry Fleming, George Kelcey und New York Kid unternommen hatte: Gedanken im Gespräch mit sich selbst, ihr Schlingern und Kreisen in einem unaufhörlichen Ansturm von Argumenten und Gegenargumenten, ihr Hin und Her einander widersprechender Ideen beim Ringen um einen Plan für das weitere Vorgehen, das für den grausam behandelten jungen Horace auf die Frage hinausläuft, wie er sich am besten an seinen Unterdrückern rächen könnte.

Seine Tante hat ihm einen Teller gebracht und auf den Stuhl neben ihm gestellt, und so gern er die Essiggurke, den kalten Schinken und das Brot essen würde, er reißt sich zusammen, er muss jetzt standhaft bleiben und fasst die Gurke daher nur einmal kurz an, nimmt sie aber nicht vom Teller. Denn:

> Sein Herz war schwarz vor Hass. In Gedanken malte er sich furchtbare Vergeltungsszenen aus. Seine Mutter würde schon merken, dass er nicht zu denen gehörte, die Maßregelungen kleinlaut hinnehmen, ohne

sich zur Wehr zu setzen. So träumte er denn von hingemetzelter Mutterliebe, und zu guter Letzt sah er sie vor sich, wie sie sich ihm schmerzgebeugt zu Füßen warf. Weinend flehte sie ihn um Vergebung an. Ob er ihr verzeihen könne? Nein, sein Herz, einst zärtlich, war durch die erlittene Unbill zu Stein geworden. Er konnte ihr nicht verzeihen. Sie musste ihr Verhalten büßen.

Der erste Punkt in diesem entsetzlichen Plan war die Verweigerung der Nahrungsaufnahme. Aus Erfahrung wusste er, was er damit in ihrem Herzen anrichtete. So wartete er denn grimmig ab.

Doch plötzlich war ihm, der erste Teil seines Racheplans drohe zu scheitern.

Seine Mutter braucht zu lange, normalerweise wäre sie längst in die Küche gekommen und hätte gefragt, ob er krank sei, und dann hätte er gesagt, er möchte allein sein, um «ungestört zu leiden», und damit ihr Herz erweicht und sich wieder in ihre Gunst geschlichen. Wie Crane lustig bemerkt: «Er hatte es schon erlebt, dass er damit zu einem Stück Apfelkuchen kam.»

Aber diesmal braucht seine Mutter zu lange, die todsichere Taktik verfängt nicht, und «als ihm aufdämmerte, wie die Dinge standen, befiel ihn ein Abscheu vor allem – dem Leben, der Welt, der Mutter. Ihr Herz schlug den Belagerer zurück; er war besiegt.» So viel zu Plan A, aber kaum ist er an dieser Front geschlagen, verfällt er auf den viel dramatischeren Plan B – sich aus dem Haus zu schleichen und wegzulaufen.

Man beachte, was für unreife und überspannte Gedanken Horace im weiteren Geschehen durch den Kopf gehen und – verglichen mit Cranes früheren Ausflügen in die Gedanken seiner Figuren – wie sehr sich die Innenwelt des kleinen Jungen von der eines Henry Fleming (kein Kind, sondern ein Heranwachsender) und erst recht von der eines New York Kid (kein Heranwachsender, sondern ein junger Mann) unterscheidet, was viel über Cranes Methode aussagt und dafür verantwortlich ist, warum seine Figuren als voll entwickelte Individuen sich deutlich voneinander abheben. In seinen besten Texten schreibt Crane nicht *über* seine Schöpfungen – er *lebt* in ihnen. In «Seine neuen Fäustlinge» lebt er im Kopf eines kleinen Jungen, er versteht genau – und erinnert sich genau –, was man von einem Achtjährigen erwarten kann und was nicht.

> In einem entlegenen Winkel der Welt wollte er eine Art Gewaltskerl werden, durch die Unmenschlichkeit seiner Mutter dem Verbrechen in die Arme getrieben. Nie sollte sie von seinem Schicksal erfahren. Jahrelang wollte er sie mit Zweifeln über Zweifeln quälen und sie unerbittlich in ein reuevolles Grab treiben.

Er zieht Mantel und Mütze an und macht sich auf den Weg, wirft einen letzten Blick zurück nach der Essiggurke, kurz in Versuchung, sie mitzunehmen, entscheidet sich dann aber dagegen, denn wenn er den Teller unberührt lässt, macht er «die Sache für seine Mutter umso schlimmer». Schlimmer wird es aber auch für ihn, denn draußen schneit es heftig, und da er nicht weiß, ob der Weg nach Kalifornien über die Niagara Avenue oder die Hogan Street führt, versteckt er sich erst einmal im Holzschuppen, um zu überdenken, was er sich da «eingebrockt» hat. Ihm ist schrecklich kalt, doch tröstet es ihn ein wenig, als er bemerkt, dass «im Haus eine gewisse Aufregung herrschte. Der Schein einer Lampe bewegte sich rasch von einem Fenster zum andern. Dann fiel die Küchentür ins Schloss, und eine Gestalt [seine Tante Martha], den Kopf in ein Tuch gehüllt, eilte zum Gartentor. Endlich ließ er sie seine Macht spüren.» Jetzt wissen sie, dass er verschwunden ist, und eine Weile weidet er sich an dem «Entsetzen, das er verbreitete», bis ihm aufgeht, dass man ihn früher oder später in dem Holzschuppen suchen wird.

> Es wäre nicht mannhaft, sich so rasch ertappen zu lassen. Ob er wirklich sein Leben lang wegbleiben wollte, war nicht mehr so sicher; jedenfalls musste er aber noch etwas mehr Unruhe stiften, ehe er sich einfangen ließ. Wenn er seine Mutter bloß in Wut versetzte, erreichte er höchstens, dass sie ihn ohrfeigte. Er musste die Sache hinauszögern, um sich dagegen abzusichern. Wenn er lange genug aushielt, war er einer liebevollen Begrüßung gewiss, selbst wenn er vor Verbrechen troff.

Als wie prophetisch sich diese letzten beiden Sätze für ihn selbst herausstellen sollten, kann Crane nicht gewusst haben, unheimlich genug aber entsprach dies mehr oder weniger dem, was sich in den achteinhalb Monaten seiner Trennung von Cora zutrug, denn als die Kampfhandlungen nach der Kapitulation der Spanier am 12. August eingestellt wurden, *zögerte Crane die Sache hinaus*, indem er heimlich nach Havanna zurückkehrte, dort weitere vier Monate lang blieb und seinen Aufenthaltsort so gut vor Cora und fast allen anderen geheim hielt, dass viele vermuteten, er sei entweder tot oder in Gefangenschaft. Er quälte Cora mit wochenlangem Schweigen (erschwerend kommt hinzu, dass von den wenigen Briefen, die er ihr schrieb, kaum einer angekommen ist, verloren, verschleppt oder weggeworfen von der Putzfrau in seiner Pension, die sie für ihn auf die Post bringen sollte), doch als man ihn schließlich aufspürte und ihm die Mittel für die Rückreise nach England beschaffte, ging er an Bord, überquerte den Ozean und nahm sein Leben mit Cora stillvergnügt wieder auf, denn mochte er auch *vor*

Verbrechen triefen, war er lange genug weg gewesen, dass ihm eine *liebevolle Begrüßung* zuteil- und alles verziehen wurde.

Um einer sofortigen Gefangennahme zu entgehen, tritt Horace, der junge Held seiner Geschichte, aus dem Holzschuppen in das Schneetreiben hinaus, aber das hat sich mittlerweile zu einem ausgewachsenen Schneesturm entwickelt, der ihn mit gnadenloser Härte schüttelt. «Keuchend und halb blind von dem Schneetreiben, war er jetzt einsam und allein auf der Erde, verbannt, ohne Freunde und arm.»

Zweifellos dachte Crane bei diesen Worten auch an sich selbst. Nachdem er in England nicht den erhofften Erfolg gehabt hatte, kehrte er «verbannt, ohne Freunde und arm» nach Amerika zurück, schließlich hatte er den Korrespondentenjob zu dem Zeitpunkt noch nicht, und der Krieg zwischen Spanien und Amerika wurde offiziell erst am Tag seiner Ankunft erklärt, weshalb erst einmal gar nichts sicher war, aber selbst in diesem Nichts hoffte er noch, alles werde schon irgendwie gutgehen, so wie es für den kleinen Horace im letzten Kapitel der Erzählung gut ausgeht.

Der Junge, hilflos im wütenden Schneegestöber, gibt seiner Mutter die Schuld, sie hat ihn «in den Sturm hinausgestoßen». Zugleich und in völligem Gegensatz zu diesem finsteren Groll würde er nichts lieber tun als ins Haus zurückgehen und die Reise nach Kalifornien absagen – aber er will nicht nachgeben, er kann nicht nachgeben, er muss sich da durchkämpfen und, von einer «rätselhaften Förmlichkeit» getrieben, an seinem Plan festhalten. Er gelangt auf die Niagara Avenue und erblickt die hell erleuchteten Fenster der Metzgerei Stickney. Der Metzger, der eng mit Horace' Vater befreundet gewesen war, steht in seinem Laden, «reihenweise hingen die Schweine mit dem Kopf nach unten hinter den Verkaufstischen ... Da und dort baumelten Bündel kraftloser Truthähne.» Eine Kundin ist im Laden, mit einem «riesigen Einkaufskorb am Arm», und als sie ins Freie tritt, nimmt Horace seinen Mut zusammen und geht hinein. Ab da übernimmt der gutherzige Stickney das Kommando, und in einer raschen Folge von Ereignissen eilt die Geschichte ihrem komplexen, aber ganz und gar befriedigenden Ende zu: Mutter und Sohn finden wieder zueinander – genau wie Crane und Cora schließlich wieder zusammenfanden.

> Stickney hatte seine beiden Pranken auf den Tisch gestützt, in der üblichen Haltung des Metzgers einem Kunden gegenüber. Doch jetzt richtete er sich auf.
>
> «Nanu?», sagte er, «was fehlt denn? Was fehlt dir, mein Junge?»
>
> «Nichts», antwortete Horace mit belegter Stimme. Etwas in seiner Kehle machte ihm zu schaffen, doch schließlich brachte er es heraus: «Nichts – nur – ich bin weggelaufen, und –»
>
> «Weggelaufen!», rief Stickney. «Vor was denn? Vor wem?»
>
> «Von zu Hause», antwortete Horace. «Es gefällt mir dort nicht mehr. Ich –» Er hatte sich eine Rede ausgedacht, um das Mitgefühl des Metzgers zu gewinnen. Er hatte vorgehabt, ihm den Fall möglichst vorteilhaft auseinanderzusetzen, aber es war, als sei alles im Sturm untergegangen. «Ich bin weggelaufen. Ich –»
>
> Stickney langte mit seiner Pranke über das ausgelegte Rindfleisch hinweg und hielt den Ausreißer fest. Dann schwang er sich um den Tisch herum. Lachend schüttelte er den Häftling. «Komm, komm, komm. Was für ein Mumpitz ist denn das? Weggelaufen, wie?» Worauf die Schleusen der Kinderseele sich öffneten und ein Geheul einsetzte.
>
> «Komm, komm», sagte Stickney geschäftig. «Lass

das jetzt, lass das. Du kommst jetzt mit mir. Ich bringe das schon in Ordnung. Lass mich nur machen.»

Fünf Minuten später, einen dicken Mantel über der Schürze, geleitete der Metzger den Jungen nach Hause.

Auf der Schwelle sträubte sich der Junge nochmals in einer letzten Anwandlung seines Stolzes. «Nein, nein», schluchzte er. «Ich will nicht, ich will nicht hinein.» Er stemmte sich mit einem Fuß gegen die Türschwelle und leistete recht ansehnlichen Widerstand.

«Schon gut, Horace», rief der Metzger. Er stieß die Tür auf. «Jemand da?» Auf der andern Seite der Küche ging die Tür zum Wohnzimmer auf, und Tante Martha trat heraus. «Man hat ihn gefunden!», rief sie.

«Wir kommen ein bisschen zu Besuch», lachte der Metzger.

Beim Eingang zum Wohnzimmer wurden sie alle still. Horace sah seine Mutter auf dem Sofa liegen, schlaff, totenbleich, die Augen voller Schmerz. Es entstand eine angespannte Pause, bevor sie eine wächserne Hand ausstreckte. «Mein Junge», sagte sie leise, mit bebender Stimme. Worauf die angeredete Person mit einem Aufschrei auf sie zulief. «Mama! Mama! O Mama!» Sie war nicht imstande, eine vorhandene Sprache zu sprechen, als sie ihn in schwache Arme schloss.

Tante Martha, trotzig, weil ihr Gesicht sie verriet, wandte sich an den Metzger. Sie weinte. Mit einer halb militärischen, halb fraulichen Gebärde fragte sie: «Möchten Sie ein Glas Kräuterbier, Mr. Stickney? Wir machen es selber.»

Und mit dieser Gebärde Tante Marthas – *halb militärisch, hab fraulich* – bringt Crane die verwickelten Ambivalenzen seiner Flucht aus England auf den Punkt, die Entscheidung, den häuslichen Herd zu verlassen und in den Krieg zu ziehen, eine letztlich unmögliche Wahl, die, egal wofür oder wogegen er sich entschied, seine inneren Konflikte nicht lösen konnte. Daher diese wunderschöne kleine Geschichte, Zeichen seiner Not und gedankliche Wunscherfüllung in einem: Am Ende erweist sich die Entscheidung, von zu Hause wegzugehen, als die richtige. Kaum zu glauben, dass «His New Mittens», das (meiner Meinung nach) jede Episode in Twains *Tom Sawyer* übertrifft und als eine der großen Kurzgeschichten über Kindheit in der amerikanischen Literatur zu gelten hat, unter derart widrigen Umständen geschrieben wurde – auf dem Weg in den Krieg und mitten im Krieg selbst, doch genau so, wie der Korrespondent und der Maschinist in «The Open Boat» *ruderten ... ruderten und ruderten*, schrieb Crane ... und schrieb und schrieb, und wo immer er war und was immer und unter welchen Umständen um ihn her geschah, Schreiben war das unerschütterlich Einzige, dem er sich zeit seines kurzen, oft erschütterten Lebens hingab. Dass es sich heute noch lohnt, sich mit diesem Leben zu beschäftigen, ist allein dem Werk zu danken, das daraus hervorging.

2

Am 22. April, dem Tag nach seiner Ankunft in New York, ergatterte Crane einen Korrespondentenjob bei Pulitzers *World* als Teil eines Teams unter Leitung seines Freundes Harry Scovel, der den Posten des Redaktionsleiters für die Kriegsberichterstattung der Zeitung aus Kuba innehatte. Cranes Vertrag sah angeblich ein Honorar von dreitausend Dollar vor (nach heutigem Stand rund neunzigtausend Dollar); das Geld hätte gereicht, alle seine Schulden zu begleichen und Cora während seiner Abwesenheit über die Runden zu helfen. Sehr wahrscheinlich jedoch waren diese dreitausend Dollar eine Erfindung des Geschäftsführers der *World*, Don Carlos Seitz, der Crane aus unbekannten Gründen nicht ausstehen konnte und schließlich für seine Entlassung sorgte. Jahre später, 1924 in einem Buch und 1933 in einem Artikel, zog Seitz öffentlich über Crane her (das heißt, er verbreitete Lügen über ihn), dergestalt, Crane habe lediglich «einen einzigen brauchbaren Bericht» abgeliefert, während er in Wahrheit vierundzwanzig Stück geschrieben hatte, die 1900 im Nachruf auf Crane in derselben Zeitung, der *World,* als «Meisterwerke anschaulicher Schilderung» gepriesen wurden, und wenn jemand über eine so augenfällige, nachweisbare Tatsache Lügen verbreiten konnte, wie kann man dann annehmen, dass er nicht auch in Bezug auf die dreitausend Dollar gelogen hat, denn hätte Crane das Geld bekommen – oder auch nur einen Teil davon –, warum hätte er Reynolds dann Ende Mai von einem Kurierboot aus schreiben sollen (in seinem Begleitschreiben zur Endfassung von «His New Mittens»), er brauche dringend Geld? Neun Tage später schrieb er Reynolds wieder mit der Bitte, falls es ihm, Reynolds, gelungen sei, etwas Geld einzutreiben, möge er es *wie üblich* an John Scott Stokes (Harold Frederics Sekretär und guter Freund der Cranes) schicken, was darauf hindeutet, dass Scott Stokes das Geld dann an Cora weitergeleitet hätte, er also als Mittelsmann fungierte, was Crane erlaubte, seine eheähnliche Verbindung vor allen seinen amerikanischen Bekannten geheim zu halten, nicht nur vor seiner Familie, sondern auch vor seinem New Yorker Agenten. Mit anderen Worten, wenn er die dreitausend Dollar oder einen Teil davon bekommen hatte, wo waren sie jetzt, und warum sollte er auf weitere Einnahmen angewiesen sein, um Cora über Wasser zu halten? Wie sich herausstellte, bekam sie außer den zwanzig Pfund, die er ihr vor seiner Abreise aus England gab (von den sechzig Pfund, die er mit Conrad in Blackwoods Londoner Büro einstrich), während der ganzen Zeit seiner Abwesenheit nur äußerst geringe Beträge von ihm übermittelt, was sie in immer größere finanzielle Schwierigkeiten brachte. Natürlich ist der heutige Gegenwert von zweieinhalb- oder dreitausend Dollar nicht gerade nichts, aber kaum genug, eine hoch verschuldete Frau fast ein Jahr lang mit dem Nötigsten zu versorgen.

Noch eine Sackgasse, noch ein Rätsel. Wie so oft bei dem Versuch, Cranes Lebensgeschichte zusammenzusetzen, reicht das vorhandene Beweismaterial nicht aus, genau in Erfahrung zu bringen, was sich hier abspielte. Mit einiger Sicherheit hat er Geld von der *World* bekommen, aber wie viel, ist nirgends verzeichnet, also ein weiterer weißer Fleck, der diese achteinhalb Monate zu einer der nebelhaftesten Zeitspannen seines Lebens macht, denn abgesehen davon, dass uns zu viele belegbare Tatsachen fehlen, liegen auch die Motive für Cranes stets unberechenbares Verhalten so sehr im Dunkeln, dass man wohl nie dahinterkommen wird. Wie ich es sehe, befand er sich in fast allen Dingen im Zwiespalt. Ein Teil von ihm glaubte, er werde in diesem Krieg sterben; ein anderer Teil von ihm hielt sich für unzerstörbar. Er wollte zu Cora zurückkehren; er war sich nicht sicher, ob er zu Cora zurückkehren wollte. An manchen Tagen war er grämlich und verschlossen; an anderen Tagen war er aufgekratzt, übermütig und kaum zu bändigen. Und wie sah er eigentlich seine finanzielle Verantwortung für Cora? Offenbar mit einer Mischung aus Sorge und Gleichgültigkeit, wenn man bedenkt, dass er, nachdem er nach seinem Weggang von der *World* beim *Journal* angeheuert hatte, mit dem Londoner Büro des *Journal* vereinbarte, sie sollten seine Einnahmen an Cora schicken, was jedoch nicht geschah, sodass Cora weiterhin auf dem Trockenen saß. Nicht ganz seine Schuld, mag sein, aber er hat auch nie nachgefragt, ob die andere Seite sich an die Vereinbarung hielt. Ein wenig Sorge also schon, aber die Gleichgültigkeit überwog – als sei es ihm schlicht zu viel gewesen, sich darüber Gedanken zu machen. J. C. Levenson dazu in seiner Einführung zu Band 5 von Cranes *Works*: «Ungeachtet möglicherweise mildernder Umstände scheint er sich hier schlechter benommen zu haben als in allen anderen Situationen seines Lebens.»

Dann der geheimnisumwitterte Kurzbesuch in Washington und sein Treffen mit Lily Brandon Munroe, von dem man nicht weiß, ob es überhaupt stattgefunden hat, und falls ja, ob Crane ihr dabei noch einen weiteren Heiratsantrag gemacht hat oder nicht. Paul Sorrentino, der Verfasser der am sorgfältigsten recherchierten und zuverlässigsten Lebensgeschichte Cranes, kommt zu dem Schluss: Ja, hat er. Andere, zum Beispiel Kathryn Hilt (Mitautorin des Artikels über die zwei Amy Leslies), sind sich nicht sicher und meinen, den zweiten Antrag könnte er auch früher gemacht haben, bei einer von drei Gelegenheiten zwischen 1895 und 1897. Sollte es 1898 nicht zu einem zweiten Antrag gekommen sein, ist das Thema abgeschlossen, und wir können die Sache vergessen. Aber nehmen wir an, es sei dazu gekommen, Crane habe ihr bei einem Zwischenstopp in Washington, auf dem Weg nach Florida, tatsächlich einen Antrag gemacht. Dann stellt sich die Frage: Wie hat er, in Anbetracht seiner mehr oder weniger offiziellen Ehe mit Cora, so etwas tun können? Weil Crane, würde ich argumentieren, zu der Zeit ziemlich durcheinander war und weil im Gegensatz zur landläufigen Meinung eine erste Liebe zwar fast immer endet, aber niemals stirbt, weswegen es, als er Lily wiedersah, durchaus plausibel erscheint, dass ihr Anblick ihn vollkommen aus der Fassung brachte, und er, überwältigt und nicht mehr Herr seiner Sinne, impulsiv mit seinem Antrag herausplatzte. Nur ein weiteres Zeichen seiner inneren Zerrissenheit, aber durchaus ehrlich gemeint, als es ihm über die Lippen kam. Sie lehnte ab, und das war's.

Wie dem auch sei, keinen Monat später, auf dem Kurierboot «vor Havanna», schrieb Crane an Lilys jüngere Schwester Dottie – 1892 ein Mädchen, jetzt an der Schwelle zur Frau –, er habe seinen Besuch in Washington abbrechen müssen, weil er plötzlich Nachricht erhalten habe, man erwarte «schwere Kampfhandlungen vor Havanna, und ich sollte mich sofort dorthin begeben. Ich eilte. Telegraphiert habe ich nicht, weil ich das in der Kürze nicht erklären konnte; jetzt, auf der Rückfahrt von Puerto Rico, habe ich zum ersten Mal Zeit, Dir zu schreiben. Kannst Du mir verzeihen?» Die Frage lässt darauf schließen, dass er sich in Washington mit ihr treffen wollte – vielleicht schon mit ihr verabredet gewesen war – und es ihm leidtat, die Chance verpasst zu haben, es sei denn, es handelte sich nur um eine verspätete Rechtfertigung dafür, dass er ihre Verabredung nicht eingehalten hatte. Weiter schreibt er: «Ich habe mich nicht im Geringsten verändert, Du darfst sicher sein, dass dem S. Crane, den Du vor langer Zeit so gut gekannt hast, ganz und gar nichts daran gelegen ist, gedankenlos zu erscheinen.» Der S. Crane vergangener Zeiten war der Junge, der in ihre Schwester Lily verliebt gewesen war und, da er sich nicht im Geringsten verändert hat, zweifellos immer noch verliebt in sie ist. Zum Schluss schreibt er noch: «Ich gehe nach England zurück, sobald dieser Krieg vorbei ist. Schick mir bitte die Adresse Deiner Schwester dorthin [gemeint ist nicht Lily, sondern Stella, eine andere Brandon-Schwester]. Meine Adresse ist vorläufig Key West Hotel, Key West. Adios!»

Ein kurzer Brief, der gleichwohl eine Menge über Cranes komplizierte Gefühlslage zu der Zeit aussagt. Ja, er wollte nach dem Krieg nach England zurück – zurück zu Cora –, aber drei Wochen nach dem Besuch in Washington hatte er die Begegnung mit Lily immer noch nicht verwunden (Heiratsantrag hin oder her) und war in Gedanken folglich auch bei ihren zwei Schwestern, so sehr, dass er den Kontakt zu der Familie nicht abreißen lassen wollte, denn auch wenn er Lily nie wiedersehen sollte, ihr Geist lebte bis ans Ende in ihm weiter. Sie war da und nicht da, und trotz seiner heftigen Gefühle für sie änderte die Anhänglichkeit an seine erste Liebe nichts an seiner Absicht, zu Cora zurückzukehren. Das Herz des Menschen ist bekanntlich ein riesiger Palast und bietet Platz genug für die Liebe zu zwei Menschen zur selben Zeit.

In Key West, wo Crane in der frühen «Schaukelstuhl-Phase»[105] des Kriegs zu der Heerschar amerikanischer Journalisten stieß, fand er sich in Gesellschaft aller möglichen Freunde und Bekannten aus früheren Jobs und Posten in Asbury Park, New York, Florida und Griechenland wieder, nicht nur Harry Scovel, sondern auch Edward Marshall, Ralph Paine, Ernest McCready, Charles Michelson und andere, ganz zu schweigen von seinem alten Rivalen Richard Harding Davis und neuen Freunden wie dem Fotografen Jimmy Hare. Was auch immer daraus werden mochte, er war wieder mit den Jungs zusammen – wieder in seinem Element.

3

Es war Amerikas erstes militärisches Abenteuer seit dem Bürgerkrieg, es veränderte das Bild des Landes von sich selbst und sein Verhältnis zum Rest der Welt und begründete eine bis dahin nicht für möglich gehaltene Außenpolitik, die das ganze 20. Jahrhundert hindurch und bis ins einundzwanzigste hinein betrieben wurde – eine Kombination aus Idealismus und Pragmatismus: Erstmals

■ 105 Den Ausdruck prägte Richard Harding Davis für die Zeit zwischen der Kriegserklärung und dem Einmarsch amerikanischer Truppen in Kuba sechs Wochen später.

wurden amerikanische Soldaten zum Kampf für unterdrückte Völker ins Ausland geschickt, zugleich aber auch neue Märkte aufgetan und Quellen neuen Reichtums für die Geschäftsinteressen der Wall Street und den nationalen und internationalen Handel erschlossen. Der damalige Außenminister, John Hay, sprach von einem «prächtigen kleinen Krieg», aber von klein und prächtig konnte nur insofern die Rede sein, als die Kämpfe nur ein paar Monate dauerten. Am Ende führte Amerikas Konflikt mit Spanien zur Vertreibung der spanischen Herrscher aus der Neuen Welt und dem pazifischen Raum, zur Inbesitznahme von Puerto Rico und Guam und Freiheit für Kuba (künftig unter dem Schutz der Vereinigten Staaten, ein Regime, das bis zu Castros Revolution 1959 Bestand hatte) und einem brutalen zweiten Krieg in den Philippinen, der sich über etliche Jahre hinzog und Hunderttausende, wenn nicht eine Million Zivilisten, darunter zahllose Frauen und Kinder, das Leben kostete. Zum ersten Mal in ihrem kurzen Leben hatte die Republik in weit entfernten Winkeln der Welt die Muskeln spielenlassen und sollte von da an von den Ländern Europas und Asiens als ernstzunehmende Macht gesehen werden, eine Weltmacht.[106] Binnen weniger Jahre füllten Autos und Flugzeuge die Straßen und Himmel Amerikas, aber der Entwurf des modernen Amerika nahm genau jetzt, zwanzig Monate vor dem Ende des 19. Jahrhunderts, Gestalt an. Der Spanisch-Amerikanische Krieg war der Anfang, die Vorlage für alles, was danach kam, von den Siegen im Ersten und Zweiten Weltkrieg bis zu den Desastern in Vietnam und im Irak – von allem Guten und allem Schlechten, das aus dem Streben nach edlen und weniger edlen Zielen folgt.

Nicht dass die McKinley-Regierung versessen darauf war, in

■ 106 Ebenfalls im Sommer 1898 ergriff die amerikanische Regierung (unabhängig vom Krieg mit Spanien) Besitz von den hawaiianischen Inseln und machte sie zu einem Territorium der Vereinigten Staaten.

den Krieg zu ziehen. Der Präsident und seine Minister waren Männer der Bürgerkriegsgeneration, sie hatten die Schrecken des Schlachtens selbst erlebt und einen Abscheu gegen die Vorstellung entwickelt, mit Krieg könnten sich die Interessen des Landes voranbringen lassen. McKinley selbst hatte an der Schlacht am Antietam im September 1862 teilgenommen, bei der an einem einzigen Tag fast dreiundzwanzigtausend Soldaten gefallen sind, verwundet wurden oder verschollen blieben, und wie er war auch sein Marineminister John D. Long gegen eine militärische Auseinandersetzung mit den Spaniern. Es gab aber auch jüngere Männer in der Regierung, unter ihnen der ehemalige Chef des New York Police Department, Theodore Roosevelt, der sich als stellvertretender Marineminister die vergangenen anderthalb Jahre mit dem Aufbau der US-Flotte beschäftigt hatte und den Krieg gegen Spanien nicht nur befürwortete, sondern darin auch ein Mittel zur Hebung der Moral des innerlich erschlafften Landes sah, als etwas, das Amerika helfen würde, seinen rechtmäßigen (und gerechten) Platz in der Welt zu erlangen. Wie er in seiner «Strenuous Life»-Rede am 10. April 1899 in Chicago sagte: «Vor allem aber lasst uns vor keinem geistigen oder physischen Streit innerhalb oder außerhalb der Nation zurückscheuen ... denn nur durch Streit und entschlossenes Handeln werden wir letztendlich das Ziel wahrer nationaler Größe erreichen.»

Zwei Standpunkte, zwei gleichberechtigte und einander widersprechende Herangehensweisen innerhalb einer Regierung, und bis zum 15. Februar 1898 behielt die ältere Generation die Oberhand. Als dann aber das Schlachtschiff *Maine* im Hafen vor Havanna explodierte, wohin es nach antiamerikanischen Unruhen spanischer Loyalisten geschickt worden war, um amerikanisches Leben und Eigentum zu schützen, schien ein Krieg nahezu unausweichlich. 261 der insgesamt 355 Besatzungsmitglieder kamen ums Leben, und obwohl die Explosion wahrscheinlich auf Gasausdünstungen der zum Antrieb des Schiffs benötigten Pechkohle zurückzuführen war, verbreiteten die Kriegstreiber der amerikanischen Presse, die Spanier steckten dahinter, und bald erhob sich überall im Land hurrapatriotisches Geschrei: «Spanien hat die *Maine* gesprengt! Jetzt wird Spanien versenkt!» Im März forderte McKinley die spanische Regierung auf, Kuba in die Unabhängigkeit zu entlassen; nachdem dies ignoriert wurde, verabschiedete der Kongress eine Resolution und erklärte Kuba für frei, und in der dritten Aprilwoche lagen Amerika und Spanien im Krieg.

An der Heimatfront gab es durchaus einige prominente Abweichler – Twain und Howells, den Gewerkschaftsführer Samuel Gomperts, die ehemaligen Präsidenten Grover Cleveland und Benjamin Harrison und den aktuellen Sprecher des Repräsentantenhauses, Thomas Brackett Reed, der im Vorfeld des Kriegs von «Landhunger» als dem heimlichen Motiv für den Ruf nach militärischem Eingreifen sprach –, aber die überwiegende Mehrheit der Amerikaner sah den Kampf für die Befreiung Kubas als ähnlich begründet an wie Amerikas eigene Revolution gegen die Briten im Jahre 1776 und begrüßte den Krieg in einer Aufwallung bedingungslosen patriotischen Eifers.

Die Marine war bestens gerüstet für die Aufgabe, die spanische Flotte zu vernichten und den Weg für die Invasion Kubas frei zu machen, aber das stehende Heer der Vereinigten Staaten umfasste zu der Zeit lediglich achtundzwanzigtausend Mann – so gut wie nichts gegen die zweihundertdreißigtausend spanischen Soldaten, die auf Kuba stationiert waren. Knapp hunderttausend Amerikaner gehörten zu Milizen einzelner Bundesstaaten, aber das waren bestenfalls Wochenendsoldaten, und die meisten von ihnen hatten keine militärische Ausbildung oder überhaupt jemals ein Gewehr abgefeuert, von Kampferfahrung ganz zu schweigen. Frische Rekruten mussten her, und nach dem Untergang der *Maine* meldeten sich hunderttausend, eine Zahl, die bald auf eine Million anwuchs, von denen allerdings nur ein kleiner Teil für tauglich befunden wurde. Zur Verstärkung des Heers wurden in aller Eile Freiwilligenregimenter organisiert, darunter die 1st U. S. Volunteer Cavalry unter dem Kommando von Colonel Leonard Wood und Lieutenant Colonel Theodore Roosevelt, die legendäre Einheit, die unter dem Namen Rough Riders unsterblich wurde. Um an den bevorstehenden Schlachten teilzunehmen, verzichtete Roosevelt, der als knapp Vierzigjähriger über keinerlei militärische Erfahrung verfügte, auf sein Amt als stellvertretender Marineminister – ein Schritt, der ihn landesweit berühmt machte und für seine weitere Karriere entscheidend war. Ein Jahr später wurde er zum Gouverneur von New York gewählt, wieder ein Jahr später zum Vizepräsidenten, und dann, nach McKinleys Ermordung im September 1901, wurde er sechsundzwanzigster Präsident der Vereinigten Staaten, der jüngste Mann in der Geschichte Amerikas, der dieses Amt innehatte.[107]

■ 107 Die Rough Riders, während des Kriegs Lieblinge der amerikanischen Presse, waren tausend Mann aus allen Teilen des Landes, Millionärssöhne, Sheriffs aus Arizona, Cowboys, Collegesportler und junge Intellektuelle. Für die Öffentlichkeit verkörperten sie die besten Tugenden einer freien demokratischen Gesellschaft – was natürlich bedeutete, dass die Einheit ausschließlich aus Weißen bestand. Crane hatte nichts gegen Roosevelts unerfahrene Freiwillige und äußerte sogar seine Bewunderung für ihren Mut in der Schlacht von San Juan Hill, aber es ärgerte ihn, dass die Soldaten der regulären Streitkräfte von den Journalisten mehr oder weniger ignoriert wurden. In seinem Artikel für die *World*, «Regulars Get No Glory» (20. Juli), schrieb er: «Das Publikum interessiert sich für die Tapferkeit eines Reginald Marmaduke Maurice Montmorenci Sturtevant und wie um Himmels willen das arme Kerlchen es bloß mit diesem furchtbaren Schiffszwieback und Schinkenspeck aushält. Trägt aber der reguläre Soldat meinetwegen den Namen Michael Nolan … so wird dieser ungöttliche Nolan, der schwitzende, fluchende, schuftende, hungrige, durstige, schlaflose Nolan, der sich die Hose an Stacheldrahtverhauen aufreißt, der sich durch schlammige Furten schleppt, der durch messerscharfes Dornengestrüpp vorankriecht, der im Kugelhagel den Berg erklimmt – dieser Nolan wird einfach erschossen.» Bald nach Ende des Kriegs machte Crane aus diesen Bemerkungen seine stärkste Kurzgeschichte über den Kuba-Feldzug, «The Price of the Harness», die Conrad in einem Brief an Cora als «großartig» preist, «das Beste, was er seit Red Badge geschrieben hat».

Das also war der zusammengewürfelte Haufen, der gegen die Spanier und ihre Hilfstruppen aus kubanischen Loyalisten (Guerillas) antreten sollte. Am Ende stellten die Amerikaner ein Heer von zweihunderttausend Mann auf die Beine (Reguläre und Freiwillige, hauptsächlich Weiße, aber auch einige tausend Schwarze). Rechnet man die fünfzigtausend kubanischen Rebellen hinzu, die mit ihnen kämpften, waren beide Seiten zahlenmäßig ungefähr gleich stark. Soldaten sterben zwangsläufig im Kampf, aber die beiden kriegführenden Armeen hatten sich nicht nur feindlicher Kugeln zu erwehren, sondern fielen auch dem Wüten von Malaria, Gelbfieber und Typhus und der unerträglichen Hitze des kubanischen Sommers zum Opfer, und zwar weitaus mehr als bei Kampfhandlungen: fünfzehntausend spanische Soldaten starben an Krankheiten (nur etwa achthundert im Kampf), und für knapp neunzig Prozent der zweitausendfünfhundert Todesfälle auf amerikanischer Seite waren ebenfalls diese unsichtbaren Waffen verantwortlich. Erschwerend kam die Inkompetenz des Generals hinzu, der die amerikanischen Kräfte bei der Invasion befehligte, William Rufus Shafter, ein dreiundsechzigjähriger Bürgerkriegsheld, der über dreihundert Pfund auf die Waage brachte, an Gicht litt und sowohl von den Männern, die unter ihm dienten, als auch von den Reportern verachtet wurde, die über den Krieg berichteten. Roosevelt dazu: «Nicht seit dem Feldzug von Crassus gegen die Parther gab es einen so kriminell inkompetenten General wie Shafter, und nicht seit dem Angriff auf Walcheren gab es eine schlechtere Organisation als in diesem Fall. Die Schlacht hat sich einfach selbst geschlagen.» Oder, wie Davis es bündig formulierte: «Nicht wegen Shafter, sondern trotz Shafter wurde der Sieg errungen.»

Im Gegensatz dazu lag der Seekrieg in den bewährten Händen von Admiral William T. Sampson, einem Mann, den Crane für «die interessanteste Persönlichkeit dieses Krieges» hielt. Crane verbrachte gleich zu Beginn ein paar Tage auf Sampsons Schiff, der *New York*, und nachdem Sampsons schwerfälliges, geradezu phlegmatisches Gebaren ihn zunächst verwirrt hatte, bewunderte er ihn bald als vorbildlichen Anführer, als jemanden, dem er ebenso Respekt schuldete wie dem Mann am Steuer des Scotch Express – jedoch doppelten, wenn nicht dreifachen Respekt, denn hier ging es nicht um eine einzelne Eisenbahn, sondern um eine ganze Flotte.

> Männer fürchteten ihn, auch wenn er nie drohte; Männer überschlugen sich, ihm zu gehorchen, auch wenn er keine scharfen Befehle gab; Männer liebten ihn, auch wenn er kein Wort sagte, weder freundlich noch unfreundlich; Männer jubelten ihm zu, und er fragte: «Wem gilt euer Geschrei?» Männer benahmen sich schlecht gegen ihn, und er sagte nichts. Männer dachten an Ruhm und Ehre, er dachte an die Organisation seiner Flotte. Vollkommen geräuschlos. Ein lautloser Feldzug, soweit es ihn betraf. Kein Flaggenschmuck, keine Triumphbogen, kein Feuerwerk, nur die perfekte Führung einer großen Flotte. Das muss man sich merken. Keine Trompeten, kein Jubel der Massen, nur schlichte, reine, nüchterne Leistung. Am Ende aber wird er seinen Lohn bekommen – worin aber wird der bestehen? In Lehrbüchern zu Seeschlachten. Sonst nichts. Jeder hat die Wahl, jeder wählt für sich, was ihm gefällt. Und wer hätte mehr Recht dazu als er? Jedenfalls ist er ein großer Mann. Und wenn man einmal angefangen hat, kann man auch weiterhin ein großer Mann sein, es braucht dazu weder Bukette noch Bankette.

Am 25. oder 26. April traf Crane im Key West Hotel ein; dort wimmelte es von Marinesoldaten und, nach seiner Zählung, «etwa zweihundertfünfzig Zeitungskorrespondenten», das größte Aufgebot von Reportern, das jemals über einen Krieg berichtet hatte – schätzungsweise ein Journalist auf je 180 amerikanische Kämpfer. Die Öffentlichkeit an der Heimatfront hatte einen unstillbaren Hunger nach Neuigkeiten, und so schrieben die Schreiberlinge einen Artikel nach dem anderen auch dann, wenn es kaum etwas zu berichten gab. Im Zentrum der Berichterstattung während der sechseinhalb Wochen vor der Invasion am 10. Juni stand die Vernichtungsmission der Marine gegen die von Admiral Pascual Cervera y Topete kommandierte spanische Flotte. Begonnen hatte der Krieg am 22. April mit einer Blockade der kubanischen Küste, am 4. Mai entsandte Sampson nach Berichten, die Spanier lägen vor Puerto Rico, seine Schiffe nach San Juan, da aber hatte Cervera sich bereits nach Martinique abgesetzt. Am 19. Mai lagen die Spanier wieder vor der Südküste Kubas und brachten sich vor Santiago in Stellung. Ende des Monats waren sie von den Amerikanern eingekesselt, was zu einer langwierigen Pattsituation führte, sodass die Marinesoldaten am 10. Juni in Guantánamo an Land gehen konnten, aber zur entscheidenden Seeschlacht kam es erst am 3. Juli: Die Amerikaner schlugen die Spanier bei dem Versuch, durch eine Lücke in der Blockadelinie zu entkommen – eine vernichtende Niederlage, die den Anfang vom Ende dieses Kriegs bedeutete.

In den sechs Wochen, bevor er mit den Marinesoldaten in Guantánamo an Land ging, blieb Crane nur die Wahl, entweder in Key West herumzusitzen oder mit seinen Kollegen auf Kurierbooten durch die Gewässer der Karibik zu streifen, um die Bewegungen der beiden feindlichen Flottenverbände zu verfolgen. Unter diesen nicht sehr komfortablen Umständen – meist flach auf dem Boden liegend – vollendete er «His New Mittens» und schrieb seine ersten zehn Artikel für die *World.*

Paine zufolge «glich das Key West Hotel einem Tollhaus, alles wartete nur auf den Beginn der Kampfhandlungen. Zum Zeitvertreib konnte man ein paar Häuser weiter ein Etablissement aufsuchen, das ‹Eagle Bird›, wo ein feiner Herr am Spieltisch den Roulettekessel kreisen ließ. Und dort war in der Regel Stephen Crane zu finden, wie er in stillvergnügter Einsamkeit die Göttin des Zufalls herausforderte.»

An Land also Alleingänge, auf denen er seiner liebsten Freizeitbeschäftigung nachging, auf See aber auch ein paar gefährliche Abenteuer, einmal am Abend des 19. Mai an Bord des Kurierboots *Three Friends*, das versehentlich von dem amerikanischen Kanonenboot *Machias* beschossen und abgedrängt wurde (worüber Crane in seinem *World*-Artikel «Narrow Escape of the Three Friends» berichtet), und dann noch einmal am 29. Mai, als er und sechs Kollegen, darunter Scovel und Jimmy Hare, 160 Meilen nördlich von Jamaika auf dem Kurierboot *Somers N. Smith* allem Anschein nach von einem spanischen Kriegsschiff verfolgt wurden. Die Männer machten sich schon darauf gefasst, in Gefangenschaft zu geraten, doch als das Schiff nahe genug herangekommen war, konnten sie es als den amerikanischen Hilfskreuzer *St. Paul* identifizieren – eine Anekdote, die Crane in seinem Artikel «Chased by a Big ‹Spanish Man-o'War›» ausführlich und mit viel Humor zum Besten gibt.

Wie Crane waren die meisten seiner Kollegen noch in den Zwanzigern, wilde, trinkfreudige Gesellen, die auf den Kurierbooten wie in einer Studentenbude hausten, einerseits durchaus gewissenhafte Reporter, andererseits abenteuerlustige junge Männer, die sich mit jugendlicher Unbekümmertheit in den Krieg stürzten – wobei einige von ihnen (Paine, Marshall, Davis) sogar zu den Waffen griffen und sich den amerikanischen Kampftruppen anschlossen. Wie damals im Delta-Upsilon-Haus am College, im Pendennis Club an der Avenue A und in dem Zimmer in der East 23rd Street, das er mit dem «dämlichen Haufen» seiner «Indianer» geteilt hatte, war

Crane Teil der Gruppe und zugleich jemand, der ein wenig außerhalb stand. Paine, McCready, Michelson, Marshall, Davis und andere haben über ihre Erlebnisse mit Crane während des Krieges geschrieben, und fast alle porträtieren sie ihn als gespaltenes Wesen, unerschütterlich und wankelmütig, lebensfroh und mürrisch, als jemanden, der an seine Arbeit eher als Schriftsteller denn als Profireporter heranging und daher nie so ganz dazugehörte. Am 14. Mai gerieten sie – Paine (für die *Philadelphia Press*), McCready (*New York Herald*) und McCreadys Bürochef, der wesentlich ältere Harry Brown – bei einem nächtlichen Ausflug mit der *Three Friends* zur Telegraphenstation von Môle Saint-Nicolas auf Haiti in eine brenzlige Situation, als sie nach der Landung auf bewaffnete Wachposten stießen (wobei Crane unablässig Witze riss), und veranstalteten anschließend am Strand ein wüstes Saufgelage mit zwanzig haitianischen Soldaten, an dem auch Crane sich mit großem Behagen beteiligte. Der befehlshabende Offizier, der vier Jahre lang als Butler in New Rochelle, New York, gearbeitet hatte und daher fließend amerikanisch angehauchtes Englisch sprach, amüsierte Crane so sehr, dass er ihn Alice im Wunderland taufte. Das war die «verspielte» Seite Cranes, wie John Northern Hilliard einmal sagte, McCready erzählt aber auch von einer Nacht auf einem Kurierboot, wo «Stephen mir mehrmals erklärte, mir hitzig, gebieterisch, hochnäsig, sarkastisch *erklärte*, wie man eine Kurzgeschichte oder überhaupt irgendeine Geschichte zu schreiben habe. Mit gleichem Nachdruck, vielen Worten und scheinbar besorgt erklärte er mir auch, er wisse, ich kapiere das sowieso nicht, er vergeude nur seine Zeit. Er hatte natürlich recht, was das Letztere angeht; aber ich verstand einfach nicht, warum er so verdammt *triumphierend* dabei auftreten musste.»

Und nie so ganz dazugehörte. Selbst seine besten Freunde rätselten über Cranes Einstellung zu seiner Arbeit. Paine zufolge «verabscheute er die Plackerei, Zeitungsartikel zu schreiben, immer mit Blick auf die Telegraphengebühren. Selten konnte man ihn überreden, sich an die Arbeit zu machen. Er hatte die Seele eines Künstlers und modellierte seine Sätze bedächtig und sorgfältig, stets auf Zeit, Ort und Stimmung bedacht.» McCready geht noch einen Schritt weiter und stellt trocken fest: «Crane war kein Zeitungsmann. Er war Künstler vom Scheitel bis zur Sohle, eigenwillig, undiszipliniert im engeren Sinne des Worts – unbesorgt um alles, was nicht zu seinen persönlichen Interessen passte, voller Verachtung für das Sammeln und Verfassen von Nachrichten; den Vertrag mit der *World* betrachtete er bloß als praktisches Hilfsmittel, nicht als Verpflichtung zum Handeln.» Jimmy Hare, der Mann, der später den toten Crane verteidigte, als Theodore Roosevelt ihn öffentlich angriff, erzählte seinem Biographen Cecil Carnes, Crane sei ein «charmanter Bursche gewesen, der gerne trank und nicht sehr gern arbeitete. Eine Zigarette nach der anderen anzündend, vertraute er Jimmy an, er habe bei der *New York World* allein aus dem Grund angeheuert, einen Militärpass zu bekommen, weil er mit einem Buch über den Krieg beschäftigt war.» Diese scheinbare Trägheit, bei der es sich vielleicht nur um Cranes distanziertes oder zerstreutes Gebaren handelte – oder um den seltsamen oder gar beunruhigenden Eindruck, den er machen mochte –, veranlasste Henry N. Cary, den Chef der *World*-Schreiber in Kuba, über seinen Angestellten zu sagen, er sei «ein versoffener, verantwortungsloser und ulkiger kleiner Patron. Ständig musste ich ihn ermahnen, etwas abzuliefern, jedoch vergebens» – was stark an Seitz und seinen Vorwurf erinnert, Crane habe für die *World* so gut wie nichts geschrieben. Und dann noch Davis, der Crane zu Beginn des Kriegs auf Sampsons Schiff wiederbegegnete und seiner Familie schrieb, Crane scheine Mühe zu haben, sich anzupassen: «Ich mag ihn nicht.» Später änderte Davis seine Meinung und schrieb kurz nach Kriegsende in einem Artikel für *Harper's New Monthly Magazine*: «Der beste Korrespondent ist wahrscheinlich der, dem es mit seinen Kräften und Talenten gelingt, die Leser sehen zu lassen, was er selber sah. Sollte diese Definition zutreffen, gebührt Stephen Crane mit Abstand der erste Platz unter allen Korrespondenten, die über den vergangenen Krieg berichtet haben.»

Die Vorwürfe waren berechtigt, aber was Davis sagt, ist genauso richtig. Crane war kein Sensationsreporter, der auf die Minute pünktlich seine Berichte ablieferte, und schien auch nie besonders fleißig zu sein, und doch sind seine Artikel für die *World* um Klassen besser als die üblichen Kriegsreportagen und auch heute noch lesenswert. Gewiss, mit manchen ließ er sich sehr viel Zeit, etwa mit dem Bericht über die erste Landungsoffensive der Marine und die Ereignisse am 10. und 11. Juni. Am Morgen des 12. diktierte er McCready lediglich eine trockene Aufzählung der nackten Tatsachen – eine Art Gemeinschaftsarbeit (da McCready ständig an Cranes Prosa herumschnipselte), die am nächsten Tag ohne Verfasserangabe erschien – und als Crane schließlich dazu kam, die ganze Geschichte zu erzählen, stand er nicht mehr in Diensten der *World*. Er schrieb den Artikel im Oktober in Havanna, schickte ihn Ende des Monats an Reynolds, und als das Ganze dann im Februar 1899 in *McClure's Magazine* herauskam, war Crane schon wieder in England.

Dieser Artikel, «Marines Signaling Under Fire at Guantanamo», erzählt davon, wie Crane sich den Invasionstruppen anschloss und viele Stunden bei den Signalgasten verbrachte, die für Empfang und Vermittlung von Nachrichten von und für das vor der Küste liegende Schlachtschiff *Marblehead* zuständig waren. Die Kommunikation wurde tagsüber mit Flaggen und nachts mit Laternen bewerkstelligt – eine extrem gefährliche Mission, und da Crane sich kopfüber in seinen Bericht stürzt, ohne jeden Hinweis auf Daten oder die Umstände, die ihn in dieses bestimmte Loch an diesem bestimmten Ort auf kubanischem Boden geführt haben, handelt es sich bei diesem Stück nicht um einen herkömmlichen

Kriegsbericht oder eine schlichte Zeitungsmeldung, sondern wurde von Anfang an seinen Kurzgeschichten zugerechnet, auch wenn es nichts als Fakten dokumentiert – eine «Erzählung nach einer wahren Begebenheit» ähnlich wie «The Open Boat», in diesem Fall aber nur sieben Seiten lang, nicht dreißig. Das ohnehin sehr starke Stück beschert uns obendrein einen der stärksten, eindringlichsten Sätze, die Crane jemals geschrieben hat: «Der Himmel war blank und blau, und schmerzte wie Messing.»

Von der Landung selbst sagt er nichts (darüber hatte er bereits zusammen mit McCready berichtet), so wenig wie er den Zweck der Landung erklärt, nämlich die Einrichtung einer Bekohlungsstelle für die amerikanischen Blockadeschiffe, die bis dahin zum Nachladen neuen Treibstoffs immer nach Key West fahren mussten (hin und zurück achthundert Meilen). An der Operation nahmen sechshundertfünfzig Marinesoldaten teil; Crane, Paine und McCready verfolgten das Geschehen zunächst an Bord der *Three Friends*. Nach Sonnenuntergang ging Crane an Land, die anderen beiden fuhren nach Port Antonio, Jamaika, und kabelten ihre Berichte. Am Morgen des 11. verstärkten die Spanier ihre Offensive gegen die Amerikaner, drei Marinesoldaten wurden getötet. Die nächsten Tage und Nächte forderten weitere Opfer.

Im ersten Absatz seines Artikels umreißt Crane knapp die Lage und erwähnt, dass vier Signalgasten für die Kommunikation mit der *Marblehead* verantwortlich sind. Dann beginnt er, ihre Tätigkeit näher zu beschreiben:

> Es war mein Glück – zu der Zeit allerdings hielt ich es für mein Pech –, zwei Nächte lang bei ihnen zu sein, während um den Hügel die heftigsten Kämpfe tobten ... Der Lärm; die undurchdringliche Finsternis; die umherfliegenden Geschosse, an deren Geräusch zu erkennen war, dass der Feind das Lager an drei Seiten

> umstellt hatte; hin und wieder der blutige, stolpernde Tod eines Mannes, mit dem man vielleicht noch zwei Stunden zuvor gegessen hatte; die Erschöpfung des Körpers, und die schrecklichere Erschöpfung der Seele ... ließen es wie ein Wunder erscheinen, dass nicht wenigstens einigen dieser Männer die Nerven hoffnungslos in Fetzen hingen.

Am meisten staunt Crane darüber, woher ein Mann die Gelassenheit nimmt, mit einer Flagge oder Laterne in der Hand auf eine große Holzkiste zu steigen und «ruhig die Arme schwenkend seine Signale zu geben», während er direkt in der Schusslinie des Feindes steht, ein deutlich sichtbares Ziel, das eigentlich nicht zu verfehlen ist. Ein kaum nachvollziehbarer, wenn nicht unvorstellbarer Akt blinder Entschlossenheit, und wie Crane hinzufügt: «Ich muss gestehen, wenn einer dieser Männer aufstand, um seine Laterne zu schwenken, wälzte ich mich im Graben jedes Mal ein wenig zur Seite, damit er nicht auf mich fiel, wenn er getroffen wurde.»

Und die ganze «endlose Tragödie der Nacht» hindurch das leidige, quälende Warten auf das erste Anzeichen des Morgengrauens, das in Cranes Vorstellung so lange auf sich warten lässt, wie ein Mann brauchen würde, «den Madison Square Garden mit einem Kamelhaarpinsel anzustreichen», und wenn die Sonne dann aufgegangen war, «dauerte es immer ein paar Stunden, bis meine Nerven sich beruhigt hatten» und er endlich im Graben neben den vier Signalgasten einschlafen konnte.

An einem anderen heißen Tag in Cuzco, «der Himmel war blank und blau, und schmerzte wie Messing», steigt ein Sergeant namens Quick auf den Hügel, zieht ein «blau getüpfeltes Taschentuch groß wie ein Laken» hervor, bindet es an einen «langen krummen Stock», «kehrte dem spanischen Feuer den Rücken zu und machte sich daran, der *Dolphin* Meldung zu erstatten».

> Als ich Sergeant Quick da oben vor dem Himmel winken sah, hätte ich für sein Leben keinen Blechdeckel einer Kautabakdose gegeben. Davonlaufen konnte er nicht. Die Hoffnung, dass er nicht getroffen werde, war absurd; ich hoffte nur, er werde nur ein bisschen getroffen, in den Arm, die Schulter oder ins Bein.
>
> Ich studierte seine Miene, sie war ernst und gelassen wie die eines Mannes, der in seiner Bibliothek sitzt und schreibt. Er war das Inbild geschäftiger Ruhe. Er stand da im animalischen Geplapper der Kubaner, im Krachen der Schüsse und Jaulen der Geschosse, und winkte, was er zu winken hatte, ohne sich um irgendetwas anderes zu bekümmern. Von Nervosität oder Hast war ihm nichts anzumerken ...
>
> Nur einmal bemerkte ich an Quick eine Gemütsbewegung. Als sich beim Schwenken seiner ungefügen Flagge ihr Ende einmal an einer Kaktussäule verfing, blickte er scharf über die Schulter, um zu sehen, was da war. Und zerrte sie ungehalten los. Er wirkte verärgert.

Bemerkenswerterweise wurde keiner der vier Signalgasten von einer Kugel getötet oder auch nur von einem herabfallenden Zweig gestreift, und nach dem Krieg wurde Sergeant Quick für seine Tapferkeit die Congressional Medal of Honor verliehen. Crane, bescheiden wie er war, sagt freilich nichts darüber, was er selbst in diesen grauenhaften Tagen und Nächten getan hat, und streicht sich praktisch aus seinem eigenen Text – so wie er auch sein Verhalten auf der sinkenden *Commodore* nicht erwähnt hat; mehr dazu erfahren wir aus einem Brief von Captain George F. Elliott, dem Leiter der Operation, an seinen Vorgesetzten, Lieutenant Colonel Robert Huntington: «Mir wurde mitgeteilt, ein Mr. Stephen Crane dürfe die Expedition begleiten; ich bat ihn um Unterstützung, falls es nötig werden sollte. Er sagte dies zu, hat dann bei der Aktion wesentlich mitgeholfen und Kommandos zum Feuern etc. an die verschiedenen Kompanieführer überbracht.»

In seinen wohlwollenden Bemerkungen über Crane nach dem Krieg schreibt Richard Harding Davis:

> Er erzählt davon, wie der Marinesoldat da aufrecht steht, mit halbgeschlossenen Augen in die Düsternis späht und beim Zählen der Antwortsignale der Kriegsschiffe die Lippen bewegt, während unzählige Kugeln um ihn herum den Sand aufspritzen lassen. Aber nie kommt Crane der Gedanke, dass es ebenso viel Anerkennung verdient, so wie er zu Füßen dieses Mannes zu sitzen, nahe genug, dass er die Bewegung seiner Lippen sehen kann und sich im Kopf Notizen machen kann für eine Würdigung der Todesverachtung dieses Soldaten.

Davis fügt hinzu: «Crane war der kaltblütigste Mann, sei es Soldat oder Zivilist, den ich jemals im Krieg unter Beschuss erlebt habe. Er war geradezu empörend kaltblütig, mit der Zuversicht eines Fatalisten.»

Weitere Beispiele für diese empörende Kaltblütigkeit bemerkten auch andere, und um zu begreifen, wie weit Crane bei seinem Kräftemessen mit dem Tod zu gehen bereit war, möchte ich noch zwei Augenzeugen zitieren.

Langdon Smith vom *New York Journal*:

> Crane stand unter einem Baum und drehte sich seelenruhig eine Zigarette ... Blätter, von Kugeln abrasiert,

rieselten von den Bäumen; zwei, drei Männer fielen dicht neben ihm zu Boden. Crane ist spindeldürr. Wäre er nur ein oder zwei Zoll breiter oder dicker, hätte es ihn erwischt. So aber drehte er ruhig seine Zigarette und rauchte, ohne sich von der Stelle zu bewegen, die plötzlich in einen Kugelhagel geraten war.

George Lynch vom *London Chronicle* (über einen Vorfall, der unheimlich an das Verhalten von Fred Collins in «A Mystery of Heroism» erinnert):

Eine Kompanie unter Beschuss brauchte dringend Wasser, und Wasser war sieben Meilen entfernt, bergab obendrein. Stephen ließ sich alle Feldflaschen geben, die er finden konnte, und zog los, die Erfrischung holen. Als er auf dem Rückweg war, erschöpft, ließ eine der Blechflaschen ein hartes Ping vernehmen und begann auszulaufen. Stephen drehte die Flasche um und versuchte das Loch zu stopfen. Ein Offizier rief ihn aus den Büschen an.

«Kommen Sie, schnell! Sie sind in der Schusslinie!»

«Wenn Sie ein Messer haben, schneiden Sie mir einen Pfropfen und bringen Sie ihn mir», erwiderte der junge Mann, und wieder knallte eine Kugel an eine andere Flasche.

«Kommen Sie in Deckung, oder Sie verlieren auch noch alle anderen Flaschen!»

Diese Warnung tat ihre Wirkung. Der Verlust der kostbaren Flüssigkeit schreckte ihn auf, wie die Gefahr für sein Leben es nicht vermocht hatte. Schließlich brachte er der dürstenden Kompanie das Wasser und sank entkräftet zu Boden.

Noch drastischer sind zwei leicht voneinander abweichende Berichte, wonach er sich in einem «glänzenden weißen Regenmantel» in die feindliche Schusslinie stellte, als mache er sich absichtlich zur leuchtenden Zielscheibe, um von den Spaniern niedergemäht zu werden. Aus Carnes' Hare-Biographie:

> Stephen Crane kam zurück. Der Sturkopf war immer noch unverletzt, immer noch gleichgültig für Gefahr, immer noch in diesem teuflischen weißen Regenmantel. Er erblickte Jimmy in einem Graben, ging zu ihm, blieb hoch aufgerichtet über ihm stehen und spähte nach den spanischen Linien. Colonel Wood ... befahl ihm in scharfem Ton, in Deckung zu gehen. Crane ignorierte den Befehl. Wood sagte es noch einmal ... Crane behielt seine statuenhafte Haltung bei, als sei er gefeit gegen die herumsausenden Geschosse. Schließlich konnte Jimmy seinen Freund bewegen, Deckung zu nehmen. Er dachte an die zwei Hearst-Reporter, Edward Marshall und James Creelman, die kürzlich verwundet worden waren und der Hearst-Organisation damit viel Ruhm und Aufmerksamkeit beschert hatten. Jimmy zupfte am Saum des weißen Regenmantels.
>
> «Was soll das, Steve?», schrie er. «Hat Pulitzer dir heute früh gekabelt, du sollst dich *auch* endlich verwunden lassen, damit wir mal ein bisschen Aufmerksamkeit bekommen?»
>
> Die anderen Soldaten lachten laut auf. Crane errötete, legte sich kleinlaut hin und blieb so.

Nach Davis' Darstellung ist er es, nicht Hare, der Crane der Prahlerei bezichtigt, aber in beiden Versionen bringt dieselbe List die leuchtende Zielscheibe dazu, sich flach auf den Boden zu legen. Crane mochte keine Angst vor dem Tod haben, aber falls er vorhatte, den Tod wie ein Soldat zu finden, musste ihm der Vorwurf, sein Verhalten sei eines Soldaten nicht würdig, als äußerste Schmach erscheinen. Deswegen gehorchte er. In seinen *Notes of an American War Correspondent* (1910) fügt Davis hinzu:

> Ich wusste, Crane war alles verhasst, was den Anschein von Pose hatte, und daher rief ich, weil ich ihn nicht vor meinen Augen sterben sehen wollte: «Damit beeindrucken Sie niemand, Crane.» Wie ich gehofft hatte, sank er sogleich auf die Knie. Als er zu mir herangekrochen war, sagte ich: «Ich wusste, dass Sie darauf anspringen», worauf er grinsend erwiderte: «Ach, so war das?»

Er war erst einen Monat in Kuba, als sein Körper nicht mehr mitmachte, aber dieser eine Monat war der wichtigste des Krieges, und Crane war von Anfang bis Ende dabei, mittendrin in dem schaurigen, ununterbrochenen Gemetzel, ständig unterwegs von einer Schlacht zur anderen. Am 10. Juni die Landung mit den Marinesoldaten in Guantánamo Bay, dann am 14. mit Captain Elliott nach Cuzco, am 17. mit Scovel nach Santiago, wo sie das Hauptquartier der *World* einrichteten und am Nachmittag «zwei jamaikanische Pferde von der *Triton* schwimmend an Land brachten, ein paar Aufständische fanden und einen Ausflug in die Berge unternahmen», von wo sie die Aktivitäten der spanischen Flotte im Hafen beobachteten. Um fünf Uhr am nächsten Morgen brachen sie zu einem 25-Meilen-Marsch durch die feindlichen Linien auf, inklusive mühsamen Aufstiegs auf einen 600 Meter hohen Berg – von wo sie gute Sicht auf «die dem Untergang geweihten Schiffe» hatten, wie Crane später notierte –, dem ein ebenso beschwerlicher Abstieg zurück zur Küste folgte, wo die *Three Friends* gerade ohne sie abgefahren war. Nun hieß es improvisieren. In einem Unterstand fanden sie zwei Kubaner, die sie bereitwillig zu einem Kurierboot fuhren, das sie zur *New York* brachte, Sampsons Flaggschiff, wo sie dem Admiral ausführlich Bericht über die Stellung von Cerveras Flotte erstatteten.[108]

22. Juni: Im Morgengrauen gehen sechstausend amerikanische Soldaten unter dem Kommando von Major General Joseph Wheeler bei Daiquirí an Land («Crane Tells the Story of the Disembarkment», *World*, 7. Juli).

23. Juni: Crane, McCready, Edward Marshall (für das *New York Journal*) und Fotograf Burr McIntosh (*Leslie's Week*) marschieren im Gefolge der Rough Riders nach Siboney.

24. Juni: Im Dschungel zwischen Siboney und Las Guásimas geraten die Rough Riders in einen Hinterhalt kubanischer Guerillas, werden mit rauchlosen Mausergewehren angegriffen und erleiden zahlreiche Verluste. Marshall wird ins Rückgrat getroffen, was ihn zeitweilig außer Gefecht setzt und im weiteren Verlauf die Amputation seines linken Unterschenkels zur Folge hat. Später schreibt er: «Als ich Stunden nach Ende des Kampfs das Bewusstsein wiedererlangte, erblickte ich als einen der Ersten Stephen Crane. Es war ein heißer Tag ... Das Thermometer dürfte um die 37 Grad angezeigt haben. Dennoch nahm Stephen Crane – und wohlgemerkt, er war dort im Auftrag einer anderen Zeitung – den Bericht, den ich trotz allem noch schreiben konnte, brachte ihn die fünf oder

■ 108 Dies zählte nicht zu den üblichen Aufgaben eines Kriegskorrespondenten, sondern war aktive Teilnahme am Krieg. Anders als einige seiner Freunde nahm Crane nie ein Gewehr in die Hand und schoss damit auf den Feind, aber er hatte die Befreiung Kubas zu seiner Sache gemacht und sah sich, wenn er dabei mithalf, nicht in einem Interessenkonflikt. Als strammer Antiimperialist – insbesondere wenn es um britischen Imperialismus ging – glaubte er der Behauptung, Amerika erhebe keine Gebietsansprüche an Kuba.

sechs Meilen zur Küste und kabelte ihn für mich. Er musste zu Fuß gehen, Pferde oder Maultiere waren nicht aufzutreiben. Unten suchte er in der Hitze eilig ein paar Männer zusammen, die bereit waren, mit einer Trage hochzugehen, und mich runterbringen sollten. Unterdessen war er vermutlich zum Äußersten erschöpft, dennoch schleppte er sich von der Küste zu dem Feldlazarett, wo ich lag, und sorgte dafür, dass ich ordentlich an die Küste gebracht wurde.»

25. Juni: Crane schreibt und kabelt seinen Bericht über Las Guásimas, «Roosevelt's Rough Riders' Loss Due to a Gallant Blunder» (*World*, 26. Juni).

27. Juni: Aus Siboney verschickt Crane seinen Artikel über den Marsch mit Scovel am 17. Juni, «Hunger Has Made Cubans Fatalists» (*World*, 7. Juli).

1. Juli: Der Tag des «glänzenden weißen Regenmantels» und einer der ereignisreichsten Tage des Kriegs. Am frühen Morgen rücken die Amerikaner auf die befestigten Stellungen bei San Juan vor, nicht weit von Santiago, und attackieren das sechs Meilen nordöstlich gelegene Dorf El Caney, wo sich spanische Truppen verschanzt haben. Von einem zwei Meilen entfernten Aussichtspunkt bei El Pozo beobachten Crane und einige andere (darunter Frederic Remington) die von Captain Allyn Capron geleitete Beschießung der Spanier und den von General Henry Lawtons Soldaten geführten Angriff auf El Caney. Um 11 Uhr gerät das 71st New York Volunteer Regiment auf der Straße nach Santiago unter schweren Beschuss; in weniger als einer Stunde werden vierhundert Männer der Einheit getötet oder verwundet. Um 1 Uhr stecken Lawtons Leute bei El Caney fest, und Roosevelt und seine Rough Riders stürmen Kettle Hill, dicht gefolgt von regulären Truppen – hierüber schreibt Crane seinen längsten Artikel für die *World*, «Stephen Crane's Vivid Story of the Battle of San Juan» (14. Juli). Um 3 Uhr treffen Crane und Hare in Woods Stellung ein, die unter schwerem

Beschuss der Spanier liegt. Hier kommt es zu der Szene mit der leuchtenden Zielscheibe: Crane ignoriert Woods Befehl, in Deckung zu gehen, und bleibt so lange aufrecht stehen, bis Hare oder Davis (oder vielleicht einer nach dem anderen) ihn dazu bringen, zu den anderen in den Graben zu steigen. Am Abend erleidet Davis einen schmerzhaften Ischiasanfall, und Crane und Hare schleppen ihn zwischen sich zu dem Korrespondentenlager bei El Pozo. Eine gute Meile der quälend langsam zurückgelegten Wegstrecke lag unter feindlichem Feuer. Davis: «Immer wenn ich protestierend ihr Opfer ausschlagen wollte und auf das Wagnis hinwies, das sie damit eingingen, lächelten sie wie über das Geschwätz eines ungezogenen Kindes, und als ich mich auf die Straße legte und mich weigerte, auch nur einen Schritt weiterzugehen, wenn sie mich nicht allein lassen würden, wandte Crane sich ab und machte Hare auf die hinter den Palmen untergehende Sonne aufmerksam.»

2. Juli: Am Morgen beobachtet Crane auf dem San Juan Hill die Rückkehr von Lawtons Soldaten von ihrem Sieg bei El Caney und wie sie ihre Stellungen auf den umliegenden Hügeln beziehen, die immer noch unter Beschuss liegen. Am Nachmittag besucht er die Kirche in El Caney, die zu einem Lazarett umfunktioniert wurde, in dem gefangengenommene spanische und kubanische Guerillakämpfer von amerikanischen Ärzten versorgt werden. Am Abend fährt er per Boot zu der Telegraphenstation in Port Antonio, Jamaika, und kabelt seine Berichte.

3. Juli: Die entscheidende Seeschlacht, bei der die spanische Flotte vernichtet wird, beginnt, als Crane noch in Jamaika ist, und ist schon vorbei, als er nach Kuba zurückkehrt.

5. Juli: Crane schreibt den Artikel «Spanish Deserters Among the Refugees at El Caney» (*World*, 8. Juli). «In diesen unzähligen ausgemergelten Gestalten sah man den wahren Schrecken des Kriegs. Die Kranken, die Lahmen und die Blinden. Frauen und Männer, schwankend am Rande des Todes, schleppten sich verbissen vor-

an … Sie wirkten phlegmatisch und abgestumpft. Ein verlorener Haufen. Wenn sie jetzt in Sicherheit kamen: schön und gut. Wenn sie der Tod erwartete: einerlei, wie er kam.»

7. Juli: In seinem Artikel «Captured Mausers for Volunteers» (*World*, 17. Juli, geschrieben in General Shafters Hauptquartier) äußert Crane sich sehr kritisch zu den fünfundzwanzig Jahre alten Springfield-Schwarzpulvergewehren der amerikanischen Freiwilligen, durch die sie ihre Positionen ständig an die im umliegenden Buschwerk lauernden Spanier verrieten, mit der Folge, dass unnötig viele dieser Freiwilligen durch die Kugeln der unsichtbaren rauchlosen Mauser zu Tode kamen. Zum Schluss schreibt er: «Im Krieg ist alles gerechtfertigt, nur nicht, durch Trägheit oder krasse Dummheit die eigenen Leute zu töten.»

8. Juli: Delirierend und mit hohem Fieber nach einer Malariaattacke wird Crane in Siboney an Bord der *City of Washington* getragen und zur ärztlichen Behandlung in die Vereinigten Staaten gebracht.

Vor nur zweieinhalb Monaten war er in Key West angekommen, aber was er in dieser kurzen Zeitspanne erlebte, hatte eine ungeheure Wirkung auf ihn: So viel wie während und nach diesem Krieg hatte er selten geschrieben. Zunächst einmal die vierundzwanzig Artikel für die *World*, dann zehn Kurzgeschichten über den Kuba-Feldzug (darunter «The Price of the Harness») und schließlich die außergewöhnlichen, in der ersten Person verfassten, leicht fiktionalisierten «War Memories», eine vierzig Seiten lange Nacherzählung seiner Erlebnisse in den ersten zehn Kriegswochen – bis zu und einschließlich seiner Verlegung nach Old Point Comfort, Virginia –, geschrieben im August 1899, acht Monate nach seiner Rückkehr nach England.

Es ist das Stärkste und Originellste, was er im letzten Jahr seines Lebens schrieb; hier öffnet er sich auf eine Weise, die er sich zuvor nie ganz erlaubt hatte, und erzählt dem Leser von sich selbst – und indem er den Schleier plötzlich lüftet, gelingt ihm ein intimes, sehr persönliches Erzählen in verschiedenen, einander abwechselnden Tonlagen, vom Düsteren bis zum Übermütigen und allem dazwischen, der ganze Crane in all seinen Widersprüchen.

Zum Tod von Assistenzarzt John Blair Gibbs von der US-Marine in den frühen Morgenstunden des 12. Juli:

> Ich machte mich auf die Suche nach Gibbs, gab die tätige Suche dann aber bald für die angenehmere Beschäftigung auf, mich flach hinzulegen und das heiße Zischen der Kugeln zu spüren, die mir die Haare zu schneiden versuchten. In dem Moment war ich kein Zyniker mehr. Ich war ein Kind, das in einem Anfall von Ahnungslosigkeit ins Fass des Krieges gesprungen war. Neben mir hörte ich einen Mann sterben. Sein Sterben war schlimm. Schlimm. Er brauchte lange zum Sterben. Er atmete, wie alle edlen Maschinen atmen in ihrem tapferen Streben, nicht zugrunde zu gehen, zugrunde. Aber er würde zugrunde gehen. Er ging zugrunde. Mich dünkte dieses Atmen wie das Schnaufen einer heldenhaften Pumpe, die massenhaft eindringenden Schlamm zu bändigen versucht. Die Dunkelheit war undurchdringlich. Der Mann lag in einer Mulde zwei Meter neben mir. Jede Woge, jedes Zittern seiner Qual schlug auf meine Sinne. Stöhnen konnte er schon lange nicht mehr. Nur noch das verzweifelte Ringen nach Luft tönte als helles, durchdringendes Pfeifen in die Nacht hinaus, unterbrochen von Pausen furchtbarer Stille, in denen auch ich in dem alltäglichen unbewussten Wunsch zu helfen den Atem anhielt. Ich dachte, dieser Mann

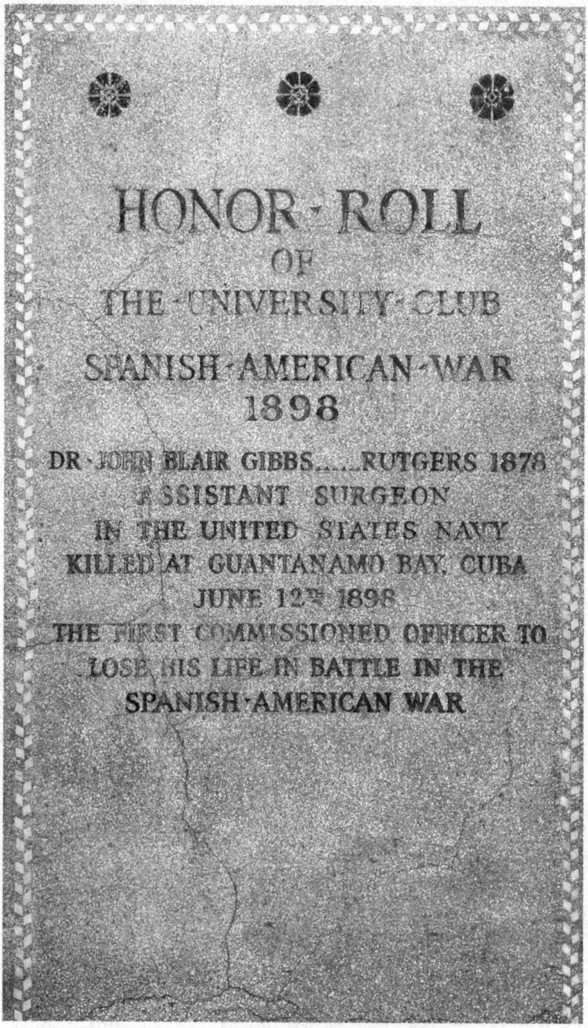

Gedenktafel für Dr. John Blair Gibbs im University Club, New York City

(Foto von Spencer Ostrander)

würde niemals sterben. Ich wollte, dass er starb. Und schließlich starb er. In dem Augenblick erschien hoch aufgerichtet inmitten der umherfliegenden Kugeln der Adjutant. Ich erkannte ihn an der Stimme. «Wo ist der Arzt? Wir haben hier Verwundete. Wo ist der Arzt?» Ein Mann antwortete munter: «Eben gestorben, Sir.» Es war, als hätte er gesagt: «Eben um die Ecke gegangen, Sir.»

Sodann Cranes Schilderung, wie er mit Marshalls Depesche die fünf oder sechs Meilen nach Siboney marschiert und wie er dann versucht, Hilfe für seinen verwundeten Freund zu holen, ein mühsames Unterfangen, das mit folgender haarsträubender Debatte beginnt:

Einer der Korrespondenten erwiderte: «Marshall? Marshall? Aber Marshall ist doch gar nicht in Kuba. Er ist, bevor es nach Tampa losging, nach New York abgereist.» Ich sagte: «Verzeihung, aber ich habe selbst gesehen, wie Marshall bei den Kämpfen heute früh verwundet wurde, und sehen Sie hier irgendwelche Leute vom *Journal*?» Nach einer Pause sagte er: «Ich bin mir sicher, Marshall ist nicht hier. Er ist in New York.» Ich sagte: «Entschuldigung, aber ich habe selbst gesehen, wie Marshall bei den Kämpfen heute früh verwundet wurde, und sehen Sie hier irgendwelche Leute vom *Journal*?» Er sagte: «Nein; aber schauen Sie, Sie müssen da zwei Männer irgendwie verwechselt haben. Marshall ist nicht in Kuba. Wie kann er da verwundet worden sein?» Ich sagte: «Entschuldigung, aber ich habe selbst gesehen, wie Marshall bei den Kämpfen heute früh verwundet wurde, und sehen Sie hier irgendwelche Leute vom *Journal*?» Er sagte: «Aber das kann nicht Marshall gewesen sein, verstehen Sie, aus dem simplen Grund, dass er nicht hier ist.» Ich fasste mich an die Schläfen, stieß einen lauten Schrei zum Himmel aus und entfloh seiner Gegenwart.

Am Abend des 1. Juli begegnete er einem alten Freund und Schulkameraden aus Claverack, Reuben McNab:

> Dann besah ich mir die unglückliche Schar in Bloody Bent, ein wirrer Haufen Verwundeter, Sterbender und Toter. Und dort erblickte ich Reuben McNab, Corporal der 71st New York Volunteers, mit einem Loch in der Lunge. Und etlichen Löchern in seiner Kleidung. «Tja, die haben mich erwischt», sagte er zur Begrüßung. Das sagten die meisten so. Keine lange Reden. «Tja, die haben mich erwischt.» Das genügte. Ein aufrecht stehender, nicht verwundeter Mann hat es dann schwer. Ich bezweifle, dass viele von uns gelernt haben, wie man mit den eigenen Verwundeten spricht ... «Tja, die haben mich erwischt», sagte Reuben McNab. Ich hatte fünfhundert Verwundete mit Gleichmut betrachtet, oder mit einer vorsätzlichen Gleichgültigkeit, die mich selbst staunen machte. Aber der Anblick Reuben McNabs, des Schulkameraden, der da mit einem Loch in der Lunge im Schlamm lag, schüchterte mich ein, ich stammelte, ich zitterte vor einem Gefühl von furchtbarer Vertrautheit mit diesem Krieg, von dem ich bis dahin geglaubt haben könnte, ich träume das alles nur – fast. Zwanzig Verwundete rollten die Augen und blickten mich an. Nur einer beachtete mich nicht. Er starb; er hatte keine

Zeit. Die Kugeln summten tief über sie alle hin. Der Tod, der längst zugeschlagen hatte, wollte die verderbliche Woge immer noch höher steigen lassen. «Wenn du am Lazarett vorbeikommst, geh rein und sieh nach mir», sagte Reuben McNab. Sonst nichts.

Beim Besuch des Lazaretts in El Caney:

> Als wir durchs Gewühl auf dem Marktplatz zum Eingang der Kirche gelangten, erblickten wir etwas Merkwürdiges. Die Kirche war zu einem Lazarett für verwundete Spanier gemacht worden, die den Amerikanern in die Hände gefallen waren. Weil das Dämmerlicht im höhlenartigen Innenraum der Kirche zu schwach für die Augen der operierenden Ärzte war, hatte man den Altartisch in den Eingang gestellt, wo es taghell war. Umrahmt von dem schwarzen Torbogen also stand der Altar, und auf dem Altar lag ein Mann. Er war nackt, bis auf eine Art Lendenschurz, und die religiöse Anspielung war so deutlich, lag so nahe, dass man sich unwillkürlich vorstellte, diese dünne bleiche Gestalt sei soeben erst vom Kreuz genommen worden. Der Eindruck flammte blitzhell auf und erleuchtete für einen Augenblick die dunkelsten Nischen der entlegensten Bilder von Aufopferung, gespenstisch und schamlos. Ich beschreibe das lediglich als Wirkung – eine Wirkung von geistigem Licht und Schatten, wenn man so will; etwas, das in Gedanken geschieht, ähnlich dem, was bei den französischen Impressionisten in Farben geschieht; etwas Bedeutungsloses und zugleich Überwältigendes, Erdrückendes, Ungeheuerliches.

Über seine Erkrankung:

> Wenig später war der Feldzug für mich zu Ende. Ich bekam Fieber. Was für ein Fieber das war, weiß ich bis heute nicht genau. Es wurde verschieden erklärt. Fest steht jedenfalls, dass mich als Erstes eine schläfrige Gleichgültigkeit gegen alles in der Welt befiel. Dann befiel mich die Neigung, ein Pferd zu reiten, wie man auf einer Pritsche liegt. Dann – sicher bin ich mir nicht – stöhnte und ächzte ich anscheinend tagelang über Siboney. Meine Kollegen Scovel und George Rhea fanden mich und taten ihr Bestes für mich, aber ich vermochte nicht zu sagen, ob nun grade die London Bridge einstürzte oder wir Krieg mit Spanien führten. Mir war alles gleich. Und weiter? Nichts. Alles Mögliche geschah, vielleicht. Aber mir war alles einerlei. Leben, Tod, Schmach – mir war alles einerlei. Ich sehnte mich nur nach Essiggurken. *Gurken* um jeden Preis! *Gurken!!*

Und dann, nach gut vierzig Seiten voller Schrecken, komischer Schnitzer und schwindelerregender Action macht er eine Vollbremsung und sprengt alles in die Luft:

> Die Episode war abgeschlossen. Und Sie können sich drauf verlassen, ich habe Ihnen nichts erzählt, kein bisschen, kein bisschen.

Die Überfahrt nach Virginia war für Crane eine Tortur, nicht nur wegen ihrer Dauer (fünf Tage), sondern auch, weil «es im Universum nichts anderes gab als das kochende Blut in meinen brennenden Adern». Obendrein wollte der Kapitän ihm nichts zu essen geben, und der Feldarzt an Bord diagnostizierte die Malaria, an der Crane litt, nach einem flüchtigen Blick fälschlich als Gelbfieber (was einem Todesurteil gleichkam) und schnauzte ihn an, er solle sich von den anderen fernhalten. Auf der *City of Washington* waren über zweihundert verwundete Soldaten, hauptsächlich vom 71st New York Volunteer Regiment, und Crane lag die meiste Zeit an Deck, nur mit einem kleinen Teppich unter sich. Dennoch, schrieb er später, «so schlimm war es gar nicht», und da es den meisten Männern an Bord schlechter ging als ihm und da sein Fieber nach ein paar Tagen zurückging, war zur Essenszeit immer jemand so freundlich, ihm «einen Blechteller mit irgendetwas» zu bringen: Hunger litt er also nicht, und er starb auch nicht. Nach der Landung ging er als Erstes zur nächstbesten Eisbude und genehmigte sich ein Eiscreme-Soda, ein Getränk, nach dem ihn «irgendwo im Dschungel zwischen Siboney und Santiago» ein unerklärlich heftiges Verlangen befallen hatte. Er nahm Orange.

Von der Veranda des Chamberlin Hotel aus beobachtet er, wie die Soldaten unter den Willkommensrufen zahlreicher Zuschauer das Schiff verlassen. Männer jubeln, Frauen weinen, und als die Verwundeten zum Transport ins Lazarett auf flache Güterwagen gelegt werden, bemerkt Crane, dass diese «schmutzigen, zerlumpten, ausgemergelten, halb verhungerten Kriegsversehrten» die Köpfe hängen lassen, als hätten sie Lampenfieber. So viel zu den Siegesfreuden und Wonnen des Kriegs.

Er blieb eine Woche, vielleicht etwas länger, und kabelte seine letzten Artikel für die *World*: den langen Bericht über die Schlacht von San Juan und «Regulars Get No Glory». Einmal fuhr er nach Fort Monroe und staffierte sich mit neuen Kleidern aus. Die alten hingen in Fetzen, wie Davis in einem Artikel für *Harper's New Monthly Magazine* schrieb: «Einer unserer bekanntesten Korrespondenten ... wurde mit lebensbedrohlichem Fieber nach Hause geschickt, in Kleidern, die er seit drei Wochen zu tragen gezwungen war. Er hatte Flüsse in ihnen durchquert, in ihnen auf nacktem Erdboden geschlafen und vor Hitze und Fieber in ihnen geschwitzt, und als er nach Fort Monroe kam, ließ er sich für den bescheidenen Betrag von vierundzwanzig Dollar vollständig neu einkleiden.» Die Rede ist hier von Crane, und neben einigem anderen nahm wenig später Seitz diese erwähnten vierundzwanzig Dollar zum Anlass, Cranes Beschäftigungsverhältnis mit der *World* zu beenden.

Unterdessen braute sich auch in Kuba Unheil zusammen. Am 16. Juli erschien ein hochbrisanter, anonymer, von Scovel für die *World* geschriebener Artikel, von dem Seitz und seine Chefs in New York (aus unerfindlichen Gründen) überzeugt waren, er stamme von Crane. Aber das war noch nicht alles, denn als herauskam, dass ihr illoyaler Angestellter fünf oder sechs Meilen durch den Dschungel marschiert war, um einen von dem verwundeten Marshall – Korrespondent einer Konkurrenzzeitung – geschriebenen Artikel zu versenden, hatten sie plötzlich mehr als Grund genug, ihn vor die Tür zu setzen. Und da er jetzt nicht mehr für sie arbeitete, weigerten Seitz und Co. sich ungeniert, ihm den «bescheidenen Betrag» zu erstatten, den er für den Tausch eines Haufens Lumpen gegen neue Kleider ausgegeben hatte. Es ging nicht bloß um die vierundzwanzig Dollar, nein, es ging ums Prinzip.

Die New Yorker Infanteriedivision hatte am 1. Juli eine böse Schlappe erlitten; Scovels Artikel kreidete dies der Feigheit und Inkompetenz der Offiziere dieser Einheit an, ein schwerwiegender Vorwurf, der eine Salve von Gegenvorwürfen seitens des *Journal* auslöste und zu einer der erbittertsten Schlachten in dem jahrelangen Zeitungskrieg zwischen Pulitzer und Hearst eskalierte. Es begann am 16. Juli (Crane war noch in Virginia), und am nächsten Tag ruinierte der tapfere, fleißige Scovel, der länger als alle anderen amerikanischen Korrespondenten in Kuba gewesen war, buchstäblich mit einem Schlag seine journalistische Karriere, als er in einer erhitzten Sekunde während der offiziellen Kapitulation von Santiago dem korpulenten, aufgeblasenen General Shafter eine Ohrfeige verpasste. Ob Shafter zurückschlug, weiß man nicht so genau, sicher ist nur, dass Cranes Freund auf der Stelle festgenommen und aus Kuba ausgewiesen wurde.[109]

Von Virginia fuhr Crane nach New York, wo er mit dem Verleger Frederick A. Stokes einen möglichen Erzählungsband über den kubanischen Krieg besprach und auch bei seinen Chefs von der *World* vorbeischaute – die ihn prompt feuerten, sobald er zur Tür hineinkam. In seinem Artikel von 1933 behauptet Seitz, einer seiner Angestellten, Finanzdirektor John Norris, habe Crane kurzerhand entlassen und sich geweigert, seine Spesen abzurechnen. Seitz zufolge kam Norris nach Cranes Besuch aus seinem Büro, «rieb sich hämisch die Hände und sagte grinsend: ‹Eben habe ich Ihren kleinen Freund Stephen Crane rausgeworfen. Er wollte mal wieder einen Vorschuss. Haben Sie nicht schon genug Geld von Mr. Pulitzer bekommen, ohne es zu verdienen?, habe ich ihn gefragt. Oh, na gut, hat er gesagt, wenn Sie das so sehen, bye-bye. Den sind wir jedenfalls los.›»

Man fragt sich, wie viel von dieser Darstellung den Tatsachen entspricht und ob Crane wirklich gesagt hat, was er laut Norris/Seitz gesagt haben soll. Falls die Sache sich so abgespielt hat, könnte man auch fragen, warum Crane seine Entlassung so ruhig hingenommen und sich mit keinem Wort verteidigt hat. Vielleicht wusste er schon, dass man von seiner Arbeit nicht mehr allzu viel

■ 109 Scovel hatte bereits 1895 über den Aufstand in Kuba berichtet. 1896 wurde er von den Spaniern verhaftet, konnte aber fliehen und lebte ein Jahr lang bei den Rebellen hinter den feindlichen Linien. Als er 1897 nach seinem mehrmonatigen Aufenthalt in Griechenland und der Expedition zum Klondike nach Kuba zurückkehrte, wurde er abermals von den Spaniern festgenommen, dann aber auf Verlangen der amerikanischen Regierung freigelassen. Trotz der Auseinandersetzung mit Shafter fand Scovel am Ende doch wieder einen Weg nach Kuba, ließ sich mit seiner Frau Frances in Havanna nieder und schrieb bis 1902 weiterhin für die *World*. Nach seiner Entlassung fand er andere Arbeit in Havanna und starb dort 1905 im Alter von sechsunddreißig Jahren.

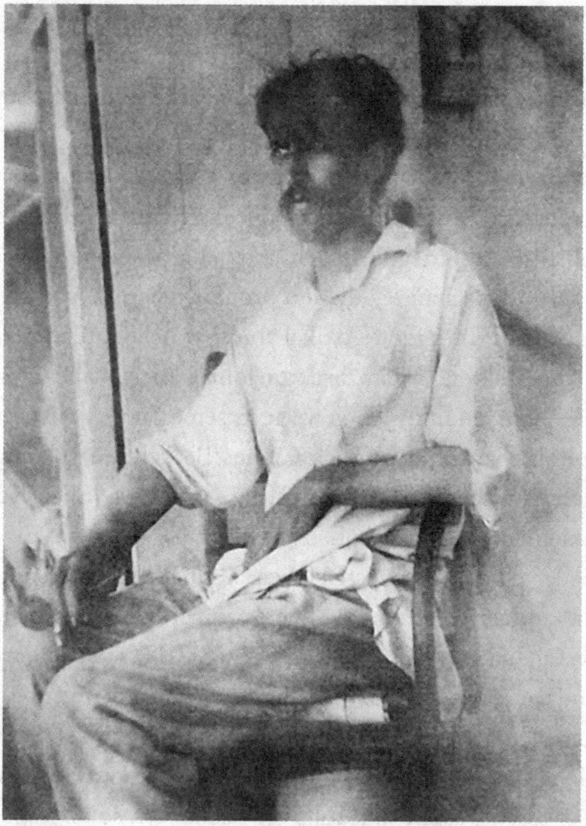

Crane 1898 an Bord der *Three Friends* vor der Küste Kubas

(Mit freundlicher Genehmigung der University of Virginia)

hielt, und war längst darauf gefasst, gefeuert zu werden, oder aber er wollte, typisch für ihn, keine Szene machen und sich nicht anmerken lassen, wie sehr diese Geringschätzung ihn verletzte. Es klingt fast so, als habe er bloß mit den Achseln gezuckt. Kühl bleiben – und *Adiós!*

Er hätte jetzt nach England zurückkehren können, tat es aber nicht. Offenbar wollte er nicht oder war noch nicht bereit dazu, ganz davon abgesehen, dass ihm das Geld für die Überfahrt fehlte. Statt sich die Summe zu leihen, nahm er Abschied von seinen ehemaligen Arbeitgebern bei der *World*, ging rüber zum *Journal*-Gebäude und schloss einen Vertrag mit Hearst. Vielleicht verschaffte es ihm ein wenig Genugtuung, zu Pulitzers Erzrivalen zu wechseln, wer weiß? Der neue Job verhieß einen weiteren Krieg und die Chance, über den Feldzug gegen Puerto Rico zu berichten, doch bevor er zu seinem neuen Auftrag wieder nach Süden aufbrach, führte ihn sein Weg weit nach Norden zu dem Lungenspezialisten Edward Livingston Trudeau in Saranac Lake.

Die schlimme Malariaattacke muss ihm einen Schrecken eingejagt haben, und auch wenn er äußerlich wiederhergestellt schien und so tat, als gehe es ihm gut, kann man davon ausgehen, dass er selbst es besser wusste. Seltsamerweise schien Trudeau, als er Cora im September von dem Besuch berichtete, ganz und gar nicht beunruhigt über den Zustand seines Patienten, wohingegen Michelson nur ein oder zwei Wochen nach Cranes Arztbesuch schrieb, er sei «hohlwangig», «von Krankheit gezeichnet» und sehe aus wie ein «zerfranstes weißes Lesebändchen». Bereits vor seiner Erkrankung wirkt Crane auf einigen Fotos, die an Bord der *Three Friends* entstanden, alles andere als gesund, schmuddelig (wie Frank Norris meinte) und besorgniserregend anders als sonst. Barfuß, die Haare struppig, in zerknitterten, lose sitzenden weißen Sachen, mit einem buschigen, herabhängenden Schnauzbart, wirkt er wie ein wahnsinniger Herumtreiber oder wie ein selbstgesalbter Prophet, der gerade vierzig Tage Fasten in der Wüste hinter sich hat, wo er am Morgen des ersten Tags vom Blitz getroffen wurde. Jetzt, nachdem er die Schüttelfröste und Delirien des Tropenfiebers überstanden hatte, muss er noch schlimmer ausgesehen haben, und dennoch schreibt Dr. Trudeau ruhig und gelassen:

Sehr geehrte Frau
Die Lungenbeschwerden Ihres Mannes sind ein wenig in Bewegung geraten, als er diesen Sommer hier vorstellig wurde, aber es ist nichts Ernstes, und seit er hier war, geht es ihm, wie ich höre, stetig besser. Ich habe ihn nur einmal untersucht, aber er sah sehr gut aus und sagte mir, er fühle sich sehr viel besser als beim vorigen Mal.

Aus diesem ungelenken Brief erfahren wir unter anderem, dass Crane den Arzt bereits früher und mindestens einmal aufgesucht hat, und *seit er hier war, geht es ihm stetig besser* deutet darauf hin, dass Crane irgendwann nach der letzten Untersuchung dem Arzt erzählt hat, es gehe ihm besser – vermutlich gelogen, aber wer weiß. Nicht viele Leute belügen ihren Arzt, zumindest die nicht, die gesund werden wollen, aber Crane wäre durchaus zuzutrauen, dass er unter diesen Umständen gelogen hat, denn entweder in seinem verschollenen Brief an Trudeau oder im direkten Gespräch mit ihm muss er den Arzt gebeten haben, Cora zu schreiben und dabei möglichst optimistische Formulierungen zu wählen. Warum sonst hätte Trudeau ihr schreiben sollen, und woher sollte er Coras Adresse kennen, wenn Crane sie ihm nicht gegeben hätte? Einige Forscher vermuten, Cora habe dem Arzt geschrieben, und dieser Brief sei seine Antwort, aber sie kann sich nur an Trudeau gewandt haben, wenn Crane ihr erzählt hätte, dass er in Saranac Lake gewesen war – was mehr oder weniger auf dasselbe hinausläuft, denn so oder so wäre Crane der Initiator der Korrespondenz gewesen. Ihm lag alles daran, Cora vor der Wahrheit über seine Lunge zu schützen, wie er es dann auch nach seiner Rückkehr nach England hielt, und jetzt, während sie auf der anderen Seite des Ozeans auf ihn wartete, wollte er zu ihren Sorgen über seine Abwesenheit auf gar keinen Fall auch noch Sorgen um seine Gesundheit hinzufügen.

Am 25. oder 26. Juli verließ Crane New York Richtung Pensacola, Florida. Am 28. ergaben sich spanische Truppen in der puerto-ricanischen Stadt Ponce den Amerikanern, und umgehend bestiegen Crane, Michelson und andere Korrespondenten am 29. ein vom *Journal* gechartertes Boot und fuhren nach Puerto Rico. Auf diesem Boot machte Michelson seine Beobachtungen zu Cranes körperlichem Zustand und psychischer Verfassung («kurz angebunden, mäkelig, kleinlich»), notierte weitere Details zu dem, was Crane sagte und tat, sowie zu seinem Umgang mit den anderen auf dem Boot (eine Woche lang eng zusammengepfercht), und schließlich auch zu seinem Verhalten nach der Landung in Ponce und anderswo. Ohne Michelsons Text, der als Vorwort zum zwölften und letzten Band in der ersten Werkausgabe Cranes (1925–27) abgedruckt wurde, hätten wir vieles von dem, was sich in diesen Wochen abspielte, niemals erfahren.

Die Überfahrt nach Puerto Rico war Michelson zufolge zäh und langweilig, alles andere als aufregend, aber die See war unruhig, oftmals rau, und viele Männer an Bord wurden schwer seekrank. Crane hingegen empfand wie schon auf der *Commodore* «keinerlei Übelkeit». Eine schwache Lunge, ja, aber ein robuster Magen, und wenn er wollte, hatte er immer noch einen deftigen Scherz auf Lager. Einmal, als ein amerikanischer Kreuzer dem Boot sehr nahe kam und dann, nachdem man ihn von der Mission des Boots unterrichtet hatte, scharf – und entrüstet – abschwenkte, sagte Crane: «Wie eine fette Herzoginwitwe, die von der Putzfrau gefragt wird, wo sie ihren Hut gekauft hat.» Als sich an einem anderen Tag auf rauer See die Männer über die Reling erbrachen, machte Crane Michelson auf das «krampfhafte Zucken ihrer Schultern» aufmerksam und erklärte, «genau unter solchen Krämpfen sterbe man ... Das war kein Mangel an Mitgefühl oder Gleichgültigkeit», fügt Michelson hinzu, «sondern einfach seine Art wahrzunehmen, wie eine Filmkamera. Ein Instinkt, stärker als Liebe, Mitleid oder Angst.»

An Sätzen wie diesen erweist sich, was Michelson zu einem so wertvollen Augenzeugen macht. Nicht nur der Vergleich mit der Filmkamera (der im Rückblick so einleuchtend ist, den aber zu Cranes Lebzeiten kein Mensch verstanden hätte), sondern auch der Hinweis auf «Instinkt», also Cranes Neigung, die Dinge objektiv und vorurteilslos zu betrachten, alle anderen Ansichten über «jenen tiefen bläulichen Ton, der allgemein verpönt ist, sobald man ihm auf der Leinwand begegnet», zu verwerfen und nur dem zu trauen, was man mit eigenen Augen sieht.

Wieder an einem anderen Tag wurde ein amerikanischer Kreuzer von einem spanischen Zerstörer bedroht und bat den Kapitän des Boots, ihm mit einer scharfen Wendung zur Küste hin etwas Luft zu verschaffen; Crane gelang es, den Kapitän zu diesem Manöver zu überreden. Michelson: «Unser Aufpasser ging zum Ruderhaus, um sich nach dem Grund für dieses Wendemanöver zu erkundigen. Dort sah er Stephen, wie er den Kapitän anspornte, noch dichter heranzufahren. Gefragt, warum er dem nachkomme, gab der Seemann hitzig zurück: ‹Sie glauben doch nicht, ich lasse zu, dass diese verdammte krumme Rudergabel sich einbildet, mehr Mumm zu haben als ich?›»

Eine Rudergabel ist laut Lexikon «eine auf dem Dollbord eines Bootes befestigte Holzgabel zum Halten eines Ruders». Mit anderen Worten, der Kapitän verglich Crane mit einer Holzgabel, einer krummen noch dazu, und wie es oft geschieht, wenn es an Unterhaltung mangelt und alle sich langweilen, machte der Ausdruck die Runde. Crane hatte anscheinend einmal erwähnt, seine Frau führe Verhandlungen wegen einer neuen Bleibe in Brede Place in Sussex, einem großen Gutsgebäude, dessen Ursprünge bis ins 14. Jahrhundert zurückgingen, und plötzlich hatte er den Spitznamen Lord Rudergabel weg, «ein galliger britischer Junker ostindischer Herkunft, und das Anwesen seiner Vorfahren ward Mungo Chutney getauft». Michelson meint, Crane habe «mehr Spaß daran gehabt als alle anderen», auch wenn man sich fragen kann, ob ihm etwas anderes übrigblieb, als unter diesen beengten Umständen mitzuspielen. Irgendwann nutzte der Scherz sich ab und verlor seinen Reiz, aber immerhin erfahren wir aus dieser kleinen Anekdote, dass Crane vorhatte, zu Cora zurückzukehren. Zumindest zu diesem Zeitpunkt, und wenn er es zu anderen Zeiten nicht vorhatte, beweist die hier gezeigte Sicherheit – anders als die zu anderen Zeiten geäußerten Zweifel –, wie unschlüssig er war, was er nach dem Krieg mit seinem Leben anfangen wollte. Vorausgesetzt natürlich, er wäre dann noch am Leben und hatte etwas, worauf er sich freuen konnte.

Kaum waren sie in Ponce an Land gegangen, machte Crane sich wie gewohnt aus dem Staub, und statt mit den anderen Korrespondenten in Hotels und Cafés zu gehen, verzog er sich in die Welt der «Herumtreiber von Ponce – Säufer, Huren, Hochstapler und Spieler. Sie kannten kein Wort seiner Sprache und er kein Wort der ihren. Und dies war eine eroberte Stadt, und er war einer der Invasoren. Aber das machte nichts. Er wurde in die lose Bruderschaft aufgenommen.»

Andererseits, wenn er in eleganterer Umgebung zu erscheinen hatte, erwies sich Crane, wie Michelson es nennt, als «gesellschaftlicher Bankrotteur».

> Die Heeres- und Marineoffiziere machten viel Wirbel um die literarischen Leuchten. Der Star ihrer Partys war immer Richard Harding Davis ... aber sie waren auch sehr neugierig auf Crane. Es gelang nur selten, ihn zu den Empfängen zu locken. Vielleicht ärgerte ihn der Kontrast zwischen ihm selbst und Davis – Letzterer stets der aus dem Ei gepellte Kriegsberichterstatter, makellos in maßgeschneiderter Uniform, zahllose Ordensspangen auf der breiten Brust.

> Davis glänzte auf diesen Versammlungen nicht nur mit seiner äußeren Aufmachung, sondern auch mit seinen Talenten. Er ließ sich ein Banjo geben, spielte und sang dazu «Mandalay» und andere Balladen, und trug mehr als sein Teil zur Unterhaltung bei, immer schlagfertig, immer interessant, während Stephen in seinen alten Einsatzklamotten stumm danebensaß.

Nur einen Monat vor diesen Abenden in Ponce hatte Crane seinen Hals riskiert, um Davis in schwierigen Zeiten zu helfen, und nur einen Monat danach sollte Davis Cranes Reportagen aus Kuba in den höchsten Tönen loben. Dennoch kamen die beiden Männer nie miteinander aus, vielleicht weil jeder von ihnen einen Begriff von Männlichkeit verkörperte, der sich so sehr vom anderen unterschied, dass sie sich nie in der Mitte treffen konnten. Während Davis die Aufmerksamkeit der Menge an sich riss, hockte Crane zugeknöpft daneben und fragte sich wahrscheinlich, ob dieser aufgeblasene Schafskopf mit den Orden auf der Brust eigentlich wusste, wie lächerlich er war. Der stutzerhafte Held war gewiss toleranter, sah aber seinen kleinen Kollegen bestenfalls als genialen, unbedarften Versager, auf seine Art vielleicht bewundernswürdig, aber irgendwie bemitleidenswert. Dass der Schweigsame genauso gut Banjo spielen konnte wie er und eine gute Tenorstimme hatte, wusste Davis vermutlich nicht.

Puerto Rico war das Nachspiel, ein kurzer Feldzug von neunzehn Tagen, bei dem die amerikanischen Truppen auf wenig oder gar keinen Widerstand stießen. Die Puerto-Ricaner schienen mehr als froh, die Spanier loszuwerden, offenbar hegten sie die Hoffnung, unter dem Schutz der Vereinigten Staaten werde das Leben besser für sie. Noch immer ist nicht entschieden, ob diese Hoffnung berechtigt war, aber damals herrschte Festtagsstimmung auf der Insel, und eine nach der anderen ergaben sich die

Städte den Yankees in so rascher Folge, dass auch Crane eine in die Hände fiel.

Wie üblich gibt es zwei konkurrierende Versionen der Geschichte. In der ersten kommt Crane eines Morgens in Juana Díaz hereinspaziert, wird von den Bewohnern freundlich willkommen geheißen und nutzt seinen unerwarteten Aufstieg zur Macht zu einem Schelmenstreich: Puck der Faxenmacher in seiner ganzen geistesgegenwärtigen Glorie. Er lässt die Männer der Stadt auf dem Marktplatz antreten und teilt sie willkürlich in zwei Gruppen auf: «Verdächtige» und «Gute». Die Verdächtigen werden nach Hause geschickt, die Guten ernennt er zu seinen Gastgebern und Leibwächtern. Es gibt «ein rauschendes Freudenfest», und als am nächsten Morgen ein amerikanischer Colonel mit einem achthundert Mann starken Regiment anrückt, sagt der zu Crane, er freue sich, dass ein Journalist ihn jetzt gleich bei der Einnahme der Stadt beobachten könne. «‹Diese Stadt!›, erklärte Crane verlegen, aber höflich. ‹Es tut mir wirklich sehr leid, Colonel, aber diese Stadt habe ich selbst gestern Morgen noch vor dem Frühstück eingenommen!›»

So berichtet es Richard Harding Davis, der nicht in Juana Díaz war und die Geschichte angeblich von Crane selbst gehört hat; Michelson, der da war und die Ereignisse beobachten konnte, vermittelt einen differenzierteren und etwas gedämpfteren Eindruck von dieser Eskapade. Nach seiner Darstellung suchten er und Crane und «eine Schar Korrespondenten» nach einem Ort, wo sie frühstücken konnten. Nach den neuen Regeln sollten Gasthäuser vorrangig «hungrigen Offizieren» zu essen geben, doch als sie nach Juana Díaz kamen, waren dort keine Offiziere. «Da hatte Crane eine Idee. Er ritt voraus und kündigte an, der amerikanische Gouverneur von Porto Rico sei auf dem Weg, man solle Frühstück für Seine Exzellenz und Dienerschaft bereithalten. Das imposanteste Mitglied der Gruppe, zum Glück in makellos weißer Uniform, übernahm die Rolle des Gouverneurs. Er gab Anweisung, jedem, der sich blickenlasse, zu sagen, er wünsche während der Mahlzeit nicht gestört zu werden. Die groteske List tat ihre Wirkung.» Als wenig später ein Brigadegeneral erschien und sich erkundigte, was da los sei, wurde Crane nervös, schaffte es aber, sich mit einer Lüge herauszuwinden. «‹Gouverneur?›, sagte er. ‹Oh, ich vermute, die Leute hier haben gehört, wie wir Jack Mumfort mit Gouverneur angeredet haben – schließlich sieht er aus wie einer. Aber hier ist sonst niemand außer ein paar Zeitungsreportern.›»

Michelsons Version der Eroberung von Juana Díaz ist plausibler, aber in beiden tritt uns Crane so jungenhaft, ausgelassen und übermütig entgegen wie selten. Hätte er sich in Puerto Rico öfter so verhalten, könnte man meinen, er habe sich vollständig von seinem Tropenfieberschrecken und dem Besuch in den Adirondacks erholt, tatsächlich aber legte er in den Wochen auf dieser Insel ein auffällig wechselhaftes Verhalten an den Tag. Zurückgezogen und wortkarg auf dem Kurierboot, zurückgezogen und wortkarg auf den Militärempfängen in Ponce, ein extrovertierter Eulenspiegel in Juan Díaz, und dann, als die Korrespondenten sich zur Abreise bereitmachten, der tränenreiche Abschied von seinem Pferd (siehe Seite 54), den man als überschäumende sentimentale Aufwallung einstufen muss. Stabil oder ausgeglichen war er jedenfalls nicht, sondern allen möglichen Stimmungen ausgesetzt, himmelhochjauchzend und zu Tode betrübt, mal so, mal so, und wenn er auch nicht direkt in Gefahr war, den Verstand zu verlieren, war er doch nicht weit davon entfernt; die Albträume, die er in Kuba erlebt hatte, belasteten ihn nach wie vor, auch wenn der Krieg und das Schlachten vorbei waren, und noch immer war er nicht bereit, nach England zurückzukehren. Stattdessen tauchte er irgendwann in der dritten Augustwoche ohne behördliche Genehmigung als angeblicher Tabakeinkäufer in Havanna unter und blieb dort aus Gründen, die vielleicht niemals ganz aufgeklärt werden, bis zur letzten Dezemberwoche.

4

Zurück in den April, zurück nach England, zurück zu der Frau, die er zurückgelassen hatte ...

Das Haus in Oxted hatte jetzt ein halbleeres Bett, drei Hunde und drei menschliche Bewohner: Cora, ihre mysteriöse Gesellschafterin Charlotte Ruedy (die sich Mrs. nannte, nicht Miss, und über die man so gut wie gar nichts weiß) und den treuen, diensteifrigen Helfer Adoni Ptolemy; und jenseits der vier Wände von Ravensbrook hatte Cora die moralische Unterstützung von Harold Frederic, Kate Lyon, Robert Barr und Conrad, der sie zwar nur selten besuchte, aber schriftlich Kontakt mit ihr hielt und ihr während Cranes Abwesenheit mindestens sieben Briefe schrieb, alle bemerkenswert warmherzig und um ihr Wohlergehen besorgt. Als es gegen Ende des Jahres darum ging, das Geld für Cranes Rückreise nach England aufzutreiben, kümmerte sich Conrad persönlich um eine Lösung und bot (er selbst hatte auch kein Geld) schließlich sogar an, sein Werk als Sicherheit für ein mögliches Darlehen herzugeben. Ein guter Freund. Die anderen ebenso, und in den ersten drei oder vier Monaten war alles relativ ruhig. Natürlich war sie knapp bei Kasse und lebte auf Pump, aber richtig brenzlig wurde es erst später.

Sie ließ den Kopf nicht hängen, suhlte sich nicht in Selbstmitleid, und sie hatte nicht vor, sich mit der Einsamkeit abzufinden. Schon wenige Tage nach Cranes Abreise akzeptierte sie eine Einladung der Frederics zu einem zweiten Besuch in deren Haus in Ahakista an der Südküste Irlands, wo die Familie mit ihren drei Kindern sich gerade aufhielt. Aus Conrads Brief an sie vom 19. April:

> *Wir können uns vorstellen, wie einsam Du Dich nach Stephens Abreise fühlen musst. Der Gute hat mir aus Queenstown telegra-*

phiert, vermutlich unmittelbar bevor er an Bord ging. Jess macht sich große Sorgen um Dich und möchte, dass ich Dich bitte, ihr zu schreiben, wenn Du in Irland angekommen bist. Ich halte es für eine gute Sache, dass Du dorthin fährst, denn Einsamkeit nach einer Trennung ist manchmal sehr schwer zu ertragen.
Eigentlich wollten wir Dich zu uns einladen, aber nach Stephens Telegramm dachte ich, Du seist bereits in Irland. Auf alle Fälle wirst Du es bei den Frederics besser haben, und mehr Unterhaltung, und wenn Du nach England zurückkommst, hoffe ich, Du bringst genug Mut und Willenskraft auf, Dich auf das gefährliche Experiment einzulassen, uns zusammen mit Mrs. Ruedy einen Besuch abzustatten. Übrigens denke ich mir, Stephen wird nicht allzu lange fort sein, vielleicht haben wir das Glück, Euch alle gemeinsam hier begrüßen zu können. Ich hoffe, Du lässt mich wissen, wie es ihm geht, wenn Du mal von ihm hörst. Wie ich ihn kenne, wird er wohl kaum jemand anderem schreiben.

Nach zwei oder drei Wochen bei den Frederics kehrte Cora in ihr Haus in Oxted zurück und begann zu überlegen, wie sie diesem Haus und all den Problemen entfliehen könnte, die ihr und Crane das Leben schwermachten, seit sie nach England gekommen waren. Beide waren mit dem Leben in der Provinz unweit von London nie glücklich gewesen und hatten bereits mit der Idee gespielt, anderswohin zu ziehen. Irgendwo aufs Land, weiter weg von London, in eine ruhige Gegend, wo ihnen nicht ständig unerwünschte Besucher zur Last fielen und Crane sich in seine Arbeit verkriechen konnte. Im März hatte ihr Nachbar, der Kritiker Garnett, ihnen von einem Haus in Sussex erzählt, das einem Freund von ihm gehörte, und wie er Jahre später schrieb, war Crane von der Beschreibung des alten Gemäuers so begeistert – «ehrwürdig ergraut in fünfhundert Jahren» –, dass er die Gelegenheit, Bewohner von Brede Place zu werden, am liebsten gleich beim Schopf ergriffen hätte. Da sie nach der Rückkehr aus Irland sonst nichts Wichtiges zu tun hatte, machte Cora sich nun daran, ihm diesen Wunsch zu erfüllen.

Eigentümer des Anwesens war Moreton Frewen (1853–1924), Spross einer steinreichen Familie aus Sussex; seine amerikanische Ehefrau Clara war die Schwester der aus Brooklyn stammenden Jennie Jerome, Gattin des Engländers Lord Randolph Churchill und Mutter des zu der Zeit vierundzwanzig Jahre alten künftigen Premierministers Winston Churchill. Frewen war das schwarze Schaf dieser erlauchten Gesellschaft, ein Abenteurer, der gewaltige Vermögen verlor und gewann, wie andere beim Blackjack verlieren und gewinnen, ein waghalsiger Unternehmer, der nur auf die riskantesten aller riskanten Wetten setzte und sich damit gleich zwei Spitznamen einhandelte, «Mortal Ruin»[110] und «reicher armer Schlucker». Sein jüngstes Projekt, eine riesige Ranch in Wyoming, mit der er vom Aufschwung der Viehwirtschaft im amerikanischen Westen profitieren wollte, hatte sich mangels Profit als kompletter Reinfall erwiesen. Nahezu unausweichlich wurden er und Crane gute Freunde. Im April 1900, keine zwei Monate vor seinem Tod, widmete Crane seine fertiggestellte Sammlung kubanischer Kriegsgeschichten seinem gutmütigen und verständnisvollen Vermieter, der sich nie um die Miete kümmerte und die Cranes tatkräftig unterstützte, wann immer sie in Schwierigkeiten gerieten: *Für/Moreton Frewen/dies kleine Zeichen des Danks/für unvergessene Hilfe/von seinem Freund/Stephen Crane.*

Brede Place war seit über drei Jahrhunderten im Besitz der Familie, und nachdem er es kürzlich einem seiner Brüder abgekauft hatte, war Frewen jetzt alleiniger Eigentümer des Hauses und der

■ 110 «tödlicher Ruin»: in der englischen Aussprache klingt der Name Moreton Frewen mit etwas Phantasie wie «Mortal Ruin». (A. d. Ü.)

Brede Place, Sussex, 1944

(Mit freundlicher Genehmigung der Syracuse University)

zugehörigen ausgedehnten Ländereien. Irgendwann im Mai machte Cora den ersten Schritt und engagierte einen Architekten, der sich das Haus ansehen und sie über notwendige Reparaturarbeiten informieren sollte, und am 4. Juni schrieb sie an Clara Frewen, sie hätte sich schon früher gemeldet, aber noch auf Auskunft des Architekten gewartet, «wie viel es kosten würde, das Haus bewohnbar zu machen». Sie hatte auch gehofft, bis dahin von Crane zu hören, jedoch vergebens. Um die Sache voranzutreiben, entschied sie auf eigene Faust und bot an, das Anwesen für eine Jahresmiete von vierzig Pfund zu übernehmen (pro forma, denn tatsächlich wurde die Miete selten, falls überhaupt einmal bezahlt). Am 10. schrieb sie an Frewen, Mr. Crane habe ihr aus Jamaika telegraphiert und sei «zufrieden mit meinen Vorkehrungen». Nachdem so weit alles geregelt war, brach sie mit Freunden zu einem viertägigen Ausflug nach Sussex auf und sah ihr künftiges Heim zum ersten Mal, sehr zu ihrer freudigen Überraschung, von der sie Frewen am 16. schrieb und ihm versicherte, Crane werde «begeistert sein von der Vorstellung, in Ihrem alten Haus sein Lager aufzuschlagen».

«Altes Haus» trifft es nicht ganz, «baufällige Ruine» schon eher. Brede Place, dieses Ungetüm von einem Gemäuer, stammte aus dem 14. Jahrhundert und war seither nur zweimal restauriert worden – im 15. und 16. Jahrhundert. Es gab weder Strom noch moderne sanitäre Einrichtungen, und die meisten der zahlreichen Zimmer dieses mächtigen Steinhaufens waren in so erbärmlichem Zustand, dass sie höchstens als Lagerräume für altes Gerümpel hätten dienen können. Unschön auch Gerüchte, es handele sich um ein Spukhaus. Angeblich strich nachts ein Gespenst durch die Räumlichkeiten, und es gab keine Möglichkeit, es loszuwerden. Aus *The Crane Log*:

> Dienstboten weigerten sich, die Nacht in dem Haus zu verbringen, weil dort der Sage nach der Geist seines Besitzers aus dem frühen 16. Jahrhundert umging, Sir Goddard Oxenbridge, ein Hexenmeister und Unhold, der angeblich jede Nacht ein Kind verspeiste. Der Legende zufolge wurde er von Nachbarskindern mit einer Holzsäge in zwei Teile zersägt, während er seinen Rausch ausschlief.

Die Cranes störten sich nicht daran. Die beiden verliebten sich in die Vorstellung, in dieser verfallenen mittelalterlichen Ruine zu hausen, und so unpraktisch das Leben dort sein mochte, ihre Begeisterung für Brede Place ließ niemals nach – aus dem simplen Grund, dass sie keine praktisch denkenden Menschen waren. Wie Cora im Herbst an Reynolds schrieb: «Ein Mann muss reine, gesunde Luft um sich haben, wenn er es in der Kunst zu etwas bringen will», und ein paar Sätze später: auf Crane warte «ein wunderbares

Haus». Aber es war kein wunderbares Haus, und die Luft darin war keineswegs gesund. Hätten sie gesunde Luft gewollt, hätten sie in irgendein Felsenloch in der Wüste von Arizona ziehen können, oder, falls Amerika nicht in Frage kam, dann eben die Berge Frankreichs oder der Schweiz. Ein kranker, von Fieber geschwächter Körper kommt in feuchten, kalten Zimmern nicht wieder zu Kräften, und zwei lange Winter in Brede forderten von Crane einen hohen Tribut. Das Haus selbst war nicht direkt schuld an seinem Tod, aber zweifellos hat es viel dazu beigetragen.

Vielleicht hatten auch die Jahreszeiten damit zu tun. Cora sah das Haus zum ersten Mal im Juni, dem schönsten, freundlichsten Monat des Jahres. Man fragt sich, was sie davon gehalten hätte, wäre sie im Januar erstmals dort gewesen.

Am 12. August erlitt Frederic, gerade einmal zweiundvierzig Jahre alt, einen Schlaganfall, und plötzlich hatte Cora neben den üblichen Geldproblemen und Cranes dünn gesäten Telegrammen noch ganz andere Sorgen. Ihre Freunde waren in Bedrängnis, und während sie ihnen zu helfen versuchte, entwickelte sich aus dem ersten Schicksalsschlag ein Melodram in vier Akten: Krankheit, Tod, Anklage wegen Totschlags und drohende Gefängnisstrafe für Kate Lyon. Kein Mensch hätte sich so eine Geschichte ausdenken können. Nur die Realität ist imstande, sich etwas dermaßen Verrücktes einfallen zu lassen.

Frederic war ein korpulenter Mann und kein Kind von Traurigkeit, und wenn auch nicht jeder, der zu viel trinkt und zu viel raucht und zwei Familien nebeneinander unterhält, mit einem Schlaganfall rechnen muss – schon gar nicht in so jungen Jahren –, war Frederic doch einer dieser Pechvögel. Und es war kein leichter Schlaganfall, sondern ein schwerer, lebensbedrohlicher. Als Cora davon erfuhr, eilte sie mit Adoni Ptolemy zu Kate nach Homefield und überließ ihr ihren Hausdiener für so lange, wie sie seine

Hilfe bei der Pflege Frederics brauchte. Dann sammelte sie die drei kleinen Kinder ein (vier, fünf und sechs Jahre alt) und nahm sie mit zu sich nach Ravensbrook, damit Kate sich nicht neben der Betreuung des Kranken auch noch um ihre Kinder kümmern musste.

Am Körper rechtsseitig, im Gesicht linksseitig gelähmt, rauchte und trank Frederic auch in diesem geschwächten Zustand weiter, beschimpfte seine Ärzte, hielt sich nicht an ihre Anweisungen und warf sie am 20. September endgültig aus dem Haus. Cora fand diesen übereilten Schritt bedenklich, aber Kate stand ihrem Mann zur Seite, nicht nur aus Loyalität, sondern auch, weil sie selbst kein Vertrauen zur traditionellen Medizin hatte, weshalb sie mit Frederics ausdrücklichem Einverständnis beschlossen, sich bei der Therapie an die Vorschriften der Christlichen Wissenschaft – Nichtstun und Beten – zu halten. Eine Gesundbeterin und Anhängerin dieser Lehre namens Mrs. Mills überwachte seine Behandlung (bzw. Nichtbehandlung), und so konnte es nicht ausbleiben, dass sein Zustand sich immer weiter verschlechterte. Am 16. Oktober platzte John Scott Stokes bei Cora herein und erklärte aufgebracht, er komme soeben aus Homefield und habe Frederic in erbärmlicher Verfassung angetroffen, am Rand des Todes. Er drängte Cora, selbst hinzugehen und Kate zu überreden, einen Arzt zu holen. Jemandem angemessene ärztliche Hilfe vorzuenthalten, sei eine Straftat, sagte er, er fürchte, Kate könnte wegen Totschlags angeklagt werden, falls Frederic starb.

Am nächsten Morgen fuhr Cora nach Homefield, wo es ihr gelang, ihre zunächst heftig widerstrebende Freundin zu überreden, die Ärzte zu holen, die im September entlassen worden waren. Zu wenig, zu spät. Schon in der folgenden Nacht, vom 18. auf den 19. Oktober, starb Frederic an Herzversagen.

Zwei Tage später leitete der Bezirksstaatsanwalt Ermittlungen zur Todesursache ein, und nach einem unschönen Verfahren, das sich wochenlang hinzog und Kates Ansehen nachhaltig zerstörte, kam die Jury am 8. November zu dem Schluss, Kate und Mrs. Mills seien wegen Totschlags anzuklagen – genau wie Scott Stokes vorausgesagt hatte. Beide Frauen wurden vor dem Gerichtssaal festgenommen und nach Anhörung vor dem örtlichen Polizeigericht gegen eine Kaution von jeweils fünfzig Pfund auf freien Fuß gesetzt. Das Geld für die Freilassung Kates wurde von Scott Stokes und anderen Freunden ausgelegt.

Anschließend ging sie mit ihren Kindern zurück zu Cora nach Ravensbrook, und zwei Wochen später begann der Prozess am Polizeigericht von Croydon County. Ankläger war Horace Avory, der Mann, der 1895 zur Verurteilung Oscar Wildes wegen homosexueller Unzucht beigetragen hatte, als Zeugen waren die zwei Ärzte, die Haushälterin der Frederics, Scott Stokes, Adoni Ptolemy und auch Cora geladen. Nach dem ersten Prozesstag wurde die Fortsetzung mehrmals verschoben, und am 5. Dezember verlangte Avory völlig überraschend die Einstellung des Verfahrens gegen Kate Lyon. Vermutlich wollte er sich auf Mrs. Mills konzentrieren, aber dann stellten die Richter zur noch größeren Überraschung aller Beteiligten das Verfahren gleich gegen beide Frauen ein. Aber noch hatten sie eine weitere Hürde zu überwinden, und erst am 14. Dezember – vier Monate und zwei Tage nach Frederics Schlaganfall – wurde der Fall am Londoner Central Criminal Court (Old Bailey) endgültig abgeschlossen: die Klage gegen Kate wurde zurückgezogen, die gegen Mrs. Mills abgewiesen. Unterdessen hatte Kate Lyon von der Presse solche Prügel bezogen, dass von einem Privatleben keine Rede mehr sein konnte. Sie war jetzt öffentliches Eigentum, eine Gefallene, die die Ehe eines ehrbaren Mannes zerstört und drei uneheliche Kinder zur Welt gebracht hatte. Mit diesen Sünden hatte sie das Recht verloren, sich in anständiger Gesellschaft sehen zu lassen – eine Unperson, eine Schande für die Menschheit.

Cora und Scott Stokes gründeten daraufhin einen Hilfsfonds zur Unterstützung von Kates Kindern. Henry James und George Bernard Shaw trugen ihr Teil dazu bei; Conrad, der nur acht Pfund auf der Bank hatte, musste passen. Die beiden Spendensammler machten weiter, nicht immer erfolgreich; da war zum Beispiel ein Brief, den Cora von der Gattin James Creelmans bekam (Chef des Londoner *Journal*-Büros, der Mann, der Cora das Geld vorenthielt, das er ihr auf Cranes Wunsch hätte geben sollen) und der das ganze Ausmaß der Feindseligkeit gegen Kate Lyon erkennen lässt. «Ich muss sagen, mein tief empfundenes Mitgefühl gilt den kleinen Geschöpfen, die durch den sträflichen Eigennutz ihrer Eltern ins Elend gestürzt wurden», schrieb Alice Creelman, «und wenn ich die Gewissheit hätte, dass sie nicht unter dem verderblichen Einfluss ihrer Mutter stünden, würde ich reichlich und gerne für ihren Unterhalt spenden. So aber muss ich Ihnen ganz offen sagen, dass ich für Kate Lyon und ihren schlechten Einfluss auf einen moralisch schwachen Mann nur Verachtung übrighabe und dass die einzig mögliche Wiedergutmachung für das Verbrechen, drei uneheliche Kinder in die Welt zu setzen und das Leben einer anderen Frau und ihrer rechtmäßigen Kinder zu zerstören, in beständiger, aufopferungsvoller Arbeit bestehen kann, um ihre Kinder ohne milde Gaben von Fremden durchzubringen.»

Coras Antwortschreiben, am nächsten Tag im Zorn verfasst, nimmt nicht nur Kate Lyon und deren Kinder in Schutz, sondern wirft auch ein Licht auf Coras Ansichten zu christlicher Ethik, Frausein, weiblicher Solidarität und dem Schaden, den man anrichtet, wenn man über andere urteilt. Die zuweilen verworrene Ausdrucksweise lässt erkennen, dass sie in der Hitze des Augenblicks schrieb, ohne lange nachzudenken, ganz aus dem Bauch heraus; aber der Brief zeigt Cora auch von ihrer besten Seite – kampflustig und voller Mitgefühl, zartfühlend und von gerechtem Zorn erfüllt, eine Frau, die lange und gründlich über die großen Fragen des Lebens nachgedacht und beachtenswerte Antworten darauf gefunden hatte. Der Brief ist ziemlich lang, verdient aber hier mehr oder weniger vollständig zitiert zu werden.

> *Ich danke Ihnen für Ihre Antwort auf meinen Brief, in dem ich um* private *Beiträge zur Unterstützung der drei jüngsten Kinder des verstorbenen Harold Frederic bat. Zugunsten der Mutter lassen Sie mich sagen, dass sie strikt dagegen war, sich einem öffentlichen Hilferuf anzuschließen, weil ihr dies, so wie mir, geschmacklos vorgekommen wäre. Bis gestern, als ich ihr deswegen schrieb, hatte sie keine Kenntnis von* diesem *Hilfsfonds für die Kinder.*
> *Die Leute, von denen Sie sagen, «sie reden über diesen unglücklichen Skandal», sind natürlich nicht die Leute, an die man sich in dieser Angelegenheit um Hilfe wenden würde. Der üble Nachgeschmack, den eine solche Debatte in ihrem Mund hinterlassen muss – und der ihnen bis in jenes Organ durchschlagen dürfte, das sie allein zum Pumpen von Blut benutzen – Blut, das durch Mangel an wahrer Nächstenliebe sauer geworden ist –, steigt ihnen bis ins Hirn. Man fragt sich, ob sie sich selbst für Christen halten? Und wie sie es wagen können, sich als Vorbilder tugendhafter Moral hinzustellen, wo sie doch von der liebevollen Güte wissen müssten, die Christus armen Sündern entgegenbrachte. Wie können wir einander verurteilen, wir, die wir sündig und schwach sind? Und wie kann ein Geschöpf, das um seine Sterblichkeit weiß, sich eine Gelegenheit entgehen lassen, im eigentlichen Sinne Nächstenliebe zu üben? Richtet nicht!*
> *In meinen Augen ist die Selbstgefälligkeit von Frauen, die nie in Versuchung geraten sind und daher nichts von den Versuchungen wissen, denen andere Seelen ausgesetzt sind, und die sich selbst auf den Sockel ihrer Verblendung und ihrer eingebildeten Tugend stellen und ihre unglücklichen Schwestern ohne Unterschied ver-*

urteilen, das Schlimmste, was es auf Erden gibt. Wenn wir Frauen, die wir geliebt und beschützt sind, jenen vom Schicksal weniger begünstigten unseres Geschlechts helfen würden, sich selbst zu helfen (und das gelingt nicht, wenn wir die Keule schwingen oder uns unter dem Deckmantel empörter Unschuld in Drachen verwandeln), wäre das Leben für uns alle angenehmer und reiner, und wir wären des Glücks ein wenig würdiger.

... Diese Moralisten, aufgeblasen und verformt von ihrem Wissen, diese oder jene bestimmte Sünde nicht begangen zu haben, die nichts Eiligeres zu tun haben, als den Namen eines Toten in den Schmutz zu ziehen, von dem sie selbst nur mit wohligem Schauder hören können – für diese armen Seelen ist ein Skandal und das Werfen von Schmutz – und Steinen – ein wahres Lebenselixier. Sie bewegen das auf der Zunge wie einen Leckerbissen, wie Wein, der ihnen die größten Genüsse schenkt! Möge Gott denen gnädig sein, die ihren Nächsten nicht lieben; sie sind bedauernswerte Geschöpfe!

Sie wundern sich, wie ich erwarten kann, dass jemand Miss Lyon die Last mit ihren Kindern lindern möchte – ich wundere mich, dass Menschen die Sünden der Eltern an deren unschuldigen kleinen Kindern rächen wollen – Wenn die Menschheit Selbstachtung finden kann, indem sie ihren Abscheu vor Sünde beweist (und wie können wir über die Gebote Gottes urteilen – nach staatlichen Gesetzen oder denen unserer theologischen Brüder?) –, indem sie diesen Kindern Brot und Obdach verweigern – und den Trost, den sie sonst aus der Gewissheit ziehen würden, dass ihre eigenen Eltern sie satt und warm halten – ich habe diese Kinder fünf Monate in meinem Haus und mit meinem Namen beschützt – und wenn die ganze Welt sich gegen diese Kleinen vereint, ich werde sie weiter beschützen & Gott wird mir helfen.

Als ob die böse Geschichte ihrer Freunde sie nicht schon genug belastet hätte, versetzte sie auch noch Cranes rätselhaftes Schweigen zunehmend in Unruhe. Am 16. September (vier Tage nach Frederics Schlaganfall) hatte er ihr gekabelt, der Puerto-Rico-Feldzug sei abgeschlossen und er selbst sei sicher in Key West angekommen; danach ließ er wochenlang nichts von sich hören. Falls er ihr (was sehr wahrscheinlich ist) aus seiner Pension in Havanna geschrieben hat, muss die spanisch sprechende Person, die die Briefe für ihn auf die Post geben sollte, sie weggeworfen haben. Und da Cora nicht wusste, wo er war, konnte sie selbst sich auch nicht bei ihm melden.

Ein Monat verging ohne jede Nachricht. Am 22. September kam ein Artikel, der am 10. September in der *Florida Times-Union* erschienen war, bei Cora in England an, und spätestens nachdem sie die Schlagzeile verdaut und den ersten Absatz gelesen hatte, muss sie in helle Panik geraten sein.

> STEPHEN CRANE VERMISST
> Stephen Crane, Schriftsteller und Mitarbeiter des Journal, der vor etwa zehn Tagen als Tabakhändler nach Havanna kam und im Hotel Pasaje abstieg, ist verschwunden. Seine Freunde sorgen sich um seine Sicherheit. Vor seinem Verschwinden war er tagelang von der Polizei beschattet worden.

Es spielt keine Rolle, dass es sich um eine Falschmeldung handelte, um reine Spekulation, nachdem Crane das ursprünglich bezogene Hotel verlassen hatte und in eine preisgünstigere Pension in einem anderen Teil der Stadt gezogen war. Das Schlachten war vorbei, es gab nichts mehr zu berichten, und das *Journal* hatte sein festes Angestelltenverhältnis hinterrücks aufgelöst; er schrieb in Havanna zwar weiterhin für die Zeitung, jetzt aber als freier Mitarbeiter, der nur noch pro Artikel bezahlt wurde und kein Spesenkonto mehr hatte, von dem er sich ein kostspieliges Hotel hätte leisten können. In seinem weiteren Umfeld wusste man offenbar nichts davon, und als Crane plötzlich von der Bildfläche verschwand, nahm man an, die Polizei habe ihn geschnappt.

Falsch. Aber das konnte Cora nicht wissen, sie musste davon ausgehen, dass Crane tatsächlich verschwunden war. In ihrer Verzweiflung gab der Zeitungsbericht ihr immerhin einen möglichen Anhaltspunkt, und in der Annahme, Crane sei nach Havanna gegangen und vielleicht immer noch dort, machte sie sich ans Werk, ihn aufzustöbern.

Sie begann mit ihrer Suche an höchster Stelle und schrieb am 24. September als Erstes an John Hay[111], den amerikanischen Außenminister, der bis vor kurzem als Botschafter in Großbritannien gearbeitet hatte und mit Crane nicht nur befreundet, sondern auch ein begeisterter Leser seiner Bücher war. «Ich weiß, Sie sind mit meinem Mann, Stephen Crane, persönlich befreundet», fing Cora an, gab dann eine kurze Zusammenfassung der Tatsachen aus ihrer Sicht und erklärte schließlich: «Ich weiß vor Kummer und Sorge nicht mehr ein noch aus. Ich bin mir sicher, Sie werden den Präsidenten persönlich bitten, die amerikanische Verwaltung anzuweisen, von der Polizei von Havanna die Freilassung Mr. Cranes zu verlangen.»

Am nächsten Tag kontaktierte sie drei weitere Leute; brieflich und telegraphisch wandte sie sich an den amerikanischen Kriegsminister Russell A. Alger, brieflich an Cranes Agenten Reynolds, der mittlerweile von Coras Existenz wusste, und telegraphisch an William Crane, der noch nichts davon wusste. Cora hatte das

■ 111 Im Frühjahr hatte Crane Heinemann gebeten, der Familie Hay *The Open Boat and Other Stories* zu schicken. Helen Hay (eine Tochter) dankte ihm schriftlich und erzählte, ihr Vater habe gesagt, eine der Erzählungen («A Man and Some Others») «habe sein Leben zehnmal so lebenswert gemacht!».

Versteckspiel eineinhalb Jahre lang mitgemacht, aber jetzt, da der kleine Bruder des Mannes in Gefahr war, hielt sie es für ihre Pflicht, ihn davon in Kenntnis zu setzen. Sollte es ihn schockieren, dass sein kleiner Bruder mit einer Frau zusammenlebte, war das sein Problem, nicht ihres. Es ging um einen Notfall, die Sache war zu dringend für weitere Heucheleien. Wenn der große Bruder ein Herz im Leibe hatte, würde er den Schock bald überwunden haben.

Die Kontaktaufnahme mit Alger erwies sich als besonders wirkungsvoll, hatte sie ihm doch nicht nur die allgemeine Situation erklärt, sondern ihn auch ausdrücklich gebeten, die amerikanischen Behörden in Havanna mit der Untersuchung der Angelegenheit zu beauftragen, womit ein langsamer, bürokratischer Prozess in Gang gesetzt wurde, von dem schließlich auch Major General J. F. Wade erfuhr, der für den Abtransport der Amerikaner aus Kuba zuständig war, und einige Wochen nach Coras Schreiben gelang es dem General tatsächlich, der Sache auf den Grund zu gehen. Unterdessen hatte Cora bereits erfahren, dass ihr Mann am Leben und nicht in einem spanischen Kerker vermodert war, doch erst Wades Einschreiten veranlasste Crane, sein langes Schweigen zu brechen, und etwas später, gegen Ende des Jahres, fungierte der General als Mittelsmann, über den das Geld geschickt wurde, mit dem Crane die Rückfahrt nach England bezahlen konnte.

Auch Coras Brief vom 25. September an Reynolds ist ein Hilferuf, nicht nur eine Bitte, Crane aufzuspüren, sondern auch um Hilfe in ihrer finanziellen Not, die sich in den vergangenen Monaten so sehr verschärft hatte, dass sie ernsthaft um ihr Leben fürchtete.

Zunächst fasst sie für Reynolds den Artikel aus Florida zusammen, dann kommt sie zur Sache:

> *Ich bin in äußerster Bedrängnis, weil ich durch das hiesige Journal-Büro einfach nichts in Erfahrung bringen kann. Mr. Cranes Angelegenheiten hier müssen geregelt werden. Ich bin*

in großer finanzieller Not. Und ich fürchte, wir verlieren unser Haus ... wenn ich kein Geld bekomme, um ein paar drückende Schulden zu begleichen [sie hatte Mahnschreiben von örtlichen Lebensmittelhändlern erhalten]. Das Journal benimmt sich sehr schäbig ... Wenn Sie Geld eintreiben können, das Mr. Crane zusteht, kabeln Sie es mir bitte unverzüglich. Dieses Gefühl der Hilflosigkeit in einem fremden Land und meine Sorgen um Mr. Crane bringen mich noch um den Verstand. Bitte nutzen Sie Ihren Einfluss bei Mr. Hearst. Er darf doch nicht zulassen, dass ein Mann wie Mr. Crane über drei Wochen lang vermisst wird, ohne dass etwas geschieht, ihn zu finden. Und wenn er zulässt, dass Stephen Cranes Frau aus ihrem Haus vertrieben wird, während Stephen sich in seinen Diensten in Lebensgefahr begibt, habe ich Mr. Creelman versichert, dass ich jeden Korrespondenten in London davon in Kenntnis setzen werde.

Ihr Nachbar Robert Barr (1850–1912), seit ihrem Umzug nach Oxted ein guter Freund der Cranes, erklärte sich bereit, Cora an beiden Fronten zu helfen: bei der Suche nach Crane und bei der Begleichung ihrer Schulden. Am 27. schreibt er ihr, die Hearst-Presse habe ihr Londoner Büro telegraphisch benachrichtigt, Crane sei in einer Pension in Havanna untergetaucht, und einem Gespräch mit Creelman zufolge könne man ziemlich sicher davon ausgehen, dass «Crane zumindest einige Ihrer Briefe erhalten hat». Wenn dem so sei, schreibt er – und er habe keinen Grund, etwas anderes anzunehmen –, «würde ich nicht zögern, schwarz auf weiß niederzuschreiben, was ich von Stephen Crane halte. Wenn er nicht verschwunden ist und wenn er Geld für sich selbst genommen und Ihnen nichts abgegeben hat, dann ist dieser Artikel in der Zeitung aus Florida ein abgekartetes Spiel, und er hat nicht die Absicht, zurückzukommen.» Barr, der Crane liebte und bewunderte, der nur wenige Monate später öffentlich erklärte, er halte ihn für das «wahrscheinlich größte Genie, das Amerika seit Edgar Allan Poe hervorgebracht» habe, war vom Verhalten seines Freundes so angewidert, dass er seinen Zorn kaum bändigen konnte, und dennoch bietet er Cora an: «Wenn Sie es unter diesen Umständen noch für sinnvoll halten, einem solchen Mann nachzulaufen, müssen wir über Mittel und Wege nachdenken, wie wir das anstellen wollen.» Sodann entwirft er einen raffinierten Plan, wie man die Atlantic Transport Line dazu bringen könnte, Cora für eine Überfahrt nach Kuba Zahlungsaufschub zu gewähren, sodass sie selbst sich nach Crane umsehen und ihn nach England zurückbringen könnte. Wie es aussieht, hat Cora tatsächlich mit dem Gedanken gespielt, dann aber in letzter Minute davon Abstand genommen, zweifellos um den Skandal zu vermeiden, zu dem es kommen würde, falls sie Crane mit einer anderen Frau anträfe. Eine gute Entscheidung. Die SS *Mohegan*, das Schiff, das sie am 13. Oktober genommen hätte, fuhr pünktlich ab, stieß einen Tag später auf ein Riff und sank.

Noch eine Episode aus der unendlichen Chronik des *unwirklich Wirklichen*.

Von Reynolds bekam sie eine Postkarte, die sie am 29. beantwortete. Sie klingt sehr erleichtert und schreibt von ihrer «äußersten Bedrängnis» wegen des Zeitungsartikels aus Florida in der Vergangenheitsform, weiß sie jetzt doch, dass der Agent mit ihrem Mann Verbindung aufgenommen hat, und bittet ihn, ihr mitzuteilen, «ob Mr. Crane meine Briefe bekommt und wo er sich aufhält, wenn Sie dieses Schreiben erhalten». Man beachte ihren höflichen Ton, denn dass sie ihn überhaupt um diesen Gefallen bitten konnte, setzt voraus, sie war sich nahezu sicher, dass Reynolds Cranes Adresse kannte, und doch verlangt sie nicht die Herausgabe dieser Information, sondern bittet lediglich darum, so ruhig und bescheiden, dass die eigentliche Bitte allenfalls zu erahnen ist. An dieser Zurückhaltung erkennt man, in welch heikler Lage sie sich befand. Sie balancierte auf einem Drahtseil, und die Umstände zwangen sie, von einem Ende zum anderen zu laufen, ohne abzustürzen und sich den Hals zu brechen. Wenn sie schwieg, würde sie stürzen. Wenn sie nicht schwieg und sich wie eine empörte, rachsüchtige Ehefrau aufführte, würde sie noch schwerer stürzen. Sie wollte Crane nach England zurückholen, er aber käme nur, wenn er das wollte, und da sie Reynolds nicht gut genug kannte, sich darauf verlassen zu können, dass er Crane nicht – womöglich noch dramatisierend – erzählte, sie habe schlankweg die Herausgabe seiner Adresse verlangt, äußerte sie ihre schlichte Bitte so unterwürfig wie möglich und blieb so mit beiden Füßen fest auf dem Seil.

Nachdem sie den gewaltigen Schrecken überstanden hatte, war sie jetzt praktisch wieder da, wo sie vor einer Woche gewesen war. Crane schwieg noch immer, und sie wusste noch immer nicht, wie sie ihn erreichen konnte – aber zumindest wusste sie, dass er sich irgendwo in Havanna versteckt hielt, an einem abgelegenen Ort, so finster wie die dunkle Seite des Mondes, wo mit *Pension* zweifellos ein *Bordell* umschrieben wurde, genau wie in den alten Zeiten von Jacksonville und Ethel Dreme.

Irgendwann in der ersten Oktoberhälfte besuchte sie zusammen mit Mrs. Ruedy die Conrads in Stanford-le-Hope. Freundlich empfangen von der jungen, verständnisvollen Jessie und dem unverbrüchlich treuen Conrad (der jetzt ein Foto von Crane auf dem Schreibtisch stehen hatte), machte die herzliche Atmosphäre ihr Mut, sich den beiden zu öffnen. Jessie schreibt in ihren Aufzeichnungen, der Besuch sei «von ihrer sehr begründeten Sorge um Cranes Verbleib getrübt gewesen, zudem quälte sie die eifersüchtige Befürchtung, er könnte eine andere Frau kennengelernt haben. Vergebens sprach ich ihr von meiner felsenfesten Überzeugung, dass Stephen sehr an ihr hänge und dass er an sie denken werde, sobald er eine Möglichkeit sehe, ihr einen Brief zukommen zu lassen.»

Als Cora nach Oxted zurückkam, wartete dieser Brief (in Form eines Telegramms) bereits auf sie. Darin entschuldigte Crane sich nicht, sondern gab ihr eine Erklärung oder zumindest Beschreibung dessen, was der Verschollene in Havanna trieb: unermüdlich schreiben und schreiben, um seine Schulden abzuzahlen und das Geld für die Rückreise nach England zusammenzubekommen. So unzulänglich die Nachricht aus menschlicher Perspektive sein mochte, gab Cora sich, was den praktischen Aspekt betraf, damit zufrieden; denn anders als die meisten Frauen, die ähnlicher Vernachlässigung ausgesetzt sind, hatte sie sich längst entschieden, Crane ohne ein Wort des Vorwurfs zu verzeihen – solange er bereit war, aus freien Stücken zu ihr zurückzukommen. Das Telegramm lieferte ihr den Beweis, er war dazu bereit, und zum ersten Mal nach zwei Monaten schlug ihr Herz wieder halbwegs normal.

Erst das Telegramm mit der guten Nachricht, und dann, nur wenige Tage später, die schlimme Nachricht von Harold Frederics Tod, gefolgt von der quälenden Untersuchung vor Gericht, zeitgleich mit Coras hilflosen Versuchen, sich aus ihren finanziellen Schwierigkeiten zu befreien. Außer ihrer Freundin Kate war Geld jetzt das Einzige, worum sie sich kümmerte, sie brauchte Geld, um sich bis zu Cranes Rückkehr über Wasser zu halten, und noch mehr Geld, um seine Rückkehr zu beschleunigen, eine doppelte Anstrengung, die in diesem Herbst und Frühwinter fast ihre ganze Zeit in Anspruch nahm, ganz davon abgesehen, dass sie und Scott Stokes in diesen Wochen auch noch Geld für die Unterstützung von Kates Kindern heranzuschaffen versuchten.

Als Barr sich Ende September der drohenden Klage der Lebensmittelhändler annahm, erfuhr er von dem Gerücht im Dorf, Cora beabsichtige, das Land zu verlassen (was sogar stimmte – zumindest bis sie die Fahrt nach Havanna absagte). Er schlug vor, sie solle selbst mit den beiden reden und ihnen versichern, dass sie nirgendwohin gehen werde. Anscheinend folgte Cora seinem Rat, jedenfalls wurde sie nicht vor Gericht zitiert, verlor nicht ihr Haus und kam in ihren Briefen nicht mehr auf das Problem zu sprechen. Eine Gefahr war aus dem Weg geräumt, doch als sie sich der schwierigeren Aufgabe zuwandte, für sich selbst eine neue Einkommensquelle aufzutun, stolperte sie in unvertrautes Gelände und verlor bald die Orientierung. Ständig erreichten sie Anfragen von Lektoren, die etwas von Crane veröffentlichen wollten, und statt abzuwarten, bis er sich darum kümmern konnte, nahm Cora treuherzig an, sie könne das ebenso gut selbst entscheiden. Bis dahin hatte Scott Stokes als inoffizieller Agent für Cranes literarische Angelegenheiten in England agiert, aber dann nahmen seine Pflichten als Frederics Nachlassverwalter ihn allzu sehr in Anspruch, und er gab dieses Amt auf. Vor kurzem war James B. Pinker, ein ausgezeichneter junger britischer Agent, für Crane tätig geworden, und auch wenn er es Cora gegenüber nie an Freundlichkeit fehlen ließ, mischte sie sich immer wieder in Verhandlungen ein, die er selbst bereits führte, und trat ihm unabsichtlich auf die Füße; zum Beispiel bat sie einmal einen Verleger um fünfundsiebzig Pfund Vorschuss für einen noch ungeschriebenen Roman, nachdem Pinker ihn längst überredet hatte, hundert zu zahlen. Mit einem Wort, sie war hoffnungslos überfordert, und am Ende blieben die erhofften Einnahmen aus.

Im Dezember sah sie die Vergeblichkeit ihrer Bemühungen während der letzten Monate endlich ein und notierte in ihrem Tagebuch: «Meine Briefe sind eine einzige tintentriefende Heulerei!»

Mehr Glück hatte sie mit ihren Versuchen, bei Freunden das Geld für Cranes Rückfahrt nach England zusammenzubringen. Und keiner von diesen Freunden gab sich mehr Mühe als Conrad, der Coras Hilferuf am 28. Oktober mit einem Brief beantwortete, aus dem man schließen konnte, er habe bereits einen Plan.

Nur in aller Eile ein Wort, Dir zu sagen, ich werde versuchen zu tun, was ich kann. Aber mach Dir keine großen Hoffnungen. Die Chancen stehen sehr schlecht – aber es ist das Einzige, was mir einfällt. In was für Schwierigkeiten steckt Stephen denn eigentlich genau? Du machst mich sehr besorgt. Bist Du sicher, *Du kannst ihn zurückholen? Wohlgemerkt, ich zweifle nicht an Deiner Macht über ihn, aber da ich nichts Genaues weiß, kann ich nicht beurteilen, ob sich das durchführen lässt. Fest steht nur, Stephens Rückkehr nach England wäre die* Rettung.

Wird er kommen? Kann *er kommen? Ich tappe vollständig im Dunkeln ...*

Jess wird Dir morgen schreiben. Ich werde Dich bald wissenlassen (hoffentlich), ob mein Plan aufgegangen ist.

Drei Tage später teilt er ihr mit, er habe David Meldrum von Blackwood (der die sechzig Pfund für Cranes Überfahrt nach Kuba zur Verfügung gestellt hatte) gebeten, ihr weitere fünfzig Pfund zu leihen, und vorgeschlagen, als Sicherheit Cranes Werke zu akzeptieren, oder Coras Möbel (vorausgesetzt, sie könne mit einem Kaufvertrag beweisen, dass ihr die Sachen gehören – was man bezweifeln darf), oder notfalls Conrads eigene künftige Arbeiten, «was auch immer das bringen mag». Wieder zwei Tage später berichtet er ihr von Meldrums ausweichender, hinhaltender Antwort; jedoch habe der Redakteur von *Blackwood's Magazine* versprochen, jemand anderen, den Londoner Verleger John Macqueen, zu fragen, ob er das Geld vorschießen wolle. Wie abzusehen, wurde daraus nichts, und nachdem Meldrum und «dieser erbärmliche Macqueen» von seiner Liste potenzieller Wohltäter gestrichen waren, fiel Conrad nichts mehr ein, was er noch tun könnte. Er war gescheitert, aber andere Freunde arbeiteten ebenfalls an einer Lösung, und als Scott Stokes sich an Sidney Pawling von Heinemann wandte, waren die fünfzig Pfund wie von Zauberhand plötzlich da. Die Sache kam in Gang, und wenig später traf der Betrag telegraphisch bei General Wade in Havanna ein. Conrad an Cora, 4. Dezember: «Ich bin ungeheuer erleichtert, dass es Dir auf anderen Wegen gelungen ist. Meinst Du,

Stephen wird vor Weihnachten wieder in England sein? ... Ah!, was bin ich erleichtert.»

Ende Dezember schrieb Cora an ihren künftigen Vermieter Moreton Frewen von ihren Vorbereitungen auf den Umzug nach Brede Place und fügte hinzu:

> *Die Schrecken der vergangenen Monate gehen zu Ende. Mr. Crane ist jetzt geschäftlich in New York und tritt Samstag in einer Woche die Rückreise an.*
> *Ich habe über dreihundert auserlesene Rosenstöcke nach Brede geschickt. Einen, der von einem sehr bekannten Schriftsteller okuliert wurde [Ford Madox Ford], habe ich vor dem Haus einpflanzen lassen.*

Sie schmückte das Haus für die Rückkehr des ausgeflogenen Prinzen – egal was es kostete, mitten im tiefsten Winter dreihundert Rosenstöcke pflanzen zu lassen. Nichts sollte den Glanz seiner Heimkehr beeinträchtigen. Sie bezogen immerhin ein Schloss, und wenn sie sich erst richtig eingelebt hätten, würden die Rosen wieder blühen.

5

Der Krieg war vorbei, doch bis nach der Unterzeichnung des Friedensvertrags am 10. Dezember amerikanische Truppen am ersten Tag des neuen Jahres offiziell die Kontrolle übernahmen, galt Havanna als Sperrgebiet. Noch hatten Armee und Verwaltung der Spanier das Sagen, kubanische Rebellen hatten keinen Zutritt, und ausländische Journalisten unterlagen einer strengen Zensur durch die örtlichen Behörden und konnten unter Umständen sogar festgenommen werden. Nahrungsmittel waren knapp, Geschäfte, Bars, Lebensmittelhändler und Restaurants nahmen Wucherpreise, die hygienischen Zustände waren katastrophal. In einem hastig niedergeschriebenen, unvollendeten Entwurf für einen Artikel nennt Crane die Handvoll Amerikaner in Havanna einen «unverbesserlichen wilden Haufen von Zeitungsreportern, Viehhändlern, Spielern, Spekulanten und Handelsvertretern, die hier gelebt haben, wie es ihnen gefiel, unbekümmert, unbehindert, nach Lust und Laune umherreisend, ohne sich um Gelbfieber oder irgendwelche andere Schrecken der Tropen zu kümmern». Havanna lag darnieder, eine noch nicht vollständig eroberte Stadt zwischen Vergangenheit und Zukunft, gelähmt im Chaos der Gegenwart. Gab es ein angemesseneres Versteck für einen Mann, der ähnlich zwischen Vergangenheit und Zukunft eingeklemmt war? Havanna war die Hauptstadt des Präsens, und Crane hing dort nicht nur fest, er war auch noch krank, mutlos und so gut wie pleite.

Darüber, wie es ihm in diesen vier Monaten erging, weiß man nur wenig. Abgesehen von den Sachen, die er in der Zeit geschrieben hat (die letzten Gedichte für *War Is Kind*, siebzehn Artikel über die Zustände in Havanna für das *Journal*, «The Price of the Harness», «Marines Signaling Under Fire at Guantanamo» und zwei andere Erzählungen, die in Kuba spielen), haben wir nur die Lebenserinnerungen zweier amerikanischer Reporterkollegen und Cranes Briefe an Reynolds. Sein Agent war der Einzige, mit dem er einigermaßen regelmäßig Kontakt zur Außenwelt hielt, jedoch liefern die Briefe außer manchen Einzelheiten darüber, was er wann geschrieben hatte – und etlichen Tiraden über seine Geldprobleme –, absolut keinen Hinweis darauf, was während dieser am Ende doch recht langen Zeit in Crane vorging – zumal wenn man bedenkt, wie wenig Zeit ihm noch blieb.

Walter Parker vom *New Orleans Times-Democrat* war einer der zwei Augenzeugen, die ihn während dieser unheimlichen Übergangsphase vor dem Abzug der Spanier in Havanna erlebt hatten. Zweiundvierzig Jahre danach erzählt Parker in einem Artikel, dass Crane, als er noch im Hotel Pasaje wohnte, oft ein paar Häuser weiter in der American Bar anzutreffen war, der Stammkneipe der Korrespondenten, wo die Reporter gegen zehn Uhr vormittags zusammenkamen und bis zehn Uhr abends blieben, «oder bis Krawalle ausbrachen». Crane tauchte immer als Letzter auf. Er trank nichts als «Tropenbier» (viele Flaschen Tropenbier), «war nie in Eile ... immer ziemlich zurückgezogen» und oft so knapp bei Kasse, dass die anderen für ihn zusammenlegen mussten. Woran sich aber niemand zu stören schien, was Parker damit erklärt, dass Crane wegen seiner «Kontakte zu kubanischen Revolutionären», bei denen er seit seinen Filibusteraktionen Ende 96 und Anfang 97 in hohem Ansehen stand, für seine Kollegen sehr wertvoll gewesen sei. Insbesondere einer der Aufständischen aus dem «inneren Kreis der kubanischen Revolution», der Crane sein Leben verdankte – Crane hatte ihn beim Untergang der *Commodore* vor dem Ertrinken gerettet –, fühlte sich, schreibt Parker, so sehr in Cranes Schuld, dass er «jedes Mal, wenn sie sich trafen, auf die Knie fiel und seine Hand oder den Saum seines Mantels küsste».

Die Rebellen durften Havanna nicht betreten, schlichen sich aber dennoch hinein, und in dieser auf den Kopf gestellten Stadt, in der die Sieger Ausgestoßene waren und die Besiegten noch das Sagen hatten, legten die Kubaner es geradezu darauf an, sich in den von Spaniern besuchten Restaurants blickenzulassen, wo es dann unweigerlich zu lautstarken Auseinandersetzungen und wüsten Beschimpfungen zwischen den beiden Gruppen kam – freilich nur, wenn beide Seiten friedlicher Stimmung waren, aber es gab auch andere Abende, und dann arteten Wortgefechte auch schon mal in wilde Schießereien aus. Einmal, nachdem das Hotel Inglaterra bei einer blutigen Massenprügelei verwüstet und mehrere Männer erschossen worden waren, gerieten Crane und Parker in eine heikle Lage, als sie sich in einem Café mit einem kubanischen Offizier in Zivil unterhielten und ein spanischer Offizier sich ungefragt zu ihnen an den Tisch setzte. Kaum saß er, begann er den Kubaner und seine idiotische, ruchlose Revolution zu beschimpfen, worauf der Kubaner blitzschnell nach seiner Pistole griff. Wäre Crane nicht eingeschritten, wer weiß, ob der Mann nicht geschossen hätte, aber Crane, der kein Wort Spanisch sprach, redete mit seinem bisschen Französisch auf den Kubaner ein, bis der sich beruhigt hatte.

Ein Toter weniger, aber Parker erwähnt auch einen anderen Abend, an dem Crane eine Schlägerei verhindern wollte und die Geschichte nicht so gut ausging.

Der Freund von der *Commodore* hatte Crane und Parker zu einer illegalen Benefiz-Tanzveranstaltung für die kubanische Sache eingeladen, und «weil wir nicht wussten, was wir sonst mit ihm anfangen sollten», nahmen sie einen Kollegen Parkers mit, der gerade aus New Orleans nach Havanna gekommen war und sich den ganzen Tag über in der American Bar mit Brandy betäubt hatte.

> In der Mitte des Raums waren zwei Reihen Stühle aufgestellt, Lehne an Lehne. Unserer Gruppe wurden Sitze in einer Reihe zugewiesen. Cranes kubanischer Freund und dessen Geliebte, ein sehr schönes Mädchen, saßen in der Reihe hinter uns. Unser bezechter Begleiter kippelte auf seinem Stuhl und schlug dabei an die Lehne des Stuhls der jungen Dame. Sie beklagte sich über die Störung.
>
> Sogleich sprang der Kubaner auf, Messer in der Hand, und ging auf den Störenfried los, um ihm das Messer ins Herz zu bohren.
>
> Crane warf sich dazwischen und packte die scharfe

Klinge mit der Rechten. Der Kubaner sank auf die Knie und küsste den Saum von Cranes Mantel. Cranes Hand blutete. Er wickelte sie in ein Taschentuch und schob sie in die Manteltasche. Wir baten die Dame um Verzeihung und gingen.

Am nächsten Tag verfrachteten wir den Übeltäter in die Vereinigten Staaten. Havanna war in diesen Tagen kein Platz für ihn.

Crane ließ sich am Vormittag nicht wie üblich blicken. Die Tür seines Hotelzimmers war verschlossen, und er reagierte nicht auf unser Klopfen. Später kletterten wir über die Brüstung und trafen Crane mit hohem Fieber an, bewusstlos und mit einer klaffenden Wunde in der Hand. Der Kubaner holte einen Arzt, der die Wunde versorgte Es dauerte viele Tage, bis Cranes Hand vollständig geheilt war. Auch dann noch behielt er sie die meiste Zeit in der Tasche, als wollte er sie verstecken.

Nach dem Vorfall war er nicht mehr derselbe, noch zurückgezogener und nicht mehr so regelmäßig an den Vormittagen mit uns zusammen.

[Am Ende] zog er sich vollständig zurück.

Hohes Fieber, die rechte Hand (seine Schreibhand) böse entzündet, mit den einschlägigen Begleitsymptomen, und das alles als zusätzliche Last für einen bereits arg mitgenommenen, geschwächten Körper. Zu schweigen von dem Verdruss, der aus alldem folgte, nur weil dieser betrunkene Idiot zu der Tanzveranstaltung mitkommen durfte, aber dass Crane sich, wie Parker bemerkt, «vollständig zurückzog», hatte nicht nur mit diesen persönlichen Widrigkeiten zu tun. Es gab auch praktische Gründe, und Crane tauchte erst richtig unter, nachdem er erfahren hatte, dass das *Journal* ihm seine Spesen nicht mehr ersetzen wollte, ein Schlag, nicht weniger verhängnisvoll als die Messerwunde in seiner Hand.

Er war nach Havanna gegangen, um seine Schulden abzuarbeiten, und jetzt hatte er noch mehr Schulden, weil die Zeitung sich weigerte, seine Ausgaben im Hotel Pasaje zu übernehmen, wo er seit drei Wochen ein Zimmer bewohnte. Das Haus war teuer, eins der besten Hotels in Havanna, und plötzlich sollte er die Rechnung bezahlen – mit Geld, das er nicht hatte. Zwar arbeitete er immer noch für das *Journal*, aber nicht mehr als Angestellter, und wurde mit einem Minimallohn von zwanzig Dollar pro Artikel abgespeist, die ihm vermutlich noch nicht einmal ausgezahlt, sondern zur Begleichung seiner Schulden im Pasaje verwendet wurden – was die Rechnung in so winzigen Schritten schrumpfen ließ, dass er das Gefühl haben musste, nie mehr aus dieser Falle zu kommen. «Ich kann es mir schlichtweg nicht leisten, für zwanzig Dollar pro Kolumne zu arbeiten», beklagte er sich in einem Brief an Reynolds, und drei Briefe später, an seinem siebenundzwanzigsten Geburtstag: «Ich schufte wie ein Hund. Wann – oh wann – werde ich ein wenig Geld haben? Wenn Sie meine Armut mit eigenen Augen sehen könnten!»

Irgendwann zwischen dem 6. und 8. September zog er in eine Pension; die Betreiberin, eine Irin namens Mary Horan, lebte schon seit Jahren in Havanna. Dreizehn Monate später beendete Crane die letzte seiner kubanischen Kriegserzählungen, «This Majestic Lie», in der eine nach seiner Vermieterin gestaltete Figur so beschrieben wird: «Geboren in Irland, aufgewachsen in New York, fünfzehn Jahre mit einem spanischen Kapitän verheiratet, jetzt Witwe, die ihr Haus an Kubaner vermietet hatte, die die Miete nicht bezahlen konnten.» Ob es sich mit Mary Horan tatsächlich so verhielt, sei dahingestellt, auf jeden Fall hat Crane über drei Monate lang in ihrem Haus gewohnt, womöglich als ihr einziger Mieter, wer weiß, und als die Wunde verheilt war und er wieder einen Stift halten konnte, legte er los und schuftete «wie ein Hund», und Mary Horan hatte ein Auge auf ihn und sorgte dafür, dass er nicht zu essen vergaß.

Helen R. Crane, die von ihrem Onkel, als er auf dem Rückweg nach England in New York Station machte, persönlich von diesen Monaten hörte, hat einige interessante Einzelheiten zu Mrs. Horans Methode mitzuteilen, was Nahrungsaufnahme und körperliche Ertüchtigung anging:

> Mary missbilligte sein stundenlanges Arbeiten und kam regelmäßig mit einem großen Essenstablett zu ihm herein. «Ich will nicht essen, bitte gehen Sie.» «Gehen Sie, von wegen! Sie essen das jetzt, und wenn ich Sie Löffel für Löffel füttern muss!» Und Stephen aß. Sie brachte ihn auch dazu, jeden Abend um elf einen Spaziergang zu machen. Sie kam in sein Zimmer, zog den Stuhl unter ihm weg und scheuchte ihn unter Körpereinsatz auf die Straße hinaus.

Crane verkroch sich also in Mary Horans Pension und arbeitete ... und dann arbeitete er. Ein Artikel nach dem anderen für lächerliche zwanzig Dollar pro Stück, eine Flut neuer Gedichte und vier Kurzgeschichten, die an Reynolds geschickt wurden, kaum dass die Tinte getrocknet war. Die Geschichten sind alle gut, aber die zweite, «The Price of the Harness» (abgeschickt am 27. September, am selben Tag, an dem Robert Barr an Cora schrieb und seiner Empörung über den Schweiger in Havanna Luft machte), ist ein Meisterwerk, eine Erzählung, die Conrad für «großartig» hielt und ihn veranlasste, Cora zu sagen: «Er wird erwachsen. Er wird vielfältiger. Er hat mehr Atem und mehr Substanz ... Das ist Stephen, wie er leibt und lebt – und noch etwas mehr. Das Stück ist wahrhafte Kunst.»

Was das irdischere Thema Geld anging, konnte Crane mit «The Price of the Harness» Blackwood die sechzig Pfund zurückzahlen, die man ihm im April geliehen hatte – damals gewiss erfreulich, im Rückblick aber ein weiteres Beispiel für den fürchterlichen Tauschhandel zwischen Kunst und Leben, an den Conrad immer wieder denken musste, wenn er sich in den Jahren zwischen Cranes Tod und seinem eigenen an diese Geschichte erinnerte – und an den Pakt, der Crane zwang, das Geld zurückzuzahlen, indem er Worte aus einem Körper presste, den die aufreibende Suche nach eben diesen Worten längst zerstört hatte.

Der Titel bezieht sich auf die Opfer, die den Soldaten der regulären Armee abverlangt wurden, auf den «Preis», wie Crane Reynolds schrieb, «den Männer dafür bezahlten, dass sie den militärischen Harnisch trugen, Uncle Sams militärischen Harnisch; sie bezahlten mit Blut, Hunger und Fieber». Anknüpfend an seine Bemerkungen über den fiktiven, prototypischen Berufssoldaten in seinem letzten Artikel für die *World*, «Regulars Get No Glory», holt Crane seinen Gefreiten Jimmie Nolan und drei andere Gefreite, Jack Martin, Billie Grierson und Ike Watkins, ins wirkliche Leben und schickt sie in den Angriff auf die Festung San Juan bei Santiago. Am Ende bekommt einer eine Kugel in den Arm, ein anderer zieht sich Gelbfieber zu, zwei fallen im Kampf.

Die siebzehn Seiten lange Erzählung schreitet mit unaufhaltsamer Wucht voran, ein lakonischer Satz nach dem anderen schildert die vier Protagonisten bei ihrem Tun als gemeine Fußsoldaten; sie kämpfen sich durch den Dschungel einen Berg hinauf, müssen am ersten Abend ohne Verpflegung auskommen und werden dann in die Schlacht geworfen – das alles erzählt mit Cranes gewohnter Vorliebe für visuelle und sensorische Details, aber nüchtern und sachlich, ohne jede sprachliche Ausschmückung oder gedankliche Betrachtungen. Die Männer sind Teil einer Maschine, und sie nehmen ihre Rolle an, gleichgültig gegen die Gefahren, die ihnen drohen, und als die Schlacht beginnt, «kam zum Stottern der Mehrladebüchsen der Hintergrundchor des Klickmechanismus, so regelmäßig und rapide, als läge das alles in der Hand eines Einzigen. Man denkt dabei unwillkürlich an einen Webstuhl, einen gigantischen stählernen Webstuhl, der klickend und klackend, surrend und sirrend ein Gespinst aus dünnen roten Fäden webt, das Gewebe des Todes.» Die Männer sind darauf vorbereitet, «und die ganze lange Ausbildung an den Schießständen, der ganze Stolz des Schützen, der so lange in ihnen lebendig war, vertrieb alles andere als Schießen aus ihren Gedanken. Sie arbeiteten so bedächtig und sorgfältig wie Uhrmacher.»

Nolan ist in seinem Element, stolz, dabei zu sein, denn das Regiment und die Armee sind «sein Leben», und er ist voller Bewunderung für den Mut seiner Kameraden.

> Sie waren auf halber Höhe des schönen Waldhangs; kein Feind war zu sehen, und doch hagelte es Kugeln. Jemand schlug ihm kräftig in den Bauch. Schwerfällig wollte er sich hinlegen und ausruhen, aber er brach einfach zusammen.
>
> Die dünne Linie von Männern in blauen Hemden und schmutzigen Schlapphüten bewegte sich hügelan. Er beschloss, kurz die Augen zuzumachen, denn ihm war sehr verträumt und friedlich. Scheinbar nur eine Minute später hörte er eine Stimme: «Da ist er.» Grierson und Watkins hatten nach ihm gesucht. Er musterte ihre Mienen ...
>
> «Nolan», sagte Grierson linkisch, «kennst du mich?»
>
> Der Mann am Boden lächelte sanft. «Natürlich kenne ich dich, du hässlicher Affe. Warum sollte ich dich nicht kennen?»

Nolans Freund fragt ihn, wo er getroffen wurde, und obwohl er sich nicht ganz sicher ist, zeigt er auf seinen Bauch und beteuert, «ist nicht schlimm». Grierson und Watkins werfen einen Blick unter sein Hemd und sehen sofort, dass er tödlich verwundet ist.

Es folgt einer der trostlosesten Dialoge, die Crane je geschrieben hat, eine herzzerreißende Passage, der es gelingt, Schrecken und Banalität des Todes gleichzeitig und mit stoischer Ruhe sichtbar zu machen. Nach meiner jahrelangen Beschäftigung mit Cranes Texten ist es diese Stelle, die mir als Erstes einfällt, wenn ich mich frage, was genau an seinem Werk mich so anzieht und warum ich es so bewundere.

> «Tut es weh, Jimmie?», sagte Grierson heiser.
>
> «Nein», sagte Nolan, «es tut überhaupt nicht weh, aber ich fühle mich irgendwie abgestorben und wie betäubt. Ich glaub nicht, dass es sehr schlimm ist.»
>
> «Oh ja, es ist gut», sagte Watkins.
>
> «Ich brauche was zu trinken», sagte Nolan grinsend. «Mir ist kalt – auf dieser feuchten Erde.»
>
> «So feucht ist die nicht, Jimmie», sagte Grierson.
>
> «Doch, sie ist feucht», sagte Nolan plötzlich gereizt. «Ich fühl's. Ich bin nass. Ich sag's euch – ganz durchnässt – bloß vom Liegen.»
>
> Sie antworteten hastig. «Ja, das stimmt, Jimmie. Es *ist* feucht. So ist es.»
>
> «Legt nur mal eure Hand unter meinen Rücken, dann seht ihr, wie feucht der Boden ist», sagte er.
>
> «Nein», antworteten sie. «Ist schon gut, Jimmie. Wir wissen, dass er feucht ist.»
>
> «Trotzdem, fühlt mal selbst, dann seht ihr es», rief er stur.
>
> «Oh, schon gut, Jimmie.»

«Nein», sagte er aufgebracht. «Überzeugt euch selbst.» Grierson, dem Nolans Aufregung Angst zu machen schien, schob eine Hand unter den Liegenden und zog sie blutbedeckt wieder hervor. «Ja», sagte er, die Hand sorgfältig vor Nolans Augen verbergend, «du hattest recht, Jimmie.»

«Natürlich hatte ich recht», sagte Nolan und schloss zufrieden die Augen. «Dieser Hügel hält Wasser wie ein Sumpf.» Und dann sagte er: «Ich muss es ja wohl wissen. Schließlich liege ich hier lang ausgestreckt, und ihr zwei beiden steht.»

Er wusste nicht, dass er starb. Er dachte, er debattiere über die Beschaffenheit des Bodens.

Damit endet das fünfte Kapitel, und dann, nach einem kleinen Zeitsprung, beginnt das letzte. «Bedeck sein Gesicht», sagt Grierson zu Watkins – fragt sich nur, womit. Am Ende entscheiden sie sich für Nolans Hut, aber nachdem Grierson diese traurige Aufgabe erledigt hat, wissen die beiden nicht weiter, auch wenn sie das Gefühl haben, *irgendetwas* müssten sie noch tun. «Schließlich sagte Watkins mit gebrochener Stimme: ‹Ah, so ein verdammter Mist.› Langsam gingen sie zur Schützenlinie davon.»

Nach einer Leerzeile springt Crane direkt in die Schlussszene, die sich in einem Fieberzelt für Verwundete und Kranke abspielt. Martin, einer der vier Protagonisten, der bereits früher in der Geschichte eine Kugel abbekommen hat, liegt in diesem Behelfslazarett, «ein schwerer Geruch von Krankheit und Medizin hing in der Luft», und «wenn ab und zu sich jemand unter seiner Decke regte, war dies schauerlich, wie wenn Tote sich in ihren Gräbern unter der Grasnarbe bewegten». Die Männer liegen alle auf dem Rücken, von Fieberkrämpfen geschüttelt, aber man hört auch schwache, körperlose Stimmen, die sich zu unterhalten scheinen, und so finden

Martin und Grierson von der 29. Infanteriedivision heraus, dass sie beide zufällig zur selben Zeit dort gelandet sind. Grierson:

«Was? Jack, bist du das?»

«Ein Teil von mir ... Wer bist du?»

«Grierson, du Strohkopf. Ich dachte, du bist verwundet.»

Man hörte einen Mann einen großen Schluck Wasser trinken, und dann sagte Martin: «Bin ich.»

«Und was machst du dann im Fieberzelt?»

Martin antwortete mit schläfriger Ungeduld: «Das Fieber hab ich auch.»

«Oh!», sagte Grierson.

Danach war es still in dem Fieberzelt, bis auf die Laute eines Mannes ganz hinten, eines Mannes von der Art, wie man sie unter Amerikanern häufig antrifft, ein heldenhafter, unbeirrbarer Witzbold und Patriot, mit einem Gemüt voller Bitterkeit und Grimm und Liebe, der es vermochte, der Situation einen düsteren Sinn abzupressen, als er mit all der Inbrunst, die er aus seinem fiebernden Körper herausholen konnte, die Hymne vom Sternenbanner anstimmte.

«Billie», rief Martin leise, «wo ist Jimmie Nolan?»

«Er ist tot», sagte Grierson.

Ein Dreieck rau-goldenen Lichts leuchtete auf einer Seite des Zelts. Irgendwo im Tal bimmelte die Glocke einer Lokomotive, und sie klang nach Frieden und Heimat, als hinge sie am Hals einer Kuh.

«Und wo ist Ike Watkins?»

«Tot ist er nicht, aber er hat einen Lungendurchschuss. Sie sagen, er macht's nicht mehr lange.»

Aus den Nebelschwaden von Krankheit und Medi-

zin drang die unverzagte Stimme des Mannes ganz
hinten:

«... und lang möge das Sternenbanner wehen ...»

Bitterkeit, Grimm und Liebe.

Das ist, wie Conrad mit Recht bemerkte, *großartig*, und als Crane die Erzählung Reynolds schickte, konnte er seine Begeisterung über das Vollbrachte kaum bändigen. «*Das* ist es jetzt», schrieb er. «Würde mich wundern, wenn Sie dafür kein großes Geld rausschlagen.»

Was kein großes Geld einbrachte, waren seine Artikel für das *Journal*, dennoch schrieb er so viele, wie er konnte, mit ihrer Mischung aus Reportage und Kommentar ungefähr das, was wir heute Meinungsbeiträge nennen, die meisten in der forschen Ausdrucksweise eines abgebrühten Kosmopoliten. Gewiss nicht langweilig, aber auch nicht gerade umwerfend, ausgenommen zwei, die deutlich herausragen. Crane scheint die meiste Zeit in Mary Horans Haus in schwer gedrückter Stimmung verbracht zu haben, aber «How They Court in Cuba» muss an einem seiner guten Tage entstanden sein: eine heitere kleine Abhandlung über die komplizierten Brautwerberituale in einer repressiven, streng regulierten Gesellschaft, die dem Heiraten so viele Hindernisse in den Weg legt, dass man nur staunen kann, dass überhaupt Kinder zur Welt kommen. «Es ist ein einziger Stacheldrahtverhau», schreibt Crane, und das Werben kann sich so lange hinziehen, nicht selten über drei, sechs oder gar acht Jahre, dass es «jene fiebrige Spannung aufkommen lässt, wie sie der Kassierer in einem Schuhgeschäft empfindet». Dennoch, meint er, besteht kein Anlass zur Sorge, denn «Männer suchen die Frau, die sie lieben, und finden sie, und Frauen warten auf den Mann, den sie lieben, und die Männer stellen sich ein, und all die Umschweife und Bollwerke und Football-Abwehrmauern und Schwierigkeiten und Verzögerungen und langwierigen

Qualen und Anstandsdamen sind wirkungslos, wirkungslos gegen die Gezeiten des Menschenlebens, die in Kuba wie in Omaha von demselben Mond gesteuert werden».

Mehr in Einklang mit seiner vorherrschenden Stimmung ist «How They Leave Cuba», ein trauriger, von Herzen kommender Artikel über den Abzug der Spanier aus der Stadt, nachdem Crane und ein Freund an Bord eines zur Abfahrt bereiten Schiffes eine bewegende Szene miterlebt hatten, ein ganzes Deck voller «kranker Soldaten, Offiziere, spanischer Familien, auch Priester – allesamt Menschen, die Kuba sehr wahrscheinlich niemals wiedersehen würden». Crane und sein Begleiter steigen in ein Boot, das sie wieder an Land bringen wird, und in dem Boot neben ihnen sehen sie eine weinende Frau mit einem vierjährigen Jungen in den Armen. «Ihre Augen waren auf das Deck des Schiffs gerichtet, dort stand ein Offizier in der Uniform eines Hauptmanns der spanischen Infanterie. Er winkte nicht. Er stand nur reglos da und starrte auf das Boot hinunter. Manche Männer sind so, sie geben starke Rührung nur dadurch zu erkennen, dass sie lange Zeit still stehen. Es sah aus, als würde er niemals mehr einen Muskel bewegen.»

Und die weinende Frau im Boot: «Sie war keine schöne Frau, und sie war – alt.» So zuwider ihm die Vorstellung gewesen sein mag (Crane verwendet das Wort «Barbarei»), räumt er ein, dass es, wäre sie schön gewesen, immerhin «ein wenig Trost» gewesen wäre, «aber für sie war das hier das Ende, das Ende einer glücklichen Liebe», und der Mann, der sie verlässt und nach Spanien zurückkehrt, ist «wahrscheinlich ihre einzige Chance auf Glück im Leben» gewesen.

Dann wird unser Augenmerk auf den Bootsführer der Frau gelenkt, der allmählich ungeduldig wird und zurückwill, um neue Fahrgäste aufzunehmen. Aber Crane beginnt den Absatz nicht mit einem Hinweis auf die Gedanken des Mannes, sondern meldet mit einer der unwahrscheinlichsten und kühnsten Wortfügungen auf den dreitausendundeinhundert Seiten seiner Gesammelten Werke: «Der Bootsführer der Frau hatte ein Gesicht wie ein Fußboden.» Natürlich stutzt hier der Leser, aber genau das hat Crane geschrieben: «Der Bootsführer der Frau hatte ein Gesicht wie ein Fußboden.» Und dann liest der Leser den Satz noch einmal, und dann die folgenden Sätze über die Gedanken des Bootsführers, und begreift plötzlich, ein Fußboden ist eine leere Fläche, eine breite, ausdruckslose Fläche, eine undurchdringliche Fläche aus Holz oder Stein, gleichgültig gegen alles, was ihr widerfahren könnte, und das Gesicht des Bootsführers ist ein Fußboden, weil ihn der Kummer der Frau keinen Deut schert. Er spuckt ins Wasser und denkt: «Geschieht ihr recht, sich mit einem Spanier einzulassen.» Dem setzt Crane entgegen, was er selbst dabei denkt: «Die Frau war untröstlich. Das ist der springende Punkt. Und das ist noch nicht das Schlimmste. Es kommt noch viel mehr: so furchtbar viel mehr!» Und dann der letzte Satz des Artikels: «Aber andererseits – andererseits – und noch einmal andererseits ist es menschliches Leid, und menschliches Leid ist nicht angenehm.»

Ausnahmsweise einmal scheint Crane um Worte verlegen und lässt in diesem jähen Ausbruch von Mitleid für die weinende Frau einen Schmerz erkennen, der sich schon seit einiger Zeit in ihm aufgestaut haben muss. Wir wissen von seinen Geldproblemen und seinem sich verschlechternden Gesundheitszustand, aber während dieser Monate in Havanna muss ihn auch noch etwas anderes gequält haben, etwas, das mit seinem Liebesleben zusammenhing und das ihn verbitterte und an den Rand der Verzweiflung trieb. Parker schreibt von einem «persönlichen Schock», den Crane Ende August oder Anfang September erlebte, als er eine Frau «fand», die er «irgendwo anders auf der Welt» kennengelernt hatte: Beginn einer Affäre oder angeblichen Affäre, die bald wieder erlosch, als er auf ihrem Kaminsims «das Foto eines stattlichen Kubaners» erblickte. Das ist außerordentlich vage. Falls es diese Frau gab, ist nichts von ihr überliefert, und vielleicht hat Parker, dessen Aufzeichnungen *zweiundvierzig Jahre* nach diesen Ereignissen entstanden, die Fotogeschichte mit dem Fototausch der beiden Liebenden in «The Clan of No-Name» verwechselt, einer längeren Erzählung, die Crane im Oktober beendete, oder mit einem anderen Foto in einem der gequälten, großenteils miserablen Liebesgedichte aus Cranes kubanischer Produktion, in dem der Erzähler das Bild seiner Geliebten im Schlafzimmer eines anderes Mann erblickt.

Ob Parker mit seinen Andeutungen recht hat oder nicht, auf alle Fälle setzte Crane sich in seinen Erzählungen und Gedichten aus dieser Zeit auffällig oft mit den Ränken und Intrigen in Liebesdingen auseinander. Margharita, die strahlende Schönheit in «The Clan of No-Name», ist nur auf das Geld der Männer aus und angelt sich einen reichen Mann – Cranes erste *femme fatale* in ihrer ganzen verführerischen, unwiderstehlichen Pracht –, vor allem aber seinen schlechten Gedichten ist deutlich anzumerken, dass ihm ein nicht näher bezeichnetes Liebesdrama großen Kummer machte. Das erwähnte Foto taucht in der dritten Strophe von «Love forgive me if I wish you grief» auf:

> Er hatte dein Bild in seinem Zimmer
> Ein widerliches Verräterbild
> Und er lächelte
> – Nichts als die feiste Selbstgefälligkeit
> Von Männern, die schöne Frauen kennen –
> Und so teilte ich mit ihm
> Einen Teil meiner Liebe.

Immer wieder, geradezu besessen kommt Crane auf dieses Thema zurück: Verrat, Betrug, von einem anderen Mann ausgestochen werden, seine Liebe mit einem verachtenswerten Rivalen teilen müssen.

Sag mir, warum sehe ich
Hinter dir stets den Schatten eines anderen?
Ist er wirklich da
Oder ist es die dreimal verdammte Erinnerung an ein
schöneres Glück?
Die Pest über ihn, wenn er tot ist
Die Pest über ihn, wenn er lebt
Schweinischer Hohlkopf
Der immer seinen Schatten
Zwischen mich und meinen Frieden wirft.

Denkbar wäre, dass Coras Vergangenheit ein größeres Problem für ihn darstellte, als er bis dahin geglaubt hatte – ihre Affären mit anderen Männern, ihre zwei Ehen und der fatale Umstand, dass sie immer noch mit einem anderen verheiratet war; und als er jetzt über seine Scheinehe mit ihr nachdachte, könnte die Schattengestalt von Ex-Hauptmann Stewart für ihn eine Quelle der Demütigung geworden sein, wie folgende Strophe aus dem furchtbar schlechten Gedicht «Intrigue» anzudeuten scheint:

Du bist meine Liebe
Und du bist die Asche eines anderen Mannes Liebe
Und ich begrabe mein Gesicht in dieser Asche
Und liebe sie
Wehe mir.

Denkbar wäre aber auch, dass Cora nur ein Teil des Problems war, nur eine Frau unter mehreren anderen in seinem Leben, die jetzt zu einer einzigen imaginären Frau zusammengeflossen waren: Verkörperung aller Qualen, die er zeitlebens in Sachen Liebe durchlitten hatte. Hatte er sich wirklich einmal mit einer so doppelzüngigen Schönheit wie Margharita in «The Clan of No-Name» eingelassen?

Wir werden es nie erfahren. Jedenfalls ist er mit seinen Bemühungen, seine Gefühle in diesen kryptischen, klobigen, wehleidigen Zeilen zu verdichten, immer wieder gescheitert; von den Versen, die er in Havanna schrieb, bleibt allein die kraftvolle, rätselhafte Strophe, die er der Clan-Erzählung vorangestellt hat. Gleichviel, ob Motto oder Prolog, diese Zeilen haben Biss und Musik und geben den Ton an für das, was folgt.

> Löse mein Rätsel.
> Grausam wie Falken fliegen die Stunden,
> Zum Sterben kehrt man selten heim in Wunden,
> Aus harten Wogen ragt ein Arm geschunden,
> Von Lüge getroffen, gibt es kein Gesunden,
> Doch alles ist mystisch zusammengebunden.
> Löse mein Rätsel.

Das Rätsel wird nie gelöst werden, und nie werden wir wissen, wovon genau Crane so lange in Havanna festgehalten wurde. Gewiss hat er in dieser Zeit einige bemerkenswerte Sachen geschrieben, daneben aber auch manch ungewöhnlich Schlechtes, Gedichte, so weit unter seinem Niveau, dass man nur annehmen kann, sie wären nie geschrieben worden, hätte er nicht in einem finsteren Loch in seinem Inneren festgesessen – mit den Nerven langsam am Ende. Er kam gerade noch einmal heraus, aber nie war er dem Ende so nahe gewesen.

General Wade kam Crane auf die Spur, nachdem er mit einer Reihe amerikanischer Journalisten in Havanna gesprochen hatte, und bestätigte in seinem schriftlichen Bericht vom 19. Oktober, dass der Verschollene «die Stadt nicht verlassen hatte. Im Anschluss an diese Nachforschungen drückte Mr. Crane sein Bedauern darüber aus, für so viel Unruhe gesorgt zu haben. Ich weiß nicht, was er jetzt macht oder warum er seiner Familie nicht geschrieben hat.»

Das wusste auch sonst niemand, nicht einmal die Leute, die direkten Kontakt mit ihm hatten, zum Beispiel der zweite Augenzeuge seines befremdlichen Aufenthalts in Havanna, Otto Carmichael, ein Korrespondent der *Minneapolis Times.* General Wade hatte ihn gebeten, Crane auszurichten, es sei ein Telegramm für ihn aus London eingetroffen, und als Carmichael ihn in einem Café aufgestöbert hatte, erzählte er ihm davon. «Danke», sagte Crane und schien die Sache gleich wieder zu vergessen. Tags darauf berichtete General Wade Carmichael von einem zweiten Telegramm und fragte, ob das erste zugestellt worden sei, und so ging der Mann aus Minneapolis wieder in das Café, fand Crane am selben Tisch sitzen und überbrachte ihm die zweite Botschaft. «Sag mal», gab Crane zerstreut zurück, «hast du mir nicht gestern was von einem Telegramm erzählt?» Ja, antwortete Carmichael, und jetzt sei er wieder da, denn es sei noch eins gekommen, und er wolle wissen, ob das erste zugestellt worden sei. «Ja, verstehe», sagte Crane. «Mich mit Hilfe der Regierung suchen lassen. Trotzdem, vielen Dank.» «Und wieder», schreibt Carmichael, «vergaß er die Sache.» Zeit verging, und nachdem sie sich besser kennengelernt hatten, erzählte Carmichael ihm, General Wade habe das Telegramm immer noch, aber Crane meinte achselzuckend, vermutlich handele es sich bloß um irgendeine Rechnung. Eher unwahrscheinlich, aber warum erzählte er Carmichael, er habe sich in Havanna versteckt und wolle nicht gefunden werden, nicht einmal von Cora?

Nur drei Seiten lang, gibt Carmichaels Artikel dennoch das vollständigste Bild von Crane während dieser Monate, fast jede seiner Bemerkungen ist schlüssig, unverblümt und von geradezu schmerzhafter Ehrlichkeit. Veröffentlich im Juni 1900, zehn Tage nach Cranes Tod, muss Crane ihm noch lebhaft vor Augen gestanden haben – so lebendig, als weile er noch unter den Lebenden.

Seinen Gesamteindruck von Crane (verblüffend ähnlich dem, was Cranes Syracuser Freunde in ihm sahen, als er noch keine zwanzig war) schildert er so:

> Stephen Crane war ein ausgesprochener Bohemien. Abgesehen von dem, was er machte, war er zu nichts zu gebrauchen. Der Lokalredakteur einer modernen Tageszeitung hätte ihn nicht eine Woche lang in der Redaktion geduldet. Er war verantwortungslos und unbezähmbar. Nichts an ihm war bösartig oder leichtfertig; er war auf heitere Weise teilnahmslos; Kleinigkeiten konnten ihn umkrempeln, Großes hielt ihn nicht auf; Laune hielt ihn an einem Ort, und Geld lockte ihn nicht von dort weg.

Über Cranes Ruf:

> Ich habe viele Offiziere sagen hören, er sei der tapferste Mann, den sie je gesehen hätten. An Gefahr dachte er anscheinend nie. Der Tod war für ihn nichts weiter als der nächste Atemzug, oder das nächste Frühstück oder der nächste Schlaf. Kugeln, ob abgeschossen oder in Patronen, bedeuteten ihm nichts, allenfalls als etwas, worüber man schreiben konnte. Das war nicht vorgetäuscht. So war dieser Mann. Andere leiden zu sehen, zerriss ihm das Herz. Sein Mitgefühl hatte beinahe etwas Mädchenhaftes. Am eigenen Leibe Hunger oder Schmerzen zu leiden, schien ihm nichts auszumachen. Nie murrte er in schlechten Zeiten ...
>
> Crane hatte viele Schlachten mitangesehen. Das faszinierte ihn. Gefahr war seine Zerstreuung. Als er

einmal hörte, dass er ein Café nur wenige Minuten vor Ausbruch einer wilden Schießerei verlassen hatte, war er tief enttäuscht.

Über seine Gewohnheiten:

> Ein regelmäßiges Leben war ihm fremd. Er aß und schlief, wenn er es ohne diese notwendigen Erquickungen nicht mehr aushielt ... Zu meiner Zeit schrieb er 600 Worte pro Tag. Es war das Einzige, was er regelmäßig tat. Was seine Arbeit betraf, war er sehr eigen. Er schrieb ziemlich langsam, jedes Wort war ihm wichtig. Oft suchte er lange nach dem richtigen Wort. Da er keine Wörterbücher oder Nachschlagewerke besaß, grübelte er, an seinem Bleistift kauend, über Worte und Informationen nach und wartete, bis er sie gefunden hatte.

Über seinen Gesundheitszustand:

> Einem robusten Mann konnte Crane nur leidtun. Er wirkte so kraftlos, als könnte er jeden Augenblick zusammenbrechen. Seine Arme waren dünn wie die von jemandem, der lange Zeit krank gewesen war. Bei schwachem Licht sah er gut aus, um nicht gerade schön zu sagen. Bei hellem Licht wirkte er krank und elend. Seine verspannten Lippen, sein gelbliches, hageres Gesicht, seine müden Augen und seine im Ganzen erschöpft wirkende Erscheinung vereinten sich zu einem nicht besonders attraktiven Gesamtbild. Aber er war so unkompliziert und ungekünstelt, dass man das alles bald vergaß und das schwache, halb bit-

tende Lächeln in seinen offenen, jungenhaften Zügen bemerkte. Dieses kleine Lächeln machte den ganzen Crane aus. Es bekundete seinen Dank, wenn man ihm Feuer gab, seinen Beifall für etwas, das man tat, seine Freude über eine Geschichte, sein Eingeständnis einer Notlage, sein Mitgefühl für eine Schwäche. Tatsächlich huschte ihm dieses feine Lächeln andauernd übers Gesicht …

Nie kam ihm der Gedanke, auf seine Gesundheit zu achten. Er trank nach kubanischem Brauch nur leichte Drinks und Kaffee, aber nicht übermäßig Alkohol. Bemerkenswert in einer Zeit und einer Stadt, wo äußerst viel getrunken wurde. Das war vor zwei Jahren, da ging es ihm gesundheitlich sehr schlecht. Chancen auf ein längeres Leben hätte er nur gehabt, wenn er sich grundlegend geändert hätte. Im Grunde war es pure Gedankenlosigkeit. Er weigerte sich einfach, an sich selbst zu denken.

Im September war Crane dabei, als die spanischen Behörden die Gebeine von Christopher Columbus aus ihrem Grab in Havanna holten. Der Mann, der die Neue Welt entdeckt hatte, wurde von der Insel verbannt, die er erobert hatte, und seine sterblichen Überreste wurden über den Ozean zurückgebracht und in Sevilla erneut begraben. Damit erkannte Spanien nicht nur seine Niederlage im Krieg mit den Vereinigten Staaten an, es ging damit auch ein vierhundertjähriges Kapitel der Weltgeschichte zu Ende. Der 12. Dezember, an dem die Gebeine schließlich nach Europa verschifft wurden, war der Beginn des Amerikanischen Jahrhunderts.

Unterdessen packte Crane seine Sachen und machte sich bereit, Havanna zu verlassen. Vier Monate lang hatte er in der Luft gehangen, aber nachdem er sich lange Zeit nicht entscheiden konnte, wie es weitergehen sollte – am 9. Oktober das beruhigende Telegramm an Cora, alles sei gut, zwei Wochen später der Brief an Reynolds, er hoffe seine Kolumnen bei einem Zeitungssyndikat unterzubringen und werde vermutlich noch den ganzen Winter in Havanna bleiben –, gab er auf, oder er gab nach und machte Schluss.

Am Heiligabend brach er auf, um fünf Uhr morgens am 28. Dezember landete er in New York. Es war sein letzter Besuch in der Stadt, und am selben Nachmittag, bei einer Stippvisite in McClures Redaktion, sah er Hamlin Garland zum letzten Mal. Am Abend notierte Garland in sein Tagebuch:

> Bei McClure traf ich Stephen Crane, den wunderbaren Jungen, dessen frühe Sachen ich 1891 gelesen und durchgefochten hatte. Er kam gerade aus Havanna, äußerlich verwahrlost und nikotingetränkt, geistig aber auf der Höhe und so voller seltsamer Gedankensprünge wie eh und je. Physisch scheint er wie damals nicht bei bester Gesundheit – nicht der Mann, dem ein langes Leben beschieden ist. Er ist ungewöhnlich nachlässig in seiner Kleidung und hat sich einen leichten englischen Akzent zugelegt, jedenfalls in einigen Wörtern – Allzu froh, mich zu sehen, war er nicht.[112]

Er sah auch seinen alten Freund Louis Senger, der später schrieb: «Er war krank und scherzte wehmütig, noch hätten sie ihn nicht gekriegt», seinen Bruder Edmund und seine Nichte Helen R. – eben-

■ 112 Vgl. S. Wertheim und P. Sorrentino: *The Crane Log*, Seite 359. Nicht zum ersten Mal scheint Garland den Jungen, den er einst gefördert hatte, falsch verstanden zu haben. In einem Brief an Garland vom 9. Oktober 1900 (vier Monate nach Cranes Tod) schrieb Louis Senger: «Er hat oft von Ihnen gesprochen, und stets mit selbstkritischem Bedauern, Sie könnten ihn für undankbar halten. Das war er nicht» (Stephen Crane: Letters. Hrsg. R. W. Stallman und L. Gilkes, Seite 319).

falls zum letzten Mal – und stattete Howells einen letzten Besuch ab. Howells an Cora, 22. Juli 1900:

> *Er besuchte mich ein letztes Mal, kurz bevor er zum letzten Mal nach Europa abreiste, und die Rastlosigkeit infolge des Malariafiebers, das in ihm wütete, war ihm deutlich anzumerken; er sagte, das habe er sich in Kuba zugezogen. Gleichwohl … spürte ich sein rares Genie. Ich glaube nicht, dass Amerika jemals ein ausgeprägteres und bedeutenderes Talent hervorgebracht hat.*

Zum Sterben kehrt man selten heim in Wunden, aber der verwundete Crane kehrte nach England zurück, genau genommen nicht sein Heim, aber doch sehr nahe dran – der einzige Ort auf der Welt, wo man ihn freundlich aufnahm, ohne dass er sich erklären musste. Er verließ New York mit der *Manitou* an Silvester 1898, zufällig auf den Tag genau zwei Jahre nachdem er an Bord der dem Untergang geweihten *Commodore* gegangen war. Diesmal sank das Schiff nicht.

Grausames Erlöschen

1

Am 11. Januar ging er in Gravesend an Land, und auf dem sechzehn Monate währenden Weg in sein eigenes Grab legte er sich mehr ins Zeug als jemals zuvor, in mancher Hinsicht glücklich wie nie, in anderer Hinsicht verzweifelter, hektischer, bis zum Schluss sich an sein Leben klammernd, das er nicht loslassen wollte. Ganz am Ende, als sein Körper ihn endgültig im Stich ließ und er das Bett nicht mehr verlassen konnte, schien er bemerkenswert bereit für das, was ihn erwartete. Tage vor seinem Tod flüsterte er seinem Freund Robert Barr ins Ohr: «Robert, wenn man an die Hecke kommt – über die wir alle müssen – das ist nicht schlimm. Man ist schläfrig – und – es ist einem egal. Nur ein bisschen verträumte Neugier – in welcher Welt man eigentlich ist – das ist alles.» Stunden bevor er am letzten vollständigen Tag seines Lebens ins Koma fiel, sagte er zu Cora: «Ich gehe leichten Herzens, möchte Gutes tun, standhaft, entschlossen, unerschütterlich.»

In dem Jahr, das ihm noch blieb, bevor er zum ersten Mal Blut hustete und sein Zustand sich zunehmend verschlechterte, schleppte er sich über zahllose, immer höhere Schuldenberge, schrieb und schrieb und veröffentlichte mehr als in jedem anderen Jahr seines Lebens. Er reiste nach Paris, Lausanne und Irland, er streifte mit seinen zwei Pferden durch die Umgebung von Brede Place, er veranstaltete Picknicks mit Cora und ihren gemeinsamen Freunden, er spielte Besuchern auf Gitarre und Geige vor, er vergötterte seine drei ungebärdigen Hunde, er nahm an Bootsregatten und Gartenpartys teil, und ab und zu spielte er Handball mit seinem Schriftstellerfreund Edwin Pugh, der später schrieb: «Seine Hände waren Wunder an Kraft und Geschicklichkeit. Er spielte Handball wie ein Maschinengewehr. Er feuerte mir den Ball aus jedem denkbaren Winkel zu, mit der Wut einer Wildkatze in diesem seinen grünen, alten, feuchten Garten.»

Nach wie vor war er der waghalsige Sportler, aber um das klarzustellen: Er wusste, dass er bald sterben würde. Als er von seiner Mondreise zurückkam, hatte er halbtot ausgesehen, so sehr von Krankheit gezeichnet, dass Jessie Conrad ihn «ganz verändert» fand, und binnen weniger Monate begriff er, dass aus der erhofften körperlichen Erholung nichts werden würde. Mitte August an einen Mann namens John (vermutlich Scott Stokes): «Seien Sie bitte so gut und reden Sie in Gegenwart von Mrs. Crane nicht mehr über meinen Gesundheitszustand. Sie kann nichts für mich tun, und ich bin zu alt, mich bemuttern zu lassen. Mit mir ist es aus, aber ich möchte ihr keine Angst machen. Aus irgendeinem komischen weiblichen Grund mag sie mich. Denken Sie dran.» Einen Monat später in einem Brief an George Wyndham, der mit seiner Begeisterung sehr dazu beigetragen hatte, *Red Badge* in England zu lancieren: «Zurzeit fühle ich mich furchtbar ... Die Wahrheit ist, dass das befreite Kuba mich um ein Haar aus dieser niederträchtigen blauen Welt befreit hat. Die Uhr rast nur so.»

Was ihn weitermachen ließ, war zum einen die Fähigkeit, von alldem unbeirrt zu arbeiten, zum anderen seine immer engere Verbundenheit mit Cora, seiner Mitverschworenen in der Phantasiewelt, die die beiden sich geschaffen hatten, nachdem sie im Februar von Oxted nach Brede Place umgezogen waren. Die Maus, die im April vor der häuslichen Verantwortung davongelaufen war, verwandelte sich in einen britischen Landjunker, der zusammen mit seiner goldblonden Gefährtin – die in seiner Abwesenheit seine Lebensumstände vollkommen neu gestaltet hatte und ihn jetzt Herzog nannte – über seine Ländereien herrschte. Doch bevor sie dieses neue Leben beginnen konnten, mussten sie sich erst einmal aus dem alten herauswinden. Die Miete für Ravensbrook war seit einem Jahr nicht bezahlt, örtliche Geschäftsleute drohten mit Klagen, das Londoner Warenhaus Self & Whitley überhäufte sie mit Mahnungen wegen einer langen Liste unbezahlter Rechnungen, darunter die neunundneunzig Pfund für Coras Klavier. Schon wenige Tage nach seiner Rückkehr nach England bat Crane seinen Bruder William dringend, ihm fünfhundert Dollar zu leihen, während er sich gleichzeitig entschuldigte, ihn bei seinem Zwischenstopp in New York nicht besucht zu haben, und ihm über die Umstände seiner inoffiziellen Ehe mit Cora weiterhin Lügen auftischte.

> *Mein lieber William: Da bin ich also wieder mal im Dunkeln an Dir vorbeigelaufen, aber ehrlich, meine Situation in England war katastrophal, und um sie zu retten, musste ich zurück, sobald ich das Geld für die Abreise aus Havanna zusammenhatte. Appleton kabelt mir, meine Tantiemen für die letzten 12 Monate belaufen sich auf* fünfunddreißig Dollar. *Weißt Du, was das bedeutet? Ja, es stimmt, ich bin mit einer Engländerin verheiratet, und dank ihrer Beziehungen haben wir dieses wunderschöne alte Landhaus, aber wegen meiner langwierigen Krankheit sind wir entsetzlich knapp bei Kasse, und deshalb bitte ich um die fünfhundert, als Darlehen. Sonst dürfte ich im Februar hier endgültig bankrott sein … Grüße an alle von dem ungeratenen Bruder.*

Eine Woche später schrieb er an Reynolds:

> *Ich bin noch immer von Geldsorgen geplagt, und gestern Abend ließ mein Hauptgläubiger mir eine Vorladung zukommen. Ich*

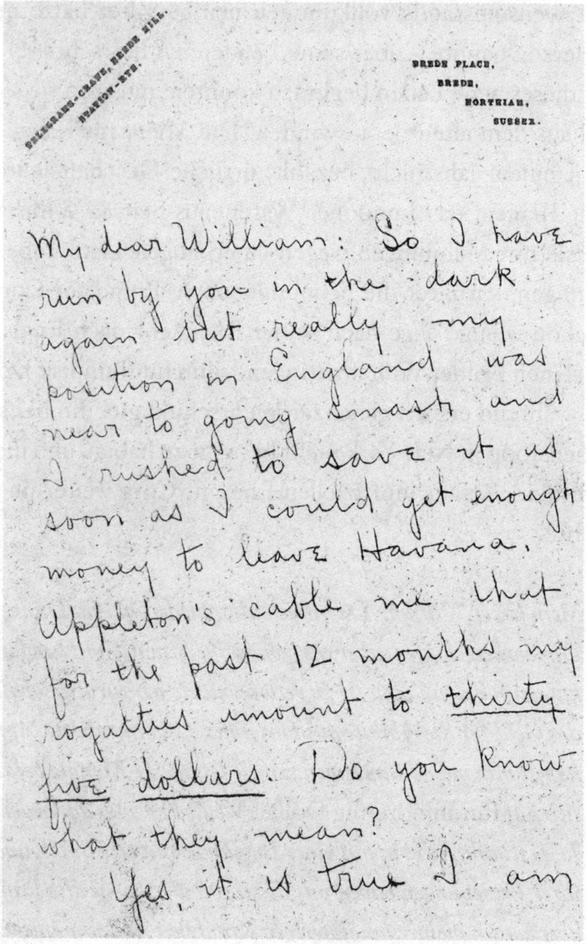

TELEGRAMS-CRANE, BREDE HILL.
STATION-RYE.

BREDE PLACE,
BREDE,
NORTHIAM,
SUSSEX.

My dear William: So I have run by you in the dark again but really my position in England was near to going smash and I rushed to save it as soon as I could get enough money to leave Havana. Appleton's cable me that for the past 12 months my royalties amount to thirty five dollars. Do you know what they mean?

Yes, it is true I am

Cranes Brief an seinen Bruder William vom Januar 1898

(Mit freundlicher Genehmigung der University of Virginia)

muss von heute bis Mitte Februar Himmel und Hölle in Bewegung setzen. Ich brauche jeden Penny, den Sie dem Feind entreißen können … Wenn ich nicht auf der Stelle etwas Geld bekomme, bin ich bankrott. Sie wissen, was das bedeutet. Das darf nicht sein. Ich

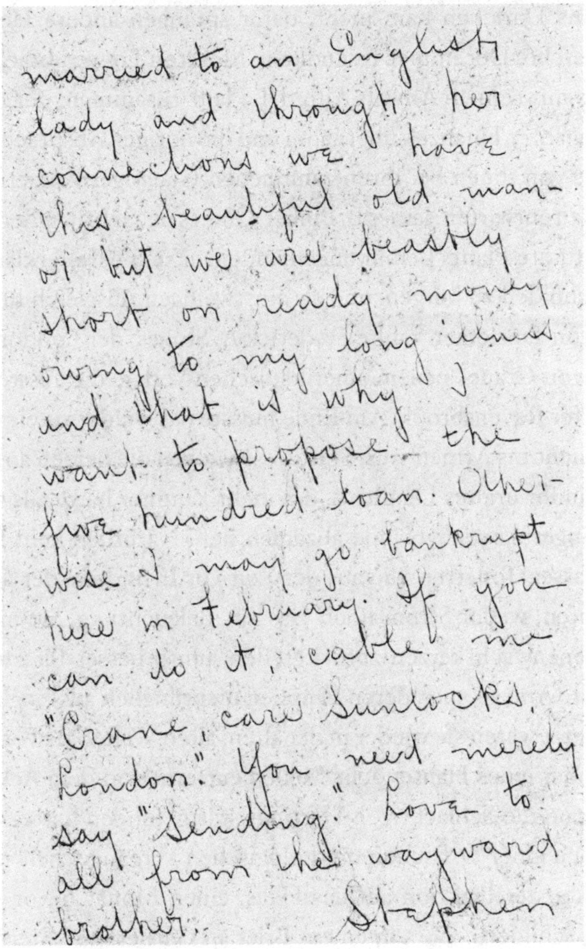
married to an English
lady and through her
connections we have
this beautiful old man-
or but we are beastly
short on ready money
owing to my long illness
and that is why I
want to propose the
five hundred loan. Other-
wise I may go bankrupt
here in February. If you
can do it, cable me
"Crane, care Sunlocks,
London." You need merely
say "Sending." Love to
all from the wayward
brother.
Stephen

werde mir Geld von so ziemlich jedem Bewohner der Erde borgen, und Sie müssen mich mit allen Kräften unterstützen ... Ich werde es all diesen Leuten mühelos noch vor Ende des Jahres zurückzahlen können. Ich schätze, allein dieses Jahr dürfte ich 1500 Pfund machen. Um Gottes willen, tun Sie was.

Williams Darlehen kam nicht, dafür sprangen andere Helfer in die Bresche. Der immer freundliche Moreton Frewen brachte die Cranes mit seinem Anwalt Alfred T. Plant zusammen, der die Verwaltung ihrer Finanzen übernahm und die nötigen Absprachen traf, um das von ihnen bei ihren zahlreichen Gläubigern angerichtete Chaos zu entwirren. James B. Pinker, Cranes neuer britischer Agent, unterstützte Plants Bemühungen, indem er sich bereiterklärte, für ihre Schulden zu bürgen, und als einstweiligen Ausgleich für seine Appleton-Tantiemen zahlte Frederick A. Stokes, der Londoner Vertreter von Cranes neuem amerikanischen Verlag, die ausstehende Miete für Ravensbrook. Am Ende musste das wieder vereinte Paar doch nicht ins Armenhaus. Stattdessen zogen die beiden am 19. Februar in ihr uraltes Landhaus, das mehr Zimmer hatte, als sich an den Fingern zweier Hände abzählen ließ. Natürlich kein fließendes Wasser, Toiletten, die aus der Zeit vor Erfindung der Toilette stammten, weder Strom noch Gas zur Beleuchtung. Sie mussten auf Bienenwachskerzen zurückgreifen, umso besser für zwei entwurzelte Amerikaner, deren Familien ursprünglich aus England kamen. Jetzt waren sie wieder in der alten, alten Welt ihrer Vorfahren, Bewohner eines Hauses acht Meilen entfernt von dem Acker, auf dem 1066 die Schlacht von Hastings stattgefunden hatte, was sie zu Erben einer fast schon mythologischen Vergangenheit machte. Cranes erste Reaktion auf das Haus, einen Monat bevor sie einzogen, schilderte Cora in einem Brief an Garnett so: «Stephen ist ganz verrückt nach dem Haus ... er sagte, ihn habe dort ein feierliches Gefühl von Arbeit überkommen.» Mit anderen Worten, sie würden nicht mehr im Exil leben. Sie bildeten sich ein, sei seien nach Hause gekommen.

Und Crane fand dort ein vertrautes Familienleben, denn außer einer Reihe von Dienstboten und der geisterhaften Mrs. Ruedy lebten dort jetzt auch die beiden jüngeren von Kate Lyons Kindern, die fünfjährige Héloïse und der vierjährige Barry, Coras

Barry und Héloïse, die beiden jüngeren Kinder von Harold Frederic und Kate Lyon

(Mit freundlicher Genehmigung der Columbia University)

heißgeliebte kleine Mündel, die seit dem Schlaganfall ihres Vaters fast ununterbrochen bei ihr gewohnt hatten.[113] Für einen Mann, der Kinder so liebte wie Crane, war dies die Krönung der neuen Existenz, die seine Frau für ihn vorbereitet hatte: zwei Kinder, ein fähiges Kindermädchen, das auf sie aufpasste (Lily Burke, die sich seit Jahren um sie kümmerte), und ein Haus, das für sie alle groß genug war. Die Cranes hatten nie eigene Kinder gehabt, besaßen

■ 113 Natürlich mit dem Segen ihrer Mutter, die jetzt mit ihrer siebenjährigen Tochter Helen in London lebte.

aber beide ein natürliches Talent für Elternschaft, und man kann sich das Vergnügen vorstellen, mit dem der Herzog, an jeder Hand einen seiner Ersatzprösslinge, durch seine Ländereien streifte. Kann es ein Zufall sein, dass er ausgerechnet im Jahr 1899 ein Dutzend neue Geschichten über Kinder schrieb – die allesamt in dem Märchenland Whilomville spielen, dem Traumgefilde seiner eigenen Kindheit?

Einzige Bedingung der Frewens bei der Mietvereinbarung war, dass zwei ihrer Dienstboten im Haus behalten werden sollten. Demzufolge blieb Adoni Ptolemy in Surrey zurück und schloss sich seinem Zwillingsbruder im Hause Pease in Limpsfield an; die Cranes übernahmen dafür William MacVittie (genannt Mack), einen alten Kutscher und Stallknecht mit einem so prächtigen weißen Vollbart, dass Conrad ihn Tolstoi taufte, und einen langgedienten Butler namens Richard Heather. Irgendwann stellten sie auch noch eine Köchin ein, eine Schweiz-Engländerin namens Vernall, die zehn Jahre lang für eine amerikanische Familie in England gearbeitet und dort die Kunst der amerikanischen Küche erlernt hatte. Mit ihr kam ihr Mann Charles, genannt «Chatters», der dafür zuständig war, Brunnenwasser zu pumpen und ins Haus zu tragen. Mack und Vernall waren dem Alkohol nicht abgeneigt. Tolstoi war ein so eifriger Schluckspecht, dass der Getränkeschrank schließlich zugesperrt werden musste, und Jessie Conrad weiß zu berichten, dass Vernall, wann immer sie gebeten wurde, nach acht Uhr noch Essen für unerwartet eingetroffene Besucher zu machen, dies rundheraus ablehnte. Cora, «um Worte verlegen, wandte sich händeringend an Stephen. Er seinerseits warf ihr einen Blick zu und läutete feierlich die Glocke. Wie am Schnürchen erschien der alte Butler und reichte der durstigen Frau eine Flasche Weinbrand, worauf sie sich wortlos in ihre Küche begab und eine Stunde später eine bis ins kleinste Detail perfekte Mahlzeit zubereitet hatte.» Als Crane sich im August an seine halbfiktiven «War Memories» machte, legte er diese Erinnerungen interessanterweise einem Korrespondenten namens Vernall in den Mund.

Dieses schöne Leben war ganz und gar auf Sand gebaut, aber davon ließen die Cranes kein Wort nach außen dringen und schafften es so, ein gewisses Ansehen aufrechtzuerhalten. Nicht einmal ihre engsten Freunde ahnten, wie schlecht es den beiden ging, während sie immer mehr Geld ausgaben, das sie nicht hatten, und den anderen ein unbekümmertes Leben in Saus und Braus vorspielten. Wenn niemand hinsah, beklagte Crane seine Not in zahllosen Briefen an seine Agenten und Verleger, und Cora war die Einzige, die wusste, wogegen sie anzukämpfen hatten, und als Cranes Produktion sich ins Manische steigerte, übernahm schließlich sie seine Korrespondenz und predigte denselben Agenten und Verlegern noch eindringlicher, als er es getan hatte. Sie waren jetzt ein Team, eine Wortfabrik, und in den betriebsamsten Zeiten, wenn Crane sich für drei Tage und Nächte am Stück in seinem kleinen Arbeitszimmer über der Veranda einschloss – dem feuchtesten und kältesten Raum in diesem feuchten Haus –, schob er die fertigen Erzählungen, Kapitel oder Artikel unter der Tür durch, und wenige Stunden später hatte Cora alles fein säuberlich auf ihrer neuen Schreibmaschine abgetippt. Oder aber, wenn er nach stundenlanger Arbeit den Stift nicht mehr halten konnte, verfasste er seine Texte im Kopf und diktierte sie ihr dann.

Und doch waren sie in all diesen Nöten nicht unglücklich. Für die immer optimistische Cora war dies genau das Leben, das sie sich mit Crane erträumt hatte, und die aktuellen Geldprobleme würden sich mit Sicherheit bald beheben lassen. Für den Sterbenden war häusliches Glück das Einzige, was ihm geblieben war. Er war nicht bereit, aufzugeben und seine letzten Jahre oder Monate in sinnlosem Selbstmitleid hinzubringen. Solange er noch atmete, was hatte er davon, sich über das Unausweichliche zu beklagen? Und dass irgendwer ihn bemitleidete, war das Letzte, was er wollte.

Also arbeitete er, und er arbeitete, machte sich zu einem neuzeitlichen Sisyphos, wälzte jeden Morgen seinen Felsen den Berg hinauf und sah ihn abends wieder hinunterrollen. Tag für Tag. Ununterbrochen. Wie Camus in seinem berühmten Essay über den absurden Helden schreibt: «Man entdeckt das Absurde nicht, ohne in Versuchung zu geraten, ein Handbuch des Glücks zu schreiben.»[114] Der Amerikaner des 19. Jahrhunderts (1871–1900) und der Franzose des 20. Jahrhunderts (1913–1960) hatten viel gemeinsam: enorm sportlich in ihrer Jugend (Baseball-Fänger, Fußballtorwart), früh an Tuberkulose erkrankt, Schriftsteller, die versuchten, Sinn in einer Welt zu finden, aus der die Götter verschwunden sind. Camus fährt fort: «Der absurde Mensch sagt ja, und seine Mühsal hat kein Ende mehr.» Wer also ja zum Leben sagt, akzeptiert die Last endloser Arbeit und einen Tod ohne Sinn. So sah es für Crane in diesen letzten Monaten aus, bevor sein kranker Körper ihn endgültig im Stich ließ. «Dieses Universum, das nun keinen Herrn mehr kennt, kommt ihm weder unfruchtbar noch wertlos vor», schreibt Camus. «Wir müssen uns Sisyphos als glücklichen Menschen vorstellen.»

2

Edith Ritchie, Kate Lyons neunzehnjährige Nichte, lebte von Anfang Juli bis Januar 1900 bei den Cranes, und sie ist die Quelle für eine Reihe amüsanter Anekdoten, die uns veranschaulichen, welch

■ 114 Albert Camus: Der Mythos des Sisyphos. Deutsch von Vincent von Wroblewsky, Reinbek 2000. (A. d. Ü.)

fröhlicher Geist die Räumlichkeiten von Brede Place durchwehte, wann immer der schwitzende Felsenschieber eine Pause einlegte. «Wer könnte Stephen und seine Schrullen jemals vergessen, und Cora mit ihrem golden schimmernden Haar, gepflegten Teint und ihrem Frohsinn?» Sie nannte die beiden «Mr. Crane» und «Mummy Crane», und die beiden nannten sie wegen ihrer Stupsnase «Snubby». Als Einzige der vielen Leute, die die Cranes in dieser letzten Phase kannten, lebte die junge Miss Ritchie auf vertrautem Fuß mit ihnen und bekam manches von ihrem Alltagsleben mit, das allen anderen verborgen blieb. «Sie waren sehr lieb zu mir», schrieb sie 1954 für *Atlantic Monthly* (da war sie in den Siebzigern), aber was sie zu berichten hat, sind nicht die weitschweifigen Sentimentalitäten einer alten Frau, die wehmütig ihrer verstorbenen Freunde gedenkt, sondern lebendige Erinnerungen an eine Zeit, die für sie eins der großen Abenteuer ihrer Jugend war.

Mr. James. Alle möglichen Leute kamen zu Besuch, unter anderen Henry James, der Ritchie zufolge «mindestens einmal pro Woche mit dem Fahrrad die sieben Meilen nach Brede gefahren kam. Einmal diskutierten Mr. James und Stephen über etwas, und als Stephen drauf und dran war, in dem Streit zu obsiegen, fragte Mr. James plötzlich: ‹Wie alt sind Sie?› ‹Siebenundzwanzig›, sagte Stephen. ‹Hmpf›, sagte Mr. James, ‹Plapperbaby!›»

Singende Hunde. Die Cranes hatten drei Hunde, aber Ritchie erwähnt hier deren fünf, vielleicht täuscht sie sich einfach, oder es waren einmal zwei Hunde mehr im Haus. Ritchie schreibt: «Damals sang ich gern, und Stephen gefiel es. Immer wenn Mr. James zu Besuch kam, sollte ich dem Ärmsten etwas vorsingen. Worauf Cora sagte: ‹Lass uns ein Konzert veranstalten.› Ich nahm die fünf Hundchen, klemmte mir drei in einen Arm, zwei in den anderen, und begann zu singen, und die fünf kleinen Schnauzen jaulten erbärmlich. Mr. James und die Cranes hielten sich den Bauch vor Lachen.»

Musikalische Kämme. «Manchmal, wenn viele Gäste da waren, klopfte es bald nach dem Schlafengehen an meine Schlafzimmertür, und Coras Stimme sagte: ‹Stephen möchte ein wenig Musik. Wirf deinen Hausmantel über und bring deinen Kamm mit.› Dann versammelten wir uns alle in der riesigen alten Küche ... A. E. W. Mason war da, Joseph Conrad, Mr. und Mrs. H. G. Wells und andere. Als Erstes plünderten wir die Speisekammer, dann wickelten wir Seidenpapier um unsere Kämme und sangen, von Stephen mit der Fleischgabel dirigiert, so ausgelassen wie schauderhaft durch die Kämme. Mit solchen Albernheiten vergnügten sich diese großen Geister!»

Ford Madox Ford verhaspelt sich. «Einmal kam Mr. Hueffer nach Brede und las uns einige seiner Gedichte vor. In einem gab es eine Zeile über ‹birds in the treetops›, er aber las ‹birds in the tea trops›, und wir drei hatten unsere liebe Not, nicht loszuprusten.»

Animal Grab mit H. G. Wells. Das beliebte viktorianische Kartenspiel Animal Grab wurde mit Karten gespielt, auf denen Tiere abgebildet waren; wer zwei Karten mit demselben Tier zog, musste die Stimme dieses Tieres nachahmen. Im August, auf dem Weg nach Paris, machten die Cranes und Ritchie Zwischenstation in Folkstone, «wo wir bei H. G. Wells übernachteten. Am Abend musizierten Mrs. Wells und ich ein wenig; danach spielten wir alle Animal Grab. Noch heute höre ich Stephen brüllen wie ein Löwe, Cora zwitschern wie ein Kanarienvogel und Mr. Wells bellen wie ein Hund.»

Au revoir, Paris. «In Paris sahen wir etliche Freunde und verlustierten uns mit Lunch und Dinner, in Theatern und Tanzcafés und mit Sehenswürdigkeiten. Eigentlich wollten wir länger bleiben, aber plötzlich hatten wir alle Heimweh nach Brede und den Hunden und fuhren wieder nach Hause. Die ganze Zeit, die wir auf Reisen waren, haben Cora und Stephen kleine Süßigkeiten aus Münzautomaten gezogen und mit der Post an die Hunde zu Hause geschickt.»

Dito die Grüne Insel. «Eines Morgens im Oktober kam Stephen zum Frühstück herunter und sagte: ‹Edith war noch nie in Irland. Lasst uns dort hinfahren.› ... Also packten wir unsere Sachen und fuhren nach London.»

> An dem Abend gab es eine Party bei den Frewens, auf der die Cranes groß gefeiert wurden. Am nächsten Morgen gingen wir zum Bahnhof, um das Schiff nach Irland zu erreichen, aber wir hatten uns nach einem veralteten Fahrplan gerichtet, und der Zug war schon abgefahren. Nicht schlimm. So hatten wir noch einen schönen Tag in London. Wir verpassten den Zug drei Tage nacheinander. Das hört sich an, als wären wir alle nicht ganz richtig im Kopf gewesen. Aber wir waren einfach nur fröhliche Dorfbewohner, die verlernt hatten, Züge zu erreichen. Und jeden Tag und jeden Abend gab es Partys – Lunch, Tee, Dinner. Alle wollten die Cranes einladen. Schließlich kamen wir in Irland an und fuhren von Cork über Ballydehop und Skibbereen und Skull und Bantry nach Glengariff, immer mit Übernachtungen in kleinen Landgasthöfen ... Eigentlich wollten wir nach Killarney, aber wieder bekamen wir Heimweh nach Brede und den Hunden.

Wir müssen uns Sisyphos als glücklichen Menschen vorstellen. Ritchies Erinnerungen sind mehr als eine bloße Aufzählung von amüsanten, ausgelassenen Momenten: ihre Bemerkungen etwa über Cranes Arbeitsgewohnheiten oder wie die Cranes miteinander umgingen, vermitteln uns unschätzbare Eindrücke vom Leben des Paars in Brede. Neben Beschreibungen des Hauses selbst, mit seinen «riesigen offenen Kaminen», seinen leeren Zimmern, seiner geräumigen, eichengetäfelten Eingangshalle, «vollgestellt mit Sofas und Sesseln und hübschen Tischen und Lampen und Pflanzen und Büchern», dem Esszimmer mit seinem «langen Refektoriumstisch und Binsenmatten auf dem Fußboden von der Wiese am Bach» – anstelle unerschwinglicher Teppiche –, findet sich hier auch folgende verblüffende, aber aufschlussreiche Feststellung, die beweist, wie gut die Cranes das Geheimnis ihrer erdrückenden Schulden zu wahren wussten: «Von Geld wurde nie gesprochen, solange ich da war.»

Edith Ritchie hielt Augen und Ohren offen. Die junge Frau lebte sechs ganze Monate lang im Haus der Cranes und begleitete sie auf zwei Auslandsreisen (auf denen sie für Schiffe, Hotels, Restaurants, Züge, Theaterkarten und Cafés mit Geld nur so um sich warfen – vor keiner noch so maßlosen Ausgabe zurückschreckend), nahm an vielen, wenn nicht allen ihren gesellschaftlichen Aktivitäten teil und saß täglich bei bis zu drei Mahlzeiten mit ihnen am Tisch. Falls die Cranes jemals in Hörweite anderer Personen über ihre Finanzen gesprochen haben, hätte Ritchie es mitbekommen, aber sechs Monate lang ließen sie in ihrer Gegenwart nicht ein einiges Ächzen und Stöhnen oder auch nur ein sorgenvolles Wort vernehmen und prassten weiter fröhlich vor sich hin. Ihre Gastgeber mochten heißblütige Verschwender sein, zugleich aber waren sie die kaltblütigsten Schauspieler der Welt.

Lieblingsgast. «Joseph Conrad kam oft nach Brede, aber seiner Frau ging es zu der Zeit nicht gut, und ich habe sie nie kennengelernt ... Er war mir von allen Gästen in Brede der liebste. Er war charmant, still und höflich. Ich war schüchtern und hörte lieber zu, als selbst etwas zu sagen. Er sprach über Bücher mit mir so ernst wie mit seinen Schriftstellerkollegen.»

Arbeitsgewohnheiten. «Stephens Arbeitszimmer war spartanisch eingerichtet, es gab nur einen nicht allzu bequemen Stuhl und einen langen Tisch, auf dem außer seinen Papieren nichts zu sehen war. Wenn er in Schreibstimmung war, hielten wir alle uns von ihm fern. Aber manchmal sagte er, in Gesellschaft könne er besser denken, und dann brachte er seine Arbeit nach unten und schrieb, während Cora und ich Näharbeiten machten.»

Vorbereitungen für die Niederschrift von «Manacled». «Einmal erzählte er uns von einem Traum, aus dem er eine gute Geschichte machen könne. Der Traum ging so: Stephen steht auf der Bühne irgendeines Theaters und spielt einen Gefangenen. Er trägt Handschellen und Fußfesseln. Plötzlich schreit jemand ‹Feuer!›. Alle anderen Schauspieler und die Zuschauer rennen zu den Ausgängen und vergessen, dass er gefesselt und hilflos ist. Das war der Traum. Er fragte sich, als er darüber schreiben wollte, wie lange es wohl dauern mochte, so gehandicapt einen Korridor hinunter ins Freie zu gelangen. Also ließ er sich von Cora und mir Hände und Füße zusammenbinden und verbrachte dann den Vormittag damit, allen Ernstes herauszufinden, wie lange er brauchte, eine bestimmte Strecke zurückzulegen, je nachdem, ob er hüpfte, sich wälzte oder kroch wie eine Raupe.»

Was Edith Ritchie sah – und empfand. «Ich wünschte, ich könnte die Atmosphäre in Brede beschreiben. Nie habe ich zwei Menschen gesehen, die so verliebt ineinander waren wie Stephen und Cora ... Beide waren sehr sensibel, und fürsorglich. Cora tat alles dafür, dass Stephen sich im Haus wohlfühlte. Sie achtete auf jede Veränderung seiner Stimmung. Wenn er Stille brauchte, bekam er Stille. Wenn er Gesellschaft und Fröhlichkeit brauchte, bekam er die. Sie waren feine Leute, die beiden. *Gute* Leute. Sie waren immerzu gut. Sie waren nicht nur ‹gut› zu mir. Sie waren moralisch gut. Sie waren freundlich. Sie waren einfach ... ich liebte sie beide.»

Andere sahen das natürlich anders. Von Richard Heather, dem Butler in Brede, für Ritchie ein «typischer Wichtigtuer, aber den Cranes treu ergeben», meinte Jessie Conrad, seine Ergebenheit sei nur eine Maske gewesen, in deren Schutz er heimlich Sabotage betrieb. So schreibt sie über seinen Umgang mit Cranes Hunden: «Immer wieder habe ich gesehen, wie Stephen, sein schmales Gesicht tief über die Arbeit gebeugt, plötzlich aufstand, ohne Zeichen von Unwillen zur Tür ging und eines dieser verzogenen Tiere hindurchließ. Kaum wollte er sich wieder hinsetzen, wurde ihm dasselbe noch einmal abverlangt. Manchmal, wenn er zu krank und schlapp war, sich selbst um ihre Ansprüche zu kümmern, bat er den alten Diener ... es für ihn zu tun. Viele Male habe ich diese düstere Farce beobachtet und wäre am liebsten eingeschritten, wenn der alte Grobian seine gütigste Miene aufsetzte, die Hunde ans obere Ende der Steintreppe führte und sie dann einen nach dem anderen mit einem Tritt nach unten beförderte.»

Und Stephens Arbeitszimmer war auch nicht «spartanisch eingerichtet ... außer seinen Papieren nichts zu sehen», wie Ritchie sich über fünfzig Jahre nach ihrem Aufenthalt in Brede zu erinnern glaubt. Ein Foto vom September 1899 zeigt Crane mit einem Stift in der Hand an seinem Schreibtisch bei der Arbeit (auf alle Fälle tut er so), und das Zimmer ist vollgestopft mit Gegenständen: mindestens sieben gerahmte Bilder an der Wand zu seiner Rechten, eine Gitarre, die unter den Bildern an der Wand lehnt, hinter ihm ein großer Bücherschrank. Auf dem Schreibtisch selbst noch viel mehr: ein unordentlicher Haufen beschriebener Blätter, ein Weinglas voller Zigaretten, Zündholzschachteln, eine Porzellandose, vermutlich für Pfeifentabak, eine monströse Tischlampe mit grotesk überladenem Taftschirm sowie das von Cora handsignierte Foto in ihrem Kriegsberichterstatterkostüm: *Für meinen alten Kumpel Stevie / mit den besten Wünschen – «Imogene Carter» / Athen, 22. Mai 97.* Dass Ritchie hier von ihrem Gedächtnis im Stich gelassen wurde, spielt keine Rolle. Sie erinnerte sich an ein Gefühl, nicht an eine Tatsache, so wie es uns allen mit unseren Erinnerungen an die ferne Vergangenheit ergeht; bemerkenswert ist an diesem Foto aber, wie so ganz anders Crane hier aussieht als auf einer vergleich-

Crane in seinem Arbeitszimmer in Brede Place
(Mit freundlicher Genehmigung der University of Virginia)

baren, 1897 oder 1898 in Ravensbrook entstandenen Aufnahme. Auch da sitzt Crane an seinem unaufgeräumten Schreibtisch, Stift in der Hand und offenbar bei der Arbeit, diesmal umgeben von Andenken an seine Reise nach Texas und Mexiko. Höchstens zwei Jahre waren seither vergangen, doch auf dem zweiten Bild wirkt er um sehr viel mehr Jahre gealtert. Die Jacke ist zu weit für seinen ausgemergelten Körper, und sein Gesicht ist nicht mehr das eines jungen Mannes.

Strittig ist auch Ritchies Behauptung, sie habe in Brede «niemals einen uneingeladenen Gast gesehen. Die Gäste wurden allesamt auf Stephens Vorschlag von Cora eingeladen. Ich habe gehört, wie sie ihn nach einem Wochenende mit einem Haus voller Gäste ermahnte, sich auch einmal auszuruhen. Aber er liebte es, Leute um sich zu haben.» Das dürfte aber nur die halbe Wahrheit sein. Zweifellos hatte Crane Freude an der Gesellschaft seiner Schriftstellerkollegen – Conrad, Wells, James, Ford, Barr und A. E. W. Mason –, aber wie zuvor in Oxted wimmelte es auch in Brede Place nicht selten von unerwünschten Schnorrern und Mitläufern, die die Gastfreundschaft und Gutmütigkeit der Cranes ausnutzten, nur um dann, nach London zurückgekehrt, Gemeinheiten über sie zu verbreiten. Crane war daran nicht unschuldig, er war zu freundlich, zu entgegenkommend, zu abgeneigt, auch einmal nein zu sagen, und seine Freunde nahmen ihm diese Weichherzigkeit durchaus übel. Ford, der Crane verehrte – «der schönste Geist, den ich je gekannt habe» –, nannte das Leben seines Freundes in Brede einen «Albtraum unangebrachter Gastfreundschaft». Conrad, nicht weniger entsetzt über diese zwielichtigen Besucher, spricht von seiner «heimlichen Verärgerung», wann immer er solche Leute bei seinen Besuchen antraf. Als er einmal den Mut aufbrachte, Crane zu sagen, er sei zu «gutmütig», «bedachte er mich mit seinem stillen Lächeln, das so schmerzlich auf die Eitelkeit aller Dinge hinzuweisen schien, und bemerkte nach einigem Schweigen: ‹Ich bin froh, dass diese Indianer weg sind.›»

Ritchie war ganz offensichtlich zu jung und unerfahren, die Feinheiten dieser komplizierten gesellschaftlichen Wechselbeziehungen zu durchschauen, aber das setzt weder ihre Eindrücke von den Cranes selbst noch die Wahrhaftigkeit ihrer Darstellung herab. Ohne sie wüssten wir nichts von den singenden Hunden und musikalischen Kämmen, nichts von den brüllenden, zwitschernden und bellenden Kartenspielern in Folkstone. Ebenso wüssten wir ohne das Zeugnis eines anderen amerikanischen Besuchers in Brede nichts davon, wie Crane den Challenge Cup in Spontanem Schreiben gewann. Karl Edwin Harriman, zu der Zeit vierundzwanzig Jahre alt, war ein amerikanischer Schriftsteller und Journalist, den die *Detroit Free Press* nach England geschickt hatte. Er kam nach Brede, um Crane zu interviewen, und blieb dann mehrere Wochen, zeitgleich mit Ritchie und sehr wahrscheinlich länger, als man ihn haben wollte, aber ihm verdanken wir eine denkwürdige Anekdote, an deren Authentizität trotz vieler sonstiger Fehler in seinen Artikeln über Crane kein Zweifel besteht.

Ein Sommerabend in Brede Place, dem ein wolkenverhangener, gewitterträchtiger Nachmittag vorausgegangen war. Crane und einige seiner Schriftstellerfreunde sitzen um den Küchentisch und trinken Scotch mit Soda. Harriman erwähnt nur Conrad und Mason[115], deutet aber an, dass noch andere dabei waren. Um neun Uhr entlädt sich das Gewitter endlich mit einem Donnerschlag. Crane hat gerade von Harold Frederics «Adverbien-Vorhang» erzählt, einer umfangreichen Liste nützlicher Adverbien, die sein verstorbener Freund auf die Jalousie vor seinem Fenster geschrieben hatte, um sich ihrer beim Schreiben seiner Romane zu bedienen. Mason schenkt sich den nächsten Drink ein, die nächste Zigarette erlischt zwischen Crane Fingern, und wieder ertönt ein Donnerschlag. Conrad findet die Idee nicht schlecht. Mason steht auf und sagt, beim Schreiben müsse man im Voraus wissen, worauf man hinauswolle, das sei das Wichtigste – alles müsse bis ins Detail geplant sein. Crane widerspricht heftig. «Ich war immer der Überzeugung, beim Schreiben geht es nur um Technik», sagt er. «Wer seine spezielle Technik beherrscht, kann über alles schreiben.» Mason steht am Fenster, ein Blitz lässt den dunklen Himmel weiß aufleuchten,

■ 115 A. E. W. Mason, 1865–1948, Schauspieler und Dramatiker, Verfasser beliebter Kriminalromane und des Romans *The Four Feathers*, der zweimal verfilmt wurde, 1939 mit Ralph Richardson und 2002 mit Heath Ledger

Mason blickt auf die Wiese hinaus und sagt zu Crane: «Wenn das stimmt, schreib eine Geschichte über diese Heuhaufen da. Das schaffst du nicht. Wollen wir wetten?» «Angenommen», sagt Crane. Sie wechseln das Thema, schließlich geht man zu Bett, und tags darauf lässt Crane sich beim Lunch nicht blicken, erst zum Dinner taucht er aus der Versenkung auf, «in der Hand ein Bündel Papier, von einem blauen Band zusammengehalten». Cora lacht, sie weiß schon, was kommt. «Wie ihr seht», sagt sie, «hat Stevie gerade sein Diplom gemacht, er will es euch zeigen. Stimmt's, Stevie?» Crane nickt, und als die Gruppe nach dem Essen wieder bei Scotch mit Soda sitzt, bindet er das blaue Band ab und verkündet: «Ich werde euch Indianern etwas beweisen.» Er rollt die Blätter auf und liest ihnen eine Geschichte vor; sie spielt in der Zeit Cromwells, genau in dem Haus, in dem er sie ihnen jetzt vorliest, und sie handelt davon, dass in jedem Heuhaufen auf der Wiese draußen ein Commonwealth-Soldat auf der Lauer liegt und das Signal zum Angriff auf das Haus erwartet, in dem die Mönche sich in Nischen und Kellerräumen versteckt haben. Als er fertig ist, schüttelt Mason ihm die Hand und sagt: «Ich nehme alles zurück.» Conrad lässt nur ein Grunzen vernehmen – Zeichen aufrichtiger Anerkennung in der Privatsprache zwischen den beiden Freunden.

Die Erzählung ist verschollen und wird wohl nie ans Licht kommen; vermutlich hat Crane sein kleines Werk nach gewonnener Wette einfach zusammengeknüllt und mitsamt dem blauen Band in den Kamin geworfen.

3

In einer Notiz zu ihrer nie geschriebenen Crane-Biographie erinnert sich Cora an das einzige Mal, dass sie böse in Streit miteinander geraten waren. «Ich sagte zu ihm: ‹Schreib doch mal einen Roman für Geld, irgendwas, das alle lesen wollen.› Darauf fuhr er mich zornig an: ‹Ich schreibe für einen Einzigen & schlug mit der Faust auf den Tisch & und dieser Einzige bin ich und kein anderer› etc. etc. –»

Crane, der seine Ehre als Künstler verteidigt und unnachgiebig darauf beharrt, sich niemals den Forderungen des Marktes beugen zu wollen, dabei stand er in diesem Jahr in Brede mit dem Rücken zur Wand, und in Wahrheit beugte er sich doch und versuchte einen Roman für das breite Lesepublikum zu produzieren. Angefangen hatte er damit schon Ende 1897, als er die Arbeit an «The Blue Hotel» unterbrach und die lange Erzählung einschob, zu der seine Verleger ihn gedrängt hatten (keine verwünschten Kurzgeschichten mehr, bitte), und jetzt wollte er es wirklich wissen und versuchte einen Geldregen herbeizuschreiben, der ihn und die Seinen vor dem Bankrott bewahren sollte. Am Ende wurde es der umfangreichste Roman, den er je veröffentlicht hat – und auch der schlechteste, das einzige größere seiner Werke, das man als *misslungen* einstufen muss.

Die 1897 geschriebenen Anfangskapitel von *Active Service* sind vielversprechend, aber das sind nur drei der einunddreißig dieses Reißers, und so brillant das dritte Kapitel mit seinem facettenreichen Blick auf die Arbeitsweise einer New Yorker Boulevardzeitung sein mag (da kannte Crane sich bestens aus), entwickelt sich die Handlung danach schnell zu einer schwachsinnigen Liebes- und Abenteuergeschichte aus dem Griechisch-Türkischen Krieg: Unerschrockener Reporter, hin- und hergerissen zwischen einer abgefeimten Verführerin und der schönen, charakterfesten Tochter eines Universitätsprofessors, zieht sich mit List und Tücke und Mut aus der Schlinge – eine hirnrissige Klamotte, wie man sie aus unzähligen Clark-Gable-Filmen der 1930er kennt. Crane schrieb das Buch ohne viel nachzudenken von Ende Januar bis Mitte Mai, und unmittelbar danach meldete er Clara Frewen in einem Brief:

> *Liebe Mrs. Frewen: Vor allem anderen bin ich ein ehrlicher Mann, und so beichte ich Ihnen – wie versprochen –, dass am Samstagmorgen um 11:15 – nach schrecklichen Sorgen und Wehen – einer nichts Böses ahnenden Welt der Roman «Active Service» geboren ward, vollauf in seiner ganzen Schande – 79 000 Wörter –, und selbiger nun in die Welt hinausgeschickt wird, jedweden guten Ruf zu untergraben, den ich mir erworben haben mag, und möge der Himmel ihm verzeihen, dass er so schlecht geraten ist.*

Überraschenderweise waren nicht wenige Kritiker und Leser von dem Buch recht angetan. Nicht genug für einen Geldregen, mag sein, dennoch verkaufte sich *Active Service* nicht schlecht, unabhängig davon, dass andere Stimmen das Buch als Verrat und Bankrotterklärung brandmarkten, allen voran Willa Cather, Cranes alte Freundin aus Nebraska, die so schonungslos (und ahnungslos) wie sonst niemand schrieb: «Jede Seite gleicht dem Geschmack, den man am Morgen nach einer Champagnerparty im Mund hat, nicht zu vergessen den Gestank erloschener Zigaretten ... Es gibt zu denken, dass ein Mann, der sich guter Gesundheit und eines Bankkontos erfreut, ein so primitives, langweiliges und reizloses Buch wie *Active Service* schreiben konnte.»

Gute Gesundheit und ein Bankkonto. Wenn sie gewusst hätte, was sie da redet ...

Von Cranes letztem Lebensjahr wird oft behauptet, er habe nur noch minderwertiges Zeug geschrieben, um seine Rechnungen zu bezahlen, und nichts mehr von Wert geschaffen, doch außer dem unseligen und von ihm selbst als verunglückt bezeichneten *Active Service* gibt es wenig, was diese Behauptung stützen könnte. Ja, er schrieb zu viel, er zwang sich zu viel ab, und ja, das meiste schrieb er, um sich von dem Erlös die Gerichtsvollzieher vom Hals zu halten, aber trotz wiederkehrender Malariaattacken und seiner falsch behandelten, stetig schwächer werdenden Lunge ist das meiste, was er von Anfang 1899 bis Anfang 1900 schrieb, ziemlich gut, oft besser als gut, und in mindestens zwei Fällen außerordentlich gut, so gut wie seine besten Sachen in der Vergangenheit.

Bevor er sich den schlechten Roman wieder vornahm, und während er daran schrieb, und lange nachdem er ihn abgeschlossen hatte, arbeitete er an zwei Erzählungsbänden, die er noch vor seinem endgültigen Zusammenbruch im Frühjahr 1900 fertigstellte und die kurz nach seinem Tod im Juni auf den Markt kamen – *Whilomville Stories* (August) und *Wounds in the Rain* (September). Beide zählen zu seinen wichtigeren Büchern, beide lassen erahnen, dass er eine neue Richtung eingeschlagen hatte, und machen uns schmerzlich bewusst, wohin Crane noch vorgedrungen sein könnte, hätte er noch länger gelebt.

«His New Mittens» erschien in demselben Band wie *The Monster* und «The Blue Hotel», aber das war erst Cranes erster Schritt zurück in die Welt der Kindheit seit den Baby-Storys von 1893. Zwei Wochen nach seiner Rückkehr aus England schrieb er eine weitere Whilomville-Erzählung mit einem Kind in der Hauptrolle (am 27. Januar an Reynolds abgeschickt), dann noch eine (31. Januar), und noch eine (7. Februar). Bis zum Herbst wurden es ein ganzes Dutzend, die ab August monatlich in *Harper's Magazine* erschienen. Ähnlich wie «His New Mittens» handeln die Geschichten von Kindern, sind aber nicht unbedingt *für* Kinder geschrieben, auch wenn

Ernest Hemingway, 1899 geboren und knapp ein Jahr lang gleichzeitig mit Crane auf der Welt, die Whilomville-Storys in seinen Kinderjahren in Oak Park, Illinois, allem Anschein nach gelesen oder vorgelesen bekommen hat: Beginn seiner lebenslangen Bewunderung für Crane, dessen Werk deutliche Spuren in seinem eigenen Schreiben hinterließ. Alles Überflüssige weglassen, das war die Botschaft – möglichst viel mit möglichst wenig sagen. Man denke an Dr. Trescott, der am Ende von *The Monster* die Teetassen seiner Frau zählt, und dann denke man an Krebs, der in Hemingways «Soldaten zu Hause» den Speck anstarrt, der auf seinem Teller hart wird.

Keine der zwölf neuen Erzählungen kommt ganz an die erste über den kleinen Ausreißer und seine nassen Handschuhe heran, aber einige sind beachtlich, und alle, auch die komischsten, sind gänzlich frei von der schmalzigen Sentimentalität, die so viele Bücher über Kinder ungenießbar macht. Hauptfigur in dem neuen Zyklus ist Jimmie Trescott, der Sohn des Arztes aus *The Monster*, aber Whilomville selbst befindet sich in einem früheren Stadium seiner Geschichte: keine expandierende Kleinstadt Mitte der neunziger Jahre, sondern ein idyllisches Dorf in den Siebzigern oder Achtzigern, in der Zeit nach dem Bürgerkrieg, in Cranes Kindheitsjahren, und zum Zeichen, wie sauber er die Tafel abgewischt hat, lässt er gleich in der ersten Erzählung, «Lynx-Hunting», sowohl Jimmie als auch Henry Fleming unversehrt wiederauferstehen, wo der kleine Junge auf ein Eichhörnchen zielt und aus Versehen – eine Kuh trifft. Im Gegensatz zu den meisten anderen dieser Erzählungen, die das dörfliche Leben von Jungen und Mädchen zum Thema haben, geht es hier um Jungen, die in freier Natur spielen. Zu Beginn führt Crane den krassen Unterschied zwischen ihrer Welt und der der Erwachsenen vor Augen und setzt damit den geistigen und gesellschaftlichen Rahmen für alle folgenden Geschichten.

Sie folgten einer Ahornallee, die von allen Jungen benutzt wurde, wenn sie nach dem freien Gelände der Hügel und Wälder unterwegs waren, um dort in der Rolle von Indianern, Goldgräbern, Schmugglern, Soldaten oder Gesetzlosen ihren jeweiligen Abenteuerdrang auszuleben. Die Pfade waren ihre Pfade, und gar manches Geheimnis wussten sie über das Dickicht der dunkelgrünen Schierlingsbäume, die Heidelandschaft mit ihren Myrten- und Heidelbeersträuchern und die finsteren Felswände aus bläulichem Gestein, zu deren Füßen die flammend rote Gifteiche wuchs. Gewiss glaubte jeder Junge fest daran, dass die Wildnis ihm eines Tages ein ganz wunderbares Geheimnis zuraunen würde ... Für die Erwachsenen bedeuteten diese Heideflächen offenbar nur Entfernungen zwischen einer Ortschaft und einer anderen, Schlupfwinkel für die Kaninchen oder Bezirke, deren Wert nach ihren Nutzholzbeständen bemessen war ... Dabei führten [die Jungen] dort während der schönen Jahreszeit ein Leben herrlicher Abenteuer – dank ihrer blühenden Phantasie.[116]

Das Dorf entwirft Crane als eine abgeschlossene Welt, bevölkert von Kindern, die in den einzelnen Geschichten immer wiederauftauchen und sie auf diese Weise ähnlich miteinander verbinden, wie Sherwood Anderson es zwanzig Jahre später mit den Erzählungen von *Winesburg, Ohio* gemacht hat. In der Jungenhälfte dieser Whilomville-Welt herrscht eine eindeutige Hackordnung, un-

116 «Auf der Luchsjagd», in: Stephen Crane: Realistische Erzählungen. Übersetzt von Theo Schumacher, Ebenhausen bei München 1960. (A. d. Ü.)

angefochten an der Spitze der herrschsüchtige Willie Dalzel, eine Stufe unter ihm der schlitzohrige, allzeit zu allem bereite Jimmie Trescott, der dusselige, in ewige Knechtschaft gebeugte Homer Phelps und diverse Statisten wie die Margate-Zwillinge und Dan Earl, die alles mitmachen, was die Gruppe entscheidet. Crane mit seinem scharfen Blick für Gruppendynamik steuert die Interaktion zwischen den Jungen mit erstaunlicher Präzision, sowohl heiter (in «Making an Orator» und «A Little Pilgrim») als auch ernst («Shame», «The Carriage-Lamps» und «The Trial, Execution, and Burial of Homer Phelps»). Am Ende jedoch sind die wirkungsvollsten Geschichten die, in denen ein Kind von auswärts nach Whilomville kommt und das Gleichgewicht dieser abgeschlossenen Welt ins Wanken bringt, zum Beispiel mit großartig komischem Effekt in «The Angel Child» und «The Stove», und dann, gar nicht mehr oder nur noch ein wenig komisch, in den finsteren Kampfszenen in «The Fight» und «The City Urchin and the Chaste Villagers».

Die lustigen Geschichten drehen sich um die Abenteuer der kleinen Cora, Jimmies Cousine aus New York, «die tapfere Banditin ... und Gesetzlose», genannt Engelkind. Eines Sommers kommt sie mit ihrer nachsichtigen, vornehmen Mutter und ihrem zerstreuten Vater (einem Maler) zu den Trescotts zu Besuch, und als der Vater sie anlässlich ihres Geburtstags zum Essen ausführt und ihr auch noch fünf Dollar schenkt, setzt das kleine blonde Früchtchen den ersten Streich ins Werk. Eine Heerschar Dorfkinder im Schlepptau, betritt sie ein gutsortiertes Süßwarengeschäft und spendiert ihnen allen jede Menge Eis und Kuchen und «Schokoladenmäuse, Karamellbonbons, Dauerlutscher, Schokoladenzigarren, Toffees am Stiel, Toffeekreide und allerlei halb durchsichtige Leckereien, die aussahen wie Löwen, Tiger, Elefanten, Pferde, Katzen, Hunde, Kühe, Schafe, Tische, Stühle, Lokomotiven, Feuerwehrwagen, Soldaten, feine Damen, komisch aussehende Männer, Standuhren, Taschenuhren, Revolver, Hasen und Bettgestelle», und als die übersättigten, vollgestopften Kinder keinen Bissen mehr herunterbekommen, gibt der Verkäufer dem Engelkind das Wechselgeld heraus. Zwei Dollar und siebenundzwanzig Cent. Bestürzt, dass sie die ursprünglichen fünf Dollar nur angeknabbert hat, sammelt sie ihre erschöpften Truppen mit dem Zauberspruch: «Wir müssen uns was ausdenken, wie wir noch mehr Geld ausgeben können» (wie der Autor gegrinst haben muss bei dieser Zeile), und um das zu bewerkstelligen, marschieren sie schließlich zu Barbier Neltje und lassen sich von dem Mann mit dem unaussprechlichen Namen eins nach dem anderen die schönen Kinderlocken vom Schädel rasieren – zum heulenden Elend und Entsetzen der Eltern ihrer geschorenen Sprösslinge.

Die kleine Cora taucht auch in der nächsten Geschichte auf, «The Lover and the Tell-Tale»; Jimmie hat sein Herz an sie verloren und sehnt sich nach seiner Cousine, die mit ihren Eltern nach New York zurückgekehrt ist. Eines Tages bleibt er während der Schulpause im Klassenzimmer und schreibt seiner Angebeteten einen Brief: «Meine liebe Cora ich liebe dich von ganzen Herzen oh bitte kom zurück bitte bitte weil ich liebe dich mehr als alle andern oh kom zurück Wenn es wieder Frühling wird fliegen wir und fliegen wie ein Vogel.» Dieser Brief wird den verliebten Knirps noch schwer in die Bredouille bringen, doch als Cora in den Weihnachtsferien wieder nach Whilomville kommt, ist seine Leidenschaft schon mehr oder weniger verflogen – glaubt er jedenfalls. Das Engelchen hat seine neueste Errungenschaft aufs Land mitgebracht, einen Spielzeugherd «aus Gusseisen, groß wie ein Koffer und, wie die Bühnenleute sagen, gebrauchsfähig». Cora besteht darauf, dieses Monstrum überallhin mitzunehmen, und da es für sie selbst zu schwer ist, schleppt ihr Vater, der ihr nichts abschlagen kann, das Ding von einem Zimmer, von einem Stockwerk des Hauses ins andere. Von Dr. Trescott gefragt, warum sie es nicht einfach an einer Stelle lässt und dort damit spielt, antwortet ihre Mutter: «Wenn es sie glücklich macht, den Herd immer um sich zu haben, warum dann nicht?»

Eine groteske Situation, doch über Groteskes ist Jimmie längst hinaus, und bald gerät er wieder in Coras Bann und macht sich zu ihrem «Komplizen», oder genauer gesagt, zum Sklaven ihrer Launen, denn, «wenn in ihrem kleinen Körper die Gedanken loderten, gab es für das Engelkind kein Halten mehr». Am Nachmittag der großen Teegesellschaft, zu der die Trescotts geladen haben, werden die Kinder ermahnt, «brav zu sein», also tragen sie den Herd in den Garten und spielen damit, während das Haus sich mit den weiblichen Gästen füllt. Im Gegensatz zu den anderen elf Erzählungen, in denen Erwachsene kaum vorkommen oder nur am Rand auftauchen, um für Ordnung zu sorgen oder notfalls auch mal ein Kind zu bestrafen, sind Jimmies und Coras Eltern wichtige Figuren in «The Stove», was Crane die erzählerische Freiheit gewährt, sich zwei ganze Seiten lang über die Gebräuche provinzieller Teegesellschaften auszulassen und dem eine Attacke gegen die erstickende Bigotterie des bürgerlichen Lebens folgen zu lassen, jener verklemmten Umgebung, die ihn auf den Dinnerpartys seines Bruders William in Port Jervis zu so ungehobeltem Benehmen veranlasst hatte. Zwei Beispiele:

> An jenem unglückseligen Nachmittag kam eine kleine erlesene Schar verkappter Feindinnen zusammen. Während alle sich mit viel Trara herzlich begrüßten, vermaß eine jede aufs Fädchen genau die Güte der Kleidung, welche alle anderen trugen. Die, die alte Kleider trugen, wünschten, sie wären nicht gekommen, und die, die sahen, dass sie im Vergleich zu den anderen gut gekleidet waren, waren froh oder entzückt oder voll hämischer Freude. Dann tranken

> sie Tee, was ihnen allen weder Genuss noch Gewohnheit war, denn sonst tranken sie meistens Kaffee mit Milch.

Und speziell zu den Teetassen:

> Diese Sammlungen unterschieden sich so sehr im Stil und in dem offenkundig dafür gezahlten Betrag, dass niemand damit glücklich sein konnte. Die Ärmeren waren neidisch; die Reicheren hatten Angst; die Ärmeren strebten ständig danach, die vor ihnen zu überholen; die vor ihnen blickten ständig nach hinten, ob jemand sie überholen wollte. Und sie alle wussten nichts von dem, was hier geschrieben steht. Statt zu sehen, wie überaus dumm sie waren, hielten sie sich für überaus fein. Und sie versetzten und empfingen Sticheleien – böse, schmerzhafte Sticheleien – und glaubten felsenfest, ein solcher Mumpitz sei das Himmelreich netter Leute.

Unterdessen schneit es draußen, und das Feuer in dem Kinderherd ist ausgegangen. Erst wollen sie es in den Stall tragen und dort wieder anmachen, aber Peter Washington (in *The Monster* flüchtig als Henry Johnsons Freund erwähnt), der Stallknecht der Trescotts – praktisch eine Kopie Johnsons –, verbietet ihnen, diesen gebrauchsfähigen Spielzeugherd in seinem leicht entflammbaren Reich anzuzünden; ihnen bleibt nichts anderes übrig, als das gusseiserne Ding durch eine Außentür des Hauses die Treppe hinunter in den Keller zu schleppen, eine warme, trockene Höhle, in der «zwei mächtige zylindrische Brennöfen bullerten». Über ihnen beben die Deckenbalken von den «Agitationen der Teegesellschaft», und Jimmie entzündet den Herd. Bald haben sie etwas gefunden, das sie kochen könnten: Rüben aus dem Vorrat der Trescotts, erdverkrustete Wurzeln, die sie den Flammen übergeben, doch als Cora erklärt, sie besäßen ein Hotel und die Rüben seien in Wirklichkeit Pudding für Tausende von Gästen, wird der Spielzeugherd viel zu klein für ihre Zwecke, und so schaufelt Jimmie eben eine Ladung Rübenpudding nach der anderen in einen der Brennöfen, und als der Geruch der schwelenden Knollen ins Reich der Erwachsenen vordringt, gehen die beiden Väter, die vor der Teegesellschaft in die Praxis des Arztes geflüchtet sind, in den Keller, um nachzusehen. Kaum haben sie die Quelle des Gestanks entdeckt, schickt der Arzt Jimmie nach oben, und der phlegmatische Maler tut so, als sei er böse auf seine Tochter. In «erkünsteltem Zorn» packt er ihren Arm und schüttelt sie, doch als sie zu schreien anfängt, hört er gleich wieder auf. «Ich habe ihr weh getan», sagt er zu Trescott. Der Arzt denkt kurz darüber nach und erwidert: «Du hast ihr weh getan, ja? Dann tu ihr noch einmal weh. Schlag sie! Verdammt, schlag sie, Mann! Das hat sie nötig. Hier hast du die Chance. Schlag sie, aber richtig. Schlag sie!» Und der Vater des Mädchens tut es. Reichlich ungeschickt, aber er tut es.

Der zweite Auswärtige, der nach Whilomville kommt, in dieses abgeschottete Dorf, ist ein Junge namens Johnnie Hedge aus New Jersey. Er zieht mit seiner verwitweten Mutter und seinem jüngeren Bruder in das Haus neben den Trescotts, dessen frühere Besitzer, die Hannigans, es in *The Monster* zum Verkauf angeboten hatten, nachdem jenes entsetzlich verunstaltete Ding, einstmals Henry Johnson, wieder bei den Trescotts eingezogen war. «The Fight» beginnt an dem Tag, an dem die Unbekannten mit ihren Habseligkeiten nach Whilomville kommen; Jimmie weiß schon Bescheid, und kurz nachdem Willie Dalzel und seine Bande herbeigeeilt sind, um sich die Neuen anzusehen, hat Johnnie Hedge seinen ersten Auftritt, als er

> aus dem Haus kam und den Kiesweg zum Gartentor hinunterschlenderte. Er war ungefähr so groß und so alt wie Jimmie Trescott, war aber pummelig und hatte dicke Beine. Sein Gesicht war rund und rosig und fett, aber sein Haar war lockig und schwarz und seine Augenbrauen urwüchsig dunkel, sodass er ebenso einem Pudding wie einem Jungbullen glich.
>
> Langsam näherte er sich der Gruppe älterer Einwohner, die ganz still geworden waren. Sie maßen ihn von oben bis unten, er sie desgleichen. Sie erinnerten an Wilde, die den ersten weißen Mann gewahren, oder an weiße Männer, die den ersten Wilden gewahren. Das Schweigen hielt an.

Es dauert nicht lange, und Dalzel erklärt Hedge, er könne ihn «besiegen», und als der Neue sagt, da habe er wahrscheinlich recht, fragt Dalzel, ob er meint, er könne Jimmie Trescott besiegen. «Worauf der neue Junge Jimmie respektvoll, aber gründlich betrachtete und schließlich sagte: ‹Weiß nich.›» Die anderen schieben Jimmie nach vorn, und er weiß, was er jetzt zu sagen hat: «Kannst du mich besiegen?» Auch der Neue weiß, was an dieser Stelle von ihm erwartet wird, und «trotz seiner unglücklichen und einsamen Lage» spricht er es aus: «Ja.» Es wird laut. Jimmie sagt Hedge, er soll aus dem Garten kommen, aber der Neue bleibt, wo er ist, und fürs Erste geht es nicht weiter. Wie Crane es treffend formuliert (und kein Wort im folgenden Absatz ist treffender als «Opfer»), stecken die beiden Jungen in einer Sackgasse, und die hat noch weniger Auswege als im Normalfall, wenn ein drangsaliertes Kind es mit einem Schlägertyp zu tun bekommt. Hier kommt eine ganze Gesellschaftsordnung zur Sprache, und wer wen verprügelt und wer gewinnt und wer verliert, ist am Ende nebensächlich.

> Die zwei Opfer sahen sich mit großen Augen an. Der Zaun stand zwischen ihnen, sie konnten den Kampf nicht sofort beginnen, schienen aber zu begreifen, dass sie irgendwann doch dem grausamen Verlangen der anderen Jungen geopfert würden, und suchten den Kampfgeist ihres jeweiligen Gegenübers abzuschätzen. Böse waren sie überhaupt nicht. Nur zwei kleine Gladiatoren, denen lautstark befohlen wurde, einander weh zu tun. Beide gaben Zaudern und Zweifel zu erkennen, aber keine Angst. Sie wussten selbst nicht, was sie empfanden, scharrten verdrossen mit den Füßen und reagierten auf Willie Dalzels Geschrei, der sich aufführte wie ein Zirkusdirektor, mit mürrischem Gemurmel.

Säbelrasseln beendet die Pattsituation: Jimmie, der oft damit prahlt, was für ein harter Bursche er ist, und seinen Ruf nicht verlieren will, stellt Hedge ein Ultimatum: «Das erste Mal, wenn du aus deinem Garten rauskommst, schlag ich dich grün und blau.» Die anderen johlen begeistert, und Hedge, der jetzt an der Reihe ist, etwas zu sagen, erwidert «halb trotzig»: «Kann sein, kann nicht sein.»

Die Geschichte zerfällt in drei Teile. Was Crane im zweiten Kapitel erzählt, dürfte er in seiner Kindheit ein halbes Dutzend Mal schmerzhaft am eigenen Leib erfahren haben. Immer wieder der neue Junge an einem neuen Ort, immer der Außenseiter, der sich einzufügen versucht, immer der einzelgängerische Fremde, der sich den brutalen Initiationsriten des Rudels zu unterwerfen hat. Als Johnnie Hedge am Montag zum ersten Mal zur Schule geht, beginnt die «Tortur», sich seiner neuen Umgebung anzupassen. Allein unter «neuen Leuten, bei einem neuen Stamm», begreift er, dass ihm «nur zwei Schicksale möglich» sind: Ein Sieg wird ihm Respekt bei seinen Gleichaltrigen einbringen, eine Niederlage wird ihn zum Sklaven «eines stärkeren Jungen» machen, dem er sich dann im allem wird fügen müssen. Aber wie soll er seinen Platz in dieser Welt finden, wo «niemand ihn kannte, ihn verstand, mit ihm fühlte. In dieser Anfangszeit hätte er es mit einer Horde von Schakalen zu tun, die sich am Ende als ebensolche kleine Jungen wie er selbst erweisen könnten, aber diesen letzten Punkt seiner Philosophie konnte er in seiner Gänze nicht erfassen.» In den ersten Schultagen wird Hedge wegen seines Namens verspottet (weil «die Jungen alle neuen Namen komisch fanden»), von «kleinen und ganz unbedeutenden Jungen» gehänselt und hat «Blicke und Flüstern und Kichern zu ertragen, als wäre er ein Affe in Menschengestalt».

Jimmie hat Besseres zu tun und keine Lust, sich mit dem neuen Jungen zu prügeln, doch nach seiner kühnen Drohung am ersten Tag beginnen die anderen in seiner Bande, ihn für einen Feigling zu halten. Und bald muss er sich von ihnen denselben Spott anhören wie Horace in der früheren Erzählung: «Angsthase! Angsthase! Angsthase!»

Eine Konfrontation ist unausweichlich.

Am Tag des Kampfs versammeln sich hundert Jungen nach der Schule auf dem Spielplatz. Jimmie fordert Hedge heraus, der neue Junge hat keine Wahl, er wirft seine Bücher hin und baut sich vor seinem Gegner auf. Crane verzögert die Handlung mit einigen Bemerkungen zur Kampftaktik kleiner Jungen, sie verhalten sich im Kampf «ziemlich so wie Bärenjunge», soll heißen, sie stürzen blindlings aufeinander zu, raufen, bis sie tränenüberströmt und zerzaust zu Boden gehen und sich «im Staub oder Matsch oder Schnee oder was auch immer» wälzen. Jimmie, geübt in der Bärentechnik, stürmt mit Volldampf auf Hedge los, aber der Junge aus Jersey City hat eine andere Methode gelernt, und jetzt, da «ein Funke sein Kämpferblut entzündet hatte ... begann er mit den Armen zu rudern und sie mit einem Tempo kreisen zu lassen, dass man ihn für ein kleines, aber funktionstüchtiges Modell einer erstklassigen patentierten Windmühle halten konnte». Jimmie ist verwirrt, und ehe ihm einfällt, wie er diese Attacke wirbelnder Arme parieren kann, trifft ihn «eine kleine knorrige Faust» aufs Auge. Wie von der Axt gefällt, bricht er zusammen. Er hat verloren.

Die Zuschauer sind außer sich, perplex, fassungslos. «So etwas hatte Whilomville noch nie erlebt», und der neue Junge steht erst mal da, «seine geballten Fäuste hingen herab, sein Gesicht war puterrot, seine Lippen bebten noch von der Hitze des Kampfs». Dann aber hat er eine Idee, und er gibt diesem Gedanken nach und richtet seinen Blick auf Willie Dalzel, den «Anführer seiner Verfolger», denn er weiß, Jimmie Trescott ist nur ein Werkzeug dieses Häuptlings und also nicht von Belang, nur ein Sieg über den großen Boss wird ihm weitere Demütigungen ersparen, und so wirft er seine Windmühlenflügel wieder an, erwischt Dalzel mitten im Gesicht, und der Anführer der Bande nimmt heulend Reißaus «wie ein Hase», buchstäblich aus dem Feld geschlagen.

Es kommt noch mehr. «The Fight» hat eine Fortsetzung, «The City Urchin and the Chaste Villagers», die dort anfängt, wo «The Fight» aufhörte, und das Drama zu Ende bringt.

In der Mikrowelt der kleinen Jungen hat der Sturz des Häuptlings zu «anarchisch anmutenden Zuständen» geführt. Der Boss muss nicht unbedingt der Stärkste sein oder der, der nie einen Kampf verliert, aber er darf auf keinen Fall einer sein, der wegläuft, und dass er nach seiner demütigenden Niederlage das Weite gesucht hat, hat Dalzel den Respekt seiner Anhänger gekostet. Er ist entthront, der Anführer, nach dessen Pfeife man einst getanzt hatte, muss sich jetzt «Pfiffe und Buhrufe» gefallen lassen. Was aber nicht heißt, dass die Jungen sich Hedge unterworfen haben. Er hat die Ordnung ihres beschaulichen Reichs zerstört, und das nehmen sie ihm übel. Was immer er mit seinen Fäusten erreicht haben mag, er ist immer noch nicht einer von ihnen.

Jimmie, das erste Opfer der Windmühlentechnik, ist von aller Schuld freigesprochen. Wenn überhaupt, hat seine würdevolle Gelassenheit im Angesicht der Niederlage ihm höheres Ansehen verschafft, aber eben dieses höhere Ansehen (man beachte die kluge psychologische Wendung) ermuntert ihn nun, ständig damit zu prahlen, wie mannhaft er den Schmerz von Hedges K.-o.-Schlag ertragen habe. Die Einflüsterungen seiner kindlichen Eitelkeit machen es dem Besiegten möglich, seine Niederlage in einen Triumph umzudeuten. Ein winziges Detail, mag sein, aber auch ein weiteres eindrucksvolles Beispiel für Cranes Weigerung, seine Figuren zu idealisieren. Jimmie, dieser typische kleine amerikanische Junge, hat nicht weniger Fehler und Eigennutz als alle anderen.

Zeit vergeht, das Leben geht weiter, und da sie Haus an Haus wohnen, schließen Jimmie und Johnnie irgendwann Frieden und allmählich auch Freundschaft. Crane: «Die langwierigen Feindseligkeiten unter Männern haben keinen Platz im Leben eines Jungen. Der Geist eines Jungen ist flexibel; er ändert seine Einstellung mit einer Leichtigkeit, die schlicht daher kommt, dass er noch kein Mann ist.»

Während der Stamm ohne anerkannten Anführer dahintreibt, plant Dalzel sein Comeback. Damals, in Zeiten ohne Kino, Fernsehen oder Radio, stillten Jungen ihr Verlangen nach Geschichten mit Büchern, und «es begab sich, dass ein gewisser Schauerroman bei ihnen groß in Mode kam», die Geschichte eines Schiffsjungen auf einem Piratenschiff, der sich aus seinem niederen Status zum ruchlosesten und erfolgreichsten Piratenkapitän aller sieben Weltmeere erhebt. Als die Jungen sich eines Nachmittags im Garten der Trescotts versammelt haben, macht Dalzel sich daran, seinen raffinierten Plan, wieder an die Spitze zu kommen, in die Tat umzusetzen, und schlägt vor, die Geschichte nachzuspielen. Er selbst will natürlich die Rolle des erwachsenen Schiffsjungen übernehmen, aber sie brauchen auch einen für die wenig schmeichelhafte

Rolle des Schiffsjungen, als der bloß ein kleiner, von allen herumgestoßener Junge war. Der unterwürfige Homer Phelps sagt erst ja, dann nein, der «käsebleiche und kriecherische» Dan Earl sagt unerwartet ebenfalls nein, und Dalzel ist schon am Verzweifeln, als er Johnnie Hedges kleinen Bruder erspäht, der «sehnsüchtig» aus dem Nachbargarten zu ihnen herüberschaut.

> Als er aufgefordert wurde, den Schiffsjungen zu spielen, rief er freudig ja, glaubte er doch, damit werde er in den Stamm aufgenommen. Sogleich fielen sie über ihn her und verprügelten ihn mit einem Realismus, der ganz und gar nicht schmerzlos war. Er brach in wehleidiges Geschrei aus. Sie ermahnten ihn, still zu sein, sich nicht so anzustellen, ließen aber nicht ab, ihm weh zu tun.

Ein wüstes Gerangel schließt sich an, Schläge und Gegenschläge und Gegengegenschläge, dann das völlig unerwartete Ende. Alarmiert vom Geschrei seines Bruders, stürmt Johnnie Hedge in den Garten, schäumend vor Wut und Empörung baut er sich vor Dalzel auf und schreit, er werde ihn windelweich prügeln, er werde ihm die Haut abziehen, «und schon entstand ein Gemisch – eine Mixtur aus zwei Jungen, die aussah, als habe ein Chemiker sie zubereitet». Diesmal gelingt es Dalzel, Hedge zu attackieren, bevor er geschlagen wird, und als der Staub sich legt, sind beide am Boden, Willie über Johnnie, aber der Unterlegene gibt nicht auf. Wieder geht das Gerangel los, wieder weigert er sich aufzugeben. «Sie schnauften; ächzten seltsame Worte; weinten; und die Sonne sah mit unverwandtem Blick auf sie herab.» Der Kampf geht weiter, Dalzel bleibt klar im Vorteil – zumindest fürs Erste –, dann aber kommt Peter Washington aus dem Stall, bemerkt, was für eine «Tragödie» sich in dem Garten abspielt, eilt hin und reißt die beiden Jungen auseinander. «Hitzig und prachtvoll in seiner Entrüstung», schimpft er sie aus, sie benähmen sich wie räudige Hunde, und befiehlt ihnen aufzuhören. Sie wollen aber nicht aufhören. Immer wieder versuchen sie, übereinander herzufallen, und während Washington sie weiter auseinanderhält, beginnt er auch Jimmie auszuschelten, wirft ihm vor, die Schlägerei angezettelt zu haben, was Jimmie bestreitet und noch einmal bestreitet, worauf Washington Dalzel anherrscht, er soll es endlich lassen, oder «ich prügle dir die Seele aus dem Leib», während er Hedge wissenlässt, er habe ihn immer für einen halbwegs vernünftigen Jungen gehalten,

> «aber wie's aussieht, hast du auch nur Stroh im Kopf. Und jetzt verzieh dich nach Hause, und wenn ich dich noch einmal hier bei einer Schlägerei erwische, mach ich dich fertig.» Der Hedge-Junge entfernte sich gemessenen Schritts, gefolgt von seinem kleinen Bruder. Als Letzterer ausreichend Abstand zwischen sich und Peter gebracht hatte, hielt er sich die Nase zu und rief: «Nig-ger–r! Nig-ger-r-r!»
>
> Peter Washingtons Entrüstung ergoss sich über Jimmie. «Ein Lümmel wie du wird nie kapieren, dass du bloß Abschaum bist. Du hängst dich an jeden ran, der dir über den Weg läuft.»
>
> «Och, hör auf», gab Jimmie frech zurück. «Du hast doch keine Ahnung, Pete.»

Mehr sagt Crane nicht, aber diese letzten Sätze krachen in die Erzählung mit der ganzen Gewalt eines Donnerschlags, zweier Donnerschläge – erst das gehässig langgezogene *Nig-ger-r-r* des kleinen Jungen, dann die Arroganz, mit der Jimmie den Hausangestellten seines Vaters anschnauzt. Binnen Sekunden ist die idyllische Welt dieses amerikanischen Dorfs zum Schlachtfeld in dem Krieg Weiß gegen Schwarz geworden, der seinen Anfang nahm, als der erste Afrikaner zur Versteigerung aufgeboten und als Sklave verkauft wurde – damals, als Amerika noch nicht einmal ein Land war. Die Invektive des kleinen Jungen bedarf keines Kommentars, doch Jimmies Rolle in dem Streit ist komplizierter, denn dies ist nicht das erste Mal, dass er seine Wut an Peter Washington auslässt (in einer früheren Erzählung, «The Carriage-Lamps», hat er sogar Steine nach ihm geworfen), aber egal, in welche Schwierigkeiten sich der Junge bis dahin gebracht haben mag, er hat immer klein beigegeben, wenn er von einem Erwachsenen zur Rede gestellt wurde. Hier und jetzt aber nicht. Er beleidigt den Stallknecht vor den Ohren der anderen Jungen und gibt ihm zu verstehen, er soll sich nicht in ihre Angelegenheiten einmischen, mit anderen Worten, er lässt Washingtons Autorität als Erwachsener nicht gelten. Schwarze sind schließlich keine richtigen Menschen. Bestenfalls sind sie so etwas wie erwachsene Kinder, und warum sollte ein weißer Junge mit rotem Blut in seinen Adern sich damit abgeben, auf *die* zu hören?

Das alles blitzt einmal kurz auf, und schon eilt die Geschichte weiter, die Jungen gehen auf die Straße und scharen sich um Dalzel, ihren halbwegs wieder eingesetzten Häuptling, der lautstark Sieg verkündet. «Ich hab ihn besiegt! Ich hab ihn besiegt! Oder etwa nicht?» Bevor die Frage beantwortet werden kann, tritt sein Widersacher auf den Plan und bezichtigt ihn der Lüge. Zank bricht aus, ein hitziges Hin und Her von Beschuldigungen und Gegenbeschuldigungen, bis Hedge plötzlich wieder seine Windmühle anwirft und auf Dalzel losgeht. Die ersten Schläge verfehlen den zurückweichenden Häuptling, dann aber erwischt ihn einer an der Wange, er schreit ängstlich auf und bricht in Tränen aus, aber Hedge lässt nicht locker, ein K. o. ist nur noch eine Frage der Zeit. Die anderen versuchen ihn abzuhalten: «Nein, schlag ihn nicht mehr! Schlag ihn nicht mehr!» Dann ruft Jimmie, wie Crane clever schreibt, in «panischer Tapferkeit» der rachsüchtigen Windmühle zu: «Hör auf, oder du bekommst es mit uns allen zu tun!» Aber Hedge ist nicht zu bremsen. Er schreit Jimmie und die anderen an: «Ich mach ihn fertig, dass er sich selbst nicht mehr erkennt, und wenn einer von euch sich mit mir anlegen will –»

> Plötzlich erstarrte er, begann zu zittern und gab auf. Von hinten hatte ihn eine Hand am Ohr gepackt, und es war eine Hand, die er kannte.
>
> Die anderen Burschen hörten eine laute Reibeisenstimme schimpfen: «Hab ich dich schon wieder erwischt, du Schlingel!» Sie sahen eine furchterregende Frau mit grauem Haar, spitzer roter Nase, bloßen Armen und einer Brille von so starker Vergrößerungskraft, dass ihre Augen dahinter wie zwei grimmige weiße Monde funkelten. Es war Johnnie Hedges Mutter. Ohne Johnnies Ohr loszulassen, holte sie flink und gewandt aus und hatte schon zwei Jungen aufs Ohr geboxt, bevor sie zur Besinnung kamen und alle miteinander die Flucht ergriffen. Ja; der Krieg um die Vorherrschaft war beendet, und nie wieder kam es darüber zum Streit. Die oberste Gewalt hatte Mrs. Hedge.

Fortinbras bringt die Lösung – zumindest fürs Erste –, aber was ist an den anderen Tagen, wenn die Obergewalt nicht zugegen ist und die kleinen Raufbolde wieder übereinander herfallen? Sie alle stecken noch in der Faustkampfschule der Kindheit, der Abschluss liegt noch in ferner Zukunft, weiter weg als der entfernteste Stern. Kindheit ist ewig. Erwachsenen vergeht die Zeit schnell, für Kinder hingegen ist sie so vollgestopft und überladen, dass sie sich nicht von der Stelle rührt. Die Kleinen sind gefangen in der brutalen Arena des Jetzt, machtlos, irgendetwas daran zu ändern, es sei denn, sie träumen sich in andere, nicht existierende Welten, wo das Jetzt ihnen vorübergehend nichts anhaben kann. Kindsein ist eine ernste Angelegenheit, und Crane gelingt es in den Whilomville-Storys vorzüglich, den Ernst des kindlichen Spiels zu vermitteln, sei es die kleine Cora mit ihren tausend Rübenpuddings oder Willie Dalzel und seine Bande, als sie versuchen, Jimmie aus dem Stubenarrest zu befreien, indem sie die Taktik der Schundroman-Piraten in *The Red Captain* nachahmen – trotz der Einwürfe eines der Jungen, der Cowboys besser findet als Piraten und zu gern Hold-up Harry, den Schrecken der Sierras, spielen würde, was einen Streit darüber auslöst, welche Sprache sie sprechen sollten, wenn sie ihre Nummer abziehen, zum Beispiel, ob sie ihren eingekerkerten Freund «Kamerad» oder «Partner» nennen sollen, was ihr Spiel zu einer Art künstlerischer Ausdrucksform macht, zu einem Bild von Künstlern bei der Arbeit. Noch raffinierter wird es in der Erzählung «Homer Phelps», wo der Junge den Unterschied zwischen wahrem und gespieltem Leben nicht sieht. Die Bande spielt im Wald Soldaten und Feinde, und Homer soll sich gefangen nehmen lassen, aber er will nicht gefangen genommen werden. «Wenn du mitspielen willst, musst du dich an die Regeln halten», sagt Häuptling Dalzel. «Du verdirbst uns sonst das Ganze. Kannst du dich nicht benehmen, wie es sich gehört?»[117] Später, als er angeklagt und hingerichtet werden soll, weigert sich Homer, das mit sich machen zu lassen, und Jimmie Trescott springt für ihn ein. Als er erschossen wird, «warf Jimmie die Hände empor, taumelte einen Augenblick im Todeskampf und schlug dann längelang in den Schnee – was ihm, möchte man meinen, eine schwere Lungenent-

■ 117 Zitate aus «Homer Phelps» nach: Stephen Crane: Meistererzählungen. Übersetzt von Fritz Güttinger, Zürich 1985. Der Originaltitel lautet «The Trial, Execution, and Burial of Homer Phelps».

zündung hätte einbringen können. Schön machte er das.» Als der Tote begraben werden soll, fordern sie Homer auf, wieder in seine Rolle zu schlüpfen, aber der stellt sich dumm.

> «Du bist tot», erklärte der Anführer rundheraus. «So ist das mit dir. Wir haben dich hingerichtet.»
>
> «Wann denn?», wollte der Knirps wissen.
>
> «Vor kurzem. Haben wir ihn nicht erschossen?»
>
> Der abgerichtete Chor bestätigte es gern: «Natürlich haben wir das. Du bist tot, Homer. Du kannst nicht mehr mitspielen. Du bist tot.»
>
> «Ich doch nicht. Das war doch Jimmie Trescott», sagte er leise und vegrämt ...
>
> «Nein», sagte der Anführer. «Du warst es. Wir taten, als seist du es, und somit warst du es auch. Du bist tot.»

1908 schrieb Freud: «Sollten wir die ersten Spuren dichterischer Betätigung nicht schon beim Kinde suchen? Die liebste und intensivste Beschäftigung des Kindes ist das Spiel. Vielleicht dürfen wir sagen: Jedes spielende Kind benimmt sich wie ein Dichter, indem es sich eine eigene Welt erschafft oder, richtiger gesagt, die Dinge seiner Welt in eine neue, ihm gefällige Ordnung versetzt. Es wäre dann unrecht zu meinen, es nähme diese Welt nicht ernst; im Gegenteil, es nimmt sein Spiel sehr ernst, es verwendet große Affektbeträge darauf.»[118]

Noch einmal Freud: «Sie vergessen nicht, dass die vielleicht befremdende Betonung der Kindheitserinnerung im Leben des

■ 118 Sigmund Freud: «Der Dichter und das Phantasieren», Gesammelte Werke, Band VII, Frankfurt 2010

Dichters sich in letzter Linie von der Voraussetzung ableitet, dass die Dichtung wie der Tagtraum Fortsetzung und Ersatz des einstigen kindlichen Spielens ist.»[119]

Vier Erzählungen aus der Sammlung über den Krieg in Kuba waren bereits fertig, als Crane nach England zurückkam, die restlichen sieben schrieb er zwischen Februar und August 1899, eine in Oxted, die anderen in Brede. Wie «The Price of the Harness» und «The Clan of No-Name» sind die Stücke durchweg gehaltvoll und mit Ausnahme der viel längeren «War Memories» alle etwa fünfzehn bis zwanzig Seiten lang. Unvermutet macht sich hier ein neuer Tonfall und ein ebenso neuer erzählerischer Ansatz bemerkbar, denn plötzlich verzichtet er auf seine detailversessene phänomenologische Betrachtung der Welt und verlegt sich aufs pure Erzählen. Das ist weder besser noch schlechter als seine frühere Methode, sondern einfach nur anders, aber auch, glaube ich, ein Zeichen für seine wachsenden Möglichkeiten als Schriftsteller. In seiner Frühzeit hätte er so nicht schreiben können, zumindest nicht über eine 200-Meter-Sprintstrecke, jetzt aber kann er es, und die Prosa dieser Erzählungen fließt geschmeidig dahin, sprüht von Gift und Galle und knochentrockener Ironie, hier spricht ein gereifter, selbstbewusster Künstler, ein Mann, der nichts ausgelassen und viel gesehen hat und von seinen Reisen zurückgekommen ist, um uns von seinen Erkenntnissen zu berichten. Anders als sein Roman und die kürzeren Sachen über den Bürgerkrieg gründen diese neuen Erzählungen auf eigenen Erfahrungen und Erinnerungen und all dem, was er in Kuba als aufmerksamer Beobachter mit eigenen Augen gesehen hat, so aufmerksam wie in dem offenen Boot vor der Küste Floridas.

■ 119 ebd.

«Virtue in War», «This Majestic Lie» und «The Second Generation» sind gute Beispiele für diesen neuen erzählerischen Ansatz. Die am stärksten autobiographisch geprägte Erzählung dieser Sammlung und ein noch besseres Beispiel dafür, wie Crane Ereignisse aus seinem Leben in Literatur verwandelte, ist die erste, die er nach seiner Rückkehr nach England schrieb, «God Rest Ye, Merry Gentlemen», in der es um amerikanische Korrespondenten in Kuba geht und eine Reihe von Cranes Freunden unter anderem Namen auftreten: Scovel als Walkley, Marshall als Tailor, McCready als Shackles, der junge Fotograf Burr McIntosh als Point. Die *New York World* wird zur *New York Eclipse*, und Bürochef Cary zu einem Mann namens Rogers. Die Geschichte beginnt in der «Schaukelstuhl-Phase» des Kriegs, mit dem wochenlangen untätigen Warten auf Key West und sinnlosen Erkundungsfahrten mit Kurierbooten wie der *Three Friends* und der *Somers N. Smith*, hier *Jefferson G. Johnson* genannt (ein weiterer von Cranes Johnsons nach Maggie aus seinem ersten Buch und Henry aus *The Monster*, als wollte Crane mit Fingerabdrücken am Tatort seine Autorschaft kundtun). Weiter geht es mit dem Eintreffen der ersten Welle von sechstausend amerikanischen Soldaten in Daiquirí am 22. Juni, dem Marsch nach Siboney am 23. und dem hinterhältigen Angriff auf die Rough Riders bei Las Guásimas am 24., bei dem Marshall (Tailor) einen Schuss abbekam, hier nicht ins Rückgrat, sondern in die Lunge, eine lebensbedrohliche Verletzung, die einen seiner Freunde und Reporterkollegen veranlasst, fünf Meilen weit zu laufen, um Hilfe zu holen. Dieser Reporter ist natürlich Crane, der sich in der Geschichte den überaus seltsamen, hirnverbrannten Namen Little Nell gibt, «bisweilen auch Blessed Damosel genannt», das «Edelfräulein», eine Anspielung erstens auf Rossettis gleichnamiges Gedicht von 1850, zweitens – und hier maßgeblicher – auf Charles Dickens' Romanfigur Little Nell, die kitschigste und rührseligste Frauengestalt der englischsprachigen Literatur, der tragische Engel, dessen Tod nach Erscheinen von

Porträtfoto Cranes von Elliott und Fry, 1899
(Mit freundlicher Genehmigung der University of Virginia)

The Old Curiosity Shop 1841 Zehn-, wenn nicht Hunderttausende Leser und Leserinnen zu Tränen gerührt hatte. Wie kam Crane nur auf die Idee, in seiner Erzählung unter einem Frauennamen aufzutreten, und warum nur wählte er ausgerechnet den Namen dieses kleinen Mädchens, dieser bemitleidenswerten Romanfigur? Ganz einfach, scheint mir, weil er sich auf den Arm nehmen wollte. Ein Mann unter Männern mitten im Krieg, ein abgebrühter Reporter inmitten bewaffneter Killer, schlüpft er in die Rolle der zerbrechlichsten, unscheinbarsten Gestalt, die er sich vorstellen kann, und wird so zum Mädchen unter Männern, zu einem schwachen, zarten Ding im Petticoat, das in diesem von Kugeln durchsiebten Dschungel keine Stunde oder auch nur eine Minute lang überleben würde. *Little Nell im Land der Riesen*. Auch bekannt als *Klein Stevie zieht in den Krieg*.

Also schön, er nimmt sich auf den Arm. Aber nur, weil er seine völlige Bedeutungslosigkeit im Zusammenhang des Weltganzen zeigen will. Er verpasst diesem kleinen Mann den Namen einer Art Märchengestalt und macht sein Double so zu einem unirdischen Wesen, das den Gefahren der realen Welt in keiner Weise gewachsen ist – was vermutlich dem nahekommt, wie er sich in seiner Zeit bei der Armee in Kuba gefühlt hat: in *diesem Krieg, von dem ich bis dahin geglaubt haben könnte, ich träume das alles nur – fast*.

> Die *Johnson* schwankte und taumelte zwischen den anderen Schiffen. Das Bombardement ließ nach, und ein paar Truppentransporter näherten sich der Küste. Boote, dicht besetzt mit Männern und gezogen von Barkassen, verschwammen in dem geheimnisvoll funkelnden Licht an der Grenzregion zwischen Meer und Land. Man setzte zur Landung an ... Sie waren in einer Art Bucht, umringt von Truppentransportern, Kurierbooten und Vergnügungsdampfern, und über dem Wasser schwebte ein lautes Gewirr menschlicher Stimmen, vielfach durchbrochen vom Scheppern der Maschinenraumglocken, wenn die Dampfer einem Zusammenstoß auszuweichen versuchten.
>
> In Wirklichkeit war es der große Augenblick – der Augenblick, auf den Männer, Schiffe, Inseln und Kontinente seit Monaten gewartet hatten –, aber irgendwie sah es gar nicht danach aus. Es war sehr still; ein Streifen lebhaft grüner Felsenküste ward rasch von

einem Boot nach dem anderen bevölkert; das war alles. Wie manche Augenblicke, die man sich im Voraus vorgestellt hat, wollte auch dieser einfach nicht erhaben wirken. Aber nichts dämpfte Little Nells Ekstase. Er wusste, die Armee ging an Land – er konnte es sehen; was kümmerte es ihn da, wenn der große Augenblick so gar nicht groß aussah – in seiner Eigenschaft als Korrespondent erkannte er den großen Augenblick in jeder Verkleidung. Die *Johnson* ließ ein Boot für ihn zu Wasser, und kaum war er hineingesprungen, vergaß er alles andere. Der Maat, ein bärtiger Philanthrop, warf ihm einen Mackintosh und eine Flasche Whisky hinterher. Little Nell wandte sich jenen anderen Booten voller Männer zu, aller Augen richteten sich auf die friedliche, freundliche, lautlose Küste. Little Nell sah viele Soldaten steif neben aufgestellten Gewehrläufen sitzen, zusammengerollte weiße Schutzzelte und Decken vor der blauen Brust. Barkassen kreischten; Teerjacken schoben oder zogen mit ihren Bootshaken; auf einem Strand wimmelte es von arbeitenden Soldaten, einige von ihnen vollständig nackt. Little Nells Boot stieß an Land inmitten eines Stimmengewirrs, über das sich die von einer strengen Stimme oft wiederholten Worte erhoben: «Kompanie B, angetreten!»

Er nahm den Mackintosh und die Flasche Whisky und marschierte in Kuba ein …

Das Kronjuwel des Buchs aber ist «War Memories», eigentlich keine Erzählung, eher eine Reihe zusammenhangloser Fragmente leicht fiktionalisierter Erinnerungen. Anders als die anderen Stücke dieser Sammlung kam es mehr oder weniger zufällig zustande und wäre nie geschrieben worden, hätte nicht jemand, der guten Freunden Cranes nahestand, eine Erzählung oder einen Artikel von ihm erbeten. Er tat es also ihnen zuliebe und erwartete nicht unbedingt einen Lohn für seine Arbeit. Bei diesen Freunden handelte es sich um die Frewens, die Eigentümer von Brede Place. Clara Frewen hatte Cora es zu verdanken, dass sie Ehrenmitglied einer Organisation namens «Society of American Women in London» wurde. Am 3. Juli 1899 machte sie auf einer der monatlich stattfindenden Vereinstreffen mit Mrs. Frewens Schwester Lady Randolph Churchill Bekanntschaft, Gründerin und Herausgeberin der noch jungen Vierteljahreszeitschrift *Anglo-Saxon Review*. Am 24. Juli bat Lady Churchill Crane schriftlich um einen Beitrag für die zweite Ausgabe: «Wenn Sie mir einen Artikel oder vielleicht etwas über Ihre Erlebnisse in Kreta und Kuba schreiben würden – 6000 bis 10 000 Wörter –, wäre ich Ihnen sehr dankbar.» Crane, der es «hasste, Briefe zu schreiben» (Cora), antwortete innerhalb der nächsten zehn Tage, und am 4. August bestätigte Lady Churchill: «Soeben habe ich Ihren Brief erhalten & freue mich sehr, dass Sie etwas für mich schreiben werden. Worüber, das sollten Sie selbst entscheiden. Vielleicht eine Soldatengeschichte von 7000 bis 10 000 Wörtern, oder wenn es keine Erzählung sein soll, irgendeine Kriegserinnerung oder eine kurze Abhandlung über ein Ihnen genehmes Thema.»

Am Ende schickte er ihr 16 000 Wörter und bekam 50 Pfund für seine Mühe – ein unerwarteter Bonus. «War Memories» ist ein Potpourri bisher nicht erzählter Anekdoten und Geschichten, zusammengehalten von vereinzelten Sätzen aus Artikeln, die Crane in Kuba geschrieben hatte (jenen kurzlebigen Sachen für Tageszeitungen, in die man Fisch einwickelt und die in England kein Mensch gelesen hatte), und wenn man das Ganze auch nicht gerade ein Meisterwerk nennen kann, haben die guten Passagen doch eine solche Energie und verströmen ein so großartiges Gefühl von

Freiheit, dass in nicht allzu ferner Zukunft mit einer Explosion zu rechnen ist. Eben darum halte ich «War Memories» für den stärksten Text, den Crane im letzten Jahr seines Lebens geschrieben hat – nicht mit Blick auf den Text selbst, sondern auf das, was Crane in den ersten zwei, drei oder vier Jahrzehnten des 20. Jahrhunderts hätte leisten können.

Wenn ein Künstler in so jungen Jahren stirbt, fragt man sich unwillkürlich, was von diesem Künstler in späteren Jahren noch zu erwarten gewesen wäre. Was für Romane hätte Emily Brontë geschrieben, wäre sie älter als dreißig geworden? Was für Lieder und Symphonien hätte Schubert komponiert, wäre er älter als einunddreißig geworden? Wohin hätte Keats sich als Dichter entwickelt, wäre er älter als fünfundzwanzig geworden? Jeder frühe Tod hinterlässt zahllose Fragen, und alle beginnen mit «Was wäre, wenn», aber da es nun einmal ist, wie es ist, und immer so bleiben wird, gibt es auf diese Fragen keine Antwort. Dennoch stellen wir sie uns immer wieder, und wenn es noch so sinnlos ist.

So frage ich mich in meinen schwächeren Augenblicken: Was, wenn Crane begriffen hätte, dass «War Memories» nicht bloß ein Freunden zuliebe hingeschludertes Elaborat ist, sondern auch und vor allem der Keim einer Entwicklung, die ihm unermessliche neue Möglichkeiten hätte eröffnen können? Zum ersten Mal hatte er in einem Text alles von sich selbst gegeben, seine dunkelsten Seiten ebenso wie seine heitersten und ausgelassensten, und hätte er in dieser vielstimmigen, frei dahinfließenden, improvisierenden Weise weitergeschrieben, hätte er womöglich so volksnahe Wunderwerke verfasst wie Louis-Ferdinand Célines *Reise ans Ende der Nacht* aus den frühen 1930er Jahren oder stringentere Monologe wie etwa Becketts *Molloy* aus den späten 1940er Jahren, aber egal welche Richtung er eingeschlagen hätte, ich glaube, Crane hätte letztendlich zum Schreiben in der ersten Person gefunden, so wie in «War Memories» und dann auch in seinem so gut wie unbekannten letzten, unvollendeten, im 18. Jahrhundert spielenden übermütigen Schelmenroman *The O'Ruddy*, von dem er sich wieder einmal einen Geldregen erhofft hatte, nichts Bedeutendes, mag sein, aber tausend Mal besser als das langweilige *Active Service*, und was dieses Buch zusammenhält und den Leser weiterlesen lässt, ist der Sprung in die Erzählperspektive der ersten Person. Noch nicht der Weisheit letzter Schluss, nein, aber ein weiterer Schritt nach vorn, und mitten in der Arbeit daran musste Crane sterben, und das war's: ein letztes unvollendetes Werk am Ende seines kurzen unvollendeten Lebens.

Im Juli trennte Crane sich von Reynolds und arbeitete fortan nur noch mit James B. Pinker, seinem Londoner Agenten, der auch für Conrad, James und Galsworthy tätig war. Um Pinker einen Eindruck davon zu vermitteln, womit er es in den kommenden Monaten zu tun haben würde, erklärte Crane ihm um den 1. August herum in einem kurzen Brief, seine Erzählungen entstünden «in drei Reihen», nämlich:

> *I. Die Whilomville-Storys (immer an Harpers).*
> *II. Die Kriegserzählungen.*
> *III. Erzählungen aus dem amerikanischen Westen, ähnlich wie «Twelve O'Clock».*
> *Es wäre gut, sich das zu merken. Wenn Sie zum Beispiel die Kriegserzählungen kommissarisch bei einer Zeitschrift und die Westerngeschichten bei einer anderen unterbringen könnten, da die Whilomville-Sachen fest an Harper's vergeben sind, wäre das sehr erfreulich.*

Erfreulich oder nicht, er schuftete an allen drei Fronten, und auch nach Abschluss der Kuba-Krieg-Sammlung lief die Wortfabrik auf Hochtouren weiter und produzierte noch zwei weniger umfangreiche Zyklen von Kriegsgeschichten, zum einen die *Wyoming Valley Tales*, drei lose zusammenhängende Erzählungen aus dem Unabhängigkeitskrieg, in der Hauptrolle Cranes Ururgroßvater bei seinem Kampf gegen die Briten und ihre indianischen Verbündeten, zum anderen *The Kicking Twelfth*, vier Erzählungen aus einem Phantasieland namens Spitzbergen, das sich im Krieg mit seinem Nachbarn Rostina befindet. In der Armee von Spitzbergen gibt es einen Colonel Sponge (benannt nach Cranes Lieblingshund) und einen General Ritchie (Anspielung auf die junge Edith), doch abgesehen von diesen Privatscherzen geht es in diesen Geschichten grausam zu, brutal und nicht selten niederschmetternd. Derweil entstanden für die dritte Gruppe in Cranes Liste «Twelve O'Clock», «A Poker Game» und «Moonlight on the Snow», wo Jack Potter und Scratchy Wilson bei ihrem letzten gemeinsamen Auftritt als Sheriff und Hilfssheriff in das Städtchen War Post einreiten – gar nicht mal so schlecht, aber kein Vergleich zu den komischen Schroffheiten von «The Bride Comes to Yellow Sky».

Zu alldem kam das größere Projekt eines Romans über den Unabhängigkeitskrieg (in dem der frühere Stephen Crane hätte mitspielen sollen), aber nachdem er monatelang daran herumgebastelt hatte, gab er auf, weil er in England nicht an die für die Recherchen zu diesem Roman nötigen Bücher herankam. Also nahm er sich wieder *The O'Ruddy* vor, und irgendwann in diesem hektischen Schreiben und noch mehr Schreiben und dann noch mehr Schreiben gelang ihm sein letztes Meisterwerk – nur wenige Seiten, die er Pinker am 4. November mit den Worten schickte: «Beiliegend etwas ausgesucht selten Gutes.» Und das mit Recht.

«The Upturned Face»[120] ist Cranes letztes Wort zur Sinnlosig-

■ 120 Alle Zitate daraus im Folgenden nach: «Das starrende Gesicht», in: Stephen Crane: Kleine Romane und Erzählungen. Aus dem Amerikanischen von Barbara Cramer-Nauhaus, Leipzig 1983.

keit des Krieges, zugleich auch ein kalter, unnachgiebiger Blick auf seinen eigenen nahenden Tod – als wären diese zwei in Wirklichkeit ein und dasselbe. Reduziert auf das Allernotwendigste dessen, was man sagen und wie man es sagen kann, geht es in beklemmend kargen Sätzen um zwei Soldaten, die einen im Kampf gefallenen Offizier mitten im Schlachtgetümmel begraben, stets in Gefahr, selbst von den überall umherschwirrenden Kugeln getroffen zu werden, bevor sie ihr Werk beenden können. Timothy Lean ist Oberleutnant der Armee von Spitzbergen, eine Figur, die schon in zwei der Erzählungen davor eine wichtige Rolle gespielt hat. Er und sein Adjutant blicken auf das «kreidebleiche Gesicht» des «alten Bill» hinunter, der vor ihnen am Boden liegt. Lean befiehlt zwei Leuten aus seiner Schützenlinie, ein Grab auszuheben. «Grabt hier», sagt er, und die Männer machen sich zaghaft an die Arbeit, der eine mit einer Hacke, der andere mit einer Schaufel. «Ich glaube», sagt der Adjutant, «wir sollten seine Sachen durchsuchen – nach Habseligkeiten.» Lean nickt, belässt es aber zunächst dabei, er kann den Blick nicht von dem Leichnam abwenden. Schließlich «ließ er sich auf die Knie nieder, und seine Hände näherten sich dem Körper des toten Offiziers. Aber seine Hände zitterten über den Knöpfen des Waffenrocks. Der erste Knopf war ziegelrot von geronnenem Blut, und Lean brachte es offenbar nicht über sich, ihn anzurühren.» Am Ende zwingt er sich, zu berühren, was berührt werden muss, und nachdem er «eine Uhr, eine Signalpfeife, eine Tabakspfeife, einen Tabaksbeutel, ein Taschentuch, ein kleines Kartenspiel und Papiere» an sich genommen hat, steht er mit «totenblassem Gesicht» auf und sieht den Adjutanten schweigend an. Wenig später ist das Grab fertig. «Es war kein Meisterwerk – ein armseliges kleines, flaches Ding. Lean und der Adjutant sahen sich wiederum an, in seltsamem stummem Gespräch.» Plötzlich beginnt der Adjutant zu lachen, ein unheimliches Lachen, nervös und fassungslos, kurz vor dem Durchdrehen. Als ob er einen Witz reißen würde, einen schlechten, vielleicht aber notwendigen Witz, sagt er zu Lean: «Na, ich denke, wir wuchten ihn rein.» Um die Leiche nicht anfassen zu müssen, packen sie den Toten an seiner Uniform. «Sie zogen an; der Tote hob sich, schwebte, fiel, plumpste ins Grab.» Der Adjutant fragt den Leutnant: «Kannst du die Totengebete?», und Lean entgegnet, sie sollten erst beten, wenn das Grab zugeschaufelt ist. «‹So?›, sagte der Adjutant, betroffen, dass ihm so ein Fehler passieren konnte. ‹Wennschon›, rief er plötzlich, ‹aber lass uns – lass uns irgendetwas sagen – solange er uns hören kann.›» Ein merkwürdiger, beunruhigender Gedanke, dem Lean überraschend zustimmt und dann den Leutnant fragt, ob *er* die Gebete kennt. Keine Zeile, lautet die Antwort. Lean glaubt ein paar Zeilen zusammenzubekommen, lässt die beiden Gefreiten antreten, und mitten im Kugelhagel der Scharfschützen der Armee von Rostina murmelt er, unabsichtlich das Gebet bei Seebestattungen zitierend: «O Vater, unser Freund ist versunken in den tiefen Wassern des Todes» usw. Nach ein paar Sätzen bricht er ab, er weiß nicht mehr weiter, worauf der Adjutant eine weitere Zeile hinzufügt, dann noch eine, die mit den Worten *erbarme dich* endet. «O Gott, erbarme dich», sagt der Adjutant. «Erbarme dich», sagt Lean. «Und dann überkam ihn irgendeine wilde Erregung, er wandte sich heftig gegen seine Leute und befahl jäh: ‹Schmeißt Erde rein.›» Vor dem Ende des ersten Kapitels kommt noch der Satz: «Das Feuer der Rostinaer Scharfschützen war genau und pausenlos.»

Das kurze letzte Kapitel: Einer der Soldaten nimmt eine Ladung Erde auf die Schaufel, schwingt sie über den Leichnam, zögert, schaut in das kreidebleiche Gesicht, das aus dem Grab zu ihm hinaufsieht, und wirft die Erde auf die Füße des Toten. Der Leutnant empfindet große Erleichterung: Er hatte geglaubt, der erste Schwung Erde werde auf dem Gesicht des Toten landen. «Damit war viel gewonnen – ha ha! – die erste Schaufel voll war auf die Füße gefallen. Wie beruhigend!» Sekunden später trifft den Mann mit der Schaufel eine Kugel am Arm. Lean sagt ihm, er soll sich nach hinten verziehen, und lässt auch den anderen in Deckung gehen. Er bringt die Sache selbst zu Ende.

Timothy Lean füllte die Schaufel, zögerte, und dann, mit einer Bewegung, die wie eine Gebärde des Abscheus war, warf er die Erde ins Grab, und als sie unten ankam, machte sie ein Geräusch – plum. Lean stockte plötzlich und wischte sich die Stirn – ein erschöpfter Arbeiter.

«Vielleicht haben wir's falsch gemacht», sagte der Adjutant. Sein Blick flackerte benommen. «Es wäre vielleicht besser gewesen, wenn wir ihn nicht gerade jetzt beerdigt hätten. Allerdings wenn wir morgen vorrücken, wäre der Leichnam –»

«Verflucht», sagte Lean, «halt den Mund.» Er war nicht der Vorgesetzte.

Wieder füllte er die Schaufel und warf die Erde ins Grab. Jedes Mal machte die Erde dieses Geräusch – plum. Eine Zeitlang arbeitete Lean wie besessen, wie einer, der sich aus einer Gefahr freigräbt.

Bald war nichts mehr zu sehen als das kreidebleiche Gesicht. Lean füllte die Schaufel. «Großer Gott», schrie er den Adjutanten an. «Warum hast du ihn nicht ein bisschen umgedreht, als du ihn hineingelegt hast? Dieses –» Dann begann er zu stottern.

Der Adjutant begriff. Er war blass bis in die Lippen. «Mach weiter, Mann», rief er beschwörend, fast schreiend.

Lean schwang die Schaufel zurück. Dann bewegte sie sich im Bogen vorwärts. Als die Erde aufschlug, machte sie ein Geräusch – plum.

4

Sie lebten alle in Rufweite voneinander. Zwischen und unter ihnen allen bestanden kreuz und quer Freundschaften und Rivalitäten, die in früheren Zeiten ihren Anfang genommen hatten und noch viele Jahre nach der hier behandelten Epoche fortbestehen sollten, und zusätzlich waren diese vier Männer in der kurzen Zeit, die Crane in Oxted und Brede verlebte, alle eng mit ihm verbunden. Ford, zwei Jahre jünger als Crane, hatte seinen ersten Roman mit neunzehn veröffentlicht und war längst in der literarischen Welt etabliert, als die beiden sich 1897 kennenlernten. Wells, fünf Jahre älter als Crane, hatte bereits seine bekanntesten Science-Fiction-Romane veröffentlicht, als Crane aus Kuba zurückkam und sich ihre lockere Bekanntschaft zu einer herzlichen Freundschaft entwickelte. Wells brachte in seinem langen Leben über hundert Bücher heraus, aber diese frühen Romane – *Die Zeitmaschine* (1895), *Die Insel des Dr. Moreau* (1896), *Der Unsichtbare* (1897) und *Krieg der Welten* (1898) – sind bis heute die meistgelesenen seiner Werke. Für Conrad war die Zeit seiner brüderlichen Verbundenheit mit Crane die entscheidende Phase, in der er sich aus seiner Unsicherheit kämpfte und unter größten Mühen zwei seiner dauerhaftesten Bücher schrieb. *Herz der Finsternis* erschien erstmals in der Februarausgabe von *Blackwood's Magazine*, keinen Monat nach Cranes Rückkehr nach England. Conrad an Crane, 13. Januar 1899 (nur zwei Tage danach): «Ich besuche Dich, sobald ich den Mist fertig habe, den ich grade für B'wood schreibe. Es ist Mist – ich kanns nicht ändern. Ich schreibe nur noch Mist. Aus mir wird nichts mehr. Man sollte mich abmurksen und in ein Erdloch werfen – zusammen mit den toten Katzen – gütiger Himmel! Na ja. Genug. Ich will Dich in Deiner ersten Woche im guten alten England nicht zu Tode langweilen.» Nachdem er *Herz der Finsternis* zusammen mit den toten Katzen abserviert hatte, nahm Conrad *Lord Jim* (wohl sein bester Roman) wieder auf, brachte ihn unter Qualen zu Ende und ließ ihn schließlich ab Oktober in *Blackwood's Magazine* erscheinen. Unterdessen hatte der alte Henry James zwischen seinem vierundfünfzigsten und sechsundfünfzigsten Lebensjahr *Maisie* und *Die Kostbarkeiten von Poynton* (beide 1897), *Im Käfig* und *Die Drehung der Schraube* (beide 1898) und *The Awkward Age*[121] (1899) veröffentlicht. Crane war fleißig, aber seine vier Freunde nicht minder. Ihr kleines Fleckchen England stand lichterloh in Worten, und das Erstaunliche daran ist, dass die meisten dieser Worte noch heute gelesen werden.

Ford war ein Filou, ein Snob, ein wankelmütiger Plagegeist, aber wenn es um Bücher und schriftstellerisches Talent ging, machte niemand ihm etwas vor, und Crane mochte ihn. «Bei Hueffer liegst Du schief», schrieb er Mitte August an einen Freund. «Gewiss, er ist gönnerhaft. Gönnerhaft gegenüber seiner Familie. Gegenüber Conrad. Am Ende wird er auch Gott gönnerhaft behandeln, der wird sich dran gewöhnen müssen, und dann werden sie Freunde sein.»[122] Nach dem Ersten Weltkrieg änderte Hueffer seinen Namen in Ford; insgesamt veröffentlichte er unter dem einen oder anderen seiner Namen gut dreißig Romane (drei davon in wenig erfreulicher und ziemlich erfolgloser Zusammenarbeit mit Conrad) und zahlreiche Bücher nichtliterarischen Inhalts. Neben seinem eindeutigen Meisterwerk *Die allertraurigste Geschichte* (1915) und der fast ebenso bedeutenden Tetralogie *Keine Paraden mehr* (1924–28)

■ 121 Bisher nicht ins Deutsche übersetzt. (A. d. Ü.)

■ 122 Es gibt Grund zu der Annahme, dass Cranes Briefe an Henry Sanford Bennett in Wirklichkeit von Thomas Beer in dessen halbfiktiver Stephen-Crane-Biographie geschrieben wurden (Stephen Crane: A Study in American Letters, 1923, mit einer Einführung von Conrad). Falls dem so ist, können Cranes Bemerkungen über Hueffer ebenso ignoriert werden wie die über Conrad in dem Brief an Bennett am Ende dieses Kapitels. Paul Sorrentino, zusammen mit Stanley Wertheim Herausgeber von Stephen Cranes Korrespondenz, schrieb mir im April 2020, nach Abschluss ihrer Arbeit seien ihnen «ernsthafte Zweifel an der Echtheit der Briefe an Bennett» gekommen.

bestand sein wichtigster Beitrag zur Literatur in seinen Bemühungen, die Arbeit anderer zu fördern, vornehmlich in den zwei Zeitschriften, die er in verschiedenen Abschnitten seiner Karriere gründete: 1908 die *English Revue* (mit Beiträgen von Conrad, dem jungen Robert Frost und dem noch jüngeren T. S. Eliot) und 1924 die in Paris ansässige *transatlantic revue* (James Joyce, Djuna Barnes, Gertrude Stein sowie Ernest Hemingways erste Kurzgeschichten). Von Crane zeichnet Ford in etlichen autobiographischen Artikeln und Büchern ein so bizarres, verzerrtes und überzogenes Bild, dass man praktisch nichts damit anfangen kann, dennoch scheint er der Einzige gewesen zu sein, der Crane und Henry James nahe genug stand, sich einen Eindruck davon verschaffen zu können, was die beiden voneinander hielten, und so verzerrt seine Erinnerungen auch sein mögen, scheinen sie nicht von A bis Z erfunden zu sein.

> Dass James äußerste Hochachtung für Crane empfand, weiß ich. Ständig nannte er Crane «dieses Genie», und immer wieder habe ich ihn sagen hören, er besitze eine «großartige, großartige Gabe», wobei er das Wort «großartig» stets zweimal sagte und das zweite «großartig» so betonte, als ob er es beim Schreiben kursivieren würde. Natürlich schockierte Crane den alten Mann, aber er war eben ein ungezogener Junge, dem es Vergnügen bereitete, seinen Onkel zu schockieren ...
>
> Ich glaube, zu Beginn ihrer Freundschaft quälte Crane der Gedanke, James nehme ihn und seine Arbeit nicht sonderlich ernst, und ich weiß noch, wie oft ich ihm versichert habe, dass James zumindest seine [Cranes] *Arbeit* sehr ernst nehme. Wie auch Crane James' Arbeit ernst nahm. Anfangs nannte er James im Gespräch und auch in Briefen einen «alten

> Mann», doch eines Tages überraschte er mich, als er von jemandem, den ich nicht unmittelbar erkannte, als «Meister» sprach. Auf meine Frage, wen er damit meine, bedachte er mich mit einem fast verächtlichen Blick und rief in heftiger Erregung: «Wen schon, natürlich den alten Mann. Er ist der Meister von uns allen! *Wissen* Sie das etwa nicht?»

Aus anderen Quellen wissen wir, der junge Mann und der «alte Mann» waren zwar nicht sehr eng miteinander, sahen sich aber mit gewisser Regelmäßigkeit, und Crane «schockierte» James tatsächlich hin und wieder mit seiner unkonventionellen Art, sich zu kleiden (Reithose und Stiefel zu förmlichen Besuchen im James'schen Lamb House), und seiner bohemehaften Missachtung gesellschaftlicher Gepflogenheiten, aber das änderte nichts an ihrem freundschaftlichen Verhältnis, solange Crane in Brede ansässig war. Gelegentlich schockiert, mag sein, aber wie könnte man des Meisters unbändige Belustigung beim Anblick der jungen Edith mit den fünf singenden Hunden vergessen? Oder James am Nachmittag des 23. August auf der Benefizveranstaltung für die District Nursing Association im Pfarrgarten der Dorfkirche von Brede. Cora betreute einen Stand, an dem allerlei Schnickschnack und Topfpflanzen verkauft wurden; Crane, in weißen Flanellsachen und Strohhut, half die Töpfe zu den Kutschen der Damen zu tragen, die sie gekauft hatten; und die dunkelhaarige Edith Ritchie versah ihr Amt als wahrsagende Zigeunerin «in einem kleinen Sommerhaus. Auf dem Tisch vor mir lagen stapelweise Umschläge mit Zucker und Gewürzen, die ich als Liebestrank an die ‹hiesigen Tölpel› verkaufte, wie Stephen sie nannte. Sehr zu meiner Verwirrung ließ Henry James es sich nicht nehmen, den ganzen Nachmittag bei mir zu sitzen.» Es gibt ein Foto von diesem Tag, das James mit einem angebissenen Doughnut in der Hand zeigt, einem von Dutzenden

Henry James auf dem Pfarrgartenfest in Brede, 23. August 1899

(Mit freundlicher Genehmigung der Columbia University)

dieser Gebäckstücke, die Vernall nach Coras erprobtem amerikanischen Rezept in Brede Place gebacken hatte. Leider hat der Fotograf ihn genau im falschen Moment erwischt. James' Augen sind geschlossen, sein Mund steht halb offen, seine Finger ähneln Klauen. Als er das Bild erhielt, schrieb er Cora betreten, aber humorvoll: «Vielen Dank für die merkwürdigen Bilder, die zu erblicken ich nie erwartet hatte. Kostbare Erinnerungen an eine romantische Stunde. Aber ganz bestimmt nicht kann es an einem Ihrer Doughnuts liegen, dass ich eine so schaurige Grimasse schneide. Ich sehe aus, als hätte ich eine Wespe verschluckt, oder ein Blechspielzeug. Dabei habe ich mich so bemüht, schön auszusehen. Zweifellos habe

Crane auf dem Pfarrgartenfest in Brede, 23. August 1899
(Mit freundlicher Genehmigung der Syracuse University)

ich mich zu sehr bemüht. Aber zeigen Sie diesen bemühten H. J. nur ja niemand.»

Einige Monate später, als der Himmel sich zuzog und Cranes Gesundheitszustand sich dramatisch verschlechterte, wurde aus James' anfänglicher Sorge ein immer tieferer Schmerz. «Während Crane in Brede im Sterben lag», schrieb Ford, «bot James ein Bild des Jammers. Zwei- oder dreimal täglich fuhr er hinüber und fragte, was er für den sterbenden Jungen *tun* könne.» In einem späteren Buch fügte Ford hinzu: «Er litt unendlich ... Ich machte stundenlange Wanderungen mit ihm über das Marschland, um ihn auf andere Gedanken zu bringen. Aber er kannte nur *ein* Thema.» Und dann: «Nach Cranes Tod war er viele Tage lang nicht mehr er selbst.»

Nachdem Crane am 15. Mai 1900 zu dem Sanatorium im Schwarzwald abgereist war, verlor James den Kontakt zu ihm und blieb über seinen Zustand weitgehend im Dunkeln. Als er schließlich erfuhr, wie alarmierend schlecht es um ihn stand, schickte er Cora einen Scheck über 50 Pfund und schrieb dazu: «Es erfüllt mich mit Schrecken, dass Crane sich nicht erholt – ich war voller Hoffnung & hatte in dieser Hoffnung angenommen, sein Schritt habe gute Wirkung bei ihm getan: welch getäuschter Optimismus! Ich denke an ihn mit mehr Mitgefühl und Sorge, als ich sagen kann. Ich wünschte, ich könnte ihm das direkt & persönlich sagen.» Die 50 Pfund, drängte er Cora, solle sie «an jedwede Dienste verwenden, die meinem armen jungen Freund am besten helfen. Das Geld ist nur ein dürftiger Ausdruck meiner innigen Verbundenheit mit ihm. Ich schreibe in Eile – die Post geht gleich. Ich muss Ihnen nicht sagen, wie sehr mich jede Nachricht freuen wird, die Sie mir schicken können. Ich wünsche Ihnen allen Mut & so viel Hoffnung wie möglich & verbleibe der Ihre und der Seine, in tiefer Anteilnahme.»

Der Brief wurde am 5. Juni in England abgeschickt – Cranes Todestag.

H. G. Wells, bellender Hund beim «Animal Grab» mit seiner Frau und den Cranes, oder auch folgende Kuriosität von einem interkulturellen Missverständnis, aufgeschrieben von Curtis Brown, der die Sache von Crane selbst gehört hatte. «Stephens Mais-Geschichte muss erzählt werden», beginnt Brown, und dann erzählt er sie:

> H. G. Wells und seine Frau, damals Nachbarn [von Crane], hatten gehört, amerikanischer Mais sei eine Köstlichkeit, und wollten selbst etwas anbauen; und bekamen ein paar Körner zum Einpflanzen. Einige Monate später erkundigte sich Crane, wie der Mais gediehen sei.
> «Sehr gut», sagte H. G. «Hat uns gut geschmeckt.»
> «Wie haben Sie ihn zubereitet?»
> «Zubereitet? Wir haben ihn nicht zubereitet. Als er zwei Handbreit hoch gewachsen war, haben wir ihn abgeschnitten und als Salat verzehrt. Macht man das nicht so?»

Sie waren nur für ein Jahr Freunde, und diese Freundschaft hat wenig Spuren hinterlassen, fast ausschließlich in ein paar Briefen, Artikeln und Büchern, in denen Wells gelegentlich auf Crane zu sprechen kam, zum ersten Mal in einem bedeutenden Essay zwei Monate nach Cranes Tod: «Stephen Crane from an English Standpoint». Über ihre persönliche Beziehung ist wenig bekannt, fest steht jedoch, dass Wells an dem Abend in Brede Place war, als Crane seine erste Lungenblutung erlitt, und dass er es war, der sich aufs Fahrrad schwang, sieben Meilen weit im eisigen Dezemberregen nach Rye fuhr, einen Arzt alarmierte und mit ihm zu Cranes Haus zurückkehrte. Wells hatte in jungen Jahren selbst Lungenprobleme gehabt, und mit der Zeit nahm Cora ihn in den kleinen Kreis der Vertrauten auf, mit denen sie sich über die wechselnden Befindlichkeiten ihres Mannes austauschte. Während eines neuntägigen Zwischenaufenthalts in Dover auf der Reise nach Badenweiler im Schwarzwald wurde Crane von einigen seiner engsten Freunde besucht – wie sich herausstellen würde, war es ihre letzte Begegnung. «Vor gut sieben Wochen habe ich ihn zum letzten Mal gesehen», schrieb Wells in seinem Essay. «Er war dünn, ausgemergelt und sehr geschwächt, zu schwach für mehr als einen alten Scherz, einen Gruß und gute Wünsche. Ich hielt es für vollkommen ausgeschlossen, dass er sein Refugium im Schwarzwald noch lebend erreichte. Es wird lange Zeit brauchen, bis ich begreife, dass er kein Zeitgenosse mehr von mir ist.»

Im weiteren Verlauf untersucht Wells das Innenleben von Cranes Prosa, fasziniert vor allem von der Stringenz, mit der Crane «beharrlich die wesentlichen Elemente eines Eindrucks heraushebt, bloße Information schonungslos weglässt und das, worauf es ihm ankommt, mit aller Schärfe formuliert». Darauf wendet er sich einigen ausgewählten Werken zu, zunächst *Red Badge*, dann *Maggie* und *George's Mother*, die seiner Meinung nach unfair behandelt wurden, «für eine gerechte Beurteilung Cranes jedoch von zentraler Bedeutung» seien, und schließlich «The Open Boat», «zweifellos die Krönung seines Gesamtwerks». Am Ende des achtseitigen Artikels gelangt Wells zu einer äußerst scharfsinnigen Schlussfolgerung über die Natur dieses Werks, die so genau ins Ziel trifft, dass sie bis heute zum Besten zählt, was je über Crane geschrieben wurde: «Was Stil, Methode und all das betrifft, was eindeutig *nicht* in seinen Büchern zu finden ist, ist er vollkommen unverwechselbar, in der Kunst des Schreibens der Inbegriff nachdrücklicher Verweigerung.» *Nachdrücklicher Verweigerung.* Wells, ein Schriftsteller, der sich der Welt ganz anders näherte und ganz anders schrieb als Crane, trifft hier den Nagel auf den Kopf. Crane hat den literarischen Boden für alle bereitet, die nach ihm kommen, er ist «der erste Ausdruck des sich öffnenden Denkens einer neuen Epoche».

Fünfzehn Jahre später wird Wells in dem satirischen Roman *Boon* noch sehr viel deutlicher, als er seinen Protagonisten sagen lässt: «Stephen Crane – der beste Schriftsteller englischer Zunge des vergangenen Halbjahrhunderts.»

Nach England zurückgekehrt, knüpfte Cranes Freundschaft mit Conrad genau dort an, wo sie im Frühjahr unterbrochen worden war. Schon am zweiten Tag schickte er seinem nicht allzu weit entfernten Nachbarn zwei Telegramme – mit dem ersten meldete er seine Ankunft, mit dem zweiten gratulierte er Conrad zu dem Preis (50 Pfund), der ihm für den Erzählungsband *Tales of Unrest* verliehen worden war. «Ich freue mich mehr, als ich sagen kann, dass Du endlich wieder hier bist», begann Conrad seinen Brief vom 13. Januar. «Lass nur bald von Dir hören. Und Dir möchte ich gleich sagen, *Harness* ist (für seinen Umfang) das Beste, was Du seit *Red Badge* geschrieben hast. Der Wucht dieser Geschichte ist eine Milde eigen, die mich schlichtweg begeistert ... Mehr Kraft Deiner Feder! Seit dem Telegramm heute früh fühle ich mich wie neugeboren. Wie schön von Dir, gleich an mich zu denken. Ich hätte heute sonst noch selbst telegraphiert und mich erkundigt. Das hat sich erledigt. Ich weiß jetzt, wo Du bist, wenn ich an Dich denke – und das tue ich oft – sehr oft ... Du musst Stoff in Hülle und Fülle haben ... und ich weiß, was immer Du schreibst, wird *gut* sein. Es wird großartig sein!»

Conrad nahm seine Besuche wieder auf, und als es wärmer wurde, kam er mit der ganzen Familie für gut zwei Wochen, in denen der fünfzehn Monate alte Borys, von Crane und Conrad am Fenster von Cranes Arbeitszimmer beobachtet, seine ersten selbständigen Schritte tat. Crane, der den Kleinen abgöttisch liebte, schenkte ihm einen Hund (*Ein Junge muss einen Hund haben!*), aber sein Versprechen, ihm das Reiten beizubringen, konnte er nicht mehr erfüllen. Später in diesem Sommer taten Crane und Conrad sich zusammen und kauften einem Freund Conrads ein sieben Meter langes Segelboot ab. Das Boot sollte sechs Monate im Jahr in Rye (in der Nähe der Cranes) und sechs Monate in Folkstone (in der Nähe der Conrads) vor Anker liegen; bezahlen sollte jeder die Hälfte. Wie vorauszusehen, ließen die Cranes mit dem Geld lange auf sich warten. «Es tut mir so leid, dass Stephen sich wegen der Bezahlung solche Sorgen gemacht hat», schrieb Conrad am 27. August an Cora. «Ich danke Dir sehr für den Scheck.»

Anfang September sprach Conrad ihn in einem Brief scherzend als «Dear Old Pard» an, ein Zeichen dafür, wie viel ihm sein amerikanischer Freund bedeutete und wie sehr er bereit war, dessen Leidenschaft für Amerikas Westen zu teilen. Man muss einfach schmunzeln bei der Vorstellung, wie der aus Polen stammende Conrad diesen folkloristischen Cowboy-Ausdruck verwendet, und egal worauf sich die ersten Sätze beziehen, die Zuneigung dahinter ist unverkennbar: «Richtig. Gut gemacht. Du bist der Größte in der Bande – Du bist so gut, wie ich mir nur wünschen kann, also brauchst Du Dich nicht zu entschuldigen.» Vielleicht für den noch nicht eingegangenen Anteil für das Boot, aber es könnte auch etwas anderes sein. Dann kommt Conrad zum eigentlichen Zweck seines Schreibens:

> *Kannst Du kommen? Das würde mich glücklich machen. Und verzeih, dass ich nicht zu Dir komme. Lieber Stephen, ich gleiche einer verdammten gelähmten Sumpfschildkröte. Ich kann mich nicht bewegen. Ich kann überhaupt nichts tun. Nur elend kann ich sein, und bei Gott, das bin ich!*
> *Jess lässt alle im Haus grüßen. Auch von mir herzliche Grüße und Empfehlungen. Sag mir* einen Tag vorher *Bescheid, wann Du kommst, mein lieber alter Freund.*

Von Jessie Conrad wissen wir, dass Crane «ein häufiger Gast» in Pent Farm war, dem Haus, in das sie und ihre Familie nach Cranes Abreise in den Krieg gezogen waren, aber diesmal kam er nicht, trotz Conrads dringender, beinahe verzweifelter Bitte. Er hatte zu viel damit zu tun, seinen Felsen den Berg hinaufzuwälzen, keine Zeit für einen Besuch, zumal ständig Gäste zu ihm ins Haus strömten und er, um ungestört arbeiten zu können, wieder einmal nach London in Brown's Hotel ausgewichen war. So überlastet er in diesen hektischen Monaten vor seinem endgültigen Zusammenbruch sein mochte, Conrad ging ihm nie aus dem Kopf, und das bis zum letzten Augenblick.

Ich kann nicht mehr, Joseph.

In seinem letzten Brief, geschrieben in Brede am letzten Tag vor der Fahrt nach Dover auf der Todesreise in den Schwarzwald, sagt er fast nichts von sich selbst. Stattdessen macht er sich Gedanken über die Not, in die sein Freund geraten ist, und wie er ihm da heraushelfen könnte.

Lieber Bennett:
Mrs. Crane schreibt dies nach meinem Diktat. Morgen früh fahren wir nach Dover. Mein Zustand ist Ihnen vermutlich bekannt. Der Wein ist angekommen. Vielen Dank. Ich möchte etwas zu der Civil List[123] *sagen. Wenn ich das richtig sehe, ist jemand, der nicht in England geboren wurde, nicht von diesen Zahlungen ausgeschlossen. Ich muss ständig an Conrad denken. Garnett glaubt nicht daran, dass Conrad mit seinen Büchern jemals außerhalb des Kreises von Schriftstellern Erfolg haben wird. Er ist arm und ein Gentleman und stolz. Seine Frau kann wenig für ihn tun, und sie haben ein Kind. Falls Garnett Sie bittet, Ihre Beziehungen spielenzulassen, dass Conrad einen Platz auf der Civil List bekommt, tun Sie mir bitte einen letzten Gefallen und sprechen Sie darüber mit Ihrem Verwandten, der in diesen Dingen etwas zu sagen hat. Ich verlasse mich auf Sie.*
Hochachtungsvoll
S. C.

■ 123 Liste der Empfänger von Ehrengaben oder Renten des Königshauses. (A. d. Ü.)

5

In Brede brachten die Cranes ihr lax improvisiertes Zweipersonenstück mit Ach und Krach noch bis Ende des Jahres über die Bühne. Probleme hatten sie 1899 genug, kleine und größere, nichts Katastrophales, nur eine Reihe der üblichen Schwierigkeiten, wie sie in jedem chaotisch geführten Haushalt vorkommen. Ein Feuer in Cranes Arbeitszimmer, verursacht von dem betrunkenen Diener Mack. 35 Shilling Bußgeld, weil sie die Hunde nicht angemeldet hatten. Streit mit einem benachbarten Schafzüchter wegen eben dieser Hunde, die frei herumlaufen durften und sich angewöhnt hatten, Schafe dieses Mannes zu reißen. Jessie Conrad:

> Einmal, als wir von einem längeren Ausflug zurückkamen (wir waren zwei Tage unterwegs gewesen), stöhnten wir alle auf und hielten uns die Nase zu, als die Pferde in die Einfahrt einbogen.
>
> An jedem der vier oder fünf größten Bäume, die die Einfahrt säumten, hing ein totes Schaf. Stephen wurde totenbleich vor Zorn und fluchte kaum hörbar vor sich hin. Die Pferde scheuten heftig vor den schaurigen Tierleichen, die in Kopfhöhe vor ihnen baumelten. Am nächsten Morgen waren die Kadaver verschwunden, aber ich wüsste nicht, dass Stephen mehr getan hat, als deftige Verwünschungen gegen den Schafzüchter auszustoßen.

Es gab noch andere Probleme. Nicht lange nachdem Mrs. Ruedy, das freundliche Gespenst, Anfang Juni nach Ohio zurückgekehrt war, tauchte eine andere Besucherin aus Amerika auf – Cranes Nichte Helen, die älteste von Williams fünf Töchtern –, die nach

England geschickt worden war im Austausch gegen das 500-Dollar-Darlehen, das der ungeratene Bruder dem geizigen Bruder nach monatelangen höflichen, aber beharrlichen Drängens abgeschmeichelt hatte.[124] Am 16. März hatte Crane geschrieben: «Im Frühling, wenn ganz England grünt und erblüht, könntest Du uns doch Helen rüberschicken», und Ende des Monats hatte William das Geld geschickt. Crane kann nicht geahnt haben, worauf er sich da einließ. Früher war Helen seine Lieblingsnichte gewesen, ein freundliches, zeichnerisch hochbegabtes kleines Mädchen, das mittlerweile jedoch zu einer hitzigen, schwierigen Achtzehnjährigen herangewachsen war, deren strenger, knauseriger Vater sich seit zwei Jahren in zahllosen Autoritätskämpfen mit ihr herumschlug und nur allzu froh war, das Problem seinem kleinen Bruder vor die Füße kippen zu können.

Cora nahm die Sache in die Hand, und in der Anfangszeit bedankte William sich bei ihr mit einigen länglichen Briefen über Helen – «Meine liebe Cora», sprach er sie an, und grüßte «herzlich» und «Dein Dich liebender Bruder» – und versuchte sich mit dem Angebot, ihm in England nicht erhältliche amerikanische Leckereien wie Ahornsirup und Dosenmais zu schicken, auch bei seinem Bruder anzubiedern. Unbeholfene Gesten, mag sein, aber doch ernstes Bemühen, den beiden seine Dankbarkeit zu bezeigen – so jedenfalls schien es fürs Erste. Der Richter sorgte sich insbesondere wegen der «unerwünschten Leute», mit denen seine Tochter in Port Jervis anzubandeln pflegte («sie ist jetzt in einem Alter, wo sie es sich nicht leisten kann, allzu demokratisch zu sein»), raffte sich aber erst auf, seinem Bruder von diesen Sorgen zu erzählen,

■ 124 Nicht zu verwechseln mit Wilburs Tochter Helen R., deren Erinnerungen an ihren Onkel (1934) hier bereits mehrfach zitiert wurden. Helen R. war acht Jahre jünger als Williams Helen und fügte das R ihrem Namen hinzu, um sich von ihrer älteren Cousine zu unterscheiden.

als Helen bereits auf dem Weg nach England war. Nicht lange nach ihrer Ankunft wurden die Cranes mit Kate Lyons Schwester und deren neunzehnjähriger Nichte Edith bekannt gemacht, und da die zwei Nichten anscheinend gut miteinander auskamen, luden der Herzog und seine Gattin die junge, wohlerzogene, sehr erwünschte Miss Ritchie nach Brede Place ein, wo sie sich als inoffizielle Gefährtin Helens nützlich machen konnte. In ihrem Artikel von 1954 über ihre Monate dort geht Ritchie nur flüchtig auf Helen ein: sie sei «in mancher Hinsicht recht kultiviert, in anderer kindisch, und Stephen fand, sie habe Erziehung nötig». Tatsächlich hätte Stephen sie wegen eines Diebstahls am liebsten aus dem Haus geworfen. Was oder warum sie gestohlen hat und wie man ihr auf die Schliche kam, sind drei weitere weiße Flecken in der Geschichte, jedenfalls wurde Helen nach schwierigen Verhandlungen mit William (der über den Vorfall schockiert war und den Plan ausdrücklich billigte) im September an die Rosemont-Dézaley-Schule nach Lausanne geschickt, dasselbe Mädchenpensionat, an dem Ritchie im Frühjahr zuvor ihren Abschluss gemacht hatte. Crane brachte sie eigenhändig hin, aber auch dort ließ sie sich nicht von ihren diebischen Angewohnheiten abbringen, zahlte von Klassenkameradinnen geliehenes Geld nicht zurück, versuchte der Rektorin Geld mit der absurden Behauptung abzuschwindeln, es gehe um ein Darlehen für ihren Onkel Stephen, und brachte sich damit in solche Schwierigkeiten, dass sie die Schule am 31. März 1900 verließ, lange vor Ende des Schuljahrs. Da sie sonst nirgendwo unterzubringen war, begrub Crane das Kriegsbeil und nahm sie in Brede wieder auf. Sie blieb weitere zwei Monate und begleitete Tante und Onkel schließlich nach Dover, Calais und Badenweiler, die Einzige aus der Familie, die bis zum Ende dabei war; leider ist nichts von dem, was sie auf diesen Stationen gesagt oder getan hat, überliefert, in keinem der vielen Zeugnisse zu Cranes Leben wird sie mit einem einzigen Wort erwähnt. Eine Schattengestalt, anwesend, aber nicht ganz anwesend, kehrte die stumme Nichte mit Cora und dem Leichnam ihres Onkels nach Amerika zurück, nahm noch an der Beerdigung in Manhattan teil und glitt dann wieder in die Schatten zurück. Sie war zweimal verheiratet (Genaueres unbekannt) und nahm sich 1922 im Alter von vierzig oder einundvierzig Jahren das Leben.

Tote Schafe, ein Zimmerbrand und eine psychisch labile junge Frau, die fortgeschickt und zurückgeholt wurde, aber das Hauptproblem war auch 1899 Geld, dasselbe Problem, mit dem Crane sich seit seinen frühesten Tagen als Schriftsteller herumschlug und das jetzt dermaßen monströse Ausmaße annahm, dass er vor lauter Kopfschmerzen und Kopfzerbrechen an kaum noch etwas anderes denken konnte. Ein Wundermittel dagegen gab es nicht, also blieb nur eins: Wie konnte er genug Geld mit Schreiben verdienen, um zahlungskräftig genug zu sein, die bohrenden Kopfschmerzen loszuwerden? Pinker, den Crane mit dieser Aufgabe betraut hatte, war ein außergewöhnlich freundlicher, fleißiger Agent, der es fertigbrachte, Geld für noch nicht geschriebene Erzählungen und noch längst nicht spruchreife Projekte an Land zu ziehen, und in der hektischen Schreibphase der folgenden Monate ihrer Zusammenarbeit überschüttete Crane ihn mit einer solchen Flut von Texten, die er hier und da und dort an den Mann bringen sollte, dass er schier darin zu ertrinken drohte. Crane rechnete ernsthaft damit, reich zu werden, oder wenigstens seine Schulden loszuwerden, aber da er es nicht lassen konnte, nicht existierendes Geld zum Fenster rauszuwerfen, wurden die Schulden natürlich nur immer größer, und am Ende stand er noch schlechter da als vorher. Daher die Kopfschmerzen – und das ewige Karussell in seinem Kopf.

An Pinker, 6. August, ein typischer Brief aus diesen Monaten:

Diesmal schicke ich Ihnen eine mordsmäßig gute Whilomville-Geschichte – 4000 Worte – und aufgeregt gleich noch ein Telegramm hinterher. Ich denke, Sie werden mir verzeihen, dass ich Ihnen so sehr zusetze. Ich brauche innerhalb der nächsten zehn Tage 150 Pfund – nichts weniger, wie die Iren sagen. Aber die werde ich auch verdienen – hauptsächlich mit Whilomville-Storys, denn die bringen rasch und sicher Geld. 40 von den 150 Pfund habe ich gestern und heute zusammengeschrieben, aber bei allen Ihren Göttern, helfen Sie mir, oder ich bin am Ende.

Letzter Satz eines Briefs an Pinker, eine Woche später:

Wenn Sie sich an unsere Abmachung halten, wird alles gutgehen, und ich werde Sie dermaßen mit MS bombardieren, dass Sie glauben, Sie lebten im belagerten Paris.

Cora an Pinker, 31. August:

Es wird jetzt eng für ihn. Sein Weinhändler droht, ihn morgen *zu verklagen, wenn er nicht auf der Stelle seine Rechnung über 35 Pfund begleicht …*
Das hat nichts mit meiner vorherigen Bitte um 20 Pfund zu tun – damit Mr. Crane sich ein paar Tage freinehmen kann [um seine Nichte nach Lausanne zu begleiten] … Der Weinmann muss befriedigt werden, und Mr. Crane muss eine Pause einlegen, sonst bricht er zusammen, & und das darf nicht sein.

Cora an Pinker, 13. September:

Ich bin so froh, dass Sie ihm geschrieben haben, nicht nach Transvaal zu gehen. Das würde er gesundheitlich nicht überstehen. In Paris hatte er einen Rückfall des Kuba-Fiebers, er ist körperlich

einfach nicht in der Lage, einen Feldzug mitzumachen, gleichgültig wie kurz der sein mag …
PS: Bitte lassen Sie Mr. Crane nicht wissen, dass ich etwas gegen Transvaal gesagt habe.[125]

Nach einer heftigen Auseinandersetzung mit Stokes, seinem neuen amerikanischen Verleger, erteilte Robert Barr Crane ein paar gute Ratschläge:

Solange Sie sich ans Schreiben halten, machen Sie alles richtig, und so ziemlich alles falsch, wenn Sie sich mit Geschäftlichem abgeben …
Sie haben Ihre Angelegenheiten jetzt aufs beste geregelt, also lassen Sie Pinker die Verhandlungen mit Herausgebern und Verlegern führen. Schreiben, schreiben, schreiben Sie alles, was Sie wollen, aber keine Geschäftsbriefe.

Nachdem Cora sich in höchster Not an Pinker gewandt und ihn wieder einmal um Geld angefleht hatte, schrieb er am 24. Oktober an Crane direkt. Es war das erste und einzige Mal, dass der bedrängte, belagerte Agent so etwas wie Gereiztheit erkennen ließ.

Ich muss gestehen, Sie versetzen mich in äußerste Unruhe. Am Freitag baten Sie telegraphisch um 20 Pfund; Mrs. Crane am Montag um 50 Pfund; heute kommt Ihr Brief mit der Bitte um 150 Pfund, und ich fürchte sehr, Ihr Agent wird Millionär sein müssen, wenn er Ihnen zukommen lassen soll, was Sie in einer Woche verlangen, wenn es so weitergeht. Im Ernst, Sie setzen

■ 125 Crane spielte mit dem Gedanken, als Korrespondent nach Afrika zu reisen und über den Zweiten Burenkrieg zu berichten. Daraus wurde nichts. Ähnliche Pläne für Reisen nach St. Helena und Gibraltar verliefen ebenfalls im Sande.

mir mächtig zu. Mrs. Crane schreibt, wahrscheinlich hätte ich «Mr. Crane Geld vorgeschossen, das ich selbst noch nicht eingezogen habe». Tatsächlich beläuft sich dieser Betrag aktuell auf 230 Pfund. Ich erwähne das nicht, um Sie an Pflichten mir gegenüber, sondern sich selbst gegenüber zu erinnern. Wir laufen Gefahr, den Markt zu schwächen, wenn wir zu viele Kurzgeschichten auf einmal anbieten ...

... Ich werde mein Bestes tun, um in den nächsten zehn bis vierzehn Tages etwas zu erreichen.

Von allen guten Geistern verlassen, feuerte Cora am 26. zurück. Der vierte Absatz:

Mr. Pinker, wie konnten Sie Mr. Crane nur sagen, er soll nicht zu viele Kurzgeschichten auf den Markt werfen, weil der sonst geschwächt würde? Es ist fatal, einem Schriftsteller so etwas zu sagen. Vor allem Stephen Crane. Und wie kommen Sie überhaupt darauf, bei einem völlig ungeschwächten und riesigen amerikanischen Markt? Harpers und die Saturday Evening Post und eine einzige an McClures verkaufte Erzählung sind alles, was bis jetzt *nach Amerika verkauft wurde, da könnten Sie noch tausend Kurzgeschichten von Mr. Crane verkaufen, wenn Sie sie hätten.*

Schlimmer wurde es dann nicht mehr, denn als Cora zwei Tage darauf an Pinker schrieb, war der Ton wieder zurückhaltend und überaus freundlich, und nur fünf Tage später schickte Crane ihm das «ausgesprochen selten Gute», die letzte großartige Erzählung aus seiner Feder, «The Upturned Face».

Pinker blieb weiterhin sein fester Halt, und die Eheleute Crane gaben nicht auf, lächelnd und immerzu lächelnd trotz all ihrer Schwierigkeiten, selbst dann noch, als sie gegen Ende des vierten

Akts schließlich aufhören mussten, sich gegenseitig etwas vorzumachen.

Wir müssen uns Sisyphos als glücklichen Menschen vorstellen.

Es sollte ein Fest geben. Es musste ein Fest geben, denn Edith Ritchie reiste ab, und wie konnten sie sie ziehen lassen, ohne sie ordentlich zu verabschieden? «Meine Familie hatte mich seit langem gedrängt, nach Haus zu kommen», erinnerte sie sich, «aber die Cranes beteuerten immer wieder, sie bräuchten mich – ohne mich wären sie ganz allein (allein! mit Gästen ohne Ende) auf dem Lande, meilenweit weg von allem. Aber dann nahte Weihnachten, und ich *musste* nach Hause. ‹Nein›, sagte Stephen. ‹Lass uns ein richtiges Fest veranstalten. Wir laden deine ganze Familie hierher ein, und deine Freunde und unsere Freunde. Eine Feier nur für dich. Ein rauschendes Fest, und wir führen ein Stück auf.›»

Das Fest sollte über drei Tage gehen, eine Fin-de-Siècle-Sause mit so vielen Gästen wie möglich, und alle sollten in Brede Place untergebracht werden, und das Theaterstück sollte *The Ghost* heißen, ein von den Cranes ausgeheckter Schwank, mit Beiträgen (manchmal nur eine Zeile oder ein Wort) von Henry James, Joseph Conrad, H. G. Wells, Robert Barr, A. E. W. Mason, Edwin Pugh, George Gissing, Rider Haggard und H. B. Marriott Watson und geklauten Songs aus den komischen Opern von Gilbert und Sullivan. Das Gespenst war natürlich Sir Goddard Oxenbridge, der kinderfressende Edelmann, der einst über das Haus geherrscht hatte, in dem die Gäste zusammenkommen sollten.

Es war Cranes letzter Streich. «The Upturned Face» hatte er gerade abgeschlossen, und er plante bereits eine Artikelserie über den Burenkrieg (zu dem er eine entschiedene Meinung hatte), aber ähnlich wie damals, als er *George's Mother* unterbrochen hatte, um den höheren Blödsinn des *Pike County Puzzle* zu verzapfen, schlug er wieder einmal einen Haken und wurde zum Spiritus

Rector und Zeremonienmeister eines Karnevals der Verrücktheiten.

Ein sterbender Puck setzt seinen letzten Schabernack in Szene.

Oder ein anderes Bild: Ein Verurteilter steht vor dem Erschießungskommando an der Gefängnismauer, raucht seelenruhig seine letzte Zigarette, lehnt es ab, sich die Augen verbinden zu lassen, und als sie auf ihn anlegen, lacht er seinen Henkern ins Gesicht.

Kein Zweifel, unser Held hat in seinem kurzen leichtsinnigen Leben einige Dummheiten angestellt, aber dieses Fest zählte nicht dazu. Das einzige Problem war nur, dass er den Abstand zwischen Plan und Ausführung nicht richtig eingeschätzt hatte. Seine Kräfte verließen ihn schneller als gedacht, und als der große Augenblick kam und es kurz nach Weihnachten endlich losging, waren drei Tage und drei Nächte ununterbrochener Lustbarkeiten einfach zu viel für ihn, und sein Körper machte schlapp.

Ritchie:

> Cora und ich hatten vor der Party ordentlich zu tun – Einladungen verschicken, zusätzliche Dienstboten aus London anheuern. Das Stück musste geschrieben und abgetippt werden, wir konnten es aber beide nur mit zwei Fingern. Noten mussten kopiert und für jedes Lied neue Texte geschrieben werden. Ich malte die Kulissen, mit dem großen Kamin im Salon als Hintergrund. Gästezimmer mussten für die verheirateten Paare eingerichtet werden. Zuvor ungenutzte große Zimmer als Schlafräume, einer für Männer, einer für Frauen. Ein Orchester musste engagiert, Bettstellen von einem Krankenhaus in der Nähe geliehen werden. Cora ließ vom Dorfschmied Dutzende Wandhalter für je zwei Kerzen herstellen,

die an die eichengetäfelten Wände des Salons kamen. Wir bastelten lange Girlanden aus Stechpalmen und grünen Zweigen und hängten sie rings um die Wände auf. Wir schrieben Karten, wer wen an jedem Abend zum Essen hereinführen sollte, und legten sie neben den Gästebetten aus.

Die Mitspieler trafen einen Tag vor den anderen Gästen ein. Nach einem ersten Versuch im Haus gaben wir am Nachmittag eine Probevorstellung von «The Ghost» für die Kinder in der Dorfschule. Tags darauf kamen die anderen Gäste, insgesamt ungefähr fünfzig. Die eigentliche Vorstellung fand dann am Abend statt.

Zu den fünfzig zählten die Eheleute Conrad und Wells, aber Mason war der einzige Koautor, der selbst bei der Aufführung mitwirkte. Als erfahrener Schauspieler spielte er die Hauptrolle, das Gespenst, und trotz des strengen Winterwetters blieb im Saal der Dorfschule von Brede kaum ein Platz frei. Zur Aufführung kamen unter anderem einzelne Sätze von Conrad («Wir leben in einer lustig kalten Welt»), Gissing («Er starb an Demütigung, die er sich zugezogen hatte, nachdem er am Piccadilly seinem Hut nachgelaufen war») und Pugh («Ein Vogel in der Hand mag besser sein als zwei im Busch, aber die im Busch sehen das anders»). Das von Ritchie erwähnte Orchester spielte offenbar nur auf der Party im Haus, jedenfalls berichtet die Lokalzeitung, «die Lieder wurden von Mrs. H. G. Wells geschmackvoll am Piano begleitet und mussten fast alle zweimal gesungen werden ... Zum Finale der Vorstellung sang das Publikum ‹For they are jolly good people›, eine kleine Textänderung, weil nicht nur ‹fellows›, sondern auch Damen mitgewirkt hatten.» In einer anderen Zeitung heißt es: «Die Einwohner von Brede haben guten Grund, Mr. und Mrs. Stephen Crane dankbar zu sein, dass sie ihnen ein solches Vergnügen bereitet haben ... Eintrittsgeld wurde nicht verlangt, Mr. Stephen Crane bestritt die gesamten Kosten und schenkte der Schule obendrein die Bühnenaufbauten.»

Fuderweise Geld muss dieses opulente Zweiundsiebzigstundenspektakel gekostet haben – die angeheuerten Diener, die angeheuerten Musiker, die gemieteten Betten, die Dinners für fünfzig, die Frühstücke für fünfzig – aber so hatte Puck es verlangt, und so bekam er es von seiner Frau, und die ersten zwei Tage und Nächte war er wohl leidlich in Form, zumindest hielt er sich tapfer, aber dann, am 29. Dezember, gab es den Ball, die letzte nächtliche Lustbarkeit, und während stundenlang Walzer und Quadrillen und altmodische amerikanische Squaredance-Nummern getanzt wurden und das Orchester unermüdlich lärmte und Wells auf einem Besenstiel ausgelassen durch den Saal hopste, verfiel der Gastgeber allmählich in missmutiges, gereiztes Schweigen. Um seine schlechte Laune zu bekämpfen und wieder in Stimmung zu kommen, bot er einigen seiner britischen Gäste an, ihnen Poker beizubringen, aber während er den Männern die Regeln erklärte, sprachen sie ständig von anderen Dingen, und schließlich stand er auf und sagte: «In jedem anständigen Saloon in Amerika würden Sie erschossen, wenn Sie beim Poker so reden würden.» Und stapfte davon.

Wells: «Er war krank und völlig erschöpft, ich aber war nicht klug genug, das zu erkennen, und hielt ihn für schlecht gelaunt und zugeknöpft. Er war eben der wehrlose Künstler; er war nicht der Herr seiner Party; er war nicht der Herr im eigenen Haus; sein Leben war ganz außer Kontrolle geraten; er wurde mitgeschleift.»

Mag sein. Mit dem ersten Punkt hatte Wells zweifellos recht. Crane war krank und völlig erschöpft, und als er spät in dieser Nacht, nachdem die Musiker gegangen waren, noch unten saß und ein wenig Gitarre spielte, klappte er plötzlich zusammen. Sein Kopf sank an die Schulter der Person neben ihm, und gleich darauf lief ihm Blut aus dem Mund.

Als er wieder zu Bewusstsein kam, war sein erster Gedanke, den Vorfall vor Cora zu verheimlichen. Sie lag bereits oben im Bett, aber jemand muss sie geweckt haben, und als sie nach unten kam, hatte Wells sich draußen im Regen schon auf ein Fahrrad geschwungen, um einen Arzt zu holen.

Nicht jeder Blutsturz ist tödlich. Dieser war nur eine Warnung gewesen, ein Hinweis auf das, was noch kommen sollte, aber der Arzt äußerte sich vorsichtig optimistisch, und am 2. Januar schrieb Crane an Moreton Frewens Sohn über *The Ghost* («nichts als ein Haufen Unsinn zur Unterhaltung der Dorfbewohner»), und Cora schrieb an Pinker: «Mr. Crane ist wieder krank – im Bett, arbeitet aber weiter.»

Bevor er zu anderen Geschäften abberufen wurde, machte er weiter wie eh und je und schrieb und schrieb, soweit er dazu noch in der Lage war. *The O'Ruddy* hatte inzwischen Gestalt angenommen und war aus den Startlöchern (am 15. Januar bestätigte Pinker den Eingang des dritten und vierten Kapitels), und zusätzlich zu den Kurzgeschichten und politischen Artikeln, die Crane zu Beginn dieses Jahres produzierte, arbeitete er an einem Geldbeschaffungsprojekt, das Pinker für ihn mit *Lippincott's Magazine* in Amerika arrangiert hatte: eine Reihe längerer Artikel unter der Überschrift «Great Battles of the World». Da Crane für die nötigen Recherchen keine Zeit hatte, betraute er Kate Lyon damit, die mit ihrer Tochter in London lebte und dringend Arbeit brauchte. Aus Dankbarkeit ihren Freunden gegenüber und auch für die Arbeit selbst verbrachte sie dann ihre Tage im British Museum und stellte umfangreiche Notizen zu vergangenen Schlachten in New Orleans, Badajoz, Plewna, Solferino und Burkersdorf zusammen, die Crane nur noch aufbereiten und in Form bringen sollte, doch als ihm dies im Lauf der Zeit zu viel wurde, schrieb Lyon die Artikel schließlich selbst. Parallel zu alldem und zusätzlich zu ihren anderen Ver-

Das letzte Foto von Crane, mit seinem Hund Sponge in Brede Place, aufgenommen von Cora, 1900

(Mit freundlicher Genehmigung der University of Virginia)

pflichtungen arbeitete Cora mit einem jungen Ingenieur namens Frederick Bowen an einer Erfindung, an der sie seit ihrer Rückkehr aus dem Griechisch-Türkischen Krieg herumgebastelt hatte: einem wirklich funktionstüchtigen Filter für Feldflaschen. Solche Filter gab es natürlich schon, aber die hatten sich durchweg als untauglich erwiesen, während Coras Erfindung allem Anschein nach ihren Zweck erfüllte. Hätte sie das Projekt zu Ende bringen können, hätte die Erfindung vielleicht genug Geld eingebracht, die Dinge zum Guten zu wenden, aber die Zeit lief ihr davon, und sie kam nie über die ersten Schritte hinaus.

Die finanzielle Situation blieb nach wie vor äußerst prekär und angespannt, und hier stellt sich die Frage, wie zwei so intelligente

Menschen so dumm sein konnten, immer und immer wieder in dieselbe Falle zu tappen. Die meisten Crane-Biographen wollten die Schuld eher bei Cora sehen, obwohl sie doch eindeutig beide das Geld zum Fenster rauswarfen und Crane dafür genauso verantwortlich war wie Cora. Er konnte nicht anders. Sein Leichtsinn war mehr als nur ein Zwang oder eine Sucht oder ein rätselhafter Charakterfehler, Leichtsinn war geradezu der Kern seines Charakters, Crane war der Leichtsinn in Person. Er war ein Spieler, richtig glücklich und lebendig fühlte er sich nur, wenn er etwas riskierte. Was erklärt, warum er sich in einer dünnen, fadenscheinigen Jacke in einen Schneesturm hinauswagte, um die Geschichte, die er suchte, am eigenen Leib zu spüren, warum er sich in Kriege stürzte und sich feindlichem Feuer aussetzte, warum er als Einziger in einem Raum voller Leute dazwischenging, als ein Mann drohte, einen anderen mit dem Messer zu töten – und warum er sich an der Heimatfront so unmäßig in Schulden stürzte. Das alltägliche Leben, das ihm so vertraut war wie jedem Pantoffel-und-Pfeife-Büroarbeiter, langweilte ihn zutiefst, er fand es nicht nur eintönig, selbstgefällig und heuchlerisch, sondern fühlte sich darin wie tot. Ein verschwenderisches Leben brachte ihn in Gefahr, alles zu verlieren, und wie viel besser fühlte es sich an, sich mit den Fingernägeln am Rand einer Klippe festzuklammern, als am warmen Kamin gemütlich in einem weichen Sessel zu sitzen. Wie Otto Carmichael trefflich bemerkte, nachdem er Crane in Havanna näher kennengelernt hatte: «Gefahr war seine Zerstreuung.» Und wenn dann auch noch Cora neben ihm an derselben gefährlichen Klippe hing, konnte ihm keine Gefahr groß genug sein. Nicht dass es ihm immer gefiel oder dass er nicht zuweilen darunter litt, aber er brauchte die Klippe genauso, wie ein Pokerspieler es braucht, seinen ganzen Gewinn einer Nacht auf eine einzige Karte zu setzen. Und dann begann er plötzlich, Blut zu husten.

Ernest B. Skinner, der Landarzt, der Crane nach der Party untersuchte, kam zu dem Ergebnis, die Lunge habe nicht ernsthaft Schaden genommen, und empfahl eine mehrwöchige Bettruhe, die damals übliche Behandlungsmethode in mutmaßlich milden Fällen von Tuberkulose. Thomas J. Maclagen, der berühmte Londoner Spezialist, der drei Monate später hinzugezogen wurde, empfahl ein ähnliches Vorgehen. Leider entging diesen Ärzten, dass Cranes körperlicher Verfall bei weitem nicht nur von der Beeinträchtigung seiner Lunge herrührte. Auch die wiederkehrenden Schübe von Kuba-Fieber und ein Abszess tief im Rectum – eine äußerst schmerzhafte, chirurgisch nicht behandelbare Analfistel – zehrten an seinen Kräften. Reiten kam jetzt nicht mehr in Frage, und jeder Stuhlgang muss eine Tortur gewesen sein. Cranes Körper stand von drei Seiten unter Beschuss, und jedes dieser Leiden schwächte seinen Widerstand gegen die beiden anderen, aber die Ärzte hatten weiterhin nur seine Lunge im Blick. Tuberkulose war die Geißel jener Zeit, und die Bösartigkeit dieser Krankheit machte sie blind für Cranes andere Probleme. Ein undichtes Dach kann erhebliche Schäden für ein Haus zur Folge haben, aber wenn zugleich die Mauern bröckeln und das Fundament im Boden versinkt, ist es nur noch eine Frage der Zeit, bis das ganze Haus einstürzt.

Am 2. Februar veranstaltete ein wohlhabender Büchersammler aus Hastings einen Lunch zu Cranes Ehren. Elf Tage nach Cranes Tod berichtete eine Lokalreporterin, die der Versammlung beigewohnt hatte, von ihren Eindrücken:

> Schon vor Monaten ... war leicht zu erkennen, dass Stephen Cranes Jahre, wenn nicht Monate gezählt waren. Zuletzt sah ich ihn in Hastings bei einem Freund, einem Bibliophilen, Ornithologen und Hobbymaler. Schmerzlich anzusehen war der Kontrast zwischen dem jungen Autor von «The Red Badge of Courage» und den anderen Gästen, die alle bei guter Gesund-

heit und Laune waren. Bleich, erschöpft und ruhelos, war der arme Stephen Crane mit seinen Nerven offensichtlich am Ende. Er verweigerte den Tee und beteiligte sich nicht an der Unterhaltung, sondern ging unruhig umher, als suchte er etwas, das er nicht finden konnte.

Die nächste Krise kam Ende März. Helen wollte mit dem Zug von Lausanne nach Paris, und da Crane vor lauter Arbeit seinen Schreibtisch in Brede nicht verlassen konnte, machte Cora sich allein auf den Weg, die Ausreißerin abzuholen. Ihr Plan war, ein paar Tage in Paris zu bleiben, Kleider einzukaufen und dann nach England zurückzufahren. Am 31. März, wenige Stunden nach Coras Abreise, schickte Crane Pinker die Kapitel 24 und 25 von *The O'Ruddy* (die letzten, die er schrieb) und bat ihn, Cora 20 Pfund zu kabeln, damit «die Ärmsten in Paris nicht auf dem Trockenen sitzen». Wenig später erlitt er zwei massive Blutstürze, beide wesentlich schlimmer als der vorige. Wieder sollte Cora nichts davon erfahren, doch Vernall hielt sich nicht an die Anweisung und schickte am 3. April ein Telegramm nach Paris. Cora eilte zurück, und von da bis zum 5. Juni schrumpfte die Welt der beiden immer weiter zusammen, bis nichts mehr davon übrig war.

Auf Anregung eines Mitarbeiters der amerikanischen Botschaft, der Cora erklärte, der Mann sei der beste Lungenspezialist in London, wurde Maclagen hinzugezogen. Der Arzt kam nach Brede, untersuchte Crane und berechnete 50 Pfund für seinen Rat, erst einmal abzuwarten, wie sich die Sache entwickle. Cora schöpfte Hoffnung, und nachdem sie einen Scheck über das Geld ausgestellt hatte, das sie nicht besaß, musste sie Pinker überzeugen, 50 Pfund auf ihr Konto einzuzahlen, bevor der Scheck platzte. So ging es den ganzen April und die ersten Maitage lang weiter.

William an Cora, 7. April: «Stephens Zustand beunruhigt und

bestürzt uns sehr. Wir warten voller Sorge auf genauere Nachricht.» Und dann: «Leider kann ich Dir zurzeit nicht mit Geld aushelfen. Mein Bankkonto ist ziemlich erschöpft.»

Cora an Clara Frewen, 11. April: «Montagabend haben wir Stephen nach unten ins Eichenzimmer verlegt. Er scheint mit jedem Tag schwächer zu werden, und ich bin sehr besorgt. Weitere Blutstürze hatte er nicht, aber er leidet entsetzlich unter dem Abszess, der zu tief sitzt und sich von außen nicht öffnen lässt, solange er so geschwächt ist. Wir hoffen jetzt auf warme Tage, damit wir ihn nach draußen in die Sonne bringen können.»

Cora an Pinker, 11. April: «Er hatte einen ruhigen Tag ohne Blutsturz und verträgt das Essen gut. Seine Krankheit wird sich lange hinziehen und große Ausgaben nötig machen ... Mr. Pinker, es ging um Leben & Tod, als ich den Spezialisten kommen ließ. Ich kann nichts unversucht lassen. Ich wusste nicht, ob Sie am Samstag oder Freitag ins Büro kommen. Also musste ich, als ich Ihnen schrieb, gleichzeitig auch Lippincott schreiben. In einer solchen Situation kann man sich nicht mit Formalitäten aufhalten, ich war wirklich außer mir. Bitte verzeihen Sie, falls ich es Ihnen gegenüber an Höflichkeit habe fehlen lassen.»

William an seinen Bruder, 13. April: «Unsere Morgenzeitung bringt täglich Meldungen aus London mit den neuesten Nachrichten über Dich. Das genügt uns nicht, wir warten mit Sorge auf Briefe.»

Cora an Wells, 15. April: «Seit letztem Montag kein Blutsturz mehr. Die Ärzte sagen, wenn es bis nächsten Donnerstag dabei bleibt – zehn Tage –, ist er außer Gefahr. Dann heißt es Pläne machen. Ich fürchte, wir müssen Brede Place verlassen & an einen gesünderen Ort ziehen, irgendwo am Meer.»

Cora an Wells, 25. April: «Stephen ist nicht in der Lage, Briefe zu schreiben, also will ich Ihren erfreulichen Brief beantworten. Ich mache mir große Sorgen um ihn. Die Lunge scheint wieder in

Ordnung! Heute sagte der Arzt nach der Untersuchung, der rechte Lungenflügel sei gänzlich unberührt. Aber schlimm ist dieser furchtbare Abszess im Darm – oder Rectum –, der anscheinend hin und wieder aufgeht und ihm die entsetzlichsten Schmerzen bereitet. Das nimmt ihm alle Kräfte, was sehr beunruhigend ist. Der Abszess bringt offenbar auch die Verdauung durcheinander, was ihn zusätzlich schwächt. Und das *Fieber* (Kuba-Fieber) meldet sich täglich für ein oder zwei Stunden. Aber seit einer Woche ohne den Schüttelfrost. Er hofft, in drei oder vier Wochen eine Seereise antreten zu können. Schreiben Sie ihm, wenn Sie können. Kranke bilden sich ein, ihre Freunde wollen nichts von ihnen wissen, und fragen sich, warum sie so wenig Briefe bekommen etc. Natürlich lese ich jetzt alle Briefe zuerst, und da sind viele dabei, die er besser nicht zu Gesicht bekommen sollte – ich denke, das verstehen Sie.»

Maclagen an Cora, 2. Mai: «Es tut mir sehr leid, so schlechte Neuigkeiten über Mr. Crane zu hören. Aber er hat sich in der Vergangenheit oft wieder aufgerappelt, da muss man jetzt nicht die Hoffnung aufgeben. Wenn Sie möchten, dass ich ihn noch einmal besuche, telegraphieren Sie mir, und ich werde kommen.»

Cora an Pinker, 5. Mai: «Die Ärzte sagen, Mr. Crane kann nur *außerhalb* Englands gesund werden. Als Erstes in den *Schwarzwald*. Das bedeutet einen teuren Umzug noch in dieser Woche. Können Sie von irgendwo einen Vorschuss beschaffen? Mr. Crane geht es nicht schlechter & der rechte Lungenflügel hält gerade noch so, der Ortswechsel muss jetzt unverzüglich stattfinden. Wir gehen in einen kleinen Gasthof im Schwarzwald & werden Brede Place einstweilen vermieten. Ich werde eine Krankenschwester nehmen müssen & der Arzt wird uns begleiten. Die Reise wird *sehr* teuer, aber es geht um Leben und Tod und muss getan werden. Bitte schreiben Sie mir. Können Sie Stoke oder Metheun telegraphisch um Vorschuss bitten, und was ist mit der Artikelserie? Bitte antworten Sie sofort. Das Klima hier ist für Lungenkranke der sichere Tod.»

Am 7. Mai berichtet Alfred T. Plant (Moreton Frewens Anwalt) Cora von der Absicht seines Mandanten, für alle Schulden der Cranes aufzukommen: «Ihr Schreiben vom 5. dieses Monats habe ich erhalten und kann nur sagen, dass ich auf Mr. Frewens ausdrücklichen Wunsch um die Liste Ihrer Gläubiger gebeten habe, da ihm viel daran liegt, diese Schwierigkeiten, wenn möglich, aus der Welt zu schaffen ... Ich glaube, er hat direkt an Dr. Skinner geschrieben, & bin überzeugt, er tut sein Möglichstes, Ihnen zu helfen.»

William an Cora, 10. Mai: «Ich habe Dein Telegramm erhalten und auch einen Brief von Dr. Skinner. Wir sind untröstlich, aber ich kann zurzeit wirklich kein Geld schicken, jedenfalls keinen Betrag, der der Rede wert wäre. So knapp bei Kasse wie jetzt bin ich seit Jahren nicht gewesen.» Und: «Vielleicht wäre es das Beste, wenn Helen nach Hause kommen würde.»

Conrad an Cora, 10. Mai:

> *Dein Brief bedrückt mich über die Maßen und bestätigt meine Befürchtungen wegen Eurer finanziellen Situation, die mich oft mit Kummer und Sorge erfüllt. Du kannst Dir denken, dass ich, stünde es in meiner Macht, Euch zu helfen, jederzeit bereit wäre, Euch Unterstützung zukommen zu lassen. Ich fühle mich so ohnmächtig. Ich habe keine Beziehungen, keinen Einfluss und keine Mittel. Ich weiß kaum, wo ich das tägliche Brot hernehmen soll. Was* kann *ich tun? Ich stehe bei meinen zwei Verlegern in der Kreide, bin mit der Arbeit in Rückstand und kenne niemand, der auch nur vom geringsten Nutzen sein könnte. Es steht nicht einmal in meiner Macht, meine eigene Zukunft aufs Spiel zu setzen, um Euch zu helfen. Meine Zuneigung zu Stephen und meine Bewunderung für sein Genie ist so groß, dass ich, wäre ich dazu in der Lage, ohne Zögern alles für ihn tun würde. Aber wie es nun*

einmal ist, meine Zukunft ist bereits verpfändet. Du kannst Dir nicht vorstellen, wie es mich schmerzt, Dir so zu schreiben. Ich bin geradezu von Sinnen seit Deinem letzten Brief. Können denn Stephens Verwandte nichts tun?
Verzeih, wenn ich hier abbreche. Ich bin zu traurig.

Es war eine sinnlose, beschwerliche Reise, aber die Ärzte hatten gesagt, es sei Cranes einzige Chance, und auch wenn Cora gewusst haben dürfte, wie winzig diese Chance war, kratzte sie jeden Penny zusammen, den sie auftreiben konnte, vor allem bei Moreton Frewen und Lady Randolph Churchill, die in ihrem Namen Mittel einwarb, und verließ Brede am 15. Mai mit ihrem sterbenden Mann, Dr. Skinner, zwei Krankenschwestern, Nichte Helen, dem Diener Richard Heather und dem Hund Sponge. Crane wurde auf einer Trage nach Rye gebracht, dort in einen Rollstuhl gesetzt und zusammen mit dem ganzen Tross nach Dover befördert. Cora hatte Zimmer im Lord Warden Hotel gebucht, mit Blick auf den Ärmelkanal, aber die See war zu rau in dieser Woche, zu gefährlich für die Überfahrt nach Calais, und so mussten sie länger bleiben als erwartet, insgesamt neun Tage, und Cora ließ manche Mahlzeit aus, um ihr schmales Budget nicht schon vorzeitig zu erschöpfen.

Conrad kam am 16., Wells am 17., Barr am 19. «Es gab einen kleinen Hoffnungsschimmer, dass er sich erholen könnte», erinnerte sich Barr, «aber für mich sah er bereits aus wie ein Toter. Wenn er sprach, beziehungsweise flüsterte, dann stets mit dem von ihm gewohnten Humor. Ich erklärte ihm, in ein paar Wochen, wenn es ihm etwas bessergehe, werde ich in den Schwarzwald kommen, dann könnten wir gemeinsame Erholungsspaziergänge unternehmen. Seine Frau hörte zu, und er sagte schwach: ‹Darauf freue ich mich schon›, wobei er mich anlächelte und mir zuzwinkerte, als wollte er sagen: ‹Du verdammter Schwindler, du weißt genau, dass ich in dieser Welt keine Spaziergänge mehr machen werde.›»

Wells wollte Crane am 21. noch einmal besuchen, aber der Tag war für die Überfahrt geplant, und Cora schrieb ihm am 20., «die Schwestern halten es für geraten, wenn Stephen vor der Abreise niemanden mehr sieht. Es sei besser für ihn, morgen ganz allein zu sein, also muss ich Sie *leider* bitten, morgen nicht zu kommen.» Die Reise verschob sich jedoch abermals, und dann noch einmal, sodass Conrad ihn am 23. ein zweites Mal besuchen konnte, einen Tag bevor sie dann endlich aufbrachen. Reiner Zufall, aber ein schöner Zufall, dass gerade er der letzte Freund war, der Crane lebendig gesehen hat.

Neunzehn Jahre später schrieb er:

> Zum ersten Mal habe ich Stephen Crane wenige Tage nach seiner Ankunft in London gesehen. Zum letzten Mal habe ich ihn an seinem letzten Tag in England gesehen. Das war in Dover, in einem großen Hotel, in einem Zimmer mit Panoramafenster mit Blick auf die See. Er war sehr krank, und Mrs. Crane brachte ihn nach Deutschland, aber ich sah schon beim ersten Blick in sein eingefallenes Gesicht, dass es keinerlei Hoffnung mehr gab. Die letzten Worte, die er mir zuflüsterte, waren: «Ich bin müde. Grüß bitte Frau und Kind von mir.» Als ich mich in der Tür noch einmal nach ihm umsah, hatte er seinen Kopf auf dem Kissen umgedreht und schaute wehmütig aus dem Fenster nach den Segeln einer Kutterjacht, die wie ein Schatten vor dem grauen Himmel draußen vorüberglitt.

Jessie Conrad steuerte in ihrem Artikel von 1926 weitere Einzelheiten zu den Ereignissen dieses letzten Tages in Dover bei:

> Conrad erzählte mir hinterher von seinem Gespräch mit dem Kranken, der nur noch mit Handzeichen und kaum hörbar geflüsterten Worten antworten konnte. Dieser Abschiedsblick auf Stephen, wie er dort im Bett lag und mit seinen wundervollen Augen den vorm offenen Fenster vorbeifahrenden Schiffen nachsah, die schwache Stimme und die Trage, auf der er seine letzte Reise antrat, das alles hinterließ einen tiefen Eindruck bei meinem Mann. Ich weiß noch, was er sagte, als er zu mir ins Hotel zurückkam ... «Es ist aus, Jess. Er weiß, es hat keinen Sinn mehr. Er geht nur Cora zuliebe und würde lieber zu Hause sterben!»

Am 24. die Überfahrt nach Calais, dann zwei, drei Tage in einem Baseler Hotel, und am 28. nach Badenweiler am Rande des Schwarzwaldes, dem letzten Stopp ihrer sinnlosen, strapaziösen und kostspieligen Reise ins Nirgendwo. Dort zogen sie in das geräumige Haus Luisenstraße 44, in die nach ihrem Besitzer benannte Villa Eberhardt. Der für den Fall zuständige Arzt war Albert Fraenkel. Crane hatte bis zu seinem Tod sonst nichts mehr zu tun und vertrieb sich die Zeit damit, Cora, die innerlich auch immer mehr zusammenbrach, einzelne Szenen und Fragmente für *The O'Ruddy* zu diktieren. Fünf Tage Nichts, und dann noch mehr Nichts, bis sie am 3. Juni zwei Briefe an Frewen schrieb, einen kurzen über die Suche nach Investoren für ihren Feldflaschenfilter und einen langen, der mit dem Satz endet: «Es ist furchtbar, denken oder schreiben zu *müssen*, dass ich, wenn Gott mir meinen Mann nimmt, nicht wissen werde, was ich tun soll. Was soll ich tun! Ich kann nicht mehr davon schreiben.»

Der Brief beginnt mit dem überfälligen, quälenden Eingeständnis, dass Gott ihr tatsächlich den Mann wegnehmen wird, und dann bricht es wahllos und weitschweifig aus ihr heraus: die Verärgerung des Arztes über die britische Diagnose, die Suche nach jemandem, der den unfertigen Roman zu Ende schreibt, die Kosten der Unterbringung, des Essens, der medizinischen Versorgung und der Wäsche, da «Mr. Cranes Bett an manchen Tagen dreimal frisch bezogen wird». «Ich habe Ihnen nur Trauriges mitzuteilen. Es gibt kaum Hoffnung auf Heilung. Das Fieber ist nicht in den Griff zu bekommen. Das hat nicht allein mit der Lunge zu tun, sondern sind die Nachwirkungen des Gelbfiebers und des Kuba-Fiebers.» Später fügt sie hinzu: «Das Gehirn meines Mannes kommt nie zur Ruhe. In Träumen durchlebt er alles noch einmal & spricht ständig vor sich hin. Schrecklich zu hören, wie er in dem ‹*offenen Boot*› die Plätze zu tauschen versucht! Gestern bin ich fast verrückt geworden & die Schwester hat mir eine Arznei gegeben, die mich lange hat schlafen lassen, sodass ich für heute wieder Kräfte habe. Er macht sich solche Sorgen wegen seiner Schulden und dass wir hier nicht bleiben können. Also habe ich ihm gestern erzählt, ich hätte 300 Pfund in bar & das hat ihn endlich beruhigt. Ich denke, in Wahrheit sorgt er sich um meine Zukunft, und deshalb tue ich alles, seiner armen erschöpften Seele diese Sorge zu nehmen.»

... dass ich, wenn Gott mir meinen Mann nimmt, nicht wissen werde, was ich tun soll. Was soll ich tun!

Irgendwann am 4. Juni hatte Crane seinen letzten lichten Augenblick und flüsterte Cora zu: «Ich gehe leichten Herzens, möchte Gutes tun, standhaft, entschlossen, unerschütterlich.» Nachdem sie aus dem Zimmer gegangen war, fiel er in einen Dämmerzustand zwischen Schmerz und Delirium. Der Arzt spritzte ihm Morphium, und um drei Uhr morgens war er tot.

Die Geschichte endet mit wirren, gepeinigten Notizen Coras vom 5. Juni:

An Dr. Skinner wegen Morphium schreiben –
– «Das hat ihn aus der Bahn geworfen.» –
«Du kannst es streichen, sie kann es nicht.»
«Kleiner Schlachter, ich werde Skinner erzählen, wie er nach Bali kam und mich bestohlen» –
Zur Schwester: «Wussten Sie, dass Dr. Bruce nie von ihm gehört hat?» Dr. gerufen
4. Juni, 8 Uhr abends – Gab Morphiumspritze – ging sofort ins Herz, konnte ich an Muskelanspannung sehen Dr. sah es auch, gab Kampferspritze, um Herz wieder in Gang zu bringen. Dr. am nächsten Tag: «Können Sie mir vergeben?» Wie meinte er das? wage nicht, darüber nachzudenken.

Und dann, in einem Brief an Cora vom 7. Juni, dieser Schrei von Henry James nach Empfang der Nachricht von Cranes Tod: «Was für ein grausames, sinnloses Erlöschen – was für eine ungeheuerliche, furchtbare Katastrophe! Wenn ich an sein Talent und seine Möglichkeiten denke!»

6

Der Leichnam, in Freiburg einbalsamiert und dann per Zug und Schiff und wieder Zug nach London transportiert, wurde einem Bestattungsunternehmen in 82 Baker Street übergeben, schräg gegenüber von 221b, der Adresse des nicht existierenden Hauses, in dem der fiktive Detektiv Sherlock Holmes sein imaginäres Leben führte. Dessen Erfinder, Arthur Conan Doyle, der Crane gekannt und geschätzt hatte, erzählte einem Journalisten, sein junger Freund sei von allen neueren amerikanischen Schriftstellern der einzige, dem man «Genie zusprechen müsse». In den Tagen und Wochen darauf meldeten sich Dutzende anderer Schriftsteller auf beiden Seiten des Atlantiks zu Wort. Dank seines Ruhms und weil er diese «niederträchtige blaue Welt» so viel früher verlassen hatte, als irgendjemand für möglich gehalten hätte, machte sein Tod in sämtlichen Städten Amerikas und Großbritanniens Schlagzeilen. Manche Nachrufe waren wohlwollend, manche neutral, und manche feindselig (allen voran wie gehabt die *New York Tribune*), aber alle standen unter fetten Überschriften auf den Titelseiten. Dazu kamen die Artikel von Freunden und Kollegen, als Erstes am 10. Juni Edward Marshalls «Loss of Stephen Crane – A Real Misfortune to All of Us», und in den folgenden Monaten viele kritische Würdigungen seines Werks, am gehaltsvollsten der Essay von Wells, der sich bei Cora entschuldigte, dass er es nicht über sich gebracht hatte, nach London zu fahren und Cranes aufgebahrten Leichnam zu sehen. «Derlei ... greift mich zu sehr an», schrieb er. «Die Begegnung hätte mir wenig Trost & viel Schmerz bereitet, und die Erinnerung an ihn, wie er in stillem Behagen am offenen Fenster auf die See hinausschaut, steht mir noch so lebendig vor Augen, dass ich sie auf keinen Fall durch den Anblick von etwas schwächen möchte, das nicht mehr er selbst ist.»

Anderen Freunden waren solche Bedenken fremd. Fast eine Woche lang strömten sie herbei, um Crane, dessen totes Antlitz durch ein Glasfenster im Sargdeckel zu sehen war, einen letzten Besuch abzustatten. Darunter auch Joseph und Jessie Conrad und Curtis Brown. Wie Brown später notierte, waren die Räumlichkeiten des Bestattungsunternehmens beengt und schäbig, und als die Inhaberin endlich begriff, warum er gekommen war, erklärte sie strahlend: «Draußen, hinter dem Durchgang.»

> Ich ging hinaus und gelangte durch den Torweg auf einen weiten Stallhof mit Boxen an drei Seiten und etlichen in der Mitte zusammengeschobenen Karren. In zwei oder drei Boxen standen Pferde; die anderen waren leer bis auf eine, und darin war ein Sarg aufgebockt, und durch das Glas im Deckel erblickte ich das Gesicht meines alten Freundes. Er sah aus, als hätte er sehr gelitten. Außer mir war niemand da. Ich blieb eine Weile und dachte an unsere Gespräche; dann ging ich schweren Herzens langsam davon.

So trostlos es bei diesem Londoner Bestatter gewesen sein muss – Cranes Sarg in einer Pferdebox irgendwo auf einem Hinterhof –, das Begräbnis in Amerika war noch schlimmer. Crane hatte Cora gesagt, er wolle neben seinen Eltern im Familiengrab auf dem Evergreen Cemetery in Hillside, New Jersey, begraben werden; während William sich bereits um den Gottesdienst in einer Manhattaner Kirche kümmerte, verließ Cora am 17. Juni England, und mit ihr auf dem Schiff waren der Leichnam ihres Mannes, Helen, die Nichte ihres Mannes, und die aus Brede mitgenommenen Hunde Sponge und Powder Puff. Am 27., mitten in einer frühsommerlichen Hitzewelle, erreichten sie New York, am nächsten Morgen fuhren sie zur Beerdigung. Townley machte gerade eine Entziehungskur im Binghamtoner Asyl für chronisch Geisteskranke, aber neben entfernteren Verwandten waren die anderen Geschwister Cranes vollzählig erschienen – Wilbur, Edmund, Mary Helen, George und William. Den Sarg trugen unter anderem Ripley Hitchcock, Willis Brooks Hawkins und John Kendrick Bangs von *Harper's*; nicht erschienen waren Howells, Bacheller, Linson und Senger, auch keine Indianer aus dem Gebäude der Art Students League, keiner der jüngeren Kollegen aus Cranes Vergangenheit. Für die Predigt hatte William Reverend James M. Buckley aus Newark engagiert, der mit

Das Familiengrab der Cranes auf dem Evergreen Cemetery in Hillside, New Jersey. Namen und Lebensdaten von Cranes Eltern stehen auf der Vorderseite des Grabsteins. Crane und sein Bruder Townley auf der einen Seite, drei ihrer Geschwister auf der anderen: George, Wilbur und Mary Helen.

(Foto von Spencer Ostrander)

Reverend Crane befreundet gewesen war und jetzt den *Christian Advocate* herausgab, ein frömmelnder Schaumschläger, der wenig oder gar keine Ahnung hatte, wer Stephen Crane war. Er sprach feierlich und weitschweifig über den religiösen Eifer von Cranes Vater und Großvater mütterlicherseits, beklagte die Tragödie, in einem fremden Land zu sterben, und verglich den verstorbenen Autor mit Shelley, «ein Meteor, der hell am Himmel leuchtet und bald verglüht». Zur Krönung des Ganzen ließ er seine Trauerrede mit einer Kritik an Cranes Frühwerk ausklingen, welches sich allzu sehr in «Wortmalerei» ergangen habe, doch habe er seinen Irrtum in den letzten Jahren anscheinend erkannt und einige nicht gar so anstößige Werke geschrieben.

Zu dem Gottesdienst waren auch mehrere Pressevertreter gekommen, darunter – frisch von Harvard – der einundzwanzigjährige Wallace Stevens, der zeitweilig als Journalist tätig war, bevor er sein Jurastudium fortsetzte. Nur acht Jahre jünger als Crane, kehrte der zukünftige amerikanische Dichterfürst des 20. Jahrhunderts an diesem Nachmittag in seine Wohnung in Greenwich Village zurück und schrieb in sein Tagebuch:

> *Heute früh war ich auf der Trauerfeier für Stephen Crane im Central Metropolitan Temple an der Seventh Avenue, nahe Fourteenth Street. Die Kirche ist klein und war nur zu einem Drittel gefüllt. Die meisten Besucher kamen aus den unteren Schichten und waren vielleicht nur da, um sich die Zeit zu vertreiben. Einige Männer und Frauen sahen wie Literaten aus, ein erbärmliches Gesindel. Ich erkannte John Kendrick Bangs. Das Ganze war furchtbar. Die Gebete wurden flüchtig aufgesagt, die Lieder noch flüchtiger hingesungen mit Ausnahme von «Nearer My God to Thee», das einzige angemessene Lied bei Trauerfeiern, das ich kenne. Die Ansprache war eine Farce. Ich musste die ganze Zeit, von Anfang bis Ende, kichern über diesen Mann. Er sprach von Gladstone*

+ Goethe. Dann – apropos frühzeitiger Tod – kam Shelley hinzu, und als er auf das Spätwerk des Verstorbenen zu sprechen kam, holte er Hawthorne hervor. Schließlich – immer begleitet von übertrieben pastoralen Gesten – gelangte er zum Jüngsten Gericht, wenn die Erde und die See alle ihre Toten entlassen werden. Einige der an jenem Tag vortretenden Gestalten kamen mir in den Sinn – und der arme Crane sah lachhaft unter ihnen aus. Doch er lebte ein tapferes, strebsames, immer fleißiges Leben. Gewiss hatte er Besseres verdient als diese unsagbar banale, karge, alberne Trauerfeier, von der ich soeben komme. Als der Leichenwagen in der drückenden Hitze, von keiner Menschenseele beachtet und nur von vier oder fünf Kutschen gefolgt, lärmend über das Pflaster davonrollte, wurde mir vieles klar, was ich bisher nur zweifelnd vermutet hatte – Es gibt wenige Heldenverehrer.
Und daher wenige Helden.

Cora blieb die nächsten drei Wochen in Amerika, die meiste Zeit bei ihren neuen Verwandten in Port Jervis und Umgebung, machte Spaziergänge und tauschte Geschichten mit ihren jungen Nichten aus, die bald für sie schwärmten wie alle Kinder, mit denen sie zu tun bekam; von den Erwachsenen mochte besonders Edmund sie gern, der ihr die alten Sammelalben seines Bruders überließ, während ihre Schwägerinnen (unsicher, was sie von ihr halten sollten) nicht so gut auf sie zu sprechen waren. Vor allem versuchte sie, eine freundschaftliche Beziehung zu William aufzubauen; mit ihm gut auszukommen, war entscheidend, da sie beide jeweils auf eigene Weise mit dem Testament zu tun hatten, das Crane Ende April mit Anwalt Plant aufgesetzt hatte und in dem William zu seinem amerikanischen Nachlassverwalter und Cora («meine geliebte Frau Cora Howorth Crane») zur Nutznießerin aller seiner gegenwärtigen und zukünftigen Einnahmen bestimmt worden war. Folglich hatte sie gewisse finanzielle Erwartungen, und angesichts des bevor-

Tafel zur Markierung von Cranes Grabstelle. Evergreen Cemetery in Hillside, New Jersey. Aufschrift: «Stephen Crane – Author – 1871–1900». *(Foto von Spencer Ostrander)*

stehenden Erscheinens von *Wounds in the Rain, Whilomville Stories* und *Great Battles of the World*, zu schweigen von den weiterhin tröpfelnden Tantiemen aus früheren Büchern, hatte sie guten Grund, sich über ihre unmittelbare Zukunft keine Sorgen zu machen. Aber William war zu raffiniert für sie, und Schritt für Schritt, einen juristischen Winkelzug nach dem anderen, drängte er sie ins Abseits. Sein kleiner Bruder schulde ihm immer noch Geld, behauptete er. Von den vielen Darlehen, die er ihm seit Jahren gegeben habe, sei noch nichts zurückgezahlt, und jetzt, wo Cora für die Tilgung der Schulden verantwortlich sei, müssten alle eingehenden Tantiemen dem Nachlass zugeschlagen werden, nicht ihr – so lange, bis die Schulden vollständig beglichen seien, mit anderen Worten also in alle Ewigkeit. Juristisch einwandfrei, aber nach ethischen oder moralischen Maßstäben und selbst denen von Reverend Buckley äußerst unanständig.

Man denkt unwillkürlich an Äsops alte Fabel von der Ameise und der Heuschrecke. Die Ameise (William) bereitet sich den Sommer über mit fleißiger Arbeit auf den harten Winter vor, während die Heuschrecke (Crane) den ganzen Sommer lang lustig ihre Lieder singt und keinen Gedanken an die Zukunft verschwendet. Der Winter kommt, und als die bibbernde, hungrige Heuschrecke bei der Ameise anklopft und um etwas zu essen bettelt, sagt die Ameise: Tut mir leid, mein Freund, aber warum sollte ich dir etwas geben? Während ich geschuftet habe wie ein Irrer, hast du den Sommer in müßigem Zeitvertreib vertändelt, und jetzt erwartest du auch noch Lohn von mir für deine Fehler? Pech für dich, aber Gerechtigkeit muss sein, von mir bekommst du nichts. Und damit schlägt die Ameise der Heuschrecke die Tür vor der Nase zu und lässt sie in der Kälte sterben.

William, der einst unter Lebensgefahr einen Schwarzen vor dem Lynchmob retten wollte, war zu Uriah Heep geworden. Das mag hart klingen, aber was sonst soll man von einem Mann halten, der in seinem einzigen, 1910 erschienenen Buch (*A Scientific Currency*) ein auf Wissenschaft gegründetes neues Währungssystem vorschlug?

Cora kehrte nach England zurück und versuchte sich als freiberufliche Schriftstellerin zu etablieren. Aber auch nach einem ganzen Jahr war sie trotz Hilfe und Ermutigung seitens der Frewens und Curtis Browns nicht viel weitergekommen. Stokes war nicht bereit, ihr für eine geplante Crane-Biographie Geld vorzuschießen; dass sie ein oder zwei von Cranes unvollendeten Erzählungen fertigstellte und verkaufte und ein paar eigene Kurzgeschichten veröffentlichte, half ihr auch nicht viel weiter, und so gab sie schließlich auf und kehrte nach Amerika zurück. Dort lebte sie eine Zeitlang in Kentucky, bei einer Frau namens Lyda Brotherton, einer entfernten Verwandten von Katy Lyon, doch bald ging ihr das Geld aus, und als sie keinen anderen Ausweg mehr sah, machte sie einen Satz zurück in die Vergangenheit, ließ Kentucky hinter sich und nahm ihr altes Leben als Cora Taylor wieder auf.

1961 nannte A. J. Liebling sie «die am wenigsten langweilige Schriftstellergattin der amerikanischen Literaturgeschichte». Cora hatte nur dreieinhalb Jahre mit Crane verbracht, und jetzt, nach einem Trauerjahr, musste sie einen Weg finden, ohne ihn weiterzuleben. Nach Jacksonville zurückzugehen, war vielleicht nicht die klügste Idee, bot aber, nachdem es mit ihrem einzigen selbständigen Unternehmen Mitte der Neunziger so gut gelaufen war, immerhin einige Aussicht auf Erfolg und war auf alle Fälle besser, als nichts zu tun und in den Abgrund zu starren.

Um noch einmal an das Johannesevangelium zu erinnern, wie Crane am Ende von *The Monster*: Wer unter euch ohne Sünde ist, der werfe den ersten Stein auf sie.

Es dauerte eine Weile, alte Bekanntschaften zu erneuern und die Kontakte zu den wohlhabendsten und einflussreichsten ihrer ehemaligen Kunden wiederherzustellen, aber schließlich war die Geldmaschine hinreichend geschmiert, die Sache kam in Gang, und Cora konnte den Betrieb in einem frisch erbauten Haus, genannt «The Court», an der Kreuzung Davis und Ward Street wieder aufnehmen. Diesmal führte sie das zwei Stockwerke hohe Gebäude als reines Freudenhaus mit Zimmern für die dort arbeitenden Frauen, Schnaps auf der Getränkekarte und alles in allem wesentlich eleganter als das alte Hotel de Dreme: ein ausgewachsener, hochmoderner Vergnügungspalast für betuchte Herrschaften, denen der Sinn nach Zerstreuung, Entspannung und jungen Frauenkörpern stand.

Das Geschäft florierte. Binnen zwei Jahren war Cora zur reichen Frau geworden und plante bereits eine Filiale des Court in einer Küstenstadt zwanzig Meilen östlich von Jacksonville, aber dann geriet ihr innerer Kompass ins Wanken, und langsam, aber sicher verlor sie die Orientierung. Mit katastrophalen Folgen.

Im Sommer 1905, drei Monate vor dem Tod ihres Ehemannes

Stewart (von dem sie erst 1907 erfuhr), ging Cora eine groteske Ehe mit einem fünfundzwanzig Jahre alten Nobody namens Hammond P. McNeil ein, einem Angestellten des Getränkegroßhändlers, der The Court mit Schnaps versorgte. Ein muskulöser, labiler Junge aus angeblich guter Familie in Waycross, Georgia, begann McNeil zu trinken, wurde gewalttätig, wenn er trank, und wenn er nicht trank, war er einfach nur dumm. Die Ehe scheiterte schon wenige Monate nach der Hochzeit, aber aus nicht mehr nachvollziehbaren Gründen blieben sie verheiratet, und am 31. Mai 1907, überzeugt, Cora habe eine Affäre mit dem neunzehnjährigen Harry Parker, dem Geliebten ihres Hausmädchens, jagte McNeil ihm vier Kugeln in den Leib und tötete ihn. Im Dezember machte er vor Gericht Notwehr geltend und wurde freigesprochen. Etwas mehr als ein Jahr danach schlug er Cora im Vollrausch so brutal zusammen, dass sie endlich die Scheidung einreichte. McNeil verschwand aus ihrem Leben, aber die schreckliche Symmetrie setzte sich fort: McNeil heiratete wieder, und vier Jahre nach der Hochzeit wurde er von seiner zweiten Frau erschossen.

1910 lebte Cora, ausgebrannt und quasi im Ruhestand, in ihrem Haus in Pablo Beach; mittlerweile enorm übergewichtig, hatte sie bereits ihren ersten leichten Schlaganfall hinter sich. Am 4. September, einem warmen Sonntagnachmittag, während draußen auf dem Strand Dutzende Automobile hin und her fuhren, saß Cora in ihrem Wohnzimmer und tat, was auch immer sie an diesem Tag gerade tun mochte. Zufällig aus dem Fenster schauend, sah sie, dass eins der Autos im Sand stecken geblieben war, und ging hinaus, um zu helfen. Andere Helfer waren auch schon da, also schloss sie sich an und schob mit. Es brauchte eine Weile, aber schließlich, nach großer Anstrengung in der heißen Sonne Floridas, hatten sie den Wagen wieder auf festen Boden gebracht. Erschöpft und ein wenig benommen ging Cora ins Haus zurück. Wenn man bedenkt, was sie in den Jahren, seit sie auf eigenen Füßen stand, alles durch-

Coras Grab. Evergreen Cemetery, Jacksonville, Florida.
(Foto von Elizabeth Friedmann)

gemacht hatte, war es ein bemerkenswert friedlicher Abgang. Sie legte sich aufs Sofa, schloss die Augen, und schlug sie nie wieder auf. Am 5. September meldete die *Evening Metropolis* als Todesursache «Hirnblutung».

Sie war fünfundvierzig Jahre alt. Zehn Jahre zuvor war Crane auf dem Evergreen Cemetery in Hillside, New Jersey, begraben worden, und jetzt wurde Cora in ein Grab auf einem anderen Evergreen Cemetery gelegt, neunhundert Meilen weit weg in Jacksonville, Florida. Was soll man dazu sagen? Auf ihrem Grabstein steht: CORA E. CRANE / 1868–1910. Es ist kein Geheimnis, warum sie als Mrs. Crane in Erinnerung bleiben wollte, aber genauso wenig ist es ein Geheimnis, wie eine Fünfundvierzigjährige mit zweiundvierzig begraben werden konnte. Geboren 1865, hatte sie sich seit Jahrzehnten als drei Jahre jünger ausgegeben, und jetzt, nach dem Ende ihres Lebens, konnte dieser Bluff für alle Zeit bestehen bleiben. Eine letzte kleine Eitelkeit, bevor sie in die nächste Welt verschwand.

7

Newark. Port Jervis. Asbury Park. Syracuse. Lake View. Sullivan County. New York City. Hartwood. Nebraska. Texas. Mexiko. Jacksonville. Griechenland. Oxted. Key West. Kuba. Puerto Rico. Brede. Badenweiler. Hillside.

Von The Men in the Storm zu An Ominous Baby. Von Maggie zu The Pace of Youth zu The Monster. Von Mrs. Binks zu The Third Violet zu The Blue Hotel. Von einem Kohlebergwerk in Pennsylvania zu einem elektrischen Stuhl in Sing Sing. Von The Red Badge of Courage zu The Bride Comes to Yellow Sky. Von A Duel Between an Alarm Clock and a Suicidal Purpose zu The City Urchin and the Chaste Villagers. Von The Black Riders zu War Is Kind zu A Man Adrift on a Slim Spar. Von One Dash-Horses zu A Man and Some Others zu The Five White Mice. Von An Episode of War zu The Price of the Harness zu The Upturned Face. An Experiment in Misery. The Open Boat. War Memories.

Falls Leute auf dieser Veranda jemals den Blick von dem breiten Fluss abwenden und auf diese Gräber richten, werden sie feststellen, dass sie die Inschriften aus dieser Entfernung gerade noch entziffern können und aus dieser Entfernung gerade nicht mehr entziffern können. Sie stoßen auf die Trennlinie zwischen Schärfe und Unschärfe.

Senger, Wheeler, Lawrence. Linson und der dämliche Haufen. Hawkins. Hubbard. Button und Barr. Frederic. Bacheller, Marshall, Scovel, Davis und Hare. Billy Higgins. Captain Murphy. McClure … Hearst … Pulitzer.

Dora Clark. Charles Becker. Theodore Roosevelt.

Dieser arme Spieler ist nicht mal ein Hauptwort. Er ist eine Art Umstandswort. Jede Untat ist das Ergebnis einer Zusammenarbeit. Wir, unser fünf, haben beim Morde dieses Schweden mitgetan.

Lily Brandon Munroe, Nellie Crouse und Amy Leslie.

Cora Howorth Murphy Stewart Taylor Crane McNeil.

Ja – nein. Ich weiß nicht.

Garland und Howells. James, Wells und Conrad. Sie alle waren älter als er und überlebten ihn um viele Jahre.

Sisyphos.

Er war niemand, dann war er jemand. Er wurde von vielen bewundert, von vielen verachtet, und dann verschwand er. Er wurde vergessen. Er wurde wiederentdeckt. Er wurde wieder vergessen. Er wurde wieder wiederentdeckt, und jetzt, während ich Anfang des Jahres 2020 die letzten Zeilen dieses Buches schreibe, sind seine Bücher wieder vergessen. Es ist eine dunkle Zeit für Amerika, eine dunkle Zeit überall, und während so vieles geschieht, das unsere Gewissheiten untergräbt, wer wir sind und wohin wir gehen, ist vielleicht der Augenblick gekommen, Stephen Crane aus seinem Grab zu holen und sich seiner wieder zu erinnern. Seine Prosa knistert immer noch, sein Blick ist immer noch scharf, sein Werk hat immer noch Biss. Geht uns das alles noch etwas an? Wenn ja, und man kann es nur hoffen, sollte man aufmerksam hinsehen.

Es ist, als läge die Hand des verwundeten Mannes an dem Vorhang, der vor die Offenbarung jeglicher Existenz gezogen ist – den Daseinssinn der Ameisen, Machthaber, Kriege, Städte, des Sonnenscheins, Schnees und einer Feder, die vom Flügel eines Vogels fällt; und seine Kraft wirft einen Widerschein auf die blutige Gestalt und macht, dass die anderen Männer begreifen, dass sie klein sind.

Oktober 2017–Februar 2020

Danksagung

Dieses Buch ist als Einführung in Leben und Werk Stephen Cranes gedacht, geschrieben für alle, die wenig oder nichts über ihn wissen. Etwa die Hälfte widmet sich der Darstellung seines Werks in all seiner Vielfalt – Romane, Novellen, Kurzgeschichten, Gedichte, Skizzen, Zeitungsartikel und Reportagen aus zwei Kriegen. Bei der Betrachtung dieser Texte gehe ich weder wissenschaftlich noch klassisch literaturkritisch vor. Vielmehr möchte ich einen Eindruck davon vermitteln, was es heißt, Crane zu lesen, und *wie es sich anfühlt*, seinem Werk zum ersten Mal zu begegnen – die ungefilterte Reaktion auf das, was wir da vor uns sehen, die Worte selbst, die Gedanken und Bilder, die diese Worte in uns hervorrufen, wenn wir Satz für Satz fortschreiten. Die Herangehensweise eines Schriftstellers, könnte man sagen, Blick auf die Details und die innere Mechanik des Ganzen, und weil ich davon ausgehe, dass meine Leser noch nie ein Wort von Crane gelesen haben, zitiere ich ihn ausführlich, um zu zeigen, was er konnte und wie er sein Können in jedem seiner Werke zum Einsatz brachte.

Die andere Hälfte des Buchs geht den verschlungenen Wegen von Cranes kurzem Leben nach. Hierfür verlasse ich mich weitgehend auf die Arbeiten anderer, all der Forscher und Biographen, die es sich zur Aufgabe machen, in historischen Archiven zu wühlen und Knochen aus alten Teergruben zu bergen, um möglichst viele noch fehlende Puzzleteile von Cranes Lebensgeschichte ans

Licht zu bringen. Dies war das Werk von Generationen, und alles, was ich über Crane weiß, verdanke ich der Arbeit dieser Männer und Frauen. Viele von ihnen, ihre Bücher und Artikel werden im Text oder in den Fußnoten erwähnt, zwei Forscher jedoch möchte ich hier besonders hervorheben, denn ein Großteil meiner Lebensbeschreibung Cranes wäre ohne sie niemals denkbar gewesen: Stanley Wertheim und Paul Sorrentino, die in den vergangenen drei Jahrzehnten gemeinsam oder jeder für sich insgesamt fünf unentbehrliche Bücher mit ihren Forschungsergebnissen zu Crane veröffentlicht haben: die zweibändige Ausgabe seiner Korrespondenz (1988); *The Crane Log* (1994), eine Sammlung historischer Dokumente zu Cranes Leben, mit Briefen, Zeitungsberichten, Rezensionen und anderem Hintergrundmaterial; die *Encyclopedia* (1997), eine alphabetische Liste sämtlicher Werke Cranes (alle von ihm veröffentlichten Bücher, Erzählungen, Gedichte und Artikel, jeweils mit einer knappen oder ausführlichen Beschreibung versehen), dazu Kurzbiographien aller Menschen, die in seinem Leben eine Rolle spielten; Sorrentinos *Stephen Crane Remembered* (2006), ein Kompendium von 62 Erinnerungen an Crane, aufgezeichnet von Angehörigen, Freunden und Zeitgenossen; und Sorrentinos *Stephen Crane: A Life of Fire* (2014), die gründlichste und zuverlässigste aller Crane-Biographien – nach einem Dutzend Versuche anderer in den vorausgegangenen gut neunzig Jahren, als erster Thomas Beer mit seiner unausgegorenen, halb fiktiven Travestie von 1923. Die Bücher von Wertheim und Sorrentino bilden die fünf Bücher der Stephen-Crane-Bibel, und ohne sie hätte die eine Hälfte meines Buchs nicht geschrieben werden können.

Meine Dankliste ist kurz, umso größer ist meine Dankbarkeit denen gegenüber, die mich unterstützt haben.

Die Arbeit an diesem Buch hat mich auf unbekanntes, oft unübersichtliches Gelände geführt, und zum ersten Mal in den fünfzig Jahren meiner Schriftstellertätigkeit habe ich das Manuskript schon vor der Fertigstellung anderen zu lesen gegeben, weil ich wissen wollte, ob das Projekt ihnen sinnvoll erschien und ob sie bei mir blieben, während sich die beschriebenen Seiten stapelten und bald weit über das hinausgingen, was ich ursprünglich als *kurzes Buch* angekündigt hatte. Diesen drei Amigos – Barbara Jones von Henry Holt in New York, Walter Donohue von Faber and Faber in London und meiner langjährigen Agentin Carol Mann – danke ich sehr dafür, dass sie mir immer wieder versichert haben, ich sei auf dem richtigen Weg.

Dank auch an Paul Sorrentino, den ich persönlich nicht kannte, als ich ihm Anfang 2018 schrieb, um mit jemandem im Crane-Universum Verbindung aufzunehmen. Wider Erwarten ignorierte er meine Anfrage nicht. Und noch ermutigender, er behandelte mich nicht wie einen barbarischen Romanschriftsteller, der sich in seinem Reich breitmachen wollte, sondern begrüßte mich als Stammesbruder in der Sippe der Verrückten. Wir wurden Freunde, er lud mich zu sich nach Blacksburg, Virginia, ein, wo wir ein ganzes Wochenende lang über unser Lieblingsthema sprachen, und half mir in zahlreichen Telefonaten und Briefen mit Hinweisen und Auskünften zu ungeklärten Fragen. Aus reinem Wohlwollen und dem gemeinsamen Interesse, Cranes Werk nicht in Vergessenheit geraten zu lassen, sah er alles, was ich schrieb, gründlich durch, in regelmäßigen Abständen jeweils fünfzig, sechzig Seiten in den vergangenen zwei Jahren, wies mich auf sachliche Fehler hin, wann immer sie mir unterliefen, und sorgte dafür, dass ich nicht aus der Spur kam. Seine Geduld und Großzügigkeit waren mir eine wesentliche Stütze auf dem weiten Weg, und ohne seine Hilfe wäre ich vielleicht nie ans Ziel gelangt.

Über ihn habe ich Elizabeth Friedmann kennengelernt, die an einer neuen Cora-Crane-Biographie arbeitet. Vor einem Jahr rief ich sie an, und bald kam es zu einem regen Austausch von Manuskripten, Ideen und Überlegungen, der mein Wissen über Cranes bemerkenswerte Frau erheblich erweiterte und mir zudem eine neue Freundin bescherte. Elizabeth Friedmann wiederum machte mich mit der Crane-Expertin Kathryn Hilt bekannt, die mir bestätigte, dass die undurchsichtige Episode, mit der ich mich gerade beschäftigte, in der Tat undurchsichtig war, und auch dafür danke ich ihr ebenso wie für alles andere, das sie zur Verbesserung dieses Buchs beigetragen hat.

Zuletzt, aber vor allem und vor allen anderen gilt mein tiefster Dank Siri Hustvedt, seit vierzig Jahren die erste und wichtigste Leserin von allem, was ich geschrieben habe. Man sagt, Schriftsteller sollten einander nicht heiraten, weil ... weil sie unmöglich unter einem Dach miteinander auskommen könnten. Das stimmt nicht.

Literatur

Werk- und Einzelausgaben:

The Works of Stephen Crane. Hrg. Fredson Bowers; 10 Bände, University Press of Virginia, Charlottesville 1969–1976

Stephen Crane: Prose and Poetry. Ausgewählt von J. C. Levenson; Library of America, New York 1984

The New York City Sketches of Stephen Crane and Related Pieces. Hrg. R. W. Stallman und E. R. Hagemann; New York University Press, New York 1966

Stephen Crane: The Critical Heritage. Hrg. Richard M. Weatherford; Routledge and Kegan Paul, Boston und London 1973

Stephen Crane: Letters. Hrg. Robert W. Stallman und Lillian Gilkes; New York University Press, New York 1960

The Correspondence of Stephen Crane. Hrg. Stanley Wertheim und Paul Sorrentino; 2 Bände, Columbia University Press, New York 1988

In Übersetzung:

Stephen Crane: Kleine Romane und Erzählungen. Aus dem Amerikanischen von Barbara Cramer-Nauhaus; Dieterich Verlag, Leipzig 1983

Stephen Crane: Realistische Erzählungen. Übersetzt von Theo Schumacher; Verlag Langewiesche-Brandt, Ebenhausen bei München 1960

Stephen Crane: Meistererzählungen. Übersetzt von Fritz Güttinger; Manesse, Zürich 1985

Stephen Crane: Meistererzählungen. Übersetzt von Walter E. Richartz; Diogenes, Zürich 2001

Stephen Crane: Das rote Siegel (und andere Erzählungen). Aus dem Amerikanischen von Eduard Klein und Klaus Marschke; Volk und Welt Verlag, Berlin 1991

Stephen Crane: Männer im Boot und andere Erzählungen. Übersetzt von Harry Kahn; Schwabe Verlag, Basel 1955

Stephen Crane: Das offene Boot und andere Erzählungen. Aus dem Amerikanischen von Lucien Deprijck; mareverlag, Hamburg 2016

Stephen Crane: Maggie, ein Mädchen von der Straße. Aus dem Amerikanischen von Hans-Christian Oeser; Marix Verlag, Wiesbaden 2017

Stephen Crane: Schwarze Reiter. Ausgewählte Gedichte, zweisprachig. Nachdichtungen von Karl Heinz Berger; Insel Verlag, Leipzig 1985

Literatur zu Stephen Crane:

Berryman, John: Stephen Crane. Sloane, New York 1950; Reprint, Meridian Books, Cleveland 1962

Conrad, Joseph: Introduction. In: Thomas Beer: Stephen Crane. A Study in American Letters. Knopf, New York 1923

Fryckstedt, Olov W.: *Stephen Crane in the Tenderloin.* In: Studia Neophilologica 34 (1962): 135–63

Garland, Hamlin: Roadside Meetings. Macmillan, New York 1930

Gilkes, Lillian: Cora Crane. A Biography of Mrs. Stephen Crane. Indiana University Press, Bloomington 1960

Hilt, Kathryn, und Wertheim, Stanley: *Stephen Crane and Amy Leslie: A Rereading of the Evidence.* In: American Literary Realism 32, Nr. 3 (2000): 256–69

Hoffman, Daniel: The Poetry of Stephen Crane. Columbia University Press, New York 1957

Linson, Corwin Knapp: My Stephen Crane. Hrg. Edwin H. Cady; Syracuse University Press, Syracuse 1958

Sorrentino, Paul (Hrg.): Stephen Crane Remembered. University of Alabama Press, Tuscaloosa 2006

Sorrentino, Paul: Stephen Crane – A Life of Fire. Harvard University Press, Cambridge 2014

Stallman, Robert W.: Stephen Crane – A Biography. George Braziller, New York 1968

Wertheim, Stanley, und Sorrentino, Paul: The Crane Log. A Documentary Life of Stephen Crane 1871–1900. G. K. Hall, New York 1994

Wertheim, Stanley: A Stephen Crane Encyclopedia. Greenwood Press, Westport u. a. 1997

Register

Fettgedruckte Ziffern verweisen auf umfangreichere Zitate aus Cranes Werken und Briefen. Verweise auf Abbildungen (Abb.) und Fußnoten (Fn) sind in Klammern dahinter entsprechend gekennzeichnet. Das Werkregister umfasst die erwähnten Werke und Figuren und ist in folgende Kategorien unterteilt: Romane und Novellen; Kurzgeschichten und Erzählungen; Gedichte; journalistische Arbeiten und Briefe.

Personen- und Sachregister

A

B

C

D

E

F

G

H

I

J

K

L

M

N

O

P

R

S

T

U

V

W

Y

Z

Werkregister

I. Romane und Novellen

II. Kurzgeschichten, Erzählungen

Sammlungen

III. Gedichte

IV. Journalistische Arbeiten

V. Briefe

Die Rowohlt Verlage haben sich zu einer nachhaltigen Buchproduktion verpflichtet. Gemeinsam mit unseren Partnern und Lieferanten setzen wir uns für eine klimaneutrale Buchproduktion ein, die den Erwerb von Klimazertifikaten zur Kompensation des CO_2-Ausstoßes einschließt.
www.klimaneutralerverlag.de

FSC
www.fsc.org
MIX
Papier aus verantwortungsvollen Quellen
FSC® C019821